HAIDNISCHE ALTERTHÜMER

*Literatur
des 18. und 19. Jahrhunderts
Herausgegeben
von Hans-Michael Bock
Hamburg*

Johann Gottfried Schnabel

INSEL FELSENBURG

Wunderliche Fata einiger Seefahrer

Teil III & Teil IV

Zweitausendeins

Ausgabe in drei Bänden.
Mit einem Nachwort von Günter Dammann.
Textredaktion von Marcus Czerwionka
unter Mitarbeit von Robert Wohlleben.

Druckvorlage für Teil I war das Exemplar der Herzog August Bibliothek Wolfenbüttel Lm 1059; Textverlust dieses Exemplars auf den Seiten 3 und 4 sowie 599 und 600 wurde nach dem Exemplar der Universitätsbibliothek Leipzig Litt. germ. 64052 ergänzt. Druckvorlage für die Teile II und III waren die Exemplare der Universitäts- und Landesbibliothek Sachsen-Anhalt Halle AB B4693 (2) bzw. (3). Druckvorlage für Teil IV war das Exemplar der Niedersächsischen Staats- und Universitätsbibliothek Göttingen 8° Fab. Rom. VI, 2525[b]. – Die faksimilierten Beigaben entstammen mit zwei Ausnahmen den als Druckvorlage angegebenen Exemplaren. Das Titelblatt von Teil II mußte nach dem Exemplar der Herzogin Anna Amalia Bibliothek Weimar 32,3:59[b], das Titelblatt (mitsamt Titelkupfer) von Teil III nach dem Exemplar der Herzog August Bibliothek Wolfenbüttel Lo 6958 reproduziert werden.

1. Auflage, März 1997.
Copyright © für diese Ausgabe 1997 bei
Zweitausendeins, Postfach, D-60381 Frankfurt am Main.

Alle Rechte vorbehalten, insbesondere das Recht der mechanischen, elektronischen oder fotografischen Vervielfältigung, der Einspeicherung und Verarbeitung in elektronischen Systemen, des Nachdrucks in Zeitschriften oder Zeitungen, des öffentlichen Vortrags, der Verfilmung oder Dramatisierung, der Übertragung durch Rundfunk, Fernsehen oder Video, auch einzelner Text- und Bildteile. Der gewerbliche Weiterverkauf und der gewerbliche Verleih von Büchern, Platten, Videos oder anderen Sachen aus der Zweitausendeins-Produktion bedürfen in jedem Fall der schriftlichen Genehmigung durch die Geschäftsleitung vom Zweitausendeins Versand in Frankfurt.

Herstellung: Dieter Kohler & Bernd Leberfinger, Nördlingen.
Satz: fulgura frango, Hamburg.
Satzbelichtung: H & G Herstellung, Hamburg.
Druck: Wagner GmbH, Nördlingen.
Einband: G. Lachenmaier, Reutlingen.
Printed in Germany.

Diese Ausgabe gibt es nur bei Zweitausendeins
im Versand (Postfach, D-60381 Frankfurt am Main) oder
in den Zweitausendeins-Läden in Berlin, Düsseldorf, Essen, Frankfurt,
Freiburg, Hamburg, Köln, München, Nürnberg, Saarbrücken, Stuttgart.
In der Schweiz über buch 2000, Postfach 89, CH-8910 Affoltern a. A.
ISBN 3-86150-171-6

Johann Gottfried Schnabel

INSEL FELSENBURG

WUNDERLICHE FATA EINIGER SEEFAHRER

Teil III

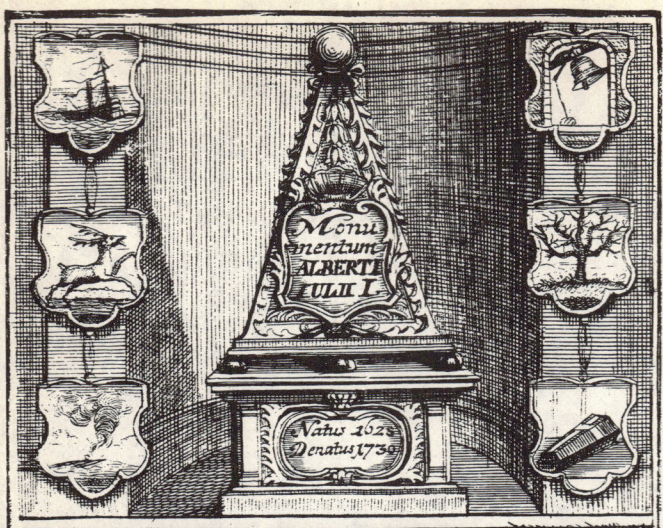

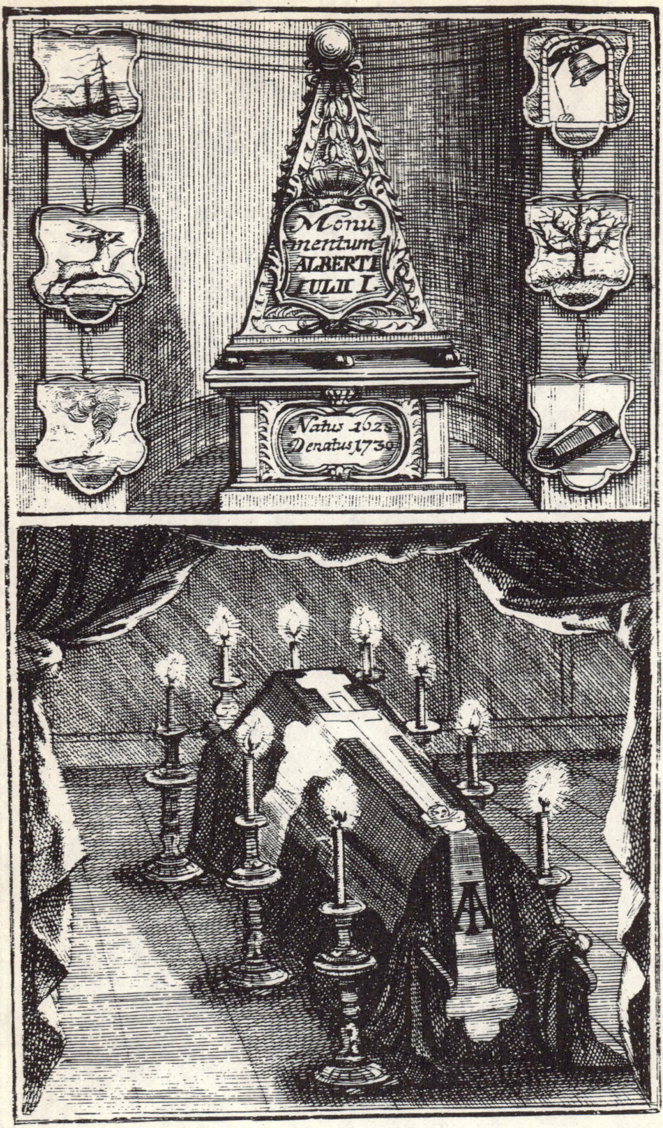

Monumentum ALBERTI IULII L.
Natus 1628
Denatus 1730

Wunderliche
FATA
einiger
See-Fahrer,
Dritter Theil,
oder:
fortgesetzte
Geschichts-Beschreibung
ALBERTI JULII,
eines gebohrnen Sachsens,
seines, im Jahr 1730. erfolgten Todes,
und seiner
auf der Insul Felsenburg
(allwo er in seinem 103ten Lebens-Jahre
beerdiget worden)
in vollkomenen Stand gebrachten Colonien,
entworffen
von des Bruders-Sohnes-Sohnes-Sohne,
Monſ. Eberhard Julio,
Curieuſen Leſern aber zum vermuthlichen Gemüths-
Vergnügen ausgefertiget, auch par Coſiſion dem Druck übergeben
Von
GISANDERN.
───────────────
NORDHAUSEN,
bey Joh. Heinrich Groß, privil. Buchhändler
Anno 1736.

Vorrede.

Sat cito, si sat bene.
Ein jedes gutes Ding will Zeit und Weile haben,
Den, der ihm günstig ist, um desto mehr zu laben.

Geneigter Leser!

Mit diesem uhralten Sprichworte, überreiche ich dir hiermit, pro nunc, *den dritten und letzten Theil der Felsenburgischen Geschichte,* und bringe denselben, als ob ich, wegen des langen Aussenbleibens, mich zu schämen Ursach hätte, nicht etwa unter dem Mantel, sondern frey und öffentlich hergetragen. Sey so gütig, denselben erstlich mit solcher Aufmercksamkeit, als die vorigen, durchzulesen, so wirst du mich hernach ohne allen Zweiffel entschuldiget halten, daß ich nicht ehe damit erschienen bin. Bekandt ists, und ich hätte, wenn ich nicht eines demütigen Geistes wäre, fast Ursach, die Backen ein wenig aufzublasen, daß dieser dritte Theil, oder die fernerweitige Fortsetzung der Felsenburgischen Geschichte, von [IV] vielen schon vor 2. biß 4. Jahren inständigst verlanget worden, man ihnen aber zwar Hoffnung darzu machen, jedoch so gleich nicht damit aufwarten können, und nimmt sich kein Bedencken, nunmehro öffentlich zu gestehen, daß man durch falsche Nachrichten, als ob der Capitain Horn bereits angekommen wäre, schon zweymahl betrogen, mithin angereitzt worden, bemeldten dritten Theil in der nächsten Leipziger-Messe heraus zu schaffen. Jedoch Sit ut sit. Accidit in anno, quod non speratur in puncto. Nun ist er ja doch da, und kan allen denjenigen die Mäuler stopffen, welche judicirt haben: Gisander wolte, möchte, könte und NB. dürffte auch wohl nicht, sich unterstehen, denselben ans Tages-Licht zu bringen. Lächerlich ist mirs vorgekommen, daß einem Deutschen Longobarden die Zeit, selbigen zu sehen, gar zu lang werden wollen, weßwegen er, über schon gedachte Muthmassungen, ausgesprengt, Gisander wäre gestorben, und hätte, vielleicht aus Neid, Mons. Eberhard Julii Manuscript in seinen Sarg legen und mit sich begraben lassen, wannenhero, um die curieuse Welt zu vergnügen, seiner Schuldigkeit gemäß zu seyn, erachtet, selbigen auszugraben, oder, welches fast eher zu glau-[III^r]ben, einen dritten Theil ex Koppo zu fingiren, und vor rechtmäßig auszugeben. Allein, Gisander lebet noch, und schreibt fast alle Tage, und weil er unter seinen Kindern noch zur Zeit keinen Spurium leiden will, hätte er zwar dessen Gestalt gern sehen und belachen mögen, würde aber denselben ohngebrandtmarckt nicht von sich gelassen haben. Will Herr Longobardus etwas schreiben, so hielte davor, er thäte besser, wenn er sich sonst woran machte, oder immerhin etwas fingirte, um der Welt zu zeigen, daß er keinen zugemauerten Kopff habe, anderer Leute angefangene Arbeit aber, ehe er darzu beruffen wird, ungehudelt zu lassen, denn es fällt ja, dem gemeinen Sprichworte nach, nicht einmahl ein Sch-eerenschleiffer, dem andern gerne ins Handwerck.

Sonsten hat auch jemand, welcher, weil er mit einem schlechten Kahne gar bald in die offenbare See rudern kan, (sich derowegen etwa kein Bedencken nimmt, auch zuweilen von hohen Personen, freyer, als es erlaubt ist, zu sprechen) den zweydeutigen Urtheils-Spruch, über Gisandern und dessen heraus gekommene 2. Theile der Felsenburgischen Geschichte, gefället: Ex ungue leonem; auch sonsten davon in die Welt geschrieben, was ihm eben in den Kopff gekommen; allein, was ist daraus zu machen, man könte gegen dieses, den Leuten auch Sprichwörter aufzurathen geben, e. g. Asinus apud Cumanos; wenn nur Lucianus dieses nicht so gar deutlich erkläret hätte. [III^v]

Jedoch Schertz und alles bey Seite! Gisander ist vergnügt, daß die 2. erstern Theile der Felsenburgischen Geschichts-Beschreibung von unzähligen Lesern wohl aufgenommen worden, zweiffelt also sehr, daß dieser, als der Dritte und Letzte, mit scheelen Augen angesehen, oder gar verworffen werden solte, ohngeachtet derselbe etwas länger, als man vermeynet, aussen geblieben. Wie schon gesagt, in der Geschicht selbst wird sich finden, daß nicht Gisander, sondern andere Umstände daran schuldig sind, weßwegen ich mich auch hier in der Vorrede eben nicht weitläuftig defendiren und excusiren will und mag.

Ubrigens, da nunmehro ziemlicher massen versichert

bin, daß mein Vortrag seit Anno 1730. sehr vielen Liebhabern gedruckter Historischer Sachen gantz angenehm zu lesen gewesen, werde nicht allein auf künfftige Michaelis-Messe 1736. G. G. den, in der Vorrede des Isten Theils versprochenen *Soldaten-Romain,* welcher jedoch lauter wahrhaffte Geschichte in sich hält, zum Vorscheine bringen, sondern auch andere, schon parat liegende, curieuse Reise-Beschreibungen und Lebens-Geschichte der Personen von mancherley Standes, kund zu machen, nicht saumselig seyn. Der ich mich zu fernerweitigen Wohlwollen recommandire, und allstets beharre

Des geneigten Lesers

Raptim an der Wilde,
   d. 2. Dec.   Dienst-beflissener
     1735.   Gisander.

Wunderliche FATA
Einiger See-Fahrer,
Dritter Theil.

Die ungemeinen Freundschafts-Bezeugungen und inständiges Bitten unsers Hertzens-Freundes, des Herrn H. W. in Hamburg, verursachten daß wir unsere Abreise von dar nach Amsterdam, immer von Tage zu Tage weiter hinaus schoben, wiewohl ich daselbst die wenigste Zeit müßig zubrachte, sondern meine meiste Sorge seyn ließ, alles dasjenige worauf ich mich nur immer besinnen konte, daß es uns auf der Insul Felsenburg nützlich und dienlich seyn könte, einzukauffen und anzuschaffen. Endlich aber da mir der Capitain Horn von Amsterdam aus, recht ernstliche Vorstellungen that, wie nunmehro ja nicht die geringste Zeit mehr zu versäumen wäre, sich zur Rück-Reise anzuschicken, zumahlen da wir in Amsterdam noch gar entsetzlich viel zu besorgen hätten, stellete ich solches meinen lieben Vater, Schwester und andern Reise-Gefährten aufs liebreichste vor, womit ich denn so viel auswürckte, daß sie sich resolvirten gleich morgendes Tages zu Schiffe zu gehen. [2] Herr H. W. wolte zwar durchaus nicht darein willigen, sondern bath was möglich war, nur noch eine eintzige Woche bey ihm zu verharren, allein, einmahl war der Schluß gefasset, und da er sahe daß es nicht anders seyn konte, gab er sich endlich mit unaffectirter Betrübniß darein, stellte aber, um selbige einiger massen zu vertreiben, einen herrlichen und kostbarn Valet-Schmauß an, worbey sich Trompeten und Paucken ja fast alle Musicalische Instrumenta die nur zu erdencken, die gantze Nacht hindurch Wechsels-weise hören liessen. Folgendes Tages reiseten wir nach genommenen zärtlichen Abschiede, aus dieses redlichen Freundes Behausung hinweg, nach unsern Schiffe, welcher uns nebst fast seiner gantzen Familie und andern guten Gönnern auf etlichen Gutschen das Geleite bis an die Elbe gab, und so lange daselbst verharrete bis wir uns völlig eingeschifft hatten. Unsere Reise-Compagnie so zusammen gehörete, bestund aus folgenden Personen: 1.) Mein Herr Vater. 2.) Meine liebste Schwester. 3.) Mons. Schmeltzer, 4.) Mons. Herrmann. 5.) Ich, Eberhard Julius. 6.) Jungfer Anna Sibylla Krügerin, 7.) Jungfer Susanna Dorothea Zornin. 8.) Meiner Schwester Aufwarte-Magd, Barbara Kuntzin. 9.) Johann Martin Rädler der Buchbinder welcher Mons. Schmeltzern bedienete. 10.) Christian Gebhard Ollwitz, ebenfalls ein Buchbinder, welchen Mons. Herrmann erstlich in Hamburg zu seiner Bedienung angenommen. 11. und 12.) Die 2 Sclaven welche mir Capit. Horn mit gegeben hatte.

Ich kan nicht sagen daß uns etwas verdrüßliches [3] auf der Reise bis Amsterdam begegnet wäre, ausgenommen, daß diejenigen welche ihr Lebtage noch auf keinem Schiffe gewesen waren, nehmlich die beyden Herren Geistlichen, die beyden Jungfern, die Magd und denn die 2 Buchbinders, eine, wiewohl noch ziemlich kleine See-Kranckheit, so bloß im Schwindel und Brechen bestund, ausstehen musten; worbey ich mich nur über die beyden Hrn. Geistlichen und den ersten Buchbinder verwunderte, daß es ihnen eben itzo ankam, da sie sich doch auf der Fahrt von meiner Gebuhrts-Stadt bis Hamburg, so ritterlich gehalten hatten.

Es war der 8. Octobr. da wir alle frisch und gesund in Amsterdam bey dem Capitain Horn anlangten, und derselbe gab mir, nachdem er uns mit erfreutem Hertzen bewillkommet hatte, fast eine kleine Reprimande, daß ich so lange aussen gewesen, weil er aber die Avanturen meiner Schwester in Schweden nicht wuste, muste ich ihm Recht geben, indem ich ihm solchergestallt die grösten Haupt-Sorgen fast einzig und allein auf dem Halse gelassen hatte.

In Wahrheit er hatte Ursache verdrüßlich zu seyn, weil nicht allein die besten Leute und Sachen, so er und ich verschrieben hatten, noch nicht halb angekommen waren, sondern weil ihme durch einige heimliche Feinde und Mißgönner verschiedene böse Streiche gespielet worden und er bereits unter der Hand vernommen, daß uns vor und bey der Abfahrt noch mehrere und ärgere gespielt werden dürfften. Ich redete ihm zu, daß allhier mit einer klugen List, sonderlich aber *mit Gelde* alles zu [4] zwingen stünde, worauf er zur Antwort gab: Ja mein Herr! wir haben allem Ansehen nach gewaltige Summen ausgegeben, hier ist die Rechnung, von dem was ich an Baarschafft unter Handen gehabt, zur Rück-Reise brauchen wir auch Geld. Ich muste lachen über seine unnöthigen Sorgen, sagte aber Mons. Horn! hier ist meine Rechnung auch, von dem was ich in Europa ausgegeben habe, das meiste wie ich mercke, ist schon bezahlt, und vor das übrige was wir etwa noch brauchen, werden wohl 200000 Thlr. hinlänglich seyn. Ach ja! sprach er, allein wir brauchen noch vielmehr, ehe wir wieder nach Felsenburg kommen. Meynet ihr denn, replicirte ich, daß, wie ich aus allen Umständen und unser beyder Rechnungen vermercke, wir wohl den 4ten Theil von dem Schatze verthan hätten, welchen mir der Alt-Vater allein mitgegeben hat, des Capitain Wodley Kostbarkeiten ohngerechnet. Mein Rath wäre, wir kauften noch ein Schiff und nähmen noch mehr Waaren mit nach Felsenburg, denn was hilft das, wenn wir ihnen viel Geld, Gold, Perlen und Edle-Steine wieder zurück bringen.

Horn sahe mich starr an, ich aber lachte und sagte: Mein Herr wolt ihr mir nicht glauben, so kommet und sehet das an, was ich nicht aus Falschheit vor euch verhöhlet, sondern geglaubt habe, es sey euch schon bekandt und keiner fernern Rede werth. Da ich ihm nun binnen etwa 2 Stunden alles gezeiget, wuste er sich nicht genug zu verwundern, daß wir so viel verthan und doch so sparsam gewesen wären. Was aber anbelangte, noch ein Schiff [5] zu erkauffen, war sein Rath durchaus nicht, sondern er sagte: Wir würden genung zu thun haben, wenn wir nur mit einem Schiffe ungehudelt von Amsterdam hinwegkämen, dieserwegen dürften wir auch etliche 1000 Thlr. Spendagen nicht ansehen, damit wir nur nach unsern Belieben einladen dürften, was wir wolten, und gute Pasporte bekommen möchten. Uberdieses wäre unser Schiff auch groß genung, mehr als uns committirt wäre, und als man in Felsenburg brauchte, darauf zu laden, es sey denn daß wir mehr Vieh, als er bereits bestellet, mit nehmen wolten, hierzu gehöreten aber auch mehr Leute, je mehr Leute aber, je mehr Verräther und man brauchte ja ohnedem auf Felsenburg keine andern Manns-Personen mehr, als solche Hand-Wercker und Künstler, die noch nicht da, doch aber daselbst nöthig wären.

Nunmehro war ich seiner Meynung wohl verständiget und gab ihm in allem Recht, nachhero berathschlagten wir, wie wir unsere Affairen per tertium tractiren, diesem und jenem die Hände vergolden und sonsten alles anstellen wolten, waren auch krafft unserer gelben Pfennige endlich mit grosser Mühe so glücklich, daß wir binnen weniger Zeit, nicht allein tüchtige Pasporte, sondern auch alles andere erhielten was wir verlangten.

Mittlerweile, ob wir gleich die beste Beqvemlichkeit und sonsten alles hatten was unser Hertze begehrete, so bekam doch meine liebe Schwester ingleichen Mons.

Herrmann einen Zufall vom Fieber, wurden aber bald wieder davon befreyet.

Wenig Tage hernach geschahe das Verlöbniß [6] meiner Schwester mit Herrn Jacob Friedrich Schmeltzer, welches meinem lieben Vater und mir eine besondere Freude erweckte.

Endlich um Martini kamen unsere von andern Orten her verschriebene Sachen fast alle auf einmahl an, auch hatten sich die angenommenen Handwercks-Leute, bereits in dem ihnen angewiesenen Wirthshause versammlet; wovon jedoch einer von den 3 Glaßmachern, die der Capitain Horn angenommen, diesen aber am meisten getrauet, und ihn nur einmahl auf seine Kammer geschickt, schelmischer weise entlief und dem Capitain einen Beutel mit 500 Ducaten entwendete. Von allen denen so wir mit nach Amsterdam gebracht, und die versprochen hatten zu Ende des Augusti wieder zu kommen und noch eine Fahrt mit uns zu thun, kam kein eintziger zurück, wir sahen es auch gantz gern, und zwar gewisser Ursachen wegen. Jedoch die 3 Schiffs-Officiers welchen Capitain Horn monatlich ihren gewöhnlichen Sold gegeben, weil sie so treulich bey ihm hielten und denn die 9 Sclaven, waren diejenigen noch, die mit gekommen waren, und auch gutwillig wieder mit zurück wolten. Oberwehnte 3 Officiers hatten auch Matrosen zur Gnüge angeworben und sonsten alles so wohl veranstallet, daß wir am 27 Nov. 1729. insgesammt wohl vergnügt von dannen abseegeln konten, worbey wir das Vergnügen hatten, daß unser besonderer Freund und Wohlthäter Herr G. v. B. uns das Geleite biß Portugall zu geben, ihn aber im Hafen Port à Port auszusetzen, sich ausbath, welches denn auch geschahe, nachdem wir biß dahin eine sehr geruhige Fahrt gehabt. [7]

Noch eins hätte ich bald vergessen! Tags vorhero ehe wir abreisen wolten, als ich meine Schwester, welche noch ein und andere Kleinigkeiten einzukauffen willens war, an der Hand durch eine enge Strasse führete, jedoch aber von 6 des Horns Sclaven begleitet wurde, begegnete mir ein Mensch in Bettlers-Habit, welcher so gleich die Hände über dem Kopffe zusammen schlug, fast laut zu schreyen und zu heulen anfing und sich in einen Winckel verkroch. Meinen und meiner Schwester Gedancken nach, war es ein rasender Mensch, weßwegen meine Schwester einen Holländischen Gulden aus der Ficke zohe und selbigen diesen Armseeligen durch einen Sclaven wolte einhändigen lassen. Indem drehete sich dieser Elende mit dem Kopffe in etwas wieder herum, da wir denn gleich erkandten, daß es mein Schwedischer Dollmetscher war, der mir und meiner Schwester so viel gute Dienste gethan hatte. Hierbey muß ich melden, daß ich ihm auf der Reise seine Besoldung nicht allein redlich bezahlt, sondern auch, weil ich ihn nicht weiter nöthig zu seyn erachtete, biß in meines Vaters Hauß, ihm nebst vielen Dancke, noch 50 Ducaten gegeben und gemeldet daß er nunmehro in GOttes Nahmen wieder nach Hause reisen könte. Mein Vater und meine Schwester hatten ihm gleichfalls, jedes 10 Ducaten geschenckt, derowegen rieff ich voller Bestürtzung aus: Hilff Himmel Mons. van Blac wie treffe ich euch hier also verändert an? Ach mein Herr, gab er mit thränenden Augen zur Antwort: ich bin der unglückseeligste Mensch von der Welt, 500 Gulden und noch ein [8] mehreres habe ich in wenig Wochen von eurer Generositeè profitiret und alles wohl zu Rathe gehalten, auch vor mich sonst noch 200 fl. gehabt, wormit ich mich auf die Reise anhero gemacht, um entweder nach Ost- oder nach West-Indien mit zu gehen und mit diesem Gelde noch ein mehreres zu erwerben, allein ich bin vor wenig Wochen unter Mörder gefallen, welche mich nicht allein meines Geldes und meiner Kleyder beraubt, sondern auch meinem Leibe viele Wunden zugefügt, jedoch ein mitleydiger Artzt hat diese letztern glücklich curirt, da ich aber keinen Deut im Leben hatte, sahe ich mich genöthiget das Brod vor den Thüren zu suchen.

Der Mensch jammerte mich, denn es war ein artiger Kerl, der sein gut Latein, Holländisch, Englisch, Schwedisch, Dänisch, Spanisch, Italiänisch &c. &c. sprechen konte, derowegen befahl ich einem Sclaven diesen Menschen so lange in unser Qvartier zu führen und wohl zu verpflegen, biß wir wieder nach Hause kämen, welchem Befehle dieser so gleich gehorchte. Meine Schwester expedirde ihre Sachen bald, sagte aber im zurückgehen: Mein Brüderchen, wenn dieser arme Mensch will, so bitte ich euch, nehmet ihn aus Barmhertzigkeit mit nach Felsenburg. Mein Hertz! gab ich zur Antwort wenn es euer Liebster und der Capitain Horn vor rathsam halten, nehme ich ihn gern mit, zumahlen da ihr vor ihn bittet.

So bald wir in unser Logis kamen, sahen wir daß nicht allein alle unsere Leute, sondern auch der Capitain, Herr Schmeltzer und Herr Herrmann um den Armseeligen herum stunden. Der Capi-[9]tain hatte ihm etwas Bisqvit und Wein geben lassen woran er sich labte; indem aber ich mich nur blicken ließ, sagte der Capitain: Monsieur wenn es euch gefällig ist, wollen wir diesen Menschen mit nach Felsenburg nehmen, denn Herr Schmeltzer meynt, daß er wegen der vielen Sprachen die er ex fundamento verstehet, einen guten Præceptorem abgeben könte. So ist, versetzte ich, meiner Schwester Bitte erfüllet. Horn lachte und sagte: so ist dieses bejammernswürdigen Menschen Wunsch erhöret, derowegen will ich so gleich auf den Trödel schicken und ihm das beste Kleyd so da ist, bringen lassen, denn wir haben keine Zeit ihn neu zu kleyden. Augenblicklich schickte er fort, ich und meine Schwester aber wandten uns zu dem Mons. van Blac und fragten: ob er mit uns nach Ost-Indien fahren wolte? Ach! seufzete er, wenn ich so glücklich seyn könte mein Leben in Dero Diensten zu enden. Wir wollen euch, gab ich ihm zur Antwort, nicht zu unsern Diener, sondern zu einem Mit-Genossen, unsers, mit GOtt zu hoffen habenden Glücks und Vergnügens machen, auch eure zeitliche Wohlfahrt möglichstens befördern. Er küssete hierauf meinem Vater, mir, meiner Schwester und dem Capitain Horn die Hände und versprach, daferne er in unserer Gesellschafft mit reisen dürffte, so bald es von ihm verlangt würde, den Eyd der Treue abzulegen. Bald hernach kamen verschiedene Kleyder, der Capitain Horn kauffte ein rothes, und noch ein braunes, welche beyden ihm am besten passeten, und also war unser Mons. van Blac wieder ein Kerl, der Abends mit bey uns zu Tische sitzen konte, indem wir uns seiner [10] Gelehrsamkeit und guter Conduite wegen, auch seiner Person gar nicht zu schämen hatten. Sonsten war er ein Mensch von ohngefähr 30 Jahren, sahe wohl aus von Gesichte, und ob ihm schon die Mörder bey letzterer Rencontre 2 Hiebe ins Angesichte gegeben hatten, so hatte er doch sonsten an den Gliedern welche ebenfalls bleßirt worden, nicht die geringste Lähmung.

Ich habe mich nicht umsonst bemühet, diese geringscheinende Avanture so weitläufftig zu erzählen, denn der Verfolg dieser Geschichte wird zeigen, daß van Blac nachhero bey unserer Gesellschafft und gantzem Geschlechte eine recht bemerckens-würdige Person worden und man dabey die sonderbare Führung des Verhängnisses zu betrachten Ursache habe. Jedoch wieder auf unsere Reise zu kommen, so hatten wir, nachdem Herr G. v. B. nebst seinen Sachen im Portugiesischen Hafen Port a Port ausgesetzt war, von dar biß zu den Canarischen Insuln die allerangenehmste Fahrt, weßwegen ich eines Tages meinen Vater ersuchte, mich doch zu berichten, wo er sich nach seinem gehabten Unglücke An. 1725. hingewendet, und wie es ihm sonsten unter der Zeit ergangen? Es war derselbe bereit mir zu willfahren, sagte aber, weil seine Fatalitäten eben keine besondern Geheimnisse wären, so dürfften meine Schwester, der Capitain Horn, und die beyden Geistlichen, wie auch van Blac dieselben wohl mit anhören, weßwegen ich itzt gemeldte Personen insgesammt in unsere Kammer beruffte, worauf mein Vater also zu reden anfing: Von dem kläglichen Schicksale meiner Vor-Eltern könte ich eine weit-[11]läufftige und vielleicht nicht unangenehme Erzählung machen, auch selbige mit glaubwürdigen alten schrifftlichen Urkunden erweißlich machen, allein es mag solches biß auf eine andere Zeit versparet bleiben, und ich will voritzo nur von meiner eigenen Person, auch gehabten Glücks- und Unglücks-Fällen, so kurtz als möglich Bericht erstatten, damit doch ein jeder von ihnen recht wisse wer ich sey und wie das Schicksal mit mir gespielet hat.

Mein Nahme ist Franz Martin Julius, gebohren d. 13 Jun. 1680 und zwar von solchen Eltern, die eben nicht reich, jedoch bey jedermann ein gutes Gerüchte hatten, denn mein Vater Christianus Julius war Steuer- und Zoll-Einnehmer im Lüneburgischen, muß sich aber nicht viel Sportuln dabey gemacht haben weil meine Mutter nach dessen Tode ausser den standes-mäßigen Meublen vor sich, mich und 2 Schwestern, kaum 600 Thlr. baar Geld aufzuweisen hatte, jedoch war dabey noch ein eigenes Häußgen und etwas Feld, welches ohngefähr auf 1000 Thlr. geschätzt werden konte, hergegen hatte meine Mutter 800 thlr. baar Geld eingebracht.

Mein seeliger Vater starb An. 1694. da ich 14 Jahr alt war, und also vor mich noch viel zu frühzeitig. Folgendes Jahr darauf folgte ihm meine jüngste Schwester im Tode nach, da sie nur 12 Jahr alt war und bald hernach verheyrathete sich meine Mutter mit demjenigen wieder, der meines Vaters Dienst bekommen hatte, behielt auch mich und meine ältere Schwester Dorotheen Sibyllen bey sich, indem der Stief-Vater ein sehr gütiger Mann war, mich nicht allein fleißig zur Schule hielt [12] sondern auch täglich selbst etliche Stunden privatim informirte endlich aber in eine grosse Stadt zu einem vornehmen Kauff- und Handelsmanne, um bey selbigen die Handlung zu erlernen, brachte, auch hinlängliche Caution vor mich machte. Ich führete mich zeitwährenden meinen Lehr-Jahren, ohne Ruhm zu melden, so auf, daß mein Herr und meine Eltern wohl zufrieden mit mir waren; sonsten aber paßirte mir in meinen Lehr-Jahren dieser notable Streich: eines Abends da mein Herr sich mit etlichen frembden Kauff-Leuten in einem Wein-Hause befand, muste ich mit der Laterne dahin gehen, denselben nach Hause zu leuchten, allda hörete ich nun verschiedene Handels-Gespräche, ein eintziger frembder Kauffmann aber, saß beständig in sehr tieffen Gedancken, weßwegen mein Herr, der vom Weine ein wenig lustig worden war, aufstund, ihn auf die Schulter klopffte und sagte: betrübet euch nicht, mein Herr! vor der Zeit, denn das Schiff kan noch glücklich zurück kommen. Ja ja! antwortete jener, mein Herr! wollet ihr mir 10000 gegen 20000 setzen. Mein Patron war ein ungemein reicher Mann und gar gewaltiger Hazardeur, weßwegen er ohne langes Bedencken heraus fuhr: Wa Topp! kömmt das Schiff mit der Ladung zurücke, so zahlet ihr mir 20000 Thlr. ist es verlohren gegangen, so zahle ich euch 10000 Thlr. Der Frembde ließ sich ebenfalls nicht lange nöthigen, sondern schlug zu, die andern musten Zeugen seyn, der Contract wurde mit wenig Zeilen errichtet und behörig unterschrieben, hierauf ging ein jeder seines Weges.

So bald mein Herr in die freye Luft kam, moch-[13]te ihm anders zu Muthe werden, denn er sprach zu mir: Franz! was habe ich gemacht, 10000 Thlr. ist eine schöne Summa, aber 20000. ist gleich noch einmahl so viel. Meine Antwort war: Das ist gewiß, allein mir stehen alle Haare zu Berge, wenn ich daran dencke; Ach wolte doch der Himmel daß das Schiff wieder käme! Das müssen wir erwarten, versetzte er, kömmt es nicht, so bin ich deßwegen noch lange nicht ruinirt, kömmt es aber so solst du vor deinen guten Wunsch, 1000. Thlr. von meinem Gewinste haben. Ich glaubte nicht daß es Ernst wäre, dachte aber doch, daß, wenn das Schiff käme, mir mein Patron vor die Worte so er in Trunckenheit gesprochen, wenigstens ein neues Kleyd schencken würde, schloß derowegen dieses Schiff allezeit mit in mein Morgen- und Abend-Gebeth, seufzete auch öffters bey Tage im Laden: Ach GOtt! hilff doch, daß das Schiff glücklich zurück kömmt; welches, wie mir mein Herr nachhero erzählet, er öfters gehöret und heimlich darüber gelacht hat. Etwa 8 Wochen darnach schreibt mein Herr ohne mein Wissen an meine Eltern, daß beyde, oder wenigstens Eins von ihnen auf seine Unkosten zu ihm kommen solten, weil er etwas nothwendiges mit ihnen zu sprechen hätte. Meine Eltern erschrecken und meynen, daß ich etwa gar zum Schelme geworden wäre, setzen sich derowegen beyde auf einen Wagen und kamen in meines Herrn Hauß. Es war eben Zeit zur Mittags-Mahlzeit, weßwegen sie mein Herr so gleich zu Tische führete, jedoch bey Tische von lauter indifferenten Dingen redete, nach der Mahlzeit aber in sein Cabinett gieng, einen grossen Sack [14] voll Geld heraus brachte und sagte: Meine lieben Freunde! ich bin so glücklich gewesen, auf ein vor verlohren gehaltenes Schiff, durch Wetten, 20000 Thlr. zu gewinnen, und habe mich, da ich dieselben vor etlichen Tagen ausgezahlt bekommen, erinnert, daß ich ihrem Sohne, meinem Frantz 1000 Thlr. davon versprochen, alldieweiln er sein redlich Hertze bißhero in allen Stücken gegen mich gezeiget, hier sind die 1000 Thlr. man kan ihm dieselben auf Zinsen austhun, biß er mit GOtt seine eigene Handlung anfängt.

Es wird leichtlich zu glauben seyn daß meine Eltern und ich anfänglich von Bestürtzung und Freude eingenommen, gäntzlich verstummeten, endlich aber da mein Patron mit Lächeln zu mir sagte: Nun wie stehets? Frantz, bin ich nicht ein Mann der sein Wort redlich hält, und meynest du nicht, daß dir dieses Geld einmahl eine gute Beyhülffe seyn kan, eine eigene Handlung anzufangen? brach endlich das Band meiner Zunge, ich küssete ihm die Hand und danckte mit den verbindlichsten Worten vor so ein grosses unverhofftes Geschencke, meine Eltern spareten gleichfals nichts, ihre schuldigste Danckbarkeit meinetwegen zu erkennen zu geben, bathen aber den Patron, doch selbsten die Güte zu haben und diese Gelder auf Zinsen auszuthun, welches er sich denn nicht wegerte, ihnen hingegen eine schriftliche Obligation auf 1000 Thlr. gab. Mein gütiger Patron beschenckte mich nachhero mit noch allerley Sachen deren ich bedürftig war, denn die Generositée schien ihm angebohren zu seyn, bey so vielen Mitteln aber die er hatte, wunderte sich ein [15] jeder, daß er nicht geheyrathet, auch nicht heyrathen wolte, sondern seine Schwester die eine alte Jungfer war, führete die gantze Wirthschafft, im Gewölbe aber befanden sich 3 Diener und 2 Lehrlinge unter welchen ich des Patrons Vertrauter war.

So bald meine Lehr-Jahre überstanden waren, recommandirte mich mein Patron in die berühmte Handels-Stadt D. an einen Kaufmann, welcher einen erstaunlichen Verkehr hatte, und ich war noch kein Jahr bey diesem meinem neuen Herrn gewesen, als derselbige meine Fähigkeit merckte, auf meine Treue ein grosses Vertrauen setzte, dannenhero mich in seinen Negotiis erstlich nach vielen berühmten Handels-Städten Deutschlandes, nachhero auch nach Rußland, Polen, Schweden, Dänemarck, Holland, Engelland, Portugall, Spanien, Franckreich und Italien verschickte, da ich denn so glücklich war, das mir aufgetragene jederzeit ihm zum Vergnügen auszurichten, weßwegen ich mir denn, weil ich sehr sparsam lebte, auf meinen Reisen nicht allein ein gut Stück Geld sammlete, sondern auch von meinem Herrn zum öftern reichlich beschencket wurde.

Endlich, da An. 1705. ein Handelsmann in selbiger Stadt verstarb und nebst seiner 70 Jahr alten Frauen nur einen eintzigen Sohn hinterließ, welcher ein vornehmer Rechts-Gelehrter war und in einem honorablen Amte saß, begieng dieser mein Patron die Redlichkeit an mir, daß er mir nicht allein behülflich war diese Handlung anzutreten, sondern auch schon gemeldten Rechts-Gelehrtens Tochter zu heyrathen, mit welcher ich ein schön Stück [16] Geld überkam, so daß ich im Stande war, mit meinem bißherigen Hrn. und Patron in Compagnie zu handeln.

Durch unermüdeten Fleiß, vornehmlich aber durchs Glück und GOttes Seegen, wurde ich in wenig Jahren einer der stärcksten Handels-Leute in D. so daß meinen nunmehrigen Compagnon sehr weit übersehen konte, doch war dieser deßwegen nicht neidisch, sondern blieb mein vertrauter Freund, weßwegen ich ihn denn zu verschiedenen mahlen mit gewaltigen Geld-Summen secundirte.

Mit meiner Liebste lebte ich von Anfange an, bis zu ihrem Tode, in der allervergnügtesten Ehe, denn sie war sehr schön, tugendhaft, sonsten aber von sehr zärtlicher Leibes-Beschaffenheit. Die Pfänder unserer Liebe sind dieser mein Sohn Eberhard Julius, welchen sie mir

An. 1706. den 12 May, und diese meine Tochter Juliana Louise, die sie den 7 Nov. 1709. zur Welt gebahr.

Wie nun aus allen dem was ich bißhero erzählet genungsam abzunehmen, daß mir das Glück in allen Stücken sehr gewogen gewesen und ich binnen so viel Jahren wenig Verdruß, vielmehr recht guten Genuß gehabt und vollkommen vergnügt leben konte, ließ ich doch meinen Fleiß in der Handelschaft gar nicht sincken, die Haupt-Sorge aber war, meine beyden Kinder, welche von ihrer Mutter hertzinniglich geliebt wurden, recht wohl zu erziehen, weßwegen ich ihnen denn von Jugend auf eigene Informatores hielt, die sie im Christenthume und andern Wissenschafften unterrichten musten. Unter allen hat mich keiner besser vergnügt, als der [17] redliche Hr. Mag. Ernst Gottlieb Schmelzer, dem GOtt heute in Felsenburg einen guten Tag gebe. Er war 4 Jahr lang und zwar von 1716 biß 1720 bey mir und wäre ohnfehlbar länger geblieben, wenn ihm nicht unruhige Köpffe hinweg gesprengt hätten. Jedoch die Vorsicht des Himmels hat es vielleicht mit Fleiß also fügen wollen. Inzwischen fing das Glück, welches mich bißhero so freundlich angelacht, auf einmahl an, mir die empfindlichsten Streiche zu spielen, denn An. 1724. am 16 Apr. raubete mir der Tod meine hertzgeliebteste Ehe-Gattin in Kindes-Nöthen sammt der getragenen Leibes-Frucht. Mein Compagnon dem ich gar gewaltige Summen zugeschossen, wurde Banqverot und blieb über 2 Tonnen Goldes schuldig, weil er in gewissen Stücken allzuviel hazardirt hatte, wiewohl was will ich von ihm sagen, ich war ja selbst ein Narre und hatte mich in den Actien-Handel dergestallt vertiefft, daß ich bey deren damahligen Verfall auf die 100000 Frantz-Gulden einbüssete. Alles dieses aber hätte mich dennoch nicht in gäntzlichen Verfall gebracht, wenn nicht die letzte Hiobs-Post gekommen wäre, daß, das mehrentheils auf meine eigene Kosten nach Ost-Indien ausgerüstete Kauffarthey-Schiff an den Africanischen Küsten von den See-Räubern erobert und ausgeplündert worden. Diese schlug meine Courage und Credit auf einmahl völlig darnieder, weßwegen ich mich gemüßiget sahe, Hauß, Hof, Gewölbe, Stadt und alles mit dem Rücken anzusehen, demnach nahm ich meine Baarschafften und kostbaresten Sachen zusammen, ließ das übrige alles in Stiche, schaffte aber vorhero [18] meine allhier gegenwärtige Tochter mit 2000 Frantz-Gulden nach Schweden zu einer Anverwandtin von ihrer Mutter, meinem Sohne, der damahls auf der Universität zu Leipzig studirte, schickte ich nebst einem lamentablen Briefe, worinnen ich ihm mein zugestossenes Unglück vermeldete, eben so viel und trat ohne jemands Vermercken eine Reise nach Portugall an, um von dannen mit einem guten Freunde und Correspondenten die Tour entweder nach Ost- oder West-Indien zu thun, und zu probiren, ob ich daselbst mein verlohrnes Glück wieder günstiger, oder den Todt finden könte.

Ich machte mir kein Bedencken, meinem Portugiesischen Freunde und bißherigen starcken Correspondenten, der sich Don Juan d'Ascoli nennete, meine gehabten Unglücks-Fälle ausführlich zu erzählen, zeigte ihm auch mein überbliebenes Capital, worauf er so gütig war, noch eine starcke Summe darzu zu schiessen und noch ein Schiff vor mich in Beschlag zu nehmen, auch mit mir in Compagnie der Flotte welche jährlich von den Portugiesen nach Brasilien geschickt wird, dahin abzuseegeln.

Die Fahrt war diesesmahl sehr verdrüßlich wegen der vielfältigen Stürme, doch endlich langeten wir glücklich in der ungemein grossen Bay von S. Salvator an, welche sehr tief, aber sehr beqvem und sicher ist, es könten auch wohl auf die 2000 Schiffe, einander ohngehindert, darinnen liegen. Wir stiegen aus und nahmen unser Qvartier in der Stadt, welches die Haupt-Stadt in gantz Brasilien dabey sehr groß, treflich gebauet, reich und mit 3 Castellen wohl verwahrt ist. Die Einwohner sind dem Fressen, Sauf-[19]fen und allen andern Wollüsten ungemein ergeben, bekümmern sich wenig um die Arbeit, sondern ihre Sclaven müssen alles besorgen, weil die meisten Hauß-Wirthe ungemein wohl begütert sind, dannenhero war es mein besonders Glücke, daß ich in Portugall mein Geld an solche Waaren gelegt, die solchen wollüstigen Leuten in die Augen fielen, und dieserwegen konte ich in kurtzer Zeit alles mein mitgebrachtes zu Gelde machen und einen wichtigen Profit ziehen, welchen ich denn nebst dem allermeisten meines Capitals wieder anlegte und Ambra, Toback, Balsam, Saffran, Baumwolle auch etwas von Jaspis und Crystall, meistentheils aber Zucker darvor kauffte, als woran ich in Europa einen gewaltig starcken Profit vor mir sahe, auch sicher glauben konte, daß ich bey nahe die Helffte von meinen Verlohrnen wieder erworben, mithin wünschte, daß wir nur bald wieder abfahren möchten, indem ich gesonnen war, noch ein oder 2 Touren nach Brasilien zu thun, in Hoffnung dadurch wieder in meinen vorigen Stand zu kommen und alle meine Creditores biß auf den letzten Heller zu bezahlen.

Ohngeacht ich dasiges Orts nicht der geringste Handelsmann unter allen Mitgereiseten war, hatte ich doch das Glück, mich am allerersten expedirt zu haben, da wir aber nicht ehe als mit der Flotte abseegeln konten, wurde mir die Zeit ungemein lang. Es wolten mich zwar einige Wage-Hälse immer bereden, tieffer mit ins Land hinnein zu gehen, indem wir ein und andern wilden eingebohrnen Brasilianern verschiedene Kostbarkeiten an puren Golde und dergleichen umsonst abzwacken und uns damit be-[20]reichern könten; allein ich hatte keine Lust darzu, sondern war vergnügt mit dem was ich schon hatte, und wolte mein Leben nicht in Gefahr setzen, indem mir die Einwohner zu St. Salvator erzähleten: daß die tieffer im Lande wohnenden Brasilianer würckliche Menschen-Fresser wären, sie schlachteten die Gefangenen gleich dem Viehe ab, wüsten von keiner Religion, ja sie hätten in ihrer gantzen Sprache kein eintzig Wort welches einen GOtt bedeutete; betheten hergegen den Teuffel an und erholten sich bey demselben Raths, jedennoch hätte man an ihnen wahrgenommen daß sie ihre Seelen vor unsterblich hielten. Sie wohneten nicht in Häusern, sondern in blossen Lauber-Hütten, schlieffen nicht in Betten, sondern in Netzen, und ihre gewohnliche Speise bestünde aus Brod, welches aus dem Meel einer Wurtzel Mendioca genandt, gebacken würde.

Alles dieses jagte mir so viel Schrecken ein, daß ich allen denen so mich zum Parthey gehen mit nehmen wolten, abschlägige Antwort gab; es blieb auch in Wahrheit mancher ehrlicher Mann von den mitgekommenen Europäern bey solchen Partheygängereyen aussen, der vielleicht von den wilden Brasilianern ist gefressen worden.

Hergegen blieb ich mehrentheils zu Hause in meinem Logis, bath dann und wann gute Freunde zu mir, die meiste Zeit aber vertrieb ich mit Bücher lesen oder mit Grillen über meine Fatalitäten, hierbey pressete mir das Angedencken über meine zurück gelassenen lieben Kinder zum öfftern viele 1000 Thränen aus.

Eines Tages kam ein junger Kauffmann, der ein [21] gebohrner Schwede, eben nicht allzu fein von Gesichte doch jederzeit sehr gefällig gegen mich gewesen war, unverhofft auf meine Kammer und traff mich in der grösten Bestürtzung an, denn ich weinete eben und die 3 Contrafaits, als meiner seel. Liebste und dieser meiner beyden Kinder lagen vor mir auf dem Tische. Ich gab meinen Aufwärter so gleich Befehl, ein und anderes herbey zu bringen, um diesen jungen, jedoch sehr reichen Schwedischen Kauffmann behörig zu bewirthen; mitlerweile wirfft dieser seine Augen auf die Contrafaits und fragte so gleich: Mein Herr! was sind das vor Bildnisse? Dieses erste sagte ich, ist meine ohnlängst verstorbene Liebste, die andern beyde stellen meine 2 zurück gelassenen Kinder vor. Ihr habt, gab der Schwede darauf, eine sehr schöne Frau gehabt, aber die Tochter ist noch weit schöner, wo befindet sich dieselbe? Voritzo, war meine Antwort, in Stockholm bey meiner Befreundtin. Glückseelig ist mein Vaterland, sprach er, eine solche seltene Schöne in sich zu haben. Ihr schertzet oder flattiret sehr, mein Herr sagte ich, denn da ich 2 mahl in Schweden gewesen bin, so kan versichern, daß ich weit schönere Gesichter darinnen angetroffen habe. Hierauf lenckte ich den Discours auf Handlungs-Affairen, der Schwede aber schien mir auf einmahl gantz melancholisch zu werden, welches er dem getrunckenen Coffeè Schuld gab, derowegen ich ihm ein gut Glaß Wein vorsetzte. Er trunck davon, sagte aber: mein Herr ihr habt einen recht guten Wein, aber so gut ist er doch nicht als der Canari, von welcher Sorte ich eine ziemliche Qvantität in meinem Logis liegen habe, weil es [22] noch sehr hoch am Tage, so seyd so gütig, mit mir dahin zu spatziren, zumahlen da es nicht gar weit ist.

Auf oft wiederholtes Bitten ließ ich mich endlich bereden mit ihm in sein Logis zu gehen, allwo ich fand, daß er nicht gelogen, sondern einen gantz vortreflichen Wein hatte. Er erzeigte mir alle nur erdenckliche Höflichkeiten, gab mir Nachricht von seinem gantzen Zustande und Wesen, zeigte eine gewaltige Menge Säcke die mit Gelde angefüllet waren, (dergleichen ich in meinem

Wohlstande auch wohl so viel, und wohl noch mehr beysammen gehabt hatte) Summarum er offenbahrete mir sein gantzes Hertze, weßwegen ich bey dem guten Weine endlich auch treuhertzig wurde und ihm ebenfals mein gantzes Hertze offenbahrete. So bald er solchergestalt alles von mir erfahren, sagte er: Mein Herr! ich habe mehr, als ein vernünftiger Mensch in der Welt verthun kan, bin also im Stande euch so viel vorzuschiessen, als ihr vonnöthen habt eure Schulden völlig zu bezahlen und die Handlung von neuen anzufangen, bin auch bereit, euch so gleich 50000 Thlr. auf eure Handschrift zu zahlen, daferne ihr versprecht, mir eure schöne Tochter, deren Portrait ich heute gesehen, zum Ehe-Gemahl zu geben. Ich bitte euch, mein Herr! gab ich zur Antwort, fanget keine Sache an die euch etwa hernach gereuen möchte, sehet doch erstlich die Person selbst an, ob sie so beschaffen, wie sie der Mahler abgeschildert. Es ist zwar wahr, sagte Peterson, daß die Mahler zuweilen flattiren, allein ich fühle in meinem Hertzen, nachdem ich das Bild erblickt, gantz besondere Regungen und bin zu-
[23]frieden, wenn die Person nur halb so schöne, als sie abgeschildert ist. Ich gab mir viele Mühe, ihm diesen so plötzlich aufsteigenden Liebes-Appetit zu verweisen, biß wir wieder nach Europa kämen; da ich denn selbst mit ihm nach Stockholm reisen und ihm meine Tochter persönlich zeigen wolte, allein er ließ nicht ab, biß er mir 50000 Thlr. gegen eine blosse Handschrift so zu sagen aufgedrungen und den väterlichen Consens von mir

erpresset hatte. Mit der Braut getrauete er sich bald fertig zu werden, inmassen sich, seinen Gedancken nach, ein Frauenzimmer durch kostbare Geschencke am allerleichtesten zur Liebe bewegen liesse.

Da ich nach Hause kam, waren die 50000 Thlr. schon daselbst, worbey einer von seinen Dienern die Wache hielt, und folgenden Morgen kam Peterson gantz früh, trunck mit mir Thèe und respectirte mich von nun an schon würcklich als seinen Schwieger-Vater, bath sich aber inständig das Bildniß meiner Tochter aus, allein ich schlug ihm solches rotunde ab und gab vor ich hätte geschworen, diese 3 Bildnisse mit Willen nicht von mir kommen zu lassen, so lange ich lebte und wenn mir auch jemand eine Tonne Goldes darvor geben wolte. Solchergestalt war er nur damit vergnügt, daß ich die 3 Bilder in meiner Kammer an die Wand anheftete und ihm die Erlaubniß gab, so oft als ihm beliebte zu mir zu kommen.

Die 50000 Thlr. legte ich an Zucker, Brasilien-Holtz, Thier-Häute und andere Brasilianische Waaren, wurde also von neuen ein ziemlich starcker Marchandeur. Don Juan d'Ascoli der Portugiese [24] war noch beständig mein getreuer Freund, ich hielt aber doch eben nicht vor rathsam, ihm das geheime Commercium zu eröffnen, welches ich mit Peterson hatte, ohngeacht wir 3 fast täglich beysammen waren.

Endlich da die Zeit kam, daß sich die Flotte wiederum Seegel-fertig machte, nach Europa zurück zu gehen, theileten wir 3 guten Freunde, unsere Waaren auf 3

Schiffe, damit wenn ja eines von denselben verunglückte, der Schade vor einen allein, doch nicht so groß seyn möchte. Don Juan d'Ascoli blieb auf einen, der Schwede Peterson aber blieb mit einem seiner Bedienten bey mir in meinem Schiffe und wolte sich durchaus nicht von mir trennen, um vielleicht nur das Vergnügen zu haben, sein geliebtes Bild täglich etliche mahl anschauen zu können.

Wir kamen, ohne einzigen Verdruß auszustehen glücklich wieder in Lissabon an, allwo ich einen ziemlichen Theil meiner mitgebrachten Waaren mit gutem Profite zu Gelde machte, dem Don Juan d'Ascoli seinen Vorschuß und die Fracht-Gelder davon bezahlete, das übrige aber in Petersons Schiff einschiffte und mit demselben die Reise nach Schweden antrat um entweder unterweges oder in Schweden selbst, meine übrigen Waaren zu verkauffen. Vorhero aber hatte ich mit Don Juan d'Ascoli Abrede genommen, gegen die Zeit da die Flotte wieder nach Brasilien abginge, auch wieder bey ihm zu seyn und noch eine Fahrt mit ihm zu thun, woraus er denn sich ein grosses Vergnügen zu machen schien, ich aber hatte angemerckt, daß [25] er sehr gern mit mir in Gesellschafft seyn mochte, zumahlen da ich der Portugiesischen Sprache ziemlich mächtig war.

In Engel- und Holland, als bey welchen beyden Ländern, wir Petersons Affairen wegen anländeten, hätte ich meine übrigen Waaren mit ziemlichen Profit loß werden können, allein Peterson wiederrieth es mir und stellete vor, daß weil ich ja die Fracht bis Schweden frey hätte, ich daselbst oder in Dänemarck meine Waaren ungemein profitabler verhandeln könte, weßwegen ich ihm denn in diesen Stück Folge leistete und nachhero in der That befand, daß ich nicht übel gethan, sondern in Schweden mit denselben 2 pro Cent mehr erwarb, als ich in Engell- Holl- und Deutschland erworben hätte. Jedoch auf die Haupt-Sache zu kommen, so war dieses des Petersons allererstes Verlangen, so bald wir in Stockholm angekommen waren, ihm meine Tochter zu zeigen, wie nun dieses nicht zu versagen stunde, so nahm ich ihn gleich des ersten Tages mit in unserer Befreundtin Behausung, bey welcher sich dieselbe aufhielt und über meine Gegenwart vor Freuden fast aus sich selbst gesetzt wurde, hergegen wurde auch Peterson von närrischer Liebe gantz entzückt, und wenn ich es recht sagen soll, halb ausser Vernunfft gesetzt. Ich wolte mein Logis bey meiner Befreundtin und Tochter erwählen, allein Peterson ließ mit Bitten nicht ab, daß so lange wir uns in Stockholm aufhielten, ich ihm das Vergnügen gönnen möchte, mich in seinen Logis zu bedienen, weßwegen ich endlich versprach seinen Willen zu erfüllen. Pe-[26]terson machte sich gleich bey dieser ersten Visite viel Mühe, meiner Tochter Gegengunst zu erwerben, ich aber hielt noch zurück und wolte zum ersten mahle nichts von der vorseyenden Heyrath melden, erkundigte mich aber folgende Tage bey andern vornehmen Kaufleuten um Petersons gantzes Wesen, welche mir einstimmig dasjenige sagten, was ich von ihm selbst gehöret, wie er nehmlich als der eintzige Erbe seines vor wenig Jahren verstorbenen Vaters, einer der stärcksten Capitalisten unter allen Handels-Leuten in gantz Schweden wäre, seine ordinaire Wohnung aber in Nyköpping und nicht weit von selbiger Stadt ein vortreffliches Ritter-Gut in Besitz hätte. Hierauf begab ich mich zu meiner Tochter und that ihr in Beyseyn ihrer Baase den Vortrag, ob sie wohl gesonnen, den Herrn Peterson welchen ich vor einigen Tagen mit zu ihr gebracht zum Ehe-Gemahl anzunehmen, machte ihr auch eine Beschreibung von dessen gantzen Wesen und grossen Reichthümern, allein, da meine Tochter von der Ehe hörete, schien es nicht anders als ob sie von einem Schlag-Flusse gerühret wäre und die Frau Baase schrye: Ums Himmels willen, Herr Schwager, weg mit dem häßlichen Kerl und wenn er 1000 Millionen im Vermögen hätte. Nachdem ich aber meine Tochter alleine auf die Seite gezogen, stellete ich ihr vor, wie daß man im Heyrathen nicht allein auf die Schönheit des Gesichts und Leibes, sondern weit mehr auf ein redlich Gemüthe und gutes Auskommen sehen müste, welches von beyden letztern, bey Peterson vollkommen anzutreffen, indem ich seit der und der Zeit nichts lasterhaf-[27]tes an ihm verspüret; allein die arme Creatur fing bitterlich an zu weinen, zumahl da sie aus meinen Reden verspürete, daß es mein ernstlicher Wille sey und ich mir dadurch aus meinen Nöthen zu helffen gedächte; bath sich aber wenigstens einen Monat Bedenck-Zeit aus, welche ich ihr denn nicht abschlagen konte, dem

Peterson dessen benachrichtigte und ihm die Freyheit ließ, seine Werbung selbst anzubringen, indem er meinen väterlichen Consens zwar völlig hätte, ich aber doch meine Tochter, welche biß dato noch keine Lust zum Heyrathen bezeugte, mit Gewalt darzu zu zwingen gar nicht gesonnen wäre, sondern ihm viellieber seine mir vorgeschossenen Gelder cum Interesse so gleich wieder baar bezahlen und mein Glück weiter suchen wolte.

Peterson wolte hiervon nichts hören, sondern blieb bey seinem Versprechen, mir mit mehr als noch einmahl so viel an die Hand zu gehen, übrigens solte ich ihn nur walten lassen, denn ob er gleich wisse, daß er meiner Tochter nicht galant genung in die Augen fiele, so würde sich doch durch öfftern Umgang und andere honetten Vortheile deren sich ein Verliebter gebrauchen müste, mit der Zeit alles geben. Demnach ließ ich ihm die Freyheit, sie täglich im Beyseyn ihrer Baase zu sprechen und erfuhr selbst von ihm, daß meine Tochter ihm zwar täglich höflicher und freundlicher, aber noch gar nicht verliebt begegnete, weßwegen er jedoch noch die allergröste Hoffnung hätte ihr Hertz zu besiegen.

Bey diesem allen versäumete ich, wie schon gemeldet, keine Zeit, den Rest, meiner aus Brasilien mitgebrachten Waaren loß zu schlagen und da ich [28] vollkommen damit fertig war, auch ein gut Stück Geld in der Hand hatte, machte ich mich zur Abreise nach D. fertig, nahm meine Tochter noch einmahl vor und erkläre derselben, wie es nur auf sie allein ankäme, mich wieder in vorigen Stand zu bringen, darum solte sie, wo es möglich wäre, diese Parthie nicht ausschlagen, und was dergleichen mehr war. Sie versprach mit weinenden Augen, ihren Sinn nach meinen Willen einzurichten, ich solte nur die gantze Sache nicht so gar eilig treiben, weiln ja Peterson von selbst so raisonable gewesen, ihr noch einige Frist zu verstatten. Hierauf nahm ich von allen mit recht bangen Hertzen Abschied, und bekam von Peterson das Versprechen mit auf den Weg, daß, wenn mir noch mit 50 oder mehr 1000 Thlr. gedienet, er mir selbige durch Wechsel übermachen wolte, jedoch ehe ich noch fort reisete, besann er sich dahin und zahlete mir ohne mein Verlangen noch 25000 Thlr. baar Geld, welches er eben selbiges Tages aus Franckreich übermacht bekommen hatte. Wiewohlen nun dieses, nebst meinen eigenen Geldern noch lange nicht hinlänglich war, alle meine Schulden zu bezahlen, so hatte doch die sicherste Hofnung, meine meisten Creditores mit halben Gelde und gantzen guten Worten ad interim zu befriedigen und mich aufs neue in Credit zu setzen.

Peterson ließ mich auf seinem eigenen Schiffe nach D. bringen und gab mir 2 von seinen getreusten Handels-Dienern mit, dergestalt langete ich gantz glücklich jedoch gantz unerkandt daselbst an, und trat bey meinem sonst immer gewesenen allergetreusten Freunde Herrn O.** ab, ließ auch alles mein [29] Vermögen in seine Behausung schaffen. Dieser redliche Mann verwunderte sich ziemlich, über meine Zurückkunft und war erfreuet, daß ich mich wieder von neuen daselbst etabiliren wolte, versprach mir auch alle möglichste Dienstleistungen, weßwegen wir denn etliche Tage nach einander meine Handels-Bücher vornahmen, die ich versiegelt in seine Verwahrung gegeben hatte und die Eintheilung machten, wie viel dieser oder jener Creditor haben, und wie ich meine Sachen etwa sonsten anstellen solte, damit ich mich wiedrum frey und öffentlich sehen lassen dürffte. Herr O.** tractirte meine gantze Sache, und es wuste niemand von meinen Creditoren, daß ich mich in seinem Hause aufhielt; brachte auch binnen wenig Wochen, meine Affairen auf einen solchen Fuß, daß meine Creditores ziemlich begütiget wurden, ich von der Obrigkeit einen Salvum Conductum erhielt, mich also wiederum auf der Börse zeigen und mein bißhero seqvestrirtes Hauß beziehen durffte.

Herr H. W. in Hamburg hatte nicht so bald Nachricht hiervon bekommen, als er mehr mir zu Gefallen als seiner eigenen Negocien halber nach D. kam, und mir so wohl des Capitain Wolfgangs als meines Sohnes Briefe vorlegte, ich lase zwar dieselben, hielt aber alles vor Mährlein und glaubte daß mein Sohn bloß aus Desperation zu Schiffe gegangen wäre, und sich vielleicht von einem listigen Vogel etwas hätte aufbinden lassen. Herr H. W. suchte mir dieses auf alle Art auszureden, allein ich war viel zu kleingläubig und dieser gute Freund resolvirte sich, seine Reise ferner nach Rußland fort-[30]zusetzen, kam nach etlichen Wochen zurück und traf

mich in einem üblen Zustande an, denn weil mein Sohn
in alle Welt gegangen war und ich fast keine Hoffnung
schöpfen konte ihn Zeit Lebens wieder zu sehen, meine
Tochter aber aus Schweden mir die allerlamentabelsten
Briefe schrieb, und zu meinem grösten Leydwesen
endlich meldete, daß ihr nunmehro unmöglich fiele, den
sonst ohnedem nicht wohlgestallten Peterson zu heyrathen, nachdem er mit einem gewissen Edelmanne in
Händel gerathen, welcher ihm nicht nur viele starcke
Blessuren im Gesicht und am Leibe angebracht, sondern
auch fast das gantze Untermaul hinweg gehauen hätte;
wurde ich vor grosser Betrübnis gantz melancholisch
und wuste mir weder zu rathen noch zu helffen, verlangete aber beständig meine eintzige Tochter zu sehen,
weßwegen Herr H. W. und Herr O. Anstalten machten
und mich wieder nach Schweden überführen liessen, da
immittelst meiner seel. Frauen Bruders Sohn, als ein
sehr geschickter Handels-Diener meine neu errichtete
Handlung fortsetzen solte. So bald ich in Stockholm angelanget, fand ich des Petersons Unglück mehr als wahr
zu seyn, er traf wenig Tage hernach bey uns ein, und ich
entsetzte mich selbst, ihn in solcher Gestalt zu erblicken,
allein dem ohngeacht wolte er durchaus von meiner
Tochter nicht ablassen, die Baase hatte er durch Geschencke auch dergestalt auf seine Seite gebracht, daß
diese ihm in allen Stücken das Wort redete und so gar die
empfindlichen Worte gebrauchte: *Da meine Sachen so
stünden, müste sich die Tochter nicht weigern in einen*

sauren Apfel zu beissen. Im Ge-[31]gentheil giengen mir die Jammer-Klagen meiner Tochter und die übrigen Grillen dergestalt im Kopfe und Hertzen herum, daß ich fast völlig melancholisch und so gar Bettlägerig wurde. Endlich fing meine Tochter an etwas aufgeräumter zu werden, und stellete sich, mir zu Gefallen, an, als ob sie den Peterson nunmehro gantz wohl leiden könte, auch die Heyrath mit ihm nicht ausschlagen wolte, sie ließ sich auch von ihrer Baase und ihm bereden, daß wir ingesammt, sonderlich mir zum Vortheil, um die Luft zu verändern, nach Niekœpping fuhren. Daselbst als ich sahe daß sich meine Tochter mit Peterson ziemlich wohl vertragen konte, bekam ich meine vorige Gesundheit bald wieder, sie war darüber sehr erfreuet, es mag ihr aber wohl nicht wenig Mühe gekostet haben, den innerlichen Kummer zu verbergen.

Nachhero wurde ich mit Peterson völlig eins, daß wir mit einander in Compagnie handeln wolten und er versprach mir trefliche Vortheile schloß einen ordentlichen Contract mit mir und bewegte mich dahin, wieder nach Hause zu reisen, um alles wohl einzurichten, ihm aber die Freyheit zu lassen, mit meiner Tochter so bald es sich schickte Hochzeit zu machen; worauf er denn mit den Geld-Säcken nachkommen und mich völlig ausser Schulden setzen wolte. Ich reisete demnach von Niekœpping ab und wieder nach Hause, hatte auch nicht die geringste Ursache an Petersons Versprechen zu zweiffeln, denn er war in mehr als zu guten Stande selbiges zu halten, doch war mein Hertze unterwegs immer voll lauter Unruhe und Bangigkeit, [32] auch noch einige Tage da ich schon zu Hause war und meine Sachen in guten Stande fand, biß Herr H. W. ohnverhofft von Hamburg abermahls ankam und mir nicht allein die fröliche Zeitung von der Wiederkunfft meines Sohnes, sondern auch gar gewaltige Geld-Summen und Wechsel-Briefe mit brachte, als womit ich alle meine Creditores gedoppelt hätte bezahlen können. Ich bezahlete aber auch alles redlich mit gewöhnlichen Interesse und blieb solchergestalt keinem Menschen einen Scherf schuldig, weßwegen aller Augen in der gantzen Stadt auf mich sahen, mich wieder vor einen grossen Mann achteten, jedoch nicht wusten, wie das Ding zugehen möchte. Herr H. W. hielt sich eine ziemliche Zeit bey mir auf, und wolte gern die Ankunfft meiner Kinder aus Schweden abwarten, denn er und ich zweiffelten nunmehro nicht, daß der Bruder die Schwester auslösen und mitbringen würde. Wir schrieben auch beyde verschiedene Briefe nach Schweden, allein ich glaube daß dieselben entweder durch unsere Anverwandtin, oder durch Petersons Vorsicht unterschlagen seyn. Endlich sahe sich Herr H. W. seiner eigenen wichtigen Geschäffte wegen genöthiget, nachdem ich ihn vor seine Mühe wohl vergnügt, von mir zu reisen und ohngefähr 3 Wochen hernach, kamen mir meine Kinder eines Abends ohnverhofft, da ich mit meinem alten guten Freunde Herrn O. im Schacht spielete plötzlich um den Halß gefallen, worüber ich eine solche jählinge Freude empfand, dergleichen ich Zeit Lebens gehabt zu haben, mich nicht leicht zu erinnern weiß. Was sonsten das übrige meiner Geschichten anbelanget, wird ihnen, meine Herren! vielleicht [33] schon guten Theils bekannt seyn, oder ich will selbiges zur andern Zeit erzählen, weiln uns die eingebrochene Nacht ins Bette weiset.

Hiermit endigte mein Vater den kurtzen Bericht von seinem Lebens-Lauffe, und wir begaben und insgesammt zur Ruhe, weil wir sehr stille See hatten, so bald wir aber den Tropicum Cancri passirt waren, erhub sich auf einmahl ein solcher gewaltiger Sturm-Wind und Regen, daß wir ingesammt nicht anders glaubten, als in dieser Gegend zu verderben; von Donnern und Blitzen höreten und sahen wir nichts, nur der Sturm-Wind erregete die Wellen dergestalt, daß wir alle Augenblicke vermeynten, von denselben verschlungen zu werden, wie uns denn ausser diesem der grausame Regen die gröste Beschwerlichkeit verursachte. Dritten Tages hörte es zwar auf zu regnen, allein der Wind stürmete desto schärffer, so, daß man nirgends ruhig stehen oder liegen konte. Unser Frauenzimmer wurde sehr unpäßlich, meine Schwester aber recht tödtlich kranck, und ob wir gleich derselben die kostbarsten Artzeneyen, nach Anweisung unsers sehr verständigen Schiffs-Barbiers, eingaben, so wolte doch nichts anschlagen, sondern es wurde am 9ten Tage, da das Stürmen noch immer fort währete, so schlimm mit derselben, daß wir an ihrer Aufkunfft zweiffelten. Dahingegen es sich mit den andern

Krancken ziemlich besserte. Mein Vater und ich waren
dieserwegen aufs äuserste betrübt, ihr Bräutigam aber,
Mons. Schmeltzer, gantz trostloß, so, daß er sich fast
nicht zu fassen wuste. Keiner unter allen [34] zeigte bey
diesen gefährlichen und betrübten Umständen mehr
Courage, als Herr Herrmann, ohngeacht dieses seine erste Reise zur See war. Lieben Freunde! sagte er zum
öfftern, glaubt es nicht, daß wir unglücklich seyn werden, GOtt kennet uns, und seine Güte und Barmhertzigkeit ist viel zu groß, als daß er uns verderben solte; trauet
doch derselben nur wenigstens so hertzhafft als ich. Er
war auch in diesem Stücke ein guter Prophete, denn meine Schwester wurde nicht allein wieder besser, sondern
der Sturm legte sich auch, allein, wir sahen uns dergestalt von unserer Fahrt verschlagen, daß die verständigsten unter uns die Brasilianischen Küsten bemercken
konten.

Weil nun unser Schiff eine starcke Ausbesserung von
nöthen hatte, folgeten alle einmüthig meines Vaters Rathe, die grosse Bay vor St. Salvator zu suchen, um daselbst unser Schiff wieder in vollkommen guten Stand
zu setzen, auch selbsten in etwas von der mühseligen
Reise auszuruhen, indem er dasiges Orts noch viele gute
Bekandte Portugiesen hätte.

Wir fanden dieselbe endlich, und stiegen aus, fanden
auch in der Stadt gute Bequemlichkeit, so, daß wir uns
alle, und sonderlich unsere Krancken, binnen den 4. Wochen, da unser Schiff ausgebessert wurde, völlig wieder

erholen konten. Wir kaufften auch verschiedene Waaren dieses Landes ein, und hatten solchergestalt unser Schiff so voll geladen, daß fast nichts mehr hinein zu bringen war. Endlich begaben wir uns wieder an Boord, und setzten unsere Reise, nach Süden zu, [35] fort, hatten zwar nachhero noch etliche mahl Stürme und Ungewitter auszustehen, allein, es waren selbige eben von solcher Wichtigkeit nicht, unsern ungemein starcken Schiffe Schaden zuzufügen. Einen eintzigen starcken Sturm aber, der uns hätte Furcht und Schrecken einjagen können, warteten wir auf einer kleinen unbewohnten Insul ab, bey welcher wir 2. Tage vorher gelandet, um frisches Wasser einzunehmen, auch einiges frisches Wildpret und Vögel zu schiessen, denn ob wir gleich Rind- Schaaf- und allerley Feder-Vieh in ziemlicher Anzahl bey uns hatten, so wolten wir doch lieber unsern Appetite steuren, als davon etwas schlachten, indem diese lebendigen Thiere in Felsenburg ungemein angenehm waren. Gantzer 18. Tage verharrten wir also auf schon gemeldter unbevölckerten Insul, welches eben nicht die fruchtbarste zu seyn schien, doch fand sich viel taugliches Wildpret darauf, nebst Vögeln von verschiedenen Sorten, die sich wohl essen liessen. So bald aber die See wieder stille, und der Himmel klar zu werden begunte, brachen wir unsere Gezelter, die Mons. Horn zum Geschencke vor den Alt-Vater erkaufft, wieder ab, begaben uns auf die fernere Reise, nahmen unterwegs noch 2. mahl bey zweyen wüsten Insuln frisches Wasser ein, und paßirten endlich den Tropicum Capricorni, allein, da schien es nun Kunst zu kosten, die Insul Groß-Felsenburg wieder zu finden, denn wir kamen einen gantz andern Weg her, als den wir abgefahren waren, und hatten die Insul St. Helena voritzo sehr weit lincker Hand liegen lassen. Endlich [36] da es eines Tages gantz heitere Lufft war, rieff ein Boots-Knecht oben aus dem Mast-Korbe herunter: *Zwey Insuln gegen Osten, eine grösser als die andere.* Ich befand mich eben bey dem Capitain Horn, welcher so gleich vor Freuden in die Hände schlug, und sagte: GOtt Lob! das können fast keine andern als die Felsenburgischen seyn; er war aber so neugierig und verwegen, selbst am Maste hinauf zu steigen, nahm auch ein ziemlich groß Perspectiv mit hinauf, kam bald wieder herunter, und sagte: Dem Himmel sey gedanckt, ich habe die Felsen-Spitzen gantz eigentlich sehen und unterscheiden können, wir sind zu weit rechter Hand kommen, ich habe aber doch nur in vergangener Nacht ausgemessen und ausgerechnet, daß wir unmöglich weit mehr davon seyn könten. Derowegen befahl er so gleich dem Steuer-Manne, den Lauff des Schiffs gegen Osten zu richten; weil wir aber einen scharffen wiederwärtigen Ost-Wind hatten, erreichten wir erstlich von der Zeit, am Abend des 5ten Tages, nehmlich am 4ten Jun. 1730. die Insul klein Felsenburg, allwo, weil sogleich eine sehr finstere Nacht einbrach, Capitain Horn Ancker werffen ließ, nachdem wir uns alle zusammen beredet, diese Nacht gantz stille zu seyn, 2. Stunden vor Anbruch des Tages aber das verabredete

Zeichen zu geben; denn es daurete uns nicht nur alle Einwohner, sondern vornehmlich den Alt-Vater, wenn er ja noch lebte, um die gantze Nacht-Ruhe zu bringen, und es war leicht zu glauben, daß die wenigsten vor Freuden ein Auge würden zugethan [37] haben, wenn sie gewust hätten, daß wir so nahe wären.

Es war, wie gesagt, dieses eine ungemein finstere Nacht und gewaltiger Regen, weil es eben hieselbst im Winter war, derowegen legten wir uns einige Stunden zur Ruhe, wiewohl in meine Augen kam kein Schlaff, derowegen stund ich wieder auf, ließ mir Caffeé zubereiten, rauchte Toback, legte die Uhr vor mich auf den Tisch, und wartete mit sehnlichen Verlangen, biß die Stunde heran kam, da wir das Signal aus unsern Canonen geben wolten. Capitain Horn wurde zur rechten Zeit munter, derowegen liessen wir auch unsere übrigen Freunde wecken, gaben sodann eine Salve aus 6. Canonen, liessen 12. Raqueten steigen, und wiederholten solches 2. mahl, da denn die Felsenburger alles ihr Geschütz, kurtz hinter einander her, löseten, und an verschiedenen Orten Raqueten steigen liessen, mit welchen Lust-Feuern denn continuirt wurde, biß endlich der helle Tag anbrach. Wie nun schon gestern verabredet worden, daß ich erstlich allein hinüber fahren, dem Alt-Vater den Respect erweisen, und ihm unsere Ankunfft melden, auch erfragen solte, welche Personen auf klein Felsenburg etwa zurück bleiben müsten; so war ich gleich im Begriff, ins Boot zu steigen, und mich von etlichen Matrosen hinüber setzen zu lassen, als wir eben drey Groß-Felsenburgische Boote auf uns zu kommen sahen, deren jedes 4. Manns-Personen in sich hatte, und die unser Schiff noch weit von ferne schon vor das rechte erkandt, blieb also noch zurück. *Lebt der Alt-Vater noch?* [38] Dieses war der erste Ruff, den ich ihnen durchs Sprach-Rohr entgegen schickte, weßwegen sie mit den Händen klatschten, und ihre Mützen um die Köpffe schwungen, weil wir den Laut ihrer Stimmen von so weit her noch nicht vernehmen konten. Endlich aber, da sie immer näher und näher kamen, höreten wir die deutlichen Worte: *Er lebet noch! Willkommen! Willkommen!* Bald hernach gelangeten sie bey unserm Schiffe an, da wir denn, weil sie mich, so wie ich sie alle wohl und bey Nahmen kenneten, einander auf das frölichste bewillkommeten, worauf sie auch den Capitain und den andern neu mit angekommenen Europäern ihre Reverenze machten, sodann ein gutes Früh-Stück einnahmen.

Weiln ich aber keine Zeit versäumen wolte, gab ich meine Meynung den Felsenburgern zu verstehen, da sich denn gleich die ersten 4. offerirten, mich hinüber zu führen, die übrigen 8. aber blieben bey unsern Schiffe. So bald wir nun dem Eingange gegen über kamen, nehmlich, wo sonst der Nord-Fluß seinen gewöhnlichen Ausfall hat, waren die allermeisten Groß-Felsenburgischen Einwohner unten am Fusse des Gebürges versammlet, voran aber stunden Herr Wolffgang, der alte Capitain Wodley, Litzberg und die andern Einkömmlinge, wir umarmten einander, ohne viel Worte zu machen, da aber der Capitain Wolffgang merckte, daß ich schwerlich vor Abends fertig werden würde, wenn ich einem jeden anwesenden Befreundten die gebührende Höflichkeit erzeigen wolte, sprach er: Mein Herr! wir alle wer-[39]den in künfftigen Tagen Zeit genung haben, euch unsere zärtliche Liebe zu erzeigen, und ausführlich von euch die Begebenheiten eurer Reise zu vernehmen, vorietzo aber lasset uns keinen Augenblick versäumen, euch zu dem Alt-Vater zu führen, denn ich weiß, daß er vor Verlangen, euch zu sehen, fast verschmachtet. Demnach stiegen wir in dem Felsen-Gewölbe hinauf, und der gantze Zug folgte uns nach biß auf die Albertus-Burg, weil aber der Alt-Vater wegen bisheriger öffterer Schwachheit nicht aus seinem Zimmer kommen konte, und dieses zu enge war, eine solche Menge Volcks als mich begleitete, in sich zu fassen, kamen ausser den alten Greissen nur die wenigsten hinein. Der Alt-Vater umarmete und küssete mich und vergoß viel Freuden-Thränen, wie ich denn ebenfalls in einer guten Weile vor Freuden den Mund nicht aufthun konte. Endlich aber stattete ich meinen Rapport so kurtz, als möglich, ab, gab zu vernehmen, wie ich nebst den allernöthigsten Sachen auch noch viele nöthige Personen mitgebracht, die allhier zu verbleiben ohnfehlbar Lust bezeigen würden, meldete aber noch nicht, wer sie wären, vielweniger daß ich meinen Vater und Schwester bey mir hätte. Inzwischen bath ich den Alt-Vater, daß, weil man doch den Capitain Horn nicht so bald könte wie-

der zurück seegeln lassen, Ordre zu stellen, wie es mit
Verpflegung seiner Leute solte gehalten werden, ob sie
hier oder auf klein Felsenburg bleiben solten, und was
sonsten etwa zu erinnern wäre Allein der Alt-Vater, der
mir lange nicht mehr so [40] frisch und munter, als bey
meiner Abreise, vorkam, übergab alle diese Sorgen seinem ältern Sohne Alberto II. und nebst diesem, denen Capitains Wolffgang und Wodley, ich aber solte nicht von
seiner Seite kommen, biß ich ihm einen ausführlichen
Bericht von der gantzen Reise abgestattet hätte, da aber
Herr Wolffgang vorschützte, wie es absolute nöthig sey,
daß ich wieder mit hinüber zum Schiffe führe, und erstlich den Capitain Horn nebst den andern neuen Europäern mit herein führete, da denn in Beyseyn Horns, der
Bericht weit vollkommener abgestattet werden könte,
ließ er es sich endlich gefallen, daß ich erstlich noch einmahl mit dahin führe, weßwegen wir uns nicht lange säumeten, um noch vor Nachts wieder auf dem Schiffe zu
seyn.

Unter so vielen Anwesenden vermissete ich fast
niemanden so bald, als Herrn Mag. Schmeltzern, erfuhr
aber, auf mein Nachfragen, daß er sich seit zweyen Tagen in Roberts-Raum bey einem krancken Manne aufgehalten, und noch daselbst befindlich wäre.

Es war schon finstere Nacht, als wir in dem Schiffe
anlangeten, und das freundliche Bewillkommen der
Bekannten und Unbekannten währete gantz lange, die
allergröste Freude aber hatte Herr Wolffgang über die

Mitkunfft meines Vaters, meiner Schwester und den Bruder Herrn Mag. Schmelzers, gab mir auch einen kleinen Verweiß, daß ich solches dem Alt-Vater und ihm verschwiegen hatte, allein, ich entschuldigte mich, daß es darum geschehen, bey persönlicher Zusam-[41]menkunfft eine desto grössere Freude zu verursachen. Nachhero wurde geheimer Rath gehalten und beschlossen, alle diejenigen Personen, welche nicht auf der grossen Insul bleiben solten, mitlerweile auf der Insul Klein-Felsenburg auszusetzen, weil aber der Capitain Horn befürchtete, daß die drey Officiers, wenn sie mit den Matrosen alleine zurück gelassen würden, rebellisch werden, und ihm auf der Rück-Reise böse Streiche spielen möchten, that er den Vorschlag, daß nur etliche von uns mit dem Schiffe hinüber fahren solten, er selbst aber wolte mit den übrigen noch einige Tage bey den drey Officiers und Matrosen auf klein Felsenburg verharren, diesen letztern alle übeln Gedancken benehmen, und ihnen eine gute Meynung beybringen, auch Anstalten machen, daß tüchtige Hütten und Heerde gebauet würden, damit sich diese Leute bey itziger Winters-Zeit behelffen könten, worbey er denn nicht zweiffelte, daß man sie von Groß-Felsenburg aus, von Zeit zu Zeit mit guten Eß-Waaren und Geträncke versehen würde. Nach gerade aber könte man so wohl ihn als die andern Europäer, welche in Groß-Felsenburg bleiben solten, immer ein Paar nach dem andern abholen.

Dieser Rath war sehr wohl ausgesonnen, und nur da-

bey zu bedauren, daß wir den guten Capitain Horn nicht
sogleich mit uns nehmen, und dem Alt-Vater vorstellen
solten, allein, Herr Wolffgang war selbst der Meynung,
dieses Stratagema zu gebrauchen. Mittlerweile berichtete
der Capitain Horn, wie der gröste Theil von den Matrosen
[42] abgewichenes Tages auf den Booten, benebst 2. Felsenburgern bereits nach der kleinen Insul abgefahren,
und Schieß-Gewehr, auch so viel Proviant mit sich genommen, daß sie sich wohl etliche Tage behelffen könten. Dieses war schon eine gute Sache, und weil ich dem
Capitain Horn anzeigte, wie ich gesonnen wäre, jedem
Matrosen vor seine bißhero gehabte Mühe 50. spec. Thlr.
einem jeden von den 3. Officiers aber 100. Thlr. zu verehren, als ließ er so gleich unter die übrigen, so noch auf
dem Schiff waren, ausstreuen, daß wir Morgen alle auf
die kleine Insul überfahren, daselbst eine kurtze Lust haben, und zusehen wolten, wie sich die Matrosen anstellen
würden, weil Eberhard Julius so und so viel Geld unter
sie vertheilen, auch viel Wein und Brandtewein, nebst
andern Sachen unter sie Preiß geben wolte.

Das war ihnen ein gefunden Fressen, derowegen fuhren sie mit Erlaubniß des Capitains Horn gleich, sobald
der Tag anbrach, hinüber auf klein Felsenburg, etliche
kamen wieder zurück, holeten die Wein- und Brandteweins-Fässer, nebst andern Victualien ab, gegen Mittag
aber fuhr Capitain Horn nebst einigen mitgekommenen
Europäern, auch etlichen Felsenburgern ihnen nach, und
wir traffen das gantze Heer der Matrosen auf dem Platze

an, welcher auf dem Grund-Risse der Insul Klein-Felsenburg (im andern Theile dieser Geschichts-Beschreibung bey pag. 452.) mit dem Buchstaben F. bezeichnet ist, allwo sie im vollen Wercke begriffen waren, Hütten zu bauen, auch schon viele Feuer angemacht, und Wildprets-[43] Braten angesteckt hatten, weil die gestern voraus gegangenen von der Jagd nicht leer zurück gekommen waren.

Zuerst ließ Capitain Horn ein Faß Brandtewein anstecken, und jeglichen eine gute Portion geben, damit sie erstlich Geister bekämen, hernach ließ ich meine mit lauter Spanischen Creutz-Thalern angefülleten Säcke herbey bringen, zählete einem jeden Officier 100. und jedem Matrosen 50. Thaler in die Mütze, danckte ihnen aufs höflichste vor ihre unterwegs auf der Fahrt erzeigte Treue, Fleiß und Gehorsam, und versprach, woferne sie sich binnen der Zeit, da wir uns allhier aufhielten, fein fromm und Christlich aufführeten, vor der Abreise, noch über ihren versprochenen Sold, ein mehreres zu geben.

Da gieng es an ein Hände-Küssen und an ein Jubiliren, ja sie versprachen denjenigen, der unter ihnen am ersten Rebellion oder Händel anstifften wolte, sogleich auf der Stelle mit ihren Messern in tausend Stücken zu zerschneiden. Capitain Horn lachte, und sagte: Kinder, seyd nur fromm, so werdet ihr allhier bessern Gewinst und bessere Tage haben, als ihr gedenckt, auch an guten Essen und Trincken nicht den geringsten Mangel leiden.

Wenn das ist, versetzte einer hierauf, so lasst uns so lange auf dieser Insul bleiben, biß es allhier Sommer wird. Ja! Bruder ja! schryen die andern, wenn der Capitain will.

Daferne ihr, (sprach der Capitain Horn,) wie ich schon gesagt, nur fromm seyn wollet, kan Rath darzu werden, und ihr sollet versichert seyn, daß [44] alles, was euch versprochen worden, redlich wird gehalten werden.

Mir aber, sprach er ferner, werdet ihr doch nicht übel auslegen, wenn ich dann und wann etliche Tage mich auf jener grössern Insul bey guten Freunden aufhalte, jedoch öffters sehe, was ihr macht, das Commando dem ältesten Officier überlasse, und vor eure Verpflegung Sorge trage.

Ihr seyd, antwortete der stäckste unter ihnen, der beste Capitain von der Welt, thut, was euch gefällt, verschafft uns nur allhier gut Fressen und Sauffen, und hernach eine gute Fahrt, wobey wir noch was erwerben können. Die andern stimmeten diesen bey, und baten sich aus, man solte sie nur allhier auf dieser Insul bey ihrer Lust lassen, Boßheiten wolten sie nicht begehen.

Wohlan! weil ihr so redlich seyd, (redete ich zu ihnen) will ich euch auf instehenden Johannis-Tag vor mein particulier 3. Faß Wein herüber senden, ohne was andere thun werden. He Vivat! rieffen alle, und wurffen die Mützen in die Höhe.

Hierauf fiengen sie an, Gesundheiten zu trincken, auch die Hände wieder an ihren Hütten-Bau zu legen, weßwegen ich den Capitain Horn ein wenig auf die Seite zohe, und zu ihm sagte: Diese Leute sind von Natur weit raisonnabler, als wir uns eingebildet haben; wer hätte dergleichen Resolution in ihnen suchen sollen? Inzwischen kömmt sie recht a propòs, und gereicht zu meinem grösten Vergnügen, daß wir sogleich alle zusammen vor den Alt-Vater treten können. Horn gab hierauf zur Antwort: Es ist wahr, nun glaube ich dem Satze, daß das Geld, der [45] Wein, u. dann auch vornehmlich die Liebe die grösten Potentaten über das menschl. Geschlechte sind, denn mit den allergrösten Flatterien hätte ich diese Leute binnen 8. Tagen dahin nicht bringen können, (wenn sie gewust hätten, daß es mein ernstlicher Wille wäre,) wohin sie sich von freyen Stücken selbst gewendet.

Wir blieben also noch ein wenig bey ihnen, da es uns aber Zeit zu seyn dauchte, ruffte sie Capitain Horn nochmahls zusammen, und sprach: Nun so haltet denn euer Wort, seyd vernünfftig, folget euren 3. Vorgesetzten, macht euch eure Hütten und Feuer-Heerde bequem, denn zu Kochen und Braten werdet ihr genung kriegen, sorget vor nichts, und bleibet nur hier in Ruhe, wir aber wollen an Boord gehen, jedoch in wenig Tagen will ich euch wieder besuchen, und hören, wie ihr euch aufgeführt habt.

Sie waren alle wohl zufrieden, sonderlich wegen der vollen Fässer, begleiteten uns aber doch biß an das Ufer, allwo die Boote stunden, mit welchen die Felsenburger uns mit sammt den Europäern wieder aufs Schiff brachten, weil aber die Nacht vor der Hand war, wolten wir die Ancker nicht so gleich lichten, sondern versparetn solches biß zu anbrechenden Tage, höreten die gantze Nacht hindurch ein gewaltiges Freuden-Geschrey von unsern auf der Insul befindlichen Matrosen, welche sich allem Vermuthen nach das Geträncke ziemlich zu Nutz gemacht hatten, wir gönneten es ihnen aber sehr gern, wunden noch vor anbrechenden Tage die Ancker auf, und gelangeten ohngefähr um 9. Uhr in behöriger Weite [46] vor dem Eingange der Insul an, da wir denn die Ausladung des Schiffs den Felsenburgern überliessen, bey welchen Capitain Wolffgang und einige bereits eingesessene Europäer blieben, von dem itzt angekommenen aber stiegen folgende Personen durch das Nord-Gewölbe den Felsen hinauf:

1. Mein Vater, Franz Martir Julius.
2. Capitain Horn.
3. Herr Jacob Friedrich Schmeltzer.
4. Meine Schwester, Juliana Louise Juliin.
5. Herr Johann Friedrich Herrmann.
6. Mons. Richard van Blac.
7. Jungfer Anna Sibylla Krügerin.
8. Jungfer Susanna Dorothea Zornin.
9. Barbara Kuntzin, meiner Schwester Magd.
10. Johann Martin Rädler.   } 2. Buchbinder.
11. Christian Gebhard Ollwitz.
12. Valentin Schubard.   } 2. Glaßmacher.
13. Jeremias Rudolph Kindler.
14. Joh. Hildebrand Breitschuch, ein Seiffensieder.
15. Moritz Engelhart, ein Blechschmidt.

16. Victor Magnus Hollersdorff, ein Mahler.
17. Salomon Friedrich Besterlein, ein Sattler.
18. Carl Heinrich Trotzer, ein Zinn-Giesser.
19. Emanuel Siegfr. Langrogge ⎱ 2. vortreffliche
20. Heinrich Gottfr. Hildebrand. ⎰ Musici.

Die 9. Sclaven des Capitain Horns musten gleichfals mit auf dem Schiffe bleiben, doch wolte sich Capitain Horn bey dem Alt-Vater ausbitten, daß sie nach völliger Ausladung desselben auf die Insul gelassen, und daselbsten getaufft würden, [47] weil sie, nach Herrn Schmeltzers und Herrn Herrmanns Versicherung, welche beyden dieselben unterwegs fleißig informirt, die Articul des Christlichen Glaubens sehr wohl inne, auch die gröste Lust hätten, sich tauffen zu lassen.

Es waren abermahls fast alle Einwohner der gantzen Insul beysammen, als wir an Land kamen, oben aber auf der Ebene war Herr Mag. Schmeltzer der erste unter den naturalisirten Felsenburgern, welcher uns entgegen kam, und fast vor Freude in Ohnmacht gesuncken wäre, als er seinen liebsten Bruder, meinen Vater und meine Schwester erkandte. Jedoch weil meine Beschreibung viel zu weitläufftig werden würde, wenn ich alle Reden, die allhier vorfielen, wiederholen wolte, will ich mich nur der Kürtze befleissen, und so viel sagen, daß wir abermahls recht in Procession die Albertus-Burg hinauf stiegen, mitlerweile aber unsere Gefährten unten in einem grossen Zimmer in etwas zu verweilen gebeten wurden, führete ich die ersten 5. Haupt-Personen erstlich allein zum Alt-

Vater hinauf, unter welchen aber dieser niemanden kennete, als den Capitain Horn. Nachdem ich ihm nun gesagt, daß dieser Herrn Mag. Schmeltzers leiblicher Bruder, jener Herr Herrmann, ebenfalls ein Theologus, welche beyden ich in Europa zu Priestern weyhen lassen, das aber mein Vater und diese meine Schwester wäre, saß er eine lange Zeit als ein Lebloser, endlich aber erholte er sich wieder, umarmete und küssete uns alle, fragte hernach meinen Vater: Wisset und glaubet ihr auch, daß ich so ein naher Anverwandter von euch bin. [48] Ich habe es, mein Herr Vater! gab mein Vater zur Antwort, aus dem Munde dieses meines eintzigen Sohnes, Eberhard Julii, vernommen, und bin noch itzo unvermögend, die wunderbaren Führungen des Himmels gnungsam zu bewundern. Ich freue mich von Grund der Seelen, versetzte der Alt-Vater, euch alle insgesammt bey mir zu sehen, und daß ihr Zeugen meines vergnügten Wohlstandes seyn könnet, ihr werdet aber vielleicht auch Zeugen meines bald heran nahenden Endes seyn, denn da der Himmel nunmehro mein Bitten und Flehen in allen Stücken erhöret hat, wüste ich mir nichts weiter zu wünschen, als einen baldigen sanfft und seeligen Todt. Wir thaten hierüber sehr kläglich, ich aber sagte: wie daß ich den Himmel bitten wolte, ihn nur wenigstens so alt werden zu lassen, als Don Cyrillo de Valaro auf dieser Insul alt worden wäre. Nein, mein Sohn! versetzte er, das wünschet mir nicht, sondern viel lieber eine baldige Auflösung; Don Cyrillo hat viel Arbeit auf dieser Insul gethan, ich werde aber wohl nicht lügen, wenn ich sage, daß ich noch mehr gethan, und weit mehr Kummer und Sorgen ausgestanden habe als er; Derowegen fühle ich meine Mattigkeit wohl, und mercke, daß ich es nicht mehr lange machen werde, bin auch hertzlich damit zufrieden, indem mir vor meinem Ende alles nach Wunsche ergangen. Hierauf reichte er meinem Vater und meiner Schwester die Hände, und nöthigte sie, neben sich zu sitzen, uns andern wurden auch Stühle gesetzt, mitlerweile aber der Alt-Vater mit meinem Vater von un-[49]sern Vor-Eltern eine lange Unterredung gehalten, dieser letztere ihm auch erzählet, was er von ihnen wüste, und was er noch vor schrifftliche Urkunden, diese und jene Sachen betreffend, mit sich gebracht hätte, waren die Mittags-Stunden bereits vorbey, weßwegen die Mahlzeit aufgetragen wurde, wir 6. Angekommenen speiseten nebst Alberto II. und einigen andern grauen Häuptern an des Alt-Vaters Taffel, Herr Wodley aber, welcher sonsten täglich an des Alt-Vaters Taffel speisete, tractirte voritzo in dem untersten Zimmern die andern neuen Einkömmlinge, nebst denen, welche oben nicht Platz bekommen konten.

Unter den grauen Häuptern vermissete ich sonderlich den ehrlichen alten David, sonst Rauking genannt, welcher nur vor wenig Monaten gestorben, und fast 90. Jahr alt worden war, ich bedaurete diesen Mann sehr wegen seiner Erfahrenheit und Aufrichtigkeit. Sonsten waren die Aeltesten, so ich verlassen hatte, noch alle am Leben, in Davids-Raum aber war nunmehro des verstorbenen erstgebohrner 45. jähriger Sohn, Aeltester und Vorsteher worden.

Mein Vater, Schwester und die übrigen wunderten sich ungemein, wie appetitlich, sauber und ordentlich die Mahlzeit an- und eingerichtet war, ein jeder wurde von einem reinlichen 12. biß 14. jährigen Knaben bedienet, die Speisen waren sehr wohl, aber doch nicht wie in Europa zuweilen geschicht, so gar leckerhafft, oder wenn ich es recht sagen soll, täntelhafft zugerichtet. Hierbey [50] war ein wohlgebrautes Bier und ein schöner Felsenburger Wein unser Geträncke.

Weil der Alt-Vater mit meinem Vater beständig im Discurs begriffen war, welchem die andern eiffrig zuhöreten, gerieth ich ohngefähr in tieffe Gedancken, und muß nur gestehen, daß mich der Magnet zu meiner Cordula zohe, welche ich noch nicht gesehen, auch sie noch diesen Tag zu sehen nicht hoffen konte, weil sie ihrer Mutter, und der andern Aussage nach, schon seit vielen Wochen immer kräncklich gewesen wäre, und sich nicht wohl aus dem Hause wagen dürffte. Demnach war mir einiger massen verdrüßlich, daß ich aus Respect gegen den Alt-Vater und die Fremden heute nicht zu ihr reisen könte, sonsten hätte lieber Essen und Trincken entbähren wollen. Indem kam Mons. Litzberg ohnvermerckt, stöhrete mich in meiner tieffen Gedancken, und vermeynte, er wolle wohl errathen, was mich so tieffsinnig machte. Ich fragte: wie ihm zu Muthe gewesen, da er einsmahls verliebt gewesen wäre? Hierauf sagte er:

Wartet ein klein wenig, mein Herr, ich muß mich eurer erbarmen, und euch ein Pflaster aufs Hertze holen. Hiermit ging er in ein Neben-Zimmer, und brachte mir meine Cordula heraus geführet, ich sprang gleich auf, und konte mich nicht enthalten, sie mit einem Kusse zu bewillkommen, weßwegen ihre blasse Farbe sich in eine Blut-rothe verwandelte. Sie wuste hernach die andern Fremden mit einer ungemein artigen Stellung, meine Schwester aber mit einem heissen Kusse zu bewillkommen, weßwegen mein Vater vor Freuden zu weinen anfieng, [51] und sagte: *Wohl gewählt, mein Sohn, GOtt segne euch beyde.* Meine Cordula wurde von den Alten Greisen fast gezwungen, sich an meine Seite zu setzen, ohngeacht wenig Platz vorhanden war, jedoch wir konten vor allzugrosser Freude wenig Worte zu Marckte bringen, ehe wir es uns aber versahen, fieng Monsieur Litzberg mit einigen Felsenburgischen Junggesellen und Knaben, die sich binnen der Zeit sehr starck in der Music geübt und gebessert hatten, im Neben-Zimmer an, ein schönes Concert zu spielen, und damit ich nichts vergesse, so hatte dieser redliche Freund, der ungemein viel Liebe gegen mich bezeigte, seinen Hirsch-Wagen angespannet, war damit nach Roberts-Raum gerennet, und hatte mit Bitten nicht abgelassen, biß sich meine Cordula resolviret, in seiner und Harkerts Gesellschafft nach der Albertus-Burg zu fahren.

Wir höreten dieser Instrumental-Music alle mit Vergnügen zu, bald hernach aber veränderte er die Instrumente, und sunge folgende

CANTATA.

Aria.

Willkommen, Hertz-geliebten Freunde!
Willkommen hier in Canaan!
Seyd tausend-tausendmahl willkommen!
Da ihr uns unsern Schmertz benommen;
Der Himmel sey davor gepriesen,
Der euch und uns diß Glück erwiesen,
Ja, seine Güte hats gethan. [52]
Willkommen, Hertz-geliebten Freunde!
Willkommen hier in Canaan.

Recit. Bißhero stunden wir
    Nur immer alle Morgen
    Mit Kummer-vollen Sorgen
    Und lauter Seuffzern auf,
    Und legten uns des Abends wieder
    Mit bangen Hertzen nieder.
    Diß Lust-Revier,
    So gar der Sonnen-Lauff,
    War fast nicht mehr geschickt,
    Uns die Vergnüglichkeit zu geben,
    So Seele, Geist und Leben
    Bißher erquickt.
    Blieb einer bey dem andern stehn,
    So war das erste Wort:
    Wie mag es den Verreis'ten gehn?

Aria.

WEich zurück, betrübte Zeit!
Denn der Himmel lässt geschehen,
Daß wir nach der Bangigkeit
Uns frohlockend wieder sehen.
Nun ist unser Wunsch erfüllt,
Das Verlangen ist gestillt.
Nun verschwindet alles Leyd,
Weich zurück, betrübte Zeit!

Recit. Es kommen Hertz und Hertzgen itzt
Aufs neue höchst-vergnügt zusammen,
Wo Amors-Pulver blitzt,
Verrathen sich gar bald die Liebes-Flammen; [53]
Doch diese sind von reiner Art,
Weil gleich und gleich
Sich hier zusammen paart.
Der Himmel lasse nun,
Nachdem das Stürmen überstanden,
Ein jedes Liebes-Schiff vergnügend landen,
Und in dem Haafen sicher ruhn.

Aria.

Es müsse das Glücke und lauter Gedeyhen
Uns, die wir in Felsenburg wohnen, erfreuen,
Es lebe Albertus noch lange vergnügt.
Es leben die Freunde, die sonder Betrüben
Einander von Hertzen recht brüderlich lieben,

Und keiner den andern mit Falschheit betrügt.
Es wolle des Himmels höchst-gnädiges Walten
Die Insul in ruhigem Wesen erhalten,
  So, wie er's bißhero nach Wunsche gefügt.
Es müsse das Glücke und lauter Gedeyhen
Uns, die wir in Felsenburg wohnen, erfreuen,
  Es lebe Albertus *noch lange vergnügt.*

Ob nun schon Mons. Litzberg diese Verse in gröster Geschwindigkeit gemacht, und auch selbst in gröster Geschwindigkeit componiret hatte, so, daß es eben kein Meister-Stücke zu nennen war, gefielen sie unser aller Ohren, zumahl er selbige mit seiner artigen Tenor-Stimme vorbrachte, auch [54] sich auf einen besondern Instrumente selbst accompagnirte, dennoch dergestalt wohl, daß wir ihn nicht genung zu veneriren wusten, nachdem er aber noch einige andere Arien abgesungen, stunden wir von der Taffel auf, da denn vor allererst die übrigen Fremden dem Alt-Vater præsentirt wurden, sich mit ihm in ein kurtzes Gespräch einliessen, und darbey meldeten, was sie vor Professiones hätten, auf dieser Insul Nutzen zu stifften.

So bald der Alt-Vater mit allen durch die Banck fertig war, sprach er: Nun glaube ich selbst, daß meine Insul, Monsieur Litzbergs Ausspruche nach, ein vollkommen gelobtes Land werden wird, und es auch bleiben kan, wenn sich nur die Einwohner, mit der Zeit, nicht gleich den Kindern Israel die Lust-Seuche ankommen lassen.

Herr Mag. Schmeltzer versetzte hierauf, daß noch zur Zeit nichts übles von ihnen zu vermuthen wäre, indem er seit der Zeit, als er da gewesen, sich angelegen seyn lassen, auch die Gemüther der kleinesten Kinder auszuforschen, doch bey niemanden grobe Laster oder übermäßige Boßheiten angetroffen, der Himmel würde ferner helffen, daß durch die gute Zucht der Eltern, Schul-Lehrer und Priester, allem besorglichen Ubel gesteuret würde. Das helffe der Himmel in jeder Familie, sagte hierzu der Alt-Vater.

Nachhero wurden die Neulinge wieder hinunter zum Caffeé genöthiget, Capitain Horn aber von dem Alt-Vater eben bey diesem Geträncke und einer Pfeiffe Toback ersucht, ihm eine ausführliche Erzählung von unserer Reise und Verrichtungen [55] zu thun. Wie nun dieser so gleich bereit darzu war, ich aber merckte, daß die Reihe nicht so bald an mich kommen würde, Horns Erzählung fortzuführen, gieng ich inzwischen mit meiner Braut, Schwester, Herrn Schmeltzern und Mons. Litzbergen in das Neben-Zimmer, truncken eine Kanne Caffeé alleine, und hielten unter uns ein besonderes vertrauliches Gespräch.

Mir war auf der Welt nichts angenehmer, als daß meine Cordula und meine Schwester in so kurtzer Zeit einander dergestalt lieb gewonnen hatten, daß sie sich nicht aus den Armen gelassen, und sich nicht satt geküsset, wenn Herr Schmeltzer und ich auf Zureden Mons. Litzbergs nicht Schieds-Männer worden wären, und dergleichen Zinsen der Liebe vor uns selbst eingefodert hätten. Bey

dieser Gelegenheit compromittirten Hr. Schmeltzer und
ich, daß wir uns mit nächsten, und zwar in einem Tage,
copuliren lassen wolten. Bald darauf machte Monsieur
Litzberg alle Thüren zu, dämpffte sein Instrument, welches fast wie aller Lauten Groß-Mutter, und dennoch
nicht recht wie eine Laute aussahe, und machte uns damit eine charmante douçe Musique, zumahlen da 2. Knaben Wechsels-weise mit 2. Fleute Traversen sanffte darzu
blasen musten. Diese Lust währete biß fast gegen Mitternacht, da endlich der Alt-Vater müde wurde, derowegen
Bet-Stunde halten ließ, worauf sich ein jeder an seinen
angewiesenen Ort zur Ruhe legte, Herr Wolffgang aber
wolte nicht wieder kommen, sondern war diese Nacht auf
dem Schiffe geblieben. Folgenden [56] Tages, da es Donnerstag, und zugleich Kirch-Tag war, gingen wir, nachdem wir den Thée mit dem Alt-Vater getruncken hatten, herunter in die Kirche, der Alt-Vater aber wurde
von zweyen starcken Insulanern, in einer wohl gemachten Sänffte sitzend, herunter getragen. Es war aus
allen Stämmen sehr viel Volck in der Kirche, den neu angekommenen Europäern wurden die besten Stellen angewiesen, Capitain Horn aber, Hr. Schmeltzer, Hr. Herrmann, mein Vater und ich wurden mit auf die Empor-Kirche geführt, da der Alt-Vater und übrigen Stamm-Väter ihre Sitze hatten. Ich verwunderte mich sehr, daß
nicht allein die Orgel vollkommen fertig, mit vielen Zierrathen von Bildhauer-Arbeit ausgeschmückt, sondern
auch durch Lademannen und seine Lehrlinge überall in

der Kirche die sauberste und künstlichste Tischer-Arbeit angebracht war, daß also an den äuserlichen Zierrathen gar nichts mehr fehlete, als das Mahlen und Vergulden, zu welchem Ende ich denn eine gewaltige Quantität von allerley Farben, geschlagen Blätgens Gold, Silber und Metall, auch nur fast dieserwegen allein einen eigenen recht künstlichen Mahler mitgenommen hatte.

Herr Mag. Schmeltzer hielt eine vortreffliche Predigt, und hatte zum Texte die 9. Versicul aus dem 107. Psalm, die also lauten:

DAncket dem HErrn, denn er ist freundlich, und seine Güte währet ewiglich. Saget, die ihr erlöset seyd durch den HErrn, die er aus der Noth gerissen hat, Und die er aus den Ländern zusammen [57] bracht hat, vom Aufgang, vom Niedergang, von Mitternacht und vom Meer. Die irre giengen in der Wüsten und ungebähntem Wege, und funden keine Stadt, da sie wohnen konten. Hungrig und durstig, und ihre Seele verschmachtet. Und sie zum HErrn rieffen in ihrer Noth, und er sie errettete aus ihren Aengsten. Und führete sie einen richtigen Weg, daß sie giengen zur Stadt, daß sie wohnen konten. Die sollen dem HErrn dancken um seine Güte und um seine Wunder, die er an den Menschen-Kindern thut. Daß er sättiget die durstige Seele, und füllet die hungrige Seele mit Gutem.

So wohl als dieser Text ausgesucht, so vortrefflich war dessen Explication und Application nicht nur auf uns Einkömmlinge, sondern auch auf die eingebohrnen Felsenburger. Ich glaube, ein jeder hätte gern 3. oder mehr Stunden zugehöret, allein, Herr Mag. Schmeltzer hatte sich angewöhnet, die Wochen-Predigten nicht über eine Stunde zu halten. Mein Vater weinete fast die gantze Predigt über, und sagte mir ins Ohr: Nun mercke ich erstlich, daß ich bißher kein rechter Christe gewesen bin, sondern mein Hertz mehr an die Erde, als an den Himmel gehangen habe. Nach geendigten GOttes-Dienste kam mir van Blac unten an der Treppe entgegen, und sagte: O GOtt! was war das vor eine treffliche Predigt, ich habe mich zwar bißhero zur Reformirten Religion bekennet, muß aber gestehen, daß ich seit [58] langer Zeit selbst nicht gewust, was ich geglaubt habe. Von nun an will ich die Herrn Geistlichen bitten, daß sie mich Lutherisch machen. Der Himmel segne euer gutes Vorhaben, war meine Antwort, denn es ist nichts bessers im Gewissen, als wenn man in seinem Glauben recht gegründet ist.

Hierauf weil ich angemerckt, daß die Einwohner ihren Kirch-Thurm binnen Zeit meines Abwesens um ein mercklisches erhöhet, ließ ich mir die Lust ankommen, in selbigen hinauf zu steigen, und fand darinnen 4. schöne Glocken, deren Thone ungemein wohl mit einander accordirten, sie waren meistens von Silber biß auf die allergröste, die nur bey hohen Festen geläutet wurde. Ferner betraten wir das Orgel-Chor, da ich denn das gantze Werck so wohl gemacht befand, daß mich ungemein darüber verwunderte, denn wegen der Register, war die Disposition folgende:

1. Principal	- -	4. Fuß.
2. Quinta dena	- -	8. —
3. Grob-Gedackt	-	8. —
4. Spitz-Flöte	-	4. —
5. Klein-Gedackt	-	4. —
6. Quinta	-	3. —
7. Octava	-	2. —
8. Ditonus		1⅗. —
9. Sesquialtera		2. fach.
10. Mixtura		8. fach.
11. Trompett	-	8. Fuß. [59]

Pedal.

1. Sub-Bass	- -	16. Fuß.
2. Octaven-Bass	-	8. —
3. Quinten-Bass	-	6. —
4. Choral-Flöte	-	2. —
5. Posaunen-Bass	-	16. Fuß.

Das Clavier war von C biß c̿. und das Pedal von C biß c̄. die 2. Bälge aber jeder 9. Schu lang und 5. Schu breit. Es war ein ungemein schönes Werckgen, sehr viele Pfeiffen von puren Silber, die übrigen aber theils von Zinn, Metall oder Holtz, welches mir, da ich es probirte, viel Vergnügen erweckte, auch mir vornahm, selbst öffters Organist zu seyn, wiewohl von den Felsenburgern schon 3. Knaben sich binnen der Zeit so starck angegriffen hatten, daß sie nicht allein alle Chorale, sondern auch den General-Bass fertig spielen konten. Hr. Schmeltzer, Hr. Herrmann, und die mitgebrachten 2. Musici machten auch ihre Probe auf der Orgel, und spieleten sehr fein. Hierauf sagte ich, es solte meine erste Sorge seyn, daß der Altar, Cantzel und Tauff-Stein, so dann aber die Orgel sauber gemahlt und verguldet würden, worauf wir uns sämmtlich wieder auf die Albertus-Burg begaben, indem es Zeit zur Mittags-Mahlzeit war.

So bald dieselbe eingenommen, machten wir uns eine kleine Motion, da mir denn Mons. Litzberg zeigte, wie fleißig die Einwohner gewesen waren, indem sie nicht allein unter der Zeit hinter [60] der Albertus-Burg das grosse Magazin oder Korn-Hauß, wohinein die überflüßigen Früchte geschüttet wurden, völlig auf- sondern auch noch einen grossen Flügel an des Alt-Vaters Wohn-Hauß angebauet hatten, so, daß nunmehro fast noch einmahl so viel Menschen in den reinlich zugerichteten Stuben und Cammern wohnen konten, als vorhero. Die übrige Zeit des Tages, brachten wir, die Haupt-Personen bey dem Alt-Vater mit Erzählung alles dessen zu, was sich sowohl auf der Reise als in Europa zugetragen, wie wir unsere Sachen eingerichtet, auch was wir eigentlich vor Waaren eingekaufft und mit anhero gebracht hätten. Da ich ihm denn so wohl als Mons. Horn eine Specification derselben, ingleichen eine Berechnung über die mitbekommenen Geld-Summen und Kostbarkeiten überreichte. Das letztere, sagte er, mein Sohn, ist nicht nöthig, was ihr nicht habt anlegen können, werdet ihr schon an gehörigen Ort und Stelle zu bringen wissen; Wir wollen so genau nicht mit einander rechnen, ich will nur aus Neugierigkeit nachsehen, was ihr uns guts mitgebracht habt. Er bezeugte über die meisten Sachen, so auf diese Insul noch nicht gekommen, aber doch sehr nutzbar waren, eine besondere Freude; allein, da er auch in der Specification ein paar Paucken, 6. Trompeten und sonsten sehr viel Musicalische Instrumenta antraf, schüttelte er den Kopff, und sagte: Ey, diese Eitelkeiten hätten wir missen können; da ich aber zur Antwort gab: daß ich dieselben Hauptsächlich zu GOttes Ehren bey der Kirchen-Music zu gebrauchen, mitgenommen, [61] indem ja David sagte: daß man den HErrn mit Paucken und allerhand Instrumenten loben solte; neigte er sein Haupt, und sprach: Ihr habt wohl gethan, mein Sohn. Unsere übrigen mitgebrachten Lands-Leute waren inzwischen spaziren gegangen, kamen auch nicht eher als mit dem Abende wieder, da wir denn die Mahlzeit einnahmen, und bald zur Ruhe legten, und folgenden Freytags früh die kurtze Reise an die See zu Herrn Wolffgangen antraten, welcher noch immer beschäfftiget war, die Sachen aus dem Schiffe hinauf bringen zu lassen. Es waren demnach nicht nur unsere mitgebrachten jungen Zucht-Pferde, Stücken Rind- und ander vierfüßig Vieh, nebst dem Geflügel bereits, theils nach Alberts- theils nach Simons-Raum geschafft, sondern auch schon ziemliche Lasten in die Höhe gewunden worden. Wir hatten kalte Küche mit genommen, um diesen Mittag am Fusse des Felsens mit Herrn Wolffgangen zu speisen, fanden es aber bey ihm besser, indem er schöne Fische absieden, auch zweyerley

Fleisch braten und kochen lassen, darneben einen guten
Vorrath von Wein und Bier holen lassen, indem er vor
Morgen, als Sonnabends-Abends, nicht gesonnen war,
nach Hause zu kehren, um Sontags den Gottes-Dienst
abzuwarten, Montags aber gleich wieder heraus zu gehen, damit wir auf die folgende Woche wenigstens alles
auf der Insul und nichts mehr auf dem Schiffe hätten. Es
war eine Lust anzusehen, wie fleißig die Felsenburger
arbeiteten, ja sie waren so gefällig, des Capitain Horns
Sclaven nicht einmahl zu erlauben, daß sie [62] eine Hand
anschlagen durfften, sondern sie solten mit aller Gewalt
von der bißherigen Reise ausruhen, und sich was zu Gute
thun. Also hieß es hier wohl recht: Viel Hände machen
bald der Arbeit Ende. Wir vergnügten uns nebst Herrn
Wolffgangen sehr darüber, denn die Sclaven waren in
Wahrheit sehr getreue Leute, und hatten unterwegs un-
gemein gute Dienste gethan. Etwa ein paar Stunden vor
Untergang der Sonnen begaben wir uns wieder auf den
Rück-Weg zur Alberts-Burg, allwo wir noch eben zur
Abend-Mahlzeit eintraffen, nachhero uns abermahls
Müdigkeit wegen zeitig zur Ruhe legten. Des folgenden
Tages aber, da der jüngere Herr Schmeltzer und Herr
Herrmann auf ihre Predigten studiren wolten, indem
der erste Morgen Vor- und der andere Nachmittags ihre
Probe abzulegen von dem ältern Herrn Mag. Schmel-
tzern erinnert waren, dieser aber selbsten Beichte sitzen
muste, nahm ich mit meiner Braut, Schwester, den
übrigen Mitgebrachten und andern guten Freunden

einen Spazier-Gang durch den grossen Garten nach dem GOttes-Acker oder Begräbniß-Platze der Felsenburger vor, und besahen daselbst die Gedächtniß-Säulen und Epitaphia. Indem ich nun begierig war zu sehen, was vor Personen seit meiner Abreise verstorben, mich also zu den neuen Gräbern machte, und die Epitaphia derselben mit Fleiß betrachte, gehen die andern zu den grossen Gedächtniß-Säulen, und lesen deren Inscriptiones. Ehe ich michs versahe, entstunde bey des seeligen Carl Franz van Leuvens Gedächtniß-Säule ein [63] kleiner Tumult, weßwegen ich eiligst dahin lief, und sahe, daß Mons. van Blac vor derselbigen stunde, immer in die Hände schlug, und ausrief: O! welch ein Verhängniß! O! welch ein Schicksal! Er repetirte diese Worte mehr als 20. mahl, weßwegen ich, da die andern stille stunden, und nicht wusten, was ihn etwa angefochten hätte, endlich zu ihm trat und sagte: Mein Herr! warum wolt ihr euch diese Sache, die vor so langen Jahren passirt ist, so gar sehr zu Gemüthe ziehen? Es ist zwar eine Geschicht, die einem jeden rechtschaffenen Menschen zum Jammer bewegen kan, allein nunmehro doch nicht zu ändern. Ach, Mein Herr! antwortete van Blac, ich sage noch einmahl, O! welch ein Verhängniß, O! welch ein Schicksal! glaubet ihr denn wohl, daß dieser Carl Franz van Leuven, der die Concordia Plürs aus Engelland entführt hat, meiner Mutter ihres Groß-Vaters leiblicher und jüngster Bruder gewesen ist? Denn meine Mutter ist eine gebohrne van Leuven gewesen, und ich weiß von des Franzens Historie gar viel, unsere Vorfahren aber haben vermeynet, daß er mit seiner Concordia im Meer ersoffen wäre. Ich sahe hierauf den van Blac mit Verwunderungs-vollen Augen an, er aber sprach: Mein Herr! ich will so lange nichts weiter von dieser gantzen Sache melden, biß ich mein Felleisen, so in eine eurer Kisten gepackt ist, vom Schiffe bekomme, dann will ich euch mein Geschlechts-Register und einige dabey aufgezeichnete Geschichte zeigen, so werdet ihr sehen, daß ich nicht lüge, weil mir meine Beräuber und Mord-Buben doch diesen [64] Schatz nicht haben mit hinweg nehmen können. Mein Herr! versetzte ich, zu euren Worten habe ich ein starckes Vertrauen, dasselbe aber wird allerdings noch weit stärcker werden, wenn ihr deßfalls einige schrifftliche Urkunden aufzeigen könnet, allein diese Begebenheit ist würdig, daß wir so gleich zurücke kehren, und selbige dem Alt-Vater erzählen. Er war damit zufrieden, bath sich aber nur aus, erstlich noch die Schrifften an den andern drey Gedächtniß-Säulen zu lesen, wobey er denn immer in die Hände schlug, und die Worte: O Verhängniß! O Schicksal! wohl 50. mahl wiederholete. Hierauf giengen wir sämmtlich zurück nach des Alt-Vaters Zimmer, bey welchem die Capitains Horn und Wodley allein waren, und denselben mit Gesprächen unterhielten. Ich führete den van Blac an der Hand hinein, und sagte: Liebster Herr und Vater, es hat sich abermahls eine Wunder-Geschicht auf dieser Insul zugetragen, dieser Mann muß ohnstreitig zu unsern Geschlechte gerechnet werden, denn seiner Mutter

Groß-Vater ist ein leiblicher Bruder von dem allhier jämmerlich ermordeten Carl Franz van Leuven gewesen, und er sagt, daß er dieserwegen schrifftliche Zeugnisse in seinem Felleisen, welches noch auf dem Schiffe verwahret ist, bey sich habe. Der Alt-Vater schlug die Hände zusammen und sagte: Solte dieses wohl möglich seyn können? Ja! gebiethender Herr, sprach van Blac, es ist möglich und wahrhafftig, und wenn ich es nicht vollkommen erweißlich mache, will ich mich zu dieser Insul hinaus stäupen, oder gar in die See stürtzen [65] lassen. So strenge Gerichte, versetzte der Alt-Vater, haben wir hier nicht, allein, wie weit könnet ihr euer Geschlecht von mütterlicher Seite herrechnen? So wohl von väterlicher als mütterlicher Seite über 300. Jahr, welches ich, wie gesagt, mit alten Schrifften beweisen will. Habt ihr wohl, fragte der Alt-Vater, von einem Anton Florentin von Leuven gehöret? Ja wohl! antwortete van Blac, dieser ist ein berühmter Obrister in den alten Kriegen unter den Trouppen der vereinigten Niederländer gewesen, es ist ihm aber mit einer Stück-Kugel der rechte Arm abgeschossen worden, derowegen begiebt er sich nach Antwerpen, um in Ruhe zu leben, und seine Gelder zu verkehren. Er hat 2. Töchter und 4. Söhne gehabt, der erste hat geheissen Anton Florentin, wie der Vater, er ist in einer Schlacht geblieben; der andere, Jan Adrian, der, nachdem er auf einem Kriegs-Schiffe, welches in die Lufft gesprengt worden, kaum sein Leben und nichts mehr errettet, so dann nach Hause gegangen, und ebenfalls die Ruhe gesucht. Dieses ist meiner Mutter Groß-Vater gewesen. Der dritte Sohn, hat, wo mir recht ist, Richard Severin geheissen, ist auch ein grosser Kriegs-Officier gewesen, jedoch endlich so übel zugerichtet worden, daß er niemahls heyrathen können. Der vierte Sohn endlich ist der auf dieser Insul verunglückte Carl Franz gewesen, der vorhero die Concordia Plürs aus Engelland entführt hat, deren Geschlecht bis dato daselbst annoch in sehr gutem Stande ist, denn ich habe die Ehre gehabt, mit vielen von ihnen umzugehen, und von eben dieser Historie [66] mit ihnen zu sprechen, kan aber versichern, daß die Vor-Eltern nicht anders geglaubt, als daß Carl Franz, Concordia, ihr mitgereiseter Bruder und alle andern Menschen, sammt dem Schiffe untergegangen wären, weiln nachhero niemand weiter etwas von ihnen erfahren können.

Der Alt-Vater reichte dem van Blac die Hand, und sagte: ich habe die gröste Ursach, euch in allen völligen Glauben zuzustellen, denn die Nahmen und Umstände haben in so weit ihre Richtigkeit, da ich nun die Asche meines seeligen Vorwirths, Carl Franz van Leuven, annoch in ihrer Grufft verehre, und ihr solchergestalt ein Anverwandter von ihm seyd, will ich euch versichern, daß ihr meinen Befreundten und Abstammlingen gleich gehalten werden sollet, damit ihr aber doch sehen möget, woher ich weiß, daß eure Reden eintreffen, so will ich euch ein Buch zeigen, welches der selige Carl Franz van Leuven mit eigener Hand geschrieben, und worinnen nicht allein sein gantzes Geschlechts-Register, sondern auch viel andere besondere Umstände, und endlich, sein fast biß an seinen Todes-Tag fortgeführtes Diarium anzutreffen ist. Hiermit öffnete der Alt-Vater seinen Bücher-Schranck, und langete ein geschriebenes Buch heraus, blätterte erstlich ein wenig darinnen herum, und sagte endlich: Ja, es ist wahr, die Nahmen treffen zu, jedoch die Nahmen der beyden Schwestern habt ihr nicht gemeldet, ich will sie euch sagen: Die erste hat geheissen: Antonia Salome, die andere aber Esther Benigna. Ich glaube, daß es so seyn wird, mein Herr, repli-[67] cirte van Blac, allein, ich kan aus dem Kopffe nicht alles so ordentlich hersagen, sondern muß erstlich meine Schrifften darzu nehmen. Auf dieses überreichte ihm der Alt-Vater das Buch, und sagte: Da sehet ihr die eigene Handschrifft des jüngsten Bruders eures Groß-Groß-Vaters, worüber van Blac sich theils erfreuete, theils betrübete, etliche Seiten darinnen überlase, und es bald wieder zurück gab, sich aber ausbath, ihm zu erlauben, selbiges gantz durch zu lesen, wenn er erstlich seine alten Urkunden dabey legen könte. Der Alt-Vater versprach, ihm solches zu erlauben, doch würde er sich so dann auch gefallen lassen, ihm seine väterlichen und selbst eigenen Geschichten zu erzehlen, welches denn van Blac gantz willig und offenhertzig zu thun angelobte.

Unter diesen Gesprächen war der Abend heran gerückt, Herr Wolffgang kam vom Schiffe zurücke, und berichtete, daß diesen Tag abermahls ziemliche Lasten herauf gebracht wären, so, daß nicht zu zweiffeln, es würde vor Ende der zukünfftigen Woche alles gut auf der Insul stehen. Die übrigen stelleten sich auch ein, derowegen wurde bald nach der Abend-Mahlzeit Betstunde gehalten, und wir legten uns sogleich zur Ruhe, um morgenden Sonntag den Gottes-Dienst desto munterer abzuwarten.

Nachdem nun abermahls die Nacht dem Tage gewichen, wurden die Einwohner der Insul durch einen Canonen-Schuß von dem Albertus-Hügel aufgeweckt, und ihnen hiermit das Zeichen gegeben, daß sie sich bald auf den Kirch-Weg begeben solten, [68] hierauf wurde um 7. Uhr mit der 2ten grossen Glocke, um halb 8. Uhr, abermahls mit derselben, und so bald der Seiger auf der Albertus-Burg 8. schlug, mit 3en Glocken eingeläutet. Die gantze Einrichtung des Gottes-Dienstes kam mit derjenigen überein, welche die Evangelische Lutherischen zu observiren pflegen, wie denn auch vor und nach der Predigt musiciret wurde. Die Predigt legte schon gedachtermassen, Herr Schmeltzer jun. ungemein geschickt und erbaulich ab, seine Proposition bestund in den zweyen Worten: *Himmel und Hölle;* denn es war eben der I. post Trinitatis, und also das Evangelium: *vom reichen Manne &c.* er wuste die Hölle dergestalt erschröcklich, hergegen den Himmel so lieblich vorzubilden, auch zu zeigen, wie man den Weg zum Himmel finden, den Höllen-Weg aber vermeiden könne, daß ihn jederman mit der grösten Attention zuhörete, zumahlen da er eine angenehme und fast noch stärckere Aussprache hatte, als sein älterer Herr Bruder. Nachmittags that Herr Herrmann eine nicht weniger schöne Predigt über die ordentliche Sonntags-Epistel, und stellete vor: *Die glückselige Vereinigung mit GOtt, durch das Band der Liebe.* Es war dieses in Wahrheit auch ein recht beliebter Prediger, der sehr schöne Studia, eine etwas schwache, aber desto lieblichere Aussprache hatte, derowegen schätzten wir uns alle recht glücklich, 3. solche wackere und ansehnliche Seelsorger zu haben.

Nach der Kirche ließ Herr Mag. Schmeltzer, welcher dieserwegen schon mit dem Alt-Vater [69] Abrede genommen hatte, die Aeltesten und Vorsteher der Gemeinden bitten, mit auf die Albertus-Burg zu kommen, weil man ihnen etwas besonders vorzutragen hätte; Da nun diese Folge leisteten, eröffnete ihnen Herr Mag. Schmeltzer, wie auf künfftigen 25ten Tag dieses Monahts, nehmlich den Tag nach Johannis, in Europa von allen Evangelisch-Lutherischen Glaubens-Bekennern ein besonderes hohes Fest oder Jubilæum celebrirt werden würde, weil eben an demselben Tage vor nunmehro 200. Jahren, das Evangelische Lutherische Glaubens-Bekänntniß dem Römischen Kayser Carolo V. zu Augspurg übergeben, mithin der Grund gelegt worden, daß die reine Lehre, welche von einigen seit undencklichen Zeiten her mit vielen Irrthümern vermischt gewesen, wieder an theils Orten in Europa frey und öffentlich, nach Anweisung des Göttlichen Worts, gepredigt werden dürffen, auch den gemeinsten Leuten wieder erlaubt worden, die heilige Bibel zu lesen, welches bißhero verbothen gewesen, &c. &c.

Demnach schiene nicht nur sehr nützlich, sondern auch unsere Schuld und Pflicht zu seyn, daß wir Felsenburger uns der Freude und Vergnügens über die besondere Gnade GOttes, so er auch uns durch seinen auserwehlten Rüst-Zeug, den seel. Lutherum erwiesen, theilhafftig machen, GOtt zu Ehren und zum Heyl unserer Seelen den 25. 26. und 27ten Junii, als 3. hohe Fest-Tage, so wir Weyhnachten, Ostern und Pfingsten, mithin dieses Jubilæum auf die Art celebrirten, wie es, besage [70] der Kirchen-Historie, die Evangelisch-Lutherischen vor 100. Jahren in Europa celebrirt hätten.

Die Vorsteher der Gemeinden höreten diesen Vortrag mit grösten Vergnügen an, und versprachen alles, was von ihnen erfordert würde, schleunigst zu veranstalten, man solte nur so gütig seyn, und ihnen schrifftliche Verordnungen geben, damit sich die Stämme, einer wie der andere, darnach richten könten. Herr Mag. Schmeltzer versprach, solche Verordnung folgenden Dienstags Vormittags einem jeden Vorsteher schrifftlich zuzuschicken, ermahnete anbey, daß sich die Einwohner fleißig in den Donnerstägigen Wochen-Predigten einstellen möchten, weil ihnen in selbigen die gantze Reformations-Historie vorgelesen und erkläret werden solte. Hierauf begab sich ein jeder wohl vergnügt an seinen behörigen Ort.

Folgenden Montags wurde ein Boot zugerichtet, auf welchen nicht allein viel Brod, Bier, Wein, Wildpret,

Ziegen-Fleisch, nebst noch anderen Victualien, sondern auch viel weisses Zeug nebst andern Kleidungs-Stücken und Geräthe, nach Klein-Felsenburg zu Verpflegung der Matrosen hinüber geführt wurde, es fuhr auch Herr Herrmann nebst etlichen, schon vor einigen Jahren naturalisirten Europäern mit hinüber, welche letztern nur dieses Schiffs-Volck zu sehen, Herr Herrmann aber deßwegen hinüber fuhr, ihnen eine Predigt zu halten, und etliche geistliche Lieder vorzusingen. Capitain Horn reisete gleichfals mit, um zu erfahren, wie sie sich bißhero aufgeführt hätten. Ich nebst dem Capitain Wodley war inzwischen be-[71]schäfftiget, Anstalten zu machen, daß unsere bereits auf der Insul befindlichen Sachen, mit Roll-Wagens auf die Albertus-Burg geschafft würden, als worzu sich denn nicht allein die Affen, zahm gemachten Hirsche und Pferde, sondern auch die Menschen gebrauchen liessen.

Mittwochs, Nachmittags, kam Capitain Horn auf dem Boote nebst allen mitgeseegelten glücklich zurück, und berichtete, daß sich die Matrosen, der Officiers Rapport nach, sehr vernünfftig aufgeführt, die Zeit mit Jagen und anderer Hand-Arbeit, zuweilen auch mit allerley Lust-Spielen zugebracht, jedoch nicht den geringsten Streit erregt hätten. Bey Hn. Herrmanns Predigt, Beten und Singen, wären sie sehr andächtig gewesen, auch hätten einige Evangelisch-Lutherische unter ihnen verlangt, daß ihnen doch mit nächsten das Heil. Abendmahl gereicht werden möchte. Ubrigens wäre keiner unter ihnen gewesen, welcher einiges Mißvergnügen darüber bezeigt, daß man sie nicht mit auf die grosse Insul genommen. Wir waren hierüber sehr vergnügt, merckten aber wohl, daß dieses lauter Früchte waren von Capitain Horns kluger Conduite, denn er war würcklich ein Mann, der die Schiffahrt wohl verstunde, und sich zu einem Commandeur am allerbesten schickte, indem er ungemein gütig, wohlthätig und leutselig war, aber doch, wenn es die Noth erforderte, seine Autorität gewaltig zeigte, dieselbe zwar nicht mißbrauchte, seinen Respect indessen niemahls vergab.

Donnerstags, den 15. Junii, fanden sich fast alle [72] auf der Insul wohnende Menschen in Herrn Mag. Schmeltzers Wochen-Predigt ein, ja es wurde auch sogar des Capitain Horns 9. Sclaven erlaubt, das Schiff zu verlassen, und dem GOttes-Dienste mit beyzuwohnen, welche sich denn sehr aufmercksam bezeigten. Herr Mag. Schmeltzer trug erstlich vor, daß wir den Tag nach Johannis-Tage, 3. Tage nach einander, ein besonderes hohes Fest feyern wolten, meldete hierauf kürtzlich: *aus was vor Ursachen, und zu was vor Nutzen;* nachhero fieng er an, den ersten Absatz der Evangelisch-Lutherischen Reformations-Historie zu verlesen, und erkläretedenselben dergestalt, daß es auch das kleineste Kind fast hätte begreiffen können, ob nun gleich diese Predigt über 3. Stunden lang währete, so ließ doch fast jede Person an ihren Gebärden spüren, daß sie wohl noch 3. Stunden zugehöret hätte.

Nachhero ging ein jedes wieder an seine Arbeit, Capitain Horn wurde gebeten, dem Alt-Vater die Zeit zu passiren, Wodley aber und ich begaben uns mit Mons. Kramern nach Alberts-Raum, nahmen erstlich die Mittags-Mahlzeit bey ihm ein, und besorgten hernach die weitere Fortschaffung unserer Sachen nach der Alberts-Burg, nahmen folgende Nächte unser Quartier bey demselben, und brachten Sonnabends Abends, bey eingetretener Nacht, auch die schlechtesten und geringsten Sachen an ihren gehörigen Ort und Stelle. Am 2ten Sonntage post Trin. predigte Vormittags Hr. Mag. Schmeltzer über das ordentliche Evangelium, Nachmittags verlaß Hr. Schmeltzer jun. [73] den andern Absatz von der Reformations-Historie, und erklärete denselben so deutlich, als sein Hr. Bruder vorigen Donnerstag gethan.

Folgende Werckel-Tage brachten wir mit Auspackung unserer nothbedürfftigsten Sachen zu, die Herrn Geistlichen und andere aber besorgten ein jeder das seine.

Donnerstags verlaß Hr. Herrmann den dritten Absatz von der Reformations-Historie, und folgte in der Art, dieselbe zu erklären, seinen Vorgängern. Diesen Tag, nach vollbrachtem Gottes-Dienste, und denn den folgenden, wendeten wir gleichfalls zum Auspacken unserer nöthigsten Sachen an, der Sonnabend aber wurde darzu angewendet, sich auf das Johannis-Fest und Jubilæum zu præpariren, wie denn auch Nachmittags ein Collegium Musicum auf dem grossen Saale des Hinter-Gebäudes angestellet wurde, um die Kirchen-Stücke zu probiren, worzu die Herren Geistlichen die Texte gemacht, theils Hr. Mag. Schmeltzer, theils Mons. Litzberg, theils aber einer von unsern neuen mitgebrachten Musicis, dieselben componiret hatten.

Am St. Johannis-Tage predigte Hr. Schmeltzer jun. Vormittags über das Fest-Evangelium, und Nachmittags verlaß Herr Herrmann den 4ten und letzten Theil der Reformations-Historie, erklärete dieselbe, und schloß mit der Vermahnung, dieses seltsame Fest, welches die allermeisten unter uns, wohl nicht wieder erleben würden, nicht mit gleichgültigen Augen anzusehen, sondern dessen Ursach und Nutzen wohl zu Hertzen zu fassen. [74]

Nach verrichteten Gottes-Dienst hielt Herr Mag. Schmeltzer abermahls Conferenz bey dem Alt-Vater mit den Vorstehern der Gemeinden, und erfuhr von ihnen, daß nach seiner Vorschrifft alles nach Vermögen eingerichtet wäre, weilen aber wegen der jungen mitkommenden Kinder, die nicht so hurtig gehen konten, auch anderer Ursachen wegen, schon vorhero beschlossen worden, den ersten Jubel-Tag nur einmahl Kirche zu halten, als wurde ihnen angesagt, nicht ehe aus ihren Häusern nach der Kirche zu gehen, als wenn die Canonen zum andern mahle abgefeuert würden. Hiernach versprachen sie sich zu richten, reiseten eiligst nach ihren Wohnungen, und wir hielten uns gleichfalls nicht lange auf, sondern suchten mit einbrechender Nacht unsere Ruhe-Stellen.

So bald der Himmel zu grauen anfing, stund ich auf, kleidete mich an, sahe erstlich nach dem Alt-Vater, und da ich merckte, daß derselbe schon aufgewacht war, sagte ich: Lieber Vater! wo es euch gefällig, will ich, da es nunmehro Tag wird, das erste Signal mit den Canonen geben lassen. Ja! mein Sohn, gab er zur Antwort, thuet es, denn ich kan ohnedem nicht mehr schlaffen, werde aber doch noch ein paar Stündgen liegen bleiben, besorget nur inzwischen alles wohl. Ich küssete ihn, gieng hierauf fort, und fand die bestellten schon in Parade stehen, mit welchen ich hinging, und die, dieses Fests wegen, auf die Albertus-Burg gepflantzten 18. Canonen zum ersten mahle abfeurete. Mittlerweile hatten sich unsere 2. neu mitgebrachten Musicanten, nebst [75] Mons. Litzbergen, Harckerten und Matthæus Pür, welchen Capitain Horn schon vormahls als Kupfferschmidt auf diese Insul gebracht, oben auf den Seiger-Thurm geschlichen, und fingen mit Trompeten und Paucken gewaltig an zu lermen, welches, weil es mir selbst unverhofft kam, mich um so viel desto mehr entzückte, es schlug aber der Kupfferschmidt Pür die Paucken vortrefflich gut, denn er hatte diese Kunst so gar nach Noten gelernet, die 4. erstgemeldten aber bliesen die Trompeten auch sehr wohl, ohngeacht Litzberg und Harckert lange nicht im Exercitio gewesen waren.

Etwa eine Stunde darnach ließ ich die Canonen zum andern mahle abfeuern, worauf sich denn wiederum Trompeten und Paucken binnen einer Stunde 3. mahl hören liessen. Endlich da wir sahen, daß die Einwohner von allen Strassen her, immer näher und näher angezogen kamen, wurden die Stücke zum dritten mahle gelöset; Trompeten und Paucken liessen sich wieder hören, biß sich alles Volck vor der Albertus-Burg versammlet hatte, da denn endlich die Melodey des Chorals: *Es woll uns GOtt genädig seyn &c. &c.* als welcher unsers Alt-Vaters täglicher Gesang war, 3. mahl mit Zincken und Posaunen abgeblasen, nachhero mit allen Glocken zu läuten angefangen, und damit eine gantze Stunde lang continuirt wurde. Binnen der Zeit war alles in Ordnung gebracht, und der Zug von der Albertus-Burg also eingerichtet: Erstlich giengen die Kinder von 3. 4. biß 14. Jahren, alle über ihre ordentliche Kleidung mit weissen Hembden, die fast biß auf die [76] Erde reichten, angethan, grüne Cräntze auf den Häuptern, und grüne Zweige in den Händen habend, voran; sie waren von ihren Schulmeistern nicht nur in Ordnung gestellet, sondern wurden auch darinnen erhalten; hernach folgten die Jungfrauen mit Cräntzen, ebenfalls in weissen Habit; auf diese die 3. Herren Geistlichen, denen der Alt-Vater in der Sänffte nachgetragen wurde. Hinter derselben her, giengen erstlich die sämmtlichen Felsenburgischen Jung-Gesellen, alle in rother Kleidung, diesen folgten die Weiber und Wittben, alle schwartz gekleidet, hernach kamen die sämmtlichen Europäischen Einkömmlinge; und den gantzen Zug beschlossen die Felsenburgischen Männer, in solcher Ordnung, daß jede Familie von ihrem Aeltesten oder Vorsteher, der voran gieng, geführet wurde.

Im Heruntergehen wurden die Lieder gesungen: *Nun*

freut euch lieben Christen gemein, &c. &c. Es ist das Heil uns kommen her, &c. &c. Wie schön leucht uns der Morgen-Stern, &c. &c. Nun lob, mein Seel, den HErren, &c. &c. So bald sich alle Personen in der Kirche befanden, und das letzte Lied ausgesungen war, wurde auch zu läuten aufgehöret, und der GOttes-Dienst mit dem Liede: *Komm Heiliger Geist, erfüll &c. &c.* angefangen, hierauf intonirte Hr. Mag. Schmeltzer vor dem Altare: *Gelobet sey die Heil. Dreyfaltigkeit.* Worauf unter Trompeten und Paucken-Schall von dem Orgel-Chor geantwortet wurde: *Und unzertrennte Einigkeit, von Ewigkeit zu Ewigkeit, Amen!* Und unter [77] der Zeit wurden auch auf der Albertus-Burg 6. Canonen abgefeuert, nachdem aber Herr Mag. Schmeltzer das Gebet: *HErr GOtt himmlischer Vater, von dem wir ohn Unterlaß allerley Guts &c. &c.* abgesungen, wurde der Choral: *Allein GOtt in der Höh sey Ehr &c.* angestimmet. Hierauf an statt der Epistel das 41te Capitel aus dem Propheten Jesaia verlesen, so dann das Lied gesungen: *O HErre GOtt, dein göttlich Wort &c.* an statt des Evangelii der 122. Psalm Davids verlesen, und hernach folgende Cantata musiciret:

* * *

Recit.	*Aus meines Hertzens-Grunde*
Soprano	*Sag' ich dir Lob und Danck,*
solo.	Dir, der du in dem Himmel sitzest,
	Jedoch allgegenwärtig bist,
	Und vor des Satans Trug und List
	Die dir ergeb'nen Seelen schützest.

Es sagt die Felsenburger-Schaar,
Die sonst ein kleines Häufflein war,
Aus einem Munde
Und mit vereinten Hertzen,
Jetzt und ihr Lebenlang
Dir, grosser GOtt
Und starcker Zebaoth,
Vor deine Güte Lob und Danck. [78]

Concert.

Psalm. 147. | *Choral.* Tenore.
v. 12. seq.

Preise, Jerusalem, den HErrn, lobe Zion deinen GOtt, denn er macht veste die Riegel deiner Thore, und segnet deine Kinder drinnen.

Er schaffet deinen Gräntzen Friede, und sättiget dich mit dem besten Weitzen. Er sendet seine Rede auf Erden, sein Wort läufft schnelle.

Lob und Danck sey dir gesungen,
Vater der Barmhertzigkeit,
Daß mir ist mein Werck gelungen,
Daß du mich vor allem Leyd
Und für Sünden mancher Art
So getreulich hast bewahrt,
Auch die Feind' hinweg getrieben,
Daß ich unbeschädigt blieben.

* * *

Keine Klugheit kan ausrechnen
Deine Güt und Wunderthat,
Ja kein Redner kan aussprechen,
Was dein Hand bewiesen hat,
Deiner Wohlthat ist zu viel,
Sie hat weder Maaß noch Ziel,
Ja du hast mich so geführet,
Daß kein Unfall mich berühret.

Recit.	Ja wohl ist niemand so geschickt,
Alto solo.	Die Gnaden-Zeichen allzumahl,
	So GOtt von Kindes-Beinen an
	Bey uns gethan,
	Behörig zu beschreiben.
	Diß heist die ungezählte Zahl,
	Und wird es immer bleiben,
	Biß uns nach dieser Zeit
	Des Allerhöchsten Gütigkeit
	Ins ew'ge Leben rückt.
	Inzwischen müssen wir bekennen:
	Wie daß die gröste Wohlthat sey:
	Daß wir sein heilig Wort
	Und Luthers reine Lehren [79]
	Von nun an fort und fort
	Auf dieser Insul können hören;
	Und uns dabey
	Auch GOttes Kinder dürffen nennen.

Concert.

Psalm. 119. v. 105.	*Choral.* Sopran.
Dein Wort ist meines Fusses Leuchte, und ein Licht auf meinem Wege.	Mein'n Füssen ist dein heiligs Wort ein brennende Lucerne, ein Licht, das mir den Weg weis't fort, so dieser Morgen-Sterne in uns aufgeht, so bald versteht der Mensch die hohen Gaben, die GOttes Geist den'n g'wiß verheist, die Hoffnung darein haben.

Recit. ***GOttes Wort und Luthers Lehr***
Basso solo. ***Vergehet nun und nimmermehr;***
Wird gleich der Himmel mit der Erden
In nichts verwandelt werden,
Bleibt jenes beydes dennoch veste stehn,
Und kan niemahls zu Grunde gehn;
Drum wollen wir
Nur für und für
Den Höchsten lassen walten,
Und uns allstets an diese Felsen halten. [80]

Concert.

Psalm. 31. v. 3.

Sey mir ein starcker *Felß* und eine *Burg*, daß du mir helffest; denn du bist mein *Felß* und meine *Burg;* und um deines Nahmens willen wollest du mich leiten und führen.

Choral. Alto.

Du bist mein Stärck, mein Felß, mein Hort, mein Schild, mein Krafft, sagt mir dein Wort, mein Hülff, mein Heil, mein Leben, mein starcker GOtt in aller Noth, wer mag dir wiederstreben.

Tutti.

Glori, Lob, Ehr und Herrlichkeit
Sey dir GOtt Vat'r und Sohn bereit, &c. &c.

Sowohl uns dieser von Herrn Mag. Schmeltzern gemachte Text gefiel, so angenehm fiel auch dessen Composition, die unser Musicus, Mons. Langrogge, über sich genommen hatte, in die Ohren. Die ersten 2. Zeilen des ersten Recitativs, welches ein reiner Discantiste sunge, ihm nicht einmahl mit der Orgel, sondern nur mit einer sanfft geblasenen Trompete accompagnirt wurde, hätten der Gemeine fast die Meynung beygebracht, als ob dieses Morgen-Lied gantz ausgesungen werden solte, allein, gleich bey der 3ten Zeile, fiel so gleich die Orgel mit ein, und wurde das Recitativ nach seiner Art abgesungen, im übrigen war die Abwechselung der Stimmen und Instrumenten dergestalt wohl in Acht genommen, daß, wie gesagt, dergleichen Stück in dieser Kirche noch nicht gehöret worden. Nach geendigter Music und gesun-[81]genen Choral: *Wir glauben all an einen GOtt, &c.* predigte Herr Mag. Schmeltzer über den 122. Psalm Davids, und stellete daraus vor: *Die GOtt wohlgefällige Jubel-Freude.* Verglich unser Felsenburg mit der Stadt Jerusalem und dem Berge Zion, auf eine ungemein erbauliche Art. Am Ende der Predigt aber gab er der Gemeinde zu vernehmen, wie, bald itzo nach der Predigt, sein leiblicher Bruder, Herr Jacob Friedrich Schmeltzer und Herr Johann Friedrich Herrman, ihnen, so wohl als er, zu Priestern und Beicht-Vätern vorgestellet werden solten, derowegen möchten sich in Zukunfft, des Alt-Vaters beliebter Ordnung gemäß, die auf der Albertus-Burg befindlichen, ingleichen die Alberts- Johannis- und Christophs-Raumer, bey ihm, Hn. Mag. Schmeltzern; die Simons- Christians- und Roberts-Raumer, bey Herrn Schmeltzern jun. die Jacobs- Stephans- und Davids-

Raumer aber bey Herrn Herrmannen im Beicht-Stuhle einfinden, auch sich sonsten, ihrer Sorge in geistlichen Dingen anvertrauen. Wiewohl dieserwegen niemanden ein Zwang auferlegt, sondern jedem erlaubt wäre, sich so wohl an einen als an den andern Priester zu addressiren.

Nachdem also die Predigt beschlossen, und nochmahls eine Cantata musicirt war, giengen die drey Priesters vor dem Altar, Herr Mag. Schmeltzer blieb auf der Obersten Stuffe, die beyden jüngern aber eine Stuffe tieffer stehen, der Alt-Vater und die Vorsteher der Gemeinden rangirten sich zu beyden Seiten des Altars. Herr Mag. [82] Schmeltzer hielt erstlich eine Rede, die ohngefähr eine halbe Stunde währete, worinnen er von der Pflicht der Priester gegen ihre Zuhörer, und dann auch von der Pflicht der Zuhörer oder anvertrauten Seelen gegen ihre Priester, sehr beweglich handelte, stellete nachhero diese seine geliebten Mit-Arbeiter am Wort, der gantzen Felsenburgischen Gemeine vor, segnete sie ein, beschloß mit einem schönen Gebete und Wunsche vor beyde Theile, intonirte hernach den Lob-Gesang: *HErr GOtt, dich loben wir, &c. &c.* Hierauf wurde vom Orgel-Chore unter Trompeten und Paucken-Schale, ingleichen von der gantzen Gemeine, derselbe biß zu Ende gesungen, und auch unter der Zeit, das auf der Alberts-Burg stehende schwere Geschütz nach gegebenem Zeichen vier mahl abgefeuert. Nach gesprochenem Segen und angestimmten Liede: *Nun dancket alle GOtt, &c. &c.* also, nach geendigtem Gottes-Dienste, wurden die Canonen nochmahls binnen einer Stunde dreymahl gelöset, auch eine gantze Stunde lang geläutet, und der Choral: *Von GOtt will ich nicht lassen &c. &c.* vom Thurme geblasen, worauf denn alle gegenwärtige Felsenburger in verschiedenen Zimmern der Albertus-Burg köstlich tractiret wurden, gegen Abend aber alle, bis auf etliche alte Greise, wieder in ihre Wohnung kehreten. Folgende zwey Tage wurden nicht weniger so andächtig als frölich zugebracht, Herr Mag. Schmeltzer aber wegen seiner vielen gehabten Sorgen und Bemühungen, in Anordnung dieser gantzen Fest-Ceremonien, mit Predigen verschonet, indem Herr Schmeltzer [83] jun. die Vor- und Herr Herrmann die Nachmittags-Predigten verrichteten.

Der darauf folgende 28. Jun. wurde von den sämmtlichen Einwohnern mit allerhand erlaubten Lustbarkeiten zugebracht, und keine als die höchstnöthigsten Arbeiten darane gethan; Donnerstags aber fuhr Herr Schmeltzer jun. mit etlichen Europäern und Felsenburgern hinüber auf die kleine Insul, hatte daselbst den Matrosen eine Beth-Stunde und Predigt gehalten, einigen Evangelisch-Lutherischen das Heilige Abendmahl gereicht, und sonst alles in guter Ordnung gefunden, doch hatten sie sehr Verwunderungs-voll gefragt, was denn binnen drey Tagen das öfftere Canoniren zu bedeuten gehabt hätte, worauf sie die Antwort bekommen, daß es keine Gefahr zu bedeuten gehabt, sondern es wäre ein besonderes Fest auf der Insul gefeyert worden. Ubrigens, nachdem sie zu verstehen gegeben, wie sie daselbst mit einander gantz vergnügt lebten, auch noch wohl auf 3. Wochen Proviant, Bier und Wein genug hätten, waren unsere Leute wieder abgefahren, und kamen noch vor Abends wieder zu uns.

Nächstfolgenden Sonntag gieng abermahls ein besonderer Actus in unserer Kirche vor, denn nachdem des Capitain Horns 9. Sclaven von Herrn Mag. Schmeltzern Tags vorhero examinirt und in allen Glaubens-Articuln wohl unterrichtet befunden worden, so wurden dieselben gleich nach der Predigt erstlich von ihm getaufft, wobey die 9. Felsenburgischen Vorsteher, 9. von uns Europäern und 9. Felsenburgische Jungfrauen zu Gevat-[84]tern stunden. Nach der Tauffe wurde ihnen von Herrn Schmeltzern jun. und Herrn Herrmannen das Heilige Abendmahl gereicht, nachdem je 3. und 3. bey einem jeden Priester gebeichtet hatten. Der Alt-Vater ließ sie hierauf in einem besondern Zimmer mit den besten Speisen versorgen, nachhero in sein Zimmer ruffen, und durch mich einem jeden 100. Spanische Creutz-Thaler zum Pathen-Geschencke auszahlen. Capitain Horn schenckte ihnen die Freyheit, und sagte, daß sie von nun an nicht mehr Sclaven seyn und heissen, jedoch so lange bey ihm bleiben solten, biß er wieder in Europa angelanget wäre, da sich denn ein jeder nach seinem Belieben hinwenden könte, wohin er wolte, mitlerweile solten sie auch von ihm den monatlichen Matrosen-Lohn zu gewarten haben. Merckwürdig war dieses bey ihrer Tauffe, daß ein jeglicher Christian genennet wurde, jedoch noch einen Vornahmen darzu bekam, mit welchen man sie im Zuruffen oder Gesprächen unterscheiden konte, der Zu-Nahme aber, war einem jeden, sich selbst zu erwählen, überlassen.

Sie bezeigten sich einer wie der andere ungemein erfreuet, daß sie sich nunmehro unter die Christen rechnen konten, lasen auch bey müßigen Stunden beständig in den ihnen geschenckten Bibeln, Gesang- und Gebet-Büchern, weßwegen sie denn auch der Alt-Vater nicht von uns kommen lassen, sondern im Christenthume noch immer mehr gestärckt wissen wolte, biß zu Capitain Horns Abreise.

Bey dieser Gelegenheit fällt mir Talli ein, welche Ao. 1728. am 17. Sonntage p. Trin. auch auf die-[85]ser Insul getaufft, und gleich diesen ihren Lands-Leuten aus dem Heyden- ins Christenthum geführet wurde; es hatte aber dieselbe unter der Zeit unsers Abwesens einen feinen Mann aus dem Simonischen Geschlechte bekommen, jedoch voritzo lag sie eben in 6. Wochen, weil sie kurtz vor unserer Ankunfft eine junge Tochter zur Welt gebracht hatte, und eben dieserwegen war sie noch nicht zum Vorscheine gekommen. Jedoch nachdem ich, vielleicht manchem Leser zum Verdruß, mich bey den Geistlichen Begebenheiten etwas lange aufgehalten, und dennoch manches Betrachtens-würdige zurück gelassen, welches aber vielleicht hier und dar noch beyläuffig mit eingestreuet werden kan; so muß mich nun wohl auch befleißigen, Bericht abzustatten, wie die Sachen fernerweit nicht allein seit unseres Abseyns, sondern auch nach unserer glücklichen Zurückkunfft eingerichtet worden.

Die 7. Einkömmlinge, so Mons. Horn vordem da gelassen, (NB. die im andern Theile pag. 560. specificirt sind) hatten sich gantz wohl berathen, 3. unter ihnen, nehmlich, Tau, Pür und Berthold, welche vorhero andern Secten zugethan gewesen, waren nicht nur zur Evangelisch-Lutherischen Religion übergetreten, sondern hatten sich auch bereits verheyrathet, und mehrentheils neben den Häusern ihrer Schwieger-Eltern und Freunde neue Häuser und Werckstätten aufgebauet, dergestalt, daß *Bucht, der Nadler,* in Davids-Raum; *Dietrich, der junge Mechanicus,* (welcher Mons. Plagers seiner Frauen Schwester bekommen, und bereits ein künstlicher und fleißiger Mann war,) und [86] *Herbst, der Gürtler,* in Jacobs-Raum; *Rümpler, der Gerber,* in Stephans-Raum; *Tau, der Hutmacher,* in Simons-Raum; *Pürr, der Kupferschmidt,* in Johannis-Raum, und *Berthold, der Seyler,* in Christophs-Raum zu wohnen kommen waren. Derowegen schien das allernöthigste zu seyn, die neuen mitgebrachten Künstler und Hand-Wercks-Leute ebenfalls in diejenigen Pflantz-Städte einzutheilen, allwo sie ihre Professiones am bequemlichsten treiben könten. Demnach wurde mit den Stamm-Vätern und klügsten Europäern Rath gehalten, und endlich beschlossen, daß der *Buchbinder Ollwitz* in Christians-Raum, bey Mons. Litzbergen, *Rädler, der Buchbinder, Besterlein, der Sattler, Hollersdorff, der Mahler,* in Alberts-Raum, u. zwar dieser Letztere in Mons. Cramers Behausung, *Breitschuch, der Seiffensieder,* und *Trotzer, der Zinngiesser,* in Roberts-

Raum; *Engelhart, der Blechschmidt,* in Davids-Raum; *Schubart, der Glaßmeister,* nebst ihme *Kindler, der Glaß-Blaser* in Stephans-Raum, ihre Wohnstädten bekommen solten, und zwar diese beyden letztern nur so lange, biß die Glaß-Hütte zu Stande gebracht, welche am Walde bey den Saltz-Lachen, zwischen Jacobs- und Stephans-Raum, nach Uberlegung der Verständigsten angelegt werden solte. Nachdem nun ein jeder in die ihm zuerkanndte Pflantz-Stadt eingeführt, ihm sein Logis und Platz zur Werckstatt angewiesen worden, auch sich nach erstattetem Bericht keiner unter ihnen gefunden, welcher nicht sehr wohl [87] damit zufrieden gewesen wäre, lieferte ich jeden seine Kisten, worein die zu seiner Profession gehörigen Sachen eingepackt waren, nebst ihren übrigen annoch bey mir befindlichen Geräthe aus, ermahnete einen jeglichen, nur erstlich seine Sachen in Ordnung zu bringen, und zu überschlagen, wo und wie ihre Werckstätten angelegt werden müsten, da denn so gleich unsere Bau-Leute Anstalt machen solten, dieselben in behörige Ordnung zu bringen, auch solte es ihnen an Gehülffen und Lehrlingen nicht ermangeln, indem sich genung Felsenburgische Knaben anfinden würden, die diese oder jene Profession zu erlernen geschickt wären.

Demnach blieben auf der Albertus-Burg nur folgende Personen:

> Der Alt-Vater Albertus mit denen, ihm von jeden Stamme zur Aufwartung zugegebenen Knaben und Mägdleins.

Mein Vater, Franz Martin Julius.
Herr Mag. Schmeltzer nebst seiner Liebste und zweyen Kindern.
Herr Schmeltzer jun.
Herr Herrmann.
Capitain Wodley.
Mons. van Blac.
Mons. Langrogge und
Mons. Hildebrand, die beyden Musici.
Ich, Eberhard Julius.
Meine Schwester, Juliana Louise.
Jungfer Krügerin.
Jungfer Zornin. [88]
Barb. Kuntzin, meiner Schwester Bediente.
Capitain Horn mit seinen 9. Sclaven, so lange als ihm allhier auszuruhen beliebte.

Die Buchbinders hatten ihre Werck-Zeuge am allerersten in Ordnung gebracht, indem sie die vornehmsten Stücke aus Europa mitgenommen hatten, derowegen kamen beyde, und ersuchten auch die Kisten, worinnen die rohen Bücher, Pergament und ander Zubehör verwahret wäre, auszupacken, damit sie einen Anfang machen könten, die grosse Anzahl Bücher zu verfertigen, welche zu der Felsenburgischen Bibliothec erkaufft und gewidmet waren. Sie durfften hierauf nicht lange warten, sondern bekamen bald, was sie verlangeten. Nächst diesen suchte ich das benöthigte vor Mons. Hollersdorffen, den Mahler, hervor, welcher denn mit drey ihm zugegebenen jungen

Purschen, die er in der Mahler-Kunst unterrichten solte, in wenig Tagen den Anfang machte, den Altar zu mahlen, und an behörigen Orten zu vergulden. Weiln aber in unserer Kirche, so wohl als auf der Albertus-Burg keine Glaß-Fenster, sondern die Rahmen nur mit durchsichtigen Fisch-Häuten überzogen waren, welche doch sehr verdunckelten, so ließ ich nicht ab, biß Mons. Litzberg und die übrigen Bau-Verständigen, sich nebst gnugsamen Arbeitern mit mir auf denjenigen Platz begaben, wo die Glaß-Hütte angelegt werden solte. Es wurde also nicht nur binnen wenig Tagen der Grund aufgegraben, sondern auch sattsames Holtz, Kalck und Steine aufgeführet, und das gantze Gebäude binnen wenig Wochen unter das Dach gebracht. Der Glaß-[89]Meister Schubart war ein sehr geschickter Mann, gab an, wohin die Glaß-Cammer oder Magazin, der Calcinir-Ofen, der Schmeltz- oder Werck-Ofen, und dann der Kühl-Ofen gebauet, und wie eigentlich diese dreyerley Arten von Ofen gemacht werden solten, bestellete auch die dazu benöthigten Machinen und Instrumente, als, die Pfeiffe, Vorschneid-Eisen, das Zwack-Eisen, Bühm-Eisen, Scheere, Auftreib-Scheere, Rößgen, Sattel, eiserne Schöppe, Wasser-Trog, Formen, Mörser und dergleichen, und versprach, wenn man ihn und seinen Compagnon so fleißig fort förderte, auch gnugsame Materialien zuführen liesse, binnen wenig Wochen so viel Glaß-Taffeln zu liefern, als wir zu unsern Kirch-Fenstern nöthig hätten. Ich sparete keine Worte, die Vorsteher der Gemeinden dahin zu bringen, daß sie sich diesen Bau rechtschaffen angelegen seyn liessen, derowegen fehlete es nicht an fleißigen Arbeitern, auch wurden die Materialien zum Glaßmachen nach und nach dergestalt häuffig zugeführet, daß der Glaß-Meister völlig vergnügt war. Ich begab mich alle Woche zwey biß drey mahl dahin, diesen Bau zu besichtigen, allein, ich konte wenig tüchtigen Rath darzu geben, weil ich die Sache nicht verstund, hergegen thaten Mons. Litzberg, Plager, Morgenthal und andere nebst dem Glaß-Meister Schubart das beste bey Anlegung dieser Sache, so, daß sie endlich noch vor Michaelis völlig zum Stande kam, und wir eine Probe von vielerley Sorten der Gläser, mit grösten Vergnügen zu sehen bekamen, auch die fleißigen Arbeiter zum öfftern besuchten, indem [90] sich verschiedene Felsenburgische junge Männer, Junggesellen und Knaben mit darzu gebrauchen liessen.

Binnen der Zeit aber kam uns auch die Lust an, die andern neu mitgebrachten Handwercker zu besuchen, und fanden, daß die Buchbinders sehr fleissig gewesen waren, denn sie hatten schon eine ziemliche Anzahl Bücher recht nett und sauber eingebunden. Der Seiffensieder Breitschuch zeigte schon viele Centner von feiner, mittelmäßigen und geringen Seiffe, versprach auch, nur noch einige Centner darzu zu machen, und selbige hernach auf die Albertus-Burg zu liefern, damit selbige unter die Stämme vertheilt, und jede Haußwirthin so viel davon habhafft werden könte, sich eine Zeitlang damit zu behelffen. Der Zinngiesser Trotzer lieferte von den ihm gegebenen 10. Centner Zinn vorerst 6. Dutzent grosse, mittelmäßige und kleinere Schüsseln, 12. Dutzent Teller, nebst allerhand andern Sachen, welche alle zu specificiren viel zu weitläufftig fallen würde, das ansehnlichste darunter aber war ein Hand-Faß von besonderer façon und ungemein sauberer Arbeit, nebst einem gantz Zinnern propern Caffée-Tische, welche beyden Stücke er in des Alt-Vaters Zimmer gestellet haben wolte. Besterlein, der Sattler, hatte in des Alt-Vaters Zimmer 2. Dutzent saubere Stühle beschlagen, 3. schöne Sättel und verschiedene Sorten von Riemen-Werck zum Meister-Stücke gemacht. Bey Engelhardten in Davids-Raum traff man schon eine gewaltige Menge von allerley blechernen und meßingenen Gefässen und Sachen an, er wol-[91]te aber deren erstlich noch mehr verfertigen, sie sodann auf die Albertus-Burg liefern, damit der Alt-Vater damit disponiren könte, wie ihme beliebte. Mons. Hollersdorff, der Mahler, hatte nicht nur den Altar bereits vollkommen schön ausgemahlt, sondern wurde auch noch vor Michaelis mit der Cantzel fertig. Solchergestalt sahen unsere Aeltesten mit Vergnügen, daß wir keine Schmarotzer und faule Tage-Diebe, sondern lauter fleissige Arbeiter mitgebracht hatten, inzwischen durfften sich diese um keine Lebens-Mittel bekümmern, denn es wurde ihnen alles, was sie begehrten, reichlich zugetragen.

Mittlerweile wurde es kundig, daß Hr. Schmeltzer jun. mit meiner Schwester, und ich mich mit meiner Cordula an dem künfftigen Michaelis-Feste wolten copuliren lassen, derowegen mag der Appetit zum Heyrathen nicht nur einigen Felsenburgern, sondern auch etlichen von unsern neu mitgebrachten Europäern ankommen, denn diese Letztern hatten die Töchter des Landes schon besehen, waren auch so wohl im Aussuchen als in der Anwerbung mehrentheils glücklich gewesen, weiln es nicht nur an sich selbst feine Männer waren, sondern die ältern Europäer sich ihrer als Brüder angenommen, und ihnen das Wort geredet hatten. Inzwischen wäre doch bald ein Streit zwischen Mons. van Blac und dem Mahler Hollersdorff entstanden, denn es hatten sich beyde zugleich in Herrn Kramers seiner Frauen ihre jüngste Schwester verliebt, weßwegen wir andern uns darzwischen schlugen, und auf Vermercken, daß die Jungfrau den Mahler ge-[92]wogener war, als den van Blac, diesen Letztern von ihr abwendig machten. So bald er vernommen, daß die Jungfrau seinen Mit-Buhler lieber hätte, als ihn, ließ er sich gleich weisen, nahm Abschied von ihr, und suchte sich nachhero eine nicht weniger wohlgebildete und tugendhaffte Jungfrau aus dem Johannis-Raumer Geschlechte aus, welche Hr. Mag. Schmeltzers seiner Liebsten jüngste, ohngefähr 18. jährige, Schwester war. Diese hatte an seiner Person nichts auszusetzen, jedoch ehe das Verlöbniß geschahe, nahm ihn der Alt-Vater eines Abends vor, und bat, weil es eben itzo Zeit davon wäre, uns seine Lebens-Geschicht zu erzählen, da er selbiges schon vor einigen Wochen versprochen hätte. Mons. van Blac ließ sich nicht lange nöthigen, sondern fing seine eigene Historie, nachdem er erstlich einige Bücher und Brieffschafften aus seiner Cammer geholet, folgender massen herzusagen an:

Im Jahr 1698. den 24. Octobr. bin ich zur Welt gebohren worden, und zwar auf dem von den Geographis so genannten Teutschen Meere, weßwegen ich nicht weiß, ob ich mich einen gebohrnen Teutschen oder Holländer nennen soll, denn mein Vater und Mutter waren beyde in Holland gebohren und gezogen, erstgemeldter hieß Joost Henry van Blac, und war Capitain eines Holländischen Schiffs, meine Mutter aber, Maria Angelica van Leuwen, deren Vater ebenfalls ein berühmter Schiffs-Capitain gewesen war. Die besondere Lust zum Reisen auf der See, und denn die hertzliche Liebe gegen meinen Vater, hatte [93] meine Mutter angereitzt, gleich nach ihrer Verehligung verschiedene Reisen mit demselben in ein und anderes Europäisches Reich zu thun, auf der Rück-Reise von Norrwegen aber biß Holland paßirt ihr dieser Streich, daß sie Antwerpen, allwo wir unser Wohn-Haus hatten, nicht erreichen kan, sondern ihr Wochen-Bette mit mir im Schiffe aufschlagen muß; und eben dieserwegen kan ich mich keines Menschen *Lands-Mann,* wohl aber *See-Mann* nennen. Mit alle dem kommen doch, so wohl meine Mutter als ich, glücklich und gesund in Antwerpen an, und werden von meiner Groß-Mutter, die annoch lebte, wohl empfangen und gepfleget. Mein Vater hatte sich nach wenig Tagen wieder zu Schiffe begeben müssen, und war nicht nur dieses mahl ein halbes Jahr, sondern nachhero zum öfftern 8. 10. ja wohl biß 18. Monathe aussen geblieben, und dennoch hatte er niemahls einen rechtschaffenen Profit mit nach Hause gebracht, sondern mehrentheils grössere Summen mit auf die Reise genommen; woran es gelegen gewesen, weiß ich nicht, und meine Mutter, weil sie ihn hertzlich liebte, zur selbigen Zeit auch noch ihr gutes Auskommen wuste, hatte ihn in allen nach seinem Belieben schalten und walten lassen. Ich blieb nicht alleine, sondern bekam immer mehr und mehr Geschwister, so, daß in meinem 14ten Jahre schon unserer 9. waren, indem sich unter uns 2. paar Zwillinge befanden. Meine Mutter sparete keinen Fleiß, uns sämmtlich wohl zu erziehen, und sonderlich mich, als ihren erstgebohrnen und liebsten Sohn, in den behörigen Wissen-[94]schafften unterrichten zu lassen, und ich hatte in Wahrheit auch eine besondere Lust zum Studiren, allein, in meinem 15ten Jahre, da mein Vater eben wieder zu Hause kam, doch sich nicht länger als etwa einen Monat bey uns aufgehalten hatte, gab er zu vernehmen, daß er mich mit zu Schiffe nehmen wolte; meine Mutter setzte sich zwar starck darwider, und wendete vor, daß es ewig Schade sey, mich itzo in den besten Jahren vom Studiren abzuziehen, da ich, meiner Præceptorum Zeugnisse nach, schon so sehr weit gekommen wäre; allein, er schmeichelte ihr, daß er noch einmahl so frölich und vergnügt leben wolte, wenn er wenigstens eins von seinen Kindern bey sich hätte, und ihr Ebenbild darinnen betrachten könte, zudem wäre auf seinem

Schiffe ein Grund-gelehrter Mensch befindlich, welcher sich eines in Franckreich gehabten Unglücks-Falls wegen auf die See begeben müssen, dieser könte nicht allein meine bereits erlerneten Wissenschafften mit mir repetiren, sondern mich auch viel weiter bringen, weiln wir auf dem Schiffe Zeit genung darzu hätten. Auf diese Vorstellungen gab endlich meine Mutter ihren Willen drein, und ließ mich mit ihm fortfahren, nachdem er noch eine gewaltige Geld-Summe in Antwerpen aufgenommen, und meiner Mutter vorgesagt hatte, binnen 8. oder 9. Monathen vier mahl so viel davor zurück zu bringen. Allein, es war nicht an dem, daß er dieses mahl so bald wieder kommen konte, denn wir nahmen unsern Lauff nach Ost-Indien zu, und ich befand in der That wahr zu seyn, daß ich auf dem Schiffe von obgemeldten [95] Studioso, der sich Bredder nennete, und vor dem einige junge Barons durch die allermeisten Reiche und Länder von Europa geführet hatte, eben so viel, ja noch mehr lernen konte, als zu Hause, denn mein Vater hatte nicht allein viele nützliche Bücher vor mich mitgenommen, sondern Mons. Bredder hatte auch eine ziemliche Menge derselben bey sich, um mich in den vornehmsten Europäischen Haupt-Sprachen gründlich zu unterrichten, und firm zu machen. Ausser diesen tractirte er die Historie, Geographie, und einige Stück aus der Mathesi mit mir, kurtz, er brachte mich binnen 3. Jahren, die wir unterwegs und in Ost-Indien zubrachten, durch seinen und meinen unermüdeten Fleiß so weit, daß ich obgedachte Europäische Haupt-Sprachen nicht allein fertig lesen und schreiben, sondern auch verstehen und reden konte, und weiln sich Leute von verschiedenen Nationen auf unsern Schiffe befanden, so hatte mein Vater ein besonderes Vergnügen darüber, daß ich fast mit einem jedweden in seiner Mutter-Sprache gantz ordentlich sprechen konte.

Mein Vater war diesesmahl in seinem Handel und Wandel auch dergestalt glücklich gewesen, daß er ein grosses Gut erworben, derowegen mit grossem Vergnügen zurück reisete, um meiner Mutter, die sich, wie leicht zu errathen, unter der langen Zeit unsers Wegseyns genungsam gegrämet, eine besondere Freude zu machen. Allein, über welchen das Verhängniß einmahl beschlossen hat, ihn unglücklich zu machen, der muß es wohl seyn und bleiben, das erfuhr unter allen, die wir auf dem [96] Schiffe befindlich waren, mein Vater am allermeisten.

Denn als wir auf dem Rückwege zwischen den Canarischen Insuln und Africanischen Küsten hinfuhren, überfiel uns einer der grausamsten Stürme, das Schiff zerscheiterte an den Klippen, wurde in die Tieffe des Meeres versenckt, mein Vater, Informator und ich nebst noch 6. Personen aber, wurden an die Africanischen Küsten getrieben, allwo wir zwar unser Leben erretteten, jedoch die Freyheit verlohren, indem wir uns den Maroccanern als Sclaven ergeben musten.

Der eintzige Trost in diesem Jammer-Stande wäre wohl noch dieser gewesen, wenn mein Vater, Informator und ich hätten beysammen bleiben können, so aber kauffte mich wenig Tage nach unserer Anländung ein vornehmer Maroccanisch-Kayserl. Bedienter den Menschen-Fischern ab, und nahm mich in seinem Geleite mit an den Kayserlichen Hof nach Mequinez. Es tractirte mich dieser mein Herr, um welchen ich täglich seyn muste, ziemlich gütig, ich bekam auch bessere Kleidung und Speisen als seine andern Sclaven, weiln ihm nicht allein meine äuserliche Gestalt besser als der andern gefiel, sondern er sich auch ein besonderes Vergnügen daraus machte, daß ich verschiedene Sprachen zu reden wuste. Dieses eintzige war mir sehr verdrüßlich, daß, wenn er speisete, und ich neben ihm kniete, er seine an den Gerichten beschmutzten Finger allezeit an meine lockigten, damahls noch gantz blonden Haare abwischte, denn die Maroccaner brauchen weder Messer, Gabel [97] noch Löffel, sondern essen bloß mit den Fingern, und zwar auf der Erden sitzend.

Eines Abends sagte er zu mir, ich solte mich in dieser Nacht mit allem Fleiß baden, reinigen und salben, weil ich morgen früh neue Kleidung anziehen solte, indem er willens wäre, mich mit an den Kayserl. Hof zu nehmen. Ich folgte seinem Befehle, und morgendes Tages seiner Person nach, wuste aber nicht, was er mit mir vor hatte, biß ich sahe, daß er mich nach gehabter Audienz an den alten 73. jährigen Kayser Muley Ismael verschenckte. Es war mir vorhero gesagt, daß ich mich vor denselben auf die Erde, und zwar auf den Bauch, niederlegen müste, welches ich denn auch that, da aber der alte Kayser einige

Fragen erstlich in Spanischer und hernach in Englischer Sprache an mich gethan, und ich dieselben in beyderley Sprachen beantwortet hatte, indem ich den Kopff, so wie ein Hund nur ein wenig in die Höhe reckte, hieß er mich endlich aufstehen, da mir denn mein bißheriger Herr einen Winck gab, auf den Knien vor dem Kayser liegen zu bleiben, allein, dieser war so gnädig, mit der Hand ein Zeichen zu geben, daß ich gerade auftreten solte. Hierauf fragte er mich abermahls in Spanischer Sprache, aus welchem Lande ich gebürtig, weß Standes und Herkommens, und auf was vor Art ich in die Sclaverey gerathen wäre? Ich beantwortete alles der Wahrheit gemäß, und wurde endlich, nachdem er ein besonderes gnädiges Wohlgefallen über meine Person bezeugt, auch in Maroccanischer Sprache Ordre gegeben, wie ich verpflegt werden sol-[98]te, in ein Zimmer geführet, wo noch 3. andere Europäische Knaben, nehmlich 2. Spanier und ein Portugiese von Geburth, die alle 3. kaum 16. Jahr alt, sich unter der Aufsicht eines Maroccanischen Lehrmeisters befanden, der sie in dasiger Rechts-Gelehrsamkeit, der Grammatic, Poesie, Stern-Seher- und Stern-Deuter-Kunst, wie auch in vielen anderen Wissenschafften, hauptsächlich aber in der Arabischen Sprache unterrichtete.

Diese 3. Pursche erfreueten sich ungemein, noch einen Mit-Consorten ihres Unglücks zu bekommen, und weil wir alle 4. gut mit einander sprechen konten, wurden wir gar bald gute Freunde. Ich bekam so gleich so kostbare Liberey als wie sie; wir wurden von 2. mohrischen Knaben bedienet, speiseten nebst unserm Informatore allein, und hatten alle Mahlzeiten 8. Gerichte nebst dem besten Geträncke, jedoch keinen Wein, denn es heist, die Maroccaner dürffen keinen Wein trincken, ohngeacht vortreffliche Wein-Stöcke in diesem Reiche anzutreffen, so, daß öffters 2. Männer kaum einen Weinstock umklafftern können, und die Beeren an den Trauben offt grösser als die Hüner-Eyer sind. Weil ihnen aber dieses edle Gewächse so gar sehr appetitlich vorkömmt, kochen sie die Trauben, und præpariren ein besonderes Geträncke daraus, welchem sie einen andern Nahmen, ihrer Kehle aber ein herrliches Labsaal damit geben.

Jedoch von meinen und meiner Mit-Consorten Abwartung und Stande ferner zu reden, so wurden wir solchergestalt nicht anders als würckliche Leib-Pagen des Kaysers tractiret, thaten [99] aber sehr wenig Dienste, sondern hatten die Woche kaum 3. oder 4. mahl einige Stunden Aufwartung, nur daß uns der Kayser zuweilen sehen möchte. Sonsten musten wie alle Morgen eine Stunde vor der Sonnen Aufgang aufstehen, uns reinigen und völlig ankleiden, denn es schlieffen zwey und zwey in einem Cabinet auf herrlichen Betten und Matratzen, der Mohren-Junge aber lag auf der Erde zu unsern Füssen auf einer schlechten Matratze als ein Hund, unser Herr Hofmeister schlieff auch in einem besondern Cabinet, sein Bedienter ebenfalls in einer kleinen Bucht darneben. Gleich mit, oder um die Zeit der Sonnen Aufgang, fing unser Hofmeister in unserer Gegenwart an, das Morgen-Gebeth nach Art der Mahometaner zu thun, verlaß hierauf ein Stück aus dem Alcoran, erklärete die schweresten Puncte desselben, und gab sich viel Mühe, uns allen vieren die Haupt-Stücke der Mahometanischen Religion beyzubringen, allein, wie ich bald merckte, war keiner unter uns, der zu diesem Glauben inclinirte, wir höreten zwar alles mit an, fasseten seine Lehre, gaben auf seine Fragen richtige Antwort, allein, ohne allen Ernst, jedoch durfften wir nicht das geringste Gespötte daraus machen, wenn wir nicht aufs allerstrengste gezüchtiget werden wolten, welches meine 3. Cameraden zum öfftern erfahren hatten.

Nachdem die Andachts-Stunde verbracht, gingen die Lectiones in diesen und jenen Wissenschafften an, welche 3. Stunden währeten, hernach hatten wir die Freyheit, uns im Garten oder auf dem Spiel-Platze, oder wenn es garstig Wet-[100]ter war, auf dem Spiel-Saale, mit allerhand Spielen zu divertiren. In der Mittags-Stunde speiseten wir, durfften uns hernach wieder eine Stunde Motion machen, musten so dann abermahls 3. Stunden die Lectiones abwarten, hatten nachhero biß zu Untergang der Sonnen wieder Erlaubniß zu spielen, endlich aber nochmahls eine Mahometanische Bet-Stunde halten, und alsobald zu Bette gehen.

So war meine Lebens-Art damals beschaffen, allein, in den erstern Wochen vergoß ich tausend Thränen, theils über meinen Vater, von welchen ich nicht wuste, wo er hingekommen war, theils wegen meiner Mutter, die solchergestalt ihres Mannes, Sohnes und so vieler schönen Güter auf einmahl beraubt war, theils über mich selbst, daß ich in solchen Zustand gerathen, und meine Studia nicht recht nach Europäischer Art fortsetzen, vielweniger mich in meinem Christenthume rechtschaffen üben konte, indem ich kein eintziges Christliches Buch hatte, jedoch mir die vornehmsten Glaubens-Articul, Gebete und Gesänge, die ich auswendig gelernet, um selbige nicht zu vergessen, alle aufschrieb, und selbige in Abwesenheit unsers Hofmeisters oder sonsten an einem geheimen Ort repetirte, auch meine Cameraden sonderlich damit erfreuete, ohngeacht sie Römisch-Catholischer Religion waren, und noch niemahls so, wie ich schon offtermahls, das Heil. Abendmahl empfangen hatten, welches letztere bey diesen meinem Zustande immer mein bester Trost war.

Mittlerweile bezeigte unser Hof- und Lehr-[101]Meister eine besondere Freude über mich, daß ich nicht allein die Arabische und Marroccische Sprache so leicht fassen, und ehe ein Jahr verging, beyde fast fertig reden und schreiben, auch die in derselben geschriebenen Bücher gantz wohl exponiren konte. Bey den übrigen Wissenschafften spürete er ebenfals keinen dummen Kopff an mir, sondern ich kan, ohne Ruhm zu melden, wohl sagen, daß er noch vieles mit grosser Begierde von mir erfragte und lernete, weil ich ihm denn auch jederzeit sehr höflich begegnete, liebte er mich vor den andern allen am meisten, und sagte zum öfftern: Blac! ihr könnet in wenig Jahren an unsers Kaysers Hofe einer der grösten Ministers werden, wenn ihr euch zu unserer Religion bekennet, und beschneiden lasset; Allein, so offt ich von diesem Letztern hörete, erstarrete mir alles Blut in meinen Adern.

Wenige Zeit hernach, hatte eben dieser unser Hof- und Lehr-Meister, seiner eigenen Ehre wegen, verlanget, daß über uns seine 4. Scholaren ein Examen angestellet werden möchte, welches denn auch geschahe, indem sich 6. der gelehrtesten Maroccaner (die wenigstens davor gehalten wurden) bey uns einstelleten, und das Zeugniß ertheileten, daß wir es alle schon sehr hoch, ich aber am allerweitesten gebracht hätten.

Allein, eben dieses Examen zohe sehr traurige Folgerungen nach sich, denn etliche Tage darauf wurde erstlich der jüngste Spanier, andern Tags der Portugiese, 3ten Tages der ältere Spanier beschnitten und verschnitten, am 4ten Tage aber solte die Reihe an mich kommen, welches mir [102] der Kisler-Agasi, (oder der Oberste unter den Verschnittenen, welcher über die Weiber und Concubinen des Kaysers, auch deren verschnittene Bediente die Aufsicht hat,) durch einen Bedienten ansagen ließ. Ich aber gab demselben gleich zur Antwort, daß ich mich ehe in 1000. Stücken zerhauen, oder mit den grausamsten Martern belegen, als dergleichen mit mir wolte vornehmen lassen, denn ich wäre völlig resolvirt, meinen Glauben niemahls zu verläugnen, sondern als ein Christ zu leben und zu sterben, auch stünde mir nicht an, ein

Verschnittner zu seyn, sondern wolte, wie gesagt, lieber sterben. Diese kurtze Abfertigung des Bedienten hatte unser bisheriger Hof-Meister in seinem Cabinet gehöret, kam derowegen heraus, und sagte: Wisset ihr auch, daß euch diese Worte noch diesen Abend das Leben kosten können? Denn der Kisler-Agasi ist ein gewaltiger Mann, in dessen Händen vieler Menschen Leben und Todt stehet; aber das will ich euch zum Vortheil sagen, wenn diejenigen ankommen solten, die euch etwa zu stranguliren oder auf andere Art zu ermorden befehligt wären, so rufft nur den Nahmen unsers Kaysers Muley Ismaël etliche mahl aus, denn solchergestalt könnet ihr euer Leben so lange erretten, biß ihr den Kayser erstlich selbsten gesprochen, und er hernach Befehl gegeben, daß man seinen Nahmen eurentwegen nicht ferner mehr respectiren, sondern Gewalt brauchen soll.

Ich fassete dieses zu Ohren, es kam aber diesen Tag niemand weiter zu mir, hergegen that ich in künfftiger Nacht vor Kummer und Sorgen [103] kein Auge zu, besann mich jedoch auf allerhand Streiche, die ich im Fall der Noth spielen, und damit, wo möglich, nicht nur mein Leben retten, sondern auch der schändlichen Ver- und Beschneidung entgehen wolte.

Früh Morgens, etwa 2. Stunden nach Aufgang der Sonnen, kam der zweyte Abgesandte, und trug mir vor, welchergestallt der Kisler-Aga meine gestrige trotzige Antwort sehr übel empfunden, jedoch weil ihm bewust, daß der Kayser eine gantz besondere Gnade auf mich geworffen, hätte er seinen Zorn gemäßiget, von dem Kayser aber Befehl erhalten, mich heute verschneiden zu lassen, wolte ich nun die Gnade des Kaysers nebst meinem zukünfftigen Glücke nicht muthwillig verschertzen, so solte mich nicht ferner wiederspenstig erzeigen, sondern die wenigen Schmertzen mit frölichen Hertzen ausstehen, indem ich solchergestalt die Hoffnung erlangte, vielleicht in wenig Jahren ein grosser Mann zu werden, &c. und was dergleichen tröstliche Worte mehr waren. Allein, ich blieb bey meiner ersten Resolution, lieber zu sterben, als meine Religion zu verändern, und als ein Verschnittener zu leben. Der abgeschickte gab sich hierauf nebst meinem bißherigen Hofmeister und Informator viel Mühe, mich in Güte zu diesem Unheyl zu bewegen, da aber nichts verfangen wolte, wurde der erstere endlich in Harnisch gejagt, und sagte: Nun so muß man, dem Befehle nach, Gewalt brauchen; ging auch gleich zum Zimmer hinaus, und ruffte 4. bewaffnete Mohren herein, nebst noch 2. andern, welche die Instrumenta, mich zu castriren und zu beschneiden, [104] bereits in Händen trugen. Die 4. Bewaffneten fingen so gleich an, sich nach abgelegtem Gewehr, meiner zu bemächtigen, wolten mich auf den Tisch legen, damit die vortrefflichen Operateurs ihre Kunst an mir ausüben könten, ich wehrete mich mit gröster Gewalt, wurde aber vermahnet, mich nur mit Geduld darein zu geben, oder mir es selbst zuzuschreiben, wenn der Schnitt mir zum Schaden oder gar zum Tode gereichte; da nun vermerckte, daß ich mich ihrer nicht mehr erwehren könte, bath ich nur um ein bequemeres Lager und etwas Zeit zum Verschnauben. Es wurde mir gewillfahret, auch angerathen, mich auf mein Bette zu legen, allwo die Operation eben so füglich verrichtet werden könte, mitlerweile aber hatte ich Zeit, in meinen Schubsack zu greiffen, und ein starckes Feder Messer aus der Scheide zu ziehen, welches ich den Operateur, so bald er sich von neuem an mich machte, dergestalt tieff in das Hertz hinein stach, daß er augenblicklich zu Boden sanck. Hierüber wurden die andern bestürtzt, ich aber bekam Lufft, aufzuspringen, und sagte: Nun will ich mit Freuden sterben, weil ich doch weiß, warum? Doch hoffe die Gnade zu haben, vor meinem Ende den Kayser Muley Ismaël erstlich noch einmahl zu sprechen. Rieff hierauf auch noch etliche mahl den Nahmen Muley Ismaël aus.

Diese kurtze Appellation wurckte so viel, daß die Schwartzen keine fernere Gewaltthätigkeiten an mir verübten, sondern mich nur in genauer Verwahrung hielten, biß der Abgeschickte, der nebst meinem bißherigen Informatore weg ging, [105] nach Verlauff etwa zweyer Stunden wieder zurück kam, und die Post brachte, daß man mich vor den Kayser führen solte. Solches geschahe, und hatten die 4. Mohren ihre entblösten Schwerdter in den Händen, der Meynung, in Gegenwart des Kaysers ein Stückgen Arbeit zu bekommen, und mich Elenden in etliche Stücke zu zerhauen. Der Kayser Muley Ismaël saß auf einem kostbaren Stuhle, und so bald ich mich vor ihm niedergeleget, und die Erde geküsset hatte, fing er an, mit eben nicht gar zu zornigen Gebärden, also zu reden: Verfluchter Christ! wie bist du auf die Gedancken gerathen, die dir bißhero erzeigte und noch fernerhin zugedachte Gnade mit Füssen von dir zu stossen; denn ich habe beschlossen gehabt, so gleich nach völliger Heilung deiner Wunde und Annehmung des Mahometanischen Glaubens, dich zum Schach-Zadeler-Agasi (dieses ist derjenige Officier unter den Verschnittenen, welcher über des Kaysers Kinder die Ober-Aufsicht hat, und in grossen Ansehen stehet) zu machen, und dein Glück noch weiter zu befördern, nun aber wirst du nicht allein wegen deiner Wiederspenstigkeit, sondern auch wegen des, an einem meiner Unterthanen begangenen Mordes, des schmälichsten Todes sterben müssen. Rede Hund!

Solchergestalt sahe ich meinen Tod vor Augen, denn obgleich Muley Ismaël seit einigen Jahren her nicht mehr so grausam gewesen war, als vor dem, so konte doch gar leicht glauben, daß mir auf dieses mein Verbrechen die Todes-Straffe würde dictirt werden. Dem ohngeacht verspürete ich [106] in meinem Hertzen nicht die geringste Furcht vor dem Tode, sondern brachte meine Antwort in folgenden freymüthigen Maroccanischen Worten vor:

Gröster Kayser! Dich hat GOtt der Allerhöchste zu einem Gott auf Erden gemacht, weßwegen ich mich schuldig erkenne, den Staub zu deinen Füssen aufzulecken; Dein Reichthum ist unschätzbar, und deine Macht unaussprechlich, bey dem allen aber pflegst du mehr zu geben als zu nehmen. Erwege demnach selbst, warum du itzo so begierig bist, mir den Christlichen Glauben aus dem Hertzen, und das, was mir GOtt und die Natur geschenckt, aus dem Leibe reissen zu lassen. Ich bin zwar durch ein besonderes Schicksal unter deine Gewalt gebracht, jedoch wegen der unverdient genossenen Gnaden bewogen worden, dir Zeit-Lebens getreu und redlich zu dienen, so weit sich meine Wissenschafft und Vermögen erstreckt. Gröster Kayser, glaube mir, daß derjenige, welcher an seinem GOtt und Glauben ungetreu wird, auch seinem Herrn niemahls getreu seyn kan, und wo will ein solcher, welcher mit Gewalt verstümmelt und verschnitten wird, die Lust hernehmen, sein ihme aufgetragenes Amt mit behöriger Freudigkeit und ohne heimlichen Kummer und Widerwillen zu verrichten. Ich elende Creatur versichere deine Majestät, daß ich als ein Christ viel lieber ein ewiger Sclave bleiben, als ein verstümmelter Mamme-[107]lucke, ein Erbe deiner Reiche und Länder werden wolte. Wende deine Augen auf meine Treue und Standhafftigkeit, denn, wirst du mich mit Gewalt beschneiden und castriren *lassen, so wisse, daß der erste Dolch, Messer, Strick, oder ein ander Mord-Instrument, ein Mittel seyn wird, mich aus dem Reiche der Lebendigen ins Reich der Todten zu versetzen, weßwegen ich denn bey GOtt im Himmel Vergebung zu erlangen verhoffe.*

(Hier fiel mir, verfolgte Mons. van Blac seine Rede, eine in voriger Nacht ausgedachte Noth-Lüge ein, die ich dergestalt vorbrachte:)

*Allermächtigster Kayser! ich habe mich zwar anfänglich vor dem Sohn eines Schiff-*Capitains *ausgegeben, allein, solches ist nur darum geschehen, etwa mit der Zeit etwas an meinen Rantzion-Geldern zu ersparen, denn ich bin ein gebohrner Graf aus Holland, dessen wohlbemittelte Eltern vermuthlich noch am Leben sind, die allzu grosse Lust zur See zu reisen, und Ost-Indien zu sehen, hat mich durch Schiffbruch anhero gebracht; Wird mir mein Leben, und das, worum ich schon gebeten, gelassen, so kan ich vielleicht binnen weniger Zeit mit baarem Gelde ausgelöset werden, ist aber keine Hoffnung zu meiner Freyheit vorhanden, so will ich Zeit-Lebens dein getreuster Sclave verbleiben, jedoch als ein Christ und Unverschnittener. Ausser die-*[108]*sem will eher erdulden, daß man meinen elenden Cörper in tausend Stücken zerhackt, und denselben den Hunden vorwirfft. Jedoch was werden, Gröster Kayser! deine allergnädigsten Augen und Gedancken vor besonderes Vergnügen an diesem Jammer-Spiele haben? Derowegen erhöre meine Bitte, begnadige deinen allergetreusten Knecht und Sclaven, doch soll ich ja sterben, so laß nur mein Haupt mit einem eintzigen Schwerd-Streiche zu deinen Füssen legen.*

Dieses war (fuhr Mons. van Blacfort) ohngefähr der Innhalt meiner Rede, die ich an den Kayser that, er hörete mir so wohl als alle bey ihm stehenden sehr auffmercksam zu, ging darauf mit dem Kisler-Aga und einigen andern Ministers in ein Neben-Zimmer, aus welchem nach Verlauff etlicher Minuten der Kisler-Aga zurück kam, und zu meinen Begleitern sagte: Der Sclav soll sterben, doch hat ihn der Kayser in so weit begnadiget, daß ihm unten auf dem Platze nur bloß der Kopff abgeschlagen werden soll.

Demnach führete man mich hinunter auf den Platz, ich betete unterwegs die trostreichsten und Christlichen Gebete, so mir nur einfielen, muste hernach unten auf dem Platze, unter des Kaysers Fenster, mich auf einen viereckten Stein setzen, und den Streich erwarten. Indem kam ein Verschnittener gelauffen, und brachte die Nachricht: Der Kayser wäre dennoch gesonnen, mir das Leben zu schencken, wenn ich mich nur bloß beschneiden, und [109] die Mahometanische Religion annehmen wolte, mit der Verschneidung aber solte ich verschonet bleiben, allein, weil ich mich schon völlig zum Sterben zubereitet, war meine Antwort diese: Der Tod wäre mir lieber als dieses. Hierauf druckte ich meine Augen veste zu, betete laut in Holländischer Sprache, um mitten im Gebet mein Haupt zu verlieren, endlich aber, da ich sehr lange gesessen, ergriffen mich zwey Mohren bey den Armen, und führeten mich auf das Zimmer eines Thurms, welches ziemlich reinlich, jedoch mit eisernen Thüren und Fenster-Stäben wohl verwahret war, liessen sich auch im Hinweggehen so viel verlauten, daß ich wegen meines Eigensinnes allhier eine grössere Straffe und Marter abzuwarten hätte.

Ich stellete alles in GOttes Hände, und blieb bey dem

vesten Schlusse, lieber alle Marter auszustehen, als meinen Christlichen Glauben zu verläugnen, und ein Mahometaner zu werden; inzwischen hatte an guten Speisen und Geträncke keinen Mangel, auch meinen vorigen, ohngefähr 14. jährigen Mohren-Knaben zur Aufwartung bey mir, welcher, auf gegebenes Zeichen mit einer Klatsche, fast so offt heraus und herein kommen konte, als ihm beliebte. Die öfftern Visiten meines bißherigen Informatoris und einiger Officiers der Verschnittenen gereichten mir in dieser meiner Einsamkeit mehr zum Verdruß als zum Vergnügen, indem ihre eintzige Absicht war, mich zum Mammelucken zu machen, doch war dieses meine gröste Freude, daß mir mein bißheriger Informator nicht nur verschiedene, von mir selbst erwehlte Bücher, [110] wie auch Dinte, Federn und Pappier mitbrachte und zuschickte.

Solchergestalt konte mir doch manche Grille vertreiben, und meine Christlichen Gebeter, Biblische Sprüche und Gesänge, die ich auswendig wuste, aufzeichnen. Nachdem ich aber länger als 3. Wochen in diesem Behältnisse gesessen, kam eines Abends mein Mohren-Knabe, und reichte mir, nachdem er das Abend-Essen aufgesetzt, eine schlecht ansehnliche, höltzerne, versiegelte Büchse in die Hände, sagte auch, (weil er als ein Unverständiger, durch meine öfftern Geschencke und andere erzeigten Wohlthaten, mir sehr getreu worden war,) daß seine Schwester, mir selbige in Geheim zu überbringen, bey Leib- und Lebens-Straffe anbefohlen hätte. Ich ließ Essen und Trincken stehen, gieng an ein Fenster, und fand oben verschiedene grosse Gold-Stücke, in der Mitten einen zusammen gelegten Brief, unten aber ein in Gold eingefassetes Portrait eines sehr wohlgebildeten Frauenzimmers. Den Innhalt des Briefes zu lesen, war ich am allerneugierigsten, und fand denselben also gesetzt:

Werthester Herr Lands-Mann!

ICh schätze es mir vor ein besonderes Glück und Vergnügen, euch in Wahrheit versichern zu können, daß mein Vorbitten bey dem Kayser euch allein das Leben erhalten, denn ich habe in dem Neben-Zimmer nicht nur eure an den Kayser gethane Rede von Wort zu Wort angehöret, sondern auch eure Person durch ein kleines [111] *Glas-Fensterlein selbsten gesehen, derowegen jammerte es mich, daß ihr sterben soltet, und brachte durch einen Fußfall und hefftiges Bitten es bey dem Kayser, welcher mir bißhero fast keine eintzige Bitte versagt, dahin, daß er euch so gleich das Leben schenckte, und mit dem gedroheten Haupt-Abschlagen nur eure Beständigkeit probiren wolte. Bleibet derowegen beständig bey eurem Christlichen Glauben, da ihr bereits eine solche starcke Probe abgelegt, und kehret euch an nichts, denn auf mein Angeben seyd ihr zwar gefangen gesetzt, ich hoffe aber, eure Freyheit nächstens mit guter Manier zu befördern. Von meinem eigenen Wesen will ich euch voritzo so viel eröffnen, daß ich Unglückselige, eine Ehe-Frau eines Holländischen Kauffmanns, auf* der Fahrt nach Ost-Indien aber vor 3. Jahren von den See-Räubern gefangen und anhero geführet worden bin, da man mich denn unter die Zahl der Kayserlichen Concubinen gebracht, und zu einer unglückseligen Bett-Wärmerin des alten Kaysers machen will. Jedoch ist der Himmel mein Zeuge, daß er mich noch niemahls vollkommen fleischlich berühret hat, sondern ich habe mein bestes Kleinod noch biß diese Stunde unzerbrochen erhalten. Ob mein Mann aus der Sclaverey errettet, und noch am Leben ist, habe ich nicht erfahren können, jedoch durch euch hoffe ich es auszukund-[112]schaffen, so bald ich eure Freyheit zuwege gebracht. Mittlerweile will auch schon auf Mittel bedacht seyn, Gelegenheit zu verschaffen, daß wir einander einmahl auf eine Stunde mündlich sprechen können. Weil ich sonsten glaubte, daß ihr vielleicht eben nicht mit vielen Mitteln versehen, so habe einige Gold-Stücke beygelegt, damit ihr euch ein und anderes beliebige davor köntet einkauffen lassen, zu unterst aber liegt mein Portrait, damit ihr an selbigen möchtet erkennen lernen

Eure
redlich gesinnete
Landsmännin.

P. S. *Findet ihr euch im Stande, mir auf dieses zu antworten, so könnet ihr das Schreiben nur in ein ausgehöltes Wachs-Licht einhüllen, und euren kleinen Mohren anvertrauen, denn er ist getreu, so wie seine Schwester bey mir, diesen Brief aber verbrennet, oder nehmet ihn nebst dem Bildnisse sehr wohl in Acht, damit wir nicht beyde unglücklich dadurch werden.*

Nach etlichmahliger Uberlesung dieses Briefes beschauete ich das Portrait etwas genauer, und befand dessen Lineamenten sehr schön gezeichnet, küssete selbiges aus hertzlicher Danckbarkeit gegen meine Lebens-Erhalterin, wäre auch wohl noch lange in tieffen Gedancken am Fenster stehen geblieben, wenn mich nicht mein Aufwärter erinnert [113] hätte, etwas von den aufgesetzten Speisen zu geniessen. Ob ich nun gleich etwas von denselben genoß, so blieb doch beständig in tieffen Gedancken über diese Avanture, konte nicht schlüßig werden, ob, wie oder was ich antworten solte, legte mich endlich zur Ruhe, da aber um Mitternachts-Zeit mein kleiner Mohr sehr vest eingeschlaffen zu seyn, allerhand Zeichen von sich gab, stund ich wieder auf, und fassete, ebenfals in Holländischer Sprache, folgendes Antworts-Schreiben ab:

Madame!

VOr Dero besondere Gnade und Gütigkeit, die sie an mir Elenden erstlich ohne mein Wissen, nachhero aber durch sichere Merckmahle erwiesen, schätze ich mich verbunden, ihnen mit meinem Blute zu dienen, werde auch selbige biß auf die letzte Minute meines Lebens mit danckbarem Hertzen zu erkennen bemühet seyn. Wolte der Himmel, daß es Ihnen möglich wäre, mich in Freyheit zu setzen, und mir das ungemeine Vergnügen zu verschaffen, nur eine kurtze Zeit münd-

lich mit Ihnen zu sprechen, so solte mir nach genommener Abrede, vielleicht nicht unmöglich fallen, Sie und mich in völlige Freyheit und in unser Vater-Land zu versetzen, denn ich habe einige, nicht so gar sehr ungereimte Mittel darzu ausersonnen, welche aber erstlich mit Ihnen überlegen müste. Dero werthesten Zeilen zu verbrennen, ist mir unmöglich, weil sie der eintzige Trost in meinem Jammer-Stande [114] *sind, ich werde aber dieselben nebst dem Verehrens-würdigen* Portrait *meiner Lebens-Erretterin, schon dergestalt zu verbergen wissen, daß keine Verrätherey daraus entstehen kan. Ubrigens erwarte Dero fernerweitigen Befehle, empfehle mich Ihrer beständigen Gnade, und beharre Zeit-Lebens*

Dero

gehorsamster Knecht.

Auf das erstere mahl ein mehrers zu schreiben, hielt nicht vor rathsam, weilen von dieser Person Sinnen und Gedancken noch nicht vollkommen informirt war, sondern erstlich abwarten wolte, worzu sie sich in Zukunfft entweder schrifftlich oder mündlich weiter erklären, und wie es mit meiner Loßlassung halten würde. Demnach versteckte ich das gantz subtil zusammen gerollte Pappier in ein Stücklein ausgehöltes Wachs-Licht, gab es meinem kleinen Mohren, selbiges seiner Schwester einzuhändigen, mit dem Bedeuten, daß diese, eben dieses Stück Wachs-Licht, derjenigen Person zurück geben solte, welche mir die höltzerne Büchse zugeschickt hätte.

Tags hernach bekam ich die erfreuliche Nachricht ebenfalls in einem Stücklein Wachs-Lichte eingehüllet, daß unsere Correspondenz dieses mahl glücklich abgelauffen wäre, und 4. Tage hernach wurde ich vor den Kayser geführet, welcher, indem ich mich vor ihm niedergeleget, also zu mir sprach: Höre, Sclav! aus besondern Ursachen habe ich dir nicht allein dein Leben geschenckt, sondern auch zu-[115]gegeben, daß du hinfüro nicht mehr ein Gefangener seyn solst; es ist dir erlaubt, ein Christ zu bleiben, und dir eine Christliche Sclavin zur Frau auszusuchen, so bald derselben eingebracht werden; Allein, aus meinen Diensten lasse ich dich nicht, sondern du solst eine gute Charge erhalten, auch wenn du dich dabey wohl auffführest, weiter befördert werden.

So bald der alte Kayser aufgehöret hatte zu reden, berührete ich mit meiner Stirne 3. mahl den Erd-Boden, zum Zeichen meiner Danckbarkeit, versprach mit dem Munde, solchergestalt, Zeit meines gantzen Lebens der allergetreuste Knecht des Kaysers zu verbleiben, wurde hernach unter die Zahl der Geheim-Schreiber und Dollmetscher aufgenommen, auch zugleich zum Unter-Aufseher des Bau-Wesens bestellet, bekam im übrigen die Freyheit, in der gantzen Residentz-Stadt herum zu wandeln, wohin ich wolte, jedoch nur ausser der Zeit meiner Amts-Verrichtungen, welche hauptsächlich darinnen bestunden, daß ich zuweilen Morgens wenigstens 2. biß 3. Stunden bey dem Kayser mit zur Aufwartung seyn muste. Wenig Tage darauf brachte mir mein kleiner

Mohr, abermahls im Wachs-Lichte, ein Pappier, worauf
diese Zeilen geschrieben stunden:

Mein Herr!

*ICh bin nunmehro versichert, daß ihr erfahren habt,
wie viel mein Vorspruch gilt, und daß ihr dadurch in
Freyheit gesetzt seyd. Nunmehro bin ich auch selbst
begierig, euch persönlich zu sprechen, weil sich* [116]
*aber solches nicht so leicht schicken will, so ziehet mit
Geschencken, meine Mohren-Sclavin, als die Schwester
eures Bedienten, an euch, lasset euch so weit führen, biß
ihr erstlich den richtigen Eingang zu meinem Zimmer sehet, und nicht fehl gehen könnet, so dann will ich
euch ferner schrifftliche Nachricht geben, zu welcher
Zeit es sich schicken kan, mich zu besuchen, doch werdet ihr euch gefallen lassen, den Habit meiner Mohrin
anzuziehen, weil die Wache der Verschnittenen keine
Manns-Person paßiren läst. Anbey sende abermahls in
einer höltzernen Büchse 100. Zechins, welche ihr zu Ausführung eures Vorhabens, daferne euch etwas daran
gelegen, anwenden könnet. Binnen 3. Tagen sollet ihr
nähere* Instruction *von mir haben, &c. &c.*

Niemahls hat mir eine Zeit länger gewähret, als
diese 3. Tage, doch mitlerweile suchte ich Gelegenheit,
den Eingang zu ihren Zimmer auszuspüren, und gegen Abend, des 3ten Tages, kam meines Aufwärters
Schwester, brachte mir so wohl mündlich als schrifftlich
die Nachricht, daß ich ihre Kleider anziehen, und ein
Tuch vor das Gesicht halten, als ob ich grosse Zahn-

Schmertzen hätte, (indem es diese getreue Sclavin im Herausgehen auch schon so gemacht) und solchergestalt durch die Wache der Verschnittenen zu meiner Lands-Männin hindurch passiren solte.

Ich stürtzte mich allerdings hiermit in eine Augenscheinliche Todes-Gefahr, war aber dennoch [117] resolvirt, alles zu wagen, um nur meine Lebens-Erretterin zu sehen und zu sprechen. Demnach zohe ich, bey angetretener Demmerung, der Mohrin Kleider an, schwärtzte mein Angesicht, Arme und Hände nach Mohren Art, ließ diese in meinem Zimmer bey ihrem Bruder bleiben, folgte ihrer Anweisung, und begab mich auf den Weg, kam auch glücklich, ohngefragt und unbesichtiget durch die Wache hindurch, biß in das Zimmer meiner Landesmännin. Dieselbe mochte nun schon alles abgepasset haben, hatte aber doch eine alte bey ihr sitzende schwartze Wart-Frau nicht loß werden können, allein, so bald ich die Thür eröffnete, nahm mich die Dame bey dem Arme, und sagte: Du armes Thier, hast du denn noch immer so grosse Schmertzen, komm nur, und lege dich in deiner Cammer zu Bette; unter diesen Worten führete sie mich in eine Neben-Cammer, und wiese mir würcklich ein Bette an, worein ich mich legen und verhüllen solte. Ich gehorsamte ihren Wincken, sie aber blieb wohl noch eine Stunde lang munter, schwatzte binnen der Zeit mit der alten Mohrin, und schaffte sie endlich mit guter Manier auf die Seite.

Leichtlich ists zu errathen und zu glauben, daß mir das

Hertze damahls gewaltig müsse gepocht haben, jedoch da meine Frau Lands-Männin endlich kam, und mir einen Muth einsprach, daß wir nunmehro nichts gefährliches zu besorgen hätten, sondern biß gegen Anbruch des Tages vertraut mit einander sprechen könten, ließ ich alle Zaghafftigkeit fahren, erzählete auf ihr Bitten meine [118] gantze Lebens-Geschicht, und vernahm auch hernach die Ihrige, als womit fast die gantze Nacht zugebracht wurde, letztlich aber wurde die Abrede so genommen, daß sie mir vor etliche 1000. Thlr. Gold und Kleinodien zuschicken wolte, vermittelst dessen ich etwa einen Jüdischen oder Christlichen Spion erkauffen könte, der uns beyde in verstelleter Kleidung entweder auf ein Christliches Schiff, oder aber durch einen Umweg nach der, auf den Africanischen Küsten gelegenen Spanischen Vestung Ceuta, brächte.

Weilen aber der Tag anzubrechen begunte, muste ich mich vor dieses mahl, da es noch ein wenig demmerig war, eiligst fort machen. Meine Lands-Männin hatte die Vorsicht gebraucht, mir ein ziemlich groß Gefäß in die eine Hand zu geben, begleitete mich auch biß in die Thür des Saals, wo die Wache der Verschnittenen stunde, und sagte, dieselbe vom Fragen abzuhalten, indem ich hurtig fortging: *Bleib nicht allzu lange aussen, und zerbrich mir ja das Gefäß nicht.* Solchergestalt kam ich glücklich, ohne daß mich jemand anredete, in meinem Zimmer an, gab der Mohrin ihre Kleider nebst dem Gefäß, welches sie mit frischem Wasser füllete, und wieder zu ihrer Gebiehterin ging, ich aber brachte über eine gute Stunde zu, ehe ich die schwartze Farbe wieder vom Gesicht und Händen loß werden konte.

Die übrige Zeit dieses gantzen Tages stellete ich mich etwas unpäßlich, damit ich in meinen Gedancken desto füglicher wiederholen könte, was ich in der vergangenen Nacht mit meiner Lands-Män-[119]nin gesprochen hatte, denn wir hatten in Wahrheit ein schweres Werck vor uns, welches, wenn es wäre entdeckt worden, beyden die grösten Martern und den ohnfehlbaren Todt würde zugezogen haben. Jedoch weil sie mir versprochen hatte, fleißig um die glückliche Ausführung unsers Vorhabens zu beten, so nahm ich meine Zuflucht auch zum Gebet, und spürete dabey, daß mir mein Hertz immer leichter wurde. Folgende Tage nahm ich mir vor, mich, ausser der Kayserl. Residentz, in der Stadt bekandt zu machen; es wird aber vielleicht nicht mißfällig seyn, wenn ich eine kleine Beschreibung davon mache. Das Kayserliche Schloß, Accassave genannt, ist ein sehr prächtiges Gebäude, welches mit den vortrefflichen Gärten, so darzu gehören, eine gute Meilwegs im Umfange hat, es ist auch das Seraglio oder Behältniß der Weiber darinnen, und befanden sich in selbigem damahls, ausser den 4. Gemahlinnen, über 2000. Kebs-Weiber. Denn obgleich der Kayser nicht mehr als 4. würckliche Gemahlinnen haben darff, so ist ihm doch erlaubt, so viel Kebs-Weiber zu halten als er will. In der Haupt-Stadt, welche mit ziemlich viel Pallästen der Grossen angefüllet ist, finden sich aber auch viel geringere, ja gantz schlechte Häuser, es wohnen auch sehr viel Juden darinnen, jedoch in einem besondern Revier, welches des Nachts verschlossen wird. Ausser dem liegt noch eine andere gantz grosse Stadt an der Nord-West-Seite, die aber nicht sonderlich wohl gebauet ist, und von lauter gantz schwartzen und gelben Mohren bewohnet wird; in dieser habe [120] ich mich niemahls sehr umgesehen, weiln gehöret hatte, daß wenig oder gar keine Christen oder Juden darinnen angetroffen würden. Da ich nun merckte, daß mir sehr viel Freyheit gelassen wurde, indem mich kein Mensch unbescheiden fragte, weder, wo ich hin wolte? noch wo ich herkäme? oder wo ich gewesen wäre? so stellete mich gantz dreuste an, und gab hier und dar bey den höhern Bedienten zu vernehmen, wie ich nur darum ausgienge, etwa eine mir anständige Christen-Sclavin anzutreffen, selbige zu erkauffen und mit derselben eine Heyrath und eigene Wirthschafft zu stifften, damit ich nachhero meine Dienste desto ordentlicher und lustiger verrichten könte; ja ich war einsmahls so verwegen, eben dieses dem Kayser selbst, da er bey guter Laune war, aufzubinden, und vermerckte, daß ihm meine Absichten wohl gefielen, denn er versprach, wenn ich mir auch die allerschönste und beste Sclavin ausläse, mir selbige zu schencken. Mittlerweile lernete ich nun, mich meiner Freyheit immer besser und besser zu bedienen, ließ aber keine 2. oder 3. Tage vorbey streichen, daß ich meiner Lebens-Erhalterin, Lands-Männin und besondern

Wohlthäterin nicht ordentliche Nachricht von allen gegeben hätte, und zwar vermittelst einer besondern Schrifft, die niemand als wir beyde lesen und verstehen konte, und worüber wir mit einander eins worden waren. Inzwischen schickte sie mir gewaltige Geld-Summen und sehr kostbare Kleinodien zu, so, daß mir recht angst und bange darüber wurde, weil ich noch keinem eintzigen guten Freund angetroffen, dem ich [121] mein Hertz hätte offenbaren und ihm wenigstens die Helffte von allen in Verwahrung geben können.

Meiner Nachläßigkeit konte ich dieses nicht Schuld geben, denn ohngeacht ich in Mequinez einen und andern Holländer und Engelländer gesehen, so war mir doch von allen diesen, keiner als ein Werckzeug vorgekommen, durch welches ich meine und meiner Lands-Männin Befreyung zu erlangen hoffen können, denn Deutsch zu sagen, sie kamen mir alle zu dumm vor. Eines Tages aber, da ich durch die Juden-Stadt ging, kam ein ohngefähr etliche 30. jähriger Jude eben zu seiner Thür heraus, und fragte, ob mir nicht beliebte, ihm etwas von Galanterie Waaren abzuhandeln. Ich fragte in Maroccanischer Sprache: was er besonders hätte? und ging auf sein Bitten mit ins Hauß, da er mir denn allerhand artige Sachen von Silber, Gold und andern Metallen kostbar verfertiget, vorzeigte, und die Lust erweckte, vor mehr als 50. Zechinen von ihm zu kauffen, welches aber alles gantz leicht in den Schubsäcken verbergen konte, denn es waren lauter kleine Sachen. Endlich zeigte er mir eine saubere goldene

Repetir-Uhr vor 120. Zechinen, vor welche ich ihm ohne langes Handeln das geforderte Geld hinzählete, jedoch mit dem Bedienge, daß, wo ich dieselbe binnen 8. Tagen falsch befinden solte, er mir das Geld wieder zurück zu geben schuldig sey, denn ich wäre ein Bedienter des Kaysers, und könte mir bald Hülffe schaffen. Der Jude war damit zufrieden, sagte, daß er heut über 8. Tage den gantzen Tag allhier [122] in seinem Wohn-Hause verbleiben, und auf mich warten wolte, fing hernach von freyen Stücken zu sagen an: Mein Herr! ihr habt mehr Mittel als ich anfänglich bey euch gesucht hätte, allein wo ich rathen soll, so seyd ihr ein gebohrner Christ und vielleicht durch Unglück anhero in die Sclaverey gekommen? Ja wohl, sagte ich, habt ihr es errathen, und nicht allein ich, sondern auch meine leibliche Schwester, die noch ein paar Jahr älter ist als ich, wir sind aus einem vornehmen Geschlechte, aus Holland gebürtig, und haben unsere reichen Eltern noch am Leben, welche uns gerne mit etliche 1000. Thlr. loßkaufften, wenn sie nur wüsten, wo wir wären, allein, wir sind darinnen unglücklich, daß, ohngeacht ich schon 2. mahl Briefe nach Holland mitgegeben, wir dennoch keine Antwort zurück erhalten haben, derowegen zu glauben, daß die Briefe nicht zurecht gekommen, sondern verlohren gegangen sind. Wenn ihr, versetzte der Jude hierauf, eines andern und nicht des Kaysers Sclaven wäret, so wäre wohl noch Rath zu finden, euch loß zu kauffen, allein, vor Geld pflegt der Kayser seine Sclaven nicht zurück zu geben, und derowegen ist wenig Hoffnung zu eurer Errettung da, wenn ihr euch nicht mit List zum Lande hinaus practiciren könnet; allein, ihr wisset allhier keinen Bescheid, und ein anderer, es sey Christ oder Jude, wird sich ohne schwere Geld-Summen nicht leicht in dergleichen Sachen mischen, weil, wenn die Sache verrathen würde, das Leben eines jeden schon so gut als verlohren ist. Das ist leicht zu erachten, war meine Antwort, in-[123]zwischen muß man auf die Hülffe des Allmächtigen hoffen, auf ein paar tausend Zechinen aber solte es mir eben nicht ankommen, wenn sich ein redlicher Mensch finden wolte, der uns beyde wieder unter die Gesellschafft unserer Lands-Leute bringen könte. Hierauf sagte der Jude, wenn ihr redlich seyn, mich nicht verrathen, und mir meine Mühe wohl bezahlen wollet, will ich vor eure Befreyung, welche listiger Weise angestellet werden muß, Sorge tragen, allein, wo befindet sich eure Schwester, hat selbige auch, wie ihr, die Freyheit hinzugehen, wo sie hin will? So viel Freyheit, sprach ich, ist ihr nicht erlaubt, als mir, doch wäre es eben keine unmögliche Sache, sie zur Nachts-Zeit ein paar Meilen von Mequinez hinweg zu bringen. Wenn sie nur erstlich bey Nachts-Zeit allhier in mein Hauß gebracht werden könte, sagte der Jude, so solte sich nachhero alles schicken, denn ich bin im Stande, euch alle beyde etliche Wochen an einem geheimen Orte darinnen aufzuhalten, allwo euch die Mohren nimmermehr finden können, sie mögen auch suchen wie sie immer wollen. Ob auch gleich bey Nachts-Zeit das Revier, wo wir Juden wohnen, verschlossen wird, so wissen doch viele von uns solche Schliche, daß wir aus- und einkommen können, wenn wir wollen.

Ich wuste so gleich nicht, was ich weiter antworten solte, blieb derowegen eine ziemliche Zeit in tieffen Gedancken sitzen, mitlerweile brachte der Jude eine Bouteille Wein auf den Tisch, und fragte mich, ob ich auch Wein träncke? Ich that ihm Bescheid, und fand den Wein so köstlich, als [124] ich ihn jemahls getruncken hatte, nachdem ich aber noch einige kleine Gläser ausgelehret, fuhr der Jude mit Reden also fort: Mein Herr, ich mercke wohl, daß ihr auf meine Reden kein besonderes Vertrauen setzet, allein, glaubet sicherlich, daß wir Juden es hier zu Lande mehr, und weit lieber mit den Christen halten, als mit den Mohren und andern Nationen, die Kauff-Leute wissen auch selbst, daß wir es allezeit redlicher mit ihnen meynen, als mit den Maroccanern, allein, wir müssen uns sehr behutsam dabey auffführen. Damit ihr aber dessen vollkommen überzeugt werdet, so kommet nach zweyen Tagen wieder zu mir, alsdenn will ich euch einem Christlichen Kauffmanne aus Engelland præsentiren, welcher ein Contoir in Gibraltar, und zum öfftern starcken Verkehr allhier gehabt hat, nunmehro aber ist er resolvirt, in sein Vaterland, nehmlich nach Engelland, zurück zu reisen, vielleicht ists möglich, daß ihr alle beyde von ihm durch List mitgenommen werden könnet; wo nicht? werde ich ein ander Mittel zu erfinden wissen, denn, wie schon gesagt, wir Juden dienen den

Christen gern vor ein billiges Geschencke, welches aber etwas kostbarer seyn muß, wenn Lebens-Gefahr bey der Sache zu besorgen ist.

Hierauf trunck ich noch etliche Gläser Wein, zahlete dem Juden eine Zechin darvor, versprach, die Sache mit meiner Schwester zu überlegen, und am dritten Tage in der Mittags-Stunde wieder bey ihm zu seyn, auch daferne er sein Wort halten, und uns in Freyheit verhelffen könte, ihm seine Mühe besser zu bezahlen, als er sich wohl einbil-[125]den möchte; also ging ich dieses erste mahl in tieffen Gedancken, zwischen Furcht und Hoffnung schwebend, von ihm, setzte mich des Nachts in meinem Zimmer hin, und berichtete meiner Lands-Männin schrifftlich, wie ich nunmehro die erste Hand an das Werck unserer Befreyung gelegt, und bat mir, auf Ubermorgen früh, ihre Meynung und fernern guten Rath darüber aus.

Sie war nicht saumselig gewesen, sondern schickte mir gleich dritten Tages in aller frühe ein Antworts-Schreiben, hielt davor, daß meine Anstalten nicht uneben, weil es an dem, daß die Juden den Christen gegen eine gute Belohnung ungemein getreu wären, inzwischen müsten wir die gantze Sache noch etliche Wochen weiter hinaus schieben, biß die Nächte etwas länger und finsterer geworden, unter welcher Zeit sie mir denn auch ihre übrigen Kostbarkeiten vollends zuschantzen, ingleichen vielleicht noch einmahl mündliche Abrede mit mir nehmen könte.

Demnach begab ich mich um die bestimmte Zeit zum

andern mahle zu meinem getreuen Juden, und fand würcklich einen vornehmen Englischen Kauffmann bey ihm, welchem der Jude bereits so viel von meiner Geschicht erzählet hatte, als er selbst davon wuste, ich aber erzählete ihm auch noch so viel darzu, als ihm von meinen Umständen zu wissen nöthig war. Indem uns nun hernachmahls der Jude beyde alleine ließ, redete mich der Kauffmann also an: Mein werther Freund! ich kan zwar nicht läugnen, daß ich seit etlichen Jahren verschiedenen Christen-Sclaven, welche entweder gar kei-[126]ne Mittel gehabt, sich loß zu kauffen, oder vor Geld nicht einmahl haben loß kommen können, zu ihrer Freyheit verholffen, und sie heimlicher und listiger Weise mit mir fortgeführet, bloß auf Angeben dieses verschlagenen Juden, welcher so geschickt ist, daß er mit einem gewissen Saffte, binnen 2. oder 3. Stunden einem Menschen gleich eine gantz andere Gesichts-Bildung geben kan, solchergestalt, daß ein Jüngling oder Jungfer von 16. 18. oder 20. Jahren, so alt und verruntzelt aussehen, als ob es Personen von 60. biß 80. Jahren wären, nachdem er nehmlich mit seinem Saffte oder Tinctur die Haut mehr oder weniger einbeitzt. Allein, mit allen dem, so ist es eine sehr gefährliche Sache vor mich, und soltet ihr bey mir ertappet werden, könte es mir mein Leben, oder wenigstens alles mein Gut kosten; der Jude aber, wenn es heraus käme, müste ohnfehlbar mit dem Leben büssen. Weil ich nun auch ohnedem nicht weiß, ob ich noch etwa 4. 6. oder 8. Wochen allhier verbleiben müste, so kan mich eurentwegen zu nichts erklären, wie gern ich sonsten meinem Mit-Christen alle möglichsten Dienste leiste.

Ich wurde ziemlich kleinlaut bey dieser Anrede, sagte aber mit Seuffzen: Mein Herr, wenn meine und meiner Schwester Freyheit mit Gelde zu erkauffen wäre, so wolte gleich morgendes Tages vor 3. biß 4000. Ducaten werth Gold oder Kleinodien in eure Hände liefern, denn ich habe so viel und noch mehr in meiner Gewalt, allein, hieran zu gedencken, ist eine vergebliche Sache, und wenn wir unsere Personen nicht mit einer be-[127]sondern List aus diesem Reiche practiciren, so werden wir vor Kummer darinnen sterben müssen.

Vor meine Sorge und Mühe, versetzte der Kauffmann, eines Schillings werth zu verlangen, würde ich mir ein grosses Gewissen machen, allein, wenn alles glücklich ablauffen solte, würden ohngefähr 1500. Ducaten darzu erfordert werden, damit der Jude erstlich 2. fremde Sclaven vor mich kauffen, Pässe auf selbige lösen, und manchen die Augen blind machen, das übrige aber vor seine Mühe behalten könte. Hernach müste er diese Sclaven unter der Hand erstlich anderwerts wieder verhandeln, damit, wenn der Jude endlich eure Kleider wohl verändert, und eure Gesichter verwandelt, ich euch beyde, an deren Stelle, laut des gelöseten Passes, mit zu Schiffe nehmen dürffte. Allein, wie gesagt, (war seine fernere Meynung,) die gantze Sache ist annoch vielen Gefährlichkeiten unterworffen.

Das wuste ich mehr als zu wohl, ließ mich derowegen

die Haupt-Sache, wegen meiner Landes-Männin und ausgegebenen Schwester, um so viel desto weniger mercken, sondern legte deßfalls, so zu sagen, alle meine Worte auf die Gold-Wage. Nachdem aber der Kauffmann noch ein paar Bouteillen Wein mit mir ausgetruncken hatte, und der Jude wieder zu uns gekommen war, meynete der erste, daß wir von dieser Sache nach weiterer Uberlegung in etlichen Tagen ein mehreres sprechen könten, der Jude aber schlug vor: daß es besser wäre, wenn wir in Zukunfft in einem andern Juden-Hause, welches er uns zeigte, zusammen kämen, und daselbst, Verdacht zu vermeiden, [128] auf einer besondern Stube, fernere Unterredung hielten.

So weit war Mons. van Blac vor dieses mahl in Erzählung seiner Geschichte gekommen, als die Glocke zwölff Uhr schlug, und uns damit erinnerte, den Alt-Vater nicht länger von seiner Ruhe abzuhalten, weßwegen derselbe den Mons. van Blac bath, Morgenden Abends den übrigen Rest von seiner curieusen Geschicht, uns vollends mitzutheilen, wir uns aber alle hierauf zur Ruhe begaben. Ein jeder besorgte folgenden Tages das Seine; Abends zu bestimmter Zeit fanden wir uns wieder bey dem Alt-Vater ein, und höreten den

Verfolg von Mons. van Blacs Lebens-Geschicht.

Ich habe, fing er an, wohl vermerckt, daß ich gestern Abend etwas zu weitläufftig in Erzählung meiner Geschicht gewesen bin, allein, eines Theils habe ich die besondere Gabe der Beredsamkeit nicht, mit wenig Worten viel zu sagen, andern Theils wüste nicht, was ich sonderlich hätte weglassen können, wenn ich einen vollkommenen Bericht von meinen Begebenheiten abstatten soll. Jedoch von nun an will ich mich befleißigen alles aufs kürtzeste, jedoch deutlichste vorzutragen.

Bey noch öfftern Zusammenkünfften schien mir der Englische Kauffmann immer gewogener zu werden, zumahlen, da ich ihm einige Jubelen von hohem Werth zeigte, denn meine Lands-Männin hatte mir nachhero binnen 3. Wochen mehr als vor 10000. Thlr. an Golde und Geldes werth zugeschickt, auch nur nebst verschiedenen Kostbarkeiten, [129] so viel an Gold-Stücken bey sich behalten, als sie sich in ihren Kleidern selbst mit fortzubringen getrauete. Endlich, da der Kayser sehr unpaß, und fast jedermänniglich consternirt darüber war, hatte sie es abermahls angestellet, daß ich gantzer 24. Stunden bey ihr bleiben, und vollkommen mündlichen Rapport von meinen gemachten Anstalten abstatten konte, denn ich hatte nicht allein dem Kauffmanne vor den Juden bereits 1500. spec. Ducaten gezahlet, sondern ihm auch das meiste von meiner Landsmännin Gütern, in eine besondere Kiste versiegelt, anvertrauet, dargegen von ihm die völlige Versicherung erhalten, daß er vor alles sorgen wolte, wir müsten uns aber dabey gefallen lassen, nicht nur des Judens Rathe in allen Stücken zu folgen, sondern auch, nachdem alles wohl eingerichtet, meine Schwester in Mannes-Sclaven-Kleidern so wohl als ich, jedes ein

Maul-Thier biß nach Arzilla zu treiben, als wohin er seine Güter zu schaffen, Erlaubniß hätte, und biß dahin solte uns auch der Jude begleiten.

Solchergestalt waren ich und meine Landsmännin über unsere glücklich gemachten Anstalten biß dahin vollkommen vergnügt, nur das eintzige lag mir auf dem Hertzen, wie sie aus dem Seraglio heraus und in das Juden-Hauß zu bringen seyn würde, allein, sie machte sich hieraus keine sonderliche Beschwerlichkeit, sondern sagte, wie sie bey dunckler Nachts-Zeit, mit leichter Mühe, hinunter in einen der Gärten, auch zu einer verborgenen Thür durch die Mauer kommen könte, als zu welcher sie den Schlüssel schon vor Jahr und Tage hinweg [130] practiciret hätte, so dann dürffte sie weder Wache noch nichts paßiren, sondern könte so wohl in die Stadt als in das freye Feld kommen. Dieserwegen schöpffte ich bessern Muth, zumahlen mir der Jude schon die Schliche gewiesen, wie und wo wir uns bey nächtlicher Weile in die Juden-Stadt und in sein Hauß practiciren könten.

Der alte Sultan hatte zur selbigen Zeit würcklich einen sehr gefährlichen Zufall, welcher wohl mehrentheils von dem Alter herrühren mochte, und ohngeacht er nachhero noch etliche Jahre gelebt, so war es uns beyden doch damahls ungemein vortheilhafft, daß er itzo so gar schwach war, weil dieserwegen so wohl meine Lands-Männin als ich, etwas mehr Freyheit hatten. Derowegen, da ohnedem die dunckelsten Nächte eingebrochen waren, auch des Monden Licht zurücke blieb, hielten wir nicht vor rathsam, unsere Sachen länger aufzuschieben, sondern wagten das äuserste. Sie schrieb mir, daß ich in einer bestimmten Nacht, etwa eine Stunde vor Mitternacht, mich vor der bezeichneten verborgenen Pforte ausserhalb einfinden, vorhero aber aller Gelegenheit wohl erkundigen solte, um ihre Ankunfft dürffte ich nicht besorgt, sondern versichert seyn, daß sie accurat in der Mitternachts-Stunde die Pforte eröffnen, bey mir seyn, und sich von mir weiter führen lassen wolte.

Da fing mir das Hertze abermahls gewaltig zu klopffen an, jedoch ich hatte einen guten Säbel, ein paar treffliche Pistolen, und auch ein paar Taschen-Pufferte schon im Vorrath angeschafft, recognoscirte demnach binnen der Zeit etliche mahl selbige [131] Gegend, und maaß fast alle Fuß-Tritte ab; wie ich aber in der bestimmten Nacht kaum eine Stunde vor der verborgenen Pforten-Thür gelauret hatte, kam meine wertheste Lebens-Erretterin heraus getreten, schloß die Thür sachte hinter sich zu, umarmte mich aus keuscher Liebe, und sagte: GOtt Lob! so weit bin ich nun frey; bath mich aber, die Strick-Leiter, welche sie von starcken seidenen Schnüren seit etlichen Wochen her selbst zusammen gewürckt, und woran sie sich herunter gelassen hatte, zu tragen. Wir konten theils vor Freude, theils vor Angst und Zittern wenig mit einander sprechen, biß wir endlich an den Ort kamen, wohin ich den Juden bestellet hatte, der uns endlich durch einen beschwerlichen, jedoch glücklichen

Weg in sein Hauß und in ein solches Zimmer brachte, wo zwischen 2. Wänden kaum eine Person geraumlich sitzen, man aber gar kein Tages-Licht sehen konte, sondern wenn man sehen wolte, muste auch bey hellem Tage ein Licht darinnen angezündet werden. Es waren auch zu oberst nur einige schieff-lauffende Löcher darinnen, damit der Dampff und Dunst heraus gehen konte; der Länge nach war endlich vor 3. Personen zum Liegen Platz genug darinnen, doch meine Landsmännin sagte: Wenn ich allhier lange verbleiben soll, bin ich ohnfehlbar des Todes.

Allein, der Jude hatte seine Streiche klug genug gemacht, und da binnen 3. Tagen weder Hauß-Suchung geschahe, noch sonst ein Rumor vorging, ließ er uns zuweilen etliche Stunden in einem Neben-Zimmer respiriren, bestellete hierauf den Englischen Kauffmann eines Abends zu uns, welcher meiner [132] so genannten Schwester, der ich alles vorhero gesagt, wie sie sich aufzuführen hätte, mit besonderer Höflichkeit begegnete, und nochmahls betheurete, daß er zu unserer Befreyung alle Sorge und Mühe anwenden wolte, allein, wir müsten so wohl seiner Affairen, als unsers eigenen Bestens wegen noch einige Wochen Geduld haben.

Das war ein übler Thon in den Ohren meiner Landsmännin, jedoch was wolte nunmehro bey der gantzen Sache besser helffen, als Geduld und gute Hoffnung? Gleich darauf folgenden Tages fing der Jude an, mit seiner Tinctur unsere Gesichter zu verwandeln, und machte dieselben binnen 24. Stunden dergestalt schändlich, daß wir einander selbst fast nicht mehr kannten, versicherte jedoch anbey, daß es nichts schadete, sondern nach der Zeit mit einem gewissen Spiritu alles wieder abgewaschen, und in die vorige Gestalt gebracht werden könte. Vor alte Sclaven-Kleider trug er auch Sorge, uns selbige zu verschaffen, als vor welche wir ihm unsere guten Kleider gaben, die er augenblicklich auseinander schneiden und wohl verwahren ließ. Demnach warteten wir in dieser abermahligen Gefangenschafft auf die Stunde unserer Erlösung mit dem grösten Schmertzen, erfuhren mitlerweile, daß der Jude vor den Engelländer 4. Sclaven erkaufft, sich mit ihnen so wohl als mit dem Engelländer selbst, zu dem Bassa begeben, als welches der oberste Minister des Kaysers ist, und so wohl auf den Engelländer und seine Waaren, als auch auf die 4. Sclaven und 4. Maul-Thiere einen freyen Paßir-Zettel [133] erlangt, indem der Engelländer dem Bassa ein nicht geringes Præsent gemacht.

Nachdem wir also 6. Wochen und 4. Tage in des Juden Hause eingesperret gewesen, wurden wir endlich nebst noch 2. Sclaven heraus und in des Engelländers Quartier geführet, des Nachts packte man die 4. Maul-Thiere auf, welche von uns 4. Sclaven solten getrieben werden, und früh Morgens mit anbrechendem Tage ging die Reise fort, so, daß wir nach etlichen zurück gelegten Tage-Reisen endlich den Hafen Arzilla glücklich erreichten, allwo andern Tages der Engelländer nebst seinen übrigen

Sachen auch eintraff, und nach vorgezeigten Paßir-Zettel uns 4. Sclaven mit den Waaren einschiffen, die Maul-Thiere verkauffen, und den Juden wieder zurück wandern ließ, nachdem derselbe vor seine gehabte Mühe wohl vergnügt worden. Was dieser Jude mit den 2. übrig erkaufften Sclaven angefangen, weiß ich nicht, wir aber danckten den Himmel, daß er uns günstigen Wind schenckte, weßwegen sich der Kauffmann nicht länger säumen wolte, sondern die Seegel aufziehen ließ, demnach lieffen wir in wenig Tagen im Hafen zu Gibraltar ein.

Wie erfreut meine Lands-Männin und ich über unsere nunmehro völlig erlangte Freyheit waren, solches ist nicht wohl auszusprechen, unser Erretter, der Englische Kauffmann, wurde nicht allein mit allen ersinnlichsten Danck und Lob-Sprüchen belegt, sondern wir wolten ihn auch unsere Danckbarkeit mit baaren Gelde zeigen, allein, er weigerte sich, selbiges anzunehmen, doch ließ er sich end-[134]lich zum freundlichen Angedencken 2. ziemlich kostbare Kleinodien von uns fast aufzwingen.

Nunmehro waren wir bemühet, nachdem wir unsere Kiste von dem Kauffmanne zurück erhalten, uns wiederum ordentliche Kleider anzuschaffen, auch unsere Gesichter und Hände von der schändlichen Farbe, die uns aber vor dieses mahl gute Dienste gethan hatte, zu reinigen. Dieses letztere machte uns wohl 3. biß 4. Tage die allergröste Mühe, denn anfänglich wolte weder Spiritus, Wasser, Lauge und Seiffe etwas davon hinweg nehmen, weßwegen wir glaubten, Zeit Lebens gelbe Mohren zu verbleiben, allein, endlich fing sich fast das gantze Oberhäutlein von unsern Gesichtern und Händen abzuscheelen an, und binnen 3. Wochen war alles dergestalt reine worden, daß wir wieder aussahen wie vorhero. Mittlerweile traffen wir in Gibraltar zwar verschiedene Holländer an, konten aber von ihnen allen, eben so wenig als in Mequinez, erfahren, ob meiner Lands-Männin Ehe-Mann, und denn mein leiblicher Vater, noch ausserhalb, oder in ihr Vater-Land zurück gekommen waren, derowegen, weil unser Engelländer gesonnen war, wenigstens noch 3. oder 4. Monat in Gibraltar zu verbleiben, hielten wir vor das rathsamste, uns nach einem andern Schiffe umzuthun, welches nach Engel- oder Holland seegelte, denn was hatten wir in Gibraltar zu schaffen.

Zwar fanden wir in dieser Vestung bey verschiedenen vornehmen Leuten, die nur unsere Geschicht anzuhören, uns zu sich einladen liessen, manchen vergnügten Zeitvertreib, allein, die Sehnsucht, die [135] so wohl meine Landsmännin nach den Ihrigen, und ich nach den Meinigen hatte, verursachte, daß wir täglich Mittel suchten, unsere Abreise zu beschleunigen, und es gereichte zu unsern grösten Freuden, da ein von Genua zurück kommender Holländer sich einige Tage im Hafen vor Gibraltar aufzuhalten genöthiget fand, weßwegen ich so gleich zu ihm eilete, und so viel von ihm erlangete, daß er uns beyde mit nach Amsterdamm zu nehmen versprach. Indem er nun kein Zauderer war, sondern seine Sachen aufs eiligste ausrichtete, bekamen wir bald die angenehme Nachricht, daß, wenn wir mit nach Holland wolten, keine Zeit übrig sey, sich einzuschiffen, derowegen nahmen wir von unsern Engels-Manne, der uns so redlich aus der Barbarey geführet hatte, zärtlichen Abschied, beurlaubten uns bey andern guten Gönnern und vornehmen Personen, welche uns nicht allein viel Proviant, sondern auch andere Kostbarkeiten mit auf die Reise verehreten, und gingen mit grossen Freuden unter Seegel.

So bald wir die Strasse paßiret, und die fürchterlichen Barbarischen Küsten nicht mehr zu sehen waren, fing meine wertheste Landsmännin erstlich an recht lebhafftig zu werden, alle ihre Redens-Arten waren nicht allein weit lustiger als sonsten, sondern auf ihren Wangen kam Blut und Milch in artiger Vermischung zum Vorscheine, die Rosen auf ihren Lippen aber blüheten vollkommen, denn sie hoffte, nun bald den Hafen ihres Vergnügens zu finden, wurde aber doch in etwas verdrüßlich, da sich der Patron des Schiffs verlauten ließ, er [136] müste in dem Hafen zu Lissabon einlauffen, und daselbst erstlich noch eine bestellte starcke Ladung einnehmen. Jedoch auf mein Zureden, daß, da wir nehmlich seithero in der grösten Gefährlichkeit so viel Gedult gehabt, wir dieselbe nunmehro in guter Sicherheit auch nicht gäntzlich fahren lassen müsten, gab sie sich zufrieden, und so bald wir im Hafen zu Lissabon angelanget, ließ sie es sich gefallen, auch mit den Boot überzugehen, und diese Betrachtens würdige Stadt in Augenschein zu nehmen, denn es præsentirte sich dieselbe von aussen dergestalt prächtig, daß man glauben konte, wie sie inwendig ebenfalls nicht elend beschaffen seyn müste. Weil es nun eben ein sehr angenehmes Wetter war, und unser Patron sagte, daß wir aufs wenigste binnen 14. Tagen oder 3. Wochen nicht von dannen seegeln würden, nahm ich einen Führer an, welcher meiner Landsmännin und mir die Haupt-Merckwürdigkeiten zeigen solte, brachten auch die Zeit vom Morgen biß Abend damit zu, doch weil ihr das Gehen beschwerlicher als die Betrachtung der Curiositäten fallen wolte, nahmen wir in folgenden Tagen eine Chaise, um die allzuweit abgelegenen Merckwürdigkeiten zu besichtigen. Indem wir nun eines Tages auf einem grossen Platze stille hielten, um eine daselbst aufgerichtete kostbare Bild-Säule in genauen Augenschein zu nehmen, indem sich bereits viele Personen, die wie Ausländer aussahen, dabey befanden, vermerckte ich, daß eine Manns-Person von näher 30. Jahren beständig ihre Augen auf meine Landsmännin gerichtet hatte, auch da sie die besondern Figuren und Inscriptio-[137]nes rings um die Bild-Säule herum betrachtete, ihr immer ex opposito blieb, bald blaß, bald roth wurde, etliche mahl mit dem Kopffe schüttelte, und sonsten viele andere Zeichen der Verwunderung von sich gab. Meine Landsmännin wurde nichts davon gewahr, jedoch da ich sahe, daß sich dieser Curiosus etliche Schritte entfernete, und mit einem andern, der ebenfals so ein gelblich Kleid, wie er, anhatte, in einen vertraulichen Discours eingelassen, beyde aber sich öffters nach meiner Landsmännin umsahen, drehete ich mich nach und nach an ihre Seite, und sagte ihr ins Ohr: Madame, sehet, jene beyden Gelb-Röcke sprechen von niemand anders als von euch, wenn ich wahrsagen soll, so ist wenigstens dem einen eure Person bekandt. Meine Landsmännin ergriff mich bey der Hand, mit den Worten: Kommet, mein Freund, wenn ich sie gleich nicht kenne, so werden wir doch vielleicht mercken oder erfahren können, ob es welche von unsern Lands-Leuten sind. Ich führete sie gerades Wegs auf beyde Personen zu, weiln unser Wagen in der Gegend stund, da wir aber noch etwan 30. Schritte von ihnen waren, drehten sie sich erstlich beyde uns entgegen, machten hernach lincks um, und gingen etliche Schritte weiter nahe an den Wagen, von welchem sie nicht wusten, daß er unser war. Meine Landsmännin druckte mir die Hand, und sagte: Ich bin fast aus mir selbst, denn alle beyde sind mir sehr wohl bekandt, der alte, etliche 50. jährige heisset Cornelius Dostart, der jüngere aber, welcher meines Vaters Laden-Diener gewesen, Jan Pancratius Rackhuysen. Sie haben mir beyde Ver-[138]druß genung verursacht, und eben deßwegen haben die Schelmen kein gut Gewissen, sich zu erkennen zu geben. So wollen wir, versetzte ich hierauf, ihnen zum Tort auf sie zugehen, und fragen, ob sie nicht Holländer wären, denn wir solten sie fast kennen.

Mir geschicht, antwortete meine Dame, hiermit eben kein besonderer Verdruß, denn ich kan auch wohl mit meinen Feinden sprechen. Demnach führete ich sie erstlich seitwarts vor den beyden Holländern, die noch immer in ernstlichen Gespräch begriffen waren, vorbey, drehete mich aber mit ihr kurtz um, so, daß wir sie beyde jählings im Angesichte hatten. Der jüngste schlug die Augen itzo nieder, ohngeachtet er meine Landsmännin kurtz vorhero bey der Bild-Säule mit gröster Verwunderung betrachtet hatte; Der ältere aber, welchen ich hatte Dostart nennen hören, ging meiner Landsmännin entgegen, und sagte mit bestürtzten Minen: Madame! wie soll ich dencken? sind sie des Herrn Bredals Tochter oder derselben Geist. Meine Landsmännin stellete sich gantz aufgeräumt an, und antwortete: Man siehet bald, daß ich kein Geist bin, indem ich Fleisch und Bein habe, auch den Herrn Dostart so wohl als Mons. Rackhuysen annoch besser kenne, als mich dieser letztere kennen will, ohngeacht wir doch wohl länger als 6. Jahr an einem Tische gespeiset haben. Madame! gab dieser letztere darauf, sie vergeben mir, daß ich vor Verwunderung, über das besondere Glück, dieselben allhier vergnügt anzutreffen, gantz aus mir selbst gesetzt bin, und mich nicht so gleich fassen kan. [139] Es ist nichts ungewöhnliches, replicirte die Dame, daß Menschen in der Fremde, Berg und Thal aber desto seltener zusammen kommen; allein, können sie mir nicht sagen, ob meine Eltern noch leben, und ob mein Liebster wieder aus der Sclaverey zurück nach Leuwarden gekomen ist. Nein, Madame! gab Rackhuysen zur Antwort, davon kan ich keine Nachricht geben, weil ich bereits über drittehalb Jahr aus Holland abwesend, und nur vor etlichen Tagen aus Ost-Indien biß hieher gekommen bin; Herr Dostart aber wird ihnen vielleicht die Wahrheit sagen können, weiln er nur vor wenig Wochen von Leuwarden abgegangen. Sie wandten hierauf ihre Augen auf den alten Dostart, welcher sie, nachdem er mir ein höflich Compliment gemacht, etliche Schritte von uns hinweg und einen ziemlich langen heimlichen Discours mit ihr führete. Mitlerweile sprach Rackhuysen zu mir: Monsieur! sie werden vielleicht ein Befreundter von dieser Dame seyn? Nein, mein Herr, gab ich zur Antwort, ich habe sie sonsten in Holland niemahls gesehen, denn ich bin von Antwerpen, sie aber von Leuwarden gebürtig, doch mache mir das gröste Vergnügen daraus, daß sie durch meine schlechte Person, listiger Weise aus der Barbarischen Sclaverey, und so gar aus des Maroccanischen Kaysers Muley Ismaëls, Seraglio befreyet worden. Das gestehe ich! war seine Verwunderungs-volle Gegen-Rede, worauf er eine lange Zeit in tieffen Gedancken stehen blieb, endlich aber noch ein und anderes von mir ausfragen wolte, allein, ich drehete das Gespräch auf eine listige Art herum, und fragte selbst [140] nach seinem Wesen, und was ihm auf der Ost-Indischen Reise besonders vorgefallen wäre, worauf denn zu antworten, er mir nicht wohl abschlagen konte, biß endlich die Dame und Dostart wieder zu uns kamen. Ich hatte unter der Zeit meine Augen offtermahls nach der Dame gewendet, und angemerckt, daß sie zu verschiedenen mahlen, die Hände gen Himmel gehoben, gefalten und gerungen, auch sonsten allerhand klägliche Stellungen gemacht, derowegen nahm es mich kein Wunder, daß, da sie wieder zu mir kam, sehr wehmüthig aussahe, und zu mir nur so viel sagte: Mein Herr und Freund! die Hitze ist zu groß, lasset uns zurück in unser Quartier fahren, diese beyden Herren werden, wo es ihnen gefällig, uns morgen auf einen Caffée zusprechen, denn ich habe dem Herrn Dostart schon gesagt, wo wir logiren. Alles zu Dero Diensten, antwortete ich, machte den beyden Herrn mein Compliment, und nöthigte sie auch nochmahls, hub die Dame in den Wagen, setzte mich neben sie, und befahl dem Kutscher, nach unserm Logis zu fahren.

Unterwegs klagte sie über Kopff-Schmertzen, redete sonsten wenig, so bald wir aber in unser Logis kamen, legte sie sich gleich im Cabinet mit den Kleidern auf ihr Bette, weigerte sich etwas zu essen, sondern bath nur um ein paar Schälchen Caffée. Ich ging selbst hin, selbigen desto hurtiger fertig zu schaffen, und sie mittlerweile ein wenig ruhen und abkühlen zu lassen, denn es war würcklich ein sehr heisser Tag. Als ich aber mit dem Caffée kam, welchen ihr schon in Gibraltar angenommenes [141] Holländisches Aufwarte-Mägdgen trug, sich aber gleich wieder fort machte, und ich meine wertheste Landsmännin hefftig weinend antraff, konte ich mich nicht enthalten, aus besondern Mitleyden zu fragen: Madame! ist mir erlaubt, nach der Ursache Dero hefftigen Betrübnisses zu fragen, so bitte dabey, mir selbige zu entdecken, kan ich Ihnen gleich nicht vollkommen helffen, so ist

doch vielleicht ein guter Rath und Trost nicht gäntzlich
zu verwerffen. Ach mein werther van Blac, sagte sie, ich
bin und bleibe eine unglückselige Person auf dieser Welt.
Der Himmel hat geholffen, daß meine Ehre, Leben und
Gesundheit in und aus der Barbarey glücklich erhalten
und errettet worden; allein, in meinem Vaterlande werde
ich vielleicht alles mit einander einbüssen müssen. Das
wolte der Himmel nicht, replicirte ich, wie kommen Sie
auf solche Gedancken? Ach! verfolgte sie ihre Rede, meine alten Eltern sind beyde gestorben; Mein Mann hat
schon seit einem Jahre wieder geheyrathet, und zwar
eine solche Person, mit welcher er von vielen Jahren her
ein geheimes Liebes-Verständniß gehabt, sich auch verlauten lassen, daß er mich nicht wieder annehmen wolte, und wenn ich auch ein gantzes Orlogs-Schiff voll
Diamanten, Perlen und Gold-Klumpen mitbrächte, weil
ihm eine von den Barbarn geschändete Person kein Vergnügen geben könte; Aber, o du gerechter Himmel, du
allein weist meine Unschuld und Ehre, und hast dieselbe
wunderbar auch unter den Barbarn zu erhalten gewust,
bist auch der beste Zeuge, daß ich Zeit meines Lebens
mit niemanden, als mit mei-[142]nem Ehe-Manne, mich
fleischlich vermischet habe.

Unter diesen letztern Worten schossen die Thränen
dergestalt häuffig aus ihren Augen, daß sie gar nicht
mehr zu reden vermögend war. Ich ließ den ersten Sturtz
vorbey, stellete ihr nachhero vor, daß man ja sich nicht
so gleich an die erste fliegende Rede kehren müste, viel-

leicht wäre das meiste davon unwahr, und ihr Mann, der sie ehedem so sehr geliebt, würde vielleicht, wenn er sie nur erstlich wieder gesehen, auch ihre Geschichte und Contestationes angehöret, gantz andere Gedancken kriegen. Durch diese und andere Redens-Arten schien sie sich ein klein wenig zu besänfftigen, tranck auch ein paar Schälchen Caffée, und sagte hernach: Ich kenne meines Mannes Gemüthe am besten, zumahlen er nunmehro diejenige Person im Ehe-Bette hat, die er vor mir längst gern hinein haben wollen; Aber ich bitte sehr, Mons. van Blac, lasset mich ein paar Stunden ruhen, und schlaffet ihr selbst, diesen Abend will ich mich mit euch an den Tisch setzen, und meine gantze Geschicht erzählen, denn weil ich weiß, daß ihr mir niemahls im geringsten lasterhafft, sondern jederzeit redlich und getreu begegnet habt, so kan ich euch auch wohl mein gantzes Hertze offenbaren, damit ihr ein Licht in der Sache bekommet, wisset aber, daß Morgen früh um 9. Uhr Dostart sich eine gantz geheime Visite bey mir, und sonderlich dabey ausgebeten hat, euch ein paar Stunden auf die Seite zu schaffen, allein, das ist mein Wille nicht, sondern ich will euch in diesem Cabinet die Zeit über verschlossen halten, damit ihr alle seine Reden mit anhören könnet. [143]

Ich küssete ihr hierauf die Hand, verschloß das Cabinet, und legte mich haussen in der Stube hinter einer Spanischen Wand auf meinem Bette auch ein wenig zur Ruhe. Allein, an statt des Schlaffs stiegen mir allerhand Gedancken in den Kopff, denn ich gedachte: Wenn der eigensinnige Mann in Leuwarden seine Frau nicht wieder haben wolte, solte das nicht ein schönes Fütterchen vor mich werden können. denn sie war in Wahrheit ein ungemein schönes Bild, und mit Recht eine von den allerschönsten Frauen in gantz Holland zu nennen, wie ich mich denn gleich anfänglich, so bald ihr Portrait empfing, noch mehr aber, da ich das Original selbst sahe, sterblich in sie verliebte, allein, ihre strenge Tugend, Gottesfurcht und Frömmigkeit, nebst unsern gefährlichen Umständen, hatten mich bißhero beständig abgehalten, das geringste von dem, in meiner Brust verborgenen Feuer mercken zu lassen, hergegen hatte ich ihr jederzeit mit der sittsamsten Aufrichtigkeit und Treue begegnet. Kurtz: da sie, seit unserer erstern Bekanntschafft und Umgangs an, nicht die geringste geile oder leichtfertige Mine, sondern die grösten Zeichen der Keuschheit von sich blicken lassen, so ahmete ich ihr in allen Stücken nach, und unterdrückte die mir zuweilen aufsteigenden Affecten, nicht so wohl aus Blödigkeit, sondern vielmehr aus besonderer Hochachtung vor eine solche tugendhaffte Seele, welches mich denn in solchen Credit bey ihr setzte, daß sie öffters, jedoch in ihren Kleidern, wie schon in Mequinez im Juden-Hause geschehen, gantz ruhig uns sicher an meiner Seite schlieff. Dieses alles, wie schon gemeldet, [144] kam mir auf einmahl in die Gedancken, nachhero aber wuste ich nicht, ob ich wünschen möchte, daß sie von ihrem Manne wieder angenommen, oder verstossen, und mir zu Theile werden solte. Solchergestalt blieb mein vorgenommener Schlaff gantz aussen, es stelleten sich aber dagegen die Annehmlichkeiten meiner schönen Landsmännin immer mehr und mehr vor meine Augen, so, daß ich biß auf den höchsten Grad verliebt in sie wurde, und weiter an nichts anders gedachte, biß sie endlich ihr Cabinet eröffnete, durch die Stube hinweg ging, und das Aufwarte-Mädgen ruffte, welches sich aber auch in einem gantz kleinen Cabinet ein wenig zur Ruhe gelegt hatte, und so gleich zum Vorscheine kam.

Ich stund ebenfalls gleich auf, und fragte: Wie sie sich befände? und, ob sie wohl geschlaffen hätte? Es ist, antwortete sie, kein Schlaff in meine Augen gekommen, sondern ich habe nur meinem zukünfftigen Schicksale beständig entgegen gedacht, jedoch letztlich alles der Fügung des Himmels anheim gestellet, und mich gefasst gemacht, alles Unglück mit der grösten Gelassenheit zu ertragen, wenn ich nur bleiben kan, wo Christen seyn, um mich mit GOttes Wort und dem Rathe guter Freunde zu trösten.

Dieses ist eine Resolution, versetzte ich, welche nur bloß allein tugendhaffte Seelen, so, wie die Ihrige beschaffen ist, ergreiffen können; bleiben Sie dabey, und lassen im übrigen den Himmel walten. Allein, was ist zu Dero Diensten, denn ich habe gehöret, daß sie der Magd geruffen? Nichts weiter, replicirte sie, als daß sie auf die Apotheque gehen, [145] und mir ein Hertz-Pulver holen soll, denn ich weiß nicht, wie es kömmt, daß ich so gar matthertzig bin. Ich bath mir sogleich aus, diesen Dienst selbst zu verrichten, und etwas zu bringen, wodurch der Leib wiederum gestärckt und das Gemüthe aufgeräumt gemacht würde; zohe auch gleich meinen Ober-Rock an, und ließ mich durch sie nicht an meinem hurtigen Fortgehen verhindern. Bey der Wirthin bestellete ich erstlich eine delicate Abend-Mahlzeit nebst ein paar Bouteillen des allerbesten Weins, hernach ging ich auf die Apothecke, ließ ein herrliches Cordial, auf ihren Zustand gerichtet, zurechte machen, und brachte es so hurtig, als möglich, zurück.

Ihr seyd allzu dienstfertig, Mons. van Blac, sagte sie hierzu, (nachdem sie einige Löffel voll davon zu sich genommen, und es kräfftig befunden hatte,) und wenn es noch so lange währen solte, als es gewähret hat, dürffte mein gantzes Vermögen nicht zureichen, euch eure Liebe und Treue zu belohnen. Die letztern wenigen Worte machten, daß mir die Thränen in die Augen stiegen, weßwegen ich mich an ein Fenster wandte, um den Affect nicht mercken zu lassen, konte auch kaum mehr als so viel Worte vorbringen: Madame! ich verlange keine Vergeltung von Geld und Gut, sondern bin vergnügt, wenn sie nur bey dem Glauben bleiben, daß ich redlich bin. Sie mochte etwas an mir mercken, derowegen nahm sie noch ein wenig von dem Cordial, und begab sich stillschweigend wieder in ihr Cabinet, ich aber besann mich, und sahe nach der Küche, ging eine Zeitlang im nahe daran liegen-[146]den Garten spatzieren herum, und verirrete mich dergestalt tieff in meinen Gedancken, daß ich mich nicht heraus finden konte, biß mich endlich die Wirthin ruffte, und fragte, ob sie das Essen auftragen solte? Ich befahl ihr, nicht damit zu säumen, weil wir heute wenig genossen, ging hinauf, und fand meine Landsmännin in der Stube herum gehend, dem Scheine nach, ziemlich wohl disponirt, es gefiel ihr auch, daß ich einige gute Tractamenten hatte zurichten lassen, indem sie alle mit Appetit versuchte.

Wie sauer es aber ihr, vielleicht nur meinetwegen, werden mochte, ihre Bekümmerniß zu verbergen, so schwer kam es mir auch an, meine Affecten zu unterdrücken, allein, da wir erstlich eine Bouteille von dem vortrefflichsten Weine getruncken, öffnete sich der Mund auf beiden Seiten einiger massen, jedoch redeten wir von gantz indifferenten Sachen, biß sie endlich, nachdem alles abgetragen, und das Mädgen zur Ruhe gegangen war, von selbsten anfieng, und sagte: Mons. van Blac! ich habe euch heute etwas zu erzählen versprochen, derowegen höret an die

Lebens-Geschicht
der unglücklichen Charlotte Sophie van Bredal.

Ich bin unter 11. Kindern meiner Eltern das jüngste, und deren erste und letzte Tochter, denn meine Vorgänger sind lauter Söhne gewesen, deren ich bey meiner Abreise noch 8. lebendig gesehen. Mein Vater trieb zwar die Handlung, hatte aber wenig Mittel, weßwegen er alles sehr genau einfädeln [147] muste, denn bey einer solchen starcken Familie wurden, wie leicht zu erachten, auch starcke Ausgaben erfodert, zumahlen da sich kein eintziger von meinen Brüdern zur Handlung appliciren, sondern ein jeder viel lieber ein Handwerck lernen wolte, weßwegen mein Vater fremder Leute Kinder zu Jungen und Handels-Dienern annehmen muste. Ich will mich aber hiebey nicht lange aufhalten, sondern nur von meiner eigenen Person erwehnen, daß, da ich kaum das 13te Jahr erreichte, mich einige Leute vor schön ausgeben wolten; dannenhero fanden sich fast täglich nicht nur die Söhne der reichsten Kauff-Leute, sondern auch weit Vornehmere, bey meinen Brüdern ein, um zu schauen, ob bey mir etwas schönes anzutreffen wäre. Ich weiß nicht, was dieser oder jener gefunden, doch bekam ich bald von diesem, bald von jenem, nicht nur die verliebtesten Briefe, sondern auch verschiedene Galanterie-Waaren.

Ich armes Kind wuste gar nicht, was dieses zu bedeuten haben solte, klagete es derowegen meiner Mutter, und zeigete ihr alles offenhertzig, welche darzu lächelte, und sagte: Meine Tochter! zerreiß die Narren-Briefe, die Geschencke aber kanst du als ein Andencken aufheben, damit es die Personen, so sie dir geschickt, nicht vor einen Hochmuth auslegen, inzwischen entziehe dich ihrer aller Gesellschafft, so viel du kanst, und mache dich mit niemanden familiair, er sey so reich als er immer wolle.

Ich folgte meiner Mutter Lehren, kam aber bald in das Geschrey, als ob ich mir auf meinen Spiegel etwas einbildete, und gewaltig eigensinnig wäre. [148] Dem ohngeacht gaben sich die reichsten und vornehmsten Junggesellen viele Mühe, sich in meine Gunst zu setzen, allein, ich fühlete damahls in meinem Hertzen noch nicht den geringsten Trieb zur Liebe, ob schon mein 15tes Lebens-Jahr bey nahe verstrichen war. Wie man mich aber um selbige Zeit schon vor mannbar halten wolte, so meldete sich eben dieser, bereits ziemlich bejahrte Kauffmann Dostart, bey meinem Vater, und hielt um mich an. Mein Vater mochte zwar wohl den grossen Unterscheid unserer Jahre betrachtet haben, indem ich die 1. vor der 5. er dieselbe aber bereits hinter derselben hatte, weil er aber ein sehr wohl bemittelter Mann, auch ohne Kinder und andere Erben war, so wurde mir gar bald angetragen, denselben zu meinem künfftigen Ehe-Manne zu erwählen.

Ich hätte des Todes seyn mögen über diese Anmuthung, indem ich mich selbst noch ein Kind zu seyn schätzte; wurde aber um so viel desto mehr bestürtzt, da meine Mutter selbst, dieses Seil mit zu ziehen, anfing, und mir nicht allein zu dieser Heyrath rieth, sondern auch die besten Lehren gab, wie ich mich künfftig hin im Ehe-Stande zu verhalten hätte. Bey so gestalten Sachen aber, war meine erste Ausrede, daß ich mich als ein Kind noch unmöglich zum Heyrathen resolviren könte, solte es aber ja mit der Zeit einmahl geschehen, so würde ich gewiß meine Freyheit nicht an einen solchen alten eigensinnigen Mann verkauffen, denn es fänden sich ja wohl noch jüngere und geschickte Manns-Personen, ob sie gleich nicht so viel Mittel hätten, als der alte Dostart. Das redete ich so in meiner Einfalt aus aufrichtigen [149] Hertzen her, da ich aber auf meiner Eltern ferneres Vorstellen und Zureden immer bey dieser Meinung blieb, wurde mein Vater endlich gestrenger, gab mir auch Dostarts wegen einmahl würcklich ein paar Ohrfeigen, wodurch sich denn die Liebe um so viel weniger wolte aufwecken lassen, hergegen ein würcklicher Haß bey mir gegen diesen Mann erwuchs. Bey dem allen aber liessen meine Eltern nicht ab, mir die Lust zum Heyrathen, und sonderlich zu diesem eckelhafften Manne einzuflössen, welchen letztern ich aber durchaus nicht leiden konte, weßwegen mein Vater endlich Mine machte, mich mit Gewalt zu dieser widerwärtigen Heyrath zu zwingen. Viele Leute hatten Mitleiden mit mir, da die Sache Stadtkündig wurde; eines Tages aber, da ich mit zweyen von meinen Brüdern von einer Befreundin in ihren Garten eingeladen war, fand sich unter andern jungen Leuten beyderley Geschlechts, welche, um die Lust vollkommen zu machen, Music bestellet hatten, auch eines Kauffmanns Sohn dabey ein, den ich zwar öffters von ferne gesehen, aber Zeit-Lebens noch kein Wort mit ihm gesprochen hatte. Er hieß Emanuel van Steen, war sehr wohl gebildet und gut gewachsen, voritzo aber zeigte sein gantzes Wesen etwas melancholisches an, denn er machte sich gar kein Vergnügen aus der Music, sondern ließ die andern schertzen und tantzen, kam also mit meinem Humeur vollkommen überein, denn ich konte diesen Tag ohnmöglich lustig seyn. Um aber von der lustigen Compagnie, die so wohl ihn als mich zum öfftern vexirte, abzukommen, ging er auf jene Seite des [150] Gartens weit darvon spatziren herum, ich aber ging mit einem alten Befreundten auf dieser Seite, und redete von verschiedenen Sachen mit demselben, biß endlich meine Befreundtin den van Steen an der Hand zu mir geführet brachte, und sagte: Ich kan kein besser Werck stifften, als wenn ich jene bey ihrer Lust lasse, und diese beyden Mißvergnügten zusammen bringe, vielleicht kan eins das andere trösten. Demnach brachte sie uns zusammen in eine grüne Laube, blieb erstlich eine Weile da, ging aber, unter dem Vorwande einiger Verrichtungen, hinweg, und ließ mich mit dem van Steen gantz alleine sitzen. Dieser fing unter niedergeschlagenen Augen zu sprechen an: Mademoiselle, warum nehmen dann sie keinen Theil an den Lustbarkeiten bey der Music? Monsieur, antwortete ich, mir ist selbsten nicht bewust, warum ich heute keinen Appetit zu dergleichen Lustbarkeiten habe, da ich doch sonst keine Verächterin, sondern vielmehr eine grosse Liebhaberin der Music bin. Ich wolte, sagte er weiter, die Ursach dessen wohl errathen, kan aber versichern, daß derjenige Kummer, welcher Sie, mich gedoppelt quälet. Ich wüste eben nicht, versetzte ich, was mich vor ein besonderer Kummer quälete. Ich weiß es aber wohl, versetzte er, bitte nur, meine Freymüthigkeit nicht im üblen zu vermercken, wenn ich sage, daß wohl nichts anders, als die verdrüßliche Heyrath, welche sie gezwungener Weise mit dem Dostart eingehen sollen, Schuld daran ist, derowegen laboriren wir an einer Kranckheit, und zwar ich gedoppelt, weiln diejenige Person, welche ich mir ausersehen, nunmehro schon in eines andern Armen [151] liegt, und ich von meinen Eltern ebenfalls, so wie sie, bestürmet werde, eine zwar reiche, aber desto häßlichere Ehe-Gattin zu erwählen.

Wie nun ich mich ziemlich bey diesen Reden betroffen fand, so konte nicht gleich mit einer geschickten Antwort fertig werden, weßwegen er nochmahls zu fragen anfing: Habe ich nicht Recht, Mademoiselle, daß wir beyde fast einerley Schicksal haben? Mein Herr! gab ich zur Antwort, meine Noth haben sie wohl errathen, weil dieselbe kein Geheimniß mehr ist, wiewohl es soll mich keine menschliche Gewalt zu einer widerwärtigen Heyrath zwingen; von ihren Affairen aber habe nicht die geringste Wissenschafft. Er fing hierauf an, mir eine weitläufftige Erzählung von seiner Liebes-Geschicht mit der Helena Leards zu machen, welche ich aber nur kurtz fassen, und so viel davon melden will, daß er dieselbe, ob sie gleich nicht sonderlich schön von Gesicht, jedoch eines lebhafften Geistes und sonst guter Gestalt, vor andern Frauenzimmer geliebt, auch Hoffnung bekommen hätte, von ihr keinen Korb zu erhalten, allein, die Eltern auf beyden Seiten hätten in diese Heyrath nicht willigen wollen, und also wäre Helena vor wenig Wochen an einen Procurator verheyrathet worden. Er hingegen solte bloß nach dem Willen seiner Eltern die Catharina van Nerding heyrathen, welche ihm doch so starck zuwider wäre, als der blasse Tod.

Indem wir nun meine Befreundtin von ferne auf uns zukommen sahen, brach er seinen fernern Gespräche ab, und sagte nur noch dieses: Mademoiselle, die dritte Ursache meiner heutigen Unru-[152]he will ich ihnen, wo es mir erlaubt ist, Morgen schrifftlich melden, denn ich mercke, daß wenig Gelegenheit heute seyn wird, unsern Discours fortzuführen. Ich konte hierauf nicht antworten, weiln nicht allein meine Befreundtin, sondern auch andere von der Compagnie schon so nahe da waren, und zu nöthigen nicht abliessen, biß wir mit ihnen zur andern Gesellschafft gingen, welche das Tantzen bereits eingestellet hatte, und nur einer angenehmen Music zuhörete, worbey einige Arien gesungen wurden. Mit anbrechender Demmerung machte ich den Aufbruch, konte aber dem van Steen nicht abschlagen, mich in Begleitung meiner Brüder nach Hause zu führen, welche ihn auf morgenden Tag zu sich in unser Hauß nöthigten, weiln ohnedem unsere Eltern zu einem Hochzeit-Schmause fahren wolten. Van Steen stellete sich, versprochener massen, um gehörige Zeit ein, meine Brüder hatten unter sich und vor die darzu erbetenen Gäste ein Lust-Spiel angestellet, ehe sich aber van Steen in selbiges einließ, passete er die Gelegenheit ab, mir einen Brief in die Hände zu practiciren, dessen Inhalt dieser war: wie er als ein vollkommener aufrichtiger Mensch zwar nicht leugnen könte, daß er seit wenig Jahren seine Augen auf die Helena geworffen, allein, es wäre dieses zu einer solchen Zeit geschehen, da er nicht gewust, daß meine Gestalt und gantzes Wesen (seinem Schreiben nach) weit angenehmer, vollkommener und Liebens-würdiger sey, als der Helenæ. Hierbey that er mir einen förmlichen Liebes-Antrag, und versicherte, daferne ich mich wolte erbitten und bewegen lassen, [153] statt des alten Dostarts, ihn, den van Steen, zum Liebsten anzunehmen, er es mit guter Manier und Beyhülffe meiner eigenen Eltern, in kurtzen dahin bringen wolte, daß wir ein paar Ehe-Leute würden. Anderer beygefügten Schmeicheleyen oder verliebten Thorheiten zu geschweigen, will nur dieses berühren, daß er einen starcken Eyd-Schwur angehängt habe, wie er nicht gesonnen, mich hinter das Licht zu führen, sondern lauter redliche Absichten hätte, indem er gestern gleich auf das erste mahl, als er mich gesehen, die Helena gantz vergessen, und nach fernerweit eingezogener Kundschafft wegen meiner Aufführung, vollkommen in mich verliebt worden.

Er war, wie schon gemeldet, ein schöner, artiger und wohl conduisirter Mensch von aussen anzusehen, darum fühlete ich von Stund an in meinem Hertzen viele zärtliche Regungen gegen ihm, so bald er dessen vergewissert war, addressirte er sich an meine Eltern, und da er noch mehr Vermögen als der alte Dostart zu hoffen, sein Vater auch ohnverhofft mit dem alten van Nerding zerfiel, und dieser mein Liebhaber, Emanuel, bey solcher

Gelegenheit zu verstehen gegeben, daß er nunmehro keine andere als mich zur Ehe haben, wiedrigenfals in die weite Welt gehen, und nimmermehr wieder kommen wolte, wurden seine und meine Eltern mit einander einig, wir mit einander versprochen, und der alte Dostart bekam den Korb, unter dem Vorwande, daß ich ihn so wenig lieben, als mich mein Vater darzu zwingen könte.

Inmittelst war unser Hochzeit-Fest noch auf [154] etliche Wochen hinaus geschoben, mein Bräutigam hatte öffters Gelegenheit, etliche Stunden gantz alleine bey mir zu seyn, derowegen begunte er immer dreuster zu werden, muthete mir auch solche Dinge zu, von welchen ich zu der Zeit noch gantz und gar keine Wissenschafft hatte. Wenn ich ihm nun dieserwegen eine eintzige scheele Mine machte, kam er zuweilen in 8. Tagen nicht wieder, so lange biß ihm etwa der Rummel vergangen war, hernach stellete er sich aber desto freundlicher, that jedoch immer neue Ansuchung, ihm seinen lasterhafften Willen zu erfüllen, welches jedoch von mir durchaus nicht zu erlangen war, denn bey so gestalten Sachen kehrete ich mich wenig an sein Kommen und Hinweggehen, hätte auch fast lieber gesehen, er wäre gar nicht wieder gekommen. Mittlerweile nahete unser bestimmter Hochzeit-Tag heran, mein Bräutigam war 8. Tage, seinem Sagen nach, verreiset gewesen, kam aber des zweyten Abends vorhero wieder zu Hause, und in meines Vaters Hauß, da eben mein Vater ein paar gute Freunde bey sich hatte, und mit ihnen in der Charte spielete.

Nachdem mich nun mein Schatz, vielleicht aus falschen Hertzen, ein wenig becomplimentiret, ließ er sich mit ins Spiel ein, bath sich aber aus, daß ich auch neben ihn sitzen, und seine Cassa führen möchte. Auf Befehl meines Vaters gehorsamete ich, er spielete biß ohngefähr halb 12. Uhr mit Lust, hernach zohe er seine Uhr heraus, wurde auf einmahl verdrüßlich, und sagte, daß es nunmehro Zeit wäre, nach Hause zu gehen, indem er sehr müde von der Reise sey. Ich vermerckte, daß er mit der Uhr ein Billet her-[155]aus zog, und selbiges ohne sein Vermercken auf den Boden fallen ließ, weßwegen ich mein Schnupff-Tuch darauf warff, und beydes zugleich aufnahm. Mein Schatz wurde dieses nicht gewahr, sondern eilete hurtig fort, ich aber verfügte mich auch geschwind in meine Schlaff-Cammer, wickelte das versiegelt gewesene Billet auf, und fand darinnen folgende Worte, welche ich auswendig gelernet, auch nimmermehr vergessen werde:

Mein Allerliebster!

Vier Nächte habt ihr zu meinem grösten Vergnügen bey mir zugebracht, aber wo dann die 3. darauf folgenden? Bey eurer Liebsten nicht, das weiß ich gewiß, und wolte wohl errathen wo sonsten. Allein, ich will voritzo die Liebe mehr als die Eifersucht über mich herrschen lassen, und bitten, daß ihr mir die Gefälligkeit erzeiget, und puncto 12. *Uhr zu mir kommet, denn die Thür ist offen, und alles wohl bestellet, weil mein Wiedersacher wenigstens in* 3. *Tagen nicht wieder kömmt. Vergnüget nur mich, und das, was ihr mir unter das Hertze verschafft habt, diese Nacht noch einmahl zu guter letzte, weil ich doch wohl glaube, daß ihr nachhero von eurer Liebste nicht viel werdet abkommen können. Setzet dem Stöhrer unseres Vergnügens noch ein rechtschaffenes Horn auf, ehe ihr selbst in die Sclaverey gerathet, welche ich so wohl als mein* [156] *eigenes Schicksal täglich beweine, denn ihr wisset, daß ich bin einmahl wie immer*

Eure

Getreue.

Wiewohl ich nun von Liebes-Intriquen wenige oder gar keine Wissenschafft hatte, so verursachte mir doch dieses Schreiben ein schmertzhafftes Nachsinnen, da es aber schon ziemlich späte, legte ich mich gleich zu Bette, und war erstlich so glücklich, daß mir ein baldiger süsser Schlaff die unruhigen Gedancken vertrieb, hernach so unglücklich, daß die Hand einer Manns-Person zum ersten mahle meine Brust begriff, worauf so gleich ein Kuß folgte. Ich fuhr so gleich in die Höhe, u. fing an zu schreyen, konte aber vor Angst keinen lauten Thon von mir geben. Indem nahm mich jemand bey der Hand, u. sagte: Um Gottes willen, Mademoiselle, schreyen sie nicht, ich bin Dero allergetreuester Knecht, und habe mich in diese Gefahr bloß allein darum gewagt, ihnen ein Geheimniß zu eröffnen, worauf die Glückseligkeit ihres gantzen Lebens beruhet. Nunmehro erkannte ich wohl an der Sprache, daß es niemand anders sey, als unser Handels-Diener Rackhuysen, riß derowegen meine Hand zurück, und sagte: Welcher Satan hat euch Verwegenen in meine Cammer geführet? Kein Satan, antwortete er, sondern die Treue und Redlichkeit gegen ihre Person und gantze Familie; wo habe ich anders Gelegenheit finden können, mit ihnen ohne Verdacht in Geheim zu sprechen, und ihnen mit Wahrheit zu offenbaren: Daß ihr Liebster, mit dem sie [157] übermorgen copulirt werden sollen, der allerlasterhaffteste und lüderlichste Mensch von der Welt ist. Denn er hat nicht nur 4. gantzer Tage und Nacht bey der Helena versteckt gelegen, sondern nachhero noch 3. Nacht bey einer Jedermanns- - zugebracht, und voritzo weiß ich gewiß, und will meinen Kopff zum Pfande setzen, daß er wiederum bey der Helena im Bette liegt, denn ihr Mann ist verreiset, und sie hat ihn zu sich bestellet.

Ey! sagte ich, lasset ihn liegen wo er will, und retirirt euch aus meiner Cammer. O Himmel! wiederredete er, wie können sie sich so gnädig vor einen unwürdigen und so undanckbar vor einen getreuen Menschen erzeigen? Ich weiß nicht alles, was er mehr vorbrachte, doch bey so viel durch einander her lauffenden Affecten wuste ich nicht, ob ich hörete oder nicht, biß Rackhuysen endlich vermeynete, ich thäte solches mit allem Fleisse, und mich nicht nur küssen, sondern sich auch mehrerer Freyheit gebrauchen wolte; Allein, ich fing plötzlich überlaut an zu schreyen, weßwegen er sich wieder durch das Fenster, da er herein gestiegen war, zurück begeben wolte, allein, er mochte mit seinen Kleidern inwendig an einem Hacken hangen bleiben, weßwegen mein Vater, der mit dem Capital-Schlüssel meine Cammer so gleich eröffnete, und nebst meiner Mutter mit dem Lichte hinein trat, ihn annoch antraffen, und nur froh waren, daß er, ohne den Halß zu brechen, auf der angelegten Leiter glücklich herunter kam. Ich erzählte meinen Eltern den Frevel dieses Menschen, so wohl als die gantze Geschicht meines Bräutigams, zeigte den gefundenen Brief, und [158] sagte: Liebster Vater! allem Ansehen nach, hat das Verhängniß beschlossen, mich Arme durch das Heyrathen unglücklich zu machen. Er laß den Brief mit ziemlicher Bestürtzung, wuste aber gar bald, ein ander Mittel zu erfinden, indem er sagte: Meine Tochter! das ist eine falsche Charte, euer Bräutigam ist unschuldig, aber Rackhuysen ist ein Schelm, und hat ohnfehlbar die gantze Sache auf die Art eingerichtet, auch diesen falschen Brieff gemacht, denn ich habe vermerckt, daß er sich vorigen Abend immer etwas um den van Steen zu thun gemacht hat, kehret euch an nichts, ich will genaue Kundschafft darauf legen, wo euer Bräutigam diese Nacht zugebracht hat, der frevele Rackhuysen aber soll, so bald der Tag anbricht, zum Hause hinaus.

Demnach wurde ich begütiget, und um desto sicherer zu schlaffen, muste sich meiner Mutter Aufwarte-Mägdgen zu mir in die Cammer legen. Früh Morgens vor Tage, hatte sich Rackhuysen mit allen seinen Sachen schon aus dem Staube gemacht, worüber mein Vater sich etwas verdrüßlich stellete, allein, es mochte eben sein harter Ernst nicht seyn, mitlerweile machte er mir weiß, er hätte gleich auf der Stunde nach meines Bräutigams Behausung geschickt, und erfahren, daß derselbe unschuldig, auch gerades Wegs nach Hause gegangen, und von unserm Jungen in seinem Bette vest schlaffend angetroffen worden. Ich glaubte meinem Vater zu Gefallen alles, was er mir vorredete, erfuhr aber wenige Zeit hernach besser, daß mein Vater so gleich 3. Schild-Wächter ausgeschickt, [159] welche den van Steen selbiges Morgens früh bey anbrechenden Tage, aus der Helenæ Behausung hatten heraus kommen sehen.

Inzwischen stellete sich van Steen, des, auf diese fatale Nacht folgenden Tages, gleich nach der Mittags-Mahlzeit bey uns ein. Mein Vater empfing ihn sehr freundlich, um keinen Spuck in die Hochzeit, welche morgen vor sich gehen solte, zu machen, oder weil er glaubte, daß wenn wir nur erstlich beysammen wären, van Steen seine Extra-Gänge von selbsten unterlassen würde. Mir begegnete van Steen ungemein zärtlich und verliebt, weßwegen ich fast selbst auf die Gedancken gerieth: daß er unschuldig wäre, und ihm also das vermeyntlich angethane Unrecht in meinem Hertzen abbath, auch ihn von nun an recht vollkommen zu lieben anfing, und solchergestalt trat ich folgendes Tages ziemlich ruhig und vergnügt in den Eh-Stands-Orden, wurde auch nachhero so wohl von meinen Schwieger-Eltern, als dem Scheine nach, von meinem Manne recht hertzlich geliebt, ja die erstern betheureten hoch, daß es ihnen nunmehro tausendmahl angenehmer wäre, mich an statt der Helena zur Schwieger-Tochter zu haben, mein Mann aber begegnete mir im Anfange etliche Monate dergestalt liebreich, daß ich nicht in dem geringsten Stücke über ihn zu klagen hatte, auch war er bey unserer neu angelegten Handelschafft dergestallt fleißig, daß seine, so wohl als meine Eltern nebst mir ein vollkommenes Vergnügen darüber fanden. Allein, ehe noch das erste Jahr verging, legte er sich auf die schlimme Seite, fing an murrisch und verdrüßlich [160] zu werden, bekümmerte sich um die Handlung so wenig als um den Haußhalt, ging fleißig zum Truncke und in die Spiel-Häuser, kam entweder gar nicht, oder doch des Nachts sehr betruncken nach Hause, und brach die Ursach vom Zaune, Zanck und Streit anzufangen. Ich begegnete seinem wunderlichen Humeur mit aller Höflichkeit, kam aber doch öffters plötzlich mit ihm unvermuthet in hefftigen Wort-Streit, so, daß er mich dann und wann im Eifer sehr übel tractirete, weiln aber, wie bekandt, in unserm Lande ein Frauenzimmer grosses Recht hat, schlugen sich zu vielen mahlen beyderseits Eltern darzwischen, und versöhneten uns wieder mit einander, damit die Sache nicht zu Weitläufftigkeiten und übler Nachrede ausschlagen möchte.

Mir war nichts weniger in die Gedancken gekommen, als daß die Helena die eintzige Ursach in meinem Unglück wäre, allein, nach gerade kam ich darhinter, daß er diese Bestie, welche ihm vielleicht einen Liebes-Trunck gegeben haben mochte, annoch bey allen Gelegenheiten aufs zärtlichste caressirte, und so offt es sich schickte, Nacht-Visiten bey derselben abstattete, so lange biß ihn endlich ihr Mann bey derselben ertappet, und ehe es Tag wurde, sehr zerschlagen und verwundet nach Hause bringen ließ.

Mein Mann machte mir weiß: Daß er unter eine Compagnie falscher Spieler gerathen, und von ihnen so übel zugerichtet worden wäre; welches ich denn anfänglich glaubete, allein, die wahrhaffte Historie wurde bald Stadt-kundig, welches sich denn seine und meine Eltern, sonderlich aber ich, [161] uns sehr zu Gemüthe zogen, jedoch ich ließ mich nicht gegen ihn mercken, daß ich dieses vor eine gerechte Straffe erkennete, sondern begegnete ihm mit aller Freundlichkeit, in Hoffnung, daß er sich von nun an bessern würde, welches er denn auch allem Ansehen nach that, und eine lange Zeit gar nicht aus dem Hause ging. Da ihm aber nach und nach der Appetit zur lustigen Compagnie und andere Ausschweiffungen wieder ankam, ging er wieder Tag vor Tag aus, kam aber mehrentheils sehr mißvergnügt nach Hause, indem er wegen gemeldter Historie fast in allen Compagnien aufgezogen und geschraubt worden, derowegen mochte er mehrentheils dieserwegen auf die Desperation gerathen, mit einem andern Kauffmanne in Compagnie und selbsten die Reise nach Ost-Indien anzutreten, in Hoffnung, daß währender Zeit seines Abseyns, seine Geschichten würden vergessen und den Leuten neuere Mähren in den Mund gelegt werden.

So wohl seine als meine Eltern waren mit dieser Resolution hertzlich zufrieden, und ohngeacht ich die letzte war, so davon Wissenschafft bekam, gab ich doch nicht allein meinen Willen drein, sondern ließ mich auch bereden, mit ihm zu reisen, weiln er vorgab, daß er ohne mich nicht leben könte. Die Haupt-Ursache war, ihn von der aus Geilheit und sonsten allerley Boßheit zusammengesetzten Helena abzubringen, alles vergangene zu vergessen, und nunmehro unser Ehe-Band desto vester und angenehmer zu verknüpffen. Allein, wir hatten, nachdem wir zu Schiffe gegangen, kaum die äuserste Spitze von Europa, nehmlich das Capo [162] de S. Vincente aus den Augen verlohren, da wir von einem Saléeischen See-Räuber (ich weiß nicht unter was vor Vorwand, denn die Holländer stunden dazumahl mit dem Kayser von Marocco gantz wohl) attaquiret und zu Sclaven gemacht wurden. Mein Mann stellete sich bey diesem Unglück sehr kläglich, ich aber wurde darüber gar ohnmächtig, und kam nicht eher zu mir selber, biß ich mich Tags darauf in der Gesellschafft einiger Mohren-Weiber befand.

Wie mir da zu Muthe gewesen, werdet ihr, mein Herr van Blac, selbsten zu beurtheilen wissen, allein, ich hatte nicht viel Zeit, meinem Schicksale nachzudencken, indem ich in Gesellschafft einiger Mohren-Weiber alsofort nach Mequinez an den Kayserl. Hof geschafft wurde, auch mir gefallen lassen muste, Tag und Nacht zu reisen. Man brachte mich bald darauf zu dem Kayser Muley Ismaël, welchem der Räuber mit meiner Person ein

Present gemacht hatte, und welches auch sehr wohl von ihm aufgenommen wurde, denn er hatte, wie mir nachhero gesagt worden, so gleich befohlen, mich unter die Zahl seiner Kebs-Weiber zu versetzen. Es wurde mir ein properes Apartement nebst verschiedenen Cabinetten und Cammern angewiesen, die Tractamenten waren königlich, von Aufwärtern aber hatte ich mehr um mich, als ich gebrauchte, und um mich leiden konte.

Der Kayser that mir in den ersten Tagen (seiner Meynung nach, und wie ich von andern hörete) die besondere Gnade, mich in meinen Apartement, welches ich, so propre es auch war, dennoch vor [163] einen verfluchten Käffig hielt, persönlich zu besuchen, fand mich aber in der grösten Betrübniß, er küssete meine Hände und die Stirne mit Gewalt, den Mund aber berührete er nicht, sondern ließ nur sein Schnupff-Tuch zurücke, welches er mir über die Schulter legte, und sogleich wieder fort ging. Ich wuste damahls noch nicht, was dieses zu bedeuten hatte, legte selbiges auf den Tisch, und danckte dem Himmel, daß der alte Greiß wieder fort gegangen war; indem bekam ich die Visite von einer andern seiner Kebs-Weiber, welche eine gebohrne Französin war, und sich in der Welt ziemlich herum getummelt haben mochte. Diese gratulirte mir gleich Anfangs zu der Ehre, daß ich diese Nacht zum ersten mahle bey dem Kayser schlaffen solte. Ich gab zur Antwort, daß ich davon nichts wüste, auch mich nimmermehr darzu verstehen würde, wenn es gleich mein Leben kosten solte. Ach mein Hertz, sagte diese, läugnet nur gegen mich nichts, denn ich weiß es schon, und sehe zu allem Uberflusse, daß des Kaysers Schnupff-Tuch auf eurem Tische liegt, welches die Haupt-Marque ist, daß ihr diese Nacht an seiner Seite liegen müsset. Verflucht wäre diese Marque, versetzte ich, mich bringet niemand dahin, und solte ich mich ehe in Oele sieden lassen. Ja! war ihre Gegenrede, anfänglich war ich auch der Meynung, allein, nachhero bin ich doch überwunden worden.

Unter diesem unsern Gespräche kam ein Officier von den Verschnittenen, überbrachte mir ein sauberes Kästlein, nebst der Ordre, daß ich mich diese Nacht gefast halten solte, zu dem Kayser abgeholet [164] zu werden. Ich wuste vor Erschrecken keine Antwort zu geben, der Verschnittene aber mochte glauben, daß ich wegen der besondern Ehre und Gnade dergestalt bestürtzt wäre, ging also ohngesäumt seiner Wege.

Habe ich es nicht gesagt, sprach die Französin, daß es seine Richtigkeit hätte, und also kommen würde? Ihr seyd glücklicher als ich, denn ich habe viel länger auf diese Gnade warten müssen. Verflucht ist diese Gnade, war meine Antwort, und ehe ich mich darzu bequeme, soll, noch ehe man mich aus diesen Zimmer bringt, ein Messer in meinem Hertzen stecken. O! schrye die Französin, wer wolte so wunderlich seyn in der Welt, es erfordert der Menschen Schuldigkeit, sich in ihr Verhängniß schicken zu lernen. *Was sich nicht will ändern lassen, muß man mit Gedult umfassen.* Einmahl vor allemahl haben wir, so lange dieser alte Kayser lebt, keine Erlösung zu hoffen, denn er ist viel zu eigensinnig, daß er eine von seinen Kebs-Weibern in Freyheit stellete, und warum solte ich nicht mich überwinden können, binnen 6. 8. oder wohl mehr Monaten, einmahl bey einem solchen alten Manne zu liegen, welcher nicht einmahl mehr thun kan, was er gerne will.

Ich hörete aus diesen und noch mehr andern Worten, welche ich mich zu sagen schäme, nur allzuwohl, weß Geistes Kind diese Französische Dame, und daß sie gar keine Kost-Verächterin wäre, es möchte gleich Christe, Heyde, Jude oder Türcke über sie kommen, denn sie hatte den guten Glauben, daß alle solche Leute ebenfalls Menschen wären wie wir. [165]

Inzwischen überredete sie mich, mein überschickt bekommenes Kästlein zu eröffnen, worinnen sich denn 3000. Stück Zechinen nebst verschiedenen Kleinodien und allerhand Geschmeide befanden, welches alles ihr denn mehr als mir in die Augen leuchtete, so, daß sie sagte: Madame! ich nähme nur 100. Zechinen, und schlieffe diese Nacht vor euch bey dem Kayser. Mir kam gleich ein glücklicher Einfall in den Kopff, derowegen sagte ich: Madame, nicht hundert, sondern tausend will ich euch zahlen, woferne ihr mich durch eine kluge List von meinem Tode wenigstens noch auf einige Zeit befreyen wollet; denn, wie schon gesagt, lebendiger und gutwilliger Weise lasse ich mich nimmermehr an eines Unchristen Seite legen, sondern will mich viel lieber enthaupten lassen, so wie er es bereits vielen andern vor mir gemacht hat.

Ich höre, sehe und spüre wohl, sagte die Französin, daß ihr so eigensinnig als schöne seyd, ich hätte mich vor 6. Jahren auch nicht darzu verstanden, wenn mir mein Leben nicht allzu lieb gewesen wäre, allein, da ich es ein und etliche mahl gezwungener Weise habe thun müssen, so ist nunmehro nichts weiter daraus zu machen, und da ich zumahlen seit länger als einem Jahre her von dem Kayser fast gäntzlich zurück gesetzet worden bin, will ich euch zum Vergnügen, ihm aber zum Possen einmahl einen lustigen Streich spielen, und diese Nacht, statt eurer mit verhülleten Haupte, wie gewöhnlich ist, zu ihm gehen, denn die Mahometaner pflegen des Nachts das Werck der Liebe nicht bey brennendem Lichte zu verrichten. Es gehet auch die Sache dar-[166]um vortrefflich wohl an, weil wir beyde, durch unsere Cammer-Thüren alle Augenblicke zusammen kommen, und uns solchergestalt in den Personen leicht verwechseln können. Ich wuste vor innerlichen Freuden nicht, was ich auf diesen Antrag sagen solte, sondern ging nur hin, zahlete ihr 1000. Zechinen, und versprach noch ein mehreres zu thun, wenn sie meine Stelle vertreten und alles wohl ausrichten würde. Sie nahm zwar den Beutel mit dem Golde an, bath mich aber, denselben so lange in meiner Verwahrung zu behalten, biß sie mit anbrechendem Tage glücklich wieder zurück käme, im übrigen würde es Zeit seyn, daß wir in eine Cammer gingen, und die Kleider mit einander verwechselten, denn die Verschnittenen würden bald kommen, und mich abholen wollen. Es geschahe auch! denn wir waren kaum fertig, als sich diese Unholden vor der Thür meldeten, an statt meiner aber die Französin, welche sich la Galere nennete, zum Kayser führeten.

In meine Augen kam diese gantze Nacht kein Schlaf, denn ich meynete immer, der Betrug würde offenbar werden, allein, so bald als der Tag anbrechen wolte, kam la Galere wieder zurück, und erzählete mit grösten Freuden, daß der Betrug glücklich abgelauffen, und der Kayser sehr vergnügt gewesen wäre; die übrigen Umstände, welche ich mich selbst von ihr anzuhören schämete, will ich vor euren züchtigen Ohren verschweigen.

Sie, la Galere, hatte schon vorigen Abend eine ziemliche Quantität von dem schönsten Griechischen Weine (der mir zum Present geschickt worden) zu [167] sich genommen, bath sich derowegen nach wohl ausgerichteter Sache noch ein eintzig Gläßgen aus, tranck aber eine gantze Bouteille. Ich gönnte ihr so wohl dieses als alles andere lieber, als mir selbst, da ich aber merckte, daß sie den Schwindel bekam, brachte ich sie selbst zu Bette, und legte mich auch zur Ruhe. Mein Schlaff währete fast bis gegen Mittag, da mir denn meine zugegebene Mohren-Sclavin berichtete, daß ein Officier nebst 2. Verschnittenen bereits über 2. Stunden vor der Thür gewartet hätten, um mir ein Geschenck von dem Kayser zu überbringen; Derowegen kleidete ich mich hurtig an, ließ den Officier herein kommen, welcher mir den Morgen-

Gruß vom Kayser überbrachte, anbey vermeldete, daß der Kayser sehr wohl mit mir zufrieden wäre, und mir nicht nur zur Erfrischung allerhand Delicatessen, sondern auch noch ein besonderes Kästlein schickte. Dieses letztere lieferte er mir selbst in meine Hände, ich aber gab ihm benebst einem Geschencke von 50. Zechinen seine Abfertigung. Um die Victualien bekümmerte ich mich wenig, weiln ohnedem alles bekam, was ich nur foderte, da aber das versiegelte Kästlein eröffnete, fand ich abermahls nebst 3000. Zechinen, ein kostbares Halß- und Arm-Geschmeide, wie auch einen Finger-Ring darinnen, welcher wegen der darein versetzten Diamanten wenigsten 1000. Zechinen werth ist.

Bey meinem damahligen grossen Unglück konte ich mich dennoch des Lachens nicht erwehren, daß eine andere die schändliche Arbeit verrichtet, ich aber den starcken Profit davon gezogen hätte. La Ga-[168]lere erfuhr von diesem allen nichts, weil sie viel zu lange geschlaffen hatte, jedennoch, weil ich glaubte, daß es vielleicht die Noth erfordern möchte, sie noch öffters solchergestalt in meinem Nahmen zu verschicken, machte ich ihr, da sie wieder zu mir kam, noch ein starckes Present an Gelde, Galanterie-Waaren und andern Delicatessen, über dieses nahm ich sie zu meiner vertrautesten Freundin an, und wir sassen beständig beysammen, indem ich zur selben Zeit noch mit niemand Holländisch, mit dieser aber Französisch sprechen konte.

Ich müste mehr als 24. Stunden Zeit haben, wenn ich

meine Geschichte mit allen behörigen Umständen erzählen solte, derowegen will nur so viel sagen, daß die la Galere meine Person und die gantze Tragœdie dergestalt wohl gespielet hat, daß weder der Kayser, noch die Verschnittenen, nicht das geringste davon gemerckt, und obschon ich den grösten Gewinst davon hatte, so ließ ich sie doch nicht leer ausgehen, sondern gab ihr, was billig war, habe auch niemahls vermerckt, daß sie übel mit mir zufrieden gewesen wäre.

Ein eintziges mahl, da der Kayser einige von seinen Kebs-Weibern in den Garten beruffen ließ, bekam er einen plötzlichen Appetit, mich in ein geheimes Cabinet zu führen, jedoch da ich ihm mit einer ernsthafften Mine versicherte, daß ich es verschworen hätte, und mich eher umbringen lassen wolte, als bey hellen lichten Tage dergleichen zu thun, küßte er mich auf den Mund, und gab sich zufrieden. Dieses ist auch der erste und letzte Kuß gewesen, den ich von ihm empfangen, und gezwungener Weise [169] habe leiden müssen, folgende Nacht aber muste meine la Galere wieder fort, und er mochte viel missen, was er hatte, denn man sagte mir, daß er allezeit sehr betruncken zu Bette ginge.

Mittlerweile hatte ich zwar erfahren, daß man einen jungen Holländer dem Kayser zum Sclaven und Pagen vorgestellet, ich konte aber nicht so glücklich werden, euch, mein werther Herr van B ac, zu Gesichte zu bekommen, biß ich, eben zu der Zeit, da ihr eure großmüthige Rede vor dem Kayser ablegtet, nebst noch 5. andern der vornehmsten Kebs-Weiber des Kaysers, die wir zusammen in das Neben-Zimmer beruffen worden, euch nicht allein zu hören, sondern auch das erste mahl zu sehen das Glück hatte.

So bald der Kayser mit dem Kisler-Aga und andern Ministern in das Neben-Zimmer eintrat, fragte er, was uns bedeuchte bey diesem verwegenen Christen? Indem nun ich vermerckte, daß er diesen Tag wenig oder gar keine Galle im Magen hatte, wagte ich es plötzlich, fiel ihm zu Fusse, und sagte: Großmächtigster Kayser! ich bitte um Gnade vor diesen elenden Fremdling, in Betrachtung dessen, daß er eine Europäische Standes-Person und mein Lands-Mann ist. Die andern 5. Kebs-Weiber fielen ebenfalls neben mir nieder, und stimmeten meinen Bitten bey, ob sie schon keine Holländerinnen, aber doch auch aus Europa gebürtig waren.

Der Himmel mochte das Hertz dieses sonst ungemein grausam gewesenen Tyrannen voritzo besonders dahin lencken, daß er mir zum Zeichen der [170] Erhörung meiner Bitte, seinen in Händen habenden Stab aufs Haupt legte, die Hand reichte, mithin aufzustehen nöthigte. Nach diesen wurde zwar noch eine Probe eurer Beständigkeit gemacht, welche ich mit zitterenden Hertzen ansahe, denn mir war immer bange, ihr würdet euch durch das Schrecken vor dem Tode, auf andere Gedancken bringen lassen, allein, meine Freude war hernach desto grösser, da ich verspürete, und augenscheinlich sahe, daß ihr in eurer Resolution unbeweglich waret.

Da nun mein Hertze im voraus andeutete, daß ihr ohnfehlbar, das, mir vom Himmel zugeschickte Rüst- und Werck-Zeug, seyn würdet, meine Person, Ehre und Leben zu erretten, und mich aus diesem verfluchten Lande hinweg zu führen, machte ich mir den Kummer eben nicht gar zu groß, da ich nur erstlich erfuhr, in was vor ein Gefängniß man euch brachte, indem ich die stärckste Hoffnung hatte, euch mit nächsten daraus zu erlösen.

Ihr wisset, (sagte hier die Madame van Bredal,) die Anstalten, die ich hierzu gemacht, aus unsern vorigen Gesprächen vielleicht schon zur Gnüge, derowegen will, weil es ohnedem sehr spät ist, vor dieses mahl den Schluß meiner Erzählung machen, jedoch werdet ihr Morgen, wenn Dostart kömmt, vielleicht schon ein mehreres von meinem Verhängnisse zu vernehmen kriegen, hiermit nahm sie gute Nacht von mir, legte sich in ihr Cabinet, ich aber mich hinter die Spanische Wand schlaffen.

Folgendes Morgens kam Dostart zu bestimmter Zeit, der Caffée stund schon parat, ich aber hielt mich in ihrem Cabinet versteckt und verborgen auf. [171] Er begegnete ihr ungemein höflich und freundlich, worauf sie gar bald mit einander ins Gespräch geriethen, da sie ihm denn alle ihre Begebenheiten, seit der Abreise von Holland, wie sie in die Sclaverey gerathen, wie es ihr darinnen ergangen, und endlich, auf was vor Art sie aus derselben befreyet worden, auch wie sie nicht nur so glücklich gewesen, ein ziemliches Vermögen, sondern, welches das Haupt-Stück, ihre Ehre unverletzt wieder mit zurück zu bringen. Hierbey vergaß sie denn auch nicht, ihm meine gantze Geschicht und die ihr geleisteten Dienste bey der Befreyung zu melden. Dostart, welchem ich durch einen Ritz in die Augen sehen konte, war hierüber sehr Verwunderungsvoll, stattete bey der van Bredal nochmahls seine Gratulation ab, fing aber hernach also zu reden an: Madame, es ist an dem, daß sie in ihren besten Jahren die bösesten Fata gehabt, ihre Schönheit und Tugend hätte freylich ein besseres Schicksal verdienet, aber dem Himmel sey gedanckt, daß nur das schlimmste vorbey ist, aus dem übrigen wolte ich ihnen wohl rathen, sich keinen besondern Kummer zuziehen, denn - - - -

Wie er nun solchergestalt in seinen Reden auf einmahl inne hielt, sagte die van Bredal: Nun so sagen sie mir doch, mein Herr Dostart, was ich ohngefähr, wenn ich in mein Vaterland komme, vor mir finden werde. Madame, gab er zur Antwort, ich will ihnen aufrichtig sagen, was so wohl Freunde als Feinde von ihrer und ihres Mannes Geschichten judiciren. Es ist gleich Anfangs jedermann bekannt gewesen, daß ihr Mann, der van [172] Steen, von Jugend auf mit der Helena ein geheimes Liebes-Verständniß, und zwar dergestalt gehabt, daß beyden ohnmöglich gewesen, von einander zu lassen, ohngeacht sich beyde nachhero mit andern Personen verheyrathen musten.

Dem van Steen hielt es die gantze Welt vor übel, daß er, ohngeacht er an euch eine weit schönere, tugendhafftere und Liebens-würdigere Frau bekommen, als die Helena war, er dennoch diese weit höher als euch schätzte.

Von seinen Ausschweiffungen und gefährlichen Unternehmungen werdet ihr zwar wohl vieles, aber doch wohl nicht so viel, als ich, wissen. Allein, davon will ich voritzo nichts mehr gedencken, sondern nur so viel sagen, daß die allermeisten Leute, so um den gantzen Handel gewust, glauben, er habe euch, als seine Frau, auf Anstifften der Helenæ, gutwillig unter die Barbarn verkaufft, und sich nur pro forma mit gefangen nehmen lassen, weil zu seiner baldigen Wieder-Erlösung schon vorhero gute Anstalten gemacht gewesen. Ihr waret mit eurem Manne kaum etliche Monat hinweg, als euer Unglück in Leuwarden schon Stadt-kundig wurde, eures Mannes Compagnon reisete also nach, um so wohl ihn als euch loß zu kauffen, und dieser war kaum wenig Wochen hinweg, als der Helenæ Mann, da er eines Tages sehr früh eine Reise angetreten, unterwegs vom Pferde gefallen, und gleich auf der Stelle todt geblieben war. Es wurde zwar ausgestreuet, als ob ihn ein plötzlicher und hefftiger Schlag-Fluß gerühret hätte, allein, die Klügsten glaubten, und zwar nicht ohne Grund, daß ihm Helena selbst ein subtiles Gifft beyge-[173]bracht, indem er seit der Zeit, da er nicht nur euren Mann, sondern auch noch andere zu verdächtigen Zeiten bey ihr angetroffen, sehr unvergnügt mit ihr gelebt hatte.

Dem sey nun wie ihm sey, weil der Helena nichts besonderes zu erweisen stund, so wurde auch keine Untersuchung angestellet, sie war dem Scheine nach sehr betrübt über diesen Unglücks-Fall, ließ sich aber bald durch solche Tröster trösten, die nur ihren Zuspruch des Nachts bey ihr thaten. Kaum war ihr Trauer-Jahr verflossen, als euer Mann, aus der Gefangenschafft erlöset, wieder zurück kam, und selbst public machte, daß ihr unter die Zahl der Kebs-Weiber des Kaysers von Marocco wäret versetzt worden, weßwegen er nun zwar sehr kläglich that, doch nachhero deßhalber viele Zeugen abhören ließ, welche alle einhellig aussagten, daß an eure Rantzion nicht zu gedencken wäre, und wenn man auch etliche Millionen daran wenden wolte, und solchergestalt bekam der van Steen, euer Mann, bald die Erlaubniß, sich wiederum anderwerts zu verheyrathen. Man hatte noch nicht eben erfahren, daß er nach seiner Zurückkunfft bey der Helena aus- oder eingegangen wäre, als es plötzlich ruchtbar wurde, daß er mit derselben Verlöbniß gehalten, sich auch, ohne viel Zeit zu verlieren, in aller Stille mit derselben trauen ließ.

Kurtz zu sagen, van Steen lebte vergnügt mit seiner neuen Ehe-Gattin, und da er einsmahls in einer Compagnie, wo ich auch eben gegenwärtig, gefragt wurde: Was er denn aber machen wolte, wenn nun seine erste Frau ein Mittel fände, denen [174] Barbarn zu entwischen und wieder zu ihm käme? gab er zur Antwort: Ich will ihr ihre Befreyung hertzlich gern gönnen, wolte auch mit einem guten Stück Gelde darzu behülfflich seyn, wenn dieselbe auszuwürcken stünde, allein, in mein Ehe-Bette soll sie nicht wieder kommen, und wenn sie ein gantzes Orlogs-Schiff mit Golde, Perlen und Edelgesteinen mitbrächte, denn wer wolte mir zumuthen: eine von den Barbarn geschändete Person wieder anzunehmen, ohngeacht ich sie, vor der Zeit, und sonderlich, so lange sie meine Ehe-Frau gewesen, hertzlich geliebt habe.

Wie dieses, Madame! eure Eltern wieder erfuhren, zohen sie es sich dergestalt zu Gemüthe, daß sie Bettlägerig wurden, und binnen 4. Wochen alle beyde sturben. Inzwischen ist euch doch euer Erbtheil bis auf eine gewisse Zeit ausgesetzt, und ein Curator darüber bestellet worden, welches ihr, so bald als ihr kommet, werdet heben können, inzwischen halte das vor euer gröstes Glück, daß ihr mit dem van Steen, welcher euerer Person niemahls würdig gewesen, keine Kinder gezeugt habt.

Hiermit beschloß Dostart seine Erzählung, und fragte nur noch dieses: Was meynet ihr nun, Madame, bey diesen Geschichten, und wie wollet ihr die Sachen mit eurem ungetreuen Manne anstellen? Die van Bredal hatte die meiste Zeit unter seinem Erzählen geweinet, konte derowegen auch itzo vor Thränen noch nicht gleich antworten, doch endlich sagte sie: Was will ich anders machen, als meine Sache dem Himmel befehlen, ich will den van Steen gantz nicht in seinem Vergnügen stöh-[175]ren, wenn er nur mir mein weniges eingebrachtes Gut wieder zurück giebt, will er solches auch nicht thun, so ist es mein geringster Kummer, denn es wird sich schon so viel finden, daß ich nachhero an einem andern guten Orte, als eine einsame Wittbe, reputirlich biß an mein Ende leben kan. Nein, Madame! versetzte Dostart hierauf, das sind nicht die rechten Wege, sondern van Steen muß erstlich besser vexirt werden, das ist wohl gewiß, daß er sich von seiner Helena nicht trennen und euch wieder annehmen wird, allein, was wäre euch auch mit einem solchen ungetreuen und lasterhafften Menschen gedienet, der seine Extra-Gänge niemahls unterlassen kan, und bey welchen ihr eures Lebens so wenig sicher seyn, als Vergnügen mit ihm haben würdet. Darum ist meine Meynung, daß die Sachen so gespielet werden, daß ihr ordentlich von ihm geschieden werdet, und dabey ebenfalls die Freyheit erlanget, zu heyrathen, wem ihr wollet. Hiernächst wird er euch nicht allein euer eingebrachtes Gut wieder zurück geben, sondern annoch mit einem Stücke Gelde heraus rücken müssen, denn er allein ist ja Schuld, daß ihr in die Sclaverey gerathen; warum hat er euch nicht zu Hause in Sicherheit gelassen. Ich wolte tausend Thaler darauf verwetten, die Sache binnen wenig Monaten auf solchen Fuß zu setzen, bin auch bereit, alle Kosten, so auf diesen Process lauffen möchten, herzuschiessen, und nichts wieder zurück zu verlangen, daferne er Fehl schlagen solte, jedoch müste vorhero wissen, ob, wenn ihr erstlich von dem van Steen geschieden, ich hernach euer Hertz erlangen, und euch [176] in mein Ehe-Bette zu führen, das Glück haben solte, welches Glück ihr mir vor einigen Jahren nicht gegönnet, binnen der Zeit aber wohl 1000. mahl vergnügter gelebt hättet. Jedoch wer weiß, ob nicht der Himmel dieses alles darum geschehen lassen, daß wir dennoch ein paar Ehe-Leute werden, und vergnügt mit einander leben sollen, denn ich kan euch versichern, Madame! daß mich das Glück, Zeit eures Abwesens, wenigstens um 10000. Thlr. reicher gemacht hat, mein voriger Zustand aber ist euch von Jugend auf bekandt gewesen. Die van Bredal wurde über diesen Antrag ungemein bestürtzt, ich aber hätte im Cabinet vor Gifft und Galle bersten mögen, wolte mich aber doch nicht regen, sondern hörete, daß die van Bredal also antwortete: Mein Herr! ich bin ihnen sehr verbunden vor die gute Zuneigung, indem ich von Jugend auf vermerckt, daß sie ein guter Freund von meinem Vater gewesen sind. Können sie nun etwas zu meinem Vortheil stifften, wird es mir höchst angenehm seyn, jedoch in Kosten will ich sie nicht setzen, sondern, wo es ja zum Processe, zwischen mir und meinem gewesenen Manne, kommen solte, alles selbst herschiessen, auch vor ihre Mühe besonders erkäntlich seyn; allein, ob ich mich, wenn ich auch gleich nach der Scheidung, die Erlaubniß erhalten, mich zum andern mahle zu verheyrathen, hierzu resolviren könte, solches glaube ich schwerlich, sondern halte davor, daß ich nicht besser thun werde, als an einem frembden Orte mein Leben in stiller Ruhe zuzubringen.

Das wäre ewig Schade, versetzte Dostart hier-[177]auf, wenn ihr, dem ungetreuen Steen zu Gefallen, eure besten Jahre solchergestalt zubringen woltet, vielmehr thut ihr besser, wenn ihr durch eine anderweite profitable Heyrath, ihm einen Wurm in das Hertz setzet, denn es ist gar nicht zu zweiffeln, daß er in wenig Jahren empfinden wird, was er sich vor eine Ehe-Gattin ausgesucht, und was er in eurer Person von sich gestossen und verlohren. Mein Herr! sagte hierauf die van Bredal, hiervon wird sich nachhero ein mehreres sprechen lassen, wenn ich erstlich in meiner Vater-Stadt angelangt bin, voritzo bedaure nichts mehr, als daß mich nicht im Stande befinde, euch zu einer guten Mittags-Mahlzeit einzuladen, denn weil ich, die gantze Nacht über, sehr schwach gewesen bin, mein Reise-Gefährte aber in seinen Affairen ausgegangen, und anderswo speisen wird, habe nichts als ein wenig Suppe vor mich bestellen lassen, will mir aber die Ehre auf ein ander mahl ausgebeten haben.

Ich, sagte hier Mons. van Blac, war erfreuet, diese Worte zu hören; Dostart hätte zwar wohl mit gantz geringen Tractamenten vorlieb genommen, wenn nicht die van Bredal, unter Vorschützung gewaltiger Kopff-Schmertzen, die fernern Complimenten vergessen, und ihrem Mägdgen geruffen hätte. Er bath sich demnach das Vergnügen aus, sie bald wieder besuchen zu dürffen, und nahm seinen höflichen Abschied, erlösete mich mithin aus meiner kleinen Gefangenschafft. Mir war, ich weiß selbsten nicht wie, zu Muthe, und weiß auch nicht, was ich der van Bredal, auf eine und andere an mich gethane Fragen, geantwortet habe; [178] konte aber meine Verwirrung nicht besser verbergen, als daß ich mich von ihr auf eine kurtze Zeit beurlaubte, unter dem Vorwande: zu sehen, ob die Wirthin die Mahlzeit bald auftragen wolte, indem mich sehr hungerte.

Diese war gleich bereit, wir setzten uns zu Tische, und speiseten. Die van Bredal war betrübt, und ließ öffters Thränen fallen, ich aber blieb ebenfalls in meiner entstandenen Verwirrung, so, daß vielleicht wenig Worte würden seyn gewechselt worden, wenn nicht ein fremder Knabe angekommen wäre, und der van Bredal einen versiegelten Brief überbracht, derselben aber niemand anders, als ihr selbst, in die Hände geben wollen. Sie ging in gröster Verwunderung hin, und ließ sich denselben geben, hieß den Bringer desselben warten, und sagte zu mir: Wo wird der Brief anders her kommen, als vom Dostart? Da sie denselben aber erbrochen, und gelesen, schüttelte sie den Kopff, und reichte mir den Brief, mit Bitte, ihn gleichfals zu lesen, wie mich nun dessen auf vielfältiges Nöthigen nicht entbrechen konte, so fand ihn, meines Behalts, ohngefähr also gesetzt:

Madame!

ES ist zwar nicht zu zweiffeln, daß Dieselben annoch vielleicht einen alten Groll in Dero Hertzen gegen meine Person tragen könten, allein, weiln das, was vor einigen Jahren zwischen uns vorgegangen, aus keinem Frevel, sondern, Seiten meiner, aus einer besondern Treue und allzu hefftiger Liebe gegen Dero schöne Person, geschehen; so bitte [179] gehorsamst, daß mir diesen Nachmittag, um eine selbst beliebige Stunde, möchte erlaubt werden, auf kurtze Zeit meine Aufwartung bey Ihnen zu machen, um nicht nur meinen ehemahls begangenen Fehler zu depreciren, sondern ausserdem, einige geheime Nachrichten zu geben, woran Ihnen allerdings sehr viel gelegen seyn möchte. Könte es seyn, daß wir beyde allein und ohne andere Zuhörer wären, so würde vielleicht desto dreuster heraus sagen können, wer der Urheber Ihres bißherigen Ungemachs gewesen, und wie Sie vor der Hand, Dero Affairen, *itzigen Umständen nach etwa einzurichten, am besten thäten. In Erwartung einiger Antworts-Zeilen bin*

Madame

le vôtre

Rackhuysen.

Ich gab nach Verlesung des Briefs denselben mit einer lächlenden Mine wieder zurück, sagte aber kein Wort darzu, weßwegen sie von selbsten anfing, und im Fortgehen sprach: Ich werde mich dieser Visite entschlagen, und vorgeben, daß ich heute Zuspruch von Frauenzimmer hätte. Madam! rieff ich ihr nach, bedencken sie wohl, was sie thun, bey ihren delicaten Affairen müssen sie itzo viel anhören, so wohl von ein und andern Umständen, als von guten Rathschlägen, damit sie hernach sich desto besser darnach richten, und das beste auslesen können. Es ist wohl wahr, replicirte sie, ging hierauf ins Cabinet, und schrieb folgende Antworts-Zeilen zurück: [180]

Monsieur!

M*Ir soll eben nicht zuwider seyn, wenn Sie diesen Mittag um 3. Uhr mich besuchen wollen, indem niemand als meine Magd zugegen seyn wird, welche von meinen Unglücks-Fällen ohnedem nichts weiß,* *um 5. Uhr habe mich aber versprochen, einem gewissen Frauenzimmer, mit welchem ich vor wenig Tagen bekannt worden, eine* Visite *zu geben. Wäre Dero Brief ein paar Stunden eher kommen, so hätte diese biß Morgen verschieben können; übrigens bin*

vôtre Amie.

Ich muste diese ihre Antwort, ehe sie selbige dem Knaben zurück gab, auch erstlich lesen, worauf sie zu sagen anfing: Ihr werdet doch, Mons. van Blac, mir die Gefälligkeit erweisen, und diesen Mittag abermahls ein oder längstens zwey Stunden ein Gefangener seyn? Madame! antwortete ich, es kan ihnen doch wenigen Vortheil bringen, wenn ich gleich alles, was ihnen gesagt wird, mit anhöre, derowegen wolte lieber ausbitten, mir zu erlauben, daß ein wenig dürffte Spatziren ausgehen. Wenn ihr ausgehen wollet, sagte sie, so gehe ich auch aus dem Hause, der Kerl mag kommen oder nicht, denn sein Reden wird mir ohnedem wenig nützen, da ich schon mehr erfahren habe, als mir lieb ist.

Indem ich nun merckte, daß sie von neuen zu weinen anfangen wolte, erzeigte ich mich gefälliger, und sagte: Madame! ich will ihnen gehorsamen, und zu Hause bleiben, weiln vermercke, daß ihnen etwas daran gelegen, und gewiß, es kan nicht un-[181]dienlich seyn, wenn sie anhören, was auch dieser vorgiebt. Der Wirthin Ankunfft verstöhrete uns in unserm Gespräch, und wir liessen uns gefallen, nach eingenommener Mittags-Mahlzeit mit in ihren Garten zu spatziren, allwo wir uns biß gegen

3. Uhren aufhielten, hernach wiederum in unser Zimmer gingen, und ich mich, so bald die Magd den Herrn Rackhuysen meldete, ins Cabinet versteckte.

Dieser Monsieur stellete sich anfänglich sehr submiss, deprecirte sein ehemaliges Verbrechen in einer sehr langen Oration, welche er ohnfehlbar Abends vorhero aufgeschrieben, und die gantze Nacht, auch wohl den gantzen Vormittag, selbige auswendig zu lernen, angewendet haben mochte. Nachhero erzählete er eben diejenigen Geschichte, welche Dostart erzählet hatte, jedoch mit vielen Zusätzen, welche nun wohl wahr, oder erdichtet seyn konten. Endlich machte er auch seinen Schluß auf die Art, wie Dostart, und schlug vor, daß, wenn die Madame van Bredal sich obligiren wolte, ihn, der sie von Jugend auf Hertz-inniglich geliebt, zu heyrathen, so wäre er im Stande, nicht allein die Ehe-Scheidung mit ihrem ohnedem schon verheyratheten Manne, sondern auch ihr vollkommenes Glück auf dieser Welt zu befördern, indem er nicht allein in Ost-Indien ein grosses Gut erworben hätte, sondern ihm auch Zeit seiner Abwesenheit eine Erbschafft von 12. biß 16000. Thlr. zugefallen wäre, als welches letztere er nur erstlich itzo allhier in Lissabon erfahren.

Die van Bredal gab ihm noch eine weit kaltsin-[182]nigere Antwort als dem alten Dostart, weßwegen er mit allerhand hochtrabenden, theils auch niederträchtigen verliebten Worten und Narrens-Possen aufgezogen kam, welche ich dergestalt belachte, daß mich fast selbst darüber vergaß, endlich aber mir die 2. Susannen-Brüder in meinen Gedancken vorstellete deren Personen voritzo allhier Dostart und Rackhuysen accurat præsentirten.

Indem ich aber in diesen Gedancken verwickelt war, entstund ein kleiner Tumult, weßwegen ich durch den Ritz guckte, und wahrnahm, daß Mons. Rackhuysen die Dame par force küssen wolte, sie wehrete sich nach ihren äusersten Vermögen, allein, er ward ihrer mächtig, und warff sie auf einen im Winckel stehenden Schlaf-Stuhl, kehrete sich daran nicht, daß sie ihn mit den Nägeln ins Gesicht und ziemlich blutrünstig gekratzt hatte, sondern wolte über das Küssen noch etwas mehreres versuchen, indem er ihr den Mund mit seinem Schnupff-Tuche zuhielte, und die tröstlichen Worte darzu gebrauchte: Stille, Madame, was die Barbarn von ihnen genossen haben, können sie ja auch wohl einem Christen gönnen. Nunmehro merckte ich erst, daß das arme Ding nicht um Hülffe schreyen konte, weil ihr der Mund zugehalten wurde, und daß sie in Ausbleibung meiner Hülffe fast verzweiffeln und ohnmächtig werden wolte, (denn ich konte durch den Ritz zwar etwas, doch nicht alles absehen,) derowegen sprang ich plötzlich aus dem Cabinet heraus, ergriff meinen an der Seite stehenden Degen, und hatte dem lustigen Bruder damit schon 2. Streiche über den Rücken gegeben, als er [183] noch immer im Begriff war, der Dame den Rock aufzuheben, da er aber den dritten und etwas stärckern Hieb in die eine Waade (denn auf den entblösten Kopff durffte ich nicht hacken, weil ich sonsten die Dame selbst mit verwundet hätte,) empfing, ließ er von der hitzigen Arbeit ab, drehete sich herum, und langete nach seinem auf dem Stuhle liegenden Degen, jedoch, ehe er selbigen erreichen konte, bekam er noch 2. Hiebe über den Kopff, und wurde von mir mit der blossen Hand zu Boden gestossen, da ich ihm denn die Klinge auf die Brust setzte, und fragte: ob er etwa in dieser Welt noch etwas zu erinnern hätte? Nichts! war seine Antwort, als daß ich um Gnade bitte, und meinen Fehltritt mit baaren Gelde zu bezahlen verspreche.

Die van Bredal hatte sich inzwischen wieder erholt, und diese Worte verstanden, weßwegen sie hurtig vom Stuhle aufsprang, und schrye: Verflucht ist dein Geld, du verfluchter Ehrenschänder, denn das ist nun das andere mahl, daß du mich listiger und gewaltsamer Weise um meine Ehre zu bringen gesucht, aber es wird doch auch allhier in der Fremde noch Recht und Gerechtigkeit zu finden seyn. Hiermit wolte sie die Wirthin ruffen, und nach der Wache schicken, allein, ich nahm beyde Degen in meine Hand, hielt die erzürnte Frau zurücke, und bath, daß sie sich nur besänfftigen möchte, indem dergleichen Sachen (wie ich ihr heimlich ins Ohr sagte,) nur Weitläufftigkeiten verursachten, wir aber schlechte Ehre davon hätten. Sie ging derowegen zurück, und schloß sich in ihr Cabinet; Rackhuysen vergoß so viel Blut, daß es schon fast [184] biß an die Thür gelauffen war, konte sich auch vor Mattigkeit nicht aufrichten, weßwegen ich ihm aufhalff, und in den Schlaff-Stuhl setzte, allwo er kurtz vorhero seine Lust zu büssen gedacht hatte. Der Magd hatte ich sogleich befohlen, nach einem Chirurgo zu gehen, welcher, indem er da war, ihm das Blut stillete, die Wunden verband, und mir berichtete, daß dieselben eben so gefährlich nicht wären, sondern in 3. biß 4. Wochen geheilet werden könten. Ich ließ ihn in unserm Gast Hofe auf eine besondere Stube bringen, bath den Chirurgum, bey ihm zu bleiben, weil ihm seine Mühe wohl bezahlt werden solte, bestellete auch sonsten noch jemand zu seiner Aufwartung, und ging hernach etwas im Garten spatzieren herum. Etwa eine Stunde hernach schickte Rackhuysen, und ließ mich bitten, zu ihm zu kommen; derowegen nahm kein Bedencken, solches zu thun. Er lag im Bette, sahe sehr blaß aus, reichte mir aber doch die Hand, und sagte: Monsieur, ihr habt mich heute so gezeichnet, daß ich mein Lebetage daran dencken kan, aber ich werde dergleichen Thorheiten Zeit Lebens nicht wieder begehen, würde auch heute nicht darein verfallen seyn, wenn ich nicht ein Glaß Wein zu viel im Kopffe gehabt hätte, vergebet mir meinen Fehler, denn ich will mich davor erkäntlich erzeigen, und bittet eure Liebste, daß sie mir denselben nur auch vergeben möge, denn ich will gern Zeit-Lebens nicht wieder vor ihre Augen kommen, ohngeacht ich sie von Jugend auf mehr als meine Seele geliebt, ihrer Gegen-Gunst aber niemahls habe theilhafftig werden können. Vielleicht hätte ich itzo ihre Person mit Güte gantz und gar gewin-[185]nen können, allein, der Satan hat mich zu Gewaltthätigkeiten verleitet.

Mein Herr, gab ich zur Antwort, vergebet mit das, was ich an euch gethan habe, um meiner Landsmännin und Reise-Gefährtin Ehre zu beschützen und zu retten, welche der Himmel selbst in der Barbarey beschützet und gerettet hat. Ihr nennet sie zwar itzo meine Liebste, allein, ich weiß nicht, wie ich das verstehen soll, indem sie bereits an einen Ehe-Mann verbunden ist, und ich ihr nachsagen muß, daß sie ihre Keuschheit, Zucht und Tugend jederzeit mehr als zu genau in Acht genommen hat, eure andern Reden verstehe ich nicht, will mich auch um meiner Reise-Gefährtin Geschichte so genau nicht bekümmern, im übrigen nur bitten, daß ihr euren Fehler bereuen möget, wie ich denn denselben bey ihr bestens zu excusiren suchen werde, wovor ich aber in Zukunfft keine andere Erkänntlichkeit, als eine redliche Freundschafft von euch verlange, daferne wir ja etwa weiter mit einander zusammen kommen solten.

Er gab mir die Hand darauf, bath mich inständig, dem alten Dostart von dieser Rencontre nur nichts wissen zu lassen, und Morgen einen eintzigen Gang nach seinem Logis zu thun, um seinen Diener anhero zu führen, damit er demselben ein und andere Befehle, seine Handlungs-Affairen betreffend, ertheilen könte, um nicht in allzu grossen Schaden zu kommen. Ich versprach ihm, alle Gefälligkeiten, so er von mir verlangte, zu erweisen; wünschte ihm gute Nacht, und begab mich in aller Stille an gehörigen Ort, weil ich glaubte, daß meine Reise-Gefährtin vor Verdruß schon eingeschlaffen seyn würde. Allein, ich traff dieselbe annoch gantz munter, jedoch in gröster Betrübniß an, indem sie sehr weinete, darbey über grosse Schmertzen in allen Gliedern klagte. Ich hörete, daß sie auf dem Eiffer und Erschröcken nichts eingenommen hatte, schickte derowegen die bey ihrem Bette sitzende Magd zur Apotheque, um ein Schreck-Pulver zu holen. Mittlerweile fing sie an: Ists nicht wahr, Mons. van Blac, daß ich die unglückseligste Person von der Welt bin? sehet, so wird meine Tugend bestürmt, auch an solchen Orten, wo ich mich sicher zu seyn schätze. Madame! gab ich zur Antwort, wird die Tugend gleich bestürmt, so ist sie derowegen doch nicht so gleich zu überwältigen, dergleichen Stürme bringen mehr Ehre als Schande, wenigstens bey vernünfftigen Leuten. Ach! fuhr sie zu reden fort, was soll ich in Holland machen, wenn ich keinen bessern Trost darinnen zu finden weiß. Wollen sie denn nicht, war meine Antwort, dem guten Rathe folgen, den ihnen heute Herr Dostart gegeben, und sich dabey selbst zu den allerstärcksten Gefälligkeiten anheischig gemacht hat? sie schienen ja nicht abgeneigt, weil die angenehme Resolution drauf erfolgte. Mein Herr hiervon wird sich ein mehreres sprechen lassen, wenn ich erstlich in meiner Vater-Stadt angelangt bin, &c. Madame, ich vor meine Person will ihnen ferner nicht verhinderlich seyn, sondern viel lieber einen andern Weg erwählen, als zu Dero Verdruß bey ihnen bleiben. Ja, ja! sagte sie, ich habe es wohl gedacht, daß ich noch nicht genung gekränckt wäre, [187] nun aber, da auch ihr anfangen wollet, mir Hertzeleyd zuzufügen, sehe ich wohl, daß mich die gantze redliche Welt verlassen will. Unter diesen Worten ließ sie ihr Haupt zurück sincken, fing von neuen an bitterlich zu weinen, ja es schien gar, als wenn ihr eine Ohnmacht zustossen wolte, indem sie so blaß als eine Leiche ward. Weil nun nichts anders, als frisches Wasser bey der Hand wuste, lieff ich gleich hin, tauchte ein Schrupff-Tuch ein, und bestrich ihr Gesicht und Hände damit, wodurch sie in etwas wieder zu sich selber kam, auch etwas von der Artzeney einnahm, welche die Magd eben herzu brachte. Sie drehete sich auf die andere Seite herum, und stellete sich, als ob sie schlaffen wolte, jedoch die Magd und ich traueten dem Land-Frieden nicht, sondern befürchteten, das sie etwa eine würckliche Ohnmacht bekommen möchte, allein, sie schlieff bald gantz sanfft ein, weßwegen sich denn die Magd zu unterst des Bettes auf die Erde niederlegte, und als ein Ratz zu schnarchen anfing, ich aber blieb vor dem Bette sitzen, und wachte. Etwa um Mitternachts-Zeit fuhr sie, als von einem schweren Traume erschreckt, zusammen, warff sich herum, und sagte, da sie mich erblickte: Seyd ihr noch da, Falscher? warum gebet ihr euch einer Unglückseeligen wegen so viel Mühe, eure eigene Ruhe zu unterbrechen? Madame! antwortete ich, meine Ruhe kan durch nichts stärcker unterbrochen werden, als wenn ich weiß, daß sie unruhig sind, und sich kranck befinden. Sie seuffzete hierüber, und that die Augen wieder zu, da ich aber gewahr wurde, daß ihr dem ohngeacht die Thränen heraus drangen, und [188] über die Wangen lieffen, wischete ich ihr dieselben mit einem Tuche sanffte ab, wurde zwar bey dieser Arbeit selbsten sehr wehmüthig, wuste aber nicht, wo ich auf einmahl die Courage her bekam, ihr einen derben Kuß auf den Mund zu drücken, worüber sie auffuhr, und sagte: Verwegener! was soll das bedeuten? Ich war gleich mit der Antwort fertig, und betheurete sehr: daß es nicht aus Geilheit und Unzucht, sondern vielmehr aus Wehmuth und reiner Liebe geschehen wäre, könte aber anbey nicht läugnen, daß, wenn sie ja mit ihrem ersten Manne nicht wieder vereiniget, sondern von ihm geschieden werden solte, ich mir auf dieser Welt kein grösser Vergnügen wünschen wolte, als mit ihr vereheliget, und so wohl dem Dostart als allen andern Manns-Personen vorgezogen zu werden, wie ich denn schon so viel Mittel zusammen zu bringen gedächte, einen honorablen Dienst, wenn es auch gleich ausser unserm Vaterlande wäre, zu erlangen und sie reputirlich zu ernähren. Sie schwieg hierauf eine lange Weile stille, da ich aber endlich ihre Hand küssete und fragte, ob sie mich denn hierauf gar keiner Antwort würdigen wolte? ermunterte sie sich, und gab mir diese: Mons. van Blac, in meinem itzigen Zustande, da ich mich noch vor eine Verehligte halten muß, wäre es eine grosse Leichtfertigkeit von mir, wenn ich mich mit euch oder jemand anders in verbothene Vertraulichkeit oder zum voraus in ein geheimes Liebes-Verständniß einlassen wolte; seyd demnach damit zufrieden, wenn ich euch so viel verspreche, daß, woferne ich von meinem ungetreuen Ehe-Manne [189] nicht wieder angenommen werden, und nach erlangter Freyheit auf die Gedancken gerathen solte, zur andern Ehe zu schreiten, ich euch, wegen eurer genug geprüfeten Redlichkeit, allein, oder keine Manns-Person auf dieser Welt, an meine Seite will kommen lassen.

Mit dieser gütigen Resolution war ich vor dieses mahl vollkommen vergnügt, küssete ihre Hand, und auf vielfältiges Vorstellen, daß das Küssen, so wie wir es verrichteten, zu keiner gar zu grossen Sünde zu machen sey, bekam ich auch dann und wann Erlaubniß, ihren Mund zu küssen, mittlerweile aber, da wir noch von diesen und jenem sprachen, verstrich die Nacht über Vermuthen, und der helle Tag begunte anzubrechen, weßwegen ich sie nöthigte, noch einige Stunden zu ruhen, welches ich auf meinem Bette gleichfalls thun, und hernach alles, was sonst nöthig wäre, besorgen wolte. Sie hielt es selbst vor rathsam, derowegen, wünschte ich ihr wohl zu ruhen, und legte mich auf mein Bette.

Allein, (war hier Mons. van Blacs Zwischen-Rede) da ich eben der Ruhe erwähne, so mercke wohl, daß es voritzo, sonderlich vor den werthesten Alt-Vater, nicht dienlich seyn möchte, derselben länger zu entbähren, zumahlen da es ohnfehlbar schon über Mitternacht seyn wird, derowegen will den Rest meiner Geschichte morgenden Abend, wo es gefällig, vollends erzählen.

Wir jungen Leute hätten zwar gern biß zu Anbruch des Tages zugehöret, denn van Blac wuste seine Sachen alle gantz fein vorzubringen, allein, um des Alt-Vaters Willen, machten wir Schicht, [190] brachten den folgenden Tag mit Besorgung alles dessen hin, was Sorge und Aufsicht erforderte; Abends aber freueten wir uns recht, anzuhören den

Beschluß von Mons. van Blacs Avantüren.

Es wird ihnen, meine Herrn, (fing er an) vielleicht noch im frischen Gedächtnisse seyn, wo ich gestern Abend geschlossen, derowegen will nur gleich fortfahren, und sagen, daß meine halbund halbe Liebste, die Madame van Bredal, Mittags ziemlich besser war, denn den gantzen Vormittag hatte ich sie unter der Aufsicht unserer Wirthin und der Magd gelassen, selbsten aber, nebst unsern eigenen Geschäfften auch mit vor den krancken Rackhuysen gesorgt. Derselbe ließ sich aber noch vor Abends in ein ander Quartier bringen, und ich habe ihn seit dem in Lissabon nicht wieder gesehen. Dostart ließ sich etliche mahl bey uns melden, bekam auch Erlaubniß, zu uns zukommen, da ich aber auf expressen Befehl meiner Landsmännin nicht von der Stelle gehen, sondern stets dabey bleiben muste, brachte er in seinen Gesprächen nichts besonders vor, und endlich war uns das allerfreundlichste, da unser Schiffs-Patron ansagen ließ, daß, wo wir mit nach Holland wolten, wir uns eiligst am Boord einfinden solten, indem er sich expedirt und bey itzigem guten Winde und Wetter keine längere Zeit versäumen wolte.

Wir machten uns demnach gleich fertig, hatten eine sehr angenehme Fahrt, und erreichten die Holländischen Küsten, ehe als wir es vermeynet hät-[191]ten, der Schiffs-Patron war so gefällig, uns in Harlingen auszusetzen, weil die Madame van Bredal von dannen nur noch einen kurtzen Weg nach Leuwarden hatte; anfänglich waren wir eins worden, daß ich sie biß in diese ihre Geburths-Stadt begleiten solte, nachhero aber, da wir dieses besser überlegt, wurden wir schlüßig, daß sie allein mit einer Extra-Post dahin, ich aber zu Schiffe nach meiner Vaters-Stadt Antwerpen abgehen wolte. Wir blieben also nur 2. Tage in Harlingen, um von der Reise ein wenig auszuruhen, nahmen nachhero beweglichen Abschied von einander, wobey sie mir versprach, daß, so bald sie würde vermeinen, daß ich in Antwerpen könte angekommen seyn, mir von ihrem Zustande Nachricht zu geben, auch beschenckte sie mich noch mit 1000. Ducaten und verschiedenen kostbaren Kleinodien, welches letztere aber anzunehmen ich mich aufs alleräuserste weigerte, allein, sie ließ nicht nach, mir solches aufzuzwingen, und sagte dabey: Nehmet mir zu Gefallen nur itzo dieses wenige zum Reise-Gelde, es komme hinführo mit mir wie es will, so werde ich euch doch bedencken; Mir aber war gantz anders zu Muthe, und an ihrer Person mehr gelegen als an Gelde und Gute, welches ihr deutlich genung zu verstehen gab. Allein, sie blieb bey ihrer ehemaligen in Lissabon gethanen Erklärung, und fügte hinzu, wie sie hoffte, daß wir in wenig Wochen einander sprechen würden, es möchten nun ihre Sachen gut oder schlimm abgelauffen seyn. Hierauf ließ sie ihre meisten Sachen zu Harlingen in Verwahrung, und reisete auf Leuwar-[192]den loß, ich ebenfals ging gleich folgenden Tages mit einem Middelburgischen Schiffe ab.

Ich war auf dieser gantzen Reise sehr betrübt und traurig, denn das Hertze mochte mir im voraus sagen, daß ich wenig Vergnügen in meiner Vaters-Stadt antreffen würde, es war auch an dem, denn mein Vater war nicht wieder zurück kommen, sondern sichern Nachrichten gemäß, in dem ersten Jahr seiner Sclaverey gestorben, hierüber, und da zumahlen die Creditores zugegriffen, und meiner Mutter fast alle das Ihrige genommen, so, daß sie nebst ihren annoch lebenden 6. Kindern, denn zwey waren schon davon bey diesem Hertzeleyde gestorben, auf die letzte in einem Mieth-Hause, kaum so viel gehabt, daß sie das liebe Leben erhalten können, hierüber, sage ich, grämet sie sich ebenfals noch dergestalt, daß sie ohngefähr ein halbes Jahr vor meiner Zurückkunfft gestorben, und der Groß-Mutter, welche noch ihr eintziger Trost gewesen, binnen 3. Wochen im Tode nachgefolgt war.

Meine zwey jüngsten Geschwister hatte man aus Erbarmung ins Waysen-Hauß genommen, von den 3. ältesten Brüdern lerneten zwey Professiones, der jüngere wartete einem Herrn auf, und die älteste Schwester war gleichfalls ein Cammer-Mägdgen bey einer vornehmen

Frau geworden. Ich besuchte dieselben alle, oder ließ sie zu mir kommen, weil ich aber vermerckte, daß sie sich in ihr Unglück ziemlich schicken gelernet, auch mit dem jetzigen Zustande ziemlich zufrieden waren, ließ ich jedes an seinen Orte, zumahlen, da ich noch nicht wuste, wie es mit meiner eigenen Person kommen würde, schenckte [193] aber einem jeden von meinen Geschwistern 100. spec. Ducaten, und dabey ein neues Kleid, mit dem Versprechen, daß, wenn sie fleißig vor mich beten würden, damit mir eine gewisse Affaire wohl geriethe, ich an ihnen nach und nach ein noch mehreres thun wolte.

Mittlerweile sahe mich jedermann, der mich in der Jugend in meiner Vaters-Stadt gekennet hatte, fast vor ein Meer-Wunder an, jedoch, da ich den verständigsten Leuten, worunter sich auch viele Vornehme befanden, meine Fatalitäten erzählet hatte, bekam ich ohnverhofft verschiedene gute Gönner und Freunde, welche sich sehr verobligirten, mir eine gute Bedienung zu verschaffen, wobey ich honettement leben könte, allein, ich sahe mich nicht im Stande, noch zur Zeit etwas anzunehmen, sondern wolte erstlich auf Briefe von der van Bredal warten, welche denn auch in der 6ten Woche, nach meiner Ankunfft in Antwerpen, durch einen Expressen einlieffen, und die ich also gesetzt befand:

Mein werther Mons. van Blac.

Wie ich mir immer seithero selbst propheceyet, so ist es mir auch ergangen. Nehmet es mir nicht übel, daß ich euch eine weitläufftige Nachricht von mei-

nem allhiesigen Begebenheiten überschreibe. So bald ich nach Leuwarden *kam, that ich, als ob ich gar nichts von der anderweitigen Verheyrathung meines ungetreuen Mannes wüste, fuhr derowegen gerade vor das Hauß, worinnen ich sonsten mit ihm gewohnet hatte, stieg ab, ging in die* ordinaire *Wohn-Stube,* [194] *und fragte so gleich nach dem* van Steen, *welcher ausgegangen war, jedoch kam seine Gemahlin, die* Helena, *so gleich zur Stelle, und fragte, was ich beliebte?* Madam! *gab ich zur Antwort, ich habe zwar die Ehre nicht, sie zu kennen, möchte aber gern meinen Ehe-Mann den* van Steen *sehen. Hierauf sahe mir die* Helena *etwas tieffer in die Augen, und da sie mich so gleich erkennen mochte, wurde sie so blaß als eine Leiche, stund auch eine gute Zeit als ein steinern Bild vor mir, weßwegen ich zu ihr sprach:* Madam, *warum werden sie so verwirret? Ist ihnen etwa nicht wohl? Sie wuste erstlich noch nicht, was sie antworten solte, endlich aber flossen diese Worte aus ihrem Munde: Ist der* van Steen *euer Mann, so müsset ihr nicht wohl im Gehirne verwahret seyn, denn ich habe ihn nun schon einige Zeit zur Ehe, auch ein Kind in der Wiege, und eins im Leibe von ihm, wüste auch nicht, wer mir meinen Mann* abdisputiren *wolte, zumahlen da seine erste Frau in* Marocco *unter den Kebs-Weibern des Kaysers befindlich, und er dieserwegen allhier Erlaubniß erhalten, sich als ein von ihr geschiedener mit mir zu verheyrathen.* Madame! *replicirte ich, ihr seyd von der gantzen Sache entweder gar zu viel oder gar zu wenig unterrichtet; ich bin die erste Frau des* van Steen, *und habe noch niemahls einen andern Mann, als ihn, erkannt, auch hat mich der Himmel sonderlich davor* [195] *bewahret, eines andern Kebs-Weib zu werden, wie es aber um eure eigene Ehre stehet, könnet ihr am allerbesten nachdencken und wissen. So bald als dieser Schand-Balg dergleichen Reden von mir hörete, fiel sie als eine* Furie *über mich her, wolte mich zu Boden reissen, und mir die Augen auskratzen, allein, ich wehrete mich meiner Haut so gut, und so lange, biß erstlich einige von den Hauß-Genossen, und endlich der* van Steen *selbst darzu kamen, und uns von einander brachten. Mir blutete zwar die Nase, allein, meine Feindin hatte doch noch stärckere Trümphe in die Augen, so wohl als auf die Nase und auf das Maul bekommen, weßwegen sie mich durchaus todt haben wolte; allein, in diesem Stück war der* van Steen *doch etwas vernünfftiger, und sagte zu mir:* Madame! *ich kenne euch sehr wohl, bin auch sehr erfreuet, daß ihr aus der Sclaverey entronnen seyd, allein, vergebet mir, daß ich euch nimmermehr wieder zu meiner Ehe-Frau annehmen kan, doch will ich euch alles das Eurige heraus geben, und ausserdem noch ein übriges thun, nur thut so wohl, und* retiriret *euch, um ferneres Unglück zu vermeiden, aus meinem Hause, glaubet anbey, daß es mir sehr schmertzlich fällt, euch solchergestalt abzufertigen; welcher Mensch aber ist so kräfftig, sein Verhängniß zu besiegen?* Monsieur! *war meine Antwort, ich habe schon von ferne gehöret, was die Glo-*[196]*cke bey euch geschlagen hat, derowegen will ich erstlich mit meinem Verhängnisse einen rechtschaffenen Streit anfangen, ehe es mich vollkommen besiegen soll. Die erzürnete* Helena meli*rte sich hierbey aufs neue in das Gespräch, welches nach und nach so hefftig wurde, daß wir einander wieder nach den Köpffen greiffen wolten,* van Steen *aber verhütete dieses, und gab endlich Befehl, daß mich* 4. *von seinen Leuten zum Hause hinaus führen musten. Ich war nicht im Stande, mich zu wehren, schwieg auch, um mich nicht ferner* prostituiren *zu lassen, gantz stille, stieg in meinen Wagen, und ließ mich in ein Gast-Hauß fahren, allwo ich blieb, und selbige erste Nacht einen beweglichen Brief an meinen ungetreuen Ehe-Mann schrieb, auch ihm darinnen sein Verfahren gegen mich von Anfang an biß auf diese Stunde vorrückte, allein, er würdigte mich nicht, mir schrifftlich zu antworten, sondern schickte einen Läppischen Kerl zu mir in mein* Logis, *welcher mir vorstellen muste, daß ich ja, da ich ein Kebs-Weib eines Barbarn gewesen, über dieses lange Zeit mit einem jungen Holländer (unter welchen ihr mein ehrlicher* van Blac *verstanden wurdet) in der Welt herum gereiset, ohnmöglich verlangen könte, daß mich der Herr* van Steen *wieder annehmen, und seine itzige Frau, die er über alles in der Welt liebte, von sich jagen solte; inzwischen bliebe er bey dem Ent-*[197]*schlusse, daß woferne ich alle Weitläufftigkeiten vermeiden, er mir nicht allein alles mein ein-*

gebrachtes Gut baar bezahlen, sondern auch über dieses noch 1000. spec. *Thlr. schencken wolte.*

Ich nahm mir nicht einmahl die Mühe, diesen Maul-Affen behörig zu antworten, sondern sagte nur, es wäre alle gut, er möchte seinen Principal *wieder grüssen, ich würde meine Sache schon auszuführen, und meine Ehre gegen ihn und seine itzige Frau zu retten wissen.*

Nachhero habe erfahren, daß der van Steen *mit dem erstlich Abgeschickten, der sich* Nörgel *nennete, und noch einem andern, mich zweymahl nach einander besuchen wollen, weil er vielleicht kein gutes Gewissen, oder etwa bessere Gedancken bekommen hatte, allein, seine Frau hatte es dennoch zu hintertreiben gewust, so daß ich an dessen Statt die schändlichsten Reden von ihm hören muste, worzu vielleicht der in Lissabon zurück gebliebene* Rackhuysen *durch Briefe das meiste beygetragen haben mag.*

Vom Dostart *vernehme, daß er bißhero durch eine schwere Kranckheit an seiner Zurückkunfft verhindert worden, wiewohl ich ihn nun deßwegen aus Christlichem Gemüthe bedaure, so ist mir doch an seiner Gegenwart gar nichts gelegen, weil ich den* Process *gegen meinen ungetreuen Mann bereits einem gescheuten* Procureur *anvertrauet,* [198] *welcher mir aber keinen andern Trost giebt, als es binnen wenig Wochen dahin zu bringen: daß ich erstlich von demselben, alles mein eingebrachtes Gut; vors andere, einen Gerichtlichen Scheide-Brief, mit der Erlaubniß, wieder zu heyrathen, wen ich wolte, und drittens, wenigstens* 5000. *fl. vor den Abtritt bekommen solle, jedoch in so ferne ich eydlich erhärten könte, daß ich binnen der gantzen Zeit meines Hinwegseyns von keiner Manns-Person, auf solche Art, wie mein ungetreuer Mann meynet, berühret worden. Weiln ich nun dieses letztere mit reinem Gewissen alle Augenblicke thun kan, so bitte ich euch, mein redlicher* Mons. van Blac, *mir zu allem Uberfluß zu Hülffe zu kommen, und ein Zeugniß meiner Auffführung, so viel euch nehmlich davon bewust ist, abzustatten.*

Ich versehe mich eurer baldigen Ankunfft gewiß, sende anbey 100. Ducaten *Reise-Kosten, und beharre mit aller Aufrichtigkeit*

Eure
getreue Freundin
Charlotte Sophie geb. van Bredal.

Gleich nach Lesung dieses Briefes, der mir höchst angenehm war, machte ich mich auf den Weg, um ein Pferd zu erhandeln, und mit meinem angekommenen Expressen, die Reise zu Lande nach Leuwarden anzutreten, zu allem Glück aber begegnete mir der Schiffer, welcher mich von Harlingen mit anhero gebracht hatte, und ließ sich verlauten, daß er gleich morgenden Tages abermahls dahin fah-[199]ren wolte, weßwegen ich gleich bedachte, daß es mir auf diese Art eher dahin zu kommen möglich seyn würde; also auf der Stelle den Accord mit ihm machte, meine Sachen zu Schiffe bringen, den Expressen aber zu Lande fort reisen ließ.

Ich kam zeitiger in Leuwarden an, als es die Madame van Bredal wohl vermeynet hatte, und weil ich mein Logis in eben dem Gast-Hause, wo sie sich einlogirt, genommen, erfuhr ich unter der Hand gleich, daß sie mit einer ihrer Befreundtinnen auf ein Land-Gut gereiset, ihre Zurückkunfft aber unter 4. Tagen wohl nicht zu hoffen wäre. Demnach hielt ich nicht vor rathsam, ihr nachzureisen, sondern vor besser, auf sie zu warten, ließ mich aber gar nicht mercken, daß mir an ihrer Person etwas gelegen wäre.

Nachdem ich dritten Tages von der Reise vollkommen ausgeruhet hatte, ging ich vor die Stadt spatzieren, gerieth in einen schönen Garten, und ohngefähr mit einer lustigen Compagnie ins Spiel, und gewann binnen wenig Stunden 16. biß 20. Holländische Gulden, kam zwar im Streit mit einem Unbekannten, etwa 5. oder 6. lumpichter Guldens halber, ließ mich aber als ein Fremder bald weisen, und nahm die angebothene Helffte davon nicht einmahl an, sondern sagte, daß, weil ich ohnedem durchs Glück etwas gewonnen, ich diesen geringen Satz gar leicht vergessen könte. Die Spiel-Compagnie ging hierauf fort, biß auf sehr wenige, welche, so wie ich selbst, noch Appetit hatten, Caffée und darauf ein Glaß Wein zu trincken. Indem ich mich nun in ein Cabinetgen besonders gesetzt, um etliche [200] daselbst gefundene Zeitungs-Stücke durchzulesen, kam mein, auf dem Spiele gewesener Wiedersacher zu mir, brauchte die gröste Complaisance, bedaurete, daß wir mit einander um eines

Bagatells willen zerfallen wären, und wünschete, daß, weil er mich vor einen moralisirten Menschen ansähe, wir näher mit einander bekannt werden möchten. Ich erzeigte demselben alle Gegen-Gefälligkeit, nöthigte ihn, den Caffée und Wein mit mir zu verzehren, worzu er sich leicht erbitten ließ, jedoch dabey seine Neugierigkeit nicht bergen konte, zu wissen, wer ich wäre, und was ich allhier zu verrichten hätte. Es war mir ein leichtes, ihn damit abzufertigen, daß ich ein Kauffmanns-Diener, und nach Engelland überzugehen gesinnet wäre; dahingegen offenbarete er mir, und zwar erstlich, da die andern schon alle hinweg gegangen, und wir beyde nur alleine beysammen waren, daß sein Nahme Nörgel, und er ein Notarius Publicus wäre, seine Profession ihm aber ein sehr weniges einbringen würde, wenn er nicht dieses Orts die vortrefflichsten Weiber-Stipendia zu geniessen hätte.

Nunmehro, da ich diesen Nahmen, in der van Bredal an mich geschriebenen Briefe, gelesen zu haben, mich erinnerte, sperrete ich erstlich beyde Ohren auf, ließ sans passion noch ein paar Maaß Wein herein geben, und stellete mich ungemein lustig, verdrehete den Discurs auf den itzigen Zustand von Europa, allein, Mons. Nörgel bezeugte zu solchen Sachen eben keinen besondern Appetit, sondern fing ex abrupto wieder an, von seiner eigenen Person und Bewunderungs-würdigen Liebes-[201]Intriquen zu raisoniren. Seines Nahmens wegen, und um ihn noch treuhertziger zu machen, ließ ich noch 2. Bouteillen Wein langen, bey welchen er denn auch so aufrichtig wurde, und theuer versicherte, daß er diese Nacht 3. Dames, so ihn um Mitternacht zu sich invitirt, versäumen, die 4te aber, welches sein Abgott, und die bemittelste wäre, ohnfehlbar abwarten und besorgen müste. Wie ich nun hierbey eine lächerliche Mine machte, fuhr er, etwas entrüstet, heraus: Monsieur, glaubt ihr mir nicht, so leset diese 3. Billets, (welche er also gleich aus der Ficke zohe,) das 4te aber an dem Lichte verbrannte. Nach wenigen fernern Nöthigen, fand ich das erste also gesetzt:

Du Irr-Wisch!

Stellest du dich heute diesen Abend gegen 9. Uhr nicht in meiner Cammer ein, so überschreite derselben Schwelle nur nimmermehr wieder, sonsten wisse, daß ich dich mit Hunden hinaus hetzen, und Zeit-Lebens deine Todt-Feindin verbleiben will.

E.

Das andere Billet war folgendes Inhalts:

Mein Vergnügen.

Die Gelegenheit von deinen mir höchst angenehmen Caressen zu profitiren, ist itzo vor mich besser als jemahls, derowegen komm, noch ehe die Sonne untergehet, weilen sonst Verdacht entstehen möchte; ich will dich gewiß erstlich mit einer delicaten *Abend-*[202] *Mahlzeit, hernach mich mit dir vollends vergnügen, dieweil bin ich*

Deine
ergebene A.

Das dritte Billet, welches mir am allermeisten verdächtig vorkam, lautete so:

Falscher Kebs-Mann!

DU weist, was du an mir gethan, und daß ich einige Wochen, so zu sagen, als eine Wittbe leben müssen, weiln mein Mann, seit der Zurückkunfft seiner Barbarn-Hure, mir wenig Caressen gemacht, um so viel desto mehr hättest du dein Plaisir befördern können; weil du es aber versäumet, muß ich dich an deinem Profite selbst erinnern. Darum komm! so bald es dunckel ist, durch den gewöhnlichen Gang, vergnüge mich und dich, und glaube, daß ich, wenn ich dich redlich befinde, allezeit seyn werde, du weist es wohl,

Deine
gutwillige
v. S.

Mein Herr! sprach ich, nachdem ich ihm alle 3. Briefe wieder zurück gegeben, die letztere schreibt gar zu treuhertzig, darum solte wohl meynen, daß sie es am allermeisten meritirte, ihr aufzuwarten. Es ist wahr, mein Herr, gab er zur Antwort, sie ist sehr genereux, dabey hitzig, aber nicht so Liebens-würdig als die, welche ich am meisten liebe, und deren Brief ich itzo verbrannt habe, denn diese ist [203] ein ungemein schönes Bild, voller Feuer, und bezahlt dennoch sehr reichlich, dasjenige was ich ihr gern umsonst thäte. Sie sind glücklich, mein Herr! gab ich darauf, und ich dürffte fast wünschen, nur an einem Orte einmahl ihre Stelle zu vertreten. Ich bin nicht neidisch, war seine Antwort, und wo sie, mein Herr, nur die Kleider allhier mit mir verwechseln und meiner Anführung folgen wollen, so können sie heunte Nacht die Madame van Steen nach ihrem Plaisir bedienen, denn sie hat unvergleichliche Anstalten darzu gemacht, wird auch den Betrug nicht mercken, nur bitte mir aus, mit anbrechendem Tage wieder allhier zu seyn, damit ein jeder sein Kleid wieder anziehen kan, und wir einander von allem Nachricht geben können, denn es ist mir bey der van Steen nur um den Profit zu thun, aus ihren Caressen aber mache ich mir nicht das geringste.

Ich hatte, wie leicht zu erachten, verzweiffelte Streiche im Kopffe, stellete mich derowegen über Nörgels Treuhertzigkeit sehr vergnügt an, und dieser führete mich, so bald wir die Kleider und Peruquen mit einander verwechselt hatten, durch etliche schmale Gassen, die ich wohl bemerckte, biß vor der van Steen hinter-Thür des Gartens, befahl mir, die Garten-Thür mit den Nach-Schlüssel, den er mir gab, nur zu eröffnen, und getrost auf das Garten-Hauß, allwo sie in der obersten Etage schlieffe, zuzugehen, so dann würde ich rechter Hand oben an dem Gesimse eine Bley-Kugel, woran ein Bindfaden bevestiget wäre, antreffen, mit selbigem solte ich nur einige Züge thun, so würde die Thür gleich von [204] sich selbst aufgehen, denn sie hatte den Bindfaden an ihren Arm gebunden, könte auch so gleich, vermittelst eines herab gehenden Eisen-Drats, die Riegel aufziehen. Ich versprach dem Nörgel, alles wohl zu observiren, und noch vor Tags-Anbruch abgeredter massen wieder bey ihm zu seyn, nahm also dißmahl Abschied von ihm, und marchirte mit zitterenden Füssen in den Garten hinein. So bald ich vor die Thür des Garten-Hauses kam, durffte ich nicht einmahl nach dem Bindfaden und der Bley-Kugel umgreiffen, denn die Thür that sich gleich von selbsten auf, seitwärts inwendig brennete eine kleine Nacht-Lampe, welche doch so viel Schein von sich gab, daß ich die Treppe, so wohl als eben der Helenen Schlaff-Cammer-Thür, welche mir Nörgel genau genung bezeichnet hatte, gantz ordentlich finden konte. In ihrer Cammer war kein Licht, derowegen muste mich nur nach dem wenigen Scheine des Himmels richten, der durch die 2. Fenster schimmerte, kaum aber war ich in die Cammer hinein getreten, als mich Helena also bewillkommete: Kömst du denn einmahl, du falsches Teuffels-Kind, ziehe dich nur erstlich aus, ich will dir einen derben Fickerling geben. Madame! (war meine gantz sachte und ziemlicher massen nach Nörgels Mund-Art eingerichtete Antwort) ich will mich bald bey ihr rechtfertigen. Ach, ich höre schon, sagte sie, du hast gesoffen, mache nur fort, und lege dich her, denn du bist doch nicht besser zu gebrauchen, als wenn du einen Rausch hast.

Wer nun Lust zu tantzen gehabt hätte, dem wäre genung gepfiffen gewesen, allein, weil ich mich im [205] Truncke gantz und gar nicht übernommen hatte, hauptsächlich aber an meine schöne, keusche und sonst vollkommen tugendhaffte, die van Eredal gedachte, bekam ich einen würcklichen Eckel an dieser bösen Speise, zumahlen mein Vorsatz ohnedem nicht war, etwas von ihr zu geniessen, sondern nur dieselbe zu prostituiren, mithin die van Bredal zu rächen, und dem van Steen den Staar zu stechen; Doch à propòs, weil sie mir die Trunckenheit vorworff, fing ich an, etliche mahl zu kolckern, als ob aus dem Magen alles oben heraus wolte, weßwegen sie mir rieth, ich solte, um das Zimmer nicht zu verunreinigen, erstlich noch ein wenig im Garten herum spatzieren, alles aus dem Leibe (s. v.) heraus speyen, und hernach etwas von dem auf dem Tische stehenden Cordial zu mir nehmen, so würde es schon besser werden. Ich sagte: Ja, Ja! da aber eben auf den Stuhl zu sitzen gekommen war, worauf sie ihre Kleider gelegt, nahm ich nicht allein alle dieselben gantz behutsam unter den Arm, sondern noch ihre Pantoffeln und Strümpffe darzu, schlich mich sachte hinunter, und nach gerade immer zum Garten hinaus, brachte auch alle die Sachen glücklich in meine Herberge, ohne daß es jemand darinnen gewahr wurde, denn der Hauß-Knecht, so mir aufmachte, hatte kein Licht, und ich ging gerades Wegs damit nach meiner Cammer, und verdeckte diese allerley Sachen.

So bald als der Tag anbrechen wolte, machte mir der Hauß-Knecht, genommener Abrede nach, das Hauß wieder auf, und ich ging an denjenigen Ort, allwo mich Nörgel hin bestellet hatte, er kam [206] etwa eine halbe Stunde hernach ebenfalls; ich stellete mich sehr besoffen und verdrüßlich an, klagte ihm auch, daß ich meinen Zweck nicht erreichen können, indem ich nicht ehe gemerckt, daß ich mich so sehr vollgesoffen hätte, als biß ich zur Dame ins Zimmer gekommen wäre, um aber dasselbe nicht zu verunreinigen, hätte ich mich erstlich in Garten retirirt, und hernach, da ich gemerckt, daß meine Kräffte gantz und gar verschwunden, meinen March zurück genommen, und das meiste vom Rausche im Winckel hinter einen Brunnen ausgeschlaffen.

Nörgel fing hierüber grausam an zu lachen, und sagte: Mein Herr, deßwegen werdet ihr aber doch erkennen, daß ich nicht, sondern ihr selbst Schuld an dem mißlungenen Vergnügen seyd, mir aber ist es besser ergangen, denn ich habe nicht allein 6. spec. Ducaten, sondern auch mein vollkommenes Vergnügen erlanget, ich wolte euch auf künfftige Nacht wohl Gelegenheit verschaffen, den begangenen Fehler zu verbessern, allein, in 2. Stunden muß ich mich auf einen Wagen setzen, und etliche Meilen wegfahren, denn meine Abgöttin hat mir eine Commission aufgetragen, welche ich ausrichten muß, werde auch wohl unter 8. Tagen nicht wieder zurück kommen; nach Verlauff derselben aber hoffe die Ehre zu haben, euch wieder allhier zu sprechen.

Mir hätte wohl nichts angenehmers als dieses zu Ohren kommen können, denn binnen der Zeit gedachte ich den angefangenen Streich, so bald ich nur der Madame van Bredal Gutbedüncken deßwegen vernommen, vollends auszuführen, inzwischen, da Nörgel eine Kanne Chocolade, ich aber [207] nur blossen Thee tranck, und ohngefähr gewahr wurde, daß derselbe, vielleicht aus Versehen, nicht nur der van Steen, sondern auch die 2. andern Liebes-Briefe oder Citationes in seine Rock-Taschen, die ich anhatte, gesteckt, weßwegen ich mich eiligst ein wenig auf die Seite begab, und diese nebst noch andern Zettuln in meine Bein-Kleider steckte, nachhero das Kleid wieder mit ihm umtauschte, mich auch nicht lange aufhielt, sondern nach meinem Logis eilete, nachdem ich Abschied von Nörgel genommen, ihm eine glückliche Reise gewünschet, und versprochen, nach Verlauff der 8. Tage mich öffters an diesem Orte wieder finden zu lassen. Ohngeacht ich nun diese Nacht sehr wenig geschlaffen, so trieb mich doch die Curiosität dahin, nunmehro bey Tage recht zu besichtigen, was ich diese Nacht erbeutet hatte, demnach fand ich erstlich 2. Frauenzimmer-Röcke, 1. Nacht-Camisol, 1. Schürtze, 1. Halß-Tuch, 1. Mütze, eine Anhänge-Tasche mit einem silbernen Bügel, worinnen 4. spec. Ducaten, 2. Louis d'or, und ohngefähr 6. Gulden Silber-Müntze nebst 3. Liebes-Briefen von verschiedenen Händen stacken, in den Ficken aber fand ich ihre Petschafft, 6. biß 8. Schlüssel, ein paar Messer und andere Kleinigkeiten, welches ich denn alles wohl betrachtete, und hernachmahls in meinen Reise-Couffre verwahrete.

Uber das Nachdencken dieser Intrique verging mir vollends aller Schlaff, weßwegen ich mich an ein Fenster legte, und eine Pfeiffe Toback rauchte. Bald hernach kam eine Chaise gefahren, welche unter meinem Fenster stille hielt, und ich sahe mit dem [208] allergrösten Vergnügen die Madame van Bredal heraus steigen, die auch bald mit noch einem Frauenzimmer und einer Magd, die Treppe herauf gegangen kam, und wie ich durch mein Schlüssel-Loch sehen konte, mit ihrer Begleitung in ein Zimmer ging, das nicht gar weit von dem Meinigen war.

Wie nun nicht vor rathsam hielt, mich eher sehen zu lassen, biß ich ihr vorhero meine Ankunfft in Geheim zu wissen gethan, so wolte eben nachsinnen, wie dieses anzufangen wäre, als ich gewahr wurde, daß das andere Frauenzimmer mit der Magd hinunter ging, sie ihnen aber das Geleite biß an die Treppe gab. So bald sie demnach umkehrete, machte ich die Thür meines Zimmers auf, und ihr ein höfliches Compliment. Sie erschrack ziemlich über den jählingen Anblick, und wurde Blut-roth, sagte aber bald: ich bin von Hertzen erfreuet, Mons. van Blac, euch allhier wohl zu sehen, und hätte nicht gemeynet, daß ihr so bald hier seyn würdet, wisset aber, daß meine Affairen bereits völlig zum Ende sind, und ich von dem van Steen gäntzlich abgeschieden bin, ein ferneres wollen wir zu gelegener Zeit mit einander reden, thut mir voritzo nur ein paar Tage den Gefallen, und stellet euch an, als ob ihr mich sonsten noch niemahls gesehen hättet.

Madam! gab ich zur Antwort, ich bin schon einige Tage hier, habe mir aber nicht die Courage nehmen wollen, ihnen nachzureisen, und ob ich gleich ausser mir selbst war, da ich das Vergnügen hatte, Sie von dem Wagen steigen, und durch mein Schlüssel-Loch auf den Saal kommen zu sehen, so wolte mich doch vor andern Leuten nicht eher zei-[209]gen, biß ich erstlich Ordre von Ihnen erhalten, unterdessen möchte wünschen, daß ich allhier auf dieser Stelle nur eine eintzige Stunde Zeit haben möchte, ihnen eine gewisse Avanture zu eröffnen, worüber Sie sich ungemein verwundern werden. Mons. van Blac, sagte sie hierauf, ich habe diesen Tag noch wichtige Verrichtungen, und werde vor Abends nicht wieder hieher kommen, so bald aber in diesem Gast-Hause alles zu Bette ist, will ich euch durch meine Magd in mein Zimmer ruffen lassen, meine Baase, welche itzo mit derselben von mir gegangen, wird, wie bißhero, zwar auch bey mir seyn, allein, ihr habt euch vor beyden nicht zu scheuen, denn sie sind mir sehr gewogen und getreue, ich werde mich auch ehester Tages mit beyden zu Schiffe setzen, und nach Engelland seegeln.

Ich wurde über diese letztern Worte einiger massen in meinen Gedancken verwirret, welches Sie wohl anmerckte, jedoch nichts mehr sagte, als: habt guten Muth, mein werther Freund, diesen Abend wollen wir deutlicher mit einander sprechen; hiermit begab sie sich in ihr Zimmer, und ich mich in das Meinige, stellete mich gegen meinen Aufwärter etwas unpaß, und ließ mir dieserwegen die Speisen herauf bringen, kam auch den gantzen Tag nicht aus dem Zimmer, merckte aber wohl an, daß die Madame van Bredal noch vor Essens ausging, und erstlich mit einbrechender Nacht wieder zurück kam.

Um Mitternachts-Zeit klopffte jemand gantz sanffte an meine Thür, und da ich dieselbe leise eröffnete, trat ihre Magd herein, brachte ein Com-[210]pliment von der Madame van Bredal, welche bitten liesse, ob ich nicht die Güte haben, von meiner Ruhe etwas abbrechen, und auf ein wichtiges Gespräch zu ihr kommen wolte? Ich folgte der Magd so gleich nach, und traff die beyden Frauenzimmer auf 2. Schlaff-Stühlen sitzend an, zwischen welchen ein Tisch stunde, auf welchem sich ein paar Bouteillen Wein nebst Confect befanden. So bald sie mich bewillkommet und zu sitzen genöthiget, fing die van Bredal an, sehet, meine liebste Baase, dieses ist der Herr, welcher mir mit seiner grösten Lebens-Gefahr zu meiner Freyheit verholffen, die zu erkauffen, vielleicht keine Million hingereicht haben würde. Die Baase war eine artige Jungfer von 19. biß 20. Jahren, und nennete sich Gillers, war eines aufgeweckten Geistes, stund auf und sagte: mein Herr, erlaubt mir, daß ich euch vor die übergrosse Gefälligkeit, die ihr meiner allerliebsten Freundin auf dieser Welt, und zugleich mir erwiesen habt, die Hand küssen darff. Indem ich mich nun dessen weigerte, und sehr beschämt befand, küssete sie mich in der Geschwindigkeit dergestalt derb auf den Mund, daß ich mich fast selbst schämete, und gantz Feuer-roth im Gesichte wurde.

Die van Bredal fing hertzlich darüber an zu lachen, sagte aber: Kinder! wir müssen die wenigen Stunden, so wir beysammen bleiben können, mit ernsthafften Gesprächen zubringen. Demnach fing sie an, mir alles zu erzählen, wie es ihr allhier ergangen, die Haupt-Puncte aber waren diese: 1.) Hätte sie anfänglich absolut prætendirt, ihren Mann, den van Steen, wieder zu haben, derselbe aber hätte viel-[211]leicht nicht so wohl aus übeln Verdacht, sondern vielmehr darum, weil ihm seine Helena stündlich um den Halse gelegen, sich absolut geweigert, sie wieder anzunehmen, und die Helena fahren zu lassen, weßwegen es denn endlich dahin verglichen worden, daß sie nunmehro vor 9. Tagen einen gerichtlichen Scheide-Brieff bekommen, mit der Clausul, sich ebenfalls wieder verheyrathen zu dürffen, an wem sie wolte. 2.) Wäre der van Steen dahin genöthiget worden, ihr vor ihr eingebrachtes Gut benebst den Abtritts-Geldern 10000. Holländische Gulden zu bezahlen, welche sie auch heutiges Tages durch ihren Procuratorem in Empfang nehmen lassen. 3.) Die Erb-Portion von ihren Eltern à 1600. fl. wäre ihr gleichfalls schon ausgezahlt, und nunmehro 4.) da sie frey und ledig wäre, wolte sie diesen ihr unglückseligen Boden verlassen, und mit dieser ihrer Baase nach Engelland übergehen.

Ich hatte mit grosser Verwunderung und bangen Hertzen zugehöret, blieb aber, da sie inne hielt, abermahls in tieffen Gedancken sitzen, und war nicht einmahl gewahr worden, daß sich Mademoiselle Gillers mit der Magd hinaus begeben hatte, um noch Caffée zu kochen. Derowegen fing Madame van Bredal von neuen zu reden an: Nunmehro, sagte Sie, mein Herr van Blac, habe ich es

noch mit euch zu thun, um euch die mir treu geleisteten
Dienste zu belohnen, ist euch mit baarem Gelde gedienet,
so stehen noch 3000. Thlr. von dem Meinigen zu euren
Diensten, wollet ihr euch aber gefallen lassen, diese meine Baase, welche doch gewiß ein schönes Frauenzimmer
zu nennen ist, zur [212] Frau zu nehmen, so versichere,
daß ihr nicht allein meine, euch itzt versprochenen 3000.
Thlr. sondern auch von ihrem Vermögen wenigstens
noch gedoppelt so viel empfangen sollet; denn ich vor
meine Person bin entschlossen, meine übrige Lebens-
Zeit im ledigen Stande zuzubringen, mein Geld und Gut
auf Zinsen auszuthun, und in der Stille vor mich zu leben.

Diese Worte waren ein Donnerschlag in meinen Ohren
und Hertzen, jedoch ich stund gantz gelassen auf vom
Stuhle, und sagte: Madame! Dero Generositée ist jederzeit grösser gewesen gegen mich, als meine wenigen
Dienste, ich habe noch ein starckes Capital davon aufzuweisen, will aber selbiges weit vergnügter wieder zurück geben, als noch mehr von ihnen annehmen. Vor die
vorgeschlagene Mariage dancke ich gehorsamst, nicht
zwar etwa aus Verachtung gegen diese Liebens-würdige
Person, sondern nur darum, weil mir nicht möglich ist, etwas anders zu lieben, so lange ich weiß, daß die Madame
van Bredal lebt; Geld und Gut ist nicht capable mich zu
vergnügen, weil ich aber Dero Entschluß vernommen, so
will mich aus ihren Augen verbannen, und mein künfftiges Schicksal mit Gedult ertragen. Adieu Madame! Der
Himmel lasse sie jederzeit vergnügt leben. Mein wer-

thester Freund, versetzte sie hierauf, indem sie mich bey dem Kleide zurück zohe, bedencket doch euer Bestes, ich will euch 3. Tage Zeit darzu lassen. Ich gab zur Antwort: Madame! 3. Jahr, 3. Tage, 3. Minuten oder 3. Secunden sind mir in diesem Stücke einerley, weil ich weiß, daß mein Gemüthe in diesem [213] Stücke so unveränderlich ist, als ich unglücklich bin, erlauben sie nur, daß ich mich retiriren, und Dero Complaisançe nicht länger mißbrauchen darff. Sie hielt mich noch vester, und sagte: Mein Herr, in der Rage lasse ich euch nicht von mir gehen, erweget aber, ob ihr, als ein Junggeselle, der sich davor ausgiebt, noch kein Frauenzimmer gewisser massen berührt zu haben, nicht wohl thätet, wenn ihr meine Baase oder eine andere Jungfrau heyrathet, als mich, die ich als eine Wittbe zu achten bin, und dennoch wohl nachhero bey euch in den Verdacht gerathen könte, als ob - - - - Ich unterbrach ihre Rede, und bath: Madame! quälen sie mich nur nicht länger, denn ich bin ja überzeugt genug, daß ihnen meine Person nicht anständig ist, darum ist ja meine Resolution die allervernünfftigste, daß, da ich nicht erlangen kan, was ich suche, lieber mich entfernen will.

Unter diesen Worten rolleten mir, so viel ich mich von meiner Kindheit an zu erinnern weiß, zum ersten mahle einige Thränen die Backen herunter, welche, so bald es die Madame van Bredal sahe, eine solche Würckung thaten, daß sie auf einmahl anders Sinnes wurde, mir um den Halß fiel, und offftermahls küssete, und endlich sagte: Bleib mein Schatz, ich bin Deine, und du solst der

Meinige seyn, so lange als ich lebe, in Engelland wollen
wir Hochzeit haben, unterdessen aber richte dich nach
meinen Umständen, und überlege mit mir, wie wir uns
etwa allhier noch aufzuführen haben. Uber diese Worte
wurde ich dergestalt entzückt, daß ich selbst nicht wuste,
wie mir zu helffen war, indem ich so lange auf meiner
[214] Liebsten Munde kleben blieb, biß wir die Mademoiselle Gillers und die Magd mit dem Caffée ankommen höreten. Wir setzten uns, und truncken etliche Schälchen.
Die Magd ging fort, derowegen redete mein Schatz zu
ihrer Baase: Dencket doch, mein Hertz, dieser Herr, mit
dem ich mich abfinden wollen, will weder Geld noch Gut,
sondern meine Person selbst vor seine mir geleisteten
Dienste haben. Ihr wäret, antwortete die Mademoiselle
Gillers, die allerunerkänntlichste Person von der Welt,
wenn ihr ihm dieselbige versagtet, denn er hat euch errettet, und durchs Glück den grösten Antheil daran, ihr
seyd wenig Jahre älter als ich, und werdet den ledigen
Stand bey eurer Schönheit schwerlich ohne starcke Versuchungen zubringen können, derowegen machet mir
das Vergnügen, daß ich itzo gleich die Verlöbniß-Ringe
von euren Fingern abziehen und verwechseln darff, das
Beylager aber muß ausgestellet bleiben, biß wir in meines Bruders Hauß nach Portsmouth kommen. Hiermit
stund das lose Ding auf, zohe so wohl mir als der van
Bredal die Ringe vom Finger, verwechselte dieselben,
und stellete sich dabey mit Reden und Gebärden an, als
wenn sie ein würcklicher Priester wäre, ließ auch nicht

eher nach, biß wir einander die Hände und 50. Küsse auf die Treue gaben.

Da nun dieses vorbey war, und alles seine vollkommene Richtigkeit hatte, erzählte ich beyden Frauenzimmern den Streich, welchen ich in vergangener Nacht dem Nörgel und der Helena gespielet hatte. Sie lachten sich alle beyde bald zu Tode darüber, wolten aber nicht alles glauben, biß ich [215] sie in mein Zimmer hinüber führete, der Helenæ Kleider, Strümpffe und Pantoffeln vorzeigte, und selbige meiner nunmehrigen Liebste in Verwahrung gab. Und wenn ihr mir, sagte diese, mein nunmehriger allerliebster Schatz, 100000. Thlr. zum Mahl-Schatze gegeben hättet, so wären mir selbige doch nicht halb so angenehm, als diese Equippage; Stille! nun wollen wir nicht mehr unter dem Verdeck spielen, sondern dem van Steen zeigen, was er verlohren oder gewonnen hat, inzwischen bin ich vergnügt, Mons. van Blac, daß ich mich nunmehro die Eurige nennen darff und kan. Morgen früh will ich mich mit euch copuliren lassen, daferne ihr ein Zeugniß aus Antwerpen bey euch habt, daß daselbst von eurer Verehligung mit jemand, keiner etwas wisse, (dieses zeigte ich ihr so gleich) sodann will ich noch 1000. und mehr Thaler daran wenden, wenn es ja erfodert werden solte, daß die H. - - - Helena rechtschaffen prostituiret, und dem van Steen der Staar gestochen werden möge.

Wie viel mir nun auch an der Person der van Bredal gelegen war, so hielt ich doch nicht vor rathsam, daß wir uns in diesem Stück übereileten, indem uns von unsern Fein-

den garstige Possen gespielet werden könten, hergegen
war ich der Meinung, daß es besser wäre, wenn wir uns,
so bald wir unsere Sachen alle in Ordnung gebracht, je
ehe je lieber nach Engelland übersetzen liessen, mitlerweile
wolte ich die gantze Comœdie von der Helena mit
allen Umständen zu Pappier bringen, einen Brief an den
van Steen darzu legen, der Helenæ Klei-[216]der und Sachen
in ein Kästlein packen, und selbiges alles zusammen
dem van Steen in die Hände liefern lassen, nachhero würden
wir in Engelland dennoch wohl erfahren, was etwa
ferner vorgegangen wäre. Meine Geliebte hielt dieses vor
genehm, und sagte, wie sie in allen Stücken Reise-fertig
wäre, und binnen 3. oder 4. Tagen abfahren könte; Demnach
wurden wir schlüßig, daß ich morgenden Tag noch
ausruhen, den folgenden aber nach Harlingen voraus reisen
solte, damit niemand einmahl erführe, daß wir einander
allhier in Leuwarden gesprochen hätten. Dieses
geschahe also, ich kehrete aber nicht in dem Gast-Hause
ein, wo sie einkehren wolte, sondern in einem andern,
setzte mich hin, und schrieb erstlich die gantze Geschicht
von Wort zu Wort auf, die sich mit Nörgel, der Helena und
mir zugetragen hatte, verfertigte sodann einen Brief an
den van Steen, welcher folgendes Inhalts war:

Monsieur.

ICh habe die Ehre zwar niemahls gehabt, Denselben von Person zu kennen, trage aber dennoch einiges Mitleiden seinetwegen, daß er sich dem grösten Orden der Hahnreyschafft, vielleicht wider seine Ein-

bildung, einverleibt sehen muß. Beyliegende Geschichts-Beschreibung befindet sich in der That und Wahrheit also, und kan derselbe deßfals noch ein und andere Nachricht einziehen, so dann erwegen, ob nicht alles zutrifft, wiewohl ich hoffe, es werden seiner Liebsten Kleider und andere Sachen, [217] *wie auch die beygelegten Liebes-Briefe ein sattsames Zeugniß abstatten, daß dieses kein Gedichte, sondern eine wahrhaffte Geschichte sey. Wäre ich so wollüstig als* curieux *gewesen, das Beginnen einer geilen* Dame *zu bemercken, so wäre die Zahl seiner Hörner ohnfehlbar durch mich vermehret worden, denn nach* Nörgels *Beschreibung soll seine Frau Liebste schönes Leibes, dabey sehr freygebig seyn gegen diejenigen, so sie rechtschaffen bedienen, indem sie sehr hitzig in dem Liebes-Wercke; ob es wahr ist, weiß ich nicht, da ich niemahls das Glück gehabt, sie zu sehen, viel weniger anzurühren. Ich überlasse seinem eigenen Gefallen, wie er sich bey dieser Begebenheit aufführen, und ob er seinen Herrn Schwägern, nehmlich den Männern der* Madame E. *und* A. *auch das Verständniß eröffnen will, in so ferne er dieselben ausforschen kan. Ich verhoffe das Meinige gethan zu haben, als ein unbekannter redlicher Freund, denn wenn ich ein* Filou *oder Betrüger, oder sonsten Geld-bedürfftig wäre, so hätte wenigstens die Baarschafften vor meine Mühe zurück behalten können. Ubrigens bitte mir durch diesen abgeschickten* Expressen *ein kleines* Recipisse *aus, indem ich mich allhier in Harlingen nicht lange aufhalten, son-*

dern ehester Tages nach Amsterdam abseegeln werde, jedoch beharre

Monsieur

vôtre

Ami. [218]

So bald ich nun Nachricht erhalten, daß meine Liebste nebst ihrer Baase angekommen, und ebenfalls in einem andern Gast-Hause, als wo wir ehedem logirt, abgetreten wäre, begab ich mich gleich des ersten Abends zu ihr, zeigte ihr meine Schrifften, welche sie approbirte, wir packten darauf der Helenæ Kleidungs-Stücke in ein gätliches Kästlein, versiegelten es mit einem fremden Petschafft, und trug dasselbe bey Nachts-Zeit selbst in mein Logis. Drey Tage hernach wolte ein Schiff nach Engelland abseegeln, auf selbiges verdungen sich das Frauenzimmer und auch ich besonders, als ob wir nicht zusammen gehöreten, waren auch bestellet, uns vor Abends am Boord einzufinden, weil der Schiffer so dann in See gehen wolte. Derowegen fertigte ich um Mittags-Zeit erstlich einen Expressen-Bothen an den van Steen nach Leuwarden ab, gab ihm einen guten Lohn, mit dem ausdrücklichen Befehle, die Briefe nebst dem Kästlein ja keinem andern Menschen, als dem van Steen selbst in die Hände zu geben, wo aber derselbe etwa nicht zu Hause wäre, so lange zu warten, biß er zur Stelle käme, indem ihm sein Warte-Geld entweder dort, oder von mir wohl bezahlt werden solte. So bald aber der Bothe etwa eine Meile-Wegs fort seyn mochte, bezahlete ich den Wirth, und ließ meine Sachen aufs Schiff tragen, zu welchen ich so dann meinen Weg auch nahm, und bald hernach mein Frauenzimmer ebenfalls ankommen sahe. Wir seegelten also mit gutem Winde frölich ab, und gelangeten in wenig Tagen glücklich in Portsmouth bey der Mademoiselle Gillers Bru-[219]der an, welcher uns mit vielen aufrichtigen Freundschaffts-Bezeugungen empfing, auch, da er unser Anliegen und Umstände vernommen, wenig Tage hernach Anstalt machte, daß ich mit meiner Liebste von einem Priester ehelich zusammen gegeben wurde. Wir waren hierauf gesonnen, uns mit nächster Gelegenheit ein feines Land-Gütgen zu kauffen, eine ordentliche Haußhaltung anzufangen, und von demjenigen, was uns das Gut einbrächte, reputirlich zu leben; da sich aber nicht so gleich ein anständiges finden wolte, lebten wir über ein halbes Jahr vor unser Geld, sehr vergnügt, bey dem Herrn Gillers.

Eines Abends, da ich mit demselben aus einer Compagnie guter Freunde, da es schon ziemlich dunckel war, nach Hause ging, kam uns eine schwartz gekleidete Manns-Person entgegen, und stieß mich im Vorbeygehen mit einem Dolche in die Seite, lieff hierauf noch schneller, als ein Windspiel, fort. Ich selbsten kaum, geschweige denn Herr Gillers, wuste, wie mir geschehen war, endlich aber fühlete ich die Blessur, und war froh, daß wir bald nach Hause kamen, denn der Stich war zwar nicht tödtlich, weil er auf dem rechten Hüfft-Beine sitzen geblieben, allein, sehr schmertzhafft, wie denn auch nachhero noch sehr üble Zufälle darzu kamen, so, daß ich doch fast daran hätte crepiren können, allein, endlich wurde ich wieder gesund, erfuhr auch wunderbarer Weise, daß niemand anders, als Nörgel, der Meuchel-Mörder, gewesen. Denn es muste sich so wunderlich fügen, daß einer von des van Steens Handels-Purschen herüber nach Engelland, [220] und bey Herrn Gillers in Condition gekommen war. Dieser hatte meine Liebste nicht so bald erblickt, als er sich derselben so gleich zu erkennen und darbey zu vernehmen gab, wie sie, als die erste Frau des van Steen, ehemahls seine Patronin gewesen wäre, er aber sey nur vor wenig Wochen aus des van Steens Diensten gegangen, um sich eine Zeitlang in Engelland aufzuhalten, könte auch, wenn es uns etwa auf den Abend gelegen wäre, verschiedene wunderbare Geschichte, so vor weniger Zeit in des van Steens Hause und sonsten in Leuwarden passirt wären, erzählen.

Meine Frau, die sich dieses Menschens, von etlichen Jahren her, noch sehr wohl zu erinnern wuste, bath ihn so gleich, uns die Gefälligkeit zu erweisen, und Abends auf unser Zimmer zu kommen, welches er denn that, und eine weitläufftige Erzählung von den Geschichten des van Steen, seiner Helena, Nörgels und anderer mehr machte, und endlich kam er auf die letzten Streiche, so ich in Leuwarden gespielet hatte, wuste aber nicht, daß ich es gewesen, sondern erzählete nur, daß der van Steen neulichst von unbekandter Hand einen Brief nebst einem Kästlein mit Kleidungs-Stücken und andern Sachen, die seiner Frau gehöreten, und davon sie ausgegeben, daß sie ihr gestohlen worden, erhalten. Er hätte sich gantz rasend darüber angestellet, wenig Stunden darnach aber seine Frau nebst ihrem Aufwarte-Mägdgen in ein finsteres Gewölbe verschlossen, und ihnen 3. grosse Brodte nebst einem Fäßgen voll Wasser hinein gesetzt. Hierauf wäre er mit dem Bothen, welcher den Brief gebracht, nach [221] Harlingen gereiset, und andern Tages sehr verdrüßlich wieder zurück gekommen, hätte auch allen seinen Leuten hart verboten, von allen dem, was sie in seinem Hause etwa höreten und merckten, kein Wort auszuplaudern; ferner wäre der van Steen immer unruhig geblieben, bald zu diesem bald zu jenem guten Freunde gelauffen, und endlich hätte man unter der Hand vernommen, daß der Notarius Nörgel in eines andern Kauffmanns Hause bey Nachts-Zeit sehr grausam wäre geschlagen und verwundet worden, so, daß man ihn in einer Sänffte hätte nach Hause tragen müssen, der van Steen hätte im Gesicht und an den Händen ebenfalls die Wahrzeichen gehabt, daß er in einer Schlägerey gewesen wäre, bald hernach aber wäre die Helena nebst ihrer Magd, früh Morgens vor Tage, in einen Wagen gesetzt worden, den man verschlossen, und sie unter Begleitung von 4. unbekandten Reutern fortgeführt, wohin, wisse niemand eigentlich. Nörgel, fuhr dieser Kauffmanns-Diener fort, ging, so bald er wieder curirt war, herüber nach Engelland, und zwar auf eben dem Schiffe, worauf ich mich befand, ließ sich auch eines Tages dieser verwegenen Reden gegen mich verlauten: ich trage diesen meinen Kopff zum erstenmahle nach Engelland, weiß aber nicht, ob ich denselben wieder heraus bringen werde, doch frage ich nichts darnach, wenn ich nur so glücklich bin, mich an einem gewissen Feinde zu rächen, der mir den ärgsten Possen auf der Welt gespielt hat, kan ich nur ihn in die andere Welt schaffen, so will ich gern sterben. [222]

Aus allen diesen Reden des Kauffmanns-Dieners nun, konten ich und meine Liebste bald schliessen, daß Nörgel unser Geheimnisse ausgeforschet haben, und kein anderer als mein Meuchel-Mörder gewesen seyn müsse, denn es kamen noch viele andere Umstände darzu, welche ich, Weitläufftigkeit zu vermeiden, verschweigen will.

Inzwischen verging meiner Liebsten bey so gestalten Sachen alle Lust in Engelland zu bleiben, denn nachdem sie noch darzu verschiedene schreckliche Träume gehabt, blieb sie bey den Gedancken, unsere Feinde würden nicht ehe ruhen, biß sie uns vom Brodte geholffen, derowegen wurden wir schlüßig, unser Geld und Gut zusammen zu packen, und mit ersterer Gelegenheit nach Jamaica zu seegeln. Ich kam in etlichen Wochen nicht aus meinem Logis, um nicht von neuen in Mörder-Hände zu fallen, nachhero, da der Herr Gillers uns die Nachricht brachte, daß er vor uns gesorgt, und auf ein nach Jamaica gehendes Schiff verdungen hätte, welches in wenig Tagen abseegeln würde, schafften wir unsere Sachen darauf, und traten, nach wehmüthig genommenen

Abschiede, die Reise nach der neuen Welt an. Meine Liebste war sehr vergnügt, daß wir diese Resolution ergriffen hatten, zumahlen, da uns Wind und Wetter sehr favorable waren; allein, das grausame Verhängniß hatte beschlossen, uns auf eine jämmerliche Art von einander zu trennen, denn da wir bereits eine ziemliche Weite über die Insul Madera hinaus waren, überfiel uns ein entsetzlicher Sturm, welcher uns auf die lincke Seite nach den Insuln des grünen [223] Vorgebürges zutrieb, wir sahen dieselben schon vor Augen, konten sie aber nicht erreichen, indem unser Schiff um die Mittags-Zeit gantz plötzlich zerscheiterte, und mit seiner gantzen Ladung zu Grunde ging. Ich und meine Liebste konten nicht so glücklich werden, daß man uns mit in ein Boot genommen hätte, denn es waren schon beyde überflüßig besetzt, derowegen muste uns nur so wohl als vielen andern zum Troste dienen, daß wir einen starcken Balcken erhaschen, und uns auf demselben erhalten konten. Allein, was halff es, in folgender finstern Nacht schlug eine ungeheure Welle meine Allerliebste von dem Balcken herunter, und hörete ich noch, daß sie rieff: JEsus! Gute Nacht, mein Schatz. Mir vergingen vor Wehmuth alle Gedancken, und wundere ich mich über nichts, als wie ich mich bey solchen höchst-schmertzlichen Leyd-Wesen noch habe auf dem Balcken an- und erhalten können, inzwischen, da ich mich in etwas besonnen, konte ich doch keine Hand vor Augen sehen, andern Tages gegen Mittag aber befand mich an dem Ufer der Insul St. Lucia, welches eine von den Insuln des grünen Vorgebürges ist, und wurde errettet. Viele Tage habe ich auf dieser Insul mit lauter Winseln und Wehklagen über den kläglichen Verlust meiner Allerliebsten zugebracht, weiln mit ihr alles mein Vergnügen, ja meine gantze Glückseeligkeit im Meere ertruncken war, endlich, weil ich noch etwa 100. und etliche spec. Ducaten in meinen Kleidern vernehet bey mir trug, kam mir in die Gedancken, mit einem Portugiesischen Schiffe nach Brasilien zu gehen, [224] auch aus Verzweiffelung so lange hie und dahin zu fahren, biß ich auch mein nunmehro mir verdrüßliches Leben endigte, jedoch der Himmel gab mir andere Gedancken ein, daß ich nehmlich in mein Vaterland zurück gehen, und entweder in meiner Geburts-Stadt oder in Amsterdam eine stille und ruhige Lebens-Art erwehlen solte; als welches denn auch von mir resolvirt wurde, da ich aber in Lissabon bey einem vornehmen Schwedischen Herrn bekandt gemacht wurde, nahm mich derselbe zum Sprach-Meister seines Sohnes an, und mit sich nach Schweden. Mein Discipu war sehr lehrbegierig, allein, er starb, da ich wenig Wochen über ein Jahr mit ihm zu thun gehabt, also bekam ich mein bedungenes Geld, hatte darzu noch den Vortheil, daß ich die Schwedische Sprache vollkommen erlernet, von welcher ich sonsten unter den andern das wenigste wuste, und reisete erstlich nach meiner Vater-Stadt, hernach, weil ich daselbst vor Jammer über alles mein Unglück nicht bleiben konte, nach Amsterdamm, allwo ich abermahls Condition als Sprach-Meister bey etlichen Kauffmanns-Dienern annahm, welche mir so viel bezahleten, daß ich mein melancholisches und stilles Leben gantz reputirlich fortführen konte. Da aber einige von ihnen abgingen, ich also aus meinem Beutel zusetzen muste, fügte es sich eben, daß der wertheste Monsieur Eberhard Julius, gegen dessen Logis ich gerade über wohnete, einen Dolmetscher nach Schweden mitzureisen, aufsuchen ließ, und ihm ein Ansehnliches Monat-Geld zu zahlen versprach, weßwegen ich an ihm recommendirt, so gleich [225] acceptirt und mit genommen wurde. Was unsere Verrichtungen daselbst gewesen, ist ihnen allerseits bekandt, ich habe nach meinem wenigen Vermögen nichts ersparet, ihnen getreue Dienste zu leisten, bin auch ungemein raisonable davor belohnt worden, so, daß ich dieserwegen sehr vergnügt, um aber von der angenehmen Compagnie abgeschieden zu seyn, höchst betrübt von Hamburg nach Amsterdam zurücke reisete. Hieselbst wolte es nunmehro gar nicht mehr nach meinem Kopffe seyn, ohngeacht mir eine gar profitable Mariage nebst einer Charge bey dem Schiffs-Bau Wesen angetragen wurde, sondern es kam mir die Grille auf einmahl wieder in den Kopff, zur See, entweder nach Ost- oder West-Indien zu gehen, und mein Capital, welches ohngefähr in 700. Gulden oder etwas drüber bestund, anzulegen.

Ich ließ mich dessen einsmahls Mittags in meinem Speise-Quartier verlauten, allwo, dem Ansehen nach, 2. feine See-Officiers zugegen waren, welche so gleich sagten, wo dieses mein Ernst wäre, könten sie mir dienen, denn das Schiff, worauf sie sich engagirt, würde in wenig Tagen nach Ost-Indien unter Seegel gehen. Es war mir dieses die hertzlichste Freude von der Welt, ich machte, wegen ihres guten Ansehens, so gleich die vertrauteste Freundschafft mit ihnen, und schaffte gleich andern Tages meine Sachen, die in 2. Kisten gepackt waren, in ihr Quartier, allwo sie mich gantz wohl tractirten, ich vermerckte auch binnen zweyen Tagen, daß dann und wann Matrosen kamen, welche bald dieses bald jenes anmeldeten. [226] Ich befahrete mich keines Bösen, hatte meine besondere Cammer, worinnen ich schlief, fuhr aber in der 3ten Nacht jählings aus dem Bette, da mir jemand meine Bein-Kleider unter dem Kopffe hinweg zohe. Ich verfolgte den Dieb, war aber kaum in die andere Cammer gekommen, als so gleich ihrer 3. auf mich zuhieben und stachen, so, daß ich der Gewalt weichen, zu Boden fallen und um mein Leben bitten muste. Es sey dir aus Gnaden, sagte der Eine, geschenckt, drehete mir aber in der Geschwindigkeit einen Knebel in den Mund, die andern banden mir Hände und Füsse, und liessen mich Elenden also auf dem blossen Boden liegen, biß ich früh Morgens von des Wirths Gesinde, fast im Blute schwimmend, angetroffen wurde. Selbiges machte ein Geschrey, so, daß der Wirth auch herzu gelauffen kam, welcher mich reinigen und durch einen Wund-Artzt verbinden ließ. Ich hatte 2. Hiebe ins Gesichte, einen über den Kopff, 3. über die Arme, einen Stich auf den Brust-

Knochen, und einen in die lincke Schulter bekommen, und meynte nicht anders, ich würde an diesen 8. Blessuren meinen Geist aufgeben müssen, allein, der Chirurgus sparete keinen Fleiß, ein Meister-Stück seiner Kunst an mir zu beweisen, curirte mich auch binnen wenig Wochen recht völlig, und war nachhero so genereux, nicht einen Deut vor seine Mühe und angewandte Kosten zu verlangen, weßwegen ich ihn mit Recht einen barmhertzigen Samariter nennen kan; der Himmel aber vergelte es ihm tausendfach, weil ich nicht im Stande gewesen, ihm meine Danckbarkeit anders, als mit Worten, [227] die aus redlichen Hertzen und Munde geflossen, zu bezeugen.

Von allen meinen Sachen hatte ich nichts behalten, als ein Bündel schwartze Wäsche und eine ziemlich grosse lederne Tasche, worinnen meine Brieffschafften befindlich, denn ich hatte selbige zum Füssen meines Bettes gesteckt, und meine Räuber mochten daselbst nicht gesucht haben. Von Gelde oder Geldes-Werth aber hatte nicht das geringste mehr, vielweniger etwas an den Leib zu ziehen. Der Wirth war Zeit währender meiner Kranckheit so wohlthätig, mich mit den besten Speisen zu versorgen, verschaffte auch, daß mir, nachdem ich wieder aufgestanden war, verschiedene gute Leute einige Kleidungs-Stücke zuwarffen; er verlangte keine Bezahlung von mir, biß ich wieder in den Standt käme, so viel missen zu können, ihn zu recompensiren. Das war nun endlich Höflichkeit genung, allein, es sind mir zum öfftern die Gedancken aufgestiegen, ob nicht der Wirth mit meinen Räubern und Mördern selbst unter einer Decke gesteckt haben möchte. Thue ich ihm zu viel, so vergebe es mir der Himmel. Er gab vor, diese Leute habe er Zeit-Lebens sonsten nicht gesehen, sie hätten sich vor See-Officiers ausgegeben, und auf einen Monat das Logis bey ihm gemiethet, Abends vorhero aber, ehe sie mich so mörderisch tractirt und beraubt, ihre Schuld bezahlt, und zu verstehen gegeben, wie noch diese Nacht etliche Matrosen ankommen würden, ihre Sachen abzuholen, indem das Schiff, worauf sie gehörten, in Bereitschafft stünde abzuseegeln. Er, der Wirth, [228] hätte solches geglaubt, wäre mit seiner Frauen zu Bette gegangen, und hätte die unruhige Nacht-Arbeit einmahl dem Gesinde überlassen, hätte auch nimmermehr geglaubt, daß dergleichen Streiche in seinem Hause vorgehen solten, biß ihn früh Morgens das Gesinde, welches die Cammern reinigen wollen, herzu gerufft.

Was war zu thun? Geld hatte ich nicht, die Sache weiter untersuchen zu lassen, derowegen muste zufrieden seyn, dem wohlthätigen Wirthe die grösten Dancksagungs-Complimente machen, und versprechen, wenn ich in bessern Stand käme, ihm redliche Zahlung zu leisten. Hierauf zohe ich die mir zugeworffenen alten Kleider an, begab mich wieder in die Stadt, denn NB. mein bißheriges Quartier war ausserhalb derselben gewesen, suchte gute Freunde, die mich wieder in bessern Stand setzen solten, fand aber sehr wenig, die mir mit einer Christlichen Bey-Steuer zu Hülffe kamen.

Jedoch der Himmel, welcher doch selten ein redliches Gemüthe verderben läst, führete mich unvermuthet in eine Strasse, allwo mir der wertheste Mons. Eberhard mit seiner Jungfer Schwester entgegen kamen. Die verschiedenen bey mir aufsteigenden Affecten machten, daß ich einen lauten Schrey that, hernach vor Jammer bitterlich zu weinen anfing, und mich vor ihnen verbergen wolte, allein, zu meinem Glück wurde ich von ihnen erkandt, sie nahmen mich Elenden auf, setzten mich in solchen Stand, daß ich mich wieder bey honetten Leuten sehen lassen und mit ihnen umgehen [229] konte, ja was das Haupt-Werck, sie waren so gütig, mich zu ihren Reise-Gefährten und auf diese glückselige Insul mitzunehmen. Solchergestalt habe nunmehro nach so vielen ausgestandenen Widerwärtigkeiten allhier den Hafen meines irrdischen Vergnügens gefunden, und kan mit frohem Munde ausruffen:

Post nubila Phœbus.
Auf Sturm, Blitz, Wetter, Angst und Pein
Folgt ein vergnügter Sonnenschein.

Zwar ists an dem, daß mir bißhero unter allen meinen gehabten Unglücks-Fällen, der jämmerliche Tod meiner allerliebsten Charlotte Sophie am allerschmertzlichsten gewesen, allein, ich hoffe, daß der Himmel diese Hertzens-Wunde durch die Hand meiner allhier erwählten schönen Braut endlich auch verbinden und heilen werde. Denen, die mich mit auf diese glückselige Insul genommen, kan ich meine Danckbarkeit voritzo nur in

Worten bezeigen, werde mich aber dahin bestreben, solche in Zukunfft auch thätlich zu erweisen, indem ich dasjenige Amt, welches man mir etwa allhier auftragen wird, jederzeit mit allem möglichsten Fleisse unverdrossen verrichten, auch Zeit-Lebens ein getreuer Freund und Diener von Ihnen allerseits und allen Insulanern verbleiben will.

* * *

Hiermit endigte Mons. van Blac seine Geschichts-Erzählung, und obgleich die Glocke schon 2. Uhr geschlagen hatte, da er aufhörete, war doch der [230] Alt-Vater so wenig, als jemand anders, ermüdet worden, ihm zuzuhören, wie denn der Alt-Vater den Mons. van Blac, so offt er abbrechen wolte, selbsten ersuchte, biß zum Ende fortzufahren, weiln er ohnedem voritzo wenig schlaffen könte. Nunmehro aber legten wir uns sämmtlich zur Ruhe, und schlieffen fast biß gegen Mittag, da bereits mit den Tellern geklappert wurde. Es ist aber nicht genung, daß ich Eberhard Julius nur referire, wie wir mit einander geplaudert, gewacht, geschlaffen, gegessen und getruncken haben, sondern ich muß auch sagen, was ferner merckwürdiges auf unserer Insul paßirete.

Wir wurden zu Anfange des Septembris, nachdem wir unsere mitgebrachten Sachen auf der Albertus-Burg in vollkommene Ordnung gebracht, schlüßig, von neuen eine Visitation in allen Pflantz-Städten anzustellen, um sonderlich in Augenschein zu nehmen, wie sich die Handwercker und Künstler befänden, und womit ihnen etwa noch zu dienen oder zu helffen sey, allein, ein entsetzliches Erdbeben, welches sich am 8. Septembr. in den Vormittags-Stunden 4. mahl spüren ließ, verursachte, daß wir, da nur Alberts- und Davids-Raum visitiret war, zu Hause blieben, und zu Winckel krochen, wie die schüchternen Tauben, der Alt-Vater aber sagte zu uns: *Kinder, fürchtet euch nicht, GOtt ist zwar allmächtig genung, nicht nur diese Insul, sondern die gantze Welt auf einmahl in einen Klumpen zu werffen, ich hoffe aber, er wird diese Insul, die er so vest gegründet hat, noch nicht verderben. Ich habe* [231] *auch dergleichen Erdbeben schon öffters allhier empfunden, und dabey angemerckt, daß gemeiniglich einige Tage hernach ein grausamer Sturm auf der See entstanden. Gebt Achtung, ob es nicht eintreffen wird, oder vielleicht ist dieses Erbeben ein Vorbothe, daß ich bald sterben werde, denn eben an diesem Tage haben meine Füsse diese Insul am ersten betreten.* Wir waren ingesammt sehr niedergeschlagen, wünschten, daß er noch lange auf der Welt bey uns bleiben möchte; allein, er schüttelte mit dem Kopffe, und sagte: *Vielleicht ist dieses Erdbeben auch eine Anmahnung, daß wir Ubermorgen G. G. unsern Buß- Betund Fast-Tag desto andächtiger begehen sollen.*

Wir feyreten derowegen diesen solennen Tag, nehmlich den 10. Sept. da der Alt-Vater Ao. 1646. zum ersten mahle seine damahlige Gesellschafft herauf geführet hatte, recht sehr devot, mit dreymahligen Kirchengehen, niemand aber nahm einen Bissen Speise zu sich, biß die

Sonne untergangen war. Der Alt-Vater behielt die Aeltesten der Stämme und vornehmsten Europäer bey sich, und wir speiseten an zwey langen Tafeln in seinem Zimmer, nachhero wurde von vielen wichtigen und nöthigen Sachen, die noch vorgenommen werden solten, Unterredung gepflogen, so daß die Mitternachts-Stunde unterdessen heran gerückt war, welches aber niemand vermerckte, biß vor dem Zimmer ein ungewöhnliches Getöse entstund, weßwegen ich nebst einigen andern hinaus ging, und hörete, daß [232] man hinter den grossen Garten in der Gegend zwischen den zweyen Flüssen viele Feuer-Flammen aufsteigen und herum vagiren sähe. Wir lieffen gleich hin zu den Fenstern, und fanden, daß es wahr war, Mons. Litzberg und andere judicirten, daß es Dünste aus der Erde oder so genannte Irrwische wären, allein, da das Lerm grösser wurde, und sich der Alt-Vater selbst an das eine Fenster führen ließ, sagte er gleich: *Meine Kinder! diese Flammen steigen aus dem GOttes-Acker empor, die Todten ruffen mich zu sich in ihre Ruhe, nun ist nichts mehr übrig, als daß ich mein Hauß bestelle, denn eben dergleichen weisse, lichte Flamme zeigte sich kurtz vorhero, ehe der selige* Carl Franz van Leuwen *von dieser Welt Abschied nehmen muste. Dazumahl,* (fuhr er fort) *lag nur ein Christlicher Cörper auf diesem GOttes-Acker, itzo aber sind ihrer mehr, die sich nach meiner Gesellschafft sehnen.* Wir brauchten zwar insgesammt alle Beredsamkeit, dem Alt-Vater die Sterbens-Gedancken auf dieses mahl auszureden, allein, er kehrete sich an nichts, ließ hernach Bet-Stunde halten, und bath Herrn Mag. Schmeltzern, daß er einigen Knaben befehlen möchte, unter einer douçen Musique den Choral zu singen: *Wer weiß wie nahe mir mein Ende &c.*

Er begab sich hierauf zur Ruhe, mein Vater und ich aber blieben fast wider seinen Willen vor seinem Bette sitzen, und bewachten ihn, da zugleich meine Schwester nebst vielen andern im Neben-Zimmer ebenfalls die Wache hielten. Wir be-[233]merckten, daß er einen gantz naturlichen, aber dergestalt leisen Schlaff hatte, daß ihn auch das gelindeste Geräusche erweckte. Folgende Tage wurde er recht mercklich immer schwächer und schwächer, so, daß er kaum mehr einen Arm oder Bein allein aufheben konte, jedoch, weil sich kein Eckel vor der Speise und Tranck bey ihm spüren ließ, hatten wir immer noch gute Hoffnung, saß oder lag er stille, so waren seine Augen mehrentheils geschlossen, und schiene es, als wenn er im Schlummer zuweilen lächelte. Einige Tage vor dem Michaelis-Feste fragte ich ihn, ob er denn etwa an einem oder andern Theile des Leibes, innerlich oder äusserlich, Schmertzen fühlete? *Ach nein, mein Sohn,* gab er zur Antwort, *ich fühle weder Schmertz noch Pein, sondern eine angenehme süsse Mattigkeit, wie ein Mensch, der in sanfftem Schlummer liegt und bald in einen tieffen Schlaff verfallen will, und wenn ich meine Augen zuschliesse, sehe ich die allerlieblichsten Sachen vor mir.*

Solchergestalt saß und lag er fast beständig in einem süssen Schlummer, und man merckte, daß ers nicht gerne hatte, wenn man ihn ohne Not darinnen stöhrete, war also wenig munter, als wenn man ihm Speise reichte, und wenn Bet-Stunde gehalten wurde. Als er am Michaelis Heil. Abend in die Vesper lauten hörete, und von uns vernahm, daß Morgendes Tages das Michaelis-Fest zu feyern sey, sprach er mit einer muntern und frölichen Gebärde: *Ach! meine Kinder, ich muß zu guter Letzt die Kirche noch ein-*[234]*mahl besuchen, ehe ich schwächer werde, denn ich spüre, daß mein Lebens-Ende nicht mehr weit entfernet ist.* Wir musten ihm demnach des andern Morgens seine besten Kleider anziehen, und in die Kirche tragen lassen, allwo er den GOttes-Dienst recht frisch und munter gantz aus abwartete, auch die geistlichen Lieder mit heller Stimme mitsunge. Diesen gantzen Tag über schien er, gegen die bißherigen, sehr starck zu seyn, folgendes Tages aber wieder so schwächlich, als die vorigen. Sonntags nach Michaelis hielt Herr Herrmann eine Predigt in des Alt-Vaters Zimmer, welche mein Vater, ich und einige andere, die sich nicht von ihm hinweg begeben wolten, mit anhöreten. Nachdem er nun etwas weniges von Speise und Tranck zu sich genommen, verlangete er, man solte den Tischler Lademann zu ihm kommen lassen, jedoch nicht ehe, biß die Nachmittags-Predigt vorbey wäre. Da sich nun dieser zu bestimmter Zeit einstellete, sprach der Alt-Vater zu ihm: *Mein Sohn! ihr habt mir, so lange ihr allhier auf dieser*

Insul gewesen seyd, vielen Nutzen gestifftet, und grosse Gefälligkeiten erwiesen, allein, ich habe doch noch eine Bitte an euch, daß ihr mir nehmlich mein Ruhe-Cämmerlein oder Sarg so eiligst, als nur immer möglich, verfertigen möchtet, denn ich habe nicht lange Zeit mehr hier zu bleiben, sondern GOtt wird mich nächster Tags zu sich ruffen, ich möchte doch aber gern vorhero mein Ruhe-Cämmerlein sehen.

Der ehrliche Lademann fing bitterlich an zu wei-[235]nen, küssete den Alt-Vater die Hand, und gab zu vernehmen, daß er sehnlich wünschte, mit dieser traurigen Arbeit noch viele Jahre verschont zu bleiben, allein, der Alt-Vater sagte: *Mein Sohn, das viele Reden kömmt mir sauer an, thut so wohl, erfüllet meinen Willen so eilig als möglich, und gebt mir die Hand darauf.* Lademann muste ihm solchemnach versprechen, das zu thun, was er verlangte, er gab ihm die Hand, und ging darauf mit weinenden Augen zum Zimmer hinaus. Gleich hernach ließ der Alt-Vater die Frau Mag. Schmeltzerin und meine Schwester ruffen, bestellete sich bey ihnen seinen Todten-Habit, bat, selbigen aufs eiligste zu verfertigen, und neben sein Bette zu hangen, damit er ihn stets vor Augen haben könte; Diese beiden wolten unter Vergiessung häuffiger Thränen, ebenfalls viel Einwendungen machen und um Aufschub bitten; allein der Alt-Vater sagte: *Erzeiget mir die Liebe, und erfüllet meinen Willen, ich solte meynen, binnen 2. Tagen könte alles fertig seyn.* Sie musten ihm also beyde die Hände darauf geben, worauf er wieder anfing einzuschlummern. Weil man aber verspürete, daß er es nicht gern hatte, wenn viele Leute um ihn waren, so blieben nur allezeit 2. Männer bey seinem Bette sitzen, die übrigen aber gingen in den Neben-Zimmern immer ab und zu. Montags früh kam Herr Mag. Schmeltzer wieder, den Alt-Vater zu besuchen, welcher noch immer im Schlummer lag, weßwegen ich zu diesem Geistlichen sagte: ob es denn auch wohl rathsam sey, daß man ihn [236] immerfort in solchen Schlummer liegen liesse? und ob es nicht vielleicht besser sey, wenn man ihn ermunterte, und von geistlichen Dingen mit ihm redete? So leise ich nun auch dieses sprach, so hörete es doch der Alt-Vater, und gab zur Antwort: *Nein, Mein Sohn! gönnet mir immer dieses Vergnügen, denn ich geniesse solchergestalt würcklich hier auf Erden den Vorschmack der himmlischen Freude, sehe ich schon hier mit meinen irrdischen obschon verschlossenen Augen so viel, was wird nicht droben mit verkläreten Augen zu sehen seyn?* Herr Mag. Schmeltzer gab darauf, er möchte uns unsere Vorsorge nicht übel auslegen, weil wir befürchteten, er möchte uns gantz unverhofft unter den Händen dahin sterben. *Nein,* gab er zur Antwort, *ich werde noch einige, ob schon wenige Tage bey euch bleiben, und will es schon etliche Stunden vorher sagen, wenn meinem Lebens-Lichte das Nahrungs-Oel auf die Neige kömmt; GOtt wird mir ein sanfftes Ende bescheren, und mir die Stunde vorher verkündigen, ich muß auch ja erstlich noch den theuren*

Zehr-Pfennig, nemlich das heilige Abendmahl, mit auf die Reise nehmen, und meine Sünden-Bürde wegwerffen, wenn ich als ein Auserwählter vor GOttes Angesicht erscheinen will.

Wir konten alle, vor Jammer, uns der Thränen nicht enthalten, und da er dieses sahe, sprach er: *Schämet euch, daß ihr um eines eitlen* [237] *Vergnügens willen, meinen alten verruntzelten Cörper noch eine Zeitlang um und bey euch zu sehen, mir das Vergnügen mißgönnet, je eher je lieber bey GOtt zu seyn. Seyd doch Männer und keine Kinder.*

Herr Mag. Schmeltzer stellete sich hierauf recht hertzhafft, und fing einen erbaulichen Discours von der himmlischen Herrlichkeit an, kam aber endlich auf die Frage: Ob denn er, der Alt-Vater, da er itzo noch bey vollkommenen Verstande wäre, nicht etwa eine Disposition machen wolte, wie es nach seinem Tode in diesen und jenen Sachen auf der Insul solte gehalten werden, und was dergleichen mehr war; stellete ihm anbey das Exempel des Ertz-Vaters Jacob, Genes. 47. v. 29. biß cap. 50. vor, und sagte, daß es eine GOtt sehr wohlgefällige Sache sey, wenn die Väter und Aeltesten den Nachkommen zum besten vernünfftig und wohl disponirten, ingleichen daß dergleichen letzter Wille allezeit mehr Autorität hätte, als diejenigen Verordnungen, welche von den jüngern gemacht würden. Hierauf sprach der Alt-Vater: *Es ist gantz recht, ich habe schon vor einigen Jahren meine Gedancken deßfalls sehr weitläufftig zu*

*Pappiere gebracht, welches sich unter meinen Schrifften
finden wird, da sich aber seit der Zeit auf dieser Insul
viel verändert hat, können selbige nun nicht mehr in
allen Stücken statt finden, derowegen will ich, daß auf
künfftigen Donnerstag G. G. nach verrichteten Gottes-
Dienste die Aeltesten meiner* [238] *Stämme nebst den
vornehmsten Europäern allhier vor meinem Bette erscheinen, und meine Meynung kürtzlich anhören sollen, welche mein Sohn* Eberhard *zu Pappiere bringen
kan. Inzwischen möchte doch zugesehen werden, ob an
meinem Sarge und Sterbe-Kleide gearbeitet würde.*

Herr Mag. Schmeltzer versicherte, daß seine Liebste,
meine Schwester und andere mehr als das letztere unter
Händen hätten, ich aber, um mich ihm biß an sein Ende
gefällig zu erzeigen, ging selbsten den Berg herab nach
Stephans-Raum, und fand, daß Lademann nebst seinen
Leuten so wohl an einem leichten als an einem andern
grossen Sarge, in welchen der leichte kleinere hinein geschoben werden solte, arbeitete. Bey Plagern und Mor-
genthalen, den Eisen-Arbeitern, waren die Rincken und
Beschläge auch bereits bestellet, und, um nur des Alt-
Vaters Willen zu erfüllen, solte der Sarg Mittwochs
Abends fertig und Donnerstags früh auf der Albertus-
Burg seyn. Der Alt-Vater zeigte über diese Nachricht ein
besonderes Vergnügen, und weil Herr Mag. Schmeltzer
diesen Tag nicht von ihm hinweg gegangen war, fing
unser Alt-Vater, indem er sich aus dem gewöhnlichen
Schlummer jählings zu ermuntern schien, auf einmahl

recht frisch zu sprechen an: *Wisset ihr, mein Herr Sohn! was ich mir vor einen Leichen-Text erwählet?* Wie nun Herr Mag. Schmeltzer hierauf mit Nein! antwortete, fuhr der Alt-Vater im Reden fort: *Den gantzen 23sten Psalm: Der HErr ist mein* [239] *Hirt, &c. &c. Hierauf könnet ihr nur immer im voraus studiren, weil ich doch weiß, daß ihr mir eine Gedächtniß-Predigt halten werdet.* Herr Mag. Schmeltzer wünschte, daß GOtt den Alt-Vater wieder stärcken, damit er diese Gedächtniß-Predigt erstlich nach Verlauff noch vieler Jahre thun möchte; allein, dieser antwortete weiter nichts darauf, sondern verfiel wieder in seinen gewöhnlichen Schlummer, blieb auch folgenden Dienstag und Mittwochen bey dieser Weise, und redete sehr wenig, ausgenommen, wenn wir ihm zum Speisen nöthigten, und vor seinem Bette Bet-Stunde hielten.

Hierbey kan ungemeldet nicht lassen, daß wir Montags Nachts zwischen den 2ten und 3ten Octob. einen grausamen Sturm auf der See anmerckten, diejenigen, so in der Tieffe auf unserer Insul wohneten, hatten zwar weiter keine Ungelegenheit davon, als etliche Tage nach einander einen gewaltigen Platz-Regen und einen mäßigen Wind, auf der Albertus Burg aber stürmete der Wind etwas schärffer, so, daß auch die oberste Haube von dem Seiger-Thurme abgeworffen wurde, die Etage aber, worinnen der Seiger war, unbeschädigt blieb. Einige, die auf die Felsen-Spitzen gestiegen waren, konten nicht gnungsam beschreiben, was vor ein entsetzliches Ungewitter

auf der See sey, indem die Wellen höher stiegen als unser
Kirch-Thurm, ja sie wüsten sich von Jugend auf nicht zu
besinnen, daß sich das Meer in dieser Gegend so gar sehr
hefftig bewegt hätte. Wir sahen also, daß die Propheceyung des Alt-Vaters wegen des [240] neulichen Erd-
bebens accurat eintraff, hofften aber, es solte sich mit
ihm bessern und er noch eine Zeitlang am Leben bleiben, indessen kamen Mittwochs Abends die 2. Särge
auf der Albertus-Burg an, wir sagten aber dem Alt-Vater
nichts darvon, biß er Donnerstags sehr früh mit einiger
Ungedult fragte: Ob denn sein Sarg und Sterbe-Kleid
noch nicht fertig wäre? Wir antworteten darauf mit
Ja! und musten also den Sarg so gleich in sein Zimmer
bringen und gegen sein Bette über setzen lassen. Es waren diese beyden Särge von dem allerfeinesten Holtze,
so auf dieser Insul anzutreffen war, verfertiget, mit einer braun-röthlichen Farbe angestrichen, das Leisten-
Werck versilbert, schöne Sprüche und Sinn-Bilder darauf gemahlet, und die Rincken verzinnet. Der innere
Sarg war eben so wie der grosse angestrichen und mit
grünen Damast ausgefüttert, wie denn auch ein mit grünen Damast überzogenes Bett und Haupt-Küssen darinnen lag. Die Frau Mag. Schmeltzerin und meine Schwester brachten in Gesellschafft meiner Liebsten, der Frau
Wolffgangin und vieler andern Frauenzimmer mehr,
das von silber-farbenen Atlas verfertigte Todten-Kleid,
nebst einem Sterbe-Hembde, von der allerfeinesten Holländischen Leinwand gemacht, ingleichen eine Purpur-

farbene Sammet-Mütze und ein paar weisse seidene Strümpffe, hingen auch diese Stücke, nach seinem Verlangen, ohnweit des Bettes an die Wand, vergossen aber viele Thränen darbey. Er hingegen machte ungemein freudige Gebärden und sagte: *Meine lieben Kinder, es ist alles* [241] *gar zu schön, zierlich und kostbar, allein, warum habt ihr euch so gar grosse Mühe gemacht, ich bin ja Erde und werde zur Erden werden.* Alle Umstehenden antworteten bloß mit Seuffzern und Thränen, weil ihm aber dieses verdrüßlich fallen mochte, legte er sich im Bette wieder nieder, und that die Augen zu, weßwegen der meiste Hauffe zurück ging, und nebst der Frau Mag. Schmeltzerin nur wenige Manns-Personen bey ihm blieben.

Unter der Zeit, da unten Kirche gehalten wurde, schlug er die Augen auf und sahe sich nach allen um, die im Zimmer waren, sprach darauf recht frisch: *Ey, Kinder! thut mir doch mein Todten-Kleid an, damit ich mich in dem grossen Spiegel, welchen mir mein Eberhardt mitgebracht hat, beschauen und sehen kan, ob es mir wohl stehet.* Wir waren von Herrn Mag. Schmeltzern gestimmet, ihm in allen zu willfahren, derowegen halffen wir ihm aus dem Bette, und wunderten uns über seine erneuerten Kräffte. Herr Mag. Schmeltzers Liebste legte ihm das Kleid an, er trat vor den Spiegel, lachte, und sprach frölich: *Mein grünes Bräutigams-Kleid, welches mir meine seelige Liebste,* Concordia, *vor nunmehro bey nahe 83. Jahren gemacht hatte, gereichte mir zum grösten Vergnügen auf der Welt, allein, dieses schöne Kleid, in welchem mein schwacher Leib, nachdem die Seele in den* [242] *Himmel gefahren, in der Erde schlaffen soll, ergötzt mich noch tausend mahl mehr. Bald, bald werd ich zu meiner Liebsten* Concordia *kommen.*

Wir musten ihn wohl 10. mahl die Stube auf- und abführen, und spüreten lauter Freude und Vergnügen an ihm, endlich aber ließ er sich wieder entkleiden, und auf den Schlaff-Stuhl bringen, allwo er mit zugeschlossenen Augen saß, biß sich die Herrn Geistlichen, benebst den Stamm-Vätern und vornehmsten Europäern vor dem Zimmer meldeten. Er nahm von jeden den Gruß und Hand-Kuß an, bath, daß sie erstlich speisen, und hernach wieder zu ihm in sein Zimmer kommen möchten, weil er vor seinem Abschiede aus dieser Welt, ihnen allen noch etwas vorzutragen hätte. Sie gehorsameten, und speiseten in den Neben-Zimmern, er, der Alt-Vater, nahm auch ein wenig Suppe, etliche Bissen von gekochten und gebratenen Speisen, nachhero ein eintzig Glaß Wein zu sich, saß hernach mit offenen Augen in dem Stuhle, biß der gantze Hauffe wieder zurück kam. Nachdem sich die Herrn Geistlichen und Aeltesten auf Stühle gesetzt, die übrigen aber in Ordnung getreten waren, befahl er mir, Pappier, Dinte und Feder zu langen, und seine Rede nachzuschreiben, denn, sagte er: ich werde langsam genung reden. Ich gehorsamete, und also höreten wir in nachfolgenden Worten: [243]

JOHANN GOTTFRIED SCHNABEL

Die Abschieds-Rede
und
letzten Willen
des Alt-Vaters
Alberti Julii I.

Lieben Kinder und werthesten Freunde! Sehet, ich werde in wenig Tagen sterben, doch, GOtt wird mit euch seyn. Meine Seele ist, GOtt sey Lob und Danck gesagt, wohl berathen, denn ich bin versichert, daß sie GOTT gewiß zu Gnaden auf- und annehmen wird. Das Zeitliche hatte ich mir bereits aus dem Sinne geschlagen, jedoch auf Einrathen meines Beicht-Vaters, Herrn Mag. Schmeltzers, habe mir gefallen lassen, vor meinem Abschiede, euch noch mündlich meine Gedancken ein und anderer Dinge wegen zu eröffnen. Ich habe zwar schon vor einigen Jahren meinen letzten Willen zu Pappier gebracht, welcher sich unter meinen Scripturen finden wird, weiln sich aber seit der Zeit auf dieser Insul vieles verändert, vermehret und verbessert hat, so verlange ich nicht, daß man sich eben in allen Puncten darnach einrichten solle, ich will aber auch nicht, daß man dieses Manuscript gantz und gar hinweg werffe, denn die Gesetze, Anweisungen und Vermahnungen, so ich darinnen gegeben, sind zum Theil noch wohl Betrachtens-würdig, obschon einige derselben unnöth- und überflüßig sind.

Das wenige, was ich etwa noch anzuordnen habe, ist dieses: [244]

1.) Soll mein erstgebohrner Sohn Albertus Julius II. nach meinem Tode auf diesem meinem Stuhle sitzen, und an meiner Statt das Ober-Haupt auf dieser Insul seyn. Nach dessen Tode folget ihm sein Sohn Albertus III. weiter aber soll sich das Recht der Erst-Geburth nicht erstrecken, sondern nach dem Ableben Alberti III. soll derjenige, welcher in den Stämmen meiner Söhne, die aus meinen Lenden gekommen sind, nehmlich Alberti, Stephani, Johannis, Christophori und Christiani, am ältesten an Jahren erfunden wird, das Regiment haben. Jedoch ist meine Meinung im geringsten nicht, daß ein solches Ober-Haupt als ein souverainer Fürst regieren und befehlen solle, sondern seine Macht und Gewalt muß durch das Ansehen und Stimmen noch mehrerer Personen eingeschränckt seyn. Demnach sollen

2.) Neun Senatores oder Vorsteher der Gemeinen, und zwar aus jeglicher Pflantz Stadt, wie sie itzt sind, bleiben, und nach deren Ableben allezeit andere Aeltesten und Vorsteher erwählet werden. Hiernächst sollen

3.) aus jeder Pflantz-Stadt noch 3. Beysitzer, nehmlich 1. Felsenburger und 2. Europäer, und zwar nicht nach dem Alter, sondern nach ihrem Verstande und Wissenschafft ausgesucht werden.

4.) Mein Vetter Franz Martin Julius, dessen Sohn Eberhard Julius, die Capitains Wolffgang und Wodley, auch Litzberg und van Blac, sollen wegen ihres besondern Verstandes und Geschicklichkeit bey dem gantzen Regimente, welches solchergestalt mit dem Ober-Haupte aus 37. Perso-[245]nen bestehet, als Geheimbde Räthe stehen, und als Befehlshaber mit zu achten seyn.

5.) Was das Kirchen- und Schul-Wesen anbelanget, so sollen die 3. Herren Geistlichen freye und unumschränckte Macht und Gewalt haben, darinnen so zu disponiren, wie sie es vor GOTT und ihrem Gewissen verantworten können, wie ich denn schon versichert bin, daß sie, wie bißhero geschehen, nach Beschaffenheit der Zeit und Gelegenheit fernerhin alles wohl einrichten werden, *derowegen sey derjenige verflucht, welcher sich ihren löblichen Unternehmungen widersetzt.*

6.) Weiln auch zu befürchten, daß in künfftigen Zeiten etwa der Satan, auf GOttes Zulassung, wie im Paradiese, also auch auf dieser Insul die Menschen zu groben Sünden, Schanden und Lastern zu reitzen und zu verführen trachten werde, als zweiffele zwar nicht, es werden die Herrn Geistlichen alle Kräffte anwenden, demselben zu widerstehen, allein, es wird auch nöthig seyn, daß die Aeltesten mit Zuziehung der Herrn Geistlichen nach und nach, wie es nehmlich die Zeiten mit sich bringen werden, heilsame Gesetze und Ordnungen stifften, wornach sich ein jeder richten könne und solle.

7.) Wegen Bau- und Verbesserung des Zustandes auf dieser Insul, will ich euch, meine liebsten Kinder und Freunde, nichts vorschreiben, sondern alles eurem Fleisse und Klugheit überlassen. Lasset nur den Capitain Horn, welcher so viel Treue und Liebe gegen uns erzeiget hat, nicht unbelohnet, bedencket auch das Volck wohl, das er mit sich [246] führet, denn ihr habt keinen Mangel an zeitlichen Gütern.

8.) Nun will ich von dem reden, was mich allein betrifft: Begrabet meinen Leib an die lincke Seite meiner seel. Ehe-Gemahlin, der Concordia, denn ihr erster Mann liegt ihr zur Rechten, und ich habe mir diese Städte schon seit vielen Jahren ausersehen.

> Hier fiel Herr Mag. Schmeltzer ins Wort, und sagte, wie er in seinen Gedancken gehabt, daß, wenn der Alt-Vater nach GOttes Willen von dieser Welt abgefodert werden solte, denselben in die Kirche gleich vor den Altar begraben zu lassen. *Nein!* rieff hierauf der Alt-Vater: *in das GOttes-Hauß gehören keine todte, sondern lebendige Cörper, lasset mich auf dem GOttes-Acker an der Seite meiner allerliebsten Concordia ruhen.* Wie ihr es sonsten bey Beerdigung meines Cörpers halten wollet, darum bekümmere ich mich nicht, weil ich weiß, daß ihr mich liebet, darüber aber bin ich höchst erfreuet, daß ich mein schönes Todten-Kleid und Ruhe-Cämmerlein noch vor meinen lebendigen Augen habe.

9.) Wenn sich der itzo noch anhaltende Sturm legen und es wieder stille Wetter werden wird, werdet ihr mein Ende heran nahen sehen, lasset derowegen Morgen und Ubermorgen diejenigen zu mir kommen, welche mich noch sehen und den Segen aus meinem Munde empfangen wollen, auf den Sonntag aber werde ich beichten, das Heil. Abendmahl empfangen, hernach mich um das Zeitliche [247] nichts mehr bekümmern, sondern meine Auflösung in stiller Ruhe abwarten.

Hierauf segnete der liebe Alt-Vater einem jeglichen Stamm und alle Anwesenden mit Hertz-brechenden

Worten, weßwegen fast jederman weinete, da er aber ins Bette gebracht zu werden begehrete, nahmen alle, biß auf etliche wenige, ihren Abtritt.

Folgende zwey Tage kamen aus allen Pflantz-Städten Alt und Jung herbey gezogen, und nahmen, ein Geschlecht nach dem andern, mit thränenden Augen und Küssung seiner Hände beweglichen Abschied von dem Alt-Vater, er aber ertheilete ihnen den Segen mit frölichen Geberden.

Sonntags Vormittags hielt Hr. Mag. Schmeltzer den GOttes-Dienst in seinem Zimmer, zu Ende desselben beichtete der Alt-Vater, und empfing das Heil. Abendmahl sehr andächtig, wolte aber nachhero nicht das geringste von Speise und Tranck zu sich nehmen, sondern er ließ sich den gantzen Tag über Wechsels-weise geistliche Lieder und Sterbe-Gebeter vorsingen und lesen. Nach verrichteten GOttes-Dienst unten in der Kirche, versammleten sich die Herrn Geistlichen und Alt-Väter zu ihm, allein, er ließ sich nicht in seiner Andacht stöhren, sondern verharrete stets im Beten und Singen.

Eben diesen Sonntag, den 8. Octobr. 1730. Abends gegen Untergang der Sonnen, fing der Sturm an, sich zu legen, welches der Alt-Vater sogleich vermerckte, und mit annoch ziemlich starcker Stimme sprach: *Meine Seele wird noch vor Mitternacht bey GOtt seyn, inzwischen haltet an im Gebet.* Die Herren Geistlichen [248] beteten und sungen also Wechsels-weise, was ihnen der Geist eingab, der Alt-Vater hatte die Augen verschlossen, rührete aber noch immer die Lippen biß gegen 10. Uhr, da wir erstlich, indem er Herrn Mag. Schmeltzern die Hand reichte, vermerckten, daß ihm die Sprache vergangen war, und er immer schwächer zu athemen anfing, jedoch der Verstand war noch vollkommen da, weil er auf etliche Fragen, die Hr. Mag. Schmeltzer noch an ihm that, das Haupt neigete, und die Hände aufhub: Derowegen segnete ihn derselbe ein, und gleich, nachdem der Seiger 11. geschlagen, trennete sich die Seele von seinem Cörper, welcher doch nicht das geringste Zeichen einiges Schmertzens, etwa mit Zucken oder sonsten von sich gegeben hätte, sondern es blieb ihm nur der Mund offen stehen.

Nunmehro ging das Lamentiren und Weh-Klagen bey Grossen und Kleinen erstlich recht an, allein, die Herren Geistlichen redeten allen tröstlich zu, so, daß sich die meisten auf die Seite machten, und ihre Klage in Geheim führeten. Wir aber, die wir in etlichen Tagen und Nächten daher sehr wenig geschlaffen hatten, bestelleten andere Wächter bey die Leiche, und legten uns nieder, um etwas auszuruhen.

Gleich mit Aufgang der Sonnen wurde dieser Trauer-Fall allen Insulanern mit 12. Canonen, da immer eine, eine Minute nach der andern, abgefeuert wurde, kund gethan, auch wurden Mittags von 11. biß 12. Uhr alle Glocken auf dem Kirch-Thurme geläutet, und damit 6. Wochen nach einander fortgefahren, da denn Capitain Horns ehemali-[249]ge Sclaven sich zu dieser Arbeit sehr fleißig einfanden. Noch dieses Montags musten die Maurer, unter Anweisung Mons. Litzbergs, auf dem Gottes-Acker, und zwar auf der Stätte, die sich der sel. Alt-Vater neben seiner Concordia Grabe erwählt hatte, ein gemaurtes und gewölbtes Grab zu machen anfangen, inzwischen wurde die Leiche angekleidet und in den Sarg gelegt, indem fand sich unser Mahler Hollersdorff ohngeruffen von selbsten herbey, und zeichnete des sel. Alt-Vaters Gesichts-Bildung ab, welches mir und vielen andern um so viel desto angenehmer war, weil sich in diesem Betrübnisse niemand darauf besonnen hatte. Donnerstags ging die Beerdigung vor sich, und der Zug fast auf eben die Art, wie am Jubel-Feste, nur daß die Kinder und Jungfrauen alle weiß, die Weiber und übrigen Manns-Personen, so wohl ledige als verheyrathete, alle in schwartzer Kleidung erschienen. Die Leiche wurde nicht getragen, sondern auf einem mit schwartzen Tuche behangenen Wagen gefahren, wie denn auch die 4. Pferde schwartze Decken aufliegen hatten. So bald der Zug von der Albertus-Burg herunter ging, wurden 12. Canonen gelöset, hernach, da wir mitten im grossen Garten waren, abermahls 12. Canonen, und endlich, da der Sarg in das Grab gesetzt wurde, zum dritten mahle 12. Canonen abgefeuert, auch mit Lauten der Glocke nicht eher inne gehalten, biß wir alle wieder zurück auf die Albertus-Burg kamen.

Die Leichen-Predigt und übrige Andacht, auch Ehren-Bezeugungen, waren ausgestellet biß künfftigen

Sonntag, da Herr Mag. Schmeltzer [250] dem seligen Alt-Vater eine ungemein vortreffliche Leichen-Predigt über dessen selbst erwählten Leichen-Text hielt. Es erschien zwar alles in Trauer-Habit darinnen, allein, es war weder Cantzel, Altar, Tauff-Stein, Orgel noch sonsten etwas mit schwartzen Tuche bekleidet, sondern in der Kirche blieb alles in seiner behörigen Ordnung, wie es war. Vor der Leich-Predigt wurde mit gedämpfften Instrumenten und dem Orgel-Wercke eine bewegliche Cantata, nach derselben aber eine Trauer-Ode musiciret, es hatte auch bey öffentlichen Gottes-Dienste die Kirchen-Music GOtt zu Ehren alle Sonntage ihren Fortgang, sowohl als wie die Orgel zu den Choralen immerfort gespielet wurde, so, daß dieser, obschon grosse Trauer-Fall, bey dem, was GOtt zu Ehren sonst gestifftet worden, dennoch nicht die geringste Aenderung machen solte.

Ausserdem aber war auf der Insul alles Volck sehr niedergeschlagen und betrübt, und kamen die hauptsächlichsten Besorgungen auf die Capitains Wolffgang, Wodley, Horn und Mons. Litzbergen an, als welche alles unumgänglich nöthige veranstalteten.

Am 23. Octobris, nahm unser nunmehriger Aeltester und Regent, Albertus Julius II. auf der Vorsteher und unser aller Einrathen, die so genannte Huldigung von allen Stämmen ein, und es wurden dieselben, weil es sehr schön Wetter war, auf dem grünen Taffel-Platze gespeiset, kehreten aber mit Untergang der Sonnen jeder in seine Behausung, und es ging wegen der tieffen [251] Trauer gantz stille zu. Bey dieser Gelegenheit wurden nicht nur die bißherigen Aeltesten der Stämme in ihrem Amte bestätiget, sondern auch aus jeder Pflantz-Stadt nach des seeligen Alt-Vaters Willen 3. Beysitzer erwählet und dieselben bestellet, wenigstens voritzo etliche Wochen hintereinander, allezeit Donnerstags nach angehörter Predigt auf der Albertus-Burg zu erscheinen, um das gemeine Beste zu berathschlagen. Ein jeder Stamm gab demnach ein, was in seiner Pflantz-Stadt annoch voritzo vor der Erndte höchstnöthig zu bauen und zu verbessern sey, ingleichen kam in Vorschlag, daß neben der Kirche etliche geraumliche Häuser vor die 3. Herrn Geistlichen, Informatores, insonderheit auch ein besonderes Schul-Hauß vor diejenigen Knaben erbauet werden solte, welche sich nicht auf das Haus-Wesen, sondern auf die Theologie und ander hohe Studia legen wolten. Allein, ehe wir alles dieses Bau-Werck noch anfingen, erfuhren wir zu gröster Verwunderung, daß uns ein unverhofftes Stück Arbeit vorgekommen war; denn es hatte sich der letztere Sturm-Wind in der Bucht, wo Capitain Horns Schiff lag, dergestalt gefangen, daß es von allen Seilen und Anckern loß gerissen, und dergestalt an die Felsen-Ecken geschleudert und zerstossen war, daß diese gantze grosse Machine fast gäntzlich wandelbar und unbrauchbar worden, worbey am meisten zu bedauern, daß 4. Canonen mit der Wand heraus gefallen und versuncken waren. Capitain Horn krauete sich zwar ziemlich im Kopffe dieses Unglücks-Falls wegen, [252] allein, wir redeten ihm zu, daß er sich dieserwegen keinen Kummer machen möchte, indem sein Schiff nicht allein wieder in vollkommenen Stand gestellet werden, sondern auch er, wenn er gleich mit seinen Leuten noch Jahr und Tag allhier verbleiben müste, doch eben so viel Profit haben solte, als wenn er eine 3. jährige Reise nach Ost-Indien gethan hätte. Demnach muste er sich wohl zufrieden geben, das Schiff aber wurde aus der Bucht heraus geführet, und am Fusse unserer Felsen-Insul aufs Trockene gebracht. Sonsten waren die Boote auch ziemlich zerlästert, so, daß die zwey, mit welchen unsere Leute binnen wenig Tagen nach der Insul Klein-Felsenburg fahren und dasigen Gästen frische Lebens-Mittel bringen solten, ebenfalls erstlich ausgebessert werden musten.

Nachdem dieses geschehen, bekamen unsere Leute unter Anführung des Capitain Horns ihre völlige Ladung von Lebens-Mitteln, kamen aber noch selbigen Abends mit der Nachricht zurücke, daß sich 9. Portugiesen, welche im letztern Sturme in dieser Gegend Schiff-Bruch erlitten, mit einem Boot bey den Matrosen auf der Insul Klein-Felsenburg eingefunden, weil sie daselbst Feuer und Rauch aufgehen sehen. Die Capitains Wolffgang und Wodley waren curieux, diese neu angekommenen Gäste zu besehen, zumahlen da sie höreten, daß ihr Capitain auch mit unter den Erretteten sey, derowegen bekam ich, nebst einigen andern, worunter sich auch Mons. van

Blac befand, ebenfalls Lust mit hinüber zu fahren, und ihre Unglücks-Fälle anzuhören. Also nahmen wir wenig Ta-[253]ge hernach etwas mehrere Delicatessen nebst etlichen Fäßlein von dem allerbesten Weine zu uns, und fuhren hinüber, traffen auch die 9. Fremden mehrentheils vor ihrer Hütte sitzend an, welche, da sie uns vor etwas ansehnlicher als andere, vielleicht auch wohl gar vor strenge Befehlshaber ansahen, so gleich aufstunden und uns entgegen kamen. Mons. van Blac, welcher am besten mit ihnen Portugiesisch sprechen konte, bewillkommete sie in unserer aller Nahmen aufs freundlichste, und verdeutschte uns hingegen, was sie antworteten. Da aber eben dieser, weil er so lange kein Portugiesisch gesprochen, sich fast nicht satt schwatzen konte, sagte ich: Ey! Mons. van Blac! führet doch die ehrlichen Leute an das Ufer, oder lasset ihnen von unsern Boote das mitgebrachte abholen. Mein Herr! sagte er, unsere eigenen Leute sind schon beschäfftiget, alles herbey zu schaffen; es war auch wahr, und bald hernach speiseten wir mit 8. Portugiesen unter freyem Himmel, denn der 9te besorgte, als Koch, die Küche, und trug auch die Speisen, so er zugerichtet hatte, selbst auf. Da er nun fertig war und wir unsere mitgebrachten Confituren und Weine auch herbey brachten, wolte sich dennoch der Koch nicht setzen, sondern blieb dem van Blac gegen über stehen, und sahe ihn beständig in die Augen. Endlich brach ich loß, und sprach: Mons. van Blac, der gegen euch über stehende Koch, ist gewiß mit unserem Tractamenten oder

der gantzen Aufführung nicht zufrieden, denn er siehet euch beständig ernsthafft an. Es kan seyn oder auch nicht seyn, antwortete hierauf der [254] Koch, aber, wenn der Herr van Blac sich satt gegessen hat, werde ich mir ausbitten, einige Worte mit ihm allein zu reden. Hiermit drehete er sich herum, und ging nach den Hütten zu. Der Portugiesische Capitain aber fing an zu sagen: Ja, meine Herren, keiner fleißigern, getreuern und Gottesfürchtigern Christen-Menschen habe ich Zeit-Lebens nicht gesehen, als diesen Koch, ohngeacht er nicht meiner Religion, sondern ein Holländer ist. Wie? ein Holländer? fragte Mons. van Blac. Ja, mein Herr, sagte der Portugiese, er ist ein gebohrner Holländer, und hat unsere Sprache binnen wenig Jahren doch dergestalt wohl gelernet, daß ihn jedermann vor einen Portugiesen hielte, wenn er nur nicht immer so tieffsinnig und traurig wäre.

Durch Ankunfft etlicher von Capitain Horns Leuten wurde dieser Discours auf etwas unterbrochen, da aber alles abgehandelt und jedermann vom Tische aufgestanden war, gingen wir alle ein wenig unter den Bäumen herum spatziren, mittlerweile kam offt gemeldter Koch wiederum zum Vorscheine, doch in weit sauberer Figur, denn er hatte nicht allein weisse Kleidung angezogen, einen artigen Türckischen Bund um seinen Kopff gemacht, sondern sein Gesicht, Hände und Arme sehr rein gewaschen, so, daß man an ihm eine ungemeine Zarte Haut betrachten konte.

Mons. van Blac blieb, so bald er den Koch in solcher Gestalt vor sich stehen sahe, als ein steinern Bild stehen; der Koch auch; endlich erholete sich Mons. van Blac und sagte: Mein Freund! wenn ihr ein Holländer seyd, so wird mirs auch [255] nicht fehlen, daß ihr aus dem Geschlecht meiner seligen allerliebsten Ehe-Frauen Charlotte Sophie van Bredal seyd, denn dieser ihre Gesichts-Bildung, die mir immer noch Tag und Nacht vor den Augen schwebt, kömmt mit der eurigen vollkommen überein. Ich schreibe mich van Bredal, antworttete der Koch, und kan vielleicht ein Freund von der Charlotte seyn, habe auch vernommen, daß sie einen unbekandten Menschen geheyrathet hat, aber wo ist die Charlotte hingekommen? Ach! schrye der van Blac, meine allerliebste Charlotte ist mir, nach erlittenem Schiff-Bruche, durch eine ungestüme Welle, da sie sich nebst mir auf einen Balcken gesetzt hatte, in der finstern Nacht von der Seite hinweg geschlagen und in die Tieffe des Meeres begraben worden. Hierbey stiegen dem van Blac die Thränen in die Augen, und er wäre gewiß umgesuncken, wenn wir ihn nicht erfasset und an einen Baum nieder gesetzt hätten. Der Koch sahe ihn starr an, so bald aber van Blac die Augen nur in etwas eröffnete, sagte der Koch: Mein Herr und Freund! ihr habt eines theils recht, andern theils aber seyd ihr irrig; denn eure Charlotte ist nicht in die Tieffe des Meeres begraben, sondern lebt noch, und hat das Vergnügen, euch wieder, ob gleich in Manns-Habit, zu umarmen. Unter diesen Worten umarmete und küssete sie ihn, fiel bey ihm nieder, und ließ nicht nach, biß er vollkommen wieder zu sich selbst kam.

Diese verwunderungs-volle Avanture setzte so wohl uns als den Portugiesischen Capitain in die gröste Erstaunung, und obschon dieser nicht so viel [256] von Mons. van Blacs Lebens-Geschichte wuste, als wir, so wunderte er sich doch über nichts mehr, als daß dieser Koch sein Geschlecht so lange zu verbergen, geschickt gewesen, indem kein Mensch auf dem Schiffe jemahls auf die Gedancken gerathen, daß unter seinen Kleidern ein Frauenzimmer versteckt sey.

Seyd ihr noch ledig, und im Stande, eure Charlotte wieder anzunehmen, sagte eben diese Charlotte zu ihrem van Blac, oder soll ich eure Person missen? Nein, mein Engel! antworttete dieser, nun solst du, und keine andere, mein Vergnügen seyn, weil ich auf dieser Welt lebe. Es wäre zwar fast geschehen, daß ich mich mit einer artigen unschuldigen Seele, in ein neues Ehe-Verlöbniß eingelassen hätte, allein, der Himmel hat solches durch andere betrübte Zufälle zurück gehalten, nunmehro aber hoffe ich ohne jener ihren Verdruß, und ohne fernere Unruhe, biß an mein Ende, mit dir allhier vergnügt zu leben, wenn du nur erstlich gesehen hast, was du dir itzo noch nicht einbilden kanst.

Ich Eberhard Julius hatte mein besonderes Vergnügen über diese gantz unverhoffte Zusammenkunfft dieser beyden Ehe-Leute; und zwar in Erwegung meines ehemaligen Schicksaals, schlich mich aber von der Compagnie hinweg, befahl meinen Felsenburgern, daß sie noch vor Nachts wieder zurück fahren, Morgen früh eiligst wieder kommen, und von der Frau Mag. Schmeltzerin ein, nach der Felsenburgischen Mode gemachtes vollkommenes Frauenzimmer-Kleid, mitbringen [257] solten. Nachhero liessen wir den höchsterfreuten van Blac nebst seiner Liebste, die in Wahrheit, ohngeacht aller ihrer ausgestandenen Kümmernisse, noch ein recht schönes Frauenzimmer vorstellete, im Grünen etwas allein, und höreten zu, was Capitain Horn mit seinen Untergebenen vor hatte. Diesen eröffnete er nun erstlich, was sich mit seinem Schiffe zugetragen, und daß man solches fast gantz von neuen würde bauen müssen; allein, selbige kehreten sich daran nicht, sondern sagten: Lieber Capitain, wir leiden hier keine Noth, und wenn es so fort gehet, so lasset uns so lange hier bleiben, biß es noch einmahl Sommer wird, binnen der Zeit wollen wir schon ein neues Schiff bauen. Diese Leute hatten meines Kopffs viel, derowegen fingen wir alle hertzlich an zu lachen, und ich versprach: daß, wo es ihnen gefiele, noch 2. Jahr und länger hier zu bleiben, sie an guter Speise und Tranck niemahls Mangel leiden solten. Sie waren hierüber sehr erfreuet, und versprachen, sich jederzeit als redliche Schiff-Leute aufzuführen. Indem wir aber einmahl beschlossen hatten, bey der zeitiger angenehmen Witterung selbige Nacht auf der Insul Klein-Felsenburg zuzubringen, lagerten wir uns alle in einer recht lustigen Gegend, und liessen Caffée zubereiten, worbey sich Mons. van Blac nebst seinem schönen Koche endlich auch einstellete. Mein Herr! sprach Mons. van Blac zu dem Portugiesischen Capitain, ich werde euch diesen Koch abspenstig machen, und ihn zu meinem Schlaff-Gesellen behalten, weil ich das allergröste Recht darzu habe; allein, saget mir, worinnen ich euch eine [258] Gegengefälligkeit erweisen kan. Der Portugiesische Capitain war höflich, und sagte: daß er über diese Person nichts zu gebiethen, sondern sich vielmehr zu gratuliren Ursache hätte, daß er dieselbe vor einigen Jahren nach erlittenen grausamen Sturme, an einer wüsten Stein-Klippe gefunden, beym Leben erhalten, und auf seinem Schiffe mit nach Ost-Indien nehmen können. Er bedaure zwar, daß sein Schiff in dem letztern Sturme mit vielem Gute und Volcke untergangen, wäre aber doch noch in etwas froh, daß er nebst diesen 8. Personen sein Leben gerettet, nach langen Herumfahren endlich diese Insul gefunden, und Hoffnung bekommen, daß man ihn wieder in sein Vaterland schaffen wolle. Wir versprachen diesem ehrlichen Manne alle möglichste Hülffe zu leisten, weil ich aber so neugierig war, der Frau van Blac wunderbare Lebens-Erhaltung zu vernehmen, als stillete sie meine und unser aller Couriositée mit folgender Nachricht:

Wie ich vernommen, sprach sie, so hat mein Liebster unser beyder Geschichte, seinen werthesten Freunden allhier schon ausführlich erzählet, derowegen will nur melden, daß, als mich, nach erlittenem Schiffbruche, die ungestümen Wellen auch nicht einmahl auf dem Balcken bey meinem Liebsten wollen sitzen lassen, sondern mich in der allerdunckelsten Nacht herunter geworffen hatten, ich meines Erachtens erstlich fast biß in den Abgrund versenckt, plötzlich aber wieder empor gehoben wurde, da mir nun alle Sinnen und Gedancken vergehen wolten, ich mich auch bereits dem Tode ergeben hatte, stieß ich mit dem Kopffe dergestalt hefftig an ein [259] Stück eines zerbrochenen Schiffs, daß ich, ohngeacht der Erkältung im Wasser, dennoch fühlete, wie mir das heisse Blut im Rücken herunter lieff, jedoch dieser Stoß, welcher mich vollends hinrichten können, dienete mir vielleicht zur Ermunterung, denn als ich meine Arme ausreckte, kriegte ich so gleich von ohngefähr einen eisernen Rincken zu fassen, an welchem ich mich vest anhielt, und also in der wilden See mit diesem Stücke fortgetrieben wurde, biß der helle Tag anbrach, da sahe ich nun, daß dieses ein sehr grosses und breites Schiffs-Stücke war, ersahe auch die Gelegenheit, mich darauf zu schwingen, und auf einer Ecke desselben sitzen zu bleiben, brauchte anbey die Vorsicht, daß ich einen breiten Saum von meinen Unter-Kleidern abriß, ein Seil daraus drehete, und selbiges an meinem Arme so wohl als an den eisernen Rincken bevestigte, damit, wenn ich ja allenfalls wieder herunter geworffen würde, ich mir dennoch wieder hinauf helffen könte; allein, die See wurde selbigen Tages völlig stille, und ich wurde von einem sanfften Winde fort- und weit von den Insuln des grünen Vorgebürges hinweg getrieben, so, daß ich dieselben noch vor Abends aus meinen Augen verlohr. Es brach abermahls eine dunckle Nacht ein, doch war See und alles ungemein stille, so, daß mich endlich mein Fahrzeug in einem sanfften Schlaff wiegte, dessen ich mich auch mit Fleiß nicht erwehren wolte, weiln nur wünschte, in selbigen ohne Marter mein Leben zu endigen, indem mir nicht allein das Wasser den Tod drohete, sondern sich auch in meinen Schubsäcken kaum auf 2. Tage Nah-[260]rungs-Mittel befanden. Mit aufgehender Sonne erwachte ich, und spürete, daß mir im Leibe ziemlich wohl war, nur die Wunde am Haupte fing mich an zu schmertzen, ich konte aber nichts daran thun, als dieselbe mit See-Wasser auswaschen. Es war dieses ein sehr heisser Tag, denn die Sonne brannte wegen der stillen Lufft gewaltig, derowegen plagte mich der Durst mehr als der Hunger, und ich meinete nicht anders, als daß ich verschmachten müste, jedoch die Güte des Himmels hatte in der folgenden Nacht mein Fahrzeug dergestalt an eine aus der See hervor ragende Klippe getrieben, daß ich gantz commode absteigen und an dieser Klippe hinauf klettern konte. Was mich am meisten ergötzte, war dieses, daß ich in einer Klufft derselben ein ziemlich Theil süß Wasser antraff, welches von dem neulichen Regen daselbst zusammen gelauffen war. Wenn ich sonsten diese Klippe beschreiben soll, so war sie, meines Erachtens, mit ihrer höchsten Spitze nicht höher als 50. biß 60. Ellen, und bey damahliger See etwa an ihrem Fusse 80. biß höchstens 100. Schritt im Umfange, allein, man konte nicht rings um dieselbe herum gehen, weil es als ein steiler Thurm und an theils Orten das Wasser gar zu nahe anschlug, an zwey Orten aber sahe man unten eine kleine Ebene von 10. biß 12. Schritten lang, aber nicht gar zu breit. Biß auf die halbe Höhe konte man diesen Felsen besteigen, und da fand sich ein Absatz, allwo, wie in einem Bette, 3. biß 4. Personen neben einander liegen konten, sonsten aber fanden sich wenig Stuffen, wo etwa 2. oder 3. neben einander hät-[261]ten stehen oder sitzen können. Ich erwählete mir dieses gemeldte steinerne Bette zu meinem Grabe, und war gesonnen, so bald ich vom Hunger und Durst ermattet wäre, mich dahinein zu legen, und mein Ende abzuwarten; allein, da ich mich Nachmittags wieder herunter an den Fuß des Felsens begab, fand ich nicht allein verschiedene Kästen und Pack Fässer, sondern auch 4. todte männliche Cörper, welche die See dahin getrieben, zwey von diesen Todten hatten etwas Brod, Böckel-Fleisch und Käse in ihren Schubsäcken, ob es nun gleich ziemlich eckelhafft war, so legte ich doch alles mit Fleiß an die Sonne, suchte weiter, und fand bey den andern ein Horn mit Schieß-Pulver, ingleichen ihr Tobacks- und Feuer-Zeug. Meine erste Bemühung war also, daß ich das Pulver und zum Feuermachen gehörige, an der Sonne trocknete, um nur Feuer und Rauch anmachen zu können, damit, wenn etwa ein Schiff vorbey paßirte, es doch an diesen Zeichen, verunglückte Menschen bemercken und dieselbe retten könte. Demnach schlug ich auch etliche Faß-Böden und andere Splitter mit spitzen Steinen von einander, und war so glücklich, daß ich, noch ehe es Nacht wurde, ein grosses Feuer anmachen konte. Selbige Nacht schlieff ich auf den Kleidern der 4. ertrunckenen Menschen sehr geruhig, und kan in Wahrheit sagen, daß ich damahls weder Eckel noch Furcht bey mir gespüret. Früh Morgens, so bald die Sonne aufgegangen war, ging ich wieder hinunter an den Fuß des Felsens, und befand, daß derselbe viel breiter, indem die See sehr gewichen war, auch sahe ich, daß noch [262] ungemein viel Kisten, Ballen, Fässer und andere Sachen, ingleichen noch 2. todte Cörper an den Felsen geschoben waren, derowegen ließ ich meine erste Arbeit seyn, die Todten biß auf die Hembder auszuziehen, und sie in den Sand zu scharren, weilen, wenn gleich Schauffeln und Hacken da gewesen wären, ich ihnen dennoch in den harten Felß keine Gräber machen können. Ich fand bey den 2. Letztern, welche sehr wohl gekleidet waren, viel goldene und silberne Müntze, schöne Ringe, auch viel Gold und edle Steine in ihren Kleidern vernehet, allein, ich hatte gar keine Freude darüber, vielmehr gereichte mir zu meiner Ergötzlichkeit, daß ich 2. wohl verwahrte Fäßlein Wein und 3. Fässer süsses Wasser, ingleichen 2. Faß voll Zwieback und 1. Faß voll geräuchert Fleisch in die Hände bekam. Um die andern Kisten, Kasten, Fässer und Ballen bekümmerte ich mich wenig, sondern nur um Holtz, Splittern, und Breter aufzufischen, damit ich mir ein Wetter-Dach bauen und auch zum Verbrennen etwas haben könte, denn auf meinem Felsen war weder Laub noch Graß, auch nicht die geringste Staude, sondern nur hie und da etwas Mooß zu sehen, weil es ein purer Stein-Klippe und gar keine Erde darauf war.

Demnach richtete ich mir binnen etlichen Tagen ein Wetter-Dach über mein Felsen-Bette auf, so, daß ich auch im Regen trocken liegen konte. Meine Nahrung war der gefundene Zwieback, Wasser und Wein, und weil ich kein Trinck-Geschirr hatte, so verfertigte ich mir eins aus einem Stück Leder, welches ich auch so ohngefähr am Ufer gefunden hatte. Das Fleisch, so ich hatte, konte in Ermangelung [263] eines Geschirres nicht kochen, derowegen steckte selbiges an ein spitz gemachtes Holtz, begoß es öffters mit Wasser, und ließ es am Feuer so lange braten, biß ich kauen und geniessen konte. Mein Feuer ließ ich Tag und Nacht brennen, und meine tägliche Arbeit war Holtz aufzufischen, und selbiges zu spalten, worbey mir ein breites Seiten-Gewehr, das einer von den ertrunckenen an sich hatte, ungemein nützlich war.

Kurtz zu sagen, ich wendete allen Fleiß an, mein Leben, so lange als möglich, zu erhalten, um nicht aus Nachläßigkeit, als eine Selbst-Mörderin, in des Himmels-Straffe zu verfallen, und mich um die ewige Seligkeit zu bringen. Da ich aber den Uberschlag gemacht, daß ich nunmehro binnen 14. Tagen an Holtze und Lebens-Mitteln (ausgenommen das süsse Wasser, welches so lange nicht reichen oder sich halten dürffte,) so viel Vorrath hätte, mich länger als 3. Monat damit zu behelffen, nahm ich mir vor, etliche Tage auszuruhen, doch waren meine Augen beständig nach der See gerichtet, um zu sehen, ob nicht ein Schiff vorbey seegelte, weßwegen ich denn auch bey Tage viel naß Holtz und Mooß auf das Feuer warff, damit ein desto stärckerer Rauch aufsteigen solte, allein, es wolte sich keines erblicken lassen, derowegen hielt ich meinem Verhängnisse stille, beklagte den muthmaßlichen Tod meines lieben Ehe-Mannes van Blac mit bittern Thränen und Seuffzern, so wohl als mein gantzes übriges Schicksal, jedoch kam mir fast alle Nacht im Traume vor, als ob ich diesseit eines Flusses, mein Blac aber mit vielen schwartz und weiß gekleideten [264] Leuten, jenseit desselben stünde, und mir immer ein Seil nach dem andern zuwarff, um mich dahin zu bewegen, in den Fluß zu schwimmen, und das Seil zu ergreiffen. Eines Morgens, da ich eben dergleichen Traum gehabt, sprach ich selbst noch halb im Schlaffe diese Worte zu mir: Du wirst auf diesem Felsen nicht sterben, sondern errettet werden, und deinen Liebsten van Blac endlich wieder zu sehen kriegen. Ob ich nun schon diese Worte in der Phantasie selbst zu mir gesprochen, so trösteten sie mich doch dergestalt, daß ich fast völlige Hoffnung zu meiner Errettung schöpffte. Immittelst fiel mir dabey ein, um desto mehrerer Sicherheit meiner Ehre wegen, die Weibs-Kleider aus- und hergegen ein Manns-Kleid von den Ertrunckenen anzuziehen, auch mich vor einen Schiffs-Koch auszugeben, indem ich aus den Briefschafften des einen Ertrunckenen sahe, daß er ein Koch, und auf der Rück-Reise aus Brasilien nach Portugall begriffen gewesen. Meine Kleider warff ich also in die See, und zohe einen völligen Manns-Habit an, schnitt meine Haare vor einem gefundenen Spiegel vollends kurtz ab, weil ich ohnedem wegen der gehabten, jedoch bereits geheilten Haupt-Wunde schon ein ziemlich Theil derselben abgeschnitten hatte. Kurtz von der Sache zu reden, ich sahe meiner Meinung nach einer Manns-Person vollkommen ähnlich, und truge zwischen zweyen Hembdern ein ledern Collett.

    Endlich da ich 5. Wochen und 4. Tage auf diesem Felsen zugebracht, erschien die Stunde meiner Erlösung, denn dieser ehrliche Portugiesische Capitain, welcher im Sturme auch viel ausgestanden, [265] und sein Schiff auf den Insuln des grünen Vorgebürges erstlich wieder ausgebessert hatte, ersiehet den Rauch von meinem angemachten Feuer aufsteigen, und weil er daraus abnimmt, daß ohnfehlbar daselbst verunglückte Menschen sich aufhalten müsten, schickte er ein Boot zu mir herüber, und ließ mich abholen, da denn die Matrosen auch, auf mein Erinnern, das am Felsen liegende Gut aufluden, und mit auf sein Schiff führeten. Es nahmen mich alle diese Leute mit Freuden auf, und muß ich sagen, daß ich jederzeit sehr höflich und freundlich von ihnen tractirt worden bin, auch hat man mir nachhero die Helffte des Werths von denen an meinem Felsen gefundenen Gütern baar und richtig ausgezahlt.

Gern wäre ich zwar solchergestalt, da ich ein Capital von mehr als 60000. Thlr. bey mir hatte, wieder in Europa gewesen, da ich aber nicht verlangen konte, daß man meinetwegen umkehren solte, ließ ich es mir gefallen, als Schiffs-Koch eine Reise nach Ost-Indien mit zu thun, habe durch Handel und Wandel viel daselbst erworben, in dem vergangenen Sturme aber auch viel eingebüsset, bin, weil ich jederzeit verträglich, nüchtern und mäßig gelebt, doch niemahls in Verdacht kommen, daß ich eine Weibs-Person sey, und bringe meinem lieben Manne, meines erlittenen Schadens ohngeacht, doch noch einen neuen Braut-Schatz an Gelde und Kleinodien von etlichen 20000. Thlr. werth mit, indem ich, ehe unser letzteres Schiff versuncken, einen Sack, der mit meinen besten Sachen angefüllet war, mit in das Boot geworffen, auch glücklich anhero auf [266] diese Insul gebracht habe. Wie nun hiermit die Frau van Blac die kurtze Nachricht ihrer bißherigen Fatalitäten beschlossen, sagte Mons. van Blac zu ihr: Mein Schatz! der Himmel hat euch und mich an einen solchen glückseeligen Ort geführt, allwo Gold, Silber, Geld und Edle-Steine vor nichts geachtet werden, jedoch ihr werdet alles besser mit euren Augen sehen, als ich es euch erzählen kan, denn ich hoffe, unsere werthesten Freunde werden uns erlauben, daß wir unsere Lebens-Zeit, jedoch nicht als Müßiggänger, bey ihnen zubringen dürffen. Es würde uns allen wehe thun, gab ich hierauf zur Antwort, wenn ihr als ein Paar, welches der Himmel nach so vielen ausgestandenen

Gefährlichkeiten und schmertzlichen Leydwesen wiederum so wunderbarer Weise allhier zusammen geführet hat, uns verlassen woltet; Bleibet derowegen ja bey uns, und nehmet so wohl als wie wir, mit demjenigen vorlieb, was uns die Gütigkeit des Himmels in unsern gelobten Lande schenckt. Wir brachten hierauf den Abend mit allerhand vergnügten Gesprächen zu, legten uns hernach in einer Laub-Hütte schlaffen, und sahen kurtz nach Aufgang der Sonnen das Felsenburgische Boot wieder zu uns kommen. Die Frau Mag. Schmeltzerin hatte mir mit demselben nicht nur einige vollkommene schwartze Frauenzimmer-Kleider, sondern auch allerhand andern Zubehör übersendet. Derowegen ging ich damit zu Frau van Blac, und sagte: Madame, ich nehme mir die Ehre, ihnen wiederum die ersten Frauenzimmer-Kleider zu præsentiren, und bedaure nur dabey, daß es Trauer-[267]Zeug ist, hoffe aber, daß sie sich keine böse Vorbedeutung daraus machen werden, denn da das Ober-Haupt dieser Insuln vor wenig Tagen gestorben, und wir sämmtlichen Einwohner in der tieffsten Trauer begriffen sind, werden sie sich als eine Anverwandtin von uns allen, ebenfalls nicht weigern, auf die behörige Zeit die Trauer anzulegen. Sie brachte ihre Danckbarkeit und Willfahrung mit wohl gesetzten Worten vor, worauf wir sie in einer Hütten alleine und ihr das Auslesen unter den Kleidern liessen; es verging aber keine Stunde, da sie sich in dem reinlichsten und zierlichsten Putze wiederum bey uns einstellete. Ein jeder bewunderte ihre besonders schöne Gesichts-Bildung, und muste nunmehro gestehen, daß selbige durch den Kochs-Habit ungemein verdunckelt worden. Mons. van Blac war vor Freuden gantz ausser sich selbst, und mir wolte selbsten Zeit und Weile lang werden, ehe wir dieses schöne Bild unter unser Frauenzimmer auf Groß-Felsenburg brächten, derowegen wurde nur eine kurtze Mahlzeit gehalten, und wir versprachen denen, so auf Klein-Felsenburg bleiben musten, ihnen nicht allein alles, was sie nöthig hätten von Zeit zu Zeit zuzusenden, sondern sie auch ehestens wieder zu besuchen, nahmen darauf vor dieses mahl Abschied, ruderten fort, und kamen ein paar Stunden über Mittag in Groß-Felsenburg an. Alles unser Frauenzimmer kam diesem schönen Gaste, welche von Mons. van Blac und mir in der Mitten voran geführet wurde, entgegen, und empfingen dieselbe mit der grösten Zärtlichkeit, allein, die Ver-[268]wunderung und die Freude war gantz unbeschreiblich, da sie höreten, daß es Mons. van Blacs Liebste, von welcher er geglaubt, daß sie im Meere umgekommen wäre. Sie wurde uns, da wir auf der Alberts-Burg angelanget, von dem Frauenzimmer entrissen und hinweg geführet, mit einigen Erfrischungen bedienet, und hernach dem Mons. van Blac nebst seiner Liebste ein etwas weitläufftiger Logis angewiesen, folgendes Morgens aber fand die Frau van Blac dergestalt viel Leinewand, andere Zeuge, Flachs und dergleichen, nebst allerley Hauß- und Küchen-Geräthe auf dem Saale vor Sie zum Geschencke zusammen getragen, daß Sie fast nicht wuste, wo sie alles hinthun solte. Am allerzärtlichsten kam uns dieses vor, daß der Frau Mag. Schmeltzerin Schwester, als Mons. van Blacs neulichst versprochene Braut, sich ohngeacht man vermerckt, daß sie den van Blac sehr liebte, eine von den ersten mit war, welche der Frau van Blac zur vergnügten Wiedervereinigung mit ihrem Liebsten Glück wünschete, und dem Himmel danckte, daß sie noch zu rechter Zeit wiedergekommen wäre, anderer Gestalt, wenn nehmlich ihr Ehestand mit dem van Blac bereits vollzogen gewesen, es auf allen Seiten vielen Kummer würde verursacht haben. Die Frau van Blac sagte hierauf: Mein schönes Kind, wenn es auch geschehen wäre, so schwöre ich euch doch heilig, daß ich euch, meinen Mann, ohne allen Verdruß hätte überlassen wollen, denn er hätte keine bessere Wahl als an euch treffen können, und ihm wäre ja nicht zu verargen gewesen, wenn er sich statt meiner eine [269] andere Liebens-würdige Person ausgelesen, zumahlen da er nicht anders glauben können, als daß ich, die ihn zu dieser gefährlichen Reise fast gezwungen, mein Begräbniß in den Wellen des Meeres gefunden. Derowegen hätte ich, wie gesagt, ihn von euch nicht abwendig machen, jedoch Zeit-Lebens seinen Nahmen führen, auf dieser schönen Insul in Gesellschafft so frommer Leute bleiben, und mein Leben entweder als eine Wittbe, oder als eure getreue Gehülffin, jedoch ohne eurer Liebe Eintrag zu thun, zubringen wollen. Weilen es der Himmel aber nunmehro dergestalt gefügt, hoffe ich, er werde eure schöne und artige Person auch wohl zu versorgen wissen.

Und dieses geschahe auch, denn Herr Diaconus Herrmann, welcher dieses Gespräch mit anhöret, verliebt sich so gleich in das schöne Gesicht und angenehme Wesen der artigen Johanna Maria, daß er wenig Tage hernach mich und den van Blac bey einem ausgebetenen Spatzier-Gange ersuchte, seine Frey-Werber bey derselben zu seyn. Mons. van Blac hatte eine besondere Freude über diese Commission, wir versprachen demnach Herrn Herrmannen aus redlichen Hertzen, keinen Fleiß zu sparen, ihm zu vergnügen, waren auch so glücklich, daß er in wenig Tagen das Ja-Wort bekam, und Verlöbniß halten konte.

Jetzo fällt mir ein, daß ich schon oben gemeldet, wie nicht nur der Herr Archi-Diaconus Schmeltzer mit meiner Schwester, ich mit meiner Cordula, sondern auch verschiedene Europäer und Felsenburger unsere Hochzeiten angestellet hatten, [270] allein, der darzwischen gekommene Todes Fall des Alt-Vaters hatte unser Concept verrückt, nachhero aber erfuhren wir, daß sich seit der Zeit noch mehr verliebte Hertzen vereinbaret hatten, derowegen fragte ich eines Tages Herrn Mag. Schmeltzer bey Gelegenheit: Wenn er denn wohl meynete, daß es sich schickte, diese Verlobten alle zu copuliren? Worauf er zur Antwort gab: Es wäre keine Sünde, meine Lieben, wenn selbiges morgenden Tag geschehe, allein, es wäre nicht unbillig, wenn wir auch eine feine äuserliche Zucht unter uns beobachten, und wegen der itzigen tieffen Trauer wenigstens 3. Monat vorbey streichen liessen, zumahlen da die Heilige Advents-Zeit und das Christ-Fest heran kömmt. Ich konte nicht anders als ihm hierinnen recht geben, derowegen wurde kund gemacht, daß alle diejenigen, welche sich mit einander verlobt, oder noch binnen der Zeit Verlöbniß halten würden, nicht ehe als den 9. Januarii des zukünfftigen 1731sten Jahres öffentlich in der Kirche copulirt werden solten, inzwischen könte binnen der Zeit ein jeder desto besser auf Einrichtung seines Hauß-Wesens bedacht seyn. Es murrete hierwieder niemand, sondern ein jeder beflisse sich auszusinnen, wie er sich am bequemsten und der Republic (denn so kan ich unser gantzes Werck wohl nennen) am vortheilhafftesten postiren könne.

Mons. Litzberg und Lademann hatten unter der Zeit besorgt, daß die Kirch-Fenster um Martini alle völlig eingesetzt waren. Lademann mit seinen Gehülffen hatten die Rahmen gemacht, und [271] der Glaß-Meister und Schneider, die grossen schönen Spiegel-Taffeln da hinein geschnitten. Demnach waren sie nunmehro beschäfftiget, auch auf der gantzen Albertus-Burg Glaß-Fenster einzusetzen. Der Mahler, Mons. Hollersdorff, war zwar in etwas abgehalten worden, die Mahlerey in der Kirche zu verfertigen, indem er den seligen Alt-Vater 2. mahl recht naturell ausgemahlt hatte, da denn das eine Stück in der Kirchen, das andere aber auf der

Albertus-Burg angeheſftet wurde, indessen hatten doch seine angenommenen Lehrlinge die Stühle mit Farben angestrichen, auch das meiste, was gemahlet werden solte, bereits gegründet, so, daß es nur noch an ihm fehlete, die entworffenen Biblischen Historien, so hie und dahin kommen solten, vollkommen auszumahlen, auch noch dieses und jenes zu vergulden. Oberwehnte Glaß-Hütte befand sich schon im vollkommenen Stande, um die andern Künstler und Hand-Wercker hatten die Aeltesten nicht einmahl Ursach sich zu bekümmern, weil sie vor alles selbst sorgten, und wo ihre Kräffte nicht zureichten, die Nachbarn zu Hülffe rufften.

Plager, Morgenthal, Herbst und Dietrich hatten 12. Werck-Stätten in Jacobs-Raum angelegt, worinnen Ertz, Meßing, Kupffer, Stahl und Eisen grob und klein verarbeitet wurde, also war diese Pflantz-Stadt weit volckreicher worden als bißhero, denn es arbeiteten in jeder Werck-Statt wenigstens 5. biß 6. Personen, und die Felsenburger schienen besondere Lust zum Schmiede-Werck und Metall-Giessen zu haben. [272]

Lademann, Herrlich und Krätzer hatten nicht vielweniger geschickte Gehülffen im Holtz-Arbeiten, nehmlich in der Dreßler- Bildschnitzer- Tischler- und Müller-Profession, der gemeinen Zimmer-Leute aber waren noch weit mehr.

Schreiner, der Töpffer, hatte 5. Werck-Stätten und 4. treffliche Brenn-Oefen, so, daß er mit seinen 4. Gehülffen nicht allein bißhero alle Insulaner wohl versorgt, sondern auch noch einen gewaltigen Vorrath an Töpffer-Zeuge hatte.

 Jedoch weil ich schon oben ein und anderes von den Professionen gedacht, so will voritzo nur noch so viel sagen, daß sich schon um diese Zeit ein jeder Meister seiner Kunst oder Handwercks dergestalt wohl eingerichtet hatte, daß mancher mit 3. 4. 6. ja noch weit mehr Gesellen und Lehrlingen arbeiten konte.

 Mittlerweile da wir gewahr wurden, daß ausser dem vielen zugehauenen Bau-Holtze, das unten am Fuß der Albertus-Burg annoch vorräthig, auch in allen Pflantz-Städten noch eine grosse Menge dergleichen anzutreffen war, schlug Mons. Litzberg vor, daß man die Geschlechter doch darum ansprechen möchte, noch so viel Zuschuß von dem besten Bau-Holtze zu thun, als genung wäre, ein Schul-Hauß nebst noch einigen andern Gebäuden vor die Herrn Geistlichen und übrigen Personen, welche auf dem Platze bey der Kirche Lust zu wohnen hätten, zu errichten, ja Mons. Litzberg erklärete sich, seine Wohnung in Christians-Raum selbst zu quittiren, um nur auch nahe an der Albertus-Burg und an der Kirche zu wohnen, ich fassete ebenfalls [273] die Resolution, meine Wirthschafft hinzukünfftig mit meiner Cordula auf diesem Platze in einem besondern Hause anzufangen, und meinen Vater zu mir zu nehmen, da sich nun hierzu noch andere mehr angaben, so, daß auf einmahl der Bau gar zu starck worden wäre, wurden vor erst die nöthigsten ausgelesen, und Mons. Litzberg machte also den Riß zu den Gebäuden, so, daß sie im Grunde folgender Gestalt zu stehen kamen:

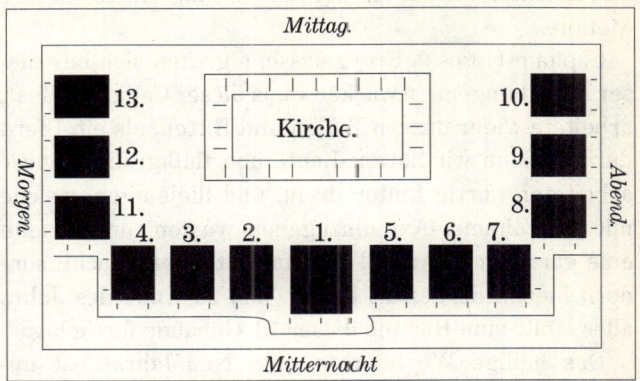

Es gefiel diese Eintheilung nicht allein uns, sondern auch den Aeltesten und übrigen sehr wohl, denn solchergestalt konten mit der Zeit noch viel dergleichen Häuser um die Kirche herum biß an die Albertus-Burg gebauet werden. Es war demnach dieser Abriß kaum so bald gezeiget, da die Aeltesten aus den Gemeinden gleich Anstalt machten, Holtz, Steine, Kalck, Leimen und dergleichen Bau-Materialien herbey zu schaffen, demnach war in wenig Tagen schon eine ziemliche Menge vorhanden. Mittlerweile hatte Mons. Litzberg den Füllmund [274] auf dem Erd-Boden abgezeichnet, derowegen fing alles, was Hände hatte, zu graben, hacken und schauffeln an, auch die Herren Geistlichen selbst, nebst den zärtlichsten Frauenzimmer kamen, sonderlich früh Morgens und gegen Abend, in den kühlesten Stunden herbey, und machten sich 2. biß 3. Stunden lang eine ziemliche Motion.

Capitain Horns 9. Freygelassene griffen sich bey dieser Arbeit ungemein wacker an, ja dieser Capitain selbst, arbeitete wider unsern Willen und Bitten, als ein Pferd darbey, denn wir hatten Leute überflüßig; die Mäurer arbeiteten hurtig hinter drein, und diejenigen, welche mit der Zimmer-Axt umzugehen wusten, deren denn eine gar starcke Anzahl war, fackelten auch nicht, sondern hieben dergestalt fleißig, daß zu Ende des Jahrs alles Holtz zum Richten dieser 13. Gebäude fertig lag.

Das heilige Weyhnachts- und Neu-Jahrs-Fest unterbrach demnach vor dieses mahl unsere saure Arbeit. Es ging aber itzo, wegen unserer anhabenden Trauer, ziemlich stille zu, jedoch in der Kirche war Music, es wurden auch an den hohen Fest-Tagen geistliche Melodeyen vom Thurme geblasen, und in der Neu-Jahrs-Nacht 3. mahl die Canonen gelöset, ingleichen ein Neu-Jahrs-Choral abgeblasen. Endlich da alle heilige Fest-Tage christlich celebrirt waren, trat auch der Tag, nehmlich der 9te Jan. ein, da folgende Paar mit einander copulirt wurden:

1. Herr Archidiaconus Schmeltzer mit meiner Schwester. [275]
2. Hr. Diaconus Herrmann mit der Frau Mag. Schmeltzerin jüngsten Schwester.

3. Ich, Eberhard Julius, mit meiner Cordula.
4. Mons. Langrogge, der Musicus, mit einer Jungfrau aus Roberts-Raum.
5. Mons. Hildebrand mit einer Jungfrau aus Simons-Raum.
6. Mons. Hollersdorff, der Mahler, mit der Frau Kramerin Schwester.
7. 8. Die beyden Buchbinder, Ollwitz und Rädler, der erste mit einer Wittbe aus Christians- und der andere mit einer Jungfrau aus Alberts-Raum.
9. Besterlein, der Sattler, mit einer feinen Wittbe aus Davids-Raum, allwohin er auch mit ihr zohe.
10. Breitschuch, der Seiffensieder, mit einer Jungfrau aus Roberts-Raum.
11. Schubart, der Glaß-Meister, mit einer Jungfrau aus Stephans-Raum. NB. Dessen Mitarbeiter Kindler aber, so wohl als Trotzer der Zinn-Giesser und Engelhardt der Blechschmidt, blieben noch im ledigen Stande, weil diejenigen Jungfrauen, worauf sie ihre Augen geworffen, noch ein wenig zu jung schienen. Hergegen heyrathete
12. ein feiner Junggeselle, der bey Mons. Plagern in Arbeit stund, die Jungfer Krügerin. Und
13. ein anderer Junggselle aus Alberts-Raum, der bey Mons. Cramern die Artzeney-Kunst und Chirurgie gelernet hatte, die Jungfer [276] Zornin, er hieß Johann Albert Julius. Letztlich

14. ein junger wohlgeschickter Töpffer aus Davids-Raum, die Kuntzin, meiner Schwester bißheriges Aufwarte-Mägdgen.

Es waren die allermeisten Personen dieser Insul in reinlicher Kleidung zugegen, um diesem Trau-Actui zuzusehen, welcher biß in die Mittags-Stunde währete. Unser nunmehriger Alt-Vater Albertus II. war auch selbst zugegen, und führete, nebst meinem Vater, die 3. ersten Paare zum Altare, die übrigen wurden von den andern Aeltesten und Europäischen guten Freunden geführet. Nachdem sich nun der gantze Trau-Actus, den Hr. Mag. Schmeltzer mit einem Sermon angefangen, wie sonst ordentlicher Weise, jedoch ohne Music, beschlossen, und die Mittags-Stunde heran genahet war, begaben wir uns sämmtlich an den Ort, wo der Alt-Vater auf Hrn. Wolffgangs grünen Taffel-Platze, auf allen Tischen, vor alle Stämme, vortreffliche Speisen und Geträncke auftragen und zurichten lassen. Die Copulirten sassen mit dem Alt-Vater, Hrn. Mag. Schmeltzern, denen Capitains Wolffgang, Wodley und Horn, auch Mons. Litzberg und Blac an der halb-runden so genannten Braut-Taffel, die übrigen Aeltesten aber præsidirten bey ihren Tischen, und die ledigen Europäer hatten sich bey ihre besten Freunde eingetheilt, wie denn auch Capitain Horns Freygelassene mit an die Tische eingetheilt und zur Aufwartung lauter Felsenburgische Knaben und Mägdlein bestellet waren. Also sassen wir biß 3. Stunden lang unter den vergnügtesten Gesprä-[277]chen bey Tische, weil es ein angenehmer und nicht allzu heisser Tag war, nach diesem gingen wir sämmtlich in den Alléeen ein paar Stunden spatziren, eine gute Stunde vor Untergang der Sonnen aber begab sich ein jeder mit seinen Angehörigen nach seiner Wohnung, und liessen die Lustbarkeiten biß auf eine andere Zeit ausgesetzt bleiben.

Gleich Tags darauf ging die Arbeit an unsern Schul- und Häuser-Bau wieder an, so, daß binnen 4. Wochen alle diese 13. Gebäude vollkommen gerichtet waren, so bald eins fertig stund, waren die Mäurer und Tüncher gleich hinter her, so, daß im May-Monat schon alles fertig gemauert, getüncht und geweisset war, ohngeacht daß uns die Erndte-Zeit und Wein-Lese viel fleißige Arbeiter entzogen hatte. So fleißig nun aber diese Bau-Leute gewesen, desto weniger spareten die Tischler, Schlösser und Glaßmacher ihre Mühe, um diese Wohnungen mit Thüren, Schlössern und Fenstern, auch Tischen und Stühlen zu versehen, wie denn die Zimmer-Leute, auch die Treppen und andere Nothwendigkeiten, nach Anweisung Mons. Litzbergs, immer nach gerade fertig machten, so, daß alle diese Gebäude vor Ausgang des 1731sten Jahres vollkommen ausgebauet stunden, und wir nach Belieben einziehen konten, wenn wir wolten. Allein, wir beredeten uns alle, die Wände erstlich vollkommen austrocknen zu lassen, und nicht ehe, als mit Eintrit des Februarii 1732. einzuziehen, welches denn auch geschahe.

Ich muß aber doch vorhero eine kleine Beschreibung

von allen diesen Wohn-Stätten machen, auch [278] die Personen anzeigen, welche sich deren zu bedienen hatten, demnach war in der Mitten

Num. 1. das Schul-Hauß, 3. Stockwercke hoch, oben mit einem kleinen Thürmlein, worein mit der Zeit eine Schlage-Uhr, nebst einer Schul-Glocke gebracht werden solte. Es befanden sich in diesem Schul-Hause 6. geraumliche Stuben, 8. zum Theil etwas kleinere Cammern, eine grosse und kleine Küche, 2. Speise-Gewölber und ein Keller.

Die andern 12. kleinern Häuser waren nur 2. Stock-Werck hoch, hatten jegliches 3. Stuben und ein Sommer-Stübgen im Dache, nach der Kirche zu, 5. Cammern, 1. Küche, 1. Speise-Gewölbe, einen Keller, und es war accurat eins in Dach, Fach und sonsten gebauet und ausgeziert wie das andere. Es erwählten sich demnach und bezogen die

Num. 2. Herr Mag. Schmeltzer.

Num. 3. Dessen Herr Bruder mit meiner Schwester.

Num. 4. War mir Eberhard Julio wegen der Aussicht an 3. Seiten, nehmlich gegen Morgen, Mittag und Mitternacht am angenehmsten, weßwegen ich selbiges mit meiner Cordula bezohe.

Num. 5. Hr. Diac. Herrmann.

Num. 6. Mons. van Blac.

Num. 7. Mons. Litzberg.

Num. 8. Mons. Langrogge, } die beyden Musici.
Num. 9. Mons. Hildebrand,

Num. 10. Mons. Hollersdorff, der Mahler.
Num. 11. Mons. Johann Albert Julius, der Chirurgus. [279]
Num. 12. Der Buchbinder Ollwitz.
Num. 13. Der Buchbinder Rädler. Diese beyden letztern wurden deßwegen mit anhero genommen, weil sie das Amt eines Kirchners, Wechsels-weise, auch wohl an den Kirch-Tagen beyde zugleich verrichteten.

Sonsten ist noch bey diesen 12. Häusern zu mercken, daß alle Vorder-Thüren nach der Kirche zu gingen, durch die unterste Hinter-Thür kam man in einen geraumlichen Hof, wo nicht allein Holtz zu legen, sondern auch Ställe zu bauen waren, vor diejenigen, welche etwa Lust bekommen möchten, Vieh zu halten. Aus dem Hofe trat man durch eine Thür auf den Garten-Platz, welcher zwar damahls noch nicht umzäunet, jedoch dergestalt ordentlich abgestochen war, daß kein Garten oder Hof um eines Fusses breiter war als der andere; inzwischen war der Garten-Platz groß genug, Bäume, auch Küchen-Speise vor eine starcke Familie hinein zu pflantzen. Hinter allen diesen Häusern in der Höhe, wo die Abtheilung des ersten und andern Stockwercks ist, gehet ein 5. Schu breiter, oben rings herum mit einem Dach versehener Gang, da man von auswendig nicht hinauf kommen kan, von inwendig aber gehet aus jedem Hause eine Hinter-Thür heraus auf diesen Gang, so, daß man einander von einem Ende biß zum andern besuchen kan, ohne über den Platz zu gehen, oder sich vor dem Regen zu fürchten, denn dieser Gang ist auch über die schmalen Gäßlein hergebauet, welche allezeit zwischen 2en Häusern durchgehen. Meines Erachtens solte es nicht übel lassen, wenn man mit der Zeit die Kirche [280] noch mit mehr dergleichen Häusern umringte, und auf jener Seite ein eintziges grosses Thor, dem Schul-Hause gegen über, zum Haupt-Eingange liesse, auch eine Verwahrung daran machte, damit kein Vieh darauf lauffen könte; um deßwillen denn auch bey dem Eingange eines jeden schmalen Gäßleins, so, wie in Europa auf den Kirch-Höfen zu sehen, ein tieffes Loch mit einem darauf liegenden eisernen Gegatter zu machen wäre. Wer weiß, was in Zukunfft geschicht, wenn wir erstlich noch andere wichtige Sachen besorgt haben. Doch muß ich auch nicht vergessen, daß wir, um das Wasser nicht gar zu weit holen zu dürffen, 4. schöne Brunnen aufgraben und wohl einfassen liessen. Diese stunden vor den Gebäuden Num. 3. 6. 9. 12. und im Hofe des Schul-Hauses, war beschlossen, noch einen besondern grossen Brunnen ausgraben zu lassen; wiewohl es kommen auch einige, jedoch gantz kleine Wasser-Bächlein von der Albertus-Burg hergerieselt, welche man mit der Zeit wohl zusammen leiten, und wegen Feuers-Gefahr einen grössern Teich oder Wasser-Behalter anlegen könte.

Durch die fleißige Anführung Herrn Mag. Schmeltzers waren seit einigen Jahren daher aus jeglichem Stamme hier oder da, 2. auch wohl 3. gelehrige Köpffe, bereits dahin gebracht worden, daß sie in ihren Pflantz-Städten die zarte Jugend im Christenthume, lesen, schreiben und rechnen unterrichten konten, wie denn dieserwegen Herr Mag. Schmeltzer fleißige Visitation hielt. Nunmehro aber wurden die besten Köpffe, welche die meiste Lust zum Studiren bezeigten, ausgesucht und an der [281] Zahl 33. in das neue Schul-Hauß gebracht. Ein jeder bekam von seinen Eltern ein besonderes Bette, gnugsame Wäsche und was er sonsten nöthig hatte, die ältesten von diesen Knaben waren 16. und die jüngsten 12. Jahr. Sie wurden zwar alle von den 3. Herren Geistlichen täglich im Christenthume, ihrer 18. aber Hauptsächlich in der grössern Theologie, wie auch im Hebräischen und Griechischen informiret, Mons. Litzberg und ich hatten Wechsels-weise die Lateinische Sprache mit ihnen zu tractiren, einige blieben nur bey dieser und der Englischen, welche letztere Sprache ihnen van Blac wohl zu lehren wuste, ingleichen auch einigen das Holländische. Schreiben und Rechnen hatten sie von mir und Litzbergen zu lernen, weil es hieß, daß wir die feinesten Hände schrieben, einige legten sich auf die Mathematic und was mit derselben verbunden, andere liebten die Sternseher-Kunst, um Calender schreiben zu können, wieder andere hatten besondere Lust zur Music, etliche auch zum Zeichnen und Reissen, worinnen sie Hollersdorff informirte, ins besondere war Mons. van Blac bestellet, sie in ihrer Aufführung, so wohl bey Tische, als wenn sie ihre Frey-Stunden hatten zu corrigiren, des Nachts aber musten Wechsels-weise entweder einer von den beyden Musicis oder einer von den beyden Kirchnern, der Mahler Hollersdorff, oder der Chirurgus Julius bey diesen Knaben in einem besondern Bette schlaffen, damit sie nicht etwas verwahrloseten, also kam es alle 6. Nacht an einen von diesen sechsen, und man sahe nicht, daß einer verdrüßlich darüber war, ohnge-[282]acht sich Litzberg, van Blac und ich, nebst den Priestern von dieser Beschwerlichkeit frey machten. Jedennoch fing mein lieber Vater einsmahls von freyen Stücken an, und sagte: Kinder! ich sehe, daß ich euch wenig hier nütze, als daß ich bete, esse, trincke und wenig arbeite, derowegen gebt mir das Amt, daß ich ausser den Schul-Stunden, und wenn ihr alle was nöthigers verrichten könnet, die Aufsicht über die Knaben habe, und des Nachts im Schul-Hause bey ihnen schlaffe, denn es ist ja gleich viel, mein Sohn Eberhard! ob ich unter deinem Dache oder unter dem Schul-Dache schlaffe. Ich habe ohnedem wenig Schlaf, kan also diese Knaben besser bewachen, als junge Leute, welche ohnedem solchergestalt von ihren Weibern wegbleiben müssen. Wir wolten erstlich alle nicht darein willigen, endlich aber, da er sagte: Gönnet mir doch dieses Amt, woraus ich mir eine Freude mache, sonsten werde ich mich grämen, wenn ich sehe, daß ihr alle fleißig seyd, und ich solte gar nichts nutze seyn, denn schwerer Arbeit bin ich niemahls gewohnt gewesen. Demnach musten wir ihm endlich nachgeben, meine Cordula machte ihm ein schönes Bette mit Vorhängen in die mittelste Schlaf-Cammer der

Knaben, so, daß er sie alle in 3. Cammern um und neben
sich liegen hatte, er brachte aber auch des Tages die meiste Zeit bey den Knaben zu, und aß mehr mit ihnen als an
meinem Tische, solchergestalt war Mons. van Blac auch
dann und wann einer Bemühung überhoben.

Sonsten war unsere Oeconomie in diesen [283] Häusern dermahlen also eingerichtet: Es wurde uns alle
Dienstage, Donnerstage und Sonnabends früh von der
Albertus-Burg herunter, frisches Brod, Käse, Butter, allerhand Gemüse, frisch Wildpret und Ziegen-Fleisch auf
Wagens zugefahren, eine jede Haußwirthin nahm davon
so viel als ihr beliebte, denn es war allezeit mehr da als
wir brauchten, und worzu dienete uns das übrige? Fische
konten wir alle Morgen von Christians- oder Stephans-
Raum holen, und auslesen lassen was wir wolten, denn
die dasigen Fisch-Kästen und Behälter wurden niemahls ledig. Von Flügel-Werck, so wohl kleinen als grossen, brachte man uns wöchentlich so viel, daß wir das
meiste wieder zurück geben musten. Mit Bier, Wein, Gewürtze und dergleichen waren unsere Keller und Speise-
Cammern zur Gnüge versorgt. Was die Knaben anbelangete, so speisete mein Vater oder Mons. van Blac, auch
wohl jemand anders, mit den 18. grösten an der einen
Taffel, und gleich neben derselben, speiseten an der
andern die übrigen 15. so, daß man sie alle übersehen
konte. Die Tractamenten bestunden Tag vor Tag 1.) in
einer Suppe, 2.) eine Schüssel Fleisch, worbey auch Zu-
gemüse, 3.) eine Schüssel mit Fische, 4.) ein Braten nebst

dem Zubehör. Jeder Knabe hatte seinen zinnernen Becher, den er nach Belieben 2. mahl voll Bier, des Sonntags aber auch einmahl voll Wein bekam. Ubrigens wurde die Zurichtung der Speisen nach dem Appetite sehr wohl verändert, und die Küche von 2en betagten Wittben, da die eine aus Roberts- die andere aber aus [284] Alberts-Raum war, ingleichen von 5. Jungfrauen besorgt, die alle entweder Söhne oder Brüder in der Schule hatten. Zu allem Uberfluß musten die 3. Priester-Weiber, die Frau Litzbergin, die Frau van Blac und meine Cordula, eine Woche um die andere die Ober-Aufsicht über die Küche nehmen, welches denn alle 6. Wochen an eine kam. So fehlete es uns auch an Holtze nicht, denn alle Woche 2. mahl, brachten die Simons- Roberts- und Stephans-Raumer, auch andere mehr, gespaltene und gantze Stücke herzu gefahren, welche letztern von den Knaben zur Lust gespaltet wurden.

So bald demnach unser Schul- und Haus-Wesen in ziemliche Ordnung gebracht, fing ein jeder an, mit Hülffe der Knaben und anderer guten Freunde, seinen Garten zu verzäunen, wir setzten Bäume, säeten und pflantzten allerhand nützliche und appetitliche Garten-Gewächse und Blumen-Werck, baueten Ställe vor vierfüßig Vieh, auch Flügelwerck, in Summa, ehe Jahr und Tag verging, befanden wir uns allerseits in recht vergnügten Stande, wünschten auch viele tausend mahl, daß nur unser lieber seeliger Alt-Vater, dieses schöne Stück Arbeit, noch vor seinem Ende hätte mögen mit Augen ansehen. Es erzeigte sich zwar unser itziger Regent nicht weniger liebreich und väterlich gegen uns, ließ sich auch alle unsere Anstalten ungemein wohl gefallen, und brachte die meisten Tags-Stunden bey uns zu, allein, es war uns allen doch noch nicht möglich, Albertum l zu verschmertzen. [285]

Um nun dessen Gedächtniß zu verehren, wurden wir schlüßig, ihm, so, wie er seiner seeligen Ehe-Frauen der Concordia gethan, eine Pyramide zum Häupten, gleich neben der Concordia ihrer, von ausgehauenen Steinen zu setzen, derowegen legte man so gleich die Hand ans Werck, und ward binnen 2. Monaten gäntzlich damit fertig. Die Figur dieser Pyramide ist dreyeckigt, 6. Ellen hoch, und auf der Spitze ruhet eine im Feuer verguldete proportionirlich grosse küpfferne Kugel. Die Steine sind sehr sauber zusammen gefügt, und mit dauerhafften Farben übermahlt, das daran befindliche Laub-Werck und Zierrathen aber starck verguldet. Ausserdem sind 6. wohl ausgetriebene küpfferne und im Feuer verguldete Schilder, an den 3. Ecken oben und unten bevestiget, und auf selbige folgende Sinnbilder gemahlt:

1.

Ein beschädigtes Schiff auf dem Meere,
mit der Beyschrifft:
Post mala mixta bonis portum ratis intrat amoenum.
Nach guten und nach bösen Stunden
Wird der gewünschte Port gefunden.

2.
Ein lächzender Hirsch,
mit der Beyschrifft:

Sic sitit astra pius, cervus velut appetit undas.
Ein Hirsch lächzt nach dem frischen Bache,
Ein Christ nach jenem Sternen-Dache. [286]

3.
Eine angezogene Glocke,
mit der Beyschrifft:

Mortis Christianus reminiscitur ære sonante.
Hört ein Christ den Glocken-Schlag,
Denckt er an den Sterbe-Tag.

4.
Ein verdorreter Baum,
mit der Beyschrifft:

Sic homo marcescit, veluti marcescit & arbor.
Es geht dem Menschen auf der Erden
Wie Bäumen, welche dürre werden.

5.
Ein aufsteigender Rauch,
mit der Beyschrifft:

Ut fumus transit, sic transit gloria mundi.
Das Leben kan nicht stets bestehen,
Es muß wie Rauch und Dampff vergehen.

6.
Ein Todten-Sarg,
mit der Beyschrifft:

Est ita: mors talem loculum dabit omnibus atra.

INSEL FELSENBURG III

Der Todt wird allen, die noch leben,
Ein solches Hauß zur Wohnung geben. [287]

An jeglicher Seite der Pyramide in der Mitte war eine grosse Kupfferne Platte eingefügt, und die Nachricht mit goldenen Buchstaben darein geätzt. Die erste Seite gab demnach folgendes im Latein zu lesen:

* * *

HEus! Viator,
gradum siste, lege, luge,
nimirum
hoc in saxeo sepulcro
placide requiescit
ALBERTUS JULIUS I.
supremus hujus Insulæ saxosæ dominus,
natione Saxo, ratione Nestor,
faustus infaustorum fatorum victor,
parens clarissimis parentibus clarior,
nauta, naufragio felix,
Crœsus ex Iro factus,
Rex non nomine, sed omine,
concordium familiarum conditor
juvante
CONCORDIA,
maxime
verus veræ pietatis cultor;
O irreparabile damnum!

quot conspicua boni ordinis specimina
ab incolis hujus insulæ conspiciuntur,
tot testes testantur
ALBERTUM [288]
non fuisse Davum, sed Oedipum,
non otiosum, sed negotiosum;
Posteri post sera secula ingemiscent,
JULIUM
vitam cum morte commutasse,
qui inermis rupes robustis hostibus robustiores vicit,
& de naturæ difficultatibus triumphavit
majori cum pompa
quam si in urbem
Quatuor in niveis aureus isset equis;
migravit
e solo in polum
exemplar virtutum sine exemplo
sapientissimus bonorum morum magister,
acerrimus vitiorum osor,
certa vitæ cynosura,
Senex denique ad aram usque devenerandus
qui in adversis de secundis & in secundis
de adversis nunquam cogitavit,
nisi semper
qui credidit, ut vixit, & vixit, ut credidit,
hoc est,
vere, pie, bene ac sincere;
sed tacet & jacet

cujus anima DEO placet,
postquam
d. VIII. Octobr. c ɔ Iɔ CCXXX.
sensim sine sensu
animam exhalavit. [289]
Hoc te volebam,
Viator,
nunc ubi, & quoad vivis, vive
in vita feliciter!
* *
*

An der andern Seite zeigte sich die Deutsche Schrifft eben dieses Inhalts, und gleichfalls mit güldenen Buchstaben eingeätzt in diesen Worten:

H* *
*
öre, mein Wandersmann,
stehe stille, ließ dieses
und traure dabey.
In dieser steinernen Grufft ruhet in
guter Ruhe
Albertus Julius der Erste,
der Ober-Herr dieser Felsen-Insul,
von Geburth ein Sachse, von Verstande
ein Nestor,
ein glücklicher Besieger der unglücklichsten
Schicksale,
ein Vater, der berühmter ist als viele
der berühmtesten Väter,
ein Schiffer, der durch Schiffbruch erst

*glücklich
und
aus einem armen* Iro *ein reicher* Crœsus
*worden ist.
Ein König, nicht dem Nahmen, sondern
der That nach;* [290]
Ein Stiffter vieler einträchtigen Familien,
mit Bey-Hülffe seiner Gemahlin,
CONCORDIA,
*sonderlich
ein wahrer Liebhaber der wahren Gottes-
Furcht.
O unersetzlicher Schade!
So viel herzliche Proben der guten Ordnung
von den Einwohnern auf dieser Insul
bewundert werden,
so viel unverwerffliche Zeugen sind:
daß*
Albertus
*nicht albern, sondern klug,
nicht ein Müßiggänger, sondern ein mehr
als zu fleißiger Arbeiter gewesen sey.
Dessen Nachkommen werden nach späten
Zeiten noch klagen, daß*
JULIUS
*das Leben mit dem Tode verwechselt;
welcher ohnbewaffnet die stärcksten Felsen
bezwungen,*

die mehr als starcke Feinde zu schaffen machen,
auch über die Schwierigkeiten der Natur
einen Triumph gehalten;
der prächtiger ist,
als wenn er in die Stadt Rom auf einem mit
weissen Pferden bespanneten güldenen
Wagen triumphirend eingezogen wäre. [291]
Nun
hat das Irrdische mit dem Himmlischen
verwechselt;
ein unvergleichliches Muster der Tugend,
ein weiser Sitten-Lehrer,
ein abgesagter Feind der Laster,
eine gewisse Lebens-Regel,
ein Ehr-würdiger Greiß,
der im Unglück, an das Glück,
und im Glück, an das Unglück,
niemahls
als allezeit gedacht.
Der so geglaubt, wie er gelebt,
und so gelebt, wie er geglaubt;
das heist:
wahrhafftig, gottselig, wohl und aufrichtig.
Aber
sein Mund ist nun verschlossen,
er liegt,
dessen Seele sich in GOtt vergnügt,
nachdem er

im Jahr 1730. *den 8ten Octobr.*
ohne Empfindlichkeit, allmählich Athem
zu holen aufgehöret hat.
Dieses verlangte ich von dir,
Mein Wandersmann!
Nun gehe hin, und lebe, so lange du lebest,
glücklich.

* * *

[292]

An der dritten Seite der Pyramide war eben diese Gedenck-Schrifft in Englischer Sprache zu lesen, und an den drey Seiten des Fuß-Gestelles der Pyramide noch dieses, ebenfalls in dreyerley Sprachen:

Albertus Julius
ward gebohren Ao. 1628. d. 8. Januar.
entdeckte diese Insul Ao. 1646. d. 8. Septembr.
hat also auf der Welt gelebt: 102. *Jahr*
9. *Monat,*
auf dieser Insul zugebracht 84. *Jahr*
1. *Monat.*
Leichen-Text:
Der 23ste *Psalm.*
Der HErr ist mein Hirt, mir wird
nichts mangeln, &c. &c.

Es gab diese Pyramide unsern Gottes-Acker eine nicht geringe Zierde, weßwegen wir manchen Spatzier-Gang dahin thaten, und selbigen niemahls leer von Leuten antraffen, sonderlich lieffen die Kinder fast täglich

Hauffen-weise dahin, weiln aber auch die unvernünfftigen und wilden Tiere darauf herum lieffen, so beschlossen wir, den gantzen Gottes-Ackers-Platz in behöriger Weite mit einer Mauer einzufassen, und nicht mehr als 2. Thore zum Ein- und Ausgange zu lassen, nehmlich eins, so auf den grossen Garten, und das andere, so auf den Fluß stossen solte, wo sich derselbe oben in 2. Ströme theilet. Nachdem nun, ausser den vielen Steinen, so in selbiger Ge-[293]gend zusammen gelesen, auch eine grosse Menge derselben aus dem Johannis-Raumer Gebürge nebst allen andern Zubehör herbey gebracht worden, machten sich die Mäurer an das Werck, und brachten es in wenig Monaten in fertigen Stand.

Solchergestalt lieff unter dieser und anderer Bau-Arbeit auch völliger Einrichtung der neu errichteten Wirthschafften auch das 1732ste Jahr zum Ende, ohne daß man zu des Capitain Horns Schiffs-Bau den Anfang gemacht hätte, weiln aber dermahlen auf unserer Insul nichts höchstwichtiges zu thun war, ausgenommen, daß der Müller Krätzer zwischen Christophs- und Christians-Raum noch eine neue Mühle erbauete, so wurden auf inständiges Anregen des Capitains Horn die geschicktesten Zimmer-Leute ausgelesen, und hinnüber auf Klein-Felsenburg geschafft, um daselbst mit gemeldeten Capitains Leuten ein gantz neues Schiff zu erbauen. Das gute Bau-Holtz auf unserer grossen Insul zu ersparen, war zwar eine Haupt-Ursache mit, allein, wir hatten noch viel andere mehr, warum wir das Schiff nicht an unserm Gestade wolten bauen lassen, denn solchergestalt hatten die Frembden auch nicht nöthig herüber zukommen, das zerscheiterte Schiff aber wurde auch nach Klein-Felsenburg gebracht, um das dienliche noch davon brauchen zu können. Es war am 16. Januar. 1733. da der erste frische Baum auf der Insul Klein-Felsenburg zu Capitain Horns neuen Schiffe gefället und zugehauen wurde, weßwegen eine starcke Gesellschafft von Groß-Felsenburg hinüber gefahren war, indem sich die See-[294]Leute, mit Permission ihres Capitains, ein kleines Freuden-Fest angestellet hatten, welches sie des Abends mit Tantzen und sonst allerley Kurtzweile begingen, worzu wir ihnen eine zulängliche Portion an Weine mitgebracht hatten, welchen sie sich mit den Portugiesen, die mit ihnen gemeinschafftlich und in der besten Verträglichkeit lebten, hertzlich wohl schmecken liessen, die folgenden Tage aber desto fleißiger arbeiteten. Inzwischen hatte der Capitain Horn angemerckt, daß oben in der Südlichen Gegend der Insul bey der grossen Bucht K. in dem grossen Walde weit schöner und dauerhaffter Holtz als in der Gegend B. anzutreffen wäre, derowegen resolvirte sich alles sein Volck, gleich morgenden Tages dahin aufzubrechen, und ihre Wohnstätten daselbst aufzuschlagen. Wir Groß-Felsenburger liessen ihnen ihren Willen, versprachen aber, sie ehester Tags wieder zu besuchen, oben herum zu fahren und in der Bucht K. anzuländen. Wir würden unser Versprechen zeitig genung erfüllet haben, allein, die Niederkunfft meiner liebsten Cordula, hielt sowohl mich als meine werthen Freunde auf eine Zeitlang davon zurücke. Es brachte mir aber gemeldete meine Liebste am 6. Februar. einen jungen gesunden Sohn zur Welt, welcher am 9. dito die heilige Tauffe und die Nahmen Albertus Franciscus Carolus empfing, indem ich den Regenten Albertum II. meinen Vater und die Frau van Blac zu Tauff Zeugen erwählet. Die Freude über diesen kleinen Stammhalter, war bey mit unsäglich groß, denn da alle diejenigen, welche mit mir zugleich copulirt [295] waren, bereits Kindtauffen ausgerichtet hatten, begunte ich fast an der Fruchtbarkeit meiner Cordula zu zweiffeln, jedoch endlich war mein Wunsch erfüllet, und, wie gesagt, die Freude war um so viel desto grösser, woran denn auch alle Insulaner Theil nahmen, welche grösten Theils 3. Tage nach einander auf dem Tafel-Platze tractiret wurden, worbey sich denn nicht allein die beste Music hören ließ, sondern es hatten auch meine werthen Freunde allerhand andere Lustbarkeiten angestellet. Capitain Horn war auch von Klein-Felsenburg darzu herüber geholet worden, als er aber am 4ten Tage wieder zurück fuhr, versprachen wir ihm, längstens in 14. Tagen auf Klein-Felsenburg eine Visite zu geben, und seinen Leuten, um sie desto besser zur Arbeit aufzumuntern, einige Erfrischungen mitzubringen.

Weiln sich nun meine Cordula ungemein wohl befand, trat ich am 2ten Mart. die Fahrt mit Mons. Litzbergen, van Blac, Wolffgang, Wodley und andern mehr, abermahls nach Klein-Felsenburg an, und zwar so fuhren wir oben durch die Strasse durch, welche Sudwerts beyde Insuln von einander scheidet, als welchen Weg wir noch niemahls genommen hatten, hätten zwar bey der grossen Felsen-Spitze O. mit einiger Unbequemlichkeit landen und aussteigen können, wolten aber solches nicht thun, sondern fuhren um die gantze Süd-Seite herum, und langeten endlich glücklich in der grossen Bucht K. an, allwo wir unser Fahrzeug befestigten, an dem Flusse, welcher sich aus der grossen See in die [296] Bucht ergießt, hinauf spatzirten, und endlich fanden, daß alles Volck seine Hütten auf der Ebene zwischen diesem Flusse und dem Walde aufgeschlagen, in selbiger Gegend auch schon eine ziemliche Menge neu zugehauenes Schiffs-Holtz liegen hatte. Capitain Horn war selbst mit unter den ersten, die uns entgegen kamen; wir nahmen alle Platz vor seiner Hütte, und er säumete nicht, uns einige Erfrischungen vorzusetzen, indem wir nun selbige genossen, fing er an zu sagen: Meine Herrn! sie kommen accurat, als wenn sie geruffen wären, denn am gestrigen Sonntage, haben einige von meinen Leuten ein besonderes curieuses Stück auf einem Platze, jenseit der grossen See, aus der Erden gehoben, woran zu bemercken, daß sich vielleicht vor vielen 100. ja mehr als 1000. Jahren schon Menschen auf dieser Insul befunden haben. Wir spitzten alle die Ohren ziemlicher massen, er aber ging, nachdem er noch ein paar von seinen Leuten zu sich gerufft hatte, in seine Hütte, und brachte einen grossen Viereckigten Stein heraus, der bey nahe drey Viertel Ellen lang, breit und dicke war. Diesen setzte er bey uns nieder, nahm einen oben sauber eingefügten steinernen Deckel ab, und zohe einen goldenen Becher in die Höhe, welcher über die Helffte voll Asche war, unter derselben sich noch etliche Stücklein gebrannter Knochen befanden. Der Becher an sich selbst war fast einer halben Ellen hoch, oben im Diametro 6. unten aber vier Daumen breit, sonsten aber über und über gantz glatt und ohne einige Figur oder Zierrathen. Auf dem obersten, schon gemeldten stei-[297]nernen Deckel aber, sahe man, nachdem er reinlich abgewaschen war, in der Mitte diese Figur:

Nachdem wir insgesammt das gantze Werck in Augenschein genommen, und lange Zeit Verwunderungs-voll betrachtet, konten wir nicht anders urtheilen, als daß es eine Heydnische Urna oder Todten-Krug wäre, worinnen die Asche eines verstorbenen und nach ihrer Weise verbrannten Cörpers, verwahret und der Erden anvertrauet worden. Derowegen konte es dem Capitain Horn niemand abstreiten, daß vor uns und unsern Zeiten Menschen auf dieser Insul gewesen wären, oder dieselbe wohl gar ordentlicher Weise bewohnet hätten.

Uber niemanden unter der gantzen Gesellschafft muste ich mehr lachen, als über Mons. Litzbergen, denn derselbe konte den Deckel nicht genung ansehen, und hätte vor ängstlicher Curiosität verzweif-[298]feln mögen, daß ihm unmöglich war, die Deutung der unbekandten Characters zu erfinden, über dieses verdroß ihn, daß man keine ihm bekandte Jahres-Zahl darauf gezeichnet, derowegen warff er verschiedene Fragen auf, als: In welchem Jahre der Welt mag diese Urna verscharret seyn? Was mögen dieses vor eine Art von Heyden gewesen seyn? Ob sie auch auf dieser Insul eine ordentliche Wirthschafft getrieben haben? Ob sie ausgestorben, von andern hinweg geführet worden, oder die Insul gutwillig verlassen haben? und was dergleichen Zeug mehr war, worüber zwar ein jeder raisoniren konte, allein, es kam nicht heraus, sondern es verblieb uns nichts gewissers, als die Ungewißheit.

Demnach wurde ich des vielen Scrupulirens überdrüßig, und bath den Capitain Horn, uns zu erzählen, wie, und auf was Art seine Leute eigentlich zu dieser Rarität und Antiquität gekommen? selbiger war also so gefällig, uns folgenden Bericht abzustatten: Meine Leute, sagte er, haben sich bißhero in den Feyerabends-Stunden, zur Lust ein bequemes Fahrzeug gemacht, wormit sie am Rande der ohnweit von hier liegenden grossen See und derer Flüsse, hin und her, auf- und abfahren und die schönsten Fische fangen können. Vor etlichen Tagen, da sie Abends spät von ihrer Lust-Fahrt zurück kamen, berichteten sie mich, daß sie jenseit der grossen See, in einer ebenen Gegend einen Baum angetroffen hätten, dessen gleichen sie zwar an Geradigkeit, aber an Höhe Zeit ihres Lebens in der Welt nicht gesehen hätten, und solte [299] sich derselbe ungemein wohl zum Mast-Baume schicken, allein, es wäre Jammer-Schade darum, weil dieser Baum eine rechte Rarität und Zierde dieser Insul zu nennen, ausser dem 12. andere, jedoch bey weiten nicht so hohe Bäume um denselben herum stünden, worbey man fast schwören solte, daß sie mit allem Fleisse von Menschen nach dem Zirckel und Maaß-Stabe dahin gepflantzt wären. Ich war so neugierig, gleich des andern Nachmittags mit ihnen an denselben Ort zu fahren, und die curieusen Bäume zu besichtigen, fand es auch in der That also, wie sie gesagt hatten, bewunderte nicht allein die ausserordentliche Höhe des mittelsten Baumes, sondern auch die Accuratesse der 12. andern, so um ihn herum stunden, bildete mir aber fast gleich ein, daß solche nicht von der Natur, sondern von Menschen-Händen herrühren möge. Doch demselben sey, wie ihm sey, ich geboth meinen Leuten bey Straffe, sich ja nicht an diesen

Bäumen zu vergreiffen, sondern sie als eine Rarität dieser Insul stehen zu lassen, fuhr also mit ihnen wieder zurück. Gestern, als Sonntags früh, machten sich die lustigsten von meinen Purschen auf, nahmen Proviant und ein frisch geschossen Stück Wild mit sich auf ihr Fahrzeug, und wolten dasselbe zur Lust unter dem hohen Baume braten und verzehren, indem sie aber ein Feuer-Loch in die Erde graben wollen, finden sie diesen Stein; kamen also bald zurück, und brachten mir denselben, so, wie er da ist, sammt dem Becher, welchen sie zwar heraus gehoben, vor gülden erkannt, jedoch denselben ordentlich wieder hinein [300] gesetzt hatten. Ein rechtes Glück ists, daß der nicht allzu dicke steinerne Deckel im Hacken oder Graben nicht ist entzwey gestossen worden.

Wir bekamen auf diese Nachricht gleich ingesammt Lust, selbiges Revier nebst den curieusen Bäumen ebenfals in Augenschein, auch Grabe-Scheiter, Schauffeln und Hacken mit zu nehmen; um zu sehen, ob wir noch mehr dergleichen Urnen oder Todten-Töpffe daselbst finden könten, wurden derowegen von dem Capitain Horn und einigen seiner Leute dahin gefahren, und ergötzten uns nicht wenig über den angenehmen Platz, wo die 12. Bäume um den grossen herum stunden,

> NB. Dieses ist der kleine Platz, welcher, weil er von 2. kleinen Ströhmlein, die aus der grossen See kommen, und unten zusammen lauffen, fast die Gestalt einer Zunge hat, und auf dem Grund-Risse der Insul Klein-Felsenburg, gleich unter dem Platze, der mit P. bezeichnet, im 2ten Theile pag. 452. zu sehen ist.

betrachteten alles sehr genau, und fingen endlich an zu
graben, fanden auch diesen und folgenden Tag in einem
kleinen Bezirck noch 9. eben solche ausgearbeitete Steine, mit eben solchen Deckeln, worauf eben solche Figuren, wie auf dem ersten eingehauen waren, doch fand
sich nur noch in einem Steine ein güldener, in 5. Steinen
aber nur silberne Becher, in 3. Steinen aber waren gar
keine Becher, sondern die Asche und die Stücklein ge-
brandter Knochen waren nur so bloß hinein gethan worden. Nachdem wir aber noch einen gewaltigen Fleck um-
und ausgegraben, jedoch nicht das [301] allergeringste
mehr gefunden hatten, vermerckten wir endlich, daß
nichts mehr vorhanden wäre, seegelten derowegen mit
diesen unsern gefundenen Raritäten wiederum zurück an
den Ort, wo die Hütten stunden, betrachteten alle diese
Urnen sehr genau, konten aber, wie gesagt, nichts als
unbekandte Characters darane finden. Abends, da die
Sonne unterging, und wir, im Grünen sitzende, indem wir
Caffée truncken und Toback dabey rauchten, unsere Gesichter gegen den grossen Berg O, kehreten, præsentirte
sich dessen hohe Felsen-Spitze gantz Feuer-roth, so, daß
sie zuweilen einer würcklichen Feuer-Flamme gantz
ähnlich sahe, welches zu verschiedenen curieusen Gesprächen Anlaß gab, endlich, da sich Mons. van Blac
wünschte, bey hellem Wetter ein oder ein paar Stunde,
auf dieser entsetzlich hohen Felsen-Spitze stehen und
sich recht umsehen zu können, sagten wir ihm, daß uns
eben dergleichen Neugierigkeit, vor einigen Jahren, bey

erstmahliger Besichtigung dieser Insul, dahin getrieben, wir hätten aber kaum die Helffte des Berges erklettern, und weil es gar zu steil, die Spitze nicht erreichen können.

Hierauf ersuchte uns Mons. van Blac, morgenden Tag noch da zu bleiben, und ihm zu Gefallen den Berg noch einmahl mit zu steigen, Mons. Litzberg und die andern, die zum Theil auch noch nicht auf dem hohen Berge gewesen waren, ließ sich nebst mir leichtlich hierzu bereden, derowegen legten wir uns bey Zeiten schlaffen, um den March dahin desto früher anzutreten.

Früh Morgens, so bald der Tag anbrach, weck-[302]ten wir einander auf, da sich aber Mons. van Blac ermunterte, sprach er: Ich könte mich nun fast der Mühe überheben, den grossen Berg zu besteigen, denn ich habe ihn heunte Nacht im Traume schon bestiegen, aber wenn ich noch daran gedencke, so stehen mir die Haare zu Berge, denn da wir kaum halb hinauf waren, kamen uns aus einer düstern Höle 12. grosse Vögel, so schwartz, als die Raben, und noch grösser, als die Gänse, entgegen geflogen, und schwungen sich in die Lufft, ich wagte mich in die Felsen-Klufft oder Höle, erblickte aber etliche unbekandte grimmige Thiere, deren Gestalt recht entsetzlich war, so, daß ich, ob sie mir gleich nichts thaten, nur von dem blossen Anblicke doch noch zitterte, als man mich aufweckte.

Wir hatten demnach unsern Spaaß mit Mons. van Blac über dieses Gesichte, und sagten endlich, wenn er denn so furchtsam wäre, wolten wir unsere Lust-Reise nach dem Berge lieber einstellen, und zurück nach Groß-Felsenburg fahren, allein, er protestirte wider das letztere, und sagte: er wolle nun doch mit rechtem Ernste versuchen, wie hoch er an der grossen Felsen-Spitze hinauf klettern könne.

Demnach begaben wir Groß-Felsenburger, als wir ein gutes Früh-Stück ein- auch einen ziemlichen Theil Speise und Geträncke zur Vorsorge mit auf den Weg genommen, uns sämmtlich allein auf die Reise, denn der Capitain Horn gab auf unser Nöthigen zu verstehen, daß er eben diesen Tag mit seinen Leuten ein solches Stück Arbeit [303] vor hätte, worbey seine Gegenwart unumgänglich erfodert würde, über dieses, so wäre er Zeit seines Hierseyns, schon viermahl den Berg von allen Seiten, in Gesellschafft aller seiner Leute zu besteigen, so curieux gewesen, allein, sie hätten wenig Plaisir darauf gefunden, und nichts darvon getragen, als müde Beine. Also liessen wir ihn da bleiben, bathen uns auf den morgenden Tag ein gutes Mittags-Brod aus, indem wir uns nicht zu starck strapaziren, sondern des Nachts unterwegs bleiben und ausruhen wolten; marchirten also fort, gelangten auch eben um die Mittags-Zeit am Fusse des Berges an.

Weil wir nun vor einigen Jahren an der Ost-Sud-Seite den Berg hinnan gestiegen waren, so war mein Rath, daß wir denselben voritzo an der Nord-West-Ecke hinauf beklettern wolten. Einige redeten zwar darwider, weil es auf dieser Seite gar zu uneben und steinig wäre, allein,

Mons. van Blac fiel meiner Meynung vor allen andern bey, indem er vorstellete, daß, obgleich der Berg allhier unbequemer zu besteigen wäre, so hätten wir hergegen die Last nicht, daß uns die Sonne so starck auf den Leib und ins Gesichte brennete, also folgten alle dem van Blac und mir nach.

Es war aber in Wahrheit ein rechter Mord-Weg, denn ob wir gleich keine steile Klippen zu erklettern hatten, sondern immer Schlangen-weise zwischen grossen Hügeln gerade aufgehen konten, so war doch der Fuß-Boden wegen der grossen und kleinen Schiefer- und Sand-Steine, die vom Regen und Wetter da hinein gebracht waren, der-[304]gestalt böse, daß man sich vor dem Fallen sehr wohl in Acht nehmen muste; Mons. van Blac aber, der vor mir her ging, sagte öffters lachend zu mir: Diß ist würcklich der Weg, von dem mich in vergangener Nacht geträumet hat. Endlich, nachdem wir fast 2. gute Stunden Berg-auf gestiegen waren, gelangten wir auf einem Hügel an, der oben gantz platt wie ein Tisch, und ziemlich dicke mit Moose und grünem Grase bewachsen war. Dieser angenehme Platz nöthigte uns fast mit Gewalt zum Ausruhen, und etwas Speise und Tranck zu uns zu nehmen, indem wir ein ziemlich breites steinigtes Thal vor uns sahen, welches wir erstlich paßiren musten, wenn wir an den rechten Berg, auf welchem die entsetzlich hohe Felsen-Spitze stund, gelangen wolten.

Allein, eine besondere Begebenheit setzte uns dahier

in nicht geringe Verwunderung und Erstaunen: denn, da wir noch im besten Speisen waren, und alle mit einander unsere Gesichter gegen den grossen Berg gewendet hatten, kam immer ein schwartzer grosser Vogel nach dem andern aus einer Klufft des Felsens heraus geflogen, wir zähleten deren accurat zwölffe, warteten aber vergeblich auf mehrere, hergegen schwungen sich diese hoch in die Lufft, machten, nachdem sie alle 12. zusammen gekommen, ein gräßliches Geschrey, und nahmen ihren Flug nach Süden zu, weßwegen wir in unserer Meynung gestärckt wurden, daß sich in selbiger Gegend nach dem Süd-Pol zu, noch mehr Land befinden müsse. Inzwischen konten wir diese Vögel eine lange Zeit fliegen sehen und schreyen [305] hören; nachdem sie sich aber gäntzlich aus unsern Gesicht und Gehör verlohren, sahen wir alle den Mons. van Blac an, und verwunderten uns höchlich, daß sein Traum auch in diesem Stücke so accurat eingetroffen wäre. Er hingegen schien sehr muthig zu seyn, und sagte: Meine Herren und Freunde, ich bin in meinem Hertzen vollkommen versichert, daß wir in diesem Gebürge, nach der alten Art zu reden, ein besonderes Abentheuer antreffen werden, derowegen lasset uns, weil es noch hoch am Tage, auf die Felsen-Klufft zu wandern; gönnet mir die Ehre, daß ich voraus gehe, und sehe, wie es in derselbigen beschaffen, indem ich, als ein Mensch, der viele Gefährlichkeiten ausgestanden, Courage genung darzu habe. Wir weigerten uns nicht, ihm zu folgen, und erreichten nach Verlauff einer guten halben

Stunde mit vieler Beschwerlichkeit den Eingang zu der Felsen-Klufft, welchen wir aber gantz anders befanden, als er sich unsern Augen von ferne præsentirete, denn auf beyden Seiten hatte, dem Ansehen nach, die Natur, so zu sagen, hohe Mauern oder Pfeiler gesetzt, zwischen welchen nur eine Person auf dem schmalen Wege hingehen, und sonst nichts, als die hohen Felsen-Mauern neben sich, und den Himmel über sich sehen konte, so war auch dieser schmale Weg, der 3. Krümmen hatte, hundert und etliche 30. Schritte lang. Mons. van Blac, der sehr emsig im Gehen war, blieb endlich stehen, und rieff zurück: Halt! hier ist das Ende, weiter können wir nicht kommen. Demnach versammleten wir uns alle, als wir aus dem schmalen Gange heraus gekommen waren, um ihn herum, auf [306] einem Ufer, welches nur 18. Schritt breit und etliche 40. Schritt lang war. Hier schien es, als ob diese Felsen mit aller Gewalt von dem grossen Klumpen abgerissen wären, und vor uns auf dem Fuß-Boden fanden wir einen Riß oder Schlufft, etwa 10. biß 12. Ellen breit. Es stunden einem, wenn man da hinunter in die Tieffe und dicke Finsterniß sahe, die Haare zu Berge, über dieses machte das, in diesem Abgrunde wallende Wasser, ein recht wunderlich und fürchterliches Getöse, weßwegen niemand grosse Lust bezeigte, sich lange bey diesem terriblen Schlunde aufzuhalten. Auf der andern Seite aber sahen wir ebenfals wieder einen Riß oder Spalte von oben herunter in dem grossen Berge, zu welchem eine ordentliche Treppe von mehr als 30. Stuffen hinauf ging, welche wir schwerlich von Natur also, sondern von Menschen-Händen ausgehauen und gemacht zu seyn, beurtheileten. O! wenn wir doch über den schändlichen Abgrund hinüber wären, sagte Mons. van Blac, denn ich mercke schon, diese Treppe führet an einen Ort, wo sich Curiositäten befinden. Allein, sein und unser aller Wünschen war vergebens, denn, weder zur rechten noch zur lincken Hand, konten wir den Anfang noch das Ende, wegen der steilen Felsen, erforschen, und auf jener Seite war es eben so schlimm, auch nirgends aufzusteigen, als auf der ausgehauenen Treppe.

Dem ohngeacht stunden wir noch fast eine gantze Stunde daselbst, um alles desto genauer zu mercken, kehreten endlich durch den vorigen Weg zurücke, und kamen sehr ermüdet auf dem grünen [307] Platze an, allwo wir etliche Stunden vorhero gespeiset und den Ausflug der Vögel gesehen hatten, beschlossen auch, die Nacht über, welche sehr warm und angenehm war, allda zu verbleiben. Mons. van Blac hatte seine Grillen, daß nehmlich in dem grossen Berge, vielleicht eine ausgehauene Wohnung und andere Spuren von Menschen anzutreffen seyn würden, einem jeden von uns allen dergestalt scharff eingeprägt, daß wir auch alle glaubten, es könte und müste nicht anders seyn, derowegen berathschlagten wir biß in die späte Nacht, was zu thun sey? Beschlossen erstlich gleich morgendes Tages wieder zurück nach Felsenburg zu fahren, unsern Aeltern und andern guten Freunden alle diese Seltsamkeiten, so wir allhier gefunden, zu zeigen und zu erzählen, nachhero wieder herüber zu rudern, lange Balcken und Bolen herbey zu schaffen, um eine rechte veste Brücke über den Abgrund zu schlagen, und so dann hinüber zu paßiren; doch würde auch nöthig seyn, daß wir Fackeln, Wind-Lichter, Gewehr und andere Bedürffnisse mit uns nähmen, indem wir nicht wüsten, ob man in dunckele Gänge oder Hölen gerathen, und daselbst etwa mit Schlangen oder andern Thieren zu streiten haben würde. Hiernächst wurde auch verabredet, dem Capitain Horn nicht alle unsere Gedancken zu offenbaren, jedoch denselben zu bitten, uns durch seine Leute in dem nächst an dem Berge gelegenen Walde etwa 6. oder 8. Stück, 15. biß 16. Ellen, lange Balcken, und denn auch etliche 30. biß 40. Queer-Stücke aushauen und an den Fuß des Gebürges schaffen zu lassen; zu welchem Ende wir ihm denn einige Zei-[308]chen auf dem Wege dahin machen wolten. Hierauf schlieffen wir etliche Stunden biß zu Anbruch des Tages, machten uns so dann auf die Beine, und gelangeten zeitig bey dem Capitain Horn an, statteten ihm Nachricht von unserer Reise ab, so viel er nehmlich davon wissen solte, fanden denselben zu allem, was wir von ihm begehrten, willig, nahmen die Mittags-Mahlzeit mit ihm ein, nachhero Abschied, versprachen, in wenig Tagen wieder zu kommen, liessen die gefundenen Urnen auf unser Schiff tragen, versprachen des Capitain Horns Leuten vor den ersten Fund, einem jeden bey der Abreise besonders ein halb Pfund Gold zum Gratial zu geben, stiegen ein, seegelten auf Groß-Felsenburg zu, und kamen in später Nacht in unsern Wohnungen an.

Mir war es eine besondere Freude, daß ich meine liebste Cordula nebst meinem kleinen Sohne bey vollkommener Gesundheit wieder fand, folgendes Tages liessen wir die 10. Urnen aus dem Fahrzeuge auf die Albertus-Burg schaffen, da sich denn, um diese Antiquitäten zu sehen, eine grosse Menge Volcks etliche Tage nach einander einfand, allein, auch die klügsten, verständigsten und gelehrtesten wusten nichts anders davon zu urtheilen, als was wir schon anfänglich in Klein-Felsenburg davon geurtheilet hatten. Die Characteres wuste auch kein Mensch auszulegen, ohngeacht unsere Herren Geistlichen im Arabischen, Syrischen, Chaldäischen Schrifften und Signaturen nicht unerfahren waren. Doch hielt Herr Mag. Schmeltzer davor, es könten vielleicht eine solche Art von Heyden gewesen [309] seyn, welche die Sonne, als ihren höchsten Gott, angebetet hätten, weil die Sonne nicht undeutlich, als ein alles regierendes Wesen, recht in der Mitte des Deckels der Urnen abgebildet wäre, hiernächst hielt er das oberste Zeichen vor den Mond, und das unterste vor ihren irrdischen Haupt-Götzen, weil dieses Zeichen etwas gröber ausgedruckt wäre als die andern 10. welche vielleicht die übrigen Planeten oder andere Gestirne, oder auch wohl andere selbst erwählte Götzen anzeigen solten. Doch wolte Herr Mag. Schmeltzer diese seine Meynung vor keine untrügliche Wahrheit ausgeben, wir aber hielten dieselbe, allen Umständen nach, vor sehr vernunfftmäßig. Da wir nun nachhero eine Relation von demjenigen abstatteten, was wir bereits weiter erforscht, und noch ferner zu untersuchen willens wären, fanden sich nebst dem Alt-Vater sehr viele, welche uns von diesen verwegenen und gefährlichen Vornehmen abrathen wolten, andere Wagehälse hingegen bothen sich an, uns Gesellschafft zu leisten, allein, wir liessen uns von den erstern nichts einreden und abschrecken, den letztern aber schlugen wir ihr Anerbiethen höflich ab, weil die Compagnie sonsten gar zu starck, mithin verdrüßlich worden wäre, in Klein-Felsenburg aber ohnedem Helffers-Helffer genung anzutreffen waren.

Man machte derowegen alles zu unserer Abfahrt fertig, und wartete nur, mir zu Gefallen, biß meine Cordula am 19. Mart. zur Kirche gegangen war, Montags den 23. dito aber ging die Reise fort, nachdem wir uns mit Flinten, Pisto-[310]len, Seiten-Gewehr, Fackeln, Wind-Lichtern, auch allerhand kräfftigen Speisen und Geträncke wohl besorgt hatten, und zwar so waren es eben diejenigen Personen, welche das vorige mahl mit gewesen waren, biß auf Lademannen, der kranck worden war, und an dessen Stelle wir den jungen Chirurgum Julium mit nahmen. Noch Vormittags gelangten wir bey dem Capitain Horn an, erfuhren von ihm, daß er unsern Willen in allen Stücken erfüllen, und die bestellten Holtz-Stücken an den bezeichneten Ort, am Grunde der Hügel bringen lassen, weßwegen wir nur in der Geschwindigkeit etwas speiseten, so dann unsern Weg, in Begleitung des Capitain Horns und aller seiner Leute, biß auf ihrer 4. die theils Schäden an sich hatten, theils etwas unpäßlich waren, vor uns nahmen, und den Ort gar bald erreichten, wo das zugehauene Holtz lag. Hier packte nun alles an, was Hände hatte, die grossen und kleinen Stücken, theils Berg auf, mit Seilen zu schleppen, theils hinauf zu tragen, brachten auch noch vor Nachts alle Stücken hinunter in das Thal vor den schmalen Weg, stärckten hernach unsere abgematteten Leiber mit Speise und Tranck, und legten uns endlich unter freyem Himmel zur Ruhe.

Noch vor Aufgang der Sonnen ermunterten wir uns wieder, verrichteten unser Morgen-Gebeth einstimmig, damit uns GOtt vor allen Schaden und Gefahr bewahren möchte, sungen ein paar geistliche Lieder, nahmen hierauf das Früh-Stück ein, und gingen mit aufgehender Sonne auch wie-[311]der an unsere Arbeit. Allein, war uns die gestrige sauer geworden, so war in Wahrheit die heutige noch zehnmahl beschwerlicher, denn wie kühle es auch in dem engen Wege, zwischen den zwey Felsen-Mauern war, so brach uns doch der Schweiß aus, die langen Balcken hindurch zu bringen, weil wir dieselben bey jeder Krümme empor heben und also herum tragen musten, noch weit mühsamer aber war, selbige mit einem Ende auf das jenseitige Ufer des Abgrundes zu bringen, indem wir wenig Raum, auch keine tüchtige Machinen darzu hatten, jedoch es muste endlich alles angehen, wie wir denn noch vor Nachts die 8. langen Balcken in ihr ordentliches Lager brachten, nachhero aber sehr ermüdet unsere Bequemlichkeit auf dem steinigten Boden suchten, und uns sämmtlich auf demselben nieder lagerten. Viele unter unserer Gesellschafft schlieffen, nachdem wir Beth-Stunde gehalten, auf diesem, obschon elenden Lager, bald ein, allein, mir war es unmöglich einzuschlaffen, weil ich, wegen der schmertzlich drückenden Steine, ohngeacht ich meinen Rock darauf gebreitet, mich alle Augenblick einmahl umwenden muste; ausserdem machte das Wasser in dem Schlunde, welches vermuthlich in selbiger Gegend einen starcken Abfall haben mochte, in der stillen Nacht ein solches gräßliches Getöse, daß meine Ohren mehr als zu verdrüßlich wurden, selbiges anzuhören. Dem Mons. van Blac und dem Chirurgo Julio mochte es eben so gehen wie mir, derowegen stunden sie auf, setzten sich bey das angemachte Feuer, und fingen an, Toback zu rauchen, also [312] stund ich auch auf, und leistete ihnen Gesellschafft. Mons. van Blac erzählete von vielen Wunder-Dingen der Natur, die er auf seinen Reisen angemerckt hatte, und wir beyde höreten ihm fleißig zu, mithin wurde uns die Zeit gar nicht lang, allein, wir erschracken ziemlichermassen, da plötzlich gegen uns über, aus der Felsen-Klufft eine Feuer-Flamme in die Höhe fuhr, eben als wenn Colofonium durch ein starckes Rohr wäre geblasen worden. Wir sahen einander stillschweigend an, und wusten nicht, was wir davon sagen und dencken solten, Mons. van Blac aber sahe nach seiner Uhr, und sagte: Es ist itzo accurat die Mitternachts-Stunde eingetreten, entweder hat der Satan sein Spiel, oder es ist eine entzündete Schwefel- oder Salpeter-Dunst gewesen. Ich gab ihm Beyfall, etwa 4. oder 5. Minuten hernach aber, kam eben dergleichen Flamme zum andern mahle, und wieder nach so langer Zeit, zum dritten mahle heraus gefahren; weiln wir nun solchergestalt glaubten, es würde dieses noch öffter geschehen, so weckten wir die nahe liegenden Mons. Wolffgangen und Litzbergen nebst noch einigen andern auf, und diese hatten sich kaum ermuntert, auch angehöret, was passirt war, als eben dergleichen Blitz zum 4ten mahle geschahe, und alle 4. biß 5. Minuten ordentlich wiederholt wurde. Endlich da er zum 12ten mahle heraus gefahren war, sahe Mons. van Blac abermahls nach seiner Uhr, und sagte: Was gilts? wenn es ein Spielfechten des Satans ist, so wird es nun bald ein Ende haben, denn die Mitternachts-Stunde ist bald vorbey. [313]

Kaum hatte er diese Worte ausgesprochen, als eine gräßliche Stimme, die so starck war, als wenn 10. ja 20. Ochsen auf einmahl brülleten, die abgesetzten Sylben aus der Felsen-Klufft heraus rieff: Ka-to-ma-hoom. Es währete dieser Ruf, so zu sagen, in einem Athem, ohngefähr eine halbe Minute, worauf eine andere viel schwächere und gantz kläglich lautende Stimme, die, unsers Bedünckens, oben, zwischen den Felsen des schmalen Ganges hinter uns, heraus schallete, zur Antwort gab: Ur-mi-di. Hierauf höreten wir augenblicklich ein entsetzliches Geheule aus der Felsen-Klufft erschallen, eben als wenn eine gewaltige Anzahl Wölffe, Katzen, Eulen und dergleichen wohlsingende Thiere in einem Gewölbe eine Vocal-Music machten. Dieses Geheule dauerte ohngefähr 3. Minuten, worauf alles stille wurde. Mons. van Blac sagte: Nunmehro ist die Mitternachts-Stunde vorbey, und wir höreten, und sahen auch würcklich weiter nichts, biß der helle Tag anbrach, da sich denn die andern alle ermunterten, und sehr verwunderten, daß sie, nach erhaltener Nachricht von dem, was passirt war, nicht das geringste gehöret hatten.

Wir hielten hierauf die Morgen-Beth-Stunde, und sungen unter andern das Lied: GOtt der Vater wohn uns bey &c. verzehreten das Früh-Stück, und sahen nachhero zu, wie Capitain Horns Leute wechsels-weise die kleinen Quer-Höltzer mit eisernen Clammern, deren wir eine ziemliche Anzahl mitgebracht hatten, an einander und auch an die langen Balcken bevestigten, so, [314] daß sich nichts schieben solte, und wir also ohne alle Gefahr, nicht nur darüber gehen, sondern auch wohl ziemliche Lasten hätten tragen können.

Etwa 2. Stunden über Mittag war also die gantze Brücke fertig, allein, wir hielten nicht vor rathsam, gegen den Abend oder die Nacht zu, die jenseitige Klufft zu untersuchen, oder den grossen Berg zu beklettern, sondern es lieber zu sparen biß Morgen früh, damit wir den Tag vor uns hätten; was mir aber am besten gefiel, war dieses, daß der Capitain Horn seine Leute befehligte, nach ihren Hütten umzukehren, und zwar unter dem

Vorwande, daß sie nicht so viel an ihrer Schiffs-Arbeit verabsäumen möchten, ausserdem so wäre eine so gar starcke Compagnie bey dergleichen Vornehmen, als wir hätten, nur beschwerlich, wenn wir aber ja etwas curieuses finden solten, wolten wir ihnen schon Nachricht davon geben, damit sie es hernachmahls nach Belieben auch in Augenschein nehmen könten, weiln ja der Weg offen bliebe, u.s.w.

Die guten Leute liessen sich so gleich weisen, parirten Commando, gingen frölich zurück, und versprachen, Morgen gegen Abend eine gute Mahlzeit vor uns zuzubereiten. Als sie fort waren, legten ich und diejenigen, welche in vergangener Nacht gar nicht geschlaffen hatten, uns in etwas zur Ruhe, und schlieffen indessen, da die andern, so geschlaffen hatten, Wechsels-weise zu wachen versprochen, sehr wohl, biß ein paar Stunden nach Untergang der Sonnen. Mittlerweile war von den munter gebliebenen ein groß Feuer angemacht [315] worden, um selbiges setzten wir uns herum, und warteten mit Verlangen, ob in der heuntigen Mitternachts-Stunde, abermahls etwas besonderes zu sehen und zu hören seyn würde.

Mons. van Blac sahe dieserwegen fleißig nach seiner Uhr, und als es kaum eine Minute über 11. Uhr war, kam eine gewaltige grosse Feuer-Kugel aus der Felsen-Klufft die Treppe herunter, und auf unsere Brücke gerollet, schwermete fast einer Minuten lang mitten auf derselben herum, und stürtzte sich endlich hinunter in den Abgrund, in welchem ein solches entsetztliches Geprassele und Getöse entstund, daß uns fast allen, sowohl über eins als über das andere, ein Grausen ankommen wolte, der eintzige Mons. van Blac sagte mit Lachen: Nur nicht näher! so gehts noch hin. Ich bath ihn stille zu seyn, er aber sprach: man siehet nun doch wohl, daß es nichts natürliches, sondern ein teuffelisches Blendwerck ist, deßwegen muß man dem Teuffel die Liebe nicht tun, und sich vor ihm fürchten, vielmehr seiner spotten; Wir haben uns GOtt befohlen, und sind nicht gesonnen, etwas böses auszuüben, was hat der Teuffel vor Macht an uns? Kaum hatte er diese Worte ausgesprochen, als die andere Feuer-Kugel aus der Klufft gen Himmel zu fuhr, sich gemächlich wieder herunter senckte, eben als wenn sie zwischen uns niederfallen wolte, weßwegen wir indem aufspringen und zurück lauffen wolten, allein, da sie noch wohl 50. Ellen über uns war, verging sie plötzlich als ein Wind. Mons. van Blac hatte in Wahrheit die meiste Courage unter uns [316] allen, denn er blieb ohnbeweglich sitzen, schalt unsere Furcht, die wir wegen des Teuffels-Gauckeley hätten, und ermahnete uns, ein stärcker Vertrauen auf den Göttlichen Schutz zu setzen. Demnach blieben wir gantz hertzhafft sitzen, ob gleich vor Verlauff dieser Stunde noch 10. Feuer-Kugeln aus der Felsen-Klufft heraus geflogen kamen, die theils auf der Brücke herum schwermeten, und sich hernach in den Abgrund stürtzten, theils hoch in die Lufft stiegen, im Heruntersincken aber verschwanden. Nachdem dieses Feuer-Werck vorbey war, ließ die Stimme aus der Felsen-Klufft folgende deutliche Sylben erschallen: On-za-to-hoom! und die hinter uns antwortete noch kläglicher als gestern: Mi-di-schriz-schriz-schriz! Hierauf hörete man abermahls ein gräßliches Brüllen, Heulen und Winseln aus dem grossen Berge erschallen, eben als wenn lauter Löwen, Bären, Wölffe, Hunde, Katzen und dergleichen Thiere darinnen befindlich wären, da aber die Mitternachts-Stunde zu Ende, ward alles auf einmahl stille, derowegen schlieffen wir Wechsels-weise, biß der helle Tag wieder da war.

Nachdem wir uns ingesammt in einem andächtigen Morgen-Gebeth GOtt befohlen, auch die Leiber mit kräfftiger Speise und köstlichen Weine gestärckt hatten, steckten wir, jeder die Taschen voll Victualien, hingen die mit Wein gefüllten Flaschen über die Schultern, nahmen in die lincke Hand eine Pech-Fackel oder Wind-Licht, in die rechte aber theils einen Degen oder Pistol, deren jeder ein paar vor sich im Gurt gesteckt mit sich ge-[317]nommen, die Flinten hingen gleichfalls auf den Schultern, und also marchirten wir Paar und Paar über die Brücke hinüber, an welcher nicht das geringste zu sehen war, daß sich in vergangener Nacht Feuer-Kugeln darauf herum getummelt hatten. So bald wir die Stuffen hinauf und in die Felsen-Klufft eingetreten waren, zeigte sich ein ohngefähr 3. Ellen breiter Gang gegen Süden zu, der jedoch von vorne zu vollkommen durch das Tages-Licht erleuchtet wurde, welches von oben durch die Felsen-Ritzen hinein fiel, endlich wandte sich der Weg auf einmahl gegen Osten, und als wir denselben etwa 20. Schritt passirt, war kein Tages-Licht mehr, sondern eine dicke Finsterniß vor uns zu sehen; weßwegen wir alle unsere Fackeln und Laternen ansteckten. Mons. van Blac und der Capitain Horn gingen voraus, die Capitains Wolffgang und Wodley folgten ihnen, hernach kam Mons. Litzberg und ich, auch die übrigen Paar und Paar. Bißhero war uns nicht das geringste von Ungeziefer vor die Augen gekommen, doch nunmehro, da wir die Feuchtigkeit spüreten, ging auch die Furcht vor dem Ungeziefer an, allein, wir merckten nichts, sondern kamen, nachdem wir etwa 100. Schritt durch die Finsterniß gegangen waren, auf einem 20. Schritte langen auch so breiten Platze alle zusammen zu stehen. Der Platz war ziemlich viereckig, biß 7. Ellen hoch, und oben als ein Gewölbe, sonsten aber an dessen Seiten nichts von Figuren oder sonsten etwas zu bemercken. Gleichwie wir nun bißhero nur einen kurtzen Strich gegen Osten, hergegen im-[318]mer nach Süden zu gegangen waren, so fand sich auch auf derselben Seite ein 3. Ellen hohes Loch oder Thür, oben mit einem ordentlich ausgehauenen Schwibbogen, und nach fernerer Untersuchung eine Treppe von breiten Stuffen in die Tieffe. Ehe wir da hinein traten, thaten wir alle erstlich einen guten Schluck Weins, hernach ging die Reise fort, und ich kan nicht läugnen, daß, als ich schon 200. Schritt hinab gezählet hatte, und dennoch kein Ende zu sehen war, mir, ohngeacht der Gesellschafft, doch gantz bange ums Hertze wurde. Endlich, ehe wir es uns versahen, befanden wir uns vor einem ordentlichen Tempel, in welchen das Tags-Licht durch etliche Oeffnungen des Felsens hell und klar hinein fiel, weßwegen ein Theil unserer Fackeln und Wind-Lichter ausgelöscht und nur einige derselben brennend hingesetzt wurden, wir aber gingen sämmtlich in den Tempel hinein, um denselben genauer zu betrachten, da wir denn Dinge fanden, welche wir allhier nimmermehr gesucht hätten. Um aber alles genau zu beschreiben, so war der Tempel im Umfange gantz rund, in der weite 68. Ellen, und 26. Ellen hoch, nehmlich da, wo er am höchsten war, denn die Decke war auch rund, als ob sie ordentlich ausgewölbt wäre, da es doch nur durch Menschen also ausgehölet war.

In der Mitte dieses Tempels befand sich ein runder Altar, auf selbigen ein etwa Ellen hohes Gestelle, und auf diesen ruhete eine guldene Kugel, die im Durchschnitte 3. Viertel-Ellen hatte, und deren eingefügte grosse, mittelmäßige und kleine Diamanten und andere edlen Steine einen wunderbaren [319] schönen Glantz gaben, ja rechte Strahlen von sich warffen, zumahlen, da wir nachhero bey Nachts-Zeit Lichter dargegen stelleten. Rings um diesen Altar herum, zähleten wir 12. halb-runde Altäre an den Wänden des Tempels angefügt, auf deren jeden ein 2. Ellen hohes massiv-güldenes Götzen-Bild, und zwar in ordentlicher Weite von einander stunden. Das erste, so der Thür, wo wir hinein getreten, gegen über stund, præsentirte sich in Gestalt eines Frauenzimmers, die einen mit Edelgesteinen besetzten halben

Mond auf dem Kopffe, in den Händen aber einen gespanneten Bogen mit darauf gelegten Pfeile hatte, und sich stellete, als ob sie eben loß drücken wolte; zu ihren Füssen waren 2. Hirsch-Köpffe mit Geweyhen, ebenfalls von Golde zu sehen. Das andere von oben her, uns zur Rechten, war ein scheußliches Monstrum, indem es einen Kopff fast wie eine Nacht-Eule, vor der Stirn nur ein grosses Auge, sonsten aber fast über und über die Gestalt eines Bären hatte. Das dritte machte die Stellung eines ergrimmten Menschen, der etwas mit der Keule in Stücken zerschlagen will. Das vierte war zwar auch am Leibe gestaltet als ein Mensch, hatte aber einen Hunds-Kopff mit einem geraden spitzigen Horne. Das fünffte zeigte die Figur eines aufgerichts sitzenden Ochsen, der die beyden Vorder-Pfoten ausstreckte, und den Rachen weit aufsperrete. Das sechste stellete das ordentliche Bildniß des Neptuni oder Meer-Gottes mit seiner dreyzackigten Gabel dar, so, wie es heutiges Tages gemahlt oder ausgehauen wird. Das siebende war unter allen das scheußlichste, indem es [320] einen Löwen-Kopff mit krummen Hörnern und grausame Krallen an den ausgebreiteten Vorder-Pfoten hatte. In die Augen waren ihm 2. grosse Diamanten eingesetzt, welche starcke Strahlen von sich warffen, mithin dieses Bild desto gräßlicher vorstelleten, dessen Unter-Leib die Gestalt eines halben Frosches hatte; am allerschändlichsten aber præsentirte sich dasjenige Glied, welches zu verdecken, selbst die Natur erinnert, allein, hier schien es, als wenn das Modell von einem brünstigen Hirsche genommen wäre. Das achte Götzen-Bild, welches an unserer Eingangs-Thür zur Lincken stunde, fiel gegen das vorige etwas besser in die Augen, indem es ein lächlendes Frauenzimmer vorstellete, die auf dem Haupte eine Crone, von Aehren und allerley Blumen, die reichlich mit Edelgesteinen besetzt, unter dem rechten Arme ein Gefäß mit Obst-Werck, in der lincken Hand aber einen Becher hatte. Unsern Muthmassungen nach, solte dieses Bild vielleicht die Göttin Ceres, so, wie das erste, etwa die Dianam vorstellen. Das neunte hatte die ordentliche Figur eines Affen, der auf dem Hintergestelle saß, die eine Vorder-Pfote in die Höhe, die andere aber niederwerts reckte, und die Zähne fletschte. Das zehende war abermahls ein schändliches Monstrum, indem auf 2. Greiffen-Klauen ein fast Kugel-runder sehr dicker Bauch, woran ein weibliches Geburths-Glied auf ärgerliche Art bemerckt, zu sehen war. Um den Nabel herum zeigeten sich 6. Zitzen, oben aber lieff der gantze Bauch, ohne eine ordentliche Brust zu formiren, immer schmäler zu, so, daß es das Ansehen eines [321] Halses bekam, aus welchem 2. Hände gewachsen, die ein kleines nackendes Kind bey dem Kopffe hielten, dessen Füsse in dem weit aufgesperreten Maule des auf dem Halse stehenden breiten Kopffes stacken. Sonsten aber befand sich auf diesem Kopffe eine sauber ausgearbeitete Crone von güldnen Blättern, die dem Epheu gleichten, zwischen selbigen auch viele edle Steine. Das eilffte stellete eine junge vigoreuse Manns-

Person mit verdeckter Schaam vor, indem selbige auf dem lincken Fusse stund, den rechten aber vor sich aufgehoben hatte. In der Rechten hielte sie einen Griffel, in der Lincken aber eine Tafel, und zwar so, als ob sie darauf schreiben wolte. Weiln auch auf dem Rücken Flügel zu sehen, so bedünckte uns, daß dieses Bild vielleicht den Mercurium vorstellen solte. Das zwölffte endlich, so der, von uns also genannten Diana gleich zur Rechten stund, war eine, auf einer Kugel mit dem Schwantze sitzende ordentliche Schlange, Schlangen-weise in die Höhe gerichtet, mit einem starcken Kopffe und funckelenden Augen, und einem im Maule haltenden güldenen Apffel.

Ausser diesen Götzen-Bildern und mehr gemeldten, war doch in dem gantzen so genannten Tempel nicht das geringste von andern Sachen mehr anzutreffen, auch kan ich mit Wahrheit versichern, daß nichts von Staube oder Beschlag, ohngeacht es ein unterirrdisches Gewölbe, darinnen zu spüren war, sondern die güldenen Statuen oder Götzen-Bilder, gläntzten alle noch dergestalt, als ob sie erst gestern vom Goldschmiede verfertiget worden.

Anfänglich glaubten wir zwar nicht, daß alle diese [322] Bilder durchgehends von puren Golde wären, allein, da einige der unsern an verschiedenen ein und andere Proben gemacht, fiel fast aller Zweiffel, und derowegen waren wir insgesammt, über diesen gefundenen unschätzbaren Schatz fast ausser uns selbst, konten die ungemein saubere Arbeit nicht genung bewundern, und

musten nunmehro vollkommen glauben, was die heilige
Schrifft und so mancher Geschicht-Schreiber von den besondern
Künstlern der alten Zeiten meldet. Endlich gingen
wir davon ab, und fanden noch 3. andere Ausgänge
aus diesem Tempel, deren 2. so wohl als der, da wir herein
gekommen, offen stunden, von dem 4ten aber, der
sich gegen Süden zu, gleich neben der Statua der Diana
befand, bemerckten wir eine steinerne mit eisernen
Stäben oder Riegeln wohl verwahrte Thür, welches uns
einiges Nachdencken verursachte. Nachdem nun in Vorschlag
gebracht worden, den Ausgang nach Westen zu,
noch zu untersuchen, so bezeigten die wenigsten von unsern
Gefährten Lust darzu, indem es weit über Mittag
war, und der Abend heran zu nahen begunte, gaben vielmehr
zu verstehen, daß wir bey Zeiten wieder zurück
kehren möchten, weiln es über Nacht in diesen unterirrdischen
Gewölbern zu verbleiben gar zu fürchterlich
wäre. Allein, Mons. van Blac trat hervor, und hielt folgende
heroische Rede: »Meine Herren! sagte er, wer
wolte furchtsam seyn? es ist zwar leicht zu erachten, daß
der Teuffel entsetzlich böse seyn wird, weil uns GOTT
wunderbarer Weise hieher geführet hat, seine Capelle zu
zernichten, in welcher er vielleicht noch [323] mit der
Zeit neue Anbeter zu sehen vermeinet hat; allein, was
wird er anders thun, als etwa unsern Augen ein Blendwerck
und unsern Ohren ein Getöse vormachen können?
Ich weiß, daß sich seine Krafft, Macht und Gewalt allenfalls
nicht weiter erstrecken wird, und wir können mit

Recht unser Gespötte darüber haben, da wir wissen, daß
GOTT unser mächtiger Beschützer ist, dem zu Ehren
und zu Lobe, wenn es nach meinem Sinne gehet, wir
nächster Tags die schändlichen falschen Götter, auf der
Insul Groß-Felsenburg, im Triumphe einführen wollen.
Meine Herren! seyd derowegen Männer, lasset uns nur
erstlich ein wenig erforschen, was es mit diesem Ausgange gegen Westen zu vor eine Bewandniß habe, und
hernach bevorstehende Nacht mit Beten, Singen zu
GOTT, in diesem Heyden-Tempel zubringen, denn es ist
schwer zu glauben, daß, weil die Welt stehet, ein andächtig *Vater Unser &c.* an diesem Orte gebetet worden. Saget mir, ob GOTT hieran nicht einen besondern Gefallen
haben wird, wenn man ihn an einen solchen Orte im Geist
und in der Wahrheit anbetet, wo vielleicht vor diesen der
Teuffel auf mancherley Art angebetet worden? Oder
meinet ihr etwa, daß GOTT dieses Gewölbe, welches seine Langmuth so viele hundert oder tausend Jahre veste
stehen, eben diese Nacht auf unsere Häupter wird einfallen lassen? Ich gläube es nicht, sondern hoffe, der GOtt,
der uns hierher geführet hat, wird uns auch erhalten,
dem Teuffel zum Trotz. Hiernächst legen wir, wenn wir
diese Be-[324]gebenheit nach Europa berichten wollen,
vor aller Welt Ehre ein, und die gantze Welt wird sich
wundern, daß wir solche Glücks-Kinder sind, die je mehr
Schätze finden, je mehr sie anderen Bedürfftigen damit
zu helffen geneigt sind. Ich vor meine Person gehe nicht
von dannen; will niemand bey mir bleiben, so bleibe ich

alleine hier, damit ich Morgen nicht den Herweg vor den Hinweg rechnen muß.«

Indem nun Mons. van Blac diese kleine Oration mit recht ernsthaften Gebärden hielt, schiene es, als ob die andern alle neuen Muth bekämen, derowegen versprachen wir, ihm, als dem glückseligen Vorgänger bey dieser Sache, in allen Stücken zu folgen, wo er hin wolte. Demnach steckten wir unsere Fackeln und Wind-Lichter an, und spatzirten in den dunckeln Gang nach Westen zu, welcher ohngefähr 80. Schritt lang war, und so dann ein Ende hatte, auf jeder Seite aber bemerckten wir 6. schmale Eingänge, weßwegen wir im Rückwege selbige durchkrochen, mithin 12. geraumliche Cammern angetroffen wurden, in welchen wir einen starcken Vorrath von Eisen, Kupffer, Bley, allerhand wunderlich, jedoch zur Arbeit und Haußhaltung dienlichen Instrumenten, nebst dem, sehr viel verfault und vermodert Zeug fanden. Schauffeln, Picken, Hacken und dergleichen, lagen genung da, allein, die höltzernen Stiele an denselben, waren entweder schon verweset, oder sie zerfielen uns in den Händen, wie anderes faules Holtz. Mit Besichtigung anderer Instrumenten aber, die wir weder zu nennen noch ihren eigentlichen Nutzen wusten, brachten wir [325] endlich die Nacht heran, gingen deßwegen auch mit dieser Curiosität wohl vergnügt wieder zurück, lagerten uns in dem geraumlichen Vorhofe des Tempels, der so gleich vor der Thür nach Norden zu befindlich, auf den Boden, liessen unsere Wind-Lichter bey uns stehen, hielten die Abend-Mahlzeit, nach derselben aber eine andächtige Bet-Stunde, und warteten mit Verlangen auf die Mitternachts-Stunde. Allein, mit Eintritt derselben geschahe ein grausamer Knall, eben als wenn 100. Canonen auf einmahl gelöset würden, auf diesen folgte ein grausames Geprassele, der Boden bebete unter uns, und es ließ sich anhören, als ob der gantze Berg in viel tausend Stücken zerspringen und in einen Klumpen zerfallen wolte. Wie uns hierbey zu Muthe gewesen, wird jederman leicht muthmassen, zumahlen da unsere Lichter nur einen kleinen Schein von sich gaben, als ob sie indem ausgehen wolten, weil ein dicker Staub oder Nebel dieselben verdunckelte. Endlich, da das gräßliche Geprassele und unser erster Schrecken über 3. Minuten lang gewähret, ward alles stille, wir spüreten keine Erschütterung mehr, unsere Lichter fingen an heller zu brennen, der dicke Nebel verzohe sich zum Theil, so, daß wir erstlich mit Verwunderung bemerckten, wie die auf dem Altar befindliche runde Kugel als ein Uhrwerck sehr schnell herum lieff, und Strahlen von allerhand Farben von sich warff. Ferner bemerckten wir, doch als im Nebel, womit der Tempel angefüllet war, daß sich Figuren wie Menschen in demselben regten, so theils gingen, theils stille stunden, theils auf dem Boden herum webelten. Um [326] halb 12. Uhr stund die Kugel auf einmahl stille, aus dem Eingange nach Osten zu, erschallete ein gräßlicher Laut, als ob auf einem grossen Horne geblasen würde. Hierauf erhub sich ein wunderlich durch einander her, grob und klar klingendes Schreyen, Heulen und Winseln, welches etwa 4. Minuten währete, und als das Horn zum andern mahle geblasen wurde, so gleich aufhörete. Nach diesem ließ eine dumpffigte Stimme, die unserm Bedüncken nach aus dem grossen Altare kam, etliche unvernehmliche Worte hören, worauf sich ein sannftes Gemurmele im gantzen Tempel erhub, inzwischen aber liessen sich bald dort bald da laute Stimmen hören, als ob sie etwas fragten, worauf ihnen die dumpffigte Stimme aus dem Altar allezeit ordentlich antwortete, biß endlich das Schreyen, Heulen und Winseln wieder anging, und sich nicht eher als bey Blasung des Horns endigte. Kaum war der Schall des Horns verschwunden, als sich eben ein so starcker Knall, wie vor einer Stunde, auch eben dergleichen Erschütterung, Gepoltere und Geprassele, zutrug, jedoch über alles dieses war der gantze Tempel voll lauter Feuer, und nicht anders anzusehen, als ein im höchsten Grad geheitzter Brenn- oder Schmeltz-Ofen, es schlugen etliche mahl Flammen heraus auf uns zu, weßwegen einige der Unsern furchtsam werden und zurück weichen wolten, allein, wir vordersten sassen wie unbewegliche Steine, liessen uns nichts anfechten, und ich kan versichern, daß die heraus schlagenden Flammen nicht die geringste Hitze mit sich brachten, sondern ein blosses Lufft-Spiel waren, welches [327] Gauckel-Spiel unter einem wiederholten Knall alles auf einmahl verschwand.

Nachdem wir uns von der gehabten Alteration völlig

erholt, vermeyneten einige, das Feuer würde im Tempel alles verzehret haben, allein, da unsere Lichter wiederum vollkommen helle zu brennen anfingen, sahen wir keine Veränderung, ja, Mons. van Blac war so hertzhafft, mit einer Laterne im gantzen Tempel herum zu spatziren, und meldete so dann, daß er alles unversehrt gefunden hätte.

Folgenden Morgens war unsere erste Arbeit, den Ausgang nach Osten durchzusuchen, und daselbst fand sich, nachdem wir nur etwa 10. oder 12. Schritte in die Höle hinein gethan, ein güldenes Horn, etwa so lang, als ein gekrümmter Manns-Arm, jedoch unten sehr weit und dick, an einer güldenen Kette hangen, gleich darneben auf der rechten Seite war eine offene Thür, durch welche wir in eine grosse Cammer, oder so zu sagen, Vorhoff traten, in welchem gerade vor uns, nach der Süd-Seite zu, 2. offen stehende, nach der Ost-Seite aber, eben so viel, jedoch verschlossene Thüren, zu sehen waren. Die erste von den offen stehenden führete uns in eine grosse Cammer, die ziemlich helle war, indem das Tages-Licht durch 2. grosse Felsen-Löcher hinein fiel, sonsten aber kam uns die Cammer als eine Küche, oder gar als ein Laboratorium vor, indem sich einige hohe und niedrige Heerde, so dann verschiedene kleine, auch ziemlich grosse Feuer- und Schmeltz-Oefen, ingleichen 2. eingemauerte küpfferne Pfannen, eine 4. die andere 2½ Ellen lang, beyde aber 2. Ellen breit und tieff, an welchen allen [328] die Rauch-Fänge gar künstlich und geschickt oben hinaus geführet waren. Hiernächst fanden sich verschiedene in Ordnung gesetzte Instrumenta, als: Feuer-Röhre, Schauffeln, Gabeln, Hacken, eiserne und küpfferne Töpffe, Tiegel, Pfannen, Schaalen, grosse und kleine Platten, und dergleichen Zeug, welches man theils in der Küche, theils beym Schmeltzen und Laboriren brauchen kan; sonsten wurden noch 2. grosse zugedeckte Löcher entdeckt, deren eines gantz mit Kohlen, und das andere über die Helffte mit Asche angefüllet war, ausser diesem allen aber nichts besonderes merckwürdiges, weßwegen wir zurück und in die 2te offen stehende Cammer gingen, die ebenfalls vom Tages-Licht erleuchtet war. Allhier zeigte sich der Thür gleich gegen über auf einem halbrunden Altare das Bildniß Phœbi, so, wie es noch heutiges Tages von den Mahlern und Bildhauern vorgestellet wird. Es war dasselbe so wohl wie die andern im Tempel 2. Ellen hoch, und von puren Golde. Auf jeder Seite des Altars, als wohin das meiste Tages-Licht fiel, stunde ein aus dem gantzen gehauener steinerner Tisch, vor jedem auch ein steinerner Sessel, in der Mitte eines jedweden Tisches aber war eine viereckigte, grosse, güldene, glattgemachte Platte eingefügt, an welchen so gleich zu mercken, daß sie heraus genommen werden konten; als wir demnach die auf dem Tische zur Rechten ausgehoben, fanden sich in dem ausgehölten Tische 253. küpfferne und 118. steinerne Täflein, jedes 8. Zoll lang und 5½ Zoll breit. Es wurde erstlich von jeder Sorte nur eins, hernach alle zusammen heraus genommen, [329] jedoch numerirte Mons. Litzberg die küpffernen und ich die steinernen mit spitzigen Instrumenten, indem oben und unten an den Täfleins Platz genung darzu war. Auf allen Tafeln durchgehends, befanden sich, auf jeder Seite, nicht mehr und nicht weniger als 13. Zeilen Schrifft, die aber von uns so wenig gelesen, als nur ein eintziger Buchstabe oder Character erkandt werden konte. Mons. Litzberg wurde vor allen andern hierüber dergestalt verdrüßlich und ungeduldig, daß er sprach: »Wolte der Himmel! daß alle in diesem Berge befindlichen Kostbarkeiten zu blossen gemeinen Steinen würden, wenn ich nur dagegen das Vergnügen haben solte, diese Schrifft lesen und auslegen zu können.«

Viele, worunter auch ich, waren mit ihm einstimmig, der Wunsch aber vergeblich, derowegen wurde alles wiederum ordentlich nach den Nummern hinein gelegt, und wir begaben uns an den andern Tisch, huben die güldene Platte gleichfalls auf, und fanden unter derselben 402. güldene Tafeln, jede 9. Zoll lang, 7. Zoll breit und ⅛. Zoll dicke. Auf jeglicher Seite waren ebenfals nicht mehr als 13. Zeilen, jedoch die Littern oder Characters etwas gröber ausgestochen, als in den vorherigen küpffernen und steinernen. Sie wurden alle ebenfals numerirt, und biß auf weitern Bescheid indessen wieder an ihren Ort und Stelle gelegt.

Lincker Hand, in der etwas dunckeln Ecke, sahe man eine, gleich einem Back-Troge ausgehauene steinerne Lager-Statt, vor derselben einen Ab-[330]satz, Stuffe

oder Banck, und zum Häupten in der Ecke einen Tisch,
unter welchem in 3. Fächern allerhand Instrumenta, als
Messer, Grabstichel und dergleichen von verschiedener
Grösse in behöriger Ordnung lagen. Auf dem Tische und
der Banck stunden und lagen verschiedene Sachen, als
eine küpfferne Flasche, ein goldener Trinck-Becher,
2. Pfannen oder halbe Töpffe, 2. güldene Schalen, die an
statt der Schüsseln, und so viel Platten, die an statt der
Teller zu gebrauchen, verschiedenes kleineres Geschirr,
ein Messer, ein Löffel, dessen Stiel eine Schlange vorstellete, und was es sonsten mehr war. In obgemeldeter
Lager-Statt fand sich, nach genauer Besichtigung, erstlich oben ein würcklicher Todten-Kopff, so dann die
stärcksten Menschen-Knochen in ausgestreckten Lager,
die dünnen, kleinen und schwachen Knochen aber waren
schon gäntzlich, oder doch mehrentheils verweset, und
so wohl als die Kleider, die dieser Mensch angehabt haben mochte, zu Mülben und Asche worden. Wir liessen
den Rest dieses Cörpers in seiner Ruhe liegen, erblickten
zu dessen Füssen nach der Thür hin, noch 2. eben dergleichen Lager-Stätten, die aber rein und ledig waren, und
da also in dieser Cammer weiter nichts merckwürdiges
anzutreffen, eröffneten wir die Thüren der 3ten und 4ten
Cammer, muthmasseten, daß solches die Speise- und Vor-
raths-Cammern gewesen seyn mochten, indem sich viel
vermodertes und zu Staub und Asche gewordenes Zeug
darinnen befand, doch kan ich auch nicht läugnen, *daß wir
einen ziemlichen Vorrath von nutz-*[331]*baren Sachen*

allhier antraffen, die, wo nicht eben uns, doch unsern Nachkommen, noch wohl dienlich seyn können. (*) [332]

(*) Hier hat Mons. Eberhard, vielleicht aus besondern Ursachen, die ich, Gisander, vollkommen zu errathen, mir eben nicht getraue, etwas kurtz und verblümt von der Sache geschrieben, denn als ich, nachdem mich der Capitain Horn, da er glücklich in Europa angeländet, zu sich kommen lassen, eines Abends in Vorlesung des Manuscripts auf diese Passage kam, sagte er, der Capitain Horn, selbst im Vertrauen zu mir: »*Hier ist* Eberhard *mit dem Flederwische drüber hergefahren, und hat nicht so aufrichtig als sonst geschrieben, denn ich versichere euch, mein Herr! daß in der einen Cammer ein unschätzbarer Schatz von Gold-Klumpen, Gold-Scheiben, Gold-Stangen, Diamanten und andern kostbaren Steinen, gefunden und so wohl als die Götzen-Bilder nach Groß-Felsenburg geschafft worden. Wenn ich (fuhr der* Capitain Horn *gegen mich fort) mich nicht bereits vollkommen in die angenehme Lebens-Art der Felsenburger verliebt, auch mir ein überaus schönes Bild daselbst zur künfftigen Ehe-Gattin auserwählt, mich mit ihr versprochen, und die gröste Lust gehabt, meine übrige Lebens-Zeit auf dieser Insul zuzubringen; würde ich ohnfehlbar meinen Theil von diesen unter der Erde gefundenen Schätzen gefordert haben. So aber dachte ich: was ist dir Gold, Geld und Gut nütze, da du nicht in Europa, sondern allhier verbleiben wilst? zudem, so haben sie mir mehr Gold und Geld mitgegeben, als ich verlangt und nöthig habe. Aber das ist wahr, daß die Felsenburger Königreiche kauffen* [332] *und baar bezahlen könten, wenn sie feil wären.*« Ich gab ihm hierauf zu verstehen: wie mich wunderte, daß bey diesen gefundenen Schätzen gar keines Silber-Zeugs, auch keines gemüntzten Geldes erwehnt würde; worauf er versicherte, daß weder Silber-Werck noch Müntze, sondern nur bloß Gold und Edle-Steine gefunden worden. Weil nun ich, Gisander, mich nicht verbindlich gemacht, unser beyder besonderes Gespräche zu verschweigen, als habe mir kein Bedencken genommen, dem geneigten Leser, um die Geschicht desto deutlicher zu machen, das nöthigste zu offenbaren.

Hierauf nahmen wir den Rückweg nach der ersten
Thür, bey welcher das grosse güldene Horn hing, erblickten derselben gegen über abermahls eine Thür, welche uns in ein Gewölbe oder Cammer führete, darinnen
eine ziemliche Anzahl sowohl küpfferner als steinerner
Wasser- oder Wein-Krüge und dergleichen Gefässe, befindlich, woraus zu schliessen, daß dieses der Keller gewesen, wo man das Geträncke verwahrt, wie denn gantz
zu hinterst in diesem Gewölbe ein Ströhmlein des klä-
resten und süssesten Wassers, fast eines Arms dicke,
oben aus dem Felsen heraus geschossen kam, und sich
auf dem Boden in einen sehr tieffen Riß ergoß, über
welchen jedoch ein steinerner Trog von ziemlicher Grösse gesetzt war. Im Zurückgehen, fanden wir auf der
rechten Seite im Gange, noch ein schmales Loch, jedoch
weil man etliche Stuffen dahinunter, gewahr ward, wagten sich Mons. van Blac und der Capitain Horn allein
hinunter, und versprachen, wenn Gefahr vorhanden, so
gleich wieder umzukehren, bey guten Fortkom-[333]men
aber einen Laut von sich zu geben. Da wir nun diesen
zum öfftern höreten, folgeten Litzberg und ich ihnen
nach, und traffen die beyden Vorgänger in dem ausgehölten Altare an, auf welchem sie zu oberst schon eine
güldene Platte aufgehoben und mit dem halben Leibe
hinauf gekrochen waren, so, daß sie den gantzen Tempel
übersehen konten, worauf sie uns beyden Nachkom-
menden hierzu auch Platz machten. Sonsten befand sich
in diesem Altare ein stählernes Uhrwerck, vermittelst

dessen die güldene Kugel zum schnellen Herumlauffen gebracht werden konte, welches Mons. Litzberg zu unserer aller Verwunderung, so offt er nur wolte, werckstellig zu machen geschickt war. Ausserdem bemerckten wir 8. kleine Löcher, in welche man etwa einen Finger stecken, jedoch alles im Tempel dadurch beschauen konte. Ingleichen fand sich ein güldenes unten sehr weites, fast wie ein Sprach-Rohr gemachtes Horn, bey nahe einer Ellen lang, darinnen, welches uns auf die Gedancken brachte, es würden vielleicht die Götzen-Priester den Fragenden dadurch geantworttet haben, und daß dieses gantze Heiligthum etwa gar ein Oraculum gewesen wäre. Vor dieses mahl aber legten wir alles wieder an seinen Ort und Stelle, nahmen den Rückweg, und öffneten die wohl eingefügte steinerne Thür, so gegen Süden zu, bey dem Altare der Diana befindlich war. Ausserhalb dieser fanden wir eine starcke eiserne und dann noch eine dicke steinerne Thür, die alle beyde mit grossen eingelegten eisernen Riegeln verwahrt, und mit schwerer Mühe eröffnet werden musten. [334]

Da aber dieses geschehen, konte man ein geraumes, doch unförmliches sehr finsteres Loch sehen, in welches wir mit allen angezündeten Fackeln und Wind-Lichtern eintraten, jedoch nur etliche 70. biß 80. Schritte fort thaten, als wir oben über uns, durch einen schmalen Felsen-Riß, den klaren Himmel, ja so gar etliche Sterne an demselben erblickten, welches einigen in der Astronomie Unerfahrnen, unter uns sehr wunderbar vorkam, allein, es wurde ihnen dieses Wunders Ursache bald kund gemacht. Je weiter wir fort schritten, je breiter wurde nicht allein der Felsen-Riß über unsern Häuptern, (so, daß wir der Fackeln hätten entbehren können) sondern auch der Weg, in welchem wir sehr übel fort kommen konten, denn es war derselbe dergestalt voll Risse, Klüffte, spitze und scharffe Steine, daß man alle Augenblick befürchten muste, nicht nur die Schue, sondern vielmehr die Füsse zu beschädigen. Dieser schändlich böse Weg war über 130. Schritt lang, biß wir an einen ziemlich starcken Wasser-Fall kamen, welcher erstlich einen mäßigen Teich machte, und aus welchem hernach das Wasser durch krumme Wege weiter Berg-ab floß. Wir glaubten, daß dieses eben das Wasser sey, welches oben aus dem Keller und unter dem Götzen-Tempel hinweg biß hierher käme, passirten an der lincken Seite des Teichs, auf einen etwas bessern Wege, um einen runden Hügel herum, und bekamen, nachdem wir noch etwa eine halbe Viertel-Stunde Wegs zurück gelegt, erstlich einen weitläufftigen angenehmen grünen und ebenen Platz, auf welchem sehr viel [335] fruchtbare Bäume stunden, vor demselben aber die offenbare See ins Gesichte. Wir gingen biß an das Ufer der See, und fanden selbiges sehr bequem zum Anländen, an keinem Ende des Platzes aber, war man vermögend, um das Gebürge herum zu kommen, sondern die steilen Felsen-Spitzen gingen weit in die See hinein, machten also, daß dieser grüne Platz, dessen Länge am Ufer etwa 500. Schritt, die Breite aber von dem Berge biß zum Ufer etwa 400. Schritt war, ein rundes aufgeschnittenes Brod præsentirte.

Bey unserer Herum-Fahrt um diese kleine Insul, war dieser grüne Platz zwischen und unter den rauhen Felsen bereits angemerckt worden, weßwegen es keine Mühe bedurffte, mit dem Boote daselbst anzufahren, weiln es aber bereits Mittag war, rieth Mons. van Blac, daß wir nunmehro, da unsere Curiosität sattsam vergnügt, den Rückweg suchen, und so viel, als möglich, nach den Hütten eilen möchten, indem sonsten die Zurückgeschickten, sich eines uns begegneten Unglücks-Falls besorgen, also ohnfehlbar kommen, und uns aufsuchen würden. Capitain Horn versetzte hierauf: »Meine Herren! ich habe auch etwas zu erinnern; mir scheinet nicht rathsam zu seyn, von allen dem, was wir unter diesem Gebürge gefunden und gesehen haben, meinen Leuten und den Portugiesen einen wahrhafften Bericht abzustatten; die Ursachen sind leicht zu errathen, was wir ihnen aber vorschwatzen wollen, das kan unterwegs unter uns verabredet werden, damit wir alle bey einerley Rede bleiben. Mein getreuer Rath ist demnach dieser, [336] daß sie allerseits, gleich Morgen zurück fahren, bey diesem grünen Platze anländen, durch den Gang, den wir itzo gekommen sind, und wieder zurück gehen wollen, passiren, und von den gefundenen Schätzen, aus dem Tempel und sonst, so viel mit hinüber nehmen, als ihnen auf das erste mahl beliebig ist, nachhero können sie ja in folgenden Tagen, ohne sich bey uns spüren zu lassen, so offt kommen, biß alles ausgeleeret ist. Hiernächst halte ich vor das Beste, daß wir unsere geschlagene Brücke von einander reissen, und in den Abgrund stürtzen, denn es wird uns ein leichtes seyn, etliche eiserne Clammern auszubrechen, so dann die langen Balcken aus einander zu ziehen, worauf die gantze Machine in den Grund sincken muß. Ich würde ihnen, meine Herren! (fügte der Capitain Horn noch hinzu) vielleicht diesen Rath nicht geben, wenn ich interessirt wäre, und nach nochmahliger glücklichen Zurückkunfft aus Europa, nicht selbst Lust hätte, meine übrige Lebens-Zeit auf der glückseligen Insul Groß-Felsenburg zuzubringen, und mich mit einem bereits auserwählten lieben Schatze zu verehelligen, welches beydes mir hoffentlich nicht wird abgeschlagen werden. Allein, nunmehro ist keine Zeit zu versäumen, sondern vielmehr zurück zu eilen, unterwegs kan von allen ein mehreres gesprochen werden.«

Dieser Vortrag des Capitain Horns kam uns allen gantz wunderbar vor, doch fanden wir vor billig, ihm in allen Stücken Beyfall zu geben, und nachdem wir erstlich die Brücke in den Abgrund [337] gestürtzt, ein mehreres von den Sachen zu reden, eileten also möglichstermassen zurücke, und kamen gleich nach 3. Uhr auf dem Plätzgen, jenseit unserer höltzernen Brücke an. Hier schickten wir die beyden alten Herrn Wolffgang und Wodley voraus, nachdem wir mit ihnen verabredet, daß sie am Fusse des Gebürges unserer warten, woferne ihnen aber einige von Capitain Horns Leuten begegneten, nur mit ihnen nach den Hütten gehen und vorgeben solten, wir jungen Leute hätten erstlich noch ein Gebürge besteigen wollen, welches ihnen zu verdrüßlich geschienen, würden aber in weniger Zeit nachfolgen. Inzwischen waren unsere Hände dergestalt fleißig an Zerreissung der Brücke, daß selbige um 5. Uhr schon völlig in die Tieffe versenckt, und man kaum sehen konte, daß an diesem Orte eine gewesen war. Allein, weil wir uns bey dieser Arbeit ziemlichermassen entkräfftet, konten die Füsse nicht so gar scharff, als sonsten, marchiren, derowegen war die Sonne schon untergegangen, als wir die Herrn Wolffgang und Wodley unten am Fusse des Berges auf der Ebene antraffen. Wir setzten uns, von der grossen Müdigkeit in etwas auszuruhen, bey ihnen nieder, beschlossen auch, mehrentheils diese Nacht allhier zu verbleiben, weil noch Proviant genung vorhanden war; allein, Capitain Horn sagte: Meine Herren! wir wollen heute zwar nicht nach den Hütten, aber doch, wenn wir erstlich ausgeruhet, ein Stück Wegs nach Nord-Osten zugehen, und uns daselbst bey einem angemachten Feuer lagern, denn ich glaube gantz gewiß, daß meine Leute, wo nicht heute Nacht, doch [338] Morgen mit dem frühesten, uns zu suchen, ausgehen werden. Sie treffen uns nun an oder nicht, so können wir ihnen doch nachhero desto füglicher weiß machen: Wir hätten die Brücke und den vorigen Weg gar nicht finden können, sondern wären durch andere höchst-gefährliche Wege endlich auf der Nord-Ost-Seite mit Kummer und Noth wieder vom Berge herunter gekommen. Dieser Vorschlag ließ sich wohl hören, derowegen ruheten wir noch eine Zeitlang, und spatzirten so dann, weil es eine angenehme gantz helle Nacht war, ein gut Stück Weges um den Berg herum nach Norden zu, machten bey einem Gepüsche ein Feuer an, lagerten uns, und schlieffen Wechsels-weise, biß die Sonne schon 2. biß 3. Stunden unsern Horizont beschienen hatte, kamen auch nicht eher als Nachmittags in den Hütten an, und erfuhren daselbst so gleich, daß früh vor Anbruch des Tages 6. Mann von ihrer Gesellschafft uns zu suchen ausgegangen wären, indem ihnen allen unser gar zu langes Aussenbleiben bedencklich gefallen wäre. Wir überliessen die Antwort dem Capitain Horn, welcher ihnen lauter erdichtet Zeug mit vielen Umständen vorschwatzte, endlich auch sagte: daß wir zwar wiederum auf die Stelle gekommen, wo die höltzerne Brücke geschlagen gewesen, hätten aber die Brücke selbst nicht wieder finden können, weßwegen wir uns gemüßiget gesehen, die gräßlichsten Klippen und Klüffte zu überklettern, da es sich denn endlich gefügt, daß wir gestern in später Nacht an der Nord-Ost-Seite herunter kommen, und ein geruhiges Nacht-Lager in selbiger Gegend halten können. [339]

Indem wir nun hierauf von den zubereiteten warmen Speisen etwas zu uns nahmen, kam einer von Capitain Horns Leuten gelauffen, und meldete, daß die heute früh ausgegangenen 6. Mann zurück kämen, von ferne aber schon mit Zeichen und Gebärden so viel zu verstehen gäben, als ob ein grosses Unglück entstanden wäre. Wir gebothen demnach allen, nicht zu sagen, daß wir in den Hütten gegenwärtig wären, sondern nur erstlich anzuhören, was sie vor Nachricht bringen würden. Da sie nun näher kamen, rieffen fast alle zugleich: O! welch ein Unglück, die Brücke ist von den bösen Geistern in den Abgrund gestürzt, und unser redlicher Capitain Horn ist ohnfehlbar mit seiner gantzen Gesellschafft ums Leben gekommen, denn wir hören und sehen nichts von ihnen, ohngeacht, da wir etliche Stunden lang ein Geschrey gemacht, daß die Felsen hätten bersten mögen; O! die ehrlichen Leute; Ach der wackere Capitain! was wollen wir nun anfangen? Hierauf trat der Capitain und wir alle zu den Hütten heraus, da denn die Verwunderung und Freude bey diesen 6. Männern unbeschreiblich war. Capitain Horn erzählte diesen eben die Geschichte, welche er ihren Mit-Gesellen kurtz vorhero erzählet hatte, ließ mithin alle bey den Gedancken, daß die Brücke von bösen Geistern eingestürzt seyn müsse.

Wegen grosser Müdigkeit beschlossen wir Groß-Felsenburger, heute noch bey dieser Gesellschafft auszuruhen, legten uns derowegen bey Zeiten zur Ruhe, bald nach Mitternacht aber wanderten wir nach unserm Boote, vergassen auch nicht, etliche [340] taugliche Stücken Holtz mitzunehmen, aus welchen wir auf dem Boote Trage-Baaren zusammen nagelten, um, auf solchen die Götzen-Bilder und ander Sachen, aus dem Tempel ins Boot zu tragen.

Es war Vormittags zwischen 9. und 10. Uhr, da wir hinter dem Berge bey dem obgemeldten grünen Platze anländeten, weßwegen nur allein die beyden Capitains Wolffgang und Wodley im Boote bleiben musten, wir jungen starcken Leute aber stiegen aus, nahmen Fackeln, Wind-Lichter und allen Zubehör mit uns, und brachten noch vor Abends nicht allein die auf dem Altare stehende runde Kugel, sondern auch noch 6. Götzen-Bilder ins Boot, ruderten sodann, weil, wie schon gemeldet, die Nächte um selbige Zeit gantz helle waren, damit auf und darvon, und kamen folgenden Morgen, nehmlich des Montags, glücklich auf Groß-Felsenburg an, nachdem wir eben 7. Tage und 7. Nacht aussen gewesen waren, und es sich accurat so geschickt hatte, daß wir am Palm Sonntage, dem Teuffel seinen Tempel zu spoliren angefangen. Weiln aber dieses die heilige Marter-Woche war, so beschlossen wir, unserer Andacht keinen Abbruch zu thun, sondern die fernern Reisen biß nach dem Heiligen Oster-Feste zu versparen, schickten jedoch mit dem Boote, der auf Klein-Felsenburg befindlichen Gesellschafft, viel frische Lebens-Mittel, auch allerley Lecker-Speise und Wein, insonderheit Herr Diaconus Herrmannen mit etlichen Singe-Knaben hinüber, welche dasigen Volcke das Fest über Kirche halten solten; den Capitain Horn aber [341] liessen wir mit zurück bringen, um, biß nach dem Oster-Feste bey uns zu bleiben. Jedoch ich muß etwas zurück gehen und melden, daß wir gleich bey unserer Ankunfft die Götzen-Bilder auf den Trage-

Baaren, jedoch eingehüllet, und mit darüber gedeckten Teppichen herauf tragen, und mitlerweile in eine kleine Cammer, so unten in unsern Kirch-Thurme befindlich, setzen liessen. Am grünen Donnerstage Nachmittags, da sich nach verrichteten Gottes-Dienste alles Volck biß auf die Aeltesten und Vorsteher nach Hause begeben, zeigten wir demselben sowohl als dem Alt-Vater Alberto II. denen Herrn Geistlichen und andern erfahrnen Leuten, unsere gefundenen Schätze, welche vor Verwunderung nicht wusten, was sie davon gedencken solten; Derowegen begaben wir verreiset gewesenen uns sämmtlich mit ihnen auf die Albertus-Burg, allwo mir von der Reise-Gesellschafft aufgetragen wurde, einen ausführlichen Bericht von allen Begebenheiten abzustatten, welches denn zum theil vor, zum theil aber nach der Abend-Mahlzeit geschahe. Nach Endigung meiner Erzählung wusten meine Zuhörer nicht, ob sie sich mehr über diese Heydnischen Alterthümer, oder über die wunderbare Fügung, oder über unsere Courage verwundern solten, dahero ich denn nicht vergaß, den Mons. van Blac, wegen seines ausnehmenden Helden-Muths, besonders heraus zu streichen, ja es wurde ihm von uns und allen zuerkannt, daß er die Haupt-Person bey dieser Entdeckung sey. Inzwischen war unter allen denen, die diese Wunder-Geschicht angehöret, kein eintziger, welcher [342] nicht die gröste Begierde gezeigt hätte, diesen Götzen-Tempel und das gantze unterirrdische Werck selbst in Augenschein zu nehmen, weßwegen beschlossen wurde, daß wir

gleich bey der ersten Fahrt den Alt-Vater Albertum,
Hrn. Mag. Schmeltzern und noch einige Stamm-Väter
mit dahin nehmen solten. Wie also, nicht nur die stille
Woche, sondern auch das Heilige Oster-Fest mit behöriger Andacht gefeyert worden, machten wir so gleich
Tags hernach Anstalt zu unserer Reise, und Donnerstags den 9. Apr. fuhren wir, in starcker Gesellschafft, auf
2. Fahr-Zeugen abermahls hinüber, liessen mit dem
einen den Capitain Horn wiederum zu seinen Leuten,
hergegen den Priester, Herr Herrmannen, nebst den
Singe-Knaben zurück, auf den grünen Platz bringen; von
welchen wir erfuhren, daß sich der meiste Theil des
Schiffs-Volcks, auch so gar die frembden Portugiesen,
diese Heilige Tage über sehr still und andächtig bezeigt,
auch die wenigsten gespielet, oder andere üppige Lust
getrieben hätten. Unter der Zeit aber, da das andere
Fahr-Zeug unterwegs, war der gröste Theil der Unsern
mit dem Alt-Vater, Herrn Mag. Schmeltzern und andern
Aeltesten in den Berg hinein gegangen, da denn alles so
gefunden wurde, wie wir es verlassen hatten, worbey,
wie leichtlich zu erachten, diejenigen, so den wunderbaren Bau zum ersten mahle sahen, sich ungemein darüber verwunderten, da aber die Träger ihre Lasten zum
andern mahle aufgefasset, und schon ein ziemlich Stück-Weges damit voraus waren, folgeten wir übrigen ihnen
auch nach, in-[343]dem der Abend heran zu nahen begunte, denn der Alt-Vater so wohl als die andern Aeltesten bezeigten keine Lust über Nacht an solchen fürch-

terlichen Orten, sondern viel lieber unter freyen Himmel zu verbleiben, demnach lagerten wir uns alle auf dem grünen Platze, nicht ferne vom Meer-Ufer, bey etlichen angemachten Feuern, brachten aber den meisten Theil der Nacht mit Gesprächen zu, denn ein jeder von den Erfahrensten sagte seine Meinung von diesem Wercke und Wesen, worauf endlich Herr Mag. Schmeltzer also zu reden anfing: *Lieben Freunde und Brüder! Wenn wir so gelehrt wären, die Schrifften auf denen in den Tischen gefundenen Täfleins auszulegen, so würden wir ein grosses Licht in dieser dunckeln Sache finden, so aber ist dieses einem so wohl als dem andern unmöglich, und wer weiß auch, ob sich in gantz Europa jemand finden möchte, der so hochgelahrt ist, diese Schrifften, welche ich vor der damahligen Einwohner Zeit- Geschicht- und Gesetz-Bücher halte, auszulegen. Euer aller Meinungen sind nicht unvernünfftig, ob gleich dann und wann eine wider die andere streitet. Wohl kan es seyn, daß dieser Tempel und Heydnisches Heiligthum, viele hundert Jahre vor unsers Heylandes CHristi Geburth erbauet worden, und daß die Leute, deren nicht wenig müssen gewesen seyn, viele Jahre damit zugebracht, ehe sie so viele Gänge, Gewölber und Cammern in diesen, obschon nicht allzu harten Stein-*[344]*Berg, aus- und durchgehauen haben. Wie ich vernehme, so findet sich in diesem Gebürge sehr viel reichhaltig Gold-Ertz, denn* Mons. *Litzberg, Plager und einige andere haben mir Ertz-Stuffen aus diesem Berge gezeigt, worinnen gantze*

Stücken des gediehenen Goldes, grösser als eine Feld-Bohne zu sehen, ohne die kleinern Stücklein. Bekannt ist es, daß das Gold vermögend ist, der allermeisten Menschen Hertzen an sich zu ziehen, und daß schon vor uralten Zeiten sich Leute mit Schiffen in das wilde Meer gewagt, um Gold aus andern Ländern und Insuln zu holen, wie wir solches nicht allein in den alten Geschicht-Büchern von allerley Sprachen, sondern auch in der heiligen Schrifft, 1. Reg. IX. 27.28. lesen, daß Hiram, der König zu Tyro, seine Knechte, die gute Schiff-Leute und auf dem Meere sehr wohl erfahren gewesen, mit den Knechten des Königs Salomo gesendet, da sie denn nach Ophir gekommen, und von dannen dem Könige Salomo 420. Centner Goldes gebracht, welches in Wahrheit auch ein schöner Klumpen gewesen seyn muß. Daß andere Nationen von Heyden, um, und nach selbiger Zeit nicht weniger in der Schiffart wohl erfahren gewesen, ohngeacht sie zur selbigen Zeit noch keinen Compaß gehabt, indem derselbe nur erstlich vor 300. und etlichen Jahren erfunden worden, ist gleichfalls eine ausgemachte Sache, derowegen kan es [345] wohl seyn, daß einmahl ein Schiff mit solchen Gold-Suchern an diese Insul verschlagen worden, da sie sich denn wegen der angenehmen Gegend, entweder so gleich allhier freywillig niedergelassen, oder von der Noth gezwungen gesehen, in Ermangelung eines tauglichen Schiffs, da zu bleiben; Oder sie sind erstlich nach Hause gefahren, haben ihre Weiber und Kinder hergeholet, mithin die beständige

Wohnung aufgeschlagen, weil allhier ein fruchtbarer Boden ist. Ob sie nun das Commercium *mit andern Menschen fortgeführet, oder in diesem abgelegenen Stücklein von der Welt, vor sich alleine in Ruhe geblieben, das ist eine andere Frage. Nun fragt sichs auch, ob sie ihre Hütten auf dem Lande gebauet, oder alle in den Felsen-Klüfften gewohnet? Ich glaube das erstere, daß nehmlich wenigstens diejenigen, welche das Feld gebauet, etwa in der Gegend, wo die* Urnen *gefunden worden, die Berg-Leute und Gold-Sucher aber, auch wohl im Gebürge gewohnet haben mögen. Wie starck diese* Colonie *gewesen? Wie lange sie sich hier aufgehalten? Dieses und dergleichen sind vergebliche Fragen, die niemand beantworten kan; das aber ist wohl zu glauben, daß sie einen beständigen Sitz hier haben wollen, und erhellet daraus, weil sie einen so grossen Tempel und kostbare Götzen-Bilder verfertiget, welches alles auch Zeugnisse sind, daß es keine grobe, un-*[346]*geschliffene, sondern guten Theils kluge, künstliche und geschickte Heyden müssen gewesen seyn. Nun ist die Haupt-Frage: Wo sind sie alle hingekommen, so, daß wir von allen diesen vermuthlich vielen Volcke kein anderes Uberbleibsel als 10. Gefässe mit Asche und ein eintziges Todten-Gerippe finden können? Haben sie vielleicht keine Weiber, ihr Geschlecht zu vermehren, bey sich gehabt, mithin endlich wohl aussterben müssen? Oder sind sie, so wohl Weiber, Männer als Kinder, durch eine Pestilentz, alle zusammen hingerafft worden? Oder sind sie von andern wilden Na-*

tionen massacri*rt, beraubt oder sämmtlich gefangen hinweg geführet worden? Dieses alles läßt sich fragen, anhören, nur aber nicht gründlich beantworten. Man könte sagen: Wenn sie von ihren Feinden wären ausgerottet worden, so würden selbige doch auch den Tempel gefunden und ausgeplündert haben. Allein, könte es nicht auch seyn, daß eben diese Feinde, durch des Teuffels und seiner Pfaffen Gespenster und Gauckeleyen abgeschreckt worden, sich in die unterirrdischen Hölen zu begeben? Vielleicht haben sich nur, bey dem mörderischen Uberfalle, die Pfaffen alleine in den Tempel zu retiriren und aufzuhalten Gelegenheit gefunden, da denn immer einer den andern begraben, biß auf den Letzten, der sich in sein steinern Bette gelegt, und den Todt darinnen erwartet,* [347] *mithin unbegraben oder unverbrannt liegen geblieben, und mögen der vornehmsten Pfaffen vielleicht 3. gewesen seyn, weil sich nur 3. ausgehauene Bett-Stellen in der einen Cammer befinden. Uber den gräßlichen Abgrund jenseit des Berges nach der Insul zu, mögen diese Leute auch wohl eine Brücke gehabt haben, die aber nach der Zeit verfault und versuncken seyn kan, oder wer weiß, ob dieser Riß zu ihrer Zeit schon gewesen, und nicht erst nachhero entstanden ist? Denn man hat Exempel genung, daß Felsen zerspalten und zerrissen, mithin solche Abgründe entstanden, die vorhero nicht gewesen oder gesehen worden sind.*

Mit diesen und noch viel mehreren Reden, hatte uns also Herr Mag. Schmeltzer seine Gedancken zu vernehmen gegeben, schloß aber endlich also: *Es läßt sich, meine Freunde und Brüder! von diesen Sachen viel urtheilen und schwatzen, allein, wir schwatzen alle davon, wie die Blinden von der Farbe, so lange als wir die Schrifften auf den güldenen, küpffernen und steinernen Tafeln nicht auslegen können.*

Hierauf legten wir uns grösten Theils zur Ruhe, des folgenden Freytags begaben sich der Alt-Vater nebst den Aeltesten, Hn. Mag. Schmeltzern, Hn. Herrmannen und andern nochmahls mit in den Tempel, und blieben biß über Mittag darinne, da inzwischen die jungen fleißigen Arbeiter im Tragen sich dergestalt angriffen, daß wir auf beyden Fahrzeugen eine ziemliche und sehr kostbare Ladung [348] hatten, und also fuhren wir ingesammt Sonnabends mit dem allerfrühesten von dannen ab und zurück nach Groß-Felsenburg. In folgender Woche thaten Mons. van Blac und Litzberg die Reise noch 2. mahl, nahmen allezeit andere mit, so das Wunder-Gebäude noch nicht gesehen hatten, und brachten endlich alles, was sich so wohl im Tempel als sonsten, nützliches und brauchbares, vom grösten biß zum kleinesten, befunden hatte, glücklich herüber; da inzwischen ich und viele andere, so zu erst mit gewesen, um auszuruhen zu Hause geblieben waren.

Diesemnach wurde Rath gehalten, ob man die Götzen-Bilder in Klumpen schmeltzen und dieses Gold bey die andern Kostbarkeiten, in die unter der Albertus-Burg befindliche Schatz-Cammer legen, oder sonsten etwas daraus giessen lassen wolte? Allein, Herr Mag. Schmeltzer sprach selbst darwider, und rieth, man solte es immer noch, als eine besondere Antiquität, im itzigen Stande und Wesen lassen, von den güldenen, steinernen und küpffernen Tafeln aber dem Capitain Horn einige Stück mit nach Europa geben, damit er sie daselbst in Kupffer stechen lassen, auch in natura etlichen hochgelahrten Leuten zeigen könte, als an welche, er, Herr Mag. Schmeltzer, dieserwegen Briefe schreiben und ein starckes Præmium darauf setzen wolte, vor denjenigen, der den Schlüssel zu der unbekandten Schrifft finden würde.

Wir billigten also diese Meynung ingesammt, und versprachen einander, vor des Cap tains Horns Abreise, diesen Sachen schon noch weiter nachzudencken, und einen Schluß darüber zu fassen. [349] Gedachter Capitain Horn hatte, weil es voritzo ohnedem Winter zu werden angefangen, und im Felde nicht viel zu thun war, um noch mehrere Gehülffen angehalten, die 2. neuen Schiffe vollends, und zwar je eher je lieber, zu rechte und in die See bringen zu können, denn es war, wie ich, wo mir recht ist, schon oben gemeldet, resolvirt worden, vor uns Felsenburger ebenfalls ein gantz neues und starckes Schiff zu erbauen, welches in der Bucht gegen Süden zu, liegen bleiben solte, um sich dessen entweder zur Lust, oder auf künfftige vorhero unbewuste Fälle bedienen zu können.

Dieser Ursachen wegen wurde dem Capitain Horn nun um so viel desto hurtiger gewillfahret, und die Arbeit dergestalt hurtig fortgesetzt, daß Capitain Horn die sichere Hoffnung hatte, beyde Schiffe vor Ausgang des Junii vom Stapel in die See lauffen zu lassen.

Es lieff wider meine Commodität nunmehro so offt nach Klein-Felsenburg hinnüber, und dem Schiffs-Baue zuzusehen, wie viele andere, und sonderlich Mons. van Blac und Litzberg thaten, dahingegen wartete ich die Information in der Schule fleißig ab, brachte gleich den andern meinen Garten in vollkommenen guten Stand, bauete hinter meiner Wohnung im Hofe eine Scheune und verschiedene Ställe vor allerley Vieh, indem ich nicht nur allerley Vieh halten, sondern auch zwischen meinem Garten und der Alberts-Raumer-Gräntze ein Stücke Feld annehmen, dasselbe mit anderer Leute Hülffe zurichten und mit allerhand Getrayde, mehr zu meiner Lust, als aus Noth-[350]durfft besäen, hernach die Früchte einerndten und in meine Scheuern sammlen wolte. Hierzu bewegte mich meine Cordula, welche eine ungemeine Liebhaberin von der Zucht des aus Europa angekommenen Viehes, ingleichen vom Garten- und Feld-Baue war. Ausser diesem war Spinnen und Weben ihre tägliche Arbeit, und machte sie auf 2en Weber-Stühlen, die ihr Lademann in ihr besonderes Zimmer verfertiget hatte, Wechsels-weise die schönsten Zeuge, theils von Leinen- theils von Baumwollenen Garne, wie denn die Weiber der Priester, so wohl als andere sich ebenfals dieser, manchem Europäischen Frauenzimmer verächtlich vorkommenden Arbeit nicht schämeten. Ob nun schon meine Haußhaltung nur aus 5. Personen, nehmlich aus mir, meiner Frauen, dem kleinen Sohne, einem Knaben und Mägdlein zur Aufwartung, bestunde, so war doch alles ordentlich sauber und reinlich darinnen anzutreffen. Dieses aber nicht allein bey mir, sondern auch in allen Häusern, wo man nur hinkam; indem in den Pflantz-Städten, diejenigen, welche die schmutzigsten Handthierungen trieben, dennoch ihre reinlichen Stuben hatten, wohinnen sie diejenigen, von welchen sie besucht wurden, führen konten. Es waren aber diese Pflantz-Städte, seit dem ich selbige im Jahr 1725. zum ersten mahle besucht, weit Volckreicher, also auch etwas stärcker angebauet, und die Felder erweitert. Sonderlich muste man sein Vergnügen über die wohlangelegten Gärten haben, in welchen die trefflichsten, zur Speise dienenden Kräuter und Wurtzeln, ingleichen die herrlichsten Obst-Bäu-[351]me, anzutreffen waren. Überall, wo man hin kam, sahe man Zeugnisse eines ungemeinen Fleisses, auch schwerer Mühe und Arbeit, hörete aber keinen Menschen klagen oder sich beschweren, daß ihm diese oder jene Arbeit sauer, schwer und verdrüßlich angekommen wäre, sondern ein jeder verrichtete sein Beruffs-Werck, sich, seinen Angehörigen und andern Nutzen und Vortheil zu schaffen, recht mit Lust. Die letztere Erndte und Weinlese hatte dergestalt viel Geträyde, Reiß und Trauben gegeben, daß sich die Aeltesten nicht entsinnen konten, binnen etliche 20. Jahren ein so gar Segen-reiches Jahr gehabt zu haben, und eben dieserwegen waren das Korn-Hauß und die Wein-Keller dermassen angefüllet, daß fast nichts mehr darinnen Platz fand, ohngeacht die Land-Besteller nur von ihrem Uberflusse hergegeben hatten. In allen Häusern der Pflantz-Städte war nunmehro schon ein zulänglicher Vorrath von zinnernen, blechernen, küpffernen, eisernen, töpffernen und dergleichen Hauß-Geräthe anzutreffen, welches ebenfals Zeugniß ablegte, daß unsere Europäischen Künstler und Handwercker nicht gefaullentzt. Wetterling, der Tuchmacher, hatte vor Eintritt des Winters den Rest der feinen und schlechten Tücher auf die Albertus-Burg geliefert, da nun eine jede Manns-Person von 10. Jahren und drüber, Tuch zu einem Sonntags- und Werckeltags-Kleide bekommen, fand sich nach gemachten Uberschlage doch noch so viel Tuch übrig, daß alle Manns-Personen noch 2. Sonn- und 2. Werckeltags-Kleider bekommen konten, dem ohngeacht, weil noch [352] ein starcker Vorrath von Capitain Horns mitgebrachter Wolle, wie auch von unserer eigenen, indem sich unser Schaaf-Vieh schon ziemlich vermehrt, vorhanden war, hielt Wetterling mit denen, welchen er seine Profession erlernet, doch nicht inne, sondern sie machten immer mehr Tücher, welche theils schwartz, theils braun, theils roth gefärbt wurden, denn alle Jung-Gesellen vom 10ten Jahre an trugen biß zu ihrer Heyrath, roth; die Männer braun, die Aeltesten und Vorsteher der Gemeinden aber so wohl als die Priester, schwartz. Schwartze Trauer-Kleider aber wurden nur um die Eltern, Kinder, Geschwister, und dann um die Aeltesten und

Vorsteher angelegt. Um der Frauenzimmer Kleidung bekümmerten sich die Manns-Personen nicht, sondern die Frau Mag. Schmeltzerin, meine Schwester und die Frau Herrmannin, nahmen alle Donnerstage den Vorrath von den Spinnerinnen und Würckerinnen, ingleichen von Harckerten und seinen Professions-Genossen auf; gaben hergegen auch von Leinen- und Wollenen Zeugen heraus, was diejenigen Weibs-Personen, die mit dieser Arbeit nicht umgehen konten, von nöthen hatten.

Kleemann, der Pappiermacher, hatte von feinem, mittelmäßigen und geringen Pappiere, auch Pappen-Tafeln und dergleichen so viel geliefert, daß wir uns alle eine gute Zeit darmit behelffen konten; war dieserwegen gesonnen, seine Profession eine Zeitlang an den Nagel zu hängen, und sich mit seinen Gehülffen desto fleißiger auf den Feld- und Garten-Bau zu legen; allein, da ihm vorgestellet [353] wurde; wie wir resolvirt hätten, durch den Capitain Horn eine Buch- und Kupffer-Druckerey aus Europa mitbringen zu lassen, versprach er, mit seiner Profession fortzufahren, und eine zulängliche Menge von solchem Pappiere, das sich wohl darzu schickte, zu verfertigen.

Zu Ende des Aprilis, war auch unser Müller Krätzer, mit der, zwischen Christophs- und Christians-Raum zu bauen angefangenen neuen Mehl-Mühle fertig worden, da man denn auch so gleich die Probe darauf gemacht, und dieses neue Werck vollkommen gut befunden; weßwegen sich der älteste von Krätzers ausgelerneten Mühl-Purschen, in dieser Mühle setzte, und einen von den jüngern zu sich nahm, dahero der Alte Meister Krätzer nunmehro nur halb so viel Arbeit auf dem Halse hatte, weil sich vornehmlich die Christophs- Roberts- Christians- und Simons-Raumer, dieser neuen Mühle bedieneten.

Mons. Hollersdorff verfertigte nicht allein noch verschiedene schöne Bild-Stücken in die Kirche, sondern hatte sich auch vorgenommen, alle itzt lebende Aeltesten, wie auch andere gute Freunde abzuschildern; machte inzwischen vor die letztern zum Feyerabende auch manches kleines schönes Bild, die Zimmer damit auszuzieren. Uber dieses war er willens, die gefundenen Heydnischen güldenen Götzen-Bilder, ingleichen den gantzen Tempel abzumahlen.

Von allen übrigen Künstlern und Handwerckern, habe ich bereits oben hoffentlich sattsame Nachricht ertheilet, demnach weil nächst dem Feld-Baue auch [354] die Vieh-Zucht wohl von statten ging, indem sich die aus Europa mitgebrachten Thiere ungemein starck vermehret hatten, so fand sich beim Nähr- oder Haus-Stande kein Tadel. Den Lehr-Stand betreffend, habe auch schon zur Gnüge gemeldet, wie das Kirchen- und Schul-Wesen aufs ordentlichste, andächtigste und erbaulichste eingerichtet worden. Solchergestalt ist nun leichtlich zu glauben, daß der Wehr- oder Obrigkeitliche Stand keine besondere Last tragen dörffen, indem allhier keine straffbaren Laster im Schwange gingen, ein jeder das Seine ohne Zwang verrichte, guten Vermahnungen und Erinnerungen gern und willig Folge leistete, vor auswärtigen

Feinden aber man sich unter GOttes Schutz dermahlen nicht zu fürchten Ursache hatte.

Also stunden die Sachen zu Anfange des Monats Julii 1733. auf unserer Insul Groß-Felsenburg, da uns Capitain Horn, in den ersten Tagen besagten Monats, hinüber auf Klein-Felsenburg invitirte, um zuzusehen, wie die neu-erbaueten Schiffe ins Wasser gelassen würden. Es fuhr demnach eine starcke Gesellschafft hinüber, und blieben 4. gantzer Tage daselbst, um erstlich die Arbeit, welche glücklich von statten ging, hernach den Schiffs-Bauern ihre Lust zu betrachten, denn es machten sich sonderlich Capitain Horns Leute und die Portugiesen einen herrlichen Muth, sungen, tantzten und sprungen bey dem köstlichen Weine, den wir ihnen zu verschmausen mitgebracht. Nachhero wiese Capitain Horn seinen Leuten auf etliche Tage Arbeit an, und reisete mit uns nach Groß-Felsenburg, um der ersten Con-[355]ferenz beyzuwohnen, die er seiner Abreise wegen mit den Aeltesten und andern Europäern zu halten, sich ausgebeten hatte. Wie nun diese in den nächstfolgenden Tagen angestellet war, that er, an die auf der Albertus-Burg Versammleten, folgende Rede:

Meine Herren! ich habe nunmehro, ihren Willen zu Folge, eine geraume, und zwar längere Zeit bey ihnen zugebracht, als ich anfänglich vermeinet hätte, woran auch guten Theils mit Schuld, daß mein mitgebrachtes Schiff allhier im Hafen gestrandet ist. Hoffentlich werde von ihnen das Zeugniß erhalten, daß so wohl ich vor meine Person, als auch die unter meinem Commando *stehende Leute, uns nicht allzu übel aufgeführet haben, ob wir ihnen gleich allhier keinen besondern Nutzen schaffen können. Ihre Gütigkeit gegen uns ist im Gegentheil sehr groß gewesen, vor welche ich, zugleich im Nahmen meiner Untergebenen, schuldigsten Danck abstatte, und mich mit eydlicher Pflicht* verobligiren *will, derjenigen* Instruction, *welche sie mir wegen einer nochmahligen Hin- und Her-Reise schrifftlich zuzustellen belieben werden, getreulich sonder Gefährde nachzukommen, in so ferne mir GOtt Leben, Gesundheit und Glück verleihen wird.*

Allein, meine Herren! nun muß ich ihnen allerseits eröffnen, wie ich wohl gesonnen wäre, nach meiner nochmahligen glücklichen Zurückkunfft und wohl ausgerichteten [356] *Geschäffte, auf dieser Insul bey ihnen in Ruhe zu wohnen, und mich mit meiner auserwählten Liebste,* Johanna Margaretha, Andreæ Robert Julii, *in Roberts-Raum, jüngsten Tochter, welche mit* Mons. Eberhard Julii *seiner Liebsten* Cordula *Geschwister Kind ist, zu vereheligen, als deren, wie auch ihrer Eltern Ja-Wort, biß auf den* Consens *und Erlaubniß der Aeltesten dieses Volcks, ich bereits erhalten.*

Vors andere, weil meine 9. Freygelassenen eine gantz besondere Lust bezeigen, in diesem Revier *zu verbleiben, so wolte zugleich anfragen, ob ihnen erlaubt wäre, eine Pflantz-Stadt auf der Insul Klein-Felsenburg anzulegen, und dieselbe mit der Zeit zu bevölckern?*

Diese beyden (verfolgte Capitain Horn seine Rede) *sind voritzo die ersten Haupt-Puncte, so ich vorzutragen habe, ihnen selbige zur Uberlegung anheim stellen, inzwischen einen Abtritt nehmen, und auf einige Antwort warten will.*

Hiermit ging Mons. Horn, nach gemachten Reverenz, würcklich zum Zimmer hinaus, durffte aber wegen dieser 2. Puncte nicht lange auf Antwort warten, sondern wurde, nachdem die Aeltesten und wir einen kurtzen Schluß gefasset, bald wieder herein geruffen, da ihm denn der Alt-Vater Albertus II. folgende Antwort ertheilete:

Werther Herr und Freund! Eure so lange Anwesenheit auf dieser Insul, hat uns allerseits zu gantz besondern Vergnügen ge-[357]*reicht, den Nutzen und Vortheil, so ihr uns bereits gestifftet, und mit Göttlichem Beystande noch stifften könnet, werden wir und unsere Nachkommen zwar jederzeit zu rühmen wissen, aber niemahls gnugsam verdancken können. Was wir euch und den Eurigen etwa zu Gute gethan, hat die Schuldigkeit von uns erfordert, indem eure Aufführung sehr löblich, christlich und angenehm gewesen. So setzen wir auch aufs künfftige in eure Redlichkeit nicht das geringste Mißtrauen, sondern haben das veste Vertrauen, GOtt werde euch Krafft, Stärcke und Glück geben, dasjenige, was euch etwa in Europa auszurichten* committirt *werden möchte, wohl zu vollenden, auch euch gesund zurück führen, so dann wollen wir allerseits mit grösten Freuden sehen, daß ihr euch durch eine vergnügende*

Heyrath mit uns befreundet, und beständig bey uns verbleibet. Was aber die 9. Freygelassenen anbelanget, so jammert uns allen sehr, daß die Beschaffenheit unserer Sachen nicht zulassen will, ihnen zu willfahren, ohngeacht wir sie alle vor wackere, arbeitsame und tugendhaffte Leute erkandt haben. Bedencket selbst, ihr werdet uns noch einige unbeweibte Künstler aus Europa mitbringen müssen, wenn nun diese so wohl, als eure 9. Freygelassenen mit unsern Töchtern solten berathen werden, so würden unsere Felsenburgischen Junggesellen (wie es denn bereits [358] ausgerechnet ist) bald selbsten den Mangel der Weiber empfinden müssen. Wolte man sagen, sie solten sich Weiber aus Europa mitbringen, so laufft dieses wider die Verordnung und den Willen meines seel. Vaters Alberti *des Ersten, welcher durchaus verbothen, ein fremdes Geschlecht, welches nicht mit ihm, dem Stamm-Vater, oder der* Concordia, *als Stamm-Mutter, verwandt ist, ohne die höchste Noth unter uns entstehen zu lassen. Hiernächst wäre es auch eine Thorheit von uns, wenn wir ein Stück Landes oder die gantze kleine Insul, welche ebenfalls so wohl, wie diese grosse, als unser Eigenthum, zu betrachten ist, fremden Leuten überliessen, deren Kinder und Nachkommen, ob ihre Väter gleich noch so fromm gewesen, unsern Nachkommen allerhand Verdruß und Schaden verursachen könten. Uber dieses so kan es mit der Zeit geschehen, daß diese grosse Insul dergestalt Volck-reich wird, daß ein Theil derselben unserer Kinder-Kinder, selbst Lust bekommen auszuziehen, und die kleine Insul zu bevölckern, mithin als Bluts-Verwandten ihren Handel und Wandel mit einander zu treiben. Wie ich nun hoffe, mein werthester Herr und Freund, in diesem letztern Puncte euren Beyfall zu bekommen, so glaube auch, ihr werdet es nicht übel empfinden, wenn euren Freygelassenen dieses ihr Begehren versagt wird, doch wollen wir sie so beschencken, daß sie* [359] *in Europa ein reputirliches Leben führen können.*

So viel war es, was der Alt-Vater dem Capitain Horn zur Antwort gab. Dieser danckte sehr verbindlich, daß man ihm, vor seine Person, nach glücklicher Zurückkunfft erlauben wolte, ein Mit-Genosse unseres ruhigen und vergnügten Lebens zu seyn; erkandte die Entschuldigung, wegen Aufnehmung seiner Freygelassenen vor recht vernünfftig und billig, versprach auch, ihnen unterwegs die Felsenburgischen Gedancken schon aus dem Sinne zu reden.

Hierauf ging die gantze Versammlung vor dieses mahl aus einander, Capitain Horn aber mit mir in meine Behausung, weil sich seine Liebste schon seit etlichen Tagen bey meiner Frauen daselbst als ein Gast aufhielt, um ihren Bräutigam zu sprechen, welchen sie allem Merckmahlen nach so sehr liebte, als er sie, ohngeacht derselbe dermahlen fast noch einmahl so alt als sie, jedoch ein wohlgebildeter Mensch, mit schönen lockigten Haaren und sonsten sehr wohl gewachsen war. Ich ließ die beyden Verliebten bey meiner Cordula alleine, und ging hinüber zu Mons. Litzbergen, bey welchem sich Herr Wolffgang, der diesen Abend nicht nach Hause gehen wollen, nebst andern guten Freunden befand. Nach der Abend-Mahlzeit aber kam der Capitain Horn ebenfalls dahin, weßwegen Herr Wolffgang so gleich mit demselben wegen seiner Braut zu schertzen anfing, und unter andern sagte: er hätte ihn, den Capitain Horn, nicht darum mitgenommen, daß er sich von einer Felsenburgischen einfältigen [360] Schöne solte bezaubern lassen, sondern vermeynet, er würde sein Vermögen in Europa an einem guten Orte anlegen, sich eine rechte Staats-Dame zur Ehe-Frauen auslesen, und mit derselben de propriis vergnügt leben, so aber müsse man erfahren, daß er in allen Stücken, in seine, des Capitain Wolffgangs, Fußtapffen treten wolle. Ich hoffe nicht, mein Herr! versetzte hierauf der Capitain Horn, daß man mich schelten wird, wenn ich in der Mühe und Arbeit eurem Exempel folge, und also wird man mich auch nicht verdencken, wenn ich eben dergleichen Recreation suche, als ihr gefunden habt. So viel will ich versichern, daß, wenn ich auch in den Stande wäre, mir in Europa ein Fürstenthum oder Königreich anzukauffen, so würde ich doch nimmermehr geheyrathet, oder mich mit Frauenzimmer verwirret haben, denn die Untreue, List und Betrug des Europäischen Frauenzimmers ist unbeschreiblich, so, daß unter Tausenden, ach! sagt mir doch, wie viel? zu finden, die ein redliches Hertze gegen *eine,* (ich sags mit Fleiß, *Eine*) Manns-Person haben. Ich habe von der Zeit an, da ich nur meinen Verstand in etwas zu gebrauchen angefangen, ungemein viel Exempel, nicht von Hörensagen angemerckt, sondern mehrentheils selbst in Erfahrung gebracht, bey reiffern Verstande aber daraus schliessen können, daß bloß allein das Frauenzimmer, den Manns-Personen die allergrösten Verdrüßlichkeiten, Unglücks-Fälle und Mißvergnügen stifftet; Dieserwegen ist mir fast jederzeit bange worden, wenn ich par renommeè mit diesen Geschlechte umgehen müssen, ja ich habe mir nachhero [361] vest vorgesetzt, nimmermehr zu heyrathen, weil ich auch an meinem eigenen Exempel die Falschheit und List des Frauenzimmers sattsam erfahren, ja eben dieses trieb mich in meinen besten Jahren dahin, mein Fortun auf der See zu suchen, um nur von diesen Land-Syrenen weit genug entfernt zu seyn. Da ich aber allhier, statt der Europäischen, masquirten, auch wohl gar geschminckten, so genannten irrdischen Engel, würckliche Engel von Gestalt und Gemüthe angetroffen, ist mir die Lust zum Heyrathen auf einmahl wieder angekommen, ja ich wolte meine Braut, nebst dem in Zukunfft mit derselben zu hoffen habenden vergnügten Leben, nicht um ein Königreich vertauschen, der Himmel gebe nur, daß meine Hin- und Herfahrt glücklich sey.

Der Capitain Wolffgang sagte hierauf: Mein Herr! ich will jetzo kein Urtheil fällen, ob ihr wegen des Frauenzimmers und sonderlich wegen des Europäischen, Recht oder Unrecht habt, sondern nur von Hertzen wünschen, daß ihr bald wieder zurück kommen, und hernach so vergnügt mit eurem Hanne Gretgen leben möget, als ich mit meiner Fiecke. Allein, es fällt mir eben itzo ein, daß, ohngeacht wir beyde seit so vielen Jahren her, Bekandte und gute Freunde gewesen sind, ihr mir doch noch niemahls eure Lebens-Geschicht von Jugend auf erzählet habt, welche doch, wie ich jetzo aus wenig Worten vernommen, eben nicht unangenehm zu hören seyn wird. Derowegen, weil es sich itzo ohnedem sehr gut schickt, wolte ich mir diese Gefälligkeit wohl von euch ausgebethen haben. Dieser vermeynete, es möchte bereits etwas zu späte seyn, da [362] wir aber entgegen setzten, daß sich dergleichen Erzählungen in der stillen Nacht, da man von niemanden gestöhret würde, am besten thun und anhören liessen, war er endlich geneigt darzu; wir setzten uns auch zurechte, und merckten mit begierigen Ohren auf

Des
Capitain Horns
Lebens-Geschichte.

IM Jahre 1693. (fing derselbe seine Erzählung an) bin ich im H. - - - Lande von ehrlichen Eltern erzeuget worden, mein Vater aber, welcher ein guter Jäger, war Holtz-Förster, und wohnete im Walde in einem eintzelnen Hause an der Heer-Strasse, trieb also zugleich die Wirthschafft mit. Seiner Kinder waren 5. nehmlich 3. Söhne, worunter ich der mittelste, und 2. Töchter, die noch jünger waren als ich. Meine Mutter war nach der Niederkunfft der jüngsten Schwester, beständig kranck geblieben, weßwegen der Vater immer sehr verdrüßlich aussahe, und da dieselbe in meinem 9ten Jahre starb, mehr Zeichen der Zufriedenheit, als der Betrübniß von sich gab. Ohngeacht nun mein Vater ein Mann von 65. Jahren, so war er doch noch sehr vigoreus, und that es in seiner Profession vielen noch weit jüngern zuvor, welches ihn auch veranlassete, eine wohlgebildete Bauers-Tochter von etwa 17. biß 18. Jahren zur andern Ehe-Frau zu erwählen.

Allem Ansehen nach hatte mein Vater eine ungemein gute Heyrath getroffen, denn unsere neue [363] Stief-Mutter konte ihm doch gar zu niedlich um den Bart herum gehen, und dergestalt schmeicheln, als ob sie einen Mann von ihren Alter vor sich hätte. Er mochte bey Tage oder bey Nacht, um welche Zeit es auch war, aus dem Walde kommen, so stund sein Krafft-Süppchen und Lecker-Bißgen alsobald auf dem Tische; uns Kinder tractirte sie auch dermassen wohl, daß wir über sie noch weniger, als über unsere seelige Mutter zu klagen hatten, denn die Holdseeligkeit und Freundlichkeit schien ihr angebohren zu seyn, weßwegen sich denn nicht allein Sonntags, sondern auch in der Woche viele Wein- Bier- und Brandteweins-Gäste bey uns einfanden, und alle nach Würden accommodiret wurden.

Unter andern gewöhnete sich auch ein junger unbeweibter Förster von der Nachbarschafft, gar sehr öffters zu uns zu kommen, ob ihn nun gleich mein Vater, weil es sein College war, sehr wohl leiden konte, so stellete sich doch unsere Stief-Mutter jederzeit verdrüßlich an, so offt er da war, ließ sich auch zum öfftern gegen unsern Vater verlauten: Sie wisse in aller Welt nicht, wie dieser Kerl in unser Hauß kommen könte, da er doch wisse, daß ihr seine Person biß in Todt zuwider sey, und sie ihm vor einiger Zeit, da er um sie gefreyet, den Korb nicht nur darum gegeben, weil er einen so schlechten Dienst, sondern weil sie einen natürlichen Abscheu vor seiner Person hätte; und eben dieserwegen sähe sie am allerliebsten, wenn ihr dieser Kerl aus dem Hause bliebe. Mein Vater lachte hierzu, sprach, daß sie in diesem Stück eine När-[364]rin wäre, den ehrlichen Menschen aber zufrieden lassen solte, welcher schon von etlichen Jahren her sein guter Freund wäre, über dieses manchen schönen Thaler bey uns verzehrete. Wegen des letztern, sagte die Stief-Mutter, mag es noch seyn, und es ist das beste, daß der Sauff-Teuffel noch immer seine Zeche und das Schlaff-Geld bezahlt, wenn er aber zu borgen anfangen will, wie er in andern Wirths-Häusern gethan hat, so wird die Paucke bald ein Loch kriegen. Frau! sagte mein Vater, sey kein Narre, laß den Kerl zufrieden, gib ihm, was er verlangt, denn wenn er mir auch 100. Thlr. schuldig wäre, so wüste ich mich schon bezahlt zu machen. Solche und dergleichen Discourse passirten gar öffters zwischen unsern Eltern, endlich aber kam es einmahl würcklich dahin, daß sich die Stief-Mutter um einer eintzigen Kanne Wein halber mit dem Förster zanckte, und ihm etliche grobe Schmäh-Reden an den Halß warff, welche dieser, ohngeacht er betruncken war, dennoch verschmertzte, sich mit dem Kopffe auf den Tisch legte, und weiter nichts sagte, als dieses: um eines guten Mannes willen, muß man einer bösen Frau viel zu gute halten. Mein Vater nahm diese Worte vor redlich auf, ließ sich demnach den Zorn dahin verleiten, daß er der Stief-Mutter, welche hinaus ging, folgte, und ihr eine derbe Maulschelle gab. Sie schien dieserwegen vor Jammer gantz ausser sich selbst zu seyn, konte diesen ersten Liebes-Schlag durchaus nicht vergessen, kam auch den gantzen Abend nicht wieder zum Vorscheine, sondern legte sich weinend zu Bette; jedoch der Vater hatte [365] sie durch gütliches Zureden dahin gebracht, daß sie früh Morgens nicht allein wieder freundlich aussahe, sondern auch dem Förster Helnam, der Worte wegen, die sie gestern Abend in tollen Muthe ausgestossen, um Verzeihung bath. Hierauf ging mein Vater mit demselben in den Wald, mein jüngerer Bruder war in die Stadt geschickt, die beyden kleinen Schwestern spieleten im Hofe, ich aber hatte mich, weil ich zu viel in der Sonne herum gelauffen war, und starcke Kopff-Schmertzen bekommen, oben in unserer ziemlich dunckeln Cammer ins Bette gelegt, und war etwas eingeschlummert, ermunterte mich aber sogleich, als Helnam mit meiner Stief-Mutter in die Cammer hinein getreten kam, einander umarmeten und vielemahl küsseten, welches mir denn sehr wunderbar vorkam, jedoch lag ich gantz stille, biß Helnam meine Stief-Mutter auf ein anderes Bette legte, und sich anstellete, als ob er sie erdrücken und ersticken wolte, weßwegen ich, in Meynung, er wolle wegen der gestrigen Schelt-Worte Rache an der Stief-Mutter ausüben, mit vollem Halse um Hülffe schrye, da denn Helnam vor Schrecken zur Cammer hinaus sprunge, meine Stief-Mutter aber, nachdem sie sich einigermassen recolligiret, zu mir kam, mich zufrieden sprach, und sagte: Helnam hätte nur seinen Schertz mit ihr getrieben, ich solte aber bey Leib und Leben weder dem Vater noch jemand anders ein Wort darvon sagen, so wolte sie mir hinführo alles geben, was ich nur verlangte, wiedrigenfals aber, und da sie erführe, daß ich nur das allergeringste darvon ausgeplaudert, [366] wolte sie mich alle Tage schlagen, und mir nicht halb satt zu essen geben. Ich hatte in Wahrheit viel Liebe vor meine Stief-Mutter, weil sie mich ebenfalls unter meinen Geschwistern am liebsten zu haben schien, derowegen gelobte ich ein ewiges Stillschweigen an, und ging mit ihr herunter in die Stube, in welche Helnam kurtz hernach auch eingetreten kam, zu dem meine Mutter sagte: Sehet, was ihr mit euren Tändel-Possen angerichtet habt, der arme Junge hat gemeinet, ihr wollet mich im Ernste ermorden, ist derowegen vor Schrecken fast halb todt, und ich habe ihm doch unter den andern allen am liebsten. Derowegen gab mir Helnam meine gantze Hand voll Geld, welches ich der Stief-Mutter aufzuheben darreichte, und auf beyderseitiges noch mehrers Zureden desto stärcker angelobte, keinem Menschen etwas von

dieser Mord-Geschichte zu sagen. Helnam trunck ein
Maas Wein auf das Schrecken, die Stief-Mutter machte
mir eine Wein-Kalte-Schaale mit Zucker, befahl mir, selbige auszuessen, in der Stube zu bleiben, und sie zu ruffen, wenn jemand käme; ging hierauf mit Helnam hinaus,
kam erstlich nach einer halben Stunde wieder zurücke,
sagte, daß Helnam nach Hause gegangen, und befahl
mir, gegen den Vater nur gar nichts zu gedencken, daß er
da gewesen wäre, denn die kleinen Schwestern hätten
ihn nicht gesehen, weil sie in den Wald gegangen wären,
und Holtz-Bündel holeten. Ich hielt in der That reinen
Mund, merckte zwar nachhero gar öffters, daß Helnam
in Abwesenheit meines Vaters mit der Stief-Mutter in
dem obern Stockwercke ei-[367]ne geheime Zusammenkunfft hielt, doch da ich nicht wuste, was es zu bedeuten
hatte, bekümmerte mich solches auch nicht, vielmehr
war ich damit vergnügt, daß mir meine Stief-Mutter alles
gab und zuließ, was nur mein Hertze begehrte. Allein,
etwa ein Jahr hernach, da mein Vater auf etliche Tage
verreiset war, entstund ein grausamer Tumult in unserer
Eltern Schlaf-Cammer, denn die Thüre wurde eingestossen, wir höreten die Mutter schreyen und auch des Va-
ters-Stimme, auch einen Büchsen-Knall zum Cammer-
Fenster hinaus, weßwegen wir vier Kinder (denn mein
ältester Bruder war schon bey Hofe in Diensten) alle auf
einmahl aufsprungen, in der Eltern Cammer lieffen, und
sahen, daß der Vater immer auf die Mutter mit dem
Hirschfänger loß hieb, sie auch gewiß in Koch-Stücken

zerhauen haben würde, wenn wir Jungens ihm nicht den Arm gehalten und die Mädgens sich über die Mutter hergebreitet hätten. Inzwischen schwamm die Mutter fast in ihrem Blute, denn sie hatte etliche Hiebe über den Kopff, Brüste und Arme bekommen. Endlich ließ sich der Vater durch unser jämmerliches Schreyen bewegen, mit mir hinunter in die Stube zu gehen, allwo ich so gleich eine Laterne anstecken und mit ihm vom Hause hinweg nach dem Walde zu gehen muste; er hatte eine Büchse an der Schulter hangen, und den blossen Hirschfänger in der Hand, wir waren aber kaum 100. Schritte gegangen, als wir den Förster Helnam in blossen blutigen Hembde auf dem Gesichte liegend antraffen. Mein Vater wendete ihn um auf den Rücken, sagte weiter [368] nichts als diese Worte: Ja, ja, du bists, und hast genung. Er ließ aber den Cörper liegen, und kehrete mit mir um nach unsern Hause zu, schickte mich auch sogleich hinauf, um zu sehen, was die Mutter machte. Dieser hatte mein Bruder die Wunden voll Zunder, Spinneweben, Werck und dergleichen gestopfft, auch Brandtewein hinein gegossen und drauf gelegt, allein, selbige wolten doch nicht zu bluten aufhören, und da ich dieses dem Vater wieder zu sagen hinunter kam, war derselbe fort.

Wir Kinder meyneten, er würde etwa in das nächste Dorff gegangen seyn, und Leute herzu ruffen, hoffeten aber auf deren Ankunfft umsonst, biß der Tag anbrach, da denn zu unsern Glücke etliche Manns- und Weibs-Personen kamen, welche in die Stadt zu Marckte gehen, vorhero aber erstlich bey uns Brandtewein trincken wolten. Zwey Weiber, die sonst mit meiner Stief-Mutter wohl bekandt waren, blieben bey derselben, welche, als sie hörete, daß Helnam nicht weit von unsern Hause erschossen läge, eine starcke Ohnmacht bekam, weßwegen die Weiber Mühe hatten, sie wieder zu ermuntern, die Männer aber eileten nach der Stadt, hatten die Geschichte der Obrigkeit gemeldet, da denn gar bald die Gerichten mit Doctor, Barbierer und Priester heraus kamen, erstlich die Mutter behörig verbinden liessen, nachhero examinirten. Sie hatte die gantze Geschicht offenhertzig und dabey bekennet, daß sie schon seit etlichen Jahren, und ehe sie noch meinen Vater geheyrathet, mit Helnam der Liebe gepflogen, meinen Vater aber, um ihn nicht eiffersüchtig, sondern desto [369] sicherer zu machen, immer vorgeschwatzt, daß ihr dieser Mensch zuwider wäre &c. &c. Hierauf hatte sie gebeten, daß der Priester bey ihr bleiben, der Doctor und Barbierer aber nur nach Hause reisen möchten, indem sie fühlete, daß sie den Abend nicht erleben würde. Dieses Letztere traff auch ein, denn nachdem der Priester den gantzen Tag mit ihr gesprochen und gebetet, auch das Heilige Abendmahl gereicht, starb sie, ehe es Abend wurde. Helnams Cörper öffnete man, nachhero wurde derselbe, so wohl als meine Stief-Mutter auf besondere Landes-Herrliche Begnadigung, an die Seite des Gottes-Ackers des nächsten Dorffs begraben. Uns armen Kindern hatten die Gerichten fast nichts mehr als die allernöthigsten Sachen gelassen, einen Mann und Frau bestellet, die indessen die Wirthschafft treiben und uns verpflegen musten; allein, etliche Wochen hernach war der Landes-Herr so gnädig, meinem ältesten Bruder, der schon einige Jahr bey ihm in Diensten gestanden, in die Stelle meines Vaters, von dessen Auffenthalt kein Mensch etwas wissen wolte, zu setzen, da denn mein Bruder eine betagte Befreundtin zur Haußhälterin annahm, uns seine Geschwister noch eine Zeitlang bey sich zu behalten versprach, auch es bey dem Landes-Herrn dahin brachte, daß die Gerichten nach Abzug der Kosten, die übrige Verlassenschafft unserer Eltern, an bestellte Vormünder ausliefern musten. Es war aber, leyder! nicht allzu viel übrig geblieben; und also sehen sie, meine Herren! (erinnerte uns allhier der Capitain Horn) daß ein ungetreues listiges Weib, unsern Vater und [370] uns Kinder ins Unglück, sich und ihren Amanten aber ums Leben gebracht hat. Jedoch meine eigene Geschicht zu verfolgen, so muß ferner melden, daß noch nicht ein volles halbes Jahr nach dieser traurigen Begebenheit, ein vornehmer Cavallier, welcher nach Hofe zu reisen im Begriff, des Nachts auf der Strasse, bey Umwerffung seines Wagens, Schaden am Arm genommen, demnach weil er in unsern Hause Licht erblickte, ausspannen ließ, um den Tag zu erwarten. Er fragte, so bald er hinein kam, nach meinem Vater, und mein Bruder erzählete ihm die obgemeldete klägliche Geschichte in der Kürtze, worüber sich derselbe, weil er über Jahr und Tag nicht in dieser Gegend gewesen, ungemein verwunderte, nachhero seinen Arm mit warmen Weine waschen und sich etwas zu essen bringen ließ. Ich war sehr hurtig, ihm mit aufwarten zu helffen, welches er observirte, und nachhero, da ich Pappier, die Tobacks-Pfeiffe anzuzünden, reichte, mich fragte: Wie alt bist du? 12. Jahr, gab ich zur Antwort. Was wilst du werden? fragte er ferner; und ich antworttete: ja, das weiß GOtt, was aus mir werden wird, denn ich bin ein armes Kind worden, seit dem mein Vater weg ist. Hast du Lust mit mir zu reisen? sprach er; Ach! seuffzete ich: wenn ich nur groß genung wäre, so wolte ich mit einem so wackern Herrn wohl biß ans Ende der Welt reisen. Indem kam mein ältester Bruder in die Stube, zu welchem der Cavallier so gleich sagte: Mein Freund! an diesem euren jüngsten Bruder gefallen mir sonderlich 3. Stück: erstlich sein munteres und dreustes Wesen; zum [371] andern: sein aufrichtiges Gesichte, und zum dritten: seine weissen krausen Haare; ist es euch und ihm gefällig, so will ich ihn in meine Dienste nehmen, und vor seyn künfftiges Wohlseyn sorgen? Mein Bruder besann sich so kurtz als ich, und kurtz zu sagen: ich packte mein Bündel mit Freuden eilfertig zusammen, und fuhr mit diesem meinem nunmehrigen Herren nach der Residentz unseres Landes-Herren zu. Allda ließ mir mein Herr sogleich eine saubere Liberey machen, und mich alle Tage 6. Stunden in die Schule gehen, ausser der Zeit aber, muste ich mehrentheils um ihn seyn, auch so gar, wenn er ausging oder ausfuhr. Er probirte meine Treue und Verschwiegenheit auf verschiedene Art und Weise, ohne daß ich damahls sogleich mercken konte, nachdem er mich aber in den ersten 2. Jahren ächt und redlich befunden, wurde ich von ihm sehr öffters mit Gelde und andern Sachen reichlich beschenckt, welches mir zwar bey den ältern Bedienten einigen Neid zuwege brachte, allein, es durffte sich keiner an mir vergreifen. Mein Herr war unverheyrathet, ich aber wurde von ihm fast alle Tage mit Briefen und Paqueten an eine vornehme Dame, die sehr schön und eine junge Wittbe, doch aber eben nicht allzu starck begütert war, abgeschickt, und er selbst gab derselben gar öffters Visiten, jedoch entweder des Nachts, oder wenn es sonst nicht leicht jemand gewahr werden konte. Einige Zeit hernach veruneinigten sie sich mit einander, und die Dame wurde dergestalt zornig, daß sie von meinem Herrn weder Briefe mehr annehmen, vielweniger ihm erlauben wolte, sie ferner zu besu-[372]chen. Indem er nun dennoch Gelegenheit suchte, sie in ihrem Zimmer zu sprechen, und sich dieserwegen einsmahls heimlich in ihr Hauß geschlichen, seinen Zweck aber nicht erreichen können, weil die Dame seiner noch bey Zeiten gewahr worden, und sich in ein anderes Zimmer versteckt und verschlossen hatte, fing er grausam an zu fulminiren, stieß verschiedene Schimpff-Reden aus, welche doch von niemand anders als von ihren Domestiquen angehöret wurden, und ging endlich im grösten Grimm und Zorne nach seinem Logis. Folgenden Morgens sehr früh, da er noch nicht aufgestanden war, bekam er von einer gewissen höhern Hand einen schrifftlichen Befehl, dessen Inhalt, wie ich hernach erfahren, dieser war: daß er sich bey Vermeidung gröster Ungnade, auch ernstlicher Bestraffung, ferner nicht unterstehen solte, diese Dame weder mit Worten, Schrifften, vielweniger mit Wercken zu beleidigen. Ich brachte diesen Brief meinem Herrn ins Bette, so bald er aufgewacht, und zu allem Glück kein eintziger von den andern Bedienten im Schlaf-Zimmer war, er hatte aber denselben kaum gelesen, als er, wie halb rasend, aus dem Bette sprunge, den Brief mit Füssen trat, und sich im Eiffer folgender Worte vernehmen ließ: »*Ha! ists so bestellet? warte, Ungetreue - - ich will dir nicht* 10. *biß* 12000. *Thlr werth umsonst ausgebeutelt haben, sondern meinem Hohn an dir rächen. und wenn es auch mein Leben kosten solte.*« Hierauf muste ich die andern Bedienten ruffen, um ihn anzukleiden, sie konten es ihm zwar alle ansehen, [373] daß er Grillen hatte, und zornig war, allein, er konte sich doch auch in so weit bezwingen, einem jeden, was er auf heute zu befehlen hatte, mit ziemlicher Gelassenheit zu sagen. Nachhero rieff er den Secretarium und Cammer-Diener in sein Cabinet, besprach sich mit beyden länger als eine Stunde in Geheim, und fuhr darauf, indem er nur einen eintzigen Laqueyen und mich zur Bedienung mit sich genommen, zu einem guten Freunde aufs Land. Wir waren daselbst sehr willkommen und wohl tractiret; nach Mittags aber, da der Hauß-Herr mit seinem Gerichts-Halter in einem Ober-

Zimmer etwas geheimes zu tractiren hatte, und mein Herr mitlerweile allein mit der Hauß-Frauen das Bretspiel zum Zeitvertreibe genommen hatte, merckte ich, der ich allein im Zimmer aufwartete, doch gar zu bald, daß beyde einander schon besser kennen müsten. Denn mein Herr küssete und caressirte diese Dame ohngescheuet; und ob sie gleich anfänglich wegen meiner Gegenwart in etwas darüber erschrack, so gab sie sich doch bald zufrieden, als ihr mein Herr, vielleicht meinetwegen, nur wenig Worte ins Ohr gesagt hatte; blieb ihm auch keinen Kuß und Gegen-Caresse schuldig, ja sie wurden gar so dreuste, in ein kleines Cabinet, worinnen nur ein Schlaf-Stuhl und ein Tisch stund, zu gehen, ob sie nun da ebenfalls ein Damen-Spiel spieleten, oder nur zum Fenster hinaus in den Lust-Garten sahen, das weiß ich nicht, jedoch kamen beyde, ehe jemand anders ins Zimmer kam, wieder heraus, und spieleten nunmehro recht ernsthafft im Brete fort. [374]

Abends, nach der Mahlzeit, begab sich mein Herr mit dem Haus-Herrn in ein besonderes Zimmer, allwo sie über 3. Stunden gantz alleine geblieben, so dann zur Ruhe gingen, mit anbrechenden Tage aber hatte sich der Haus-Herr mit nur einem Bedienten auf eine Reise begeben, und mein Herr trunck den Thée mit der Dame in einem abgeschlossenen Zimmer über 2. Stunden lang gantz alleine. Gegen Mittag stelleten sich 2. benachbarte Edelleute nebst ihren Gemahlinnen und einem Officier ein, welche, wie ich bey den ersten Complimenten vernehmen konte, der Haus-Herr auf seinen Hof bitten lassen, um während seiner Abwesenheit meinem Herrn die Zeit paßiren zu helffen. Die Haus-Frau ließ derowegen noch eine Fräulein, die vielleicht nicht weit von ihr wohnen mochte, herzu bitten, um auch ein Frauenzimmer zur Conversation vor den Officier zu haben, allein, dieser hatte seine Augen mehr auf die Wirthin, als auf das Fräulein, gerichtet, welche zwar wohl gewachsen, jedoch eben nicht fein von Gesichte, dahingegen die erstere recht schön war. Es wurde in allen Stücken recht propre tractiret, sie gingen Spatziren, spieleten allerhand Spiele, worbey jedoch mein Herr jederzeit die Wirthin zur Seiten hatte, welches dem Officier, allem Vermercken nach, verdrüßlich fiel, allein, er muste Respect brauchen, weil ihn mein Herr an Stande und Vermögen weit übertraff. Endlich aber, da es Nachts schon weit hin war, kamen doch mein Herr und der Officier, der Haus-Frauen wegen, (ich kan aber nicht eigentlich sagen, welchergestalt) in einen spitzfündigen Wort-Streit, [375] der aber durch die andern Gäste beygelegt, und so gleich Schicht gemacht wurde. Mein Herr legte sich, so bald er in sein angewiesenes Zimmer kam, augenblicklich zu Bette, befahl auch mir, nur gleich einzuschlaffen, weil ich Morgen bald aufstehen müste. Ich legte mich demnach in das, hinter einer Spanischen Wand stehende Feld-Bette; war aber kaum eingeschlaffen, als die Seiten-Thür des Zimmers eröffnet wurde, durch welche eine Person, in einem langen weißlichen Schlaff-Rocke, herein getreten kam, weßwegen ich, etwas furchtsam, Wer da? rieff, mein Herr aber antwortete: Schlaf nur geruhig, Wilhelm, und kehre dich an nichts. Weiln nun die Spanische Wand weit offen stund, konte ich in der Dämmerung doch so viel observiren, daß diese Machine auf meines Herrn Bette zu ging, und hinter seinen Guardinen verschwand, ich wuste nicht, ob es ein würcklicher Cörper oder ein Geist war, konte derowegen vor vielen Scrupuliren kein Auge zu thun, bemerckte auch, daß mein Herr sehr unruhig lag, sich öffters bewegte und herum warff, doch endlich schlieff ich drüber ein, und ermunterte mich nicht eher, biß der helle Tag schon angebrochen war, mich also erinnerte, aufzustehen. Indem ich nun aus dem Bette steigen wolte, rieff mein Herr: Wilhelm! es ist noch zu früh allhier aufzustehen, schlaff nur noch ein paar Stunden, biß ich dich selbst aufruffe. Ich gehorsamete, konte aber, weil ich mich schon gewöhnet, früh munter zu seyn, nicht wieder einschlaffen, sondern lag mit offenen Augen, hörete auch, daß mein Herr in seinem Bette mit jemanden ein leises Gespräch hielt, von [376] welchen ich aber sehr wenig verstehen konte, und endlich, da schon die aufgehende Sonne ihren ersten Strahl durch die Fenster warff, kam die gestrige Machine abermahls zum Vorscheine, hatte den Schlaf-Rock oben über den Kopff hergezogen, so, daß ich Blintzender, nichts als ein paar schöne, grosse, schwartze Augen sehen konten, von welchen ich geschworen hätte, daß es unserer Frau Haus-Wirthin ihre Augen gewesen wären, wenn ich nicht gedacht, daß dieselben, weil sie sehr späte zu Bette gegangen, annoch vielleicht im süssesten Schlummer zugeschlossen lägen. Kaum hatte gemeldte Machine ihren Rückweg durch die Seiten-Thür genommen, als mich mein Herr bey meinem Nahmen ruffte, allein, ich hielt dieses mahl nicht vor rathsam, ihm eher zu antworten, biß er mich zum drittenmahle geruffen hatte. Demnach befahl er, mich hurtig anzuziehen, und einen von des Haus-Wirths Stall-Knechten herauf zu ruffen; als ich mit demselben ankam, saß mein Herr schon im Schlaf-Rocke am Tische, und schrieb, sagte aber zu dem Stall-Knechte: Höret, mein Freund! thut mir den Gefallen, und sattelt vor diesen meinen Purschen einen Klöpper, weil ich keine Reit-Pferde bey mir habe, ich will ihn nur nach der Stadt schicken, und es bey eurer gebiethenden Frau, die ohnfehlbar noch schlaffen wird, verantworten. Der Kerl war so gleich willig, zumahlen, da ihn mein Herr einen Gulden darreichte, ich aber bekam 2. Briefe von ihm, einen an den vornehmsten Kauffmann, und den andern an einen Jubelier, mit dem Befehle, nicht in unserm Logis, sondern in einem [377] Gast-Hofe einzukehren, und so bald ich an beyden Orten meine Abfertigung bekommen, alles wohl in den Mantel-Sack einzupacken, und den Rück-Weg eiligst zu nehmen. Ich versprach alles wohl auszurichten, ob ich aber gleich nicht gelesen, was in den Briefen stund, so war ich doch so schlau, so wohl von des Kauffmanns als des Jubeliers Leuten, heraus zu locken, daß der erstere ein kostbares mit Golde durchwürcktes Zeug zu einer Frauenzimmer-Kleidung, und der andere ein Diamanten Brust-Creutz nebst einer goldenen Uhr eingepackt hatte. Ich brachte dieses alles bey guter Zeit auf meines Herrn Zimmer, ihn aber selbst traff ich bey der andern Gesellschafft im Garten an, und stattete meinen Bericht ab. Er ging demnach also fort selbst auf sein Zimmer, mochte die Sachen eröffnet, besehen und gut befunden haben, denn er machte mir eine gnädige Mine, als er zurück kam. Ich merckte, daß er die Frau Haus-Wirthin im Garten etwas bey Seite führete, und mit ihr heimlich redete, hernach mich ruffte, und sagte: Wilhelm! gieb Achtung, wenn die Haus-Wirthin zur Garten-Thür hinaus gehet, so gehe erstlich langsam hinter ihr her, lauff sodann voraus, und gieb ihr das, auf meinem Tische im Zimmer liegende Paquet, aufzuheben, denn sie wird da vorbey gehen. Ich war fix, und da die Dame kam, stund ich schon mit dem Paquete in der Thür, sie fragte: Mein Sohn! ist dieses das Paquet, welches ich eurem Herrn verwahren soll? Ja, gnädige Frau! antwortete ich, es ists; Also muste ich es in ihr Schlaf-Zimmer tragen, und in einen Kasten werffen, hierbey bemerckte ich, daß [378] zwischen ihrem und meines Herrn Schlaf-Zimmer nur eine Scheide-Wand, durch deren Thür in vergangener Nacht die Masque pass- und repassirt war. Da ich nun wieder fortgehen wolte, rieff sie mich zurück, und beschenckte mich mit 2. Stücken Leinwand, verboth mir aber, ausser meinem Herrn, keinem Menschen etwas davon zu sagen, sondern vor mich Unter- und

Ober-Hembder davon machen zu lassen. Ich danckte gantz unterthänigst davor, und befand hernach beyde Stücke sehr fein, auch daß jedes 30. Ellen hielt. Nach der Abend-Mahlzeit, klagte mein Herr über gewaltige Kopff-Schmertzen, weßwegen die Lust auf diesen Abend ziemlich gestöhrt zu seyn schien, und sich ein jedes desto zeitiger zu Bette begab. Jedoch bey meinem Herrn mochten die Kopff-Schmertzen wohl ein blosses verstelltes Wesen seyn, denn da er auf sein Zimmer kam, war er lustig und guter Dinge, rauchte auch, ehe er zu Bette ging, noch ein paar Pfeiffen Canaster. Gegen Mitternacht öffnete sich die Seiten-Thür abermahls, und die Masque hielt es ebenfalls wie in voriger Nacht, ich aber stellete mich an, als ob ich sehr veste schlieffe, biß mich mein Herr etwa um 5. Uhr aufweckte, und befahl, den Thée nicht eher als um 9. Uhr zu fordern, und gegen jederman zu sagen, daß er vor Kopff-Schmertzen die gantze Nacht hindurch fast kein Auge zuthun können. Dieser Tag wurde ebenfalls in lauter Wohlleben zugebracht, ausserdem, daß der Officier und mein Herr immer auf einander stichelten, denn ob schon beyde sonsten noch niemahls mit einander in Compagnie gewesen waren, so schien es doch, als [379] ob eine würckliche Antipathie unter ihnen wäre, doch kam es diesen Tag noch zu keinen Thätlichkeiten, und in der folgenden Nacht ging es eben so zu, wie in den 2. vorigen. Als diese verstrichen, kam der Hauß-Herr etwa ein paar Stunden vor der Mittags-Mahlzeit wieder zurück von der Reise, und gab meinem

Herrn, als in dessen Affairen er verreiset gewesen, in einem besondern Zimmer geheime Nachricht von demjenigen, was er ausgerichtet hatte, hernach wurde gespeiset und starck Wein getruncken, weil der Hauß-Herr, als ein grosser Liebhaber des Reben-Saffts, seine Gäste starck darzu forcirte. Der Herr Hauß-Wirth brachte meinem Herrn eine Gesundheit zu: Auf gut Glück in der bewusten Sache! Mein Herr that Bescheid, reichte zugleich dem Hauß-Wirthe die Hand, und als er den Pocal ausgeleeret, danckte er demselben verbindlich davor, daß er ihm das eine Werck so glücklich zum Stande gebracht, und in der andern Sache seine Vices so wohl vertreten hätte; versprach anbey, sich in der That erkänntlich zu erzeigen. Der Hauß-Herr schützte vor, daß seine Schuldigkeit nicht allein solche, sondern weit mühsamere Dienste, meinem Herrn zu leisten, erforderte; worgegen dieser auch keine Complimente schuldig blieb; allein, der Officier, welchen der Wein oder andere Grillen schon zu starck in den Kopff gestiegen waren, melirte sich in ihren Discours, und sagte zu dem Hauß-Wirthe: Mein Herr! sie belieben die Complimenten zu versparen, denn haben sie des Herrn G. Vices vertreten, so hat derselbe vielleicht die Ihrigen auch vertreten, so, [380] daß ihre Frau Liebste wohl nicht über ihn klagen wird. Monsieur! (sprach mein Herr, dem die Galle auf einmahl überging, und das Geblüte ins Gesichte stieg) Was sind das vor Reden? Werden mir nicht diese Herren und Dames Zeugniß geben, daß ich mich als ein honetter Gast und nicht als Wirth aufgeführet? Worinnen bestehen also die Vices, so ich vertreten habe? Das weiß der Himmel und der Nacht-Wächter, antwortete der Officier. Und das ist eine närrische Antwort, gab mein Herr darauf, welchem die andern alle beyfielen, und dem Officier zu verstehen gaben, wie sie gar nicht wüsten, warum er schon vorgestern, gestern und auch heute so wunderliche, ja gantz ungeräumte Stichel-Reden und Mägde-Sprich-Wörter im Munde geführet, man wäre ja sonst von ihm dergleichen gar nicht, sondern einer weit artigern Aufführung gewohnt, u.s.w. Allein, der Officier fuhr auf, und sprach: Ey was, ich halte den vor einen &c. der meine Rede und Antwort vor närrisch hält, es wird ein schlechter Unterscheid seyn zwischen einem Officier, wie ich bin, und einem solchen Herrn, wie der ist. Dieses war genug, meinen Herrn aufs äuserste zu bringen, demnach griff er also fort nach einer an der Wand hangenden Carbatsche, und schlug den Officier etliche mahl damit über den Kopff. Dieser wolte zwar vom Leder ziehen, allein, der Hauß-Herr und die andern beyden von Adel, hielten ihn davon ab, und stiffteten in so weit Friede, weil mein Herr dem Officier versprach, Morgen bey Aufgang der Sonnen, mit ein paar geladenen Pistolen vor ihm auf der Gräntze zu erscheinen. [381] Bald hernach ließ der Officier seine Pferde satteln, und ritt, nachdem er einen negligenten Abschied genommen, voll Wein und Grimm seiner Wege. Jederman war froh, daß er diese Resolution ergriffen, und sonderlich das Frauenzimmer; die Frau

Hauß-Wirthin aber, welche eine in der Geburth arbeitende Frau besucht, war bey dem gantzen Streite gar nicht zugegen gewesen, verwunderte sich derowegen ziemlich darüber, und sagte: sie hätte jederzeit eine malhonette Conduite an diesem Officier gemerckt, indem er zum öfftern den tugendhafftesten Leuten Klebe-Flecken anhängen und sich selbsten ein und anderer Sachen berühmen wollen, die wohl niemahls wahr gewesen, &c. &c. (Allein, es hat mir kurtze Zeit hernach ein guter Freund im Vertrauen eröffnet, daß diese Dame eben diesen Officier, in Abwesenheit ihres Gemahls, gar öffters heimlich zu sich bitten lassen, und ihm gar gern ein oder etliche Nacht-Quartiere gönnen mögen, weßwegen ihn allerdings die Eiffersucht wegen meines Herrn, vor dießmahl zu einer wunderlichen Aufführung verleitet haben mag.)

Mein Herr war, ohngeacht der gefährlichen Arbeit, die er auf Morgen früh vor sich hatte, lustig und guter Dinge, mir aber pochte das Hertz als ein Hammer, und an der Frau Hauß-Wirthin merckte ich ein paar mahl, daß, wenn sie sich alleine, ausserhalb der Stube, befand, sie die Hände runge, und Thränen fallen ließ. Jedoch unser beyder Angst wurde in etwas vermindert, da noch selbigen Abend des Officiers Laquey zurück geritten kam, und Nachricht brachte, daß seinem Herrn unterwegs [382] ein Ordonnance-Reuter begegnet, welcher ihm die Ordre überbracht, sich so gleich zu Pferde zu setzen, und zum General zu kommen, weßwegen denn sein Herr die gegebene Parole vor dieses mahl nicht halten könte, sondern sich seine Satisfaction auf einen andern Tag zu fordern, vorbehalten müste. Mein Herr hätte dem Kerl nicht geglaubt, sondern dem Officier einer Zaghafftigkeit beschuldiget, wenn ihm der Laquey nicht die Ordre in Originali vorgezeiget hätte, solchergestalt gab er ihm weiter nichts zur Antwort, als dieses: Es wäre ihm gleich viel, und ein Tag so gut als der andere. Diesen Abend ging ein jedes bald zur Ruhe, weil so wohl mein Herr, als die andern Gäste folgenden Morgen fort wolten, es öffnete sich auch diese Nacht die Seiten-Thür in meines Herrn Zimmer nicht, hergegen schlieff er ungemein ruhig, biß man hörete, daß der Hauß-Wirth und dessen Gemahlin schon ihre Stimmen im Hause hören liessen. Diese beyden muste ich, so bald er angekleidet war, auf ein Wort hinauf in sein Zimmer bitten, da er denn vor alle erzeigte Höflichkeit und Mühwaltung verbindlichen Danck abstattete, und dem Herrn die güldene Uhr, der Frauen aber das Diamantene Brust-Creutz, auch jeglichen einen kostbaren Ring zum freundlichen Angedencken verehrete, anbey versicherte, so bald die ihnen bewusten Affairen völlig zu Stande, sich anderweit erkänntlich zu erzeigen. Beyde schienen recht bestürtzt zu seyn über dergleichen kostbare Geschencke, und wusten fast nicht, ob sie dieselben annehmen solten oder nicht, allein, mein Herr bath ihn mit fernern Weitläufftigkei-[383]ten zu verschonen, nahm beyde an die Hand, und führete sie herunter zur andern Gesellschafft, ging sodann abermahls heraus, und beschenckte die Hauß-

und Stall-Bedienten reichlich, welches so viel würckte, daß der Hauß-Herr, mir und meines Herrn Laqueyen, jeden einen Ducaten aufzwunge, die Dame aber mir allein heimlich noch 2. Ducaten in die Tasche steckte. Ich wünschte deßwegen, daß wir öffters an diesen Ort kommen, und den Hern von E.* denn so hieß der Hauß-Wirth, beschmausen möchten, wenn mir aber das Kugeln-Wechseln, welches mein Herr noch vor sich hatte, in die Gedancken kam, schoß mir das Hertz-Blütgen auf einmahl, doch endlich gedachte ich: Weil mein Herr doch so lustig und frölich ist, muß er gewiß die Kunst schon können, einen Kerl vom Pferde zu schiessen; oder, wer weiß, ob gar was daraus wird?

Wir kamen erstlich des Abends in unserm Logis der Herrschafftlichen Residentz an, allwo mein Herr sogleich die andern Bedienten fragte, ob der Secretarius und der Cammer-Diener noch nicht zurück gekommen wären? und zur Nachricht erhielt, daß beyde sich noch nicht wieder sehen lassen. Einige Tage stellete sich mein Herr unpäßlich, und kam nicht aus dem Zimmer, wurde jedoch von verschiedenen Cavaliers und andern vornehmen Personen besucht, sobald aber der Secretarius und hernach der Cammer-Diener zurück gekommen, war er wieder gesund, frequentirte fast alle Zusammenkünffte vornehmer Standes-Personen, war aber eine gute Zeit so unglücklich, dasjenige nicht anzu-[384]treffen, was er suchte, nehmlich, (wie er mir nach langer Zeit selbst erzählet) die Frau von A.* als seine ehemalige kostbare

Geliebte, wegen welcher, wie ich schon gemeldet, er den
strengen Befehl bekommen hatte. Endlich kam einer von
seinen Spions, denn er hielt deren verschiedene, und belohnete sie reichlich, dieser kam, sage ich, und meldete
ihm, wo offt erwehnte Dame auf einer Masquerade anzutreffen seyn würde, beschrieb ihm auch dreyerlei kostbare Kleidungen, woran er sie vor allen andern erkennen
könte. Mein Herr war nicht faul, sich auch dahin zu begeben, und prostituiret die Frau von A.* auf eine gantz
besondere und verzweiffelte Art, die ich nachzusagen,
mich itzo selbst noch schämen müste. Es mag ihm solches zwar von den allerwenigsten unter der Compagnie
wohl ausgelegt worden seyn, doch movirt sich niemand
dieserwegen, als ein eintziger Cavalier, dieser nimmt
sich der Dame öffentlich an, geräth mit meinem Herrn
in Wort-Streit, welcher verschiedene zweydeutige Reden, die hernach einer höhern Person unordentlich vorgebracht worden, fliegen läst, biß es endlich so weit
kömmt, daß beyde einander auf ein paar Degen-Spitzen
heraus fordern. Die Dame läst sich vor Chagrin halb ohnmächtig in einer Sänffte nach Hause tragen, mein Herr
kam auch zu Hause, lase einen von seinen besten Stoß-
Degens aus, legte ihn nebst den steiffen Hand-Schuen
zurechte, und befahl dem Cammer-Diener, gleich mit anbrechenden Tage ein Pferd vor ihn, den Herrn, eins vor
den Cammer-Diener, und eins vor den Reut-Knecht satteln zu lassen, aus [385] welchen Anstalten wir Bedienten sogleich abnehmen konten, daß er Morgen ein Duell

vorhätte. Allein, alle diese Anstalten waren vergebens, hergegen unser Schrecken nicht geringer, da gleich nach angebrochenem Tage ein Ober-Officier mit 4. Mann in meines Herrn Zimmer getreten kam, ihm Arrest ankündigte, ein Unter-Officier mit 8. Mann aber, die Wache aussen vor dem Zimmer hielt, und nachdem alle Bedienten heraus gewiesen waren, niemanden als den Cammer-Diener und mich aus und ein passiren liessen. Anfänglich vermeyneten wir Bedienten, es geschähe dieses alles nur, um das vorhabende Duell zu hintertreiben, erfuhren aber bald, daß mein Herr nicht allein von der prostituirten Dame, sondern auch noch von einer höhern Person actionirt werde. Anfänglich mochte es nicht allzuwohl um ihn gestanden haben, weil er sich aber mit dem Munde und der Feder wohl zu helffen wuste, über dieses sehr viel gute Freunde und Vorsprecher hatte, kam es endlich nach einem 6. wöchentlichen Arrest dahin, daß er etliche 1000. Thlr. Straffe geben und angeloben muste, binnen drey Tagen die Residentz-Stadt zu verlassen, und sich wenigstens drey Jahr lang ausserhalb Deutschlandes in frembden Ländern aufzuhalten, wie ihm denn auch nicht mehr als drey Wochen Zeit erlaubt war, in diesem Lande zu bleiben, um seine Sachen in Ordnung zu bringen und sich Reise-fertig zu machen. Dieses letztere war eben so nöthig nicht, denn seit dem er geschworen, die Frau von A.* zu prostituiren, hatte er bereits alle Anstalten zu einer Reise nach Franckreich machen las-[386]sen; unterdessen war es eine gewaltige Summa Geldes, welche er dieser eintzigen ihm ungetreuen Weibs-Person halber einbüssen muste. Allein, wie ich etliche Jahre hernach erfahren, hat diese von aussen sehr schöne, jedoch gifftige Creatur noch viel Manns-Personen ins Verderben gestürtzt.

Binnen bemeldten drey Wochen ließ mein Herr seine unnöthigen Sachen, auch Pferde, Kutschen und dergleichen verkauffen, danckte die überflüßigen Bedienten ab, behielt also niemand bey sich, als seinen Cammer-Diener, einen Jäger, mich und 2. Reut-Knechte, 3. Reut-Pferde vor sich und 5. vor die Bedienten. Aus einem kleinen Städtgen, welches schon ausserhalb Landes lag, schickte er den Jäger mit einem Briefe an den Officier ab, welcher ihn auf Pistolen gefordert hatte, denn von diesem war ihm binnen der Zeit, als er im Arrest gesessen, ein anderweites Cartell zugeschickt worden, mein Herr aber nicht im Stande gewesen, sich zu stellen, doch nunmehro benahmte er demselben Ort und Stunde, wo und wenn sie einander sehen könten. Auf eben denselben Platz und zu eben derselben Stunde bestellete er auch in einem andern Briefe, welchen ein Reut-Knecht überbringen muste, denjenigen Cavalier, welcher sich auf der Masquerade der Frau von A.* so ernstlich angenommen, und es erschienen beyde, nach seinen Verlangen, zu gehöriger Zeit. Mein Herr hatte einen bekandten Cavalier zum Secundanten mitgenommen, und war so glücklich, den Officier, nachdem derselbe sich verschossen, eine Kugel durch die Brust zu jagen, daß er augenblicklich todt vom [387] Pferde stürtzte; hierauf stieg er vom Pferde, legte seinen Rock, Camisol und die Sporn ab, zohe den Degen, und nahm es mit dem Ritter der Frau von A.* auf, versetzte ihm auch im andern Gange einen solchen Stoß oben in die rechte Brust hinein, daß demselben auf einmahl Arm und Klinge niedersanck, er ist aber nachhero doch wieder völlig curiret worden, und nach dieser Arbeit, setzte sich mein Herr wieder zu Pferde, und ritt mit seinen Bedienten auf einem frembden Grund und Boden immer fort, als er seinem Secundanten einen kostbaren Gedenck-Ring geschenckt und höflichen Abschied von ihm genommen hatte. Nachdem wir eine Stunde Wegs mit einander geritten, schickte mein Herr den Cammer-Diener mit den andern Leuten voraus, nach der Stadt zu, wohin er seine meiste Equippage mit der Post bringen und absetzen lassen, befahl denselben in Geheim, nicht ehe von dannen aufzubrechen, biß er wieder zu ihnen käme, er aber ritte mit mir lincker Hand fort, biß wir endlich auf den Weg kamen, welcher uns Abends sehr spät in des Herrn von E.* Ritter-Gut führete. Ich glaube, es war meinem Herrn eben nicht so zuwider, als er sich wohl gegen die Bedienten stellete, da er erfahren muste, wie der Herr von E.* schon seit vier Tagen verreiset wäre, auch wohl noch so lange aussen bleiben dürffte, die Frau von E.* hatte eben schlaffen gehen wollen, schien aber über unsere Ankunfft eben nicht mißvergnügt zu seyn, sondern wolte gleich warme Speisen machen lassen, allein, mein Herr deprecirte alles, und bath nur um ein Glaß Wein, 2. Bissen [388] Brod, hernach um ein Bette, weil er vor Müdigkeit fast die Augen nicht mehr offen halten könte. Er nahm auch weiter nichts zu sich, sondern eilete zu Bette, und erzählete der Frau von E.* diesen Abend gar nichts von alle dem, was sich seit der Zeit, vielweniger diesen vergangenen Tag, mit ihm zugetragen hatte. Etwa eine halbe Stunde, nachdem ich mich nieder gelegt, öffnete sich die Thür, ich sahe mich aber nicht einmahl mehr nach dem Gespenste um, welches herein kam, weil ich es aus verschiedenen Umständen schon kennen lernen, wurde auch nicht gewahr, um welche Zeit es wieder fort ging. Früh Morgens beim Thée erzählete mein Herr erstlich der Frau von E.* wie er seine beyden Gegner gestern früh abgefertiget hätte, sie wunderte sich höchlich darüber, gratulirte ihm, daß er so glücklich und ohnbeschädigt davon kommen wäre, und letztlich sagte sie: ich kan nicht läugnen, daß ich allezeit ein Mitleiden mit denenjenigen gehabt, welche im Duell umkommen, oder nur blessirt sind, aber dieser Officier gehet mir gar nicht nahe, nur darum, weil er so sehr viel unbesonnene Reden, die wenigen Tage über, allhier geführet hat, derowegen ist es eben so gut, daß ihm das Maul gestopfft ist. Aber, mein Herr! fragte sie weiter, sind sie allhier auch sicher? O ja! antwortete er, denn ich bin allhier in des dritten Herren Lande, jedoch wenn meine Anwesenheit könte verschwiegen bleiben, wäre es mir um so viel desto lieber. Gut! versetzte sie, daß es mir nur gesagt wird, nun lassen sie mich alleine

sorgen, denn alles mein Gesinde hat die Tugend der Ver-
[389]schwiegenheit, und ist mir sonderlich gehorsam.

Jedoch, damit meine Erzählung nicht allzu weitläufftig werden möge, will ich nur kurtz melden: daß mein Herr 6. Nacht und 5. gantzer Tage Zeit hatte, der Frau von E.* alles zu erzählen, was ihm begegnet war, denn am 5ten Tage gegen Abend kam der Herr von E.* erstlich von seiner Reise wieder zurück, und erfreuete sich hertzlich, meinen Herrn gesund und in Freyheit in seinem Hause zu sehen, denn dessen Process-Sachen waren ihm gar gefährlich vorgebracht worden. Wir blieben also noch 3. Tage bey ihm, binnen welcher Zeit mein Herr den Herrn von E.* zum Ober-Aufseher einiger seiner da herum liegenden Güter bestellete, und ihm deßfals schrifftliche Vollmacht ertheilete, auch vor seine Mühe ein und andere Revenüen anwiese, mit dem Bedinge: daß er dahin besorgt seyn solte, damit ihm seine Gelder richtig gezahlt, und par Wechsel nach Franckreich, oder wo er dieselben sonst hin verlangte, übermacht werden möchten. Hierauf theilete mein Herr abermahls reichliche Geschencke aus, die besten aber mochte die Frau von E.* wohl in Geheim von ihm empfangen haben, ohne das allerbeste Angedencken, welches sie seit der neulichsten Anwesenheit meines Herrn unter ihrem Hertzen trug, und ihm solches offenhertzig bekannt und darbey gesagt hatte, daß ihr solches am allerliebsten wäre, da sie in ihrem 6. jährigen Ehestande noch niemahls so glücklich gewesen, hohes Leibes zu seyn. Eben dieses

machte, daß sie beym Abschiede, alle Kräffte anspannen
muste, ihren Jammer und Thränen zu verbergen, der
[390] Herr von E.* aber gab uns, da wir des Nachts bey
Mond-Scheine fort reiseten, das Geleite mit 2. seiner Bedienten, weiter, als 3. Meil Weges; kehrete hernach um,
wie beyde aber reiseten so eiligst, als möglich war, fort,
biß wir unsere Leute an dem bestellten Orte antraffen.
Allhier ruhete mein Herr nur einen Tag aus, nahm so
dann eine Extra-Post, den Cammer-Diener und mich mit
sich, und setzte die Reise auf Paris fort, der Jäger aber
nebst den Reut-Knechten und Pferden solten sachte
nachkommen. Ohngeacht nun viel schöne Städte unterwegs zu besehen waren, so hielt sich doch mein Herr nirgends lange auf, weiln ihm recht innigst verlangte, das
weltberühmte Paris zu sehen.

Endlich wurde seine Sehnsucht gestillet, denn wir
kamen gleich in der schönsten Zeit, nehmlich im May-
Monat, in diese kleine Welt, und zwar so wählete mein
Herr keins der schlechtesten Quartiere darinnen, sondern ein solches, wo kurtz vorhero nur ein Deutscher
Printz logirt hatte, weßwegen viele auf die Gedancken
geriethen, er wäre ein würcklicher Printz, und wolte sich
des Ceremoniells und der Kosten wegen nur unter verdeckten Nahmen daselbst aufführen. Demnach ist leichtlich zu erachten, daß er bald in Gesellschafft gerathen,
und in derselben, nach Französischer Manier, von jedermann complaisant tractiret worden, sonderlich aber
von dem Frauenzimmer, denn er sahe im Gesichte vor

eine Manns-Person sehr schön, war von Leibe wohl gewachsen, und sonst in der Aufführung ein vollkommener Staats-Mann. Von [391] seinen Divertissements aber kan ich eben so viel nicht melden, weil ich selten darbey gewesen, denn er, mein Herr, welcher alle Mittags ausging oder ausfuhr, war so gütig, mich bey einem Sprach-Meister zu verdingen, welcher mich recht perfect Französisch reden und schreiben lehren solte, ich hatte auch in der That hierzu mehr Lust, als alle Abende dem Lermen, Schwermen, Tantzen, Spielen und dergleichen zuzusehen, gab auch meinem Sprach-Meister noch etwas Geld aus meinem Beutel, daß er die Lateinische Sprache und die Rechen-Kunst mit mir repetiren muste. Solchergestalt verstrich mir viel Gelegenheit, in böse Gesellschafft zu gerathen, hergegen konte ich hoffen, daß mir mein fleissiges Lernen dermahleins guten Nutzen schaffen könte; denn ich war dazumahl noch nicht einmahl 18. Jahr alt. Als wir nun etwa 3. Monat in Paris gewesen, kam mein Herr eines Abends, wider unser Vermuthen, zeitiger als sonst gewöhnlich nach Hause, da mir aber seit einigen Tagen nicht gar zu wohl gewesen, hieß er mich zu Bette gehen, und der Cammer-Diener muste alleine bey ihm bleiben, weil er noch nicht Lust hatte, schlaffen zu gehen. Nach verschiedenen Gesprächen, die er mit dem Cammer-Diener geführet, und die ich, weil nur eine Bret-Wand zwischen unserer und seiner Schlaf-Cammer war, deutlich hören konte, fing mein Herr nach einem langen Stillschweigen folgender massen zu dem

Cammer-Diener zu reden an: Heute hat mein Leben an einer Haare gehangen, und ihr hättet mich fast nicht wieder zu sehen bekommen. Ey! da sey der Himmel darvor, (sag-[392]te der Cammer-Diener) gnädiger Herr, wie wäre denn das zugegangen. Ich bin, verfolgte der Herr seine Rede, Zeit meines Lebens nicht hefftiger erschrocken, als heute, werde mich aber auch Zeit meines Lebens über keine Begebenheit mehr verwundern, als über die heutige. Ihr habt doch gesehen, daß mir die Marquise von R. - - heute früh ein Billet zugeschickt, derowegen begab ich mich zur Mittags-Mahlzeit zu ihr, denn ihr Mann war, wie sie mir schrieb, auf etliche Tage verreiset. Ich kan nicht läugnen, daß ich diese Liebenswürdige Dame, mit der ich gleich anfänglich in Bekandtschafft gerathen, sehr liebe, weil ich die stärcksten Proben habe, daß sie mich vollkommen und ohne eintziges Interesse liebt, ja ich glaube, wenn ich es verlangte, ihr gantzes Vermögen mit mir theilete, allein, ich bin damit vergnügt, daß ich ihr gantzes Hertze habe, und so offt es sich nur schicken will, das allerangenehmste Liebes-Vergnügen bey ihr geniessen kan, denn ihre Caressen sind extraordinair delicat. Heute Nachmittags nun, da wir beysammen sassen und spieleten, sagte ihr lustiges Cammer-Mädgen: O! wer wolte doch bey so überaus angenehmen Wetter im Zimmer sitzen, und die lumpichte Karte in Händen rum werffen? Wäre es nicht besser, wenn man ein wenig in den Garten hinaus spatziren führe? Es ist auch wohl war, sagte die Marquise, gefällt es euch, mein Herr! so soll augenblicklich mein Wagen angespannet werden? Ich war damit zufrieden, wir fuhren hinaus in den Garten, und nahmen zur Bedienung niemanden mehr mit, als gemeldtes lustige Cammer-[393]Mädgen und einen Laqueyen. Unter der Zeit, da ich die Marquise im Garten herum führete, hatte das Mädgen oben in einem Zimmer des Garten-Hauses allerhand Erfrischungen zurechte gesetzt, derowegen begaben wir uns hinauf, selbige zu versuchen. Das Mägdgen nahm sich eine Bouteille Limonade und Schachtel voll Confect aus der Kiste, machte einen Reverentz, und sagte: Meine Engels-Kinder! sie lassen sich es wohl schmecken, und sorgen vor nichts, ich will mit diesen meinem Gewehr vor der Thür am Fenster Schild-Wacht stehen, und wenn ich jemanden auf das Lust-Hauß zukommen sehe, Wer da? ruffen. Die Marquise lachte so wohl als ich über das närrische Ding, welches würcklich zum Zimmer hinaus ging, den Schlüssel davon abzog und herein warff. Wir fingen hierauf an, das Confect der Liebe zu benaschen, der Appetit aber hierzu ward endlich so starck, daß wir die beschwerlichsten Kleidungs-Stücke ab- uns alle beyde auf das zur Seiten stehende Faul-Bette legten, und unserer Wollust den Zügel vollkommen schiessen liessen. Indem stieß der Marquis von R. - - eine kleine Cabinet-Thür auf, kam, in jeder Hand ein aufgezogenes Pistol habend, heraus gesprungen, hielt das eine mir, das andere seiner Frau gegen die Brust, und sagte: Regt euch nicht, sondern betet, denn ihr müsset beyde sterben. Ich kan wohl

sagen, daß mir alle Gedancken vergingen, weiß auch
nicht recht mehr, was die Marquise zu ihrem Manne sagte, und ihn damit bewegte, daß er zu lachen anfing, und
mit seinen Pistolen zur Thür des Zimmers hinaus ging.
Sie [394] sprung demnach hurtig auf, brachte durch
einen derben Kuß meine 5. Sinnen wieder in Ordnung,
und sagte: Mein Hertz! seyd guthes Muths, mein Mann
ist so tyrannisch nicht, sondern wird uns diesen Fehler
vergeben. Also kleideten wir uns beyderseits hurtig an,
und sahen, da wir zum Zimmer hinaus kamen, von oben
herunter den Marquis unten im Garten ohne Pistolen
gantz aufgeräumt herum spatziren. Die Marquise nahm
mich bey der Hand, und führte mich ihm entgegen; ich
danckte dem Himmel, daß ich meinen Degen an der Seite
hatte, und mich auf einem freyen Platze befand. Als wir
fast noch 6. Schritt von einander waren, zohe der Marquis
schon seinen Hut ab, und bewillkommete mich aufs allerfreundlichste, danckte, daß ich ihm die Ehre erweisen
und seinen schlechten Garten besehen wollen, und bath,
nicht ungütig zu vermercken, wenn ich nicht nach Würden tractirt würde, weil man sich nicht darauf gefast gemacht. Ich wurde von neuen dergestalt verwirret, daß
ich in Wahrheit selbst nicht mehr weiß, was ich ihm geantwortet habe. Es wendete sich aber der Marquis zu seiner Frau, küssete sie auf den Mund, und sagte mit einer
lächlenden Mine: Wie nun, Madame! soll man euch
nunmehro auch mit unter die einfältigen Weiber zählen?
Und glaubt ihr nun, daß die Männer auch listig seyn?

Monsieur! ihr habt in beyden Stücken recht, (gab sie zur Antwort) allein, wenn ihr so gütig seyn, und nicht mehr an das, was einmahl geschehen ist, gedencken werdet, wird sich meine Hochachtung gegen euch vervielfältigen. Der Marquis klopffte sie hierauf [395] sanffte auf den Backen, und küssete ihre Hand, zu mir aber sprach er: Mein Herr! meine Frau sprach nur vor wenig Tagen zu mir, da ich ihr eine ohnlängst passirte Geschicht erzählet hatte: das wären die allereinfältigsten und dümmsten Weiber, die sich im Liebes-Wercke mit einem Galan, von ihren Männern betrappeln liessen, auch wäre der Männer List, gegen der Weiber List, gar nichts zu schätzen. Ich wuste nicht, ob, oder was ich hierauf antworten solte, der Marquis aber, welcher wohl merckte, daß ich mich von meiner Bestürtzung noch nicht recolligiren konte, fuhr im Reden fort: Mein Herr! ich glaube wohl, daß ihr nicht wisset, ob ihr hier bey mir verrathen oder verkaufft seyd, allein, trauet meiner redlichen Parole, fürchtet euch vor keiner Gefahr oder Hinterlist, sondern seyd gutes Muths, und folget mir in jene Grotte. Er nahm also seine Frau bey der lincken Hand, und mir reichte sie die rechte, mithin spatzirten wir in eine vortreffliche Grotte, allwo die köstlichsten Erfrischung bereits zurechte gesetzt waren. Er trunck mir ein Glaß Wein zu, auf redliche Freundschafft, und da ich solches Bescheid gethan, præsentirte er erstlich der Dame, hernach mir verschiedene Confituren, fing hierauf also zu reden an: Mein Herr! ich bin niemahls derjenige, so seine eigene Conduite rühmet, allein, ich

zweifle nicht, ihr werdet mir zugestehen müssen, daß
dieselbe heute gegen euch und diese Dame gantz sonderbar gewesen. Ich glaube nicht, daß in Europa unter tausend Männern einer anzutreffen, und wenn er auch eine
Castrat wäre, der sich bey einer [396] solchen empfindlichen Begebenheit, so gelassen aufführen würde, als ich
gethan. Ihr dürfft auch nicht vermeynen, daß ich etwa
par Interesse, oder anderer Ursachen wegen, ein guter
Mann seyn wolte oder müste. Nein! mein Herr! sondern
lasst euch eine Geschicht erzählen: Diese Dame und ich
haben einander aus gewissen Ursachen nach dem absoluten Willen des Königs heyrathen müssen, und zwar zu
der Zeit, da Sie noch nicht 15. ich aber noch nicht 19. Jahr
vor voll alt waren. Es fiel uns dieses auf beyden Seiten
sehr schmertzlich, weil wir, eins so wohl als das andere,
unsere Hertzen schon anderwerts verschenckt hatten,
mithin einander nicht nur gar nicht lieben konten, sondern auch einen würcklichen Abscheu vor einander bekamen. Unsere Freunde wusten dieses, und der König
erfuhr es auch, allein, ein jeder meynte, das alles würde
sich schon geben, wenn wir nur erstlich zusammen kämen; allein, weit gefehlt, denn ob ich gleich wuste, daß ich
eine schöne Frau bekommen, auch sonsten an ihren gantzen Wesen nichts auszusetzen hatte, so war mir doch so
wenig als ihr möglich, beysammen in einem Bette zu liegen, und noch vielweniger einander ehelich zu berühren.
Wie ich sie ausserdem aber im Hause wohl leiden konte,
so wurde zu einem wahrhafften Mitleiden bewegt, da ich

sie beständig weinend antraff, derowegen konte mich endlich länger nicht enthalten, sie eines Abends also anzureden: Madame! es jammert mich hertzlich, euch alle Tage und Stunden, so offt ich euch nur zu Hause antreffe, betrübt und weinend zu finden, ich weiß, daß es euch unmöglich fällt, euer Hertze [397] von euren Amanten abzuwenden, und mich zu lieben, aber ich müste unvernünfftig handeln, wenn ich euch darum verdächte, weil mir ja ebenfalls nicht anders zu Muthe ist. Mein eintziger Trost ist, daß ihr selbsten wisset, was massen ich am wenigsten Schuld an unsern Malheur bin, ja ich schwöre: daß ich mehr als die Helffte meines gantzen Vermögens daran spendirte, wenn wir beyde unser Schicksal geändert, und uns vergnügt sehen könten. Damit ihr aber nicht Ursach habt, über mich zu klagen, so schencke ich euch eure vollkommene Freyheit, so zu leben, als ob ihr an keinen Mann gebunden wäret, denn ich werde eher diejenigen Orte, wo ihr euer Divertissement findet, vermeiden, als euch vorsätzlich darinnen stöhren. Lasset euren Amanten, oder wen ihr sonst gern leiden möget, so offt, als euch beliebt, zu euch kommen, ich werde thun, als ob ich von nichts wüste, denn ich bin schon so viel von eurer Conduite versichert, daß ihr bey der Galanterie eure Reputation nicht vergessen werdet. Im Gegentheil aber hoffe, daß ihr auch so raisonnable seyn, und euch um meine Gänge, Thun und Lassen, vornehmlich aber um meine Galanterie-Affairen unbekümmert lassen werdet. Meine Frau saß, nach Endigung meiner Rede, eine gute

Weile in tieffen Gedancken, da ich sie aber erinnerte, mir
doch einige Antwort zu geben, öffnete sich endlich ihr
Mund, und sagte: Monsieur, ihr verdienet eurer guten
Gestalt und vortrefflichen Conduite wegen von Königlichen Printzeßinnen geliebt zu werden, allein, vergebet,
und habt ein wahrhafftes Mitleyden mit mir Unglückseligen, da ich ge-[398]stehen muß, daß mir noch biß auf
diesen Augenblick ohnmöglich fällt, euch zu lieben. Wegen eures Anerbietens bin ich euch gar sehr und mit noch
mehrerer Hochachtung, als vorhero, verbunden, werde
mich aber dessen nicht bedienen, denn, wenn es auch
voritzo euer würcklicher Ernst seyn möchte, so habe ich
doch vernommen, daß die Männer heute so, und Morgen
gantz anders gesinnet seyn sollen; demnach wird es mir
als einer Gebundenen hinführo besser anstehen, wenn
ich euch bey vorhabenden Divertissements jederzeit erstlich um Erlaubniß bitte, Seiten meiner aber könnet ihr
vollkommen versichert leben, daß ich mich niemahls um
euer Wesen bekümmern werde, ausgenommen, was meine Schuldigkeit im Hause erfodert, damit ich euch wenigstens die äuserliche Complaisance abverdienen kan. Ich
war mit dieser Antwort vergnügt, und betheurete nochmahls, daß sie sich, ohne Furcht vor mir zu haben, aller
Freyheit bedienen möchte, indem ich ohnmöglich leiden
könte, daß eine Person von ihrem Stande und Jahren
meinetwegen unglücklich und unvergnügt leben solte.
Hierauf verließ ich sie, und bemerckte wenige Zeit hernach, daß sie öffter, als sonsten, in Gesellschafften fuhr,

sonderlich wo ihr Amant der Vicomte von T. anzutreffen war. Mir erweckte dieses mehr Zufriedenheit als Verdruß, und so offt ich ihn, den Vicomte, in meinem Hause angetroffen, ist er allezeit von mir höflich und freundlich tractirt worden, wie ich ihn denn auch zu allen Assambleen, die nachhero in meinem Hause gehalten sind, invitiren lassen, und vor vielen andern distinguirt habe. Allein, [399] er war vor etwa einem Jahre so unglücklich, von einem Deutschen Cavalier im Duell erstochen zu werden. Ich erfuhr bald, daß meine Frau seines Todes wegen fast nicht zu trösten stunde, ließ derowegen erstlich etliche Tage vorbey streichen, und legte hernach meine aufrichtige Condolentz bey ihr ab, welche sie mit weinenden Augen annahm, und mir dagegen alles erwünschte Vergnügen wünschte. Am allerbesten hat mir von ihr gefallen, daß sie diesen ihrem Amanten allein getreu und beständig geliebt, und ausser ihm keine eintzige Manns-Person besonders æstimirt, wie ich denn deßhalber genaue Kundschafft eingezogen, es auch zum Theil selbst aus allen Umständen vermerckt. Nächst diesen hat mir auch gefallen, daß Sie diejenige Dame, von welcher Sie weiß, daß ich dieselbe über alles in der Welt liebe, vor allen andern Dames distinguiret, und, dem Ansehen nach, mehr als ihre eigene Schwester liebt. Wenn ich von dieser abstehen könte, so hätte sich vielleicht meine Frau gewinnen lassen, nach dem Tode des Vicomte, mich allein getreu zu lieben, allein, solches ist mir noch biß auf diese Stunde ohnmöglich. In der tieffen Trauer, welche meine

Frau in Geheim, des Vicomte wegen, über ein halbes
Jahr lang geführet, habe ich sie nie gestöhret, und sahe
gern, daß sie hernach wieder anfing, ein und andere Gesellschafft zu suchen. Endlich vor etlichen Wochen habt
ihr, mein Herr! den Schlüssel zu ihrem Hertzen gefunden, und euch in den Platz des Vicomte gesetzt, denn ich
habe so gleich von Anfange eurer Liebe an, sichere
Nachricht davon gehabt, und weiß wohl, daß die heutige
ge-[400]heime Zusammenkunfft nicht die erste ist, in
welcher ich euch in Wahrheit nicht gestöhret haben würde, wenn mir nicht, schon gemeldter Ursachen wegen,
die Lust angekommen wäre, meiner Frauen zu zeigen,
daß auch die klügsten Weiber von ihren Männern betrappelt werden können. Vergebet mir, daß ich euch einen so
hefftigen Schrecken eingejagt, denn es ist mein Ernst
nicht gewesen, euch Leydes zuzufügen, vielweniger eine
Summe Geldes von euch zu pressen, wie nur neulichst ein
Geitz-Halß allhier, bey eben dergleichen Begebenheit
gethan. Ihr behaltet dieserwegen den freien Aus- und
Eingang in mein Hauß nach wie vor, und habt nicht
Ursach, euch vor mir zu fürchten, denn es wäre bey so
gestalten Sachen, da vielleicht ich und meine Frau bezaubert seyn, die gröste Unbilligkeit, wenn ich über sie
tyrannisiren, und ihr nicht eben das Vergnügen, so ich
anderwerts geniesse, vergönnen wolte. Allein, dieses eintzige, mein Herr, bitte ich mir von euch aus, daß ihr vor
allen dem, was vorgegangen ist, und etwa noch vorgehen
möchte, ingleichen von meiner gantzen Erzählung, rei-

nen Mund haltet, widrigenfalls ist unsere Freundschafft auf einmahl aus, auch hoffe, ihr werdet von selbsten so raisonnable seyn, und euch in Compagnie gegen diese Dame nicht allzu frey auffführen, denn, weil ich in meinem 5. jährigen Ehestande, des Vicomte wegen, von keinem eintzigen Menschen railliret worden, so würde mich solches, wenn es in Zukunfft eurentwegen geschehen solte, zu andern Entschliessungen bringen, anbey werden alle Cavalier, so mich kennen, mir das Zeugniß geben, daß ich mich [401] vor Degen und Pistolen niemahls gefürchtet habe. Nun saget mir, Madame! (fuhr der Marquis fort, indem er sich zu seiner Frau wendete) ob ihr in meiner gantzen Erzählung etwas angemerckt, so wider die Wahrheit lieffe? Nein, mein Herr! (antwortete sie,) ich müste nicht so redlich und aufrichtig seyn, als ihr, wenn ich dieses sagen wolte, es ist demnach zu bejammern, daß, wie ihr selbsten glaubt, wir beyde bezaubert seyn, doch ist bey unsern Malheur annoch das gröste Glück, daß wir in gewissen Stücken noch einerley Sinn haben. Hierauf wandte er sich zu mir, und fragte: Habt ihr wohl, mein Herr! Zeit-Lebens dergleichen besondere Begebenheiten gehöret? Nein, versicherte ich, sondern ich halte dieselbe vor ein unerhörtes Wunder, werde solches in meinem Hertzen vergraben halten, und biß auf den letzten Bluts-Tropffen zeigen, daß ich nichts höher als Dero Generositée und Freundschafft æstimire, und solche mit schuldigster Danckbarkeit zu erkennen alle Gelegenheit suchen. Nach diesen schwatzten wir alle

Drey, als die vertrautesten Freunde, von allerhand indifferenten Dingen, und fuhren mit Untergang der Sonnen zurück in des Marquis Wohnung, allwo ich die Abend-Mahlzeit eingenommen, mit den beyden Bewundernswürdigen Ehe-Leuten noch ein paar Stunden l'Ombre gespielet, und mich hierauf nach Hause begeben habe.

Was bedüncket euch, (fragte mein Herr nunmehro den Cammer-Diener) bey dieser Avantüre? Sie scheinet mir (ließ sich dieser vernehmen) sehr wunderlich, und die Folgerung höchst gefährlich, [402] wenn ich demnach meinen unterthänigen Rath geben dürffte, so hielte davor, Ew. Gnaden zöhen mit Manier ihren Kopff aus der Schlinge, denn diese gantze Sache kan gar leichtlich ein Ende nehmen mit Schrecken. Am besten wäre es, wenn Ew. Gn. unter einem scheinbarn Vorwande, Paris auf eine Zeitlang verliessen, und mittlerweile einige andere berühmte Städte Franckreichs besähen. Ja, das wäre mir gelegen, rieff mein Herr, nein! was ich etliche mahl gekostet, und wohlschmeckend befunden, davon lasse ich nicht ab, biß ich mich satt gegessen habe; macht ihr nur Anstalten zu einem kostbaren Balle, dem ich auf den Montag zu geben gesonnen bin, und worbey der Marquis nebst seiner und meiner Frau die Haupt-Personen seyn sollen. Mit unserer Abreise von hier, hat es noch in etwas Zeit, und wenn ich auch keine berühmte Stadt in Franckreich mehr sehen solte, so ist nichts daran gelegen, denn wer Paris alleine nur gesehen, der hat in Franckreich alles gesehen. Morgen früh aber gehet hin, und bringet dem Marquis und seiner Gemahlin von meinetwegen den Morgen-Gruß, und wenn ihr so glücklich seyd, sie selbsten zu sehen, so saget mir hernach wieder, ob man um einer solchen Schönheit willen nicht Leib und Leben wagen solte. Sehr wohl, (gab hierauf der Cammer-Diener) allein, gnädiger Herr! hatten sie heute auch solche gute Gedancken, da der Mann mit den Pistolen aus dem Cabinet gesprungen kam? Ihr seyd ein Narr, (versetzte der Herr,) legt euch nur schlaffen, ich werde es auch so machen. Hiermit hatte dieser getreue Diener und Rathgeber seine Abfertigung. [403] Zwey Tage hernach kauffte mein Herr einen ungemein schönen Neapolitanischen Hengst, welchen viele Cavaliers, denen er zu kostbar gewesen, von sich gelassen, und ritt auf demselben, um ihn recht zu probiren, mit dem Marquis und etlichen andern Cavaliers spatzieren; weil nun dieser Hengst von allen, und sonderlich von dem Marquis, sehr gelobet worden, wurde dem Letztern gleich folgendes Tages ein Præsent damit gemacht, er nahm das Pferd mit Freuden an, schickte aber meinem Herrn dagegen einen neuen Wagen zurück, der mehr als noch einmahl so viel werth war. Ingleichen übersandte mein Herr eines Tages der Marquise, durch mich, sein, mit kostbaren Steinen besetztes, und in einer guldenen Capsel liegendes Bildniß, vor welches ich 4. Louis d'or Bothen-Lohn bekam, mein Herr aber empfing dargegen das Ihrige, welches 3. mahl teurer, als das Seinige, taxiret wurde, auch hat er lange hernach bekannt, daß ihm diese Dame aus grosser Liebe, vor mehr als 15000. Thlr. Jubelen und andere Kostbarkeiten geschenckt, von ihm aber wenig kostbare Sachen, sondern nur ein und anderes von geringen Werth zum Angedencken annehmen wollen. Am bestimmten Tage gab mein Herr einen fast Fürstlichen Ball an die vornehmsten Cavaliers und Dames, deren sich eine gewaltige Menge einstelleten, weßwegen sehr viele bey den Gedancken verblieben, daß er eines höhern Standes seyn müsse, als er sich ausgäbe, da sahe man nun die Marquise in ihrer vollkommenen Schönheit, mein Herr begegnete ihr aber nicht als seiner Liebhaberin, sondern als einer grossen Printzeßin, [404] und der Marquis war beständig lustig und guter Dinge, man konte jedoch nicht mercken, welches seine Amasia wäre, indem er mit sehr vielen Damen gantz vertraulich umging, um die eigene Frau aber sich wenig bekümmerte. Mit anbrechenden Tage, wurden wir unsere Gäste erstlich loß, und dergleichen herrliches Leben wurde bald hier, bald dar fortgesetzt, ausser der Zeit aber konte man meinen Herrn nirgends eher als bey der Marquise antreffen, indem er zuweilen 3. biß 4. Tage und Nächte in ihrer Behausung blieb, biß sie endlich mit einem jungen Sohne darnieder kam. Man hörete, daß der Marquis ungemein erfreut über die Ankunfft dieses Stammhalters wäre, und er stellete dieserwegen ein Festin an, welches 3. Tage währete, worbey mein Herr, als ein erbetener Tauff-Zeuge, auch erschien. Nach vollendeten 6. Wochen, hatte die Marquise vorgegeben, als ob sie in ein Bad reisen wolte, allein, sie kam folgenden

Morgens nach ihrer Abreise, früh vor Tage, in unsern Logis, nebst ihrer Vertrauten, in Manns-Kleidern an, und mein Herr, welcher die gantze Nacht auf sie gehofft, empfing sie mit ausserordentlichen Freuden. Demnach währete ihre besondere Bade-Cur in einem â parten Zimmer unseres Logis, 4. gantzer Wochen, binnen welcher Zeit sich mein Herr stellete, als ob er den Arm angeschellert hätte, und denselben mit vielen Binden umwickeln ließ, so offt er merckte, daß er eine Visite bekommen würde, wie ihn denn verschiedene Cavaliers, und sonderlich der Marquis, etliche mahl besuchten. Ausserdem paßirte er der Marquise beständig die Zeit, biß sie sich wieder ge- [405]segnetes Leibes befunden hatte, setzte sich so dann eines Morgens mit beyden in einen zugemachten Wagen, und brachte sie an beliebigen Ort und Stelle. Zwey Tage hernach erfuhr man, daß die Marquise aus dem Bade wiederum glücklich in ihrer Wohnung angekommen wäre, weßwegen mein Herr so gleich und fernerhin fast täglic seine Visite bey ihr ablegte. Endlich wurde die Marquise von einer schweren Kranckheit überfallen, da er denn wegen der vielen Dames, so stündlich um sie gewesen, sich Wohlstandes halber gemüßiget gesehen, seine Visiten einzustellen, allein, weil ihm die Zeit biß zu ihrer Genesung etwas zu lange zu werden begunte, merckte man bald, daß er nach andern Courtoisieen herum schlich, und endlich, was das schlimmste war, so verliebte er sich in eine geschminckte Operistin, ohngeacht er wohl nachdencken können, daß dieses falsche und betrügliche

Waare wäre. Diese hatte er bald gewöhnet, daß sie auf erhaltene Ordre, sich so gleich einstellete, und viele Nächte bey ihm paßirete, dargegen aber starcke Sporteln von ihm ziehen mochte. Solches Leben währete, biß man hörete, daß die Marquise besser wäre, und wiederum in ihrem Zimmer herum gehen könte, da aber mein Herr zu derselben hinschickte, und vernehmen ließ, ob, und um welche Stunde es ihr gelegen, daß er zu ihr kommen, und die Gratulation wegen ihrer Genesung abstatten dürffte, schickte sie einen Brief zurücke, worinnen sie ihm vorwarff: »Wie er sich würde zu erinnern wissen, daß sie ihn mit der Condition zu ihren Amanten angenommen, wenigstens so lange, als er in Paris sich auf-[406] halten würde, kein ander Frauenzimmer, als sie allein, zu caressiren, weil sie im Lieben ungemein eigensinnig und eckel wäre, er hätte ihr solches gleich anfänglich bey Wechselung der Ringe heilig zugeschworen, jedoch vor weniger Zeit hätte sie erfahren müssen, daß er nicht allein während ihrer 6. Wochen, sondern auch nach der Zeit, da sie 4. Wochen lang bey ihm in seinen Logis gewesen, und ihre allergetreuste Liebe sattsam zu erkennen gegeben, verschiedene Dames von geringern Stande, worunter einige die von der Courtoisie recht Profession machten, eiffrig caressiret, über alles dieses aber, einer lüderlichen Schand-Metze, nehmlich einer Operistin, den ersten Ring, welchen sie ihn vor den Seinigen zum Gedenck-Zeichen der Treue, selbsten an den Finger gesteckt, ohne Bedencken hingegeben, auch Dieselbe viele

Nacht in seinem Bette bey sich behalten &c. &c. Eben diese seine Untreue nun habe ihr die bißherige schwere Kranckheit zugezogen, an statt aber ihrentwegen bekümmert zu seyn, wäre er immer ungetreuer und lasterhaffter worden, weßwegen sie ihn von nun an nimmermehr wieder mit Augen zu sehen wünschte, u.s.f.«

Dergleichen tröstliche Worte schlugen meines Herrn Muth gäntzlich darnieder, indem er sich in allen Stücken getroffen befand; er schickte zwar durch mich eine Entschuldigungs- und Submissions-Schrifft an die Marquise, allein, sie wolte selbige nicht annehmen, sondern sprach: Ich solte meinem Herrn nur mündlich sagen, daß sie weiter mit ihm nichts zu thun hätte, auch, so lange er in Pa-[407]ris wäre, alle Gelegenheit vermeiden würde, von ihm gesehen zu werden.

Uber dieses Compliment schien er vollends gantz Trost-loß und aller Hoffnung beraubt zu seyn, doch fing diese wiederum ein wenig an zu käumen, als ihm noch selbiges Abends, von einer unbekandten Person, ein Billet mit folgenden Zeilen eingehändiget wurde:

Monseigneur!

ICh zweiffele nicht, daß euch der Eigensinn meiner gebietenden Frauen einigen Kummer werde verursacht haben, allein, weil ich nicht glaube, daß ihr so viel gesündiget habt, als man euch Schuld giebt; so will ich euch ein Geheimniß eröffnen, vermittelst dessen ihr, wo euch anders etwas daran gelegen, bald wieder in vorigen Credit *gesetzt werden könnet. Weil ich aber nicht weit von ihr gehen darff, so erwarte euch auf ein kurtzes Gespräch diese Nacht* punctuell *um* 11. *Uhr an der Hinter-Thür unseres Pallasts, als*

Eure

gehorsamste Dienerin

Lucretia.

Mein Herr machte sich fertig zu diesen nächtlichen Spatzier-Gange, nahm auch den Jäger und einen Reut-Knecht, die Pistolen und Pallasche bey sich hatten, mit sich, und befahl, ihm immer auf etliche 20. Schritte nachzufolgen, wenn er aber stehen bliebe, auch auf ihrer Stelle stehen zu bleiben. [408] Er kömmt glücklich an die Hinter-Thür des Marquisischen Pallasts, dieselbe öffnet sich punctuell um 11. Uhr, es kömmt ein Frauenzimmer heraus auf die oberste Stuffe getreten, und winckt ihm, so viel er in der Demmerung erkennen kan, näher zu kommen; so bald er aber bey ihr ist, stösst sie ihn mit einem Dolche dergestalt hefftig auf die Brust, daß er zurück prallen muß, zu gleicher Zeit springt sie zurück, und schlägt ihm die Thür vor der Nase zu.

Mein Herr hebt den Dolch, welcher ihm vor die Füsse gefallen, auf, kam nach Hause, und erzählete, was ihm begegnet war, wolte auch anfänglich nicht viel Wesens aus der Wunde machen, allein, weil der Stich recht durch den Brust-Knochen ging, und der Dolch, allem Vermuthen nach, vergifftet gewesen, gerieth dieselbe dergestalt übel, daß er bey nahe seinen Geist aufgegeben, denn der gantze Halß und Brust war dergestalt verschwollen, daß er kaum noch ein wenig Athem holen konte. Jedoch nach 5. Wochen fing es sich endlich zu bessern an, so, daß er wieder im Zimmer herum gehen konte, indem er sich aber nicht einbildete, daß der Marquis von der Historie, so zwischen ihm und der Marquise paßirt, die geringste Wissenschafft haben würde, nahm es ihm Wunder, daß er keine Visite von demselben bekommen, er erfuhr aber zufälliger Weise, daß der Marquis in Königl. Affairen verreiset sey. Des Tags darauf, als er sich wiederum in die freye Lufft begeben, brachte ein fremder Laquey einen Brief, welchen ich, weil mein Herr denselben auf seinem Schreibe-Tische liegen lassen, also gesetzt befand: [409]

Ungetreuer!

NIcht die Lucretia, *sondern ich selbst habe euch bestellet, um mich zu rächen, einen Dolch in euer lasterhafftes und meineydiges Hertze zu stossen, bin aber, wie ich mercke, zu schwach gewesen, diesem Werckzeuge meiner gerechten Rache, gnugsamen Nachdruck zu geben. Jedoch ich getröste mich dessen, daß bald eine stärckere Faust über euch kommen soll, denn es wird nicht eher wieder vergnügt leben, biß da weiß, daß ihr in die andere Welt geschickt seyd,*

Die
deren getreuer Liebe ihr niemahls würdig gewesen.

Nun ist es Zeit, (sprach mein Herr, nachdem er diese Zeilen gelesen, zu dem Cammer-Diener:) daß ich Paris verlasse, machet derowegen Anstalt, daß wir je ehe je lieber nach dem Turinischen Hofe aufbrechen. Der Cammer-Diener, welcher nunmehro mit Mißvergnügen sahe, daß seine Propheceyung mehr als zu zeitig eingetroffen, ließ an seinem Fleisse nichts ermangeln, derowegen brachen wir, nachdem mein Herr von seinen besten Freunden, unter einem gantz andern Vorwande, kurtzen Abschied genommen, eiligst auf, und nahmen unsern Weg mit kurtzen Tage-Reisen auf Troyes zu, allwo wir die Bagage noch antraffen, dieselbe aber voraus gehen liessen, weil mein Herr gesonnen war, einige Tage hieselbst auszuruhen; allein, seine Ruhe währete nicht lange, denn gleich andern Tages ge-[410]gen Abend kam ein Cavalier, welcher ihm vom Marquis von R. ein Billet, folgendes Inhalts, überbrachte:

IHr habt eure Parole, wegen Verschweigung eines gewissen Geheimnisses, nicht als ein rechtschaffener Cavalier, *sondern als ein - - - - gehalten, derowegen bin ich euch, so bald ich solches erfahren, auf dem Fusse nachgefolget, um euch den* offerirten *letzten Bluts-Tropffen zur* Satisfaction *mit meinem Degen abzufordern. Uberbringer dieses mein Beystand hat von mir Vollmacht, wegen Zeit und Orts, Abrede mit euch zu nehmen, denn die Zeit, euch im Reiche der Todten zu wissen, währet viel zu lang*

Dem

Marquis von R.

Mein Herr besprach sich also mit dem Cavalier, und es wurde wegen desto besserer Sicherheit, so wohl vor

diesen als jenen Theil, beschlossen, daß uns der Marquis
biß nach Geneve folgen, und das Duell in selbiger Gegend
vorgenommen werden solte, weil sich daselbst die Frantzösischen, Savoyischen und Schweitzerischen Gräntzen
scheiden. Mitlerweile gab mein Herr den Cavalier folgende Antworts-Zeilen zurück:

IHr seyd vor Haltung meiner Parole *falsch berichtet,
oder müsset nunmehro erstlich eine andere Ursache
hervor gesucht haben, mit mir anzubinden. Wegen des
erstern* [411] *will meine Unschuld nicht mit Worten, sondern, damit ich nicht vor einen Zaghafften gehalten werden möge, gegen euch lieber mit dem Degen* defendiren.
*Wegen Zeit und Orts, ist, eurem Belieben nach, mit Zurückbringern dieses, bereits Abrede genommen, und es
kan nicht schaden, daß ihr euch auf dieser Reise biß an
Franckreichs Ende, noch eine kleine* Motion *machet, bevor ihr von mir ins Reich der Todten geschickt werdet.
Denn dahin zu spatziren, ohne eure Gemahlin erstlich
wieder ausgesöhnt zu wissen, hat vor itzt noch keine Lust*

N.N.

Hiermit ging der Cavalier, wir aber setzten unsere
Reise gleich Tags hernach fort, und hielten keinen Rast-Tag, biß wir nach Geneve kamen. Zwey Tage waren wir
schon da gewesen, als der Cavalier wieder kam, und nur
eine Viertel-Stunde mit meinem Herrn in Geheim redete. Abermahls zwey Tage hernach ging das Duell auf
Schweitzerischen Grunde und Boden vor sich. Der Marquis wurde erstlich zweymahl leichte von meinem Herrn

blessirt, da er aber, ohngeacht alles Zuredens, nicht zufrieden seyn, sondern meinem Herrn absolut todt haben wolte, jagte ihm dieser endlich seine Klinge dergestalt tieff in die Brust, daß er, ohne ein Wort zu sprechen, zu Boden sanck. Wir hielten uns also nicht lange bey seinem erblasseten Cörper auf, sondern eileten von dannen, und erreichten gar bald ein Savoyisches kleines Städt-[412]gen, und etliche Tage darauf die Haupt-Stadt Turin; allwo mein Herr und wir alle von der beschwerlichen Reise ausruheten. Mir schwebte der entleibte Marquis stets vor Augen, und wunderte mich sehr, daß mein Herr sich dergleichen Blut-Schulden gantz und gar nicht zu Gemüthe zohe, sondern in Turin erstlich als gantz von neuen lustig zu leben anfing, auch sich nicht nur mit einer, sondern etlichen vornehmen Dames in ein geheimes Liebes-Verständniß einließ, welches mir, als dem Brief- und Complimenten-Träger, zwar manchen schönen Ducaten einbrachte, jedoch, weil ich nunmehro schon ziemlich zu Verstande gekommen, und bemerckt, daß meines Herrn Lebens-Art recht Epicurisch, indem er sich weder um Beten, Singen, noch Religion etwas bekümmerte, auch so lange ich bey ihm gewesen, nicht zum Heiligen Abendmahle gewesen war, wünschte ich, daß er sich ändern, und nicht etwa einmahl so in seinen Sünden dahin fahren, oder, daß ich bald von ihm hinweg kommen, und solches Unglück nicht mit ansehen möchte. Weil ich aber etliche Tage Zeit darzu haben müste, wenn ich alle seine Liebes- und andere zum Theil sehr verwegene Streiche, die er in Italien gespielet, ordentlich erzählen wolte, so will nur, um kurtz darvon zu kommen, noch so viel melden, daß, nachdem wir binnen 3. Jahren die vornehmsten Städte Italiens besehen, ihn das Angedencken einer wunderschönen Kauffmanns-Frau, zum andernmahle fast vor der Gräntze zurück nach Mayland zohe. Allein, da er das vorige mahl mit derselben in der allergrösten Vertraulichkeit gelebt, [413] muste er nunmehro erfahren, daß sie ihm sehr kaltsinnig begegnete, und endlich erfuhr er auch, daß ein gantz junger Frantzösischer Duc, seinen Posten bey ihr eingenommen hätte; derowegen sparete er weder Mühe noch Kosten, denselben wieder auszustechen, und das wollüstige Weib mag sich endlich wohl resolviren, ihre Gunst-Bezeugungen unter diese beyden Amanten gleich einzutheilen, um entweder ihre Geilheit recht zu ersättigen, oder vielleicht von Beyden starcken Profit zu ziehen. Demnach bringet sie es auf listige Art dahin, daß beyde keine öffentliche Visiten ferner bey ihr ablegen dürffen, heimlich aber läßt sie, Wechsels-weise, bald den Franzosen, bald meinen Herrn zu sich kommen, welcher keine Gelegenheit verabsäumete, dieser geilen Frauen aufzuwarten, ohngeacht ihm gesteckt wurde, daß dem Kaufmanne seinetwegen ein Floh ins Ohr gesetzt worden. Mittlerweile starb meines Herrn Cammer-Diener an einem hitzigen Fieber, woran wohl nichts anders als der Wein, welchen er gar zu gern trunck, Ursach seyn mochte. Mein Herr bedauerte denselben, wegen seiner treu-geleisteten Dienste, sehr, bekam zwar einen andern Deutschen feinen Menschen an dessen Stelle, hatte aber dennoch mehr Vertrauen zu mir als zu ihm, und gab mir das meiste von seinen kostbaren Sachen unter meinen Verschluß; wie gern ich aber gesehen hätte, daß mein Herr, um nur von seiner gefährlichen Lebens-Art abzukommen, das verführerische Mayland einmahl verlassen hätte, so gedachte er doch niemahls daran, zumahlen da nicht allein aus Deutschland frische Wechsel einlieffen, sondern er [414] auch von seinem Mit-Buhler, dem Frantzösischen Duc, welcher ihm eines Abends, in einer Assamblee beim Spiele starck forçirte, 1500. spec. Ducaten baar Geld, und über dieses einen Wechsel-Brief auf 1000. Ducaten, gewonne. Nach der Zeit stellete sich der Frantzmann sehr hochmüthig gegen meinen Herrn, welcher selbiges zwar nicht sonderlich æstimirte, endlich aber erfuhr, daß der Duc gegen jemanden, der ihn wegen seines grossen Geld-Verlusts beklagt, diese Worte ausgestossen: Die drittehalb tausend Ducaten gönne ich dem Deutschen gerne, weil ihm das Glücke in aufrichtigen Spiele günstiger gewesen als mir, allein, wenn er mir, wie unter der Hand verlauten will, an einem gewissen Orte ins Gehäge gehet, und ich ihn attrappire, so kostet es einem unter uns beyden das Leben. Ein anderer Cavalier hatte den jungen Duc gewarnet und gesagt, daß mein Herr ein wohl exercirter Fechter sey, auch, wie man vernommen, vor einiger Zeit einen geschickten Frantzösischen Marquis, ohnweit Geneve, erstochen; der Duc aber hatte darauf geantworttet: »Wohlan! so wird es mir eine desto grössere Ehre seyn, wenn ich ihm was anhabe, und zugleich meinen erstochenen Lands-Mann rächen kan.« Mein Herr lächelte, als man ihm dieses vorbrachte, und sagte: »Ich weiß noch nicht, wo der Gelb-Schnabel sein Gehäge hat, sonsten wolte aus Erbarmung und Eckel selbiges vermeyden, indem ich, ohne allen Schertz, viel Commiseration mit seiner Schwachheit habe, wünsche im übrigen, daß er andere Gedancken bekommen, und meine Gesellschafft mei-[415]den möge.« Von der Zeit fing mein Herr selbst an, zwar die Gesellschafft des Duc, nicht aber der Kauffmanns Frau zu meiden, sondern schlich so lange nach derselben, biß er von jenem auf dem fahlen Pferde attrapiret und recontriret wurde. Der Duc bekömmt etliche Hiebe über den Kopff und rechten Arm, welche ihm aber weder Kranckheit noch Lähmung verursachten, weßwegen er meinem Herrn ein Cartell zuschickte, und wegen dieser Blessuren, die er, seinem Vorgeben nach, unredlicher Weise empfangen, sehr gestrenge Satisfaction forderte. Mein Herr ließ ihm zurück melden, daß, ohngeacht er gesonnen gewesen, binnen wenig Tagen nach Deutschland aufzubrechen, er doch nunmehro biß zu des Duc Wiedergenesung in Mayland verbleiben wolte, anbey wünschte, daß selbige bald erfolgen möchte.

Etliche Tage hernach, da mein Herr verschiedene Cavaliers auf seinem Zimmer tractirte, ließ sich in einem Gast-Hause gegen über eine vortreffliche Vocal- und Instrumental-Music hören, weßwegen immer eine Parthey von unsern Gästen nach der andern in die Fenster traten, und darauf merckten. Mein Herr stund hinter 2. Cavaliers, welche sich zum Fenster hinaus bückten, und ehe man sichs versahe, hörete man einen Platz und Erschütterung des Fenster-Rahmens, mein Herr aber fiel zu gleicher Zeit rückwarts zu Boden, und es lief ihm aus einer an der Stirn habenden Wunde das Blut über das Gesichte herab. Unterdessen, als man beschäfftiget war, denselben aus der Ohnmacht zu reissen, kam ein erfahrner Chirurgus, welcher [416] ihm eine Ader öffnete, und nachhero bey Untersuchung der Wunde eine Bley-Kugel in dem Stirn-Beine steckend fand. Ob nun schon dieselbe mit grosser Mühe heraus gebracht und sonsten alles zu seyner Lebens-Erhaltung angewendet wurde; so merckte doch ein jeder bald, daß ihm diese Blessur den Todt verursachen würde, denn er lag ohne Verstand mit halb eröffneten Augen beständig als in einem tieffen Schlaffe, holete aber doch starck Athem darinnen. Aller Anwesenden Urtheile nach, war die Mord Kugel aus einer Wind-Büchse, und zwar etwa durch ein Dach-Fenster des gegen über liegenden Gast-Hauses herab geschossen worden, und würde ohnfehlbar meinem Herrn biß ins Gehirne eingedrungen seyn, wenn sie nicht vorhero ein Stück vom Fenster-Rahmen hinweg genommen, mithin sich ermattet gehabt. Es wurde bey dem Gast-Wirthe eine scharffe Nachfage angestellet, jedoch nichts heraus gebracht, denn dieser gestund zwar, daß seit etlichen Tagen einige fremde Personen in seinem obersten Stock-Werck logirt, da sie ihn aber das Logis voraus bezahlt, hätte er sich um ihren Ausgang nicht bekümmert, jedoch kein Schieß-Gewehr, viel weniger eine Wind-Büchse bey ihnen gesehen. Das war es alles, was man des Thäters wegen erfahren konte, demnach muste mein Herr behalten, was er hatte, ausgenommen das Leben. Doch ehe er dieses einbüssete, kam in der 4ten Nacht nach der empfangenen Blessur sein Verstand auf einmahl plötzlich wieder, und blieb gantzer 8. Stunden bey ihm, weßwegen die Aertzte, und sonderlich wir, seine Bedienten, sehr [417] freudig wurden, allein, er sagte gantz hertzhafft: Kehret euch an nichts, denn es ist nichts gewissers, als daß ich sterbe.

Hierauf befahl er mir, einen Protestantischen Geistlichen, welchen zwey junge Deutsche Barons unter dem Titul eines Gouverneurs bey sich hatten, zu ruffen. Dieser unterredete sich über zwey gantzer Stunden lang mit ihm, reichte ihm auch nachhero in meinem Beyseyn das Heilige Abendmahl. Hierauf ließ er 2. nicht weit von ihm wohnende Deutsche Cavaliers ruffen, bath dieselben, seine Disposition, die er schon ehedem, auf einen solchen plötzlichen Fall gemacht, mit seinem, ihren und des Geistlichen Petschafften zu versiegeln, und den Tag, da dieses, seinem Willen gemäß, geschehen, nebst ihren Nahmens darauf zu notiren. Auch musten dieselben verschiedene Kasten mit seinen und ihren Petschafften versiegeln, und dieserwegen eine Schrifft in meine Hände liefern. Hernach beschenckte er seine Bedienten reichlich, ehe er aber an mich kam, vergingen ihm die Gedancken, und er lag abermahls gantzer 28. Stunden, ehe er sich wieder besinnen konte. Dieses letztere geschahe Morgens früh, eben da die vorigen Freunde wieder bey ihm waren, und seine erste Rede war: Wo ist mein Willhelm? Ich trat mit weinenden Augen zu ihm; er aber sprach: Gib dich zufrieden, einmahl muß ich doch sterben, mein Chatoull und der rothe Coffre, mit allen dem, was drinnen ist, soll deine seyn, hiervon aber solst du meine Begräbniß-Kosten bezahlen, und das im rothen Coffre blau laquirte Kästlein an die bewuste Person lie-[418]fern, ich traue deiner Redlichkeit schon so viel zu, daß du dieses ohne fernere Wetläufftigkeiten bewerckstelligen wirst; was sonsten noch von meinen unversiegelten Sachen umher stehet und liegt, soll nach meinem Tode ebenfals alles deine seyn.

Nachdem er hierüber die anwesenden Herrn zu Zeugen angeruffen, bath er, man möchte ihn mit dem Geistlichen etwas alleine lassen; dieser blieb also bey ihm, biß er abermahls in einen Schlummer verfallen war, aus welchen er sich denn auch nicht ermunterte, sondern ein paar Stunden nach Mittags seinen Geist aufgab.

Ich sparete keine Kosten, meinen erblasseten Herrn Standes-mäßig zur Erden bestatten zu lassen, indem ich baares Geld genung darzu fand, mit dem Uberbliebenen aber wohl zufrieden seyn konte. Indem ich nun Anstalten zu unserer Reise nach Deutschland machte, kam mir eines Tages ein Billet, folgendes Inhalts, zu Handen:

Monsieur Wilhelm!

Damit ihr den Verdacht wegen Entleibung eures Herrn nicht etwa auf eine unrechte Person werffen möget, so wisset und glaubet, als eine sichere Wahrheit, daß niemand anders, als die Frantzösische Marquise *von* R. *Schuld daran sey; denn diese hat, nachdem sie vernommen, daß ihr Gemahl von ihm erstochen worden, so gleich* 3. *Banditen erkaufft, und mit dem Befehle, ihn in gantz Italien aufzusuchen, und das Lebens-Licht auszublasen, fortgeschickt. Es* [419] *ist in Rom,* Neapolis *und Venedig etliche mahl fehl nach ihm geschossen, auch an viel andern Orten auf ihn gelauret worden, er ist uns aber jederzeit zu gescheut gewesen, biß es uns allhier in Mayland endlich doch geglückt, die andere Helffte unseres versprochenen* Recompenses *zu verdienen, ohne ihn biß nach Deutschland zu verfolgen. Nun reiset ihr so glücklich, als wir drey es uns wünschen.* Adieu!

Ich lasse es dahin gestellet seyn, ob es wahr, daß die Marquise so einen gar grausamen Haß auf meinen erblasseten Herrn gelegt, zumahlen er derselben mit Entleibung ihres Mannes vielleicht keinen Tort gethan, vielmehr wolte wohl sagen, wie ich mehr glaubte, daß mir der Frantzösische Duc diesen Brief zupracticiren lassen, nachdem er vielleicht die Banditen selbst zu dieser Mordthat erkaufft, und was mich in diesem Glauben stärckt, ist dieses, daß ich nachhero erfahren, wie eben offt gemeldeter Duc, nach seiner Heimkunfft die Marquise von R. geheyrathet hat.

Dem allen aber sey nun wie ihm wolle, genung! wenn mein Herr sich von der Weiber-Liebe nicht allzu sehr bethören lassen, so wäre er einer der glückseeligsten Cavaliers gewesen, und lebte vielleicht diese Stunde noch, denn er hatte eine vollkommen gesunde und ungemein starcke Natur, so aber war bloß das Frauenzimmer Schuld und Ursach an allen seinen Wiederwärtigkeiten, Unglücks-Fällen und endlichen frühzeitigen Tode.

Nunmehro war vor mich nichts weiter zu thun, [420] als den Weg ins Vaterland zu suchen, derowegen nahm ich, nachdem mir die Deutschen Cavaliers tüchtige Pässe ausgewürckt, Wagen und Maul-Thiere zur Miethe, um meines Herrn Sachen darauf fort zu schaffen, der Jäger und die zwey Reut-Knechte blieben bey mir, der neulichst angenommene Cammer-Diener aber, wolte sich in Italien einen andern Herrn suchen. Nach einer sehr beschwerlichen und verdrüßlichen Reise, gelangeten wir endlich auf dem Ritter-Sitze des Herrn von E.* an, den ich zwar nicht sogleich selbst zu Hause antraff, von der Frau von E.* aber gantz wohl aufgenommen wurde, als welche eine wahrhaffte Betrübniß und Wehmuth über den jämmerlichen Todt meines Herrn empfinden mochte, wie sie denn auch gegen mich kein besonderes Geheimniß daraus machte, sondern sehr vertraut nach allen Umständen fragte. Weil ich nun schon bescheidet war, daß in dem blau laquirten Kästgen der Schatz verwahret lag, der der Frau von E.* vor sie selbst und ihren kleinen Sohn zugedacht war, (welcher Knabe meines Herrn gantze Person, wie er geleibet und gelebt, en Mignature præsentirete) so säumete ich mich nicht, ihr dieses gantz und gar mit Gold und Jubelen angefüllete Kästgen zu überreichen, wo vor sie mir denn zum Gratial, ehe noch ihr Herr nach Hause kam, 100. spec. Ducaten aufdrunge. Es war aber noch eine andere grosse Kiste mit vielen Italiänischen Kostbarkeiten vor den Herrn und die Frau von E.* unter den mitgebrachten Sachen von meines Herrn Verlassenschafft, welche ich, da der Herr zu Hause ge-[421]kommen, demselben einhändigte. Beyde mochten vor sich so viel darinnen finden, daß sie Ursach hatten, darüber vergnügt zu seyn, und meines seeligen Herrn Generositee zu bewundern, mir aber schenckte der Herr von E.* vor meine Mühe und getreue Einlieferung 200. Thlr. an lauter Lüneburgischen Gulden. Die übrige Verlassenschafft wurde nach meines seeligen Herrn gemachter Disposition, unter seines, schon vor längst verstorbenen Bruders Kinder getheilet, welche wohl in Wahrheit lachende Erben zu nennen waren, indem sie zwar mit den Kleidern traureten, allem Ansehen nach aber im Hertzen jauchzeten. Ich bekam, weil ich bey ihnen keine Dienste nehmen wolte, von allen insgesammt nicht mehr als 100. spec. Thlr. ein Kleid und ein Pferd mit Sattel und Zeuge zum Recompense, war auch gesonnen, gewisser Ursachen wegen eine Reise nach Wien zu thun, allein, mein Landes-Herr ließ mich eines Tages zu sich ruffen, und zwang mich, mit vielen liebreichen Worten und andern Gnaden-Bezeugungen, dahin, daß ich in drey Abenden nach einander, einen ausführlichen Bericht von meines seeligen Herrn Reisen und Begebenheiten abstatten muste; wie denn dieser besonders gnädige Herr versprach, solches alles bey sich zu behalten. Es beschenckte mich derselbe hierauf mit drey güldenen Medaillen, so zusammen 65. Ducaten wugen, und ließ mir durch seinen Ober-Hofmeister eine Cammer-Diener-Stelle bey ihm antragen. Ich resolvirte mich kurtz, dieselbe anzunehmen, indem mir, ausser den starcken Accidentien, eine gute Besoldung versprochen wurde, je-[422]doch bath ich mir vorhero aus, auf etliche Wochen in meinen Affairen zu verreisen, welches mir der Landes-Herr gnädigst erlaubte. Die erste Reise, so ich that, ging nicht weiter als zu meinem ältesten Bruder, der in dem Hause, wo ich gebohren worden, Wirthschafft trieb, und seinen Förster-Dienst besorgte. Er hatte geheyrathet, aber, leyder! (das GOTT zu erbarmen) ein Fräulein Mägdgen vom Hofe, welche von ihrem Fräulein eine starcke Mitgifft von Theé- und Coffeé-Kannen, Schälchen, Löffelchen, und dergleichen Tänteleyen und Löffeleyen bekommen hatte. Von dem sauber gestickten Knöppel-Küssen, Bildern, à la mode Bette, propren Stühlen (deren aber, mit einem verunglückten, nur 6. waren) und dergleichen will ich nichts gedencken, weil ich solche Sachen nach ihrem *innern Werth,* mir nicht zu taxiren getraue. Mir aber schien es hell und klar in die Augen, daß mein Bruder einen abgenutzten Affen, fœmini generis, oder ein solches Frauenzimmer zur Frau bekommen hatte, die sich zwar sehr wohl an den Tisch und ins Bette, aber desto schlechter zu seiner Oeconomie schickte, und wie es sonsten um seine Schwägerschafft gehalten, darum habe mich mit allem Fleisse nicht erkundigen wollen. Genung, ich spürete an ihm, daß er die Nach-Wehen einer unglückseeligen Heyrath, mehr als zu sehr im Kopffe fühlete. Seinen Kummer auf einige Zeit zu vertreiben, schenckte ich ihm verschiedene feine Sachen von ziemlichen Werth, seiner Frauen aber, um ihre Galanterie vollkommen zu machen, eine Italiänische Uhr und Tabatiere. [423] Von meinem Vater, konte mir dieser mein ältester Bruder so viel Nachricht geben, daß derselbe gleich nach dem gehabten Unglücke in ein Römisch-Catholisches Ländgen geflüchtet, sich daselbst in ein Hospital gekaufft, allwo er gut Essen und Trincken, auch gute Verpflegung gehabt, dahero von seinen Kindern nichts verlanget, sondern denselben noch etliche 30. Thlr. zurück geschickt; es wäre aber derselbe vor ohngefähr zwey Jahren gestorben. Mein jüngster Bruder hätte durch Vorschub guter Leute studiret, aber nur biß an den Hals, indem er sich auf Universitäten, in der besten Zeit, auf die faule Seite gelegt, und die Stipendia, so er verstudiren sollen, durch die Gurgel gejagt, jedoch sässe derselbe voritzo gantz wohl, indem er in der nächsten Stadt eine gebrechliche Wittbe geheyrathet, die ihm einen Secretarien-Titul gekaufft, nur daß sie mit solcher Manier sich auch in vornehmer Tracht sehen lassen dürffte. Endlich erfuhr ich, daß meine älteste Schwester als Vieh-Magd, die jüngste als Mädgen auf einem Edel-Hofe dieneten. Diese beyden letztern jammerten mich am meisten, weßwegen ich ihnen einen Bothen schickte, und sie zu mir ruffen ließ. Es war in Wahrheit Schade, daß diese beyden armen Thiere bißhero so verächtlich leben müssen, denn sie sahen nicht häßlich aus, derowegen befahl ich ihnen, sich so bald, als möglich, Dienst-loß zu machen, gab einer jeden 50. Thlr. davor sie sich saubere Bürgerliche Kleider anschaffen, und in der nächsten Stadt bey guten Leuten in die Kost ver-[424]dingen solten, biß sich anständige Männer vor sie fänden, da ich denn einer jeden 300. Thlr. zur Ausstattung zu geben, auch mitlerweile das Kost-Geld und andere Bedürffnisse zu zahlen versprach. Man kan leicht erachten, daß beyde hierüber ungemein froh gewesen, und es währete nicht lange, so heyrathete die Aelteste einen Bader, und die Jüngste einen Gewürtz-Cramer, empfingen auch von mir die versprochenen Ehe-Gelder. Weil ich aber doch auch meinen jüngsten Bruder gern sehen und sprechen wolte, reisete ich zu ihm, traff ihn aber nicht als einen Gelehrten, sondern als einen schmutzigen Brau-Knecht an, jedoch er warff sich bald in weisse Wäsche und in einen seidenen Schlaff-Rock, und empfing mich nunmehro erstlich recht brüderlich, deßgleichen die Frau Schwägerin auch that, jedoch ihre Freundlichkeit nachhero erstlich recht blicken ließ, da ich einige Italiänische Sachen von nicht geringen Werthe zum Geschencke überreichte. Dieserwegen eröffnete sich nun ihr holdseeliger

Mund dergestalt, daß, wenn man hinein sahe, man sich die Rudera eines abgebrandten Dorffs gantz eigentlich vorstellen konte, weil sie sich die Cronen von den Zähnen fast alle abgebissen, jedoch, wie ich nachhero gewahr wurde, noch ziemlich keiffen konte. Ich hielt mich, weil ich meine Schwestern, mir Antwort dahin zu bringen, bestellet hatte, etliche Tage bey meinem Bruder auf, und wurde von ihm und seiner Frauen gantz wohl tractiret; allein, da ich kaum 3. oder 4. Tage da gewesen, hörete ich, wenn ich nur den Rücken ge-[425]wendet, daß sie sich, um der geringsten Ursache willen, aufs hefftigste mit einander zanckten, hergegen konte das alte Murmel Thier, so bald jemand darzu kam, so freundlich thun, als ein Ohr Wurm, und ihrem Manne sehr viel Respect erweisen, da doch derselbe ein würcklicher Sclave von ihr war. In meinen Ohren klung nichts ärgerlicher, als wenn sie früh Morgens, wenn ich noch im Bette lag, oder auch sonsten des Tages über, zum öfftern, bald diese, bald jene Commando-Wörter von sich hören ließ: e. g. Herr Secretarius! gehet doch hin, und gebt den Schweinen; Herr Secretarius! hänget den Käse-Korb wieder auf; Herr Secretarius! hackt doch etliche Scheiter-Holtz; Herr Secretarius! sehet zu, ob etwa die Kuh gekalbet hat; Herr Secretarius! befühlt die Hüner, ich stecke im Teige; Herr Secretarius! gebt dem Mädgen vor einen halben Weiß-Pfennig steiffen Käse, und ja nicht mehr, als 3. Klitsche; &c. &c. Ja, ich sage es noch einmahl, wenn ich diese Ordres hörte, hätte ich vomiren mögen, und gedachte meines Bruders wegen: Du armer Hanß! hast du auch gefreyet? Eines Tages, da ich mit meinem Bruder, welcher im Walde Holtz besehen wolte, Spatzieren ging, fragte ich denselben unter andern, ob er auch sonst vergnügt in seinem Ehestande lebte? Ach! (erseuffzete er) wenn ich gewust hätte, was ich nachhero erfahren, so wolte zehnmahl lieber eine Musquete auf die Schulter genommen, und meinen Puckel dem Corporal alle Woche ein paar mahl hingehalten haben, denn ich [426] bin durch mein Heyrathen zum allerunglückseeligsten Menschen gemacht. Mit schönen Kleidern behängt mich meine Frau, so, wie etwa ein grosser Herr seinem Leib-Hengste ein kostbar Zeug auflegen läßt, um Staat darmit zu machen, aber ich darff nirgends damit hingehen, wo sie nicht darbey ist, ausgenommen in die Kirche, und auch dahin nicht einmahl, wenn ihr der Kopff nicht recht stehet, denn sie spricht gleich: ich ginge nicht in die Kirche, GOttes Wort zu hören, sondern mich nur nach schönern Weibern und Jungfern umzusehen. Macht mir ein ander Frauenzimmer etwa ein höflich Compliment, und ich ziehe meinen Hut dargegen wieder ab, fängt sie allsofort zu brummen an: Ja ja! Die kennest du auch schon besser, und hättest sie lieber als mich, sehet nur, wie das Canaillen-Pack vor meinen sichtlichen Augen mit einander charmiren kan; I, denckt doch! daß ich nicht ein Narre wäre, und mich hinlegte und stürbe, und dich singen liesse:

Die Alte verließ mir diß steinerne Hauß,
Die Junge guckt mit mir zum Fenster hinaus.

Ja, bestuhlgängele dich nicht, Parißgen, in 50. Jahren wirst du mich noch nicht loß, auf 1. Jahr magst du mich wohl genommen, aber nicht gesehen haben, wie viel Nullen dabey stehen. Hundert Jahr gedencke ich alt zu werden, dir zum Schure, du Nack - - - -! Denn ich habe dich aus einem verdorbenen Studenten zum rechtschaffenen Manne gemacht, und dir zwar eins von mei-[427]nen besten Häusern zuschreiben lassen, aber das ist auch das beste, daß ich mir noch ein Cläuselchen dabey ausbedungen und vorbehalten, es also in Zukunfft doch noch halten kan wie ich will. &c. &c. Solche und dergleichen Reden (fuhr mein Bruder fort) muß ich fast täglich von ihr anhören und einfressen, weßwegen mir alle Bissen, so ich einschlucke, zu Gifft und Galle werden, und mich nur wundert, wie es zugehen muß, daß ich doch immer dicker und fetter werde, und zwar zu meinem grösten Verdrusse. Was ich vor Quaal von ihren Kindern und einigen nächsten Freunden ausstehen muß, davon will ich jetzo nichts gedencken, auch noch andere vorgefallene Sachen und Geschichte biß auf andere Zeit verschweigen, und dir, allerliebster Bruder! nur so viel im Vertrauen sagen, daß ich diese Sclaverey und den Spott der Leute, (dessentwegen ich mich fast in keiner honetten Compagnie darff sehen lassen,) so lange mit Gedult ertragen will, biß ich nur erstlich den Leichen-Stein gefunden, worunter meiner Frauen ihr Mammon begraben liegt. Diesen will ich so dann bald auferwecken, lebendig machen, und mit mir in alle Welt führen.

Ich redete meinen Bruder zu, von dergleichen Gedancken abzustehen, des ruhigen Lebens und guten Auskommens wegen, sein flüchtiges Geblüthe zu besänfftigen, und mit Geduld auf die Aenderung des Himmels zu warten; allein, er schwieg stille, und ich bedaurete ihn in meinem Hertzen, daß ein altes böses Weib, denselben in der besten [428] Blüte seiner Jahre erhascht, und an statt ihrer Meynung nach glücklich, dennoch zum unglücklichen und unvergnügten Menschen gemacht hatte.

Nachdem aber meine Schwestern da gewesen, und mir berichtet, wie sie bereits andere in ihren bißherigen Dienst gestellet, und nunmehro im Begriff wären, ihre eigene Wirthschafft bey einer gewissen alten Wittbe zu führen, ich ihnen beyden hierzu auch noch 50. Thlr. baar Geld gegeben hatte, nahm ich bald von meinem Bruder Abschied, überließ ihm seinen Verhängnisse, mit dem hertzlichen Wunsche, daß er künfftig vergnügter leben möchte, reisete auf die Residentz unsers Landes-Herrn zu, und trat meinen Dienst bey Demselben an. Das Hof-Leben begunte mir gar bald besser zu gefallen, als immer von einem Orte zum andern zu reisen, zumahlen da ich einen sehr gnädigen Herrn, wenig Dienste, richtige Besoldung, einen vortrefflichen Tisch und starcke Accidentien hatte, derowegen beschloß ich, Zeit-Lebens allda zu bleiben, getreu zu dienen, jedoch, auf dem Fall der Veränderung, eine gute Heyrath zu treffen, und mein Capital, welches, ohne die Meublen, annoch in 3000. Thlr. bestunde, nebst den zu hoffen habenden Heyraths-

Geldern, an ein eigen Hauß, Feld und dergleichen zu legen, auch sonsten etwa einen vortheilhafften Verkehr anzufangen. So bald meine kaum aufgekäumten guten Freunde dieses merckten, schlugen sie mir verschiedene Parthieen von Jungfern und Wittfrauen von 2. 3. 4. 5. biß 10000. Thlr. reich, vor, allein, wenn ich es bey dieser oder je-[429]ner recht untersuchte, so war überall ein Nisi darbey. Endlich fiel mir ohngefähr ein Frauenzimmer in die Augen, welche, weil ich hörete, daß sie noch ungebunden wäre, mein Hertz auf einmahl gantz besonders an sich zohe, denn sie war, wiewohl etwas starck und fett von Leibe und Gesichte, aber sehr proportionirlich gestaltet, und überhaupt mit einer schönen und zarten Haut überzogen. Bey fernerer Erkundigung, dieser Person wegen, erfuhr ich: daß sie zwar keine Eltern mehr, aber doch 4000. Thlr. baares Geld auf Zinsen aussen stehen hätte, bey ihrer seeligen Mutter Schwester als eine Tochter im Hause gehalten, und dermahleins auch noch etwas von derselben erben würde. Ferner sagte man mir, daß, ohngeacht sie kaum 20. Jahr alt, doch schon mehr als noch einmahl so viel Freyer bey ihr gewesen, worunter einige in grossen Aemtern sässen, allein, sie wolte durchaus nicht ehe heyrathen, biß sich einer fände, den sie rechtschaffen lieben könte, er möchte reich oder arm, auch nur mittelmäßigen Standes seyn, wenn er nur etwas zu erwerben vermögend, damit die ihr vergnügliches Auskommen, eine liebreiche Ehe und keine Schande von ihm haben möchte. Ubrigens wäre sie sehr stilles

Gemüths, eine Feindin der Wollust und des überflüßigen Staats, versäumete hingegen fast keine eintzige Kirche.

Das wäre ein Weibgen vor mich; (gedachte ich in meinem Hertzen, als man mir dieses sagte, und an einigen Orten confirmirte) derowegen suchte alle Gelegenheit, diese Schöne zu sprechen zu [430] kriegen, allein, es hielt schwer, und noch schwerer auszuforschen, ob ihr meine Person zum Ehe-Manne anständig, am allerschwersten aber ging es zu, sie biß dahin zu bringen, daß sie sich ordentlich und öffentlich mit mir verlobte; unsere Hochzeit aber muste ein und anderer wichtiger Umstände wegen noch etwa auf ein Viertel Jahr hinaus verschoben werden. Jedoch, gleich nachdem das Verlöbniß gewesen, gönnete mir die alte Frau Muhme etwas mehr als sonsten Freyheit, meine Liebste zu besuchen, ausgenommen, wenn ich etwas spät vom Schlosse kam, wolte sie mich durchaus nicht zu ihr einlassen. Endlich ließ sich meine Liebste, welche ihre eigene Stube und Cammer hatte, dahin erbitten, daß sie mir einen Nach-Schlüssel zur Hinter-Thür des Hauses machen ließ, da ich denn im Stalle erstlich zwey Treppen hoch in die Höhe steigen, über einen langen Boden hin- und so dann erstlich wieder eine Treppe herunter schleichen muste, ehe ich in ihre Stube kommen konte. Solchergestalt passirete ich manche nächtliche Stunde mit meiner Liebste in Geheim, muß aber gestehen, daß sie sich gegen mich ungemein keusch und tugendhafft stellete, indem sie mir, ausser den Küssen, nicht die allergeringste Liebes-

Freyheit erlaubte, auch sich hoch verschwur, bey dieser Art zu verbleiben, biß wir würcklich mit einander copulirt wären. Derowegen verschonete ich dieselbe mit fernern Versuchungen, und gratulirte mich im Hertzen, daß ich eine solche keusche und züchtige Liebste hätte. Eines Tages befahl mir mein Herr, mich zu einer [431] Reise anzuschicken, von welcher ich vielleicht in 2. biß 3. Wochen nicht wieder zurück kommen möchte, derowegen nahm ich mit allem Fleisse auf 4. Wochen von meiner Liebste Abschied, um, meiner Meynung nach, ihre Freude zu vergrössern, wenn ich unvermuthet zeitiger zurück käme, allein, meine Verrichtungen lieffen dergestalt glücklich, daß ich schon in der zwölfften Nacht, jedoch ziemlich späte, zurück kam, denn es war nicht anders, als wenn mich ein starcker Wind fort triebe, welches ich der hefftigen Liebe zu meiner Braut Schuld gab, auch keine Minute versäumete, ihr selbst die erste Nachricht von meiner glücklichen Zurückkunfft zu bringen. Nachdem ich aber die Hinter-Thür geöffnet, und nach der Treppe zu schleichen wolte, sahe ich, daß 2. Weibs-Personen, mit einer Laterne auf den Stall zugegangen kamen, weßwegen ich eilete, und mich in der Geschwindigkeit hinter die halb mit Bretern verschlagene Boden-Treppe verkroch, auch sehr bewunderte, was diese noch so späte allhier zu suchen hätten, da ich sonsten um selbige Zeit, niemahls einen Menschen mehr munter gefunden, als meine Liebste gantz alleine. Indem kam die Magd mit der Laterne, ingleichen eine Frau, die etwas unter dem Mantel hatte, in den Stall getreten, welche letztere, da sie beyde an die Hinter-Thür kamen, gantz leise zu sprechen anfing: »Gertrute! wartet, und leuchtet her, ich muß erstlich noch einmahl darnach sehen.« Hiermit setzte die Frau einen unter dem Mantel habenden Hebe-Korb auf den Boden, nahm ein dar-[432] über gedecktes Tuch ab, mithin konte ich zwischen den Bretern hindurch sehen, daß ein kleines, allem Ansehen nach, neugebohrnes Kind in dem Korbe lag, von welchem die Frau sprach: »Ach! das kleine Würmchen schläfft sanffte, es würde mich ewig jammern, wenn es umkommen solte, denn es siehet gar zu schön aus, eben als wenn es Jungfer Charlottchen aus den Augen geschnitten wäre.« »Ja, (sagte die Magd lachend) es hat sich nunmehro noch was zu jungfern; nun heist es sch- - - in die Jungferschafft.« »Ha! Possen! (replicirte die Frau) weiß es doch kein Mensche, als wir unter uns, und zum grösten Glücke ist auch eben ihr Bräutigam, Monsieur Horn, verreiset.« »Ach! macht nur, (regte die Magd an) daß ihr fort kommet, ehe es zu späte wird, und wartet ja meiner hier bey der Laterne, biß ich auch wieder zurück komme.« Hierauf gingen beyde hinaus auf die Strasse, machten die Thür hinter sich zu, und liessen die Laterne im Stalle brennend stehen. Wie mir bey dieser Geschichte zu Muthe gewesen, mag ein jeder selbst bedencken, denn es waren kaum 4. Monat, da ich meine liebste Charlotte zum ersten mahle von ferne gesehen hatte. Erstlich wolte ich bald hinter den Weibs-Bildern herlauffen, da ich aber bedachte, daß sie das Kind nur weg- jedoch nicht ums Leben bringen wolten, resolvirte mich, unter der Treppe stecken zu bleiben, um anzuhören, was diese beyden nach ihrer Zurückkunfft weiter sprechen würden. Lange durffte ich nicht warten, denn erstlich kam die [433] Frau, und noch keine halbe Stunde hernach die Magd zurück, welche, so bald sie den Stall zugeschlossen, zur Frauen sagte: »GOtt Lob u. Danck, es ist schon gefunden und aufgehoben, eine Blitz-Kröte, ein Junge, der einen Herrn mit der Fackel heim leuchtete, ward den Korb am ersten gewahr, deckte ihn auf, und machte Lerm, worauf so gleich noch 5. biß 6. Leute darzu kamen, welche es wieder warm zudeckten, biß es von den Gerichts-Personen aufgehoben und fortgetragen wurde. Nun haben wir unser Trinck-Geld redlich verdient, und ein gut Gewissen dabey behalten, unser Charlottchen aber muß hinführo doch vor Jungfer passiren, biß sie Monsieur Horn zur Frau macht. Bey mir (sagte die Frau,) soll es wohl verschwiegen bleiben, denn ich will meinen Eyd nicht brechen, den ich der Frau N. und Charlottchen geschworen habe. Und ich auch nicht, sagte die Magd;« Worauf beyde mit der Laterne nach dem Vorder-Hause zu gingen, ich aber schlich mich auch sachte fort, in das Quartier, welches ich mir in der Stadt gemiethet hatte. Folgenden Morgens war die gantze Stadt voll, daß auf dem Marckte, am Wege nach dem Spring-Brunnen zu, in vergangener Nacht ein Findel-Kind wäre aufgenommen worden, ich verwunderte mich so wohl mit darüber, als andere Leute; es kam viel unschuldiges Frauenzimmer darüber in Verdacht, allein, ich glaube, es wusten wenig Manns-Personen in der Stadt das, was ich wuste, wie ich denn auch nachhero auf eine wunderbare Art erfahren, wer [434] eigentlich Vater zu diesem Findlinge gewesen. Unterdessen war mein erster Gang auf das Schloß, um meinem Herrn von meinen Verrichtungen Rapport abzustatten, er war damit vergnügt, weiln ich aber in vergangener Nacht vor Chagrin kein Auge zugethan, zudem auf der Reise mich ziemlich strapaziret hatte, sagte der Herr gleich zu mir: Euch ist nicht wohl, man siehet es an eurer blassen Farbe; dieses machte ich mir so fort zu Nutze, gab vor, ich hätte unterwegs einen kleinen Sturtz mit dem Pferde gethan, solches zwar anfänglich nichts geachtet, aber nunmehro müste ein starckes Stechen in der Brust empfinden. Bey so gestalten Sachen befahl mir mein Herr, nach Hause zu eilen, und nicht ehe wieder auszugehen, biß ich vollkommen restituiret wäre. Demnach begab ich mich in mein Logis, legte mich zu Bette, und stellete mich würcklich kräncker, als ich war, um zur Lust abzuwarten, was meine bißherige Liebste angeben würde, zu welcher ich meinen Jungen abschickte, derselben meine kräncklichе Zurückkunfft melden und darbey vernehmen ließ, ob sie sich noch bey guten Wohlseyn befände. Die alte Frau Muhme nimmt meinen Jungen gleich auf die Seite, und spricht unter einer ängstlichen Stellung: Ach, das GOTT erbarm, mein Sohn! wir haben es leider! schon gehöret, daß euer Herr unglücklich gewesen, und mit dem Pferde gestürtzt ist; weil aber meine arme Charlotte auch seit etlichen Tagen fast todt-kranck gewesen, so halte vor das beste, daß wir ihr gar nichts darvon sagen, sondern [435] viel lieber thun, als ob euer Herr noch gar nicht wieder gekommen wäre, damit sie nicht etwa aus Schrecken wieder in die vorige Kranckheit verfällt; unterdessen wünsche ich eurem Herrn baldige Besserung, daß er sie selbst besuchen kan, und ich glaube, daß sie alsdenn alle beyde auf einmahl wieder gesund werden, wenn sie nur erstlich einander wieder gesehen haben.

So listig konte das verzweiffelte Weibes-Volck seine Streiche spielen, mich zu übertölpeln, allein, es war ein Glück, daß mich der Himmel noch zu rechter Zeit hinter solche Boßheiten kommen lassen. Indessen schwieg ich mit allem Fleisse noch eine Zeit lang stille, um der Jungfer Wöchnerin in den ersten Tagen kein Schrecken einzujagen, und sie etwa um ihre Gesundheit, oder gar um ihr keusches Leben zu bringen; die Complimenten-Träger aber gingen täglich ab und zu, und endlich empfing ich von der Madame Charlotte ein also lautendes Schreiben:

Mein allerliebster Schatz!

Heute ist mir erstlich gesagt worden, daß Ihr bereits vor 14. Tagen von der Reise zurück gekommen und unglücklich gewesen seyd. Hätte man mir solches gleich zu wissen gethan, so wäre ich bey meinen damahligen

Zustande auf der Stelle des Todes gewesen, weil, wie ihr schon überzeugt [436] *seyd, ich euch mehr liebe, als mein eigenes Leben, und glaube, daß, wenn man es recht untersucht, sich finden wird, daß ich mit euch wegen der* Sympathie, *so sich zwischen unsern Hertzen und Seelen findet, zu einer Zeit und Stunde kranck worden bin. Jedoch, da man mir itzo schmeichelt, daß Ihr halb wieder genesen, und euch schon an dem Fenster sehen lasset, stellen sich auch meine Kräffte allmählig ein, ja! wenn ich nicht von meiner Frau Muhme abgehalten würde, so wagte ich es, euch zu besuchen, es möchte mir auch gehen, wie es wolte. Jedoch, da solches nicht geschehen darff, wünsche ich desto sehnlicher eure vollkommene Genesung, damit ich, euch ehester Tages zu umarmen, das Vergnügen haben möge. Die ich mit aller beständigen Treue biß ins Grab beharre*

Eure
Charlotte - - -

Verfluchte Schlange! ists denn doch dein würcklicher Ernst, mich zu bethören? Nein, das soll nicht geschehen, sondern ich will dir bald andere Gedancken beybringen. So gedachte ich bey mir selbst, ließ aber der vor der Thür wartenden Magd sagen, daß sie, nebst meinem Compliment an ihre Jungfer, derselben melden solte, wie ich [437] ihr diesen Mittag auch schrifftlich zu antworten willens wäre. Dieses geschahe, denn ich nahm mein Schreib-Zeug, und setzte folgende Zeilen an dieselbe zur Antwort auf:

Madame!

UNd wenn ich auch ihres Geschlechts wäre, so würde mich doch nicht überzeugt wissen, daß ich, vor ohngefähr 3. Viertel-Jahren, so viel Liebes-Confect eingenommen, mit ihnen per Sympathiam zu gleicher Zeit und Stunde kranck davon zu werden, und dem Publico einen bejammerns-würdigen Fündling hinsetzen zu lassen. Jedoch ich gratulire Ihnen zur glücklichen Niederkunfft, bedaure, daß sie mich etliche Wochen daher (wo es anders wahr ist) geliebt haben, und bitte, Sie wollen sich deßfalls keine fernere Mühe geben, weil ich, ohngeacht ich Ihrer Fruchtbarkeit schon im Voraus versichert bin, dennoch einen starcken Eckel bey mir verspüre, mit einem Frauenzimmer solches Schlages ins Ehe-Bette zu steigen. Meine Kranckheit ist so gefährlich nicht gewesen, sondern ich hätte Dieselbe gleich in der ersten Stunde nach meiner Zurückkunfft, ohngeacht es schon ziemlich späte war, ohnfehlbar besucht, befürchtete aber, die Wehen zurück zu treiben, und, weil ich mit dem Amte der Hebe-Mütter [438] nicht umzugehen weiß, etwa meinen Hut einzubüssen. Demnach ist nichts übrig, als daß ich Ihnen einen frölichen Kirchgang wünsche, und den Verlöbniß-Ring, nebst andern Sachen, so Sie mir auf die Treue gegeben, zurück sende, auch was ich Ihnen dargegen gegeben, wieder abfordere, und beharre

Madame
vôtre obeissant Serviteur
P. W. Horn.

Es mochte aber doch noch zu frühzeitig gewesen seyn, dem zarten Bilde dergleichen Schrecken zu machen, denn sie hat meinen Brief kaum gelesen, als sie in Ohnmacht sinckt, so, daß die Frau Muhme und Magd viel Mühe haben, sie wieder zu sich selbst zu bringen. Diese letztere geräth in den Verdacht, als ob sie sich durch Geschencke verleiten lassen, mir das Geheimniß zu offenbahren, weil sie aber ihre Unschuld mit grausamen Eydschwüren bekräfftiget, errathen sie endlich fast die Wahrheit, wie ich nehmlich im Hause gewesen seyn, und das gantze Spiel selbst mit angehöret haben müste. Eben dieses gestund ich der alten Frau Muhme, welche noch selbigen Abends selbst auf meine Stube kam, ohne alles Bedencken gantz offenhertzig; gab derselben auch den Schlüssel zu ih-[439]rer Hinter-Thür, weil mir dieser nun nichts mehr nütze war. Ohngeacht mir aber dieselbe meine der Charlotten geschenckte Sachen, von kleinesten biß zum grösten, wieder brachte, ließ ich mich doch verlauten, daß ich wegen des vorgehabten Betrugs und bösen Streichs, den sie mir spielen wollen, meinen Hohn schon auf andere Art rächen wolte; weßwegen die Alte Himmel-hoch bath, die unglückseelige Charlotte nicht weiter zu kräncken, und vor aller Welt auf eine dreyfache Art zu prostituiren. Allein, ich stellete mich, als ob es mein würcklicher Ernst wäre, biß sie es endlich auf vielfältig wiederholtes Bitten so weit brachte, daß ich mir mit 500. Thalern das Maul stopffen ließ, und sie nicht zu beschimpffen, theuer angelobte. Hiermit hatte meine gantze Liebes-Begebenheit mit Charlotten ein Ende, ich habe sie auch niemahls wieder mit Augen gesehen, wohl aber vernommen, daß sie bald hernach weit hinweg gezogen, wegen unseres Verlöbniß aber muste es heissen, ich hätte ihr anfänglich versprochen, meinen Dienst bey Hofe zu quittiren, und ein ander Amt anzunehmen, weil mich aber dieses nachhero gereuet, und ich nicht Wort gehalten, so hätte sie auch nicht Wort halten wollen, demnach wären wir in Streit gerathen, und hätten einander den gantzen Handel aufgesagt. Alle Menschen glaubten dieses, und kein eintziges wäre auf die Gedancken gerathen, daß die von aussen so keusch, züchtig, fromm und Gottesfürchtig scheinende Charlotte ein Jungfer-Kindgen bekommen, und dasselbe wegsetzen lassen. [440]

Kaum waren mir die verdrüßlichen Grillen wegen dieser unglückseligen Liebes-Begebenheit aus dem Kopffe gekommen, als ich mich von frischen in eine 16. jährige schöne Jungfrau verliebte, die zwar von vornehmen Eltern erzeugt war, jedoch kaum 4. biß 500. Thlr. im Vermögen hatte, wiewohl mich dieses letztere gar nicht abschreckte, mit derselben eine vergnügte Ehe zu führen, indem sie sehr wohl erzogen war, und ich mich erinnerte, daß es eben nicht rathsam sey, im Heyrathen allezeit auf vieles Geld zu sehen. Allem Ansehen nach liebte sie mich recht von Hertzen, hatte aber doch einen Schalck im Nacken, denn, ohngeacht ihrer Jugend, war sie schon bemühet, sich im verbothenen Liebes-Spiel zu exerciren.

Eines Tages, da ihre Eltern verreiset waren, kam ich Mittags zu einer Stunde, da man sich meiner wohl am allerwenigsten vermuthete, in ihr Hauß, fand aber die Jungfer nicht zu Hause, sondern die Köchin sagte, sie würde ohnfehlbar zu einer benachbarten Jungfer Nähen gegangen seyn, weil sie diesen Mittag bey Tische davon geredet; ging auch gleich fort, dieselbe zu ruffen, mitlerweile ich ein wenig hinter in Garten spatzieren solte. Demnach war sonst niemand bey mir, als meiner Liebsten jüngster Bruder, ein Knabe von etwa 6. Jahren, welcher mich, weil ihn fast täglich mit Zucker-Werck, Gelde und andern Sachen beschenckte, sehr liebte. Dieser Knabe fing von freyen Stücken an: »Ich weiß es wohl besser, wo meine Schwester ist, aber ich darff es nicht sagen, gehen sie [441] nur in den Garten, sie wird bald auch hinein kommen.« Ich gab dem Knaben ein Stück Geld, und bath, er solte mir nur sagen, wo sie wäre, ich wolte ihn nicht verrathen. Hierauf eröffnete er mir in kindischen und einfältigen Vertrauen, daß sie sich mit seines Herrn Vaters Schreiber, oben in dessen Cammer geschlichen und verschlossen hätte. Das war mir genung; demnach schickte ich den Knaben fort zum Zucker-Becker, ich aber schlich, noch ehe die Köchin wieder kam, gantz leise, ohne daß ich eine Maus verstöhren mögen, hinauf vor des Schreibers Cammer, weil ich im gantzen Hause schon ziemlich Bescheid wuste. Zu meinem Glücke war ein grosses Taffel-Blat in der Ecke aufgelähnet, hinter welches ich mich steckte, und weil die Cammer nur mit

Bretern verschlagen war, alles sehr genau hören konte, was darinnen vorging. An dem vielfältigen Seufzen, Stöhnen, Aechtzen und Rasseln des Bettes, konte man leicht abnehmen, daß ein paar Personen mit einander kämpfften, endlich wurde es etwas stiller, indem beyde verschnaubten, doch bald darauf hörete ich, unter offt wiederholten Klatschen der Küsse, folgendes gantz leise Gespräch: *Er, der Schreiber:* Ach! mein allerliebstes Ließgen, ich dencke immer, es wird nun die längste Zeit mit unserer Liebe gewähret haben, wenn dich aber nun der Cammer-Diener Horn von mir gerissen hat, werden dir seine Caressen weit besser schmecken, und du wirst gar nicht mehr daran gedencken, daß ich nun bald drittehalb [442] Jahr so manches Vergnügen mit dir gehabt habe. *Sie, meine Liebste:* Liebster Schatz! wenn du mir an meinen Bräutigam, Horn, gedenckest, möchte ich allezeit bitterlich weinen. Wolte der Himmel! daß ich nicht unter der Gewalt meiner Eltern stünde, so solte nimmermehr ein anderer an meine Seite kommen, als Du, ich werde auch nimmermehr jemanden recht lieben können, als dich allein, denn die erste Liebe ist doch die hefftigste und beständigste, derowegen wird mir es mein zukünfftiger Mann nimmermehr so zu Dancke machen können, als wie du es mir nun, nicht allein seit dritthalb Jahren, sondern noch länger her gemacht hast. Weist du nicht - - - *Er:* Ich weiß es wohl, aber damahls spieleten wir nur wie die Kinder, und nunmehro, da wir kaum recht klug geworden sind, werden wir auf ewig von einander gerissen. *Sie:* Das will ich nicht hoffen, mein Engel, bedencke doch: mein künfftiger Mann wird manchen Tag und manche liebe Nacht nicht zu Hause seyn, indem er bey seiner itzigen Bedienung auch gar öffters auf etliche Wochen verreisen muß, ich verspreche dir mit Hand und Hertzen, dich bey solcher schönen Gelegenheit, allezeit heimlich zu mir und dir manchen schönen Thaler zukommen zu lassen. Das 20. Ducaten-Stücke aber, welches mir Horn geschenckt, und ich dir heute wieder geschenckt habe, must du ja behutsam verwechseln, damit es nicht offenbar wird. Laß dir gegen meine Hochzeit ein neues Kleid und andere schöne Sachen darvor machen, damit ich an meinem trauri-[443]gen Ehren-Tage nur meine Freude an dir sehen kan. *Er:* Das soll alles geschehen, aber auch das würde meine gröste Freude auf der Welt seyn, wenn du mir erlaubtest, deinem Horne in Geheim Hörner aufzusetzen, denn weil ich dem Kerle deinetwegen so gramm bin, als dem - - - so könte ich mich nicht besser, als auf solche Art, an ihm rächen. *Sie:* Was ich dir versprochen habe, will ich redlich halten, unterdessen haben wir in diesen Hause nur noch 5. Wochen Zeit, mit einander zu spielen, aber spiele mir ja nicht grob, damit - - - *Er:* Ach! das weist du ja schon, mein Hertzens-Engel, daß ich redlich bin, komm, ich will dir noch eine Probe davon geben: *Sie:* Ach! du kanst ja wohl nicht mehr - trincken: *Er:* Das will ich dir zeigen, mein Schatz! und zwar auf Mons. Horns Ungesundheit.

Hiermit muste der Liebes-Becher von frischen herhalten, und es ist leicht zu erachten, daß ich nicht allein dieser, sondern auch der angehörten empfindlichen Reden wegen zwar vielen Gifft eingeschlungen, aber doch, weil noch immer stille dabey gestanden, eine ungemeine Contenençe gehabt haben müsse. Allein selbige, so wohl als das Vergnügen der Verliebten, wurde von der Köchin gestöhret, indem dieselbe ihrer Jungfer mit vollem Halse rufte, weßwegen selbige eiligst auf- und unter diesen Worten aus der Cammer sprung: Daß dir der Hencker in den Rachen führe, was gilts, der verfluchte Horn wird gekommen seyn, mein Engel, bleib ja oben, damit niemand merckt, daß [444] du zu Hause bist, ich will meine Dinge schon machen. Der Schreiber versprach, Gehorsam zu leisten, unarmete und küssete sie noch recht veste vor der Cammer-Thür, so, daß beyde gantz blind und ausser sich selbst zu seyn schienen. Indem sprang ich hervor, und sagte: Mademoiselle! sie können nur hier bleiben, denn Horn wird sie nicht ferner in ihren Liebes-Vergnügen stöhren; aber, mein Freund! (redete ich den Schreiber an) ehe ihr mir die zugedachten Hörner aufsetzet, muß ich euch erstlich etliche selbst wachsend machen. Unter diesen Worten schlug ich ihn etliche mahl mit dem Spanischen-Rohre über den Kopff, der Kerl aber, welcher doch vor 2. Pfennige Courage im Leibe haben mochte, holete seinen annoch gantz neuen Degen, und ging damit auf mich loß, hieb mir auch einen Aufschlag vom Rocke herunter; allein, auf meinem ersten Hieb, blieb ihm die rechte Hand nur an einer eintzigen

Flechse hangen, weßwegen er sich dieselbe wenig Tage hernach muste ablösen lassen. Meine Jungfer Braut hatte sich unsichtbar gemacht, also ging ich auch nach Hause, schrieb die gantze Speciem facti auf, und schickte selbige, am dritten Tage dem zurück gekommenen Herrn Schwieger-Vater, vel quasi, zu; Bedanckte mich auch dabey gantz freundlich vor seine Jungfer scil. Tochter. Der Mann war redlich, bejammerte sein Unglück und meinen Chagrin, ersetzte mir alles, was ich der Tochter geschenckt, und bath inständig, nicht um ihrent- sondern um seiner Renommée wegen, diese Sache nicht weiter kundbar zu machen. [445] Wie ich nun ein würckliches Mitleyden, wegen seiner ungerathenen Tochter, mit ihm hatte, so versprach ihm, reinen Mund zu halten, und erfuhr von ihm selbst, daß er dieselbe bald hernach an einen solchen Ort gebracht, wo sie so gut, als in einem Spinn-Hause, verwahrt war; der Schreiber aber hatte sich, noch eh er völlig curirt, auf und darvon gemacht.

Nunmehro, hätte man dencken sollen, müste mir der Appetit zum Heyrathen ziemlich vergangen seyn, und es war mir auch würcklich fast so zu Muthe; aber ich fiel aufs neue in das Netz der Liebe, und zwar bey einer 34. jährigen wohl gebildeten Wittbe, deren erster Mann ein vornehmer Bürger gewesen war: Sie hatte kein Kind, mehr als 12000. Thlr. werth im Vermögen, und sich vor 4. Jahren mit einem Gelehrten wiederum versprochen, den ich Bambo nennen will. Es hatte aber dieser Bambo verschiedene liederliche Streiche angefangen, und unter andern eine Magd zur Frau gemacht, welches ihm zwar niemand nachsagen durffte, allein, besagte Wittbe hatte dieserwegen einen Eckel vor seine Person geschöpfft, und wegen annulirung ihres Verlöbniß schon einige Zeit mit ihm im Processe gelegen, weßwegen sie sich einsmahls auf einem Ehren-Gelacke, da ich sie vor andern bürgerlichen Frauenzimmer besonders bediente, an mich addressirte, und versprach, daß, wenn ich es dahin bringen könte, daß der Landes-Herr in ihrer Process-Sache, ihr zum Vortheil, einen [446] Macht-Spruch thäte, und sie von dem liederlichen Bambo absolvirte, sie 200. Thlr. ad pias causas und mir 200. Thlr. Discretion geben wolte. Ich stellete ihr vor, wie mir nicht bange wäre, den Macht-Spruch zu ihrem Vergnügen auszuwürcken, allein, die mir zugedachten 200. Thlr. könte sie ersparen, wenn sie mich nehmlich an des Bambo Stelle zu ihrem Schatze erwählen wolte. Sie warff solchen meinen manierlichen Liebes-Antrag eben nicht weit von sich, und gab zur Resolution: ich solte nur erstlich die Haupt-Sache ausmachen, wenn es sodann mein Ernst bliebe, sie zu heyrathen, und sie mir nicht etwa schon zu alt oder sonsten zu schlecht wäre, würde sich alles bald schicken können. Demnach ging ich an meinen Herrn, und brachte dieser Wittbe Affaire sehr plausible vor, da nun Derselbe merckte, daß mir selbst daran gelegen wäre, und mein Wohlstand dadurch auf vesten Fuß gesetzt werden könte, erhielt die Wittbe, was sie verlangte, both mir zwar die 200. Thlr. an, weil ich mich aber dieselben zu nehmen weigerte, sondern ihre eigene Person im rechten Ernst verlangte, erlaubte sie mir, als ihren neuen Freyer, den täglichen Zutritt, und wir wurden in weniger Zeit dergestalt bekandt mit einander, daß es nur an mir fehlete, noch vor der Copulation würckliche Ehe-Leute zu seyn. Weil wir aber wegen der bevorstehenden Fasten-Zeit selbige biß nach Ostern verschieben musten, so redete ich inzwischen von einem ordentlichen Verlöbnisse, denn mir war [447] bange, daß etwa ein reicherer als ich, kommen, und mich ausstechen möchte; allein, sie gab zur Antwort: Mein Schatz! wir sind ja beyde nun schon verlobt, und wo das nicht genung ist, so können wir uns alle Tage und Nächte so vest, als wir wollen, verknüpffen und verloben; was wollen wir den Leuten ein Maul-Gesperre machen? Laß uns doch lieber Hochzeit und Verlöbniß zusammen machen. Ich muste also damit zufrieden seyn, und, ohngeachtet, daß ich wohl merckte, daß sie bey ihren itzigen Jahren dennoch sehr geil und wollüstig wäre, indem sie mir den Haupt-Genuß der Liebe fast immerdar entgegen trug, und gantz betrübt wurde, wenn ich nicht anbeissen wolte, so schrieb ich es doch dem zu, daß sie vielleicht an meiner Person etwas Liebens-würdigers gefunden, als an dem Bambo und andern Freyern. Unterdessen war ich bemühet, ihre Brunst mit freundlichen moralischen Worten zu stillen, womit ihr aber so wenig, als mir, mit der Unzucht gedienet war, denn weil ich biß dahin meine Keuschheit rein erhalten, und kein Frauenzimmer auf der Welt in Unehren berühret hatte, so war ich auch nunmehro desto eigensinniger, und wolte vor Priesterlicher Copulation nicht auf der Hochzeit schmausen. Unter der Zeit merckt Bambo, wie die Kreite bey Hofe, wegen der Witt-Frau, meiner und seiner, geschrieben hat, stößt derowegen die schimpfflichsten Reden in einer honetten Compagnie gegen mich aus, und da ich ihn deßwegen be-[448]sprechen ließ, forderte er mich des dritten Tages, mit einem blancken Degen auf die Gräntze, um ihme, (wie er gesprochen) vor die, an ihm begangene Filouterie Satisfaction zu geben. Ich war gleich parat darzu, weiln es aber, bekandter massen, bey Hofe entsetzlich viel Posten-Träger giebt, war dieses bevorstehende Duell so gleich Brüh-siedend-heiß meinem Herrn zu Ohren gebracht worden, welcher mir bey seiner Ungnade verboth, dem Bambo vor der Klinge zu stehen, hergegen befahl er mir, gleich Augenblicklich eine Reise in Geld-Affairen nach F. anzutreten, und nicht eher wieder zu kommen, biß ich alles, was in meiner schrifftlichen Instruction stünde, ausgerichtet hätte, und mitbringen könte. Bey so gestalten Sachen würde mich nun ein jeder vernünfftiger Mensch leichtlich excusirt gehalten haben, wenn ich dem Bambo nicht gekommen wäre; doch ich war toll, und vermeynte, meine gantze Ehre und Renommée würde caducirt werden, wenn ich demselben mein Versprechen nicht hielte, und weil ich ohnedem auf den Fecht-Bödens in Franckreich und Italien, auch sonsten aus der würcklichen und ernsthafften Erfahrung so viel gelernt zu haben gläubte, diesen prahlhafften Eisenfresser behörige Abfertigung zu geben, ritte ich, ohne von meiner Liebsten Abschied zu nehmen, (weil mir selbiges expresse verbothen war) mit einem zugegebenen Reut-Knechte, nach Westen zu, wendete mich aber bald gegen Norden, nach der Gräntze und Orte, wo mich Bam-[449]bo hin bestellet hatte, traf denselben zu gesetzter Zeit an, und fertigte ihn mit einer gewaltigen Blessur in seinen rechten Arm hurtig ab, setzte hierauf meine Reise recht vergnügt und eiligst nach F. fort. Mein Herr hatte mir so viel Arbeit aufgegeben, daß ich erstlich in der 8ten Woche wieder zurück kommen konte. An statt nun meinen Rapport bey dem Herrn selbst abzustatten, wurde ich an den Ober-Hofmeister verwiesen, welches mir gleich bedencklich fiel, jedoch ich gehorsamete, legte meine Rechnung ab, überlieferte alles mitgebrachte Gut, und erhielt das Lob von Demselben, daß ich meine Sachen wohl ausgerichtet hätte. Dem allen ohngeacht, (sagte der Ober-Hofmeister letztlich) haben mein Herr dennoch eine Ungnade auf ihn geworffen, indem er, Dero expressen Befehle zuwider, sich dennoch mit dem liederlichen Bambo in ein Duell eingelassen, lassen ihme derowegen itzo durch mich auf 4. Wochen den Hof verbiethen, binnen welcher Zeit sich mein Herr seinetwegen weiter resolviren werden. Ich machte, ohne eintziges Wort zu sagen, ein tieffes Compliment, und ging in mein Logis, wolte auch selbigen Abend noch meine Liebste besuchen, allein, sie war nicht zu Hause, oder ließ sich verläugnen. Hergegen kam ein guter Freund zu mir, und erzählete solche Sachen, worüber ich Maul und Nase aufsperrete. Mein Freund! (sprach er:) eure so genannte Liebste ist ein wunderlich Weib, ihr waret kaum 8. oder 10. Tage weg, so ließ sie den Bambo holen, ihm eine eigene Stube in ihrem Hause zu-[450]rechte machen, und denselben vor ihr Geld, an der Blessur, die ihr ihm beygebracht, völlig curiren. Ich (fuhr dieser mein Freund fort) kam eines Tages zu ihr, und fragte, was denn wohl ihr Liebster, Mons. Horn, darzu sagen würde, daß sie den Bambo so wohl aufgenommen hätte? Ey! gab sie mir zur Antwort, was gehet mich Horn an, er hat nicht einmahl Abschied von mir genommen, ehe er von hier weggereiset ist, ausserdem habe ich an ihm gemerckt, daß er zwar mein Geld und Gut, aber meine Person nicht æstimirt, denn er hat sich allezeit bey mir aufgeführt, nicht als ein Liebhaber, sondern als ein verschnippelter Stroh-Mann. Verlöbniß habe ich niemahls mit ihm gehalten, darum kan er mir auch nichts anhaben, es wäre denn, daß ich ihm die ehemahls versprochenen 200. Thlr. geben müste, die kan er vielleicht kriegen, wenn er höflich ist, und weiter nichts. Bambo liebt mich doch als eine rechtschaffene Manns-Person, nicht allein um mein Gutes, sondern um der Person willen, ist er gleich ein bißgen liederlich, so caressirt er mich doch recht eiffrig; er muß viel verthun, ehe er meine jährlichen Interessen verthut, und kan sich auch wohl noch ändern, wenn ich ihm gute Worte gebe. Uber alles dieses hätte ich mir doch ein schwer Gewissen machen müssen, wenn ich ihn verlassen hätte, da ich mich einmahl ehrlich, redlich und christlich mit ihm verlobt gehabt; es haben böse Leute zwischen uns gesteckt, nunmehro aber, da ich erfahren, daß er sein Blut aus Liebe vergossen, und sich mit dem Cammer-Diener [451] Horn meinetwegen auf Leib und Leben geschlagen hat, habe ich ihn noch tausend mahl lieber, als sonsten. &c. &c.

So viel waren ohngefähr der Worte, welche mir mein guter Freund aus dem Munde meiner vermeyntlichen Liebste erzählete. Ich gab ihm zur Antwort: Gantz wohl, das geile Weib mag sich mit ihrem liederlichen Bambo divertiren, wie sie will, aber die 200. Thlr. will ich par tout haben. Die will ich euch (versetzte mein Freund,) morgen schaffen, wenn ihr versprechen wollet, an dieser Frau weiter nichts zu fordern. Ich ging den Handel ein, und bekam gleich Tages darauf bemeldte 200. Thlr. worgegen ich schrifftlich quittirte, und mich obligirte, an dieser Frauen Person und Gütern fernerhin nichts zu fordern. Um aber meine Verachtung gegen dieselbe zu bezeigen, schenckte ich die 200. Thlr. ins Hospital, zu desto besserer Verpflegung der alten Weiber, welches ihr, wie ich vernommen, am meisten verdrossen hatte.

Unterdessen ward es Stadt-kündig, daß ich bey Hofe in Ungnade gefallen wäre, worüber sich wohl niemand mehr als Bambo freuete, in allen Compagnien aufs schändlichste von mir redete, mich aus seiner Frauen Munde nur einen verschnippelten Stroh-Mann nennete, sich damit breit machte, daß er mich bey der Frauen ausgestochen, und dennoch den Platz behalten, zwar gestehen müste, daß ich ihme einmahl eine Blessur angebracht, doch wünschte: daß er mich nur noch ein eintzig mahl vor der Klinge haben möchte, um seinen Hohn [452] nachdrücklich zu rächen. Diese und dergleichen Reden führete er so lange, biß ich endlich einmahl ohngefähr darzu kam, und ihm ein paar tüchtige Maulschellen gab, weßwegen er mich, weil er den Degen daselbst nicht ziehen durffte, und mit der Faust wenig Ehre einzulegen glaubte, zum andern mahle auf den vorigen Tummel-Platz forderte, es solte gleich, wie vorhero, auf den 3ten Tag geschehen, allein, ich ließ ihm sagen: Ein solcher Bärenheuter, wie er, müste wohl biß den 9ten Tag auf Satisfaction warten. Mittlerweile waren meine 4. Straf-Wochen biß auf wenig Tage verflossen; weßwegen mich der Ober-Hofmeister zu sich ruffen ließ, und mir unter den Fuß gab, bey dem Herrn, in einem unterthänigsten Memorial, um gäntzliche Vergebung meines begangenen Fehlers anzuhalten. Ohngeacht ich nun dieses baldigst zu thun versprach, so wolte doch vorhero den Bambo erstlich noch einmahl abfertigen; da mir aber das Hertze im voraus sagte: daß dieses Duell nicht so mager als das vorige abgehen würde, schaffte ich, ausser den meisten und besten Sachen, so ich nicht bey mir führen konte, das übrige an sichern Ort, verließ mein Logis guten Theils ledig, that, als ob ich mit meinem Jungen Spatziren reuten wolte, kam aber am 9ten Tage früh Morgens mit dem Bambo auf dem erwähnten Gräntz-

Platze zusammen, fand ihn nebst seinem Secundanten in guter Verfassung, weil aber ich keinen Secundanten bey mir hatte, muste jener angeloben, auf 20. Schritte von uns zu bleiben, oder gewärtig zu seyn, daß [453] ihn mein so genandter Junge, der schon ein Pursche von 21. Jahren war, mit den parat haltenden Pistolen auf den Kopff schösse. Jedoch der Secundant war ein ehrlicher Kerl, und hielt sein Wort, hergegen ging mir Bambo, der eine gar zu starcke Dosin von Courage-Wasser oder Fusel zu sich genommen haben mochte, gantz desperat zu Leibe, ich parirte nur, und ließ ihn recht müde werden, er verlangte Ruhe, ich gönnete sie ihm, mit der Warnung, nicht so desperat zu thun, widrigenfals ich nicht darvor könte, wenn er bey seinen öfftern Bloßgeben an statt des Arms einen Stoß in die Brust bekäme. Allein, er sagte mit einer hönischen Mine: Es hat mich Zeit-Lebens noch kein Hunds - - mit der Klinge auf die Brust gestossen. Das war genung gesagt, bey solchen Umständen meine Galle überlauffend zu machen, weßwegen ich ihm keine fernere Ruhe gönnete, sondern gleich im ersten Gange einen Stoß unter der Wartze der Brust beybrachte, mit den Worten: Jetzt thut es ein ehrlicher Kerl zum ersten mahle. Das ist wahr, (sagte er) ich habe genung, und muß daran sterben. Er reichte mir hierauf die Hand, und bath ihm, zu vergeben, daß er mich ohnnöthiger Weise forcirt hätte, dem Secundanten trug er den Abschieds-Gruß an seine Liebste auf, mit der Expression, daß sie Schuld an seinem Tode wäre, befahl seine Seele GOTT, und verschied; ich aber setzte mich zu Pferde, und ritt mit meinem Purschen immer weiter nach abgelegenen Ländern zu, war auch nicht eher ruhig, [454] biß ich über die Holländische Gräntze kam. Jedoch, was will ich von Ruhe sagen, bey mir wolte sich gantz und gar keine Ruhe einfinden, denn es war immer, als wenn der Schatten oder Geist, des von mir erstochenen Bambo, um mich schwebte, und mich so wohl Tages als Nachts in meiner Ruhe stöhrete, ohngeacht er selbst mehr Ursach an seinem Tode war, als ich. Hätte ich, sprach ich bey mir selbst, mich nach keinem Weibe umgesehen, so könte der vergnügtesten Menschen einer auf der Welt seyn, denn ich hatte selbst feine Mittel, einen austräglichen Dienst und gnädigen Herrn, so aber bin bloß des Frauenzimmers wegen, um die beyden letztern Stück gebracht, derowegen will auch nunmehro, dieses gefährliche Geschlecht zu vermeiden, nicht mehr im Lande bleiben, sondern zu Schiffe gehen, vielleicht ist mir das Glück so günstig, daß ich einmahl ein Admiral werde. Dieses waren meine damahligen Gedancken, um aber wieder gutes Muths zu werden, nahm mir vor, die berühmtesten Städte in diesem Lande zu besehen, ließ mich ein Stück Geld nicht gereuen, sondern reisete mit meinem Diener von einer Stadt zur andern, fand vieles so mir wohl gefiel, und endlich, weil ich meine Touren mit Fleiß also eingerichtet, nahm ich den Weg nach Amsterdam, um von dannen eine Reise nach Ost-Indien zu thun. Weil ich nun sehr curieux war, und jedes Orths alles merckwürdige aufschrieb, so gingen fast 4. Wochen hin, ehe ich in dieser volckreichen und grossen Stadt herum kam. [455]

Eines Tages, da ich vor der Börse stund, und mich an diesem kostbarn Gebäude nicht satt sehen konte, zupffte mich jemand beym Ermel, und da ich mich umsahe, war es mein jüngster Bruder, über dessen Daseyn ich mich fast zu Tode verwunderte, nachhero aber von ihm erfuhr, daß er endlich seiner Frauen altes Thaler-Loch gefunden, die meisten heraus genommen, und weil er es nicht länger bey ihr ausstehen können, hierher gereiset wäre, um nach Ost-Indien zu gehen. So bald er hörete, daß eben dieses mein Vorsatz wäre, war er ungemein erfreuet, wir schossen demnach unsere Gelder zusammen, legten dieselben an taugliche Waaren, engagirten uns bey der Ost-Indischen Compagnie, und gingen als Kauff-Leute mit zu Schiffe, und nach Ost-Indien, erworben bey der ersten Reise ein ziemlich Stück Geld, allein, weil wir Brüder, uns im Handel nicht wohl vertragen konten theileten wir unsern Erwerb christlich, und schieden in Friede von einander, da denn einer nach Ost- und der andere nach West-Indien ging. Mein Bruder, welchen ich nachhero zwey mahl wieder gesprochen, war so glücklich geworden, in wenig Jahren ein eigenes Schiff und anderweitiges Vermögen zu erwerben, allein mit mir wolte es nicht fort, denn wenn mir gleich das Glück nach vieler sauren Mühe und Arbeit etwa ein ziemliches Capital zugewendet, so verlohr doch bald hier, bald dort etwas darvon, und endlich war ich auf der Retour aus West-Indien so unglücklich, alles mein Gut durch Schiff-Bruch zu verliehren, danckte [456] aber doch dem Himmel, vor meine wunderbare Lebens-Erhaltung, und war froh, daß ich nach 3. tägigen herumschwimmen in der See, von einem Spanischen Schiffe aufgenommen, und mit nach Spanien gebracht wurde. So viel Geld hatte noch in meinen Kleidern bey mir, daß ich zurück nach Holland zähren konte, allwo ich mehr nicht als 1000. Thlr. an einem sichern Orte zu suchen wuste, nahm derowegen selbige auf, und ging aufs neue nach West-Indien, allwo ich das Glück hatte, mit Mons. Wolffgangen in Bekandtschafft zu gerathen, indem wir vielen Verkehr mit einander hatten, und ich nichts bedaurete, als daß es sich schon damahls nicht schicken wolte, mit ihm in Compagnie zu reisen, indem mir sein gantzes Wesen über alle massen gefiel. Jedoch, was sich damahls nicht schicken wolte, muste sich nach der Zeit, da ich noch einmahl so unglücklich gewesen, fast um alles das Meinige zu kommen, dennoch schicken, weil ich nunmehro als ein armer Schöps, mich zu gratuliren hatte, daß ich von ihm, als ein Frey-Beuter, mit aufgenommen wurde. Er selbst, Herr Wolffgang, hatte etliche mahl allhier umständlich erzählet, wie es ihm auf der ersten Reise, so ich mit ihm that, ergangen, wie er von dem boßhafften Jean le Grand und seinem Anhange, zu derselben Zeit, da ich eben sehr kranck auf dem Schiffe darnieder lag, tractiret worden, und wie man ihn zu verderben, an diese Felsen-Insul ausgesetzt, mithin sein kostbares Gut benebst dem Schiffe abgestohlen; weß-[457]wegen ich nicht vor nöthig halte, solches zu wiederholen. Genug, der Himmel hat es ihm und den Felsenburgern zum Vergnügen mit Fleiß also geschickt; die Verräther aber bekamen ihre gerechte Straffe, indem sie, als das Schiff, ohnweit der Insul Madagascar, zerscheiterte, mit ihrem Rädelsführer dem Jean le Grand jämmerlich ersauffen musten, wiewohl auch viel Unschuldige ihr Leben darbey einbüsseten, und ich, nebst drey andern, nur allein Gelegenheit fanden, uns zu retten, auch einige Zeit hernach wiederum nach Holland, jedoch ziemlich von Gütern entblösset, zu kommen. Solchergestalt trieb mich die Noth darzu, den Quartiermeisters-Dienst auf einem Kauffarthey-Schiffe nach Batavia anzunehmen; allein, eben noch zu rechter Zeit kam mein werthester Herr Wolffgang in gutem Wohlstande und starck bemittelt wieder zum Vorscheine, weßwegen ich sogleich einen andern Quartier-Meister an meine Stelle schaffte, und mich bey dem Herrn Capitain Wolffgang engagirte, weil er mir gantz besondere Vortheile versprach, auch zu dem Ende, wie ich merckte, meine Treu und Fleiß auf verschiedene Proben setzte, die, nachdem ich sie redlich überstanden, mich bey ihm in vollkommenen Credit setzten, und solchergestalt bekam nicht geringe Hoffnung, unter dessen Commando mein Glück aufs neue zu machen. Ja das Vertrauen zu ihm, war bey mir grösser als zu meinem leiblichen Bruder, denn ohngeacht mein Bruder abermahls mit starcken Profite aus Ost-Indien zurück kam, mir, [458] nach Vernehmung meiner Unglücks-Fälle, ein gut Stück Geld und verschiedene Vortheile anboth, wenn ich mit ihm zu reisen mich resolviren wolte, so konte es doch nicht in meinen Kopff bringen, unter seinem, als meines jüngsten Bruders Commando zu stehen, ich nahm auch, ausser einigen Raritäten, keine andern Geschencke von ihm an, weil mir Herrn Wolffgangs Generositée bereits so viel an baaren Gelde und andern Dingen zugewendet, daß mich zu einer neuen Reise vollkommen hätte equippiren können. Ja eben dieser mein besonderer Wohlthäter hat mich bekandter massen in den Stand gesetzt, worinnen ich mich voritzo befinde. Ich hätte ihnen, meine Herrn, zwar eine viel weitläufftigere Beschreibung von meinen Reisen zur See machen können, allein, weil ich sehe, daß der Tag bereits zu den Fenstern herein bricht, muß ich wohl vor dieses mahl den Schluß machen, damit wir wenigstens nur noch ein paar Stunden ruhen können.

Hiermit war des Capitain Horns Lebens-Geschichts-Erzählung zum Ende, und ich nahm denselben mit in mein Logis, allwo wir, ohne seine und meine Liebste in der Ruhe zu stöhren, uns in einer besondern Cammer schlaffen legten. In folgenden Tagen wurden noch mehrere Conferentzen gehalten, und endlich beschlossen: daß der Capitain Horn dieses 1733ste Jahr noch bey uns aushalten, im Januario des 1734sten aber, von uns ab- und nochmahls nach Europa seegeln solte. [459] Er ließ sich solches endlich gefallen, und wir deliberirten inzwischen über die schrifftliche Instruction, so ihm mit auf die Reise gegeben werden solte. Die Haupt-Stücke, welche er mitzubringen und zu besorgen hatte, waren: 1.) Eine vollkommene Buch- und Kupffer-Druckerey, nebst allem Zubehör von Sachen und Personen, als nehmlich Buchdrucker, Setzer, Schrifft-Giesser, Form-Schneider, Kupfferstecher, Kupffer-Drucker und dergleichen. 2.) Verschiedene Medicamenta und Chymische Præparata. 3.) Wöllen- und Flächsen-Tuch, auch Wolle und Flachs, so annoch unverarbeitet. 4.) Noch mehr Pferde- Rind- und Schaaf-Vieh, und zwar so viel, als nur davon fortzubringen. 5.) Solte er sich an gelehrte Leute addressiren, um zu vernehmen, ob die in den Heyden-Tempel gefundenen Schrifften ausgelegt werden könten, wo nicht, die Taffeln benebst etwa ein paar Pfund Goldes bey ihnen zu lassen, und noch 10. Pfund zur Discretion vor diejenigen zum Gratial zu versprechen, welche sich bemühen wolten, das Geheimniß in diesen Schrifften auszufinden, als worzu sie biß 10. Jahr Zeit haben solten, indem wir nicht gesonnen wären, unter 10. Jahren wieder eine Fahrt nach Europa anzustellen. 6.) Wenn er, der Capitain Horn, auf den Gedanken verharrete, nach seiner glücklichen Zurückkunfft auf dieser Insul bey uns zu bleiben, müste er hauptsächlich dahin bedacht seyn, einen getreuen und redlichen Menschen in Pflicht zu nehmen, der das Schiff, nach der Wiederankunfft [460] und Ausladung allhier, nachdem es von uns mit sattsamen Proviant versorgt, so gleich mit den darauf befindlichen Personen, welche wir nicht bey uns zu haben verlangten, wieder abführen solte. &c. &c.

Die übrigen Puncte, weil sie nicht eben allzu wichtig, halte vor unnöthig zu melden, und den Lesern damit verdrüßlich zu fallen, genung, weil wir sattsame Bedenck-Zeit hatten, so vergassen wir auch, unseres Erachtens, gar nichts, was zu Verbesserung unseres Staats annoch nöthig war, verliessen uns im übrigen auf des Capitain Horns selbst eigenen guten Verstand, indem dieser gescheute Kopff binnen der Zeit, als er bey uns gewesen, sich bereits manche Marque in seine Schreib-Taffel gemacht, woran es uns nehmlich in diesen und jenen Stücken noch fehlete.

Unterdessen lieff uns die Zeit, ich weiß nicht wie, geschwind unter den Händen weg, weßwegen gleich nach Martini Anstalt gemacht wurde, des Capitain Horns Schiff mit Rosinen, Reiß und andern Felsenburgischen Früchten, auch überflüßigen Lebens-Mitteln zu beladen, seine Leute, ingleichen die Portugiesen bekamen einer wie der andere, von Häupten biß zum Füssen gedoppelte neue Montur, nebst 6. Anzügen weisser Wäsche und andern Bedürffnissen, ausser ihrem ordentlichen Lohne aber, ein jeglicher 3. Pfund gediegenes Goldes, und die Officiers 4. Pfund, welches mancher wohl nicht erworben, wenn er gleich als Matrose binnen der Zeit in Ost-Indien oder auf der [461] See herum geschwermet hätte. Anbey wurde ihnen gesagt, daß, wenn sie sich auf der Fahrt nach Europa wohl hielten, der Capitain Horn ihnen sodann die eingeladenen Rosinen und Reiß Preiß geben würde. Alle diese Leute waren wohl zufrieden, und hielten nach hertzlicher Dancksagung ein Freuden-Fest. Die Fässer und Kisten, worinnen die kostbarsten Sachen, zu Bestreitung aller Kosten vor den Capitain Horn, eingepackt waren, stunden auch schon parat, solten aber nicht ehe als biß auf die letzte eingeschifft werden. In Summa, es war vor den Christ-Feyertagen zu des Capitains Abreise alles in vollkommen fertigen Stande, so, daß wir die nach einander folgenden Fest-Tage andächtig und vergnügt hinbringen konten, wie denn auch den Klein-Felsenburgern ein Priester hinüber geschickt wurde, um ihnen bey dieser heiligen Zeit das Wort GOttes zu predigen, und den darunter befindlichen Evangelischen das Heilige Abendmahl zu reichen. Sonderlich liessen sich in der Neu-Jahrs-Nacht die Stücken, Paucken und Trompeten tapffer hören, und Montags und Dienstags drauf, als den 4ten und 5ten Januarii, wurden auf dem grünen Taffel-Platze vor alle Insulaner, zum Abschieds-Schmause des Capitains Horn, ein herrliches Tractament gegeben, bey welchen er, von allen insgesammt Abschied nahm, und von den auf der Insul befindlichen Europäern mit vielen Briefen und Paqueten beschweret wurde, um selbige an ihre in Europa befindlichen Freunde mitzuneh-[462]men, welches er gern und willig zu thun versprach, und 2. Kisten damit anzufüllen hatte. Weiln er nun den 7. Jan. in Person zu Schiffe zu gehen und abzuseegeln gesonnen war, auch darzu alles veranstaltet hatte, so nahm er Tags vorhero von seiner Liebste, dem Alt-Vater, Aeltesten und andern speciellesten Freunden, bey mir aber zuletzt Abschied, weil verabredet war, ihm diese meine forgesetzte Geschichts-Beschreibung der Felsenburger, gantz auf die letzte Stunde mitzugeben. Welche ich denn hiermit beschliesse, und wohl glaube, daß sich einige finden und sagen werden, ich hätte mich bey einer Sache zu lange, bey der andern zu kurtz aufgehalten, und manches zu melden, gar vergessen; was aber das letzte anbelanget, so werden diejenigen, so ich nicht berühret, wohl von schlechter Wichtigkeit und nicht besonders merckwürdig seyn, und wegen der erstern habe es vor dißmahl nach meinem eigenen Belieben gehalten, hätte zwar eins und das andere verbessern können, indem keine Sache so gut, daß sie nicht verbessert werden könte; allein, ich kan versichern, daß auch andere wichtigere Geschäffte mir nicht erlauben wollen, dieser Neben-Sache wegen allzu viele Zeit zu verlieren, zumahlen, da ich weder Lob, noch Danck, noch Gewinst darvor verlange. Habe ich nicht genung geschrieben, so habe ich doch etwas geschrieben, und wie müste man thun, wenn ich gar nichts von unsern Zustande geschrieben hätte? Nicht wahr, es würde deßwegen doch an Historien-Büchern kein [463] Mangel seyn? Ob hinfüro noch mehr von den Felsenburgischen Geschichten zum Vorscheine kommen möchte, daran zweiffele fast sehr, wenigstens würde es wohl unter 10. Jahren nicht geschehen, und wenn wir alle noch so lange lebten und gesund blieben; denn es dürffte vor der Zeit wohl kein Schiff von Felsenburg wiederum nach Europa abgehen. Unterdessen empfehle ich einen jeden, der diese meine Fortsetzung und vorherigen Schrifften zu lesen bekömmt, so wohl als alle andere Menschen, der Göttlichen Obhut, und verbleibe, ohngeacht ich sehr weit von Deutschland wohne, dennoch

der redliche Deutsche

Eberhard Julius.

* * *

Ein mehrers, als was bißhero gemeldet worden, habe ich, Gisander, in Mons. Eberhard Julii Manuscripto nicht gefunden, will aber dennoch kund machen, was ich dieser Geschichte wegen nachhero weiter in Erfahrung gebracht. Demnach bekam ich im Februario 1735. ein Schreiben von Herrn H. W. aus Hamburg, in [464] welchem er mich invitirte, gegen Ostern bey ihm zu seyn, weil der Capitain Horn um selbige Zeit ohnfehlbar bey ihm eintreffen, und mich gern selbst sehen und sprechen wolte. Weil ich nun versichert war, daß ich diese Reise nicht umsonst thun würde, setzte ich mich zu rechter Zeit auf die geschwinde Post, und kam 14. Tage vor Ostern in des Herrn H. W. Behausung an, welcher mich sehr wohl aufnahm, der Capitain Horn aber stellete sich erstlich 8. Tage nach Ostern ein, war sehr erfreut, mich zu sehen, und gab mir das unverdiente Lob, daß ich die zwey ersten Theile der Felsenburgischen Geschichte, welche er schon in A.* und D.* zu lesen bekommen, gantz wohl besorgt und ausgefertiget hätte, weßwegen er nunmehro, empfangener Ordre gemäß, mir nebst einem Honorario auch den *dritten und letzten Theil* einhändigen, darbey nicht zweiffeln wolte, daß ich denselben eben so wohl, als die beyden erstern, besorgen würde, doch bath er sich aus, daß ich ihm dieses des Eberhard Julii Manuscript erstlich vorlesen solte. Dieses geschahe, denn wir nahmen einige Abende hintereinander immer 3. biß 4. Stunden darzu, discurirten darzwischen, da ich denn von dem Capitain Horn vieler Dinge wegen besser verständiget wurde, endlich aber, als wir hiermit fertig, that der Capitain dem Herrn H. W. und mir folgende Erzählung: [465]

Am 7. Jan. des abgewichenen 1734sten Jahres ging ich von Felsenburg ab und zu Schiffe, fand auf selbigen alles in bester Ordnung, so, daß ich den 8. dito mit anbrechenden Tage bey gutem Winde und Wetter von dannen seegeln konte, nachdem ich mit 12. Canonen-Schüssen nochmahligen Abschied genommen, das *Glück auf die Reise!* aus ihren Canonen aber annoch hören konte, da ich schon etliche Meilen von dannen war. Noch niemahls habe ich eine geruhigere Fahrt gehabt, als dieses mahl, weil es aber zuweilen gar zu langsam ging, bin ich erstlich zu Ende des May-Monats im Texel eingelauffen. Nachdem ich nun die Portugiesen, so ich mitgeführet, bereits an dem Ufer ihres Vaterlandes ausgesetzet, versprach ich meinen Leuten alles dasjenige zu halten, was ihnen annoch in Felsenburg versprochen worden, sie musten mir aber ihren gethanen Eyd wiederholen, daß sie von allen unsern Begebenheiten in Holland nicht viel Plauderens und grosses Wesen machen wolten. Hierauf brachte ich, vermittelst einer guten Summa Geldes, alles in solche gute Ordnung und Richtigkeit, daß ich mein Volck und Bagage frey und sicher ausschiffen durffte, nahm auch mein Logis abermahls in Amsterdam bey Herrn G. v. B. welcher mich mit sehr grossen Freuden-Bezeugungen empfing. Nachdem nun das Schiffs-Volck wohl befriediget war, ließ ich alles von mir, mit der Erklärung, daß, wer von ihnen Lust hätte, noch eine Reise mit mir zu thun, [466] nach Ostern 1735. in Amsterdam bey Herrn G. v. B. oder wenn ich gegenwärtig, sich bey mir selbst melden könte; mithin behielt nur die 9. Freygelassenen zur Bedienung bey mir. Mein erstes war, daß ich mich nach meinem Bruder erkundigte und erfuhr, daß derselbe bereits auf der Retour aus West-Indien begriffen wäre, weßwegen ich ihm zu Gefallen noch so lange in Amsterdam zu bleiben beschloß, biß er sich einstellete, jedoch meine Zeit nicht müßig daselbst zubrachte, sondern immer nach gerade Anstalten machte, dasjenige anzuschaffen und wohl auszurichten, was mir committiret war. Endlich zu Ausgange des Augusti kam mein Bruder, und wuste vor Freuden nicht, was er sagen solte, daß er mich allhier frisch und gesund antraff, denn bey meiner letzten Anwesenheit in Europa war er nicht gegenwärtig, sondern ebenfalls in West-Indien gewesen. Er führete mich aufs erste in sein Logis, und entdeckte mir offenhertzig, wie glücklich er bißhero auf verschiedenen Reisen gewesen, so, daß er nunmehro ein Capital von etliche 20000. Thlr. beysammen, vor wenig Jahren aber seiner Frauen, das ihr entwendete Geld cum Interesse, einen jeden seiner Geschwister aber 1000. Thlr. durch Wechsel übermacht hätte. Nunmehro wäre er gesonnen, in Holland auf einem guten Orte sich zur Ruhe zu setzen, und von seinen Interessen zu leben, denn zu seinem alten Weibe, welches ihn so schändlich tractiret hätte, könte er sich unmöglich wieder begeben; im übrigen mey-[467]nete er, ich solte ihm nur offenhertzig sagen, womit er mir helffen und dienen könte, indem er bereit sey, auch die Helffte seines Vermögens mit mir zu theilen. Diese seine Redlichkeit und brüderliche Liebe gefiel mir ungemein von ihm, weßwegen ich ihm liebreich umarmete, und zur Antwort gab: Mein liebster Bruder! ich bin von Hertzen erfreuet, daß euch der Himmel gesegnet und mit zeitlichen Gütern vergnüget hat, aus allen Umständen, und sonderlich dem brüderlichen Anerbiethen, vermercke, daß ihr dem Geitze nicht ergeben seyd, vor meine Person aber dancke ich vor euren guten Willen, denn der Himmel hat mich seit der Zeit auch gesegnet, und ich will euch, ohne meinen geringsten Schaden, noch 2. mahl 20000. Thlr. zu den Eurigen geben, damit ihr euch, wenn ihr ja nicht wieder in unser Vaterland zu kehren gesonnen, ein feines Land-Gut erkauffen, und euer Leben darauf ruhig zubringen könnet; allein, dargegen wolte mir dieses ausbitten, daß ihr nur noch eine eintzige Reise zur See mit mir thun, und mich auch erstlich zur Ruhe bringen möchtet. Mein Bruder hörete bey Vernehmung solcher Reden hoch auf, versprach aber endlich, mir alles zu Gefallen zu thun, was ich nur von ihm verlangen und ihm möglich zu verrichten seyn würde. Es ist wohl gut, mein Bruder, sprach ich, allein, ohngeacht ihr mein leiblicher Bruder seyd, so ist mir doch, eines geleisteten theuren Eydes wegen, nicht erlaubt, euch einige sonderbare Begebenheiten zu eröffnen, es wäre denn Sache, daß ihr [468] mir ebenfalls, gewisser Puncte wegen, auf einige Zeit den Eyd der Treue und Verschwiegenheit zu præstiren, euch entschliessen köntet. Wie er sich nun dessen gegen mich, als seinen leiblichen und ältern Bruder, gar nicht weigerte, so führete ich ihn hierauf in mein Logis, allwo er nicht allein das Geheimniß, so viel als ihm nehmlich zu wissen davon nöthig war, von mir erfuhr, sondern auch meine Schätze zu sehen bekam, worüber er nicht wenig erstaunete. Ich gab ihm demnach im voraus so viel, als ich ihm versprochen hatte, schickte 15000. Thlr. par Wechsel nach Franckfurth am Mayn, welche meine 3. übrigen Geschwister daselbst heben und sich darein theilen solten, überließ diesem meinem jüngsten Bruder nebst dem Herrn G. v. B. in Amsterdam einen grossen Theil vor. Besorgung meiner Affairen, und reisete, nachdem ich auch alle mit bekommene Briefe und Paquete wohl bestellet hatte, nach D. zu dem Handels-Manne, welcher des Herrn Franz Martin Julii seiner seeligen Ehe-Frauen Bruders-Sohn war, brachte demselben von seinen Felsenburgischen Befreundten nicht allein verschiedene kostbare Geschencke, sondern auch Briefe und Siegel mit, daß ihm das Julische Hauß, Gewölbe, in Summa alles mit einander, was er ihrentwegen zu verwalten hätte, auf erb- und eigenthümlich geschenckt seyn solte. Man kan leicht erachten, daß ich, bey so gestalten Sachen, diesem jungen Manne kein unangenehmer Gast [469] gewesen seyn müsse, und gewiß, er hat sich meiner Affairen wegen viel Mühe mit Reisen und dergleichen gegeben, auch mir die Bekandtschafft vieler Grund-Gelehrten Leute zuwege gebracht, dem ohngeacht konte ich weder hier, noch da, noch dort jemand finden, der sich die auf den Taffeln befindliche Heyden-Schrifft zu lesen und zu erklären unterstund, derowegen sahe ich mich genöthiget, selbige gegen einen Revers, in den Händen eines sehr reichen und Grundgelehrten grossen Mannes zu überlassen, welcher mir, vor die zwey Pfund Goldes, so ich ihm zur Discretion gab, versprach, dieselben an die vornehmsten Societäten der Künste und Wissenschafften in Europa zu übersenden, und von Zeit zu Zeit seinen Rapport an den Kauffmann in D. ingleichen an Herrn G. v. B. in Amsterdam, und auch an Herrn H. W. in Hamburg abzustatten, weßwegen ich denn die 10. Pfund Goldes Gratial gegen einen Revers bey dem Kauffmanne in D. ließ, welcher zugleich Vollmacht bekam, den glücklichen Ausleger derselben Schrifft damit zu belohnen, die Taffeln einzulösen, und biß sie von den Felsenburgern abgefordert würden, bey sich zu behalten. Wegen der Buch- und Kupffer-Druckerey, aller dazu erforderlichen Leute und Materialien, hat, wie die letztern Briefe von Herrn G. v. B. und meinem Bruder aus Amsterdam lauten, auch schon alles seine vollkommene Richtigkeit, weßwegen ich glau-[470]be, daß an den andern geringern Sachen auch nichts versäumt seyn und ermangeln wird. Und also werde ich mich hier in Hamburg nicht lange aufhalten, sondern meine Reise nach Amsterdam beschleunigen, um was ja etwa noch fehlen möchte, vollends selbst zu besorgen, und circa Johannis-Tag, meine Heim-Reise nach Felsenburg anzustellen; denn ich werde auf meinem und meines Bruders Schiffe, eine starcke Ladung haben, wenn mich aber mein Bruder auf der Insul Klein-Felsenburg, mit allen meinen Waaren ausgesetzt, soll er, bereits genommener Abrede nach, auch die Personen, so auf meinem Schiffe gedienet, auf das Seinige nehmen, selbiges mit lauter Felsenburgischen Victualien beladen, und in GOttes Nahmen wieder zurück nach Europa fahren.

So viel hat mir der Capitain Horn von seinen Umständen eröffnet, er tractirte nachhero noch verschiedene Sachen mit dem Herrn H. W. um welche ich mich eben nicht zu bekümmern hatte, indem ich ein gutes

Honorarium vor meine Reise-Kosten und alles von ihm bekommen. Gern wäre ich mit demselben nach Amsterdam gereiset, und hätte die Schiffe und alle Anstalten selbst in Augenschein genommen, indem er mir allen Aufwand und Versäumniß gedoppelt zu bezahlen versprach, allein, ein wichtiger Umstand, den ich eben nicht melden will, ver-[471]hinderte mich an dieser Reise, die ich zu anderer Zeit, auch vor mein eigen Geld, mit Lust gethan haben würde. Demnach reisete der Capitain mit dem Herrn H. W. ohne mich, fort, der letztere aber hat mich nachhero schrifftlich berichtet, daß der Capitain, bey seiner Ankunfft in Amsterdam, alles zu seinen grösten Vergnügen in vollkommenen Stande angetroffen, und am 4. Julii des itzt lauffenden 1735sten Jahres nebst seinem Bruder mit 2. Schiffen aus dem Texel gelauffen sey. Demnach machte ich mich, wenn mir meine ordinairen Geschäffte einige müßige Stunden vergönneten, auch an die Arbeit, und brachte eben noch zu rechter Zeit

Die Felsenburgische Geschichts-Beschreibung

zu

ENDE.

Johann Gottfried Schnabel
INSEL FELSENBURG

WUNDERLICHE FATA
EINIGER SEEFAHRER
Teil IV

Wunderliche
FATA
einiger
See-Fahrer,
Vierdter Theil,
oder:
fortgesetzte
Geschichts-Beschreibung
der Felsenburger;
Worinnen nicht allein derselben jetziger Zustand seit
Alberti Julii I. Ableben biß auf heutige Zeit mit auf-
richtiger Feder gemeldet,
sondern auch eine gantz besondere und
Verwunderungs-würdige
Lebens-Geschichte
einer Persisch-Candaharischen Printzeßin
MIRZAMANDA,
Die fast ein Haupt-Stück der Felsenburgischen Geschichte
ausmacht, zugleich mit beygefüget worden:
Zuerst entworfen von
Monſ. Eberhard Julio
Curieusen Lesern aber zum vermuthlichen Gemüths-
Vergnügen ausgefertiget, auch par Commission
dem Druck übergeben
von
GISANDERN.

NORDHAUSEN,
bey Joh. Heinrich Groß, privil. Buchhändler.
Anno 1743.

Vorrede.

Festina lente!
Man muß in keinem Stück sich leichtlich übereilen;
Eil schadet öffters mehr, als klügliches Verweilen.

Geneigter Leser!

DAs hier angeführte lateinische Dicterium mögen sich, meines Erachtens, die beyden Gebrüder Hn. See-Capitains *Horn*, so wohl Sen. als Jun. zur Pa-[II^v]role, Loosungs-Worte, Feldgeschrey, wie man die Sache etwa zu nennen pflegt, oder wohl gar zu ihrem Haupt-Symbolo und Gedenck-Spruche, ehe sie noch am 4. Jul. des 1735ten Jahres von Amsterdam aus durch den Texel abgelauffen, erwehlet haben.

Ich meines Orts verdencke die beyden Herrn Brüder dieserwegen gar im geringsten nicht, denn sie konten damahls mit Freuden ausruffen:

Acti labores jucundi!
Nach glücklich wohl vollbrachten Sachen,
Kan man sich gute Stunden machen.

Sie haben es auch redlich gethan, so wie man in nachfolgenden Blättern von ihnen lesen kan. Wie lange sich aber der Capitain *Horn* Jun. auf seiner Zurück-Reise von Felsenburg, und absonderlich bey dem Gouverneur zu St. Jago verweilet, [III^r] kan ich eben so genau nicht sagen, weilen derselbe niemahls so treu und offenhertzig gegen mich gewesen, als ehedem sein Bruder, der Capitain *Horn* Sen.

Jedoch, wie ich aus gewissen Umständen vermuthen können, so mag der Aufenthalt bey seiner Braut ohngefähr ein halbes Jahr lang, auch wohl etwas drüber gewesen seyn; indem er sich bey derselben lieber *verweilen,* als *übereilen wollen.*

Dieses Vergnügen mißgönne ich ihm gantz und gar nicht, mir aber hat er damit und solchergestalt von Zeit zu Zeit öfftern nicht geringen Verdruß verursacht, indem ich schon seit 3. biß 4. Jahren daher mit mehr als 100. Briefen, um die Fortsetzung der Felsenburgischen Geschichte heraus zu schaffen, bombardiret worden; der mündlichen Attaquen zu geschweigen. Ja, ich habe mich so gar immer befürchten müssen, daß allzu ungedul-[III^V]tigen Neubegierigen mir die Fenster einwerffen, oder gar das Haus stürmen möchten, wenn ich länger damit zurück hielte; zumahlen, da zum öfftern ein falsches Gerüchte ausgesprengt worden, als ob der Capitain *Horn* bereits angekommen wäre, mithin es nur an meiner Caprice, Bequemlichkeit oder resp. Faulheit läge, diejenigen, denen etwas daran gelegen, zu vergnügen.

Wie nun aber ich in diesem Stücke meine Unschuld gantz besonders erweißlich zu machen, im Stande bin, so versichere dabey, daß mir des Capitain *Horns* überlanges Aussenbleiben zum öfftern selbst die Galle dergestalt in den Magen getrieben, so daß ich dem Apothecker vor Absorbentia, Præcipitantia und andere

Hudeleyen, womit ich mich sonsten sehr gern verschont sehen mag, manchen schönen Batzen zuwenden müssen.

Nun er aber da ist, habe ich ihm [IV^r] Seiten meiner, seine Fehler vergeben, wie er denn mir die meinigen auch vergeben, anbey vor meine Mühe und Reise-Kosten so viel zurück gelassen, daß ich gantz wohl damit zufrieden seyn kan.

Demnach hoffe, es werden meine resp. Geehrtesten Leser auch vor diesesmahl mit mir zufrieden seyn, und diesen *vierdten und letzten Theil* der Felsenburgischen Geschichte so gütig und geneigt, als die 3. vorhergegangenen auf und annehmen. Wenn mein Stilus von einem oder dem andern nicht so rein, lauter und fliessend erachtet werden solte, wie es heutiges Tages die Mode mit sich bringt, ersuche dienstfreundlich, mir vor diesesmahl in die Gelegenheit zu sehen, weilen viele beschwerliche Reisen, Unpäßlichkeiten und sonsten andere Sorten vom Verdrusse, die eilende Feder zuweilen irrig gemacht. Unterdessen hoffe doch in der Haupt-Sache ein [IV^v] völliges Genügen geleistet zu haben, worbey verspreche, das, was etwa versehen seyn möchte, so GOtt Leben und Gesundheit verleihet, in den andern Herausgaben zu verbessern. Unterdessen, da seit 2. biß 3. Jahr daher so wohl an den Herausgeber, als Verleger verschiedene Briefe, auch so gar von weit entferneten Orten eingelauffen, welche nicht selten ein starckes Porto verursachet; als werden die Herrn Patroni und Gönner der Felsenburger respective dienstfreundlich ersuchet, in

Zukunfft Dero Briefe franco einzusenden. Wormit mich
zu geneigtem Wohlwollen empfehle und beharre,

Geneigter Leser,
Dein

Raptim
 an der Wilde
den 2. Dec. 1742.

Dienstergebenster
GISANDER.

Wunderliche FATA Einiger Seefahrer. Vierdter Theil.

Geliebteste und allerwertheste Bluts- und Muths-Freunde in Europa!

Nachdem *Ihnen* ich, *Eberhard Julius*, durch den Capitain Horn versichern lassen, wo es anders möglich wäre, und die Gelegenheit etwa nicht gäntzlich benommen würde, alles, was seit meiner 3. vorhergehenden Relationen, (welche seit einigen Jahren daher, wie ich vernommen habe, in Europa im Druck erschienen, und einiges Aufsehen verursacht) auf diesen beyden Insuln *Groß- und Klein-Felsenburg* sich merckwürdiges und besonders zugetragen, aufs fördersamste und aufrichtigste zu melden; Als habe hiermit mein Wort halten wollen, in [2] guter Hoffnung, daß Uberbringer dieses, nachdem er seine Sachen wohl ausgerichtet, glücklich bey Ihnen anlangen werde.

Kaum hatte ich meinen Vorsatz unsern Regenten, *Alberto II.* den grauen Häuptern und Aeltesten, wie auch den Herrn Geistlichen und andern guten Freunden gemeldet, als ich ersucht wurde, den Anfang gegenwärtigen meines vierdten Berichts, mit folgender Addresse zu machen:

Wir, Albertus Julius der andere, der Zeit erblicher Regent, der beyden von Gott gantz besonders gesegneten Insuln, Groß- und Klein-Felsenburg, *die Aeltesten, grauen Häupter, die Ehrwürdige Geistlichkeit, welche mit mir über unser Volck regieren, entbiethen unsern geliebtesten und allerwerthesten Freunden in Europa unsern dienst-freund-brüderlichen Gruß, nebst Anwünschung alles Seelen- und Leibes-Vergnügens und Wohlergehens. Dergleichen Grüsse und Wünsche erfolgen auch von allen andern löblichen und ansehnlichen Personen beyderley Geschlechts, bis auf die Säuglinge, welche noch nicht wissen und verstehen, was vor theure und werthe Freunde sie in Europa haben, die weit vornehmer sind, als wir, denn wir schätzen uns ganz geringe und einander alle gleich, beobachten doch aber, nicht allein aus der heil. Schrifft, sondern bloß aus dem Lichte der Natur die Gebote: Ehre, dem die Ehre gebühret; Gehorsam, dem Gehorsam gebühret, und dieses um guter Ordnung we-[3]gen. Wir werden uns insgesammt ungemein erfreuen, wenn wir von unsern Abgeschickten, deren glückliche Zurückkunfft wir täglich mit grösten Verlangen erwarten, erfahren werden, daß es unsern geliebtesten und allerwerthesten Freunden in Europa noch wohl gehe, bedauren anbey diejenigen, die etwa Noth und Mangel leyden möchten, wünschen wohl aus getreuem Hertzen, Gelegenheit zu haben, Ihnen von unserm Überflusse nach Nothdurfft etwas abgeben zu können. Denn GOtt giebt uns jährlich und täglich, ja stündlich mehr, als wir werth sind und zur Leibes Nahrung und Nothdurfft gebrauchen; weßwegen solten wir also dermassen unchristlich seyn, und unsern Uberfluß den Bedürfftigen nicht gönnen, zumahlen denen, die unsere Freunde sind, und unsern Geschlechts-Nahmen führen. Wolte GOtt! es schickte sich, ein ordentliches* Commercium *mit ihnen zu stifften; Die Weite des Weges solte solches Seiten unserer nicht verhindern, vielleicht würde manchen Nothleydenden und Bedürfftigen besser gerathen seyn. Da aber dieses bey jetzigen schlimmen Zeiten und gefährlichen Welt-Händeln, wie uns berichtet worden, eher zu wünschen, als zu hoffen stehet, so können wir weiter nichts thun, als daß wir vor sie beten, und sie der guten, milden und barmhertzigen Hand GOttes des Allmächtigen empfehlen. Wir verhoffen, sie werden dergleichen auch vor* [4] *uns thun, ohngeachtet wir vorjetzo noch ziemlicher maassen in Ruhe sitzen, und von keiner besondern Bekümmernis wissen, ausgenommen, was die Sorgen anbetrifft, die wir wegen unserer Verreiseten haben.*

Wie gesagt, wir wissen (GOtt sey davor gelobt) weder von Noth, Kranckheiten, Hunger, Kummer und andern Land-Plagen zum Theil wenig, zum Theil gar nichts zu sagen, und die wohlverdienten Straffen unserer Sünden empfinden wir von dem barmhertzigen, liebreichen Vater im Himmel weit gelinder, als wir fast vermuthen könten, indem wir wissen, wie sein Zorn und seine strenge Gerechtigkeit öffters, auch über die von den Menschen unerkannten Sünden sich zu zeigen pflegt.

Nun, der Herr segne und behüte Sie und uns, wir empfehlen uns Ihnen vom grösten bis zum kleinesten, vom ältesten bis zum jüngsten zu Dero geneigten Wohlwollen und guter Freundschaft, ohngeachtet, da wir eine so entsetzliche Weite über Meer von einander wohnen. Doch den GOtt, den Sie anbeten, den beten wir allhier auch an, und verehren denselben eben so wohl, als wie Sie, wo nicht mit Ubereinstimmung aller christlichen Ceremonien, jedoch in unsern christlichen Hertzen. Also kan die Sympathie dennoch ihr Wesen und Würckung beständig zwischen Ihnen und uns ausüben.

Wir schicken Ihnen etwas weniges von [5] den Gütern und Früchten unsers Landes, welches sie nicht verschmähen, sondern sich christ-brüderlich darein theilen, vornemlich aber die Aermsten unter Ihnen nach proportion, gedoppelt oder dreyfach besorgen wollen.

Unserer geliebtesten und allerwerthesten Bluts- und Muths-Freunde in Europa verbleiben wir Felsenburger allerseits, so lange noch einer von uns lebt und Othem hat, getreue Freunde und Diener.

Gegeben auf meinem ordentlichen Wohnhause *Albertsburg* genannt, im Jahr Christi 1740. den 3. Tag des Monats Februarii. (L. S.) *Albertus Julius II.*

Unter diesem Nahmen unterschrieben sich weit mehr als 100. Personen beyderley Geschlechts, nicht allein Europäische Einkömmlinge, sondern auch eingebohrne Felsenburger.

Wir warteten demnach mit Schmertzen auf die Zurückkunfft des Cap tains Horn, als welcher uns versprochen hatte, mit zweyen Schiffen zurück zu kommen, und sein Neben-Schiff, nachdem es ausgeladen, dargegen eine andere Ladung eingenommen; so bald es uns gefällig, zurück nach Europa zu schicken, er aber wolte erlaubter und abgeredter maassen bey uns verbleiben.

Allein es stürtzten sich noch unzählige Eymer [6] Wasser aus unserer Felsenburgischen grossen See hinunter in das wilde Meer, ehe wir das Vergnügen hatten, unsern lieben Capitain Horn mit seinen beyden Schiffen wieder zu sehen. So trugen sich auch binnen der Zeit viele seltsame Begebenheiten und Wunder-Dinge zu, welche ich weiter unten, nach Möglichkeit in bester Ordnung erzählen werde.

Voritzo aber will vorerst nur so viel melden, daß, als ich eines Abends, ohngefähr um 10. Uhr auf meinem Ober-Stübgen an einem Fenster gegen Norden zu, stund, allwo ich den besondern Stand des Gestirns zu damahliger Jahrs-Zeit beobachten wolte, gewahr wurde, daß gerade in der Nord-Gegend eine schwartze dicke Wolcke aus der See, bis an den Himmel, erstlich in Gestalt einer Pyramide herauf stieg, binnen weniger Zeit aber sich dergestalt ausbreitete, daß alle Sterne bis an den Polar-

Stern, mithin die gantze Helffte des Horizonts, bedeckt und gantz und gar verdunckelt wurde. Dieses währte bis dreyviertel auf 12. Uhr, so, daß wie ich schon gesagt, die jenseitige Himmels-Gegend so schwartz als eine Kohle anzusehen war, die andere Helffte nach Süden zu, zeigte sich hergegen, klar und helle; mithin hatten wir gegen Norden zu, den allerfürchterlichsten, gegen Süden aber, den allercharmantesten Anblick, indem wir mit gröstem Vergnügen die hellglänzenden Sterne am blauen Himmel über unseren Häuptern erblickten. Wunderbar ließ es, daß der Polar-Stern gleichsam als ein Gräntz-Stein, oder Scheide-Wand, [7] zwischen Licht und Finsterniß anzusehen war. Es gieng also am Himmels-Gewölbe, zwischen Licht und Finsterniß, ein etwas dunckel grauer Strich, von Osten bis Westen hindurch, welches mit einiger Erstaunung anzusehen war.

Wir gedachten immer, die Schwärtze würde sich weiter ausbreiten, und in die Helligkeit gegen Süden zu hineindringen, mithin den gantzen Horizont schwartz machen; allein es geschah nicht; sondern die Schwärtze zog sich, da es gegen 1. Uhr kam, allmählig nach Norden zurücke, und wurde es in der Tieffe dergestalt schwartz, als ich nicht beschreiben kan. Gleich da meine Uhr ein Viertel auf 2. schlug, erblickte ich mit grössesten Entsetzen: daß sich mitten in der dicksten Finsterniß ein ordentliches Feuer-Rad, in Grösse (unserm Augenmasse nach) eines der allergrösten Mühl-Räder præsentirte, welches dergestalt schnell herum lief, als ob es durch die Kunst eines Feuerwerckers also gemacht, und mit besondern Fleisse dahin gestellet wäre.

Meine Frau, die gantz alleine bey mir war, und ich sahen dieses Wunder-Ding mit gröster Verwunderung an, indem ich aber in die andere Stube gegangen war, um nach der Uhr zu sehen, läufft sie gleichfalls davon, und wecket Mons. von Blac, nebst andern getreuen Nachbarn, welche schon im tieffsten Schlafe gelegen. Demnach kamen ihrer sehr viele herzu, da sie aber von allem dem, was vorgegangen war, nicht das geringste observirt hatten, so verwunderten sie sich um so viel desto mehr über das, was ich Ihnen in möglichster Kür-[8]tze erzählte, noch weit mehr aber über dasjenige, was sie mit ihren sichtlichen Augen vor sich sahen, nemlich das Feuer-Rad, als welches noch beständig mit der grösten Hefftigkeit um und um lief.

Meine Freunde gaben mir einen starcken Verweis, darum, daß ich sie nicht eher geweckt hätte; das gantze Wunderspiel zeitiger mit ansehen zu können; allein ich entschuldigte mich damit, daß ich nicht vermeynt, wie die Schwärtze so lange anhalten würde, vielweniger hätte mir träumen lassen, daß ein so künstliches und bewunderns-würdiges Feuer-Rad zum Vorschein kommen solte.

Wir sahen demnach dem schnellen Lauffe dieses Feuer-Rades noch etliche Minuten zu, und wurden mittlerweile gewahr, daß es zum öfftern Raqueten oder so genannte Schwärmer von sich warf, fernerhin aber sprungen fast binnen einer halben Minute jederzeit ordentlich runde Feuer-Kugeln herab, welche dem Ansehen nach, zum Theil als 12. 16. bis 24. pfündige Canonen-Kugeln zu achten waren, in die See fielen, und sich wohl eine halbe Minute lang darinnen herum tummelten, endlich aber verschwunden; ob aber bey ihrer Crepirung dieselben einen Knall von sich gegeben, kan ich so eigentlich nicht sagen, indem unsere Ohren sich auf eine so gewaltige Weite nicht eingerichtet befanden.

Nach Verlauff einer halben Stunde, kamen aus dem Feuer-Rade entsetzlich viele Feuer-Flammen in der Gestalt natürlicher Schlangen heraus gesprungen, ihre Farbe war theils grün, gelb, [9] roth, schwartz, blau und theils gesprenckelt. Diese stürtzten sich mit aller Gewalt in die See hinein, und schienen zum Theil auf einmahl zu versincken, allein wir bemerckten, daß sehr viele von ihnen wieder empor kamen, und als eine blaß röthliche Fackel, so wie in Europa die Irrwische, auf der See herum tantzten, nachhero aber, da sie mehr als 1000. Funcken von sich geworffen, in die Tieffe versuncken.

Mittlerweile warf dennoch binnen dieser Zeit das Feuer-Rad allerley Sorten von Feuer-Kugeln von sich, die sich nicht anders auffführeten, als die vorgemeldten. Ehe man sich es versahe, kam auf einmahl ein gantz Geschwader der bemeldten Feuer-Schlangen, welche ich über mehr als 1000. schätzte, aus dem Feuer-Rade heraus geflogen, sie waren, wie schon gesagt, von allerhand Farben, stürtzten sich in die See hinein, und es hatte das

Ansehen, als ob sie mit einander Krieg führeten, und sich bissen. Jedoch diese Rencontre währete nicht länger, als ohngefehr 6. Minuten, wornach sie auf einmahl plötzlich verschwanden, und zwar in einem Tempo, als wenn viele Lichter auf einmahl verlöscht werden.

Leichtlich ists zu erachten, daß man seinem Augenmaße bey einer so gewaltigen Weite nicht alzuwohl trauen kan, doch schätzte ich das Revier auf der Ober-Fläche der See, allwo sie die artigsten Täntze und Colloraturen machten, wenigstens im Umfange von 10. deutscher Meilen. Wir wurden hierüber alle in eine erstaunende Verwunderung versetzt, und wird mir erlaubt seyn zu sagen, daß [10] in der gantzen Welt schwerlich ein Printz oder andere Puissance wird anzutreffen seyn, welcher vor die, vielleicht übermäßig angewandten Kosten, dergleichen Wasser- und Feuer-Werck zu sehen bekommt; als uns die Natur vor dißmahl umsonst vorstellete, jedoch zu unserm allergrößten Schrecken.

Mittlerweile aber, wie gemeldet, die feurigen Schlangen auf der Ober-Fläche ihre Colloraturen machten, und die Feuer-Kugeln wechselsweise nach einander in die See hinein purtzelten, bemerckten wir, daß das Feuer-Rad weit feuerröther wurde, jedoch nach und nach immer enger und enger zusammen ruckte, so daß es bald hernach viel kleiner wurde, seine vorige Gestalt verlohr, sich als eine der allergrösten Bomben, und zwar mit aufgesetzten Zunder præsentirte. Wir waren sehr aufmercksam über diese Veränderung, nachdem aber etwa 4. bis

5. Minuten verlauffen, crepirte diese unsern Gemüths- und Leibes-Augen vorgelegte Bombe in einem Augenblicke, spye noch viele Feuer-Klumpen und Sterne von allerhand Farben von sich, und versunck hernach in die See, mithin hatte das gantze Feuerwerck seine Endschafft erreicht, so daß weiter nichts als eine Egyptische Finsterniß in der gantzen Gegend zu betrachten war. Indem aber gemeldte Feuer-Kugel oder Bombe crepirte, höreten unser aller Ohren nicht allein einen entsetzlichen Knall, sondern wir vermerckten auch ein erschröckliches Erdbeben, so, daß wir alle, wie wir stunden, und lagen, fast über einer Querhand hoch in die Höhe [11] gehoben und erschüttert wurden. Als ich in meine Schreib-Stube kam, fand ich das Schreibzeug, Bier-Krug und andere Dinge, so auf dem Tische stunden, umgekehrt, theils auch auf dem Boden zerbrochen liegen. Die Tabulettgen hiengen zwar noch an den Wänden, allein die meisten Gläser, Thee-Tassen und dergleichen Porcellain Zeug waren herunter gefallen und zerbrochen, bey welchen Kleinigkeiten ich mich aber nicht lange aufhielte, sondern nach der Wohnstube zu eilete, allwo ich meine liebe Frau, die in Ohnmacht gesuncken war, auf dem Bette liegend antraf; da ich aber sahe, daß viele vertraute Freunde und Freundinnen um sie herum waren, lief ich mit Mons. von Blac, nebst etlichen unserer Bedienten hinunter auf den Platz, allwo 2. Canonen stunden, die 16. pfündige Kugeln schossen, diese lösete ich in der Geschwindigkeit eine nach der andern, ehe eine

Minute verstrich, nicht etwa aus Frevel, sondern aus keiner andern Ursache, als die Einwohner herbey zu locken und ihnen vorzustellen, in was vor Gefahr und Noth wir uns befänden, und zwar einer so wohl als der andere. Vor allen Dingen muste mein Famulus aufs eiligste nach der Alberts-Burg lauffen, um dem Regenten zu rapportiren, was vorgegangen wäre, und was wir observiret hätten. Es war dieser mein Famulus ein geschickter Pursche von 18. Jahren, und richtete seine Sachen wohl aus, kam bald zurück, und referirte uns, daß auf der Alberts-Burg weder Albertus selbst, noch jemand anders, weder von der Schwärtze am Himmel, noch von [12] dem curieusen Feuerwercke das geringste gesehen, sondern sie hätten alle wohl und sanffte geschlaffen, bis sie von dem Erdbeben, welches sie eben so hefftig als wir empfunden, aufgeweckt worden.

Etwa eine Stunde nach dem Knall der zwey Canonen versammleten sich nach und nach etliche 100. Menschen beyderley Geschlechts, aus allen Pflantz-Städten, auf dem Platze bey der Kirche und am Fusse der Alberts-Burg, welche alle einstimmig aussagten: daß sie zwar das Erdbeben in eben der Gewalt verspühret hätten, als wir, allein von der Schwärtze am Himmel und dem Feuerwerck wolte niemand nichts wissen, bis endlich diejenigen abgelöseten Wächter kamen, welche in verwichener Nacht auf den höchsten Klippen in ihren Schilderhäusern, bey den Canonen Schildwacht gehalten. Diese wusten wegen der Schwärtze und des Feuerwercks alles so accurat auszusagen, als wir es mit unsern Augen gesehen hatten.

Indem wir nun hiervon mancherley Gespräche unter einander hielten, empfanden wir binnen ohngefähr 3. Minuten, 3. gewaltige Stösse vom Erdbeben und zwar dergestalt hefftig, daß sich auch die Glocken auf dem Kirch-Thurme von selbsten rühreten, und ihren Laut von sich gaben. Die allermeisten unter uns aber, sonderlich die Weiber und Kinder waren aus Schrecken zu Boden gefallen, und blieben also auch auf der Erden liegen. Ich selbst konte mich nicht halten, sondern muste gleich bey dem ersten Stose zu Boden sincken.

Noch etwa eine Stunde hernach empfanden [13] wir abermahls binnen 3. Minuten 3. heftige Stösse, so daß wir befürchteten, es würden alle Gebäude auf der gantzen Insul umgefallen seyn, allein GOtt hatte dieses Unglück gnädig verhütet, wie ich in meiner fernern Erzählung melden werde.

In solchem Zustande, nemlich auf der Erden liegend, brachten wir noch eine gute Zeitlang zu, binnen welcher Zeit sich nicht allein der Regent, sondern, wie ich sicher glaube, fast alle übrigen Einwohner der Insul, vom grösten bis zum kleinesten, bey uns als dem grössesten Hauffen, verammleten, als zu welchem sich auch die drey Herren Geistlichen verfügten.

Endlich wurde der Himmel nach und nach helle und klar, und dergestallt mit himmelblauer Farbe bemahlt, daß sich unsere erschrockenen Hertzen einiger maassen zu erhohlen schienen; mit der aufsteigenden Sonne aber begunte auch unsere Großmuth nach und nach aufzusteigen, zumahlen, da wir nichts weiter von einiger Erd-Erschütterung verspüreten. Die Seiger-Glocke ließ 9. hellklingende Schläge von sich hören, worüber wir uns ungemein erfreueten, da wir vorhero in Furchten gestanden, es würde die Uhr gäntzlich ruinirt seyn. Demnach stund unser Regent, Albertus II. welcher in Wahrheit ein würdiger Nachfolger seines sel. Vaters, Alberti I. ist, so wohl in dem, was die Gottesfurcht, als auch die politische Klugheit und andere Tugenden anbetrifft, von der Erden auf. Es that aber derselbe an uns alle, die wir um ihn wie die Schaafe herum lagen, ex tempore folgende Rede: [14]

Meine Kinder, Brüder und Freunde!

Es haben zwar von euch nur einige gesehen und gehöret, was vor besondere grosse Wunder-Zeichen in vergangener Nacht geschehen; Alle aber haben wir empfunden, was uns der Allmächtige GOtt im Himmel, durch das erstaunliche Erdbeben, vor ein grausames Schrecken eingejagt, dergleichen Erdbeben wohl, so lange die Welt gestanden, auf dieser Insul nicht geschehen seyn mag.

Mein in GOtt ruhender Vater hat mir, da ich sein ältester Sohn bin, sehr viele mal erzählet, daß er Zeit seines Aufenthalts auf dieser Insul zu verschiedenen mahlen Erderschütterungen verspüret, welche aber doch leidlich gewesen, und ich selbst, habe seit den Jahren meiner Jugend bis hierher verschiedene Erdbeben mit vielen Schrecken, Furcht und Erstaunen bemerckt; jedoch ein solches, wie es sich in verwichener Nacht empfinden lassen, noch niemahls. Es kan seyn, daß der Allmächtige GOtt diese Insul zerreissen, und in die Tieffe des Meeres versencken, mithin uns alle verderben will, und zwar um unserer Sünden willen. Wolten wir gleich sagen, wir thun wenig oder keine Sünde, 1) Wir fürchten und lieben GOtt. 2) Wir fluchen und lästern nicht so, wie man wohl höret, daß es bey andern Nationen eine gemeine Mode ist. 3) Wir heiligen den Feyertag, besuchen auch auser dem fleißig die Kirche, und gehen ordentlich zum heil. Abendmahle. 4) Wir lieben, fürchten und gehorsamen unsern Vorgesetzten, Lehrern und Eltern. 5) Man hat noch nie erhört, [15] daß auf unserer Insul eins das andere boßhaffter Weise beschädigt, verwundet oder wohl gar todt geschlagen hätte. 6) Auch ist noch nie erhört, daß unter uns, die wir alle eines Geblüts und Geschlechts sind, Unkeuschheit wäre verspüret worden. 7) Wer kan auftreten und sagen, daß diesem oder jenem etwas, auch so gar das geringste, heimlicher Weise gestohlen und entwendet worden? 8) Von Lügen, Verrathen und Affterreden gegen einander wissen wir nichts, weil wir keine Ursache darzu haben, und uns bis auf den Tod ins Hertze hinein schämen müsten, wenn, da die Lügen an Tag kämen, wir wie Butter an der Sonne bestünden. 9) Keiner unter uns begehret seines Nächsten

Hauß, Gut noch Erbe, oder sucht selbiges unter diesem oder jenem Scheine an sich zu ziehen und zu bringen, weilen ein jeder unter uns so beqvemlich lebt, als er nur immer zu leben wünschen kan, und wenn ja etwa dieses oder jenes zu Verbesserung seiner Beqvemlichkeit ermangeln solte, so sind mehr als 100. Hände und Füsse da, die ihm, ohne Belohnung zu fordern, zu Diensten stehen. 10) So hat man auch bis auf diese Stunde kein eintziges Exempel, daß das zehende Gebot GOttes, so wie es in Lutheri Catechismo ausgelegt ist, von jemanden übertreten worden; denn wir haben ja nicht die geringste Ursache darzu, weilen sich ein jeder nach seinem Appetite wohl berathen, zu dem, wenn wir auch die heil. Schrifft bey Seite legten, so könten wir doch so gut, als die blinden Heyden, die von GOtt nichts wissen, wohl erkennen, daß [16] dieses unter einer menschlichen Gesellschafft ein schändliches Laster sey. Da zumahlen unsre Herrn Geistlichen uns, den, den Heyden unbekannten GOtt, nach ihrer menschlichen Möglichkeit und durch die Krafft des heil. Geistes erleuchtete Gelehrsamkeit und Beredtsamkeit von einer Zeit zur andern bekannter machen, auch den Rath GOttes wegen unserer Seligkeit wöchentlich nicht einmahl, sondern etliche mahl vortragen.

Meine Kinder, Brüder und Freunde! was ich itzo gesagt habe, das habe ich allen auf dieser Insul lebenden menschlichen Creaturen gesagt. Ich habe nicht bloß aus meinem, sondern aus eurer aller Munde geredet, führe euch aber dieses zu Gemüthe, daß, wenn wir in Betracht des obgemeldeten sagen wolten: *Wir hätten keine Sünde,* so verführeten wir uns selbst, und die Wahrheit wäre nicht in uns. Denn alles dieses obgemeldte ist wohl gut und aller Ehren werth, aber, aber! alles dieses ist doch auch noch lange nicht hinlänglich, die Seligkeit zu erwerben, sondern es gehöret noch ein weit mehreres darzu, welches unsere Seelsorger besser und deutlicher, als ich Ungelehrter, mit meiner schwachen Zunge vortragen können. Unterdessen, da ich vor wenig Nächten, wie ich festiglich glaube, und dessen in meinem Hertzen versichert bin, einen göttlichen Traum gehabt, den ich bey nächster Gelegenheit offenbahren, und unsere Herrn Geistlichen und andere Gelehrte und kluge Leute darüber will urtheilen lassen, so hoffe, es soll vor dißmahl weiter keine Noth mit uns haben; Derowegen habt guten Muth, und lasset uns [17] beysammen bleiben, bis die Glocke 12. geschlagen hat. Wer mit Speise und Tranck nicht versorgt ist, kan in mein Hauß gehen, allwo vor uns alle gnugsamer Vorrath vorhanden ist, und sich sättigen, auch den Seinigen zur Nothdurfft, so viel er tragen kan, mit herunter bringen. Wir werden nicht sterben, sondern leben, und des HERRN Werck verkündigen, und nach überstandener Furcht und Schrecken unsern GOtt zu loben und zu preisen die gröste Ursache haben. Ich weiß es aus gewissen Umständen gantz gewiß, denn ich bin nicht allein als euer aller Vater, sondern auch als euer Prophet zu betrachten. Gebt Achtung! es wird binnen jetzo und etwa einer Viertels-Stunde sich eine gantz gelinde Erd-Erschütterung spüren lassen, aber dieserhalb erschrecket und fürchtet euch nicht, sondern heiliget GOtt den HErrn in euren Hertzen. Ist dieses vorbey, so werden wir Ruhe haben. Sagt mir, was wollen wir anders anfangen? Hätten wir auch Flügel wie Tauben und Flügel der Morgenröthe, daß wir flöhen und zusähen, wo wir etwa blieben? Ja hätten wir auch 100. Seegel-fertige Schiffe, worauf wir uns mit unsern besten Sachen einzuschiffen, und einen andern Ort unsers Aufenthalts suchen wolten? Was will das helffen? Der Hand des Allmächtigen können wir nicht entrinnen, wenn sie uns, wie ich doch nicht hoffe, verderben will. Also ist es besser, wir bleiben hier beysammen, und warten mit christlicher Geduld und Gelassenheit ab das, was der Himmel fernerweit über uns verhängt [18] hat. Unterdessen seyd so gut, und stimmet mit mir das Lied an: *Wo soll ich fliehen hin &c.*

Nachdem der Regent und wir alle dieses Lied mit gröster Hertzens-Andacht kaum ausgesungen, verspüreten wir eine kleine Erd-Erschütterung, die doch allen denen, die auf der Erden lagen, nicht anders vorkam, als ob sie gewieget würden. Es währete dieselbe kaum 5. bis 6. Minuten, worauf alles stille war.

»Nach diesem stund Albertus wieder auf, und redete mit heroischen Geiste und Munde folgendes: Nun getrost und unverzagt, meine Lieben! Der Geist des HErrn sagt es mir, daß nunmehro alles vorbey sey, solte GOtt aber dennoch ein Straf-Gericht über uns beschlossen haben;

wohlan so lasset uns lieber in die Hände des HErrn fallen, als in die Hände der Menschen.« (Worauf er mit diesen Worten zielete, will ich weiter unten melden.) Hierauf stimmete er seines Vaters auserlesenes Hertzens-Lied an: *Es woll uns GOtt genädig seyn &c.*

Nachdem wir dieses insgesammt ausgesungen, fieng die Sonne am blau-gewölckten Himmel dergestalt zu brennen an, daß wir auf dem freyen Platze nicht länger vor Hitze zu bleiben wusten, weßwegen wir uns nach schattigten Oertern umsahen, und sämmtlich nach der Alberts-Raumer Alleè spatzireten. Hierbey bewunderte ich, daß unter so vielen 100. Personen kein eintziges weder Hunger noch Durst klagte, vielweniger sich bemühen wolte nach der Alberts-Burg zu gehen, und Speise und Tranck zu holen. [19]

Wie wir uns nun in besagter Alberts-Raumer Alleè auf beyden Seiten rangirt und gelagert hatten, trat Herr Mag. Schmeltzer Sen. den ich wohl mit Recht unsern Bischoff nennen kan, auf einen etwas erhabenen kleinen Hügel, breitete seine Hände aus gen Himmel, und intonirte mit seiner penetranten Bass-Stimme diese Worte:

HErr, hilff uns, sonst versincken und verderben wir!

Hierauf antwortete das Chor der musicalischen Vocalisten, welchem es schon unterwegs vorgesagt war, also:

Da die Elenden rieffen, hörete der HErr, und half ihnen aus allen ihren Nöthen.

Auf dieses intonirte Herr Mag. Schmeltzer wieder diese Worte:

GOTT spricht: Ich bin der HERR dein GOtt, wandele für mir und sey fromm: Ruffe mich an in der Zeit der Noth, so will ich dich erretten, und du solt mich preisen.

Die Antwort des Chori Musici war diese:

Verlaß mich nicht, HErr, mein GOtt! sey nicht ferne von mir. Eile mir beyzustehen, HErr, meine Hülffe!

Hernach zog Hr. Mag. Schmeltzer seine Hand-Bibel hervor, welche er, wie ich bemerckt, beständig in seiner rechten Rock-Tasche bey sich führete, schlug dieselbe auf, und laß uns den 85. Psalm vor. Er hat mich nach der Zeit theuer versichert, daß er sich ein gantz ander Dictum aus dem Buche [20] der Weißheit erwählet gehabt, dasselbe zu erklären, und uns daraus zu trösten, allein, da er im ersten Aufschlage den 85. Psalm erblickt, habe er diesen zum Grunde seiner Rede genommen, weil ihm derselbe sehr omineus vorgekommen wäre.

Viele, so diese meine Geschichts-Beschreibung lesen, möchten vielleicht zu commode seyn, etwa die Bibel erstlich herbey bringen zu lassen, derowegen will sie dieser Mühe überheben, und den gantzen Psalm der Kinder Korah, welcher unter den Davidischen der 85ste ist, sogleich mit hersetzen, es lautet derselbe also:

H*Err, der du bist vormahls gnädig gewesen deinem Lande, und hast die Gefangenen Jacob erlöset.*

Der du die Missethat vormahls vergeben hast alle deinem Volcke, und alle ihre Sünde bedeckt, Sela!

Der du vormahls hast allen deinen Zorn aufgehaben, und dich gewendet von dem Grimme deines Zorns.

Tröste uns, GOtt, unser Heyland, und laß ab von deiner Ungnade über uns.

Wilt du denn ewiglich zürnen über uns, und deinen Zorn gehen lassen immer für und für?

Wilt du uns denn nicht wieder erqvicken, daß sich dein Volck über dir freuen möge?

HErr, erzeige uns deine Gnade, und hilff uns!

Ach! daß ich hören solte, daß GOtt der HErr redete, daß er Friede zusagte seinem [21] *Volcke, und seinen Heiligen, auf daß sie nicht auf eine Thorheit gerathen.*

Doch ist ja seine Hülffe nahe denen, die ihn fürchten, daß in unserm Lande Ehre wohne.

Daß Güte und Treue einander begegnen, Gerechtigkeit und Friede sich küssen.

Daß Treue auf der Erden wachse, und Gerechtigkeit vom Himmel schaue.

Daß uns auch der HErr Gutes thue, damit unser Land sein Gewächs gebe.

Daß Gerechtigkeit dennoch für ihm bleibe, und im Schwange gehe.

Nach Ablesung dieses Psalms, machte Hr. Mag. Schmeltzer eine weitläufftige Erzählung, der uns und unsern Vorfahren, vornehmlich auf dieser schönen fruchtbaren Insul, gantz besonders erwiesenen Gnade GOttes, ermahnete uns anbey, daß wir uns derselben Erinnerung niemahls solten aus dem Hertzen kommen lassen, auch beständig unser Vertrauen auf den allmächtigen, barmhertzigen Vater im Himmel setzen, als worzu uns die bisherigen Begebenheiten gantz besonders erweckten. Ferner, (sagte er:) daß GOtt, wie er vestiglich glaubte, laut des verlesenen Psalms seinen Gläubigen mit seiner Hülffe nahe sey, und uns also vor dißmahl noch nicht werde verderben lassen. Unterrichtete zuletzt, daß des Landes Wohlstand, der in Gottesfurcht und in Fruchtbarkeit der Erden bestünde, auch in fleißigen Vollbringen dessen, was einem jeden nach seinem Stande und Beruffe zukäme, als worein sich ein jeder [22] nächst GOtt, gutwilliger Weise selbst gesetzt, sonderlich wenn Liebe, Friede und Gerechtigkeit bey einander wohneten, gab darbey zu vernehmen, daß 1000. und mehr grosse und kleine Erd-Theile auf dieser Welt wären, worinnen die Einwohner die besondern Gnaden-Gaben GOttes nicht sattsam erkennen wolten. Letzlich überführete er uns, so zu sagen, daß wir Felsenburger vor 1000. andern die glückseligste und vergnügteste Gesellschafft wären, mithin uns auch vor allen andern Menschen distinguiren müsten, um dem Allmächtigen immer gefälliger zu werden, damit er uns nicht zerstreue oder gäntzlich verderbe, dieses aber könte nicht anders geschehen, als durch ein wahres Christenthum.

Nach vollendeten Sermon, stimmete er die Lieder an:
O Ewigkeit, du Donner-Wort &c.
Ich armer Mensch, ich armer Sünder &c.
Nimm von uns, HErr, du treuer GOtt &c.
CHriste, du Lamm GOttes &c.

Als Herr Mag. Schmeltzer noch ein kurtzes Gebet aus dem Hertzen gethan, sunge er folgende Worte ab:
> *Sey nun wieder zufrieden, meine Seele, denn der HErr thut dir Guts.*

Des musicalischen Chori Antwort erschallete also:
> *Lobe den HErrn, meine Seele! Ich will den HErrn loben, so lange ich lebe, und meinem GOtt lobsingen, so lange ich hie bin, Amen!* [23]

Zu diesen heiligen Gedancken veranlassete unsern lieben Hn. M. Schmeltzern, wie ich glaubte, der kleine Sprüh- und so genannte Sonnen-Regen, denn ohngeachtet die Sonne noch in völliger Glut stunde, und uns ihre Strahlen fast gedoppelt zuschickte, so bedünckte es uns doch, als ob uns ein angenehmer Thau erqvickte, derowegen giengen sehr viele von unserer Gesellschafft ausserhalb, und liessen sich muthwilliger Weise Pfütze-naß beregnen. Die kühlen Lüfftgen erqvickten uns, der hefftig brennenden Sonne, wie es das Ansehen hatte, zum Trotze, unterdessen kam doch dem Regenten, welcher noch nüchtern war, eine kleine Schwachheit an; Er bekannte solches selbst, sagte aber, daß ihm nicht sein eigener Hunger noch Durst plagete, sondern ihm nur des Volcks jammerte, vornemlich der unmündigen Kinder, welche ihm sehr nahe giengen.

Derowegen gaben sich so gleich 50. der stärcksten Männer und auch gleich 50. der stärcksten Weiber an, welche Erlaubnis bathen, auf die Alberts-Burg zu gehen, und Proviant zu holen. Es wurde ihnen mit gröstem

Vergnügen erlaubt, und sie kamen fast ehe man es sich vermuthen können, starck beladen wieder, indem sie Brod, Butter, Käse, geräucherte grosse Fische, Schincken, Würste, Wein, Bier, Milch und dergleichen, in Körben, Säcken und auf Hand-Tragen herbey brachten. Ausser diesen hatten sich viele Einwohner aus den nächst gelegenen Pflantz-Städten mit gröster Geschwindigkeit auf den Marsch begeben, und aus ihren Häusern die besten Victualien geholet, welche [24] sie herbey brachten; also war eine erstaunliche Menge an Speise und allerley Geträncke vorhanden, so daß wir alle, die wir beysammen theils auf der Erde lagen, theils sassen, viele Tage davon hätten leben können.

Die Aeltesten und Geschicktesten unter uns, machten sich ein Vergnügen daraus, die Lebens-Mittel hie und da unter das Volck auszutheilen. Nach gehaltener Mahlzeit schien die liebe Sonne dergestalt erqvickend und erwärmend, daß viele Appetit bekamen, unter den schattigen Bäumen eine liebliche und angenehme Mittags-Ruhe zu halten.

Da sich aber der Tag zu neigen begunte, und die Sonne vor dißmahl sich im Meer zu verbergen eilete, ließ der Regent allen und jeden Familien melden; wie er gerne sähe, wenn sich ein jedes unter sein Dach verfügte, weilen doch weiter hoffentlich nichts erschreckendes zu befürchten wäre; Allein, es wolte keine lebendige Seele vom Platze weichen, sondern sie bathen sich fast einstimmig aus, daß ihnen noch eine Beth-Stunde gehalten, und der Abend-Seegen von dem Priestern möchte gegeben werden, worauf sie vor dißmahl ihre Nacht-Ruhe unter freyen Himmel halten wolten.

Der Regent und wir alle hatten unsere Freude über diese Resolution des Volcks, der erstere aber befahl, daß etliche starcke Männer 300. Pech- und 150. Wachs-Fackeln von der Burg holen solten, welchem Befehle denn so gleich gehorsamet wurde, und die Männer kamen fast eher mit [25] den Fackeln von der Burg zurücke, als die Dämmerung anbrach, also wurden auf beyden Seiten der Alleè in gewisser Weite von einander Pech-Fackeln gepflantzt, um den Regenten, graue Häupter und übrige Personen von Distinction, die wir alle in einem ovalen Creyse sassen, brannten Wachs-Fackeln. So bald dieselben angezündet waren, trat Hr. M. Schmeltzer Jun. auf, und sunge folgende Worte ab: Psalm 40.

HErr, mein GOtt! wie groß sind deine Wunder, und deine Gedancken, die du an uns beweisest, dir ist nichts gleich. Ich will sie verkündigen, und davon sagen, wiewohl sie nicht zu zählen sind.

Hierauf antworteten die musicalischen Vocalisten:

Ps. 40, v. 14.

Laß dirs gefallen, HErr, daß du mich errettest, eile, HErr, mir zu helffen.

Nach diesem wurde der Choral gesungen:

Wär GOtt nicht mit uns diese Zeit &c.

Und Hr. M. Schmeltzer verlaß aus seiner Hand-Bibel, aus dem 6. Cap. des Propheten Jesaiä folgende Verse:

Und ich hörete die Stimme des HErrn, daß er sprach: Wen soll ich senden? Wer will unser Bothe seyn? Ich aber sprach: Hie bin ich, sende mich. Und er sprach: Gehe hin, und sprich zu diesem Volcke: Hörets, und verstehets nicht, sehets, und merckets nicht. Verstocke das Hertz dieses Volcks, und laß ihre Ohren dicke seyn, und blende ihre Augen, daß sie nicht sehen mit ihren [26] *Augen, noch hören mit ihren Ohren, noch verstehen mit ihren Hertzen, und sich bekehren. Ich aber sprach: HErr, wie lange? Er sprach: bis daß die Städte wüste werden, ihre Einwohner und Häuser ohne Leute, und das Feld gantz wüste liege. Denn der HErr wird die Leute ferne wegthun, daß das Land sehr verlassen wird. Doch soll noch das zehende Theil darinnen übrig bleiben, denn es wird weggeführet und verheeret werden, wie eine Eiche und Linde, welche den Stamm haben, obwohl die Blätter abgestossen werden. Ein heiliger Saame wird solcher Stamm seyn.*

Ich muß bey dieser Gelegenheit melden, daß Hr. M. Schmeltzer Jun. im Lehren und Predigen weit eifferiger und hitziger ist, als sein Hr. Bruder, und Hr. Herrmann, welche letztern beyde alles mit Sanfftmuth, Leutseligkeit und Gelassenheit vortragen. Jener aber pocht und dringet gemeiniglich mit Gewalt und durchaus auf wahre Busse und Glauben an Christum. Er straffet auch die allergeringsten Fehler und Verbrechen, die unter uns vorgehen, aufs allerschärffste, inmittelst kan man nicht müde werden ihm zu zuhören, weilen er mit seiner etwas lispelnden Zunge 100. Worte vor eines vorzubringen weiß.

Vor dieses mahl stellete er uns mit Centner schweren Worten vor: *Ein unbußfertiges, und den Christen höchst schädliches Leben,* als worauf endlich dem Texte nach die gäntzliche Verstockung und Verstossung durch das ge-[27]rechte Gerichte GOttes erfolgte. Dieses that er anfänglich mit grösten Eiffer, hernach aber gab er mit mehrerer Sanfftmuth und Leutseligkeit zu vernehmen: wie GOtt der HErr dennoch immer unter denen bösen und unartigen Welt-Kindern seine Heiligen und Auserwählten hätte, führete dabey nicht nur verschiedene Exempel aus der Heil. Schrifft, sondern auch aus der Ecclesiastischen und Politischen Historie, nachheriger Zeiten an, beschloß endlich seinen Sermon mit diesen Worten: daß, wo wir nicht erleben wolten, daß es uns eben so, wie den unartigen Kindern Israel und Juda ergehen solte, wir in beständiger Bußfertigkeit leben müsten, als welches allein das beste Mittel sey, dem erzürnten, gerechten GOtte in die Arme zu fallen, und die Straf-Ruthe aus seiner Hand zu winden &c.

Hierauf that er ein andächtig Gebeth aus dem Hertzen, und stimmete den Choral an:

GOtt, man lobt dich in der Stille &c.

und nachdem noch einige Abend-Lieder gesungen waren, legte sich ein jeder, so wie er in seiner Kleidung war, im Grase zur Ruhe. Der Regent aber, die grauen Häupter, die Herrn Geistlichen, und andere mehr,

welche das Regiments-Ruder mit führen halffen, blieben
noch munter und berathschlagten: ob es nicht löblich,
christlich und billig wäre, wenn wir, da doch nunmehro
aller Sturm und Schrecken vorbey, gleich morgendes
Tages ein solennes Danck-Fest in unserem GOttes-
Hause anstelleten; Allein, ein und anderer Ursachen wegen wurde beliebt, dieses solenne [28] Danck-Fest bis
auf nächst-künfftigen Sonntag zu verschieben.

Früh Morgens, so bald die hellglänzende Sonne
unsern Horizont bestrahlete, liessen sich etwas von ferne
2. Trompeter mit ihren Trompeten hören, welche alle
7. Verse des Chorals: *Aus meines Hertzens-Grunde &c.*
ausbliesen, und damit Groß und Klein aus dem Schlaffe
erweckten. Wie nun alles munter und wach war, trat Hr.
Herrmann auf, und intonirte folgendes:

*Israel, hoffe auf den HErrn, denn bey dem HErrn ist
die Gnade und viel Erlösung bey ihm.*

Hierauf antwortete das musicaische Chor:

Und er wird Israel erlösen aus allen seinen Sünden.

Nachdem das Morgen-Gebeth von Hn. Herrmann vor-
gesprochen worden, wurde das Lied gesungen:

Aus meines Hertzens-Grunde &c.

Sodann hielt er einen ungemein erbaulichen Sermon
über den 125. Psalm, welcher also lautet:

*Die auf den HErrn hoffen, werden nicht fallen, son-
dern ewig bleiben, wie der Berg Zion.*

*Um Jerusalem her sind Berge, und der HErr ist um
sein Volck her, von nun an bis in Ewigkeit.*

Er applicirte diesen Psalm auf eine ungemein tröstliche, liebreiche und lebhaffte Art, auf unsere Gegend und Umstände, wuste dabey zu sagen: wie GOtt seine Gläubigen in ihrer Hoffnung [29] nicht fallen liesse, oder zugäbe, daß sie darinnen betrogen würden, sondern ohngeachtet aller gefährlichen Umstände und Irrwege sie dennoch endlich erlangten, was sie geglaubt, und im Vertrauen auf ihn gehoffet hätten.

Nach vollendetem GOttesdienste wurde dem sämmtl. Volcke beym Frühstück angedeutet, daß sie alle vom Grösten bis zum Kleinesten, auf den nächstkünfftigen Sonntag, so bald der dritte Canonen-Schuß von der Burg geschehen, sich in unserm GOttes-Hause einfinden möchten, weilen ein solennes Danck-Fest solte gehalten werden; Vorjetzo aber könte ein jedes, ohne Furcht und Zaghafftigkeit, sondern in guter Zuversicht, Hoffnung und Vertrauen auf GOtt, seine Wohnung suchen, und die gewöhnliche Arbeit nach Vermögen verrichten, weilen allem Ansehen nach, keine fernere Gefahr mehr zu besorgen wäre &c.

Also sahe man nach Verlauf einer Stunde, wie sich das Volck aus einander und in verschiedene Hauffen oder Corps zertheilete, die nach ihren Pflantz-Städten und Wohnungen zu spatzireten. Den Regenten convoyirten wir übrigen auf seine Burg, und liessen ihn daselbst in Gesellschafft der grauen Häupter und der Hrn. Geistlichen. Unserer einige aber, die am curieusesten waren zu besichtigen, was doch wohl durch das Erdbeben auf der gantzen Insul vor Schaden verursacht worden, beredeten uns unter einander, daß eine Parthie Rechts, die andere aber Lincks um die Burg patrouilliren, die Pflantz-Städte visitiren, und alles aufs genaueste anmercken solte, [30] am dritten Tage wolten wir insgesammt einander auf der Alberts-Burg wieder antreffen.

Dieses wurde vollbracht, und am dritten Tage rapportirten wir dem Regenten, grauen Häuptern, Priestern und andern versammleten guten Freunden dieses:

1) Daß nicht einmahl ein Hüner-Stall, geschweige denn ein Hauß oder Scheure auf der gantzen Insul sonderlich beschädigt, vielweniger umgestürtzt worden. Doch wäre überall an denen Fenstern ein grosser Schade geschehen, indem die meisten Scheiben zersplittert wären, auch mancher fast gar kein gantz Fenster mehr im Hause hätte.

2) Hergegen wäre es ein rechtes Wunderwerck zu nennen: daß in der Glaß-Hütte und in dem Glaß-Magazin, als worinnen ein gewaltiger Vorrath von allerhand Sorten Gläsern, Glaß-Taffeln und Scheiben befindlich, nicht ein eintziger Splitter oder Scherbel zu finden, sondern alles noch gantz und unversehrt. Der Factor und andere Glaß-Leute hätten gemeldet, daß wir allzusammen auf der gantzen Insul das Erdbeben nicht hefftiger könten empfunden haben, als sie es empfunden; wäre also diese Erhaltung des Glases vor ein rechtes Wunder zu achten.

3) Aber unsere guten ehrlichen Töpffer wolten sich fast nicht trösten lassen, da sie von ihrem ansehnlichen

Vorrathe von allerley Sorten Töpffer-Geschirre, kaum den 4ten Theil, wohl aber Scherbel genug aufzuweisen hätten; über dieses so wären die Eingänge zu den Thon-Gruben ver-[31]fallen und eingestürtzt, jedoch versicherten sie, uns vom annoch vorräthigen Thone, Töpffe, Schüsseln und dergleichen wohl noch auf ein halb Jahr lang zu verschaffen, da man denn mittlerweile, wenn sie nur Gehülffen bekämen, die Thon-Gruben wieder aufräumen könte.

4) Diejenigen, so am nächsten an der grossen See wohnen, hätten referirt, daß schon Tages vorhero, ehe sie das Erdbeben verspüret, sie in der Mittags-Stunde gewahr worden, daß eine grosse Menge der schönsten und vortrefflichsten Fische von allerhand Gattung, deren etliche über 6. 8. und noch mehr Pfund gewogen, abgestanden, und die Bäuche auf dem Wasser in die Höhe gekehret. Etliche der besten, an welchen sie noch einiges Leben verspüret, hätten sie geschlachtet und gegessen, die übrigen aber, (so viel sie mit ihren Hamen fangen können) weilen ihnen die Sache bedencklich vorgekommen, und sich fast ein Eckel bey ihnen erregen wollen, in den Fluß geworffen, weilen sie befürchtet, es möchten etwa auf den Eckel Kranckheiten erfolgen.

5) Zu bewundern wäre, daß auf dem GOttes-Acker nicht ein eintziger Leichen-Stein umgefallen, auch an den Pyramiden nicht das geringste beschädigt, doch an der Nord-Seite wäre ein Stück Mauer, ohngefehr 4. oder 5. Ruthen lang, eingeschossen.

6) In unserer Kirche fänden sich 19. Orgel-Pfeiffen, theils auf dem Orgel-Chor liegend, theils aber wären bis herunter aufs Pflaster gefallen, sonsten aber wäre in der Kirche nichts be-[32]schädiget, ausgenommen, daß die Fenster eine starcke Ausbesserung brauchten.

7) Eben also sähe es auf der Albertus-Burg aus, weilen wenig gantze Fenster darinnen anzutreffen, sonsten aber bemerckte man darinnen keinen besondern Schaden, als in einem unterirrdischen Gewölbe, und oben im Bogen desselben einen starcken Riß, so daß man wohl mit dem Arme hinauf in die Höhe fahren könte, es gieng derselbe oben im Bogen von Norden gegen Süden zu.

8) Ein und andere kleine Schäden, die hie und da in den Pflantz-Städten bemerckt worden, belohneten sich kaum der Mühe, daß man davon redete.

9) Eins wäre noch merckwürdig, daß eins von unsern allergrösten Saltz-Gewölbern oder Gruben eingeschossen wäre, welches uns aber keinen Schaden, sondern vielmehr Vortheil brächte, immassen dadurch die Mühe auf eine Zeitlang erleichtert würde, das Saltz auszuhauen.

Dieses waren also die Haupt-Stücke unseres Rapports, worauf sich ein jeder bey dem Regenten und grauen Häuptern beuhrlaubte, und seine ordentliche Wohnung suchte, allwo wir insgesammt in ungestöhrter Ruhe blieben, und ein jeder das seinige verrichtete.

Nächstfolgenden Sonntag, etwa eine Stunde nach Aufgang der Sonnen, lösete ich binnen drey viertel Stunden 3. Canonen, eine nach der andern. Hierauf begaben sich unsere Hn. Musici auf dem Thurm, und sungen unter Trompeten- [33] und Paucken-Schall den Choral ab: *Nun lob, mein Seel, den HErren &c.*

Es war von der Alberts-Burg herunter ungemein charmant anzusehen, wie die Felsenburgischen Einwohner, alt und jung, von allen Seiten daher gezogen kamen wie die Bienen. Da man nun bemerckte, daß die allermeisten schon zur Stelle waren, wurde mit allen Glocken geläutet. (Hierbey muß melden, daß wir gleich nach der Abreise des Capitains Horn, eine vortrefflich grosse und schöne Glocke gegossen, welcher das Glück ohne unsere Kunst und Geschicklichkeit und über unser Vermuthen den tieffsten Ton C. inspirirt, und zwar dergestalt wohlklingend, daß ein jeder seine Freude daran haben muste, sie wurde nicht alle Sonntage, sondern nur alle hohe Fest-Tage geläutet, jedoch wurden ein und alle Tage, und zwar früh Morgens um 6, Mittags um 12, und wieder Abends um 6. Uhr, jedes mahl drey Schläge, zur Ermunterung zum Gebeth, von derselben gehöret.)

So bald unser Regent in seinem Trage-Sessel herunter gebracht worden, und seine gewöhnliche Stelle in Besitz genommen hatte, wurde erstlich gesungen: *Komm, heiliger Geist &c.*

Hernach trat Hr. M. Schmeltzer vor den Altar, und verrichtete die Kirchen-Ceremonien, wie sonsten gebräuchlich. An statt der Epistel verlaß er das 41. Cap. des Propheten Jesaiä, und an statt des ordentlichen Sonntags-Evangelii den 107. Psalm, als welcher auch vor dißmahl der Text zur Predigt war. Vor der Pre-[34]digt musicirten unsere Herrn Musici folgende

CANTATA.
Aria.
Bebet nicht mehr, Felß und Erde,
    Denn der Himmel ist uns hold,
    Schaut der Sonnen schönstes Gold!
GOtt erbarmt sich seiner Heerde:
    Denn sie will nun Busse thun,
    Demnach laßt uns sanffte ruhn.
Bebet nicht mehr, Felß und Erde,
    Denn der Himmel ist uns hold.
Recitativ.
GOtt Lob! daß wir nach überstandnen Schrecken
Diß unser GOttes-Hauß mit Freuden wieder sehn.
GOtt hat bißhero scharf gedroht;
Warum? wir haben sein Geboth
So vielmahl übertreten.
Ach! last uns Busse thun,
Und nicht im Sünden-Schlaffe ruhn;
Ein jeder lasse sich erwecken,
Aus Hertzens-Grund'
Mit Zung' und Mund
Zu singen und zu beten.
Dictum. Ps. 94, v. 18.
Ich sprach: mein Fuß hat gestrauchelt, aber deine Gnade, HErr, erhielt mich. Ich hatte viel Bekümmernis

in meinem Hertzen, aber deine Tröstungen ergötzten meine Seele. [35]

Choral.

    Darum auf GOtt will hoffen ich,
    Auf mein Verdienst nicht bauen.
    Auf ihn mein Hertz soll lassen sich
    Und seiner Güte trauen,
    Die mir zusagt sein werthes Wort,
    Das ist mein Trost und treuer Hort,
    Deß will ich allzeit harren.

Recitativ.

GOtt! wenn wir gleich von allen Sünden rein,
Auch reiner als der Mond
Von Flecken solten seyn,
So müsten wir doch frey gestehn,
Daß du uns bis auf diesen Tag verschont:
Denn Jung' und Alt
Die fehlen alle mannigfalt.
Doch aus Barmhertzigkeit
Hast du uns nicht gleich nach Verdienst gelohnt,
Vielmehr zu unserm Wohlergehn
Uns durch die Finger offt gesehn.
Bleib ferner unser GOtt,
Du starcker Zebaoth,
So hat es mit uns keine Noth.

Aria.

    Was können wir vor Opffer bringen,
      Dir, der du uns erschaffen hast,

Und offt erlöß't aus mancher Last?
Wir dancken, loben, beten, singen,
　Gold, Weyrauch, Myrrhen sind zwar da,
Und zwar in grosser Menge,
　Doch, deine Kinder wissen ja,
Daß dieses eitele Gepränge [36]
　Dir nicht gefällt, die Hertzen eintzig und allein
O Vater! dir die angenehmsten Opffer seyn.

　　　　Recitativ
Nimm unsre Hertzen hin,
Und laß sie bey dir schweben,
Hernach dort in der Seeligkeit
In süssester Zufriedenheit
Aufs neue wieder leben:
Wir sagen dir Lob, Preiß und Danck,
Und singen diesen Lobgesang.

　　　Dictum. Psalm 96. v. 11.

Himmel freue dich, und Erde sey frölich, das Meer brause, und was drinnen ist. Das Feld sey frölich, und alles was darauf ist, und lasset rühmen alle Bäume im Walde. Für dem HErrn, denn er kömmt zu richten das Erdreich. Er wird den Erdboden richten mit Gerechtigkeit, und die Völcker mit seiner Wahrheit.

　　　　Choral.
Unter deinen Schirmen
Bin ich für den Stürmen
Aller Feinde frey.
Laß den Satan wittern,

Laß den Feind erbittern,
Mir steht JEsus bey.
Ob es jetzt gleich kracht und blitzt?
Ob gleich Sünd und Hölle schröcken?
JEsus will mich decken.
Trotz, dem alten Drachen,
Trotz, des Todes-Rachen,
Trotz, der Furcht darzu!
Tobe Welt und springe, [37]
Ich steh hier und singe
In gar sichrer Ruh:
GOttes Macht hält mich in Acht,
Erd und Abgrund muß verstummen,
Ob sie noch so brummen.

Diese ungemein wohl componirte Cantata ergötzte die gantze Gemeine, mich aber delectirte am allermeisten das erste Wort: *Bebet*, welches der Componist so artig ausgedrückt hatte, daß es unvergleichlich und nicht anders als ein kleines Erdbeben zu betrachten war, denn die bereits reparirte Orgel, die Violons, Fleutes-traverses, Fagotts, und dergleichen Instrumente, machten so ein artiges *Beben*, daß man sich darüber vergnügen muste, wie denn auch in der ersten Aria zu einigen Zeilen und Worten die Violinen Pizzicato gespielet wurden. Kurtz! es nahm sich diese Cantata ungemein wohl aus.

Zwischen der Predigt, welche Hr. M. Schmeltzer Sen. ablegte, wurde der Choral abgesungen: *Ach GOtt! sehr schrecklich ist dein Grimm &c.* Nach abgelegter Predigt intonirte Herr Mag. Schmeltzer vor dem Altare das Te Deum laudamus &c. welches unter Trompeten- und Paucken-Schall abgesungen wurde, auch wurden bey den gewöhnlichen Absätzen, jedes mahl 6. auf der Burg stehende Canonen gelöset, die sich auf einmahl hören liessen.

Als der GOttes-Dienst vor dieses mahl in der Kirche vollbracht war, wurde nochmahls mit allen Glocken, 3. Pulse hinter einander her geläutet, worauf sich Trompeten und Paucken vom [38] Thurme herunter lustig hören liessen, und darauf wurden die Melodeyen der Lieder: *Nun lob mein Seel den HErren &c.* und *Es woll uns GOtt genädig seyn &c.* mit Zincken und Posaunen abgeblasen.

Alles kribbelte und wibbelte um die Kirche herum von grossen und kleinen menschlichen Creaturen, so daß man seine Lust blos an den Kindern sahe, welche zwar ihre Freude und Lustbarkeit, aber keine Boßheit bezeigten. Mittlerweile, da wir diese Lust hatten, wurde eine Canone abgefeuert, und darauf mit Trompeten und Paucken zur Tafel geruffen. Es wuste ein jeder unter uns schon seinen Platz, entweder auf der Burg bey dem Regenten, oder auf Hr. Wolffgangs grünen Grase-Tafel-Platze, allwo ein jeder Stamm seine besondere Tafel hatte, welche Tafeln nunmehro aber, da sich die Stämme ziemlich vermehret, fast zu klein werden wolten, derowegen musten einige sich bey andern einflicken. Es verfügte sich alles Volck in der schönsten Ordnung

dahin, weilen nun schon 3. Tage vorher alle Anstalten zur Speisung und Tränckung des Volcks gemacht waren, so setzten sich nach gesprochenem Tisch-Gebet Jung und Alt nieder, hernach wurden so gleich die Speisen aufgetragen, als nemlich:
1) eine delicate Suppe von Fleisch-Brühe, Schild-Kröten Eyern, und dem kostbarsten Gewürtze gemacht.
2) Allerley gekochtes, wildes Flügelwerck mit Reiß und Gewürtz, denn NB. das zahme Europæische Flügelwerck spareten wir dennoch noch immer, [39] ohngeachtet wir damahls schon eine gewaltige Menge von Puter-Hühnern, Hauß-Hühnern, Gänsen, Endten, Tauben, &c. hatten.
3) Gekochtes Hirsch-Fleisch mit Wurtzeln, die dem Geschmacke nach, weit delicater sind, als die Pastinacken- Haber- Petersilien- und Zucker-Wurtzeln in Europa.
4) Allerley Sorten von Fischen, worbey vor diejenigen, welche sie nicht gern bloß aus dem Saltze zu essen beliebten, eine delicate Palm-Sects-Brühe zugleich mit hingesetzt wurde.
5) Wurde auf jede Tafel, nachdem dieselbe starck war, ein am Spiesse gebratenes Rehe, ingleichen eine gantz gebratene wilde Ziege, auch dieser Braten wohl zwey, aufgesetzt, nebst allerhand Sorten von Sallaten und eingemachten sauer und süsser Früchte.
6) Hatten unsere Köche noch ein gehacktes ungemein wohlschmeckendes Fleisch-Gerichte zubereitet, und

dieses fand fast noch mehr Liebhaber, als alle vorhergehende Speisen.

7) An statt des Confects kamen gantze Körbe voll von allerhand Arten der edelsten Baum- und Garten-Früchte, wie auch etliche grosse Kuchen, und eine ziemliche Menge kleines Butter- und Schmaltz-Gebackenes.

Bey allen diesen Tractamenten war kein Mangel am Weine, und zwar vom allerbesten, wie er auf der Insul wuchs, noch weit weniger war Mangel am Biere.

Ich hatte meine besondere Freude über das Volck, und war dieserwegen gantz heimlich von [40] des Regenten Tische geschlichen, um diese starcken Heerden nur speisen zu sehen.

Die Herren Geistlichen hatten unter einander verabredet, selbigen Nachmittag keine Kirche zu halten, sondern das Volck einmahl recht mit Appetit speisen zu lassen. Dieses wurde bey allen Tischen dem Volcke verkündiget, jedoch dabey auch: daß Morgen früh etwa eine Stunde nach Aufgang der Sonnen eine Bet-Stunde in der Kirche solte gehalten werden, da sich denn die andächtigen und GOttes Wort liebenden Hertzen, nach ihrem Belieben einfinden könten, so bald das Zeichen durch einen Canonen-Schuß gegeben worden.

Da man merckte, daß sich die Sonne zum Untergange neigen wolte, nahmen nicht allein diejenigen, welche auf der Burg bey dem Regenten gespeiset, sondern auch das gantze Volck Abschied, und sagten Danck vor erwiesene Wohlthat, welches man an aller ihren frölichen

Geberden, Bücken und Hände-Klatschen abmercken konte. Indem sich nun die Stämme in ihre Hauffen vertheilet, liessen sich Trompeten, Paucken und andere musicalische Instrumente Wechselsweise hören, worüber sich die Abreisenden ungemein freuen mochten, welches wir daraus schlossen, da sie immer einmahl über das andere die Arme in die Höhe reckten, und mit den Händen klatschten, welches, wie wir so von weiten nach sehen konten, auch die kleinesten Kinder thaten. Ich, der ich meine Lust an der Artollerie habe, wünschte ihnen mit noch 12. Canonen-Schüssen eine glückliche Reise und geruhige Nacht. [41]

Des andern Morgens früh nach gethanen Canonen-Schusse, sahe man das Volck von allen Strassen her schon wieder zusammen kommen, und glaube ich, daß wenige aussen geblieben waren, denn die Kirche war fast voll. Herr Mag. Schmeltzer Jun. ließ etliche Morgen-Lieder singen, betete hernach vor der gantzen Gemeine den Morgen-Seegen, und verlaß hierauf aus dem 1. Cap. des Propheten Hoseä, den 10. und 11. Vers, welche also lauten:

Es wird aber die Zahl der Kinder Israel seyn, wie Sand am Meer, den man weder messen noch zählen kan. Und soll geschehen an den Orte, da man zu ihnen gesagt hat: Ihr seyd nicht mein Volck, wird man zu ihnen sagen: O ihr Kinder des lebendigen GOttes. Denn es werden die Kinder Juda und die Kinder Israel zu Hauffen kommen, und werden sich mit einander an ein Haupt halten, und aus dem Lande herauf ziehen, denn der Tag Israel wird ein grosser Tag seyn.

Als er nun über diese Worte eine ungemein erbauliche und trostreiche Rede gehalten, wurden noch einige Berufs-Lieder gesungen, worauf er den Seegen sprach, und zum Schlusse das Lied singen ließ:
Wunderlich ist GOttes Schicken &c.
Nach geendigtem Gottes-Dienste zogen unsere lieben Leutchen alle Heerden-weiß wieder fort, ein jedes nach seiner Pflantz-Stadt, suchte seine Wohnung, und machte sich an die Arbeit, erstlich [42] dasjenige auszubessern, was ihm etwa durch das Erdbeben beschädiget war, wieder herzustellen, und hernach an die Feld- oder andere Beruffs-Arbeit. Wir andere verfügten uns gleichfalls in unsere Häuser, und nahmen die Schul-Arbeit, auch was ein jeder sonsten sich und der gantzen Gemeine zum Nutzen vornehmen konte, aufs neue vor die Hand. Es war um wenig Wochen zu thun, so fand man alles, und so gar die eingefallene Mauer am GOttes-Acker, wieder vollenkommen reparirt.

Endlich kam der Tag heran, der uns Insulaner alle mit einander von Hertzen frölich machte, es war nemlich der - - da wir früh Morgens um 4. Uhr 3. Canonen lösen höreten, und zwar unsers Bedünckens auf der See gegen Norden zu, nach accuraten Verlauf einer halben Stunde höreten wir wieder 3. und endlich nochmahls nach Verlauf einer halben Stunde, abermahls 6. Canonen-Schüsse, dieses war die Losung, so wir mit dem Capitain

Horn verabredet hatten, und dieses wusten alle Schildwachten, derowegen feuerten die Schildwächter, so auf der Davids-Räumer Höhe stunden, 2. Canonen ab, worauf Capitain Horn, gleich nach einander, und zwar kaum binnen einer halben Minute 12. Canonen lösen, und so bald als wieder geladen war, die gantze Ladung geben ließ. Dieses war das Haupt-Signal, derowegen wurde ihm aus allen unsern Stücken, die sowohl auf den Höhen, als auf der Alberts-Burg stunden, kurtz nach einander, zu 3. mahlen geantwortet. Ich war viel zu ungeduldig abzuwarten, um zu hören, ob denn der Capitain Horn würcklich da wäre; derowe-[43]gen encouragirte nicht nur Mons. von Blac, sondern noch verschiedene andere, mit mir auf die Davids-Raumer Felsen-Spitze zu gehen. Sie thaten solches mit Plaisir, und wir nahmen unsere allergrösten und grossen Perspective mit, durch welche wir mit grösten Vergnügen 2. Schiffe in See, etwa einen Canonen-Schuß weit, von einander liegen, und unsere Flaggen so schöne darauf weddeln sahen, daß man dieselben, ohngeachtet der Weite, dennoch wohl hätte abmahlen können, denn beyde Schiffe lagen wenigstens noch 3. Meilen hinter den Sand-Bäncken.

Da wir nun bemerckten, daß alles richtig wäre, thaten wir von der Insul alle Minuten von einander 2. Canonen-Schüsse von der Davids-Raumer Höhe, welche der Capitain Horn allezeit accurat beantwortete. Mir aber wurde jedennoch die Zeit viel zu lang, dieses abzulauren, derowegen ließ im Canale das Wasser schützen, und bemühete mich um gute Freunde, und Freywillige, die mit mir hinunter stiegen, und die 3. Boote besetzen solten. Denn NB. wir hatten ausser dem alten Boote, nur vor weniger Zeit 2. vortrefflich starcke neue Boote verfertiget, in welchen es sich mit Lust fahren ließ, womit wir denn unsern Freunden entgegen rudern wolten. Ey! was bekam ich nicht vor Zulauff? weit ärger, als ein auf Werbung liegender Officier, allein wir theileten uns dergestalt ein, daß in jedes Boot nur 20. Personen zu sitzen kamen. Es muste in der grösten Geschwindigkeit eine starcke Portion der auserlesensten Victualien, das beste Obstwerck nebst dem trefflichsten Wei-[44]ne und andern annehmlichen Geträncke, zusammen getragen, und durch die Felsen-Höle herunter, und an Boord der Boote gebracht werden. Niemahls hat man wohl Leute hurtiger, hefftiger und geschicklicher können arbeiten sehen, als vor dießmahl unsere Leute, denn sie tantzten und sprungen bey ihrer tragenden Last, ob sie gleich manchen ziemlich schwer zu tragen zu seyn schiene. Man kan nicht glauben, in was vor Geschwindigkeit alles eingeschifft war, derowegen fuhren wir, indem die Schildwächter von der Höhe 2. Canonen über unsern Häuptern löseten, mit möglichster Behutsamkeit nach den Sand-Bäncken und auf die 2. fremden Schiffe zu. Capitain Horn beantwortete diese 2. Canonen-Schüsse mit 4. wir aber konten wegen contrairen Windes und wegen der gefährlichen Sand-Bäncke die 2. Schiffe nicht eher erreichen, als bis gegen Abend, indem von unserm Booten immer eins ums andere auf den Sand-Bäncken sitzen zu bleiben Lust bezeigte.

Es ist mir unmöglich, die Freudens-Bezeugungen auszudrücken, welche bey der ersten Bewillkommung, zwischen uns und den Capitain Horn benebst seinem Bruder, welcher noch vor Nachts glücklich auf Capitain Horns Schiffe eintraf, vorgiengen. Wir hatten vermeynet, ihnen ein Laabsal mit zu bringen, und zwar nur zum Anbisse, allein wir fanden alles delicater und besser bey ihnen, sonderlich an Canari-Sect und Confituren. So bald die Nacht völlig eingetreten, und es uns fast Schlaffens-Zeit zu seyn bedünckte, liessen beyde Capitains die völlige Lage ihrer Canonen von [45] beyden Schiffen geben, worauf ihnen von der Insul zu 2. mahlen mit allen Canonen geantwortet wurde, und dieses hatte die Bedeutung des Wunsches zu einer geruhigen Nacht. Ohngeacht aber zu vermuthen gewesen wäre, daß nicht allein wir, sondern vielmehr die Ankommenden sehr ermüdet seyn würden, so wolten doch Capitain Horn und dessen Bruder sich durchaus zu keiner Nacht-Ruhe bereden lassen, sondern wir blieben die gantze Nacht munter, und hielten bey einem guten Glase Canari-Sect die angenehmsten Gespräche bis gegen Morgen, da wir den Caffe herbey kommen sahen. So bald die Sonne aufgieng, bothen beyde Capitains mit einer Salve, aus allen ihren Canonen, den Felsen-Bürgern einen guten Morgen, und diese bedanckten sich ebenfalls mit einer general-Salve, aus allen ihrem Geschütz. Hierauf, nachdem wir gefrühstückt, nahmen wir den Capitain Horn allein mit uns auf unsere Boote, und brachten ihn auf die Insul, wir wolten seinem Bruder zugleich auch mit haben, allein er protestirte darwieder, und gab zu vernehmen, wie es sich gantz und gar nicht schickte, oder Manier sey, daß beyde Capitains zugleich von beyden Schiffen giengen, und das Commando fremden Leuten überliessen. Wir musten ihm dieses eingestehen, versprachen aber, die allereiligsten Anstalten zu machen, denselben bald nachholen zu können.

Indem wir abfuhren, wurden 6. Canonen gelöset, welche die Felsenburger beantworteten, und unter währender Fahrt, wurden alle 3. Minuten 3. abgefeuert, welche die Felsen-Burger [46] auch beantworteten, um zu zeigen, daß ihnen es am Pulver auch nicht fehlete, und wir haben in der That auch einen ziemlich starcken Vorrath von Pulver in unsern Magazinen, deren eins auf der Alberts-Burg, das andere in Christophs- und das dritte in Simons-Raum befindlich.

So bald wir durch den Felsen-Gang auf der Insul angelanget, fanden wir daselbst einen mit 4. Pferden bespanneten schönen neuen Jagd-Wagen, worein sich der Capitain Horn, Mons. von Blac, Mons. Litzberg und ich setzten, indem wir nun eingestiegen waren, und fortfahren wolten, that eine ausgestellte Schild-Wacht einen Flinten-Schuß, worauf so gleich fast in einem Nu! alle Canonen auf der gantzen Insul abgefeuert wurden, welches die auswendigen auf den Schiffen beantworteten. Da wir auf der Burg ausstiegen, wurden abermahls alle Canonen gelöset, und von den auswärtigen darauf Antwort mit ihren gantzen Lagen ertheilet.

Wir kamen eben noch zur rechten Stunde zur Mittags-Mahlzeit, weßwegen der Capitain Horn nur vorerst eine kurtze Visite beym Regenten ablegte, demselben die Hand zu küssen, hernach sich zur Taffel führen ließ; als an welcher sich die grauen Häupter, die Herrn Geistlichen und andere Honoratiores eingefunden hatten. Bey der Taffel wurde wenig geredet, zumahlen da eine douçe Taffel-Music gemacht wurde, welcher wir alle mit Vergnügen zuhöreten; nachdem die Taffel aber abgehoben, das Danck-Gebet gesprochen, und ein jeder an seinen behörigen Platz, der Regent solchen [47] aber oben an der Taffel genommen, setzte sich der Capitain Horn vor der Taffel dem Regenten gegen über, und fieng diese Rede zu halten an:

Meine Herren!
Auch allerseits wertheste Freunde und geneigte Gönner!

Wenn ich sage, daß das Glück mit uns Menschen wie mit Bällen spielet, so wird mich hoffentlich niemand Lügen straffen können. Ich vor meine Person, habe dieses leyder! von meiner Jugend an mehr als allzu empfindlich erfahren, und es werden sich auf dieser Insul unter unsern werthen Freunden nicht wenige finden, welche dieserwegen mit mit einstimmig sind. Ich will aber diesen Satz, um die Zeit nicht zu verderben, vorjetzo eben nicht weitläufftig ausführen, sondern nur in aller möglichsten Kürtze, bis auf eine andere Zeit rapportiren, wie das Glück mit mir gespielet hat, seit dem ich die letztere Reise von hier nach Europa angetreten habe. Uber die Fatalitæten auf der Hinreise will ich mich eben nicht beklagen, denn dieselben vor einen unerschrockenen und unverzagten Mann, vor dem ich mich ohne eiteln Ruhm mit Recht ausgeben kan, viel zu geringschätzig, zumahlen da keine besondere Todes-Gefahren vor Augen geschwebt, sondern mir Wind und Wetter ziemlicher Maassen favorisirt hat. Ich muß demnach sagen, daß ich zu gesetzter Zeit glücklich in Amsterdam angelanget, auch die mir, von hier aus aufgetragene Commissiones vermittelst göttlicher Hülffe und unermüdeten Fleiß, meines selbst eigenen [48] so wohl, als meiner getreuen Beyhülffe, glücklich ausgerichtet, wie ich mich denn deßfalls bald zu legitimiren verhoffe.

Ich will aber doch erweißlich machen, daß nichts wandelbarer sey, als das Glück: denn da ich am - - von Amsterdam wieder abgelauffen war, und zwey der besten Peloten mit mir genommen, auf die ich mich vollkommen verließ, blieb ich im Texel plötzlich und unverhofft mit meinem Schiffe auf einer gefährlichen Sand-Banck sitzen, und meinem Bruder wäre es bey einer Haare eben also gegangen, allein ihm wurde noch in der Geschwindigkeit geholffen, daß er Flott ward, ich aber muste 3. gantzer Tage und Nächte pausiren, ehe mir geholffen, und ich wieder Flott gemacht werden konte.

Dieses schien mir schon im voraus ein böses Omen zu seyn, allein, da Wind und Wetter noch gut, seegelten wir mit ziemlich getrosten Hertzen nach den Portugiesischen Küsten zu, konten aber dieselben nicht erreichen, ehe uns ein hefftiger Sturm sehr gewaltig zusetzte, derowegen musten wir GOtt im Himmel dancken, daß wir mit Kummer, Noth und gröster Gefahr in den Hafen zu Lißabon einlauffen konten, denn es ist bekannter Maassen der Lißabonische Hafen ein sehr gefährlicher Hafen, wir traffen in selbigem 2. Holländische Ost-Indien-Fahrer an, die wohl montirt waren, so wohl mit Geschütze als Volcke. Erstlich sahen wir, nachdem wir gute Freundschafft mit den Holländern gemacht hatten, uns genöthiget, den Sturm abzuwarten, worüber wir 14. Tage müßig zubringen musten, [49] am 15. Tage aber lieffen wir aus, die Ost-Indien-Fahrer giengen voraus, und zwar dergestalt schnell, daß wir ihnen fast nicht folgen konten. Am 4. Tage nach unserer Abfahrt bekamen wir sie erstlich wieder in die Augen, und zwar in der Gegend der grünen Insulen, ersahen aber auch zugleich 3. Corsaren, die auf uns zu eileten, weßwegen wir Noth-Schüsse thaten, um die Holländer zurück zu ruffen, diese aber hatten taube Ohren, und zaueten sich über Halß und Kopff, daß sie uns nur aus dem Gesichte kommen möchten, weßwegen ich nicht ohne Ursach glaube, ja fast in meinem Hertzen überzeugt bin, daß damahls eine kleine Verrätherey dahinter stack.

Wir bemerckten, daß die Corsaren ungemein starcke

Schiffe hätten, auch mit Volck und Geschütz wohl besorgt wären, derowegen begunte uns bange zu werden, allein wir beschlossen doch, bis auf den letzten Mann Stand zu halten, und uns unserer Haut zu wehren.

Die Corsaren schickten uns 2. von ihren Officiers mit einem Boote entgegen, welche durch einen bey sich habenden Trompeter das Signal geben liessen, daß sie mit uns Sprache halten wolten, derowegen liessen wir einen Officier an Boord kommen, welcher uns zu vernehmen gab, wir solten Seegel streichen, und uns ihnen gutwillig ergeben, wiedrigenfalls sie uns mit der hefftigsten Force attaquiren würden. Wir zeigten ihnen unsere Holländischen Pässe, und führeten ihnen zu Gemüthe, daß ja die Holländer mit allen Barbarischen Republiquen in Friede und Freundschafft [50] lebten, dahero es ja wider alles Völcker-Recht wäre, wenn sie uns attaquirten. Allein der Kerl, welcher in Wahrheit einem Barbar weit ähnlicher sahe, als eine Kuh einem Ochsen, gab zur Antwort: Sie fragten viel nach den Holländern, denn sie wären von vielen Jahren her Frey-Beuter, hätten ihre Pässe nicht allein von einer, sondern von 3. Republiquen, und nähmen alles weg, was sie bezwingen könten, derowegen solten wir uns nur nicht lange weigern, sonsten würden wir in der Geschwindigkeit attaquirt, und Feuer auf uns gegeben werden. Aber ich und alle mein Volck, das eine unsägliche Courage hatte, bezeigten kein Gehör darzu, sondern sagten, wir wolten uns wehren 2. gegen drey, weßwegen die 2. Abgeschickten wieder zurück nach ihren Schiffen fuhren, die ihnen mit gröster Forçe entgegen seegelten. Wenn uns der Wind nur in etwas günstiger gewesen wäre, so hätten wir noch die Hoffnung gehabt, ihnen zu entkommen, allein vor dißmahl meynete es der Wind nicht gar zu gut mit uns, derowegen sahen wir uns gezwungen zu laviren, erblickten aber vorige 2. Abgesandte mit ihrem Trompeter nochmahls, die so schnell, als sie nur immer konten, auf uns los ruderten, der eine rief uns, da er noch eine ziemliche Weite von uns war, mit gräßlicher Stimme entgegen: Wollet ihr drey Tonnen Goldes zahlen, so könnet ihr in Friede fahren, wohin ihr wollet, wo nicht, so geben wir Feuer. Ich hielt mit meinen Officiers auf dem Oberdeck Schiffs-Rath, und that ihnen den Vorschlag, daß ich den Barbarn 1. Tonnen [51] Goldes biethen wolte, um nur die Bestien loß zu werden, da aber dieses etliche meiner Leute höreten, fiengen sie gleich an zu murmeln, und der Lerm auf meinem Schiffe wurde immer grösser, weßwegen ich fragte: was das zu bedeuten hätte? Hierauf traten etliche verwegene Matrosen und Schiffs-Soldaten mir gantz dreuste unter die Augen, und sagte einer von ihnen ohngefähr diese Worte: *Ey! mit* Permission, *Herr* Capitain, *was ist das vor Manier? meynet ihr, daß ihr feige Memmen unter eurem* Commando *habt, lasset der Bestien etliche* 100. *seyn, wir wollen, ob unserer gleich nicht halb, oder des* 4. *Theils so viel wären, uns dennoch, ehe wir einen* Deut *geben, wehren bis auf den letzten Mann.*

Kinder! (gab ich zur Antwort,) was bekümmere ich

mich um eine Tonne Goldes, die will ich gern aus meiner eigenen Kiste geben, ohne das einer von euch mir Zubusse thun, oder ihm etwas an seiner Gage *decourtirt werden soll, denn was wäre es, wenn ich mich mit ihnen in ein Gefechte einliesse? Ihr sehet ja, daß sie uns überlegen sind, und solte ich nur einen eintzigen Mann von euch verlieren, wenn es auch der schwächste und geringste unter euch wäre, so solte mich doch dieser weit mehr dauern, als eine Tonne Goldes, denn ich weiß, daß mir GOtt gute und lauter auserlesene Leute unter mein* Commando *bescheret hat, darum folget mir, und last mich dißmahl walten.* [52]

Mit diesem Vortrage erwarb ich mir die Liebe meines Volcks, welches sich zwar zufrieden zu geben schien, allein es waren doch noch etliche 20. darunter, welche noch immer murmelten, woran ich mich aber nicht kehrete, sondern den Barbaren sagen ließ, daß ich ihnen einer Tonne Goldes Werth an Gold und Silber geben wolte, wenn sie uns weiter unvexiret liessen, denn man merckte doch wohl, daß sie nur ohne Ordre, vor sich eine Frey-Beuter-Zehrung forderten, und zwar wider alle Raison, weilen die Holländer mit aller Republiquen sonsten in Friede lebten.

Der Bösewicht seegelte mit seinem Cameraden und Trompeter wieder fort, nachdem er den Verlaß genommen, er wolte seinem Commandeur unsere Resolution zu vernehmen geben, so gleich wieder zurück kommen, und uns Antwort bringen, mittlerweile solten wir aber nur

3. Tonnen Goldes Werth an Gold und Silber zusammen packen, denn er zweifelte gar sehr, daß sich ihr Commandeur mit einer eintzigen lumpichten Tonne Goldes vor 2. so schöne Schiffe würde abspeisen lassen &c.

Ich suchte aus meinen Kisten so viel Gold und Silberwerck zusammen, als eine Tonne Goldes ohngefähr des Werths damit zu bezahlen, und noch wohl überflüßig hinlänglich war, kehrete mich im übrigen nicht daran, ob meine Officiers und Gemeinen gleich darüber brummeten, als wie die Bären.

Es währete nicht lange, so kam der Barbar wieder zurücke, und meldete: sein Commandeur hätte gesagt, es solten und müsten 3. Tonnen [53] Goldes seyn, und wenn wir uns dessen weigerten, auch nur ein Loth Gold daran fehlen liessen, solten wir uns nur gefast machen, entweder in den Grund geschossen, oder aufs grausamste tractirt zu werden.

Ich ließ ihn an Boord und auf das Oberdeck kommen, so dann einen Sack, der mit ungeprägten und auch mit geprägten Gold und Silber angefüllet war, aus meiner Cajüte langen, denselben auf eine Wage legen, und zeigte denselben dem Barbarn, welcher die Sachen, so ausgeschüttet und wieder in den Sack hinein gethan wurden, alle besahe, und dabey über einen Zahn lachte: weilen aber die Canaille das Gewichte so gut verstund, als wir selber, sagte er, jedoch nicht mit allzu barbarischer Stimme: Wohl gut, meine Herrn! dieses möchte alles ohngefehr wohl eine Tonne Goldes werth seyn, allein wo sind die andern zwey, denn unser Commandeur gehet nicht von 3. Tonnen Goldes ab, und wo ihr mir die nicht gebet, so verlange ich die eine auch nicht, sondern will leer wieder zurück fahren, aber dieses sage ich euch zum voraus, und warne euch noch als ein guter Freund, gebt mir noch die zwey Tonnen Goldes, wo nicht? so werdet ihr kurtz nachhero, so bald ich nur auf meinem Schiffe angelanget bin, einen schweren Stand kriegen.

Ich war wahrhafftig gesonnen, diesen verdammten Hunden von meinetwegen noch 2. Tonnen Goldes zu geben, ehe ich mich in die Gefahr gäbe, und einen oder etliche von meinen schönen und trefflichen Leuten verlöhre, allein, da [54] meine Leute diese meine Resolution mercketen, und sich anstelleten, als ob sie sämmtlich rebelliren wolten, mir meine Zaghafftigkeit in den picquantesten Terminis vorwarffen, und sagten: wenn ich mich gegen diese Canaillen, ohne das alleräuserste zu wagen, submittiren würde, sie lieber unsere beyden Schiffe in die Lufft sprengen wolten; denn wenn sie nicht als Helden sterben solten, so wolten sie doch als desperate Leute sterben, und das könte ich ihnen nicht wehren. Kurtz: ich muste mich damahls in die Zeit schicken, und nachgeben.

Meine Herren! auch liebsten Gönner und Freunde! (so setzte Capitain Horn seine Rede weiter gegen den Regenten und uns fort,) Sie glauben mir sicherlich, daß mir damahls bey dieser gefährlichen Sache nicht wohl zu Muthe war. GOtt ist mein lebendiger Zeuge, daß ich Courage genug im Hertzen hatte, mit den Barbaren eins zu wagen, und mein Bruder war fast noch toller als ich, denn er wolte die beiden Herren Abgesandten und den Trompeter mit sammt dem Boote durchaus in den Grund schiessen, und ich hatte zu steuren und zu wehren gnug, daß es nicht geschahe. Herr Wolffgang wird mir Zeugnis geben, daß ich unter seinem Commando mich niemahls zaghafft aufgeführet, wie ich denn, welches er nicht anders sagen wird, manchen Verweiß von ihm bekommen, wenn ich zu viel hazardirte, oder zum öfftern meine eigene Person den grösten Gefährlichkeiten ohne dringende Noth exponirte. Mein Bruder hat zwar das See-Handwerck noch lange nicht so lange getrieben, als ich, allein, [55] ich kan Ihnen von ihm versichern, daß er nicht allein eine vollkommene Courage im Hertzen führt, sondern sich auch im See-Wesen schon vortrefflich habilitirt hat, weilen er die Mathesin ex fundamento verstehet; so, daß ich mich nicht schämen will zu sagen, daß ich zu vielen mahlen mit grossem Plaisir Lehren von ihm angenommen, ohngeachtet er weit jünger, und nicht des zehnten Theils so viel in der Welt erfahren, als ich.

Wie gesagt, es kränckte mich ungemein, daß mir meine Zaghafftigkeit vorgeworffen wurde, da ich doch die allerredlichste Intention von der Welt hatte, und lieber eine Million, als mein schönes Volck verlohren hätte, über alles dieses aber muste ja viel weiter dencken, nemlich an meine liebe Insul Felsenburg, von wannen ich ja die allerwichtigsten Commissiones hatte, und zu deren Dienste ich mich auf der Reise befand, mithin leichtlich etwas von meiner besten Equipage verlieren können, eben dieserwegen hieng ich mein Hertze nicht an Gold und Silber, indem ich wuste, daß, ob ich 3. Feder-Spulen oder 3. Tonnen Goldes bey solchen Umständen eingebüsset hätte, die Aeltesten und Einwohner alhier mir solches nicht verarget, sondern dieser Umstände wegen uns allen den Schaden gedoppelt ersetzt hätten, weilen ja Gold, Silber, Perlen und dergleichen nicht so rar bey uns sind. Da ich mich aber nur mit wenigen Worten verlauten ließ, daß man doch den Barbaren die 3. Tonnen Goldes immer hingeben möchte, damit wir nur vom Flecke kämen, wolte mein Volck toll und rasend werden, auch mein Bru-[56]der, der nicht wuste, daß ich mehr auf meinem Hertzen und Gewissen hatte, als er selbst, sahe mich scheel und sauer über die Achsel an.

Wir sahen uns aber balde gemüßiget, unsern Zwietracht bey Seite zu setzen, denn so bald die abgeschickten Barbaren bey den Ihrigen angekommen, bemerckten wir, daß sie mit ihren Schiffen gantz andere Wendungen machten, und gerades Weges auf uns zu seegelten. Wir konten ihnen, so zu sagen, gleich an den Augen absehen, was sie haben wolten, derowegen setzten wir uns mit beyden Schiffen in die beste Positur, denn die Canonen waren schon alle scharff geladen, und die Mannschafft, so zum Feuer-geben und Fechten beordert, stund mit freudigem Muthe da, erwartete auch den Feind recht mit Lachen.

So bald die Barbaren ihren Vortheil ersahen, machten sie aus allen ihren drey Schiffen ein entsetzliches Feuer auf uns, welches aber doch unsern starcken Schiffen wenigen Schaden that, ohngeachtet sie keine kleine Canonen-Kugeln führeten. Unsere Leute hingegen waren noch geschwinder als der Wind, die Löcher zu verstopffen und auszubessern. Wir gaben ihnen aus beyden Schiffen auch 2. Salven, die wohl anschlugen, der Haupt-Spas aber war dieser, daß mein Bruder, der so wohl als ich drey mittelmäßige Feuer-Mörser auf seinem Schiffe hatte, die erste Bombe, als ein guter Feuerwercker, durch seine mathematische Kunst-Erfahrenheit, ungemein glücklich in das eine Barbarische Schiff spielte, welche, indem sie accurat aufs Oberdeck fiel, eine artige Menuet [57] aufspielete, wornach die Barbaren ungemein desperat zu tantzen anfiengen, es hat diese Bombe, da sie crepirt, 9. Personen lædirt, 3. auf der Stelle ins Reich der Todten geschickt, und 6. gefährlich blessirt, deren (wie wir nachhero erfahren,) noch 4. an ihren Wunden sterben müssen. Mit der andern Bombe aber gieng es meinem Bruder nicht so glücklich, denn sie fiel zu tieff gegen die äuserste Wand des Schiffs, hatte aber doch nicht allein die Wand starck beschädigt, sondern auch einen Barbar tod geschlagen, und 2. blessirt.

Mir wolte es mit meinen Bomben-spielen nicht recht wohl angehen, denn ohngeachtet mir mein Bruder alle Vortheile gewiesen, so spielete ich doch die 2. ersten zu hoch über die Barbarischen Schiffe hin, welche in der See crepirten, und den Feinden wenigen Schaden verursachten; mit der dritten aber war ich glücklicher, indem dieselbe in ein offenstehendes Pulver-Faß gefallen war, und vielen Lerm und Schaden verursacht, auch 6. getödtet, und 4. blessirt hatte. Meines Bruders dritte Bombe aber war die beste, denn sie fiel auf das noch unbeschädigte Oberdeck des dritten feindlichen Schiffes, und machte einen solchen Lermen darinn, daß die Barbaren nicht wusten, wo sie hin solten, denn es waren, wie wir nachhero erfahren, 5. getödtet, und 8. von ihnen blessirt worden.

Uber diese Begebenheiten wolten die Barbaren rasend werden, rückten demnach unter beständigen canoniren mit völliger Force näher auf uns zu, wir aber blieben ihnen auch nichts schuldig, [58] sondern machten aus unsern Canonen ein continuirliches Feuer, (denn die Mörser wolten ihre Dienste nicht mehr thun, weilen der Feind schon zu nahe war, dem wir mit Fehl-Schüssen nicht gern ein Gelächter verursachen wolten) bis sie so nahe kamen, daß wir einander mit Flinten-Kugeln erreichen konten. Der Feind schoß mit gezogenen Röhren hefftig auf uns loß, wir aber schickten ihm die Kugeln aus unsern Mastricher-Musquetier-Flinten dergestalt häuffig zu, daß er sich darüber verwunderte, allein es war eben nicht zu verwundern, denn ich hatte lauter lustige Leute, die sich unter einander selbst exercirten, und mit ihren Flinten, wegen der geschwinden Ladung, eher 3. Schuß thun konten, als die Barbaren nur einen.

Ich gieng vom Oberdeck herunter in meine Cajüte, und ließ mir durch meine Bedienten 2. Buch angefeuchtetes weisses Papier auf die Brust binden, und eben so viel auf den Bauch, gieng hierauf wieder hinauf aufs Oberdeck, und commandirte: daß 1500. gefüllete Granaden aufs Oberdeck, jedoch an einen sichern Ort gebracht werden solten, indem wir deren vielleicht bedürfftig seyn möchten, denn ich muß ihnen sagen: daß ich nebst den 6. mittelmäßigen Feuer-Mörsern 12000. Stück Hand-Granaden hatte giessen lassen, welche ich unten im Schiffe mit dem Ballast vermengte, und nicht mehr als etliche 100. füllen ließ. Meine Lieutenants, die nicht allein das Artollerie-Wesen unten im Schiffe wohl besorgt, hatten nebst andern wohlgemachten Anstalten auch diejenigen, [59] welche sich zum Feuer-geben und Fechten freywillig dargestellet, bereits behörig rangirt. Sie stunden also auf dem Oberdeck in schönster Ordnung, und da ich sie sahe, erfreuete ich mich, trat vor die Fronte, und sagte nur so viel:

Meine Brüder!

Ich habe vernommen, daß, wo nicht alle, doch viele unter euch sich die Einbildung machen, als ob ich ein Kerl wäre, der wenig oder gar keine Courage im Leibe hätte. Allein meine Brüder! ihr irret euch sehr; was ich bishero gethan habe, ist gantz und gar keiner Zaghafftigkeit zuzuschreiben, sondern ich muß bedencken, was ich vor meinen Obern und GOtt im Himmel hauptsächlich verantworten kan, welches alles ich euch deutlicher erklären will, wenn wir mit göttlicher Hülffe gesieget haben. Haltet euch so behertzt, als wie ich mich zeigen werde, so soll es hoffentlich keine Noth haben, denn ich will euch commandiren wider allen Gebrauch im blossen Hembde. GOtt gebe uns Glück und Sieg! haltet euch tapffer! (Ich hatte mir ein Hirsch-ledernes Collet angezogen, einen 3. queer Finger breiten Pallasch an der Seite, mit dem ich besser umgehen konte, als mit einem Türckischen Säbel, und 2. Paar der schönsten Pistolen im Gurte stecken.) Darum sprach ich ferner: Gebt alle Achtung auf mich, ich will der vorderste seyn, und wenn ich nicht avancire, so gebe ich dem nächsten, der hinter mir ist, die Erlaubnis, mich mit dem Fusse fort zu stossen. Hier werffe ich mein Hirsch-ledern Collet zu euren Füssen, [60] ihr sehet, daß ich einen leichten Brust-Harnisch und einen gantzen Pantzer bey mir habe, ihr sehet daß ich mir 4. Buch Lösch-Pappier habe zum Spas auf den Leib und Brust binden lassen, aber auch alles dieses werffe ich zu euren Füssen, und entblösse meinen Leib bis unter die Arme, damit ihr sehet, daß ich unverzagt bin, euch im blossen Hembde zu commandiren, und mich blos auf GOttes Hülffe und Schutz zu verlassen. Ich bitte nochmahls: GOTT gebe uns Glück und Sieg! haltet euch wohl, und so, wie ich mich zu verhalten verhoffe, bis daß ich falle, in solchem Fall denn mein Nächster das Commando übernehmen wird. *Lieben Brüder!* haltet euch wohl, denn ihr wisset, daß ich euch von diesem See-Gefechte abzuhalten gesucht habe. Ich hoffe demnach, GOtt wird uns Glück und Sieg geben, wenn wir nur tapffer sind im Schiessen und Fechten. Allons! in GOttes Nahmen.

So bald ich ausgeredet, fieng alles mein Volck, da es mich im blossen Hembde über den Bein-Kleidern mit dem Pallasch in der rechten, und mit einer aufgezogenen Pistol in der lincken Hand, vor der Fronte vor sich stehen sahe, mit vollem Halse zu ruffen an: *Vivat, Vivat, Capitain Horn!* und dieses zu dreyen mahlen. Hierauf wurde von beyden Schiffen eine gewaltige gedoppelte Salve auf die Barbarn gegeben. Diese wurden dadurch dergestalt erbittert, daß sie in unvermutheter Geschwindigkeit uns aufs nächste kamen, auch ihr bestes Schiff sich an das meinige hieng, und diese Feinde mich nicht allein mit [61] Schieß- sondern auch mit dem Seiten-Gewehr zu delogiren suchten.

Man solte nicht meynen wie klug, hertzhafft und hurtig die Barbaren sind, denn sie wusten in aller Geschwindigkeit, vermittelst starcker Haacken, verschiedene Leitern an unsern Boord zu werffen, und daran hinauf zu klettern wie die Katzen. Ich stund in der vordersten Reihe in der Mitten, und hatte 12. der hertzhafftesten Leute zu meiner rechten, und eben so viel zu meiner lincken Hand, welches, so zu sagen, meine Leib-Guarde war, 1. guten Schritt aber hinter mir war die andere Reihe der resolutesten Mannschafft, und hinter dieser noch die 3te Reihe tapfferer Leute, noch hinter diesen drey Reihen aber die Reserve, und auf beyden Seiten die Granadiers, welche die Feinde mit ihren beständigen Granaden-Werffen gewaltig ängstigeten.

Das Verhängniß fügte es eben so wunderbar, daß

derjenige Barbar, welchem ich kurtz vorhero das Gold und Silberwerck zuwägen lassen, gerade vor mir seine Leiter angeworffen, und mir mit blancken Säbel in der Faust entgegen gestiegen kam. Ich ließ ihn passiren bis auf die öberste Stuffe, indem er aber bemühet war über Boord zu schreiten, war ich erstlich zweiffelhafft, ob ich ihm mit dem Pistol das Lebens-Licht ausblasen, oder ihn mit meinem Pallasch den Kopff spalten wolte. Jedoch, da ich befürchtete, das Pistol möchte etwa versagen, so verließ ich mich auf meinen Pallasch (denn wie meine Herrn wissen, so bin ich Lincks und Rechts so wohl mit schiessenden, als [62] Seiten-Gewehr, auch ist ihnen meine natürliche Stärcke der Glieder durch viele gemachte Proben bekannt.)

So bald er über Boord gestiegen, hohlte er mit seinem Säbel aus, mir einen tödlichen Streich zu geben, allein, ich danckte damahls GOtt, daß mir meine Fechtmeisters in Italien und andern Ländern das pariren gelernet hatten, derowegen schlug ich in grössester Geschwindigkeit nicht allein seinen Säbel aus, daß er zu seinen Füssen viel, sondern versetzte ihm, aus allen meinen Leibes-Kräfften, einen solchen gewaltigen Hieb über den Kopff, daß ihm beyde Theile auf den Schultern lagen.

Man solte wohl meynen, ich machte Wind, um mich nur groß zu machen, allein, auf meinem Schiffe sind noch mehr als 50. Personen gegenwärtig, die es mit ihren Augen gesehen haben.

Acht bis zwölff anderen, die eben diese Leiter herauf

geklettert kamen, und sich auf meinem Schiffe divertiren wolten, gieng es, wo nicht auf gleiche Art, jedoch so, daß sie entweder durch meinen Pallasch oder Pistolen ins Reich der Todten geschickt wurden. Meine Leute folgten meinem Exempel, und fochten, nachdem sie sich dann und wann verschossen hatten, mit ihren Säbeln, wie die Löwen, so daß mancher Barbar herunter in die See purtzeln muste, ehe er über Boord gestiegen war, mancher aber, der sich glücklich geschätzt, den Boord mit seinen Händen betastet und überstiegen zu haben, den Augenblick seine ewige Schlaf-Stätte fand. [63]

Mittlerweile gieng das canoniren von beyden Seiten aufs allerhefftigste fort, so lange bis die Dämmerung eintrat, und man kaum die Finger vor den Augen mehr zählen konte. Da aber das Klettern der Feinde noch nicht aufhören wolte, so hörete auch unsere Gegenwehr mit Schiessen aus Canonen und Flinten um so viel desto weniger auf, und es muste in der Dämmerung noch mancher Barbar See-Wasser sauffen lernen, oder nolens volens versincken.

Endlich, da der Himmel sehr schwartz wurde, ließ sich ein feindlicher Trompeter hören, welcher mit 2. Deputirten auf einem Boote saß, worinnen viel Pech-Fackeln brannten. Da nun die Feinde zu canoniren aufhöreten, hielten wir auch inne, brannten aber auf beyden Schiffen viel 100. Fackeln und Lichter an. Der Deputirten Antrag war dieser: daß, weil ihr Commandeur seine Courage mit der unsrigen auf eine Wage gelegt, und befunden, daß wir auf beyen Seiten tapffere Leute wären, so möchten wir Stillstand machen, bis der Tag anbräche; wolten wir ihm aber doch noch die *einzige Tonne Goldes* geben, so könten wir, so bald es uns beliebte, ohne fernere Sorge unter Seegel gehen, und er wäre bereit uns einen Paß zu geben, daß wir auf unserer Reise von allen seinen Cameraden, die der Frey-Beutherey ergeben, von hieraus bis nach dem Cap unangefochten bleiben solten.

Meine Leute, so bald sie dieses vernommen hatten, wolten abermahls weder vom Stillstande noch Geld geben hören, und wurden nochmahls [64] aufstützig, ich aber ließ den Abgeschickten in Gegenwart aller meiner Leute durch einen Dollmetscher so viel sagen: Höret! ihr habet euch aufgeführet gegen uns als See-Räuber und Bettler, wider alle Billigkeit und Verträglichkeit, die zwischen der Republic Holland und den Barbarischen Republiquen, ist. Wir begehren keinen Stillstand, sondern weil das Spiel doch einmahl angefangen ist, so wollen wir uns wehren bis auf den letzten Mann. Vielleicht läst GOtt noch einen oder wohl mehr übrig und lebendig von uns nach Holland kommen, so soll die Untreue der räuberischen Nationen schon urgirt und gerochen werden, es treffe auch, wen es treffe. Ich habe nur einen Todten und 2. Blessirte auf meinem Schiffe, welches mir sehr schmertzlich fällt, rechnet aber nach, wie viel ihr habt, und zwar binnen so wenig Stunden, rechnet auch nach, wie viel Pulver ihr vergeblich verschossen habt, und glaubt sicherlich, daß wir vielleicht noch einen guten

Theil mehr Pulver und Kugeln im Vorrath haben, als ihr, und euch zur Noth vor baar Geld noch etwas zu Kauffen geben könten. An eures Commandeurs Paß wollen wir alle, bis auf den geringsten Mann, den Podex wischen, und uns gegen Diebe und Räuber mit göttlicher Hülffe doch wohl durchfechten. Wir wollen abseegeln, wenn es uns beliebt, und so ihr ferner einen Schuß auf uns thut, sollen 10. dargegen folgen. Das ist euer Bescheid.

Meine Leute waren über diesen Bescheid dermassen erfreuet, daß sie um mich herum sprungen, wie die Tantz-Meisters, da aber einige unter den-[65]selben gewahr wurden, daß mein Hembde voller Blut war, (indem ich etwa einen Fingers-langen Hieb, kurtz unter dem Gelencke des obersten lincken Achselbeins, empfangen hatte, den ich doch eben nicht æstimirte) lieffen sie gleich dahin, rufften den Schiffs-Barbier, welcher mich verbinden solte, brachten auch einen Sessel, worauf sie mich mit aller Gewalt zum Niedersetzen zwungen. Ja! einige waren so lose, daß sie den Trompeter und den Paucker herzu holeten, um mir währender Zeit des Verbindens die Schmertzen zu vertreiben. Ja, sie wolten mit aller Gewalt haben, es solten die Canonen dabey gelöset werden, allein, ich verboth es bey Straffe. Mittlerweile kam mein Bruder, der auch eine Kugel in die lincke Hüffte, und einen Hieb über das Cranium bekommen hatte, jedoch bereits verbunden war, ohn geruffen, um zu sehen, was ich und meine Leute machten, und mir zu rapportiren, wie es ihm und den Seinigen ergangen. Er rapportirte also: daß er 38. todte Barbaren auf seinem Schiffe liegen hätte und 14. starck blessirte, denn die Barbaren ohngeachtet vermittelst der Sturm-Leitern heftig auf ihn gestürmet, zählete er doch nicht mehr, als 3. Todte und 5. Blessirte auf seiner Seite.

Demnach war ich auf meinem Schiffe dennoch in etwas glücklicher, indem ich nicht mehr, als 1. Todten und 2. Blessirte und 42. Barbaren theils gantz todt, theils tödtlich blessirt, liegen hatte; denn meine Leute hatten sich unvergleichlich wohl gehalten, da ein jeder eine Flinte, 1. Paar Pistolen und einen Säbel an [66] der Seite führete. Wie viel aber der Feinde von ihren Sturm-Leitern herunter geschossen worden, so bald sie ihre Köpffe nur blicken lassen, und ihr Glück in der See zwischen den Schiffen gemacht, kan ich eben so wenig richtig melden, als mein Bruder, welcher ebenfalls observirt, daß deren eine ziemliche Anzahl rückwärts herunter gepurtzelt wären.

Mein Bruder hielt sich nach genommener Abrede, wie wir uns gegen den Tag auffführen wolten, nicht gar zu lange bey mir auf, sondern kehrete zurück auf sein Schiff. Weilen er aber diesen Abend gantz besonders aufgeräumt war, so ließ er etliche 100. Raqueten steigen, doch nicht gegen die Feinde, sondern nach beyden Seiten ihrer Schiffe zu, auch warf er Wasser-Kegel und dergleichen in die See, und ließ Trompeten und Paucken herrlich erschallen, worinnen ihm von den meinigen tapffer geantwortet wurde. Dies war ein Lust-Spiel den

Feinden zum Schure, als welche sich so stille hielten, wie die Mäuse, weßwegen wir gedachten, alle Fähde hätte nun ein Ende, allein, da wir mit anbrechendem Tage unsers Weges fortseegeln wolten, und zwar en faveur eines dicken Nebels, wurden dieses unsere Feinde dennoch gewahr, und fiengen von neuen hefftig an, auf uns zu canoniren, da wir ihnen denn auch nichts schuldig blieben, bald hernach bekamen sie, ohngeacht des dicken Nebels, dennoch aufs neue Lust, ihre Sturm-Leitern an unsere Schiffe zu werffen, thaten auch solches mit besondern Grimm, allein, es waren ihrer, ehe die Sonne aufgieng, auf meinen Schiffe [67] schon 18. und auf meines Bruders Schiffe 13. theils niedergehauen, theils niedergeschossen worden.

Endlich beredeten mein Bruder und ich, uns mit gesammter Macht und zusammen gesetzten Kräfften auf das mittelste feindliche Schiff zu zielen, und zu versuchen, ob wir solches in Grund schiessen könten. Unsere Mühe schien nach Verfluß einer Stunde nicht gantz vergeblich zu seyn, sondern wir hatten gute Hoffnung, unsern Zweck zu erreichen.

Binnen der Zeit kam von hinten zu eine fremde Chalouppe an mein Schiff, welches mit einiger Mannschafft besetzt war, von welchen einer der ansehnlichsten mit mir zu sprechen verlangte. Ich ließ ihn zu mir auf mein Schiff bitten, und er hatte sich nicht lange nöthigen lassen, da denn sein erstes war, daß er fragte: was wir vor Lands-Leute wären, was wir vor hätten, auch was unsere

Feinde vor Leute wären? ich antwortete ihm in seiner Sprache, daß wir 3. See-Räuber vor uns hätten, welche uns zu plündern und in Grund zu schiessen drohten, wir hätten schon gestern bis in die späte Nacht mit ihnen zu thun gehabt, und uns tapffer gewehret, auch eine ziemliche Anzahl der Barbaren getödtet, allein, sie wären uns, allem Ansehen nach, dennoch bis hieher überlegen, und hätten nur vor wenig Stunden aufs neue angefangen uns zu bestürmen, vorietzo wären wir im Begriff, das mittelste feindliche Schiff in Grund zu schiessen, hätten auch gute Hoffnung darzu, indem wir alle unsere Canonen [68] aus beyden Schiffen darauf gerichtet, und bemerckten, daß das feindliche Schiff schon ziemlich leck geschossen sey. Im übrigen so wären wir mehrentheils Holländer, die nach Ost-Indien gehen wolten. Ey, ey! sagte der Portugiese, die Holländer sind unsere lieben Brüder, haltet euch nur noch tapffer, ehe 1. oder 2. Stunden vergehen, will ich euch 2. tüchtige Portugiesische Schiffe, worauf tapffere Soldaten sind, zu Hülffe anhero bringen. Lebet und haltet euch wohl, ich muß eilen, daß ich bald wieder zu euch komme.

Es war uns nicht anders ums Hertze, als wenn uns GOtt einen Engel vom Himmel zum Troste zugeschickt hätte, derowegen verdoppelte sich unsere Courage, dergestalt, daß es noch manchem Barbar den Halß kostete, so sahen wir auch mit Vergnügen, daß das mittelste feindliche Schiff, so zu sagen, in letzten Zügen lag, denn unsere Canonen hatten es recht jämmerlich durchbohrt, auch bemerckten wir, daß der Feind auf dem Obertheil dieses ihres Schiffes nach gerade immer weniger wurden, woraus wir schlossen, daß alles zur Pumpe beruffen sey.

Endlich aber wider alles Vermuthen wolte dieses feindliche Schiff sich umwenden, und die Flucht nehmen, es gieng aber dergestallt matt und merode, daß man nicht zweiffeln durffte, wie es tödliche Blessuren haben müsse. Aber, indem wir uns umsahen, kamen 2. der schönsten und festesten Portugiesischen Schiffe, welche sich zwischen mich und meinen Bruder einlegten, und in unerhörter Geschwindigkeit ihre Canonen auf die [69] Barbaren löseten, ehe sie noch ein Wort mit uns gesprochen hatten. Auf unsern beyden Schiffen liessen sich Trompeten und Paucken tapffer hören, denen die Portugiesen Wechselsweise antworteten. Den Feinden aber vergieng der Muth auf einmahl plötzlich, indem sich keiner mehr auf eine Sturm-Leiter wagen wolte, auch wenig Schüsse mehr von ihren Schiffen gehöret wurden. Das mittelste Schiff aber wolte doch mit guter Manier fort hincken, allein, die Portugiesen und wir gedachten: nicht also! sondern jagten ihm nach, ereileten und erstiegen dasselbe ohne besonderes Blutvergiessen. Hernach kam die Reihe an die 2. andern feindlichen Schiffe, die wir binnen etwa einer Zeit von 3. Stunden nach einem etwas härtern Kampffe glücklich erstiegen, und alle darauf befindliche Mannschafft in Fesseln legen liessen.

Wir schossen demnach unter Trompeten- und Paucken-Schall, auf allen Schiffen, so gar auch aus den feindlichen Canonen, mit grösten Freuden Victoria, und zwar zu dreyen mahlen. Hernach brachten wir den Patienten, nemlich das mittelste Schiff, zwischen die 2. übrigen Barbarischen, schickten einige von unserer Mannschafft auf jegliches Barbarisches Schiff, und liessen im Gegentheil eben so viel Barbaren auf unsere und der Portugiesen Schiffe überkommen. Meine Leute strapazirten die Räuber auf eine sehr hefftige Art, welches ich ihnen nicht verdencken konte, indem sie doch, (Schertz bey Seit gesetzt) nachdem wir es aufs genaueste ausgerechnet, 128. Cameraden, theils auf meinem, theils auf meines Bru-[70]ders Schiffe so schändlicher Weise einbüssen und vermissen musten. Denn NB. es fraß die Eroberung der Schiffe in etwas mehr Volck, als die Gegenwehr gegen die Stürmenden. Jedoch ich redete meinen Leuten zu, und bath dieselben, sie möchten sich aufführen, als Christen, und nicht barbarisch verfahren, damit auch die Barbaren sähen uns spüreten, was vor ein gewaltiger Unterscheid zwischen der Aufführung eines Christen und eines Heyden sey. Hiemit thäte man nicht allein unserm Heylande einen Dienst, sondern es könne auch möglich seyn, daß diese unsere Christliche Aufführung manchem Armen, in der Barbarey unschuldig gefangen sitzenden Christen-Sclaven, wohl zu statten kommen möchte, wenn die Barbaren, als Feinde des Creutzes Christi, erkannt hätten, daß wir gantz andere Leute von Conduite wären, als sie selbst. Unterdessen solten sie dieselben zwar zu strenger und saurer Arbeit anhalten, jedoch, so viel ein Mensch, in Ansehung seiner Leibes-Constitution, ertragen könte. Vollauf zu essen und zu trincken solten sie den Feinden geben, und keinem, wenn er etwas versehen, blutrünstig, vielweniger braun und blau, oder wohl gar Arme und Beine entzwey schlagen. Damit wir unsern Christen-Nahmen nicht verlöhren, und uns in der Rotte der Barbaren einschreiben liessen &c. Nachdem ich dieses in Deutscher Sprache geredet, so redete ich es auch in Portugiesischer: denn nicht allein mein Bruder, benebst vielen seiner Leute, sondern auch die Portugiesischen Capitains mit den meisten ihrer Leute höreten meinen Vortrag an, und es schiene ihnen allen derselbe sehr wohl zu gefallen, [71] allein, da wir eben nicht vor rathsam ansahen, uns in dieser fatalen Gegend länger aufzuhalten, zogen wir in schönster Ordnung fort, um die grünen Insuln zu erreichen und unsere gemachte Beute zu theilen. Andern Tages, etwa eine Stunde vor Untergang der Sonnen, erreichten wir eine derselben, und wurffen in einen schönen Hafen Ancker. Die Insul hieß St. Jago mit Nahmen, und die Stadt, so dem Hafen am nächsten lag, eben also. So bald der Tag anbrach, ritten 2. Officiers der Unsern und eben so viel der Portugiesen in die Stadt, und erkundigten sich, wo der Gouverneur der Insul anzutreffen wäre. Sie traffen ihn an, es war ein complaisanter Mann, und nachdem so wohl die Unserigen, als auch die Portugiesen ihm eine weitläufftige Erzehlung gethan, wie es uns auf beyden Seiten ergangen, anbey gebethen, es möchte derselbe uns erlauben, daß wir unsere beschädigten Schiffe allhier ausbessern, und unter seinem Schutze, von den Einwohnern ungestöhrt, unsere gemachte Beute theilen möchten, so sagte er mit gröster Freundlichkeit: Alle meine lieben Brüder! gebraucht alle eure beste Beqvemlichkeit, euch soll niemand beunruhigen, und ich will euch nur vor erst 50. Mann zur Salva-Guarde mitgeben, saget aber, daß ich eure Capitains, so wohl Portugiesen als Holländer, gar sehr bitten liesse, mir, wo möglich, noch heutigen Tages die Ehre ihres Zuspruchs zu geben. Unsere Officiers konten nicht vom Wunder genug sagen, wie complaisant sie der Gouverneur, der ein ansehnlicher, liebreicher Mann wäre, tractirt hätte, sie nicht allein bey der Mittags-Mahlzeit [72] wohl bewirthet, sondern auch in einer propern Chaise mit Convoy von 1. Capitain, 1. Lieutenant, Fähndrich und 50. Gemeinen, bis hieher an das Ufer fahren lassen. Wir liessen die Ober-Officiers des Gouverneurs auf unser Schiff bitten, und schickten ihnen dieserwegen ein Boot, mit welchem sie so fort zu uns kamen. Wir setzten ihnen das Beste vor, das wir in der Geschwindigkeit, gestalten Umständen nach, finden konten; denen Unter-Officiers aber schickten wir jedwedem 1. Gulden und den Gemeinen einen halben Gulden, nebst so viel Wein und Brandtewein, daß man glaubte, sie hätten wohl 3. Tage daran satt haben können, über dieses wurden ihnen auch starcke Portions von geräuchertem und eingesaltztem Fleisch, geräucherten und eingesaltzten Fischen, auch allerhand Früchten zugeschickt. Mein Lieutenant hatte die Commission, der Insulaner-Militz dieses Præsent zu überbringen; (denn meines Bruders Lieutenant war diesen Morgen erschossen worden.) Als nun mein Lieutenant zurücke kam, konte er nicht gnugsam erzählen, wie erfreut die Insulaner-Militz über dieses Præsent gewesen, ja es hätte ihm einer um den andern, so wohl Unter-Officiers als Gemeine, die Hände geküsset, und immer dabey geschryen: *Vivant! die Holländer! O! was sind die Holländer vor brave und wackere Leute! unsere Brüder, Vivant, Vivant, Vivant! die Holländer!*

Wir hatten unser besonderes Vergnügen hierüber, da wir aber mit des Gouverneurs Officiers noch etwa 2. Stunden tüchtig gebechert hatten, und [73] zwar den delicatesten Canari-Sect, auch beym Gesundheit-trincken immer 6. Canonen abfeuern lassen, NB. bey der Gesundheit des Königs von Portugall, des Königs von Spanien und der General-Staaten von Holland, aber allezeit 12; des Gouverneurs dieser Insul nur 8. Canonen abgefeuert wurden, so bemerckten wir, daß die Insulanischen Officiers ziemlich begeistert waren, wir zogen derowegen unsere guten mittelmäßigen Kleider an, setzten uns mit ihnen in eine Chalouppe, und fuhren also die 4. Schiff-Capitains, deren jeder 6. Mann zur Bedienung mit sich nahm, mit den Insul. Officiers nebst 6. Trompetern und 2. Pauckern, dem Lande zu, nachdem wir uns mit den Insulaner-Officiers zum öfftern gehertzt und geküsset hatten.

So bald wir ans Land gestiegen waren, wurde von allen unsern 7. Schiffen eine Salve, und zwar von jedweden aus 12. Canonen gegeben, wovon die gantze Insul zu erschüttern schien. Der Insulanischen Militz verursachte dieses eine besondere Freude. Ihre Officiers verfügten sich so gleich zu ihren Leuten, welche parade machen, und aus ihrem Hand-Gewehr 3. mahl Salve geben musten. Worauf unsere Schiffe jedesmahl noch eine Salve von 12. Canonen hören liessen. Hierauf setzten wir 4. Capitains uns in einen parat stehenden kostbaren Wagen, und liessen uns nach der Burg des Gouverneurs fahren, allwo 2. Compagnien Granadiers mit aufgesteckten Bajonetten stunden, salutirten und ihr Gewehr præsentirten, anbey Trommeln und Pfeiffen sich lustig hören [74] liessen; auch ließ der Commandant, uns zur Bewillkommung und zu Ehren, dreymahl 24. Canonen von den Wällen lösen, denn er wohnete auf einer prächtigen Citadelle. Vor dem äusersten Thore hielten wir stille, und traffen daselbst 2. Fouriers und 16. Bedienten an, die seine Livree trugen. Wir machten uns fertig abzusteigen, allein einer von denen Fouriers kam zu uns, und sagte: wir möchten noch sitzen bleiben, und bis auf den innern Platz fahren, denn der Gouverneur hätte befohlen, daß man uns bis vor das Portal der grossen Treppen fahren, und daselbst solte absteigen lassen. Dieses geschahe, und der Gouverneur, der 6. Cavaliers nebst noch vielen Bedienten hinter sich hatte, war so complaisant, bis unten an die letzte Stuffe der Treppe uns entgegen zu kommen und zu bewillkommen.

Es war ohngefähr um 6. Uhr des Abends, als wir bey ihm eintraffen, und er führete uns alle 4. Capitains in ein recht propres und in Warheit, recht Fürstliches Zimmer, ließ vorerst in aller Geschwindigkeit einen Tisch, der mit Caffeè besetzt, und noch einen andern Tisch, auf welchem viele Bouteillen mit Wein angefüllet, nebst vielen Schalen voller Eis, auch vielen Schalen von allerley Confituren beladen, gegen uns übersetzen, und nöthigte uns, von allen dem zu nehmen, was nach unserm Appetite uns von seinen Bedienten vorgesetzet würde; anbey nur dreuste zu fordern, von welcher Sorte Wein einem oder dem andern zu trincken beliebte. Uns war vorerst mit nichts bessers, als einem Schälchen Caffeè gedient, und da wir nun deren etliche getrun-[75]cken hatten, redete ich zu ihm in Portugiesischer Sprache diese Worte:

Hochgebiethender Herr!

Dieselben werden von unsern Abgeschickten vielleicht vorläuffig vernommen haben, was uns seit ein paar Tagen passiret ist, derowegen will Ew. Hochgeb. mit einer weitläufftigern Erzählung unserer Fatalitäten nicht beschwerlich fallen, bis, da Sie es ja verlangen solten, auf eine andere Zeit. Unterdessen bitten wir gantz gehorsamst uns Dero Schutz aus, damit wir von den Einwohnern dieser Insul in Friede und Ruhe leben, unsere Schiffe ausbessern, und unser erbeutetes Gut unter einander redlich theilen können. Wir werden uns, so lange wir hier sind, als honette Leute aufführen, und vor unserer Abseegelung, wo uns anders Schutz und Hülffe nicht versagt wird, unsere Erkäntlichkeit reellement zeigen so wohl gegen Hohe, als Geringere nach proportion; weilen uns von unsern getreuen Freunden, den mit uns angelandeten Portugiesen, gesagt worden, daß der Gouverneur dieser Insul einer der heroischen und redlichsten Menschen in der Welt wäre. Derowegen begeben wir uns unter Ew. Hochgebiethl. Schutz, und sorgen weiter vor nichts, als Ihnen unsere Ergebenheit und Dienstgeflissenheit zu zeigen.

Auf dieses antwortete der Gouverneur in der Geschwindigkeit also: [76]

Meine werthesten Brüder und Freunde!

Es erfordert nicht allein die Christen-Pflicht, sondern auch meine besondere Pflicht und Schuldigkeit, den Hülffs-bedürfftigen, nach aller menschlichen Möglichkeit, Hülffe und Schutz angedeyhen zu lassen, warum solte ich es denn an euch nicht thun, die ich, wegen der genauen Allianz, in diesem Stücke alle vor meine Brüder und Freunde erkennen will und muß. Ich habe eine besondere Freude gehabt über das, was mir euer Abgesandte erzählt, nunmehro aber ist meine Freude vollkommen, da ich höre, daß ihr die Barbaren vollkommen besiegt, und ihre Schiffe benebst den Gefangenen in meinem Hafen liegen habt: Traget keine Sorge, es soll euch keiner entwischen, denn ich will so gleich Ordre stellen, daß sich eines von meinen Kriegs-Schiffen vor den

Eingang des Hafens legen soll. (Und nachdem er diese Worte gesprochen, rief er sogleich einen von seinen Officiers, und gab ihm die Ordre, daß er eines von den besten Kriegs-Schiffen, sich vor den Mund des Hafens zu legen, commandiren solte.) Im übrigen aber, meine Brüder, Herrn und Freunde! wolte ich wohl morgen frühe die Compagnie, *so ich zu Besetzung des Ufers euch zugesendet, mit* 2. Compagnien *ablösen lassen, allein ich sehe gar nicht, worzu es nöthig ist, weilen ihr alhier so sicher seyd, als wenn ihr zu Hause* [77] *wäret, denn meine* Soldatesque *und Land-Leute habe ich dergestalt im Zaume, daß sie mir auf einen Winck gehorsamen müssen. Ich bin ihnen nach Beschaffenheit der Sachen gelinde und scharff. Kleine Sotisen lasse ich mit kleinen Straffen büssen, bey groben aber erzeige ich mich, der* Justiz *gemäß, desto schärffer, und sonderlich stehet den Ehebrechern, Mördern und Dieben so gleich Galgen und Rad zu Dienste. Allein ich kan sagen, daß ich binnen* 12. Jahren *(als so lange ich allhier* Gouverneur *gewesen) nicht mehr als* 3. Executionen *habe müssen verrichten lassen. Meine Vorfahren sind Geitz-Hälse und Leute-Schinder gewesen, um sich so wohl an den Einheimischen als, bey guter Gelegenheit, an den Fremden zu bereichern. Aber so ein Mann bin ich nicht, sondern bedencke GOtt und mein Gewissen, weilen ich weiß, daß ich am jüngsten Tage viel zu verantworten habe. Ich weiß nicht, ob es ihnen bekannt ist, daß die* Gouverneurs *auf dieser Insul alle drey Jahr abgewechselt werden; allein man hat mich binnen 12. Jahren nicht abgewechselt, und wenn auch die Abwechselung morgen geschähe, so habe ich GOTT zum Freunde, und kan mit gutem Gewissen meine Rechnungen ablegen, auch von meiner Conduite und allen andern Actionen seit 12. Jahren her, Rede und Antwort geben. Die Liebe meiner Unterthanen habe ich mir dadurch [78] erworben, daß ich sie niemahls gedrängt und durch Execution erpressen lassen, was sie mir zu zahlen schuldig gewesen, vielmehr manchen durch die Finger gesehen, und nach proportion seiner Armuth, offtermahlen mehr, als die Helffte geschenckt, wessentwegen ich mich getrauete, wenn ich mich im Walde oder Felde verirret hätte, es sey bey Tage oder Nacht, in eines jeden mir begegnenden Unterthanen Schoosse, ob es auch der geringste wäre, sanfft und sicher zu schlaffen. Ausser diesen allen gefället dieses meinen Unterthanen unvergleichlich wohl, daß ich eine scharffe Zucht unter meiner Soldatesque halte, deren ich 3000. regulirte Mannschafft, ohne die Land-Militz, unter meinem Commando habe. Meine Soldaten haben mich alle lieb und werth, weilen ich ihnen ihr Brod und Geld richtiger austheilen lasse, als meine Vorfahren seithero gethan. Ich bin ein Mann, der, weil er bedenckt, daß ihm GOtt eine honorable Charge, auch Geld und Gut nach seinem Stande zum Uberfluß gegeben, das Suum cuique wohl observirt. Mein eintziges Vergnügen ist dieses, wenn ich mercke, daß ich und meine Familie sich gesund befinden, hernach mein Amt behörig verrichten, und den Armen Gutes thun kan, als deren Freund ich im höchsten* grade *bin, denn ich bemercke, daß die Armen mir viel Seegen ins Hauß bethen, ohngeacht ich schon so viel habe, mich* [79] *und die Meinigen zu versorgen bis an mein Ende, und vielleicht auch noch etwas übrig zu lassen verhoffe &c.*

Nachdem er eine Zeit lang mit Reden inne gehalten, sagte ich zu meinem Bruder, der mir an der Seite stund, in deutscher Sprache, nur diese wenigen Worte: *Bruder! solchen Glauben habe ich in Israel nicht funden!* So gleich fieng der Gouverneur mit Lächeln zu sagen an: Meine Herren! ich kan auch etwas deutsch verstehen, und so ziemlich reden, weilen ich mich nicht länger als 2. Jahr in Deutschland aufgehalten, und darinnen die admirablesten Leut von der Welt angetroffen habe. Sie geben sich zwar vor Holländer aus, allein daran zweiffele ich, sondern glaube vielmehr, daß sie in Deutschland gezogen und gebohren sind, weilen ich dieses nicht allein an ihren dialecto, sondern auch aus ihrer beyder gantzen Aufführung wohl beobachte. Wir beyden Brüder stutzeten ziemlich, da man unsere Sprache verstund, der Gouverneur aber hub an zu lächeln, und sagte: Ey! weg mit dem Wasser, wo es beliebig, wollen wir ein gut Glaß Wein trincken, und zwar vom allerbesten Canari. Kaum hatte er seinen Bedienten einen Winck gegeben, als diese einen angefüllten Pocal mit Weine, der ziemlich groß war, aufsetzten. Der Gouverneur fieng an: Meine Herren! auf gute Gesundheit und Glück unser aller, die

wir einander allhier lebendig sehen, deren Potentaten
Gesundheit gienge zwar vor, allein, wir wissen nicht, ob
dieser oder jener noch lebet: Vivamus! Indem er nun
den Pocal ansetzte, wurden [80] sogleich auf den Wällen
12. Canonen gelöset und dieses wurde continuiret, bis
der Gesundheits-Pocal herum gegangen war.

Wenige Zeit hernach, wurde durch 6. Trompeter und
1. Paucker zur Tafel geblasen und geschlagen, weßwegen der Gouverneur denn sehr nöthigte uns nicht länger zu versäumen, sondern unserer Führerin zu folgen.
Dieses war seine Gemahlin, eine Dame von ohngefähr
40. Jahren, sahe aber noch sehr schön aus, wir giengen
demnach auf sie zu, und hatten die Ehre, sowohl ihr, als
ihren beyden schönen Töchtern, die Hände zu küssen,
allein, sie waren alle, der Landes-Art nach, so gefällig,
einem jeden von uns den Mund darzubiethen, und einen
derben Kuß darauf zu empfangen. Hierauf gieng des
Gouverneurs Gemahlin voran, ein General führete die
älteste, und ein Obrister die jüngste von ihren schönen
Töchtern; sodann folgten Paarweise, die Portugiesischen
Capitains, und hinter denselben ich und mein Bruder
im Paare, nach uns zählete ich noch accurat 20. Paar Cavaliers und Officiers. Nachdem ein Page das gewöhnliche
Gebeth vor Tische in lateinischer Sprache gesprochen,
wurden die Speisen vorgelegt. Ich will mich aber bey
Beschreibung der Gerichte, deren mancherley Abwechselungen und delicater Zurichtung, eben nicht aufhalten,
sondern nur so viel sagen, daß diese Tafel, einer aufs

delicateste besetzten Fürstlichen Tafel nichts nachgab. Wir Fremden wurden von dem Gouverneur, seiner Gemahlin und ihren schönen Töchtern beständig [81] aufs complaisanteste und liebreichste zum speisen genöthiget, und plötzlich ließ sich in einem Neben-Zimmer, dessen 2. Thüren so gleich eröffnet wurden, die aller angenehmste Tafel-Musique, auf Italiänische Art, hören. Die Abwechselungen der Concerten, Ouverturen und dergleichen musicalischen Händel, fielen gantz unvergleichlich in die Ohren, und dieses währete über eine gantze Stunde, so dann wurden lauter goldene Becher und ein grosser mit Diamanten und Rubinen besetzter goldener Pocal herbey gebracht, welcher wenigstens 3. bis vierdtehalb Pfund schwer war, und da fast über ein Maas hinein gieng, diesen nahm der Gouverneur, stund an der Tafel auf, und sagte: *Auf gute Gesundheit und Glück unserer angekommenen lieben Gäste, so wohl Holländer als Portugiesen.* Es stund alles auf, was bey der Tafel saß, indem liessen sich Trompeten und Paucken lustig hören, und es wurden dabey 12. Canonen abgefeuert. Er tranck den Pocal nicht gantz aus, sondern so viel, als ihm beliebte, machte ein Compliment gegen uns, und sagte: Meine Herren, nehmen Sie nicht ungütig, daß ich mein besonderes Ceremoniel observire, denn ich trincke nicht mehr, als mir schmeckt, und ich meiner Meynung nach vertragen kan, forçire auch niemanden zum Truncke, sondern lasse nach Appetite einem jeden seinen Willen.

Hierauf setzten wir uns nieder, indeß kam ein Page,

welcher den Pocal wegnahm, den übrigen Wein in einen grossen silbernen Schwenck-Kessel schüttete, den Pocal wieder ausspülte, und [82] denselben des Gouverneurs Gemahlin præsentirte, die so gut mit machte, als der beste Cavalier. Die Dame trunck es ihrer ältesten Tochter, und diese ihrer Schwester zu, und war hierbey zu bemercken: daß, so offt eine Person an der Taffel den Pocal ausgetruncken, ein Page kam, der den noch übrig darinnen befindlichen Wein in den silbernen Schwenck-Kessel goß, den Pocal mit Wasser ausspülete, wieder voll Wein schenckte, und ihn demjenigen, welchem es zugetruncken war, auf einer goldenen Schaale præsentirte, auch darbey credentzte. So gieng es von oben an bis unten aus.

Meinem Bruder war seiner Haupt-Wunde wegen bey Tische nicht allzu wohl, welches ich wohl merckte, indem er sich zum öftern im Gesichte veränderte, allein, weil er ein Löwen-Hertz im Leibe hat, so verbiß er seine Schmertzen, und ließ sich nichts merken, weßwegen ich auch stille schwieg. Unterdessen war des Gouverneurs älteste Tochter, so neben mir saß, dieses gewahr worden, neigte sich also zu mir, und sagte: Mein Herr! wie kommt mir euer Herr Bruder vor? er verwandelt sich öfters im Gesichte. Es wäre kein Wunder, Gnädiges Fräulein, (gab ich zur Antwort) wenn er sich zuweilen im Gesichte verwandelte, denn er hat gestern Abend einen gewaltigen Hieb über den Hirnschädel, und eine Kugel in die lincke Hüffte bekommen; Allein, er wird daran nicht sterben.

So bald ich ausgeredet, ließ das Fräulein einige Thränen fallen; worauf sie von ihrer Frau Mutter befragt wurde, was sie weinete, und [83] was sie mit mir gesprochen hätte? Sie erzählete alles bona fide, da denn die Dame meinen Bruder inständig bath, aufzustehen, und sich in ein anderes Zimmer führen zu lassen, wo er seiner Gesundheit pflegen, und der Ruhe geniessen könte; Allein der Kerl ließ sich weder durch das Frauenzimmer, noch durch den Gouverneur und andere Wohlwollende darzu erbitten, sondern blieb sitzen, wie ein Ast.

Ich aber rufte einen Pagen auf die Seite, und verabredete mit ihm, daß er mir den grossen Pocal voll einschencken, und darbey befehlen möchte, daß unter währenden Trincken, auf Gesundheit des Herrn Gouverneurs dieser Insul &c. allezeit 12. Canonen solten gelöset werden. Das Herrchen war fix, kam bald wieder zurück, und gab zu vernehmen, daß alles wohl bestellet wäre, brachte mir auch zugleich den Pocal, auf einem goldenen Credentz-Teller, mit welchem ich in die Höhe trat, und mit lauter Stimme sagte: *Vivant Ihro Excell. der Herr Gouverneur dieser Insul, nebst Dero hohen Familie!* Kaum hatte ich den Pocal angesetzt zum Trincken, als sich 12. Canonen nebst Trompeten und Paucken auf einmahl hören liessen, und dieses gieng, (nachdem ich gezeigt, daß ich den Pocal gantz ausgeleeret, und diesesmahl dem Schwenck-Kessel nichts gegönnet hatte) rund um. Ich bemerckte, daß der Gouverneur, seine Gemahlin und Kinder über mein Verfahren schmuntzelten, denn ich konte ihnen allen ins Gesichte sehen, ohngeachtet der Gouverneur mit seinen 2. Söhnen gantz zu un-[84]terst an der Tafel saß; Es war also ein artiges Kleeblat, oben die Mutter mit den Töchtern und unten der Vater mit zwey Söhnen. Nachdem der Pocal herum war, stimmete der Gouverneur aus den kleinen Bechern erstlich noch Privat-Gesundheiten an, und zwar vor alle Personen, die sich an der Tafel befanden, bey einer jeden wurden aber nur 3. Canonen gelöset. Wir sassen also so lange bis über Mitternacht an der Tafel, und mein Bruder hatte sich wohl gehalten bis auf den letzten Mann.

Nach aufgehobener Tafel sahe sich ein jeder nach seiner Ruhe-Stelle um, mich und meinen Bruder aber, welcher etwas blaß aussahe, begleiteten der Gouverneur, dessen Gemahlin, Töchter und Söhne bis hinauf in das obere Stockwerck, allwo uns zwey Zimmer angewiesen wurden, welche Communication mit einander hatten. Es trieb sie, wie die Dame sagte, nichts darzu an, als die Curioseteè, um meines Bruders Haupt-Wunde verbinden zu sehen. Wiewohl uns nun die Dame einen Artzt vorgeschlagen, dessen Kunst sie ungemein rühmete; so wolten wir doch unsere Schiffs-Barbier (welches in Wahrheit geschickte Männer waren, und noch gute Leute unter sich zu ihren Diensten hatten) nicht eyfersüchtig machen, weilen wir bedachten, daß wir vielleicht ihre Hülffe in Zukunfft weiter möchten nöthig haben. Da nun meines Bruders Schiffs-Barbier die Deckel und Pflaster von der Haupt-Wunde abgenommen, war dieses eben nicht allzu appetitlich anzusehen, zumahlen, da [85] um die Fingers-lange Wunde herum alles Haupt-Haar mit dem Scheer-Messer abgenommen war. Der Gouverneur und dessen Gemahlin wolten sich bey so gestalten Sachen, und zumahlen, da er noch eine Kugel im dicken Beine stecken hatte, bald des Todes über meines Bruders Muth und Hertzhaftigkeit verwundern. Die Söhne sahen die Wunde auch mit Erstaunen an, da aber die Töchter gleichfalls herzu traten, und dieselbe betrachteten, sanck die älteste gantz unvermuthet in Ohnmacht dahin, weßwegen man sie nur vorerst auf das, nicht weit davon stehende Bette legte, und sie mit Schlag-Wasser und flüchtigen Spiritu nach Verlauf einer viertel Stunde wieder zu sich selber brachte. Wir beyden Brüder bezeigten unsere hertzliche Compassion und Exquisen wegen dieses Zufalls, allein die Frau Mama sagte mit lachendem Munde: Das Närrichen hätte können davon bleiben, denn sie weiß, daß sie nicht einmahl eine Gans oder Huhn kan abschlachten sehen. Nachdem aber mein Bruder verbunden, ersuchte mich der Gouverneur, ich möchte ihm den Gefallen erweisen, und meine Arm-Wunde ebenfalls in ihrer Gegenwart verbinden lassen; ich deprecirte zwar solches, weilen es sich in Gegenwart hohen Frauenzimmers nicht schickte, allein, da er nicht nachließ, mich zu bitten, und ich sonsten wuste, daß ich so weiß und reine an meinem Leibe, als ein Fisch, so entblössete ich meinen Arm und Brust, und ließ mich verbinden. Sie verwunderten sich, daß ich, bey der Fingers-langen Wunde, doch den Arm noch so gut brauchen könnte, allein ich sagte ihnen, wie ich gar keine Schmertzen oder besondere Incommoditee dabey verspürete, sondern dieselbe en bagatell estimirte, indem ich deren weit gefährlichere aufzuzeigen hätte.

Wahrhaftig, (sagte des Gouverneurs Gemahlin,) meine Herren! eure Haut muß von Bleche, das Fleisch von Eisen, und die Knochen von Stahl seyn, wenn ihr dergleichen Blessuren so en bagatell tractiret. Der Gouverneur fiel ihr ins Wort, und sagte zu mir: Nein, meine Herren! das ist keine Sache oder Rath, sondern ich werde euch beyde nicht ehe aus meinem Hause lassen, bis ihr vollkommen curirt seyd. Wir danckten vor dessen gütiges Anerbiethen, und bathen uns aus, nur erstlich den morgenden Tag, wenn es erlaubt wäre, allhier auf seiner Burg abzuwarten. Hierauf wurde die älteste Fräulein aufgenommen, und erinnert, daß sie sich in ihr Zimmer begeben solte. Sie stund demnach auf, und nahm Abschied von uns. Mein Bruder bezeugte ihr nochmahls seine hertzliche Compassion, wegen des ihr begegneten unvermutheten Zufalls, und machte sich so dreuste, ihr 3. mahl die Hand und 3. mahl den Mund derb zu küssen, worauf der Gouverneur mit allen den Seinigen uns eine geruhige Nacht wünschete, und sich hinunter zu ihren Gästen begaben, mit denen sie, wie man hörete, noch 2. gute Stunden discourirten und becherten. Bald nach ihrem Hinweggehen, kamen 2. alte Matronen und 2. Pagen zu unserer Bedienung, welche noch ein Compliment von ihrer Herrschafft brachten, und sagten, daß sie befehligt wären, diese Nacht bey uns zuzubringen [87] und zu bewachen; Derowegen dürfften wir nur kühnlich fordern, was unser Hertz begehrete, indem uns von ihrer Herrschafft wegen, alles zu Diensten stünde.

Ich ließ meinen Bruder in diesem Zimmer, und suchte mein Bette in dem Neben-Zimmer, da denn ein jeder von uns den Schiffs-Barbier, 2. Schiffs-Soldaten und, wie schon gemeldet, die 2. alten Matronen und die 2. Pagen zu Wächtern bey sich hatte. Ehe wir aber noch eingeschlaffen waren, kamen die 2. Portugiesischen Capitains nochmahls zu uns, um uns ihr Beyleyd zu bezeugen, und eine angenehme Nacht-Ruhe anzuwünschen, welches sie denn mit der grösten Freundschaft und Zärtlichkeit thaten, ja wir erkanten sie vor recht redliche Leute. Früh Morgens, so bald es helle ward, beredeten wir beyden Brüder uns, und schickten zwey von unsern Bedienten an meinen Lieutenant, daß er so gut seyn möchte, unsere Kleider- und Wäsch-Kisten eröfnen, und vor einen jeden von uns, ein rothes mit Silber- und ein blaues mit Golde bordirtes Kleid nebst etlichen Anzügen weisser Wäsche, ingleichen etliche Paar seidener Strümpffe von verschiedenen Farben, auch 2. rothe, 2. blaue und 2. weisse Feder-Hüte in Mantel-Säcke möchte einpacken, und auf 2. Maul-Thieren anhero bringen lassen; weilen wir, da wir einige Incommodität an unsern Wunden verspürt, uns noch wohl etwa 3. bis 4. Tage bey dem genereusen Gouverneur aufhalten möchten. Im übrigen lautete die

Ordre, die ich eigenhändig schrieb, noch so: daß er auf beyden Schiffen, nebst seinen [88] Subalternen alles wohl beobachten möchte, weil wir unser Vertrauen gäntzlich auf seine vortrefliche Conduite und Geschicklichkeit gesetzt hätten &c.

Unsere Bedienten giengen noch vor Aufgange der Sonnen fort, und kamen viel eher zurück, als wir uns dessen vermutheten, brachten auch alles auf den Maul-Thieren mit, was wir verlangt hatten, benebst dem schrifftlichen Rapport des Lieutenants, worinnen er meldete: daß auf beyden Schiffen alles noch sehr wohl stünde; und das Volck, welches er aufs beste verpflegte, indem er wohl wüste, daß wir beyden Capitains, zumahlen bey dergleichen Umständen, keine Menageurs wären, bezeigte sich lustig und guter Dinge. Die meisten Patienten wären ausser Gefahr, jedoch in verwichener Nacht auf meinem Schiffe 1. auf meines Bruders Schiffe aber 2. Mann gestorben, welche er auf Breter binden, und unter 3. mahliger Lösung des Hand-Gewehrs, der See übergeben lassen.

Wir waren mit unsers Lieutenants Conduite zufrieden, indem er auch in der That ein gescheuter und geschickter Officier, anbey eine vollenkommene Courage hatte.

Mittlerweile hatte unsere Frau Wohlthäterin, welcher die Leutseeligkeit aus den Augen leuchtete, uns eine starcke Portion Chocolade herauf geschickt, ließ anbey fragen, ob uns auch mit Theè, oder Caffeè, oder sonsten etwas zum Frühstück gedienet wäre? allein wir deprecirten alles andere, und liessen zurück melden, daß wir mit diesem delicaten Frühstück uns behelffen wolten bis zur Mittags-Mahlzeit. Indem wir beyde Chocolade [89] trancken, kamen nebst denen Portugiesischen Capitains 2. Cavaliers des Gouverneurs, welche im Nahmen des Gouverneurs und seiner gantzen Familie uns den Morgen-Gruß brachten, und sich um die Beschaffenheit unserer beyder Gesundheit erkundigten. Wie liessen unter währenden Gegen-Compliment dieselben etliche Tassen Chocolade mit uns trincken, discourirten hernach von einem und andern, worbey ich gestehen muß, daß wir die beyden Cavaliers vor gelehrte, rafinirte Cavaliers erkanten. Sie hielten sich aber nicht länger bey uns auf, bis die Chocolade ausgetruncken war, und eileten, ihrem Principal unser Gegen-Compliment zu überbringen. Bald hernach kam eine alte Matrone, welche im Nahmen der Gouverneurin fragte: ob uns etwa beliebig, alleine auf unsern Zimmern zu speisen, oder ob wir zur ordentlichen Tafel kommen wolten? welches letztere sie mit Vergnügen und weit lieber sähe, zumahlen sich noch einige Gäste mehr eingefunden. Wir liessen zurück melden, daß, da wir uns wegen so unvergleichlicher guter Wartung und Verpflegung, fast halb curirt befänden, wir lieber en Compagnie, als alleine speisen wolten, wenn wir nur nicht zu befürchten hätten, daß wir als Patienten, der gantzen Gesellschafft einen Eckel verursachen möchten. Die Alte gieng mit diesem Bescheide fort, und brachte von ihrer Frauen zurück, daß wir nicht eigensinnig seyn, sondern zur Tafel kommen solten, so bald als geblasen würde, worzu wir noch etwa eine halbe Stunde Zeit hätten. Demnach liessen wir uns durch unsere [90] Bedienten aufs propreste in Blau mit einem Hute, worauf eine rothe Feder, ankleiden, und discourirten hernach unter dem Spazieren-gehen in dem Zimmer von ein und andern wichtigen Affairen, so lange bis uns Trompeten und Paucken zur Tafel citirten, da wir denn, ein jeder 2. von unsern propre montirten Laquais hinter sich habend, in das Tafel-Zimmer mit goldenen Degen und Stock eintraten, erstlich ein Compliment en generell, hernach aber en speciellement machten. Wir bemerckten, daß sich die Gesellschafft auf die 10. Personen, so wohl männliches als weibliches Geschlechts verstärckt hatte, demnach wurde des angekommenen Frauenzimmers wegen, deren ihrer 6. waren, eine kleine Veränderung des Ranges gegen gestern gemacht. Ehe wir uns noch zu Tische setzten, winckte uns beyden Brüdern die Frau Gouvernantin; wir stelleten uns vor sie, da sie denn sagte: Ey! sind das Patienten? Ich glaube, wenn jetzo ein Barbar ihnen entgegen käme, mit seinem besten Säbel, sie zögen dennoch die Fuchteln, und bohreten ihm das Hertz im Leibe durch. Ich antwortete: Madame! daß wir noch so ziemlich vigoreus vor Ihnen erschienen, haben wir nichts anders zu dancken, als Dero Gnade, die Befehl gegeben, uns aufs beste zu pflegen und zu warten. Wir machten anbey ein tieffes Compliment vor die Dame, küsseten ihr die Hand und Mund, und setzten uns so, wie die andern, zur Tafel.

Hierbey gieng es weit delicater und kostbarer zu als gestern, ja ich lüge nicht, wenn ich sage, daß die Tractamenten mehr als Fürstlich waren, [91] hierbey wurde der Pocal und die kleinen güldenen Becher auch nicht müßig gelassen, und darbey das Pulver in den Canonen gantz und gar nicht menagirt, welches mich am allermeisten dauerte, sonsten aber delectirte mich nichts mehr, als die unvergleichliche Italiänische Tafel-Musique. Es gieng aber gantz fein und lustig auch bey der Tafel zu, und zwar, wie man in Europa zu sagen pflegt, von *Boben-Thal.*

Mittlerweile erhub sich ein Streit über der Tafel, um zu wissen: wie viel Uhr es wohl accurat sey? der Gouverneur selbst hatte eine kostbare Uhr, und seine Cavaliers und Officiers führeten auch Uhren bey sich, nach Proportion ihrer Güte, sie zeigten ihre Uhren alle auf, gewiß zu erfahren, wie hoch es wohl etwa an der Zeit seyn möchte; endlich kam die Reihe an uns, und die Portugiesischen Capitains, welche ihre Uhren auch aufzeigten und bekanten, daß es etliche Minuten auf 3. Nachmittags wäre, aber der Gouverneur wolte damit nicht zufrieden seyn, sondern statuirte, daß es vollkommen 3. Uhr wäre. Mein Bruder trat auf, und sagte: Meine Herren! ich bin ein geringer Mathematicus, und ein rechter Uhren-Narre, führe also mehrentheils 2. 3. bis 4. Uhren bey mir; grif demnach in die Ficke, und langte seine Haupt-Uhr, in deren Gehäuse unten eine Magnet-Nadel gesetzt war, heraus, und sagte: Dieses ist meine Haupt-Uhr, schlecht von Ansehen, aber tüchtig vom Verstande, denn es müste die Sonne nicht richtig gehen, wenn diese meine Uhr nicht richtig gienge, nach welcher sich alle meine andern Uhren, deren ich noch viele kostbare und [92] schlechte habe, zu richten pflegen. Demnach gieng diese Haupt-Uhr um die gantze Tafel herum, wurde auch von jeden besichtiget und bewundert; Da diese Uhr aber an ihren Mann zurücke kam, brachte derselbe eine dem Ansehen nach weit kostbarere güldene Repetir-Uhr hervor, die bis 300. Thlr. werth, indem sie starck mit Diamanten und andern Edelgesteinen besetzt war. Diese gieng auch um die Tafel herum, und wurde von einem jeden bewundert, bis sie auch wieder an ihren Mann kam. Unterdessen mochte das älteste Fräulein des Gouverneurs, ein Auge auf diese Uhr geworffen haben, weßwegen sie meinen Bruder bath, seine Stelle zu verändern, und sich an ihre Seite zu setzen, um ihr die Vortheile bey einer Repetir-Uhr zu zeigen, denn sie hätte zwar viel hundert Uhren gesehen, aber noch keine rechte Repetir-Uhr. Mein Bruder gehorsamte ihren Bitten, setzte sich neben sie, machte die Uhr aus einander, und zeigte ihr alle Hand-Griffe und Vortheile, immittelst ließ er noch 2. Uhren um die Tafel herum gehen, welche wegen ihrer Schönheit und Accuratesse von allen bewundert wurden. Das Fräulein machte sich eine ungemeine Freude daraus, daß sie in kurtzer Zeit so fix repetiren gelernet, præsentirte aber meinem Bruder auf einem goldenen Teller die Uhr wieder zurück; Allein dieser war damahls so genereux, daß er sich weigerte, die Uhr wieder zurück zu nehmen, sondern sagte, weilen er vermeckt, daß das gnädige Fräulein einiges Vergnügen an dieser Kleinigkeit gefunden, so offerire er die Uhr Deroselben zum Præsent und geneigten Andencken sei-[93]ner wenigen Person. Denn er hätte noch ein Paar dergleichen, und noch einige geringere in seiner Kiste. Sie richtete sich in etwas in die Höhe, und sagte, mit einer charmanten Mine, nicht mehr als diese Worte: Mein Herr, ich dancke vor dieses kostbare Præsent; Ich will mich revangiren.

Eben also gieng es diesen Abend noch meinem Bruder, mit einer goldenen, mit Diamanten und andern edlen Steinen besetzten Tabattiere, welche er eben diesem Fräulein darreichte, um eine Prise daraus zu nehmen, da aber diese auf dem im Deckel befindlichen Bilde sahe, daß ein Matrose vor einer schönen Dame auf den Knien lag, und ihr seyn Hertz mit wundersamen Geberden præsentirte, wolte sie sich fast schäckig darüber lachen, weßwegen mein Bruder ihr auch diese Dose schenckte. Nachdem aber der Uhr-Streit ein Ende gewonnen, und mein Bruder alle seine Uhren (ausgenommen die kostbare) wieder in der Ficke hatte, wurde abermahls Tafel-Musique gemacht, und dabey noch wohl eine gute Stunde tüchtig gebechert. Worauf die Tafel abgehoben, weggesetzt, und Anstalt zum Tantzen gemacht wurde. Der Gouverneur selbst machte mit seiner Gemahlin den Anfang, nöthigte hernach uns übrigen, daß wir folgen solten, welches denn auch von vielen geschahe, allein ich befürchtete mich, zumalen wegen des vielen getrunckenen

Weins, meine Arm-Wunde zu erhitzen; ließ derowegen das Tantzen bleiben. Mein Bruder aber war so toll, und forderte das älteste Fräulein des Gouverneurs zum Tantze auf, diese aber sagte (wie ich denn gantz nahe dabey stund, und alle [94] Worte hören konte) so viel zu ihm: mein Herr! vergebet mir, daß ich euch vor diesesmahl den Tantz abschlage, indem ich euren Zustand weiß, und mich Zeit Lebens nicht zufrieden geben könte, wenn ihr eure Wunden erhitzet, und in Gefahr lieffet. Ich werde auch mit keinem andern tantzen, sondern mich mit Kopff-Schmertzen entschuldigen. Lieber wolte ich euch noch heute Schuh und Stiefeln putzen, als mit euch tantzen, denn ich habe viel zu viel Vorsorge und Nachsinnen wegen eurer Gesundheit. Ich will mich zu eurem Herrn Bruder setzen, mit ihm ein gut Gespräche halten, und darbey dem Tantze zusehen, weil derselbe, wie ich mercke, auch keinen Appetit zum Tantzen hat. Also kam mein Bruder zu uns, setzte sich neben das Fräulein, so daß wir sie recht in der Mitten hatten, und führeten ein lustiges Gespräch. Es kamen ihrer viele, die das Fräulein zum Tantze auffordern wolten, allein sie schützte Kopf-Schmertzen vor, nahm auch, da es gegen 10. Uhr kam, von uns Abschied, und begab sich zur Ruhe. Da das Schwärmen jedoch kein Ende nehmen wolte, wurden wir es auch überdrüßig, und schlichen auf unsere Zimmer, befahlen aber einem Pagen, dem Herrn Gouverneur und dessen Gemahlin unsern Respect zu vermelden, mit gehorsamster Bitte uns nicht ungnädig

zu vermercken, daß wir stillschweigend fortgeschlichen
wären, indem uns die Schmertzen unserer Wunden zum
Verbinden angetrieben hätten. Der übrigen Compagnie
aber, solte er gleichfalls unser dienstlich Compliment
machen.

Nachdem wir auf unsern Zimmern angelanget, kam
dieser Page bald hinter uns her, und [95] brachte das
Nacht-Compliment von seiner Herrschafft, ihm folgten
2. Laquais, welche die Abschencke, die in einer grossen
güldenen Kanne voll Wein und einer grossen Schaale
voll allerley Confituren bestund, auf unsere Tafel setzten.
Nach diesen kamen abermahls 2. Pagen und 2. alte
Matronen zu unserer Bedienung, allein wir hielten uns
dißmahl nicht lange auf, sondern legten uns, nachdem
wir verbunden waren, bald zu Bette, wurden aber dennoch
noch nicht zur Ruhe gelassen, indem uns ein paar
Stunden darauf die Musicanten eine admirable Abend-
Musique vor den Thüren unserer Zimmer brachten, welche
fast eine halbe Stunde währete. Wir delectirten uns
daran, und schlieffen darüber ein. Früh Morgens, so
bald es Tag war, schrieb ich eine Ordre an meinen Lieutenant:
vor uns beyden Brüder, aus den Kleider-Kisten
jedem ein grünes mir goldenen Espagnen bordirtes Kleid,
noch einige Anziehe-Wäsche, 500. Raqueten, 500. gefüllete
Granaden, und 2. bis 3000. kleine Schwärmer,
200. Wasser-Kegel und 500. Lust-Kugeln zu schicken,
auch unser beyder Leib-Büchsen, Flinten und Pistolen,
item 2. Feuer-Mörser und 24. gefüllete Bomben, anbey

12. Granadiers, und zwar die geschicktesten. Im übrigen bäthen wir accuraten Rapport aus, hätten vorjetzo weiter nichts zu commandiren, indem wir wohl wüsten, daß er das Commando schon vor sich selbst aufs beste verstünde, weßwegen wir alles seiner berühmten Conduite überliessen &c.

Hiermit schickten wir abermahls 2. von unsern [96] Bedienten nach unsern Schiffern fort, bekamen Theè, Caffeè und Chocolade von unserer Wohlthäterin geschickt, worbey sich die 2. Portugiesischen Capitains, als welche uns recht brüderlich liebten, nebst 2. Cavaliers des Couverneurs waren, die uns das Morgen-Compliment brachten, wovon der eine zurücke gieng, und unser Gegen-Compliment ablegte, jedoch bald zurück kam, und mit uns tranck, denn ein jeder konte nach Belieben trincken, was er wolte. Wir hielten unter einander lauter politische Gespräche, bis ein Page ansagte: daß binnen etwa einer halben Stunde würde zur Tafel citirt werden. Demnach retirirten sich die Capitains und Officiers, wir aber liessen uns ankleiden, und zwar in Roth mit Silber bordirt, worzu wir jeder einen Huth mit weisser Feder aufsetzten, und, so bald zur Tafel geschlagen worden, uns gehöriges Orts meldeten, nachdem uns zwey Officiers zu allem Uberflusse abgeruffen hatten. Es gieng bey derselben eben so in floribus zu, als gestern und ehegestern, nur vermisseten wir darbey die älteste Tochter des Gouverneurs, von welcher mir die Mama sagte, daß sie einige Kopff-Schmertzen verspürete, welcher Zufall aber doch wohl bald würde überhin gehen. Ich spürete gantz genau, daß sich mein Bruder dieserwegen einigermassen alterirte, und schloß aus gewissen Merckmahlen, daß unter diesen 2. Leuten eine Sympathie haselirte. Er konte weder essen noch trincken, sondern saß immer in Gedancken, bis man ihn mit Gewalt anredete. Er excusirte seine Melancholie damit, daß ihm seine Wunde in der Hüffte [97] einige Schmertzen verursachte, weßwegen er dieselbe gleich morgendes Tages, entweder mit dem Kugel-Zieher heraus ziehen, oder mit dem Messer wolte heraus schneiden lassen. Hierbey merckte ich, daß wir bey den liebreichsten und redlichsten Leuten von der Welt wären: denn es schien, als ob ein jedes an seinen Schmertzen Theil nehmen wolte, und führeten sich alle, ohngeachtet die schönste Musique gemacht wurde, auch Trompeten und Paucken, nebst den Canonen wechselsweise schwermeten, dergestalt niedergeschlagen auf, als ob ihnen selbst ein Unglück begegnet wäre. Jedoch mein Bruder, da er dieses merckte, zwang sich mit aller Macht zu einer etwas munteren Aufführung. Inmittelst, noch ehe die Tafel aufgehoben wurde, kamen unsere Bediente, und brachten von meinem Lieutenant folgendes Rapport-Schreiben zurück.

Messeigneurs!

Deroselben Ordre ist mir heute früh um 8. Uhr wohl worden, weßwegen ich keine Minute versäumt, derselben gehörige Parition zu leisten, übersende demnach zu schuldigster Folgleistung:

2. Mortieurs
24. *gefüllete Bomben*
500. *gefüllete Granaden*
500. *Raqueten grosse, mittelmässige und kleine*
3000. *kleine und grosse Schwärmer*
200. *Wasser-Kegel*
200. *Lust-Kugeln*
2. *Büchsen* [98]
2. *Flinten*
4. *Paar Pistolen, anbey*
12. *Mann der auserlesensten Granadiers, die ich vor die besten halte. Mir träumet, daß Messeigneurs ein kleines Feuer-Werck spielen wollen, worzu ich gratulire, und so offt ich einen Mortieur abfeuren höre,* 12. *Canonen auf unsern Schiffen werde lösen lassen, weil wir mit dem Barbarischen Pulver, wie ich fast nicht gemeint, noch einen wichtigen Vorrath von Pulver haben.*

Anbey folgen die verlangten 2. *Kleider mit goldenen Espagnen bordirt, wie auch* 2. *mit Espagnen bordirte Hüte,* 2. *Paar Perlen-farbene Strümpfe und noch etliche Anziehe-Wäsche.*

Auf unsern Schiffen stehet, GOtt Lob! alles wohl: denn unsere Patienten bessern sich, und ist seit meinem letztern Rapport keiner gestorben, wohl aber noch 2. *blessirte Barbaren, die ich ohne Gesang und Klang habe in die See werffen lassen. Hergegen habe ich den Cörper meines lieben Cameraden, des erschossenen Lieutenants, noch zu unterst im Schiffe auf dem Ballast liegen, in Hoffnung, daß sie demselben ein ehrlich Begräbnis auf dem Lande procuriren werden. Ubrigens, in Erwartung fernerer Ordre, beharre mit schuldigst-gehorsämsten* Respect

Messeigneurs

le votre

E. H. Dimbourg.

P. S. Meine Herren sollen bey Dero Zurück-[99]*kunfft keinen Abgang an Raqueten, Schwärmern, Wasser-Kegeln, Lauff-Kugeln und dergleichen spüren, denn ich will binnen der Zeit den Abgang ersetzen, weil ohnedem ich und unsere Leute müßige Stunden haben.*

Ich gab diese Rapports-Schrifft meinem Bruder zu lesen, gieng hernach hinnunter an die Tafel, und bath den Gouverneur: ob es mit dessen gütiger Erlaubnis geschehen könte, daß wir unseren seel. Cameraden mit militairischen Ehren-Bezeigungen auf dem Lande begrüben, zumahlen, da er ein guter Christ und eifferiger Catholic gewesen, mithin der geweyheten Erde wohl würdig wäre?

Ey! was hör ich, mein Herr! (sagte der Gouverneur) ist der Verblichene ein Catholic gewesen, so will ich ihn in die Haupt-Kirche begraben lassen. Ich bringe Ew. Hochgebl. keine Lügen vor, (antwortete ich) denn daß er ein eiffriger Catholic gewesen, kan ich mit seinem Lebens-Lauffe, den er selbst eigenhändig, wenig Tage vor seinem Tode schrifftlich aufgesetzt, ingleichen auch aus vielen andern seinen Scripturen, Catholischen Büchern, Pater noster und Scapulier, welches alles er beständig bey sich geführt, erweißlich machen. Hierauf sagte der Gouverneur, ich traue eurer Redlichkeit noch weit mehr, als dieses zu. Ich bitte aber, lasset euren Todten nur noch 3. Tage auf dem Ballast liegen, denn es kan ihm bey jetziger Witterung keine Fäulung angehen. Sorget weder vor Sarg, Todten-Kleid, noch etwas anders, was zu einer propren Beerdigung eines Officiers gehört, der auf dem Helden-Bette sein Leben [100] rühmlich eingebüsset hat, sondern gönnet mir die Ehre, daß ich alles besorge und veranstalte; Von heute an gerechnet, soll der Leichen-Conduct auf den 4. Tag vor sich gehen, und Tages vorhero, auf meine Parole, alles in Ordnung seyn. Hiermit stund der Gouverneur von der Tafel auf, und gab einem seiner Officiers einen Winck, daß er ihm folgen solte. Er gieng mit ihm an ein Fenster, und plauderte fast auf eine halbe Stunde mit ihm.

Unterdessen gieng ich mit meinem Bruder auch etwas abseits, und beredeten uns, wie wir es mit dem Feuer-Wercke halten wolten; Er sagte: wenn ein und anderes passirt, so will ich meine Dinge gleich nach der Abend-Tafel, die doch auf unser Bitten nicht lange währen muß, schon machen. Als der Gouverneur wieder an die Tafel kam, sagte er: Meine Herren! tragen sie kein Leid noch Sorge mehr vor ihren Todten, sondern überlassen alle Sorge mir gantz allein; hergegen bitte, sie wollen sich etwas lustiger erzeigen, als bishero. Ich aber sagte ihm heimlich ins Ohr: ob er mir und meinem Bruder gütigst erlauben wolte, diesen Abend, so bald es finster worden, ein kleines Feuer-Spiel, auf der, unsern Fenstern gleich gegen über liegenden kleinen See, zu præsentiren, mein Bruder, der aussen geblieben war, machte schon alle Præparatoria darzu, nur ließ er inständig bitten, daß die Abend-Tafel etwas kürtzer, als sonst gewöhnlich, möchte abgebrochen werden, damit wir von der dunckeln und finstern Zeit profitiren möchten. Der Gouverneur lächelte, und sagte: Meine Brüder! gebrauchet alle Beqvemlichkeit bey mir, ich werde [101] mir ein besonderes Vergnügen machen über das Feuer-Spiel, und wo es euch gefällig, etliche 100. Pech-Fackeln an das Ufer setzen lassen. Ich will auch so gleich Ordre ertheilen, daß die 8. kleinen Lust-Schiffe benebst den Boötchen und Kähnen in Ordnung gestellet werden.

Nach aufgehobener Tafel wurde getantzt, da denn unverhoft mein Bruder und die krancke Fräul. fast zu gleicher Zeit zum Vorscheine kamen, allein diese letztere ließ sich von niemanden zum Tantzen bewegen, also tantzten sie alle beyde und ich auch nicht, mein Bruder retirirte sich bald wieder, indem er mit seiner Feuerwerckerey noch nicht vollkommen fertig war, auch die Raqueten-Stöcke noch nicht alle beysammen hatte; Allein er schien mir weit munterer, als vorhero, nachdem er seinen Aug-Apfel wieder zu sehen bekommen hatte. Eine Stunde vor der Dämmerung wurde auf der Tafel angerichtet, allein es gieng dißmahl kurtz ab, wiewohlen alles im Uberflusse vorhanden war.

Da nun mein Bruder sein Feuer-Spiel und alles, was

wegen der Fahrzeuge zu besorgen war, in Ordnung gebracht, nahm er mich und die Portugiesischen Capitains mit hinunter an den Teich oder kleinen See, denn es war ein gewaltig grosser Teich, setzten uns in ein artiges, vestes und commodes Schiff, nahmen die 2. Mortiers und Bomben mit hinein, und löseten unter Trompeten- und Paucken-Schall anfänglich 2. Mortiers, welche 2. Bomben in die See warffen, die sich ziemlich darinnen herum tummelten und endlich crepirten, zu gleicher Zeit hörete man auf der Citadelle 12. Canonen-Schüsse, auf welche [102] unsere, in dem Hafen liegende Schiffe in gleicher Anzahl antworteten. Hierauf musten die Granadiers ihre Granaden aufs Land werffen. Nach diesen ließ mein Bruder 24. der schweresten Raqueten steigen, welche sich dergestalt wohl hielten, daß nicht nur alle Zuschauer, sondern auch der Gouverneur selbst, ihr Vergnügen daran sahen, denn die meisten schaueten oben aus den Fenstern der Burg heraus. Da dieses vorbey, warf mein Bruder abermahls 2. Bomben aufs ebene Land, welche sich wunderlich begunten, und wie man früh Morgens sahe, ehe sie crepirt, gewaltig tieffe Löcher in die Erde gewühlet, ja rechte Kessels gemacht hatten. Es wurde ihm auf seine 2. Mörser von den Wällen der Citadelle und von unsern Schiffen, von jeder Seite mit 12. Canonen geantwortet. Darauf warf er 50. Wasser-Kegel in das Wasser, ließ dabey 50. der grösten Schwärmer in die Luft spielen. Da die Wasser-Kegel versuncken, warf er 50. Lust-Kugeln von allen Seiten des

Schiffs, und spielete darauf noch 2. Bomben ins Wasser, worauf ihm von der Citadelle und von unsern Schiffen von jeder Seite mit 12. Canonen geantwortet wurde.

Also fuhr er fort, Raqueten steigen, Granaden werffen, Schwärmer in die Luft fliegen zun lassen, Wasser-Kegel und Lust-Kugeln auszuwerffen, und von Zeit zu Zeit 2. Mortiers zu lösen, da er denn die Bomben bald aufs Land, bald aufs Wasser fliegen ließ. Dieses währete so lange, bis er des Dinges überdrüßig wurde, und da er nicht viel Vorrath mehr hatte, alles kunter bund durch [103] einander hergehen ließ, zuletzt aber mit 4. Bomben, die er kurtz nach einander spielte, der gantzen Sache ein Ende machte, und anhören muste, daß ihm so wohl die Citadelle mit 24. und unsere im Hafen liegende Schiffe auch mit 24. Canonen-Schüssen eine gute Nacht wünschten. Als wir alle insgesammt zurück ins Tafel-Zimmer auf der Burg kamen, fanden wir einen schönen Caffeè, Bisquit und hernach ein Glaß Canari-Sect, wir wolten uns aber nicht dabey aufhalten, jedoch, da uns der Gouverneur allzu starck nöthigte, und sagte: Meine Herren! ihr habt mir diesen Abend ein Divertissement gemacht, dessen gleichen ich, so lange ich auf dieser Insul wohne, nicht gehabt, auch haben sich meine gantze Familie und meine werthesten Gäste unaussprechlich darüber ergötzt; darum erlaubet mir, meine Herren! daß ich auf diesem grossen Teiche, oder so zu sagen, kleinen See, euch sämmtlich wieder zu divertiren, eine Fischerey anstelle, und euch insgesammt bitte, derselben beyzuwohnen, und zwar Morgen gleich nach der Mittags-Tafel. Unterdessen wollen wir unter einem guten Gespräch noch eins in bona pace ex poculo hilaritatis trincken, und uns hernach zur Ruhe begeben. Wir liessen uns alle bereden, ich bemerckte aber, daß mein Bruder und sein Fräulein sich an das abgelegenste Fenster begaben, und daselbst die vertraulichsten Gespräche mit einander führeten.

Wir giengen also lange nach Mitternacht zur Ruhe. Früh Morgens bekamen wir unser Deputat al' ordinaire an Theè, Caffeè und Chocolade, auch die gewöhnlichen Visiten, und erschienen hernach im [104] grünen Habit bey der Tafel. Es gieng alles darbey ordentlich und pompeus zu, jedoch währete die Tafel dißmahl nicht so lange, als sonsten, weil wir die Fischerey vor uns hatten. Der Gouverneur war diesen Tag ungemein aufgeräumet, und sagte: Nun, meine Herren! thut mir das Plaisir, mit an die Fischerey zu gehen, ich wette darauf, daß wir vor Nachts, vor mehr als 8000. Mann, der besten grossen und Speise Fische fangen wollen, und davon soll die in unserm Hafen liegende Soldatesque ihren Antheil haben, auf unser aller Gesundheit die Fische zu verzehren, und wenn meine Rede nicht eintrifft, so will ich ihnen 4. von meinen besten Ochsen darzu schlachten lassen.

Demnach begaben wir uns hinunter an das Ufer, und setzten uns in die Lust-Schiffe und Kähne, ich bemerckte aber unter allen andern diese Curiositeé, daß mein Bruder mit seinem Leit-Sterne, nemlich des Gouverneurs ältesten Fräulein in einem kleinen Lust-Schiffe nebst einer alten Matrone, gantz alleine zu sitzen kam. Die Fischerey gieng unter Trompeten- und Paucken-Schall mit mehr als 300. Fischern, ohne die Handlangers, trefflich von statten, so, daß wir, ehe es dämmerig ward, aufhören musten, von wegen der grossen Menge. Es war, wie gesagt, eine erstaunliche Menge Fische, weßwegen der Gouverneur erstlich die allerbesten zu seiner Tafel auslesen ließ, die übrigen aber noch vor Nachts in grossen Fisch-Fässern unsern Leuten an den Strand zuschickte. Wir musten gestehen, daß dieses eine Fisch-Portion vor mehr als 16000. Mann wäre, dem ohngeachtet [105] ließ der Gouverneur 4. der fettesten Ochsen hinter den Fisch-Wagens hertreiben, und machte unsern Leuten ein Præsent damit. Wir fanden auf dem Tafel-Zimmer noch einen herrlichen Caffeè, und nachdem dieser mit Appetit genossen, nahmen wir vor dißmahl allesammt Abschied von einander, und begaben uns zur Ruhe. Früh Morgens stund mein Bruder wider seine Gewohnheit sehr früh auf, und sagte zu mir: daß, weil es ein gar allzu angenehmer Tag wäre, er sich ein wenig in dem Lust-Garten mit Spatzierengehen divertiren wolte, um der angenehmen Morgen-Lufft zu geniessen. Ich hatte nichts darwieder einzuwenden, da mir aber die Sache verdächtig vorkam, schlich ich nach Verlauf einer guten Stunde ihm nach, und fand mein Brüderchen mit seiner Amasia in einer dick belaubten Hütte sitzen. Ich sahe, daß sie einander hertzten und küsseten, auch sich dergestalt mit den Armen zusammen geschlossen hatten, als ob sie ewig also sitzen bleiben wolten. Erstlich gieng ich wieder zurück auf etliche Schritte, trat aber bald zu ihnen hinein, und both ihnen ein guten Morgen. Hierauf sagte ich: Kinderchen, ich habe von ferne gesehen, daß ihr einen hertzhaften Morgen-Seegen mit einander gebetet, es ist mir lieb, daß ihr einander lieb habt, allein führet euch behutsam auf, und macht das Spiel nicht zu bund, damit es die Eltern und andere Aufsehers nicht gewahr werden, ich aber will euch nicht verrathen.

Das Fräulein wurde so roth, als ein Stück Blut, kam aber auf mich zu, und küssete mir erstlich die Hand, hernach den Mund, worauf ich mich [106] gedoppelt revangirte; Mein Bruder aber sagte in deutscher Sprache zu mir: Mein Bruder! ihr hättet mit gröster Renommeè noch eine Stunde schlaffen, und mich in meinem Vergnügen ungestöhrt lassen können.

Gebt euch zufrieden, mein Bruder! (gab ich ihm zur Antwort,) ich will gantz und gar nicht ein Stöhrer eures Vergnügens sein, sondern ich sage nur so viel, bedenckt, wo wir uns aufhalten, und gehet behutsam; auf dem Zimmer wollen wir von dieser Begebenheit ein mehrers mit einander sprechen.

Hierauf traten wir aus der Hütte heraus, nahmen das Fräulein in die Mitte, und giengen noch eine Zeit lang im Garten herum spaziren, bis wir bemerckten, daß im Hause alles munter war, da denn das Fräulein, nachdem sie uns beyde geküsset, im Garten zurück blieb, wir aber begaben uns auf unsere Zimmer, und traffen daselbst schon die Portugiesischen Capitains und 2. Cavaliers des Gouverneurs an, welche bereits den Anfang gemacht hatten, sich jeder nach seinem Belieben mit Theè, Caffeè und Chocolade tractiren zu lassen, da wir denn mit machten, und ihnen erzähleten, daß wir wohl 2. Stunden lang der angenehmen Morgen-Lufft genossen. Wir divertirten uns mit allerhand Gesprächen, bis Trompeten und Paucken zur Tafel citirten, da wir beyden Brüder denn, nachdem wir unter währender Zeit uns ankleiden lassen, also bald, da ein Page kam, und uns zur Tafel invitirte, insgesammt hinunter spatzierten. Es gieng bey der Tafel so zu, als es vorhero gewöhnlich gewesen, nur daß die Tafel eher, als sonst gebräuchlich war, [107] aufgehoben wurde, denn der Gouverneur hatte uns zum Plaisir einen Thier-Streit anstellen lassen. Wir sahen demselben mit grösten Vergnügen zu. Erstlich wurden in die gemachten Schrancken ein wilder Ochse und ein Löwe gelassen, welche beyde einen heftigen Kampf über eine Stunde lang mit einander hatten, der in Wahrheit sehr curieus anzusehen war; endlich überwand der Löwe, und zerriß den Ochsen. Hierauf wurde ein anderer frischer Ochse in die Schrancken gelassen, welcher sich sehr großmüthig und tapffer aufführete; nachdem er erst hingegangen, und seinen zerfleischten Mitbruder etliche mahl beschnuppert hatte, trat er den Kampf mit dem Löwen an, der sich zwar tapffer wehrete, allein, weilen ihm wegen des vorigen Kampfs die Kräfte schon ziemlicher maassen verschwunden, sahe der Ochse seinen Vortheil ab, und stieß dem Löwen seine beyden Hörner mit der allergrösten Gewalt dergestalt in den Bauch, daß ihm das Eingeweyde heraus drung, und auf die Erde fiel. Als der Ochse dieses sahe, wendete er sich um, gieng auf dem gantzen Platze herum, und brüllete gantz erschröcklich, woraus man schliessen konte, daß er Victoria! ruffte; Allein seine Großmuth wurde bald gedemüthiget, indem 3. der allergrösten Hunde zu ihm in die Schrancken gelassen wurden, welche ihm dergestalt zusetzten, daß er endlich matt ward, und darnieder fiel, doch hatte er vorhero erst einen Hund getödtet, den andern tödlich blessirt, der dritte Hund aber blieb gesund und frisch, ohngeachtet er dem Ochsen heftig zugesetzt hatte.

Nach diesem wurden 2. Lecparden und 4. wil-[108]de Esel in die Schrancken gelassen, da man sich denn über die wunderlichen Fechter-Sprünge der letztern fast hätte mögen schäckig lachen. Sie gaben den Leoparden manche tüchtige Schläge, (denn sie waren beschlagen) an die Köpfe, Brüste und Bäuche, allein sie wurden binnen einer Stunde dennoch von den Leoparden in kurtz und kleine Stücke zerrissen. Hierauf wurden 4. Bären in die Schrancken gelassen, welche ebenfals wunderliche Täntze machten, und sich über eine Stunde lang tapffer wehreten, allein es half ihre Gegenwehr nichts, sondern sie wurden von den Leoparden zerrissen, die aber, indem sie von den Bären viele Bisse bekommen, gantz ohnmächtig zu Boden suncken. Demnach wurde ein Tyger und 2. wilde Pferde, die wohl beschlagen waren, in die

Schrancken getrieben, allein es verlief keine Stunde, da der Tyger alle beyde Pferde zu Tode gebissen hatte, ohngeachtet sie sich heldenmüthig gewehrt, und dem Tyger unzählige Schläge mit ihren Hufeisen beygebracht, wovon derselbe so wohl, als die Leoparden, ohnmächtig zu Boden sanck und liegen blieb.

Hierauf wurden 24. Hunde, von verschiedener Grösse, nebst einer gewaltigen Anzahl von Affen, Füchsen, wilden Katzen, und noch andern kleinern Thieren, in die Schrancken gebracht; demnach entstund eine solche Kater-Jagd, daß wir uns alle vor Lachen hätten ausschütten mögen. Endlich nahm das Spiel ein Ende, nachdem nicht mehr als 3. Hunde, ein alter Affe und 2. wilde Katzen noch auf dem Platze lebendig zu sehen waren. [109] Wir begaben uns demnach zur Tafel, schwärmeten noch bis gegen Mitternacht unter Trompeten- und Paucken-Schall beym Canari-Sect, und begaben uns hernach sämmtlich zur Ruhe.

Folgenden Tages lebten wir noch herrlich und in Freuden, aber des nächst folgenden nahmen so wohl wir Brüder, als die Portugiesischen Capitains, in aller Frühe von dem Gouverneur und seiner Familie, auch allen noch anwesenden Gästen Abschied, und begaben uns auf die Reise nach unsern Schiffen, weil wir beyden Brüder vorschützten, daß wir eine und andere wichtige Verrichtungen und sonderlich wegen des Leichen-Conducts hätten. Es hatte aber der liebreiche Gouverneur das Project zum Leichen-Conduct also gemacht:

1.) Die Gymnasiasten mit vorgetragenem Creutz und Fahnen.
2.) Die Studenten.
3.) Die ordinirte Clerisey.
4.) 1. Regiment Insulanischer Cavallerie.
5.) 1. Regiment Insulanischer Infanterie.
6.) Portugiesen, so viel als beliebig.
7.) Holländer, so viel als beliebig.
8.) Eine Insulanische Granacier-Compagnie.
9.) *Der Leichen-Wagen, bey dem 6. Marschälle hergehen.*
10.) Eine Insulanische Granadier-Compagnie.
11.) Portugiesen, so viel als beliebig.
12.) Holländer, so viel als beliebig. [110]
13.) 1. Regiment Insulanischer Infanterie.
14.) 1. Regiment Insulanischer Cavallerie.
15.) Der Gouverneur dieser Insul in einem Trauer-Wagen mit 6. Pferden bespannt.
16.) Zwölf mit 4. Pferden bespannete Trauer-Wagens, worinnen Insulanische Officiers und Cavaliers sitzen.
17.) 1. Insulanisch Regiment Infanterie.
18.) 1. Insulanisch Regiment Cavallerie.

Mein Bruder und ich betrachteten wohl, daß dieses ein prächtiges Leich-Begängniß werden würde, und wir uns par generositee nicht verdrüssen lassen dürfften, etwas daran zu spendiren, zumahlen da mancher General nicht so pompeus, als unser Lieutenant beerdiget würde.

Allein mein Bruder und ich machten uns dieserwegen wenig Sorgen, sondern bedachten, daß es besser sey, uns auf dieser Insul genereus aufzuführen, als den Barbaren 1. oder 3. Tonnen Goldes hin zu geben, oder wohl gar in Furchten zu schweben, von ihnen rein ausgeplündert und massacrirt zu werden. Demnach beredeten wir uns 3. mit spec. Thlr. und eben so viel mit Gulden angefüllete Kisten zu eröffnen, um den Insulanischen Officiers und Gemeinen vor erst einen kleinen Recompens zu geben.

Wir gelangten gegen Abend unter Escorte einer Insulanischen Esquadron Dragoner auf unsern Schiffen an, und bald darauf schickte der Gouverneur den Sarg, das Todten-Kleid und andern Zubehör nebst 2000. Pech-Fackeln, denn er hatte sich anders resolvirt, und wolte, damit es [111] desto prächtiger liesse, daß die Leiche erst Abends, wann es finster geworden, in der Stadt vor der Haupt-Kirche anlangen solte. Der Sarg war von Cedern-Holtze, mit ungemein artigen, schönen Stücken von Bildhauer-Arbeit von aussen gezieret, inwendig aber mit rothen Sammet ausgeschlagen, und das Haupt-Küssen war Himmelblau, das Todten-Kleid aber von weissen Atlas, starck mit goldenen Tressen besetzt. Wir hielten die gantze Nacht hindurch Schiffs-Rath, und besorgten alles, was noch in Ordnung zu bringen war. Früh Morgens wurde die Leiche im Sarge, der 12. verguldete Rincken hatte, am Ufer auf einem Parade-Bette ausgesetzt, und um den Sarg herum sehr viele Mayen in die Erde gepflantzet, auch 12. Schiffs-Jungen commandirt, welche die Fliegen von der Leiche hinweg weddeln musten. Des Tages über machten wir unsern Leuten ein Wohlleben, und gaben ihnen das beste Essen und Trincken, da es aber ohngefähr um 2. Uhr Mittags war, kam der Gouverneur mit etlichen seiner Officiers in vielen Wagens zu uns gefahren. Weilen wir nun einen Prophetischen Geist gehabt, und gleich in der Frühe 12. grosse Zelter aufschlagen, auch gnugsame Stühle und Tische hinein setzen lassen; so stiegen alle ab, und begaben sich, nachdem sie die Leiche und das Parade-Bette, worunter rothe Lackens ausgebreitet waren, und welche am Ufer stund, wohl betrachtet hatten, in die Zelter. Der gütige Gouverneur, welcher die Redlichkeit selbsten war, sagte zu mir: *Meine lieben Brüder!* wenn ihr mir einen eintzigen Ge-[112]fallen thun wollet, so setzet mir und meinem Comitat heute nichts vor, als ein gut Glaß Wein und Bisquit, denn es ist heute nicht de tempore, daß wir schmausen, aber wenn ihr erstlich auf meinem Schlosse völlig ausgeheilet seyd, so will ich mir einen Tag ausbitten, euch zu beschmausen, weilen ich weiß, daß ihr keine Hungerleyder seyd, und da wollen wir uns recht lustig machen.

Wir versprachen dem Gouverneur, seiner Ordre, und zwar bey dermahligen Umständen, Gehorsam zu leisten, liessen aber doch bey dem allerdelicatesten Canari-Sect, nicht allein Bisquit sondern auch allerhand Confituren, ingleichen wild und zahm kalt Gebratenes, der besten geräucherten und gebratenen Fische, auch eingemachte und uneingemachte allerley Früchte im Uberfluß bringen, woran sich unsere Gäste vor dißmahl so wohl delectirten, als ob sie alle an des Gouverneurs Tafel gesessen hätten. Im übrigen, da ein jeder nach seinem Appetite von diesem oder jenem nahm, was ihm beliebte, gieng alles stille zu, bis gegen Untergang der Sonnen; da denn der Gouverneur, indem er einen Canonen-Schuß von seiner Citadelle hörete, mich und meinen Bruder zu sich ruffte, und sagte: Kinder! ich habe die Losung gehöret, meine Leute werden abgeredter maassen bald kommen, derowegen macht Anstalten zum Leichen-Conduct.

Indem kam die schwartze Guarde, nemlich die Geistlichkeit mit ihrem Creutz und Fahnen angezogen, und lagerte sich seitwärts, rechter Hand. Wir schickten ihnen ein Faß Canari-Sect und [113] allerley Erfrischungen zu, mein Bruder aber gab seinem Fähndriche 1. Sack der mit gantzen Pistoletten, 1. Sack mit halben Pistoletten, 1. Sack mit spec. Thalern, und etliche Säcke die mit Gulden angefüllet waren, zur Vertheilung unter die Geistlichen, demnach bekamen die vornehmsten Geistlichen, nach ihrem Character, theils 3. theils 2. theils 1. gantze Pistolette.

Die Gymnasiasten, jeder 1. spec. Thaler.

Die Studenten, jeder 1. halbe Pistolette.

Hierauf kam das Cavallerie-Regiment, welches sich lincker Seits postirte, und zwar ohne Musique, welchem ebenfalls etliche Fässer Wein zugeschickt wurden, und mein Bruder ließ einem jedem Reuter 1. spec. Thaler, einem Unter-Officier aber 2. spec. Thaler einhändigen. Die Ober-Officiers aber bekamen vorjetzo nichts; folgendes Tages hingegen der Obriste 10. gantze Pistoletten, der Obriste-Lieutenant 8. der Major 6. ein jeder Rittmeister 4. ein jeder Lieutenant und Cornet nur 3. gantze Pistoletten, die jedem in einem Billet versiegelt zugeschickt wurden.

Bald hernach kam das Infanterie-Regiment, bey welchem die Austheilung des Geldes eben also geschahe, als bey dem Cavallerie-Regimente.

Endlich ruckten 2. Insulanische Granadier-Compagnien an, welche eben das Præsent bekamen, als die Cavallerie und Infanterie.

Mein Bruder gab sich selbst die Mühe, die Leute von unsern Schiffen zu langen, und in Ordnung zu bringen, da er denn 120. Mann von sei-[114]nem, und eben so viel von meinem Schiffe brachte, und dieselben nach der gemachten Disposition rangirte und eintheilete.

So bald die Sonne Abschied genommen, erinnerte der gütige Gouverneur, daß es nunmehro Zeit wäre, den Leichen-Conduct anzufangen, demnach wurde nach seiner gemachten Disposition die Leiche erstlich auf den Leichen-Wagen gesetzt, bey welchem auf beyden Seiten 12. Insulanische Ober-Officiers und eben so viel Unter-Officiers hergiengen. So bald die Clerisey und die Miliz in Ordnung gebracht, wurde eine auf dem Lande stehende Canone gelöset, welches das Signal war; hierauf wurden von unsern und den Portugiesischen Schiffen

24. Canonen abgebrannt, worauf von der Citadelle mit 24. Canonen geantwortet wurde, und alle Mannschafft, so Infanterie als Cavallerie, gaben eine general-Salve. Sodann gieng der March fort. Die Clerisey sung recht charmante Lieder, und es gieng alles gantz douçement, weilen die Trompeter der Cavallerie die Sordinen eingesteckt und die Paucker so wohl als die infanterischen Tambours, ihre Trommeln gedämpfft hatten. Wir kamen also ohngefähr um 9. Uhr Abends vor dem Stadt-Thore an, da denn auf der Citadelle 24. Canonen gelöset, von unsern Schiffen aber mit eben so vielen geantwortet wurde.

Als wir vor der Haupt-Kirche anlangten, wurden abermahls 24. Canonen gelöset, da denn unsere Schiffe, mit eben so vielen repondirten. Es wurde in dieser Kirche über eine halbe Stun-[115]de lang ungemein schön figurirt und musicirt, welches mir wohl ins Gehör fiel; hernach trat ein Probst auf, welcher dem Verstorbenen eine gelehrte und admirable Leichen-Predigt hielt. Nach diesem war wieder Musique und die Seel-Messe gelesen, hernach eine Parentation in lateinischer Sprache gehalten; worauf denn nochmahls Musique gemacht, und die Leiche in die Grufft gebracht wurde, da denn auf gegebenes Signal, abermahls 24. Canonen von der Citadelle, und eben so viel von unsern im Hafen liegenden Schiffen zu hören; worauf alle Cavalleristen und Infanteristen zu 3. mahlen Salve gaben.

Endlich machten die Herrn Geistlichen den Schluß, mit ihren Todten-Gesängen, weßwegen wir auf des Gouverneurs Bitten, uns in dessen Behausung begaben, und unsere Mannschafft wieder zurück marchiren liessen, nachdem noch 24. Canonen-Schüsse von der Citadelle, und eben so viel von unsern Schiffen gehöret, auch so wohl von der Cavallerie als Infanterie drey Salven gegeben worden.

In des Gouverneurs Behausung traffen wir eine wohl besetzte Taffel an, welcher wir uns ohngeachtet es schon über Mitternacht war, bedieneten, jedoch nicht länger dabey sitzen blieben, als bis gegen Tages-Anbruch, da denn wir beyden Brüder und die Portugiesischen Capitains von dem Gouverneur, seiner Familie und allen noch anwesenden Gästen Abschied nahmen, und uns Reisefertig nach unsern Schiffen machten.

Der allzu gütige Gouverneur wolte uns [116] durchaus nicht von sich lassen, sondern nöthigte uns beyden Brüder, nur noch so lange bey ihm zu bleiben, bis wir vollkommen curirt wären; da wir ihm aber vorstelleten, daß nicht allein einige kleine Desordres auf unsern Schiffen passirten, hiernächst wir auch wegen der gefangenen Barbaren und erbeuteten Güter Disposition machen müsten; ließ er uns endlich passiren, und in einer Chaise, die mit 6. Pferden bespannet war, fortbringen, worbey wir 2. Compagnien Reuter, und die ordinaire Infanterie-Wache, welche am Strande abzulösen pflegte, zur Escorte hatten.

Wir gelangeten also, nachdem wir alle bey dem Gouverneur noch ziemlich gebechert hatten, gegen Abend auf unsern Schiffen an, und fanden alles in behöriger Ordnung, denn mein Lieutenant war in Wahrheit ein rechter Mann.

Des andern Tages liessen wir die Portugiesischen Capitains ruffen, um mit uns auf die Barbarischen Schiffe zu gehen, und die Beute zu theilen. Sie kamen; und da fanden wir auf allen dreyen Schiffen, 2. und eine halbe Million an geprägten gold- und silbernen allerley Müntz-Sorten. Hiernächst 3. und einen halben Centner Gold-Barren. Ferner an gutem gediehenen, wie auch andern bereits verarbeiteten Silber 8. Centner und etliche Pfund. Noch ferner:

86. Ballen Scharlach auch sonsten allerley couleurtes Tuch, und zwar von den allerfeinsten Sorten.

102. Ballen schlechteres Tuch von allerhand Couleuren. [117]

216. Ballen allerley Sorten Türckischer Zeuge, als Gold- und Silber-Mor, Damast, Attlas, Daffent, Cattun und dergleichen.

Von andern Kleinigkeiten, als mancherley Schiffs-Geräthe, Kleidungs-Stücken, Leinewand, so wohl feine als schlechtere, die sonderlich zum Seegel-Tuch brauchbar, will keine weitläufftige Specification machen, indem wir diesen Plunder alle, (wie hernachmahls geschahe, in 2. Hauffen theileten, und darum loseten) noch ferner erbeuteten wir:

96. theils metallene, theils eiserne Canonen.

640. Centner gut Pulver.

Stück- und Flinten-Kugeln eine grosse Menge, die wir zu zählen uns nicht einmahl die Mühe nahmen, sondern dieselben auf Hauffen wurffen.

500. Kisten von allerley Sorten Zucker.

400. Centner Caffee-Bohnen.

600. Centner Thee de bois und andere Arten von Thee.

An Victualien, als nemlich an Zwieback, Brod, geräucherten, und eingesaltzenen Fleische, geräucherten und eingesaltzenen Fischen, Reiß, auch allerley andern Geträyde, Butter, Käse und dergleichen, fanden wir eine solche Menge, dergleichen wir uns auf diesen 3. Räuber-Schiffen nimmermehr vermuthet hätten. Ingleichen gerieth uns eine starcke Anzahl Wein-Fässer, die mit den aller delicatesten, mittelmäßigen auch schlechteren Sorten von Weinen angefüllet waren; weiter, eine Entsetzens-würdige Menge vollgefüllter Brandte-[118]weins-Fässer in die Hände, weilen die Barbaren den Brandtewein unmenschlich starck trincken.

Endlich traffen wir noch an: 516. Stück gute brauchbare Büchsen und Flinten, 600. Paar Pistolen und noch eine stärckere Anzahl neuer und noch ungebrauchter Säbel.

Ich will mich (fuhr der Capitain Horn mit seiner Rede fort) mit Meldung aller geringschätzigen Sachen, wie ich schon gesagt, Ihnen nicht verdrüßlich machen, und nur so viel sagen, daß wir alles, was etwa noch Geldes werth war in 2. gleiche Hauffen theileten, und mit denen Portugiesen darum loseten.

An Gefangenen hatten wir 486. Mann, und sie gestunden selbst, daß sie ohne die Blessirten, eine starcke Anzahl ihrer Cameraden eingebüsset hätten, nicht so wohl die auf ihren Schiffen, sondern hauptsächlich die von den Sturm-Leitern oder Stegen herunter geschossen, auch auf unsern Schiffen massacrirt worden.

Hiernächst fanden wir auf allen 3. feindlichen Schiffen 37. gefangene Christen-Sclaven, u. zwar ihrer 4. weiblichen, und die übrigen männlichen Geschlechts. Die meisten Männer waren an die Ruder-Bäncke geschlossen; die übrigen aber musten unten im Schiffe die allerbeschwerlichste Arbeit verrichten. Hergegen wusten die 4. Frauenzimmer, welches eine Christliche Schiffs-Capitains Frau mit ihrer 16. jährigen Tochter und zweyen Mägdgens waren, eben nicht sonderlich sich über die Barbaren und deren Aufführung zu beschweren, denn sie hätten ihnen, wenn man [119] sie nach Gibraltar liefern würde, 40000. Thlr. vor ihre Freyheit zu zahlen versprochen, und diese, nemlich die Barbaren, hätten ihnen auch solches so bald als es möglich wäre, angelobet; allein dieser Streit mit uns, hätte sie von solchem Wege abgekehret. Sonsten war die ietzt erwehnte Dame eines Englischen Schiff-Capitains Frau, der von den Barbaren in einem See-Gefechte erschossen worden, sie aber hätte sich, nachdem ihr alles Geld und Gut abgenommen worden, solcher Gestalt nebst ihrem Sohne, Tochter, und Aufwärterinnen bey den Räubern in die Sclaverey begeben müssen.

Ich nahm die Dame auf die Seite, redete heimlich mit

ihr, und eröffnete derselben aufrichtig, daß wir, wie sie vielleicht glaubte, nicht nach Ost-Indien, sondern nach einer gesegneten Insul zuseegelten, allwo sie viele von ihren Landes-Leuten antreffen würde, und sich, wo es beliebig, so wohl als ihre Tochter und Mägde, Standesmäßig daselbst verheyrathen könten. Im übrigen brauchten sie weder Geld, noch Gut, noch Kleider, weil sie auf besagter Insul alles im grösten Uberflusse anträffen. Die Dame nahm diesen Vorschlag mit Vergnügen an, und bath mich inständig, wenn es zur Theilung käme, sie mit den Ihrigen doch ja nicht unter die Portugiesen gerathen zu lassen, sondern mit uns zu führen, weil sie uns vor redliche Leute ansähen, und gern bis an das Ende der Welt folgen wolten. Solten wir aber so glücklich seyn, sie nach Ost-Indien, oder nach Gibraltar, oder gar nach Engelland zu [120] bringen, so wolte sie mit freudigen Hertzen vor sich und die 3. Ihrigen zu Erlangung ihrer völligen Freyheit 40000. Thlr. an uns zahlen. Ich sagte nur so viel, sie solten sich nur um kein Geld bekümmern, sondern, wenn es ihnen auf der Insul nicht zu bleiben gefiele, wo wir hinseegelten, so könten sie wohl bald wieder zurück nach Engelland gebracht werden, indem wir uns vor dießmahl nicht lange auf besagter unserer Insul aufhalten würden.

Hiermit waren sie zufrieden, wir aber fiengen mit den Portugiesen zu theilen an, liessen zum Geschencke vor den Gouverneur folgende Stücke ans Land und zum Theil unter die Zelter bringen:

1.) 2. der schönsten eisernen und 2. der schönsten metallenen Canonen.
2.) 100. Centner Pulver.
3.) Canonen- und Flinten-Kugeln in der stärcksten Menge.
4.) 100. Stück Büchsen und Flinten.
5.) 200. Paar Pistolen.
6.) 200. Stück Türckische Säbel.
7.) 20. Ballen Scharlach und andere der feinsten und kostbarsten Tücher.
8.) 20. Ballen etwas geringere Tücher, verschiedener Farben.
9.) 20. Ballen von allerley Sorten Türckischer Zeuge, als Gold- und Silber-Mor, Atlas, Damast, Daffent, Cattun und dergleichen.
10.) 100. Kisten Zucker, von allerley Sorten.
11.) 100. Centner Caffee-Bohnen. [121]
12.) 100. Centner allerley Sorten von Thee.
13.) 12. Fässer Canari-Sect und eben so viel Fässer, die mit andern guten Weinen angefüllet waren.
14.) 24. Fässer Brandtewein.

Dieses waren die Haupt-Stücke, welche wir dem Gouverneur und seiner Familie zu verehren beschlossen hatten. Hierbey waren noch 6. der schönsten Türckischen Pferde und 50. Türcken-Sclaven.

Wir hielten davor, daß dieses doch ein ziemlich ansehnliches Geschencke und Zeugniß unserer Redlichkeit vor die uns erwiesene Ehre und gute Bewirthung seyn möchte; Von unserm erbeuteten Gelde, Gold und Silber aber viel Prahlens zu machen, hielten wir nicht vor rathsam, sondern theileten solches unter einander in der Stille.

Bis an den Abend des dritten Tages wurde also mit der Theilung und Losung über die Güter zugebracht, und ein jedes an seinen gehörigen Ort in die Schiffe gebracht. Nachdem wir um die 2. gesunden Schiffe auch geloset, wovon das eine von den Portugiesen, das andere aber von meinem und meines Bruders Volcke besetzt wurde, liessen wir das blessirte Schiff dem Gouverneur zum Geschencke da liegen, denn es war uns doch eben nichts nütze, er aber konte es sich mit leichten Kosten ausbessern lassen.

Mein Bruder und ich bekamen 218. gefangene Barbaren auf unsere Schiffe, allein wir waren nicht gesonnen, diese Unfläter zu behalten, sondern nicht weiter als bis aufs Cap. mit zu führen, her-[122]nach selbige an den nächsten den liebsten, es seyen Holländer oder Engelländer, zu verkauffen.

Denen bißhero gefangen gewesenen Christen-Sclaven wurde so wohl von uns, als den Portugiesen ihre völlige Freyheit angekündiget, derowegen meldeten sich zu erst die 4. Frauenzimmer bey uns, hernach noch erstlich ein feiner Mensch, welcher unter den Dänen als Schiffs-Lieutenant gedienet hatte. Mein Bruder fragte mich um Rath, ob ich es vor genehm hielte, diesen Menschen, welcher von guten Ansehen wäre, und sehr wohl raisonirte, an die Stelle seines erschossenen Schiff-Lieutenants zu setzen, da ich nun nichts darwieder einzuwenden hatte, trug er dem Dänen, welches aber ein gebohrner Sachse war, die Lieutenants-Charge an, welcher dieselbe mit dem allergrösten Vergnügen annahm, und sich so gleich in Eyd und Pflicht nehmen ließ. Als auch dieses geschehen, wurde die von den Barbaren eroberte Beute nach Proportion unter unser Volck getheilet, dergestalt, daß ein jeder wohl damit zufrieden war, und wir niemanden murren höreten.

Folgenden Tages wurde Anstallt gemacht, den Gouverneur und dessen Familie nebst seinem Comitat am Strande unter unsern grösten Gezelten zu bewirthen, auch dieserwegen eine grosse Küche von Bretern, deren wir schon eine grosse Menge zu Ausbesserung unserer Schiffe liegen hatten, in gröster Geschwindigkeit aufgeschlagen.

Demnach muste mein Lieutenant nach der Citadelle zu reuten, und den Gouverneur nebst [123] seiner gantzen Familie zu uns zu Gaste laden, anbey vernehmen, welchen Tag er uns die Ehre seines Zuspruchs gönnen wolte, damit wir uns einiger maassen darnach richten könten.

Als der Lieutenant zurück kam, brachte er zur Antwort, daß der Gouverneur benebst den Seinigen gleich Ubermorgen uns eine freundliche Visite geben wolten; derowegen rufften wir von unsern und den Portugiesischen Schiffen alle zusammen, die sich aufs Schlachten, Braten, Kochen, Backen, Zurichtung des Confects und dergleichen verstunden, brachten auch wild und zahm

Fleisch, wie nicht weniger die delicatesten Sorten von Fischen, so wohl aus der See, als aus den auf der Insul befindlichen Teichen und Bächen in gröster Menge herbey, indem der Gouverneur meinen Leuten Erlaubniß geben lassen, auf der gantzen Insul herum, sich so viel Wild zu schiessen, und so viel Fische zu fangen, als sie nur immer verzehren könten, indem an allen beyden gnugsamer Uberfluß vorhanden wäre.

Am bestimmten Tage hielt der Gouverneur sein Wort, kam mit seiner Gemahlin, Töchtern und Söhnen in leichten offenen Wagens. Hinter welchen auch noch 6. zugemachte Wagens, in welchen sich Frauenzimmer befand, die Officiers und Cavaliers aber kamen zu Pferde. Dieses geschahe ohngefähr um 11. Uhr.

Ich hatte unter 6. Zeltern, deren Wände in die Höhe gezogen waren, grosse Taffeln aufrichten lassen, an deren jeder bis 30. Personen sitzen konten, allein es wurden kaum 4. Taffeln recht völlig besetzt. [124]

So bald wir den Gouverneur nebst seinem Gefolge ankommen sahen, wurden auf unsern Schiffen zu erst 50. Canonen gelöset, unsere und die Portugiesische Mannschafft aber, die am Ufer postirt stunde, gab aus dem Hand-Gewehr eine herrliche und accurate Salve. Da der Gouverneur nebst den Seinigen ausstiegen, wurden zum andern mahle 50. Canonen abgefeuert, auch die zweyte Salve aus Musqueten gegeben, und als wir uns nach vielen gewechselten Complimenten zu Tische setzten, die dritte Salve aus Canonen und Musqueten gegeben, worauf denn jedesmahl von der Citadelle geantwortet wurde.

Es ist die Wahrheit, daß wir sehr propre tractirten, denn die Abwechselung der Speisen war gantz unvergleichlich, so, daß so wohl der Gouverneur, als seine Gemahlin sich höchlich darüber verwunderten, und zu vernehmen gaben, wie sie nimmermehr vermeinet, daß See-Leute alles so accurat und delicat einrichten könten. Wir entschuldigten uns mit unserer Schwachheit, solche hohe Personen, zumahlen im freyen Felde, nicht nach guten Willen und Vermögen tractiren zu können, bathen also dißmahl den guten Willen vor die That anzunehmen. Immittelst gieng der Gesundheits und Freuden-Pocal lustig herum, wobey die Canonen tapffer gelöset wurden, und die Paucken und Trompeten liessen sich aufs tapfferste hören. Der Gouverneur, seine Gemahlin und deren Kinder bezeigten sich ungemein vergnügt, und die Gouverneurin so wohl, als ihr Gemahl, con-[125]testirten hoch und theuer, daß sie seit vielen Jahren her keine Mahlzeit mit grösserem Vergnügen eingenommen hätten, worinnen ihre Töchter und Söhne mit einstimmeten.

Wir sassen bis 4. oder 5. Uhr bey Taffel, da denn der Gouverneur sich ausbath, daß wir ihm, weil er des Sitzens überdrüßig, unsere Schiffe zu besichtigen Erlaubniß geben möchten. Demnach führeten wir die gantze Svite hinunter in die Schiffe, worbey wir den Gouverneur den Antrag thaten: ob ihm mit dem Barbarischen blessirten Schiffe gedient sey, weil es ein sehr schönes, starckes

Schiff wäre, nur aber einiger Ausbesserung von nöthen hätte, indem es von uns ziemlich durchlöchert worden, welches alles aber bald ausgebessert werden könte; wir aber, indem wir keine ledige Schiffe mehr brauchten, sondern uns dieselben nur zur Last gereichten, wolten keine Mühe und Arbeit daran wenden, vielweniger die edle Zeit verspielen, und uns an unserer weitern Reise versäumen, sondern es Sr. Excell. umsonst zurücke lassen. Der Gouverneur visitirte selbst das gantze blessirte Schiff, und sagte: Meine Brüder! das ist noch ein vortrefflich schönes und starckes Schiff, wollet ihr mir dasselbe hier lassen, so thut ihr mir einen Gefallen, denn es ist noch lange nicht tödlich blessirt, aber umsonst verlange ich es nicht, sondern will mich um den Preiß schon mit euch vergleichen, und sogleich Anstallten machen lassen, dasselbe auszubessern, denn ich verhoffe es noch tüchtig und wichtig zu nutzen. Wir sagten, Se. Excell. möchten nur gleich Dero Leuten Ordre geben, das Schiff auszubessern, im [126] übrigen wolten wir schon darüber mit einander eins werden.

Ohngefähr 3. Stunden hatten wir alle mit Besichtigung der Schiffe zu gebracht, da denn nicht allein der Gouverneur, sondern auch alle Insularische Officiers unsere gemachte gute Ordnung, die starcke Besatzung, benebst der Artollerie und Vorrath von Hand-Gewehr aufs hefftigste bewunderten, indem sie, wie sie sagten, nimmermehr vermeynet, daß die Schiffe solche erstaunliche Lasten tragen könten, denn die unzähligen Kisten, Kasten und

Ballen fielen ihnen in die Augen. Also sagte der Gouverneur noch: Meine Brüder! ich sehe, daß ihr reiche Leute seyd, und es besser habt als ich, der Himmel behüte euch nur vor Sturm und andern Unglücke, damit ihr den Hafen eures Vergnügens glücklich erreicht.

Es mochte ohngefähr Abends um 7. Uhr seyn, als wir wieder aus den Schiffen herauf stiegen, und da höreten wir die Canonen so wohl auf unsern Schiffen tapffer sausen, worauf die Musqueterie und Feld-Musique sich ebenfalls hören ließ.

So bald wir also ans Land gestiegen, wurden die 4. Canonen abgefeuret, welche wir dem Gouverneur zum Geschencke bestimmt hatten, und um dieselben herum stunden die 50. Barbarischen Sclaven, die er ebenfalls haben solte. Ich hatte die Ehre, ihm beyderley zum Geschenck zu præsentiren, worüber er stutzte, die Canonen erstlich, und hernach die Barbaren besichtigte, und sagte: Meine Brüder! Ich verlange kein Geschenck von euch, aber die Canonen will ich behalten vor einen billigen [127] Preiß an baaren Gelde, indem ich noch einige brauche, und die Sclaven, wenn ihr sie nicht selbsten braucht, will ich auch behalten, aber ich nehme dieselben nicht anders an, als vor baar Geld, und zahle euch durch die Banck Mann vor Mann, vor jeden 20. Thaler, könnet ihr noch mehrere missen, so will ich euch dieselben ebenfalls abhandeln, und mit baarem Gelde bezahlen, denn ich kan nicht läugnen, daß ich mit Barbarischen Sclaven handele, und dieselben nach den West-Indischen Insuln hin verkauffe. Wir beredeten uns erstlich mit den Portugiesischen Capitains, welche sich eben so geneigt finden liessen, auch ihre Sclaven dem Gouverneur, Mann vor Mann a 20. spec. Thaler zu überlassen, weilen sie ebenfalls Bedencken trugen, die Canaillen weiter mit sich zu nehmen. Demnach wurde der Handel so gleich geschlossen, alle Barbarische Sclaven herbey gebracht, welche der Gouverneur in Augenschein nahm, und dieselben unter einer starcken Escorte auf die Citadelle führen ließ, uns allen aber die Versicherung gab, daß er uns das Geld vor die Sclaven gleich morgenden Tages wolte auszahlen lassen. Dieses alles aber war noch nicht genug, sondern weil es noch schön und helle Wetter war, führeten wir den Gouverneur unter die Zelter, worinnen die ihm bestimmten Waaren stunden, die wir ihm zum Geschencke zugedacht. Ich hatte abermahls die Ehre, im Nahmen unser aller ihm dieses zu præsentiren, und zu bitten, daß er mit diesem geringen Geschencke zur Erkäntlichkeit vor die uns erzeigte Ehre, Liebe und Wohlthaten ad interim dasselbe vor sich und seine [128] hohe Familie, geneigt auf und annehmen möchte: Der Gouverneur schien gantz erstaunt zu seyn über die Vielheit der schönen Sachen, sonderlich aber war das Frauenzimmer gantz ausser sich selbst, als sie die kostbaren Tücher, gold- und silberne, auch andere Sorten Türckischer und Europæischer, so wohl sammetner, seydener, baumwollener, wöllener und leinener Zeuge in die Augen bekamen.

Wie gesagt, der Gouverneur und alle die Seinigen

schienen gantz bestürtzt; derowegen sagte ich nochmahls zu ihm: Ew. Excell. werden die Gnade vor uns allerseits haben, und diese Kleinigkeiten zum Præsent von uns anzunehmen geruhen.

Ey was! meine Brüder, (sagte der Gouverneur hierauf) ihr müsset mich ohnfehlbar vor einen Mann ansehen, dessen beste Tugend der Geitz und Wucher sey. Aber, nein! nicht also! dieses wäre als ein Præsent vor einen König oder andern grossen Fürsten zu rechnen, darum will ich euch nur so viel sagen, daß mir vieles von euren schönen Waaren und andern Sachen anstehet, darff ich also bitten, so erlaubt mir das Auslesen unter allem dem, was mir gefällig, damit ich die Sachen Morgen mit Wagens kan abholen lassen. So bald wir des Preises wegen einig worden, soll auch die baare Zahlung parat da liegen. Ich sprach, Ew. Excell. erlauben mir zu sagen, daß wir alle keine Kauffleute sind, die etwas zu verhandeln hätten, sondern es ist dieses alles als ein kleines Præsent vor genossene Ehre, Liebe und Güte zu betrachten, solten wir aber so unglücklich seyn von Ihnen und Dero hohen Familie damit verschmähet zu werden, so haben [129] wir 4. Capitains uns einmüthig verschworen, alle diese Sachen in die See werffen zu lassen, weilen wir ausser diesem dennoch gnugsamen Vorrath behalten.

Als der Gouverneur unsern harten Ernst sahe, sagte er: Gebt euch zu frieden, meine Brüder! und ärgert euch nicht, ich will Morgen früh alles abholen lassen, aber unter keiner andern Condition als dieser, daß ihr mir

mit Hand und Munde verspricht, nur wenigstens noch
4. Monate bey mir auf meinem Schlosse zu bleiben, da ich
euch denn nach meinem besten Vermögen will warten
und pflegen lassen, auch eure Leute sollen keine Noth
leiden, denn meine Wälder stehen ihnen offen, da können
sie so viel Wildpret schiessen, als sie verzehren können.
Ich glaube nicht, daß sie das Wildpret vertilgen werden,
weil dessen in gröster Menge vorhanden ist. Auch stehen
ihnen alle Teiche, Flüsse und Bäche offen, worinnen sie
fischen können, und ich glaube auch nicht, daß sie die
Fische auf dieser Insul vertilgen werden, zumahlen, da
im Haafen und in der See alles von Fischen wimmelt.
Anbey können sie sich eine Lust machen, und am Ufer
und an den Sand-Bäncken Schildkröten fangen, aus deren
Eyern und ihrem Fleische ich mir eine besondere
Delicatesse mache, so wohl als aus den See-Krebsen, ingleichen
See-Kälbern, die allhier um dieser Insul herum
in erstaunlicher Grösse und Menge anzutreffen sind.
Uber dieses alles soll euren Leuten alle 3. Tage eine proportionirliche
Menge von Rind- Schöpß- und Schweine-
Vieh zu getrieben werden, welches sie selbst schlachten
[130] mögen, an Brod, Butter, Käse, Saltz, Gewürtze
und dergleichen sollen sie auch keinen Mangel leiden.
Wein und Brandtewein, nebst Toback, wird sich auch zur
Nothdurfft vor sie finden.

Dem Gouverneur gab ich, nachdem ich mich mit den
andern Capitains besprochen. dieses zur Antwort, daß
Sr. Excell. nur erstlich Ordre stellen möchten, die allerley

Sachen von hier ab, und auf Dero Citadelle bringen zu lassen, da wir denn Morgen, oder Ubermorgen fernere Abrede unter einander nehmen wolten. Mittlerweile gab ich das Zeichen, daß erstlich des Gouverneurs auf dem Platze stehende 4. Canonen abgefeuert, und die Trompeter und Paucker uns zu den Taffeln ruffen solten.

Von unsern Schiffen wurden also 50. Canonen gelöset, worauf die von der Citadelle antworteten. Der Gouverneur, da er die Taffel-Zelter ansahe, und erblickte, daß alles schon zum Speisen parat war, sagte: »Meine Brüder! eure Complaisance erstreckt sich gar zu weit, es beginnet dunckel zu werden, derowegen will ich mich mit den Meinigen nach Hause verfügen, in Erwartung der Ehre, euch Morgen um Mittags-Zeit bey mir zu sehen;« Jedoch auf unabläßiges Bitten ließ er sich dennoch aufhalten, und setzte sich so wohl, als alle anderen zur Taffel, bey welcher wir abermahls lucker lebten, und unsern eigenen güldenen und silbernen Pocals und Bechern wenig Ruhe liessen, indem wir bemerckten, daß der Gouverneur nichts lieber tranck, als Canari-Sect, dessen wir ihm und allen den Seinigen genugsam vorsetzen konten, weil [131] wir so viele Fässer von den Barbaren erbeutet hatten. Alle seine Officiers und Cavaliers schlugen nicht schlimm bey, sondern waren, so zu sagen, rechte Helden im Sauffen.

Wie nun unter beständigen Donnern der Canonen und Musqueten, auch unaufhörlicher Feld-Musique, endlich die recht dunckele Nacht herein brach, so hatte mein

Bruder schon Anstallten gemacht, daß an der Rhede und auf dem schönen grünen Platze, mehr als 4000. Pech-Fackeln und Schiff-Laternen angezündet wurden, welche er dergestalt artig rangirt, daß sie eine Ansehenswürdige Illumination machten. Der Gouverneur und alle Anwesende bezeigten ihr Vergnügen darüber, und bald hernach kam mein Bruder selbst, bat unsere sämmtlichen Gäste, mit ihm an den Strand zu spazieren, um auf der See ein kleines Feuerwerck anzünden zu sehen. Demnach, und da wir ohnedem schon völlig abgespeiset, folgten ihm der Gouverneur und wir andern alle, bis auf den letzten Mann.

Es ist wahr, mein Bruder, mein Lieutenant und viele von unsern Leuten, die sehr gute Feuerwercker waren, hatten sich Tag und Nacht viel Mühe gemacht, ein Feuerwerck in der Geschwindigkeit zum Stande zu bringen, welches Sehenswürdig war.

Also wurden erstlich von den Schiffen 50. Canonen gelöset, und 6. Bomben aus den Feuer-Mörsern weit in die See hinaus gespielet. Hernach ließ mein Bruder 6. kleine Bootchens in die See lauffen, auf deren jeden einem des Gou-[132]verneurs, dessen Gemahlin, Töchter und Söhne Nahmen, den Initial-Buchstaben nach, Wechselsweise in roth und blauen Feuer, über einem Feuer-Rade brannten, welches beständig herum lief. Anbey bemerckte ich die Schalckhafftigkeit meines Bruders, da er seiner Amasia Nahmen im grünen Feuer brennen ließ, auch das Feuer-Rad zu unterst mit grünem Feuer vorstellete, welches immer einen Schwärmer nach dem andern von sich warff. Es war dieses in Wahrheit fast ein rechtes Kunststück zu nennen, sonderlich wegen des grünen Feuers, welches den Gouverneur und alle dermassen ergötzte, daß sie bekannten, Zeitlebens dergleichen nicht gesehen zu haben. Indem nun diese brennenden Nahmen sehr lustig anzusehen, in der See durch einander herlieffen, ließ mein Bruder ein grösser Boot in die See gehen, worauf unter einer grossen Crone, die im Goldgelben Feuer brannte, die Buchstaben VIVANT im Leibfarbenen Feuer sich præsentirten; Unten aber im Boote brannte ein sehr grosses Feuer-Rad im grünen. Hierbey wurden mehr als 300. Raqueten gen Himmel gespielet, ohne die vielen Schwärmer, so aus den Händen geworffen wurden, und dabey Wechselsweise 100. Canonen auf den Schiffen gelöset, auch gab die Musqueterie zu dreyen mahlen Salve, worauf die von der Citadelle antworteten, wir konten aber vor der Feld-Musique das Schiessen nur in etwas hören. Dieser Lust folgte eine andere, indem mein Bruder unterschiedliche Sorten von Feuerwerckers-Possen, (als wovon ich eben vor meine Per-[133]son kein grosser Liebhaber bin) noch in die See spielen ließ, als Feuerspeyende Drachen, Fisch-Machinen, Feuer-Schlangen, Wasser-Kegel, Lust-Kugeln und dergleichen, welches alles von den Zuschauern besonders bewundert wurde, ohngeachtet ich mir, wie schon gesagt, vor meine Person nichts daraus machte, denn mein Bruder und ich stimmen ohnedem in unsern Temperamenten zwar in etwas, jedoch nicht vollkommen überein.

Dieses Feuerwerck währete also bis gegen den Tag, als es ohngefehr 2. bis 3. Uhr war. Da es nun zum Ende, wurden abermahls 50. Canonen von unsern Schiffen gelöset, 6. Bomben in die See gespielet, und von der Musqueterie 3. mahl Feuer gegeben. Hiermit hatte die Comœdie ein Ende, und wir begaben uns zurück unter die Zelter, da denn bestellter Massen glüender Wein, Chocolade, Caffée und Thée in gröstem Uberflusse anzutreffen war, und es durffte ein jedes sich nur an dieselbige Taffel begeben, oder fordern, was nach seinem Appetite war. Nächst dem waren auch Taffeln anzutreffen, worauf kalter Wein, allerley kalt Gebratenes, Bisquit, Confituren, Obst und dergleichen stunden, welches alles sich unsere lieben Gäste, einer vor dem andern, wohl zu Nutze machten.

Indem die Sonne aufgieng (bey welcher Gelegenheit wir allezeit die Art hatten, von jedem Schiffe 3. Canonen lösen zu lassen, worbey sich die Feld-Musique weidlich hören ließ) trat der Gouverneur auf, und sagte mit lauter Stimme: »*Alle meine Lieben!* ich bin ein Mann von [134] 64. Jahren, und habe bekannter Massen, wo nicht die gantze, jedoch bey nahe die halbe Welt durchreiset, sonderlich hat es mir in denen Europæischen Königreichen und Ländern über alle Massen wohl gefallen, und ich kan nicht läugnen, daß ich daselbst zum öfftern vor weniges Geld zuweilen viel Vergnügen gefunden, sonderlich in

Deutschland; Allein, wenn ich sagen solte, daß ich Zeit meines Lebens einen vergnügtern Tag und eine vergnügtere Nacht gehabt, als die ich nunmehro seit fast 24. Stunden zurück gelegt habe, so müste ich es lügen, und ich mercke an euch allen, daß ihr vergnügt seyd, sonderlich, da uns die Herren Deutschen und Portugiesen fast Fürstlich tractiret, und mit einem so kostbaren Feuerwercke beehret haben. Ich vor meine Person will vorjetzo nichts mehr, als grossen Danck sagen, und in Erwartung, daß sie längstens Morgen Nachmittags in meinem Hause erscheinen werden, mich gegen ihre Höflichkeit aufs möglichste zu revangiren suchen.«

Hierauf, da der Gouverneur noch sagte, daß er Müdigkeit halber nicht länger bey uns bleiben könte, nahmen wir mit vielen Hertzen und Küssen den liebreichsten Abschied von einander, unsere Gäste setzten sich auf ihre Wagens und Pferde, und reiseten, nachdem eine Salve aus 50. Canonen von unsern Schiffen gegeben, nach der Citadelle zu. Ohngeachtet nun der Gouverneur seine gewöhnliche Escorte bey sich hatte, so thaten wir und die Portugiesen ihn dennoch die Ehre an, und liessen ihn mit 200. Granadiers [135] bis vor sein Schloß convoyren. Da wir denn bald hernach 50. Canonen von der Citadelle lösen höreten, worauf wir Antwort gaben; Unsere Granadiers aber kamen erstlich in 3. Stunden zurück, indem sie der Gouverneur mit Wein, Brandtewein und Bisquit dergestalt begeistern lassen, daß viele unter ihnen taumelten.

Wir alle suchten auf einige Stunden die Ruhe, und hatten unsern Leuten Ordre hinterlassen, daß, wenn des Gouverneurs Wagens kämen, sie ihnen alle ihm zugedachte Sachen solten aufpacken helffen, und nachdem wir ohngefähr 4. Stunden geschlaffen hatten, befanden wir, daß schon ziemliche Lasten auf die Citadelle gebracht worden.

Des folgenden Morgens machten wir noch eine und andere Anstallten auf unsern Schiffen, wobey die Portugiesen zu vernehmen gaben, daß sie nicht gesonnen wären, sich länger auf dieser Insul aufzuhalten, ohngeachtet es ihnen bey dem wackern Gouverneur sehr wohl gefiele, sondern sie sähen sich genöthiget zu eilen, weilen ihr starcker Vortheil und Nutzen darauf beruhete, da ohnedem ihre Schiffe, die eben nicht so grossen Schaden gelitten, bereits fast vollkommen ausgebessert wären. Demnach wolten sie in GOttes Nahmen bey ersten günstigen Winde abseegeln, und uns GOtt befehlen, weil sie uns aus zweyerley Ursachen nicht zumuthen könten, weiter mit ihnen in Compagnie zu fahren, sondern wir solten uns ja Zeit zu Ausbesserung unserer Schiffe nehmen, weil wir eine noch viel gefährlichere und [136] weitere Reise vor uns hätten, als sie. Hergegen erboten sie sich auf eine recht liebreiche Art, die gefangen gewesenen Christen-Sclaven, welche mit ihnen nach Europa zu seegeln Lust hätten, nicht allein franck und frey bis nach Portugall mit zu nehmen, sondern sie auch unterweges mit der besten Schiffs-Kost zu accomodiren, über dieses einem jeden Christen, der mit ihnen nach Europa reisen wolte, 100. Ducaten und ein gut Stück Tuch nebst anderm Zubehör zur Kleidung zu geben versprachen. Nicht etwa in der Absicht, daß sie ihnen dienstbar seyn, oder die Schiffs-Arbeit solten mit verrichten helffen; Nein! keinesweges, es sey denn zur Zeit der Noth, wenn ein jeder Hand mit anzulegen verbunden wäre.

Mein Bruder und ich lobten der Portugiesen Generositée, und versprachen, unsern gefangen gewesenen Mit-Christen gedoppelt so viel zum Geschencke auf die Reise mit zu geben.

Demnach liessen wir die in Freyheit gesetzten Christen alle vor uns kommen, deren denn 4. Frauenzimmer und noch 36. Manns-Personen waren. Ich kündigte ihnen die Generositée der Herren Portugiesen, und mein und meines Bruders Erbieten an; worüber sie sich alle ungemein erfreut bezeigten. Hierauf trat die Dame zu mir, und sagte in Gegenwart aller: Mein Herr! ich habe von Dero Leuten vernommen, daß sie nach dem Vorgebürge der guten Hoffnung zu seegeln; Ich bitte gehorsamst, mich arme betrübte Wittbe um wenigstens bis dahin mit zu nehmen, weilen ich verhoffe, daß ich daselbst Engelländische, oder [137] doch wenigstens Holländische Schiffe antreffen werde, deren mich eines aus Commiseration auf eine in den Ost-Indischen Gewässern gelegene Insul vielleicht mitnehmen möchte, denn ich kan nicht läugnen, daß ich wenig in Mitteln habe; dancke aber doch dem Himmel, daß er so gnädig gewesen, mir zu vergönnen, daß ich mitten in dem Treffen mit den Barbaren unsere Pässe, Wechsel-Briefe, Obligationes und dergleichen listiger Weise erretten können; sonsten aber habe von allem unsern Gelde, Guth und Kleidern nichts behalten, als einige Jubelen, Ringe und Gold-Stücke, die doch ingesamt keine 5. oder 6000. Thlr. werth sind, komme ich aber glücklich auf die Insul, allwo mein seliger Mann eine starcke Forderung hat, so wird mir und den Meinigen schon geholffen seyn, ich will den übrigen Rest meines Lebens auf dieser Insul beschliessen, und mich, so lange meine Augen offen stehen, niemahls wieder auf die See wagen, viel lieber mein in Engelland noch habendes Vermögen im Stiche lassen, wenn meine Verwandten so unbarmhertzig seyn solten, mir selbiges nicht mit guter Gelegenheit nachzuschicken.

Madame! (gab ich zur Antwort) ich verhoffe sie mit den Ihrigen, so GOTT will, glücklich auf das Cap. zu bringen, da sie denn ihre Messures weiter nach Belieben nehmen können. Sie haben sich bey mir einer franck und freyen Fahrt zu getrösten, nur bitte mit der Schiffs-Kost und Commoditée, so gut ich dieselbe nur immer besorgen kan, gütigst vorlieb zu nehmen. Auch [138] soll ihnen das kleine Geschenck an Gelde und Meubles angedeyhen, welches so wohl die Herren Portugiesen, als wir, den in Freyheit gesetzten Christen von uns noch vor unserer Abfahrt zu gewarten haben. Mittlerweile ist ihnen erlaubt, sich von den besten Tüchern, Zeugen von allerley Sorten, auch Leinewand und andern Sachen, so sie bedürffen, nach eigenem Belieben zur Kleidung auszulesen und zu behalten.

Die Dame winckte den Ihrigen, welche bey sie traten, und uns ihre Danckbarkeit mit den höflichsten Complimenten und weinenden Augen abstatteten.

Ihr Sohn war ein wohlgewachsener artiger Mensch von etwa 21. Jahren, der etwas in literis, sonderlich aber in der Mathesi gethan hatte, derowegen ließ ich mich nicht lange bitten, ihn mit zu nehmen.

Hierauf stelleten sich die übrigen Freygelassenen Christen-Sclaven en front, die meisten unter ihnen sehneten sich nach Europa. Wir examinirten in aller Kürtze einen jeden, was vor ein Lands-Mann, von was vor Profession, und was sonsten sein Stand und Wesen wäre? Da sich denn befand, daß sich

    1) Ein Gürtler-Meister,
    2) Ein Buchdrucker-Gesell,
    3) Ein Pulver-Müller,
    4) Ein Salpeter-Sieder,
    5) Ein Büchsen-Macher unter ihnen angaben,

als welche von selbsten austraten, und uns inständig baten, sie auf den Cours nach Ost-[139]Indien mitzunehmen, und wenigstens aufs Cap. zu bringen, weilen sie noch keine Lust hätten, so bald nach ihren Vater-Ländern zurück zu kehren, sondern sich noch etwas versuchen wolten.

Mir kam dieses recht a propos, derowegen sagte ich ihnen, daß sie ihre Equipage in Ordnung bringen, und sich parat halten solten, nächsten Tags mit uns ab zu seegeln, immittelst möchten sie sich von dem Mittel-Tuche, Leder zu Hosen, Leinewand und allen dem, was zu Ausstafirung ihrer Kleidung von nöthen, nach Belieben und nach Nothdurfft auslesen, das versprochene Geld und Geschenck aber vor unserer Abreise ebenfalls richtig gezahlt bekommen.

Wer war erfreuter, als diese Europæische Manns-Personen? Jedoch das Vergnügen des Frauenzimmers erzeigte sich dennoch weit grösser, welche sehr bittlich ersuchten, je eher je lieber Sorge zu tragen, daß wir zu Schiffe giengen.

Wir sprachen allen und jeden, die mit uns fahren wolten, freundlich und tröstlich zu, liessen sie auch mit den besten Speisen und Wein alltäglich tractiren. Demnach behielten die Hn. Portugiesen nur noch 27. gefangen gewesene Christen-Sclaven, welche sie auf ihr redliches Wort, jedoch nicht weiter, als bis in den ersten Portugiesischen Hafen zu schaffen nochmahls theuer versicherten.

Folgenden Morgens thaten wir die Reise nach der Citadelle zum Gouverneur, und nahmen meinen Lieutenant, wie auch meines Bruders Fähndrich mit uns, weilen diese beyden redlichen Officiers bis hieher noch das wenigste von unsern [140] gehabten Lustbarkeiten genossen hatten. Das Commando über unsere beyden Schiffe überliessen wir immittelst meines Bruders neu angenommenen Lieutenante und meinem Fähndriche, und in Hoffnung, daß, da sie beyde, uns getreue Unter-Officiers und Leute unter sich hatten, reiseten wir ohne besondere Sorge mit Plaisir fort, bestelleten aber, daß uns so wohl bey Tags als Nacht-Zeit wenigstens alle 4. Stunden, von allem, was so wohl auf den Schiffen, als sonsten veränderliches passirte, der allergenauste Rapport durch 1. Unter-Officier und 2. Mann abgestattet werden solte.

Wir gelangeten noch 2. Stunden vor Taffels-Zeit bey dem Gouverneur an, mit dem und dessen Familie wir vorhero ein freundliches Gespräche hielten, in welchem der Gouverneur vorbrachte, was Massen er doch hoffen wolte, uns gestern abgeredter Massen noch etliche Monate bey ihm zu sehen; Allein die Portugiesischen Capitains deprecirten solches, und brachten allzu trifftige Ursachen hervor, weßwegen sie sich vor dißmahl nicht länger aufhalten könten, weilen ihr gröster Schimpff und Schaden darunter versirte, wenn sie über die Gebühr aussen blieben, und nicht nach ihrem Lande trachteten. Also ließ sich der Gouverneur endlich bewegen, und erlaubte ihnen auf ihr inständiges Bitten, mit nächsten favorablen Winde abzuseegeln. Mit euch aber, meine Brüder! (sprach er zu mir und meinem Bruder,) darf es so eilig nicht zugehen, denn allem Ansehen nach, braucht ihr noch einige Wochen [141] Zeit, eure sehr zerlästerten Schiffe auszuflicken, wo ihr anders keine gefährliche Fahrt haben wollet.

Wir beyden gaben zur Antwort, daß unsere Leute ihre

Hände keinesweges in die Ficke stecken, noch auf der faulen Banck liegen solten, sondern wir hofften mit den Herren Portugiesen, wo nicht zugleich seegelfertig zu seyn, doch ihnen aufs eiligste nach zu folgen, und zwar auf unserer Strasse, weil wir zweyerley Wege vor uns hätten. Es wird sich schon geben, (sagte der Gouverneur im Schertze) Wind und Wetter wird mir dißmahl schon gehorchen, denn ich gebe mich halb und halb vor einen Wettermacher aus, mittlerweile wollen wir noch eine Zeitlang lustig mit einander leben, auch weder Speisen, Geträncke, Musique, noch Pulver verschonen.

Bey diesen Worten meldete sich mein Bruder, und sagte: Ew. Excell. werden einiger Massen an mir abgemercket haben, daß ich ein Ertz-Pulver-Verderber bin, doch will gehorsamst gebeten haben, von nun an des edlen Pulvers einiger Massen zu verschonen, indem ich, wenn wir ja noch etliche Tage oder Wochen beysammen bleiben solten, mit Dero gnädigen Erlaubniß noch ein oder ein Paar bessere Feuerwercker, als die letzteren gewesen, zu præsentiren gesonnen bin.

Wohl gut, mein Bruder! (sagte der Gouverneur) es soll von heute an das Pulver menagirt werden, weilen mir selbsten deucht, daß der Freuden-Becher unter Musique, Trompeten und Paucken-Schall eben so gut schmeckt, als unter dem Donner der Canonen. [142]

Wir giengen demnach zur Taffel, die sehr köstlich zubereitet war, da denn beym Gesundheit-Trincken kein eintziger Canonen-Schuß gehöret wurde, als Abends, wenn die Sonne untergieng, da denn 3. Canonen von der Citadelle abgebrannt, und von unsern Schiffen mit eben so vielen geantwortet wurde.

Bis gegen Mitternacht wurde noch mancher schöner Pocal und Becher unter Trompeten und Paucken-Schall, auch anderer instrumental Musique ausgeleeret, weil der Gouverneur und die Seinigen sich alle ungemein lustig bezeigeten, auch wir unserer Seits keine Schlaf-Mützen repræsentirten. Endlich ward Schicht gemacht, und wir beyden Brüder bezogen wieder unser vormahliges Zimmer.

Hernachmahls gieng alles gantz ordentlich, jedoch mit täglicher Veränderung der Lustbarkeiten zu, denn einen Tag giengen wir auf die Jagd, den andern auf die Fischerey, den dritten schossen wir einen grossen höltzernen Vogel von der aufgerichteten Vogel-Stange herunter, den vierdten Tag schossen wir mit Büchsen, Flinten, auch theils mit Pistolen nach den aufgesetzten Scheiben, den fünfften sahen wir aus den Fenstern dem Kampff der wilden Thiere unter einander zu, den sechsten fuhren wir Abends in den kleinen Lust-Schiffen auf der See herum, dabey mein Bruder doch seyn Wort nicht hielte, und das Pulver sparete, indem er immer nach einander eine ziemliche Menge Raqueten steigen, auch eine Anzahl kleinere Schwärmer aus den Händen werffen, oder aus [143] Pistolen und Flinten in die Lufft schiessen ließ, den siebenden Tag fuhren oder ritten wir aufs Land, und besahen bald diesen bald jenen Mayerhof, allwo wir allezeit herrlich tractiret wurden, den achten Tag war Ball und Masquerade, den neundten Tag wurde uns eine Comœdie von den Studenten und Gymnasiasten vorgestellet, die wir Fremden allezeit reichlich beschenckten. Kurtz: Es fället mir fast unmöglich, alle Veränderungen der Lustbarkeiten zu beschreiben, und es wurde kein eintziger Tag ausgesetzt, da nicht eine neue Lust gemacht wurde, ausgenommen, die Sonn- und Fest-Tage, an welchen alles sehr devot und andächtig zugieng, und ohngeacht wir Protestanten zu seyn gar nicht läugneten, so gefiel doch dem Gouverneur und seiner Familie, daß wir und unsere Officiers ihre Kirche fleißig besuchten, aber jedennoch, wie devot wir uns auch anstelleten, niemahls eine Ceremonie mitmachten, die unserer protestantischen Religion zuwider war, und wir verspüreten nicht, daß ihnen diese oder jene Nachläßigkeit verdroß, sondern sie liessen uns in Glaubens-Sachen immer zu frieden, und disputirten davon wenig oder gar nichts.

Unsere subalternen Officiers löseten einander alle Tage ordentlich ab, so, daß sie einen Tag bey uns und bey der Lust mit waren, am andern Tage aber das Commando auf den Schiffen führeten, welche mehrentheils alle 3. oder 4. Tage von mir oder meinem Bruder Wechselsweise visitirt wurden, um die Liebe unseres Volcks gegen uns zu erhalten. [144]

Allein, meine Herren (sagte hier der Capitain Horn zu uns Felsenburgern) ich bemercke, daß ich in der ersten

Hitze eine allzu lange Oration, oder Berichts-Erstattung meiner Anhero-Reise Ihnen abgeleget. Mir ist die Zeit darbey nicht lang worden, und bin auch des Redens wegen nicht so müde, als sie vielleicht des Zuhörens sind; doch, da ich sehe, daß die Demmerung herein tritt, will mit Dero gütigen Erlaubniß vorjetzo in meiner Erzählung Abbruch thun, und das übrige bis Morgen versparen. Der Regente und alle Anwesenden, sonderl. ich, hätten ihm noch gern eine oder etliche Stunden zugehöret, und lieber die Abend-Mahlzeit entbehren wollen; allein es wäre wider alle Billigkeit gewesen, ihm noch ein mehreres Reden zu zumuthen. Derowegen sagte der Regente: Mein Sohn Horn! Ihr habt euch, ohngeachtet ihr gesessen, dennoch mit Reden eine schwerere Arbeit verrichtet, als mancher Holtzhauer, derowegen lasset uns ein wenig speisen, und nach gehaltener Abend-Bet-Stunde zur Ruhe begeben, mit der Verabredung, daß wir Morgen G. G. in den Früh-Stunden beym Thée einander so, wie wir hier versammlet sind, wieder sehen, und die Fortsetzung eurer Reise-Geschicht anhören wollen. Vorjetzo nehmet auf heute mit einem mündlichen Dancke von mir vorlieb, bis auf weitern Bescheid.

Demnach wurde die Taffel angerichtet, bey welcher alles gantz stille zugieng, ausgenommen, daß die Herrn Musicanten eine douçe Taffel-Musique machten, und damit wohl noch eine gute Stunde nach abgehabener Taffel fortfuhren, bis [145] endlich, nachdem wir noch etwa eine halbe Stunde auf dem grünen Platze bey schöner Witterung und hellem Monden-Schein uns eine Bewegung gemacht, damit sich das Essen setzen möchte, worbey die Musicanten auf dem Berge mit einer angenehmen Abend-Musique sich beständig hören liessen, das Signal zur Bet-Stunde durch einen Carthaunen-Schuß gegeben wurde. Wir versamleten uns also insgesammt auf dem grossen Saal vor des Regentens Zimmer, und warteten daselbst die Abend-Andacht ab, worauf ein jeder, nach gewechselten Complimenten zur guten Nacht, seine Ruhe-Stätte suchte.

Des folgenden Tages, da Kirch-Tag war, fanden wir uns alle, wie wir gestern versammlet gewesen waren, in des Regentens Zimmer ein, und truncken mit ihm nicht nur den Thée, sondern auch ein jeder nach seinem Belieben, ein oder mehr Gläser Frantz-Brandtewein, bis die Carthaune abgefeuret, und die Glocken zum Kirchengehen die Einladung thaten.

Das Volck versammlete sich häuffig in der Kirche, weßwegen wir uns auch nicht versäumeten, unsere Stellen zu begleiten.

Herr Mag. Schmeltzer Jun. that eine schöne Wochen-Predigt, und zu Ende derselben fügte er der Christl. Gemeinde folgendes zu wissen:

»Demnach der allmächtige und barmhertzige GOtt unsern lieben Freund und Bruder, Hrn. Capitain Philipp Wilhelm Horn, nebst seinem Geleite, nach einer überstandenen gefährlichen und beschwerlichen Reise [146] glücklich und vergnügt, zu unserer aller, allergrösten Freude, auf diese unsere liebe Insul zurück geführet; Als erfordert unsere Pflicht und Schuldigkeit, dem Allmächtigen vor die gantz besondere Wohlthat, die er uns abermahls hiermit erzeigt, auch einen gantz besondern Danck abzustatten. Wie nun unsere Obern und die Geistlichen beschlossen haben dieserwegen ein solennes Danck-Fest auf nechst-künfftigen Sonntag anzustellen; als wird Ew. Christlichen Liebe und Gemeinden solches zum Voraus von der Cantzel hiermit öffentlich verkündiget, damit sie sich darnach achten, und zu rechter Zeit, wiewohl vor dißmahl etwas früher, nach der gewöhnlichen Lösung mit 2. Stück-Schüssen und Läutung der Glocken, in dem GOttes-Hause einfinden wollen. Mit Proviant sich zu belästigen, hat niemand nöthig, indem unser guter Regente und Vater so wohl, als die andern Obern schon Anstallten gemacht haben, auf diesen Tag alle Einwohner der Insul nothdürfftig zu speisen und zu träncken. Wir sind, meine Lieben! unserm GOtte einen gantz ausserordentlichen Danck schuldig vor seine unschätzbare Gnade, die er dieser Insul abermahls wiederfahren und geniessen lässet, zumahlen, da er uns vor weniger Zeit in Furcht und Schrecken gesetzet hat. Da wir nun sehen, meine Lieben, daß GOtt nicht immer oder ewiglich zürnet, sondern sein Wort hält, ja, da wir erfahren haben, daß sein Zorn nur eine [147] kleine Weile über uns gewähret hat, so lasset uns mit demüthigen und danckbaren Hertzen ingesammt vor ihn treten. GOtt bereite unser aller Hertzen zur ihm gefälligen Andacht, durch die Krafft des heiligen Geistes, in unsers HErrn und Heylandes JEsu Christi Nahmen, Amen!«

Als der Gottesdienst in der Kirche zum Ende war, und wir auf dem grünen Platze etwas stille stunden, worbey der Capitain Horn der vorderste war, hätte man sein blaues Wunder sehen sollen, wie unsere Leute, alt und jung, ja Kinder, die kaum 2. bis 3. Jahr alt waren, um ihn herum gelauffen kamen; die Alten küsseten ihm Stirne, Backen und Mund, und wenn die jüngern und kleinern Kinder sahen, daß sie nicht an ihn hinauf reichen konten, so küsseten sie ihm die Hände, auch so gar die Kleider, welches Ceremoniel ihnen kein Mensch auf der Welt gezeiget und vorgemacht hatte, sondern sie thatens aus unschuldiger einfältiger Liebe.

Dieses währete, bis wir zur Taffel geruffen wurden, nach deren Abtragung Capitain Horn seine Reise-Erzählung folgender Massen fortsezte:

Meine Herrn, auch allerwertheste Brüder, Gönner und Freunde!

Ich habe gestern, wo mir recht ist, in dem Periodo abgebrochen, was Massen wir von dem Gouverneur *der grünen Insuln*, der seine Residenz und eine wichtige Festung auf einer Insul, S. Jago genannt, hatte, so herrlich tractiret wor-[148]den; Die andern grünen Insuln hatte er fast rings umher um diese seine Residenz-Insul liegen. Es waren importante Insuln in selbiger Gegend, auf welchen die gütige Natur alles hervorbrachte und darreichte, was der Mensch nur immer verlangen konte.

Ehe ich aber weiter gehe, so muß melden, daß die Herren Portugiesen des kostbaren Tractaments überdrüßig wurden, und mit aller Gewalt zu ihrer Abseegelung Anstalt machten.

Der Gouverneur bat sie zwar sehr, noch eine Zeitlang bey ihm zu verharren, allein, sie vermassen sich hoch und theuer, daß es ihnen ohnmöglich, ja höchst gefährlich wäre, länger zu bleiben, demnach erlaubte endlich der Gouverneur, daß sie mit nächstem favorablen Winde in GOttes Nahmen abfahren möchten.

Dieses geschahe also, nachdem sie 2. Monate und etliche Tage geschmauset hatten.

Als es sich nun zu einem günstigen Winde vor sie anließ, machten sie sich an den Gouverneur, und sprachen: Daß nunmehro ihres Bleibens nicht länger, als etwa 3. Tage noch sey, baten zugleich den Gouverneur, seine Familie und Officiers, auch uns beyden Brüder zum Valet-Schmause, auf das gröste von ihren Schiffen. Der Gouverneur, welcher kein Kost-Verächter war, bestimmte also von heute an den 3ten Tag, da er denn mit allen den Seinigen auf ihren Schiffen erscheinen wolte.

Wie nun der 3te Tag eintrat, traten auch wir sämmtlich gebetenen Gäste in dem grösten Por-[149]tugiesischen Schiffe ein; Jedoch muß zu melden nicht vergessen, daß, so bald sie uns ankommen sahen, alle Canonen so wohl von den unserigen, als den Portugiesischen Schiffen gelöset wurden, denn sie hatten uns freundlich darum ansprechen lassen, unsere Canonen zu ihrem Dienste nochmahls zum Valet mit zu gebrauchen; wolten auch das Pulver darzu hergeben, allein wir waren viel zu großmüthig bey dieser Kleinigkeit, indem wir Uberfluß an Pulver hatten.

Ich muß den Portugiesen nachsagen, daß sie uns sehr propre tractirten, denn sie setzten uns die aller delicatesten Speisen vor. Fleisch-Speisen, Fischwerck und Geflügel von vielerley Art war alles im Uberfluß da, ingleichen an Gebackenes, Confituren und dergleichen spürete man keinen Mangel, absonderlich war die öfftere Veränderung der Speisen zu bewundern, als welches Kunststück wir bey ihnen nicht gesucht hätten. Hierbey war der beste Canarien-Sect unter vielen andern köstlichen Weinen das vornehmste Geträncke, in welchem die Gesundheiten unter Trompeten und Paucken-Schall häuffig getruncken wurden.

Der Schmauß währete bis zum Untergang der Sonnen, ja fast bis zu einbrechender Nacht, da denn der Gouverneur, alles fernern hefftigen Nöthigens ohngeachtet, Aufbruch machte, und seine Dancksagung bey den Portugiesischen Capitains abstattete, anbey dieselben inständig ersuchte, sich folgenden Morgens, so früh als es nur immer möglich seyn könte, auf seiner Burg ein zu-[150]finden, weilen er gesonnen wäre, auch noch ein kleines Valet-Schmäußgen zu geben.

Es wolten zwar die Portugiesen hierein erstlich gantz und gar nicht willigen, sondern sperreten sich hefftig dargegen, allein da der Gouverneur sagte, wie er sie Zeit seines Lebens nicht vor rechtschaffene brave Leute erkennete, daferne sie ihm diese letzte Bitte nicht gewähreten, indem es ja nicht nur vom Ceremoniel erfordert würde, erstlich nochmahls auf seiner Burg einzusprechen, und Abschied zu nehmen, nachhero aber auf ihren Schiffen den Valet-Becher zu trincken, denn er versicherte ihnen hoch und theuer, daß er, weilen sie doch so gar allzusehr eileten, nicht länger, als den morgenden Tag aufhalten, des folgenden Tages aber ihrer Abfahrt mit betrübten Augen nachsehen wolte, so lange bis sie ihm aus den Augen verschwänden. Uber alles dieses hätte er noch vieles in Geheim mit ihnen zu reden, welches der Portugiesischen Nation und auch dem Gouverneur selbst zu gantz besonderm Nutzen und Vortheil gereichen könte. Wie nun die Portugiesen dieses vernahmen, versprachen sie ihm auf redliche Parole, daß sie folgenden Morgens mit den allerfrühsten auf der Burg sich einfinden wolten. Demnach reisete der Gouverneur nebst allen den Seinigen nach seiner Burg zu, und wir beyden Brüder wurden von dem Gouverneur und den Seinigen fast forcirt, auch mit dahin zu gehen.

Es war also schon um die Zeit des Aufgangs der Sonnen, als wir die Burg erreichten, immittelst wurde von beyden Seiten noch immer bestän-[151]dig scharf canonirt, jedoch wir legten uns alle auf einige Stunden zur

Ruhe. Die Portugiesen hielten ihr Wort redlich, und stelleten sich bey früher Tags-Zeit bey uns ein, da denn nicht lange hernach auf der Burg alles munter und wach wurde, demnach mochten wir auf der Burg wohl ein gut Stück länger geschlaffen haben, als die Herren Portugiesen.

Dieses Tages ließ der Gouverneur in Wahrheit abermahls ein recht fürstlich Tractament zurichten: Denn die Taffeln waren dergestalt mit den allerbesten Sorten von leckerhafften Speisen besetzt, daß man immer vermeynen sollen, es würden dieselben brechen. Von Wein und andern Geträncke verschiedener Sorten war ein solcher Uberfluß zu sehen, so daß es das Ansehen gewann, als ob sich die Gefässe immer von sich selbsten wieder voll fülleten.

Bey allen dem sassen wir in die 4. bis 5. Stunden an der Taffel, jedoch mehr beweglichen Machinen, als Menschen ähnlich, indem von den allzuhäuffigen Speise-Gerichten die wenigsten etwas rechts geniessen konten, zumahlen, da uns allen noch die Portugiesische gestrige Mahlzeit noch in dem Leibe stack. Demnach wurde mehr getruncken, als gespeiset, denn es verfolgte immer ein Pocal den andern, und zwar unter Trompeten und Paucken-Schall, auch Lösung der Canonen, so wohl von der Burg, als von unsern Schiffen. Wie nun dieses gegen des Gouverneurs Wort lief, daß wir nemlich das Pulver schonen wolten; so sagte derselbe; Ey was! Schade vor das Pulver, mei-[152]ne Brüder! ich habe nicht allein in den Magazin dessen im Uberflusse, sondern kan auch einen Tag und alle Tage mehr Pulver mahlen lassen. Einmahl vor allemahl, heute wollen und müssen wir einmahl noch frölich und lustig beysammen seyn, weil wir nicht wissen, ob wir einandern so bald, oder wohl gar nicht wieder sehen möchten, denn ich bin ein alter Mann, der dem Tode starck entgegen gehet.

Wir alle wünschten dem ehrlichen Manne ein noch langes und vergnügtes Leben, weilen er Alters halber noch viele Jahre leben könte. Er schien über unsere Wünsche vergnügt zu seyn, nach aufgehabener Tafel aber gab er den Portugiesischen Capitains, wie auch mir und meinem Bruder einen Winck, ihm in ein Ober-Zimmer zu folgen. Mitten in diesem tappezirten Zimmer stund eine lange Taffel, die mit einer rothen Sammet-Decke beleget war, welche Decke der Gouverneur durch 2. Pagen abnehmen ließ, worauf sich unsern Augen folgendes præsentirte:

1.) 2. saubere Degen, deren Gefässe so wohl, als die Schnallen am Gehencke, häuffig mit Brillanten und andern Edel-Gesteinen besetzt waren.
2.) 2. vortrefflich schöne Spanische-Röhre, deren Knöpffe ebenfalls mit Brillanten und andern Edel-Gesteinen besetzt waren.
3.) 24. Stück grosse güldene Taffel-Schüsseln.
4.) 24. etwas kleinere oder Mittel-Schüsseln, die ebenfalls von Golde getrieben waren.
5.) 4. Dutzent goldene Teller.
6.) 4. Dutzent goldene ordinaire Löffel.

7.) 2. ziemlich grosse güldene Pocale, die da sehr starck [153] mit Brillanten und andern edlen Steinen besetzt waren.
8.) 2. Dutzent goldene Becher von verschiedener Grösse, welche sehr bequemlich beim Speisen zu gebrauchen.
9.) 48. Stück ziemlich grosse aus feinem Silber getriebene Schüsseln.
10.) 48. Stück aus feinem Silber getriebene Mittel Schüsseln.
11.) 4. Dutzent silberne Teller.
12.) 4. Dutzent silberne Löffel.
13.) 4. Dutzent silberne Becher von verschiedener Grösse.
14. 15.) 2. Uhrwercke und Compasse mit güldenen Gehäusen, und starck mit Steinen besetzt, worinnen zu oberst die Magnet-Nadel befindlich.

Auf einer dabey stehenden Neben-Taffel befanden sich noch verschiedene güldene und silberne Gefässe, und zwar alles gedoppelt, als nemlich Lavors, Commoditæten und unzählige andere Sorten, welches wir allerseits bewunderten. Nachdem wir uns aber satt daran gesehen hatten, ergriff der Gouverneur die beyden Portugiesischen Capitains bey den Händen, und sagte zu ihnen: Sehet hier, meine werthen und lieben Brüder! das soll das geringe Geschencke seyn, welches ihr von mir auf die Reise empfanget, verschmähet dasselbe nicht, sondern theilet euch brüderlich darein, und gedenckt meiner und der Meinigen im Besten, so offt ihr auch das geringste Stücklein darvon braucht.

Die Capitains erschracken darüber, und wolten sich durchaus nicht entschliessen, auch das ge-[154]ringste davon anzunehmen, sondern brachten unzählige Entschuldigungen vor, die sie verhinderten, an einem solchen über königlichem Geschencke einigen Theil zu nehmen; Allein der Gouverneur sagte, indem er sie hertzlich küssete: Meine Brüder! macht kein Wunder, und verschmähet mich nicht, sonsten werde ich auch so trotzig werden, als ihr euch ausgabet, da wir zu erst zusammen gekommen sind, und da ihr mich dergestalt reichlich beschenckt habt, ist das Meinige eine kleine Kleinigkeit dargegen zu rechnen.

Indem fassete er die beyden Portugiesen bey den Händen, und sagte: Seyd so gütig, mir zu folgen, meine Brüder! um zu sehen, was mein Frauenzimmer vor euch zu rechte gelegt hat, und zwar in diesem besondern Zimmer; Da er aber mich und meinen Bruder auch anfassete, um zu sehen, was passirte, so traffen wir in dem Neben-Zimmer einen erstaunlichen Kram von allerley Arten weisser Wäsche an. Nächst diesen zwey kostbare, damastene, mit Golde bordirte Schlaf-Röcke und andere Nacht-Kleider. In Summa, wir hatten allerseits Ursache, über die Menge der kostbarn Wäsche so wohl, als über die andern Sachen zu erstaunen.

Demnach stelleten sich die beyden Portugiesen gedoppelt beschämt, beklagten sich auch darüber so wohl bey dem Gouverneur, als bey dessen Frauenzimmer in recht wehmüthigen Geberden und Stellungen, welcher erstere, nemlich der Gouverneur, denn zu beyden sagte: So wahr ich lebe, meine Lieben! so lange als ihr hier bey mir gewesen seyd, habe ich keine unvergnügte Stunde, geschweige [155] denn einen unvergnügten Tag gehabt, als nunmehro diese Stunde, da wir Abschied von einander nehmen müssen. Wollte GOtt! wir hätten Zeit-Lebens beysammen bleiben können, da aber dieses eine unmögliche Sache, so kränckt mir und den Meinigen in der Seele nichts mehr, als daß ihr so eigensinnig oder hochmüthig seyn wollet, die geringen Gegen-Geschencke gegen die eurigen, welche weit reichlicher gewesen, als die unserigen, von uns anzunehmen. Wie nun die Portugiesen erweißlich machten, daß Dero Geschencke allzu kostbar, und zwar von beyden Seiten, gegen das wenige, was sie von uns empfangen hätten, ohne die allzu vielen Gefälligkeiten und Gnaden-Bezeugungen zu rechnen, die wir von Tage zu Tage von Ihnen genossen; so fieng der Gouverneur endlich also zu reden an: Meine lieben Brüder! Gold und Silber habe ich im Uberflusse, so wohl als die Meinigen, die wenig Wäsch- und Kleidungs-Stücke herbey gebracht haben. Wir bitten demnach alle aus einem Munde, uns nicht zu verschmähen, sondern dieses wenige zum geneigten Andencken, nicht aber als ein Geschenck anzunehmen, wiedrigenfalls will in eurer aller Gegenwart einen theuren Schwur thun, daß alle die Sachen noch vor eurer Abfahrt in die See geworffen werden sollen, und zwar, wo dieselbe am tieffsten ist.

Der Streit währete noch eine ziemliche Zeitlang, endlich aber, nachdem der Gouverneur, seine Gemahlin, Töchter und Söhne die Portugiesen nochmahls alle zärtlich umarmet und geküsset, gaben sich diese überwunden, und gewiß, das [156] Abschied-nehmen kam allen so bitter an, daß die meisten, eins wie das andere, die heissen Thränen fallen liessen.

Folgendes Tages in aller Frühe ließ der Gouverneur alle verschenckten Sachen auf der Portugiesen Schiffe schaffen, und zwar durch seine eigenen getreusten Leute, denen wir alle, nach eingenommenem Frühstück, in Chaisen auf dem Fusse nachfolgten, und auf den Schiffen ankamen, allwo die Portugiesen sich ungemein erfreueten, daß sie einen günstigen Wind fanden, mithin sich in möglichster Eile vollends einschifften, und nach nochmahligem genommenen zärtlichen Abschiede und Valet-Truncke am Strande ihre Ancker lichteten, die Seegel aufzogen, und unter einem entsetzlichen Donnern der Canonen so wohl von ihren, als unsern Schiffen, ingleichen von der Citadelle, auf und darvon fuhren. Der Gouverneur blieb mit den Seinigen so lange am Strande stehen, und winckte beständig mit dem Huthe, bis sie uns aus den Augen verschwanden, worauf wir insgesammt zurück auf die Burg fuhren, indem er uns durchaus nicht aus den Augen wolte kommen lassen.

Als wir auf der Burg angelanget, sagte er zu uns beyden Brüdern: Nun, meine werthesten Brüder! ihr werdet von der Güthe seyn, und die euch angewiesenen Zimmer beziehen, als dergleichen keine bessern in meinem Hause anzutreffen sind, auch alles kühnlich fordern, was zu eurer Bequemlichkeit gereicht, denn wahrhafftig, ich liebe euch als Brüder, meine Gemahlin macht in der Liebe zu ihren Kindern und gegen euch nicht den allergeringsten [157] Unterschied, und meine Kinder erzeigen sich nicht anders, als ob ihr ihre allernächsten Anverwandten wäret. Woher aber eine solche Liebe entstanden, solches ist eine gantz andere Frage, welche ich jedoch nicht anders beantworten kan, als wie ich vollkommen der Meynung bin, daß dieselbe gantz heimlich in der Natur steckt, und von uns Menschen nicht gnugsam erforschet werden kan. Mit einem Worte, ich halte dergleichen Liebe vor eine vollkommene Sympathie oder Ubereinstimmung der Hertzen und Gemüther, es mögen aber die Herren Philosophi nach ihrem besten Vermögen untersuchen, wie es damit zugehet? wo es steckt? wenn sichs anfänget? wenn es aufhöret? und dergleichen, kurtz: ich sage nur dieses, daß ich in dieser Sache keinen Grund finden kan. Ihr habt gesehen, meine Brüder! daß ich und die Meinigen den beyden Portugiesischen Capitains nach unserm besten Vermögen alle mögliche Gefälligkeit und Höflichkeit geniessen lassen, weiln ich ihnen nachrühmen muß, daß sie artige Leute, und darzu unserer Römisch-Catholischen-Religion zugethan waren, da hingegen ihr, wie ich von euch vernommen habe, Protestanten seynd.

Unterdessen wolte wünschen, daß die lieben Portugiesen noch bey uns geblieben wären, bis auf eine andere Zeit, doch, da sie einmahl fort sind, so wünsche ihnen GOttes Geleite, und bin nur von Grunde meiner Seelen erfreuet, daß ich euch, meine Lieben noch eine Zeitlang bey uns sehen soll. Nun aber sagt mir, meine Herren! wie es zugehet, daß die [158] Liebe von unsern Seiten nicht auf unsere Glaubens-Genossen, sondern auf die Protestanten gefallen? Es solten sich zwar wohl bey unserer Religion einige finden, welche deßfalls bey diesem oder jenem einen Gewissens-Scrupel erregen, oder erzwingen möchten; Allein bey mir und den Meinigen werden sie ihren Zweck nicht erreichen, denn unser Wahlspruch ist dieser: Wie lieben die Tugend, und lassen jedennoch die Religion in ihren gebührlichen hohen Würden. Nachdem wir noch eine gute Zeitlang von dieser Materie pro und contra disputirt hatten, bezogen mein Bruder und ich unsere angewiesenen Zimmer, und lebten darauf dergestallt ruhig und vergnügt mit dem wohlthätigen Gouverneur und den Seinigen, daß ich, ausgenommen, was Felsenburg anbelanget, nicht leicht an einem Orte mehr Vergnügen auf dieser Welt gehabt.

So bald der Gouverneur und die Seinigen das Wort von uns beyden heraus gelockt, ja, so zu sagen, erzwungen hatten, wie wir wenigstens noch 2. Monate bey ihnen bleiben wolten; war das gantze Haus voller Freuden, damit wir aber eine Haupt-Veränderung unserer Gemüther empfinden möchten, stellete der Gouverneur eine general-Visitation der unter seinem Commando stehenden Insuln an, und lude uns darzu ein. Es wurden auch so gleich Anstalten zur Abfahrt gemacht, indem er gesonnen, seine gantze Famile mit sich zu führen, bis auf den ältesten Sohn und jüngste Tochter, als welche beyde gute Wirthschafft führen solten. Wir beyden Brüder konten ohne besondere Sorgen die Reise mit antreten, [159] weiln wir versichert waren, daß wir getreue Subalternen und Unter-Officiers so wohl, als auch Volontairs und Gemeine hatten; Lauter Leute, die nicht zu verbessern waren.

Wie demnach die aufs kostbarste und zierlichste ausgerüstete ungemein bequemliche Fregatte, welche von einem Kriegs-Schiffe begleitet wurde, im Hafen der Insul St. Jago anlangete, setzten wir uns in dieselbe, und fuhren mit des Gouverneurs Suite unter einer starcken Bedeckung und unter Lösung der Canonen von dannen, worbey zu mercken, daß uns der Gouverneur erlaubte, 12. Mann Granadiers von unsern Leuten, wie auch ausser diesen, daß er allen unsern Volontairs die Freyheit gab, in der Suite uns zur besondern Bedeckung mit zu reisen. Wir fuhren also zuerst auf die Insuln St. Luciæ und Nicolai, als in welchen beyden der Gouverneur unvergleichliche Fortifications und Schlösser zu seiner Bequemlichkeit anlegen lassen, weil sie die grösten waren unter denen noch übrigen etwas kleinern Insuln, welche aber doch alle sehr fruchtbar, und der Gouverneur auch in der aller kleinesten Insul ein Abtrits-Haus oder Pallais vor sich hatte.

Wir bewunderten, indem er auf einer jeden Insul Gerichte hielt, (da denn die Unterthanen vor seinem Richter-Stuhle erscheinen musten) dessen gantz besondere Conduite und Liebe zur Gerechtigkeit, wovon ich unzählige merckwürdige Exempel vorbringen wolte, wenn es vor jetzo Zeit darvon wäre. Uns zu Gefallen ließ er hie und da bald auf dieser, bald auf jener Insul ein Corps seiner Troup-[160]pen entweder von regulirten, oder von Land-Militz zusammen ziehen, welche er selbst aufs schärffste musterte und exerciren ließ, worbey ich gestehen muß, daß derselbe Mann rechte brave Soldaten unter sich hatte.

Von allerhand sonderbaren und wunderbaren Geschichten, welche wir auf dieser oder jener Insul erfahren, will ich vor dißmahl, beliebter Kürtze wegen, so wenig erwehnen, als von der Natur, Art und Weise dieser grünen Insulaner, viel weniger von dem Ceremoniel und anderer Lebens-Art, auch Freudens-Bezeugungen, bey Anwesenheit ihres Gouverneurs, und was sie ihm vor Geschencke zu bringen pflegen. Hergegen kan ich nicht anders sagen, als daß wir auf diesen Insuln wegen der vielfältigen Veränderungen ungemeines Vergnügen fanden, endlich aber, da wir schon fast einen gantzen Monat von St. Jago, als der Residenz des Gouverneurs, hinweg gewesen, gaben wir demselben zu vernehmen, was Massen, da nun fast ein Monat von unserer angelobten Zeit des Dableibens verflossen, Sr. Excell. die Gnade haben möchte, es dahin zu verfügen, daß wir beyden Brüder nur auf einem Jagd-Schiffgen nach St. Jago gebracht werden möchten, weiln wir uns nicht getraueten, länger von unsern Schiffen abwesend zu bleiben, sondern nunmehro in beständigen Aengsten und Sorgen schweben müsten, weilen bekannter Massen unsere Subalternen das See-Hand-Werck noch nicht gar zu vollkommen verstünden, uns aber an einer tüchtigen Reparatur unserer Schiffe das allermeiste gelegen wäre &c. Es [161] ist gut, meine Brüder! (sagte hierauf der Gouverneur) daß ihr mich erinnert, wir wollen insgesamt von hinnen seegeln, damit wir bey Zeiten zu Hause kommen, denn ich kan wohl sagen, daß mit kein Bissen besser schmeckt, als in meiner Burg.

Demnach besuchte der Gouverneur nur noch 5. oder 6. kleine Insuln, welches binnen wenig Tagen geschehen war, worauf wir insgesamt den Rückweg nach St. Jago nahmen, und weiln wir die Zurückkunfft durch ein Post-Schiff melden lassen, so hatten des Gouverneurs Leute kaum unsere Flaggen auf den Schiffen wehen sehen, als so gleich ein grausames Donnern der Constabler auf der Citadelle, und auch zu gleicher Zeit von unsern Schiffen gehöret wurde, weßwegen wir uns nicht lange mit Rudern verweilten, sondern machten, daß wir den letzten Abend des abgelauffenen Monats bey guter Zeit glücklich und gesund auf St. Jago anlangeten.

Von den vielen Complimenten, welche auf beyden Seiten, zwischen den Einheimischen und Verreiset-gewesenen, gewechselt wurden, will ich gar nichts gedencken, sondern nur so viel sagen: daß die werthesten Zurückgebliebenen, so zu sagen, gantz ausser sich selbst waren, da sie uns alle, besonders aber ihren theuresten und werthesten Herrn Vater, glücklich und gesund wieder zurück kommen sahen, und ihn mit Vergnügen umarmen konten.

Unserer beyden Brüder erste Sorge war: die Schiffe in Augenschein zu nehmen, und zu erfahren, ob unsere Leute auch ihren besten Fleiß angewendet, [162] daß wir uns zum baldigen Abseegeln Hoffnung machen könten. Weßwegen wir uns denn bey dem Gouverneur und seiner Familie auf einige Tage beurlaubten; nach Verlauff derselben aber, da wir auf unsern Schiffen alles nach unserm Wunsche und Willen verfertiget und zugerichtet antraffen, so, daß wir uns in vollkommenem Seegelfertigen Stande befanden, mithin nur blos auf günstigen Wind warteten, unsere Abfahrt zu beschleunigen; als kehreten wir erstlich nochmahls zurück auf die Burg, und liessen es uns die noch übrigen Tage der angelobten Zeit unsers Dableibens im täglichen Wohlleben dergestalt gefallen, wie es der Gouverneur und die Seinigen gern sehen und haben wolten.

   Ich habe, wo mir recht ist, schon gestern einen kleinen Anfang gemacht, von der Liebes-Begebenheit zwischen meinem Bruder und des Gouverneurs ältesten Tochter etwas zu erwehnen; Derowegen will voritzo darinnen fortfahren, weilen es ohnedem eine Begebenheit, welche guten Theils mit zu unserer Haupt-Historie gehöret.

Es hatte demnach, binnen der Zeit, die wir mit Visitation der umliegenden Insuln zubrachten, mein Bruder vollends Gelegenheit gefunden, sich in dem Hertzen dieses Frauenzimmers vollkommen feste zu setzen, ohne weiter hinaus zu dencken, wie dieses Gewerbe etwa ablauffen könte oder würde. Wie denn, meines Erachtens, die Verliebten zwar 9. mahl klug zu nennen, aber doch im Gegentheil offt 10. ja mehr mahl toll, oder wenigstens einfältig in ihren Actionen befunden werden. [163]

Mein Bruder war seit dem, daß wir auf den kleinen Insuln herum geschwärmet oder geschmauset hatten, gantz dräuste mit seiner Amasia worden, da doch solches bey damahligen Umständen, um so viel mehr hätte unterdruckt werden sollen, wenn man anders die Klugheit beobachten wollen.

Wie nun dieses Frauenzimmer ihn vor allen andern Manns-Personen distinguirte, so fiel ihre Liebes-Kranckheit allen Leuten auf einmahl in die Augen, ja, mein Bruder und diese seine Erwählte trieben es so toll mit Hertzen, Küssen und andern Liebkosungen, daß es auch so gar den Eltern gefährlich vorzukommen schiene, ihnen beyden fernerhin zu trauen. Meinen Credit hatten sie alle beyde gleich bey Anfang ihres Commercii, so bald ich nemlich dessen innen geworden, vollkommen verlohren. Ich stellete meinem Bruder zuweilen, wenn wir uns in der Einsamkeit, ohne andere Gesellschafft befanden, Himmel und Hölle vor, um ihn von der mir und ihm höchst fatalen Liebe abzugewöhnen, allein, ich predigte tauben Ohren, denn er antwortete mir zum öfftern kaum darauf, und wenn er ja allenfalls zum Stande zu bringen war, mit hochtrabenden und thörichten, zum öfftern auch lächerlichen Redens-Arten und Minen, welche mich zu vielen mahlen nicht wenig verdrossen; allein ich hielt ihm, als einem verliebten Hasen, oder wohl gar etwas mehr, sehr viel zu gute, bewunderte aber anbey nichts, als dieses, daß der Gouverneur so wohl, als seine Gemahlin, das Hertzen, Lecken und Küssen dieser zweyen Verliebten, es mochte auch bey was vor Gelegenheit seyn, als [164] es nur immer wolte, noch immer so mit gelassenen Augen ansahen, und nicht eine eintzige scheele Mine darzu machten. Hergegen machten mein Bruder und ich einander immer desto scheelere Minen, welches den andern Anwesenden zwar bedencklich vorkam, jedoch es muste unter dem Vorwande durchgehen, daß wir eine und andere Streit- und Zwistigkeiten gehabt, und dieselben noch nicht völlig beygelegt hätten.

Allein es war die gantze Sache in Wahrheit kein Schertz oder Spas zwischen uns Brüdern, denn eines Abends, als sich mein Bruder, meinen Gedancken nach, etwas allzu frey gegen seine Amasiam beym Tantze aufgeführet hatte, bemerckte ich, daß ein paar Insulanis. Officiers von nicht geringem Stande und Würden, sich über ihn höhnisch aufhielten, weßwegen ich meinen Bruder bey Seite zohe, ihm seine verliebte Thorheit vorrückte, und freundlich ermahnete, sich klüger und gescheuter aufzuführen, damit ich und alle die Unsrigen nicht etwa mit der Zeit Ursache hätten, ihm unsere Verunglückung eintzig und allein zu zuschreiben.

Meines Bruders Antwort war diese: Bruder! ihr redet vor dieses mahl, wie ein Kind, da ihr doch euch dessen schämen soltet, weilen ihr viel älter seyd, als ich, allein thut mir den Gefallen, und kommet früh Morgens um die Zeit des Aufgangs der Sonnen zu mir hinunter in eine, euch selber beliebige Sommer-Läube des grösten Lust-Gartens, vielleicht bringt ihr in der freyen Lufft vernünfftigere Dinge vor, als voritzo. [165]

Wir sahen einander diesen Abend ferner und weiter nicht an, als über die Achseln, und folgenden Morgens begab ich mich abgeredter Massen hinunter in die eine Sommer-Läube, in völliger Kleidung mit Stock und Degen, traf auch meinen Bruder und zwar ebenfalls in Stock und Degen darinnen an. Zuerst hielt ich ihm eine gantz sanfftmüthige Gesetz-Predigt, nachhero aber wurde unser Wortwechsel etwas hitziger und hefftiger, und zwar dergestalt, daß meinem Bruder die Galle auf einmahl überlief, weil ich ihm, seiner Meynung nach, etwas gar zu empfindliche Stichel-Reden gegeben haben solte; und eben dieserwegen sprang er zur Lauber-Hütte hinaus, entblössete seinen Degen, und brachte mir, der ich ihm ebenfalls mit entblösseten Degen entgegen gieng, einen Affections-Stich durch den rechten Arm über dem Ellenbogen bey, welcher jedoch nicht viel zu bedeuten hatte; Er aber, mein Bruder, so bald er mein Blut lauffen sahe, fassete seinen Degen bey der Spitze, und præsentirte mir diesen seinen Degen mit den Worten: Hier, mein allerliebster Bruder, entlediget euch mit diesem meinen eigenem Seiten-Gewehr eines unartigen Menschen, der nicht würdig ist, euer Bruder genennet zu werden. Allein ich nahm den Degen von ihm, und warf denselben in die Erde, meinen Bruder aber umarmete ich mit Thränen unter diesen Worten: Nein, mein Bruder! GOtt lasse ferne von uns seyn, daß einer von uns ein Cain werde. Wir hielten also unter Vergiessung heisser Thränen einander eine lange Zeit umarmet, bis wir endlich befürchteten, daß je-[166]mand darzu kommen möchte; Er, mein Bruder aber verband mir, so bald wir auf unser Zimmer kamen, meine Wunde selbst, und wir schätzten es noch vor ein Glücke, daß niemand darzu gekommen war, und uns gesehen hatte. Wir hielten auf dem Zimmer, weil wir von niemanden verstöhret wurden, noch ein langes und breites Gespräch von dieser blutigen Begebenheit, und endlich ließ sich mein Bruder vor mich auf die Knie nieder, und bat mich, ihm seinen selbst also genannten Fehler und Unbesonnenheit zu vergeben, und zwar unter Vergiessung häuffiger Thränen, ja er sagte: wie daß er sich Zeit Lebens nicht zu frieden geben könte, wenn ich ihm nicht einen theuren Eyd schwüre, nimmermehr wieder daran zu gedencken, welchen Eyd ich ihm denn auch so gleich auf der Stelle leistete, kräfftig tröstete, und damit völlig wieder vergnügte, worauf er eine gantz andere Lebens-Art zu führen versprach, und vor allen Dingen meinen getreuen brüderlichen Vermahnungen in allem Folge zu leisten, sich verbindlich machte.

Ich war erfreut über meines Bruders Bekehrung und Busse, jedoch flössete ich ihm die Lehren ein: daß er sich ja nicht eben sauertöpfisch oder sonsten mürrisch anstellen möchte, sondern immerhin lustig und guter Dinge seyn könte, absonderlich des Frauenzimmers wegen, damit dieselben seine so jählinge Veränderung nicht merckten, und diesen oder jenen Verdacht auf uns legten.

Er versprach mir in allen Stücken zu folgen, und zwar mit einem theuren Eyde, hielt auch sein Wort redlich, und brach sonderlich von dem [167] allzu öfftern Hertzen und Küssen ziemlich ab, weilen er vermerckte, daß ich dergleichen nicht gern leiden mochte.

Jedoch einige Tage nach dieser Begebenheit bat mich der Gouverneur, mit ihm in einen Garten zu spazieren. Indem nun nicht vermeynete, er würde von etwas anders zu sprechen anfangen, als von unserer baldigen Abreise, weiln so wohl ich, als mein Bruder, uns verlauten lassen, daß wir dieselbe nicht lange mehr aufzuschieben gesonnen wären; so muste ich mit Erstaunen hören, daß der Gouverneur, nachdem er mich in eine Grotte geführet, auch neben sich nieder zu setzen gebeten, gegen mich gantz unverhofft also zu reden anfing: Höret mir zu, mein Herr, Freund und Bruder! Ich, als ein Mann, der nichts als Aufrichtigkeit, Treue und Redlichkeit liebt, will euch ein Geheimniß eröffnen, wovon niemand ausser meiner Frauen, bis auf diese Stunde das geringste weiß. So wohl ich, als meine Frau haben bemerckt, daß euer Herr Bruder und meine älteste Tochter von der Zeit an, da ihr bey uns angekommen, Wechselsweise ihre Augen auf einander geworffen; ja! ich muß mich schämen, zu sagen, daß meine älteste Tochter recht hefftig am so genannten Liebes-Fieber laborirt, und dabey nicht geringe Passiones ausstehet. Ich habe zwar gedacht, diesem Ubel abzuhelffen, und sie an einen Standesmäßigen Liebsten zu verheyrathen, allein sie ist seit der Zeit, da sie mannbar, auch dergestalt eigensinnig worden, daß sie (ohne eitlen Ruhm zu melden) mehr als 16. bis 18. Freyern den Korb [168] gegeben, ohngeachtet wir beyderseits Eltern ungemein gern gesehen, wenn sie sich diesen oder jenen erwehlen wollen; Aber! sie bleibt bey einerley Sprache, und sagt: was Massen sie gesonnen, lieber in ein Kloster zu gehen, und eine Nonne zu werden, als einen Mann zu nehmen, der nicht allein vom Gesichte und gantzen Wesen dergestalt beschaffen wäre, daß sie ihn vollkommen zu lieben sich anheischig machen könte; Käme einer dergleichen vor ihrem 24sten Jahre, so möchte es gut seyn; wo nicht? so wolte sie vielleicht noch vor ihrem 24sten sich im Kloster einkleiden lassen, denn das Probe-Jahr hat sie schon ausgestanden, und ist nunmehro erst 22. Jahr alt.

Ich sehe, (fuhr der Gouverneur in seinen Reden zu mir fort,) daß ihr eure Farbe verwandelt, mein Herr! aber alles, was ich itzo gesagt habe, ist die pur lautere Wahr-

heit, denn meine älteste Tochter hat ein vor allemahl
den Schwur gethan, daß, wenn es ihr mißlingen solte,
den jüngsten Capitain Horn zum Manne zu kriegen, sie
Zeit Lebens mit keiner Manns-Person mehr Umgang
pflegen, vielweniger sich fernerweit um alle Manns-
Personen in der Welt bekümmern wolte, denn dieses
wäre eintzig und allein diejenige Manns-Person, welcher
nicht nur in seinem Gesichte, sondern auch in seiner gantzen Aufführung und Conduite alles an sich hätte, was sie
bewegen könte, ihn vollkommen, aufrichtig und getreu
zu lieben. Solte es ihr aber bey diesem ihr vielleicht vom
Himmel zugesendeten Liebsten dennoch mißlingen, so
wäre sie gäntzlich entschlossen, ihr übriges Leben im
[169] Kloster zuzubringen, und keine 4. Wochen Bedenck-Zeit weiter deßwegen zu nehmen. Nun, mein Herr
und Bruder! was Raths, was sind eure Gedancken bey
diesen verwirrten Umständen? Was wird euer Hr. Bruder darzu sagen, wenn ihr ihm dieses erzählt, als warum
ich inständig bitte, und solches als ein besonderes Zeichen der Freundschafft gegen mich und die Meinigen erkennen will, damit ich nur erfahre, was eure und seine
Gedancken bey dieser Sache sind. Signor! (gab ich ihm
zur Antwort) meine eigene Gedancken will ich Ihnen so
fort in Vertraulichkeit eröffnen, und so viel sagen, daß
meinem Bruder zwar ein Glück vorstünde, dessen er wegen seiner Person nimmermehr würdig wäre; wo ich
mich anders auf Dero Vortrag sicher zu verlassen weiß,
stehen bey der gantzen Sache nicht mehr als zwo Haupt-

Puncte im Wege: daß nemlich mein Bruder so wohl, als ich, vors erste kein gebohrner von Adel ist; vors andere, wird ihnen die Protestantische Religion, der wir ergeben sind, und diese letztere zu changiren dürffte bey meinem Bruder sehr schwer hergehen, weilen er keines wanckelmüthigen, sondern ungemein beständigen Gemüths ist; vors dritte, so wird derselbe einzuwenden haben, daß er, als ein armer See-Capitain, mit seinem wenigen Vermögen viel zu unwürdig ist, eine solche hohe und mit allen Leibes- und Glücks-Güthern reichlich versehene Braut zu heben &c.

Ehe ich noch vollkommen ausgeredet hatte, klatschte der Gouverneur in die Hände, sprang auf, und führete mich in dem Garten herum spazie-[170]ren; Unter diesem währenden Spaziergehen redete er weiter also: Ich schwöre es euch, mein Bruder! bey Gott und allen Heiligen, als ein eifriger Christ, heilig zu, daß ich eure Gedancken, Ausflüchte, Einwendungen und Entschuldigungen fast in meinen Hertzen zum Voraus errathen, unterdessen will ich euch so viel sagen, daß ich einen blossen See-Capitain in meinen Augen und Hertzen weit höher schätze, als die vornehmsten Grandes und andere Edel-Leute, die so wohl in Portugal, als Spanien, als auch anderer Orten anzutreffen seyn mögen.

Was den zweyten Punct anbelanget, nemlich von wegen der Religion, so wäre es freylich besser gethan, wenn euer Herr Bruder changirte, und die Römisch-Catholische Religion annähme, denn es dürffte schwer fallen, ihn wegen der Inquisition aller Orten Sicherheit zu verschaffen, jedoch halte ich vor rathsam, vorhero an Ihro Päbstl. Heiligkeit sich zu wenden, und ihm von Deroselben einen Frey-Brief wegen der Religion auszuwürcken, denn ihr sollet noch dieses wissen, daß ich das Gouverno auf dieser Insul mit ihm, als meinem Eydame, theilen, und ihm eine besondere Residenz, die er sich auf dieser oder jener, ihm selbst-beliebigen Insul erwählen mag, von mir aber eingeräumt und bestätigt erhalten und bekommen soll, und dieses alles mit Vergünstigung der Höhern, welche mir selbige schon längstens gegeben; aber meine Söhne werden wohl schwerlich lange bey mir bleiben, sondern ihr Brod anderer höheren Orten zu finden wissen. [171]

Was nun den dritten Punct anbetrifft, so hat sich euer Herr Bruder gantz und gar um keinen Braut-Schatz oder andere zeitlichen Güther zu bekümmern, denn mein gesammletes Gold und Silber dürffte nächst göttlicher Hülffe hinlänglich seyn, mich und die Meinigen auf lange Jahre mit Güthern zu besorgen, und wenn meine Familie auch noch 10. mahl stärcker wäre, so würde sie doch nicht im Stande seyn, alles zu verthun, weilen ich nicht läugnen kan, daß ich eine ziemliche Menge Kostbarkeiten an unterirrdischen Orten stehen habe, die nicht leicht zu finden sind, jedoch ich gewöhne dieserwegen keines von meinen Kindern dahin, daß es auf Reichthum trotzen, hergegen fein ordentlich und Standesmäßig leben soll. Besinnet euch wohl, meine Herrn und Brüder! ob es klug gethan wäre, dergleichen Parthie auszuschlagen, welche einem oder dem andern so bald wohl nicht wieder vorstossen möchte.

Nachdem nun der Gouverneur zu reden aufgehöret hatte, sprach ich: Ich muß Ew. Excell. bekennen, daß ich Dero Reden recht mit Bestürtzung angehöret, indem ich mich selbst nicht in das grosse Glück zu finden weiß, welches meinem Bruder bevorstehet, und woran ich als sein getreuer Bruder allerdings den grösten Theil mit zu nehmen Ursache habe, wo anders Ew. Excell. nicht etwa mit Dero Dienern zu schertzen belieben. Weiln aber dieser mein Bruder eine von den Haupt-Personen bey dieser Geschichte ist, so werde ich mir gehorsamst ausbitten, ihm vorhero einige Eröffnung von diesem seinen Glücke zu thun, da er sich denn [172] nicht säumen wird, eine firme Erklärung von sich zu geben.

Kaum hatte ich diese Worte geendet, als noch verschiedene Personen aus dem Hause auf uns zugegangen kamen, weßwegen der Gouverneur, indem er mich embrassirte, nur noch so viel Zeit nehmen konte, diese wenigen Worte zu sagen: Es ist gut, mein Bruder! ich erwarte Dero beyderseitigen Versicherungen, entweder heute Abends noch in meinen Zimmer, oder, so es gefällig, morgen früh auf dieser Stelle zu vernehmen.

Demnach schieden wir auf dieses mahl von einander. Meinen Bruder traf ich auf seinem Zimmer bey einem grossen Historien-Buche sitzend an, fragte ihn derowegen: Was sitzet ihr so traurig da, mein Bruder? es scheinet, ihr wollt Calender machen lernen, oder auspunctiren, ob wir auch guten Wind und Wetter auf unserer Reise haben werden. Nichts weniger als dieses, (gab er zur Antwort,) denn ich überlasse mich und mein Schicksal dem Himmel, derowegen mag Wind und Wetter immerhin so beschaffen seyn, wie es will, gut oder böse, es gilt mir alles gleich viel.

Ich versetzte weiter; Es ist mir schon bekannt, mein Bruder! daß ihr von Jugend auf keinen niederträchtigen, sondern heroischen Sinn gehabt habt; allein nunmehro möchte ich eurem Nativität-Steller fast den grösten Beyfall geben, da er sagte: Daß es nur an euch läge (und zwar an eurem Eigensinne,) eine der vornehmsten und glücklichsten Manns-Personen auf der Welt, und zwar durch Heyrathen zu werden. [173]

Hierüber fieng mein Bruder überlaut an zu lachen, und sagte: Ich hoffe nicht, mein Bruder! daß heute der 1. April oder ein dergleichen Fest-Tag ist, jedoch ihr wisset, daß ich gern mit mir schertzen lasse, derowegen so saget mir doch in aller brüderlichen Aufrichtigkeit, wo ich anders dieselbe durch meine gottlose und unbillige Aufführung und Gewissen-loses Verfahren gegen euch nicht gäntzlich verschertzt habe, ohne Zeit-Verlust, was vor ein Geist euch heute zu mir führet, und euch begeistert hat, dergleichen Redens-Arten gegen mich zu führen?

Ehe wir aber weiter reden, (sprach er ferner) will mir erstlich eine Bouteille Canari-Sect langen lassen, damit ich euch desto besser vernehmen kan, denn ich kan nicht läugnen, daß mich ungemein dürstet. So bald die Bouteille angekommen war und wir ein paar Becher daraus getruncken, eröffnete ich ihm das Geheimniß, welches mir der Gouverneur anvertraut hatte, auf Treu und Glauben, ließ auch vorerst lieber davon etwas aussen, als daß ich etwas hinzugesetzt hätte. Ihm kamen dennoch alle diese Dinge nicht anders, als gewisse Dörffer vor, so, daß ich ihm nichts verüblen könte, wenn er etwa bey diesem und jenem einigen Zweiffel hegte.

Endlich aber machte er mir, so zu sagen, eine und andere Difficultäten, bey diesem oder jenem Puncte, sonderlich in puncto Religionis, indem er, wie er dasmahl sagte, um eines Weibes, ja, um aller Welt Güther willen sich nicht überwinden könte, seine Religion, darinnen er von Jugend [174] auf gelebt, zu verläugnen. Ich bat ihn, in diesem Stücke piano zu gehen, und erstlich abzuwarten, was der Gouverneur deßfalls mit ihm handeln würde, mitlerweile aber auch ja das Kind mit dem Bade nicht auszuschütten, sich wohl in Acht zu nehmen wissen würde, damit uns allen die gantze Historie keinen Verdruß oder Unfug zu Wege brächte.

Da nun uns beyden Brüder der Gouverneur auf Morgen früh in den Garten hinunter zu sich einladen ließ, und zwar ohne andere Gesellschafft, weiln nur er und seine Gemahlin benebst der ältesten Tochter gantz allein beysammen seyn würden; als verabsäumeten wir nicht, bey diesen hohen Personen zu erscheinen, welche wir bey einer Tasse Caffée antraffen, und aufs liebreichste genöthiget wurden, bey ihnen Platz zu nehmen. Es gab einen kleinen Spas, denn der Gouverneur, welcher Achtung darauf gegeben, daß mein Bruder der Fräulein keinen Kuß gegeben, sagte mit hellen Lachen: Wie nun, Kinder! wollet ihr nun erstlich anfangen gegen einander blöde oder schamhafftig zu thun?

Nichtsweniger, als dieses, mein allerwerthester Herr Vater! gab das Fräulein hierauf zur Antwort; sondern der Fehler liegt an mir, weil ich hätte eher aufstehen sollen, als der angekommene Gast. Wie nun dieses, welches sie mit einer besondern artigen Mine und Stellung vorbrachte, bey uns allen ohne Lachen nicht abgieng, so ließ endlich der Gouverneur mich und meinen Bruder auf die Seite ruffen, und wiederholte sei-[175]nen gestrigen Vortrag nochmahls. Meines Bruders Erklärung war also diese: wie er nicht läugnen könte, daß gegenwärtige seine Geliebte, sein Hertz und Seele dergestalt eingenommen und gefesselt hätte, daß er ohne sie sich nicht ferner lange mehr zu leben getrauete; ja er wolle eher in das tieffste Meer springen, als die Hertzens-Quaal erdulten, ohne sie zu leben. Was den Punct der Religion anbeträffe; dieser könne leicht abgehandelt und verglichen werden, indem er gesonnen, sich so viel als möglich, zum Ziele zu legen, allein seiner ihm angebohrnen Religion so gleich abzusagen, wäre voritzo sein Werck gantz und gar nicht. Was im übrigen die gnädigen Erklärungen des Herrn Gouverneurs anbelangete, so wäre zwar dieses und jenes dabey auszusetzen oder zu erinnern; indem er kein

Kerl wäre, der nach hohen Ehren und Würden strebte, sondern mit seinem Stande zufrieden wäre, und sich mit derjenigen Ehre begnügen liesse, welche er sich zum öfftern mit Vergiessung seines Bluts erworben; auch wäre ihm mit grossen Reichthümern und Schätzen gar im geringsten nicht gedienet, sondern blos nur eintzig und allein mit der geliebten Person, indem er Reichthümer und Kostbarkeiten satt und zur Gnüge, hoffentlich auf Lebens-Zeit hätte, da seines Bruders Freygebigkeit ihn in den Stand gesetzt, daß er zu Hause ein geruhiges, honettes und stilles Leben führen könne, mithin eben nicht ferner nöthig habe, sich in der Welt herum zu strapaziren.

Dieses waren nun lauter Worte, die mir dem [176] Klange und Laute nach wohl einiger Massen den Kitzel in Ohren erregen solten, allein ich trauete dem Land-Frieden so gar sehr eben nicht, weiln mir das immerwährende Gegitzschere und die beständigen Ohrenbläsereyen verdächtig vorkamen, und endlich wurde ich nach einer etlich tägigen unpassionirten Aufführung durch ein Schlüsselloch gewahr, daß mein lieber Bruder in einem wohl darzu zubereiteten Zimmer bey angezündeten Wachs-Kertzen, vor einen kleinen Altar niederkniete, seiner bishero gehabten Religion in optima forma, und zwar in Gegenwart verschiedener Personen beyderley Geschlechts abschwur, hergegen die Römisch-Catholische Religion annahm, und sich darüber einsegnen ließ.

Nichts hat mich Zeit meines Lebens ärger verdrossen, als daß er diese seine Sachen so heimlich tractirt, da ich doch in keinem Stücke seinen Willen zu zwingen mir schon längstens vorgesetzt hatte, wie nun aber dieses geschehen, so konte ich leichtlich daraus schliessen, daß er alle andern Puncte müsse eingegangen seyn, die ihm von dem Gouverneur und seiner Gemahlin vorgelegt worden. Jedoch, da er mir von seiner Religions-Veränderung nicht das geringste meldete, ließ ich mich auch gar nichts mercken, daß ich etwas davon wüste, inzwischen aber war mir auf einmahl alle Lust vergangen, länger auf dieser Insul und bey diesen gefährlichen Leuten zu bleiben, derowegen schrieb ich an meinen Lieutenant folgendes Billet: [177]

Mon Cavalier!

Da ich bey meiner letztern Anwesenheit alles wohl befunden, als bitte, Sorge zu tragen, daß solches im behörigen Stande erhalten werde, denn weilen ich des hiesigen Lebens müde, satt und überdrüßig bin, so dürffte unsere Abseegelung vielleicht viel eher erfolgen, als man vermeynt gehabt. Gewisser Ursachen wegen, komme er Morgen früh, wenn die erste Canone gelöset wird, mir mit 100. Granadieren auf dem Wege nach der Burg zu entgegen, lasse sich aber gegen niemanden nichts mercken, sondern thue nur, als ob er vor sein eigen Plaisir mit denselben spazieren gehen, und dieselben exerciren wolte. Mündlich ein mehrers, ich beharre

Mon Cavalier
le votre
P. W. Horn.

Dieses Billet überschickte ich ihm also gegen Abend durch meinen getreuen Bedienten, welcher noch vor Nachts wieder zurück kam, und mir von dem Lieutenante zur Antwort brachte: wie ich vor nichts Sorge tragen solte, indem er meiner Ordre aufs allergenauste nachkommen wolte. Wir brachten hierauf fast die gantze Nacht mit Tantzen, Springen und andern Lustbarkeiten zu, so bald aber der Tag anzubrechen begunte, machte ich mich in aller Stille auf die Beine, und trat den Weg nach unsern Schiffen an, so daß, wie nachhero erfahren, weder mein Bruder, noch son-[178]sten jemand im Hause meinen heimlichen Aufbruch gewahr worden.

Meinem Bruder konte derselbe um so viel desto weniger Verdacht erwecken, weilen ich mir schon voriges Tages verlauten lassen, die Schiffe selbst zu visitiren; als demnach der Lieutenant mir, abgeredter Massen, mit seinen 100. Granadiers auf halben Wege begegnete, so kehrete ich in gröster Eile mit ihnen um, nach den Schiffen zu, ließ mich aber weiter gegen niemanden das geringste mercken, daß ich mich heimlich von der Burg hinweg geschlichen hätte. Drey Tage ließ mein Bruder verstreichen, ehe er sich um mich bekümmerte, am 4ten Tage aber kam er selbst, und führete sich ungemein freundlich und höflich gegen mich auf, besahe auch das Stück Arbeit, welches ich mittlerweile zu verrichten besorgt hatte, welches ihm sehr wohl gefiel, nachhero aber wolte er mich bereden, wieder mit ihm auf die Burg zu kehren, allein ich schützte eine kleine Unpäßlichkeit vor, die mich abhielte, dem Hrn. Gouverneur und den Seinigen beschwerlich zu fallen, sondern ich wolte erstlich noch ein paar Tage auf den Schiffen bleiben, eine und andere Artzeneyen gebrauchen, mich pflegen, und eine strengere Diæt führen, als bishero, indem ich wohl merckte, daß mir vermittelst der allzu öfftern Debauchen allerhand verdrüßliche Zufälle zugezogen, wenn ich demnach mich wieder völlig auscurirt, so würde keinen Tag verweilen, dem Herrn Gouverneur und den Seinigen meine gehorsamste Aufwartung zu machen.

Mein Bruder mochte nun hierbey dencken, [179] was er wolte, so ließ ich mir doch alles gleich viel gelten, und war vergnügt, daß nach Verlauf noch weniger Tage wir uns im vollkommenen Stande befunden abzuseegeln. Binnen dieser Zeit besuchte mich mein Bruder sehr fleißig, konte aber mit allen seinen glatten Worten nicht von mir erlangen, nochmahls wieder mit ihm auf die Burg zu kehren, sondern ich danckte dem Himmel, daß ich mich auf unsern Schiffen in Freyheit und ohne besondere Furcht befand.

Endlich, da ich nicht zu bewegen war, nochmahls auf die Burg zu kommen, ließ der Gouverneur melden, daß, wenn ich ja allenfalls nicht kommen wolte, er mich gleich morgenden Tages mit seiner gantzen Familie besuchen, jedoch keine Ungelegenheit, sonderlich wegen der Speisen, verursachen wolte.

Ich ließ zurück melden, daß mir Dero gütiger Zuspruch von Hertzen angenehm seyn solte, nur bäte vor mir, als einem Patienten, keinen Abscheu zu tragen, sondern gütigst mit mir vorlieb zu nehmen, was sich in der Eile finden würde, indem ich keine tödliche Kranckheit hätte, sondern vielleicht bald restituirt zu seyn verhoffte. Also kam das gantze Heer gleich andern Tages benebst meinem Bruder, und machten ein ziemlich Loch in meine Victualien, so wohl, was die Speisen, als das Geträncke anbetraf, denn ich konte ohngeacht der geschwinden Eile dennoch so viel zu Wege bringen, und zwar von den auserlesensten Delicatessen, daß sie wohl zu frieden seyn konten.

Der Gouverneur so wohl, als alle die Seini-[180]gen liessen es sich, dem Ansehen nach, gut schmecken, und machten sich insgesamt rechtschaffen lustig, bis der helle Tag anbrach, da aber beym Abschied-nehmen ich dennoch nicht zu gewinnen war, ihnen das Geleite auf ihre Burg zu geben, so sagte der Gouverneur zu mir: Ich solte fast auf die Gedancken gerathen, mein Bruder! daß unter dieser eurer so hefftigen Weigerung etwas anders verborgen, als eine verstellte Kranckheit, jedoch, da wir so lange gute Freunde unter einander gewesen sind, so lasset uns nur zum wenigsten das Ende gut machen, denn so ist alles gut. Dieses einzige bitte ich mir noch von euch aus, daß ihr nicht etwa heimlich ohne nochmahligen Abschied von uns zu nehmen abseegelt, denn dieses würde mich grausam kräncken; da ich aber nun sehe, daß ihr vollkommen seegelfertig seyd, so will ich euch wider euren Willen nicht länger bey mir zu bleiben nöthigen, bitte derowegen nur noch 3. Tage mit euren Schiffen im Hafen liegen zu bleiben, ich werde diese 3. Tage bey euch zubringen, und die Stunde abwarten, wenn ihr von dannen seegelt. Mit einem Worte, thut mir den Gefallen, meine Brüder! und bleibt noch 3. Tage, denn ihr habt an mir den allerredlichsten Mann in der gantzen Welt. Wie nun mein Bruder und ich ihm dieses versprochen hatten, sagte er noch, ich werde zwar erstlich noch einmahl in meine Burg fahren, nachhero aber die meiste Zeit bey euch auf den Schiffen zubringen, und hiermit setzte er sich auf den Wagen, und fuhr nach seiner Burg zu. [181]

Etwa 2. Stunden über Mittag kamen aus der Burg 8. Wagen auf uns zu gefahren, und ehe es Nacht wurde, noch 8. Wagen, bey denen sich zugleich der Gouverneur befand, und zu vernehmen gab, daß er gern einmahl auf dem Schiffe zu schlaffen Lust hätte. Demnach wurde so gleich ein kostbar Bette vor ihn zu rechte gemacht. Morgens früh wurden wir gewahr, daß noch mehr beladene Wagens angerücket waren, und zwar in allen 24. was darinnen befindlich war, konten wir aber nicht eher errathen, bis der Gouverneur ausgeschlaffen hatte, und beym Caffée-trincken sagte: Meine Brüder! ich weiß, daß eure Lebens-Mittel binnen der Zeit, da ihr auf dieser Insul gewesen, ziemlicher Massen werden abgenommen haben, derowegen habe von meinem Uberflusse vielleicht etwa euren Mangel ergäntzen und ersetzen wollen. Nehmet es freundlich an, meine Brüder! denn des Volcks ist viel, so ihr mit euch führet, die Reise aber, wie ich

vernehme, noch ziemlich weit, derowegen wird euch
dieses, was ich euch aus gutem Gemüthe und Hertzen
gebe, ohnfehlbar wohl zu statten kommen, weilen auf der
zehenden Insul in dieser Gegend keine tüchtige Lebens-
Mittel anzutreffen sind, und wenn man dieselben auch
gedoppelt und dreyfach bezahlen wolte. Uns kam dieser
Vortrag trefflich zu statten, indem wir allerdings noch
einen guten Theil Proviant brauchten, so aber fanden
wir eine solche Menge von allerley geräuchertem und
eingepöckeltem Fleische, geräucherten auch eingesaltzenen Fischen, eingemachten und auch frischen Obst-
werck, eingemachte Kohl- und Wurtzel-Speisen, vielerley Sorten Getrey-[182]de in Körnern, ohne einer entsetzlichen Menge Zwieback, ausgenommen der vielen
Wein-Fässer, die wir uns fast nicht einmahl alle mit fort
zu bringen getraueten, da wir ohnedem selbst noch eine
grosse Menge von allerhand Weinen, Brandtewein und
andern starcken Geträncken vorräthig hatten. Ich ließ
alle diese Sachen durch unsere Schiffs-Schreiber auf-
schreiben, und vor erst nur oben hin durch die Banck
taxiren, da denn eine ziemliche Summa von etlichen
1000. Thalern heraus kam, welche ich heraus zu geben
mit Freuden schlüßig wurde; Allein, da der Gouverneur
vernahm, daß wir zwar den Proviant vor baare Bezahlung, keinesweges aber als eine Reuter-Zehrung mitzunehmen gesonnen, als schien er im rechten Ernste böse zu werden, daß wir seine Willfährigkeit, die ihm doch
keinen Schaden brächte, verschmähen wolten, und sagte

gantz verdrüßlich, wie er alles auf der Welt von guten Freunden vertragen könte, ausgenommen den Hochmuth. Derowegen musten wir uns fast gezwungner Weise gefallen lassen, allen diesen grossen Vorrath durch seine Leute in unsere Schiffe zu bringen. Des folgenden Tages kam die Gouvernantin mit ihren Töchtern und Söhnen, uns zu guter Letzt nochmahls zu besuchen, weil sie vorgab, sie könne sonsten ohnmöglich meinen eigensinnigen Kopff mit gelassenem Gemüthe von sich fahren sehen. Nachdem wir aber die Mittags-Mahlzeit eingenommen, und in unsern Cajüten ein und anderes suchen wolten, wurden wir gewahr, daß die Gouvernantin binnen der Zeit, da wir bey Tische gesessen, den Heiligen Christ agiret, und einem je-[183]den eine Beschehrung zum freundlichen Andencken mit auf die Reise zu nehmen, hingelegt. Diese Beschehrung bestund in eben denjenigen Stücken, welche man den Portugiesen mit auf die Reise gegeben, nur mit dem Unterschiede, daß wir beyde ausser den kostbaren Degen und Stöcken, was das Gold- und Silber-Geschirre anbelangete, jeder auf seine Parthie noch einmahl so viel bekam, als die Portugiesen bekommen hatten, und dieses war auch an der Wäsche und Kleidungs-Stücken zu bemercken. Wie nun dieses allzu- und überaus kostbare Geschenck uns beyden Brüder vollends in äusserstes Erstaunen brachte, zumahlen, da wir nicht wusten, wie wir uns in der Geschwindigkeit revangiren wolten, als wurde meinem Bruder selbsten bange, wegen dieser so gantz und gar nicht erwarteten Höflichkeit, jedoch um meine und seine Ehre zu retten, besanne ich mich endlich, daß ich noch eine mittelmäßige Kiste stehen hatte, in welcher ungemeine Kostbarkeiten und Galanterien, sonderlich vor Frauenzimmer, aufgehaben worden, diese eröffnete ich, und langete einen Schatz heraus, der mehr als 2. Tonnen Goldes am Werthe betrug. Ich zeigte meinen Bruder denselben, weilen er dergleichen Tänteleyen bey mir sehr selten zu sehen bekommen, jedoch es schiene, als ob ihm diese Sachen gar sehr wohl gefielen, weßwegen er zu mir sprach: Bruder! wenn ihr auch dieses noch dran spendiren wollet, worwider ich denn nichts einzuwenden habe, so dächte ich, wir hätten unsere Zeche allhier wohl theuer genug bezahlt, und wenn wir auch Fürsten-Kinder wären. Er hatte in diesem Stück meines [184] Sinnes viel, und redete allerdings wohl die klare Wahrheit, allein, ihn vollkommen treuhertzig zu machen, war meine Gegenrede diese: Wir müssen nicht alles nach dem Werthe taxiren, was wir allhier empfangen und genossen haben, sondern das meiste vor die viele gemachte Ungelegenheit und dargegen genossene viele Lust und Höflichkeit rechnen, denn ich zweiffele sehr, daß ich mich Zeit meines Lebens wieder so lustig machen werde, als allhier auf dieser Insul geschehen. Inzwischen werdet ihr mir den Gefallen erweisen, und dem Gouverneur, seiner Gemahlin und Kinder diese Galanterie-Waare als Kleinigkeiten in eurem und meinem Nahmen zur schuldigen Danckbarkeit überreichen, und dieses wird sich nicht besser schicken, als nach der Abend-Taffel, die wir droben am Strande zu uns nehmen wollen.

Gewiß, ich hätte meinem Bruder keine angenehmere Commission, als diese, auftragen können, und er richtete dieselbe, so bald wir abgespeiset mit gröster Geschicklichkeit aus, erweckte aber damit so wohl bey dem Gouverneur, als den Seinigen ein nicht geringes Erstaunen. Jedoch nach langen Nöthigen liessen sie sich endlich gefallen, alles anzunehmen, mit dem Vorbehalt, sich deßfalls zur ander Zeit hinlänglich zu revangiren.

Nach eingenommener Abend-Mahlzeit sagte der Gouverneur: Wohlan, meine Brüder! da es mir so wohl bey euch gefället, und dergestalt wohlgefallen hat, so lange ihr bey mir gewesen, als werde diese Nacht nicht von euch weichen, sondern noch diese letzte Nacht bey euch bleiben, und eins mit euch trincken, bis ihr Morgen, geliebts GOtt, mit auf-[185]gehender Sonne eure Seegel aufziehet, inzwischen freue ich mich von Hertzen darüber, daß ihr guten erwünschten Wind habt.

Demnach war alles Volck, so wohl unsere See- als des Gouverneurs Leute, die gantze Nacht hindurch höchst vergnügt, ja der Gouverneur wurde dergestalt lustig, daß er mit seiner Gemahlin und Töchtern, bey dem Scheine etl. 1000. Lichtern und Fackeln, im grünen Grase ein Täntzgen anhub, worinnen auch wir ihm folgten, mithin die gantze Nacht also zubrachten, bis der Tag anzubrechen begunte. So bald die Sonne ihre Strahlen über die See herauf, unserm Ufer entgegen schickte, wurde eine Salve von 50. Canonen gegeben, hierauf aber war eine grosse Stille, welche jedoch von der Besatzung auf der Citadelle unterbrochen wurde, als welche auch 50. Canonen lösete. Da dieses vorbey, truncken wir zu guter Letzt noch einen Caffée mit einander, und hielten ein gut Gespräch darbey, da ich denn bemerckte, daß der Gouverneur und die Seinigen viel aufrichtiger und redlicher waren, als ich bishero vermeynet hatte, denn seit etlichen Tagen hatte ich mir ihrentwegen einen und andern vergeblichen Kummer gemacht, welcher doch nun guten Theils vorbey war, derowegen gieng es nun erstlich an an ein umarmen und küssen, beym Abschiede, worbey sich denn auch auf beyden Seiten nicht wenig Thränen zeigten, als aber das andere Signal zu Schiffe zu gehen gegeben wurde, begleiteten wir erstlich den Gouverneur und die Seinigen zu ihren Wagens, wir aber begaben uns ohne fernern Aufenthalt auf unsere Schiffe, liessen, nachdem die Ancker schon gelichtet waren, so fort die Seegel auf-[186]spannen, nochmahls 50. Canonen abfeuren, und fuhren in GOttes Nahmen von dannen.

Wir bemerckten durch Fern-Gläser, daß der Gouverneur benebst den Seinigen wieder aus den Wagens heraus gestiegen waren, und sich an das Ufer gestellet hatten, allwo alle insgesamt, so wohl männlichen als weiblichen Geschlechts, noch allerley freundliche Complimenten machten, da aber der Wind scharff in unsere Segel blies, nahmen wir durch Sprach-Röhre nochmahls mündlichen Abschied von ihnen, und verschwanden hierauf in gröster Geschwindigkeit, unter beständigen Canoniren, (denn der Gouverneur hatte uns reichlich mit Schieß-Pulver versorgt,) aus ihren Augen, weilen aber der Wind hinter uns hergieng, so höreten wir das Canoniren von der Citadelle bis in die späte Nacht.

Mein Bruder hielt sich in seinem Schiffe gantz stille, und gab vor, daß ihm die letztere kleine Debauchen mehr Unfug, ja fast eine würckliche Unpäßlichkeit zugezogen, allein ich konte bald mercken, daß er am Liebes-Fieber kranck läge, indem ihm die Abschieds-Gedancken vielleicht nicht aus dem Kopffe heraus wolten; ob ich ihn nun schon zum öfftern besuchte, so wolte ihn doch keinesweges kräncken, sondern nahm mich unserer Sachen um so viel desto mehr, und als möglich war, gantz alleine an. Jedoch nach Verlauf weniger Tage hatten wir eben nicht Ursach an die Liebe, sondern vielmehr an das Leben zu gedencken, weilen ein hefftiger Sturm über uns kam, der jedoch nicht länger, als 3. Tage u. 2. Nächte währete. Ich kan nicht anders sagen, als daß sich un-[187]sere Leute recht heldenmäßig gegen Sturm, Wind und Wetter setzten, und zwar vom Grösten bis zum Kleinesten, weilen wir sie beständig zur Tapfferkeit anreitzeten, auser dem aber Speise und Tranck einem jeden gaben, wovon und wie viel er beliebte. Demnach spüreten wir zwar daß der hefftige Sturm sich legte, höreten aber auf etliche Meilen von uns ein starckes Canoniren in der See, welches von Morgen bis fast gegen Abend währete, und endlich, da wir schon mit anbrechendem Abend an Ort und Stelle dieses Streits kamen, erfuhren wir, daß ein Engelisches Kauffarthey-Schiff von zweyen See-Räubern genommen zu werden in gröster Gefahr stunde. Mein Bruder so wohl, als ich entschlossen uns bey so gestallten Sachen dem Engelländer, als unserm halben Landes-Manne und Religions-Verwandten bestmöglichst zu Hülffe zu kommen, in Betrachtung, daß es uns vor nicht allzulanger Zeit auch wohl gedeuchtet, da uns die Portugiesen gegen die Barbaren zu Hülffe gekomen waren. Demnach nahmen wir den Engelländer, welcher schon sehr beschädigt war, in die Mitte, und setzten dergestalt verzweiffelt gegen die See-Räuber an, daß das Spiel bald ein ander Ansehen gewann, denn unsere Leute feureten unvergleichlich und geschwinde, auser unsern wohl montirten Canonen aber thaten die Feuer-Mörser das allerbeste bey der Sache, und machten die See-Räuber dergestalt bestürtzt, daß sie weder aus noch ein wusten, ja man merckte bald, daß sie es nicht gern zum Handgemenge wolten kommen lassen, im Gegentheil die Köpffe mit guter Manier aus der Schlinge zu ziehen such-[188]ten; Allein, das war unser Werck nicht, sondern es hieß damahls: Friß Vogel, oder stirb! und da auch einer von ihnen Mine machen wolte, den Wind zu fassen, und das weiteste Ende zu suchen, wurde ihm bald vorgebeuget, mithin beyde genöthiget, sich in darauf folgender Nacht auf Gnade und Ungnade zu ergeben, denn es war ihnen, allem Ansehen nach, ferner unmöglich, unser

Feuer auszustehen. Wir thaten ihnen den Vorschlag, entweder mit uns nach dem Cap, oder nach der Insul St. Helena zu seegeln, allein es gefiel ihnen beydes nicht, weilen sie so wohl an einem, als dem andern Orte sich einer scharffen Züchtigung befürchten mochten. Hergegen baten sie uns nur inständig, ihnen den Gefallen zu erweisen, und mit ihnen auf eine kleine unbewohnte Insul zu seegeln, die wenige Meilen von hier entfernet läge, daselbst wolten sie sich auf eine raisonable Art und Weise mit uns abfinden, und um weiter nichts höher bitten, als daß sie ihre Schiffe, Canonen und klein Gewehr behalten dürfften, ingleichen eine zulängliche Menge von Ammunition. Was aber ihre Waaren, Schätze und Baarschafften anbelangete, so wolten sie uns dieselben auf Treu und Glauben ausliefern, indem sie dergleichen Zeug in der Kürtze wieder erlangen könten, wenn sie nur wohl beschifft und wohl bewehrt blieben.

Mein Bruder wolte durchaus erstlich nicht daran, daß man den Christen-Feinden Canonen, Gewehr, Pulver und dergleichen zur Beschädigung unserer Mit-Christen lassen, sondern dieses alles lieber in den Abgrund versencken solte; Allein, [189] da die See-Räuber gar allzu sehr kläglich thaten, über dieses uns auf ihre Art einen theuren Eyd schwuren, an Gold, Silber und Waaren wenigstens des Werths von 3. Millionen Thaler auf unsere Schiffe zu liefern, um uns darein zu theilen, der Engels-Mann auch vor das allerrathsamste hielte, nur immer zu nehmen, was wir von ihnen kriegen könten, und dieses

Schelmen-Pack lauffen zu lassen, indem sie ja doch nicht mehr im Stande wären, uns zu beschädigen; so gab ich endlich meinen Willen auch darein, daß sie die Canonen, Gewehr, die Helffte der Ammunition, und dergleichen zum Kriegs-Wesen gehörige Zeug behalten solten, hergegen musten sie uns gleich auf offenbarer See ausliefern, was sie uns, dem Werthe nach, versprochen hatten, welches denn von ihnen ohne ferneres Murren geschahe, und musten wir gestehen, daß sie in diesem Stücke redlich handelten, ja über das bestimmte Quantum noch eine und andere treffliche Sachen uns, so zu sagen, noch zum Geschencke anboten; allein, um ihnen zu zeigen, daß wir nicht so hungrig, wie sie, und nur je eher je lieber von ihnen hinweg zu kommen wünschten, liessen wir ein vieles zurücke in ihren Händen, das wir noch wohl hätten mitnehmen und gebrauchen können.

Ich glaube, die armen Räuber mochten wohl recht froh seyn, daß sie noch so mit dem blauen Auge darvon gekommen, hielten sich auch nicht lange mehr vor unsern Augen auf, sondern gaben ihren Schiffen die vollen Seegel, ohnfehlbar nach einer ihnen wohlbekannten Räuber-Insul zu, wir hergegen, da wir eine kleine unbewohnte Insul antraffen, auf [190] welcher sich ein schönes frisches Wasser befand, beschlossen daselbst, um nach dem ausgestandenen Sturm und Schrecken, nach Gutbefinden, vor Ancker liegen zu bleiben, und in etwas auszuruhen, bey welcher Gelegenheit wir denn unsere gemachte Beute mit dem Engels-Manne redlich theileten, und zwar vermittelst des Looses, er aber war so freygebig, und gab uns beyden Brüdern noch zur schuldigen Danckbarkeit vor geleisteten Beystand von seinem Theile einem jeden 3. Pfund gediehen Gold, welches wir fast gezwungener Weise ihm zum geneigten Andencken dieser Begebenheit, annehmen musten.

Schon bey Passirung der Linie war ich mit meinem Bruder in etwas uneinig worden, ob wir uns nach den Brasilischen Küsten zu schlagen wolten, oder nicht: da ich mir einbildete, einen näherern, sicherern und bequemern Weg nach der Insul Felsenburg gefunden zu haben. Weilen nun mein Bruder nicht leicht gewohnt war, mir zu wiedersprechen, zumahlen, da ich ihm im Vertrauen entdeckte, daß ich, wo es nur immer möglich wäre, aus gewissen Ursachen, das Cap. nicht gern mit unsern Schiffen berühren möchte, als ließ er sich auch dieses gefallen, allein der Himmel mochte es vielleicht nicht also haben wollen, sondern der Engels-Mann muste uns, fast wider unsern Willen, zum Wegweiser auf die Insul St. Helena dienen; jedoch hatten wir eine unvergleichlich schöne, stille Fahrt, und erreichten bemeldte Insul recht, ehe wir uns derselben vermutheten. Der Engels-Mann rühmte unsere Tapfferkeit, die wir bey seinem Entsatz be-[191]zeigt, gegen seine Lands-Leute gantz ungemein, weßwegen uns dieselben alle ersinnliche Ehre anthaten; endlich aber, nachdem wir uns nur 4. Wochen auf der Insul St. Helena aufgehalten, unsere Schiffe aufs neue ergäntzt, und mit allen Bedürffnissen versorgt, seegelten wir ab, indem ich von nun an und von dar aus mich nunmehro wohl gantz allein nach Felsenburg zu finden getrauete, meines Bruders Haupt-Vergnügen war inmittelst dieses: daß uns der Himmel mit der Räuber ihrem Guthe so reichlich gesegnet, da wir schon wieder ein vieles erworben von demjenigen, was wir auf der Insul St. Jago im Stiche gelassen hatten.

Wie ich nun eines Tages meinen Bruder wider seine bisherige Gewohnheit gantz unbetrübt und bey recht guter Laune antraf, so fragte ich ihn erstlich um seine Religions-Veränderung, welches er mir endlich gestunde; was die Heyrath aber und vor sich selbst anbeträffe, hätte er geschworen, daß, wenn er lebte und gesund bliebe, er längstens binnen den 2. bestimmten Jahren wieder kommen wolte; solte aber ich, als sein Bruder, nach völlig verrichteten Geschäfften ihn zeitiger missen können, so würde er keinen Augenblick vorbey streichen lassen, sich auf St. Jago einzustellen, indem er sich nun nicht mehr länger zu leben getrauete, bis die Heyrath vollzogen wäre. Ich gratulirte ihm im Voraus darzu, und versprach alles anzuwenden, was mir nur immer möglich wäre, damit er nicht aufgehalten werden solte.

Nach der Zeit, und zwar bis auf diese Stunde hieher, hat er sich gantz ausserordentlich dienstfertig [192] gegen mich auf geführet, auch mich immer einer Mühe und Arbeit nach der andern überheben wollen, allein ich bedanckte mich deßfalls zum öfftern vor seine Höflichkeit und gute Meynung, die er vor mich hegte, anbey solle er nicht glauben, daß ich ein Freund der Bequemlichkeit und Feind der Arbeit wäre, hergegen beobachten, daß meine Leute, wenn sie sähen, daß ich selbst mit Hand anlegte, zehenmahl fleißiger wären, als wohl gewöhnlich, welches denn auch die klare Wahrheit war.

Mittlerweile seegelten wir auf dieser angenehmen Strasse, bey gutem Winde und Wetter, mit gröstem Vergnügen fort, und kan ich nicht sagen, daß uns eins oder das andere Verdrüßliche begegnete, ausgenommen die gräulich vielen Meer-Wunder und Meer-Thiere, welche uns dann und wann beunruhigen wolten, allein, da meine Leute nur ihren Spas und Spott darmit trieben, und viele derselben ertödteten, gab ich ihnen zu vernehmen, daß es mir eben nicht allzu wohl gefiele, wenn sie sich mit diesen unvernünfftigen Creaturen in einen Kampff einliessen, und ob ich schon nicht abergläubig wäre, so könte ihnen dennoch versichern, daß mir und meinem Geleite zum öfftern, nach Kränckung dieser Dinger, das gröste Unheil wiederfahren, als dessen Propheten oder Wahrsager sie gemeiniglich zum Voraus wären. Demnach könten sie zwar mit den See-Hunden, See-Löwen, See-Pferden, See-Kälbern und dergleichen mehr so umgehen, wie sie selber wolten, weil diese zum Theil zur Speise dieneten, vor allen Dingen aber solten sie sich hüten, ein Meer-Wun-[193]der zu touchiren, welches nur ein eintziges Merkmahl, entweder gantz menschlicher, oder wenigstens Affens-Gestalt, an sich hätte, als worauf, wie ich selbsten erfahren, zum öfftern üble

Folgerungen entstanden wären. Wie nun unsere Leute vernahmen, daß ich keinen besondern Wohlgefallen an dergleichen Wasser-Jagd hatte, so stelleten sie dieselbe nach und nach ein, lieferten aber doch erstlich, nicht selten manchen schönen See-Löwen, See-Pferde, See-Hunde, See-Kälber und dergleichen.

Bald nach dieser Lust entstund eine andere, da wir bemerckten, daß die Nächte fast noch einmahl so schwartz und dunckel wurden, als gewöhnlich, zumahlen, da wir doch, obschon nur noch in etwas, Mondenschein hatten; Ich ließ mich dieses gantz und gar nicht befremden, weilen sich dergleichen wohl zum öfftern vor oder nach einem gehabten Sturme zu zutragen pfleget. Meine Leute aber stelleten sich einstmahl ohngefähr um die Mitternacht-Stunde dergestalt wunderlich an, als ob sie den Koller hätten, oder denselben kriegen wolten; Als ich nun nach der Ursach ihres hefftigen Gelächters fragte: führeten sie mich auf das Oberdeck des Schiffs, und zeigten mir, mit ihrer grösten Verwunderung gantze Regimenter und Esquadrons auf der offenbaren See herum hüpffend, springend und tantzend. Die wenigsten wolten mir Glauben beymessen, daß keine Sache natürlicher seyn könne, als diese, indem vielleicht die See in selbiger Gegend gegen das andere See-[194]Wasser ausserordentlich saltzig wäre, oder sonsten vielleicht was zähes und schleimiges in sich hätte.

Demnach war einer, und zwar ein alter wohlversuchter See-Mann dermassen behertzt und frevel, daß er auf einen grossen Irrwisch, den er vor einen commandirenden Officier der Irrwische ansehen und ausgeben wolte, sein Gewehr lösete, denselben auch, dem Scheine nach, dermassen wohl traf, daß er sich schleunig untertauchte, und wie wir alle glaubten, versincken muste.

Indem ich ihn nun vor dem Schusse gewarnet hatte, solche Possen bleiben zu lassen, so gab es ein ziemlich starckes Gelächter, als gleich nach geschehenem Schusse oben vom Mastbaume herunter eine ziemlich starcke Stenge ihm vor die Füsse fiel, so daß er noch Ursach hatte, dem Himmel zu dancken, welcher abgewendet, daß sie ihm nicht auf den Kopf gefallen, und etwa gar ein Loch hinein geschlagen. Demnach gab es abermahls etwas zu lachen, denn seine Cameraden hiessen ihn nicht anders als den *Irrwisch-Schiesser.* Als aber mein Bruder, der zu mir und auf mein Schiff gekommen, sich selbsten über die Irrwische zu ärgern schien, sprach ich: stille, mein Bruder! wir wollen bald keinen Irrwisch mehr sehen: Derowegen ließ ich, nicht etwa aus Frevel, sondern zu Reinigung der Lufft, mit Canonen Feuer unter die Irrwische geben, welche denn binnen einer halben Minute Schaarenweise verschwunden, oder sich in die See versenckten.

Fernerweit kan ich eben nicht sagen, daß uns fatal zu seyn scheinende Begebenheiten zugestossen [195] wären, sondern wir hatten, wie schon gemeldet, eine stille und geruhige Fahrt. Zwar wolten einige von unsern Leuten die Mäuler hängen, weilen sie gemercket hatten, daß wir das Cap. vorbey geseegelt wären, und sie nicht dahin gebracht hätten; Allein ich stopffte ihnen allen die Mäuler mit wenig Worten, die also lauteten: »Ihr habt mir nunmehro schon eine ziemliche Zeit daher die Ehre gegeben, unter meinem Commando mit mir zu fahren; wer was auszusetzen hat an mir und meiner Aufführung, der thue es noch bey Zeiten, und lasse sich in soweit dienen, daß ich die Wege zur See vielleicht wohl besser weiß, als einer unter uns allen. Ich bin auf der Fahrt, mich glücklich und vergnügt zu machen, welches alle, die bey mir sind, zugleich mit geniessen sollen, denn ehe einer von uns ja verderben solte, so will ich der erste seyn. Es kömmt auf wenige Tage an, so werdet ihr vielleicht erfahren, daß euch der Capitain Horn nicht übel, sondern wohl geführet hat, und ihm vor seine Mühe und Arbeit Danck wissen.« Hierauf schryen alle meine Leute mit vollem Halse! Vivat! Vivat! Capitain Horn, unser Vater.

Der Himmel gab, daß mir wenig Tage hernach alle Zeichen in die Augen fielen, welchergestalt wir nicht weit mehr von dem geehrtesten und liebsten *Felsenburg* wären, darum ließ ich allen Kummer und Sorge verschwinden, bin auch, wie ihnen bekannt, in so weit glücklich und vergnügt vor der Insul angekommen. Wie es nun meine Hochgebietende Herren, Freunde und Gönner fernerweit zu verordnen belieben wollen, solches will mir, son-[196]derlich wegen Ausladung der Schiffe, alle Stunden gefallen lassen, voritzo aber bis auf Dero Befehl und Verordnung meine Reise-Geschichte in so weit, wiewohl nicht gäntzlich zum Schlusse bringen, indem ich auf eine andere Zeit ein weitmehrers zu melden mich schuldig erkenne.

Solchemnach machte der Capitain Horn abermahls einen Abschnitt, seiner, obschon noch nicht völlig geendigten Reise-Geschichte, und wurde dieserwegen nicht allein von dem Regenten. Aeltesten, Herrn Geistlichen, sondern auch von uns allen nochmahls aufs freundlichste complimentirt und bewillkommet. Nachhero aber, da vor dißmahl eben der gantze obrigkeitliche und geistliche Stand versammlet waren, wurde vor allererst berathschlaget, wie es mit Ausladung der Waaren und Sachen, ingleichen mit der Ausschiffung der fremden Völcker wohl von ohngefähr zu halten sey?

Wie nun der Capitain Horn von allen, so zu sagen, fast einstimmig ersucht wurde, seine Meinung deßfalls am ersten von sich zu geben, weilen man von seiner besondern Treu und Liebe zu uns vollkommen überzeugt wäre, daß er keinen andern, als guten Rathschlag ertheilen würde; als öffnete derselbe seinen Mund, und sagte: *Meine Hochgebietende allerseits hoch- und werthgeschätzte Gönner und Freunde!* Ihnen nicht vorzuschreiben, so halte ich es nicht vor rathsam, sondern vielmehr vor ein wichtiges Staats-Versehen, wenn man die fremden Völcker, die bishero unter meinem und meines Bruders Commando [197] gestanden, ohngeachtet dieselben grösten Theils so ziemlicher Massen civilisirt, und in Ordnung gebracht sind, auf die Insul Groß-Felsenburg wolte kommen lassen. Nein! ich hielte, jedoch ohnmaßgeblich darvor, daß man dieselben bey dieser vortrefflichen Witterung auf der Insul Klein-Felsenburg unter Zeltern und Laub-Hütten campiren liesse, so wie wir solches wohl ehemahls andern fremden Völckern erlaubet haben. Auch müste ihren Officiern auferlegt werden, diese Leute fleißig in Acht zu nehmen, und dieserwegen keinen Tag oder Nacht lang von ihnen zu bleiben, ausgenommen, wenn sie specielle Erlaubniß hätten, sich dann und wann einige Tage in Groß-Felsenburg aufzuhalten. Ob sie meinem Bruder vergönnen wolten, bey uns zu bleiben, damit wir ihn stetig in Augen hätten, und auf sein Thun und Lassen Achtung geben könten, solches stellete in dero Belieben, sonsten wäre ich wohl gesonnen, ihn Woche um Woche oder alle 3. oder 4. Tage auf Klein-Felsenburg ordentlich abzulösen, und allen Verdacht zu vermeiden, bey den Leuten so wohl als er zu bleiben. Inzwischen zweiffelte nicht, daß man beschliessen werde, das Volck mit hinlänglichen und nothdürfftigen Lebens-Mitteln zu versorgen, so wie wir denn wohl ehermahlen Blut-fremden gethan, die uns gar nichts angegangen. Was die Ausschiffung des Volcks und der mitgebrachten Sachen anbelanget, ist mein Vorschlag, daß dieselbe je eher je lieber vor sich gehe, indem ich befürchten muß, daß sonsten an einen und andern kostbaren Sachen, ein fernerer Schade geschehen möchte &c. [198]

Wie nun dieser gethane Vorschlag nicht nur dem Regenten, sondern auch allen andern Mit-Regenten voll-

kommen wohlgefiel, so wurde beschlossen, keine Zeit
noch Stunde mehr zu verabsäumen, sondern erstlich das
Volck auf die kleine Insul, und den meisten Theil der mitgebrachten Sachen erst an den Fuß unsers Felsens zu
schaffen, allwo, weiln ohnedem die See um selbige Zeit
sehr weit zurück gewichen, Platz genug vor dieselben
vorhanden zu seyn geschätzt wurde.

Nächstfolgenden Tages, da Kirch-Tag war, wurden im
Herausgehen aus der Kirche 300. Mann von unsern Leuten, nemlich die besten und stärcksten Felsenburger
ausgelesen, welche zu Ausschiffung der Sachen Hand
mit anlegen solten; hierauf setzte sich der Capitain Horn
nebst mir und vielen ansehnlichen Felsenburgern in
Boote, und fuhren hinüber zu den Schiffen, da denn
Capitain Horn seinem Bruder so gleich den Antrag thät,
daß, weilen auf der grossen Insul nicht so viel Raum und
Platz anzutreffen, dem Volcke genugsame Bequemlichkeit zur Verpflegung zu verschaffen, als woll er sich gefallen lassen, dasselbe auf die kleinere Insul zu führen,
fernerweit aber vor nichts Sorge tragen, indem allhier
mehr der Uberfluß, als Mangel regiere.

Der jüngere Capitain Horn ließ sich alles gefallen, was
ihm sein Bruder zumuthete, und derowegen richteten
beyde Schiffe ihre Seegel nach der kleinen Insul, erreichten auch dieselbe noch, ehe es Nacht wurde. Folgenden Morgens stiegen sie also mit dem Allerfrühsten
in eben dem-[199]jenigen Haafen aus, allwo vor einiger
Zeit einige Portugiesen als Gäste ausgestiegen waren, ja

diese Leute erwähleten sich auch eben den lustigen Platz zu ihrem Lager-Platze, den sich damahls die Portugiesen darzu erwählt hatten, indem wir noch die Rudera ihrer gehabten Hütten und Feuerstädten daselbst antraffen. Ich kan nicht gnugsam sagen, wie fleißig sie sich insgesamt anstelleten, ihre Hütten in Ordnung zu bringen, und es war immer einer mehr, als der andere beschäfftiget, seinen Nachbar wegen seiner Hütte so wohl an Zierlichkeit, als Bequemlichkeit zu übertreffen. Da das Volck nun vollends sahe, was ihm vor eine erstaunliche Menge Speise-Vorrath, Wein, Brandtewein &c. zugeführet wurde, wusten die wenigsten zu sagen, was sie mit allen diesen guten Sachen, auch grösten Theils herrlichsten Delicatessen anfangen solten, indem es zu viel vor sie, und nur einigen ihrer besten Freunde in ihrem Vaterlande, oder hie oder da, etwas weniges von diesem ihren Uberflusse wünschten. Demnach hatten diese guten Leute dererjenigen Gedancken, so auf der Insul Groß-Felsenburg leben, gar sehr viel; Jedoch die guten Leute bey ihrer gemachten Einrichtung und zu guter Ordnung abzielenden Arbeit nicht zu stöhren, oder ihnen wenigstens verhinderlich darinnen zu seyn, als blieben wir vor dieses erste mahl nur 3. oder 4. Tage bey ihnen, und fuhren darauf nach Groß-Felsenburg los, als wohin wir die beyden Capitains Horn vorerst alle beyde mit uns nahmen, ingleichen des ältesten Capitains Schiffs-Fähndrich und des jüngern Capitains [200] Lieutenant, den übrigen beyden zurückbleibenden subalternen Officiers wurde mitlerweile das Commando über die Völcker, so sich bereits völlig einquartirt hatten, aufgetragen.

Es sperreten so wohl mein Bruder, als die bey ihm befindlichen Officiers die Augen gantz entsetzlich auf, als ihnen, nachdem sie durch den hohlen Felsen-Weg herauf stiegen, und zwar bey der angenehmsten Zeit und Witterung, ohngefähr 1. oder 2. Stunden nach Aufgang der Sonnen, der gantze Prospect von unserer grossen Insul plötzlich und auf einmahl in die Augen fiel. Mein Bruder, der auf einen kleinen Hügel von ohngefähr zu stehen kam, war fast in vielen Minuten nicht von der Stelle zu bringen, doch endlich, da er sich besonnen hatte, wo er sich befände, sagte, indem er die Hände über dem Kopffe zusammen schlug, nur so viel: Du, mein GOtt! du hast mich doch seit meiner Kindheit an unzählig viele schöne Landschafften in mehr als einem Welt-Theile sehen lassen, aber dergleichen Gegend habe ich noch nie gesehen, die ohne allem Zweiffel ihres gleichen in der gantzen Welt nicht hat. Die bey ihm stehenden Officiers gaben ihm in diesem Stücke den allergrösten Beyfall, worbey sie mehr als einmahl darzu schwuren; Indem aber bereits einige, theils mit zahmgemachten Hirschen, theils mit den schönsten Pferden bespanneten Staats-Carossen gegen uns angerückt waren, als bestiegen wir dieselben. In der 1ten Chaise saß der Capitain Horn Sen. an meiner Seite; in der 2ten dessen Bruder bey dem Capitain Wolffgang, in der 3ten der Schiffs-[201]Lieutenant bey Mons. Litzbergen, in der 4ten der Schiffs-Fähndrich bey

M. v. Blac; diesen Chaisen folgeten noch verschiedene andere dergleichen, worinnen sich auch einige der so genannten Vornehmsten dieser Insul befanden, ingleichen waren etliche zu Pferde, wenigstens hundert Mann, die den Schluß machten. In dieser Ordnung fuhren wir nach der Alberts-Burg zu, denn es ist vorjetzo gegen sonsten gantz anders, so, daß man gleich auf dem Berge vor der grossen Burg-Thür absteigen kan.

Nachdem uns 6. graue Häupter zur Bewillkommung entgegen geschickt waren, stiegen wir die Treppe hinauf, und traffen daselbst auf einem grossen Saale, (denn es ist zu wissen, daß Zeit währender, des Capitain Horns, Abwesenheit nicht allein dieser Saal, sondern fast das gantze Gebäude, Alberts-Burg genannt, abermahls ungemein vergrössert und verbessert worden) den Regenten oben an einer oval-runden Taffel auf einem etwas erhabnern Stule sitzend an, als diejenigen hatten, die um ihn herum sassen, und dieses waren bekannter Massen die grauen Häupter und Vorsteher der Gemeinden in den Pflantz-Städten. Zur rechten und lincken Seiten dieser oval-Taffel, oben neben dem Stule des Regenten, befanden sich noch 2. etwas kleinere runde oval-Taffeln, an welcher jeden 4. Herrn Geistliche sassen, und zwar in ordinairen Sächsischen Priester-Habit, denn unsere Herrn Geistlichen hatten sich nur vor etwa 2. Jahren einen neuen Amts-Gehülffen erwehlet, und denselben nach heiligem Ge-[202]brauche ordinirt, damit er das Werck des HErrn nebst ihnen nach der Ordnung unsers Heils unermüdet forttreiben könte, weilen allem Ansehen nach denen dreyen alten und ersten die geistliche Arbeit in die Länge allzu sauer werden wolte. Jedoch hiervon weiter unten ein mehreres. Sonsten aber ließ sich die Verwunderung aus meines Bruders so wohl, als der mit ihm gekommenen Officiers Augen nicht undeutlich lesen, die sie über die grossen grauen Bärte und Eiß-grauen Haupt-Haare hegten.

Es sassen demnach, wie schon gemeldet, diese venerablen Männer in der Rundung um den Regenten herum, und zwar alle in schwartzer Kleidung, auf Stühlen, die mit rothen weichen Wild-Leder überzogen waren, endlich aber, da die Fremden sich vor ihnen geneiget, trat der Regente auf seinem Stuhle in etwas in die Höhe, und redete dieselben selbst zu erst also an:

Meine Herren, auch werthesten Freunde
und Gönner!

Dieselben treffen hier an diesem Orte Leute an, welche von den so genannten Complimenten, oder wie die Sachen sonsten Nahmen haben mögen, so wenig wissen, als von dem äuserlichen Pracht in Kleidung und von andern Welt Gepränge, so vielleicht an andern Orten in der Welt vorgehen mag; sondern sie finden, wie ich sage, an uns Leute, die in ihrer gottesfürchtigen Einfalt leben, mit unserm geringen Stande und we-[203]*nigem Vermögen vollkommen zufrieden sind. Wir machen uns allerseits eine gantz besondere Freude, Sie wertheste Herren und Freunde! nach einer (wie wir von unserm lieben*

Capitain Horn dem Aeltern bereits in etwas vernommen haben) beschwerlichen und verdrüßlichen Reise glücklich bey uns zusehen, wünschen uns anbey nichts mehr, als dieses, daß Sie uns im Stande finden mögen, Ihnen nach Würden ein und anderes Vergnügen zu machen; Jedoch, weilen wir ohnfehlbar das Glück haben werden, Dieselben noch eine gute Zeitlang bey uns zu sehen, um vollkommen auszurasten, als werden sich vielleicht binnen dieser Zeit, mit Hülffe des Himmels, Mittel finden, Ihnen unsere Wohlgewogenheit und Erkänntlichkeit zu zeigen, zumahlen, da wir vernommen, daß Sie auf der gantzen Fahrt und vor einige uns mitgebrachte Sachen viele Sorge getragen. Wir bitten nochmahls allerseits, Sie belieben es sich bey uns wohlgefallen zu lassen, und mit möglichst guter Bewirthung vorlieb zu nehmen.

Da nun der Regente ausgeredet, und sich wieder hingesetzt hatte, redete mein Bruder also:

Hochgebietende, Hochgeehrteste Herren!

Es hat uns mein Bruder, sonderlich auf der Rück-Reise, 1000. fach viel Gutes von Ihnen und dieser gantzen hochgeschätzten Republique erzählet, sonderlich aber, daß die [204] Gottesfurcht, Gerechtigkeit, Friede, Liebe, Treue, Redlichkeit, Aufrichtigkeit und andere unvergleichliche Tugenden mehr an keinem Orte in der Welt in grösserer Vollkommenheit anzutreffen, als auf dieser glückseligen Insul, derowegen schätzen so wohl ich, als meine gegenwärtigen Herren und Collegen, es uns vor ein besonderes Glück und Vergnügen, Dero Grund und Boden betreten zu haben, und mit Ew. Hochgebietenden unsern Hochgeehrtesten Herren bekannt zu werden. Was wir sonsten auf der gantzen Fahrt gethan, als absonderlich gut Commando *unter unserm Volcke zu halten, hiernächst die uns anvertrauten Sachen bestmöglichst bewahren zu helffen, ist unsere Schuldigkeit gewesen, und* protestiren *wir hierbey vor alle Erkänntlichkeit, weilen wir von meinem Bruder bereits ein sattsames* Honorarium *bekommen, und werden wir, wenn uns ja erlaubt seyn solte, eine kurtze Zeit hier zu bleiben, uns bestmöglichst hüten, einige Ungelegenheit zu machen, damit wir Dero allerseits gute Meynung von uns nicht verschertzen.*

Nachdem diese Reden gehalten worden, giengen mein Bruder und die beyden Officiers erstlich zum Regenten, welchen sie umarmeten und küsseten, und denn ferner zu allen, die da gegenwärtig waren, mit denen sie es gleichfalls also hielten, worauf an verschiedenen grossen Taffeln gespeist, und dabey ein freundliches Gespräch mit abwechselnder sanffter Taffel-Musique gehöret wurde. Folgende Tage über liessen sich die Fremden von den Unsrigen auf der Insul in allen Pflantz-Städten herum spatzieren führen, da sie denn viele Merckwürdigkeiten und Seltenheiten ungemein bewundert, endlich aber, da Capitain Horn Sen. das Commando und die Visitation auf der kleinen Insul zum ersten mahle auf eine Woche übernehmen wolte, reiseten nebst dem Regenten die meisten von den grauen Häuptern und Vorstehern auch mit, ingleichen blieben die Herrn Geistlichen nicht zurücke, ja es folgten ihnen auch eine ziemliche Anzahl Groß-Felsenburger, so daß unsere Insul in langer Zeit nicht so leer von Leuten gewesen, als damahls. Wie nun der Capitain Horn Jun. voraus gegangen, um uns zu empfangen, als wurden, so bald wir aus den Booten stiegen, 50. Canonen gelöset, nachhero aber von der in Ordnung gestelleten Mannschafft eine 3. mahlige Salve gegeben.

Wir bewunderten, daß unsere Gäste binnen so wenig Tagen alles nach ihrer schönsten und besten Bequemlichkeit eingerichtet, indem sie nicht nur so viele zierliche Hütten erbauet, sondern auch auf verschiedenen grünen Plätzen, 12. bis 16. Taffeln von Bauholtz und Bretern aufgerichtet, so, daß wir sie mit gröster Lust nach ihrem Appetite daran speisen sahen. Nachdem sie sich wohl gesättiget, und auch den Wein und Brandtewein darbey, nach eines jeden Belieben, nicht vergessen, vertheileten sie sich in Hauffen, und fiengen allerhand Lust-Spiele an, deren einige so poßirlich heraus kamen, daß sich der Regente und die grauen [206] Häupter, ja so gar unsere Herrn Geistlichen zuweilen fast nicht satt lachen konten, denn die wenigsten von ihnen hatten Zeit ihres Lebens nicht gesehen, was vor aufgeräumte und lustige Leute sonderlich die Boots-Knechte sind.

Nachdem wir uns aber 3. gantzer Tage bey ihnen aufgehalten, und dabey bemerckt, wie artig und künstlich ihre Jagden und Fischereyen angestellet waren, kehreten wir insgesamt wieder zurück nach Groß-Felsenburg, und nahmen in den Booten, welche abermahls frische Lebens-Mittel vor unsere Gäste mitgebracht hatten, eine starcke Ladung von den Waaren und Sachen, so uns Capitain Horn aus Europa mitgebracht hatte, mit uns, um selbige an Ort und Stelle zu bringen, hierbey befanden sich auch die von den Barbaren erlöseten Christen-Sclaven, deren schon gedacht worden. Weilen nun unserm Frauenzimmer die Wittbe des Englischen Schiff-Capitains vor allen andern in die Augen fiel, als reitzten sie mich an, sie zu bitten, uns ihren Lebens-Lauff zu erzählen, demnach wagte ich es, und fand die Dame dergestalt gefällig, willig und bereit darzu, als ich mir kaum eingebildet hätte: denn sie machte den Anfang ihrer Lebens-Geschichte in Gegenwart unserer meisten und vornehmsten Frauens-Bilder alsobald mit diesen Worten:

Mich Unglückselige hat der Himmel zu London in Engeland lassen zur Welt gebohren werden, in welchem Jahre aber kan vorjetzo selbst nicht mehr sagen: denn die Ursache dessen wird sich am Ende finden, weilen mir unter andern richtigen [207] Urkunden auch mein Geburts-Schein verlohren gegangen. Unterdessen bin ich aus einer guten adelichen Familie, Harrison benahmt, entsprungen. Mein Vater war, so viel ich von meinen Kinder-Jahren annoch dencken kan, Schloß-Haupt-Mann eines der Königlichen Schlösser, nicht allzuweit von London gelegen, und ich habe nachhero vernommen, daß er diese Charge gantzer 10. bis 12. Jahr geführet, endlich aber dieselbe wegen einer ihm begegneten fatalen Begebenheit niedergelegt, und sich mit meiner Mutter und seinen Kindern nach Londen begeben, um daselbst noch ruhiger und vergnügter zu leben, als er seinen Gedancken nach bishero gelebt hätte, weiln es ihm an Mitteln gantz und gar nicht fehlete, uns zu ernähren, indem er nicht nur vor sich ein ziemlich starckes Vermögen gehabt, sondern auch dasselbe durch die Heyrath mit meiner Mutter um ein wichtiges vermehret. Uber dieses alles ist mein Vater im Actien-Handel dergestalt glücklich gewesen, daß er sich die schönsten und austräglichsten Ritter-Güther hätte kauffen können, wenn er nur gewollt hätte; Allein er mag, wie mir meine seel. Mutter zum öfftern erzählet hat, wohl mehr als einerley, jedoch eben nicht gar allzu löbliche Ursachen gehabt haben, ein solches nicht zu thun, vielmehr hat er sich auf das verzweiffelte Spielen und Wetten gelegt, und ist dadurch dem Banquerout mehr als einmahl sehr nahe gewesen, jedoch das Glück im Spielen und Wetten, hauptsächlich aber der Actien-Handel hat ihm nach und nach doch immer dergestalt wohlgewollt, und [208] ihm das, was er vorhero verlohren gehabt, gedoppelt und dreyfach wieder zugeführet, so daß es noch hohe Zeit gewesen wäre, eine andere und bessere Lebens-Art anzufangen; Allein an dessen Statt fängt er an den Trunck zu lieben, und zwar den Brandtewein, auf eine gantz excessive Art, welches alles doch möchte hingegangen seyn, wenn er nur dann und wann sich bereden lassen, den

Rausch auszuschlaffen; jedoch dieses war sein Werck
nicht, sondern, wenn er den Kopff voll gehabt, war er in
die Spiel-Häuser gegangen, hatte um geringer Ursachen
wegen mit diesem oder jenem Händel angefangen, da
denn fast keine Woche verstrichen, daß er nicht blessirt
nach Hause gekommen wäre, entweder mit dem Degen,
oder mit der Kugel. Wiewohl er nun auch manchen blessirt, mithin seinen Hohn einsmahls gnugsam gerochen zu
haben vermeinet, so redete ihm doch meine Mutter aufs
allerbeweglichste zu, vom scharffen Spielen und Wetten,
hauptsächlich aber von dem leidigen Truncke abzustehen, allein sie hatte eine lange Zeit tauben Ohren geprediget; Doch endlich ändert mein Vater seine Lebens-Art
plötzlich, und stehet so wohl vom Truncke, als vom Spielen ab, sucht auch keine andere, als honette, douçe Compagnien, weßwegen meine Mutter so froh wird, als ob sie
ihn zum zweyten mahle geheyrathet hätte. Allein, diese
ihre grosse Freude währete nicht länger, als bis ihr von
einer vertrauten Freundin in größtem Geheim vertraut
wurde, daß ihr Mann, nemlich mein Vater, sich an ein
lüderliches Frantzösisches Comœdianten Weibs-[209]
Stücke gehenckt, welche ihn dergestalt eingenommen,
daß er ohne dieselbe fast nicht zu leben wüste; ja, er wendete nicht geringe Geld-Summen an dieses Luder, und
hätte demselben in einer gewissen Vorstadt ein kostbares Logis gemiethet, um sie vor sich allein zu behalten,
wäre aber in diesem Stücke nicht nur zum öfftern
schändlich betrogen worden, sondern hätte auch bereits

mit vielen Cavaliers, dieser Canaille wegen, Händel gehabt, und nur vor wenig Tagen einen gewissen Frantzösischen Cavalier in der rechten Seite der Brust fast durch und durch gestochen, so daß es mißlich um des Blessirten sein Leben gestanden, worbey noch das gröste Glück, daß der Blessirte kein Engeländer, sondern ein gebohrner Franzose wäre. Wie gesagt, meiner seeligen Mutter Kummer und Sorgen und der Verdruß über die erhaltene Nachricht von meines Vaters neuer Lebens-Art, die ihr, als einer ziemlich ehrgeitzigen Dame, fast mehr als alles vorhergehende zu schmertzen schien, verursachten, daß sie gantz plötzlich in eine schwere Kranckheit fiel, so daß wir alle an ihrem Leben zu zweiffeln anfiengen, zumahlen, da sie sich nicht nur täglich, sondern offt stündlich im rechten Ernste nach dem Tode sehnete. Als mein Vater sie in ihrer Kranckheit einstmahls zu besuchen kam, und ihr diese und jene Medicamenta recommendirte, gab ihm die Mutter zur Antwort: Macht euch nur keine Mühe mit euren Medicamenten, denn sie werden mir nichts helffen, sondern die ungebührliche Liebe zu eurer schändlichen Comœdianten-Hure wird mich mit nächsten ins Grab [210] stürtzen, sodann habt ihr Freyheit, euch mit ihr zu verehligen, weilen ich ohnedem mercke, daß ich euren Augen nicht mehr gefalle. Wie wehmüthig nun auch meine Mutter diese ihre Worte vorgebracht hatte, so ließ sich mein Vater doch dadurch nicht erweichen, sondern sagte mit einem höhnischen Gelächter: Man merckte wohl, daß sie grosse Hitze hätte, und sehr starck phantasirte, derowegen solte man ihr nur noch etliche mahl nach einander eine Ader öffnen, so würde sich das Phantasiren vielleicht bald verlieren. Gehet mir, (gab meine Mutter hierauf zur Antwort) vor meinen Augen weg! denn dieses ist eine Cur, die ihr ohnfehlbar von eurer Französischen Canaille werdet gelernet haben &c. Mit solchen und dergleichen Reden, die mir und allen, so zugegen waren, selbst zu Hertzen giengen, kränckten sich meine lieben Eltern von einer Zeit zur andern, jedoch es geschahe bald, daß wir unsern Vater nicht so offt wieder zusehen bekamen, weßwegen wir anfänglich nicht wusten, ob er lebendig, oder todt wäre. Jedoch, nachdem er sich in gantzer 16. Wochen nicht blicken lassen, erhielten wir eine, wiewohl unsichere und ungegründete Nachricht, daß er mit nach West-Indien geseegelt wäre, worüber meine Mutter gantz froh wurde, nur darum, daß er auf solche Art von der Canaille losgekommen wäre, denn an Geld und Güthern fehlete es uns zur selbigen Zeit gantz und gar im geringsten nicht, anbey hatte sie die Hoffnung, daß, wenn er glücklich und gesund wieder zurück käme, er wenigstens etliche 1000. Thaler an Gold und Silber mit sich bringen würde; Allein [211] diese Hoffnung fiel in den Brunnen, da wir nach der Zeit um so viel desto gewisser versichert wurden, wie sich mein Vater noch beständig in Londen aufhielte, und zwar an einem gantz abgelegenen Orte, von daraus aber, einmahl wie immer seine Frantzösin so wohl bey Tage, als bey Nacht besuchte. Demnach aber meine Mutter in sichere Erfahrung gebracht, wo eigentlich sein Logis wäre, warff sie sich eines Abends in Manns-Kleider, und ließ sich durch einen getreuen Menschen dahin bringen. Sie ist so glücklich, meinen Vater zu Hause anzutreffen, weßwegen sie in sein Zimmer gehet, sich zu seinen Füssen wirfft, und um alles dessen, was heilig ist, bittet, mit ihr in unser Logis zurück zu kehren, auch fernerhin als ein getreuer Ehemann ihr und seinen Kindern beyzuwohnen, auch alles vorgegangene in Vergessenheit zu stellen &c. An statt aber, daß sich meines Vaters Hertz hätte sollen erweichen lassen, karbatscht er sie Gottes-jämmerlich in dem Zimmer herum, und läst sie durch seinen Bedienten die Treppe hinunter werffen, den Leuten aber weiß machen, als ob er eine falsche Visite von einem Spitzbuben bekommen, der ihn vielleicht um eine oder andere Kostbarkeiten beschnellen wollen.

Solchergestalt kam meine Mutter in erbärmlichem Zustande zurück nach Hause, und wuste sich weder zu rathen noch zu helffen, indem sie sich das wichtigste Bedencken nahm, diese gantze Begebenheit vor die Obrigkeit kommen zu lassen.

Noch ehe aber hätten wir uns des Himmels-Einfall versehen, als bey so gestalten Sachen unsern Vater in dieser Welt wieder mit Augen zu er-[212]blicken; Allein er kam, da wir eben damahls seiner am wenigsten gedachten, einstmahls in der Mitternachts-Stunde auf einer Post-Chaise gefahren, gab ein Zeichen mit pfeiffen von sich, und rief, daß man ihm aufmachen solte. Wie wir nun seine Stimme wohl kannten, wurde ihm so gleich aufgemacht, da wir denn höreten, daß mehr als eine Person die Stiegen herauf gestolpert kamen, weßwegen denn meine Mutter so gleich in jede Hand einen Leuchter mit einem grossen Wachs-Lichte nahm, gegen die Thür des Zimmers zugieng, um selbige zu eröffnen, und zu sehen, was auf dem Vor-Saale passirte. Ich, die ich gleichfalls ein Licht in jede Hand genommen, folgte ihr auf dem Fusse nach, und erblickte meinen Vater in Lebens-Grösse, auch in seiner gewöhnlichen Kleidung, bemerckte aber anbey gantz klar und deutlich, daß er einen blossen Degen mitten in der Brust stecken hatte, dessen Gefässe vorne auf der Hertz-Grube fast Spannenlang heraus ragete, ingleichen bemerckte ich, daß das Blut sehr starck aus der Brust und am Leibe hinunter floß. Zu verwundern ist es demnach, daß ich vor Schrecken nicht so gleich augenblicklich zu Boden gesuncken bin, weiln mir noch auser dem die hinter ihm stehenden 2. langen, weissen Geister, oder Gespenster, die einen grossen schwartzen Reise-Couffre zwischen sich trugen, einen erstaunlichen Anblick verursachten. So wahr der Himmel über mir lebt und schwebt, ich kan nicht wissen, woher ich in selbiger Stunde alle Hertzhafftigkeit muß herbekommen haben, und glaube dieserwegen vollkommen, daß mich ein Engel GOttes recht übernatürlicher Weise muß gestärckt haben, [213] denn meine Mutter hatte kaum meinen Vater oder dessen Gespenst in die Augen gefasset gehabt, als sie, wie sie sich nachhero wohl zu besinnen wuste, augenblicklich wie ein Mehl-Sack umgesunken war. Ja, was noch mehr? ich fassete mir so gar ein Hertze, meinen Vater anzureden, und mich in ein kurtz Gespräch mit ihm einzulassen; allein, indem ich die Worte auf der Zunge hatte, kam er mir mit Reden zuvor, und sagte gegen uns beyde: *Nun habt ihr nach eurem Wunsche, mich noch einmahl gesehen in dieser Welt, denn ich bin bereits an einem andern Orte, als in der zeitlichen Welt. Nehmet ohne Bedencken, was vor euch allhier auf dem Saale stehen bleibt; gedencket meiner im Besten, und lebet wohl!*

Unter diesen letzten Worten löscheten alle unsere Lichter aus, auch so gar die, die ordentlicher Weise auf dem Saale zu brennen pflegten, jedoch bemerckten wir zu gleicher Zeit, daß das gantze Gesichte oder Gauckelspiel des Satans eben so geschwind und hurtig verschwand, als man ein Licht oder zwey auszublasen, und dasselbe zu verlöschen pflegt; blieb also nichts davon übrig, als ein blosser Schatten eines schwartzen Reise-Couffers, welchen wir nicht länger anzusehen würdigten, sondern uns in unsere Zimmer zurück begaben, allwo wir alles, was Athem hatte, in allertiefsten Schlafe fanden. Meine Mutter war fast auf allen Vieren hinein gekrochen, ich aber nur froh, daß ich sie erstlich mit Kummer und Noth auf ein Faul-Bette bringen konte.

Den übrigen Theil der Nacht brachte ich noch [214] in gröster Verwirrung zu, da ich aber meine Mutter gegen Morgen in ziemlichen gesundem Zustande antraf, gab sich mein Hertz doch einiger Massen zufrieden, ja, ich bemerckte in demselben, daß es gedoppelte Courage bekam. So bald ich recht zu unterscheiden mir zugetrauete, was schwartz oder weiß wäre, nahm ich zu allem Uberflusse noch 2. Wachs-Lichter in meine Hände, gieng nochmahls zum Zimmer gantz allein hinaus auf den Saal, allwo ich denn ohnfern vor unseres Zimmers Thür den vorhero schon erblickten schwartzen Reise-Couffre erblickte. Weiln nun der helle Tag bereits angebrochen, auch die Sonne schon aufgegangen war, so nahm ich mir (ich weiß selbst nicht, aus was Krafft) die eigene Hertzhafftigkeit, den schwartzen Couffre in unser Zimmer zu tragen, an welchen meine liebe Mutter nicht die geringste Hand anlegen wolte, sondern auch gebot, daß man dieses Teuffels-Ding solte stehen lassen, bis zum wenigsten der Seegen darüber wäre gesprochen worden.

Ich schickte zu einem mir wohl bekannten religieusen Geistlichen, und erzehlete ihm die gantze Geschichte und Gesichte, so uns in voriger Nacht begegnet und erschienen war. Dieser nahm sich kein Gewissen, nachdem er sein Christlich Bedencken darüber gegeben, auch den Seegen über den Couffre zu sprechen. Worauf wir denn sogleich nach einem Schlösser schickten, und den Couffre eröffnen liessen, worinnen sich 6000. Thaler theils an baarem Gelde theils Gold, theils Silber-Müntzen befanden, nebst noch mehr als einmahl so viel an Wechsel-Briefen und Actien Zetteln, wobey ein Memorial [215] lag, welches meine Mutter, so bald ich dasselbe mit grossem Bedacht gelesen, wieder zu sich nahm, und in 1000. Stücken zerriß.

Das gröste Wunder war bey dieser Sache, daß, ohngeachtet der Couffre binnen 24. Stunden fast zu Staub und Asche worden, jedennoch die Brieffschafften darinnen unversehrt geblieben waren, mithin hatten wir noch ein schönes Capital einzuheben, welches zum Theil vielleicht auch noch viele Weitläuftigkeiten, unserm Bedüncken nach, verursachen möchte.

Jedoch die eigentliche und Haupt-Sache war diese: zu erfahren, ob unser Vater noch am Leben, oder bereits todt wäre; derowegen schickte erstlich meine Mutter verschiedene Kundschaffer aus, und als sie binnen wenig Tagen durch getreue Leute mit schweren Kosten endlich so viel vernommen, als was, so zu sagen, in ihren Kram dienete, warff sie sich abermahls in Manns-Kleider ließ 2. von unsern Bedienten nach unserer ordinairen Livree gantz neu kleiden, und begab sich mit ihnen mehrentheils bey Nachts-Zeit auf den Weg, bat darbey uns zurück im Logis bleibenden, jederzeit ein andächtiges Gebet vor ihre Person gen Himmel zu schicken.

Mir war angst und bange, meine Mutter von uns gehen zu sehen, jedoch, da ich mich endlich begriff, und bedachte, daß sie nicht allein einen durchdringenden Verstand, sondern auch dabey ein Manns- ja ein recht Löwen-Hertz im Leibe hätte, setzte ich mein Vertrauen auf die göttliche Hülffe, und ließ sie unter vielen 1000. Glückwünschungen so wohl, als Vergiessung häuffiger Thränen hin-[216]gehen, wohin es ihr selbst beliebte, zumahlen, da sie alle Abende wieder zu kommen, und uns zu besuchen versprach.

Es verstrichen demnach nicht mehr, als 8. oder 10. Tage, als sie das erste mahl zurück kam, und uns die traurige Nachricht brachte, daß mein lieber Vater von einem Frantz-Manne, den er bey seiner Maitresse angetroffen, so zu sagen, meuchelmörderischer Weise ermordet, wessentwegen auch der Mörder so gleich in gefängliche Hafft gebracht worden; Hergegen lebte die Maitresse lustig und guter Dinge, und sähe sich nur blos allein nach unserm Vater um, ob derselbe den Geld-Sack bald schickte, oder selbsten mit sich brächte. Es hatte meine Mutter diese Nachricht nicht allein in des Vaters, sondern auch so gar in der Maitresse Logis mit vielen Umständen vernommen, sich aber an beyden Orten gantz und gar nicht darvor ausgegeben, als ob ihr sonderlich viel daran gelegen wäre. Der Maitresse Schönheit konte sie nicht gnugsam beschreiben, zweiffelte aber sehr, ob selbige nicht etwa eine falsche Schmincke wäre, dem ohngeachtet schwur sie in der ersten Hitze, ihren Hohn auch so gar mit Darstellung ihres Lebens zu rächen, und nicht eher zu ruhen, biß die Canaille entleibt wäre.

Ich bat den Himmel mit bittern Thränen, meiner Mutter diese Gedancken zu benehmen, allein mein Gebet wurde in diesem Stücke dißmahl nicht erhöret, denn wenig Tage hernach kam ihr der Rummel auf einmahl wieder an, derowegen zohe sie abermahls eins von meines

Vaters känntlichen Kleidern an, die ihr sehr wohl passeten, wie sie denn [217] in allen Sücken eine sehr grosse Gleichheit mit seiner Person hatte; ausser dem steckte sie einen Degen mit einer geschliffenen Klinge an die Seite, und noch über dieses in jede Tasche 2. Taschen-Pufferte, oder Terterols. Wie sie sich nun dergestalt blos in meinem alleintzigen Beyseyn wohl besorgt, rief sie zwey von unsern getreuen Laqueyen, befahl ihnen, ihr zu folgen, und sie nicht aus den Augen zu lassen, hergegen, wo es die äuserste Noth erforderte, getreulichen Beystand zu leisten, indem es ihr Schade nicht seyn, sondern ein jeder von ihnen vor diesen Weg 100. Ducaten zur Recreation haben solte. Auf dieses umarmete sie mich, die ich an einem Fenster stunde, und Thränen vergoß, mit diesen Worten: Gebt euch zufrieden, meine liebste Tochter! und lasset mich nur immer in meiner gerechten Sache unter eurem Gebete fortgehen, denn die Gefahr, darein ich mich itzo begebe, um eures Vaters Tod, so viel als mir nur immer möglich ist, zu rächen, wird vielleicht so groß nicht seyn, als ihr euch dieselbe vorstellet, und ich hoffe, wo ich anders glücklich bin, noch vor Mitternachts-Zeit schon wieder bey euch zu seyn.

Wie nun diese letztern Worte meine Thränen einiger Massen hemmeten, so ließ ich sie unter dem Schutze des Allmächtigen, in Begleitung der beyden Laqueyen fortgehen, blieb aber am Fenster stehen, und mit Vergiessung vieler Thränen abzusehen, was erstlich auf der Strasse vorgehen möchte, hernachmahls aber ihre

Zurückkunfft abzuwarten, worbey ich denn dergestalt fleißig betete, als ich wohl sonsten zum öfftern in vielen Jahren nicht gethan, in-[218]dem es mir fast ein unerträglicher Schmertz seyn und heissen wolte: Vater und Mutter binnen so kurtzer Zeit auf einmahl zu verlieren.

Jedoch dieser wurde ziemlicher Massen gelindert, da ich meine liebe Mutter ohngefehr zwischen 10. und 11. Uhren des Nachts nebst ihren beyden Laqueyen zurück kommen sahe. Sie machte die Thür des Zimmers ohne langes Verweilen auf, und fragte nichts mehr, als dieses: Meine Tochter! wenn ihr Caffée habet, so gebet mir und diesen Leuten etliche Schälchen zu trincken, lasset uns auch ein gut Glas Rosoli holen, denn das Glück hat meine Faust gesegnet und geführet, daß ich ein so gutes, ja fast noch bessers Meister-Stück gemacht, als die Iudith bey dem Holoferne.

Indem ich nun darnach fragte, welcher Gestalt ihre Verrichtungen abgelauffen wären, erstattete der eine Laquey mir folgenden Bericht: Nachdem wir unten im Hause, wo die Conquette logirte, angelangt, und ein paar oder mehr Boutellen Weins vor unsern Herrn gefordert, säumete die Wirthin nicht lange, uns dieselben zu bringen, worauf so wohl der so genannte unser Herr, als wir Diener den Wein versuchten, auch uns etwas zur Kost reichen liessen; Indem wir uns aber hierauf etwas bey Seite begaben, ließ sich unser so genannter Herr mit der Frau Wirthin in ein vertrauliches Gespräche ein, und mochte wohl nach und nach so viel aus ihrem treuhertzigen Hertzen erforschet haben, daß die Frantzösische Comœdiantin, wornach er gefragt, bereits in ihrem Bette versorgt sey, und zwar mit demjenigen Frantzösischen Cavalier, der ihrentwegen nur vor wenig Tagen einen andern Ca-[219]valier erstochen hätte. Ob nun gleich der Entleibte ein Engeländer von Geburt, so sähe man doch wohl, daß Geld und Gold alles niederdrückte, indem der Frantzose bereits Pardon erhalten. Ohngeachtet, daß sich unser gebietende Frau, zumahlen, da sie Manns-Kleider am Leibe anhatte, ziemlich zu verstellen wuste, so merckten wir beyden Bedienten doch bald, was passirte, zumahlen, da unsere Frau die Wirthin vermittelst eines Geschencks a 3. Guineen gantz vollkommen treuhertzig machte, und dieselbe inständig bat, ihn nur hinauf in das Zimmer zu führen, wo beyde Frantzosen schliefen, indem er ein recht vertrauter Freund von allen beyden sey, indem er so gut Frantzösisch als Englisch parliren könte. Die Wirthin ließ sich also ohne ferneres Bedencken, und in Betrachtung der schönen Gold-Stücke, deren sie vielleicht noch mehr zu fischen verhoffte, dahin bewegen, daß sie uns alle 3. in das Zimmer hinauf führete, allwo beyde verliebte Französische Seelen im Bette angetroffen wurden, und einander umarmten, auch sich keines Bösen befahreten, bis ihr mein Herr oder Frau, wie ich sagen mag, seinen geschliffenen Degen zwischen beiden Brüsten gantz sanffte hindurch bohrete, da sie denn der Wirthin rieff und dieselbe fragte: was im Hause und hier oben vorgienge. Nichts,

Madame, (antwortete die Wirthin) schlafet nur gantz ruhig, denn ich bin selber da.

Mir kam so wohl über die Frage, als über die Antwort dieser beyden Personen, ein hertzliches stilles Lachen an, doch, da ich merckte, daß sich der Franzose rührete und umwenden wolte, stieß ich meinen Ca-[220]meraden in die Seite, um auf allen Fall unsere Pistolen parat zu halten, weilen man bereits das Blut unter dem Bette hervor lauffen sahe. Mein Herr wolte zwar der Wirthin mit 6. Guinees ein Stillschweigen auferlegen, allein diese wolte sich nicht weiter treuhertzig machen lassen, sondern durchaus nach der Wache schicken. Demnach begaben wir uns erstlich an die Fenster, um frische Lufft zu schöpffen, wurden aber gewahr, daß sich eine gewaltige Menge vom Pöbel in selbiger Gegend versammlete, fragten demnach die Wirthin, was der Lerm auf der Strasse zu bedeuten hätte? worauf sie zur Antwort gab? Meine Herrn! dieser Lerm gehet nicht uns, sondern die Zoll-Bedienten an, welches nichts ungewöhnliches ist, wird sich aber mit Anbruch des Tages wohl legen. Indem wir nun die Frau Wirthin in allen Stücken gantz höflich und freundlich sahen, begaben wir uns wieder hinunter in das Haus, und forderten 3. Bouteillen Wein, nebst etwas Zubehör, welches alles die immer liebreicher scheinende Frau Wirthin sogleich brachte, und sich mit unsern so genannten Herrn in ein vertrauliches Gespräch einließ, welches wir beyden Diener nicht verstehen konten.

Ich will euch, fiel hier meine Mutter dem Laquay in die

Rede, dasselbe allerseits dergestalt noch vorsagen, als es gehalten worden: denn erstlich fragte die Wirthin, wie es möglich gewesen, daß ich ein so wunderschönes Frauenzimmer hätte in ihrer besten Ruh entleiben können? worauf ich derselben zur Antwort gab: Madame! es laufft allerdings wider mein Naturell, einen guten Hund, geschweige denn ein Frauenzimmer zu tödten, weilen ich, wie [221] sie sehen können, selbsten dieses Geschlechts bin, allein diese Frantzosen-Hure hat mir erstlich meinen Mann verführet, und zum Ehebruche verleitet, hiernächst mich und meine Kinder um gewaltige Geld-Summen gebracht, aber alles dieses möchte noch hingegangen seyn, wenn sie mir nur diesen Tort nicht angethan, und meinen Ehemann, der von den Vornehmsten des Englischen Adels herstammet, durch ihren Beyschläffer, so viel ich vernommen, auch so gar meuchelmörderischer Weise um sein noch ziemlich junges Leben bringen lassen. Es hat mir (sprach ich ferner zu der Wirthin) hier in ihrem Hause an weiter nichts gefehlt, als an der Zeit und Gelegenheit, allein ich hoffe, daß mir der Himmel doch noch diesen mörderischen Frantzosen in die Hände führen wird, da ich denn nicht fackeln werde, ihm durch meine eigene Faust das Lebens-Licht auszublasen, und meinen Mann zu besuchen, in das Reich der Todten zu schicken, solte ich auch gleich meinen Kopff auf dem Chavotte müssen fliegen lassen, so mache ich mir dennoch eben so wenig daraus, als ob ich zehen Köpffe hätte. Hierauf sagte die Wirthin gantz heimlich und vertraulich: Madame! ich habe genug gehört, kan aber nicht gar viel darzu sagen, unterdessen, weiln ich ihnen zu Gefallen, noch nicht nach der Wache geschickt, und die Sache melden lassen, so folget meinem getreuen Rathe, und mischet euch noch bey guter Zeit mitten unter den Pöbel, wessentwegen euch denn auch meine Haus-Thüre nicht soll abgeschlossen werden.

Nachdem ich der Frau Wirthin vor dieses gute Erbieten einen Kuß auf gute Lands=männische [222] Manier versetzt, war mir noch einmahl so wohl ums Hertze, als vorhero, befahl auch derselben, meinen beyden Leuten auf mein Conto noch so viel zu trincken zu geben, als sie nur immer beliebten, weiln ich alles bezahlen wolte; als zu dem Ende ich ihr der Wirthin noch 3. Guinees in die Hand drückte, und meine Leute nach meiner Pfeiffe stimmete. Wie nun der helle lichte Tag bereits angebrochen war, als kam der Monsieur Franzmann die Treppe herunter spatzieret, und gieng in einen kleinen hinter dem Hause gelegenen Lust-Garten, um sich daselbst zu divertiren, ich folgte ihm auf dem Fusse nach, und wunderte mich über weiter nichts mehr, als daß er keinen Verdacht weder auf meine Person, Kleidung, noch sonstes etwas legte. Wir waren aber kaum etliche 20. Schritte zwischen den Blumen-Beeten herum spatziert, als ich mir gefallen ließ, einige der schönsten Blumen, die nach meinen Appetite waren, abzupflücken, worüber sich der Franzose mit allerhand anzüglichen Reden verlauten ließ, daß dieses keine Manier, sondern eine Anzeigung eines schlechten Verstandes und geringer Höflichkeit sey, so kam es unter uns bald zu häßlichen Schimpff-Worten, und obgleich die darbey stehende Wirthin, fernern Streit zu verhüten, sich erklärete, wie sie sich aus dergleichen Kleinigkeiten nichts machte, sondern dieselben allen ihren Gästen, welche Belieben darzu trügen, Preiß gäbe, so wolte der Franzose sich jedennoch nicht zufrieden geben, sondern schimpffete immer noch hefftiger auf mich los, da ich ihm denn mit Worten gleichfalls nichts schuldig blieb. Er aber zog seinen Degen, gieng mir [223] damit in einem breiten Wege sehr hitzig zu Leibe, ich hergegen war gelassen, und gieng anfänglich sehr behutsam mit Ausparirung seiner Stösse, da er mir aber endlich immer gefährlicher zu Leibe gieng, versetzte ich ihm oben einen Stoß durch die rechte Brust, dem noch einer folgte, welcher vermuthlich durch sein Hertze gieng, indem er mit den Worten, die auf deutsch, *ich habe genug*, heissen, wie ein Baum umfiel, und fast gar kein Zeichen des Lebens mehr von sich gab. Nunmehro begunte mir erstlich recht sehr bange zu werden, wie es mir ergehen würde, allein die Wirthin, die entweder aus Mittleyden, weil sie wuste, daß ich ein Frauenzimmer war, oder vielleicht aus ihren eigennützigen Ursachen durch diesen Zufall gantz bestürtzt war, kam mit sachten Schritten auf mich zugegangen, und sagte: *Meine Freundin! ihr habt euch ritterlich genug gehalten, derowegen seyd auf eure Flucht bedacht, denn mir ist mit eurem Schaden und Unglück nicht gedienet.* Hiermit öffnete mir die gute Frau die Hinter-Thür des Gärtgens, wodurch sie mich hinaus ließ da ich ihr denn noch 3. Guinees in die Hand druckte, und bat, dahin besorgt zu seyn, daß auch meine 2. Bedienten mir bald nachfolgen könten. Dieses zu bewerckstelligen, lief sie selbsten vor ins Haus, und brachte zu meiner grösten Freude meine Bedienten geführet, welche denn so wohl als ich von ihr hinaus gelassen wurden, da wir uns denn alle 3. gar bald erstlich unter den Pöbel vertheileten, jedoch auch gar bald einander wieder antraffen, und keinen Augenblick Zeit versäumeten, euch, [224] meine liebe Tochter, heimzusuchen, weilen wir alle wohl wissen, daß ihr Zeit unserer Abwesenheit euch tausend Kummer und Sorgen werdet gemacht haben.

GOtt sey ewig gelobt! (sprach ich zu meiner Mutter) daß er ihre Person bey diesem gefährlichen Handel so väterlich behütet hat, dieser ist mein lebendiger Zeuge, daß meine Augen Zeit ihrer Abwesenheit gar nicht sind trocken worden; und dieser wolle fernerweit unser Beystand seyn, denn wir haben meines Erachtens noch viel schwere Berge zu übersteigen vor uns.

Indem nun meine Mutter und ich, so wohl bey Tage als bey Nachts-Zeit, mit sorgsamen Gedancken beschafftiget waren, weiln wir keinen Schluß fassen konten, an wen wir uns wegen unserer Forderungen addressiren wolten, führete endlich der Himmel unverhofft eine Person in unser Logis, welche wir beyde recht als einen Engel bewillkommeten.

Es war diese Person Mons. Barley, ein junger Lord,

der schon in meinem 13ten Jahre, da mein Vater noch Schloß-Hauptmann gewesen, bey meinen beyden Eltern angehalten, mich als diese ihre Tochter an keinen andern Menschen zu verheyrathen, als an ihn. Wie nun meine Eltern ihm zur Antwort ertheilet, daß es noch viel zu frühzeitig mit ihrer Tochter sey, dieselbe zu verheyrathen, er aber wohl schwerlich, von wegen seiner eigenen Jahre, Standes und grossen Vermögens, nicht leicht vor rathsam befinden würde, auf dieselbe zu warten, weilen er mittler Zeit, als diese [225] vollkommen aufgewachsen wäre; 10. ja mehr weit profitablere Parthien im Heyrathen antreffen könte. Demnach solle er sich eine Sache, die ihm vielleicht bald hernach, als er seinen Zweck erreicht, gereuen könte, viel lieber aus den Gedancken schlagen, so könne er vergnügt und wir alle ohne Sorgen leben.

Allein dieser mein Liebhaber, welchen ich, zu mahlen bey unsern offtmahligen verwirrten Haus-Sachen, jederzeit treu und redlich erfunden, hatte sich damahls und auch in folgender Zeit an alle dergleichen ihm verdrüßlichen Abfertigungen wenig gekehret, sondern war mir eine Zeit, wie die andere getreu und beständig geblieben, und zwar, ohne daß ich einen besondern Wohlgefallen darüber empfunden: Denn ich fürchtete mich schon von meiner Jugend an gantz entsetzlich vor dem Heyrathen, weilen mir der so genannte Englische Wahrsager, und zwar der Uralte, nicht viel Guts in der Helffte meiner Jahre zu geniessen vorher gesagt hatte. Um aber meine

Geschichte nicht weitläufftig zu machen, so will nur so viel sagen: daß dieser Mons. Barley noch bey Leb-Zeiten meines Vaters, ehe derselbe in die letztern Verdrüßlichkeiten gerathen, zum öfftern in Londen zu uns gekommen, und die ehemahlige Bekanntschafft erneuert, nachhero aber nur sehr sparsame Visiten bey uns abgelegt, weilen er wohl gemerckt, daß es nicht allzu gut um unsere Wirthschafft stünde; da ihm aber unsere Fatalitäten zu Ohren kamen, kam er, so zu sagen, als ein von GOtt gesandter heiliger Engel, und brachte uns zu allererst die be-[226]sondere Nachricht: daß die Entleibung der Französin so wohl als auch des Franzosen nicht allein in der gantzen Stadt, sondern auch bereits bey Hofe ruchtbar worden, indem die Wirthin und Domestiquen des Logis, worinnen die Französische Comœdiantin logirt, alles umständlich erzählen, und eydlich bekräfftigen müssen, jedoch hätten Ihro Majestät der König selbst sich dergestalt allergnädigst verlauten lassen: *Man müsse bey der angegebenen Delinquentin, zumahlen, da sie eine gebohrne vornehme Engeländerin wäre, die Sache recht wohl untersuchen, indem Allerhöchst-Dieselben vor dießmahl gewisser Ursachen und Umstände wegen lieber Gnade als recht ergehen zu lassen, gesonnen wären &c.*

Dieses war nun schon ein ziemlich starcker Trost vor mich und meine Mutter, den uns dieser Freund zum ersten mahle brachte, allein der ehrliche Mensch dienete uns in weit mehrern Stücken, denn da ihm meine

Mutter das Geheimniß wegen unserer starcken Schuld-Forderungen entdeckte, war seine erste Anfrage diese: Ob er, wenn er auch nur die Helffte davon ausgeklagt, auch mich zur Gemahlin haben solte? welches denn meine Mutter und auch ich ihm mit Hand und Mund versprachen. Demnach war Barley vollkommen wohl mit uns zufrieden, und ließ sich unsere Geschäffte dergestalt angelegen seyn, daß er weder Tag noch Nacht Ruhe hatte, bis er, versprochener Massen, die Helffte unserer Forderungen ausgeklagt, und noch ein weit mehreres, welches alles er [227] denn zu meiner Mutter sichern Händen lieferte. Hierauf drunge er auf das Beylager mit meiner Person, ohngeachtet ich ihn nun an meine Mutter verwiese, indem dieselbe, obgleich etwas älter, jedoch weit schöner und reicher, als ich wäre, so wolte doch mein Barley auch hiervon nichts hören, sondern sagte nur so viel: Kurtz, ich liebe eure Person eintzig und allein auf der Welt, und setzte gegen euch Printzeßinnen zurücke, wenn sie mich auch haben wolten, aus was Ursachen aber ich euch liebe, solches ist mir ohnmöglich zu sagen.

Sich zu einer Heyrath zu entschliessen, mag wohl eine solche Sache seyn, die dem Menschen vorhero lange im Kopffe herum gehen muß; allein bey unsern damahligen Umständen erforderte es allerdings wohl die Noth, mich nicht länger zu weigern, zumahlen, da mir meine Mutter und mein Liebster fast keine Stunde mehr, zur weitern Bedenck-Zeit vergönnen wolten.

Demnach wurden wir endlich, fast ehe es mir gefällig

war, des Handels vollkommen einig, und celebrirten unser Beylager, ohne gewöhnliches unnöthiges Gepränge, hatten auch niemanden auser meiner Mutter dabey, als 12. Herrn und Frauen aus Londen, die wir noch vor unsere besten Freunde schätzten.

Nachdem nun auch dieses geschehen, und vorbey war, wir beyde neugebackenen Eheleute auch kaum 4. Wochen vergnügt beysammen gelebt hatten, kam eines Abends mein Barley sehr starck verwundet nach Hause, indem er zu sagen wuste: wie er einiger Massen recht unter die Mörder ge-[228]fallen, und dergestalt von ihnen zugerichtet worden, daß er vielleicht seinen Geist dieserwegen aufgeben müste.

Es waren eben zwey Englische Kauff-Leute bey uns, welche einige Geld-Summen vor uns zahleten, und dem Herrn von Barley das Verständniß ziemlicher Massen eröffneten, indem sie ihm sagten: daß dieses sein Unglück von niemanden anders herrührte, als von einem gewissen Mäckler, den man noch zur Zeit nicht in die Gülde der Kauffmannschafft einnehmen wollen, und mit dessen Tochter der Herr von Barley sich zu vermählen vor einiger Zeit, auch ihm ein Schiff nach Ost-Indien auf dessen Verlag zu führen, anheischig gemacht, nachhero aber das Wort nicht gehalten, ohngeachtet der Mäckler gesonnen gewesen, vor ihn und seine Gemahlin, als dessen Tochter, 20000. Gulden in Banco, so zu sagen, als zum Heyraths-Guthe einschreiben zu lassen. Mein Barley befand sich einiger Massen in seinen Gewissen betroffen, sagte aber dieses: Mein Unglück mag herrühren, wo es immer wolle, jedennoch werde ich nicht verzagen, weilen, nächst GOtt, meine Redlichkeit und mein noch (wiewohl eben nicht so gar sehr starckes) Vermögen mir durchhelffen muß. Kurtz: ich verlasse mich auf den Himmel, meine Jugend und meine Tapferkeit. Wenn sie (sagte der eine und älteste Kauffmann,) das Principium haben, so kan es ihnen nicht fehlen; unterdessen, weilen wir beyde einen guten Schiffs-Capitain nöthig haben und zwar eine Person von Condition, indem wir in Compagnie ein vollkommen wohl [229] ausgerüstetes Schiff liegen haben, welches nach Ost-Indien geführet werden soll, als haben wir das besondere Vertrauen zu Ew. Herrl. dieselben zu unsern Schiffs-Capitain anzunehmen, in Hoffnung, daß sie unsern Nutzen und Vortheil aufs best-möglichste besorgen werden, und hiervor lassen wir ihnen gleich morgendes Tages, oder, wenn es gefällig, ausser dem Ordinario alsofort 6000. Fl. in Banco schreiben.

Mein Barley wolte sich anfänglich nicht entschliessen, mit diesen Leuten etwas zu thun zu haben, indem er nicht allein seine noch allzu neue Heyrath, sondern auch seine schlechte Erfahrung im See-Wesen vorschützte, jedoch alles dieses und noch mehrere Entschuldigungen wolten bey diesen Capitalisten nichts gelten, sondern sie trilleten ihn so lange, bis er einen Contract mit ihnen schloß, der zumahlen vor mich, nächst dem vor meine Mutter, ja alle die Meinigen, ungemein raisonable und profitable abgefasset war.

Aber ich verfluche fast noch die Stunde, da dieses geschehen ist, denn dieser Contract hat mich um meinen lieben Mann gebracht. Er hatte, nachdem er sich einmahl engagirt, wenig Zeit zu versäumen, zu Schiffe zu gehen, wessentwegen auch meine Mutter und ich unsere Maaß-Regeln darnach nehmen und einrichten musten, jedoch schon gemeldte zwey redliche Kaufleute, als meines Mannes Principalen, halffen uns, was die Geld-Affairen anbelangete, binnen wenig Tagen aus allen unsern Nöthen, indem wir das allermeiste Geld eincaßirten, das übrige aber im Banco schreiben liessen. [230]

Endlich rückte der strenge Tag heran, da ich mit meinem Manne unter Seegel zu gehen, uns beyde nicht länger entbrechen konten, derowegen machten wir noch eine kurtze Disposition, nach gehaltener fernerer Verabredung auf alle Fälle mit unserer lieben Mutter, und traten nachhero unsere Reise in Gottes Nahmen an, waren auch so glücklich in der Gegend des grünen Vorgebürges anzulangen, ohne vom Sturm und Wetter befallen zu werden, bis uns endlich 3. Barbarische Schiffe auf einmahl überfielen, und mit alleräusersten Gewalt zum Treffen zwungen. Zwar hätte ich fast glauben sollen, wir hätten ihnen noch bey guter Zeit entkommen können, zumahlen, da sie meinen Gedancken nach, eine ziemlich billige Forderung an uns thaten, allein mein Mann war, wenn ich es deutlich sagen soll, damahls wohl ein wenig zu hitzig, und hielt mit behertztem Muthe Stand, ohngeachtet er sich weit übermannet sahe, und eben dieses hat ihm sein, mir sehr kostbares Leben, gekostet, indem ihm eine Canonen-Kugel den Kopff abgerissen. Ich gerieth demnach in die Barbarische Sclaverey, zusamt allen den Meinigen, habe es aber den beyden Herrn Capitains Horn zu dancken, daß sie uns nebst vielen andern Christen-Sclaven erlöset, wiewohl ich den Barbaren eben nicht nachsagen kan, daß sie mir und den Meinigen viel Uberlast gethan hätten, allein dieses hatte seine besondere Ursachen, indem ich ihnen nicht allein eine ziemlich starcke Summa Ranzion-Gelder so gleich versichert und verschrieben, sondern ein weit mehrers zu thun versprach, wenn [231] sie uns wohl tractirten, und je eher je lieber nach Engeland, oder wenigstens nach Gibraltar lieferten; Allein wir haben, GOtt sey gedanckt, ihnen keinen Flitter geben dürffen, weilen es uns von unsern tapffern und freygebigen, theuren Erlösern durchaus verboten wurde, ihnen auch nur das geringste zu zeigen, geschweige denn zu geben. Anbey muß die edle Tugend der Großmuth und Freygebigkeit zu rühmen nicht vergessen, welche nicht allein die beyden nie genug gepriesenen Capitains *Horn,* sondern auch 2. Portugiesische Capitains in unserm damahligen betrübten und verwirrten Zustande allen erlöseten Christen-Sclaven, vornemlich aber auch mir und den Meinigen erwiesen. Der Himmel vergelte es ihnen, und seegne sie alle auf Lebens-Zeit. Dieses muß ich aber noch melden, daß die Portugiesen so gütig waren, und versprachen, mich mit allem meinem Zubehör und Haabseeligkeiten frey und franck in den ersten Englischen Capital-Hafen zu liefern; Allein wie gern ich das Land und die Stadt meiner Geburt vor meinem Ende wohl noch einmahl sehen mögen, so hatte ich doch in meinem Hertzen einen besondern Wiederwillen gegen die Portugiesen, nicht so wohl vor ihre Personen (denn es waren in Wahrheit 2. artige Cavaliers von Person und Ansehen) aber ich fand etwas an ihnen, das mir nicht gefiel, und welches ich itzo nicht sagen kan oder will. Derowegen addressirte ich mich an unsern Haupt-Commandeur, den ältesten Capitain *Horn*, und bat ihn gewisser Ursachen wegen, weil ihm die Treue und [232] Redlichkeit gegen seinen bedrängten Nächsten, recht aus den Augen leuchtete, aufs allerwehmüthigste, mich nicht in die Hände der Portugiesen kommen zu lassen, sondern mir die Gefälligkeit zu erweisen, und mich so wohl als meinen Zubehör aufs Vorgebürge der guten Hoffnung mit sich zu nehmen, von dannen ich mich denn schon weiter nach einer gewissen Ost-Indischen Insul zu kommen getrauete, allwo mein seeliger Mann im Nahmen seiner Principalen ungemein starcke Geld-Posten einzuheben, auch deßfalls ein Blanquet zur Vollmacht bekommen, welches er mir unter seinen Schrifften hinterlassen hatte. Es versprach mir itzt gemeldter Capitain Horn zwar, mich um weiter nichts zu bekümmern, sondern versicherte mich mit nächsten, so bald es nur möglich wäre, auf das Cap zu bringen, allein in diesem Stücke muß ich ihn, wiewohl mit frölichem und vergnügtem Hertzen einer Unwahrheit beschuldigen, indem er mich an Statt des Möhrischen Vorgebürges an diesen angenehmen Ort gebracht, allwo ich den Himmel, oder so zu sagen, nur eine der besten Haupt-Cammern des Himmels auf dem Erdboden angetroffen, und mich nunmehro Zeit meines Lebens von dieser glückseeligen Insul nicht wünschen will, wenn einer von den vornehmsten Einwohnern derselben, mir nur das Glück gönnen will, mich als eine Magd, oder Kinder-Frau bey sich zu behalten, denn ich bin, ohne eitlen Ruhm zu melden, geschickt, nicht nur die saubersten Sachen mit der Neh-Nadel zu verfertigen, sondern weiß auch mit Spitzen-machen, Weben, [233] Spinnen und Stricken gantz wohl umzugehen, bin auch sonsten allerhand andere Haus- und Küchen-Arbeit von Jugend auf gewohnt. Mein allerbester Trost ist dieser, daß ich meine liebe Mutter versorgt weiß, weilen ich derselben nebst meinen kleinern Geschwister ein solches Capital zurück gelassen, welches sie, als eine gute Wirthin wohl schwerlich Zeit-Lebens mit ihren Kindern verzehren wird, und wenn sie sich auch in künfftiger Zeit zur andern Heyrath bequemete, indem sie noch eine wohl ansehnliche vigoreuse Frau, und fast noch in ihren beste Jahren ist. Kurtz zu sagen: Ich werde mich weiter weder um mein Vaterland so wenig, als um die gantze Welt bekümmern, wenn ich nur, wie schon gemeldet, die gütige Erlaubniß erhalten, auf dieser glückseeligen Insul und unter dem Zusammenhange der ungeheuchelten auserlesensten Frauen mein mühseeliges Leben zu enden.

Wie nun hiermit auch die Madame Barley den ersten

Theil ihrer Lebens-Geschichte endete, jedoch dabey
meldete, daß sie viele zur Haupt-Geschicht nicht eben
allerdings gehörige Weitläufftigkeiten bis auf eine andere Zeit versparen wolte, so steckte unser Insula-
nisches Frauenzimmer erstlich die Köpffe ziemlich zusammen, endlich aber wurde der Madame de Blac, als
einer Lands-Männin der Madame de Barley, ingleichen
des Herrn Mag. Schmeltzers Sen. Frau Liebste aufgetragen, dieser Dame wegen bey dem Regenten und Mit-
Regenten Vorstellungen zu thun, damit alles fein ordentlich zugehen möchte. Diese beyde nahmen die Commission mit Vergnügen auf sich, kamen [234] auch, weilen sie
eben die grauen Häupter, Vorsteher und Herrn Geistlichen bey dem Regenten versammlet angetroffen, noch
vor Verlauf zweyer Stunden wieder, und brachten vor
die Madame von Barley diesen erwünschten Bescheid
zurück: »Daß der Madame von Barley vollkommene Erlaubniß ertheilet wäre, im Nahmen der hochheiligen
Dreyfaltigkeit auf dieser Insul bey uns zu bleiben, so lange es ihr gefällig wäre. Auser dem solte sie von dieser
Stunde an, vor keine Einkömmlingin, etwa angesehen
und gehalten werden, im Gegentheil aber alles Recht geniessen, dessen sich die Groß-Felsenburger zu erfreuen
hätten, so wohl als ob sie auf dieser Insul gebohren und
erzogen wäre; wie sie denn ein jeder von uns, er sey
männliches oder weibliches Geschlechts, dergestalt achten und halten solte, als ob sie eines jeden leibliche
Schwester wäre &c.«

Dieser Bescheid verursachte in dem Hertzen unserer Frauenzimmer eine ungemeine Freude, als welche die neu eingenommene Schwester Wechselsweise dermassen umarmten, hertzten und küsseten, daß es fast zu verwundern, wie diese solche übermäßige Liebkosungen ausstehen konte.

Da nun Mons. Litzberg und andere mehr das Frauenzimmer so auserordentlich lustig sahen, wurden dieselben auf einen grossen Saal geführt, und ihnen daselbst eine unvergleichliche Vocal- und Instrumental Musique gemacht, denn ich kan ohne eitle Prahlerey theuer versichern, daß sich unsere Felsenburgischen Musici, so wohl Vocal- als Instrumentalisten seit wenig Jahren in der [235] Musique dergestalt gebessert, daß viele unter ihnen manchen so genannten Virtuosen in Europa beschämen solten, woraus denn abzunehmen, daß der Natur, wie man spüret, fast alles möglich ist, zumahlen, wenn Lust und Liebe zu einer Sache bey einem tüchtigen Subjecto vorhanden sind. Demnach weilen zumahlen von unserm Frauenzimmer immer Wechselsweise die schönsten und auserlesensten moralischen Cantaten, auch andere Arten von Composition abgesungen wurden, gieng die Nacht darüber hin, und der Tag begunte schon anzubrechen, ehe wir uns dessen versahen; doch fand sich niemand unter uns allen, der die gehabte Lust und das Vergnügen bereuete, welches wir in abgewichener Nacht genossen hatten.

Des folgenden Morgens, da sich die Aeltesten und

Vorsteher, so wohl als auch die Hrn. Geistlichen beym Regenten auf der Alberts-Burg zum Thée eingefunden, schickte der Regente auch an uns übrigen, vom so genannten *engern Ausschusse,* und ließ uns auf den Thée zu sich bitten, indem er mit einem und andern etwas nothwendiges zu sprechen hätte; demnach säumeten wir nicht, uns bey ihm einzustellen. Es folgten also dem Capitain Wolffgange und mir noch viele andere, als Mons. de Blac, Litzberg und andere Einkömmlinge, auch kam der Capitain Horn Sen. als wenn er geruffen wäre, und berichtete, wie er gestern abermahls eine Visitation der von ihm mitgebrachten Leute angestellet, und dieselben in voller Lust und Vergnügen angetroffen, woraus zu schliessen, daß [236] ihnen die Lebens-Art auf der kleinen Insul eben nicht übel gefallen müste.

Der Regente und alle Beysitzer lobten seinen Fleiß in Besorgung unseres Besten, und gaben anbey zu vernehmen, wie sie allerseits nicht wüsten, womit sie ihm eine rechte angenehme Gegen-Gefälligkeit erweisen könten. Alles, was, (versetzte hierauf der Capitain Horn Sen.) ich bis auf diese Stunde zum Nutzen und Wohlstande dieser Insul Felsenburg nach meinem wenigen Vermögen etwa beygetragen habe, solches hat diejenige Schuldigkeit erfordert, worzu ich mich gleich von Anfange unserer Bekanntschafft anheischig und verbindlich gemacht, auch so gar des allerkleinesten Kindes Bestes, nach meiner menschlichen Möglichkeit zu befördern; derowegen haben meine allerseits höchst- und hochgeehrteste Herren,

Obern, Freunde und Brüder, sich nicht die geringste Mühe zu geben Ursach, mir einige Gegen-Gefälligkeiten zu erweisen, es sey denn, daß dieselben allerseits meinem lieben Freunde und Bruder, Eberhard Julio, einstimmig auferlegen wolten, mir eine umständliche Nachricht zu geben von allen dem, was seit meiner Abwesenheit auf dieser Insul und was darzu behörig ist, vorgegangen.

Wie nun so wohl der Regente, als die andern alle mich, Eberhard Julium, inständig baten, des Capitains Verlangen zu erfüllen, als fieng ich die Fortsetzung dessen, was ich ihm bereits gemeldet, folgender Gestalt an:

Ich zweiffele fast, mein werthester Freund und Bruder, daß ihr nach eurer letztern Abreise [237] von uns kaum etwa die Linie erreichet habt, als wir wegen des beständigen Sturm-Wetters eurentwegen sehr besorgt waren, und um so viel desto fleißiger vor euch und eure Reise-Geferten beteten, weiln ein beständiger Nord-Wind dergestalt tobte, als man sich seit langer Zeit nicht zu entsinnen wuste, es währete derselbe mit seinem Wüten fast bis in die dritte Woche, und wir bekamen dadurch von Tage zu Tage ein erstaunliches Stück Arbeit, weilen die Wellen alle Nächte dergestalt viel von zerscheiterten Schiffen auf unsere Sand-Bäncke und an den Fuß unsers Felsens geführet, daß wir immer mehr und mehr aufzuräumen bekamen, ja, mit wenig Worten zu sagen: unserer bevorstehenden Arbeit kein Ende sahen; Jedennoch liessen wir uns endlich dieselbe anzutreten nicht verdrüssen, sondern es machte sich Alt und Jung von beyderley Geschlechte mit gröstem Eifer daran, da wir denn die auserlesensten, besten und kostbarsten Sachen immer nach und nach in die Höhe auf die Insul brachten; das Mittel-Guth und Waaren verschiedener Sorten aber, so wir nicht eben allzu höchstnöthig brauchten, brachten wir unten in die Klüffte des Felsens, und weilen die Menge des Holtzes von zerscheiterten Schiffen dergestalt groß war, daß wir selbiges bald unmöglich alles auf die Insul bringen konten, so liessen wir vieles liegen, wo es lag, hergegen wurde so wohl bey Tags als Nachts-Zeit unten am Fusse des Felsens auch eine gantz erstaunliche Menge verbrannt, weilen es wegen des hefftig tobenden Nord-Windes eine so grimmige Kälte war, daß wir des [238] Feuers nicht wohl entbehren konten. Es ist nicht zu läugnen, daß wir um diese Zeit entsetzliche Schätze an Gold, Silber, Perlen, Edelgesteinen von mancherley Sorten auffischeten, und auf die Insul schafften; was nun die Pack-Fässer, Ballen und verwahrten Kisten anbelangete, so bedeckten wir damit das Land vor Davids- und Alberts-Raum bis zur Burg des Regenten, dergestalt, daß fast kein Apffel darzwischen auf die Erde fallen konte. Demnach hatten unsere Obern zu steuren und zu wehren gnug, um das Volck von der Arbeit abwendig zu machen, weilen wir ja alles dessen im größten Uberflusse hätten, was sie mit so blutsaurem Schweisse herauf brächten. Unter der Zeit war Mons. Plagern und seinen Mit-Gehülffen die Lust angekommen, Glocken zu giessen, und zwar aus dieser Ursache, weilen sich in einem Theile unserer Ertz-Gebürge ein so vortreffliches Metall befände, welches sich unvergleichlich schön zum Glocken-giessen schickte, wie sie denn auch 6. schöne Glocken gegossen, deren zum Theil einige noch unaufgehenckt zu sehen sind. Da diese Giesserey ihnen so wohl von statten gegangen, versuchten sie auch Canonen von verschiedener Grösse zu giessen, in welchen sie so glücklich, ja fast noch glücklicher waren, als im Glocken-giessen, indem sie 12. unvergleichliche Canonen von verschiedener Grösse zu Wege brachten, ingleichen 8. Feuer-Mörser, um Bomben daraus werffen zu können, auch gossen sie eine gewaltige Quantität Kugeln von verschiedener Grösse. Das Bomben-giessen, welches doch eine schlechte Kunst zu seyn scheinet, wolte [239] ihnen anfänglich gar nicht gelingen, jedoch da ein eintziger unter den Künstlern plötzlich hinter den Vortheil kam, gossen sie binnen 14. Tagen mehr als 2000. Bomben, ebenfalls von verschiedenem Gewichte oder Grösse. Wir brachten also die neu gegossenen Canonen zum Theil ins Zeughaus, zum Theil aber oben auf die Höhen, bey die Schilder-Häuser, und nahmen die alten genug gebrauchten davor mit zurück herunter, wie denn die Feuer-Mörser auch nach 3. Gegenden zu eingetheilet wurden, ausgenommen 2. welche auf der Alberts-Burg liegen blieben. Bey jeglicher Station wurde eine hinlängliche Menge Bomben und Kugeln hingelegt, nicht anders, als ob wir uns eines feindlichen Angriffs und Belagerung zu besorgen hätten. Unterdessen sperreten alle

Felsenburgische Einwohner, fast die Mäuler und Nasen auf, als sie uns die Probe mit den Bomben nach der kleinen Insul hin, ingleichen gegen Norden nach den Sand-Bäncken zu, machen sahen, wie wir denn auch verschiedene zur Lust in die offenbare See spieleten, und darinnen versincken liessen. Es hatten weder der Regente, noch unsere Aeltesten, ingleichen die Herrn Geistlichen sonsten keine besondere Wissenschafft von der Bomben-Spielerey, als was sie etwa aus Büchern gelesen, jedoch will ich es Zeit meines Lebens nicht vergessen, daß Herr Mag. Schmeltzer Sen. eines Abends, da er Mons. Plagern von ohngefähr antraf, also zu ihm redete: *Mein Bruder!* eure Kunst ist Lobens- und Rühmens werth, allein GOtt verhüte, daß wir nicht erleben, selbige an-[240]ders als zur Lust und gegen keine Feinde zu gebrauchen. Ich sage noch einmahl, GOtt verhüte dieses, denn in meinem Lande, wenn die jungen Knaben mit Drommeln und Gewehr das so genannte Soldaten-Spiel zu spielen anfangen, machen sich die Alten so gleich sorgsame Gedancken wegen eines bevorstehenden Krieges. Wie wir nun Herrn Mag. Schmeltzern, weilen wir in unsern Jugend-Jahren ebenfalls dergleichen erfahren, und zwar, daß zum öfftern ein blutiger Krieg darauf erfolgt, wohl Recht gaben, so hätten wir unsers Orts eben doch noch keine Ursach, uns sorgsame Gedancken wegen eines Kriegs zu machen, zumahlen, da wir uns täglich ja stündlich im Stande befänden, unsern Feinden Wiederstand zu thun. Wohl gut, mein Bruder! (gab Hr. M. Schmeltzer darauf zur Antwort) Felsenburg ist mit recht eine Capital-Vestung zu nennen, aber nur ewig Schade, daß sie nicht mit Ketten am Himmel hanget, auch habe ich an der Garnison gantz und gar nichts auszusetzen, weilen dieselbe aus lauter tapffern Leuten bestehet, so wohl männliches als weibliches Geschlechts, allein, wenn Verrätherey und List mit ins Spiel kömmt, so hat man nicht ein, sondern viele Exempel, daß auch die allervestesten Berg-Schlösser sind überrumpelt und erobert worden.

Ich kan nicht anders sagen und glauben, als daß Herr Mag. Schmeltzer damahls gegen mich und viele andere noch bey mir stehende deßfalls einen rechten Propheten-Geist gehabt, denn was darauf erfolgte, will ich bald vollends erzählen, [241] vorjetzo aber nur so viel sagen, daß wir wenig Tage hernach dieses Gespräch, wie man zu sagen pflegt, bald wieder verschwatzten, und fast gar nicht weiter daran gedachten, sondern unser Gebet und Arbeit, wie sonst gewöhnlich, verrichteten, im übrigen den lieben GOtt walten liessen.

Nachdem aber das bisherige grausame Sturm-Wetter sich gäntzlich gelegt, und wir eine gantz stille Lufft, zwischen Westen und Norden daher streichend, empfanden, so besänfftigten sich auch unsere Gemüther wieder, zumahlen, da wir uns nach so entsetzlichen Stürmen eines angenehmen Frühlings und darauf folgenden ebenmäßig lieblichen Sommers getrösteten. Wir hatten diese Hoffnung gantz und gar nicht umsonst, indem es die alles erquickende Sonne, dem gemeinen Sprichworte nach, dergestalt gut mit uns meynete, daß wir dem Allerhöchsten, vor dieses grosse Wunder-Geschöpffe, auch dessen Krafft und Würckung zu loben und zu preisen, in unsern Seelen ermuntert wurden, und recht darnach lieffen, sonderlich die Kinder, welche sich eine besondere Freude daraus machten, wenn sie die Sonne konten auf- und niedergehen sehen. Bey solcher Gelegenheit bemerckten wir nach etlichen Tagen, daß allezeit früh, wenn sich die Sonne aus dem Ost-Meer erhub, um ums mit ihren holden Strahlen zu ergötzen ein gewaltiger Schwarm grosser Vögel, die noch etwas, ja ein sehr vieles grösser, als die wilden Endten waren, von der Gegend zwischen West-Nord daher gezogen kamen, und ihren Flug nach dem Süd-Pol über unsere Insul hinnahmen. [242]

Anfänglich, oder in den ersten 20. bis 30. Tagen bemerckten wir, daß dieselben nur in eintzelnen Schaaren geflogen kamen, deren Zahl ohngefähr von etliche 100. starck seyn mochte, weilen dieselben zu zählen, eine fast unmögliche Sache zu seyn schien, jedoch sahen wir, daß eine jede Schaar derselben ihre Abtheilung und Eintheilung ungemein wohl observirte, wie denn auch eine jede solche Schaar ihre besondern Führer hatte, welche gemeiniglich als ein Kleeblat voraus gezogen kamen, und etwas grösser und wichtiger zu seyn schienen, als die hinter ihnen folgenden gemeinen Vögel, jedoch sahe man klärlich, daß einige, welche ihre besondern subdivisiones führten, ebenfalls etwas grösser von Gestalt waren, welche Gestalt man aber wegen der gewaltigen Höhe mit dem Gesichte auch nicht einmahl mit den Fern-Gläsern genau in Obacht nehmen konte. Wie nun nach Verlauf beynahe eines gantzen Monats die Schaaren, deren wir einige über 1000. Stück starck schätzten, sich alle Morgen und Abende bey Auf- und Niedergange der Sonnen immer näher und näher an einander schlossen, so verdunckelten sie die Lufft und den Himmel dergestalt, daß wir, wenn die Haupt-Armée gezogen kam, auch noch bey hellem lichten Tage weder schreiben noch lesen konten, sondern in einer würcklichen Demmerung zu sitzen uns musten gefallen lassen. Da die von mir so genannte Haupt-Armée über unsern Horizont fort passirt war, kamen in etlichen Tagen hernach nur einzelne Schaaren gezogen, welche meines Erachtens eine so genannte kleine Arrier-Guarde vorstellen solten. Wie nun mir der un-[243]ordentliche Appetit gleich vom Anfange dieses Vogel-Zuges angekommen war, dererselben einen oder etliche zu schiessen, so ärgerte mich aber dabey nur dieses, daß sie sich mir zu dem Schusse in der Lufft nicht in etwas niedersencken, geschweige denn sich gar auf den Erdboden niederlassen wolten, vielmehr ihre Sicherheit in der ihnen, nach ihrem Geruch und Geschmack temperirten Lufft fort und fort suchten. Auser dem fanden sich einige Abergläubige, die da gern wolten läuten hören, aber noch nicht alle wusten, wo unsere Glocken hiengen, zumahlen die letztern neuen und sehr wohlgerathenen Glocken noch nicht einmahl alle aufgezogen, und an gehörigen Ort und Stelle gebracht waren. Wie nun aber gemeiniglich ein Aberglaube den andern zu Hülffe rufft, die Geister der Menschen zu verwirren, so wurde mir auch von den Obern und Hn. Geistlichen sehr verübelt, wenn ich den so genannten Frevel begehen, und nur einen eintzigen von diesen fremden Vögeln zu schiessen, mich unterfangen würde, indem dieses eine Sache wäre, die uns allen zum allergrösten Schaden und Verderben gereichen könte.

Was dieser Sache wegen, ob nemlich bey solchen fürchterlichen Zeiten, so wohl dieser Art Vögel, als Verkündiger göttlicher Straff-Gerichte vorsetzlicher und freveler Weise todt zu schiessen, billig, christlich und rathsam sey? unter uns nachhero vor öfftere ordentliche so genannte Disputationes gehalten worden, will ich vorjetzo nicht eben weitläufftig melden, sondern nur einen jeden fragen: ob, wenn uns GOtt Heuschrecken, [244] Frösche, Kröten und anderes Ungeziefer, von vielerley Arten, zum Schrecken und Züchtigung zuschickt, wir uns ein besonderes Gewissen machen solten, eine solche Heuschrecke, Maus, Ratte, Kröte, Schlange, oder was es sonsten vor eine Art von Plage-Geistern seyn möchte, zu ertreten, zu erspiessen, zu verbrennen, oder auf allerhand anderer Manier, um ihr uns schädlich scheinendes Leben zu bringen.

Ich kan nicht leugnen, daß mir die Herrn Theologi in den meisten Stücken ziemlicher Massen überlegen waren, welches gantz und gar nicht zu verwundern ist, indem ich mich beydes vor einen schlechten Philosophum, und noch schlechtern Physicum auszugeben die vollenkommenste Ursache habe.

Dieses aber sey vor dißmahl bey Seite gesetzt, denn ich will nichts anders reden, als die Wahrheit, wie es mir nemlich damahls nicht anders erging, als wie unserer Ur-Groß-Mutter der Eva im Paradiese, welche nicht eher Friede und Ruhe zu haben vermeynete, bis sie den verbotenen Apffel im Munde, oder wohl gantz und gar im Leibe hatte; Ohngeachtet ich nun kein Frauenzimmer, sondern bekannter Massen eine Manns-Person bin, so erstreckte sich die Lüsternheit doch dergestalt einiger Massen über meine gesunde Vernunfft, daß ich weder Tag noch Nacht ruhen noch rasten konte, bis ich mir, meiner Einbildung nach, das eintzige Vergnügen geschafft einen solchen Vogel in meinen Händen zu haben und zu rupffen. Demnach ließ ich 3. leichte Stückgen-Geschütz, die ich mit [245] Cartetschen laden konte, unten an den Fuß unsers Berges bringen, eben so viel pflantzte ich auf die Alberts- und noch so viel auf die Davids-Raumer-Höhe, bestellete mir auch getreue Leute und Anhänger, die vermittelst gantz leichter Boote, die Vögel, wenn ich deren ja allenfalls einige treffen solte, aus der See sogleich herauf langen möchten.

Dieses alles aber stellete ich in gröster Geheimniß an, damit die Aeltern von unserm Vorhaben nichts erfahren solten, indem es ihnen zu wissen ohne dem dieses mahl eben nicht nöthig zu seyn schiene. Auch muß ich nicht zu melden vergessen, daß der Capitain Wolffgang,

Mons. Blac und Mons. Litzberg eben dergleichen leichte Stücke, woraus man vortreffliche Cartetschen schiessen konte, auf einige Sand-Bäncke pflantzen lassen, sich so wohl als ich, und zwar abgeredeter Massen, selbst mit einiger Mannschafft dahin begeben hatten; demnach wolten wir auf beyden Seiten unser Glück erwarten, ob es nemlich denen, die oben auf dem Felsen stunden, oder denen, so unten auf den Sand-Bäncken sich befänden, am allergeneigtesten sich erzeigen wolte.

Wir, die wir die oberste Nummer auf dem Felsen genommen hatten, gaben zwar so wohl Achtung auf die Ankunfft der Vögel, musten aber geschehen lassen, daß die unten auf den Sand-Bäncken glücklicher waren, als wir, indem nach Loßzündung dreyer Geschütze eine ungezählte Anzahl von Vögeln gefallen, von denen sie uns aber nicht mehr als 11. Stück, und zwar gleich mit Aufgang der Sonnen herauf schickten, um uns, so zu sagen, zu [246] braviren, daß wir nicht auch Feuer gegeben, und etwas getroffen hätten.

Mir war nur lieb, daß ich einen, oder etliche von dieser Art Vögeln zu sehen bekam, indem mich, wie schon gemeldet, weit mehr darnach gelüstert, als einer auf schwerem Fusse gehenden Frau; Jedoch, wir, auf dem Felsen Laurende, waren dennoch auch so glücklich, in 4. Schüssen so viele herunter zu schiessen, daß davon 6. Stück aufgefischt, und zu uns gebracht werden konten.

Nun war mein sehnliches Verlangen zwar in diesem Stücke gestillet, allein ich konte mich dennoch nicht eher zufrieden geben, bis ich diese Vögel, mit Beyhülffe Mons. Cramers und anderer, erstlich von aussen sehr bedachtsam gerupfft, nachhero von innen recht nach der Kunst anatomiret hatte. Da wir denn befanden, daß sie alle, einer so wohl als der andere, (NB. *Hier muß ich melden, daß meine Consorten und ich auf dem Felsen so glücklich gewesen, einen so genannten Officier oder Anführer des Heers zu treffen*) eine feuerfarbene Crone oder Feder-Fusch auf den Häuptern trugen, denn hierinnen war so wohl bey den grossen als kleinen kein Unterscheid. Nächst dem hatten dieselben einen aus dem Kopffe heraus ragenden Schnabel, so wie fast eine Gans bey uns zu haben pflegt, nur um ein gut Theil länger, in welchem Schnabel inwendig eine Art von Zähnen befindlich, welche mit den Zähnen oder Kienbacken der Hechte eine grosse Gleichheit haben. Auf beyden Seiten der Kienbacken unter den Augen sahe man zwey recht zierliche und auch recht sehr [247] scharffe kleine Schwerdterchen hervor gehen, welche sie so schnell bewegen konten als man ein Scheer-Meser in seiner Schaale und Angel zu bewegen pflegt. Der Hals zeigte sich bund, als: grün, gelb, röthlich und blaulich durch einander vermischt. Die Brust Aschfarbe und der Bauch mit lauter schönen weissen Federn bewachsen. In den Flügeln fanden sich die schönsten Spulen, die man sehr wohl zu Schreibe-Federn gebrauchen konte, und der Schwantz machte so wohl, als die Flügel eine ungemeine Parade, wenn dieselben ausgebreitet wurden, indem die Federn so wohl im Schwantze als in den Flügeln in recht artiger Verwechselung stunden, nemlich roth, grün, gelb, blau &c. so daß wir unser Vergnügen daran hatten, dieselben, ohne ihnen die Haare abzustreiffen, zum Gedächtniß dieser Sache, mit gröster Behutsamkeit aufzutrocknen und zu verwahren.

Wie glücklich nun aber unsere Vogelschiesserey auch abgelauffen war, so musten wir uns doch alle gefallen lassen, von unsern Obern und Aeltesten einen kleinen Wischer oder Verweiß einzunehmen, denn ob sie die besondern Vögel gleich mit gröster Verwunderung betrachteten, und deren Zierlichkeit nicht gnugsam rühmen konten, so blieben sie doch bey dem Aberglauben, daß es weit besser wäre gethan gewesen, wenn wir alle dieselben ungestöhrt hätten ihres Weges ziehen, und sie ihr vorgesetztes Ziel erreicher lassen, zumahlen, da es eine Art von Vögeln, die uns sehr wenig, oder wohl gar keinen Schaden, weder an den Feld-Früchten, noch Wohnungen verursachen können. Wir Vogel-Schützen [248] aber liessen alles dieses zu einem Ohre hinein, und zum andern wieder heraus gehen, wurden auch, ich weiß selbst nicht warum, immer hitziger auf das Kriegs-Handwerck.

Demnach legte Monsieur Plager noch eine gantz neue Fabrique an, allerhand Hand-Gewehr zu verfertigen, als worzu er in einem Tage mehr als 20. Gesellen und Lehr-Pursche zu übernehmen bekam, indem diese alle gantz besondere Lust zu dergleichen Profession bezeigten, und sich recht darzu drungen. Auch wurde das Mörser,

Bomben, Granaden und Kugel-giessen, von mancherley Grösse, vom gemeldten Monsieur Plagern und seinen Gehülffen, auch zum öfftern so gar bey Nachts-Zeit fortgesetzt, um einen recht wichtigen Vorrath herbey zu schaffen, und wenn man ihn fragte: worzu ein so starcker Uberfluß dienen solte? gab er gemeiniglich zur Antwort: Ists noch kein Danck, daß ich unsere Zeughäuser anfülle? was wir nicht brauchen, können vielleicht wohl unsere Kinder und Nachkommen nöthig haben, denn man kan nicht wissen, wie sich die Zeiten ändern, ists nicht eher, so geschichts vielleicht nach unserm Tode.

Solcher Gestalt wurden binnen weniger Zeit unsere Zeughäuser dergestalt angefüllet, daß fast kein Platz und Raum mehr vorhanden war, wo das grobe Geschütz stehen solten, ja, es war kein leerer-Haacken oder Nagel anzutreffen, an dem nicht eine Büchse, Flinte, Pistole &c. Palläsche und andere dergleichen Geräthschafft hieng, wie es denn bis diese Stunde noch also beschaffen und anzutreffen ist. [249]

Endlich aber wurde die martialische Arbeit bey Seite gesetzt, hergegen bemühete sich ein jeder Hauswirth, alles das, was ihm in seinem Hause, Gärten und Feldern zu Schaden gekommen, wieder in behörige Ordnung zu bringen, damit wir den Frühling und Sommer desto vergnügter leben könten, da man zu sagen pflegt: nach vorher gethaner Arbeit ist gut ruhen.

Allein der Höchste hatte vor diesesmahl, nach seinem gnädigen Wohlgefallen, und zwar noch deutlicher zu sagen, wohl ehe unserer Sünder wegen, in seinem Zorne beschlossen, unsere stoltze Ruh abermahls zu stöhren, und uns zu zeigen, daß er als der Allmächtige über uns lebte, und nach seinem Gefallen mit uns umgehen könne, wie er nur immer selber wolle.

Dieses konten wir zu allererst aus dem Berichte eines Davids-Raumer-Schild-Wächters bemercken, als welcher zu vernehmen gab, daß man nun schon seit 2. bis 3. Tagen her in der Gegend der Sand-Bäncke ein Schiff herum irren sehen, weilen es aber keine Noth-Schüsse gethan, so hätte auch er Bedencken getragen, auf der Insul Lerm zu machen, zumahlen, da gedachtes Schiff nur ein und andere Waaren aufgefischt. Capitain Wolffgang, ich und noch verschiedene andere mehr bestiegen derowegen die allerhöchste Davids-Raumer Klippe, und wurden so gleich gewahr, daß es eine leichte Fregatte wäre, von welcher wir zwar die gelben Flaggen, keines wegs aber die darein gemahlten Wappen weder mit unsern Fern-Gläsern, viel weniger mit den blossen Augen eigentlich zu erkennen vermögend [250] waren. Indem wir nun diese Fregatte immer zwischen den Sand-Bäncken herum treiben sahen, und nicht wusten, was solches zu bedeuten hatte, kamen wir derselben mit unserer Höflichkeit zuvor, und löseten 2. Canonen, zum Zeichen, daß Menschen auf diesem Felsen vorhanden wären, welche, wenn sich vielleicht Nothleidende darinnen befänden, ihnen zu Hülffe kommen könten. Es wurde uns demnach so gleich mit 3. Canonen-Schüssen geantwortet, und ein

Boot von derselben ausgesetzt, worinnen sich 3. Männer befanden, die allerhand Zeichen von sich gaben, daß sie gern Sprache mit uns halten möchten.

Demnach setzten sich Herr Wolffgang, ich und noch ein Mann auch in eine Chalouppe, und fuhren ihnen auf den halben Weg entgegen, da sie denn gantz sanffte ruderten, und uns zu vernehmen gaben, wie sie Portugiesen, und im verwichenen Sturme verunglückt, auch in solchen elenden Zustand gerathen wären, daß sich nur noch ohngefehr bis 30. gesunde Leute unter ihnen befänden, baten demnach, wenn wir, wie es das Ansehen hätte, Christen-Leute wären, ihnen die Barmhertzigkeit zu erzeigen, und sie aufzunehmen, auch mit Speisen und Geträncke zu erquicken, wovor sie uns denn gern alles ihr noch übriges weniges Vermögen zustellen wolten. Hierauf ertheileten wir ihnen zur Antwort: daß wir nicht allein gute Christen, sondern auch bereit und willig wären, sie nach unserm besten Vermögen, ohne einiges Entgeld gern mit allen Bedürffnissen zu erquicken, nur aber dieses einzige bäten wir uns aus, nicht zu begehren sie in unsere Hütten zu führen, [251] weiln wir nicht wissen könten, ob sie etwa eine böse ansteckende Seuche oder Kranckheit von der weiten Reise mit anhero brächten; jedoch solten sie uns auf eine ohnweit von hier gelegene kleine lustige Insul folgen, sich auf derselben vortrefflich fruchtbarn Lande, nach ihrer Bequemlichkeit, Hütten bauen, im übrigen aber vor weiter nichts im geringsten Sorge tragen, weilen ihnen noch vor Nachts; vor erst ein

hinlänglicher Vorrath an den besten Lebens-Mitteln vor
noch einmahl so viel Personen, als sie angäben, bis auf
weitern Bescheid, solte zugeschickt werden. Es schien
dieses ein unvergleichlich angenehmer Ton in den Ohren
dieser Leute zu seyn, indem sie sich in allergröster Geschwindigkeit, uns zu folgen fertig machten, da wir sie
denn gar bald nach der Insul Klein-Felsenburg hinüber
brachten, ihnen die Stellen anwiesen, wo ehedem ihre
Landes-Leute sich wohl gepflegt, und eine ziemliche Zeit
darauf zugebracht hätten, worbey wir vernahmen, daß
einige unter ihnen hiervon schon einige Wissenschaft
haben wolten, oder sich zum wenigsten dessen berühmten; allein wir liessen dieses, um alle unnöthige Weitläufftigkeiten zu vermeiden, vor diesesmal an seinen gehörigen Ort gestellet seyn, wiederholten nach gethaner
Anweisung nochmahls unser Versprechen, ihnen bestmöglichst hülffliche Hand zu leisten, als worvon sie noch
heute die Würckung vor Mitternachts empfinden solten,
schieden darauf von ihnen, und seegelten nach Groß-
Felsenburg zu, nachdem wir solchergestalt würcklich ein
neues Lazereth in Klein-Felsenburg angelegt, welches
aus 1. Capitain, 1. Subaltern, 53. Unter-Officiers und Gemeinen bestunde, ohne etliche Perso-[252]nen, Weiber
u. Kinder, auch allerley liederlichen Gesindels. Demnach
sahen wir nun wohl, daß uns die Hrn. Gäste ihre Liste
ziemlicher Massen falsch gemacht hatten, indem wir
solcher Gestalt viel mehr zur Fütterung antraffen, als
sie angegeben, allein wir liessen es auch darauf nicht

ankommen, zumahlen wir wusten, daß unsere Obern nicht so gar genau mit Lebens-Mitteln, auch so gar gegen die Heyden waren.

Dem Regenten und allen Wohlgesinneten gefiel es bey unserer Zurückkunfft gantz ungemein, daß wir barmhertzige Samariters agirt, und diese Bedrängten in so weit an- und aufgenommen hätten; demnach wurde der Befehl gegeben, diesen Bedrängten beyzuspringen, und sie aufs aller bestmöglichste zu versorgen.

Der Felsenburgischen Art nach, seinem Nächsten nach menschlichen, geschweige denn Christlichen Vermögen, wohl zuthun, wurde gantz und gar im geringsten nichts gesparet, diese neu-angekommenen Gäste zu bewirthen und zu verpflegen; ja, in Wahrheit, es wurde ihnen so gleich ohne den geringsten Zeit-Verlust, eine so starcke Menge, und zwar von unsern allerbesten Speisen und Geträncke auf 3. Booten zugeführet, worbey sich denn auch verschiedene Sorten von Delicatessen oder Lecker-Bißgen, eingemachte Sachen, Obst und dergleichen vor die Krancken zum Labsale befanden.

Sie nahmen anfänglich alles mit bewunderns-würdiger Danckbarkeit an, pflegten und warteten sich bey der angenehmsten Witterung aufs allerbeste, wobey denn auch unsere Felsenburgischen Herrn Chirurgo-Medici ein ziemliches Stücke Arbeit [253] fanden, weilen sich viele gefährliche Patienten unter ihnen hervor thaten, vornemlich aber der Capitain der Fregatte, welcher an einer so genannten Galanterie-Kranckheit aufs hefftigste laborirte. Jedoch nicht allein dieser, sondern auch alle die andern, (so daß nicht ein eintziger von ihnen crepirte) wurden binnen kurtzer Zeit, und ehe sie es selbst vermeynet hätten, vollkommen glücklich curirt und gesund hergestellet, so, daß sie nach Verlauf eines Monats herum hüpften, wie die Lämmer. Nun hätte zwar der Artzt den bekannten Vers aus dem Juvenali hersagen können:

Ingratus labor, quem præmia nulla sequuntur;

allein er schwieg stille darzu, dieweilen er weder Geld noch Gold vonnöthen hatte oder brauchen konte; wir andern Felsenburger aber konten und musten nach weniger Zeit diese Worte ausruffen:

Ingrato homine terra nihil pejus creat.

als welche zu untersuchen, ich auch so gar einem vernünfftigen Heyden anheim gebe.

Allein, bey der Haupt-Sache zu bleiben, so passirte abermahls wenig Tage hierauf ein besonderer Streich, denn da, wie gesagt, die Herren Portugiesen sich alles sehr wohl gefallen lassen, indem wir dieselben, ja recht über die Gebühr tractirten, rapportirte der Schild-Wächter, der auf Davids-Raum stunde, daß ihm in dem engen Wege nach der See hinunter in verwichenen Mitternachts-Stunden etwas begegnet hätte, welches, wie er vorhero vielmahl gehöret, einen Laut von einer Men-[254]schen Stimme von sich hören lassen, nachhero einigemahl etliche unvernehmliche Worte geredet, worauf er dieses Ding, welches er vor ein Unthier gehalten, indem es ihm als auf allen Vieren entgegen gekrochen vorgekommen wäre, auch nicht anders gekruntzet hätte, als eine Sau, zu verschiedenen mahlen in allen ihm bekannten Sprachen, mit den Worten: *Wer da? wer bist du? gib dich zu erkennen, oder ich schiesse dich auf den Kopf,* angeruffen hätte, weilen er aber weiter keine Menschen-Stimme, noch Antwort, sondern nur ein beständiges Schweins-Gruntzen vernommen, so wäre ihm, zumahlen bey solcher fürchterlichen Zeit endlich bange worden, hätte Feuer auf das Unthier gegeben, als welches er bey dem Glantze der Sterne nur in etwas vor sich weblen gesehen. Er hoffe (sagte der Schildwächter ferner) in diesem Stück seiner ihm gegebenen Ordre nachgekommen zu seyn, und verlange weitere Untersuchung dieser Sache.

Wir untersuchten, so bald der helle lichte Sonnenschein angebrochen, die Sache etwas genauer, und fanden den Erschossenen, etliche 20. bis 30. Schritt im ausgehauenen engen Wege liegen; Bey noch fernerer Nachsuchung entdeckten wir 2. verunglückte Manns-Personen in leinenen Kitteln, blos mit Seiten-Gewehr und Pistolen versehen, zwischen den Klippen und Felsen-Rissen steckend, und vermeyneten anfänglich nicht anders, als daß sie Hals und Beine gestürtzt und zerbrochen hätten, allein, da wir ihnen heraus und in die Höhe halffen, erholten sie sich bald wieder, der Blessirte aber, welcher solcher Gestalt fast blindlings durch den Unterleib ge-[255]troffen war, muste auf der Stelle seinen Geist aufgeben, jedoch wir gaben uns die Mühe, ihn so säuberlich als möglich, hinunter auf die Insul zu schaffen, als wohin wir auch die beyden lebendigen Gefangenen mitnahmen, und dieselben anfänglich in aller Güte ausforscheten, was sie denn wohl immer mehr bewogen hätte, sich an solche gefährliche Oerter und unersteiglichen Klippen zu begeben? da sie denn, und sonderlich der Blessirte so gleich in den ersten Verhören bekannten: daß sie alle 3. würckliche Spions wären, welche diese Insul einer gewissen Potenz verrathen, und in die Hände spielen solten. Wir redeten ihnen sehr freundlich und gütig zu, um damit den Verdacht zu benehmen, als ob wir ihnen etwa Leid zufügen, oder das Spions-Trinck-Geld geben wolten, machten uns auch bis dahin keine kümmerlichen Sorgen, sondern verpflegten sie aufs beste, liessen uns auch gantz und gar nichts von allen dem mercken, was in diesen Tagen vorgegangen wäre;

Allein die Gestalten verwandelten sich unverhofft gar anders, indem wir nach etlichen Tagen 3. wohl ausgerüstete Kriegs-Schiffe gegen unserer Insul Groß-Felsenburg liegen und laviren sahen. Sie dreheten und wendeten sich darauf bald hier, bald dort hin, als ob sie vielleicht etwa gesonnen wären, die Strasse nach Ost-Indien zu suchen. Da wir dieselben nun ebenfalls vor Portugiesische Schiffe ansahen, und eben nicht vor rathsam hielten, ihnen mit unserer Höflichkeit entgegen zu kommen, zumahlen da wir bemerckten, daß alles stille zuging, und wir von ihnen mit nichts begrüsset wurden, so hielten wir uns auch so stille, wie die Mäuse. [256]

Endlich am dritten Tage, nachdem sie lange genug vergeblich herumgewebelt, thaten sie 3. Canonen-Schüsse, um vielleicht Menschen zu sich zu locken, allein wir hielten uns noch einige Tage gantz stille, bis ihre zweyte Canonade so viel bey uns würckte, daß wir ihnen behörig antworteten, auch ihnen eine Chalouppe entgegen schickten, worinnen sich Herr Wolffgang, Mons. de Blac und noch eine gewisse Person nebst mir befanden.

Der Capitain des vordersten Portugiesischen Schiffs ließ uns salutiren, und da er die Parole von sich gegeben, ein freyes und aufrichtiges Gespräch mit uns zu halten, auf seinem Schiffe bewillkommen, und zwar unter vielen Ehren-Bezeugungen, worauf er uns in seine besondere Cajüte einzusteigen bat, als welche fast Königlich ausgezieret, wie denn auch er der Capitain selbst ein ansehnlicher und ziemlich hochtrabend-scheinender Mann war.

Nachdem uns die Erlaubniß gegeben worden, sein Schiff zu besichtigen, fanden wir alles darinnen sehr herrlich, kostbar und dergestalt magnifique zugerichtet, daß keiner von uns ein dergleichen Reise-Schiff jemahls gesehen zuhaben sich rühmen konte.

So bald wir von der Taffel gekommen, welche sehr unvergleichlich wohl bestellet war, bat er uns zu bleiben, und eine und andere Vorstellungen von gröster Wichtigkeit anzuhören. Indem wir nun alle sehr neugierig waren, solche Wichtigkeiten zu vernehmen, als begaben wir uns, nach vielen gewechselten Complimenten, abermahls in seine [257] Cajüte, allwo der Herr Capitain sich auf einen etwas erhabenen Commode-Stul setzte, jedoch so höflich war, uns Felsenburgern auch Stüle setzen zu lassen, welche wir denn ohne allzu vieles Nöthigen in Besitz nahmen, worauf derselbe in Portugiesischer Sprache, (ohne zu fragen, ob wir dieselbe auch alle verstünden) folgende Anrede an uns that:

Meine lieben Herren und Freunde!

Ich bin einer von den vornehmsten Schiff-Capitains Sr. Königl. Portugiesischen Majestät, und zwar, wie man zu sagen pflegt, einer von ersten Range. Vorjetzo bin ich im Begriff, mich mit einer starcken und sehr reich beladenen Flotte nach Europa zurück zu begeben, allwo sich dermahlen Ihro Königl. Majestät nebst Dero Hofstadt befinden und aufhalten. Auf dieser meiner Reise oder Fahrt nun, habe ich, ohngeachtet ich viel ältere Commandeurs, als ich bin, über mir habe, die gantz besondere Commission bekommen, die Insuln und Republiquen Groß- und Klein-Felsenburg, so wie man dieselben zu nennen pflegt, erstlich mit der allergrösten Gelindigkeit und Güte; im Verweigerungs-Fall aber, mit der grösten Strengigkeit und Schärffe unter Ihro Majestät, meines allergnädigsten Königs und Herrn Ober-Herrschafft und Bothmäßigkeit zu bringen, und Dero Ihnen von dem Himmel verliehenen Gerechtsame, die ihnen vor allen andern [258] *Puissancen, es seyen dieselben auch, wer sie nur immer wollen, gantz alleine von Rechtswegen zustehet, eignet und gebühret, voll-*

kommene Genugthuung zu leisten, inzwischen aber, so viel als immer möglich seyn will, alles vergeblich zu vergiessende Menschen-Blut zu verhüten. Wenn nun ich, meine Herren und Freunde! vor meine Person heilig und theuer versichern kan, daß sie keinen bessern Schutz-Herrn, als meinen allergnädigsten König, erhalten werden, und wenn sie auch alle Potenzen, ja so gar die Barbarischen Nationen *darum ansprächen: als will hoffen, es werden sich dieselben in Güte weisen lassen, und mich erstlich dero Oerter des Aufenthalts besser besehen, hernach, wenn es zum fernern* Accord *kömmt, mit einer* proportionirlichen Guarnison *dieselben einnehmen lassen, unter der theuren Versicherung, daß ihnen allen kein Leides wiederfahren, sondern sie unter dem Schutz Sr. Portugiesischen Majestät jederzeit in Ruhe und Friede leben sollen.*

Alles dieses höreten wir Felsenburger mit aufmercksamen Ohren an, stutzten aber jedennoch ziemlicher Massen über diesen Antrag und Vorschlag, allein ich schlich unter dem Schatten der Dunckelheit auf die Seite, um am ersten derjenige zu seyn, welcher diese gantz besondere Neuigkeit nach Groß-Felsenburg überbrächte, ließ mich also in einem gantz kleinen Nachen, und zwar mit gröster Lebens-Gefahr, zur Mitternachts-Zeit dahin [259] bringen, welches gewisser Massen fast ein Frevel von mir zu nennen war, denn ich hätte dieses eben nicht Ursach gehabt, weilen meine Consorten nächstfolgenden Vormittags unter Lösung der Stücken wieder zu uns zurück gebracht wurden, denn Herr Wolffgang hatte vor diesesmahl ein recht Meisterstück seiner Kunst erwiesen, und nach seiner berühmten Erfahrenheit den Portugiesischen Capitain, welcher meine Abwesenheit auch nicht einmahl gewahr worden war, im Canari-Sect vollends dergestalt begeistert, daß er sich alles das, was er ihm vorgesagt, aufs beste gefallen lassen. Die letztere Verabredung und Versicherung des Herrn Wolffgangs war diese gewesen, daß wir uns 3. Tage Bedenck-Zeit ausbäten, nachhero schrifftliche oder mündliche Antwort von uns geben wolten. Wir waren froh, daß wir die Unserigen wieder bey uns sahen, immassen uns mit den 2. Gefangenen wenig oder gar nichts gedienet war; Derowegen wurde Rath gehalten, was dem Capitain wohl ohngefehr zu antworten wäre, wie es nun eben nicht diensam schien, demselben durch einen Abgeordneten eine mündliche Antwort ertheilen zu lassen, als wurde folgendes Schreiben an Sr. Majestät den König von Portugall abgefasset:

Allerdurchlauchtigster, Großmächtigster Monarch!

Deiner, von dem allerhöchsten GOtt geheiligten, mit unaussprechlicher Macht und Gewalt ausgerüsteten, auch mit überschwenglichen Reichthümern gesegneten, ja, so zu sagen, überschütteten, [260] *Glorwürdigsten Majest.* entbiethen wir armen, einfältigen einwohner der so genannten Insul Felsenburg, welche von der heutiges

Tages im Schwange gehenden Staats-Klugheit wenig oder gar nichts wissen oder verstehen, vom Aeltesten bis zum Jüngsten, vom Grösten bis zum Kleinesten, auch so gar die Säuglinge in unserer Vormundschafft, unsern alleruntertänigsten Gruß; tragen anbey *Deiner Majestät* wehmüthigst und demüthigst vor, daß wir als arme, einfältige Leute leben, und mit fremden Nationen sehr geringen, ja fast gantz und gar keinen Handel, Wandel und Verkehr treiben, ausgenommen, was uns zuweilen bishero zu unserer allerhöchsten und alleräusersten Bedürffniß zum Theil fast unumgänglich nöthig zu seyn geschienen. Wir sind Leute, die von unserm wenigen Feld-Garten-Bau und möglichster Hand-Arbeit leben, und uns davon ernähren müssen, weilen es der Himmel nach dem Tode unserer Vorfahren, vielleicht aus besondern Ursachen, dahin abgepasset und abgemessen, daß das Land nur seine wenigen Einwohner nach Nothdurfft versorgen solle, derowegen haben wir wenig übrig, und solte auch ja etwas übrig seyn, so sind wir als gute Protestantische Christen jederzeit bereit, den letzten Bissen mit unsern nothleydenden Nächsten zu theilen, und so gar aus dem Munde zu nehmen. Im übrigen haben wir keine Zufuhre von Geträyde und andern Früchten, welche wir auch eben so gar sehr nothdürfftig nicht brauchen, und uns zur Zeit der Noth mit Kräutern, Wurtzeln und Fischen aus der See behelffen, zumahlen, wenn das Fleisch-[261]werck, welches gantz rar ist, unserm Appetite gemäß, nicht zulänglich seyn will.

Unsere Vorfahren haben diese von der gütigen Natur mit Felsen und Klippen ohne dem bevestigte Insul, mit tausendfacher Mühe und Arbeit noch etwas mehr bevestiget, weilen sie wegen der Barbarischen See-Räuber in beständigen Sorgen geschwebet, die uns, als Christen-Leute, mit unsern Kindern vielleicht vertilgen und ausrotten möchten; Allein wir können eben nicht sagen, daß wir nach dem Ableben unserer Vor-Eltern besondere Attaquen von den Barbaren, vielweniger von den Christen, als unsern Glaubens-Genossen, gehabt, indem sie vielleicht Bedencken getragen, uns armes Häuflein in seiner stillen Ruhe zu stöhren, da sie bey uns wenig oder nichts, das sich der Mühe belohnete, zu finden vermuthet, als nebst dem wenigen Hausrath und Kleidern, unser Leib und Leben.

Hiermit ist *Dir* ohn allen Zweiffel, o *Unüberwindlichster Monarch!* gantz und gar nichts gedienet, weilen wir von Fremden, auch so gar von Barbaren erfahren, daß *Du* ein mächtiger Beherrscher vieler gantzer Königreiche, Fürstenthümer und anderer Landschafften in allen 4. Theilen der Welt bist.

Vorjetzo aber finden wir uns gemüßiget, *Dir* aufs beweglichste vorzustellen, daß einer von *Deinen* allervortrefflichsten See-Capitains, und zwar, wie er sich ausgiebt, einer vom ersten Range, Nahmens Don Juan de Silves, sich ins Angesicht unserer Insul mit 3. der allerbesten Kriegs-[262]Schiffe und einer Fregatte gelegt, anbey verlangt, daß sich die Republique Felsenburg, (worvor wir arme Sünder, da wir viel zu ohnmächtig sind, dergleichen hohen Titul zu führen) benebst den beyden Insuln Groß- und Klein-Felsenburg, ohne alles fernere Verweigern, unter die absolute Gewalt und Schutz *Deiner Majestät* begeben solten, da wir doch bis auf diese Stunde keinen andern Schutz-Herrn vonnöthen gehabt, als den allmächtigen GOtt im Himmel, mit weltlichen Schutz-Herrn aber uns einzulassen, nicht die allergeringste Ursache von Wichtigkeit absehen, weiln wir unter GOttes Schutz Ruhe, Friede und Sicherheit genug geniessen können, wenn uns der Allmächtige dieses alles, so wie bishero zum alleröfftern geschehen, nicht durch erschröckliche Erdbeben, Sturm-Winde, erstaunliche Gewitter und anderes Ungemach verbittert, welches wir alles mit der grösten Gedult und Gelassenheit erlitten, ertragen, und erdultet, in Betrachtung dessen, daß uns ein weltlicher Schutz-Herr, welcher dennoch gegen GOtt ein blosser Mensch ist, um so viel desto weniger von diesen Gefährlichkeiten befreyen oder schützen könne.

Warum woltest *Du* also, *Großmächtigster König und Herr!* die armen, elenden und einfältigen Felsenburger, durch Ungerechtigkeit, Verrätherey und List dererjenigen, die sich vielleicht mehr bey uns zu finden einbilden, als wir in unserm wenigen Vermögen haben, ihrem Geitze oder Eigennutze damit ein Genügen zu leisten suchen, und sich eine besondere Ehre und Freude daraus [263] machen, unschuldiges Menschen-Blut zu vergiessen.

Warum woltest *Du* also, *Du Gerechtigkeit liebender König und Herr!* zu geben, daß man uns verderben solte? da wir *Dir* so wenig als unsere Vorfahren Zeit-Lebens das allergeringste zu Leide gethan, vielmehr allen denen, die sich seit vielen Jahren daher vor Portugiesen ausgegeben, wenn sie nemlich etwa hier oder da auf der See verunglückt, alle möglichsten Gefälligkeiten und Dienstleistungen erwiesen.

Wir erkennen *Dich* ja, o *König,* wie wir schon gemeldet, vor den allermächtigsten Beherrscher so vieler Königreiche, Fürstenthümer und Staaten in allen 4. Theilen der Welt, und schätzen uns nicht würdig zu seyn, den Staub von *Deinen* Schuhen abzuwischen, derowegen gönne uns den bishero genossenen Frieden und einfältige Ruhe noch fernerweit. Geruhe demnach dem tapfern Capitain Don Juan de Silves, als welcher uns dermahlen bereits mit Feuer und Schwerdt gedrohet hat, wenn wir ihn nicht in unsere Hütten aufnehmen wolten? allergnädigsten und ernstlichen Befehl zu ertheilen, uns hinführo unbehelliget zu lassen, damit wir die wenigen Gaben unsers GOttes nicht in Kummer und Sorge zu geniessen Ursach haben. Und eben dergleichen Ordre wollest *Du, Großmächtigster,* an alle andere dergleichen *Deine* allerhöchst-bestallten See-Officianten ergehen lassen, damit wir den Nahmen der edlen Portugiesischen Nation hinführo nicht als einen feindseeligen Nahmen erkennen müssen, son-[264]dern fernerweit geneigt erhalten werden, sie als unsere guten Freunde und Gräntz-

Nachbarn zur See zu erkennen, auch ihnen im Nothfall ferner Gutes zu thun.

Wie nun, wie uns gesagt worden, bey *Dir, Du Großmächtigster König,* ungemein viele Leutseeligkeit anzutreffen ist, so getrösten wir armen, elenden und einfältigen Leute uns desto leichterer Erhörung unsers Bittens, wünschen *Dir* ein glückseeliges und langwährendes Regiment und Leben, zum Troste vieler Bedrängten, die sich hie und da auf *Deinen* Schutz und Hülffe, auch in den allerentferntesten Ländern verlassen. Der GOtt Zebaoth segne *Dich* und *Dein allerhöchstes Königliches Haus,* mit allerley geistlichen und leiblichen Seegen, damit man sagen möge, *Du* seyest der Gesegnete des HErrn unsers GOttes. Wir aber verharren allerseits vom Aeltesten bis zum Jüngsten, vom Grösten bis zum Kleinesten

Allerdurchlauchtigster, Großmächtigster König,
Allergnädigster Fürst und Herr!
Deiner Majestät
Dienst-gehorsamste
Die Einwohner auf der Insul Felsenburg.

Dieser Brief, wie einfältig er auch von mir entworffen und gesetzt war, denn NB. es solte derselbe ohnedem nicht allzu hochtrabend oder spitzig heraus kommen, wurde von allen Insulanern [265] approbirt, und von

Alberto Julio II. auch XII. Aeltesten unterschrieben und besiegelt, und zwey Abschrifften davon genommen, davon wir die eine in unser Archiv beylegen, die andere aber dem Portugiesischen Capitain zu seiner Nachricht in die Tasche geben wolten.

Die accordirten 3. Tage waren also unter dieser Arbeit, nemlich des Rathschlagens und Schreibens, verstrichen, weilen nun dem Portugiesischen Capitain vielleicht die Zeit zu lang zu werden begunte, als ließ er am 4ten Tage gleich früh mit Aufgang der Sonnen 3. Canonen abfeuren, wir beantworteten dieselben auf behörige Art und Weise, wurden aber bald nachhero von der Davids-Raumer-Höhe gewahr, daß von den 3. Kriegs-Schiffen eine Chalouppe gegen unsere Insul hergeseegelt kam, in welcher 2. Trompeter sassen, die immerzu in ihre Trompeten stiessen, und sich lustig hören liessen, auser denenselben aber erblickte man in eben dieser Chalouppe noch etliche 20. Manns-Personen, welche alle weisse Fähnlein in ihren Händen führeten, und damit wedelten, welches wir als ein Zeichen des Friedens erkannten, und derowegen in allergröster Geschwindigkeit Anstalt machten, der so genannten feindlichen Chalouppe auf eben die Art, nemlich mit 2. Trompetern und einiger Mannschafft, die gleichfalls weisse Fähnlein in den Händen führeten, zu begegnen, da mittlerweile von den Portugiesischen Schiffen immer ein Lufft-Schuß nach dem andern gen Himmel gethan, und von unsern Felsen-Höhen beantwortet wurde. Unserer Seits waren aber-

[266]mahls eingestiegen Herr Wolffgang, Mons. de Blac und ich, weilen wir 3. der Portugiesischen Sprache am mächtigsten waren.

Der Capitain ließ uns zu Ehren bey unserer Ankunfft an seinem Schiffe eine starcke Salve geben, nöthigte uns nach gethanem Aussteigen so gleich in seine Cajüte, und gab die Cavalier-Parole von sich, daß wir bey ihm so sicher und geruhiges Hertzens seyn könten, als ob wir unter unsern eignen Dächern wohneten; wie wir nun versicherten, daß wir alle nicht das geringste Mißtrauen in seine Redlichkeit setzten, so ließ er uns an der Taffel, wo er mit seinen andern vornehmsten Officiers gewöhnlich zu speisen pflegte, den obersten Platz einnehmen, welches wir denn halb gezwungener Weise thun musten. Die Tractamenten waren vor einen See-Officier mehr als zu kostbar, nur beklagte er sich über Mangel an frischem Fleische, und sonderlich Wildpret, als wovon er ein gantz auserordentlicher Liebhaber wäre. Diesem Mangel, (gab hierauf der Capitain Wolffgang zur Antwort,) wird leichtlich abzuhelffen seyn, wenn sie uns auf die Insul Klein-Felsenburg zu folgen belieben, allwo sich ihre bisherigen Krancken befunden, die aber vielleicht wegen unserer bestmöglichsten Wartung und Verpflegung nunmehro keine Kranckheiten mehr an sich spüren werden, weilen sie Ziegen-Fleisch, Wildpret und die allerbesten Fische, so wohl aus der See, als aus den süssen Flüssen im grösten Uberflusse vorräthig haben, des Flügelwercks, der Schildkröten und anderer See-Creaturen, als womit sich mancher ehrlichen See-Mann zu gewis-[267]sen Zeiten schon was zu Gute thun, ja sich zum öfftern ein rechtes Labsaal daraus machen kan, nicht zu gedencken. Sie haben wohl recht, mein Herr! sprach hierauf der Portugiesische Capitain, denn sie wissens aus der Erfahrung, unterdessen, ob uns nun gleich die Leute von der Fregatte so gar viel eben nicht angehen, so möchte sie doch wohl sehen und sprechen.

Es beruhet nur auf ihrem Befehle, versetzte Herr Wolffgang, so können wir gleich morgenden Tages dahin abseegeln, weilen es eine gantz kurtze Reise ist. Nein, mein Herr! (replicirte der Portugiese,) sie erlauben mir, daß ich mich einer gewissen Ursache wegen, und da ich eine gantz besondere Medicin nur noch auf 4. bis 5. Tage zu gebrauchen habe, wenigstens auf so lange Zeit in meinem Apartement inne halte, und vollends auscurire. Bey diesen Worten gab ich zu vernehmen, daß wir ja Zeit genug darzu hätten, die Insul Klein-Felsenburg vor allererst in Augenschein zu nehmen, und uns dieserwegen eben nicht übereilen dürfften, zumahlen da man nicht wüste, wie die Krancken daselbst ihre Wirthschafft trieben, und ob sie nicht vielleicht Hütten gebauet hätten, die auch den Gesundesten einen Eckel und Abscheu verursachen könten, derowegen wäre mein bester Rath, mich mit einem Boote vorhero nach Hause zu schicken, und daselbst ein paar grosse geraumliche Zelter, nebst Erfrischungen und andern zur Bequemlichkeit dienenden Sachen dahin zu schaffen. Ich, als der Jüngste unter meinen mitgekommenen Herrn Collegen, wolte diese

Mühwaltung gern auf mich nehmen, in Hoffnung, daß auf Groß-Fel-[268]senburgischer nachhero alles besser, ordentlicher und kostbarer hergehen würde, als auf dieser kleinen, miserablen, und ohne dem durch die Krancken eckelhafft gemachten Insul.

So war der Fuchs, der uns zu überlistigen vermeynete, selbsten gefangen, denn er erklärete sich, ohne ferneres Bedencken, daß mein Rath der beste wäre, und es käme eben auf die 4. oder 6. Tage nicht an, da er denn im Stande zu seyn verhoffte, sich aller Orten, wo man ihn hin verlangte, hinzubegeben. Nachhero wurde starck gebechert, wobey wir Felsenburger uns zu wundern Ursach hatten, daß wir den delicatesten Canari-Sect so wohl als die andern stärcksten Weine, deren Sorten ein jeder nach seinen Appetite kühnlich fordern durffte, noch weit besser vertragen konten, als die Herrn Portugiesen selbst, deren Element dieselben fast jedoch zu seyn schienen. Hierbey entstund denn ein liebreiches Gespräch, indem die Herrn Portugiesen, und sonderlich Don Juan de Silves, uns blos allein darum verschiedene Liebkosungen erwiesen, weilen wir die Portugiesische Sprache so rein, ja fast noch reiner redeten, als sie selbst, da doch ich vor meine Person weder das A. B. C. noch das Buchstabieren in Portugall gelernet. Herrn Wolffgangen wurde von allen Anwesenden mit gröster Aufmercksamkeit zugehöret, da er eines und anderes Stücke seiner Lebens-Geschichte erzählete; ja, ich glaube, die Herrn Portugiesen hätten uns wohl noch in 6. Tagen und 6. Nächten nicht von sich gelassen, wenn nicht Herr Wolffgang endlich, da es ihm Zeit zu seyn dünckte, mit gröster Beschei-[269]denheit von seinem Gespräche abgebrochen hätte, und zwar unter dem Politischen Vorwande einer empfindlichen Brust-Beschwerung, wobey er aber versprach, das Ubrige in Zukunfft zu melden, weilen wir doch wohl noch etliche Tage dürfften beysammen bleiben.

Mittlerweile, da wir aus der Portugiesen Gesprächen und heimlichen Ohren-Pflispern mehr als zu viel geschlossen, wie ihre Kreite schriebe, und was sie mit uns in Willens hätten, waren wir alle auch ohnbemühet, uns diese Figuren in aller Stille hinter die Ohren zu zeichnen, machten demnach, da wir mehr, als 3. mahl 24. Stunden bey ihnen zugebracht, freundschafftlichen Aufbruch, um uns wieder nach Hause zu begeben, welches Don Juan willig erlaubte, und versprach, uns mit allen Ehren-Bezeugungen abseegeln zu lassen, jedennoch war er in der Betrunckenheit so neubegierig zu fragen: Wessen sich unsere Aeltesten und Obern auf seinen Vortrag entschlossen hätten? und ob sie geneigt wären, sich Sr. Königl. Portugiesischen Majestät zu unterwerffen, oder nicht? widrigenfalls er gantz andere Mittel anzuwenden, sich noch bey guten Zeiten genöthiget sähe. Wir gaben ihm hierauf einstimmig zur Antwort, wie wir keinesweges Zweiffel trügen, daß die Sache nach seinem Vergnügen lauffen würde, unterdessen, da wir 3. Abgeordnete nichts weiter vernommen, als daß sie sich schrifftlich an Ihro Königl. Majestät gewendet, und wir über dieses keine fernere Vollmacht bey uns hätten, als wolten wir die Vornehmsten von unsern Aeltesten dahin [270] bereden, ihre Erklärung auf der Insul Klein-Felsenburg vor erst selbsten mündlich von sich zu geben, bis die Sache verglichen würde, und zum Schlusse käme.

Wer war froher, als wir alle 3. da wir unter Trompeten und Paucken-Schall, auch Lösung der Canonen, unbeschädigt und in guter Musse nach Hause rudern durfften, doch hätte bald vergessen zu sagen, daß Don Juan de Silves noch die Verabredung mit uns nahm, daß, so bald er 3. Bomben in die Lufft würde springen, oder, wie man spricht, darinnen crepiren lassen, wir uns nicht säumen solten, uns auf die Reise nach der Insul Klein-Felsenburg zu begeben, weilen dieses das Signal seyn solte, daß er eben um dieselbe Zeit dahin abführe, da er sich den Weg dahin schon ohne Wegweiser zu finden getrauete; wir solten ihm aber ja! (wie er hinterher uns sagen ließ,) keine Nase drehen, sonsten würde es uns zur sauren Suppe gereichen.

Wenn ich damahls nicht mehr Courage im Leibe gehabt hätte, als eben jetzo, so wäre mir fast ein bißgen bange bey der Sache worden, allein, da ich eine und andere Umstände in Erwegung zog, ward mir das Hertze im Leibe so groß, als eine 2. pfündige Jesmin-Oels-Bouteille oder Büchse, derowegen nahm meine Liebsten und Allergetreuesten zu mir, als welche sich, nachdem sie der Sachen Beschaffenheit erfahren, meinem Commando gantz freywillig unterwarffen, auch sich gantz und gar nicht wolten abweisen lassen, ohngeachtet Knaben von 15. 16. bis 18. und wenig mehr Jahren [271] darunter befindlich waren, die aber sonderlich mit dem Hand-Schieß-Gewehr unvergleichlich wohl umzugehen wusten: Jedoch, da ich ohne dem zum Voraus wohl wuste, daß es mit unsern Feinden nicht würde zum Handgemenge kommen, machte ich mir nur einen heimlichen Spas und Lust daraus.

Ausser diesen hatte sich ein starckes Regiment Frauenzimmer zusammen geschlagen, so wohl Weiber als Jungfrauen, welches die Madame de Blac als Obristin commandirte, und ihre wohl ausgesuchten Subalternen um und neben sich hatte. Es war dieses in meinen Ohren erstlich eine lächerliche Historie, ohngeachtet meine eigene Frau, da sie vielleicht Zeit-Lebens keinen todten Hund gesehen, einen Hauptmanns-Platz erworben, um eine gantze Compagnie von 200. und mehr Frauenzimmern anzuführen. Wie gesagt, es kam nicht allein mir, sondern auch vielen andern recht lächerlich vor, solches von diesen Amazoninnen zu hören; die aber, so bald sie dieses gemerckt, daß wir uns über sie aufhielten, um so viel desto hitziger und begieriger wurden, ihren Willen vor dißmahl zu haben, weßwegen man denn binnen wenig Tagen das gantze Regiment Frauenzimmer in artiger und sehr netter Forme vor sich stehen sahe.

Ihr Ober-Kleid war von leichten Zeuge, und zwar himmelblau, gefärbter gedoppelter Leinewand, oder, wie man es nennen will, Barchent, mit gelben Schnüren;

das Camisol aber rosenfarbe, mit weissen Schnüren verbrähmt, und der Schurtz eben so, wie in Deutschland ein gewöhn-[272]licher Läuffer-Schurtz, nebst den Bein-Kleidern, von weissen Barchent, und mit gelben Schnüren bordirt. Auch hatten sie sich rothe lederne Stiefeln machen lassen, worüber ich mich gantz besonders wunderte, daß sie dieselben binnen so kurtzer Frist fertig kriegen können, indem sie dieselben, wie ich nachhero erfahren, selbst verfertigen helffen, und weder Tag noch Nacht gefeyert, bis die gantze Montur vollkommen fertig gewesen. Zur Bedeckung des Haupts hatte eine jede eine hohe Mütze auf, welche mit denen in Deutschland und anderer Orten üblichen Granadier-Mützen, oder, besser zu sagen, Abts-Mützen eine starcke Gleichheit hatten, ohngeachtet sie dergleichen Tracht, Zeit ihres Lebens, niemahls gesehen.

Allein, *mein werthester Hr. Bruder* kan ja leichtlich nachsinnen, daß unsere Hn. Europæischen Landes-Leute diese gantze Comœdie angestifftet, und ich schäme mich nur vorjetzo diejenigen mit Nahmen zu nennen, welche vielleicht die Haupt-Ursächer davon mögen gewesen seyn. Mit dem allen aber war es eine unvergleichliche Lust, dieses wohlansehnliche Regiment zu Fuß, (*und* NB. *nicht zu Pferde*) in Parade stehen zu sehen, denn erstlich guckten gemeiniglich unter der schwartzen Haube, oder so genannten Granadier-Mütze ein paar charmante Augen hervor, welche, dem Ansehen nach, rechte feurige Pfeile in sich führeten, um ihren Feind damit zu verletzen. Das eintzige, was ich an ihnen auszusetzen hatte, war dieses, daß sie keine schwartzen grossen Schnurr-Bärter führeten; Allein diesen Fehler ersetzte entweder ein [273] Alabasterweisses, oder bräunliches Angesichte, wie ich denn angemerckt, daß auf dieser Insul die Blondinen und Brunetten einander an der Zahl um ein sehr weniges überlegen seyn mögen.

Jedoch unsere neugebackenen Amazoninnen noch weiter zu beschreiben, so hätte ich wohl aus Neugierigkeit bey einer jedweden die Anfrage thun mögen: ob sie nach Art der alten Amazonen sich auch wohl wolten entschliessen, eine jede ihre lincke Brust abschneiden zu lassen? weilen aber befürchtete, daß sie mir eine spitzige Antwort geben und etwa sagen möchten, daß sie keine Amazoninnen nach der alten Art wären, indem sie keinen Schild zu führen brauchten, der ihnen zum Schutze ihrer Brust etwa nöthig seyn, und mir noch fernere verdrüßliche Reden geben möchten, so ließ ich die Sache gut seyn. Unterdessen führeten sie tödtliche Waffen, denn es hatte eine jede in ihrer rechten Hand einen leichten Wurff-Spieß, wie nicht weniger einen leichten Pallasch an der lincken Hüffte hangen, in dessen ledernem Bauch-Gurte eine kleine Pistole stack; Uber die lincke Schulter bis auf die rechte Hüffte herunter sahe man einen 3. Finger-breiten Riemen herab lauffen, an welchem, wie man das Ding in Deutschland zu nennen pflegt, eine gätliche Patron-Tasche hieng, worinnen 12. Pistol-Patronen und 6. gätliche gefüllete Granaden stacken, auch hatte ein jede ihre brennende Lunte an der Brust, so wie es gebräuchlich ist, in einem Futterale hangend. Kurtz zu sagen: Fast alles unser Frauenzimmer hatten sich vollenkommen als Granadiers armirt. Wer [274] ihnen die Waffen, als nemlich die kleinen Palläsche, kleinen Pistolen, Wurff-Spiesse oder Piquen verfertigen lassen, will ich eben nicht sagen, nur wunderte mich dieses, daß nicht allein die völlige Montur, sondern auch das Leder-Werck und anderes Zubehör in solcher Gschwindigkeit verfertiget werden können; aber da mochte wohl das Sprichwort eintreffen: *Viel Hände machen Ende*. Denn, wie gesagt, ich habe nach dem vernommen, daß alles daran gearbeitet, was nur Hände und Finger gehabt, auch so gar die kleinen Mägdleins, die kaum eine Neh-Nadel zu regieren wissen.

Viele von unsern Europæischen Mit-Brüdern hatten sich die Mühe gegeben, dieses unser Frauenzimmer-Granadier-Regiment, welches über 600. Köpffe starck war, auch so gar des Nachts bey den Scheine angezündeter Fackeln, ordentlicher Weise auf Europæische Art zu exerciren, und zwar in Führung des Pallasches und Wurff-Spiesses, Ladung und Gebrauchung der Pistolen, Werffung der Granaden und dergleichen, auch so gar ferner in Wendungen und andern üblichen Exercitiis dergestalt zu perfectioniren, daß wohl nirgendwo ein Frauenzimmer anzutreffen seyn möchte, welches eine Hand-Granade mit grösserer Geschicklichkeit und Geschwindigkeit werffen könte, als ein Felsenburgisches, ja die kleinen Mägdlein wissen schon ziemlicher Massen damit umzugehen.

Endlich kam es zur Musterung dieses Helden-Regiments, welches sich auf dem grossen Platze unter der Alberts-Burg und der Kirche in Parade gestellet hatte. Es war dieses Regiment [275] in 3. Bataillons eingetheilet, deren jedes Bataillon seine besondere Fahne führete, als nemlich das *Erste eine blaue; das Andere eine rosenfarbene* und das *Dritte eine weisse Fahne.* In eine jede dieser Fahnen hatte unser berühmter Herr Kunst-Mahler zur Devise der Insul Groß-Felsenburg mit ihren fast bis an den Himmel reichenden Felsen-Spitzen gemahlet, mit der Uberschrifft:

Sie ist vest gegründet.

Und der Unterschrifft:

GOTT ist bey ihr drinnen.

Mir zum wenigsten gefiel diese Invention ungemein wohl, und fast noch besser, als das gantze Gemählde, welches zwar sehr wohl gerathen war, jedoch seiner Kunst gemäß, weit schöner und zierlicher würde heraus kommen seyn, wenn die Zeit darzu nicht allzu kurtz gewesen wäre.

Unterdessen begegnete mir ein poßierlicher Streich: Denn da ich mit Herr Wolffgangen, Mons. de Blac, Mons. Litzbergen und andern speciellen Freunden mehr, vor der Fronte dieses erstaunens-würdigen Regiments auf und nieder spatziren gieng, fragte mich Herr Wolffgang mit lachendem Munde dieses: Nun, mein Herr! was düncket euch bey diesen fürchterlichen Leuten? und wie kommen sie euch vor? Sie kommen mir (gab ich zur Antwort) nicht anders vor, als diejenigen bund gekleideten Personen, welche in Deutschland, Holland und anderer Orten mehr, den Hn. Zuschauern eine Lust machen, und denen man, wie [276] ihnen nicht unbekannt, Arlequins, Jean Potage, Scharmuzgen, und noch mehrere Affections-Nahmen beyzulegen pflegt.

Kaum hatten einige nur von dem so genannten grimmigen Thieren diese Worte von mir aussprechen hören, als es immer eine der andern ins Ohr sagte, worauf denn in gröster Geschwindigkeit unter allen dreyen Bataillons erstlich ein sanfftes Gemurmele, bald hernach aber, so zu sagen, fast eine kleine Rebellion entstund, worauf sich meine Geferten und Freunde der Sache etwas genauer erkundigten, und erfuhren, daß das Frauenzimmer durch meine Reden, die ich so hin in den Wind fliegen lassen, sich insgesamt aufs allerhöchste beleidiget befände, und dieserwegen durchaus eine hinlängliche Satisfaction verlangte.

Indem wir nun alle hertzlich darüber lachen musten, so trat die Madame de Blac vor die Fronte, und proponirte eben dieses in weitläufftigen Terminis, mit dem Zusatze, daß das sämtliche Frauenzimmer sich nicht eher zufrieden geben könte, bis es Satisfaction, und zwar nach dieserhalb gehaltenem Kriegs-Rechte erhalten hätte, widrigenfalls wären sie gewilliget, alle vor einen Mann zu stehen, und sich mit gesamter Hand selbsten Satisfaction zu verschaffen.

Der Regente, einige Aeltesten und andere guten Freunde waren inzwischen herbey gekommen, und hatten den Vortrag der so betitulten Frau Obristen mit angehöret, da ihr denn der Regente, welcher so wohl als die andern, nachdem sie die gantze Ursache des Streits vernommen, so, wie wir, [277] dergestalt lachen musten, daß wir alle, so zu sagen, die Bäuche halten musten; ja der Regente, als ein besonders ernsthaffter Mann, hat nachhero selbsten bekennet, daß er sich nicht zu entsinnen wisse, Zeit seines gantzen Lebens so viel gelacht zu haben, als über diese lustige Begebenheit. Es nahm aber nachhero der Regente das Wort selbst auf sich, und gab der Frau Obristin dieses zur Antwort: Meine allerseits liebwerthesten Engels-Kinder! es ist allerdings an dem, daß sich mein Vetter, Eberhard Julius, recht sehr mit Worten gegen euch vergangen hat, und ob er es auch gleich so böse nicht gemeynt zu haben vorwenden möchte, so ist es doch billig und recht, daß er dieserwegen, dem Kriegs-Rechte gemäß, abgestrafft werden müsse, es sey denn, daß ihr euch dieserhalb in der Güte mit ihm vertrüget: denn das ist keine Sache oder Mode, daß man diejenigen, welche ihr Blut und Leben vor das Beste des Vaterlandes aufzuopffern sich ohngeruffen und gantz freywillig darstellen, höhnischer Weise durchziehen oder schrauben wolte. Daß ihr, lieben Engels-Kinder! aber gesonnen, alle vor einen Mann zu stehen, um euch mit gesamter Hand Satisfaction zu verschaffen, ist eine zweydeutige Redens-Art, und möchte viele Weitläufftigkeiten und Verdrüßlichkeiten nach sich ziehen; demnach ist mein getreuer Rath dieser, daß ihr die Sache auf den Spruch des Kriegs-Rechts ankommen lasset, als zu welchem ihr die Personen nach eurem eigenen Belieben erwählen möget.

Das Frauenzimmer war ungemein erfreuet [278] über diesen Ausspruch des Regenten, nicht anders, als ob bereits eine Bataille geliefert, und der Sieg darinnen erhalten wäre. Demnach stöhrete ich meine speciellen guten Freunde an, dem Frauenzimmer unter den Fuß zu geben, daß sie 6. Personen aus ihrem Mittel erwählen solten, welche einstimmig darauf dringen möchten, daß ich, Eberhard Julius, erstlich dem honorablen Frauenzimmer vor der Fronte eine billige Abbitte und Ehren-Erklärung thun, an Statt höherer Leibes- und Lebens-Straffe aber, nur blos durch alle 3. Bataillons 12. mahl durch ihre Strumpf-Bänder lauffen solte, ohngeachtet nach militairischer Art, von Rechtswegen Spitz-Ruthen darzu erfordert würden.

Wie es angegeben war, so lief es auch ab, denn nachdem nicht allein 6. Deputirte von dem Frauenzimmer, sondern auch 6. Personen von unsern Aeltesten mein Urtheil nach des löblichen Frauenzimmers Verlangen abgefasset, so schickte mich in die Zeit, und machte mich fertig, meine Straffe zu leiden. Ein solcher poßierlicher Streich ist wohl nie paßirt, so lange Felsenburg gestanden, es sey denn, daß die Affen zu den Zeiten unserer Felsenburgischen ersten Eltern noch thörichtere Streiche gemacht hätten, welche jedoch mit denenjenigen nicht in Vergleichung zu ziehen sind, welche die vernünfftigen Menschen zuweilen wohl zu spielen pflegen. Unterdessen war dieses eine kleine Lust vor uns, worbey, meines Wissens, gantz und gar nichts sündliches mit unterlief, es müste denn dieses uns zur Sünde gerechnet werden, daß wir bey dieser kleinen Comœdie gar allzuviel [279] lachten, und zwar die Alten so wohl, als die Kinder, und daß ich ferner, nachdem ich meine Straffe ausgestanden, noch einmahl repassirte, und jedem Frauenzimmerlichen Granadier von oben an bis unten ans Ende einen keuschen Kuß gab, und zwar diesen noch zum Uberfluß der schuldigen Danckbarkeit vor gnädige Straffe, welcher Kuß mir denn von den allermeisten wieder zurück gegeben wurde, so, daß wir fast einen halben Tag mit diesem Lust- (oder wie unsere Feinde vielleicht wohl sagen möchten) Narren-Spiele zubrachten.

Allein es ist bekannt, daß der Himmel seinen Kindern, wenn sie sonsten aufrichtig und fromm wandeln, eine zuläßige oder mittelmäßige Lust gantz und gar nicht mißgönnet, wovon wir sehr viele Exempel in heil. Schrifft finden und nachschlagen können.

In Abrede will ich nicht seyn, daß wir dieses Possen-Spiel bey damahligen Umständen und gefährlich scheinenden Zeiten wohl hätten können bleiben lassen, zumahlen, da immer einer dem andern hätte in die Ohren sagen mögen: Hannibal ante portas!

Jedoch einmahl war es geschehen, derowegen giengen wir in den folgenden Tagen desto fleißiger in die Kirche, beteten auch zu Hause weit andächtiger, als vor derselben Zeit, und verrichteten darbey unsere Arbeit, ein jeder nach seiner Nothdurfft, Bequemlichkeit und Wohlgefallen: Denn ich kan bis dato nicht sagen, daß ich auf unserer Insul einen recht faulen Menschen zu suchen und zu finden wüste, als wovor dem Allmächtigen gedanckt sey, der den Men-[280]schen zur Arbeit erschaffen, so wie den Vogel zum fliegen.

Mittlerweile schlich immer ein Tag und eine Nacht nach der andern dahin, ohne daß sich die Herrn Portugiesen weder mit Bomben, noch Canonen-Schüssen meldeten und hören liessen, weßwegen wir auf die Gedancken geriethen, es würden dieselben vielleicht in aller Stille abgeseegelt seyn, und ihren Lauf anders wohin genommen haben, jedoch die Davids- und Alberts-Raumer Schildwachten versicherten, daß sie sich nicht allein noch alle 3. bey den Sand-Bäncken aufhielten, sondern es wäre auch seit ehegestern noch ein Schiff zu ihnen gestossen, welches jedoch nicht gar so groß zu seyn schiene, als die 3. Kriegs-Schiffe, jedoch etwas wichtiger, als ihre Fregatte, welche in Klein-Felsenburg läge.

Diesen Rapport bekamen wir eben an einem Sonnabende Abends, weßwegen unsere Aeltesten vor rathsam halten wolten, gleich morgendes Tages in einer

Chalouppe etliche Deputirte an den Don Juan de Silves mit einigen Erfrischungen abzusenden, ihn complimentiren zu lassen, sich dessen Gesundheits-Zustandes wegen zu erkundigen, um hauptsächlich zu erfahren, ob er noch lebte, oder tod sey, und was er etwa fernerweit unserer Sachen wegen angeben und vortragen möchte. Wie nun dieserhalb die gantze Nacht hindurch hin und her gerathschlaget wurde, so fielen doch die allermeisten Stimmen wider und entgegen den Rath der Aeltesten aus, so daß vor diesesmahl die erste Haupt-Verwirrung auf dieser Insul vorgieng, und wir Europæer, oder so genannten Einkömmlinge, selbst ge-[281]nug zu thun fanden, das Felsenburgische wallende Geblüte zu besänfftigen, indem so wohl Männer, Weiber, als Kinder dem Himmel angelobten, lieber sich tod schlagen zu lassen, und in ihrem eignen Blute zu ersticken, als sich den Portugiesen zu unterwerffen, hergegen wolten sie sich alle wehren bis auf den letzten Bluts-Tropfen, und ihren Feind beschädigen, so lange sie nur noch die geringsten Kräffte hätten, und ein warmer Athem in ihrer Brust sich spüren liesse. Hierbey muß ich bekennen, daß sich unser Frauenzimmer weit desperater aufführete, als die Männer selbst; ja, die kleinesten Kinder, wenn sie nur den Nahmen Portugiese nennen höreten, spyen gegen die Erde, als welches, meines Wissens, ihnen niemand weiß- oder vorgemacht hatte, sondern es schiene, als ob dieser Widerwillen ihnen schon im Geblüte und in der Natur stäcke.

Da nun aber, wie ich bereits gemeldet, vor diesesmahl der Rath und die Verordnung unserer Aeltesten nicht allein verworffen wurde, sondern sich auch ein jeder, er mochte ein Einheimischer, oder Einkömmling seyn, aufs hefftigste und äuserste entschuldigte und wehrete, noch einmahl die Ambassade zu dem Don Juan anzutreten, als muste solcher Gestalt der Streit von selbsten aufhören; Derowegen beschlossen wir, uns stille und ruhig zu halten, den Klein-Felsenburgern aber nicht das geringste mehr von Lebens-Mitteln zu schicken, weiln wir so wohl sie, als alle andere Portugiesen von nun an vor unsere offenbaren und abgesagten Feinde zu erkennen die gröste Ursache hätten, zumahlen, da wir nachrechnen könten, daß sie wenigstens noch so viel Vorrath von den Vi-[282]ctualien haben müsten, welche wir ihnen seithero zu verschiedenen mahlen zugeschickt hätten, 3. bis 4. Wochen, ja viel länger davon zu zehren, hierbey daureten uns zwar eben nicht die Klein-Felsenburgischen Fische so gar sehr, um so viel desto mehr aber das vortreffliche Wildpret, weilen bekannter Massen die allerbesten Auer-Ochsen, Hirsche, Rehe, wilde Schweine und dergleichen von ungemeiner Grösse in dasigen Wäldern herum spazieren; Allein, wie wir nachhero verspüret, ist der Verlust sehr geringe gewesen, und hat vielleicht der Himmel nicht zugeben wollen, daß die Portugiesen unser Wildpret vertilgen sollen.

Jedoch in der Geschichts-Erzählung ordentlich fort zu fahren, so giengen wir, nachdem die fatale Nacht verschwunden war, am Vormittage des darauf folgenden Sonntags in die Kirche, um den Gottesdienst abzuwarten, worbey zu gedencken, daß wir damahls, wie doch sonsten gewöhnlich, keine Carthaune abfeuerten, um das Volck zur Kirche zu ruffen, sondern es richtete sich dasselbe nach der Zeit und nach dem Läuten der Glocken, kam auch in so häuffiger Menge herzu gelauffen, so daß, wie man in Deutschland zu sagen pflegt, die Kirche gekribbelte und gewibbelte voll war. Ja ich glaube, daß damahls keine eintzige Seele aus der Kirche geblieben ist, ausgenommen einige wenige Krancken, die nicht zu Fusse fortkommen können, und sich auf andere Art fortbringen zulassen, Bedencken getragen.

Im gemeinen Sprichworte pflegt man zu sagen: *Wo GOtt eine Kirche bauet, so bauet der Satan seine Capelle darneben.* Dieses [283] konten wir daraus bemercken, denn unter der Zeit, da nach vollbrachter Kirchen-Musique der Christliche Glaube, gewöhnlicher Art nach, abgesungen wurde, ließ unser Feind, Don Juan, von seinen Schiffen die 3. abgeredten Bomben springen. Worbey unter einem jeden Verse dieses Liedes, wie wir alle insgesamt mit besondern Nachsinnen in Acht genommen haben, auch der Knall einer Bombe zuhören und zu vernehmen war. Und dieses ist gewiß und wahrhafftig kein ohngefährer Zufall zu nennen, sondern gute Christen hatten ihre besondern Gedancken darbey, da es so accurat zutraf, daß das Lied: *Wir gläuben all an einen GOtt &c.* eben 3. Verse haben muste, und wir auch nicht mehr, als 3. Schreck-Schüsse hören durfften, nicht anders, als wenn dieserwegen ein besonderes Zeichen gegeben wäre.

Die gantze Christliche Gemeine schien zwar anfänglich einiger Massen in ihrer Andacht beunruhigt u. gestöhrt zu werden, allein, der unvergleichliche Herr M. Schmeltzer erfand sogleich ein Mittel, die beunruhigten und allenfalls ängstlichen Gemüther zu besänfftigen, und wieder in Ordnung zu bringen, indem er sogleich, nachdem wir den dritten Bomben-Knall vernommen, den Choral von der Cantzel herunter intonirte: *JEsus, meine Freude &c.* Wie nun die gantze Christliche Gemeine dieses Lied in der grösten Andacht absunge, so beschäfftigten sich auch unsere Herren Musicanten mit Zincken und Posaunen, der Andacht einen desto grössern Eindruck, oder, so zu sagen, Nachdruck zu geben; Nachhero aber setzte er vor diesesmahl das ordentliche Sonn-[284]tags-Evangelium bey Seite, und erwählete sich an Statt dessen den 35. Psalm, welcher also lautete:

HErr! hadere mit meinen Haderern, streite wider meine Bestreiter. Ergreiffe den Schild und Waffen, und mache dich auf, mir zu helffen. Zücke den Spieß, und schütze mich wider meine Verfolger. Sprich zu meiner Seelen: Ich bin deine Hülffe. Es müssen sich schämen und gehöhnet werden, die nach meiner Seelen stehen, es müssen zurücke kehren, und zu Schanden werden, die mir übel wollen. Sie müssen werden, wie Spreu vor dem Winde, und der Engel des HErrn stosse sie weg. Ihr Weg müsse finster und schlüpfferig werden, und der Engel des HErrn verfolge sie. Denn sie haben mir ohne Ursach gestellet ihre Netze, zu verderben, und haben ohne Ursach meiner Seelen Gruben zugerichtet. Er müsse unversehens überfallen werden, und sein Netze, das er gestellet hat, müsse ihn fahen, und müsse darinnen überfallen werden; Aber meine Seele müsse sich freuen des HErrn, und frölich seyn auf seine Hülffe &c.

Ich bin nicht im Stande diesen Psalm bis ans Ende her zu recitiren, weilen mir das Gedächtniß in dem Stücke, was ich in der Jugend gelernet, nunmehro seine Dienste ziemlicher Massen versagen will, derowegen ist derselbe nachzuschlagen, da sich denn finden wird, daß sich alle Zeilen, ja fast alle Worte desselben auf unsere damahligen Umstände dergestalt schicken, als ob der Königliche [285] Prophet David unsere Umstände und Beschaffenheit zu seiner Lebens-Zeit lange voraus gesehen hätte. Nach der Predigt wurde das Te Deum laudamus unter Paucken und Trompeten-Schall, auch abwechselnden Zincken- und Posaunen-Klange abgesungen, mithin vor dißmahl der vormittägliche Gottesdienst geendiget.

Durch alle diese Veranstaltungen, zumahlen, da die Herren Musicanten die Melodeyen dieser 3. Lieder, als:

Wär GOtt nicht mit uns diese Zeit &c.

Ein veste Burg ist unser GOtt &c.

Es woll uns GOtt genädig seyn &c.

vom Thurme unter Läutung der Glocken abbliesen; machten sie einen noch fernern Eindruck in die Gemüther, wodurch denn das sämtliche Volck, so wohl Männer, Weiber als Kinder, ungemein ergötzt wurden, sich Hauffenweise auf dem Platze vor der Kirche und unter der Alberts-Burg versammleten und stehen blieben, da denn der Regente alle Anwesenden vom Grösten bis zum Kleinesten speisen und träncken ließ. In der Nachmittags-Predigt hatte Herr Mag. Schmeltzer Jun. nur diese wenigen Worte zum Texte seiner Predigt erwählet: *Fürchte dich nicht, du kleine Heerde &c.* und sprach uns allen einen großmüthigen Trost zu, weßwegen wir alle ohne besondere Bangigkeit aus einander giengen. Folgenden Montags früh, gleich bey Aufgang der Sonne, ließ Don Juan abermahls, nachdem es die gantze Nacht gantz stille gewesen, 3. Bomben gegen unsere Insul in die See spielen, allein wir regten und bewegten uns nicht, [286] bis wir endlich abermahls eine Chalouppe mit 2. Trompeten und einiger Mannschafft, die alle weisse Fähnlein in den Händen führeten, gewahr wurden, die so schnell, als nur immer möglich war, auf unsere Insul zugefahren kamen; Allein wir thaten derselben nicht einmahl die Ehre an, ordentlicher Weise zu begegnen, sondern es begaben sich nur Herr Wolfgang, Mons. de Blac und ich mit einer Bedeckung von 50. Mann der auserlesensten tapffersten Leute durch den Wasser-Gang hinunter an das Ufer der See, welche 50. Mann aber sich in den Wasser-Gange verborgen halten musten. Wir pflantzten ebenfalls 3. weisse Fahnen in die Erde, da denn die Chalouppe anländete, aus welcher

3. vornehme Officiers herauf gestiegen kamen, und erstlich in hochtrabenden Worten anfragten: Warum wir nicht Parole gehalten hätten, uns bey dem Don Juan de Silves auf der Insul Klein-Felsenburg einzufinden?

Hierauf antworteten wir mit gantz gelassenen Worten: daß wir einfältigen Leute nicht gewust hätten, wie wir daran wären, indem uns eine Zeit von 4. bis 6. Tagen bestimmt gewesen, welche aber verlauffen, und noch etwas drüber, ehe wir sein Signal mit den Bomben gehöret, weiln nun dieses eben unter der Zeit unseres Gottesdienstes geschehen, und wir auch anderer Ursachen wegen, nicht wohl abkommen können, so hätte ein solches vor dißmahl bis auf eine andere Zeit unterbleiben müssen. Zum andern wurde von ihnen gefragt: ob wir uns denn nun würcklich resolvirt hätten, die allerhöchste Protection Ihro Königl. Majestät von Portu-[287]gall anzunehmen? worauf ihn zur kaltsinnigen Antwort gegeben wurde: hiervon könten wie eben itzo nicht viel reden, weiln wir keine besondere Vollmacht darzu hätten, unterdessen wäre allhier ein allerunterthänigstes Schreiben an Ihro Königl. Portugiesischen Majestät vorhanden, und zugleich die Copia oder Abschrifft desselben vor den Don Juan de Silves, als andere, welche solches zu lesen beliebten. Zum dritten waren die 3. Herren so treuhertzig zu begehren, daß wir sie hinauf auf unsere Insul führen solten, um ihnen unsere Lebens-Art und andere Anstalten zu zeigen; welches, wenn es nicht geschähe, der Don Juan vor den allergrösten Affront aufnehmen würde.

Aber dieses war vollends eine Sache, die uns anzunehmen eben nicht gar zu vortheilhafft zu seyn schiene; derowegen sagten wir ihnen allen 3. zur Antwort, wasmassen es allerhand Ursachen wegen, unser Werck gantz und gar nicht sey, fremde Personen, geschweige denn solche, die uns mit lauter Feindseligkeiten bedroheten, in unsere Hütten zu führen, und derowegen könten sie sich nur in aller Güte zurück begeben. Hierbey aber wurde ihnen ein Præsent von 2. lebendigen Auer-Ochsen, 2. lebendigen überaus grossen Hirschen, und andern lebendigen Thieren gemacht, nebst einem oder etlichen Fässern des besten Canarien-Sects, auch anderer delicaten Weine, Confituren, Obst und dergleichen. Allein es schien, als ob die Herren Portugiesen unsere Gaben verschmähen wolten, indem sie mit aller Gewalt darauf drungen, daß sie eher nichts anzunehmen gewillet, bis sie den Zustand und Ver-[288]fassung unserer Insul aufs genaueste betrachtet und untersucht hätten. So bald ihne nun dieses rotunde abgeschlagen wurde, wolte der Ansehnlichste unter den 3. Vornehmsten, aus einem höhern Tone zu reden anfangen, indem er sagte: Was nicht in Güte zu erlangen stünde, müste man mit Gewalt zu erhalten suchen, denn sie ja als vernünfftige Menschen doch wohl endlich mit der Zeit die Schlüssel, Thore, Thüren und Pforten zu diesem Neste finden würden, welches seinen Gedancken nach, doch wohl nicht etwa vor ein verwünschtes und verzaubertes Schloß oder Burg zu halten sey. Wir musten

diese Thorheit fast wider unsern Willen belachen, jedoch
der hitzige Herr gab nur einen Winck mit dem rechten
Arme, worauf augenblicklich, ohngefähr 30. bis 40. mit
Ober und Unter-Gewehr wohl versehene Männer aus der
Chalouppe ins Wasser heraus sprungen, wie die Wasser-
Hunde, und sich zu uns an das Land begaben. Wir hielten
dieses vor einen unbesonnenen, unnöthigen und despera-
ten Streich, da sie sich aber, nachdem sie festen Fuß gefasset, so zu sagen, in vollkommene Schlacht-Ordnung
stelleten, gab Herr Wolffgang auch ein Zeichen von sich,
da denn unsere 50. Mann der allertapffersten und freywilligen Junggesellen aus der Felsen-Klufft, die man bis
jetzo ihm zu Ehren noch den *Wolffgangischen Wasser-
Fall* zu nennen pflegt, in allerschönster Ordnung, ebenfalls mit Ober- und Unter-Gewehr wohl versehen, heraus
rückten, und sich darstelleten, den Feinden die Spitze zu
bieten. Ich will eben das uralte Sprichwort nicht mißbrauchen, und sagen, daß die Herren [289] Feinde einen
rechten terrorem Panicum bekamen, da sie unsere Verfassungen und Anstalten sahen. Dem allen ohngeacht
aber war der hitzige Herr subaltern-Officier dennoch so
desperat, Feuer auf uns und unsere Leute geben zu lassen; da denn Herr Wolffgang bey der ersten Salve eine
Kugel in den lincken Arm, ich eine dergleichen in die
rechte Hüffte und Mons. de Blac ebenfalls eine Kugel in
die lincke Schulter bekamen. Von unsern Leuten schiene
es anfänglich, als ob ihrer zwey auf dem Platze wären tod
geschossen worden, indem sie zu Boden fielen, da der

eine in die Brust, und der andere in den Unterleib sehr gefährliche Kugeln bekommen hatten, allein der Himmel und die Kunst unsers nie genug zu rühmenden Chirurgi, Mons. Kramers, hat geholffen, daß sie alle beyde noch am Leben geblieben, und frisch und gesund seyn. Herr Wolffgang hat es mir und andern mehr theuer zugeschworen, daß, ohngeachtet er vielen hitzigen Treffen und Scharmützeln so wohl zu Lande, als zur See beygewohnet, er dennoch niemahls Leute von mehrerer Hertzhafftigkeit gesehen: Denn das Schiessen wolte ja fast kein Ende nehmen, und wir wunderten uns nur darüber, wo sie auf diesesmahl alle Patronen herbekommen hätten. Auser dem hatten wir auf unserer Seite nur noch 5. Blessirte, die aber nur gantz leichte Wunden hatten, und ihr Gewehr dem allen ohngeacht beständig fortbrauchten. Ja es wurde immer ein kleines Heck-Feuer, wie man es sonsten zu nennen pflegt, nach dem andern gemacht, da wir denn klärlich bemerckten, daß auf feindlicher Seite 10. Mause-tode und 9. Blessirte auf der Stelle [290] vorhanden waren, welche sie in gröster Eile auf ihre Rücken nahmen, zurück ins Wasser sprungen, und dieselben in ihre Chalouppe trugen. Es war ein artiger Spas, da eben zur selben Zeit, da dieses geschahe, eine gantze Bataillon von unsern Frauenzimmerlichen Granadier-Regimente durch den *Wolffgangischen Wasser-Fall herunter* marchirt kam, um uns in der Gefahr-schwebenden armen Männern aus getreuem Hertzen aufs bestmöglichste zu Hülffe zu kommen. Ich will und kan nicht sagen, was dieser Anblick vollends den Feinden vor ein besonderes Schrecken einjagte, zumahlen, da sie die ungewöhnliche Montur derselben in Betrachtung zohen.

Unsere Granadiers aber führeten sich eben nicht auf, als wie die Zieper-Katzen, sondern sie wusten in gröster Geschwindigkeit ihre Granaden dergestalt accurat zu werffen, daß nicht allein viele durch das Wasser badende Feinde, sondern auch noch weit mehrere in der feindlichen Chalouppe theils getödtet, theils hefftig blessirt wurden. Unaussprechlich war die Geschwindigkeit unserer Feinde, welche sie gebrauchten, um nur von unserm Ufer hinweg zu kommen, da wir denn, weiln uns mit Vergiessung vieles Menschen-Bluts eben nicht gedient, uns in so weit an der Ehre begnügen, und den überwundenen Feind fernerweit ohngestört fortrudern liessen.

Was Don Juan de Silves in der ersten Hitze bey der Zurückkunfft seiner Leute, welche ziemlicher Massen mit blutigen Köpffen anzusehen waren, gesagt haben mag, möchte ich wohl wissen, jedoch mit [291] wem hat er sich wohl sonderlich zancken mögen, da seine beyden commandirenden hitzigen Herrn subalternen Officiers tödlich verwundet waren, und wie man vernommen, nachhero bald ins Reich der Toden gereiset sind.

Wir unterdessen schlichen uns gantz sanfft und stille durch den Wasser-Fall wieder auf unsere Insul hinauf, eben als wenn wir kein Wasser betrübet hätten, sobald wir aber oben auf der Höhe angelanget waren, vergönneten wir der Wasser-Fluth wieder ihren strengen Fall und

Sturtz, und bekümmerten uns vor dißmahl weiter um keine Feinde.

Gewöhnlicher Massen werden sonsten in andern Ländern die Sieger, welche ihren Feind bezwungen, oder doch zurück geschlagen, im Triumphe eingeführet; allein dergleichen hochspringende Gemüther hatten wir armen Felsenburger auf keinerley Art und Weise, sondern, so bald wir zurück kamen, war das allererste, daß man uns in die Kirche führete, da wir uns insgesamt, ohngeachtet unsrer annoch blutenden Wunden, mit Freuden und Vergnügen da hinein begaben, allwo die gantze Christliche Gemeine in erstaunlicher Menge versammlet war.

Herr Mag. Schmeltzer Sen. ließ erstlich den Choral singen: *Du Friede-Fürst, HErr JEsu Christ &c.* hernach hielt er einen nicht eben allzu langen Sermon, in welchem er unsere Geschichte mit der Maccabäer Begebenheiten unvergleichlich wohl zusammen reimete, nachhero aber aus Psalm am 37. vers. 37. den Schluß damit machte: *Bleibe fromm und halte dich recht, denn solchen wird es zu letzt wohl gehen; Die Ubertreter* [292] *aber werden vertilget mit einander, und die Gottlosen werden zuletzt ausgerottet. Aber der HErr hilfft den Gerechten, der ist ihre Stärcke in der Noth. Und der HErr wird ihnen beystehen, und wird sie von den Gottlosen erretten, und ihnen helffen, denn sie trauen auf ihn.*

Nach diesem Sermon, worinnen er sonderlich das auf beyden Seiten unschuldig vergossene Blut mit fast weinenden Augen bedaurte, wie denn wir Streiter selbst keinen Wohlgefallen daran hatten, sondern nach vollbrachter Sache einem jeden von unsern Feinden auch den kleinsten vergossenen Bluts-Tropffen gern wieder mit einem Loth Golde zurück in den Leib gekaufft hätten, wenn es anders möglich gewesen wäre: denn unsere Nation ist, bekannter Massen, eben so barbarisch nicht, sondern vielmehr christlich gesinnet, da sie es aber nicht anders haben wollen, als mochten sie auch mit demjenigen Vorlieb nehmen, was ihnen von GOttes- und Rechtswegen wiederfahren war. Hierbey aber kan ich nicht sagen, daß nur einem eintzigen Felsenburger das Hertze, wie man sonsten zu reden pflegt, in die Kniekehlen gesuncken war. Nein! im Gegentheil waren so wohl Manns-Personen, als das Frauenzimmer recht begierig, bald noch ein Scharmützelgen zu wagen; Jedoch, da Hr. Mag. Schmeltzer zum Schlusse dieser ausserordentlichen Betstunde oder Kirchen-Andacht noch das bekannte christliche Kirchen Lied,

GOtt, der Friede hat gegeben,
Laß den Frieden ob uns schweben &c. [293]

absingen lassen, begaben sich alle und jede nach Hause in ihre Wohnstädte, da denn wir und die andern Verwundeten desselben am allermeisten vonnöthen hatten.

Die darauf folgende Nacht war alles sehr stille; jedoch, weiln einem schlaffenden Feinde eben so sonderlich viel nicht zu trauen ist, besetzten wir unsere Posten, so wohl auf den Gebürgen, als in der Ebene drey und vierfach, ich aber, weiln ich wegen der Schmertzen an meiner empfangenen Wunde ohne dem wenig Ruhe noch Rast zu finden verhoffte, begab mich auf die höchsten Felsen Spitzen bey die Davids-Raumer-Schildwächter, da ich denn gleich mit Anbruch des Tages gewahr wurde, daß nicht allein die 3. grossen Kriegs-Schiffe, sondern auch noch ein Schiff, benebst der elenden Fregatte, die bishero bey Klein-Felsenburg gelegen, weit näher an unsere Insul Groß-Felsenburg heran gerückt waren, und dem Scheine nach nur absehen wolten, wo etwa der Wind herkäme; Allein es zeigte sich bald anders: denn der Don Juan, welcher vielleicht mehr Feuer im Kopffe, als im Hertzen hatte, machte den Anfang, uns auf eine gantz erstaunens-würdige Art zu bombardiren und zu canoniren; Jedoch! wir hatten ja die gröste Ursach, diese seine Thorheit hertzinniglich zu belachen und zu verspotten, indem nicht mehr, als eine eintzige Bombe, deren er doch wohl 3. bis 400. gegen uns spielen liesse, auf unsere Insul herunter gekollert kam, welche jedoch nicht den allergeringsten Schaden verursachte, ausgenommen, daß dieselbe ein kleines Fleckgen Grase-Land umwühlete, worüber wir und unsere [294] Kinder eine gantz besondere Freude hatten. Wir unsers Orts sassen gantz stille, so wohl als wie unser Felsen, der alle Bomben und Canonen-Kugeln mit lachendem Muthe von sich abwiese. Jedoch endlich, nachdem das Bombardiren und Canoniren gantzer 2. mahl 24. Stunden unaufhörlich gewähret, riß bey Ms. Plagern und mir der Gedult-Faden entzwey, weßwegen wir nicht allein aus unsern neugegossenen

Mörsern etliche 50. Bomben ihnen entgegen spieleten,
jedoch listiger Weise mit allem Fleisse bald seitwärts,
bald über ihre Schiffe hin: Damit sie aber ja allenfalls
nicht vermeynen solten, als ob es uns am Pulver fehlete,
so hatten wir eine gantz besondere Art von Bomben, die
mit Schwärmern, Lust-Kugeln und dergleichen Feuerwerckers-Possen angefüllet waren, welche wir ihnen
sehr geschicklich zum Zeitvertreibe in ihre Schiffe zu
werffen wusten, um ihnen auch damit zu zeigen, daß es
unser Ernst eben nicht sey, sie tödlich zu verletzen,
sondern nur ein kleines Lust-Spiel mit ihnen zu haben. Auser dem wurde fast alle Abend, so zu sagen, zu
unserer eigenen Lust und Vertreibung der unruhigen
Gedancken, oder Grillen, (wie man dieselben sonsten zu
nennen pflegt) immer ein kleines lustiges Feuer-Werck
nach dem andern den Herren Feinden entgegen præsentirt, worbey wir uns auch nicht scheueten, zu gewissen
Zeiten und Stunden nach Beschaffenheit der Sachen unsere Carthaunen, Canonen und Mörser abzufeuern, weiln
wir uns nebst göttlicher Hülffe bis zu der Zeit noch in
der Verfassung befanden, allen unsern Feinden die
[295] Spitze zu bieten, es möchten dieselben auch gleich
Christen, oder Barbaren seyn.

Endlich kam Don Juan in so weit zum Verstande, daß
er das erschröckliche Bombardiren und Canoniren einstellete, indem er vielleicht selbst absehen mochte, daß
damit gegen uns nichts im geringsten auszurichten wäre,
da wir ihm fast nur zum Spase, unzählige Bomben und

Canonen-Kugeln entgegen spieleten, die Lust-Feure, so wir ihnen und uns nach unserer Bequemlichkeit machten, will ich darbey ausnehmen, weilen es zur Haupt-Sache eben nicht zu dienen scheinet, sondern nur so viel sagen: daß, nachdem noch einige Tage verstrichen waren, der Don Juan de Silves in einem kleinen Boote einen abermahligen Trompeter an uns schickte, und von uns verlangte, daß 3. Personen der Unsern als Deputirte auf die grosse Sand-Banck zu ihm kommen möchten, indem er in eigener Person mit ihnen Sprache zu halten gewillet sey, und dieserwegen ihnen auf Treu und Glauben alle vollkommene Sicherheit wegen ihrer Ehre und Lebens verspräche, wie er denn auch nicht mehr, als 3. Personen zu seiner Bedeckung mit sich bringen würde, und zwar, allen bösen Verdacht zu vermeiden, ohne alles tödliche Gewehr: Hiernächst wäre er gesonnen, nach Kriegs-Gebrauch, Geisseln mit uns zu vertauschen, indem er 3. von seinen vornehmsten Officiers in unsere Verwahrung liefern wolte, wenn wir ihm dargegen 3. Mann von unsern Aeltesten oder Befehlshabern auf sein Schiff hinüber zu schicken uns entschliessen könten, als welche er keinesweges wie Ge-[296]fangene, sondern als gute Freunde und Brüder halten, und nach seinem allerbesten Vermögen aufs herrlichste und kostbarste wolte verpflegen lassen.

Nachdem ich, der ich unten am Fusse unsers Felsens mit einigen guten Freunden spatziren herum gegangen war, und das mündliche Compliment des Trompeters angenommen hatte, (welches unser Feind ihm in den Mund gelegt) muste ich in meinem Gedancken die Geschicklichkeit und sonsten überaus artige Person dieses Trompeters bewundern, weßwegen seinem Principal eben nicht zu verargen war, daß er ihm unter seiner eigenen Hand und Siegel ein Blanquet, ohngefehr in folgenden Worten mitgegeben:

Diesem meinem Leib-Trompeter und Vorzeigern dieses Schreibens ist in allen Stücken und in allen seinen Worten ein vollkommener Glaube beyzumessen, eben als ob ich dieselben selbst aus meinem eigenen Munde gesprochen hätte, und zwar bey Cavalier-Parole etc.

Don Juan de Silves.

Der Mons. Trompeter aber bekam gestallten Sachen nach vor diesesmahl nichts weiter zur Antwort, als daß sein Principal Morgen, so gleich mit dem Aufgange der Sonne, Antwort haben solte.

Nunmehro war bey uns abermahls guter Rath theuer, derowegen brachten wir die gantze darauf folgende Nacht zu, diesen zu finden. Endlich wurde beschlossen, uns auf alle Fälle in behö-[297]rige Ordnung zu setzen, worauf denn Mons. Wolffgang, Mons. de Blac und ich abermahls fort musten, um das Wort zu führen; Hierbey aber wurden uns 3. Personen von den Aeltesten mit hinzu gegeben, weilen wir uns wiedrigenfalls weigerten, vom Flecke zu gehen, indem man ja nicht verlangen könte, daß wir 3. Einkömmlinge uns allein allen Gefährlichkeiten unterwerffen, und so zu sagen, unsere Seele in der blossen Hand tragen solten, zumahlen, da unsere Leibes-Wunden, die wir in dem letztern Treffen empfangen, noch kaum zur Helffte geheilet wären &c.

Diese Vorstellungen, welche von uns dreyen mit redlichem und aufrichtigem Hertzen und Munde geschahen, erreichten ihren Zweck in allen Felsenburgischen Gemüthern, so viel auch deren nur immer um und neben uns waren, welches die Liebes-Thränen, die so wohl von den Aeltesten, als Jüngern vergossen wurden, klärlich bezeugeten. Demnach gieng mit anbrechenden Tage die Reise fort, da wir denn den Don Juan bereits mit seiner schwachen Begleitung auf der grösten Sand-Banck angeländet erblickten, und gewahr wurden, daß sie bey einem angemachten Feuer auf ausgebreiteten Teppichen ein Schälchen Caffée truncken, indem die Sonne eben im Aufgange begriffen war. Ehe ich weiter rede, will ich vorerst noch dieses melden, daß uns dreyen Deputirten, als nemlich Herr Wolffgangen, Mons. de Blac und mir, nicht nur von dem Regenten, sondern auch von den Aeltesten und Vorstehern unserer Gemeinden, eine schrifftliche vielfach unterschriebene [298] und besiegelte ausführliche und deutliche Vollmacht mitgegeben, und in derselben gemeldet wurde, daß alles NB. was wir 3. schliessen, verabreden und handeln würden, eben so gut verabredet, erkannt und geschlossen zu seyn gehalten und geachtet werden solte, als ob alle Felsenburgischen Einwohner, vom Aeltesten bis zum Jüngsten, und vom Grösten bis zum Kleinesten, selbst zugegen wären, und vor ihre Wohlfahrt redeten, welche sie vor diesesmahl blos allein, nechst dem Vertrauen auf göttlichen Schutz und Hülffe, unserer Treue, Redlichkeit, Klugheit und Erfahrenheit gäntzlich anheim gestellet hätten.

Hierbey muß ich den geheimen besondern Haupt-Punct zu melden nicht vergessen: wie nemlich uns auch dieser delicate Punct einzugehen erlaubt war, den Don Juan mit so viel Begleitern, als uns etwa nicht gar allzu nachtheilig scheinen möchte, auf die Insul herauf zu führen; alldieweilen wir uns eben kein besonderes Bedencken dabey nehmen durfften, weilen uns die Portugiesen jedennoch nicht mit Gewalt verderben könten, und wenn sie auch mit der allerstärcksten Flotte gegen uns über lägen, denn wir hätten ja die klaren Exempel davon nunmehro schon zur Gnüge erfahren. Ich meines Theils hatte das allerwenigste hierwider einzuwenden, zumahlen, da ich an allen meinen Fingern abzählen konte, daß eine ungewöhnlich stärckere Macht darzu erfordert würde, die Insul Groß-Felsenburg mit Gewalt der Waffen einzunehmen. Um aber in der Geschichts-Erzählung ohne fernern Umschweiff fortzufahren, so [299] muß versichern, daß, so bald wir bey der Sand-Banck angeländet, uns der Don Juan also gleich, nachdem er von den Teppichen aufgesprungen war, ohne Begleitung nur eines eintzigen Dieners entgegen gegangen, erstlich Herrn Wolffgangen, hernach die andern mitgekommenen Felsenburger aufs allerfreundlichste umarmete, und bat, ihn bey jetzigen Umständen nicht zu verschmähen, sondern ein Schälchen Caffée, vor das Nüchterne mit ihm zu trincken, und zwar auf dem Sande. Wir liessen uns eben nicht lange nöthigen, indem wir befürchteten, daß er es sonsten übel nehmen, oder aber gar einen unbilligen Verdacht auf uns legen möchte; demnach truncken wir ein jeder etliche Schälchen bey einer Pfeiffe Toback, nachhero aber nach Belieben auch einige Gläsergen des allerbesten Frantz-Brandteweins, da denn Don Juan de Silves mit lächelndem Munde zu sagen anfieng: Meine Herren! ich habe eure Conduite von vielen See-Fahrern rühmen hören, allein, das hätte ich mir fast nicht träumen lassen, daß ihr mein letzteres an euch abgeschicktes Commando dergestalt feindseelig abgefertiget, wie mir denn dieserwegen die Grillen noch im Kopffe herum gehen, zumahlen, da euch seithero, kein ordentlicher Streit oder Krieg angekündiget worden, sondern wir sind ja nur zu euch gekommen, als gute Freunde und Brüder, in Hoffnung dessen, daß ihr die Ober-Herrschafft und den Schutz meines Königs annehmen würdet; so aber fangt ihr den Krieg unbedachtsamer Weise von euch selbsten an. [300]

Keineswegs, mon Patron! (gab hierauf Herr Wolffgang zur Antwort) haben wir Streit und Krieg von uns selber angefangen, denn wir sind ein friedliebendes Völcklein; da aber wider alles Vermuthen und Verhoffen unter unsere Leute, die uns gefolgt waren, um nur zu sehen, wo wir hin wolten, und wie es uns etwa gehen möchte, so gleich Feuer gegeben wurde, als wie unter die Hunde, so haben dieselben auch einiger Massen ihre Hertzhafftigkeit gezeigt, welche dieserwegen zu bedauren, weilen sie den Ihrigen in etwas zum Schaden mag gereicht seyn. Ich kan Ihnen (redete Herr Wolffgang weiter) heilig versichern, daß unsere Felsenburger, ohngeachtet sie von Jugend auf, so zu sagen, gantz einfältig auferzogen worden, dennoch Hertzen in ihren Cörpern haben, wie die Löwen und Tyger, inmassen sie sich blos auf GOtt, ihre gerechte Sache, gutes Gewissen und sonsten angebohrne natürliche Freyheit verlassen, anbey sich eher auf der Stelle tod schlagen liessen, als nur einen Fuß zurücke zöhen, um den Schein von sich zu geben, als ob sie ihren Feinden nachgeben oder weichen wolten. Ich will hiervon weiter nicht viel Redens machen, damit es nicht etwa als eine bey gewissen Völckern gebräuchliche Rodomontade oder Prahlerey heraus kommen möchte.

Der Himmel ist mein Zeuge, (versetzte auf dieses Don Juan de Silves,) daß ich meinen Leuten nicht mit dem geringsten Worte Befehl gegeben, Feindseligkeiten zu gebrauchen, geschweige denn mit dem Feuer-geben den Anfang zu machen, da aber die Anführer derselben bereits an ihren [301] Wunden gestorben sind, als kan ich sie weiter nicht dieserhalb zur Rede setzen.

Hierwider haben wir (war meine Gegen-Rede) gantz und gar nichts einzuwenden, allein, was solte denn aber das darauf erfolgende hefftige Bombardiren und Canoniren wohl etwa zu bedeuten haben? vielleicht uns Felsenburgern etwa ein besonderes Schrecken einzujagen, oder uns sonsten in Verzweiffelung zu bringen? wenn dieses ihre Gedancken gewesen sind, so haben sie sich gantz entsetzlich geirret, denn wir sind bis auf diese Stunde noch nicht anders gesinnet, als eine gewisse Art einer noch jetzo florirenden Nation, welche sich vor nichts hefftiger, als vor dem Einfall des Himmels zu fürchten pflegt, auser dem aber die übrigen Feinde und Verfolger, zum Theil, en bagatell tractiret. Uns dauret nichts, meine Herren! (so redete ich weiter) als die hefftige Mühe und Arbeit, die sie angewendet haben, uns zum bombardiren und zu canoniren, ausgenommen noch, das viele Pulver, welches sie vergeblicher Weise verschossen und verplatzt haben. Wir haben zwar auch gegen sie viel Pulver verschossen und verplatzt, sonderlich bey den Feuerwerckergen, die unsere lustigen Knaben und Junggesellen zuweilen gespielet, allein, dieses ist unser allergeringster Schade, da wir des Schieß-Pulvers fast so viel haben, als des Sandes am Meere, und je mehrern Abgang, um so viel desto grössern Zuwachs desselben verspüren.

Don Juan nebst den Seinigen horchte hoch auf, da sie mich also reden höreten, unterdessen aber, da wir mit einander auf der Sand-Banck [302] herumspazieren giengen, hatte er Befehl gegeben, etwas zu einer guten Mahlzeit dienliches von seinem Schiffe herüber zu bringen. Ob nun schon dieses alles mehrentheils in kalter Küche bestund, so kam es doch unsern hungrigen Magens eben annoch zu rechter Zeit, zumahlen, da etliche

Fäßlein des besten Canari-Sects zugleich mitkamen, und wir uns an demselben hertzlich labeten; worbey sich Don Juan dergestalt freundlich, lustig und aufgeräumt aufführete, als wenn er Zeit seines Lebens nichts feindseeliges gegen uns verhängen, vielweniger eine, und zwar die allererste Bombe auf die Insul Groß-Felsenburg werffen lassen.

Nachhero, da wir uns wieder nach orientalischer Art auf die Teppiche niedergelassen, gieng der Freudenbecher unter einem friedlich- jedoch auch ernsthafften Gespräche dergestalt hurtig herum, daß die Nacht darüber eingebrochen war, ehe wir uns deren vermutheten; Jedoch Don Juan, der sehr lustig und aufgeräumt zu seyn schien, wolte uns wegen der Gefahr eines gekommenen Sturm-Windes nicht von sich lassen, sondern bat, was er bitten konte, nur erstlich den Tag abzuwarten, und vor allen andern Dingen blos seine Person nebst zweyen Bedienten, oder wenigstens einem, auf unsere Insul mitzunehmen, da er denn seiner Religion nach, bey GOtt und allen seinen Heiligen, Ertz- und andern Engeln &c. unter freyem Himmel mit aufgereckter rechter Hand, einen freywilligen so genannten leiblichen Eydschwur that, nicht zu uns zu kommen, als ein Feind oder Spion, sondern als ein aufrichtiger, ehrlicher, guter [303] Freund, der uns und die Unserigen gern möchte besser kennen lernen, anbey verspräche, daß er von jetziger Stunde an, so wohl bey Sr. Majestät, dem Könige in Portugall, als sonsten, so viel als nemlich in seinem Vermögen stünde, unser Bestes und zu unserer Wohlfahrt gereichendes suchen wolle, und dieses blos allein zur Vertilgung und Vergessung des Schreckens, welches er uns auf Anstifften ungetreuer Leute, die ihn schändlicher Weise hintergangen und betrogen hätten, zuzufügen gemeynet gewesen. Wie nun solcher Gestalt der Don Juan sich mit Worten und theuren Versicherungen über alle Massen aufrichtig gezeuget, als wurden nach einer kurtzen fernern Verabredung die Geisseln unter beyden streitigen Parthien gewechselt, da denn 3. von unsern Alt-Vätern mit ihren grauen Bärtern hinüber auf sein Schiff, an Statt derselben aber 3. seiner vornehmsten Officiers von dannen zu uns zurück gebracht wurden, worauf wir so gleich die Reise mit den Don Juan, zweyen seiner Bedienten und den jetzt gemeldten 3. Officiers, als so genannten Geisseln, antraten.

So bald wir am Fusse des Felsens angeländet und ausgestiegen waren, sagte Don Juan: Nun so gönnet mir doch einmahl die Lust, meine Freunde! zu erfahren, ob ich von mir selbst den Eintritt oder den Aufgang auf eure Insul finden kan. Wir musten aber hertzlich lachen, da er die allergefährlichsten Fußsteige, auf welchen gantz und gar nicht fortzukommen, wohl aber man mit leichter Mühe Hals und Beine brechen konte, zwar sehr behutsam suchte, jedoch jederzeit gewahr wer-[304]den muste, daß seine Mühe vergeblich zu seyn schien. Unterdessen war er mehr als 10. bis 12. mahl vor dem so genannten *Wolffgangischen Wasserfalle* hin und her vor-

bey spatzirt, da aber die Fluth eben im allerwildesten
Falle und Sturtze da heraus gerauschet kam, als schien
es ihm freylich wohl unmöglich zu seyn, sich darauf zu
besinnen, daß eben dieses die Haupt-Pforte wäre, derowegen gaben wir unsern auf den Höhen stehenden
Schildwächtern das gewöhnliche Zeichen, die Schleusen
zu mithin den Gang trocken zu machen, welches in gröster Geschwindigkeit geschahe, da wir denn alle trocke-
nes Fusses hinauf spatzirten, den Don Juan aber, welchen wir nebst den Seinigen zwischen uns hatten, in die
allergröste Bestürtzung und Verwirrung gerathen sahen, woraus sie sich nicht ehe recht wieder erholeten, bis
wir sie oben an das Tages-Licht und auf das Land brachten. Wir traffen gleich oben 3. leichte Chaisen an, deren
jede mit 6. der allergrösten, jedoch ungemein zahm gemachten Hirschen bespannet war, worein sich die mitgebrachten Fremden setzten, und auser diesen waren
unsere Freunde noch mit einigen andern Chaisen herbey
gerückt, die aber nur mit wohlgewachsenen Pferden bespannet, worein sie uns nahmen, und also nach einer kurtzen Verweilung mit uns auf die Alberts-Burg zufuhren,
allwo auf dem grossen Saale Don Juan, wie auch seine
bey sich habenden Officiers, so gleich vor den Regenten
und die Aeltesten zum Gehör gebracht wurden, und
viele Zeichen einer gantz besondern Verwunderung von
sich blicken liessen. Sie wurden nach-[305]hero aufs
allerkostbarste von uns mit Speisen und Getränke bewirthet, auch wurden ihnen die vornehmsten und zier-

lichsten Zimmer zu ihrer Bequemlichkeit eingeräumet, anbey die Erlaubniß gegeben, alles auf unserer Insul in Augenschein zu nehmen, als womit sie denn einige Tage zubrachten, und wie sie selbsten sagten, sich fast nicht satt sehen könten, weilen sie sich dergleichen Anstalten und Verfassungen nimmermehr hätten träumen lassen, so wie sie dieselben nemlich auf der von aussen so rauhe scheinenden Felsen-Insul angetroffen hätten.

Es war gewiß so wohl auf unserer, als der Portugiesen Seite ein merckwürdiges Exempel zu nehmen, wie veränderlich die Hertzen und Gemüther der sterblichen Menschen sich in einen und anderen Begebenheiten, sonderlich aber Glücks- und Unglücks-Fällen aufzuführen oder zu verhalten pflegen: Denn diejenigen, welche wir kurtze Zeit vorhero vor unsere abgesagten Tod-Feinde gehalten, ihnen auch dergestalt, wie man zu sagen pflegt, Spinnenfeind gewesen, so daß wir sie nur immer alle Augenblicke anspeyen mögen; eben diese wurden nunmehro von uns aufs allerlliebreichste und freundlichste tractiret, nicht anders, als ob sie schon lange Zeit unsere guten Freunde gewesen, sondern auch immerfort bey uns zu bleiben, sich möchten gefallen lassen. Anderer Seits gab der Don Juan sich in so weit blos: Meine Herren und Freunde! ich schwöre zu GOtt, daß ich allhier in diesem kleinen Stückgen des Erd-Kreyses angetroffen habe, was vielleicht in der gantzen Welt im so kurtzen Begriff aller Annehmlichkeiten nicht zu [306] finden und anzutreffen ist. Ich vor meine Person müste mir das gröste Gewissen daraus machen, wenn ich zugeben solte, daß man euch ferner beunruhigte. Nein! ich halte vielmehr davor, daß man alles dieses, was wir gehöret und gesehen haben, vorhero Sr. Portugiesischen Majestät aufs allergenaueste vortragen müsse, als welche keinen weltlichen Fürsten über sich haben, der die Gerechtigkeit mehr lieben solte, wie jetzt gemeldete Sr. Königl. Majestät. Wie gesagt, von mir und den Meinigen sollet ihr und die Eurigen nicht im allergeringsten mehr beunruhiget werden, bis auf Ihro Majestät fernerweitige allergnädigste Verordnung. Anbey wolte euch wohl den treuhertzigen Rath geben, eine Deputation von euren Leuten an Sr. Königl. Majestät abzuschicken, um euren Zustand selbsten vorzustellen; Inzwischen, da ich sehe, höre und weiß, daß ihr einen starcken Uberfluß an Lebens-Mitteln und Schieß-Pulver habt, so will euch angesprochen haben, uns eine zulängliche Menge desselben vor billigmäßige baare Bezahlung zu überlassen. Dieses wurde dem Don Juan so gleich versprochen, und zwar, so viel wir uns nur dessen zu entrathen getraueten, gantz ohne Geld, weilen, wie sie wahrgenommen, wir auf unserer Insul keinen Handel noch Wandel trieben, mithin auch kein Geld vonnöthen hätten. Im übrigen wurden auch die im Lazarethe auf der Insul Klein-Felsenburg aufs frische und neue mit fast überflüßigen Lebens-Mitteln versorgt, ja die Herren Portugiesen wusten ihre Schiffe dergestalt voll zu pfropffen, daß, so zu sagen, fast kein Ey mehr [307] Raum darinnen haben konte. So wurden auch die 2. Gefangenen, welche gleich anfänglich fast den Hals, als Spions gebrochen, jedoch wieder curirt waren, wieder zurück gegeben, der dritte aber, welcher von dem Davids-Raumer Schildwächter war erschossen worden, blieb an der Mauer unsers GOttes-Ackers ungestöhrt begraben liegen.

So bald demnach die Herren Portugiesen empfangen, was sie verlangt hatten, wurden auch die beyderseitigen bisherigen Geisseln wieder gegen einander ausgewechselt, da wir denn unsere lieben Alt-Väter mit so viel desto grössern Freuden auf unserer Insul zurück bewillkommeten, als wir sahen, daß alle Portugiesen sich immer alle nach gerade auf ihre Schiffe begaben, da sie uns denn melden liessen, wie sie nur auf den ersten favorablen Wind warteten, um ohne längeres Verweilen unter Seegel zu gehen, derowegen sich unsere Deputirten auch aufs eiligste fertig machen möchten, wenn sie annoch gesonnen wären, mit nach Europa an den Königlichen Hof in ihrer Gesellschafft mit zu reisen; Allein dem Trompeter, welcher dieses Einladungs-Compliment brachte, wurde zur Antwort gegeben: daß wir dem Don Juan de Silves und seinem Geleite eine glückliche Reise wünscheten, weiln sich aber unsere Deputirten noch nicht in der Verfassung befänden, vor dißmahl mit ihnen zu reisen; wie auch einer und anderer Ursachen wegen uns noch ein besonderes Bedencken nähmen, dieserhalb zu übereilen, als möchten sie nur unter dem Geleite des Himmels voraus seegeln, weil ihnen die Unserigen zu rechter Zeit [308] auf zweyen leichten Schiffen nachfolgen solten, auch sie vielleicht einholen könten, ehe sie den Europæischen Grund und Boden erreichten.

Es mochte wohl denen guten Hrn. Portugiesen einiger Massen verdriessen, daß wir sie, so zu sagen, bis auf die letzte Stunde, unserer Deputirten wegen, bey der Nase herum geführet: Allein, was war daraus zu machen? zumahlen, da es eine unverbotene Sache ist, so wohl List mit List, als Gewalt mit Gewalt zu vertreiben. Unterdessen flanquirten sie noch einige Tage um die Gegend der Sand-Bäncke herum, da wir aber weiter nichts mehr mit ihnen zu schaffen hatten, auch ferner keine Antwort von uns geben wolten, und wenn sie auch alle Tage 15. Trompeter an uns schickten, so beobachten wir ihr Hin- und Herweddeln noch einige Tage in ruhiger Gelassenheit, ohne auf unserer Insul einen Laut von uns zu geben. Jedoch es trug sich bald hernach eines Morgens bey Aufgang der Sonnen auch etwas zu, wovon uns in der abgewichenen Nacht nichts geträumet hatte, denn es stelleten sich zwey Kriegs-Schiffe dem dritten, als des Don Juans Haupt-Schiffe in behöriger Weite entgegen, und fiengen dergestalt auf dasselbe zu canoniren an, daß man bald gewahr wurde, wie dieses kein Schertz, sondern des Don Juans Schiff sich in der grösten Noth befände, zu sincken, und dieses hefftige Canoniren währete bis die Nacht einzubrechen begunte, als wir aber bey aufgehender Sonne, nemlich des nächst darauf folgenden Tages uns abermahls nach den Portugiesischen

Schiffen umsahen, so [309] waren dieselben insgesamt in der ausserordentlich stockfinstern Nacht verschwunden, so daß man auch nicht einmahl einen Span-Holtzes mehr auf der See herum treiben sahe. Wir wusten, wie gesagt, uns anfänglich keine Vorstellung in unsern Gedancken zu machen, was dieses zu bedeuten hätte, ob es ein bloses Gauckel-Spiel, oder Spiegelfechten wäre? oder, ob etwan die Portugiesen von einer Barbarischen, oder andern Nation im Ernste angegriffen, und zum Weichen gezwungen worden? Allein, kurtz: hier halff kein Kopffzerbrechens, und ihnen etwa ein leichtes Jagd-Schiff nachzusenden, um zu erfahren, wo sie hin gekommen wären, schiene eben kein Rath zu seyn, ohngeachtet sich, sonderlich von unseren tapfferen mannbaren Junggesellen verschiedene Wage-Hälse angaben, die nur Wunderswegen wissen möchten, wo sie geblieben wären, und ob sie sich etwa noch in den nähesten Gewässern aufhielten; so wolten wir es ihnen dennoch nicht zugeben, indem wir alle eine recht hertzliche Freude darüber hatten, daß unsere Feinde entwischet waren, wie die Katzen von den Tauben-Schlägen. Einmahl vor allemahl, da sie fort und hinweg waren, wünschten wir ihnen zwar Glück auf die Reise, ihre Personen aber sobald nicht wieder zu sehen; Jedoch, was den Don Juan anbelanget, so hatte seine wohlgeartete Auffführung ihm, ohngeachtet er uns anfänglich zu verderben schien, dennoch bey den Felsenburgern ein ziemlich gutes Lob zurücke gelassen; Ja, ich kan sagen, daß der ziemlich starcke Vorrath an Lebens-Mitteln und andern Bedürffnissen, welche wir [310] den Portugiesen zukommen lassen, und zwar ohne die geringste Bezahlung, dennoch ihnen, als fast zu sagen ihren Feinden nicht einmahl mißgegönnet wurde, sondern etliche unserer Leute pflegten zu sagen: Lasset diese Hunger-Därme alle Jahr zweymahl kommen, und gebet ihnen so viel, daß sie die Rachen füllen können, nur aber sollen sie kein vergebliches Lerm machen, kein unschuldiges Blut vergiessen, keine frommen und redlichen Leute tod machen, und uns nebst unsern Kindern in die Sclaverey zu bringen drohen. Wo nicht? so wollen wir bald die Oerter suchen, wo der Gifft begraben liegt, und ihnen an Statt der Lebens-Mittel Gifft geben &c. Diese und dergleichen Redens-Arten flossen aus vielen mißvergnügten Hertzen, sonderlich der Weiber und schon ziemlich verständigen Kinder, welche wir aber mit lachendem Muthe auf bessere Gedancken zu bringen suchten, indem wir ihnen vorstelleten, daß unsere Feinde so bald wohl nicht wiederkommen möchten, weilen sie es vielleicht sich selbst vor eine Grobheit auslegen dürfften, wenn sie einem gutwilligen Wirthe gar zu offt Ungelegenheit machten.

Nunmehro aber, da aller Krieg und Kriegs-Geschrey vorbey war, machte sich ein jeder nach vollbrachtem Gottesdienste wieder an seine ordentliche Arbeit, hauptsächlich aber die annoch in Stroh und Hülsen befindlichen Feld-Früchte, als Reiß und andere Sorten von Geträyde, zu gute zu bringen, um nicht allein den Abgang in unsern eigenen Wirthschafften, sondern vornemlich auch den Mangel in denen ziemlich ausgeleerten Maga-[311]zinen wieder zu ersetzen, und anbey zu bringen, was verlohren gegangen war; da denn Alt und Jung, Groß und Klein alle Kräffte daran streckten, so daß wir binnen weniger Zeit fast gantz und gar im geringsten nicht spüreten, was Massen wir so viele hungerige Gäste gehabt, die ein weit mehrers mit sich fort geschleppt, als sie bey uns verzehret hätten. Demnach gab sich das Volck vollends auf einmahl zufrieden.

Eines Abends aber, da ich mit andern bey mir befindlichen guten Freunden die Höhen und Wacht-Posten von Alberts- und Davids-Raum, und noch weiter hin nach West- und West-Süden zu, visitirte, wurden wir auf der Insul Klein-Felsenburg ein sehr grosses, ziemlich starck und helle brennendes Feuer gewahr, dessen Flammen und Rauch einmahl über das andere bey damahligen stillem Wetter bis zu den Wolcken gen Himmel in die Höhe stiegen, und sich durch einander herschlugen, so, daß es zum öfftern gantz fürchterlich anzusehen war. Wie ich nun dieses abermahls vor etwas besonders neues erkannte, so sagten einige Schild-Wächter, daß dieses gantz und gar nichts neues wäre, indem sie dieses Feuer, seit dem Abzuge der Portugiesen, bey dunckeln Nächten schon zu mehrern mahlen gesehen, weilen sie aber davor gehalten, als ob sich etwa Schwefel- oder Salpeter-Löcher aufgethan, und von selbst entzündet hätten, so wäre es von ihnen nicht gewürdiget worden, selbiges anzuzeigen, um damit nicht etwa unsern Einwohnern ein vergebliches Schrecken zu verursachen, als welche ohne dem bishero Schre-[312]cken und Verdruß genug gehabt. Ein eintziger aber unter den Schild-Wächtern sagte dennoch, wie ihm die Sache einiger Massen verdächtig vorkäme, indem er von Natur unter andern 100. ja 1000. Menschen ein solches scharffes Gesicht hätte, daß er sonderlich bey der allerdunckelsten Nacht, ohne Fern-Glas, oder Perspectiv, so helle sehen könte, wie man zu sagen pflegte, als ein Luchs; und derowegen wäre ihm nicht einmahl, sondern etliche mahl vor seine Augen gekommen, wie einige Personen um das Feuer herum wandelten, als ob sie mit einander redeten, es möchten nun Geister oder Gespenster seyn, darum wolle er sich eben nicht so sehr bekümmern. Indem wir nun so bey ihm stunden, und seinen Reden zuhöreten, versicherte er, bey seinem guten Gewissen, daß er wenigstens 4. bis 5. Personen um das Feuer herum spazieren sähe, da sich denn bald einige funden, die ihm Beyfall gaben, die gantze Sache aber vor ein blosses Schatten-Spiel hielten, welches durch das Feuer und den Rauch verursacht würde.

Dem mochte nun aber seyn, wie ihm wolte, so brachte mir dieses Gesichte eine schlaflose Nacht zu Wege, und ich beschloß bey mir, ehe in kein Bette zu kommen, oder geruhig zu schlaffen, bis ich in Klein-Felsenburg auf der Stelle gewesen, wo wir ohngefehr das grosse Feuer brennen sehen, welches denn auch bis gegen Anbruch des Tages fort brannte und rauchte. So bald viele von meinen besten Freunden, und über dieses etliche 30. hertzhaffte Junggesellen, oder, so zu sagen, Wage-Hälse meinen Vorsatz und Entschluß vernom-[313]men, versammleten sie sich gleich um mich herum wie die Bienen, und verlangten mit hinüber zu fahren, da denn gleich mit Aufgang der Sonnen, 2. der besten und schönsten Boote in allergröster Geschwindigkeit zu rechte gemacht und ausgerüstet wurden; wobey wir alle unser Ober- und Unter-Gewehr nebst Pulver und Bley, auch Lebens-Mitteln, so viel wir nur in so hefftiger Eile finden konten, mit uns nahmen, und also fortruderten, auch noch Vormittags auf Klein-Felsenburg anlandeten.

Nachdem wir in der ordentlichen Bay angelanget und ans Land gestiegen, erfanden wir nach Verlauf etwa einer halben Stunde sogleich den Platz, allwo das beschriebene Feuer noch beständig fort brannte, jedoch zu unserm ersten Schrecken erblickten wir schon von ferne, daß 4. Personen darbey sassen, welche jedoch, so bald sie uns mit Gewehr auf sich zukommen sahen, augenblicklich aufsprungen, und uns auf Händen und Füssen, über die 50. Schritte daher, entgegen gekrochen kamen. Da wir dieselben nun so gleich vor Portugiesen erkannten, und zwar vor einige dererjenigen, welche schon eine Zeit daher in unserm so genannten Lazarethe gelegen hatten, so nahmen wir unsere Flinten verdeckt unter den lincken Arm, mit der rechten Hand aber winckten wir ihnen, näher zu kommen. Worauf sie auf ihre Füsse traten, und flehentlich baten, ihres Lebens zu verschonen, weilen sie vor die vielfältige genossene Gnade, Güte und Barmhertzigkeit, welche wir ihnen erzeigt hätten, weder uns noch den Unserigen, so wie [314] ihre unerkänntlichen Lands-Leute, auch nicht den allergeringsten Schaden jemahls zugefügt, ja weder Flinten noch Pistolen gegen uns losgebrannt hätten. Das kan seyn, meine Freunde! aber auch nicht seyn (gab ich ihnen hierauf zur Antwort) dem sey aber, wie ihm wolle, so will ich doch nur fragen, wer euch den Befehl oder die Erlaubniß gegeben hat, auf dieser Insul zu bleiben, da ihr doch curiret, und gesunde Leute seyd, die ihren Lands-Leuten wohl hätten folgen können. Auf diese meine Rede gab mir ein gantz feiner sehr vernünfftig scheinender Mensch, welcher eine Sergeanten-Stelle bekleidet, so viel zur Antwort: Mein großgünstiger Herr und Gönner! ich bemercke, daß dieselben in einer irrigen Meynung stehen, indem sie entweder glauben, wir wären entweder aus eigenem Antriebe zurück gebliebene faule Leute, um vielleicht noch fernerweit gute Bissen und Bequemlichkeit zu geniessen; oder sie haben wohl auch die Gedancken von uns, daß wir Spions, Land- und Leute-Verräther oder Spitzbuben wären, so, wie einige andere von unserer Nation sich aufgeführt, und demnach ungestrafft darvon gekommen sind. Woferne dieselben diesen letztern Glauben oder Meynung von uns hegen solten, so sind wir alle 4. Mann erbötig, gleich nieder zu knien, und eine Kugel entweder durch den Kopff, oder durch das Hertz von ihnen zu erwarten, denn unser 5ter Camerad ist von uns gegangen, um etwa eine oder ein paar wilde Ziegen zu schiessen, von mehrern Menschen aber wissen wir auf dieser kleinen Insul weiter nichts. [315]

Ich redete ihm nochmahls in sein Gewissen, uns ja nicht etwa zu betrügen, oder Lügen vorzuschwatzen, wiedrigenfalls aber, da wir gewahr würden, daß ein Hinterhalt auf uns lauren möchte, er der erste seyn müste, den wir ins Reich der Todten schickten. Indem kam ihr 5ter Camerad, und brachte 2. wilde Ziegen, die er geschossen hatte, hinter sich hergeschleppt, ließ aber dieselben gleich auf derselben Stelle, wo er stund, liegen, und legte seine Flinte darneben, kam darauf, und kniete ebenfalls auch neben seine 4. Cameraden nieder; allein, wir konten dieses gar nicht lange ansehen, sondern reichten ihnen die Hände, und hiessen sie von der Erden aufstehen, hergegen zwischen uns auf etliche zugehauene Bau-Stücke niedersetzen, anbey aber uns zu berichten, was es nicht allein mit ihren 5. Personen, sondern auch mit dem Verwunderungs-würdigen Abzuge ihrer Lands-Leute vor eine Beschaffenheit hätte?

Hierauf fieng erstgemeldter Sergeant, nachdem wir uns alle in ordentlicher Gestalt um ihn herum gesetzt, seine Reden recht mit Bedacht zu vernehmen, also an: Wenn Don Juan de Silves gewust hätte, daß diejenigen Officiers von unsern Leuten, welche er mit sich auf die Insul Groß-Felsenburg nahm, um dieselbe zu besichtigen, seine heimlichen abgesagten, so zu sagen, fast geschwornen Tod-Feinde wären, würde er ihnen wohl nicht leicht vergönnet haben, auf diese jetzt bemeldte Insul zu kommen; Ja, ich sage nochmahls, wenn Don Juan dieses gewust hätte, so wohl als die allermeisten von seinen Untergebenen, so lebte [316] er vielleicht noch jetzo. *Was?* (rief ich nicht allein dem Sergeanten, sondern auch seinen Leuten recht im Schrecken entgegen) *ist Don Juan todt?* Nicht anders, mein Herr! (antwortete der Sergeant) und sein Cörper liegt kaum 2. biß 300. Schritte von dieser Stätte, worauf wir jetzo sitzen, begraben, wie aber dieses zugegangen, will ihnen vorjetzo bis auf eine andere Zeit nur in aller Kürtze zu wissen thun. So bald als unser Trompeter von den Felsenburgern die Antwort zurück gebracht: welcher Gestalt sie sich anders resolvirt, ihre Deputirten nicht mit uns fortschicken, sondern dieselben bis auf eine andere Zeit und Gelegenheit annoch zurückbehalten, nachhero schon mit eigenen Schiffen nach Europa senden wolten, und wie die Worte etwa ferner lauten mochten &c. da sie uns, wie es denn genommen oder ausgelegt wurde, gantz spitziger und höhnischer Weise eine glückliche Abfahrt und Reise wünschten, auch vielleicht bald nachzukommen versprachen, und was dergleichen Redens-Arten mehr waren, die ich nicht alle von Wort zu Wort behalten können, sondern nur die Haupt-Sache, so den grösten Lerm verursachte.

Diesen Lermen machten hauptsächlich die auf der Insul mitgewesenen Officiers, indem sie die Commandeurs der andern 2. Kriegs-Schiffe unter dem Vorwande gegen den Don Juan aufwiegelten, daß alles dieses eine schändliche Verrätherey sey, die er mit den Felsenburgern abgedroschen, als zu deren Ober-Haupte, oder wenigstens Vice-Könige, er sich ohnfehlbar vor seine Person selbsten aufzuwerffen gesonnen, indem er sich zum öfftern [317] verlauten lassen, daß ihm diese Insul allein lieber seyn solte, als manches kleines Königreich, ingleichen bürdeten sie ihm auf, daß er sich mit dem wenigen Proviant und Schieß-Pulver abspeisen lassen, und nicht darauf gedrungen hätte, daß ihm die Felsenburger mehrere Kostbarkeiten an Gold, Silber, Perlen und dergleichen zinsen müssen, indem es schon längst durch verschiedene Spions verrathen worden, daß sie einen sehr starcken Vorrath von dergleichen Sachen im Vermögen hätten; doch würde er vielleicht die unschätzbaren Diamanten und andern edlen Gesteine, die sie ihm hie und da heimlich zugesteckt, wohl schwerlich zeigen. In Summa: es erhellete klärlich aus allen Umständen, daß Don Juan aus gewissen Absichten, die ihm vor seine eigene Person selbst etwa zum besondern Vortheil gereichen können, die Felsenburger begnadiget, und der Königlichen Ordre nicht behörig nachgelebt hätte, wiedrigenfalls man diese Insul wohl erobern können, und wenn dieselbe noch 10. mahl stärcker bevestiget und besetzt gewesen wäre.

So bald nun diese falschen Beschuldigungen dem Don Juan zu Ohren kamen, ließ er die Commandeurs der andern beyden Kriegs-Schiffe, ingleichen alle übrigen vornehmen See-Officiers zu sich auf sein, als das Haupt-Schiff beruffen, um mit ihnen See- oder Schiffs-

Rath zu halten, und sich sonderlich wegen der ihm aufgebürdeten schweren Verbrechen zu entschuldigen.

Seine Feinde und Verfolger kamen hierüber zusammen, und der hefftige Streit mit Worten währete viele Stunden, ja fast die gantze Nacht [318] hindurch, da denn Don Juan de Silves, welchem seine Feinde nichts erweißlich machen, vielweniger ihn mit Worten überwinden konten, ihre Degens auf ihn zogen, und diesen wackern Commandeur mit etliche 20. Wunden ermordeten, wie wir denn solche gantz eigentlich gezählet haben. So bald aber dieselben ihn tod sahen, und bemerckten, daß dieserwegen eine Rebellion auf seinem als dem Haupt-Schiffe entstehen, die sich vielleicht wohl weiter noch auf die andern Schiffe ausbreiten möchte, gaben sie so gleich Befehl an die andern beyden Schiffe, auf das Haupt-Schiff los zu canoniren, und solches, wo möglich, in den Grund zu bohren. Wie wir, als des Don Juans überbliebene Getreuen, dieses kaum pfeiffen hören, warffen sich unser 12. Mann in das gröste Boot, nahmen auch den verblichenen Cörper des Don Juan mit hinein, indem wir gesonnen waren, denselben auf einer der höchsten Sand-Bäncke zu begraben; Allein der Himmel fügte es gantz anders, indem unser Boot auf einer verborgenen Klippe umstürtzte, so daß von unsern Cameraden ihrer 7. ersoffen, mithin bey dem todten Cörper nicht mehr, als wir 5. Mann übrig blieben, worauf uns ein sanffter Wind, an statt, wie wir erstlich vermeyneten, nach den Sand-Bäncken zufuhr, und durch die Gnade und Barmhertzigkeit des Himmels, zwar wider alles unser Vermuthen, an das Ufer dieser Insul trieb. Als welche Insul wir denn mit den allergrösten Freuden so gleich erkannten, einen bequemen Ort zum Anländen fanden, und unsere Leiche, als des im Leben liebgewesenen Commandeurs, Don Juan de Silves, mit [319] ungemeiner Mühe und Arbeit zu Lande brachten, dieselbe nach Soldaten-Art ehrlich begruben, und einen grossen Stein-Hauffen auf das Grab machten, wie denn, meine Herren! selbiges sogleich nach ihrem Belieben in Augenschein nehmen können, auch, so es gefällig, den Cörper können ausgraben, und durch einen Chirurgum besichtigen lassen, denn es kan dieser Cörper, weilen er so nahe an der See, und zwar im schönsten kühlen Sande stehet, binnen so kurtzer Zeit nicht vermodert oder angefaulet seyn. Sonsten aber kan man den Don Juan de Silves an den 3. starcken Narben, die ihm, wie ihnen bekannt, von 3. wichtigen Verwundungen übrig geblieben, gar leicht erkennen, ausgenommen des grossen braunen Muttermahls, welches er an seinem lincken Backen hat. Dieses sage ich darum, wenn sie ja zweiffeln solten, daß dieses der rechte angegebene Cörper wäre. Sonsten aber möchten sich meine Herren vielleicht auch wohl darüber verwundern, wo nemlich wir 5. Personen 5. Flinten, so viel Palläsche, Bajonetts und dergleichen anderes Gewehr hergenommen hätten, da doch unsere 7. Cameraden ersoffen, und ihr Gewehr wohl nicht würden zurück gelassen haben; allein, wenn sie sich bemühen wollen, mit nach unserm Boote zu gehen, welches uns durch des Himmels Fügung anhero gebracht, so werden sie gleich finden, daß wir Recht haben: denn dieses ist eines von der besten Portugiesischen Art, da man in den hohlen Seiten-Wänden des Boots verschiedene Stücke, Ober und Unter-Gewehr, Pulver, Bley und dergleichen verbergen kan, wie wir denn von diesem allen einen noch höchst nothdürfftigen Vorrath haben; so werden [320] sie denn daraus ferner beobachten, daß alles dieses gantz natürlich zugehet.

Nunmehro (so redete der Sergeant ferner) bitten wir uns bey unsern Hochgebietenden Herren dero mächtigen Schutz aus, und zwar in Erwegung dessen, daß uns der Himmel so wunderbarer Weise wieder anhero auf diese ihnen zuständige Insul geführet hat. Auf ihre grosse Insul verlangen wir nicht einmahl unsere Füsse zu setzen, um des Verdachts entübriget zu seyn, als ob wir etwa Spions oder Landes-Verräther wären, als welches der Himmel wolte lassen ferne von uns seyn. Kurtz: wir sind froh, daß wir von unsern Landes-Leuten mit guter Manier abgekommen sind, weilen uns deren Lebens-Art selbsten nicht länger anständig ist, darum wollen wir uns eine geruhigere Lebens-Art erwählen, und um unsere Nahrungs-Mittel zu verdienen, lieber so lange arbeiten, bis uns der Tod der Arbeit entlediget. Unterdessen sind wir, wie sie sehen, alle noch gesunde, frische und starcke Leute, deren der Aelteste etwa von 53. der Jüngste aber von etliche 30. Jahren seyn. Wir sind alle geschickt zu Zubereitung des Holtzes, sonderlich dessen, was zum

Schiff- und Häuser-Bau erfordert wird, ausser diesem können wir ja in den Saltz- und Ertz-Gebürgen arbeiten, wenn uns ja unsere Herren dasjenige Brod gönnen wollen, welches wir nicht etwa, so wie vorhero als Faulläntzer, sondern mit ihrer allermöglichsten Hand-Arbeit zu verdienen gedencken.

Meine Freunde! (gab ich ihnen hierauf zur Antwort) nehmet mir nicht übel, daß ich euch dessen, was diese letztere Sache anbelanget, keinen gründ-[321]lichen Entschluß ertheilen kan, indem ein solches unsern Aeltesten und Befehlshabern erstlich muß vorgetragen werden. So viel aber will ich euch versprechen, daß, wenn ihr GOtt fürchtet, getreu und redlich, keinesweges aber verrätherisch oder tückisch an uns handelt, so könnet ihr arbeiten nach eurem eigenen Belieben, so viel als ihr vermeynet, was etwa zu desto besserer Erhaltung eurer Gesundheit möchte dienlich seyn. Unterdessen möget ihr auch arbeiten, oder gantz und gar nichts thun, als eurer Ruhe pflegen, so soll euch doch von Zeit zu Zeit, und zwar im Uberflusse, so viel an Kost und Wein zugeführet werden, daß ihr nicht zu klagen Ursache haben sollet. Auser dem habt ihr ja die schönsten grossen und auch kleinen Vögel, die wilden Ziegen und noch vielmehr gutes Wildpret, worbey wir uns aber ausbitten, so wohl das Roth- als Schwartz-Wildpret ein wenig behutsam zu tractiren, weiln wir unsre Freude daran haben. Hergegen werdet ihr auser denen grösten Schildkröten und andern Meer-Thieren, welche man nebst den allervortrefflichsten Fischen zur Speise gebraucht, den stärcksten Vorrath ohne besondere Mühe antreffen, und euch dieselben, der Veränderung der Speisen wegen, zu Nutze machen können. Hiernächst wollen wir euch allerhand Handwercks-Zeug, als grosse und kleinere Sägen, grosse und kleine Holtz-Aexte und Hand-Beile, ingleichen Hacken, Picken, Schauffeln, Spaden und dergleichen, so viel, als nöthig zu seyn scheinet, zuschicken, als wormit ihr euch eurer Bequemlichkeit nach, diese oder jene Bewegung zu Erhaltung der Gesundheit, nicht aber zur Schwächung [322] des Leibes machen könnet, denn dieses verlangen wir nicht, weiln wir keine Tagelöhner nöthig haben, sondern unsere selbst eigene Tagelöhner nach eines jeden Vermögen sind.

Nachdem nun diese guten Leute, welche bis dato noch alle lebendig, lustig und guter Dinge anzutreffen sind, diesen Vortrag von mir angehöret, schienen sie von Hertzen darüber erfreuet zu seyn, und wolten uns allen die Hände küssen, allein wir schenckten ihnen diese unnöthige Höflichkeit, liessen uns aber doch aus Neubegierde zu des Don Juans Grabmahle führen, wobey sie denn fragten: ob wir dasselbe wolten eröffnen lassen, um seinen Cörper in Augenschein zu nehmen? da sie sich denn mit etlichen mit Eisen beschlagenen Rudern so gleich darüber hermachen, und dasselbe aufgraben wolten; Allein wir sagten ihnen, daß dieses nur unterbleiben könte, indem wir ihrer Redlichkeit traueten, und den Cörper nicht in seiner Ruhe stöhren wolten. Hierauf lasen wir Felsenburger allen unsern noch bey uns habenden Proviant zusammen, worunter etliche Flaschen Wein befindlich, die sich einige durstige Seelen auf die Reise füllen lassen; wie aber unser eigener Hunger und Durst schon ziemlich gestillet war, und wir binnen wenig Stunden wieder in unsern Wohnungen zu seyn uns vorstelleten, so liessen wir alles dieses unsern neuangekommenen Gästen zurück, die sich denn, wie sie hernach sagten, eine sehr kostbare Abend-Mahlzeit davon zubereitet, welche sie aber nicht alle verzehren können, sondern noch sehr viel bis auf den andern Tag übrig behalten hätten. [323]

Demnach nahmen wir auf dißmahl Abschied von ihnen, nebst der Versicherung, daß wir als Ubermorgen gantz gewiß wieder zu ihnen kommen wolten, da sie uns denn in aller Frühe mit ihrem Boote bis an den Absatz unsers Felsens entgegen fahren könten. Und dieses war der Verlaß, wir aber kamen noch bey guter Zeit nach Hause, so, daß noch Zeit genug übrig war, vor Schlafen-gehen dem Regenten und einigen bey ihm versammleten Mit-Regenten einen ausführlichen Rapport von unserer Reise und vorgefallenen Verrichtungen abzustatten.

Hier traf nun anfänglich wohl recht das gewöhnliche Sprüchwort ein: Laudatur ab his, culpator ab illis; *wie nemlich eine Sache zuweilen von diesem gelobt, von einem andern aber getadelt oder verachtet wird;* sonderlich muste sich zuerst der gute Eberhard Julius ziemlicher Massen durchhecheln lassen, daß er abermahls 5. neue Stipendiaten, oder wie man sie sonst anderer

Orten zu nennen pflegt, Sanct Marx-Brüder gewonnen hatte. Jedoch, nachdem ich meinen Mund auch aufgethan, und mich in dieser meiner gerechten Sache bestmöglichst verantwortet hatte, auch meine mitgewesenen lieben Hn. Brüder u. guten Freunde aufs kräfftigste vor mich redeten, so wurde nach etwas genauerer Untersuchung der Sachen-Beschaffenheit mir zuvörderst und allen andern Mitgewesenen das Lob und der Ruhm beygelegt, daß wir unsere Dinge unvergleichlich wohl gemacht hätten, zur Straffe aber dessen, daß wir alles so wohl besorgt, solten wir auch fernerweit darauf bedacht seyn, daß uns diese [324] Leute nicht etwa mit der Zeit fatal werden, und wohl gar der Insul Groß-Felsenburg einen Stoß geben möchten &c. Hierbey wurde uns auch die Sorge vor ihre Verpflegung und alles dessen, was sonsten dabey vonnöthen seyn möchte, aufgetragen, damit man sehen könne, wie sich diese Leute (welche meine besten Freunde im Schertze nur die Eberhardische Colonie zu nennen pflegten) vor Zeit zu Zeit anliessen. Sonsten hätte ich zur Vertheidigung dieser sehr redlich und aufrichtig scheinenden Leute, die, wie wir hernach erfuhren, nicht alle gebohrne Portugiesen waren, noch ein vieles beybringen können, unter welchen mir sonderlich der Sergeant sehr wohl gefiel, als welcher sich vor einen gebohrnen Edelmann ausgab, und sich Don Francisco del Rio nennete, auch nebst dem Spanischen sehr gut Latein redete; allein, es erforderte eben die Noth noch nicht, daß ich sie zu frühzeitig lobte, weiln ich das feste Vertrauen zu ihnen hatte, daß sie sich durch ihre gute Aufführung bald selbsten Lob und Ruhm erwerben würden. Demnach sorgte nur davor, ihnen mein Wort zu halten, und bestimmten Tages wieder bey ihnen zu seyn. Meine mitgereiseten lieben Brüder, Vettern und Freunde nahmen in der That grossen Theil an diesen meinen ohnbesonnenen Sorgen, mithin wurden in geschwinder Eile 3. Boote ausgerüstet, und nicht allein mit Lebens-Mitteln, sondern auch mit den allernöthigsten Stücken, welche zur guten Wirthschafft gehören, beladen. Als einige Stück Feder-Betten, etliche Matrazzen von verschiedener Grösse, Kessel, eiserne Töpffe, Tiegel, Pfannen, Schüsseln, Teller, Löffel, und [325] anderes Küchen-Geräthe, alles nach seiner Art, theils von Meßing, theils von Eisen und so fort, worbey eine erstaunliche Menge Töpffer-Zeug von verschiedener Art zum Gebrauche in die Küche befindlich.

Was die Haupt-Stücke unserer Verehrung aber anbelanget, so mochten es wohl diese heissen, daß ein jeder ein so genanntes Feyer- oder Sonntags-Kleid, darbey auch ein von etwas gröbern Tuche, oder gemeines Werckel-Tags-Kleid bekam, welche beyde vollständig nach Felsenburgischer Mode gemacht waren, auser diesem bekam jeder noch 2. paar Wild-Lederne Beinkleider, auch Schue, Stiefeln u. Strümpffe 3. und 4. fach. Unser Frauenzimmer, deren mancher sonsten ein Zwirns-Faden an das Hertze gewachsen war, wolte seine Freygebigkeit (ich weiß selber nicht warum?) auch auf einmahl zum Vorscheine kommen, und dero Lichter leuchten lassen, denn sie beschenckten meine so genannte Colonie, jeden mit 12. Unter- und eben so vielen etwas feinern Ober-Hemden, Halstüchern, Servietten, Handtüchern, Schnupftüchern und andern dergleichen Kleinigkeiten, worbey aber auch die schönsten Bett-Uberzüge und Bett-Tücher waren, des übrigen Hausraths gantz und gar nicht zu gedencken. Ja, ich wundere mich bis diese Stunde noch fast halb tod, daß unser Frauenzimmer ihrem zarten Hertzelein damahls dergleichen so gar gewaltige Stösse geben können; Allein die Wahrheit zu bekennen, so haben sie, dem gemeinen Sprichworte nach, nichts weiter gethan, als Speck-Seiten nach Bratwürsten zu werffen. *Jedoch umgekehrt:* denn ich bin ja lange noch nicht fertig mit erzehlen; hätte mir aber selbsten nicht eingebildet, daß alle diese unsere ge- [326]ringen Geschencke, durch die Gelegenheit, hauptsächlich aber durch die Vorsorge der Himmels-Güte, bey eben dieser Leute Anwesenheit so reichlich solte ersetzt werden.

Jedoch, kurtz zu sagen: so sahen wir unserer Stipendiaten Boot, welches man wohl eine der besten Chalouppen nennen mochte, zu bestimmter Zeit angerudert kommen, weßwegen wir uns denn auch so gleich mit unserer verabredeten Equipage fertig machten, solches nicht lange aufzuhalten, da mir denn dieses am allerlächerlichsten vorkam, daß der liebe Töpfer und Bruder Schreiner, in unsäglicher Eile fast das halbe Schiff mit seinem auserlesensten Töpfer-Geschirre anfüllen ließ, so, daß wir ihn noch bitten musten, den mehresten Theil wieder zurück zu nehmen, und vor uns aufzubehalten, zumahlen, da noch andere Handwercks-Leute, als Böttcher, Tischer, so wohl auch die Künstler, ihre Gaben herbey brachten, und zwar dergestalt reichlich, als ob eine Colonie von etliche 100. Mann vorhanden wäre.

So bald wir aber unsere Sachen alle in beste Ordnung gebracht, fuhren wir mit unsern in der Chalouppe befindlichen Gästen, ohne fernere Weitläufftigkeiten zu machen, nach der Insul *Klein-Felsenburg* zu, allwo wir unsere Herren Liebhaber alle 5. bey ihrer sich selbst gemachten Taffel antraffen, worbey ich bemerckte, daß sie erstlich eine gute See-Krebs-Eyer-Suppe, die sehr wohl gewürtzt war, hatten; hernach zum andern Gerichte, ein recht unvergleichlich schönes, mit einer gewissen Wurtzel gekochtes Auer-Ochsen-Fleisch; [327] zum dritten Gerichte hatten sie gekochte kleine ungemein wohl schmeckende Vögel, die noch einmahl so groß waren, als in Deutschland die Tauben, aber weit angenehmer schmeckten; zum vierdten Gerichte erschienen zwey gantz gebratene Schmal-Thierlein, anbey 2. desto grössere gebratene wilde Schweine, worbey allerley Sallat in Menge, indem man weder in Klein- noch Groß-Felsenburg, in Betrachtung der Cocos- und andrer Bäume, deren letztern Arten den delicatesten Oel, so wie die erstern Früchte, Sauer und Süsse, von sich geben, auch demjenigen, der es recht verstehet und zu gebrauchen weiß, verschiedene Veränderungen seinem Geschmacke nach beybringen können.

Wir sahen also wohl, daß es diesen guten Leuten, um sich recht zu laben, blos an Wein und Confect fehlete. Da sie aber aus treuhertziger Liebe und Freundschafft uns zu Gästen geladen, wir auch dieselben nicht verschmähet, sondern von allen ihren Gerichten mitgenossen hatten; so liessen wir vorerst nur nach dem ersten Appetite so viel aus unsern Booten herbey bringen, daß wir alle insgesamt satt und zur Gnüge daran hatten.

Unser Medico-Chirurgus, Herr Cramer, war aus dem besondern Antriebe mit uns gefahren, um zu erforschen, ob uns etwa die Portugiesen einen falschen an Statt des Don Juans Cörper in die Erde gescharret, und ein Grabmahl darüber gemacht, mithin uns listiger Weise hintergangen hätten; derowegen wolte er das Grab baldigst eröffnet haben, diesen Cörper, den er im Leben sehr wohl gekennet, auch denselben unter sei-[328]ner Cur gehabt, aufs allerbedächtigste zu besichtigen, und wenn er auch schon halb verfault seyn solte. Wir baten ihn aber, unsere Lust nicht zu stöhren, zumahlen, da wir ohne dem gern abwarten wolten, wie sich die 5. Leute beginnen würden, wenn sie unsere Geschencke empfiengen, die eben zur selben Zeit von den Booten bereits des mehrersten Theils herbey gebracht waren.

Ich will nichts von der Freude sagen, welche diese Leute bezeugten, da sie sahen, was ihnen zugebracht und gewidmet war, denn dieses ist mir eine unmögliche

Sache; jedoch, da sie alles besehen hatten, sagten wir ihnen, daß sie nur auf heute alles bey Seite bringen, und sich einen lustigen Muth machen möchten bis Morgen, da sie denn alles nach ihren eigenem Belieben in behörige Ordnung stellen könten, indem wir noch einen, oder wohl noch 2. Tage bey ihnen zu bleiben gesonnen wären, um ihre neuen Anstalten in Augenschein zu nehmen. Die Leute folgten unserm Rathe, und ohngeachtet, daß sie den allerbesten Wein und auch anderes starcke Geträncke vor sich zu geniessen im grösten Uberflusse sahen, so musten wir uns doch über ihre besondere Mäßigkeit, so wohl im Essen als Trincken, gantz ungemein verwundern; Demnach begaben sie sich bald bey einbrechender Nacht ein jeder an seinen Ort zur Ruhe.

Hierbey muß ich melden, daß sich auf dieser Insul sehr artige Thierlein, und zwar in weit grösserer Menge befanden, als auf der grossen Insul, welchen unser Frauenzimmer den Nahmen Minions beygeleget hatte. Diese Thierlein waren [329] etwas grösser, als einer der allerstärcksten Hasen, hatten ein Schlos-Schleyerweisses Fell, gefräßig wie die Marter, und waren sehr schnell auf ihren 4. Füssen, hatten auch die besondere Art an sich, daß sie kein Pulver auch nur von ferne riechen konten: und wenn nur ein eintziger Schuß in ihrer Gegend, allwo vielleicht ein besonderes Kraut, welches ihrem Appetite convenable war, wachsen mochte, geschahe; so stoben sie alle, wie ein Blitz darvon, und kamen wohl in etlichen Tagen nicht wieder auf denselben Platz. Im übrigen waren ihre Bälge so fein als Zobel-Bälge, oder die in Europa so genannten Wiesel-Fellchen.

Was thut man nicht, um dem Frauenzimmer eine Lust zu machen? derowegen, da die Portugiesen meldeten, daß diese obwohl kleine Thiere, die sie nicht einmahl zu fangen, viel weniger zu tödten gesonnen wären, ihnen dennoch vielen Schaden und Verdruß verursachten, weilen sie weit ärger wären, als die Füchse, Hunde, Katzen und dergleichen naschhaffte Thiere, indem sie ihnen nicht ein- sondern etlichemahl, ohne sich vor dem Feuer zu scheuen, die Bratens von den Spiessen gefressen, so bald es nur demmerig wäre worden. Solchergestalt baten wir die Portugiesen, uns nur in allergröster Geschwindigkeit eine kleine Laub-Hütte etwa auf 2. oder 3. Personen aufzubauen, weilen wir eine besondere Art von Schlingen bey uns hätten, worinnen sich wenigstens einige derselbigen fangen müsten. Dieses mit den Schlingen war zwar wohl richtig, allein wir hatten, da wir vernommen, daß die Dinger kein Pul-[330]ver riechen könten, wir auch ohnedem wohl wusten, daß es eben nicht rathsam sey, bey Nachts-Zeit, zumahlen, einer so geringen Ursache wegen, eine Büchse oder Flinte abzubrennen, so liessen wir etliche Wind-Büchsen aus unsern Booten langen, deren wir sonsten gewöhnlicher Massen etliche bey uns zu führen pflegten, nur blos zur Lust, etwa dann und wann einen Vogel damit zu schiessen.

Des darauf folgenden Tages liessen unsere Gäste erstlich ihr recht vollkommenes Vergnügen über alle die guten Sachen spüren, die wir ihnen mitgebracht hatten, ja einige waren schon beschäfftiget, sich gleich mit Sägen, Aexten, Beilen, Picken und Hacken &c. an die Arbeit zu machen, worvon wir sie aber abhielten, indem ihnen so wohl als uns dieser Tag noch ein Tag des Müßiggangs und Wohllebens seyn solte. Unterdessen war die schon gedachte grüne Laub-Hütte, welche Mons. Litzberg und ich vor uns aufzubauen bestellet, noch eher fertig, als wir uns deren versahen, welches uns denn anreitzete, sogleich alle unsere Geräthschafft in Ordnung zu bringen; demnach schliechen Mons. Litzberg, Mons. Cramer und ich, also 3. Personen, in diese Laub-Hütte, es hatte keiner aber, den wenigen Proviant ausgenommen, weiter nichts bey sich, als etliche Schlingen und seine Wind-Büchse. Die Dinger nahmen es als unvernünfftige Thiere nicht so bald gewahr, daß wir auf sie laureten, derowegen wurden ihrer 3. erstlich in Schlingen gefangen, 2. aber mit den Wind-Büchsen tod geschossen, so, daß sie auf dem Platze liegen [331] blieben; Allein die andern Herren Minions, als ihre Cameraden, oder Bluts-Freunde, ergriffen von der Stunde an das Hasen-Panier, was Massen wir denn binnen weniger Zeit, (weilen diese Thiere ohnfehlbar Blut gerochen, des Handels inne worden und wohl so bald nicht wieder zu kommen gedachten,) auch uns vor diesesmahl mit unsern 7. Sachen in unsere Hütten zurück begaben, unter der Verabredung, daß wir uns diese und dergleichen Lust noch ein- oder etlichemahl machen wolten.

Es wurde so wohl von unsern Gästen, als andern noch anwesenden Felsenburgischen Freunden bewundert, daß wir so glücklich gewesen waren, dergleichen Helden-Thaten gethan zu haben; Wir aber, nachdem ein jeder noch ein gut Glas Wein getruncken, sahen uns nach der Ruhe-Stätte unserer ermüdeten Glieder um, und da wir dieselben gefunden, streckten wir dieselben, welche ziemlich erkältet waren, darauf aus, ohne uns weiter um die Minions zu bekümmern, als diejenigen, welche wir gefället, und bereits in sichere Verwahrung gegeben hatten.

Es machte dieses ein grosses Aufsehen unter den 5. Portugiesen, indem sie heilig versicherten, daß sie diesen Thieren auf allerhand listige Art nachgetrachtet, ihnen Fallen und Schlingen gestellet, auch öffters mit Pfeilen nach ihnen geschossen, allein sie wären jederzeit unglücklich und ihre Mühe vergebens gewesen, derowegen begaben wir schon gemeldte 3. Personen uns in der darauf folgenden Nacht zum andernmahle in die Laub-Hütte, in [332] Hoffnung, daß wir noch mehr Minions erlegen, und mit deren Bälgen unserm Frauenzimmer ein Præsent machen wolten.

Allein bey dieser Gelegenheit widerfuhr uns eine Erstaunens-würdige Begebenheit, denn da Mons. Litzberg, Mons. Cramer und ich, auf kleinen Klötzern neben einander sassen, und unsere Augen über die See, nach der Insul Groß-Felsenburg hingewandt hatten, kam, ehe wir uns deren vermutheten, eine erstlich dick scheinende

Wolcke aus dem Meere, in Gestalt einer runden Kugel, auf das Ufer herauf gekollert, welche sich denn immer näher und näher nach unserer Hütte zu zukollern schien; allein wenige Minuten hernach verwandelte sich diese Wolcke in die Gestalt eines Mannes, der ein blutrothes Kleid anzuhaben schien, wie wir denn dieses bey dem hellgläntzenden Mondenschein, der, so zu sagen, fast die Nacht zum Tage machte, aufs allergenaueste beobachten konten; indem aber unsere Lauber-Hütte dem Grabmahle des Don Juan de Silves dergestalt nahe entgegen gelegen, daß man wohl mit einer Pistolen-Kugel in den Stein-Hauffen hätte schiessen können, so wurden wir mit fast noch grössern Erstaunen gewahr, daß aus jetztgemeldten Stein-Hauffen ein dicker schwartzer Nebel aufstieg, welcher sich doch binnen wenig Minuten immer dichter zusammen zog, und endlich ebenfalls in die Gestalt einer Manns-Person verwandelte, die ein gleichförmiges blutrothes Kleid, mit der schon gemeldten aus der See gekommenen Person am Leibe zu tragen schien, denn wir konten bey dem unver-[333]gleichlichen Mondenschein alles aufs allergenauste unterscheiden; Allein wir wurden fast gantz auser uns selbst gesetzt, da beyde blutroth gekleidete Personen einander begegneten, und zu dreyen mahlen um den Steinhauffen, oder des Don Juans Grab-Stätte herum giengen. Mir zum wenigsten stunden alle Haare zu Berge, und ich fieng vor Schrecken schon einiger Massen zu zittern und zu bebern an, dergleichen meinen Herrn Consorten, wie sie mir nach der Zeit bekennet, ebenfalls wiederfahren ist. Allein was geschahe? nachdem diese beyden Gespenster, oder Geister, 3. mahl um den Stein-Hauffen herum gegangen, machten sie ihre Wendung so, als ob sie auf unsere Hütte zu spazieren wolten, da denn unsere Angst und Furcht, wie leichtlich zu erachten, sich nicht um ein geringes vermehrete, jedoch wir blieben gantz stille sitzen, auser dem, daß wir unsere Schnupff-Tücher heraus zogen, und vor Mund und Nase hielten. Inmittelst fiel uns dieses als etwas recht erschröckliches in die Ohren, daß bey ihrer ersten Begegnung, der Geist des Don Juans mit einer gräßlichen und dumpffigten Stimme dem Angekommenen also entgegen rief: *Wer da? Wer bist du?*

Hierauf antwortete der Angekommene ebenfalls mit einer gräßlichen und heisern Stimme.

Ich bin der Geist des Lemelié, *eines in seinem Leben sehr berühmten See-*Capitains, *von welchem die Felsenburger viel werden zu sagen wissen, indem er sein Andencken bey ihnen verewiget hat, so daß seines Nah-*[334]*mens Gedächtniß nimmermehr ersterben wird. Weilen ich nun im Reiche der Todten dein Schicksal und einen guten Theil deiner Begebenheiten so wohl, als den Ort deines Begräbnisses erfahren, so habe, weil wir beyde fast einerley Verhängniß auf Erden gehabt, der meiner* Nation *angebohrnen Höflichkeit nach, mir eine Schuldigkeit daraus gemacht, aus meiner Grufft herüber zu dir zu kommen, und mich einer und anderer Sachen wegen mit dir zu unterreden.*

Wem solte wohl die Haut nicht schaudern, wenn er dergleichen Worte hörte, die wir alle insgesamt gantz deutlich hören und vernehmen konten, zumahlen, da dieselben von einem verfluchten und verdammten Geiste ausgesprochen wurden? Jedoch, da wir vermeynten, sie würden uns näher kommen, sahen wir, daß sie sich anders bedachten, und vor unserer Laub-Hütte gantz sachte vorbey spazierten, da wir denn vernahmen, daß der erste, nemlich des Don Juans Geist, im währenden Gehen also redete:

Ich habe schon in meinem Leben viel von deinen seltsamen Begebenheiten erfahren, und bedaure nur, daß wir beyde nicht zu einer Zeit gelebet haben, und einander kennen sollen. Im übrigen habe ich nicht geringe Ursache, dir eine und andere wichtige Geheimnisse zu eröffnen, und deiner Verschwiegenheit anzuvertrauen; nicht aber auf dieser elenden Insul allein, sondern ich will über 3. Tage in der Mitternachts-Stunde bey dei- [335]*ner Grab-Stätte erscheinen, und mich mit dir gantz allein, ohne Beyseyn weder Menschen noch Geister, besprechen.*

Hierauf schien es, als wenn diese verfluchten Geister einander die Hände reichten, und weiter zusammen fort spazierten, bis in das Feuer-Loch, welches unsere Portugiesen sich zum Kochen und Braten gemacht, in welchem sie sich denn etlichemahl bald lincks, bald rechts herum dreheten, hernach aber nach dem Gebürge zugiengen, und in der Gegend des grossen Berges aus unsern Augen verschwanden; wir höreten zwar alle drey, jedoch nur in etwas, daß sie weiter mit einander redeten, konten aber wegen der Ferne nichts eigentliches verstehen, doch bemerckten wir, daß sie zum öfftern mit den Füssen auf den Erdboden stiessen, auch bald gegen das Gebürge, bald in das Feuer-Loch, bald in andere Gegenden mit Fingern zeigten.

Wie nun aber nicht allein die fürchterlichen Mitternachts-Stunden verschwunden waren, sondern sich auch schon einige Vorläuffer des Tags-Lichts blicken liessen, so bekamen wir gedoppelten Muth, und suchten unsere Ruhe-Stätte, nachdem wir in dieser schreckhafften Nacht noch 5. so genannte Minions in den aufgestellten Schlingen gefangen hatten, die wir mit zu den vorigen legten, im übrigen aber keinem Menschen etwas davon sagten, was uns in abgewichener Nacht erschienen wäre.

Auch dieses angebrochenen Tages musten sich die Portugiesischen Gäste annoch in unserer Gegenwart lustig machen, da wir ihnen denn von den [336] besten Speisen und Geträncken alles im Uberflusse zukommen liessen. Was ihnen die gröste Freude machte, waren die Kleidungs- Bett- und weisser Wäsche-Stücke, den übrigen Hausrath aber hatten sie in aller Geschwindigkeit dergestalt ordentlich rangirt, daß wir vor dißmahl an ihrer Einrichtung eben nichts auszusetzen hatten, jedoch ihnen in einem und andern Stücken, besserer Ordnung wegen, guten Rath und Anweisung gaben.

Mittlerweile aber, zumahlen, da wir des fernerweitigen Minions-Schiessens überdrüßig waren, gaben wir unsern Gästen noch allerhand gute Lehren, und stelleten Ordres, wie sich dieselben hinkünfftig auch auser unserer Gegenwart verhalten und auufführen solten, mit dem Versprechen, daß wir bey Beobachtung ihrer guten Aufführung ihnen alle nur ersinnliche Gefälligkeiten erweisen wolten, da sie denn ihre Treue und Redlichkeit mit ohnabgeforderten feyerlichen Eydschwüren von selbsten abstatteten, worauf wir abermahls von ihnen hinweg und nach Hause zu ruderten, die Unserigen auch, nachdem wir ihnen die Conduite der Portugiesen, der Wahrheit gemäß, aufs beste vorgemacht hatten, ziemlich beruhigt zu seyn antraffen. Von der Begebenheit aber, der uns 3. offt gemeldten Personen erschienenen Gespenster, sagten wir vor dißmahl niemanden auch das geringste Wort, ausgenommen den Hrn. Geistlichen, welche sich ungemein darüber verwunderten, da sie aber höreten, daß ich die Zeit und Stunden abpassen wolte, wenn des Don Juans Geist dem Lemelié, seinem Versprechen gemäß, eine Gegen-[337]Visite geben würde, so wolten mir anfänglich die Hrn. Geistlichen ein solches aufs allervertraulichste widerrathen, und nicht zugeben, sich fernerweit in ein solches Satans-Spiel zu mischen, sondern riethen um selbige Zeit viel lieber ein andächtiges Gebet vor mich selbst und alle Insulaner gen Himmel zu schicken; Allein hier traf bey mir das Sprichwort wohl recht ein: Nitimur in vetitum semper cupimusque negata. Das heist so viel, daß wir Menschen gemeiniglich am allerliebsten dasjenige thun, was uns verboten oder untersagt ist. Mithin wurde ich in meiner Neubegierde nur immer hitziger gemacht, und da Mons. Litzberg und Mons. Cramer auch Schwans-Federn, oder, besser zu sagen, Hasen-Hertzen bekommen hatten, und mir auf meine freundliche Anfrage: ob sie sich mit mir zu der bewusten Zeit auf den Gottes-Acker an des Lemelié Schand-Seule wagen wolten? eine kaltsinnige abschlägige Antwort gaben, ließ ich weiter gegen niemanden das geringste mercken, erwehlete mir aber in aller Stille in meinem Hertzen 2. wohlbekannte Felsenburgische Männer, die mir wohl ohngefehr an Jahren gleich waren, und von denen ich versichert war, daß sie eine vollkommene Hertzhafftigkeit besässen, auch sich weder vor Gespenstern, noch dem Satan selbsten, viel weniger vor Menschen scheueten, weilen ich von ihrer Hertzhafftikeit nicht eine, sondern etliche Proben erfahren. Diesen beyden Brüdern vertrauete ich das gantze Geheimniß in aller Stille, eröffnete ihnen mein Vorhaben, und brauchte nicht viel Worte zu verlieren, als sie sich sogleich dergestalt [338] erkläreten: sie wolten niemanden nichts von der Sache sagen, hergegen sich GOtt befehlen, fleissig beten, und mitgehen, wo ich sie hinführete; da sie mich denn in der Mitten behalten, jedoch pro forma nur, ihr Ober- und Unter-Gewehr mit sich tragen wolten; Ich versprach dergleichen zu thun, ohngeachtet ich wohl wußte, daß bey solchen Begebenheiten weder Ober- noch

Unter-Gewehr viel nützen kan; Nachhero aber wurde verabredet, zu welcher Zeit und Stunde und auf welcher gewissen Stelle wir alle dreye einander antreffen wolten. Demnach hatte ich weiter nichts auf meinem Hertzen, als mich mit guter Manier von meiner Frauen abzuschleichen, weilen ich bereits merckte, daß eine und andere Weiber-Klatschereyen entstanden waren; allein dieses gieng gantz gut an, indem mich der Regente zur Abend-Mahlzeit zu sich bitten ließ, welches ich denn nicht absagen wolte, sondern mit meinem Vertrauten (an andern Orten werden solche Personen Bedienten genennet) der bekannter Massen ein recht sehr artiger Felsenburgischer Jüngling war, immer nach der Alberts-Burg zugieng. Jedoch, da ich meine Gelegenheit ersahe, und vermuthete, daß, da ich etwa allzu lange und über die, mit meinen Wagehälsen abgeredete Stunde, versäumen möchte, welche mit dem Glocken-Schlage der 10ten Stunde, (so bald die größte Glocken-Uhr dieselbe angezeiget hätte, bestimmt war,) so machte ich mich mit besagten meinem Vertrauten lincks um, marchirte mit ihm gerades Weges nach dem Gottes-Acker zu, da ich denn, weil ich auf der bestimmten Stelle [339] meine vertrauten Freunde abgeredter Massen antraf, noch fernere Abrede nahm, daß ich mich an des verfluchten Lemelié Schand-Seule postiren wolte; sie aber möchten sich darum vergleichen, welcher unter ihnen bey den beyden Pyramiden Alberti Julii I. und der Concordiæ als unseren Ur-Eltern, ihnen zu Ehren, Schildwacht halten wolte, indem wir solchergestalt alle 3. nur auf wenige Schritte von einander entfernet wären, und bey jetzigem vortreflichen Mondenscheine, einer dem andern fast das weisse im Auge erkennen könte, wessentwegen wir denn auch gantz und gar keine Ursache uns zu fürchten hätten, zumahlen, da wir uns insgesamt in den Schutz unsers allmächtigen GOttes befohlen, als welcher den Satan dergestalt binden könte, daß er uns, die wir als getauffte Christen ohne dem die Herrschafft über den Satan und sein gantzes höllisches Heer hätten, auch nicht die kleineste Haar unsers Haupts zu krümmen vermögend sey.

Nun weiß ich mich zwar, als ein guter Christ, sehr wohl zu bescheiden, daß GOtt seinen Schutz und Schirm nur denjenigen versprochen, die auf ihren Berufs-Wegen bleiben und nicht etwa extra vagiren; wie mir denn dieses von unsern Herrn Geistlichen nachdrücklich genug vorgestellet wurde; Allein diese Sache hatte gantz eine andere Beschaffenheit, wovon ich eben jetzo nicht viel Worte machen will, weilen sonsten befürchten müste, daß einer oder anderer Blödsinniger unter uns vielleicht auf die Gedancken gerathen möchte, ich wäre etwa eben um dieselbe Zeit ein Fanaticus, [340] Maniacus oder gar Delirante gewesen; es dienet inzwischen demjenigen, der etwa so dencken möchte, zur freundlichen Nachricht, daß er von seinen Gedancken betrogen wird; Was ich aber ausgestanden habe um dieselbe Zeit, so wohl bey täglicher als nächtlicher Weile, und was ich vor Anfechtungen und Streit mit solchen Gegnern gehabt, die unsichtbar und zum Theil nicht zu nennen sind, davon will ich auch nichts sagen, als nur dieses, daß meine redliche Meynung war, mein Leib und Leben dem Vaterlande, dem grossen GOtt aber meine Seele aufzuopffern.

Keinen fernern Umschweiff aber in meiner Erzehlung zumachen, so melde, daß wir 3. geschworne Brüder einander zu bestimmter Zeit am ebenfalls bestimmten Orte antraffen, weßwegen ich meinem lieben Vertrauten das consilium abeundi gab, allein, er war in der Philosophie doch so weit gekommen, zu erwegen, daß es jetzo keine Zeit sey, mich, den er aus getreuen Hertzen vor vielen andern liebte, im Stiche zu lassen, ohngeachtet er sahe, daß ich 2. meiner allergetreusten Freunde bey mir hatte.

Aber weiter: wir machten unsere Sache gantz ordentlich, ich bekletterte ohne besonderes Grauen den Stein-Hauffen, der um des Lemelié Schand-Seule herum liegt, und lähnete mich auch so gar, nachdem ich mich niedergesetzt, mit dem Rücken gantz genau an gemeldete Schand-Säule, (welches ich nun wohl hätte können bleiben lassen); Aber der Centner meiner damaligen Hertzhafftigkeit oder Courage, wie man das Ding heutiges Tages [341] zu nennen pflegt, (und welches Wort die Herrn Europæer mit herüber gebracht) wug zu derselben Zeit vielmehr Pfunde, als nach Rechnungen hier und dar ausgemacht ist, die doch, wie ich gehöret, auch hie und da ziemlicher Massen falliren, oder wenigstens eine starcke Confusion im Handel und Wandel verursachen.

Weilen aber alle diese Ausschweiffungen zur Erzehlung der Haupt-Geschichte wenig dienen, so melde weiter, daß, nachdem ein jeder von uns seinen erwehlten Posten wohl besetzt, endlich die Seiger-Glocken die 12te Stunde anzeigten; da denn, so bald die allergröste Repetir-Glocke kaum ausgebrummet hatte der Geist des Don Juans in eben der Gestalt erschien, als ich denselben schon vorhero gesehen hatte; führete aber so wohl in seinem Rachen und Händen solche Dinger, die Feuer-Funcken von sich sprüheten, worvor sich meine Person jedoch gantz und gar im geringsten nicht fürchtete, weilen mir die Feuerwerckerey eben nicht so gar sehr unbekannt (obschon nicht die höllische). Unter den Steinen, worauf ich saß, fieng es zu beben an, ja es kollerten ihrer viele ohnangerührt von dem Hügel hinunter. Hierauf stieg der Geist des Lemelié allmählig aus seiner Grufft empor, und bewillkommete, wie ich bemerckte, seinen angekommenen Gast, mit gantz besonderer Zärtlichkeit; von ihren Worten aber, die sie bey der ersten Zusammenkunfft mit einander wechselten, schweben mir noch diese hauptsächlich im Gedächtnisse: [342]

Don Juans Geist: *Ich halte mein Wort, dich zu besuchen, es solte mir aber Leid seyn, wenn ich dich in deiner Ruhe stöhrete:*

Hierauf antwortete der

Geist des Lemelié: *Ich bin über deinen Zuspruch mit einem solchen Vergnügen überschüttet, als nur immermehr ein Geist empfinden kan, und wovon die Sterblichen gantz und gar nichts wissen, oder empfinden können; Allein!* (sprach der verdammte Geist) *wir wollen noch ein mehreres mit einander reden, darum folge mir nach.*

Demnach fasseten sich beyde Geister-Personen an die Hände, und giengen in den grossen Garten, allwo sie unter beständigem Gespräch nicht anders thaten, als ob es in der schönsten Frühlings-Zeit gewesen wäre.

Meine Geferten folgten mir getreulich auf dem Fusse nach, und haben mit angehöret, was diese verfluchten Geister vor erstaunliche Worte mit einander gewechselt; Sie haben auch ihre Aussage nach der Zeit redlich gethan, und dieselbe recht mit einem cörperlichen Eyde bekräfftiget, wovon ich itzo, da ich doch noch vielmahl gehöret und verstanden, als sie, eben keine weitläufftige Wiederhohlung thun will, weil es schon in unser Archiv ad Acta gebracht ist.

Ich fahre nun aber in der Geschichts-Erzehlung weiter fort, und berichte, (weilen ich wegen Anwesenheit vieler unverständigen und unmündigen auch superstitiösen Leutchen kein besonders Lerm stifften will, bis der Ausgang so gar bis [343] auf die späten Nachkommen zeiget,) daß Eberhard Julius sich so wohl gegen GOtt, als Menschen vollkommen redlich aufgeführet, und jederzeit bey der Verantwortung wohl zu bestehen getrauet.

Als die beyden vermaledeyeten Geister nun vor der Alberts-Burg stunden, sagte der Geist des Lemelié: *Dieses ist der verfluchte Hügel, welcher, wie man höret, nunmehro eine Burg genennet wird, unter welchem ich in einem Gewölbe bin umgebracht, und in das Reich der Todten geschickt worden.*

Nachdem er nun noch viele erschreckliche Worte, ja die gräßlichsten GOttes-Lästerungen ansgestossen, welche auch nur nachzusagen, ein Christe billig Scheu tragen muß, worbey uns allen die Haut schauderte, und die Haare zu Berge stunden; giengen die Verfluchten weiter herunter, und blieben der Kirche, oder unserm Hauptgemeinschafftlichen-GOttes-Hause gegen über stehen, worbey ich vor meine Person aber nur so viel sagen, daß ich zwar ein Gemurmele mit Worten unter ihnen vernommen, nicht aber berichten kan, worinnen diese Worte eigentlich bestanden, als welche mir durch einen fatalen Nord-Wind vor meinen Ohren hinweg gewehet wurden, geschweige denn das gantze Gespräch.

Mittlerweile, da eben ein Sonn- und zugleich ein Fest-Tag eingefallen war, wurde bey Anbruch des Tages die erste Losung mit einem Carthaunen Schusse von der Alberts-Burg gegeben, um den Insulanern gewöhnlicher Massen, ein solches anzudeuten, da denn in selbiger Minute die verdammten Geister vor unsern Augen gleich auf der Stelle vor [344] der Kirche verschwanden. Worauf wir Wagehälse erstlich einander noch einmahl ansahen, hernach aber noch vor der Kirche zu Herr M. Schmeltzern, sodann auch zu dem Regenten uns verfügten, und ihnen alles erzehleten, was wir gehöret und gesehen hatten; anbey baten: dieserwegen der Gemeine nicht sogleich die Ohren zu füllen, worinnen sie uns, sonderlich der Schwachen und Blödsinnigen wegen, auch den grösten Beyfall gaben, so, daß die allerwenigsten von unsern Insulanern gewahr wurden, was sich vor eine sonderbare Begebenheit mit uns zugetragen.

Wenige Tage hernach verfügte ich mich mit Mons. Litzbergen, Mons. Cramern, meinen zweyen in der Gefahr gehabten Beyständen, hiernechst in Gesellschafft noch mehrerer hertzhaffter Leute, abermahls in 2. Booten hinüber auf die Insul Klein-Felsenburg, um zu vernehmen, was etwa allda inzwischen vorgegangen wäre. Unsere Gäste waren recht ungemein erfreuet, uns wieder zu sehen, und da wir ihnen noch eine und andere Nothwendigkeiten und Bedürffnissen mitbrachten, beklagten sie sich mit recht traurigen Geberden darüber, daß wir sie mit allzu vielen Wohlthaten fast überhäufften. Da wir aber weiter nach ihrem Zustande und Lebens-Art fragten, konten sie nicht von Wunder genug sagen, was ihnen vor seltsame Streiche passirten, denn ohngeachtet sie bey Tage gantz vergnügt und ruhig lebten, inmassen allezeit ihrer 4. arbeiteten, der 5te aber Wechselsweise die Küche, den Fischfang und dergleichen besorgen müste, so würden sie des Nachts um so viel desto hefftiger gehudelt, nicht allein von den verzweiffelten Affen und so genannten [345] Minions, als welche ihnen alles Töpffer-Geschirre und andere zerbrechliche Sachen in tausend Stücken schmissen, oder öffters weit von der Stelle hinweg schleppten, so, daß sie immer zu, bald dieses bald jenes Hausraths-Stück mit gröster Mühe zu suchen, mithin die Zeit zu versäumen, und sich darbey zu ärgern gemüßiget wären. Nun hätten sie sich zwar seit kurtzem so wohl vor den Affen, als auch den Minions ziemlicher Massen Friede geschafft, indem sie sehr öffters Feuer auf sie gegeben, und sehr viele erlegt, auch viele in aufgestelleten Fallen, Schlingen, gemachten Löchern, woraus sie, wenn sie einmahl drinnen, nicht leicht wieder heraus kommen könten, lebendig gefangen; Allein dieses wäre das allergeringste, indem sie, einer wie der andere, nicht allein bey Nachts, sondern auch zum öftern bey hellem-lichten Tage von unsichtbaren Geistern oder Gespenstern gequälet und geknippen würden, als worvon sie noch itzo die braunen und blauen Flecke an Armen und Beinen, ja am gantzen Leibe aufzuweisen hätten, welches alles sie bishero mit ziemlicher Gelassenheit erdultet hätten, in die Länge aber ein solches Teufels-Spiel nicht vertragen, sondern dem Teufel zum Trotze schon andere Mittel vorkehren wolten, worzu ihnen nur noch eine und andere Sachen von gantz geringem Werthe fehleten, welche sie aber nicht bey sich hätten, vielweniger auf dieser Insul finden könten.

Wie wir nun fragten, was denn dieses eigentlich vor Sachen wären, und ob man nicht vielleicht Rath schaffen könte, dieselben herbey zu schaffen? so winckte Don Rio dem gegen ihm übersitzenden 53. [346] jährigen Manne, der Vincentius genennet wurde, nur mit den Augen, da denn derselbe mit ihm zugleich aufstunde, und beyde sich etliche Schritte weit von uns entferneten, jedoch

Don Rio kam zurück, und bat Mons. Litzbergen, Mons. Cramern und mich, nur auf etliche Schritte mit ihnen Lustwandeln zu gehen, um ein und andere Worte von ihm und seinen Geferten anzuhören.

Wir stunden also alle 3. auf, und wandelten mit den vorbemeldeten zweyen des geraden Weges auf dem angenehmen grünen Rasen nach dem Gebürge zu, da denn unterwegs Mons. Vincentius von ohngefehr also zu uns zu reden anfieng: Meine Herren! sie halten mich 53. bis 54. jährigen Mann zwar vor einen Portugiesen, allein die Wahrheit zu bekennen, welches ich auch erweißlich machen kan, so bin ich ein gebohrner Spanier. Von meiner Geburt und Auferziehung, auch weß Standes meine Eltern gewesen, will voritzo, da es zu weitläufftig fallen möchte, wenig oder gar nichts, sondern nur so viel melden: daß ich schon in meinem 12ten Jahre mit einem gewissen Cavalier, der ein Sohn des allervornehmsten Grand d' Espagne war, auf eine ihnen vielleicht allen wohlbekannte Spanische Universität zog, um demselben als ein so genannter Page aufzuwarten. Es war in so weit dieses eine gantz gute Sache vor mich, da ich mich bey der Gelegenheit wohl auch in literis solcher Massen perfectioniren können, daß ich etwa einmahl mit der Zeit, unter der damaligen verwirrten Regierung mein Conto hätte zu suchen gewust; Allein mein Herr war ein wüster und wilder Kopff, schob alle [347] guten Bücher und Wissenschafften bey Seite, und erwehlete sich dagegen nichts anders zu seinem Vergnügen, als nebst dem Frauenzimmer, die Magia, oder die so genannte *Schwartze-Kunst,* verwendete auch darauf, auser der edlen Zeit zu gebrauchen, als die er wohl hätte nützlicher anwenden können, entsetzlich starcke Geld-Summen, indem er jederzeit die allerberühmtesten Zauberer und Schwartz-Künstler aus allen Reichen der Welt zu sich kommen ließ, und dieselben zum öfftern recht Königlich bewirthete, auch über alle Gebühr kostbar beschenckte. Er erreichte zwar hierdurch seinen vorgesetzten Zweck, indem er es in der Magia, oder so genannten Schwartz-Künstlerey, ungemein hoch brachte, weiln er aber nicht allein einen, sondern vielleicht wohl 3. oder mehr hochtrabende Spanische Geister in seinem Cörper haben mochte, so setzte er nicht allein, wie gesagt, alles andere, sondern auch GOtt, alle seine Heiligen, ja sein gantzes Christenthum wider besser Wissen und Gewisen zurücke, und machte sich eben zu der Zeit, da er es aufs allerhöchste gebracht zu haben vermeynete, dergestalt jämmerlich und erbärmlich unglücklich, daß, so offt ich nur noch daran gedencke, mir alle Haare auf dem Kopfe zu Berge stehen. Es war aber hieran nichts Schuld, als sein eigenes hochtrabendes, unbedachtsames, zuweilen recht einer halben Raserey gleichendes unchristliches Verfahren, weßwegen denn gantz und gar nicht zu verwundern, daß der barmhertzige und langmüthige GOtt endlich des Erbarmens und seiner Langmuth müde wurde, seine Gnaden-Hand von ihm abzohe, und ihn den Klauen des Satans überließ. [348]

Ich vor meine Person, weilen ich bey damahligen Zeiten einen eben nicht allzu ungelehrigen Kopff hatte, profitirte bey der Gelegenheit ein vieles, denn ich erlernete das Geister-Bannen, Geister-Beschweren und viele andere Kunst-Stücke zwar aus dem Grunde, versuchte auch solches nicht ein- sondern sehr viele mahl, allein es kam eine Zeit, da ich an GOtt, seine Heiligen und meine eigene Seele zu gedencken anfing, ohngeachtet mir alles, was ich nur vorgenommen, nach Wunsche ergangen und abgelauffen war; Da ich aber niemahls ein recht ruhiges Hertze oder Gewissen in mir verspürete, als begab ich mich zu einem wohlbekannten vornehmen Geistl. welchem ich mein Anliegen entdeckte, auch von ihm Trost und Rath zur Gnüge bekam, indem er mir vorsagte, daß ich die Kunst zwar wohl beybehalten könte, weilen es eine gantz edle Kunst u. Wissenschafft wäre; nur aber würde ein gutes Christenthum und hiernechst eine gute gesunde Vernunfft darzu erfordert. Diese Lehren waren in Wahrheit nicht zu verwerffen; weiln ich aber, ohngeachtet ich noch ein junger wollüstiger Kerl war, ich weiß selbsten nicht warum, einen heimlichen Abscheu vor dieser Kunst bekam, da ich doch in einem und andern Stücken mich wohl einiger Massen hätte können glücklich machen, als suchte mein Vergnügen unter dem Soldaten-Leben, bekam auch bald Dienste beym Leib-Regiment des Königs, als Sergeant. Etliche Monate ließ ich mir diese Dienste gefallen, hernach aber, da ich bemerckte, daß das Glücke mit mir nur, wie mit einem leichten Feder-Balle, auf dem Lande zu spielen gesonnen, drehete ich meinen [349] Kopff auf die andere Seite, und nahm Dienste unter den See-Leuten, habe auch verschiedene Fahrten nach Ost- und West-Indien mitgethan, auch dieses und jenes, sonderlich mit Beyhülffe meiner Kunst und Wissenschafft, erfahren; Allein die Zeit will es vorjetzo nicht leiden, ihnen, meine Herren, etwas ausführlichers davon wissend zu machen. Derowegen will solches mit Dero gütigen Erlaubniß bis auf eine andere Zeit versparen, hergegen unsern Herrn Wohlthätern ein Geheimniß und solche Sachen eröffnen, woran weit mehr gelegen ist.

Sie sind, (sprach Vincentius zu Mons. Litzbergen, Mons. Cramern und mir) meine Herren! wie ich meinem einfältigen Verstande nach vermuthe, ohnfehlbar weder die ältesten, noch jüngsten Befehlshaber unter ihrer gantzen Familie; allein, ohne sie in das Angesicht zu rühmen, so halte davor, daß ohne euch der andern Ruhm zu verduncklen, eure Personen vor vielen andern die klügsten und geschicktesten seyn, welche zu kennen ich die Ehre nicht habe. Demnach, weil mich ein von GOtt gesandter guter weisser Geist antreibt, und mir keine Ruhe läst, bis ich ihnen, wie er spricht, dasjenige Geheimniß offenbaret, woran so vielen 100. ja 1000. und noch mehr Menschen gelegen, so will ich es auch auf mein gutes christliches Gewissen thun; lassen sie sich nur vorhero erstlich von dem dritten Manne erzehlen, was uns seit ihrer letztern Abfahrt betrachtens-würdiges begegnet ist, welches mit allen schon erzehlten Kleinigkeiten in so weit keine Gemeinschafft haben mag. Demnach rufften so wohl Don Rio, als Vincentius ihre Cameraden herbey, und [350] sagten zu ihnen, daß sie auf ihr gut Gewissen aussagen solten, was ihnen seit unserer Abfahrt vor hauptsächliche Streiche begegnet wären; da denn so viel heraus kam, daß, als sie gleich andern Tages nach unserer Abfahrt Feuer in ihrem Feuer-Loche, oder, besser zu sagen, Feuer-Heerde angemacht, ihre Töpffe mit dem Fleische und Gemüse angesetzt, auch die Braten ordentlicher Weise an die Spiesse gesteckt, kaum aber nur etwa 10. Schritte von dannen gegangen, sich, da sie sich umgesehen, der Erdboden unter dem Feuer-Loche, ja noch viel weiter herum dergestalt erhoben und erschüttert, daß sie nicht anders vermeynet, es würde alles in das Feuer und in die Asche geworffen seyn, weßwegen sie sich schon nach dem Behältnisse der trockenen Speisen umgesehen, weilen der Zweiffel bey ihnen entstanden, daß sie diesen Mittag etwas Warmes möchten zu geniessen bekommen; allein, da sie sich nach etwa 2. Minuten nochmahls umgesehen, wären sie gewahr worden, daß weder ein Feuer-Brand, noch ein Topff verrückt oder verwahrloset, vielweniger die Braten beschädigt worden, demnach hätten sie ihren Heiß-Hunger zu stillen, keine fernern Weitläufftigkeiten gemacht, sondern aufgetragen, und ohne Sorge, mit Appetite gespeiset, unter währenden Speisen aber, ohngeachtet sie doch ihr Tisch-Gebet verrichtet, wäre der Satan dennoch geschäfftig gewesen, indem Angesichts ihrer, auf etliche Schritte herum, mehr als 20. bis 30. grosse Maulwurffs-Hauffen aufgeworffen worden, die aber die gewöhnlichen Maulwurffs-Hauffen um ein gewaltiges übertroffen, da sie ohngefehr wohl noch 4. [351] mahl grösser wären, als die sonst gewöhnlichen Maulwurfs-Hauffen, welche man noch bis diese Stunde in Augenschein nehmen könte. Bey der Abend-Mahlzeit wäre ihnen, wie sie sagten, ein gleiches wiederfahren, mit dem Zusatze, daß sie vor den so genannten Minions fast keinen Bissen-Brod in den Mund stecken können, sondern immer einen Dolch, oder wenigstens Messer in der Hand haben müsten, um sich dieser vermaledeyeten Thiere erwehren zu können, als welche sie einer und anderer Umstände wegen, vor verdammte Seelen und Plage-Geister der Menschen hielten.

Wir hätten fast über die Einfalt unserer Gäste lachen mögen, allein Vincentius gab uns einen Winck, ihm nebst dem Don Rio zu folgen: da er denn, als wir uns etwa auf die 50. bis 100. Schritte von der übrigen Gesellschafft abgewendet zu uns 3. Felsenburgern, die wir gantz allein auf einem bequemen Platze bey ihm stehen blieben, seinen Spruch also anfieng (ohne daß wir gewahr wurden, daß er uns in einen Circkel-runden Creyß geführet): Ihr Herren! ihr wisset nicht, worauf wir jetzo stehen, und vermeynet vielleicht, daß wir auf einem blosem Grase-Lande stünden; allein, weit gefehlt, denn diese Insul hat nicht allein einen güldenen Grund und Boden, sondern auch über dieses so viele Schätze und Kostbarkeiten in sich dergleichen die besten Europæischen Königreiche aufzuweisen gantz unvermögend sind. Ich sage weiter nichts, als dieses, daß in dem gegen uns über liegenden Gebürge, sonderlich aber in dem Grunde des grossen Berges nur allein so viele Reichthümer stecken, welche weder [352] Portugall, noch Spanien an sich zu kauffen im Stande sind; Allein, meine Herren! (redete er ferner) ob ihr gleich noch zur Zeit nicht hintergangen, oder betrogen seyd, so könte es doch vielleicht in aller Kürtze geschehen, wenn nicht der allmächtige GOtt ein besonderes Auge auf euch hat, denn ich bin in meinem Christenthume so weit erfahren, daß derselbe Allmächtige heute bey Tage keine auserordentlichen Wunder mehr thut, sondern es auf der Menschen eigene Conduite ankommen lässet, ob sie seinem vorgeschriebenen Gesetze folgen wollen, oder nicht. Nun aber will euch Herren Felsenburgern nur so viel im Vertrauen sagen, daß ihr viel Feinde habt, und zwar eures guten und geruhigen Lebens halber, wer aber dieselben sind, solche will voritzo eben nicht alle mit Nahmen nennen, jedoch die Herrn H. - - nicht verschweigen, die schon seit einigen Jahren her, ziemlicher Massen nach euch geangelt haben, jedoch eure gantz besondere Vorsichtigkeit hat alle ihre Anschläge, ohngeachtet, daß sie alle eure Umstände, euren Reichthum und, so zu sagen, den Bissen, den ihr in den Mund steckt, und den Tropffen, den ihr aus euren Bechern trinckt, auf das allergenaueste wissen, bis hieher zu nichte gemacht. Wie es zugehet, daß ihr bey diesem und jenem so verrathen seyd, will ich eben jetzo nicht sagen, denn das ist res altioris indaginis; Dieses aber kan ich im allergröstem Vertrauen sagen, daß zwey verdammte-Geister gegen euch gedungen worden, so wohl euch, als uns armen 5. ehrlichen Kerls zu verderben, allein, ihr gantzes Vornehmen soll ihnen fehlschlagen. Ich weiß gewiß, daß ihr diese verdamm-[353]ten Geister nicht allein hier auf dieser kleinen Insul, sondern auch auf Groß-Felsenburg in blutrother Kleidung gesehen habt, ich habe sie auch gesehen, und will sie euch wieder vorstellen, so bald die Mitternachts-Stunden heran nahen, da sie denn vermöge meiner Kunst, auf Händen und Füssen zu mir gekrochen kommen, und auf alle meine Fragen richtige Antwort geben sollen, wo dieses nicht geschicht, so will ich sie in eurer Gegenwart mit einer Knoten-Peitsche tractiren, wie die Hunde. Diese Curiosität abzuwarten, habt ihr weiter nichts zu thun, als daß ihr in meinem gemachten Circkel, ohne viele Worte mit einander zu reden, gantz stille sitzen bleibt, und euch auch so wenig, als nur immer möglich, bewegt, bis ich euch die Erlaubniß, mit Neigung meines Haupts, gebe. Ich setze alle meinen vollkommenen Theil der Seligkeit, die mir nicht entgehen kan, daran; ja ich will mich lieber von dem Teufel lebendig in den Lüfften wegführen und zerreissen lassen, als daß nur einem, von euch allen, eine Haare gekrümmet werden solte.

> Wie denn dergleichen Leute solche harte und hefftige Contestationes ohne Bedencken sehr vielfältig zu gebrauchen pflegen.

Bey diesen Centner-schweren Worten sahen Mons. Litzberg, Mons. Cramer und ich einander ziemlicher Massen in die Augen, redeten auch erstlich ein wenig heimlich unter uns; Diese beyden aber wolten anfänglich gantz und gar nicht einstimmen, im Circkel zu bleiben, weilen es ihnen, wiewohl schon ehermahlen geschehen, an der Hertzhafftigkeit fehlete, mir aber gab ein guter Geist ein, daß [354] ich auf der Stelle bleiben, mein andächtiges Gebet zu GOtt verrichten, und mich weiter vor nichts fürchten solte. Derowegen fassete ich mir, vor mich selbst allein, einen frischen Muth, gieng hin zu dem so genannten Teufels-Banner, und sagte zu ihm: Don Vincentio! wir haben noch nicht vollkommen satt gespeiset, wäre es nicht Sache, daß wir um die Mitternachts-Stunden, nachdem wir das Unserige genossen, wieder anhero kämen, und sähen, was sodann passirte? Nein, meine Herren! (gab er zur Antwort) wenn sie sich nicht selber im Lichten stehen wollen, so bleiben sie auf ihren Stellen sitzen: Wein und Confect ist genug da, ihren Appetit zu vergnügen, wo sie aber weggehen, sind nicht allein alle meine Anstalten vergeblich gemacht, sondern so wohl sie, als alle Felsenburger, können darunter den allergrösten Schaden leiden, welcher vorjetzo gar leichtlich zu verhüten ist wenn sie nur da bleiben, und meiner Treu und Redlichkeit trauen.

Endlich begunte doch bey meinen Herren Geferten der Puls aufs frische zu schlagen, da sie, zumahlen bey allen Umständen, die sie nachhero in etwas weiter überlegt, gantz vernünfftig schliessen konten, mir, ohngeachtet ich der Jüngste unter ihnen war, vor diesesmahl zu folgen, und bey mir zu bleiben; zumahlen, da sie zum öfftern von dem Vincentio die Worte aussprechen höreten, daß er uns allen kein theurer und kostbarer Pfand entgegen stellen könte und wolte, als seinen Leib und Seele, im Fall nur einem eintzigen von uns die geringste Haare am Leibe gekrümmet oder beleidiget würde. [355]

Also blieben wir alle drey nebst dem Don Rio im Circkel sitzen, truncken ein Glas Wein, und speiseten etwas von kalten Gebratens, wie auch Confect, welches alles uns der gute Vincentius procurirt hatte, erwarteten aber zum Theil mit unruhigen Hertzen die Mitternachts-Stunde.

So bald dieselbe heranzunahen begunte, legte sich auch eine solche Finsterniß und Dunckelheit auf den Erdboden nieder, die ich mit gröstem Rechte fast grösser, als die ehemahlige Egyptische Finsterniß gewesen, nennen möchte, indem wir weder Himmel, Mond, noch Sterne über uns sahen, vor uns aber nicht im Stande waren, unsere 5. Finger an den Händen zu zehlen; Jedoch es währete nur eine kurtze Zeit, und nicht länger, als etwa 1. Viertel-Stunde, worauf, da wir uns umsahen, in der gantzen Gegend alles helle war: Denn Vincertius hatte durch seine Cameraden hie und dar, und zwar auf mehr als 100. Schritte von uns, um uns herum viele Fackeln und Wind-Lichter setzen lassen, und zwar, wie wir nachhero gewahr wurden, auch in einem Circkelrunden Creyse, anbey gemeldete seine Cameraden dahin beredet, daß sie uns allen zu Gefallen einmahl hie und da Schildwacht halten, auch alle Vorbeygehende mit grösster Freundlich- und Höflichkeit dahin bereden möchten, vor diesesmahl einen andern Weg zu nehmen, um uns nicht zu stöhren, weilen gantz ausserordentlich geheime Sachen unter uns tractiret würden.

Bald hernach sahe man zwar keine dicke Finsterniß mehr, jedennoch aber einen ziemlich dicken [356] Nebel um uns herum, so, daß wir den Schein der Fackeln von ferne, mit genauer Noth, kaum erkennen konten; in unserm Creyse aber, worinnen wir drey Felsenburger, als Mons. Litzberg, Cramer und ich, nebst dem Don Rio und der Haupt-Person, Don Vincentio, sassen, wurde auf einmahl alles so klar, als wie gewöhnlicher Massen am lichten-hellen Tage. Ich bewunderte, daß, da meine sehr kostbare goldene Repetir-Uhr, als welche ich bekannter Massen beständig bey mir zu führen pflege, kaum ihre hellklingende Schläge von sich hören lassen, sogleich ein ziemlich starcker Würbel-Wind entstunde, welcher manchem einen kleinen Schauer verursachte, jedoch Vincentius, der im Centro des Circkels auf einen Klotze saß, rief uns allen mit lauter Stimme zu: daß wir uns an nichts kehren, sondern nur unsere Augen nach Norden zu wenden solten. Wie wir ihm nun in diesem Stücke folgten, so erblickten wir mit gröster Verwunderung, theils aber auch ziemlichen Erschrecken, daß die beyden Gespenster: nemlich Don Juan de Silves und Lemelié, daher spaziert kamen, u. zwar mit gantz langsamen Spanischen

Schritten, nicht anders, als ob sie, wie es heut zu Tage genennet wird, ihre Cour etwa bey Hofe machen, und einem grossen Potentaten aufwarten wolten; So bald sie aber sich dem äusersten unsers Circkels naheten, stund Vincentius von seinem Klotze auf, und schlug mit seiner, in der rechten Hand habenden Zauber-Ruthe den Tact auf eine recht poßierliche Art, dergestalt, daß sie 3. mahl um unsern Creyß herum tantzen musten, worauf er ihnen zwar er-[357]laubte, etwas langsamer zu gehen, allein, wie wir bemerckten, so hielt er diese blutroth gekleideten geschwornen Brüder dergestalt mit der Zauber-Ruthe unter seiner Zucht, so daß sich keiner unterstehen durffte, auch nur eines Fingersbreit über den ab- und ausgestochenen Rand unsers Circkels zu schreiten.

Endlich citirete er sie alle beyde zu ihm hinein in den Circkel zu kommen, den engern Circkel aber, welcher um seinen Sessel geschlossen war, ja nicht zu berühren, widrigenfalls er sie alle zwey auf eine solche empfindliche Art züchtigen wolte, dergleichen wohl viele 1000. Geister nicht ausgestanden, und welche Art der Züchtigung, woferne sie anders noch vernünfftige Geister wären, ihnen nicht unbekannt seyn könte. Demnach kamen beyde auf Händen und Füssen gekrochen, bis an den engern Circkel, worinnen er, Vincentius, auf einem runden Klotze saß, sie nahmen sich aber ungemein in Acht, den engern Circkel auch so gar nicht einmahl mit den Händen zu überschreiten. Als er nun ihren Gehorsam sahe, that er mehr als 20. Fragen an sie, und bedrohete sie abermahls mit der allerschärffsten Geister-Züchtigung, wenn sie ihm nicht aufrichtige Antwort darauf gäben.

> Wir Felsenburger haben alle diese Fragen, und die darauf erfolgten Antworten, bald hernach, da dieselben noch im frischen Gedächtnisse waren, und wir über dieses nicht allein den Don Rio, sondern auch den Vincentium baten, uns einzuhelffen, wenn wir etwa dieses oder jenes vergessen hätten, in unsere bey uns führenden Schreib-Taffeln eingezeichnet, aus [358] welchen es hernach weiter protocolliret, und zu den übrigen dieser Sache angehenden Acten gebracht, mithin in unser Archiv gelegt worden.

Nachdem aber dieses Verhör vorbey, entstunde abermahls ein, jedoch gantz gelinder Würbel-Wind, welcher einen recht angenehmen und lieblichen Geruch mit sich brachte, so daß, an Statt darüber zu erschrecken, wir uns vielmehr erquickten; Indem wir aber unsere Augen von neuen aufschlugen, sahen wir noch eine andere Geister-Person im Circkel herum wandeln, welche ein hell glän-tzendes goldfarbenes Kleid an sich hatte. Vincentius redete demnach den Geist des Lemelié also an: *Kennest du diesen, oder nicht? Ja, ich kenne ihn,* (gab der Geist des Lemelié zur Antwort,) *es ist Carl Franz van Leuwens Geist, welchen ich meuchelmörderischer Weise ins Reich der Todten geschickt habe. Hiervor must du,* (sagte Vincentius,) *auch noch in dieser Stunde und auf diesem Platze eine kleine wohlverdiente Züchtigung leiden*. Demnach nahm Vincentius seine Zauber-Ruthe, und peitschete damit dergestalt auf den Geist des Lemelié zu, daß derselbe zu Boden fiel, und sich wie ein Aal auf dem Grase herum weltzete, ja er winselte nicht allein wie ein Hund, sondern mit einer weit gräßlichern Stimme, so, daß uns allen fast die Haut zu schaudern begunte; Der Geist des Don Juans aber gieng mittlerweile im Circkel spaziren herum, so lange, bis Vincentius, ohngefehr nach Verfluß einer halben Viertel-Stunde, seine Zauber-Ruthe in die Höhe gen Himmel reckte, da [359] denn nicht allein des Lemelié und Don Juans, sondern auch des van Leuwens Geister unvermuthet vor unsern Augen verschwanden, hergegen præsentirten sich, an statt derselben, zwey weiß-gekleidete Personen oder Machinen; da denn Vincentius fragte: *Nun, meine Herren Felsenburger, kennet ihr diese beyden Personen? Wie ist uns möglich,* (gab ich ihm zur Antwort) *dieselben zu kennen, indem sie dergestalt verkappt und verschleyert sind. Es sind* (sprach er hierauf) *eure Ur-Eltern, Albertus I. und Concordia, mit denen ihr euch, nach Belieben, in ein Gespräch einlassen könnet.*

Da uns allen dreyen aber sehr mißfällig war, daß er diese seligen Personen in ihrer Ruhe gestöhret, als wünschten wir nunmehro wieder von dieser Stelle hinweg, und in unsern Hütten bey der andern Gesellschafft zu seyn, liessen aber unsere Gedancken dem Zauberer gantz und gar nicht mercken, sondern stelleten uns vielmehr an, als ob wir durch seine Kunst ungemein vergnügt worden, weilen wir aber dergleichen Sachen nicht so wohl, als er gewohnt, und über dieses solchen fürchterlichen Schau-Spielen Zeit Lebens noch niemahls beygewohnt, so wäre nicht zu läugnen, daß wir aus Furcht und Schrecken einiger Massen schwach und ermüdet worden, wessentwegen denn der beste Rath wäre, daß wir uns zur Ruhe begäben, und unsere annoch übrige Verabredung bis auf Morgen versparetten.

Vincentius, der, wie ihm zum Ruhme nachzusagen ist, viel Verstand bey aller seiner Geschick-[360]lichkeit besaß, nahm diese Sache vor bekannt an, und, nachdem er uns gefragt: ob wir noch etwa einen oder andern Geist von solchen Personen, die uns angiengen, oder mit welchen wir etwas zu schaffen gehabt, zum Beschlusse vor uns sehen wolten, so wäre er noch bereit, uns zu dienen; wir aber baten ihn, alles dieses, bis auf eine andere Nacht, zu versparen, demnach gab er seinen Portugiesischen Cameraden ein vielleicht abgeredetes Zeichen, worauf denn diese sogleich mit brennenden Fackeln und Wind-Lichtern uns entgegen kamen, wir alle aber von dem guten Vincentio bis an unsere Schlaf-Stätte begleitet wurden.

Vor meine Person kan ich wohl sagen, daß ich nicht leicht in meinem Leben unruhiger mein Lager gesucht, um auf demselben einige Ruhe zu finden, weilen mein Kopf von allen dem, was ich gehöret und gesehen hatte, dergestalt mit Grillen, Sorgen, und Bekümmernissen angeschwängert war, so, daß ich nicht die geringste Ruhe finden konte, ich mochte mich auch lincks, oder rechts auf meinem Lager umwenden und kehren. An diese Nacht will ich Zeit meines gantzen Lebens gedencken, so lange, als nur meine Augen offen stehen, ich will aber von demjenigen, was ich in derselben eintzig und allein gehöret und gesehen habe, vor itzo weiter nichts melden, jedoch habe aus Antrieb meines zarten Gewissens auch alles dieses der Geistlichkeit und dem Regenten getreulich offenbaret, ohngeachtet solches nicht einmahl nöthig gehabt. Weilen nun gantz und gar keinen Zweiffel trage, daß auch dieses bona fide wird ad Acta [361] gebracht seyn, so möchte es mir vielleicht vor eine Groß-Prahlerey ausgelegt werden, wenn ich hiervon fernerweit viele Worte machen wolte.

Kurtz: des Tages, nach der merckwürdigen Nacht, erschütterte sich die Insul Klein-Felsenburg einiger Massen, weßwegen ich den Vincentium besuchte, und ihn fragte: ob dieses etwa Böses, oder Gutes zu bedeuten hätte? Er gab mir zur Antwort, daß diese kleine Erd-Erschütterung eine ungemeine gute Bedeutung vor uns Felsenburger mit sich brächte, die Haupt-Sache aber wäre diese: daß wir die vermaledeyten Cörper des Don Juan und des Lemelié von beyden Insuln wegschaffen, und dieselben dergestalt in Asche verwandeln müsten, daß auch nicht der kleineste Knochen mehr von ihnen zu finden sey; worauf sich denn die Aspecten zu unserer Ruhe und Frieden bald besser zeigen würden.

Es stellete mir Vincentius dieses Sache dergestalt nachdrücklich vor, daß ich mich bewegen ließ, nur vorerst einen sehr kurtzen Bericht an den Regenten u. an die Geistlichen von unsern bisherigen Begebenheiten zu machen; hierbey aber war die Haupt-Sache diese, daß sie den verfluchten Cörper des Lemelié solten aus graben lassen, alle seine Knochen, auch nicht den allerkleinesten zu versehen, in einen kleinen Nachen auf Schwefel, Pech, Pulver, Hanff, Werg und dergleichen Feuerfangende Waaren legen, und denselben mit einer starcken Quantität des besten Feuerhaltenden Holtzes bedecken, hernach den Nachen, oder das kleine [362] Bootgen nur nach den Sand-Bäncken zu stossenmöchten.

Mir aber bat ich aus, eine ziemliche Quantität von Pulver, Schwefel, Pech und dergleichen zu übersenden, indem ich mit dem Cörper des Don Juan ein gleiches zu thun gesonnen, und ihn in lichterlohen Flammen der offenbaren See anvertrauen wolte. Damit aber beydes zu gleicher Zeit geschehen könte, bat mir noch dieses aus, daß sie mir von der Insul Groß-Felsenburg nur etwa eine Viertel-Stunde vor der bestimmten Zeit und Stunde ein Signal durch einen Carthaunen-Schuß geben möchten, damit ich mich darnach richten könte. Mit diesem Berichte und Verlangen schickte ich 12. Mann, worunter meine Allergetreusten befindlich, in einem Boote sogleich nach der Insul Groß-Felsenburg hinüber, die denn des andern Tages, gegen Abend, ohne daß ich mich einer solchen Geschwindigkeit versehen, glücklich zurücke kamen, und alles, ja noch mehr mit sich zurücke brachten, als ich und meine bey mir befindlichen werthen Freunde, verlangt hatten. Demnach wurde in gröster Geschwindigkeit erstlich der Cörper des Don Juan ausgegraben, besichtiget, und nachhero mit demselben Sarge, welchem ihm seine Lands-Leute von alten Schiffs-Bretern zusammen gehefftet, in einen grossen Kahn oder Nachen gebracht, da denn in, bey und neben dem Sarge lauter Feuerfangende Materien, als Pulver. Schwefel, Pech, Hanff, Stroh, Werg, und dergleichen Zeug gelegt ward. Wir brachten also dieses abscheuliche Cadaver mit grö-[363]ster Mühe hinunter in die Mündung des Flusses, da denn Vincentius auftrat, und sagte: Meine Freunde! ich bin zum Zeitvertreibe mit zur Leiche gegangen, und habe gesehen, daß ihr Mühe und Arbeit genug mit dem Cörper eures Feindes gehabt, nunmehro aber lasset mich gantz alleine schalten und walten.

Wenige Minuten hernach hörten wir den Carthaunen-Knall von der Insul Groß-Felsenburg erschallen, als welcher das Signal war, daß unsere Obern und Freunde eben um selbige Zeit den Cörper des vermaledeyeten Lemelié von sich fortschaffen und der offenbaren See anvertrauen wolten.

Demnach entstunde so gleich ein unvermutheter hefftiger Würbel-Wind, welcher den Nachen oder Kahn, als Vincentius hie und da Feuer hinein gelegt, gantz schnell fort und in die offenbare See nach den Sand-Bäncken zuführete. Es war dieses, wenigstens in meinen Augen, ein gantz poßierliches Schau-Spiel, indem immer eine Raquete, Schwärmer und dergleichen Zeug in die Lufft flogen, doch kan nicht läugnen, daß dennoch wegen des todten Cörpers einiger Abscheu mit unterlieff; allein es währete kaum eine halbe Stunde, als wir den Nachen, nachdem er sich vielemahl in der See herum getummelt, in lichterlohen Flammen brennen, und endlich versincken sahen.

Wir wolten also nach abgewarteter Tragœdie zurück gehen, um uns in unsern Hütten der Ruhe zu bedienen; doch Vincentius bat, daß [364] wir wenigstens noch eine halbe Stunde verharren, und wohl in Obacht nehmen solten, was etwa weiter möchte vorgehen. Blos ihm zu Gefallen blieben wir also noch da, und sahen, daß ein gräßliches Monstrum, so, wie mir etwa die allergrösten Arten von Wallfischen von andern beschrieben worden, gerades Weges auf unsere Bucht zugeschwommen kam! welches aus seinem Rachen und Nasenlöchern nicht allein die fürcherlichsten Wasser-Ströme, sondern auch feurige Funcken und Flammen aussprützte.

Fürchtet euch nicht, meine Freunde! (sprach hier Vincentius) *denn dieses Ungeheuer will mit mir allein zu thun haben.* Und in dem er diese Worte aussprach, warff er sich, so, wie er da gegangen und gestanden war, mit völliger Kleidung in den Fluß, und schwumme dem Meer-Wunder entgegen.

Mir wurde bey dieser Verwegenheit zwar angst und bange, jedoch, da ihm niemand weder zu- noch abgerathen hatte, diese gefehrliche Schwimmerey anzutreten, als überließ ihn seinem Schicksale, da wir denn bey der finstern Nacht, indem sich der Mond unter eine schwartze Wolcke verborgen, so viel gewahr wurden, daß unser Vincentius, nach einem hefftigen Streite mit dem Meer-Wunder, von demselben unter Donner, Blitz, Hagel, ja dem grausamsten Sturm-Wetter aufgeschnappt und verschlungen wurde, mithin den Sieg über dasselbe nicht erhalten können, sondern den Kürtzern ziehen müssen.

Ich glaube nicht, daß einer unter uns allen [365] gewesen, dem bey dieser Begebenheit nicht so wohl, als mir selbsten, die Haare zu Berge gestanden, und alle Glieder des Leibes gezittert hätten; und eben dieserwegen beschlossen wir des anbrechenden Tages zu erwarten, ehe wir uns nach unsern Obdache und Lager-Stätten verfügen wolten. Dieses geschahe, nachdem die Sonne aufgegangen war, und alles Ungewitter vertrieben hatte; Als wir nun unterweges das klägliche Schicksal des Vincentii überlegt und bedauert, so traffen wir denselben in seiner Hütte gesund und frisch an, und zwar in der Verfassung, daß er seine Kleider und Schuhe ausbesserte. Anfänglich entsetzten wir uns über seine Person, indem wir zum Theil würcklich auf die Gedancken gerathen, als ob er vom bösen Feinde wäre weggeführet worden; jedoch Vincentius, so bald er dergleichen Gedancken von uns vernommen, fieng überlaut zu lachen an, und sagte: Nein, meine Freunde! ihr müsset meiner Kunst und Geschicklichkeit ein mehreres zutrauen lernen: denn dieses, was ich mit dem Meer-Wunder vorgehabt, ist ein bloses Schatten-Spiel gewesen, von nunan aber, sollet ihr erstlich rechte Wunder-Dinge sehen, hören und erfahren, die nicht allein euch, sondern auch wohl euren späten Nachkommen zum Nutzen gereichen können.

Mittlerzeit, da er diese und noch weit mehrere Worte,

seiner gewöhnlichen Beredsamkeit nach, vorgebracht hatte, unsere Magens aber, weiln es bald Mittags-Zeit war, nach denen im Feuer-Loche befindlichen Fleisch-Töpffen, Gemüsen und andern guten Gerichten vom Gebratens und Fi-[366]schen entgegen belleten, so wurde unsere Hoffnung auf einmahl, allem Ansehen nach, zu nichte gemacht, indem sich aus dem Feuer-Loche ein ziemlich hoher Hügel aufthürmete, der, wie wir uns nicht anders einbilden konten, in kurtzer Zeit alles Gesottene und Gebratene in die Asche verschütten würde; Jedoch, je mehr sich einige unter uns darüber mißvergnügt bezeigten, desto mehr fieng Vincentius darüber zu lachen an, und ehe wir uns umsahen, war nicht allein der Hügel verschwunden, und das Feuer-Loch in seiner gewöhnlichen Ordnung, sondern wir sahen auch, daß auf dem grünen Rasen etliche Tücher aufgedeckt, Teller und alles zurechte gelegt waren, was sonsten zum Tisch-Zeuge gehöret. Demnach speiseten wir unter wunderlichen Gedancken, doch mit noch so ziemlichen Appetite, zumahlen, da wir sahen, daß um und neben uns herum viele gantz frische Hauffen aus der Erde aufgeworffen wurden, die doch sehr weit grösser waren, als die gewöhnlichen Maulwürffer-Hauffen.

Wie nun Vincentius dieserwegen unsere Erstaunung und Verwandelung gewahr wurde; sagte er: meine Freunde! kehret euch an alles dieses nicht, sondern ein jeder speise nur seinem Appetite nach so viel, als er vertragen, und sich Kräffte in den Cörper schaffen kan:

Denn so bald die Sonne untergangen ist, müssen wir alle insgesamt zu graben, zu schauffeln und zu hacken anfangen.

Wie nun also die Sonne untergegangen, und die erste Dunckelheit der Nacht eingetreten war, zeigte sich nicht allein in dem Feuer-Loche, son-[367]dern auch über den aufgeworffenen Hügeln lichterlohe Flammen, und zwar, wenn ich es ja recht beschreiben soll, dergestalt, als wenn man Spiritum Vini darauf und darüber gegossen, und selbigen angezündet hätte: denn die Flammen waren alle gelb- grün- blau- und röthlich unter einander vermischt. Vincentius nahm also, nachdem er uns allen einen hertzhafften Muth eingesprochen, und sein Handwercks-Zeug, als Hacke, Schauffel, Spaten und dergleichen aufgefasset, erstlich den geraden Weg nach dem Feuer-Loche zu, als welches am allerfürchterlichsten zu brennen schien. Wir, so viel unserer waren, folgten ihm Paarweise nach, trugen und schleppten auch das Handwercks-Zeug, so gut wir konten; So bald aber dieser unser Führer, Vincentius, an das Feuer-Loch gekommen war, und dasselbe untersucht hatte; sprach er: Meine Freunde; hier ist vorjetzo noch nichts zu thun, so lange bis die Mitternachts-Stunde da ist; unterdessen aber folget mir und meinem Rathe, und nehme ein jeder, so wie ich, einen kleinen Hügel vor sich, und wenn unsere Arbeit nicht bezahlet wird, will ich mir binnen 3. Tagen selbsten einen Scheiter-Hauffen machen, mich darauf setzen, und mit Pulver, Schwefel und Pech verbrennen.

Allein dieserwegen hat sich niemand Sorge zu machen, denn der Himmel ist mit im Spiele, als welcher durch mich geringen Menschen euer Glück, Reichthum und Wohlstand zu befördern gewillet ist.

Ich will eben nicht sagen, wie mir vor meine Person bey dieser Begebenheit um die Lunge und [368] Leber zu Muthe war, jedoch zu zeigen, daß ich kein Hasen-Hertz hätte, mithin auch andere nicht gern feige machen wolte, als nahm ich, da ich erblickte, daß Vincentius den Anfang machte, auch meine Schauffel, Spaten, und grub bey dem Scheine der vielen angesteckten Fackeln, da ohnedem es noch sehr Mond- und Stern-helle war, eine Urnam, oder so genannten heydnischen Todten-Topf, aus der gantz lockern Erde heraus. Indem ich mir aber in meinen Gedancken darauf gantz viel einzubilden getrauete, so wurde um und neben mir gewahr, daß meine andern Mit-Geferten eben dergleichen Dinger aus den kleinen Hügeln (oder wie ich dieselben vorhero genennet, Maulwürffer-Hauffen) zum Vorscheine brachten. Vor meine Person habe nicht mehr als 9. derselben Stück ausgegraben; jedoch da Vincentius das abgeredete Zeichen von sich hören ließ, daß wir uns alle insgesamt wieder bey ihm versammlen solten, machte ich auch meiner Arbeit vor dißmahl ein Ende, und gieng mit an die Haupt-Arbeit, welche in Ausgrabung des Feuer-Loches bestund.

Hier hätte man sein Wunder sehen sollen, welcher Gestalt sich die artigen Thiergens, die wir nur immer sofort Minions nenneten, auf das allerkrafftigste bemüheten, uns in unserer Arbeit zu verhindern, wie denn auch allerhand andere Gespenster, als Feuerspeyende Drachen, feurige Schlangen und dergleichen Ungeziefer ebenfalls auf uns zu gegangen, geflogen und gekrochen kamen, welche aber alle, so bald Vincentius nur [369] seinen Zauber-Stab aufhub, augenblicklich zurücke wichen, oder auf der Stelle ohnmächtig liegen blieben.

Endlich, da meine Taschen-Schlag-Uhr die vollkommene Mitternachts-Stunde mit 12. Schlägen angezeigt, geschahe ein gewaltiger Donnerschlag, worüber wir insgesamt erstauneten, allein, da wir die Sache recht betrachteten, so war uns hierdurch alle unsere Mühe und Arbeit erleichtert; denn es hatte sich in dem Feuer-Loche eine Machine über 2. Ellen hoch von selbsten aus der Erde empor gehoben, welche Vincentius so wohl, als die ausgegrabenen Urnen mit seiner Wünschel-Ruthe berührete, uns aber bat, nur stille und ruhig zu seyn, des Tages zu erwarten, inzwischen aber etwas von stärckenden Geträncke zu uns zu nehmen, denn es hätte auf diesesmahl nunmehro alles seine vollkommene Richtigkeit.

Sehr selten bin ich wohl in meinem gantzen Leben nach dem Anbruche des Tages begieriger gewesen, als eben diesesmahl; da aber derselbe endlich erfolgte, so, daß einer dem andern das Weisse in den Augen erkennen konte, giengen wir vor allererst in der gantzen Gegend herum spaziren, und zehleten, daß wir 53. Urnen oder Todten-Töpfe ausgegraben hatten; Es waren dieselben von verschiedener Grösse, theils steinerne, theils küpferne, theils silberne; güldene aber nur 2. nicht allzu grosse. Auf deren Deckeln befanden sich eben dergleichen Zeichnungen, wie ich schon ehemahlen gemeldet und abgerissen, nur aber bey diesem oder jenem mit einer oder anderen Veränderung der Chara-[370]ctern. Wer Lust und Belieben hat dieselben noch vor sich abzuzeichnen, kan es alle Tage tun, indem wir sie mit hieher gebracht haben, ich aber sage vorjetzo nur so viel, daß, nachdem wir alle diese Urnen vor unsere Hütten getragen, und in Ordnung gestellet hatten, Vincentius uns einen Winck gab, mit ihm zu gehen, und die Machine genauer zu betrachten, die sich in dem Feuer-Loche erhoben hatte. Demnach befand sich, daß es ein silberner, mit vielen Zierrathen und Charactern versehener, ordentlicher Todten-Sarg, dessen Länge 4. Ellen, die Breite oben zum Häupten 2. und 1. halbe Ellen, unten zum Füssen aber nach Proportion etwas schmäler zugelauffen war.

Nachdem wir nun auf Anregung des Vincentii den Sarg-Deckel, und zwar mit ziemlicher Mühe, auf- und abgehoben, erblickten unsere Augen 2. Cörper darinnen, neben einander liegend, welche dergestalt gelegt zu seyn schienen, als ob sie einander umarmeten. Ihre Gesichter zeigten sich nicht gräßlich, wie etwa sonsten Leichen-Gesichter auszusehen pflegen, indem, wie ich aus vielen Umständen spürete, beyde Cörper einbalsamirt seyn mochten, von den Kleidungsstücken aber war wenig zu sehen, weilen dieselben ziemlicher Massen vermodert, jedoch ich hatte das Glück, aus einem gewissen Zeichen zu bemercken, daß sie alle beyde in Purpur-Kleidern möchten seyn beerdiget worden; wie denn auch beide gantz zierliche güldene kleine Cronen auf ihren Häuptern trugen, die mit den kostbarsten Diamanten und andern Edelgesteinen besetzt waren. [371]

Wir allerseits nahmen uns ein nicht unbilliges Bedencken, diese Cörper fernerweit zu beunruhigen, zumahlen, da wir befürchteten, daß dieselben etwa entzwey brechen, oder gar zerfallen möchten, giengen also insgesamt um den Sarg herum, wie, dem gemeinen Sprichworte nach, die Katzen um den heissen Brey, befanden aber dennoch bey einiger weiterer Untersuchung, daß dieselben auf lauter geprägten Gold- und Silber-Müntzen vielerley Gepräges lagen und mit den auserlesensten orientalischen Perlen überschüttet waren.

Wir 3. der ansehnlichsten Felsenburger, wie man uns damahls nennete, gaben demnach dem gantzen Volcke so wohl die Urnen, als den silbernen Sarg zum Preise, baten uns aber nur dieses darbey aus, daß sie ja die Cörper und Gebeine verschonen, nicht beschimpffen, sondern in Ehren halten, sonsten alles Geld, Gold, Silber und Perlen heraus nehmen, und unter sich theilen möchten; Allein, nachdem alles, wie es war, gantzer 3. Tage und Nächte also stehen geblieben, verspüreten wir, daß weder ein Fremder, geschweige denn ein Felsenburger sich an dem allergeringsten vergriffen, auch nicht einmahl eine Perle heimlicher Weise zu sich genommen hätte. Die Ursache dessen ist leicht zu errathen, weilen unsere Felsenburger Gold, Silber, Perlen, Edelgesteine und dergleichen Sachen vor gar nichts besonders halten, da ihnen dieselben wenig oder gar nichts nützen, und bewust, daß wir bereits im Uberflusse damit versorgt sind. Als wir aber den Vincentium [372] und seine Geferten darum ansprachen, daß sie vor ihre allerseitige Bemühungen und uns erzeigte Gefälligkeiten sich der Billigkeit gemäß bezahlt machen, und das Beste von den gefundenen Schätzen auslesen möchten; so giengen die Portugiesen über 100. Schritt von uns hinweg, und unterredeten sich fast über eine halbe Stunde lang mit einander, da sie aber wieder zurück kamen, bat Vincentius, daß wir Felsenburger uns um ihn herum setzen, und seine Reden anhören möchten.

Da es nun eben zu keiner fürchterlichen Zeit und Stunde war, indem die Sonne mitten am Himmel stund, die, weilen keine eintzige trübe Wolcke zu sehen, uns recht ungemein erquickte, so nahmen wir uns um so viel desto weniger Bedencken, seinem Bitten zu gehorsamen, da er denn folgende Worte vorbrachte: *Meine lieben Herren und Freunde! ich bin in meinem Hertzen durch viele Merckmahle dahin überredet, daß die meisten unter euch mich vielleicht vor einen Ertz-Zauberer oder Hexen-Meister ansehen und halten; Allein, ich bin keiner von beyden, sondern bey allem dem, was heilig ist, betheure ich, auf meiner Seelen-Seligkeit, daß mich die allerhöchste Macht angetrieben, euch einen und andere Dienste zu leisten, und mir anbey dero allerkräfftigsten*

Schutz und Beystand versprochen; als wovon ich vor dißmahl nicht viel reden und prahlen will.

Kurtz: ich habe bis auf diese Stunde getreulich so viel bey euch ausgerichtet, als [373] *mir bis hieher befohlen ist; wovon ihr denn verhoffentlich sattsame Zeugnisse haben werdet; zumahlen, da mir auch die unterirrdischen und verfluchten Geister nicht widerstehen, vielweniger mich in meinem Vorhaben verhindern können. Nunmehro aber, da ihr von einer Belohnung meiner euch geleisteten treuen Dienste zu reden anfanget, möchte mich dasselbe fast verdriessen, weiln ich nicht eigennützig bin, auch vor meine gehabte Mühe nicht die allerkleineste Perle verlange. Meine Cameraden, mit denen ich mich vor kurtzer Zeit besprochen, sind eben dieses Sinnes. Die Ursache aber ist diese: weiln ihr uns eine Zeit dahero auf das allerkostbarste und herrlichste tractirt habt, und, wie ihr sagt, uns den Aufenthalt auf dieser Insul, nebst nothdürfftiger Verpflegung zu reichen und zu vergönnen noch fernerhin gesonnen. Demnach nehmet so wohl den Sarg, als die Urnen mit hinüber auf die grosse Insul, um euren Freunden ein Vergnügen damit zu stifften, vergesset unserer darbey auch nicht mit Zuführung einer und anderer leckerhafften Speisen und Geträncke, als worvon wir gantz besondere Liebhaber sind; Folget meinem Rathe, und fahret gleich Morgen früh mit Aufgange der Sonnen zu euren Freunden hin, und bringet ihnen alles das, was wir gefunden haben, doch dieses ist ein bloses Kinder-*

Spiel gegen diejenigen Schätze zu rechnen, welche ich binnen wenig [374] *Tagen noch zu finden, oder wenigstens euch anzuweisen verhoffe; Nur aber bitte ich mir dieses aus, daß wenigstens* 10. *bis* 12. *Mann der hertzhafftesten Männer oder Junggesellen bey mir bleiben, um mit ihnen das Gebürge, sonderlich aber den grossen Berg durchzustreichen und zu besichtigen, da ihr denn, wenn ihr etwa binnen* 8. *oder* 14. *Tagen wieder anhero zu kommen euch bemühen woltet, ohnfehlbar weit mehrere Neuigkeiten, als bishero vorgefallen, erfahren werdet, und zwar zu eurem eigenen allergrösten Nutzen.*

Die Felsenburger hatten den Vincentium kaum ausreden lassen, als sogleich nicht nur 10. oder 12. sondern noch viel mehrere, so wohl Männer als Junggesellen, heraus traten, und sich als Freywillige angaben, bey dem Vincentio zu bleiben, mitlerweile wir die gefundenen Sachen hinüber auf die grosse Insul zu den Unserigen schaffen, und so bald, als möglich, wieder zurück kommen solten. Nachdem nun Vincentius mich und meine beyden Herren Beystände ersucht, mit ihm annoch vorhero in etwas spatziren zu gehen, inmassen er uns noch viele wichtige Dinge zu offenbaren hätte, als folgten wir ihm nach, und erfuhren solche Geheimnisse aus seinem Hertzen und Munde, von welchen wir uns vorhero keine Vorstellung machen können; weiln aber voritzo, gewisser Ursachen wegen, ein billiges Bedencken trage, dieselben zu wiederholen, so verweise einen jeden treugesinneten Felsenburger an unser ordentlich Archiv, (als worinnen die deßfalls unsere damahlige gethane Aussage protocolliret [375] worden,) um seine Curiositée zu vergnügen, weiln ein solches keinem Treu-meynenden zum Lesen abgeschlagen wird.

Gleich des darauf folgenden Tages machten wir uns reisefertig, um mit unsern Booten fort zu rudern; welches denn auch geschahe, nachdem wir nicht allein den silbernen Sarg, sondern auch alle 53. Urnen eingeschifft, von den Portugiesen, unter Versprechung baldiger Zurückkunfft, Abschied genommen, und bey ihnen 12. Mann der hertzhafftesten Felsenburger da gelassen hatten. Es ist leicht zu erachten, daß die Unserigen über unsere glückliche Zurückkunfft eine besondere Freude, wie auch über die mitgebrachten Antiquitäten eine ausnehmende Verwunderung gehabt; Nachdem aber dieser letztern wegen verschiedene Zusammenkünfte von den Aeltesten und der Geistlichkeit gehalten worden, wurde endlich beschlossen, von allen diesen Sachen fernerweit nichts anzurühren, sondern dieselben, (*weiln wir nicht wüsten, ob es Christen oder Heyden, wenigstens Menschen gewesen, die an den allerhöchsten GOtt geglaubet hätten*) zwar nicht auf unsern ordentlichen Gottes-Acker, viel weniger in unsere Kirche zu bringen; sondern es solte hinter unserm Kirch-Thurme, als welches Plätzgen sich wohl darzu schickte, ein besonderes Gewölbe angemauert, und alle diese Sachen, so wohl der Sarg, als die Urnen hinein gesetzt, auch wohl verwahret werden, damit nicht etwa Unmündige und Unverständige sich daran vergreiffen möchten. Dieser Schluß und Verordnung gefiel mir zwar gewisser Massen wohl, allein, die angebohrne Curio-[376]sitée protestirte darwider, indem ich gern weiter und besser untersuchen wolte, was etwa hie und da, so wohl in dem Sarge, als in den Urnen versteckt seyn möchte, denn ob mir zwar an Golde, Silber, Diamanten, Perlen und andern Edelgesteinen so wenig, als an meinem Huthe gelegen, den ich noch jetzo auf dem Kopfe trage; so reitzeten mich doch eine und andere erblickten Müntz-Sorten an, meiner Neigung vor dißmahl Folge zu leisten, und das abergläubige Sprichwort: *Man solle die Todten nicht berauben &c.* gewisser Massen hinten an zu setzen.

So bald ich demnach meine Gedancken den mir allervertrautesten Freunden, die ich eben itzo mit Namen zu nennen Bedencken trage, eröffnet, fanden sich ihrer 6. die nicht allein mit mir einerley Meinung hegten, sondern sich auch, nachdem das gemauerte Gewölbe fertig, und der Sarg so wohl als die Urnen in bester Forme hinein gebracht waren, wenig Tage hernach, und zwar nicht etwa um die Mitternachts-Stunden-Zeit, sondern gantz früh Morgens mit aufgehender Sonne, zugleich mit mir in das Gewölbe begaben, da wir gewiß, bey noch darzu angezündeten Wachs-Kertzen, unserer Neugierigkeit ein sehr starckes Vergnügen leisteten, denn wir fanden unter den gold- und silbernen grossen Medaillen einige Stück, deren Zeichnungen diese waren: wie der Welt-Heyland Christus am Creutze hieng; wieder andere, da die Mutter GOttes Maria das Christ Kind auf dem Arme trug; anderer so genannter Schaustücke oder Medaillen, auf welchen die Bildnisse der heiligen Apostel und Evangelisten mit le-[377]serlichen Umschrifften befindlich, zu geschweigen, wie ich denn auch von dem zur übrigen Politischen Historie einschlagenden Müntzen itzo gar nichts reden will, weilen ein solches mir ohnedem zu weitläufftig und verdrießlich fällt, ein jeder Curiosus aber dieselben in unserm Archiv und Bibliotheque alltäglich zu sehen bekommen kan.

So bald demnach alles dieses in möglichster Stille nach meinem Wunsche zum Stande gebracht, wir auch erfahren, auf was vor Art die Unserigen den verdammten Cörper des Lemelié von sich geschafft, hatte ich weder Ruh noch Rast, bis ich wieder eine abermahlige Reise nach der Insul Klein-Felsenburg antreten konte. Und diese geschahe ohne fernere weitläufftige Uberlegung wenige Tage hernach in Begleitung vieler der allervertrautesten und sonst hertzhafften Freunde. Vor die Klein-Felsenburger nahmen wir also auf 3. Booten abermahls einen starcken Vorrath von Lebens-Mitteln, und zwar der allerbesten und leckerhafftesten, welche so wohl den Unserigen als unsern Gästen, die uns einer so wohl als der andere mit ausgereckten Armen zur Bewillkommung entgegen gelauffen kamen, ein nicht geringes Vergnügen erweckten. Wir fanden alle noch gesund, frisch und lustig, so, daß man ihnen keinen Hunger, Kummer, oder Noth ansahe, denn sie hatten sich binnen der Zeit mit

Essen und Trincken wohl gepflegt, waren zum öfftern Lustwandeln gegangen, und hatten auser den vorigen, die wir schon mitgenommen, noch 19. herrlich schöne Urnen ausgegraben, ingleichen die Minions vertilgt, von welchen sie mehr als 100. Bälge aufzeigten, sonsten aber [378] war ihnen gantz und gar nichts schreckhafftes oder wiederwärtiges begegnet. Nachdem wir nun 2. Tage ausgeruhet, und uns die niedlichsten Speisen und Geträncke wohl bekommen lassen, trat Vincentius auf, und sagte: So zu leben ist keine Kunst, meine Herren und Freunde! allein, ich halte nicht vor rathsam, daß wir so länger auf der Bärenhaut liegen, darum wollen wir, wenn es euch gefällig ist, uns eine Bewegung machen, denn es hat mir in verwichener Nacht ein guter weisser Geist angedeutet, daß unser Gang nicht vergeblich seyn soll, vielmehr würden wir etwas gantz besonders neues antreffen.

Wie wir nun insgesamt der Faulheit eben so sehr nicht ergeben, als wurde verabredet und beschlossen, eine Reise nach dem grossen Gebürge, (NB. *welches auf dem Grund-Risse dieser Insul Klein-Felsenburg* pag. 452. *im andern Theile mit* N. *bezeichnet*) vorzunehmen, da denn Vincentius mit seiner Wünschel-Ruthe eine und andere Probe zu machen versprach. Ob nun gleich einem jeden frey gestellet war, entweder mitzugehen, oder in den Hütten bey unsern Sachen zu bleiben, so war doch kein eintziger, der zurück zu bleiben Lust bezeigte, sondern sie giengen alle mit, und zwar früh Morgens mit Anbruche des Tages, da sich denn ein jeder mit Proviant und Gewehr aufs beste versorgt, und auser diesem allen führeten wir auch noch viele Picken, Hacken, Aexte, Schauffeln und Spaten mit uns.

Als wir nun das Gebürge bey Untergang der Sonnen erreicht, machten wir am Fusse desselben etliche Feuer an, lagerten uns um dieselben herum, [379] und brachten dieselbe Nacht unter allerhand guten Gesprächen ungemein vergnügt und ruhig zu, bis der Tag wieder angebrochen war, da wir denn dem Vincentio, nach verrichtetem Morgen-Gebet, weiter in und auf das Gebürge folgten.

Zeit meines Lebens habe ich keine grössern Wunderdinge (ich verstehe nemlich solche, welche der Sage nach, blos in der Natur stecken sollen) verrichten sehen, als Vincentius mit seinen Wünschel-Ruthen verrichtete: Denn er hatte auser seinem gewöhnlichen Zauber-Stabe nicht nur eine, sondern mancherley Arten von Wünschel-Ruthen bey sich, und zwar, wie er sagte, nach den mancherley Arten der Metallen und Mineralien zugerichtet. Wie gesagt, es war bewundernswürdig, wie wir denn alle, die dabey gewesen, und es mit angesehen haben, ein solches bezeugen werden: Denn die Ruthen sprungen zum öfftern gantz schnell in die Höhe, zur andern Zeit aber blieben sie auf dem Boden dergestalt feste kleben, so, daß Vincentius dieselben mit der allergrösten Gewalt wieder an sich ziehen muste. Wo nun ein vortheilhaffter Platz war, ließ er alsobald durch unsere Leute ein Spannen-tieffes Loch einhauen, und zum Wahrzeichen einen behauenen Stein hinein setzen, deren jeden er selbst vermittelst bey sich habender Stein-Meissel mit Ziffern und allerhand Charactern bezeichnete. Es war mit gröster Lust anzusehen, wie sauer es sich unsere bey uns habenden Leute mit der Arbeit werden liessen, dergestalt, daß sie sich kaum Zeit zum Essen und Trincken nehmen wolten, anbey auch, wie man zu sagen pflegt, wie die Braten schwitzten, denn die un-[380]vergleichlich grossen Ertz-Stuffen, welche zum Theil Gold, Silber, Kupfer und andere Metallen in sich hielten, fielen uns allen dergestalt entzückend in die Augen, daß wir uns nicht satt daran sehen konten, zumahlen, wenn nach ihrer Abwaschung die Strahlen der Sonne darauf fielen. Solchergestalt arbeiteten wir alle insgesamt die Wochen, oder so genannten Werckel-Tage immer mit glücklichem und vergnügtem Fortgange unsers angefangenen Wercks fort, so lange, bis der Sonntag heran nahete, da denn beschlossen wurde, alle Arbeit stehen und liegen zu lassen, GOtt zu Ehren aber den Sabbath oder Sonntag, ein jeder nach seiner Religion, heiligen und feyren wolte.

Vincentius ließ sich vernehmen, wie er nicht vermeynet, daß wir so gar sehr gewissenhaffte Christen wären, unterdessen aber wäre es löblich, billig und recht, vor allen Dingen dem allerhöchsten GOtte, als dem Geber aller Güther, Lob, Danck und Preiß zu bringen, und um fernern Beystand anzuflehen.

Demnach giengen etliche der Unserigen auf die Fischerey aus, um etwas tüchtiges zu fangen, weilen vielleicht unsere Lebens-Mittel vor so viele Personen nicht hinlänglich seyn möchten; brachten auch noch vor Einbruch des Sonnabends-Abends, eine gewaltige Menge der auserlesensten delicatesten Fische von allerhand Gattung, die wir auf Kohlen braten liessen, weiln kein Geschirr, auch nicht gnugsames Saltz vorhanden war, dieselben zu kochen. Jedoch Vincentius schaffte bald Rath, indem er sagte: wem es am Saltze fehlet, der nehme nur [381] diese meine Wünschel-Ruthe, und folge derselben so lange nach, bis sie ihm von sich selbsten aus der Hand springet, da sich denn zeigen wird, daß auf derselben Stelle, wo sie niederfällt und liegen bleibt, das allervortrefflichste und gesundeste Saltz sich finden wird, von welchem oberhalb nur einer Hand hoch, die darüber liegende Erde, Staub oder Steine dürffen abgeräumet werden.

Ohngeachtet nun der Saltz-Mangel eben so gar sehr groß nicht war, indem der bey uns habende Vorrath wohl noch zur Noth auf 3. bis 4. Tage hinreichend gewesen; so war doch ich so gar sehr neugierig, dieses Experiment mit der Wünschel-Ruthe zu machen; bat also den Vincentium, mir diese Wünschel-Ruthe anzuvertrauen, und anbey die Vortheile zu zeigen, wie man mit derselben umgehen müste? da er denn sagte: Mein Herr! ihr habt weiter nichts zu thun, als die Ruthe vor euch in der Hand zutragen, und dabey zum öfftern die Worte auszusprechen: Sal sursum folget ihr nur so lange nach, als sie sich in eurer Hand regt, mithin, so zu sagen, den Weg zeiget, wohin ihr wandeln sollet, wenn die Ruthe aber springt und liegen bleibt, so scharret das oberste auf, alsdann werdet ihr Saltz in Menge finden.

Demnach, zumahlen da die vorgesprochenen zwey Worte mir eben nicht verfänglich vorkamen, begab ich mich nebst 3. Felsenburgischen Geferten, welche Säcke bey sich führeten, auf den Weg, und empfand erstlich in Wahrheit, daß sich die Ruthe in meinen Händen sehr öffters regte und bewegte, bis sie endlich, da wir ohngefehr 4. bis 500. Schrit-[382]te nach der kleinen See zu, fortgewandert, auf einmahl gantz plötzlich aus meiner Hand sprung, und auf einem kiesigen Erdreich liegen blieb. Meine Geferten und ich machten uns also an die Arbeit (um zu erfahren, ob wir belogen oder betrogen wären) und kratzten in möglichster Geschwindigkeit, auch so gar mit den blosen Händen, die oberste Erde, Kieß und Steine weg, da wir denn, weiln nach dem Untergange des Sonnen-Cörpers es noch ziemlich helle war, so viel sehen konten, daß sich die feineste weisse Materie erhub, welche wir dem Geschmacke nach, sogleich vor das allerbeste Saltz erkannten, unsere 3. Säcke damit anfülleten, die Stätte und Gegend wohl bezeichneten, und uns hernach wieder zu der übrigen Gesellschafft begaben. Vincentius machte die erste Probe mit diesem unsern gefundenen Saltze, indem er vor sich allein verschiedene grosse, mittelmäßige und kleine Fische gebraten, und dieselben starck damit würtzete, ja fast über die Gebühr, um uns nur den Argwohn zu benehmen, als ob dieses

Saltz etwa ein gifftiges Saltz wäre; allein es ist es nicht, sondern wir haben nach der Zeit befunden, daß diese und noch mehrere herum liegende Saltz-Gruben das allerbeste und kostbareste Saltz in sich führen.

Nachdem wir aber damahls uns alle wohl gesättiget, und um die angemachten Feuer herum gelagert, der Ruhe zu erwarten, höreten wir ohngefähr in der Mitternachts-Stunde eine Stimme zu dreyen verschiedenen mahlen dergestalt starck ruffen, als ob dieselbe durch ein Sprach-Rohr redete, und zwar, so kam der Schall aus dem gegen uns über liegenden hohen Berge, die Worte aber waren die-[383]se: Vincent. Allah! Dio. Wie nun ich bemerckte, daß Vincentius munter war, so fragte ich ihn, als ich die Stimme zum dritten mahle ruffen, und noch etliche mehrere Worte aussprechen hörete: was dieses zu bedeuten hätte? Hierauf trat er auf, und rief etliche mahl mit lauter Stimme: Allah! Allah! Dio. Wendete sich hernach wieder zu mir, und sagte: Mein Herr! diese Stimme kömmt aus dem Heyden-Tempel unter dem grossen hohen Berge, welchen ihr, wie ich vernommen, schon vor einiger Zeit zerstöhret habt, allein dieses soll uns nicht irren, Morgen, so GOtt will, gleich mit anbrechendem Tage uns auf die Füsse zu machen, und unsern christlichen Gottesdienst in diesem ehemahligen Heyden-Tempel zu verrichten, wir werden auch, wie ich euch gantz gewiß versichern kan, keine Gespenster oder Geister darinnen antreffen, sondern nur drey menschliche lebendige Personen.

Ich meines Orts brachte vor Grillen wegen dieser neuen Begebenheit den wenigen übrigen Theil der Nacht ohne allen Schlaf zu; so bald aber der Himmel zu grauen anfieng, machte ich nicht allein den Vincentium, sondern auch alle meine Freunde munter, da wir denn nach gesprochenem Morgen-Gebet uns abermahls auf die Reise, nach dem grossen Berge O zu, begaben. Die meisten unter uns wusten in selbiger Gegend von vorigen Zeiten her noch guten Bescheid, und eben dieserwegen fiel uns der Weg eben so gar sehr verdrießlich nicht. Kurtz: nach dem wir den grossen Wald glücklich passiret, gelangeten wir in den Mittags-Stunden alle gesund und frisch am O Berge an, fanden auch bald die Wege, in den so genannten Heyden-Tempel zu [384] gelangen. Vincentius gieng voran, und sprach uns immer guten Muth zu, weiln im Tempel alles stockfinster war; jedoch es wurde auf einmahl heller-lichter Tag darinnen, so, daß wir sehen konten, wie sich 3. lebendige Menschen in einen Winckel verkrochen hatten, die aber auf die Anrede des Vincentii sogleich hervor traten, und eben so seltsame Complimenten gegen uns machten, als ihre Kleidungen beschaffen waren. Ehe wir was weiteres vornehmen, meine Freunde! (sagte Vincentius allhier) wollen wir erstlich ein jeder nach seiner Religion unsere Andacht verrichten; welches denn auch geschahe. Als dieses vorbey war, trat die älteste Person von diesen dreyen hervor, und redete ihn, ich möchte fast sagen in einer kauderwellischen Sprache, wovon ich aber doch sehr viel verstehen konte, erstlich ohngefehr mit folgenden Worten an: Ihr Herren! meinem Bedüncken nach, muß ich euch vor Christen erkennen, welches ich daraus schliesse, weil ihr das Zeichen des heiligen Creutzes so offt vor eure Brüste und Stirnen macht.

Da ich nun weiß, daß die Christen barmhertzige Leute sind, so erbarmet euch doch einer armen von aller Welt verlassenen Persianischen vornehmen Printzeßin, deren Wart-Frau ich bin, und dieses bey uns stehende Mägdgen ist ihre Bediente. Es ist die Printzeßin zwar nicht arm an zeitlichen Güthern, nemlich an Gold, Silber, Perlen und Juwelen, als welche Schätze an sichern Orten verwahrt liegen; allein sie ist dennoch arm, weilen sie darum verfolgt wird, daß sie keine Feuer-Anbeterin werden, sondern eine rechte Christin bleiben will; [385] da sie sich blos allein in das Christenthum und in den wahren allein seligmachenden Glauben verliebt hat, auch durch keinen Marter-Zwang sich davon abtreiben zu lassen gesonnen ist. Vincentius gab hierauf zur Antwort: wie er diese Sache erstlich mit seinen Gefertenüberlegen müßte, inzwischen möchten sie nur erstlich alle drey aus dieser Höhle heraus, und an das Tages-Licht kommen, damit wir einander recht in die Augen sehen, und fernerweitige Worte wechseln könten. Sie leisteten also Gehorsam, und folgten uns heraus in die freye Lufft, da wir uns denn alle nicht genugsam über die besondere Schönheit der Persianischen Printzeßin verwundern konten, die, ob sie gleich eine Brunette ist, wenig Blondinen gegen sich hat, welche sie an der artigen Gesichts-Bildung übertreffen solten. Zum guten Glücke hatten einige von meinen Freunden noch ein paar Bouteillen Canari-Sect nebst etwas Confect und andern eingemachten Sachen bey sich, derowegen langete ein jeder hervor, was er hatte, um nur diesen furchtsamen und verdüsterten Seelen oder Cörpern einen frischen Muth zuwege zu bringen. Sie nahmen alles an, was man ihnen reichte, führeten sich aber sehr schamhafftig und mäßig im Essen und Trincken auf, endlich aber wurde ich gewahr, daß die Furcht nach und nach bey allen dreyen verschwande, und ihre Geister wieder lebendig zu werden schienen, welches uns allen denn gantz sehr angenehm war.

Indem wir aber allgemach von unserer Rückreise zu reden anfiengen, zumahlen, da der Pro-[386]viant mehr ab- als zunahm, so zog Vincentius nebst andern guten Freunden auch mich auf die Seite, und stellete vor, daß, weilen wir einmahl doch da wären, er aber versichern könte, daß noch weit wichtigere Sachen zu unserm Nutzen abgehandelt werden könten, wenn wir uns nur wenigstens noch eine gantze Woche in dieser Gegend aufhielten; so höreten wir vorhero erstlich dessen deutlichere Erklärungen an, und da wir vieles darinnen fanden, welches unserm Hertzen wohl gefiel, so wurde gleich in der Geschwindigkeit beschlossen, noch einen Sonntag in dieser Gegend abzuwarten, um zu erfahren, ob des Vincentii Versprechungen und Künste fernerweit so gut eintreffen und wohl ablauffen würden, als wir eine Zeit daher von ihm bereits durch viele Proben vergewissert waren.

Demnach wurden ohne ferneres Bedencken 20. der hertzhafftesten und hurtigsten Felsenburgischen Männer und Junggesellen nach unsern Hütten geschickt, um Proviant und was uns sonsten etwa mangelte, so bald als immer möglich, herbey zu schaffen. Wie nun dieselben diese Strapaze mit Lust angetreten hatten, so sahen wir sie am Abende des dritten Tages nach ihrem Weggehen glücklich und wohl beladen zurück kommen: Denn sie hatten sich Trage-Bahren gemacht, auf welchen sie alles, was unser Hertz begehren konte, im Uberflusse herbey brachten, ja, sie wolten nicht einmahl eingestehen, daß ihnen diese Reise sauer angekommen wäre, indem sie lauter Zeitkürtzende Gespräche unter sich geführet, bey der Tragungs-[387]Last aber immer einer den andern nicht mit Verdruß, sondern mit gröster Lust abgelöset hätte.

Vor allen Dingen aber muß ich die besondere Begebenheit zu melden nicht vergessen, welche des Abends vor der Zurückkunfft unserer Ausgeschickten vorgieng: Denn, da ich mit der Printzeßin und ihrer Wart-Frau, die sich Anna nennete, bey der kühlen angenehmen Abend-Lufft auf etwa 100. Schritt weit vom Berge und der übrigen Gesellschafft Lustwandeln gieng, traffen wir unterwegs einen grossen ausgehauenen viereckigten Stein an, vor welchem die Printzeßin erstlich wohl eine Minute lang stehen blieb, hernach aber sich auf denselben niedersetzte, und so wohl mir, als der Anna mit Worten und Zeichen zu vernehmen gab, daß wir beyde uns neben sie setzen solten; wie nun dieses geschehen, und wir die Printzeßin also in der Mitte hatten, rieff diese ihrer Bedientin, welche auch nicht weit von uns entfernet war, da wir denn sahen, daß das Mägdgen dem Ruffe augenblicklich gehorsamete, und sich hinter der Printzeßin Rücken auf die Knie niederließ, und zwar gantz stillschweigend, ohne sich mit den Händen, oder sonsten mit dem Leibe zu bewegen.

Mirzamanda, (*dieses ist der Nahme der Persianischen Printzeßin*) fieng an, in einer verdorbenen und vermischten Sprache folgendes mit mir zu reden: (*doch weilen die allermeisten Worte Holländisch auch zum Theil Lateinisch waren, so konte ich vorerst doch nur so viel verstehen, daß sie mich dieses fragte*) Mein Herr! es hat mir meine Anna sehr viel von [388] den Christen, ihrem Christenthume, und sonderlich von einem gecreutzigten Heylande vorgeschwatzt, welcher alle Sünder, wenn sie sich nur im wahren Glauben an sein Verdienst zu ihm wendeten, nicht nur zeitlich, sondern hauptsächlich ewig selig und glücklich machen wolte und könte. Darum bitte ich gehorsamst, mir zu eröffnen, ob ich in diesem Stücke vollkommen recht berichtet, oder nur etwa bey der Nase herum geführet bin?

Allerwertheste Printzeßin (gab ich ihr zur Antwort) Sie sind von der Frau Anna nicht im allergeringsten belogen noch betrogen worden, sondern es hat dieselbe einen vortrefflichen guten Grund zu Dero wahren

Christenthum gelegt; der gecreutzigte Heyland, als wahrhaffter GOtt und Mensch, wird, wenn Sie ihn fleißig anruffen, verleihen, daß Sie nicht allein hier auf dieser Welt glücklich, hauptsächlich aber nach Ihrem Tode, im Himmel ewig selig werden. Jedoch, weil bey unsern jetzigen Umständen von dieser wichtigen Sache, zumahlen wegen Kürtze der Zeit, nicht viel gründliches gesprochen und überlegt werden kan; so verlassen Sie sich in diesem Ihren christlichen Glauben nur auf unsere christliche Vorsorge und Beyhülffe, als womit Sie nicht betrogen, sondern durch den gecreutzigten Heyland gesegnet werden sollen.

Ich merckte, daß diese meine Worte der Mirzamanda sehr wohl gefielen, indem sie solches mit freudigen Geberden zu erkennen gab, auch mir so gar die Hand küssen wolte; allein diese Höflichkeit schien mir, vor eine Printzeßin etwas gar [389] zu sehr niederträchtig, da sie sich doch sonsten gegen jedermann sehr demüthig und gelassen aufführete, als worzu sie ohnfehlbar durch die Betrachtung ihres damahligen Zustandes angetrieben wurde. Hergegen küssete ich ihr die Hände zu vielenmahlen, und gab in zusammen gestoppelten halb Holländischen, halb Lateinischen Worten derselben so viel zu vernehmen, daß sie getrost und gutes Muths seyn möchte, weilen wir vor ihr Wohlseyn alle möglichste Sorge, und zwar vom heutigen Tage an, aufrichtig tragen wolten, damit sie sich binnen kurtzer Zeit darüber zu erfreuen Ursach haben könte.

Kaum hatte ich diese letztere Rede vollendet, so kam ein schöner grosser Löwe mit sachten Schritten auf uns zu gegangen, weßwegen ich meine bey mir habende Flinte zur Hand nahm, als mit welcher ich unter währenden Lustwandeln etliche Vögel von den Bäumen herunter geschossen, und worüber die Printzeßin ein besonderes Vergnügen bezeugt hatte; machte mich also fertig, daferne der Löwe näher käme, Feuer auf denselben zu geben; So bald aber Mirzamanda diese meine Anstalten merckte, und sahe, fiel sie mir zum Füssen, und sagte: Ach nein, mein Herr! unterlasset, dieses schöne Thier zu tödten, denn es ist, ob es gleich ein wehrhaffter Löwe ist, von seiner allerzärtesten Jugend an, so zu sagen, mein Schooß-Hündlein gewesen, er beleidiget auch niemanden anders, als diejenigen, so meine Person beleidigen oder verletzen wollen, denn ich habe diesen Löwen gantz allein auferzogen, und dieserwegen hat er sich [390] auch nicht gescheuet, mir über die See bis an diesen Ort nachzufolgen.

Ich ließ diese Geschichts-Erzehlung anfänglich auf ihrer Wahrheit oder Unwahrheit beruhen, doch ohngeachtet die Printzeßin selbige auf eine gantz angenehme Art vorbrachte, so hatte ich noch immer einen heimlichen Grauen und Abscheu, so lange ich den Löwen um uns herum wandeln sahe, endlich aber, da sie ihn ruffte, kam er gantz kleinmüthig zu ihren Füssen gekrochen, küssete ihr alsobald die Hände, welches er denn auf ihrem Befehl, auch mir und der Frau Anna thun muste, hernach weltzete er sich etlichemahl auf der Erde herum,

und legte sich darauf zu ihren Füssen, blieb auch so lange
stille liegen, bis wir alle drey aufstunden, und uns weiter
hin nach den Feuern begaben, allwo sich unsere übrige Gesellschafft zum Genuß der Abend-Mahlzeit versammlet hatte. Es war manchem und mir selbst einiger
Massen lächerlich anzusehen, daß die Printzeßin den Löwen an ihren zusammen geknüpften Strümpfe-Bändern
mit sich geführet brachte, anbey aber zu bewundern,
daß sich kein eintziger Mensch vor dieser grimmigen und
grausamen Art der Thiere so gar besonders scheuete und
entsetzte, da doch sonsten eine blose Löwen-Haut so
wohl Menschen als Thieren, jedoch einem vor dem andern, einiger Massen Furcht und Schrecken einzujagen
pflegt. Bey dieser meiner Verwunderung that ich die
heimliche Frage an den Vincent um: was wohl von diesem
Löwen zu halten sey, und ob es ein würcklicher natürlicher Löwe, oder nur eine blose [391] Machine wäre, mit
welcher die Geister ihr Spiel trieben? Hierauf gab uns
Vincentius diese Antwort: Ich will nimmermehr auf dieser Welt glücklich werden, wenn dieses nicht ein würcklicher und natürlicher Löwe ist, mit dem zwar in Persien
die bösen Geister allerhand Gauckel-Spiele getrieben haben; Jedoch dieses alles ist vorbey, und gehet uns allhier
nichts an. Genug, wenn ich euch dieses nochmahls hoch
und theuer versichere, daß es ein bloser natürlicher Löwe, allein, durch die kluge und behutsame Auferziehung
seiner Printzeßin dahin gebracht ist, daß er fast mehr
Verstand, als mancher Mensch im Gehirne hat.

Nachdem nun Vincentius mir alles, was er von dem Löwen gesagt, noch mit vielen Eyd-Schwüren betheuert, verschwand nicht allein bey mir aller Argwohn und Mißtrauen, sondern auch die Furcht vor dieser wilden Bestie, ja! ich gewann den Löwen dergestalt lieb, daß ich fast nirgends hingehen konte, wenn ich den Löwen nicht bey mir sahe, als woraus sich die Mirzamanda ein besonderes Vergnügen machte. Jedoch auf das vorige zu kommen, so war doch zu bewundern, daß dieser Löwe, als er uns zum erstenmahle mit der Printzeßin bey der Abend-Mahlzeit besuchte, sich hinter seine Gebieterin stellete, und derselben also aufwartete, wie bey uns die abgerichteten Hunde aufzuwarten pflegen; nach diesem legte er sich vor ihr nieder, seinen Kopff in ihren Schooß, und ließ sich von ihr speisen, hierauf gieng er weiter von einem zum andern, und wer ihm einen rechten wohlschmeckenden Bissen zu verschlingen gab, dem [392] leckte er nicht allein die Hände, sondern auch zum öfftern das Gesichte, welches denn zu verschiedenen mahlen bey uns, zu einer hefftigen Verwunderung und vielen Lachen Anlaß gab. Kurtz: der Löwe führete sich dergestalt artig auf, daß ihn ein jeder von uns liebte, und in besondern Ehren hielt.

Nachdem wir abgeredeter Massen noch die Woche daselbst zugebracht, in den Werckel-Tagen manchen sauren Schweiß-Tropfen vergossen, da uns Vincentius nicht allein in dem Heyden-Tempel, sondern auch in den neben liegenden Grotten dergestalt viel Arbeit angewiesen, daß wir von Morgen an bis zur Abends-Zeit alle Hände voll zu thun fanden, worbey aber niemand faul oder verdrüßlich wurde, weilen wir mit offenen Augen betrachten konten, wie unsere Mühe von Zeit zu Zeit 100. (ja ich lüge nicht, wenn ich sage, 1000. fach) belohnet war; so beschlossen wir noch den einen Sonntag abzuwarten, und des darauf folgenden Tages nach unsern Hütten zu kehren. Es wurde also bemeldter Sonntag ohne Arbeit, sondern in gutem Vergnügen zugebracht, weiln wir uns hauptsächlich die von unsern Leuten aus dem Hütten abgeholten Speisen und Weine wohl schmecken liessen, ausser diesen aber war noch ein gantz besonderes Gerichte von einer Art ungemein grosser, wie auch mittelmäßiger und kleiner Fische, welche unsere Leute lebendig herbey gebracht hatten, und die alle, in Wahrheit gegen andere Arten von Fischen einen gantz besondern Geschmack hatten; es waren aber diese Fische in der Klein-Felsenburgischen grossen See und den daraus fliessen-[393]den kleinen Strähmen und Bächen gefangen worden. Auser diesem allen wurde ich mit besondern Vergnügen gewahr, daß alle unsere Leute, so wohl Römisch-Catholische, als Protestanten, sich in jeglicher Gesellschaffts-Sorte auf die Seite begaben, und den Gottesdienst, ein jeder nach seiner Weise, verrichteten.

Desto schreckhaffter aber kam mir und allen Anwesenden die Tragœdie vor, die bald hernach der Satan spielete, und welche ich etwas umständlich vortragen will. Als demnach die Printzeßin, ihre Wart-Frau Anna, ich und noch einige meiner vertrautesten Felsenburgischen Freunde gegen Untergang der Sonnen bey der gantz ungemein angenehmen Witterung einen Spaziergang nach einem kleinen Gebüsche zu nahmen, so traffen wir unter Weges den Stein an, dessen ich schon gedacht, derowegen verlangte Mirzamanda, Müdigkeit halber, ein wenig auf demselben auszuruhen, setzte sich also zwischen mir und der Anna auf demselben nieder, unsere übrigen Geferten lagerten sich auf dem schönen grünen Grase-Boden um uns herum, der Löwe kam, legte seinen Kopf seiner Gebieterin in den Schooß, Hadscha aber, als der Printzeßin Aufwarte-Mägdgen, fiel abermahls hinter ihrer Gebieterin auf die Knie nieder, hub ihre Augen beständig gen Himmel und nach dem grossen Berge zu, als welcher letztere sonderlich den Augen aller Anwesenden einen bewunderns-würdigen Anblick verursachte, weilen die matten Strahlen der untergehenden Sonne und die aufsteigende, allerhandfär-[394]bige Abendröthe denselben, allem Ansehen nach, fast als einen Spiegel zu gebrauchen schienen. Indem sich aber die Sonne kaum gäntzlich verkrochen hatte, ließ es auf dem Berge nicht anders zu seyn, als ob ein helles lichterlohes Feuer auf dessen allerobersten Gipfel brennete, ja, man sahe so gar Funcken heraus und gen Himmel fliegen, eben als ob dieser Berg es andern Feuerspeyenden Bergen, als dem Aetna, Vesuvius und deren gleichen mehr, auf einmahl nachthun wolte; Jedoch die allermeisten unter uns waren der Meynung, daß es kein würckliches natürliches Feuer, sondern ein bloses Blendwerck wäre, welches von den

Sonnen-Strahlen und der Abendröthe gemacht würde. Hadscha aber gab uns binnen wenig Minuten gantz etwas anders zu erfahren, denn sie sprunge plötzlich von der Erden auf, und that etliche dergestalt hellklingende Schreye, welche in denen Gebürgen ein gräßliches Echo verursachten, so, daß wir alle in ein nicht geringes Entsetzen gebracht wurden. Hierauf lieff sie, die Hadscha, noch schneller als ein Hirsch über 500. Schritte weit von uns nach dem Berge zu; Anna bat sich aus, es möchten 2. oder 3. dreuste Manns-Personen mit ihr gehen, um dieses thörichte Mensch wieder zurück zu holen, und hierinnen wurde ihr sogleich gewillfahret: denn es fanden sich ohne unsern Befehl und Willen nicht nur 2. oder 3. sondern 8. bis 10. dreuste Felsenburger, welche mit der Anna der Hadscha nacheileten. Diese Nacheilenden mochten aber wohl kaum den halben Weg nach dem grossen Berge zu zurück gelegt haben, als Vin-[395]centius gantz tiefsinnig gegen uns, die wir noch bey der Printzeßin versammlet waren, anspatziert kam. Ich rieff ihn zu mir, ein Glas Canari-Sect Bescheid zu thun, und da er kam, so erzehlete ich ihm, was uns begegnet wäre, vornemlich aber die Geschichte mit der Hadscha, als welcher wir vor kurtzer Frist Boten nachgeschickt hätten. *Eurer aller Mühe* (sprach hierauf Vincentius) *wird vor diesesmahl wohl vergebens seyn, weilen der Satan, dem diese* Hadscha, *als eine Anbeterin des Feuers und Ertz-Verächterin des Christlichen Glaubens von Jugend auf, bis auf diesen heutigen Tag, gedienet, ihr vor kurtzer*

Zeit den Hals gebrochen, welches ich, so weit es auch euch zu seyn vorkömmt, dennoch ohne Perspectiv mit meinen leiblichen Augen gesehen habe.

Man kan leicht glauben, daß uns diese Worte des Vincentii ein nicht geringes Schrecken verursachten; jedoch, da wir doch abwarten wolten, was die Nachgeeileten uns vor einen Bericht erstatten würden, so machten wir Feuer an, uns zu wärmen, weilen es allmählig gar zu kühle zu werden begunte; durfften aber besagten Nachgeeileten nicht länger, als noch etwa 2. Stunden entgegen sehen, da denn dieselben benebst der Frau Anna gesund und frisch zurück kamen. Ihr Bericht war dieser: daß sie die Hadscha noch gantz unten am Fusse des grossen Berges angetroffen, da sie denn Frau Anna, mit gantz freundlichen Worten bereden wollen, wieder mit ihnen zurück und zu ihrer Printzeßin zu kehren; allein Hadscha [396] hätte sich fast gantz rasend angestellet, wäre immer fort geeilet, worbey sie diese Worte ausgestossen: *Hebet euch weg von mir! lasset mich gehen! ich will, soll und muß heute meine Andacht verrichten, denn dieses ist eben der Tag meines Heyls.* Wie man nun, (so lautete der Bericht ferner) gesehen und gespüret, daß weder der Frau Anna, vielweniger der andern Zureden, etwas bey dieser verzweiffelten Person fruchten wollen, so hätte man ihr endlich ihren garstigen Willen gelassen, da sie denn eine sehr steile Klippe hinauf, und zwar einem ziemlich grossen Feuer entgegen geklettert, jedoch, ehe sie noch die Spitze derselben vollkommen überstiegen, wäre, nachdem man einen lauten Schrey von ihr gehöret, ihr Cörper von etlichen schwartzen Personen, die man nicht unbillig vor böse Geister halten könte, herunter in die Tieffe gestürtzt worden, allwo er noch läge, und nach Gutbefinden aufzuheben und nach Gefallen beerdigt werden könte.

Wie nun Mirzamanda diese Begebenheit so wohl aus ihrer Frau Annen, als unserer Felsenburger Munde in allen Stücken übereintreffend vernommen, sagte sie: Meine Freunde! lasset den verfluchten Teufels-Braten liegen, wo er liegt, und würdiget ihn keines Begräbnisses, sondern gönnet ihn denjenigen, so ihn den Hals zerbrochen, oder den wilden Thieren und Vögeln zur Speise, denn Hadscha ist von ihrer Jugend an eine Ertz-Feindin und Spötterin der Christin und ihres Glaubens gewesen.

Vincentius war noch zugegen, und stimmete [397] der Printzeßin Meynung in allem bey; wie es nemlich nicht nöthig wäre, daß wir uns fernerweit um den unglückseligen Cörper der Hadscha bemühen, oder uns dieserwegen solten von unsern anderweitigen Geschäfften abhalten lassen; fragte anbey, ob wir auch aus dieser geringen Begebenheit nicht erkenneten, daß er ein aufrichtiger Freund, Beförderer und Wahrsager unsers Glücks und Wohlergehens wäre?

Demnach wurde von der Stunde an alle Anstalt gemacht, uns in Ordnung zu bringen, um mit anbrechenden Tage die Rückreise nach unsern Hütten anzutreten, welches denn auch geschahe, nachdem sich vorhero in der

Nacht weiter niemand mehr um den Cörper der Hadscha bekümmert, mithin bekamen wir des dritten Tages, weilen wir uns aus gewissen Ursachen im Gehen eben nicht übereilen wolten, glücklich bey und in unsern Hütten an, da denn noch alles richtig und wohlbestelt befunden wurde.

Mittlerweile passirte mir ein artiger Streich, denn, da ich kaum in die allerdickste Waldung dieser Gegend eingetreten war; begegnete mir einer der allergrösten Hirsche, so, wie ich derselben einen nur immer Zeit meines Lebens gesehen, ohngeachtet ich nun sonsten ein grosser Vertheidiger des Wildprets, zumahlen dessen bin, was zur Zucht dienet, so fiel mir doch dieser schöne Hirsch wegen seiner besondern Grösse dergestalt in die Augen, (weil ich wuste, daß er in den Klein-Felsenburgischen Waldungen noch vielmehr Brüder seines gleichen hatte) daß ich der Mirzamanden [398] Hand fahren ließ, als welche sich bis dahin von mir an der Hand führen lassen, hergegen meine auf der Schulter hangende, gezogene Büchse ergriff, und aus derselben diesem starcken Thiere eine Kugel in den Leib schickte, weilen aber diese Kugel nicht das rechte Fleckgen getroffen, sondern nur ein9en Streif-Schuß gemacht, als kam der Hirsch in der grösten Geschwindigkeit auf mich zugesprungen, und wolte mir im Ernste zu Leibe gehen; Doch, da der Löwe dieses sahe, oder merckte, riß er das Band entzwey, woran ihm Mirzamanda neben sich herleitete, und sprunge dem Hirsche ebenfalls in gröster

Geschwindigkeit entgegen, machte auch kurtze Arbeit
mit dem Hirsche, indem er demselben die Gurgel abgebissen, so, daß der gute Hirsch augenblicklich zu Boden sincken muste; er, der Löwe, aber vergriff sich weiter nicht an diesem seinem vermeynten Feinde, leckte
auch, wie ich wohl bemerckte, nicht einen Tropffen Blut
oder Schweiß von demselben auf, sondern kam gantz
langsam wieder zurück, legte sich erstlich zu seiner Gebieterin Füssen, leckte ihr nachhero die Hände, ließ sich
auch in aller Gelassenheit wieder anbinden und führen;
wir aber liessen uns nebst unsern Geferten die Mühe
nicht verdriessen, dieses vortreffliche Küchen-Stück,
mit in unsere Hütten zu tragen, da wir denn dasselbe alle
wohl nutzen konten, indem wir beschlossen hatten, noch
3. Tage, als Rast-Tage, allda zu halten, des 4ten Tages
aber in aller Frühe nach Groß-Felsenburg abzuseegeln.

Binnen diesen 3. Tagen, da wir unsern Mäulern auch
eben keine Stief-Väter und Stief-[399]Mütter waren, versuchten wir, uns manche Lust mit dem Löwen zu machen, indem wir denselben in einen wohl verzäunten Garten einsperreten, darbey allerhand Arten von Thieren,
als wilde Ziegen, wilde Schweine, junge Reh-Böcke, auch
einiges Flügelwerck, Gänse, Endten, Türckische Hähne
und Hühner &c. zu demselben hinein jagten; allein er
trieb zwar seine Kurtzweile mit allen diesen Thieren,
tödtete aber keins, bis wir 2. Reh-Böcke, 4. Schweine und
6. wilde Ziegen auf die Köpffe schossen; da er denn,
weilen er vielleicht merckte, daß man ihn nur vexirte,

die angeschossenen Stücke zwar beroch, hernach aber dieselben weiter ohnbeschädigt auf ihren Plätzen liegen ließ. Als er nun keinen Ausgang finden konte, eröffnete er sich, mir Ausreissung 3. oder 4. Staqueten, selbst eine Thür, so, daß er eben zur Abend-Mahlzeit bey seiner Gebieterin eintraff, sich vor derselben niederlegte, zur Lust etlichemahl auf dem Erdboden herum weltzete, und hernach allerhand andere Possen machte.

Nun muß ich mit Wahrheit bekennen und sagen, daß ich mein Lebtage nicht geglaubt hätte, was Menschen-Hände, wenn sie gleich lustig und guter Dinge sind, ausrichten können: denn am 3ten Abende unserer verflossenen 3. Rast-Tage war schon unsere völlige Ladung vorhanden, und diese bestunde in den auserlesensten grössesten Ertz-Stuffen, die Vincentius in dem so genannten grossen Gebürge N. blos zur Probe aushauen lassen, von dem übrigen, was wir noch in dem Heyden-Tempel gefunden, will ich vorjetzo nicht viel Reden [400] oder Worte machen, glaube aber, daß es demjenigen, was wir bereits vor Olims-Zeiten aus eben diesem Heyden-Tempel erworben, wenig nachgeben wird; ja, ich solte fast meynen, daß wir in gewissen Stücken weit mehrere Kostbarkeiten und Schätze, und zwar mit eben so grosser, ja wohl noch weit grösserer Lebens-Gefahr erobert hätten, als unsere Vorgänger.

Jedoch ich will alles dieses vorjetzo bey Seite gestellet seyn lassen, und nur so viel melden, daß, nachdem wir mit den Portugiesen, sonderlich aber mit dem Vincentio, zur Nachts-Zeit ein gantz geheimes Gespräch gehalten, Morgens frühe, mit voller Ladung von ihnen abruderten, unter dem Versprechen, sie alle wohl zu bedencken, und binnen 6. oder 8. Tagen unsere bey ihnen zurücklassenden Landes-Leute, deren 20. an der Zahl waren, wieder abzulösen. Es waren diese 20. Mann, die wir also dazumahl auf der Insul Klein-Felsenburg zurück liessen, mit wenig Worten zu sagen: Leute, von vollkommener Hertzhafftigkeit; und uns geleitete der Himmel nebst der Persianischen Printzeßin, ihrer Frau Anna und dem Löwen, glücklich bis auf die Insul Groß-Felsenburg.

Was da abermahls vor ein Aufsehen entstunde, davon will gar nicht viel reden; Die mitgebrachten Sachen aber machten bey den Manns-Personen noch lange nicht so viel Wunder, als bey unserm Frauenzimmer die 2. auf eine so seltsame Art gekleidete Weibs-Personen, der Löwe aber brachte zu Anfangs in allen Augen so wohl Verwunderung, als Schrecken zu Wege, welches letz[401]tere aber binnen wenig Tagen gäntzlich verschwunde, indem die Insulaner des Löwens gar bald gewohnt wurden, als welchen die Printzeßin zuweilen frey herum spatziren ließ, zu andern Zeiten aber, auch hie oder da anbunde, da denn auch so gar die Kinder, so kaum lauffen konten, sich um den Löwen herum versammleten, welcher auf das allerpoßierlichste mit ihnen spielete, und ihnen die Gesichter, Hände und Füsse leckte.

Unser Frauenzimmer war vor allererst dahin besorgt gewesen, die angekommenen beyden Gäste in reinliche

Kleidung und Wäsche zu werffen, hatten denenselben also verschiedenes von dergleichen Sachen vorgelegt; da aber Anna zu vernehmen gegeben, wie sie dergleichen schöne Sachen nicht eher anlegen würden, als bis sie sich alle beyde in den Abend-Stunden in dem nächst vorbey fliessenden Flusse würden gebadet und gewaschen haben, so machten unser Frauenzimmer gleich andere Anstalten, indem sie eine Bad-Stube heitzen liessen, da denn die Printzeßin nebst der Anna hinein geführet wurden, um ihre Bequemlichkeit in der Wärme mit warmen Wasser und andern Zubehör darinnen zu finden und zu gebrauchen. Demnach kam die Printzeßin gleich des andern Morgens in einem Felsenburgischen Festtäglichen Frauenzimmer-Habite aufgezogen, und ihre darunter hervor leuchtende gantz besondere Schönheit wurde von jedermänniglich bewundert, ohngeachtet sie aber etwas hohes nicht allein in ihren Kohl-Pechschwartzen Augen, sondern auch in allen ihren Minen und Geberden an sich hatte, und man aus [402] allen ihren Gesichts-Zügen und gantzem Wesen sogleich urtheilen konte, daß sie von hoher Herkunfft seyn müsse, so muste man sich dennoch auch über ihre Gelassenheit, Sanfftmuth uns stilles Wesen, welches sich bey verschiedenen Begebenheiten zeigte, ungemein verwundern; jedoch bey lustigen Begebenheiten wuste sie ihre Rolle auch zu spielen, und sich nicht etwa mürrisch, sauertöpffisch oder einfältig aufzuführen, so, wie viele schwartzen, braunen und weissen Frauenzimmer, sonderlich in Deutschland sich zu vielenmahlen belachens-würdig und häßlich vergalloppiren, wenn ihnen nicht alles sogleich nach ihren Köpfen gehet, eben, als wenn an einer Person allein so gar allzu viel gelegen wäre &c.

Allein, wie gesagt, in allen diesen Stücken zeigte Mirzamanda eine gantz andere Auffürung, die ich wohl mit Recht Fürstlich nennen kan, und hiermit erwarb sie sich in der Geschwindigkeit die Liebe aller Insulaner, vom Grösten bis zum Kleinesten, beyderley Geschlechts, zumahlen, da man sahe, daß der Regente, als ein dem *hunderten Jahre* entgegen reisender Mann, diese Printzeßin in besondern Ehren hielt, da dieselbe an seiner Taffel ihm allezeit zur rechten Hand sitzen muste, zu seiner lincken aber saß mehrentheils die Frau Mag. Schmeltzerin Sen. jedoch in diesem Stücke, um eine die andere etwa nicht verdrießlich zu machen, wechselten die lieben Weibergen gar öffters mit einander um.

Von nunan aber war die Haupt-Sache diese, daß so wohl die Mirzamanda, als ihre Anna [403] zum wahrhafften Christenthume unterrichtet und angeführet wurden, weßwegen sich denn die Herren Geistlichen Tag vor Tag hierzu mit gröstem Ernste und Eifer bereit und willig finden liessen, so, daß so wohl die Mirzamanda, als ihre Anna binnen 3. bis 4. Wochen-Zeit Verlauf dahin gebracht wurden, daß man ihnen das Hochwürdige heilige Abendmahl ohne Bedencken und mit gutem Gewissen reichen konte, welches sie denn auch des nechsten Sonntags empfiengen.

Wie nun unser Frauenzimmer zu dieser beyder fremden Sünder Bekehrung ein nicht geringes beygetragen, indem sie beständig geistliche und christliche Gespräche mit ihnen führeten, so lerneten bey solcher Gelegenheit eine so wohl, als die andere, binnen einer fast unglaublichen kurtzen Frist, nicht allein unsere Felsenburgische Sprache vollkommen verstehen, sondern auch ziemlicher Massen reden; jedoch, was das letztere anbelangete, so muste man der alten Anna vor dißmahl in diesem Stücke den Preiß zuerkennen, daß sie viel deutlicher, geschwinder und hurtiger ausreden konte, als die Printzeßin, der, weilen sie zugleich in etwas schnarrete und lispelte, welches doch sonsten gantz angenehm zu hören war, unsere Sprache anfänglich etwas schwer fallen wolte, nunmehro aber redet sie dieselbe so deutlich und gut, als eine gebohrne und gezogene Felsenburgerin nur immer thun kan.

Hierbey aber muß ich zu melden nicht vergessen, daß ich nach dem Verlauff auf der den Klein-Felsenburgern bestimmten 8. Tage, mich aber-[404]mahls mit verschiedenen vertrauten Freunden, worunter sonderlich Herr Mag. Schmeltzer Jun. befindlich, auch 60. Mann der resolutesten Felsenburger, so wohl Männer als Junggesellen, in 3. Booten auf die Insul Klein-Felsenburg verfügte, und unsern daselbst zurück gelassenen Freunden nicht nur Lebens-Mittel im Uberflusse, sondern auch die allerbesten Erfrischungen zuführete, welche guten Freunde uns denn mit einem ausserordentlichen Vergnügen bewillkommeten; erstlich ihre Arbeit vorzeigten, die sie binnen der Zeit verrichtet hatten, welche in etliche 1000. Centnern der allerkostbarsten ausgehauenen Ertz-Stuffen bestunden, die alle von nicht geringer, sondern fast solcher erstaunlicher Grösse, so, daß wir zu zweiffeln begunten, ob es auch würde möglich seyn, dieselben in die Boote zu bringen; allein es gieng durch saure Bemühung endlich, da es zum Treffen kam, doch an. Ohngeachtet aber der Freude, welche die Unserigen so wohl, als die Portugiesen über unsere glückliche Zurückkunfft bezeugten, wolten sie sich doch von ihrer Arbeit nicht abhalten lassen, sondern waren dergestalt erpicht darauf, als ob der Himmel und die Seligkeit damit zu verdienen wäre. Wie nun dieses Herr Mag. Schmeltzer Jun. merckte, so war er zwar so neubegierig, das grosse Gebürge, wie auch den grossen Berg, und den darinnen befindlichen uralten Heyden-Tempel mit zu untersuchen und eigentlich zu betrachten; allein eben dieses verleitete ihn dahin, daß er uns allen, so viel nur unserer waren, alle Morgen, bey Aufgange der Sonnen, Mittags und Abends aber nach der genossenen Mahl-[405]zeit eine andächtige Betstunde hielte, so, daß wir jedes Tages 3. Betstunden abzuwarten hatten, woran sich die 5. Portugiesen dergestalt ergötzten, daß sie wünschten, unserer Religion zu seyn, indem sie durch des Herrn Mag. Schmeltzers hertzbrechende Worte und hauptsächlich durch die Krafft des Heiligen Geistes inniglich gerühret wurden.

Da diese 5. Mann nun eine brennende Begierde gegen

Herrn Mag. Schmeltzern spüren liessen, um, sie in unsern Glaubens-Articuln des Christenthums vollkommen zu unterrichten, als nahm er sich nicht allein in denen darauf folgenden Tagen die grosse Mühe, etliche Stunden in dieser Arbeit mit ihnen im Sitzen zu zubringen, sondern er gieng auch sehr öffters mit ihnen spaziren; brachte ihnen also binnen kurtzer Frist die Glaubens-Articul unserer Felsenburgischen-Protestantischen Religion dergestalt bey daß ihnen, nach ihrem hefftigen Verlangen, auf beschehene Beichte und Absolution, das Hochwürdige Abendmahl gereicht wurde, als worbey sich keiner andächtiger zeigte, als der gute Vincentius, dessen Augen man fast niemahls ohne Thränen sahe; wie ich aber noch bis diese Stunde vernommen, so erkennet Herr Mag. Schmeltzer den Vincentium vor einen bekehrten Sünder und aufrichtigen guten Christen, indem er denselben, sonderlich seiner Künste wegen, anfänglich zwar recht sehr scharff zugesetzt, endlich aber befunden, daß die meisten derselben erlaubte und in der vernünfftigen Philosophie gantz wohl gegründete Sachen wären, die dem Christenthume, wenn sonsten keine Bosheit darbey wäre, keinen Schaden thun könten. [406]

Binnen der Zeit nun, die wir uns selbst bestimmt hatten, auf Klein-Felsenburg zu verharren, schickten uns unsere Freunde von Groß-Felsenburg zu dreyen mahlen überflüßige Lebens-Mittel zu, und die Mannschafft lösete einander ohne Befehl, sondern recht gutwilliger Weise ab. Also konten wir recht vergnügt leben, zumahlen, da wir unsern Seelen-Sorger, als offtgemeldten Herrn Mag. Schmeltzern, so zu sagen, als einen Feld-Prediger bey uns hatten. Mittlerweile aber begab sich ein wunderlicher Streich, denn da dreyen dreusten Felsenburgern, welche mit dabey gewesen, die Hadscha zurück zu holen, die unordentliche Lust angekommen, um zu sehen, ob deren Cörper annoch auf selbiger Stelle läge, oder ob der Satan denselben etwa anders wohin geführet hätte, so sahen sie (ihrem Berichte nach) den Cörper noch auf derselben Stelle liegen, wo sie denselben zum letztenmahle liegen sehen, wurden aber gewahr, daß 5. oder 6. Kohlschwartze Vögel, fast in der Grösse einer Gans, auf demselben sassen, und ihm die Kleider vom Gerippe abrissen; diese schwartzen Vögel bissen sich selbsten unter einander, indem sie die Kleidungs-Stücke abrissen, und einander aus den Mäulern zerreten, wenn nun aber einer oder der andere ein gut Kleidungs-Stück, oder Lappen erhascht, schwung er sich damit in die Lufft, da denn die andern gleich aufflogen, und ihn so lange verfolgten, bis er den Lappen wieder zur Erden muste fallen lassen. Wir, (sagten unsere Reverenten ferner) bekamen zwar einen ziemlichen Abscheu vor diesem schändlichen Schauspiele, jedoch, da einer von uns im währenden Gehen [407] auf einen solchen Lappen, und zwar gantz von ohngefehr, trat, den ein Vogel aus der Lufft hatte fallen lassen, so fühlete er unter seinen Schuhsolen etwas hartes, weßwegen er weiter nachsuchte, und ein gantzes Bündlein der vortrefflichsten Diamanten und anderer

Edelgesteine darinnen fand, welche man, weiln es noch heller-lichter Tag war, mehr als zu genau erkennen konte, zumahlen uns dergleichen Sachen nicht so gar unbekannt sind; Wie wir aber sahen, daß immer ein Vogel nach dem andern seinen Lappen wegen Verfolgung seiner Mit-Brüder herunter auf die Erde muste fallen lassen, so gaben wir etwas besser Achtung auf die Vögel, sonderlich aber auf die Lappen, so herunter fielen, da wir denn einen jeglichen mit Diamanten und Edelgesteinen beschweret fanden. Dieses reitzte uns an, zurück zu dem Cörper zu gehen, ohngeachtet derselbe schon einen ziemlich übeln Geruch unsern Nasen-Löchern eingeflösset hatte; Allein wir kehreten uns daran eben so gar viel nicht, sondern waren nur beschäfftiget, das Uberbleibsel von den Kleidungs-Stücken uns zu zueignen, den Cörper aber in GOttes Gewalt liegen zu lassen, und dieses geschahe, ehe die Sonne sich noch gantz völlig von unserem Horizonte zurück gezogen. Wie wir nun das hatten, was wir haben wolten, nemlich der Hadscha noch übrigen Kleidungs-Stücke, die wir ziemlich schwer zu tragen befanden, begaben wir uns auf den Weg nach unsern Hütten, um die Gesellschafft zu suchen. Es machte uns zwar, (ohnfehlbar ein böser Geist) unterweges allerhand Firlefanzereyen vor; allein wir verspotteten ihn mit Beten und Singen. [408]

Nachdem nun diese unsere Felsenburgischen hertzhafften Mit-Brüder ihre redliche Aussage gethan, und wir sie wohl gespeiset und getränckt hatten, warffen wir

ihre mitgebrachten Lappen, wohl zusammen gebunden
und verwahrt, in das allernächst bey uns vorbey rauschende Bächlein, und liessen dieselben bis andern
Tages nach der Mittags-Stunde, nachdem wir alle mit
gröstem Appetite gespeiset hatten, darinnen herum
schwimmen; nachhero aber nahmen wir diese Lappen
heraus, und fanden einen kleinen Schatz von Diamanten
und andern der kostbarsten Edelgesteinen darinnen, als
wormit sich nicht allein die Mahlzeit, sondern auch ihr
hertzhaffter Gang vielfältig bezahlt fand.

Da aber der Monat zu Ende gelauffen, und unsere
Groß-Felsenburger zum 4ten mahle uns alles in Menge
zuschickten, was wir nur verlangen mochten, so waren
doch noch viele Sachen abzuhandeln, welche Herr Mag.
Schmeltzer reifflich überlegte, sich aber vor seine Person selbst anheischig machte, den Neu-bekehrten zu
Gefallen annoch eine Zeitlang auf dieser Insul zu verharren. Demnach fasseten wir einen baldigen Entschluß, und fuhren, als wir uns abermahls mit den auserlesensten Ertz-Stuffen fast über die Gebühr beladen,
nach unsrer Heymath zu, gelangeten auch glücklich daselbst an.

Mich und noch andere mehr wolte es fast verdriessen,
daß man unsere mitgebrachten Sachen vor gantz geringschätzig und unbedürfftig hielte, weiln wir Ertz, Silber
und Gold genug auf unserer grossen Insul hätten; Allein,
da Mons. Plager darzu [409] kam, und die Worte fliegen
ließ: *Verachtet nicht, meine Freunde! den besondern*

Segen des HErrn, welcher zuweilen reich machet ohne besondere Mühe; Sehet nicht allein auf diese, sondern in die zukünfftigen Zeiten; ich aber (sagte er weiter) will, wenn es mir erlaubt ist, mit nechsten hinüber kommen, und mit Beyhülffe des berühmten Vincentii *ein Hütten-Werck anlegen, damit wir unsere Schätze zu Gute bringen können, denn was wir nicht brauchen, bedürffen vielleicht unsere Kinder und Nachkommen;* wurden unsere Hertzen ziemlicher Massen wieder beruhiget.

Wie ich nun meine erste Aufwartung bey meiner lieben Ehefrau machte, so erzehlete mir dieselbe, daß sie in den unansehnlichen Kleidungs-Stücken der Mirzamanda und der Anna, als welche Kleidungs-Stücke sie dem sämtlichen Felsenburgischen Frauenzimmer, so zu sagen, Preiß gegeben, eine gewaltige Menge der auserlesensten und kostbarsten Diamanten und anderer sehr raren Edelgesteinen gefunden, so, daß man sich billig verwundern muste, wie diese beyden Leute, indem sie eine solche Last getragen, jedennoch dabey herum gehen und stehen können. Hierauf ließ ich mich zur Mirzamanda führen, und erzehlete derselben in Gegenwart vieler Anwesenden, sonderlich aber des meisten Felsenburgischen Frauenzimmers, was uns nur vor kurtzem annoch wegen des Cörpers ihrer Hadscha begegnet und sich zugetragen hätte; brachte ihr auch Diamanten und anderen Edelgesteine mit, welche [410] wir aus der Hadscha Kleidungs-Stücken erbeutet. Allein Mirzamanda sagte darauf: Mein Herr! es ist dennoch gut, daß nur das meiste und beste bey dieser Bestie gefunden worden, ich bitte aber inständig, man wolle sich um ihren vermaledeyeten Cörper nicht weiter bemühen, sondern denselben den bösen Geistern und den Raben zur Speise überlassen, weiln derselbe keines bessern Schicksals würdig ist. Die Diamanten und andern Steine aber, welche, ob sie gleich von Rechtswegen mir zukämen, verlange nicht wieder, sondern man lege sie zu den andern, welche in meiner und der Anna Kleidung gefunden worden, und thue sie hin, wo man will, denn mir ist doch vor jetzo dergleichen Zeug nichts nütze, solten sich aber meine Umstände verändern und verbessern, so will ich auch schon diejenigen Oerter wieder zu finden wissen, wo von mir und der Anna ein 100. mahl mehreres verscharret worden.

Wir legten also alle diese kostbaren Kleynodien, Diamanten und andere Edelgesteine in ein besonderes Kästlein, darbey auch eine auf Pergament geschriebene Schrifft hinein, bezeichneten und versiegelten das Kästlein, worauf es mit dem darauf geschriebenen Nahmen MIRZAMANDA in die Schatz-Cammer des Regenten zur Verwahrung hingesetzt wurde.

Da nun aber fast alle Insulaner so neugierig waren, die Lebens-Geschichte dieser Prinzeßin zu wissen, so nahm mir kein besonderes Bedencken, sie darum anzureden, und zu bitten, uns dieselbe zu erzehlen. Sie war mit gröstem Vergnügen so gleich [411] willig und bereit darzu, zumahlen, da sie eben aus der Kirche gekommen, worbey ich gedencken muß, daß sie sich ungemein andächtig bey dem Gottesdienste auffführete, und sonderlich unter der Predigt, die sie schon der Aussprache nach, fast vollkommen verstehen konte, zu vielenmahlen Thränen vergoß, und ihre Hände runge, vornemlich aber, wenn nach der Predigt der Segen vor dem Altare gesprochen wurde, da sie denn gemeiniglich heisse Thränen fallen ließ. Auf mein Bitten aber, wegen Erzehlung ihres Lebens-Lauffs, gab sie mir folgende Worte zu vernehmen: Mein Herr! ihr höret und wisset, daß ich eine unförmliche und sehr schwere Ausrede habe, welcher Fehler an meiner Zunge liegt, weiln ich vielleicht schon in meiner Jugend daran verwahrloset worden, oder die Natur etwa einen mercklichen Fehler an mir stifften wollen; Derowegen habet die Güte, und redet der Anna zu, daß sie euch meine Begebenheit erzehle, denn diese hat nicht allein eine weit beredtere Zunge, als ich, sondern wird auch alles vom Anfange an, bis auf diesen Tag, was meine Geschichte anbelanget, besser vorzubringen wissen, als ich selbst zu thun vermögend wäre, da ich mich meiner Kinder-Jahren nicht so gar sonderlich mehr zurück erinnern kan; Jedoch will ich ihr, wenn sie ja dann und wann etwas vergessen oder übergehen solte, schon einzuhelffen, und sie auf dem rechten Wege der Geschichte fort zu bringen wissen.

Als demnach die Frau Anna dieserwegen angesprochen worden, ließ sie sich gleich bereit und willig darzu finden, sagte aber zum voraus: wenn ich die [412]

Lebens-Geschichte
der Persianischen Printzeßin Mirzamanda aus Candahar

recht gründlich erzehlen soll, so werden mir meine allerwerthesten Zuhörer nicht übel deuten, daß ich mich genöthiget sehe, um dieselbe desto deutlicher vorzutragen, mit erzehlung meiner eigenen Lebens-Geschichte den Anfang zu machen. Es halten demnach zwar meine allerwerthesten Freunde, wie ich vernehme, mich vor eine gebohrne Holländerin, weil mir die Holländische Sprache unter allen andern Sprachen am besten vom Munde gehet, denn meine angebohrne Mutter-Sprache habe fast gantz und gar verlernet, ich will ihnen aber aufrichtig sagen: daß ich eine gebohrne Deutsche und aus dem Fürstenthum Halberstadt gebürtig bin, in welchem meine Eltern zu damahligen Zeiten, als ich gebohren worden, (welches denn vor etwa 46. bis 48. Jahren geschehen seyn mag, denn ich weiß das Jahr und den Tag meiner Geburt so eigentlich nicht) ein adeliches Ritter-Gut gepachtet gehabt, und sich, wie ich nachhero von andern vernommen, anfänglich einige Jahre hin bey dieser Pachterey sehr wohl befunden. Zu meiner Eltern Unglück aber streifften zur selbigen Zeit eine gewisse Art Leute nicht nur in diesem, sondern auch vielen angrentzenden Ländern herum, welche Ziegeuners, auch Tatars genennet wurden, sich aber nächst dem Bettel-Stabe, mit Wahrsagen, Zeichen-deuten und allerley losen Händeln, hauptsächlich aber mit Rauben und Stehlen nähreten; da denn meine Eltern zu ver-[413]schiedenen mahlen von diesem Raub-Gesindel recht empfindlich bestohlen wurden. Wie nun von der hohen Obrigkeit ein sehr strenger Befehl ergieng, dieses Volck, als Vogelfreygemachte Leute zu erkennen, und deren so viel, als man nur habhafft werden könte, entweder gleich auf dem Platze zu tödten, oder dieselben in die Gefängnisse zu verschaffen; als ließ sich mein Vater aus Verbitterung gegen dieses Volck oder Leute, nebst andern mehr, Tag und Nacht äuserst angelegen seyn, die Zigeuner oder Tatarn auf das allerhefftigste zu verfolgen, derowegen, als er ihnen fast alle Tage nachgesetzt, ihrer 3. auf die Köpffe geschossen, und 6. oder 8. in die Gefängnisse geliefert, musten wir mit Schmertzen erfahren, daß wenige Nächte hernach unser Haus in vollen Flammen stund, und aus dem Grunde abbrandte. Dieses hätte noch hingehen mögen, allein die Tatern mochten unter sich beschlossen haben, meinen Vater noch weit empfindlicher zu kräncken, derowegen, als sie wahr genommen, daß mein Vater seine 2. Kinder, nemlich mich und meinen 16. jährigen Bruder, in ein ohnweit von unserm Hofe gelegenes Bauer-Haus brachte, damit wir uns daselbst von dem gehabten Schrecken erholen, und vor fernerer Gefahr beschützt und gesichert seyn möchten, fielen sogleich 10. bis 12. der grimmigsten Tatarn in dieses kleine Bauer-Häuslein ein, kriegten so wohl mich, als meinen Bruder bey den Kollern, banden unsere Hände und Füsse mit Stricken, und schleppten uns, nachdem wir lange genug um Hülffe geschryen, weiter aber keine andere Hülffe herbey kommen sahen, als 2. alte Wei- [414]ber und 3. Kinder, hinten durch den Garten auf das freye Feld hinaus, allwo sie uns beyden die Mäuler mit Tüchern zustopften, damit wir nicht ferner Hülffe schreyen möchten. Hierauf, da sich, wie wir beobachteten, eine gantze Compagnie halb zu Pferde und halb zu Fusse auf dem Platze versammlet hatte, banden sie uns auf Pferde, und reiseten in schneller Eile mit uns von dannen, blieben aber, wie ich bemerckte, niemahls in der geraden Strasse, sondern nahmen allerhand Umwege, bis wir endlich, nachdem unterwegs noch viele Tatars zu uns gestossen, auch wir des darauf erfolgten Tages unsere Sicherheit in den allerdunckelsten Gebüschen gefunden, in der auf selbigen Tag folgenden sehr finstern Nacht das so genannte Gotteslager vor der Stadt Wolffenbüttel erreichten, allwo sich, wie ich bemerckte, unsere Gesellschafft in 3. Gasthöfe vertheilete, und die Abrede unter einander nahm, daß wir morgen mit anbrechendem Tage auf Braunschweig zu reisen wolten.

Wir armen beyden Geschwister konten zwar wohl freylich das uns zugestossene Unglück niemanden anders, als unserm leiblichen Vater Schuld geben, weiln er in Verfolgung der Tatarn gar allzu hitzig gewesen; jedoch hier war weiter nichts zu thun, als daß wir uns mit Gedult in unser Verhängniß schickten, und vor unsere Eltern beteten. Inmittelst wurden wir von unsern Tatarn im Gasthofe - zum - - aufs allerherrlichste und kostbarste bewirthet und verpfleget, hatten unsere besondere Stube und Cammer, worinnen 2. wohlgemachte Betten stunden, und einen Tatar-Jungen, wie auch ein Tatar-Mägdgen zu unserer Bedienung, es wurde uns aber [415] bey Verlust unseres Lebens anbefohlen, mit den Wirths-Leuten kein eintziges Wort zu reden, viel weniger ihnen, oder jemand anders unsern Zustand zu klagen; woferne wir aber stille und klug leben wolten, so solten wir unser Glück nicht übersehen können. Weiln wir nun, aus Furcht unser Leben einzubüssen, dem strengen Befehle gehorsameten, so kam gleich des dritten Morgens ein Schneider mit seiner Frau, welcher meinem Bruder und mir das Maaß zu neuen Kleidern nahm, ingleichen kam ein Schuster, welcher mir und meinem Bruder das Auslesen unter seiner Waare gab, deren er einen starcken Vorrath in 2. Körben herbey bringen ließ, da denn ich mir 3. Paar Pantoffeln und Schuhe, mein Bruder aber sich eben so viel auslesen muste. Binnen zweyen Tagen stellete sich der Schneider wieder ein, und brachte vor meinen Bruder ein rothes Scharlachenes sauberes Kleid, dessen Camisol und Bein-Kleider starck mit goldenen Tressen bordirt waren; Nächst diesem noch ein anderes grünes Kleid, dessen Camisol und Bein-Kleider mit Silber bordirt, ausser diesen beyden aber noch ein Strapazier-Kleid.

Ich vor meine Person bekam gleichfalls 2. gantz neue

Kleider, roth und grün, und über diese noch ein Alltags-Kleid zum Strapaziren, alles nach der neuesten Mode gemacht, da hingegen mein Bruder noch 2. gantz neue Schlaf-Röcke bekam, nemlich einen damastenen und einen etwas schlechtern zur Strapaze. Auser diesem empfieng mein Bruder einen Degen mit einem silbernen Griffe und zubehörigem Gehänge, ein sauber beschlagenes Spa-[416]nisches Rohr, 2. bordirte Hüthe, Peruquen und sonsten alles, was vonnöthen ist, einen Cavalier auf die Parade zu stellen. So wurde uns auch weisse Wäsche, und zwar die allerfeineste mit darunter, 6. fach gereicht. Wir armen Kinder wusten uns, wie man leicht erachten kan, in unser Schicksal nicht zu finden, vielweniger dasjenige zu begreiffen, was der Himmel mit uns vorhatte, anbey kränckten wir uns über weiter nichts so sehr, als daß wir mit allen denen Leuten so zu uns kamen, und mit uns handelten, kein eintzig Wort sprechen durfften, denn unsere bestellte Aufseher gaben noch viel ärger auf unser Augen und Mäuler Achtung, als wie die Schieß-Hunde zu thun pflegen. Die Tatars liessen uns eines Abends sagen, daß wir beyde Geschwister uns folgenden Morgen auf das allersauberste ankleiden solten, weiln sie doch gern sehen möchten, was sie vor Creaturen bey sich führeten, wie nun zu dem Ende etliche Aufwärter und Bediente früh Morgens, und zwar fast vor Anbruch des Tages zu uns kamen, und uns weckten, auch von den Füssen an bis auf die Häupter bedieneten, so sahen wir uns recht gezwungener Massen, ehe etwas weiters darauf erfolgen möchte, dem gnädigen Befehle Gehorsam zu leisten, liessen uns also, alle beyde heraus schniegeln und putzen, wie man sagt, die Ochsen. Nachdem es nun gemeldet worden, daß wir in Gala-Habit befindlich wären, kamen 4. der ältesten Tatarischen Manns-Personen, und eben so viel alte Weiber die ich in meinen Gedancken vor Hexen und Zauberinnen erkannte, als worinnen ich mich vielleicht auch nicht [417] betrogen habe, und nahmen uns beyde in Augenschein, bezeigten auch ihr Vergnügen auf eine seltsame Art, nur aber dieses war so wohl meinem Bruder, als mir zuwider, ja es gereichte uns fast zum Eckel, daß sie uns so gar sehr öffters umhalseten und küsseten. *»Sehet ihr nun, ihr lieben Kinder! (sagte die eine alte Hexe) daß wir euch glücklich gemacht haben? aber dieses ist noch nichts gegen das, was euch noch beschehret und zugedacht ist. Folget nur uns, so kan es euch nicht fehlen, vor allen Dingen aber haltet die Mäuler zu, und plaudert nichts von demjenigen aus, was ihr etwa gesehen und gehöret habt.«*

Wir hatten hierauf beyderseits die besondere Gnade, daß uns die ältesten und vornehmsten Tatarn vor diesesmahl an ihre Taffel zogen, welche recht Fürstlich angerichtet war; in folgenden Tagen aber wurde uns nur in unserer Stube der Tisch gedeckt, und es speiseten allezeit 3. Tatarische Mannes- auch eben so viele alte Weibs-Personen mit uns, jedoch die Speisen und Geträncke waren Mittags und Abends allezeit herrlich und kostbar, ja, wir durfften nur kühnlich fordern, was wir etwa sonsten besonderes verlangeten, so war alles in möglichster Geschwindigkeit herbey geschafft. Meinem Bruder, welcher ohngeachtet er noch ein einfältiger Knabe war, kamen die spitzfindigen Gedancken in den Kopf, daß er von einer alten Tatars-Frau begehrte, ihm zum Zeitvertreibe einige geistliche Protestantische Bücher zu verschaffen, um sich darinnen in seinem Christenthume zu üben, worbey er ihr ver-[418]sprach, daß sie das erste und beste Gold-Stück, welches er bald zu empfangen verhoffte, von ihm zur Danckbarkeit haben solte. *Nein, mein Sohn!* (versetzte hierauf die alte Hexe, indem sie einen grossen Beutel mit Gold-Stücken heraus zohe und vor meinen Bruder auf den Tisch legte) *ich brauche eure Gold-Stücken nicht, leset euch aber nebst eurer Schwester hier so viel von dem Meinigen aus, als ihr etwa zu eurer Lust zu gebrauchen gedenckt, denn ich weiß gewiß, daß die Zeit nicht weit entfernt ist, da ihr mir diese Gold-Stücke gedoppelt und dreyfach wieder bezahlen werdet, ihr möget auch nehmen, so viel ihr nur wollet.* Protestantische *Bücher aber will ich euch gleich holen lassen, und sonderlich die Deutsche Bibel, nebst zwey Gebet- und Gesang-Büchern.* Mein Bruder und ich stutzten über dieser alten Hexe Reden, es wolte aber keines von uns beyden sich an ihrem Geld-Beutel vergreiffen, weßwegen sie ungedultig zu werden schien, den Geld-Beutel ausschüttete, und uns 12. halbe Pistoletten zuzehlete, auch sogleich einen Pasch-Würffel nebst einer Spiel-Karte herbey brachte, und sagte: Nun, meine Kinder, spielet um diese

Rechen-Pfennige, ich will doch meine Lust haben, zu sehen, wer unter euch beyden dieselben zusammen bringen und gewinnen wird, und wer sie gewinnet, dem sollen sie alle von mir geschenckt seyn.

Wir armen Gefangenen spieleten zwar beyderseits mit schweren Hertzen einige Spiele, so wohl nach unserer annoch kindischen Art mit Karten und [419] Würffeln, da denn die alte Hexe sehr genau auf eines jeden Glück und Unglück Achtung gab, endlich aber, da fast über 2. bis 3. Stunden mit dem Spielen zugebracht waren, kamen die Bücher angezogen, als nemlich nicht allein die Bibel, sondern auch andere vortreffliche Protestantische Bücher, alle in saubere Bände eingebunden, und verguldet auf dem Schnitt, weßwegen wir uns die Spiel-Gedancken aus dem Hertzen und Köpffen verjagten, und uns über die Bücher hermachten. Ohngeachtet nun mein lieber Bruder alles zusammen gebracht, mithin der Alten ihre 12. halben Pistoletten wieder zuzehlete, so wolte diese doch dieselben gar nicht annehmen, sondern sagte: Hebet diese Dinger auf, meine Kinder! bis euch die Lust zum Spielen wieder ankömmt.

Solchergestalt verlieffen 6. bis 8. Wochen, da wir alle Tage wohl lebten, von den alten Tatarn oder Zigeunern aber sehr selten einige zu sehen bekamen, als daß wir etwa dann und wann von zweyen oder dreyen besucht wurden, die uns denn allezeit die grösten Liebkosungen erwiesen, wormit uns aber wenig gedienet war, denn wir hätten weit lieber gesehen, daß man uns unsere Freyheit gegeben, da uns denn nicht verdrießlich fallen sollen, den Rückweg zu unsern Eltern mit dem Bettel-Stabe zu suchen.

Endlich wurden wir, nachdem die Stunde unserer Erlösung herangenahet, in den Mitternachts-Stunden von den Tatarn in unserm Schlaffe gestöhret und aufgeweckt, mit dem Andeuten, daß wir uns in aller Eile ankleiden und fertig ma-[420]chen solten, mit ihnen nach Braunschweig zu reisen, damit wir diese grosse schöne Stadt auch zu sehen bekämen. Niemand war hurtiger und vergnügter, als mein Bruder und ich, indem wir dieses höreten, da uns an Veränderung der Lufft gar viel gelegen, und wir die Hoffnung hatten, daß sich bey der Gelegenheit auch unsere Umstände vielleicht ändern könten. Wir fanden uns demnach bald auf dem Platze ein, und bemerckten, daß 6. bis 8. zugemachte Kutschen daselbst befindlich, in deren eine wir alle beyde steigen musten, auser diesen aber sahen wir etliche 20. Mann zu Pferde, worunter viele waren, die die kostbarsten Kleider und schönstes Pferde-Zeug führeten. Es giengen also, nachdem wir ein gestiegen waren, die Kutschen in der allerschnellesten Eile über Stock und Steine, bis wir früh Morgens bey Aufgang der Sonnen einen an der Strasse liegenden grossen Gast-Hof erreichten, in welchem wir beyde sahen, daß wir uns nicht mehr unter Tatarn, sondern vielmehr unter den vornehmsten Cavaliers und Dames befanden, welche sich alle auf das allerpropreste angekleidet, auch von dem Wirthe und allen den Seinigen aufs demüthigste empfangen, und auf das allerkostbarste tractiret wurden. Meines Behalts hielten wir uns eben nicht gar zu lange in diesem Gast-Hofe auf, ich kan aber auch nicht sagen, wie und wenn wir von dannen abgefahren sind, vielweniger, was mir und meinem Bruder zugestossen war, denn wir konten vor Müd- und Mattigkeit kaum stehen, vielweniger ein Auge offen halten. Unterdessen, da wir uns nach einiger [421] Zeit einiger Massen ermuntert hatten, erfuhren wir von den Wirths-Leuten, daß wir uns in Braunschweig befänden, und daß alle unsere Geferten, so wohl männliches als weibliches Geschlechts, in die Gefängnisse gebracht wären, auch meistentheils in Ketten und Banden sässen. Nachdem wir nun dieses Schicksal mit Schrecken vernommen, und nach unserer Einfalt einiger Massen überlegt, kamen die Gerichts-Diener, und holeten auch mich und meinen Bruder, nebst allen bey uns habenden Sachen ab, als welche uns doch noch von den Tatern waren zurück gelassen worden. Man legte uns alle beyde augenblicklich in Ketten und Banden, und wir wurden auf schwere und scharffe Articul befragt, wie wir aber in allen Stücken die reine lautere Wahrheit aussagten, so wurde erstlich in unser Vaterland geschrieben, um zu erfahren, ob wir auch in allen Stücken richtig wären; wie nun dieserhalb vor uns gute und gewünschte Briefe zurück kamen, so wurden wir zwey armen Sünder zwar frey gesprochen, allein es schmertzte uns doch nicht wenig, daß wir gantzer 14. Tage unschuldiger Weise in Ketten und Banden sitzen müssen. Jedoch in Betrachtung dieser und aller unserer Umstände, war die Obrigkeit so barmhertzig, uns nicht allein alle Bagage zu lassen, die uns von den Tatarn geschenckt worden, sondern es bekamen noch über dieses mein Bruder und ich ein jedes 100. spec. Ducaten ausgezahlt, mit der Verwarnung, daß wir uns je ehe je lieber aus dem Staube machen, und unsere Personen in weitere Sicherheit bringen möch-[422]ten, womit wir uns endlich noch so ziemlich befriediget befanden.

Allein, es wird ihnen vielleicht nicht entgegen seyn, wenn ich melde, daß, wie wir hernach erfahren, sich unsere Taters durch die Thore gantz listiger Weise eingeschlichen, indem sie die Nahmen unbekannter Cavaliers, ja gar Gräflicher Personen angenommen; Es war aber dieses sehr frühzeitig offenbar, sie aber vor Spitzbuben, Räuber, Diebe, Mörder und dergleichen erkannt worden, wie denn wenig Tage hernach ihrer etliche nach andern Städten ausgeliefert worden, allwo sie ihren verdienten Lohn mit Schwerd-Streich, Hängen, Rädern und dergleichen nach kurtzen Processen empfangen. Noch muß ich melden, daß, nachdem sie befragt worden, was sie denn hätten mit uns beyden Geschwistern anfangen wollen? ihre Aussage diese gewesen: daß sie uns alle beyde nach Amsterdam führen wollen, um uns an 2. Türckische See-Räuber, die sich unter verdeckten Nahmen daselbst aufhielten, und ihre guten Freunde wären, zu verkauffen, um vor unsere Personen ein gut Stück Geld zu erhalten, sonderlich vor meine Person, weilen ich zu derselben Zeit noch nicht mannbar, sondern ohngefehr nur 14. Jahr alt war. Hierbey hatten sich, nachdem sie dieses alles auf der Folter bekannt, sehr viele Briefe gefunden, die sie mit den Türckischen See-Räubern in Amsterdam gewechselt. Nun hielt sich damahls ein Evangelisch-Lutherischer Kauffmann in Braunschweig auf, welcher sein Haupt-Contoir in Amsterdam hatte, dieser wurde geruffen, und ihm die Briefe [423] gezeigt, als in welchen grausame Bosheiten und andere der Handelschafft sehr nachtheilige Sachen zu lesen waren. Der Kauffmann machte sich eine grosse Freude daraus, daß er hinter dieses Geheimniß gekommen war, demnach aber sogleich fertig, auf das allereiligste nach Amsterdam zu reisen. Wie nun aber dieser redliche Mann meine und meines Bruders Umstände erfahren, ließ er uns zu sich kommen, und sagte: Meine Kinder, ich habe von euren betrübten Umständen viel erfahren; allein verzaget nicht, sondern vertrauet auf GOtt und auf mich, denn ich will euch alle beyde an Kindes-Statt auf und annehmen, mit mir nach Amsterdam führen, ohne daß es euch das geringste kosten soll, daselbst aber, so lange ihr fromm, getreu und redlich seyd, euer Glück nechst göttlicher Hülffe dergestalt machen, als ihr dasselbe bey euren leiblichen Eltern und Freunden wohl Zeit eures Lebens nimmermehr finden werdet.

Meinem Bruder und mir kam dieser ansehnliche, schöne und liebreiche Mann nicht anders vor, als ein uns vom

Himmel zugeschickter heiliger Engel GOttes, weßwegen wir uns kein langes Bedencken nahmen, mit ihm zu reisen, sondern ihm die Hände unter Vergiessung vieler Freuden-Thränen küsseten, auch wenig Tage hernach mit ihm die Reise nach Amsterdam antraten, die wir in gewöhnlicher Zeit zurück legten, und gesund und frisch daselbst anlangten. Unser Versorger hielt uns bey allen Gelegenheiten nicht anders, als ob wir seine leiblichen Kinder wären, aber es war ein bejammerns-würdiger, ja, fast unersetzlicher Scha-[424]de vor uns, daß dieser redliche Mann kaum 6. oder 8. Wochen nach unserer Ankunfft, nachdem er, wie ich sicher glaube, von seinem bösen Weibe und dann auch den häuffigen Schuldnern einen allzugrossen Theil von Gifft und Galle einschlingen müssen, sich auf das Krancken-Bette legte, und binnen 3. Tagen gesund und tod war.

Dergestalt hatte sich die Sonne unseres Glücks auf einmahl wieder unter die trüben Wolcken versteckt, denn unsers Wohlthäters Eheweib, welches der Geitz-Teufel gantz und gar besessen hatte, wolte uns nicht einmahl das Unserige heraus geben, geschweige denn das, was uns ihr verstorbener Mann in seinem Testament vermacht hatte, als welches sich auf 800. Holländische Gulden belieff; Jedoch der Priester an der Evangelisch-Lutherischen Kirche in Amsterdam war so gütig, vor uns zu sorgen, so, daß wir nicht allein das Unserige, sondern auch die ererbten 800. Fl. ausgezahlt bekamen. Nun hieß es: *wo weiter hin?* Allein, da wir zu sorgen kaum angefangen hatten, hatte der Himmel schon vollkommen für uns gesorgt, indem der Priester mich in sein Haus nahm, um seiner Frauen aufzuwarten, die ebenfalls eine gebohrne Deutsche war, und sich ungemein liebreich gegen mich erzeigte; meinen Bruder aber brachte eben dieser wackere Priester bey einen Rechts-Gelehrten oder Procurator, indem mein Bruder die Feder, so wohl in Lateinischer als Deutscher Sprache, schon gantz geschicklich führen konte, vor der Holländischen Sprache aber war ihm so wenig [425] bange, als mir, weilen diese einem Deutschen zu lernen gar nicht schwer fällt.

Demnach waren wir alle beyde abermahls versorgt, denn mein Bruder sagte mir, so offt wir zusammen kamen, daß er die beste Zeit hätte, und bey jetzigen Jahren sich kein besseres Glück wünschen möchte. Mit mir hatte es eben dergleichen Beschaffenheit, denn ich wurde von meiner Frau Pastorin nicht etwa als Magd, sondern als eine leibliche Schwester, ja fast so gut, als ihr eigen Kind gehalten. Das allerschönste und vortrefflichste bey der gantzen Sache war dieses, daß mich der Priester täglich fast vom Morgen bis in die Nacht im Christenthum herum tummelte, und dergestalt fest darinnen setzte, daß ich einem jeden von unsern Protestantischen Glaubens-Articuln vollkommene Rede und Antwort zu geben mich noch jetzo im Stande befinde. O Himmel! hätte ich doch nur diese guten Tage und Zeiten in stiller Gemüths-Ruhe ertragen können! aber so ließ ich mich den Satan verblenden, der es dahin brachte, daß ich mich mit einem

Schiffs-Officier, welcher ein ungemein schöner Mensch war, auch etliche 1000. Fl. werth aufzuweisen hatte, ehrlich verlobte, und darbey versprach, die Reise nach Ost-Indien mit ihm anzutreten, welches alles er denn durch seine gantz ausserordentliche Schmeicheleyen, indem er ein gebohrner Franzose war, so weit brachte, jedoch, GOtt sey noch jetzo davor Danck gesagt, niemahls den Zweck in Erlangung seiner wollüstigen Absichten bey mir erreichen konte, sondern ich speisete ihn jederzeit damit ab, daß ich mich [426] vorjetzo nicht weiter mit ihm einlassen würde, bis ich sähe, wo meines Bleibens wäre. Er führete sich demnach, als er meinen harten Ernst vermerckte, jederzeit sehr vernünfftig auf, da aber die Zeit kam, daß er unter Seegel gehen solte, that er mir solches zu wissen. Wie ich nun zwar noch Zeit genug übrig gehabt hätte, mich anders zu besinnen, und mein ihm gethanes Versprechen zurück zu ruffen, so weiß dennoch bis diese Stunde nicht eigentlich, wie mir zur selben Zeit zu Muthe war, ja ich glaube sicherlich, es muste mich dieser Mensch bezaubert haben, daß ich nicht von ihm ablassen konte, packte derowegen bey nächtlicher Weile alle meine Habseligkeiten ein, und begab mich damit zu meinem Liebsten, ohne vorhero Abschied weder von meiner Herrschafft, noch von meinem Bruder zu nehmen.

Es war mein Liebster ungemein erfreut, daß ich mein Wort gehalten hatte, und zu ihm gekommen, denn seinem Sagen nach, war ihm die Zeit schon allzu lang worden; wir giengen auch bald darauf unter Seegel, und nahmen die ordentliche Strasse nach Ost-Indien zu, allein Sturm, Wetter und Wind kehreten sich nicht an unsere vorgesetzte Ordnung, sondern unterbrachen dieselbe bald, indem sie uns von der ordentlichen Ost-Indischen Strasse bald ab, bald nach ihren wütenden Wellen hin und her, und endlich gantz auser der ordentlichen Strasse, an die Persianischen Küsten trieben, jedoch, ehe wir dieselben erreichten, zerscheiterten alle unsere 3. Schiffe, die damahls mit einander in Compagnie reiseten. [427]

Ich hatte nicht allein den jämmerlichen Anblick, meinen vor wenig Tagen angetrauten Mann von einem Schiffs-Stücke herunter zu stürtzen, und ertrincken zu sehen, sondern muste mir auch gefallen lassen, daß ich von unsern besten Sachen kaum den 4ten Theil zu Lande bringen und retten konte; Allein es halff mir auch dieses nichts, denn die Herren Persianer, welche schon von ferne gesehen hatten, was in dasiger Gegend vorgangen war, führeten sich nicht allein so unhöflich auf, alles das, so wir doch schon zu Lande gebracht, als ob es ihr Eigenthum wäre, hinweg zu nehmen, sondern auch mich, nebst noch 3. andern jungen Europæern in die Sclaverey zu führen.

O! wie winselte, seuffzete und weinete ich unterweges, auf der ziemlich langen Strasse bis nach Candahar, und beklagte also nunmehr erst viel zu spät, daß ich nicht bey meinen lieben Priesters-Leuten in Amsterdam geblieben wäre, wenn ich aber nun vollends an meinen lieben

Bruder gedachte, als welcher ein besser Theil, als ich, erwehlt hatte, so wolten sich meine Thränen-Quellen fast durch nichts verstopfen lassen. Die 16. Persianer, die des Fürsten von Candahar Unterthanen waren, und uns 4. Arrestanten zwischen sich inne führeten, bezeugten sich inzwischen gantz höflich und freundlich gegen uns, machten nicht allein kurtze Tage-Reisen von 2. bis 3. Deutscher Meilen, sondern verpflegten uns auch unterwegs, wo nur etwas zu bekommen war, mit den allerbesten Speisen und Geträncke, gaben uns auch mehr des besten Persianischen Weins zu trincken, als Wasser, [428] welches wir nur verstohlner Weise trincken musten. Nachdem wir aber (die Rast-Tage mit eingeschlossen) fast einen gantzen Monat auf der Reise zugebracht, gelangeten wir endlich auf einem Lust-Schlosse des Fürsten von Candahar an, welcher eben damahls auf demselben nebst seiner Gemahlin residirte. Er bezeigte ein besonderes Vergnügen über die jungen wohlgewachsenen Europæer, mich aber stellete er seiner Gemahlin vor, die, als sie durch einen Dollmetscher von mir vernommen, wer ich sey, und wie meine Umstände beschaffen wären? mir so gleich die gnädige Erklärung that: ich solte mich beruhigen, und vor gar nichts sorgen, sondern in ihren Diensten bleiben, da sie denn auf das allermöglichste und beste vor mein Wohlergehen sorgen wolte.

Es war diese Dame eine unvergleichlich schöne und liebreiche Fürstin, ja, fast eben so schön, als ihre dermahlen sich auf dieser Insul befindende Tochter

Mirzamanda. Wie ich nun dieser Fürstin Leutselig- und Gütigkeit wegen sogleich des ersten Tages überführet wurde, indem sie gantz und gar kein demüthiges Bezeigen von mir erdulten wolte, so gewann ich dieselbe recht von Hertzen lieb, sie aber machte mich in wenig Tagen würcklich zu ihrer Haus-Hofmeisterin, nachdem der Fürst, ihr Gemahl, denen 3. mitgebrachten wohlgewachsenen Europæern unter seiner Leib-Guarde Officiers-Plätze gegeben, und dieselben vorhero recht reichlich beschencket, auch mir ein Geschencke an Gold- und Silber-Werck zuschickte, das wenigstens 500. Holländische Gulden werth zu schätzen war. Bey [429] dem allen aber blieb der Neid und die Verfolgung des übrigen Fürstlichen Frauenzimmers nicht lange aussen, indem sie sahen, daß ich in vielen Stücken ein Vor-Recht vor ihnen hatte, auch mehr befehlen durffte, als diese oder jene. Jedoch ich betete fleißig, verrichtete alles mir anvertraute mit der grösten Treue und Redlichkeit, bemühete mich im übrigen, auf alle mögliche, aufrichtige und wohl erlaubte Art, mir die Gunst und Gnade meiner Herrschafft, durch Leistung getreuer Dienste, zu zuwenden. Hierinnen fehlete ich denn auch nicht, sondern der Dollmetscher, welcher ein gebohrner Holländer, Protestantischer Religion war, versicherte mich dessen zum öfftern, welches ich auch ohne dem, daraus abmercken konte, da mich so wohl der Fürst, als die Fürstin von Zeit zu Zeit mit den kostbarsten Geschencken fast überhäufften.

Niemand stund mir mehr im Wege, als 2. verfluchte Persianische Weiber, welche Anbeterinnen des Feuers waren, und der Fürstin die Schwartzkünstlerey lernen solten, worzu sie ein gantz besonderes Belieben trug, es auch binnen weniger Zeit sehr weit darinnen brachte, so, daß sie manchen lustigen Possen anstifften konte. Unter andern kam dem Fürsten einsmahls an, bey dem allerschönsten Sommer-Wetter spazieren zu fahren, da aber die Fürstin nicht mitfahren wolte, sondern sich damit entschuldigte: daß es binnen wenig Stunden gewaltig zu regnen anfangen würde; wolte sich der Fürst von dieser Spazier-Fahrt dennoch nicht abhalten lassen, sondern nahm ein gewisses Fräulein, auf welches er vor vielen andern [430] gantz besonders viel hielte, zu sich auf den offenen Wagen, weßwegen die Fürstin, vielleicht aus Eifersucht, sprach: »Fahret nur hin, aber nicht gar zu weit, denn ich will euch bald dergestalt baden, daß ihr bald zurück kommen, und euch trocknen sollet.«

Der Fürst war also kaum eine halbe Stunde Weges fortgefahren, als die Fürstin allen ihren Bedienten, so viel deren nur zugegen waren, befahl, daß ein jedes ein mit Wasser angefülletes Geschirr herbey bringen solte, und zwar je grösser, je besser. Wir gehorsameten demnach alle ihrem Befehle, und brachten eine gewaltige Anzahl grosser und kleiner mit Wasser angefülleter Geschirre, setzten dieselben auf den Platz, so wie sie nach einander folgten, hin, da denn die Fürstin sprach: »wir solten es alle so machen, so wie sie es machte.« Hierauf trat sie vor das allergröste Wasser-Faß, sprengete mit beyden Händen das Wasser heraus, und gen Himmel zu; Wir thaten alle dergleichen, und nachdem die Gefässe 3. mahl wieder voll gefüllet worden, und alles Wasser heraus gesprenget war, sagte sie: »Nun höret auf, meine Kinder! denn sonsten möchten wir die beyden Verliebten wohl gar ersäuffen, ein jeder gehe nun nur hin, und thue sich in Küche und Keller nach seinem Appetite etwas zu gute, denn auf Heute ist euch von mir alles vergönnet und erlaubt.«

Es befand sich keiner unter allen Hof-Bedienten, so wohl männlichen als weiblichen Geschlechts, der sich diesen letztern Befehl der Fürstin deutlicher erklären zu lassen gesonnen gewesen, sondern es [431] gieng ein jeder hin, und that sich einmahl was rechts zu gute, der liebe Fürst aber nebst seiner Fräulein kamen erstlich nach Verlauffe zweyer Stunden zurück, und sahen beyde aus, wie die gebadeten Katzen, worüber die Fürstin ein hefftiges Hohn-Gelächter aufschlug, allein, da der Fürst vielleicht bemercken mochte, daß er sich in etwas gegen seine Gemahlin vergangen hätte, machte er vor dieses mahl aus der gantzen Sache einen höflichen Spas oder Schertz, und ließ sich auf das kalte Bad in eine warme Bad-Stube bringen, auch darinnen gut pflegen, kam aber dennoch so wohl als seine Fräulein in dreyen Tagen nicht ordentlicher Weise zur Taffel, vielweniger in der Fürstin, als seiner Gemahlin, Zimmer.

Als dieser Streich kaum vergessen war, begab sich

bald eine andere Geschichte: Denn da der Fürst eine grosse Jagd angestellet, ließ derselbe bey seiner Gemahlin anfragen: ob es ihr beliebte, mit ihm in einem offenen Wagen zu fahren, um diese Jagd-Lust mit anzusehen? Hierauf ließ die Fürstin zur Antwort melden, wie sie bereit und willig darzu sey, indessen sähe sie lieber, wenn ihr Herr Gemahl die Fräulein N. zu sich auf seinen Jagd-Wagen nähme, da sie denn mit ihrem Frauenzimmer seinem Jagd-Wagen nachfolgen wolte, und zwar in einem zugemachten Wagen. Es wurde demnach die Fräulein N. genöthiget, mit dem Fürsten auf seinem Jagd-Wagen zu fahren, es ließ aber diese zurück melden, wie sie es vor eine besondere Gnade erkennen würde, wenn sie die Erlaubniß erhielte, daß sie vor diesesmahl der Jagd zu Pferde [432] reutend beywohnen dürffte. Demnach wurde ihr der Wille gelassen, sie erschien also zu Pferde, der Fürst aber mit dem Jagd-Wagen, auf welchem er einen Cavalier an seine Seite genommen, die Fürstin hingegen in einem zugemachten Wagen, in welchem ich und noch 2. Frauenzimmer, als ihre Vertrauten bey ihr sassen. Wie nun die Fräulein N. im vollen Gallop auf uns zugeritten kam, so wurde sie von der Fürstin angeruffen und gefragt: Warum sie sich nicht besserer Bequemlichkeit gebraucht, und sich zu dem Fürsten in den Jagd-Wagen gesetzt, dem Cavalier hergegen das Pferd zum Reuten überlassen hätte? Hierauf gab das Fräulein gantz höhnisch zur Antwort: Ich fürchte mich vor diesem Jagd-Wagen, weilen besorge, daß ich etwa noch einmahl möchte gebadet werden; will also lieber reuten, denn so schiesset das Wasser desto geschwinder vom Cörper ab. »*Warte! warte!* (sagte die Fürstin zu uns, die wir bey ihr in dem Wagen sassen) *ich will dich reuten lernen,* gebt nur Achtung, meine Lieben! was vor eine artige Reuterey vorgehen soll.« Hierauf nahm die Jagd ihren Anfang, und es wurde viel Wildpret erlegt, jedoch die Fräulein N. welche sich gantz besonders angelegen seyn ließ, ihre Künste sehen zu lassen, und derowegen ihr Pferd auf das hefftigste strapazirte, stürtzte unvermuthet mit demselben, so, daß sie auf der Erden liegen blieb, ehe ihr nun die herzu eilenden Jäger noch zu Hülffe kommen konten, kam ein entsetzlich grosser Bär aus dem Gebüsche hervor gesprungen, kroch mit seinem dicken Kopffe dem Fräulein zwi-[433]schen die Beine, und huckte sie dergestalt auf seinen Rücken, daß sie ordentlicher Weise auf ihm reuten muste, und also trug sie dieser grosse Bär erstlich über 300. Schritte weit fort, gieng auch nicht etwa langsam oder bedachtsam, so, wie andere Bären zu gehen pflegen, sondern er eilete nicht anders, als wenn jemand mit einer Knoten-Peitsche hinter ihm drein wäre. Die Fürstin hätte vor Lachen fast zerbersten mögen, als sie dieses Schau-Spiel sahe, und rief immer zum Wagen heraus: *Reut zu! Reut zu!* Im Gegentheil waren nicht allein der Fürst, sondern auch alle Jäger dergestalt in ein Schrecken gerathen, daß sie nicht wusten, was sie thun solten, denn Feuer auf den Bär zu geben, oder mit Pfeilen nach ihm zu schiessen, schien ihnen gar kein

Rath zu seyn, weilen sie noch leichter das liebe Fräulein, als den Bär verwunden, oder gar tödten können. Derowegen machten sie ein gräßliches Geschrey, und bliesen in ihre Jagd-Hörner, allein, je öffters sie dieses wiederholten, je besser sich der Bär auf das Lauffen begab, eben als wenn er die Sporn bekäme. Endlich aber, nachdem der Bär seine Reuterin accurat 1000. halbe Manns-Schritte getragen hatte, warff er sie ab, ließ sie liegen, und begab sich wieder in den dicken Wald hinein.

Nun lieff, was Beine hatte, um zu erfahren, ob das gute Fräulein N. noch lebte, oder sich zu Tode geritten hätte, allein wir traffen sie zwar noch lebendig, jedoch in einer starcken Ohnmacht liegend an, weßwegen sie in unsern Wagen getragen, mit starcken Gewässern und Balsamen fast [434] halb gebadet, und endlich sehr schwach und kranck nach Hause gebracht wurde.

Eben dieser Fräulein begegnete einige Zeit hernach noch ein recht poßierlicher Streich, und zwar dergestalt: Der Fürst, welcher einige Officiers und vornehme von Adel beyderley Geschlechts zu sich eingeladen, beredete dieselben gegen Untergang der Sonnen, da die allerangenehmste Witterung war, mit ihm und seiner Gemahlin Lustwandeln zu gehen, wie sie nun einen besonders grünen Platz antraffen, so befahl der Fürst, daß einige der kostbarsten Erfrischungen herbey gebracht werden solten, ingleichen etliche Sofa, wie nicht weniger einige Teppiche, um sich darauf nieder zu lassen.

Als nun dem Befehle gehorsamet worden, setzte der

Fürst selbst der Fräulein N. einen Sofa zu seiner lincken Hand, weilen seine Gemahlin ihm bereits zur rechten saß; allein das Fräulein drehete sich erstlich eine lange Weile um den ihr gesetzten Sofa herum, und schlich sich endlich mit guter Art gar davon hinweg. Da sie wieder zurück kam, nöthigte sie der Fürst nochmahls, sich neben ihn zu setzen, da die übrigen Gäste fast Circkel-rund um ihn und seine Gemahlin herum sassen und lagen, jedoch das eigensinnige Fräulein verschmähete den Sofa abermahls, weßwegen der Fürst einen kostbaren Türckischen Teppich zu seinen Füssen ausbreitete, ein Polster darauf legte, und sie bat, daß sie bey ihm möchte sitzen bleiben; aber, wie gesagt, der Eigensinn dieser Fräulein wolte auch dieses nicht zulassen, sondern sie nahm [435] ihr Schnupf-Tuch heraus, breitete dasselbe über einen frisch aufgeworffenen Maulwurffs-Hauffen, und sagte dabey: dieses soll mein Platz seyn, worauf ich sitzen will. Die Fürstin fieng hierüber gantz hertzlich zu lachen an, und sagte: »Liebe Fräulein! auf ihrem Platze möchte ich wohl nicht sitzen, denn ich traue den Maulwürffen nicht gar allzu viel zu.« Hierauf gab das Fräulein zur Antwort: »Wenn Maulwürffe drinnen sind, und etwas mit mir zu thun haben wollen, so mögen sie heraus kommen, und sich zeigen.« Nach diesen ausgesprochenen Worten schlich sich die Fürstin auf wenige Minuten bey Seite, und da ich ihr nachfolgte, bemerckte ich, daß sie sich ein etwa Finger-langes Pflöckgen von einem grünen Busche abschnitt, und eben dieses Pflöckgen practicirte sie, (die

Fürstin,) mit guter Art und in möglichster Geschwindigkeit in den unter der Fräulein Schnupf-Tuche bedeckten Maulwurffs-Hauffen, da denn, ehe 3. Minuten vergiengen, immer ein Maulwurff nach dem andern unter dem Schnupf-Tuche hervor gekrochen kam, und der Fräulein unter den Kleidungen hinauf lauffen wolte, worüber denn das gute Fräulein hefftig zu schreyen und zu kreischen anfieng. Es wurden aber endlich der Maulwürffe so viel, die in dem Creyse, den wir geschlossen hatten, herum lieffen, daß man sie fast nicht mehr zählen konte, darbey war lustig anzusehen, daß, wenn mit einer Spitz-Ruthe oder Stabe nach ihnen geschlagen wurde, sich diese Art von Maulwürffen augenblicklich in die Lufft erhoben, und wie die Fleder-Mäuse davon flogen. Es [436] war dieses nun zwar ein Haupt-Spas, allein das gute Fräulein hatte sich dennoch über die Maulwürffe dergestalt erschreckt und verwandelt, daß sie viele Tage das Bette hüten muste; man bekam sie auch gar nicht zu sehen, bis auf den Tag, da unsers Fürsten Geburts-Tag in gröster Pracht gefeyert wurde, da sie denn in einem besondern Haupt-Schmucke erschien, welcher von Stroh geflochten war, auf die Art, wie in Deutschland und Holland die Schaub- oder Regen-Hüthe gemacht sind, es hatte aber dieser Haupt-Schmuck die Gestalt eines sehr grossen runden Huthes, auf welchem eine ebenfalls von Stroh geflochtene Crone bevestiget war, im übrigen war diese Kopff-Machine mit Reyher- und andern Federn, auch Bändern von allerhand Farben, dergestalt ausgezieret, daß man sich billig über diesen Aufsatz verwundern, ich auch selbst bekennen muste, daß er recht niedlich war, und dem Fräulein ungemein wohl anstunde. Die Fürstin aber, so bald sie das Fräulein in einem solchen Aufputze sahe, hätte sogleich vor Gifft und Galle bersten mögen, ja sie biß nicht selten recht die Zähne aus Bosheit zusammen, weilen sie sich wegen der Stroh-Crone und den bunten Federn und Bändern eine gantz wiederwärtige und verdrießliche Vorstellung in ihren Gedancken machte, zumahlen, da sie eine ungemein eifersüchtige Dame war.

Mittlerweile erschien das Fräulein N. mit diesem ihrem Haupt-Putze bey der Taffel, und der Fürst ließ sich durch Stellungen und Worte so viel vernehmen, daß ihm noch niemahls, weil er [437] gelebt, ein Aufputz eines Frauenzimmers besser gefallen und vergnügt hätte, als dieser, weßwegen er denn sogleich nach aufgehobener Taffel der Fräulein ein kostbares mit Jubelen besetztes Hals-Band, ingleichen ein paar dergleichen Arm-Bänder und einen Diamantenen Ring von grossem Werthe verehrete.

Nun ist leicht zu erachten, daß dergleichen Beginnen bey der Fürstin eben kein besonderes gutes Geblüte müsse verursacht haben; Allein sie wuste ihre Gemüths-Bewegungen, um die Lust des Fürsten und aller seiner Bedienten nicht zu stöhren, vor diesesmahl dergestalt klüglich zu verbergen, daß man bey ihr eben keine sonderliche Veränderung merckte.

Es begab sich aber an eben diesem Tage noch etwas gantz besonderes, denn da wir alle, so viel unserer nur bey Hofe waren, durch eine lange Allée spazierten, an deren Ende eine von Marmor-Steinen erbauete Capelle befindlich, in welcher die Andacht verrichtet, und vor das fernere Glück und Leben des Fürsten geopfert werden solte; so führete der Fürst zu erst seine Gemahlin an der Hand, der Ober-Hofmeister aber die Fräulein von N. und das andere Frauenzimmer wurde dem Stande nach von Cavaliers oder Personen ihres gleichen der Capelle zugeführet, so, daß alles Paar-weise gieng. Wie wir aber das Ende der Allée erreicht, auf einem grossen grünen Platze, etwa eine Viertel-Stunde stehen blieben, und erwarteten, bis uns von den Dervis der Eintritt angekündiget werden solte, sahen wir in der Lufft über uns einen [438] grossen Geyer daher geflogen kommen, welcher sich erstlich etliche Minuten in der Lufft herum schwenckte, nachhero aber, wie ein Blitz, hernieder fuhr, und der Fräulein von N. den Feder-Huth zusamt der Stroh-Crone vom Haupte riß, auch selbige in gröster Geschwindigkeit in die Lufft führete, seinen Flug aber nach dem Indianischen Meere zu nahm, mithin gar bald aus unsern Augen verschwand.

Ohngeachtet nun das Fräulein sich über diesen Possen sehr bestürtzt und verdrüßlich erzeigte, indem sie mit blosem Haupte in die Capelle gehen und opffern muste, so hätte doch dieser Possen noch hingehen mögen, und leicht verschmertzt werden können, wenn nicht ein anderer noch weit häßlicherer Possen darauf erfolget wäre; denn da sie aus der Capelle auf dem Rückwege begriffen war, senckte sich ein fürchterlicher Drache fast bis zu ihrem Haupte hernieder, und besalbete sie mit Kuh-Miste dergestalt, daß sie nicht aus den Augen sehen konte, wie denn auch ihr Führer nicht verschonet blieb, sondern einen ziemlichen Theil Küh-Mist auf seinem Haupte und Kleidern aufzuweisen hatte.

Diese Begebenheit hatte sich die gute Fräulein dergestalt zu Gemüthe gezogen, daß sie in eine tödliche Kranckheit verfiel, so, daß an ihrem Aufkommen gezweiffelt wurde, jedoch nach Verlauff einiger Wochen ließ sie sich zwar wieder öffentlich sehen, begab sich aber bald auf die Reise nach ihren Eltern, da man denn nach der Zeit die Fürstin noch einmahl so vergnügt als vorhero sahe, ohngeachtet der Fürst, unter dem Vorwande den bevorstehen-[439]den Feldzug gegen den Myriweys besorgen zu helffen, ebenfalls eine Reise, wie er sagte, nach Ispahan antrat, und zu baldiger Zurückkunfft schlechte Hoffnung machte.

So bald als nun der Fürst fort war, zog die Fürstin, als eine sehr kluge und vernünfftige Frau, ihre Hofhaltung fast bis über die Helffte in die Enge, danckte auch viele Bedienten ab, denen sie eben nicht sonderlich gewogen war, was aber sonsten ihren Kleider-Staat, die Taffel und das übrige anbelangete, so kam dennoch alles Fürstlich heraus, denn sie lebte propre und delicat, ließ auch ihren Bedienten nichts ermangeln, sondern gab denenselben zum öfftern fast überflüßig, was sie vonnöthen hatten. Sonsten aber hatte sie wenigen Zuspruch von hohen Personen, als welches ihr denn eben nicht ungelegen war, unterdessen kam doch bisweilen ein Fest-Tag, da sie sich mit ihren Cavaliers und Dames vergnügte, sonsten aber war ihr Haupt-Vergnügen der Garten-Bau und dann und wann die Jagd, auser diesen aber lebte sie in ihrem Schlosse sehr stille und ruhig, und war mehr und öffterer in ihren Zimmern, als auser demselben anzutreffen.

Bey solcher Gelegenheit hatte ich zum öfftern das Glück, gantze halbe Tage bey ihr zu zubringen, und zwar gantz allein in ihrem Zimmer, da wir denn die Zeit mit allerley nützlichen Gesprächen zubrachten. Wie ich aber mich versichert sahe, daß sie eine gantz besondere Gunst und Gnade vor vielen andern, auch so gar vor ihren Landes-Leuten, auf mich geworffen, und gerne sahe, wenn ich [440] dreuste und offenhertzig mit ihr redete, mir auch niemahls etwas übel nahm, wie sie mir denn dieses alles in Holländischer Sprache, welche sie zu der Zeit nur noch verstümmelt redete, zum öfftern sehr liebreich zu vernehmen gab, so nahm mir vor, es zu wagen, ihr einen besondern Vortrag zu thun.

Demnach stämmete ich einsmahls, als ich gantz alleine bey ihr im Zimmer war, einen Arm unter den Kopf, und ließ etliche Thränen aus meinen Augen fallen, denn sie hatte mir vorhero gantz offenhertzig viel von ihren Glücks- und Unglücks-Fällen erzehlet. Wie nun die Fürstin mich fragte: warum ich Thränen vergösse? und wer mir etwas zu Leide gethan hätte? gab ich sogleich zur Antwort: mir hat niemand das geringste zu Leide gethan, diese Thränen aber, die ich jetzo fallen lasse, fliessen aus einem Jammer-vollen Hertzen und mitleidenden Augen, beklage anbey nichts mehr, als dieses, daß Ew. Durchl. nicht das Glück haben, eine Christin zu seyn, da sich denn Dieselben in vielen Stücken weit besser fassen und trösten würden.

Was? (fuhr hierauf die Fürstin als halb erzürnt auf) *wer hat euch gesagt, daß ich keine Christin wäre? fraget den Jacob, den Keller-Meister, der wird mir Zeugniß geben, daß ich eine getauffte Christin bin, und das heilige Abendmahl von einem Holländischen* Protestant*ischen Schiffs-Prediger schon dreymahl empfangen habe, nach der Zeit aber haben sich meine Umstände dergestalt verändert, daß ich dieser grossen* [441] *Glückseligkeit bis hieher nicht wieder theilhafftig werden können.*

Ich fiel demnach vor der Fürstin nieder auf die Knie, küssete vor Freuden den Saum ihres Kleides, und weinete dabey recht bitterlich, worauf sie mich in die Höhe hub, und mir mehr als 10. Küsse gab, aber dabey befahl, daß ich gleich von Stunde an zu dem Keller-Meister Jacob (den sie meinen Landesmann hieß, weil er ihr Dollmetscher in Holländischer und andern Sprachen war) hingehen, und ihres Christenthums wegen mich weiter bey ihm erkundigen, diese folgende Nacht aber bey ihr in ihrem Zimmer bleiben solte.

Dieser Jacob erzehlete mir nun, nachdem ich ihm den

Befehl von unserer Fürstin überbracht, rechte Wunder-Dinge von dieser Fürstin, welche ich nachzusagen mich zwar wohl im Stande befinde, allein es möchte vielleicht die Geschichte dadurch allzu weitläufftig gemacht werden, darum will aus dessen Munde nur kürtzlich so viel melden, daß diese Fürstin, als eine Printzeßin eines benachbarten grossen Fürsten, zwar als eine Heydin gebohren, und als eine Anbeterin des Feuers erzogen worden, allein der Himmel hätte sie durch besondere Wege, da sie ohngefehr 12. bis 13. Jahr alt gewesen, auf ein Holländisches Schiff geführet, welches sie, aller Persianer Art nach, so wohl von aussen als von innen mit gröster Verwunderung beschauet, und sich auf das alleräuserste darüber vergnügt, jedoch über alles weiter nichts mehr, als über den andächtigen Gottesdienst der Christen, weßwegen sie denn gleich gebeten, daß man die Güte haben, und sie [442] mit nach Holland nehmen möchte, und zwar gantz heimlich, weiln sie Gold und Juwelen zu Bezahlung ihrer Reise-Kosten zur billigen Genüge herbey bringen wolte; Allein, da man ihr die Gefahr vorgestellet, welche aus dieser Sache, wenn man ihr gleich sonsten gern willfahren wolte, entstehen könte, indem es vielleicht aller auf dem Schiffe befindlicher Menschen Leben auser dem Verlust der Güther kosten könte, so hätte sie sich nur ausgebeten, daß man sie zu einer Christin machen möchte. Wie nun der Prediger ihr gemeldet, daß dieses eine Sache, die so leicht nicht angienge, indem sie erstlich getaufft, hernach in den Christlichen Glaubens-

Articuln unterrichtet werden müste, so wäre sie zwar davon gegangen, jedoch, nachdem sie sich bey ihren getreuen Wald-Leuten etliche Tage verborgen aufgehalten, wieder zurück auf das Schiff gekommen, allwo sie die heilige Tauffe und nach hinlänglichem Unterricht wegen der Christlichen Glaubens-Articul, auch zum erstenmahle das heilige Abendmahl, selbiges auch nach der Zeit noch 2. mahl empfangen, indem sich das Schiff noch etliche Monate in selbigem Hafen aufgehalten, jedoch, weiln vielleicht eine Verrätherey bey der gantzen Sache vorgegangen, indem die Printzeßin nach der Zeit nicht wieder zum Vorscheine gekommen wäre, welches aber seine andern gantz besondern Ursachen gehabt hätte, so wären die Holländer zwar in gröster Gefahr gewesen, unglücklich gemacht zu werden, allein die Sache hätte sich endlich noch verschlichen, nachdem auf allen ausländischen Schiffen die schärffste Visitation der Printzeßin wegen gesche-[443]hen, welche Printzeßin denn von ihrem damahligen Liebsten, als dem jetzigen Fürsten von Candahar, gewisser Ursachen wegen, wäre auf die Seite gebracht, und auf ein vestes Schloß in Verwahrung gesetzt worden.

Jacob erzehlete mir binnen wenig Stunden noch viele seltsame Begebenheiten dieser Fürstin wegen, die ich aber vorjetzo verschweigen, und nur dieses melden will, daß die Fürstin, nachdem sie ihren Gemahl schon geheyrathet, ihm, dem Jacob, zum öfftern im Vertrauen gesagt, wie sie sich auf dieser Welt nichts mehr wünschte:

als nur noch ein eintzigmahl getaufft zu werden, und auch das heilige Abendmahl nur noch ein eintzigmahl zu geniessen, worauf sie gern und willig sterben, und ihre Seele dem gecreutzigten Christo anbefehlen wolte, weilen ihr Zeit ihres Lebens nicht besser zu Muthe und ums Hertze gewesen, als da sie getaufft worden und das heilige Abendmahl empfangen hätte. In diesem Stücke nun hätte er, nemlich der Jacob, seinem wenigen Verstande nach, zwar ihr vielen Unterricht gegeben, was nicht allein vor ein Unterscheid zwischen den beyden Sacramenten, nemlich der heiligen Tauffe und des heiligen Abendmahls wäre, indem die Christen nur ein eintzigmahl getaufft zu werden brauchten, nachhero aber als bußfertige Sünder das heilige Abendmahl, so offt als sie ihr Gewissen drückte, verlangen und geniessen könten; inmittelst aber käme es bloserdings auf den wahren seligmachenden Glauben an Christum und dessen Verdienst an, wenn man die Seligkeit erlangen wolte. Wie nun Jacob bezeugte, daß [444] er ihr, als ein einfältiger Protestantischer Christ, nicht mehr, als so viel beybringen können, so hätte sich die Fürstin doch jederzeit dergestalt eifrig und erpicht darauf erwiesen, daß er sich darüber verwundern müssen. Derowegen bat er mich, auf den kleinen Grund, den er in der Fürstin Hertzen und Gewissen geleget, ferner fort zu bauen, vor allen Dingen aber dahin bedacht zu seyn, daß sie die Persianischen 2. Zauber-Weiber, als Anbeterinnen des Feuers, mit guter Art von sich schaffte, da wir denn allebeyde nebst noch einer dritten Person binnen kurtzer Zeit eine rechte gute Christin aus ihr machen wolten.

Demnach hatte mir Jacob bey meiner ersten Besuchung zur Zeit mehr als genug gesagt. Als ich demnach zu behöriger Stunde mich bey meiner Fürstin einstellete, und dieselbe auskleiden helffen, befahl sie mir, da die andern weggiengen, noch etwas zu verweilen, indem sie noch ein und andere Haus-Geschäffte mit mir zu überlegen hätte; allein, es war weit gefehlt, denn so bald die andern fort waren, fiengen wir ein christliches Gespräch an, da sie mich denn zu allererst fragte: ob ich mit dem Jacob ihrentwegen gesprochen, und da ich solches mit *Ja* beantwortete, führete sie mich in ihr geheimes Zimmer, und brachte nicht allein eine Holländische Bibel, sondern auch noch mehrere Protestantische Bücher, alle sehr sauber eingebunden, herbey, und sagte: Diese Bücher verwahre ich besser, als alle meine Kleynodien und Schätze, weiln ich in Gegenwart anderer Personen darinnen zu lesen mich nicht getrauen darff, derowegen muß zum öfftern die Mit-[445]ternachts-Stunden mit zu Hülffe nehmen, nur ungestöhrt und gantz alleine zu seyn; Nunmehro aber (sagte sie weiter) habe ich keine Furcht mehr, denn wenn ich ja darüber betroffen werden solte, so will ich sagen, daß es eure Bücher wären, die ich nur bisweilen zum Zeitvertreibe durchblätterte. Inmittelst werde mich, da ihr nun bey mir seyd, eiferiger, als jemahls, bemühen, mich im wahren Christenthume zu üben, um eine vollkommene Christin zu werden, denn ich will durchaus nicht als eine Heydin sterben, nach meinem Tode aber, wenn es meine Feinde erfahren haben, mögen sie mit meinem Cörper machen, was sie wollen.

Dieser Vorsatz und die übrige Aufführung der Fürstin strengeten mich dahin an, daß ich mein Leib und Leben gern und willig vor sie gelassen hätte; unterdessen flössete ich ihr aber immer bey guter Laune diejenigen Lehren ein, welche mir mein lieber Amsterdamer Priester in das Hertz und in den Kopf gesetzt hatte, welche denn immerzu bey ihr Statt funden; nur aber hatte ich zu bedauern, daß mir die Persianischen Zauber-Weiber immerzu in den Weg traten, und gemeiniglich dasjenige verderbten, was ich, als eine einfältige Christin, in der Fürstin Hertzen gesäet und gepflantzet hatte.

Wenige Nächte darauf, nachdem die Persianischen Zauberinnen der Fürstin fast nicht von der Seite gekommen, ließ mich dieselbe ziemlich späte zu sich ruffen, da sie mir denn treuhertzig offenbarete, daß ein gewisser benachtbarter Pr. - - bey Gelegenheit des Abwesens ihres Mannes dasjenige zu erhaschen suchte, warum er sich schon seit einiger Zeit viele ver-[446]gebliche Mühe gegeben. Derowegen solte ich doch bey ihr bleiben, und nur mit ansehen, wie sie diesen verliebten Ehebrecher abfertigen wolte, möchte aber nur sagen, in was vor Gestalt er vor uns erscheinen solte, ob: als ein Ochse, Löwe, Bär, Hirsch, oder anderes wildes Thier, oder als ein Vogel von dieser oder jener Art? da sie denn sich mit ihrer Kunst sogleich nach mir richten, und ihren

Liebhaber, den sie aber nimmermehr lieben wolte, sogleich in der Mitternachts-Stunde zur Stelle schaffen wolte. Ohngeachtet ich nun die Fürstin hierbey gantz inständigst bat, diese Possen, zumahlen in Abwesenheit ihres Herrn Gemahls, bleiben zu lassen, so ließ sie doch nicht ab, mich zu quälen, bis ich, (da sie sich hoch und theuer verschworen, daß mir nicht das geringste Leid wiederfahren solte) endlich sagte: Ey! so lassen Sie ihn in der Gestalt eines Papagoyen kommen, damit sie doch nur etwas mit ihm sprechen können. Worauf sie mir zur Antwort gab: Versteckt euch hinter die Tapeten, und wartet nur eine eintzige halbe Stunde, so soll er da seyn. Ihrem Befehle gehorsamete ich, und versteckte mich hinter die Tapeten, ward auch gewahr, daß, nachdem sie ein grosses Fenster eröffnet, und selbst noch etliche Wachs-Lichter angezündet hatte, ein Papagoy zum Fenster herein gehüpft kam, und sich fein säuberlich auf der Fürstin Nacht-Tisch setzte, auch ohngenöthiget allerley Arten von Confituren in seinen krummen Schnabel nahm, und dieselben verschlunge, ja er entblödete sich nicht, nachdem ihm die Fürstin eine ziemlich grosse silberne Schaale voll Wein eingeschenckt, erstl. hertzhafft zu trincken, hernach sich darinnen zu baden. Ich vor meine Person [447] konte mich des lauten Lachens fast nicht mehr enthalten, da aber der Papagoy und die Fürstin mit einander zu schwatzen anfiengen, spitzte ich die Ohren, und hörete gantz lustige Begebenheiten, hielt mich aber so still, als nur immer möglich war, bis der

Papagoy in die Schaale hackte, mitlerweile auch noch viele Stücke Confect zu sich genommen hatte, da ihm denn die Fürstin die Schaale noch einmahl voll schenckte, woraus er sich erst dicke und satt soff, hernachmahls zum andernmahle badete, sodann auf der Fürstin weiß gemachtes Bette zuflog, und dasselbe ziemlicher Massen verunreinigte; allein, die Fürstin nahm sogleich ihren weissen Stab klopffte damit 3. mahl auf den Tisch, da denn der Papagoy sogleich, wie eine Taube zum Fenster hinaus flog, weiln er zumahlen vielleicht mein Husten hinter den Tapeten mochte vernommen haben.

Wie gefiel euch diese Begebenheit? (fragte mich die Fürstin). Ich konte nun nicht anders sagen, als daß ich über den Papagoy und dessen Aufführung hätte hertzlich lachen müssen. *Ihr habt wohl recht,* (redete die Fürstin weiter) *gewisser Ursachen wegen hätte ich ihn wohl einiger Massen züchtigen sollen, allein es mag ihm vor diesesmahl geschenckt seyn, doch Morgen Nachmittags sollet ihr eure Lust sehen, wie ich die geilen Böcke und brünstigen Hirsche züchtigen kan und will: Denn es haben so wohl der Jazzan, als der Arab-Ogli, als welche ihr alle beyde wohl kennet, mich dahero fast täglich mit unkeuschen Briefen gequälet, und verlangt, daß ich ih-* [448]*nen einen geheimen Zutritt und gehorsamste Aufwartung bey mir zu machen vergönnen möchte. Um nun diese geilen Ehren-Diebe los zu werden, so habe sie auf Morgen beyde zu einer gewissen Stunde in das im grossen Garten befindliche Lust-Haus bestellet, als in welchem ich mich zu einer bestimmten Stunde wolte antreffen lassen, es weiß aber keiner von des andern Suchen und Verlangen, ohngeachtet sie beyde auf einerley Schand-Wegen gehen. Wenn sie nun kommen, so sollet ihr, meine liebe Anna, eure Lust sehen, wie ich diese Bösewichter bezahlen will.*

Demnach begab sich die Fürstin des andern Tages gleich nach der Mittags-Mahlzeit in das Lust-Haus des grossen Baum-Gartens, und lockte zugleich 12. bis 16. grosse, mittelmäßige und kleine Hunde hinter sich her, die sie alle zusammen in das unterste grosse Zimmer des Lust-Hauses einsperrete, die Fürstin aber gieng mit mir höher hinauf, allwo wir denn einige herbey geschaffte Erfrischungen zu uns nahmen, und die Ankunfft der Herren Liebhaber abwarten wolten, ihnen auch unter vielen Schertz-Worten beständig entgegen sahen. Wie nun der Fürstin die Zeit etwas zu lang zu werden begunte, so gieng sie selbsten hin, und machte die grosse Hinter-Thür des Baum-Gartens auf, worbey ich bemerckte, daß sie viele kleine Pflöckgen schnitzte, und dieselben nicht allein bey der Thür-Schwelle, sondern auch hie und da in die Erde einschlug.

Endlich kam sie zu mir in das obere Zimmer [449] herauf zurück, befahl, daß Caffée vor sie zubereitet werden solte; wie nun dieses aber schon geschehen war, so tranck sie etliche Tassen, und gab unterdessen beständig Achtung auf die Thür, worauf wir denn gar bald einen ungemein grossen Hirsch, der ein vortreffliches Geweyhe

auf seinem Kopfe trug, eintreten sahen. Sehet, liebe
Anna! sagte die Fürstin, das ist der Arab-Ogli; aber lasset
ihn nur näher kommen, bis der Bock Jazzan auch eingetreten ist. Dieses geschahe nun nach Verlauff etwa
einer Stunde, da denn Jazzan, so bald er nur die Thür-
Schwelle überschritte sich sogleich in einen Stein-Bock
verwandelte. Beyde Thiere machten sich einander entgegen, u. es schien mir nicht anders, als ob sie ordentlicher Weise mit einander Sprache hielten. Jedoch die
Fürstin vergönnete ihnen nicht lange Zeit, sondern gieng
hinunter in das unterste Zimmer, wo die Hunde eingesperret waren, tipfte jeden Hund mit ihrem weissen
Stabe auf den Kopf, und ließ nachhero die Hunde alle auf
einmahl heraus, da denn im Garten eine solche Kater-
Jagd entstunde, daß ich, die ich oben an einem kleinen
Gatter-Fenster saß, mich fast hätte mögen zum Narren
lachen. Diese Jagd währete fast über 2. Stunden, bis so
wohl der Hirsch und der Stein-Bock, als die Hunde gantz
abgemattet und ermüdet auf dem Platze liegen blieben. Endlich aber, nachdem so wohl der Hirsch, als der
Stein-Bock ihren Rückweg genommen, kamen auch die
Hunde, nachdem ihnen die Fürstin ein Zeichen mit einem
Jagd-Hörnlein gegeben, gantz unbeschädigt zurück, so
wohl wie ihr gejagtes Wild denn ebenfalls unver-[450]
letzt geblieben, und sich auf ihre Strassen begeben hatte.

Diese Jagd mag ich wohl den Haupt-Spas nennen,
welchen ich jemahls in meiner gantzen Lebens-Zeit gehabt, ja, ich hatte mich würcklich über das Springen des

Hirsches und des Stein-Bocks dergestalt zu Schande gelacht, daß ich es nachhero fast in 8. Tagen nicht verwinden konte.

Dergleichen lustige Streiche spielete die Fürstin in nachfolgenden Tagen und Zeiten noch viel mehrere, die ich aber vorjetzo eben nicht auf das Tapet bringen will, weilen meine Geschichts Erzehlung sonsten gar zu weitläufftig werden möchte; da ich sie aber eines Abends in grösten Andacht bey der Bibel und andern christlichen Büchern sitzend antraff, und die Fürstin mich fragte: »Nun, meine liebe Anna! wie hat euch meine bisherige Aufführung gefallen?« so gab ich ihr zur Antwort: *Ungemein wohl, gnädigste Fürstin, allein wie stimmet Christus und Belial zusammen? Sie wollen eine getauffte Christin seyn, und heissen, und treiben doch so viele Wercke, woran der Satan den grösten Theil hat, das Christenthum aber Gefahr läufft.* Ich schlug ihr hier auch das Capitel in der Bibel auf, worinnen gemeldter Spruch, benebst der gantzen Geschichte zu lesen ist, und hielt ihr dabey eine kleine Buß- und Gesetz-Predigt, wie ich dieselbe von meinem lieben Amsterdamer Priester sehr öffters gehöret hatte, da sie denn auf einmahl angelobte, diese Zauber-Possen hinführo bey Seite zu legen, und die Schwartz-Künstlerinnen unter einem guten Vorwande, mit [451] reichlichen Geschencken begabt, von sich zu schaffen. Dieses gelobte sie mir mit Thränen an, hielt auch ihr Wort, denn die Persianischen Zauber-Weiber und Anbeterinnen des Feuers wurden mit guter

Manier fortgeschickt, worauf sich denn die Fürstin zu meinem allergrösten Vergnügen angelegen seyn ließ, das Christenthum auf das allerfleissigste auszuüben, nach der Zeit aber den Jacob nebst seiner Frau, die ebenfalls eine Protestantin war, und mich zu ihren Vertrauten erwehlete.

Demnach machten wir binnen wenig Wochen, unserer Einfalt nach, aus der Fürstin eine rechte gute Christin, denn sie lebte dergestalt ordentlich und stille, daß an ihrem gantzen Lebens-Wandel nichts auszusetzen war. Ihr Vergnügen aber suchte sie zu gewissen Zeiten auf der Jagd und bey dem Garten-Bau, als worinnen ich ihr zur Verbesserung desselben verschiedene Anweisungen gab, die ihr nicht allein sehr wohl gefielen, sondern sie spürete auch gar bald die Lust und den Nutzen davon.

Unvermuthet kam der Fürst, ihr Gemahl, von Ispahan zurück, bezeigte sich ungemein vergnügt, seine Gemahlin in so gutem Wohlstande und besserer Verfassung anzutreffen, brachte auch derselben recht ungemein kostbare Geschencke mit; ja auch die allergeringsten Bedienten wurden von ihm sehr reichlich beschenckt. Er hielt sich damahls 2. gantzer Jahre in seiner Residentz bey seiner Gemahlin auf, und binnen dieser Zeit wurde gegenwärtige Printzeßin Mirzamanda von meiner werthen Fürstin zur Welt gebracht. Als nun jetzt gemeldter Fürstin die Geburts-Schmertzen anka-[452]men, und zwar in einem mitten im Walde gelegnen grossen Jagd-Hause, verlangte sie mit aller Gewalt, daß ich bey ihr bleiben solte; ob ich nun zwar vorschützte: wie ich eine Frau wäre, die wohl einen Mann, aber doch niemahls ein Kind gehabt hätte, mich also zu dergleichen Begebenheiten gantz und gar nicht schickte, so muste doch der Fürstin Wille erfüllet werden, und ich fast gezwungener Weise, um nicht etwa die Ungnade des Fürsten zu verdienen, bey der Fürstin bleiben, welche gantz heimlicher Weise nach dem Jacob und seiner Frau schickte, und dieselben zu sich beruffen ließ. Nachdem nun Jacob nebst seiner Frauen in denen Mitternachts-Stunden sich bey ihr eingestellet, ließ sie diese beyden sogleich zu sich in ihr Zimmer kommen, als in welchem ich mich gantz allein zu ihrer Aufwartung befand, nahm das kaum vor 48. Stunden glücklich zur Welt gebohrne Kind aus der Wiege heraus, gab es mir auf die Arme, und sprach: *Ich beschwöre euch alle 3. Personen bey dem allmächtigen GOtte und der gantzen Hochheiligen Dreyfaltigkeit, daß ihr drey Personen mir dieses mein neugebohrnes Kind, auf Christi Blut und Gerechtigkeit, nach Christlicher Art und Weise tauffen sollet, und dessen Tauff-Zeugen werden wollet, indem ich durchaus nicht haben will, daß diese meine Tochter als eine Anbeterin des Feuers, der Sonne, Mond, Sterne, oder anderer Götzen soll auferzogen werden.*

Hierauf nahm ich die kleine Mirzamanda mit uns in ein kleines Neben-Zimmer, allwo sie Jacob [453] nach heiligem Gebrauche taufte, und ihr den Nahmen Christiana beylegte, den Heyden zu Gefallen nenneten wir sie aber jedennoch immer noch Mirzamanda, und zwar aus Furcht.

Mitlerweile war keins von den Heyden das geringste von dieser Begebenheit gewahr worden, und die Fürstin beschenckte den Jacob und seine Frau ungemein reichlich, nachdem ich ihr meinen Bericht wegen der glücklich abgelauffenen Tauffe abgestattet hatte. Ich hatte das Glück, Kinder-Frau bey dieser jungen artigen Printzeßin zu werden, und hatte 3. Kinder-Mägde unter meinem Befehle, die das Kind nach meiner Verordnung auf das allerbeste und behutsamste warten und pflegen musten.

Der Fürst hatte eine ungemeine Freude bey dem Anblicke dieser seiner schönen Tochter, allein er konte dieselbe nicht lange geniessen, indem er abermahls nach Ispahan zu reisen sich gezwungen sahe, da er denn länger aussen blieb, als wir gedachten, endlich aber plötzlich zurücke kam, und die unangenehme Zeitung mitbrachte: Was Massen es alle Umstände nicht anders erforderten, als daß er selbsten mit zu Felde, und dem Feinde entgegen gehen müste. Demnach wurde sein Feld- und Kriegs-Geräthschafft gleich in geschwinder Eile zu rechte gemacht; die Fürstin aber wolte damahls sich nicht aus dem Sinne reden lassen, ihrem Gemahle zu folgen, ohngeachtet sie ihr säugendes Kind hatte, welches kaum ein und ein halb Jahr alt war, ihr Gemahl auch ihr selbsten aufs beweglichste zusprach, nur dißmal noch mit ihrem Kinde zu Hause zu bleiben, weiln sie sich gantz und gar keiner Gefahr zu besorgen hätte; Allein, weiln [454] sie so gesinnet war, daß ihr der Wille, der ihr einmahl in das Hertz und Kopf gestiegen war, durchaus erfüllet werden muste, so hatte sie ehe keine Ruhe, bis man ihre Feld-Reise-Geräthschafft auch zu rechte machte, da sie denn ihrem Gemahle, so zu sagen, auf dem Fusse nachfolgte, ich aber benebst der kleinen Printzeßin musten auch mitreisen. Die Reise zwar war eben nicht allzu beschwerlich, indem wir abwechselten, und uns bald in Wagens, bald auf Camele oder Elephanten setzten, nach Gefallen aber in Sänfften konten tragen lassen; allein es gefiel mir dennoch nicht, hergegen stellete sich die junge Printzeßin dergestalt lustig und munter dabey an, als ob sie zum Reisen gebohren wäre. Es gieng aber in diesem Feld-Zuge sehr scharff her, und vor uns am allerschärffesten: denn da unsere Völcker eines Morgens von den Feinden geschlagen und zerstreuet worden, kamen von den Unserigen viele um den Wagen herum, worinnen die Fürstin und die kleine Printzeßin sassen, die ich auf meinem Schoosse und in meinen Armen hatte, welche uns insgesamt warneten, ja nicht weiter zu fahren, woferne wir nicht ein Raub der Feinde seyn wolten, die gleich hinter ihnen wären; gaben anbey den Rath, daß wir lieber aussteigen, und uns in dem dicken Gebüsche verbergen solten. Die erschrockene und beängstigte Fürstin, nachdem sie auf ihr Fragen: ob ihr Gemahl noch lebte, berichtet worden, daß er noch gesund sey, und sich dem Feinde immer noch tapfer wiedersetzte, fassete den jählingen Schluß, aus dem Wagen zu steigen, und sich in das dicke Gebüsche zu begeben. Indem sie nun ausstieg, befahl sie mir, [455] ihr mit dem Kinde auf dem Fusse nachzufolgen, auch eine Flasche Wein, nebst der eingepackten kalten Küche und etwas Confect hinter ihr herzutragen, indem sie recht sehr durstig und hungrig wäre. Ich machte mich sogleich fertig, ihr zu folgen, und traff die gute Fürstin auf einem grossen Steine unter einem grünen Strauche sitzend an, gab ihr ihre liebe Tochter in die Arme, welche sie sogleich an ihre Brust legte, ich aber ließ mich unter dem Steine zu ihren Füssen nieder, und legte mein Haupt in ihren Schooß. Kaum war dieses geschehen, da ein schneller Pfeil aus dem gegen über stehenden Gebüsche heraus geflogen kam, und accurat über meinem Haupte in der Fürstin schöne Brust fuhr, so, daß ich fast vom Haupte bis zu den Füssen mit ihrem Fürsten-Blute gefärbt, ja recht eingetränckt wurde, denn sie war ein sehr vollblütiges Frauenzimmer.

Das allerjämmerlichste Spectacul, dergleichen ich Zeit meines Lebens niemahls mit Augen gesehen, und worbey mir selbsten das Hertz im Leibe recht blutete, fiel mir dergestalt empfindlich, daß ich von einer würcklichen Ohnmacht befallen wurde, zumahlen, da ich, indem ich meine Augen noch in etwas empor hub, beobachtete, daß die kleine ebenfalls mit Blut befärbte Mirzamanda mit beyden Händen, und zwar aus äusersten Kräfften, beschäfftiget war, den Pfeil aus ihrer Mutter Brust heraus zu reissen, weßwegen ich denn vollends in eine so starcke Ohnmacht gerieth, daß ich von meinen Sinnen nicht wuste, und weder sehen noch hören konte. [456]

Jedoch nach Verlauff etwa einer halben Stunde, begunten sich meine Geister in etwas wieder zu ermuntern, da ich denn gewahr wurde, daß nicht allein der Fürstin, sondern auch meine, ja so gar der kleinen Printzeßin Kleider ausgesucht, jedoch aber, wieder hingeworffen wurden. Ihrer 4. von den Feinden aber hatten die besondere Gefälligkeit, den schönen Cörper der Fürstin auf etliche mit ihren Säbeln abgehauene grüne Reiser auf ein grünes Plätzgen zu legen, und denselben mit noch mehr grünen Laub-Reisern zu bedecken, und zwar sehr starck. Dieses gefiel mir in so weit gantz wohl, da aber einer von den Feinden kam, und mir das Kind aus den Armen riß, auch mit demselben davon eilete, folgte ich ihm auf dem Fusse nach; Es begegneten mir zwar einige feindliche Soldaten, welche sich über meinen seltsamen blutigen Habit verwunderten, jedoch mich ohngehindert gehen liessen, so, daß ich beobachten konte, in welche Hütte das Kind getragen wurde. So bald ich demnach dieses gewahr worden, machte ich mich gantz dreuste in die Hütte hinnein, indem ich mich darauf verließ, daß ich noch ungemeine kostbare Kleinodien, Diamanten, und andere Edelgesteine, oben in dem Neste meiner Haare, unter der Haube, verborgen hatte, als worauf sich vermuthlich unsere Plünderer nicht mochten besonnen haben. Wie ich nun die Sache weiter untersuchte, so befand es sich, daß meine Printzeßin in die Hütte einer feindlichen Officiers-Frau gerathen, deren Mann von mittelmäßigem Range war, so bald mich aber das kleine Ding nur zu sehen bekam, [457] hörete es nicht auf zu ruffen: Ah, mi Anna! Ah, mi Anna! Die Leute verwunderten sich ungemein über den Verstand dieses Kindes, wolten also unter der Hand von mit erforschen, wem dieses Kind zugehörete; jedoch, da ich in vielen Tagen nicht vom Hintertheile einer Henne gespeiset hatte, müste mich ein thörichter Geist regiert haben, wenn ich gesagt hätte: daß diß die eintzige Printzeßin des Fürsten von Candahar wäre. Nein! das that Frau Anna nicht, sondern, weilen ich befürchtete, daß man vielleicht ein etwa allzu starckes Löse-Geld vor diese kleine Printzeßin fordern möchte, so sagte ich, sie wäre die Tochter eines Obristen von der Reuterey, welcher, wie ich schon vernommen, im letzteren Treffen geblieben, ihre Mutter aber nachhero durch einen unvermutheten Pfeil-Schuß getödet worden.

Zu meinem Glück ließ sich ein Jude im Lager erblicken, da ich denn bey Nachts-Zeit mein Nest aufmachte, und 3. Diamanten von ziemlichem Werth herauslangte, diese 3. Diamanten nehete ich sogleich in meinen lincken Ermel, trennete hernach in Gegenwart aller Anwesenden und des Juden dieselben wieder heraus, und sagte: Dieses ist es alles, was ich und mein Kind von der Plünderung übrig behalten haben; der Jude aber verliebte sich sogleich in die Diamanten, und bezahlete mir dieselben noch so ziemlich, dergestalt, daß ich nicht allein von selbigem Gelde unsere Zehrungs-Kosten bey der Officiers-Frau, sondern auch diejenigen voraus bezahlen konte, die mich von da an bis Candahar zu begleiten, sich von selbsten [458] angaben, welchen ich noch dreymahl so viel zu geben versprach, als ich ihnen schon gegeben hatte, woferne sie uns nur glücklich hin, nach Candahar, brächten.

Der Himmel halff, daß wir diese beschwerliche Reise nach vielen zurück gelegten Tagen und Nächten glücklich überstunden, indem kein Fuhrwerck zu bekommen war, und ich mit dem Kinde zu Fusse nicht wohl fortkommen konte. Den Fürsten traffen wir zu Hause an, und er stellete sich über den Verlust seiner Liebste, nachdem ich ihm alle Begebenheiten recht umständlich erzehlet, fast untröstlich an, doch bemerckte ich, daß die Fräulein von N. in wenig Tagen wieder bey Hofe zum Vorscheine kam, weilen aber dieses mich nichts angieng, als war meine Haupt-Sache die Printzeßin, welche der Herr Vater als seinen Aug-Apfel liebte, auf das allerbeste zu warten und zu pflegen; wie nun der Fürst nicht allein meine Treue und Fleiß, sondern auch die besondere, ja gantz ungemeine Liebe, welche seine eintzige Tochter gegen mich hegte, in Betrachtung zog, so gab er dieser seiner Tochter einen eigenen Pallast ein, bestellete mich zur Hofmeisterin und Pflegerin über dieselbe, wie auch noch mehrere Bediente, und richtete im übrigen die Hofstadt dieser kleinen Tochter dergestalt ein, daß ich dieselbe mit einem Worte, Fürstlich nennen will.

Bey meiner kleinen untergebenen Printzeßin versäu-

mete ich also nichts, ihr das Christenthum sogleich in der
zarten Jugend einzuflössen, weßwegen ich denn, so viel
als nur immer möglich war, [458] die Heydnische Bedienung von ihr abhielt und zurücke trieb, hergegen den Jacob nebst seiner Frauen, und noch einer am Hofe befindlichen Protestantischen Christin an mich zog, mit deren
Beyhülffe ich ihr nicht allein die Holländische Sprache
so ziemlicher Massen reden lernete, hauptsächlich aber
im Christenthume unermüdet unterrichtete, denn Jacob
war ein Mann, der, so zu sagen, fast einen Priester und
Prediger vorstellen konte. Demnach erlernete die Printzeßin immer nach und nach die auserlesensten christlichen Gebete und Psalmen auswendig sprechen, mit
Singung ein- oder anderer geistreicher Lieder durffte
es sehr selten wagen, weilen die Heyden sogleich die Ohren darüber spitzeten, unterdessen lehrete ihr Jacob das
Lesen, Schreiben und Rechnen, wobey sie denn ihren
ungemeinen Verstand zu unserm Vergnügen dergestalt
blicken ließ, daß wir in eine erstaunliche Verwunderung
darüber geriethen. Unter allen Tugenden aber, welche
diese Printzeßin gleich in ihrer zarten Jugend von sich
blicken und spüren ließ, war die Verschwiegenheit wohl
eine von den vornehmsten Haupt-Tugenden: denn sie
hatte dergestalt reinen Mund zu halten gelernet, daß sie
alles dasjenige, was ihr auszusagen verboten wurde, bey
sich behielt, eben als wenn es in einen Stein eingegossen
wäre.

Der Fürst wohnete nicht allein allen Feldzügen bey

damahligen schweren Kriegen in eigener Person bey, und kam offtermahls sehr starck verwundet zurück, so bald er aber nur halbwege ausgeheilet war, nahm er immer ein weite Reise nach [460] der andern vor, so, daß wir uns seiner Gegenwart wenig zu erfreuen hatten.

Mittlerweile lieffen die Jahre eines nach dem andern dahin, und Mirzamanda wurde endlich mannbar, da denn der Fürst, als er einstmahls plötzlich wieder von Ispahan zurück kam, sich über ihre schöne Person und gantze Aufführung ungemein erfreuete. Er beschenckte nicht allein mich, sondern auch alle Bedienten dergestalt reichlich, daß wir fast darüber erstauneten, rühmte und lobete anbey unsern Fleiß und Bemühung wegen guter Auferziehung seiner eintzigen liebsten Tochter über alle Massen, und versicherte uns seiner fernern beständigen Gnade.

Meine Person bildete sich vor allen andern so wohl auf das beygelegte Lob, als wegen der empfangenen kostbaren Geschencke nicht wenig ein, und sahe mit Vergnügen, daß der Fürst mit seiner eintzigen liebsten Tochter auf das allerzärtlichste, und zwar bey allen Gelegenheiten umgieng.

Allein, das Spiel bekam binnen wenig Wochen ein gantz anderes Ansehen, denn, nachdem der Fürst seine Printzeßin nicht allein sehr öffters mit sich auf die Jagd, sondern auch zu andern Lustbarkeiten genommen, wolte er sie bey gewissen Fest-Tagen auch dahin zwingen, seinem Abgötter-Dienste mit beyzuwohnen, und sonderlich das Feuer und die Sonne, Mond und Sterne anzubeten; wie sich nun die Printzeßin dessen in vielen Stücken geweigert hatte, seinen Willen zu gehorsamen, so wurde der Fürst zornig, so wohl über die Printzeßin, als mich, und ließ uns alle beyde [461] in unsern Zimmern mit davor gestellten Wachten gefänglich verwahren, nachdem er zu der Printzeßin diese Worte gesprochen: »Wo ich mich nicht irre, so wirst du gantz gewiß eine Christin seyn, und ich will darhinter kommen, wer dich darzu gemacht hat, denn das Christenthum hat deine Mutter um ihr annoch sehr junges Leben gebracht.«

Anfänglich wurde mir angst und bange, jedoch, da ich mich mit der Printzeßin in einem Zimmer befand, welches nur durch eine leichte Tapeten-Wand in etwas unterschieden war, wir auch die kostbarsten Speisen und Geträncke, ingleichen sonsten alles, was wir verlangten, im Uberflusse bekamen, fassete ich mir auf einmahl einen Muth, in Hoffnung, wenn auch die gantze Sache heraus käme, und blos auf mich allein geschoben würde, mir der Hals dennoch dieserwegen eben nicht könte gebrochen werden, es wäre denn, daß Gewalt vor Recht gienge. Jedoch meine Sorgen und Bangigkeiten waren deßfalls vergebens, denn der Fürst gewöhnete sich bald an, daß er alle Abende zur Printzeßin kam, und das Schach-Spiel mit ihr spielete, als in welchem Spiele sie ungemein fertig und glücklich war. Bey dieser Gelegenheit aber hatte der Satan sein Spiel, und verleitete den Fürsten dahin, daß er seiner leiblichen Tochter Unzucht zumuthete, derselben auch unter den grösten Schmeicheleyen und grossen Versprechungen seine hefftige Liebe antrug, und um die Erfüllung seines Willens auf das allersehnlichste anhielt. Wie ich nun über diese Begebenheit recht erstaunete, so fand mich doch bald auf das aller-[462]kräfftigste getröstet, da ich vernahm (denn ich konte durch ein verborgenes Schau-Loch alles sehen und hören, was in der Printzeßin Zimmer vorgieng) daß sie die Versuchungen ihres Vaters, vornemlich aber des Teufels, mit einem heldenmüthigen Geiste von sich abschlug. Was Massen sie den christlichen Glauben angenommen, bekennete sie freymüthig und darbey dieses, daß sie niemand sonsten mehr und hefftiger darzu verleitet hätte, als ihre unglücklicher Weise verstorbene leibliche Mutter, und der auch noch in ihrem Tode zu Gefallen wolte sie eine Christin bleiben, bis an ihr Ende, man möchte auch mit ihr machen, was man nur immer wolte, indem sie gewiß glaubte, daß ihre Mutter, die eines zwar schmertzlichen Todes gestorben, dennoch aber gantz gewiß in der seligen Ewigkeit sich befinden müsse; weilen dieselbe, so lange bis ihr der letzte Athem ausgegangen, immer die beyden Worte: *JEsus! CHristus!* ausgeruffen, und eben dieses wäre ja der Mann, der alle Menschen, die an ihn glaubten, selig machen könte.

In diesem Stück begieng die Printzeßin keine Lügen, denn so bald der Pfeil der verstorbenen Fürstin in die Brust fuhr, rief sie gleich zu dreyen mahlen *JEsus! JEsus! CHristus!* und wiederhohlete diese Worte so lange,

bis ihr der letzte Athem entgieng, dannenhero ich diese
Fürstin eben nicht gäntzlich verdammen kan, zumahlen,
da ihre übrige Lebens-Art in allen Stücken sehr wohl
eingerichtet war, ausgenommen, was die Possen-Spiele-
reyen aus der Schwartzen-Kunst anbe-[463]trifft, weßwegen, wenn ich ihr dann und wann wohl öffters das Gewissen rührete, sie mir aber zur Antwort gab: Ihr sehet
ja, liebe Anna! daß dieses nur ein Narren-Werck und
Gauckel-Spielerey ist, womit ich zwar einen und den andern zuweilen am Leibe, jedoch niemahls gefährlich, geschweige denn an der Seele beleidige, mithin, da das
allermeiste von meinen Künsten und Wissenschafften
natürlich zugehet, ich aber mit den bösen Geistern gantz
und gar keine Gemeinschafft habe, so kan dieses eben
nicht allzu sehr wider das Christenthum streiten. Jedoch
(sagte sie denn öffters im rechten Ernste) ich kan ja alle
diese Narrens-Possen ohne besondern Hertzens-Zwang
bleiben lassen.

Damit ich aber in meiner Geschichts-Erzehlung den
Krebs-Gang vermeide, und nicht wieder auf das schon
vorhin gemeldete gerathe, so will nur dieses weiter berichten; daß der Fürst über die tapfermüthigen und
hertzhafften Worte, die seine Tochter in gröstem Eifer
vorbrachte, dergestalt in Zorn gebracht wurde, daß er
plötzlich von seinem Sofa aufstund, und sich von dannen,
nach seinem Zimmer begab, ohne, wie er sonsten zu thun
pflegte, der Printzeßin einen Kuß auf eine geruhige
Nacht zugeben. Mir fieng schon, ehe ich mich noch zu

Bette legte, etwas Ubels zu träumen an, doch, da ich mich hingelegt hatte, kam die Printzeßin, scharrete sich bey mir ein, und klagte mit weinenden Augen die nie erhörten Versuchungen ihres leiblichen Vaters, welchen sie zwar entgegen gesetzt, daß dieses, was er von ihr verlangte, eine so wohl bey [464] Christen, Heyden, Juden, ja auch bey den allerungezogensten Völckern, eine verdammte und verfluchte Sache sey, allein, er bliebe immerzu auf diesem Vorurtheile bestehen: »daß, wer den Baum gepflantzet hätte, der habe auch das Recht, die ersten Früchte davon zugeniessen &c.« Wie ich nun aber vollkommen überzeugt wurde, daß die Printzeßin einen recht gräulichen Abscheu vor diesem Laster, nemlich der Unzucht, hauptsächlich aber der Blutschande hatte, so stärckte ich dieselbe in ihrem Glauben, und zeigte ihr nach meiner Einfalt, daß dieses eine allen göttlichen, weltlichen und natürlichen Gesetzen und Rechten platterdings zuwider lauffende Sache sey. Weßwegen sie mir auch mit heissen Thränen angelobt, sich auf solche Art nimmermehr bethören zu lassen, sondern in diesem Stück ihrem Vater jederzeit den alleräusersten Wiederstand zu thun, und wenn es auch ihr Leben kosten solte.

Folgenden Morgens wurde Mirzamanda befehliget, sich in schneller Eile anzukleiden, und zu rechte zu machen, weilen sie mit dem Fürsten, ihrem Herrn Vater, ausfahren solte. Sie gehorsamete, nahm Abschied von mir, und ihre Fahrt gieng nach einem uralten Heyden-Tempel zu, bey welchem ein solenner Götterdienst und

Opferung angestellet war, die Printzeßin aber ließ sich in keinem Stücke, weder durch gute, noch durch Droh-Worte des Fürsten, dahin bewegen, auch nur die geringste Ceremonie mit zu machen, sondern sie führete sich, so wie ich, gantz stille und gelassen darbey auf, wolte auch nicht einmahl etwas [465] von der Heydnischen Opfer-Mahlzeit geniessen, indem sie sich aus gewissen Ursachen ein Gewissen darüber machte.

Noch selbigen Abends, da der Fürst kaum nach Hause gekommen war, kam er alsobald in der Printzeßin Zimmer herauf gegangen, und stellete seine Tochter recht sehr scharff zur Rede, und zwar um dessentwegen, daß sie nicht alles mitgemacht, und sich so bezeigt, wie er selber gethan hätte; Die Printzeßin gab hierauf gantz freymüthig zur Antwort: Mein Vater und Fürst! du wollest mir alles das, was ich des vergangenen Tages verfehlet, zu Gnaden halten, und mir dieserhalb Vergebung angedeyhen lassen. Denn mir, als einer getaufften Christin, ist nicht erlaubt, auch den geringsten Götzen-Dienst zu begehen, vielweniger den Götzen zu opfern, oder von er dieserwegen von den Heyden angestelleten Mahlzeit etwas zu geniessen, wie mich denn die heilige Schrifft dieses lehret, zumahlen, da ich in meiner heiligen Tauffe durch den Mund und Zungen meiner 3. Tauff-Zeugen, dem Teufel so wohl, als allen seinem Werck und Wesen gäntzlich abgesagt, anbey mich verbindlich gemacht, weiter an nichts zu glauben, als an die *hochheilige Dreyfaltigkeit, nemlich, Vater, Sohn und heiligen Geist;*

ferner aber meine Lebens-Art so einzurichten, wie sie mir in der heiligen Bibel, als dem wahren Worte GOttes, vorgeschrieben ist.

So bist du denn schon getaufft? (fragte der erzürnte Fürst weiter:) *Ja, mein Fürst und Vater!* (versetzte ihm die Printzeßin) *ich bin* [466] *getaufft im Nahmen der Hochheiligen Dreyfaltigkeit, anbey auf CHristi Blut und Gerechtigkeit.* Wer *hat dich getaufft?* (fragte der Fürst noch ferner). *Das hat Jacob gethan, und zwar auf ausdrücklichen Befehl meiner seligen Mutter* (erwiederte die Printzeßin) und eben dieser Jacob, nebst seiner Frauen, und meiner Anna, als meiner Pflege-Mutter, die mir bis hieher viel Gutes erwiesen, sind die Zeugen meiner christlichen heiligen Tauffe.

Uber diese verwegenen und dreusten Reden wurde der Fürst dergestalt verdrießlich, daß er abermahls gantz zornig von seinem Sofa aufsprung, weiter kein Wort sagte, sondern stillschweigend davon gieng. Da uns aber des andern Tages die Mittags-Mahlzeit, welche in einer Schüssel voll mit Wasser gekochtem Reiß und etwas Brod und Wasser bestunde, durch die Bedienten herbey gebracht wurde, erfuhren wir von ihnen, daß der Fürst gestern Abend noch gantz spät den Jacob und seine Frau in Ketten und Banden schliessen, auch in ein wohl verwahrtes Gefängniß legen lassen. Bey so gestalten Sachen hatten ich und meine Mirzamanda keine besonders geruhige Nacht, zumahlen die Abend-Mahlzeit eben nicht besser, als die Mittags-Mahlzeit gewesen war;

jedoch es fanden sich unter den Bedienten noch etliche Getreue, welche uns nicht allein alles, was wir bedurfften, und zwar auf mancherley listige Art zuschafften, sondern auch von allem dem, was bey Hofe vorgieng, Nachricht brachten. [467]

Des Fürsten Zorn, da er seine eintzige Tochter, so zu sagen, mit blosem Wasser und Brod gespeiset, verschwand aber binnen 3. Tagen, da er denn gantz freundlich kam, und sie zu einem neuen Schach-Spiele mit ihm zu spielen nöthigte; von den alten Geschichten und Begebenheiten gedachte er gar nichts, endlich aber fragte er, wo denn die Anna wäre? wie nun die Printzeßin antwortete: daß dieselbe in einem Neben-Zimmer vielleicht schon schlieffe, so fieng er abermahls an, seine Gemüths-Regungen bey der favorablen Nacht-Zeit zu Tage zu legen, und die Printzeßin dahin zu verleiten, seinen geilen Begierden Gehör zu geben, um sogleich seinen Willen zu erfüllen; Allein, die hertzhaffte Printzeßin stund auch diesen Kampf mit himmlischer Hülffe ritterlich aus, bis er sie nach noch vielen gebrauchten Schmeicheleyen endlich mit gröstem Ungestüm beängstigte, und das, was er in Güte nicht erhalten konte, nunmehro mit stürmender Faust zu erobern trachtete. Der Printzeßin Hülffe-ruffen war vergebens, indem ich mich scheuete, ihr, wegen der vor unserer Thür stehenden Wache, zu Hülffe zu kommen; derowegen hörete ich nur noch dieses, daß die Printzeßin sagte: *Wäre es doch kein Wunder, wenn sich der Cörper meiner seligen Mutter noch in der Erden umwendete, und ein Donner-Wetter erregte, welches einen so gottlosen Vater und mich unschuldige Tochter sogleich im Augenblick verderbete! die ich durchaus keine Hure, vielweniger eine Blutschänderin werden,* [468] *sondern lieber als eine Christin leben und sterben will.*

Kaum hatte Mirzamanda diese Worte (bey deren Anhörung mir die Haare fast zu Berge stunden) ausgeredet, da sogleich ein entsetzlicher Donnerschlag geschahe, und 2. Donner-Keile in unserm Zimmer aus einem Winckel und Ecke in die andere lieffen, auch dergestalt im Zimmer herum schwärmeten, daß wir insgesamt gedachten, dieses wäre die letzte Stunde unseres Lebens. Als aber nach Verlauff etwa einer halben Stunde, Blitz, Donner, Hagel, Regen und ein grausamer Sturm-Wind sich nicht mehr hören, sehen, noch spüren liessen, wurden wir zwar einiger Massen wieder lebendig, befanden aber, daß der Fürst auf dem Faul-Bettgen ohnmächtig ausgestreckt lag, dessen Leib-Hund aber, welcher unter dem Tische lag, war dergestalt von den herum schweiffenden Donner-Keilen verletzt worden, daß er nicht auf den Beinen stehen konte, sondern so zugerichtet, daß er hinweg getragen werden muste, wie denn dieser sein Leib-Hund auch wenige Stunden nach dieser Begebenheit verreckte. Der Fürst hingegen wurde, nachdem wir ihn mit starcken Gewässern und Balsamen wieder zu sich selber gebracht, auf eigenes Verlangen in sein Schlaf-Gemach geführet.

Mir war gleich nicht wohl bey der Sache, indem ich

gedachte, daß der ohne dem zornige und erschrockene Fürst uns das Bad würde austragen lassen; da wir aber gedachten, daß er vielleicht so bald nicht wiederkommen würde, kam er sogleich des zweyten Vormittags darauf, und brachte den [469] Jacob nebst seiner Frauen mit, da er denn zu seiner Tochter sagte: »Siehe! diese habe ich noch deinetwegen begnadigt, du solt mir aber durchaus keine Christin bleiben, weilen ich etwas gantz anderes zu meinem und deinem Nutzen mit dir vorhabe, und wenn du mir nicht folgen wilst, so kostet es dir dein Leben.«

Als er dieses gesagt, muste sogleich ein Scheerer herein in das Zimmer treten, welcher der Printzeßin alle ihre schönen schwartzen Haare von dem Haupte abschneiden und abscheeren muste. Sie hielt geduldig stille, wie ein Lamm, da aber dieses geschehen, trat eine verfluchte alte Persianische Schwartzkünstlerin, die ich sehr wohl kannte, in das Zimmer herein, welche in jeder Hand ein Bügel-Eisen hatte, welche alle beyde fast halb glüend zu seyn schienen.

Demnach sagte der Fürst zu seiner Tochter: *Siehe! weil du wider mein Wissen und Willen mit Wasser getaufft bist, so will ich dich nunmehro zu meinem Vergnügen mit Feuer tauffen lassen.* Hierauf gab er der alten verfluchten Bestie einen Winck, und sagte öffentlich, daß sie ihr Amt redlich verrichten, sich an nichts kehren, und seine Tochter gar im geringsten nicht verschonen solte. Demnach fieng das verfluchte Weib der Printzeßin Kopf dergestalt mit dem halb glüenden Eisen zu bügeln an, daß ich fast darüber in Ohnmacht gesuncken wäre, zumahlen, da die Printzeßin unter währenden Bügeln 3. laute Schreye that. Jedoch, weil sie einen recht heldenmüthigen Geist hatte, so erhohlete sie sich [470] bald wieder, wir aber sahen in der Kürtze auf dem Kopfe verschiedene ziemlich grosse Brand-Blasen auflauffen, weßwegen wir ihr denn ihre Haube aufsetzen wolten; allein, sie wolte es durchaus nicht leiden, sondern stund im blosen Kopfe auf, gieng auf ihren Herrn Vater zu, und küssete ihm die Hand. Dieser sprach zu ihr: *Siehe, meine Tochter! nun bist du mit Feuer getaufft, und diese Feuer-Tauffe, ob sie dir gleich etwas schmertzlich gewesen, soll dir doch wohl besser gerathen und nutzen, als die schlechte Wasser-Tauffe.* Hierauf versetzte die hertzhaffte Printzeßin: *Ich habe die Hoffnung zu meinem Erlöser, JEsu CHristo, daß mir diese marterhaffte Feuer-Tauffe an meiner Seelen-Seligkeit nicht schaden, sondern er mich, vermöge seines Wortes, durch die Wasser-Tauffe und den wahren Glauben an ihn, den ich in meinem Hertzen hege, nach meinem Tode zu sich in sein Paradieß nehmen werde.*

Man sahe es dem Fürsten an seinen Augen an, daß er über diese Antwort seiner Tochter vor Zorn, Gifft und Galle fast hätte platzen und bersten mögen, jedoch er gieng gantz stillschweigend fort, und wie wir aus den Fenstern sehen konten, in dem Blumen-Garten in tieffen Gedancken spatziren herum.

Wenige Stunden nach dieser Begebenheit, da meine

Augen noch lange nicht trocken waren, wurden uns beyden so viel der besten Speisen und Wein zugebracht, daß sich mehr als 10. Personen damit [471] sättigen können. Wir verschmäheten dieselben nicht, sondern gaben alles unsern Aufwärtern und der Wache Preiß, da aber ein Artzt ankam, und sich meldete, die Printzeßin an ihrem Brand-Schaden zu verbinden, wiese sie denselben mit den Worten ab: *diese Tauffe, wenn sie nicht gantz und gar vom Teufel wäre, müste wohl von sich selbst den zurückgelassenen Schaden heilen;* sie wuste aber wohl, daß ich noch eine ziemliche grosse Büchse voll Brand-Salbe stehen hatte, welche ich übrig behalten, da ich mir kurtz vorhero mit heissem Wasser den gantzen Schenckel verbrandt.

In nachfolgenden Tagen wurden uns ebenfalls die besten Speisen und Geträncke zugeschickt, worbey wir erfuhren, daß der Fürst abermahls eine weite Reise, (ohne Zweifel aus Gewissens-Angst) angetreten, jedoch hinterlassen hätte, uns Zeit seiner Abwesenheit auf das allerschärffste zu bewachen, bis er nach seiner Zurückkunfft andere Mittel ausfinden würde.

Die Printzeßin war froh, da sie erfuhr, daß ihr tyrannischer Vater weggereiset wäre, noch weit vergnügter aber wurde sie, als eines Abends der getreue Jacob nebst seiner Frauen in unser Zimmer eingetreten kamen, als welche die Schild-Wächter mit Gelde so wohl, als mit Wein-Flaschen bestochen hatten. Wir hielten insgesamt ein vertrauliches Gespräch mit einander, da er sich denn gegen uns erklärete, daß, weilen in dem Haupt-Hafen dieses Reichs einige Holländische Schiffe vor Ancker lägen, er seine Baarschafften [472] zusammen nehmen, und nebst seiner Frau nach Europa überschiffen wolte, indem er schon einige Anstalten darzu gemacht, wären nun wir zum mitreisen geneigt, so wolte ersehen, daß er uns mit forthelffen könte: denn er merckte wohl, daß es so wohl vor die Printzeßin, als vor mich höchst gefährlich wäre, länger allhier zu bleiben, vorjetzo aber könne er uns als ein Wein-Händler wohl forthelffen. Man sagt sonsten im gemeinen Sprichworte: Wer gerne tantzt, dem ist leichte gepfiffen, und dieses traff bey mir ein, denn ich kan nicht läugnen, daß ich mich hertzlich nach Europa sehnete, und vielleicht wieder in mein Vaterland zu kommen verhoffte, indem ich einen ziemlichen Schatz an Kleinodien, Diamanten und andern kostbaren Edelgesteinen gesammlet, welchen ich meistentheils der Freygebigkeit meiner seligen Fürsten zu dancken hatte. Wie nun die Printzeßin diesen meinen Entschluß gewahr wurde, fiel sie mir zu Füssen, und bat mich mit heissen Thränen, sie mit nach Europa unter die Christen zu nehmen, denn sie wolte sich und mich mit Kostbarkeiten dergestalt beladen, daß wir alle beyde schwer und sauer genug daran zu tragen haben solten. Ohngeachtet ich nun dieses Vornehmen der Printzeßin als ein allerhöchst gefährliches Werck vorstellete, indem es erstlich sehr schwer halten würde, durch die Wachen zu kommen, vor das andere, wenn man uns auf der Flucht ertappte, unser

Leben in der allergrösten Gefahr stünde, so ließ sie sich doch von ihrem Vorhaben nicht abwendig machen. Als wir demnach 3. Tage und Nächte auf unsern Knien gelegen, und GOtt mit [473] heissen Thränen gebeten, daß er unsere Flucht befördern, und uns glücklich nach Europa bringen möchte, so wagte es die Printzeßin, und gab zweyen Heydnischen Mägden eine wichtige Geld-Summe, daß sie mit uns ihre Kleider vertauschten, indem die Printzeßin vorgab, daß sie, um nur an die frische Lufft zu kommen, eine Wallfahrt auf 3. Tage nach dem uralten Heyden-Tempel thun, und hernach wieder zurück kommen wolte. Es war dieses allerdings ein recht verzweiffelter Anschlag und Vorhaben zu nennen, allein da Jacob auch die Wache nicht nur mit Gelde, sondern auch mit vielen Wein-Flaschen abermahls bestochen, ja alle unsere Wächter mit dem besten Weine dergestalt begeistert hatte, daß sie fast von ihren Sinnen nicht wusten, kamen wir in den Mitternachts-Stunden glücklich durch die Wache und zum Schlosse hinaus. Jedennoch hatte der Satan sein Spiel, daß wir des rechten Weges, den uns Jacob abgezeichnet hatte, auf welchem wir ihn und seine Frau antreffen solten, verfehleten, uns in einem dicken Gebüsche verirreten, und endlich folgenden Morgens durch die Jäger des Arab-Ogli gefunden, erkannt, und als Gefangene auf das Schloß ihres Herrn gebracht wurden.

Demnach geriethen so wohl ich, als die Printzeßin in die alleräuserste Verzweiffelung, weilen wir wohl wusten, daß dieser Arab-Ogli vor einiger Zeit ein unglückseliger Buhler der Fürstin gewesen. Wie ich nun aber am allerbesten ausreden konte, auf was Art ihn dieselbe abgefertiget hatte, so wurde mir desto banger um das Hertze, [474] ja ich vermeynete nicht anders, als daß wir unsern baldigen Tod, wenigstens aber ein sehr schweres Gefängniß würden zu hoffen haben; Allein, das Schicksal fügte es gantz anders, denn ob ich zwar in dem Letzteren nicht gefehlt, indem uns Arab-Ogli auf eins seiner vestesten Schlösser brachte, so ließ er doch die Printzeßin, nachdem er ihrer Person wegen vollkommene Kundschafft eingezogen, auf das allerbeste verpflegen, worbey denn ich auch eben keine Noth litte.

Wenige Tage hernach schickte Arab-Ogli zwey gantz vernünfftige Weiber an die Printzeßin, welche ihr gantz höflich und geschickt vorzutragen wusten, wie sich dieselbe ja nicht einbilden solte, daß sie eine solche Gefangene wäre, vermittelst deren er, der Arab-Ogli, da er mit dem Fürsten von Candahar in einigem Streite und Wiederwillen lebte, etwa seinen Hohn oder Schimpff zu rächen gesonnen wäre. Nein! keineswegs; derowegen solte sie nur gutes Muths seyn, und alles fordern und befehlen, womit ihr gedienet werden könte, denn Arab-Ogli würde gegen Abend selbsten kommen, sie zu besuchen, bey solcher Gelegenheit aber sich deutlicher gegen sie, die Printzeßin, erklären.

Ob nun schon diese letztere so wohl, als ich, wünschten, uns lieber in dem wilden Walde, oder in einer Wüsteney zu befinden, als mit dem Feinde des Fürsten von

Candahar fernerweit etwas zuthun zu haben, so sahen wir uns doch halb gezwungener Weise gemüßiget, in die Zeit zu schicken, und ihm den Zutritt zu vergönnen, als welchen wir ihm, wenn wir es bey dem Lichte betrachteten, ohnedem nicht verwehren konten, indem wir uns ja in seiner Gewalt befanden.

Demnach kam Arab-Ogli Abends nach der Taffel, da wir in unserm Zimmer bereits die Wachs-Kertzen angezündet hatten, und weilen er die Printzeßin bey ihrem Nacht-Tische sitzend, und in einem geistlichen Buche lesend antraff, so warff er sich gleich augenblicklich zu ihren Füssen hin, und redete dieselbe meines Behalts ohngefehr mit folgenden Worten an: »Printzeßin Mirzamanda! ihr stehet in der falschen Einbildung, als ob ihr meine Gefangene wäret; allein hierinnen irret ihr euch viel zu sehr, denn weilen ihr die Königin und Beherrscherin meines Hertzens, so bin ich im Gegentheil euer Gefangener, ja euer allerunterthänigster Sclave, und zwar von der Stunde an, da ich das Glück gehabt, eure Anbetens-würdige Person, als das vollkommene, ja noch weit schönere Ebenbild eurer gestorbenen Mutter zu erblicken. Glaubet ja nicht, daß ich Schuld bin an eurer so genannten Gefangenschafft, oder es meinen Jägern anbefohlen habe, euch aufzuheben, und zu mir zu führen. Nein! ich betheure nochmahls bey dem Zeugniß aller Götter und allen dem, was heilig über und um uns heist, daß ich ein solches nicht gethan; da aber das Glück eure Person unverhoffter Weise in meine Verwahrung geführet, so sehe ich solches als eine gute Vorbedeutung an, durch diese eure Person mit eurem Durchl. Vater, dem Fürsten von Candahar, bald vollkommen [476] vereiniget zu werden, und zwar durch eine glückselige Vermählung zwischen euch und mir.«

Mirzamanda schickte sich damahls, meinen Gedancken nach, ziemlicher Massen in die Zeit, indem dieselbe den Arab-Ogli von der Erden aufzohe, und ihm eine und andere kleine Schmeicheleyen erwiese, auf die Haupt-Sache aber gab sie zu diesem erstenmahle eine fast gantz spröde heraus kommende Antwort; jedoch, der in sie allzu hefftig verliebte Ogli vermeinete vielleicht, daß sie es nach und nach schon etwas näher geben würde. Demnach besuchte er sie nicht nur auf das allerfleissigste, sondern versuchte auch durch die allerkostbarsten Geschencke, vortrefflichste Bewirthung und allerhand Schmeicheleyen sie dahin zu bewegen, ihn zu lieben; ja, er ließ aus unserm Zimmer 2. Felder ausschlagen, und 2. Treppen anlegen, vermittelst deren wir, und zwar durch die eine oben hinauf in eine grosse Gallerie steigen, und uns aus den vielen Fenstern weit und breit umsehen, mithin frische Lufft schöffen könten. Auser dieser oben hinaus lauffenden Treppe, wurde noch eine andere in die Tieffe angelegt, wobey er uns die Freyheit gab, so offt als es uns nur immer gefällig wäre, hinunter in den grossen Baum- und Lust-Garten zu steigen, in welchem Garten denn auch verschiedene wilde Thiere, als Löwen, Leoparden, Tygerthiere und dergleichen andere wilde

Bestien mehr in ordentlichen vor sie erbaueten Gehäusen aufbehalten wurden, ohne diese unbeschreibliche Menge der grossen und kleinen Vögel von allerhand Arten. Zuweilen, wenn Arab-Ogli selbsten [477] in das Lust-Haus kam, worinnen sich die Printzeßin befand, ließ sich in etwas von ferne bald eine sanffte, bald aber eine starcke Musique hören. An den herrlichsten Erfrischungen war kein Mangel, vielmehr der gröste Uberfluß, und mit wenig Worten zu sagen, so suchte sich Arab-Ogli der Printzeßin auf alle nur ersinnliche Art dergestallt gefällig zu machen, daß sie ihm ihr Hertz schencken, und zu ihrem zukünfftigen Ehe-Gemahl erwehlen solte; Allein die Printzeßin wurde bey allen seinen Liebkosungen und Schmeicheleyen von einer Zeit zur andern immer unempfindlicher, ja, sie konte den Arab-Ogli fast nicht mehr vor ihren Augen sehen. Endlich besonne sich dieser noch auf ein Mittel, um sie zur Liebe zu reitzen, indem er die besten Comœdianten bestellete, welche auf der Gallerie die verliebtesten Schau-Spiele spielen musten, da denn nicht allein die Printzeßin, sondern auch ich, ohne von jemanden gesehen zu werden, alles was vorgestellet wurde, beobachten konte. Da aber auch dieses nichts bey der Printzeßin verfangen wolte, im Gegentheil sie diese Narrens-Possen nach wenig Tagen gar nicht mehr anzusehen würdigte, wurde Arab-Ogli endlich verdrießlich, ja, so zu sagen, gäntzlich in den Harnisch gejagt, weßwegen er der Mirzamanda nachhero, so offt er sie besuchte, nicht halb so freundlich begegnete, als vorhero. Bald darauf legte er derselben einige Briefschafften vor, welche ihr Vater, als der Fürst von Candahar, (seinem Sagen nach) eigenhändig solte geschrieben haben, und in welchen Briefen Mirzamanden von ihrem Vater [478] anbefohlen wurde, das Beylager mit dem Arab-Ogli, als seinem neuen werthen Freunde, und liebsten Schwieger-Sohne, auf das allereiligste zu vollziehen, indem er bald selbsten kommen und sie besuchen wolte; Allein Mirzamanda merckte den Betrug und die List, weilen sie ihres Vaters Hand und Siegel besser kannte; weßwegen sie sich gegen den Arab-Ogli nochmahls weigerte, dem väterlichen Befehle zu gehorsamen, sondern es so lange anstehen zu lassen versprach, bis ihr Vater selbsten käme, und ihr das Wort in den Mund gäbe.

Hiermit war dem Fasse der Boden eingestossen, denn Arab-Ogli gieng nur nach der Thüre des Zimmers, und murmelte viele Worte mit der davor stehenden Wache, welche wir aber nicht alle vernehmen konten, bis endlich etwa eine Stunde hernach der Fürst von Candahar, als der Printzeßin Vater, in unser Zimmer herein gebracht wurde; jedoch in einer sehr jämmerlichen Gestalt, und über dieses alles noch, daß er eiserne Ketten und Banden an Armen und Beinen trug. Hier solte nun die Ehe-Stifftung geschlossen werden; allein, nachdem die Printzeßin eine kleine Ohnmacht überstanden, sagte sie so wohl zu ihrem Vater, als dem Arab-Ogli, daß sie viel lieber des allerbittersten Todes sterben, als des Arab-Ogli Gemahlin werden wolte.

Der Fürst, ihr Vater, versetzte hierauf: »Siehe, meine Tochter! wir sind unter die Hände unserer Feinde gerathen, ob uns die Götter wieder daraus erretten wollen, solches müssen wir [479] abwarten; ich aber, als Vater, zwinge dich zu keiner unanständigen Heyrath, sondern überlasse dir deßfalls deinen eigenen Willen, weilen ich versichert bin, daß es dir am Verstande nicht fehlet.«

Arab-Ogli mochte sich zwar über diese Worte nicht wenig ärgern, allein er gieng nochmahls zum Zimmer hinaus, und redete mit der darvor stehenden Wache, kam auch bald wieder zurück, und etwa eine 4tel Stunde hernach wurde der Fürst von der Wache mit seinen tragenden Ketten abgefordert und zurück geführet. In den Mitternachts-Stunden kam Ogli abermahls in der Printzeßin Zimmer, und suchte dieselbe mit den allerglättesten Worten zu seiner Liebe zu bewegen; da aber dieses geschehen, zumahlen, da sie ihren Vater in Ketten und Banden gehen und hinweg führen sehen, so war sie fast in eine kleine Raserey gerathen, dergestalt, daß sie dem Arab-Ogli die schändlichsten Reden anzuhören gab. Dieser, ohngeachtet man meynen sollen, er würde sich zur Ruhe begeben, und Mirzamanden auf dißmahl zu Frieden lassen, unterstunde sich dennoch derselben auf das allerhefftigste zuzusetzen, ja! seine Geilheit trieb ihn so weit, sie mit Gewalt darzu zu zwingen, auch alle Kräffte daran streckte, seinen verfluchten Zweck zu erreichen, allein Mirzamanda wehrete sich auch dergestalt, daß ich mich nur verwundern muste, wo sie die Stärcke und Kräffte herbekam, sich diesem starcken Manne zu widersetzen. Endlich ruffte sie mich um Hülffe an, allein ich war kaum durch die halb eröffnete Thür in ihr Zimmer hinein [480] getreten, als mich Arab-Ogli mit gröster Gewalt zu Boden warff, so, daß ich die Beine in die Höhe kehren muste, und mich weiter fast nicht besinnen konte; doch hörete ich noch so viel, daß er zur Printzeßin sagte: »Siehe! weil du meinen Willen nicht erfüllen wilt, so will ich deinen Vater vor deinen Augen erwürgen lassen.«

Mit Endigung dieser Worte ergriff er die Printzeßin in der Mitte des Leibes, stieß die Thür auf, so auf den grossen Saal gieng, und trug dieselbe dadurch hinaus. Ich war einiger Massen wieder zu mich selbst gekommen, derowegen folgte ich ihnen auf dem Fusse nach, bis auf den grossen Saal, da ich denn so viel vernahm, daß Arab-Ogli denen daselbst befindlichen Wächtern befahl, daß sie seinen Befehl, ohne einen Augenblick zu versäumen, ausrichten solten.

Demnach wurde sogleich der gute Fürst herbey gebracht, ihm in der Geschwindigkeit eine Schnur um den Hals geworffen, und er damit erdrosselt, so, daß er sich auf dem Boden, ohne einen Laut von sich zu geben, zu Tode zappeln muste. Hergegen machte Mirzamanda ein desto grösser Geschrey, hielt sich aber auf diesem unglückseligen Platze nicht lange auf, sondern eilete in ihr Zimmer zurück. Was halff aber dieses? denn Arab-Ogli folgte ihr auf dem Fusse nach, warff sie abermahls mit der grösten Gewalt nieder, drohete ihr auch mit einem entblöseten Dolche, sie damit zu erstechen, woferne sie sich sich nur im allergeringsten ferner wiedersetzen würde. Jedoch die behertzte Mirzamanda runge dem Ehren-Schänder den [481] Dolch glücklich aus den Händen heraus, und versetzte ihm in gröster Geschwindigkeit 8. bis 10. Stiche in die Brust und in den Unterleib, so, daß er gar bald darnieder sanck, und seinen Geist aufgab.

Ich hätte sogleich in Ohnmacht sincken mögen, da ich durch mein Gucke-Loch diese jämmerliche Mord-Geschichte mit ansahe, allein der Printzeßin erstaunliches Zeter- und Mord-Geschrey trieb nicht allein diese zurück, sondern lockte auch etliche Mann von der Wache herbey, welche sogleich die Thür eintraten, um zu sehen, was vorgienge. Wie nun diese Mannschafft sahe, welchergestalt sich ihr Herr auf dem Boden in seinem Blute herum weltzete, lieffen sogleich einige derselben zurück, um diese Begebenheit der Schwester des Arab-Ogli zu berichten: denn es hatte dieser geile Herr weder Frau, noch Kinder, sondern sich schon eine lange Zeit daher mit Huren beholffen. Gemeldte Schwester des Arab-Ogli blieb erstlich eine lange Weile stehen, als ob sie versteinert wäre, nachdem sie dieses Spectacul erblickt hatte; endlich aber that sie ihren Mund auf, und sagte: »Printzeßin Mirzamanda! welcher böse Geist hat euch verleitet, diesen meinen Bruder, als einen regierenden Fürsten, auf so grausame Art zu ermorden? Mirzamanda gab hierauf zur Antwort: Ich habe einen vermaledeyeten

Nachsteller und Räuber meiner Ehre, welche aber der Himmel mir bis hieher dennoch erhalten hat, mit seinem eigenen Dolche ermordet, und zwar ohne andere Beyhülffe, mit meiner eigenen Faust; [482] ob er ein regierender Fürst, oder euer Bruder sey, darum bekümmere ich mich wenig, weilen ich, als eine gebohrne Printzeßin wegen dieser meiner begangenen That hauptsächlich niemanden anders, als dem Dreyeinigen GOtte, und zwar als eine getauffte Christin, Rede und Antwort zu geben, mich schuldig zu seyn, versichert halte.«

Die Schwester des Arab-Ogli erholete sich einiger Massen wieder von dem gehabten Schrecken, führete sich, nachdem sie etwas Wein und Confect zu sich genommen hatte, ungemein liebreich und artig gegen Mirzamanden auf, ersuchte auch dieselbe, ihr noch in ein ander Neben-Zimmer zu folgen. Diese that es, und ich hörete, daß beide in Geheim bis zu Aufgang der Sonnen ein recht vertrauliches Gespräch unter einander führeten; So bald aber solchergestalt der Tag angebrochen war, kamen viele Männer mit Gewehr in unser Zinmmer herein getreten, die Mirzamanden und mich in eiserne Ketten und Banden schliessen liessen, hernachmahls in ein wohl verwahrtes Gewölbe brachten, welches gleich unter unserm Zimmer und unter der Treppe war, durch welche wir in den Garten hinab steigen konten. So bald wir in diesem seltsamen Behältnisse angelanget, sprach ich zu meiner Printzeßin: Nunmehro wird uns wohl unser letzteres Brod schon gebacken seyn; Diese aber gab gantz freymüthig zur Antwort: *Glaubet es nicht, meine liebe* Anna! *wir werden nicht sterben, sondern leben bleiben müssen, um des HErrn Werck zu verkündigen.* [483]

Mittlerweile ließ uns die Schwester des Arab-Ogli mit den allerbesten Speisen und Geträncken versehen, welche allemahl credentzt wurden, damit wir uns nicht etwa einen Eckel oder gar die Einbildung machen möchten, als ob etwa Gifft darinnen befindlich wäre, ja, die Printzeßin offenbarete mir das gantze Gespräch, welches sie mit der Schwester ihres Feindes gehalten, und weilen diese nunmehro die regierende Fürstin wäre, so wolten wir unverzagt und gutes Muths seyn, zumahlen, da sie gewiß versichert worden, daß es nicht ihr Vater, sondern ein anderer Missethäter, von der Gestalt des Fürsten von Candahar gewesen sey, welchen Arab-Ogli blos ihr, der Printzeßin, zum Schrecken erdrosseln lassen. Ich ließ mir vor meine Person alles vorschwatzen, so viel sie nur immer wolte, unterdessen aber wurde wenige Tage hernach Mirzamanda vor ein peinliches Hals-Gerichte auf den grossen Saal gefordert, auf das allerschärffste ausgefragt und verhört; worauf ihr, als einer Mörderin des regierenden Fürsten, das Urtheil dermassen ausgesprochen wurde: daß sie auf einem 12. Ellen hohen Scheiter-Hauffen lebendig verbrand werden solte.

Nach angehörtem Urtheil hielt Mirzamanda in Persianischer Sprache eine Rede, die bald eine Stunde lang währete: denn es waren mehr als 5. bis 600. Menschen auf dem Saale versammlet, jedoch gieng erstlich alles gantz stille zu; nachhero aber that diese ihre bewegliche Rede unter so vielen Personen verschiedene recht Bewunderns-würdige Würckungen: denn manche fiengen zu heulen [484] und zu schreyen an; manche schlugen die Hände über den Köpffen zusammen, klatschten auch wohl darbey; noch manche stampfften mit den Füssen auf die Erde, und spyen nach der Decke und den Wänden des Saales zu. Demnach wuste Mirzamanda so wenig, als ich, zu begreiffen, was wir uns unsers fernern Schicksals wegen zu getrösten hätten. Jedoch die nunmehro regierende Fürstin ließ uns beyde durch eine sichere Wache in unser voriges Zimmer begleiten, folgte auch bald nach, und unterredete sich abermahls mit Mirzamanden, bis der Tag fast anbrechen wolte. Aus ihren Reden vernahm ich so viel, daß der Fürstin der Tod ihres gottlosen Bruders eben nicht allzu nahe gieng, denn sie tröstete Mirzamanden auf das allerliebreichste, und sagte zuletzt: Es wird zwar vor euren Augen gleich morgendes Tages ein Scheiter-Hauffen gemacht werden, allein darauf sollet ihr, meine Schwester! so wenig kommen, als eure Frau, die ihr bey euch habt, sondern ich muß nur einigen meiner mißvergnügten Unterthanen einen blauen Dunst vor die Augen machen; an eurer Stelle aber will ich zwey Mordbrennerinnen auf den Scheiter-Hauffen bringen, und verbrennen lassen; Ihr hingegen sollet durch mich zu gehöriger Zeit in Sicherheit gebracht werden, weil ich die Christen weit mehr liebe, als die Heyden.

Leichtlich ist es zu erachten, daß, da nach dem Ab-

gange der Fürstin wir unsere Ruhe suchten, selbige
jedoch keinesweges geniessen konten, vielmehr die wenigen Schlaf-Zeits-Stunden mit tausend [485] sorgsamen
Grillen hinbrachten, indem wir uns auf der Fürstin, als
einer Heydnischen Printzeßin, Wort eben so sehr nicht
verlassen konten, mithin zwischen Furcht des Todes und
des Lebens schwebeten und zwar auf eine solche jämmerliche und schmertzhaffte Art, nemlich auf einem
Scheiter-Hauffen verbrannt zu werden. Allein wir wendeten uns mit einem andächtigen Gebete zu dem Allmächtigen, damit er dieser Heydnischen Fürstin Hertz
regieren, und unser Leben erhalten wolle. Dieses Gebet
wurde erhöret; Denn ohngeachtet wir mit dem allergrösten Schrecken den abscheulich hohen Scheiter-
Hauffen aufrichten sahen, so wurden wir doch bald getröstet, weilen die Fürstin in unser Zimmer kam, und
Mirzamanden verschiedene Kleynodien von hohem Werthe einhändigte, anbey sagte: »Nehmet dieses wenige,
meine wertheste Schwester! auf den Nothfall mit auf die
Reise, denn ich habe euch zwey Pilgrims-Kleider machen
lassen, auch schon zwey Mägde bestellet, welche mit
zweyen Körben, die mit Lebens Mitteln angefüllet sind,
euch die richtige Strasse zur Clause des frommen und
heiligen Einsiedlers Urbani zeigen sollen; welcher heilige
Mann, wenn ihr nur einen Gruß an ihn von mir bringet,
alles mögliche anwenden wird, euch in Sicherheit zu
schaffen. Derowegen haltet euch bereit und reisefertig:
denn ich will euch selbst in der Mitternachts-Stunde

abholen, und durch die kleine Hinter-Thür des grossen Gartens führen, allwo die beyden Mägde eurer warten sollen; Haltet euch also nicht auf, sondern [486] setzt eure Reise in möglichster Geschwindigkeit fort, denn gleich mit Anbruch des Tages wird der Scheiter-Hauffen angezündet werden, der dem Mordbrennerinnen, keines Weges aber vor euch zur Bestraffung, auf meinen Befehl, aufgeführet worden.«

Nachdem die Fürstin unser Zimmer verlassen, fielen Mirzamanda und ich auf unsere Knie nieder, und wiederholeten das Gebet zu dem allmächtigen GOtt, welches denn auch erhöret wurde: Denn die Fürstin kam in der Mitternachts-Stunde, nahm von Mirzamanden unter sehr vielen Küssen den allerzärtlichsten Abschied, und führete uns beyde in eigener Person in Begleitung zweyer Mägde durch den grossen Garten zur Hinter-Thür hinaus, allwo wir andere 2. Mägde, die Körbe aufgehuckt hatten, antraffen, und mit denselben, nach nochmahls genommenem zärtlichen Abschiede von der Fürstin, unsere Reise antraten, und zwar dem Scheine einiger Fackeln, so hie und da am Wege aufgestellet waren, entgegen eileten, so lange bis der Tag anzubrechen begunte, da wir denn bald ein grosses Feuer-Zeichen am Himmel gewahr wurden, und daraus nicht anders urtheilen konten, als daß selbiges von dem angezündeten Scheiter-Hauffen herrührete, weiln sich solches eben über selbiger Gegend zeigte. Wir wünschten also denen Mordbrennerinnen eine glückliche Himmelfahrt, und setzten unsern Weg durch einen grossen dicken Wald auf das allereiligste fort, welchen wir nach gethanen zweyen starcken Tage-Reisen endlich nur von ferne noch hinter unserm Rücken liegen sahen. Die beyden Mägde, welche die [487] Körbe mit den Lebens-Mitteln trugen, stelleten sich ermüdeter an, als Mirzamanda und ich, weßwegen, da diese Printzeßin vermerckte, wie die faulen Mägde eben keine besondere Lust bezeigten, weiter mit uns zu gehen, einer jeden Magd einen diamantenen Ring nebst 2. Händen voll allerley güldener und silberner Müntz-Sorten gab, und sie damit umzukehren beurlaubte; jedoch musten sie uns den meisten Theil der Lebens-Mittel zurück lassen, als welche wir selbsten, so gut wir nur immer konten, in unsere langen Pilgrims-Kleider einpackten.

Ob nun schon der fürchterliche dicke Wald glücklich von uns zurück gelegt war, und wir unsern fernern Weg nach dem grossen Gebürge zu nahmen, als welches Gebürge, so zu sagen, die Gräntz-Scheidung des Groß-Mogulischen-Gebiets ist; so geriethen wir binnen 4. Tagen, jedoch gantz ohnvermerckt, in eine weit grössere Gefahr, nemlich in eine gantze Sand-See, welche wir kaum übersehen konten, und zum öfftern bis über die Knie darinnen baden musten. Mein Rath war, umzukehren, und uns viellieber wieder in den dicken Wald zu begeben, allwo wir doch einige frische Wasser-Bächlein, ingleichen gute Kräuter und Wurtzeln zu unserer Nahrung antreffen könten, indem unsere Lebens-Mittel auf die Neige gehen wolten; Allein Mirzamanda war nicht zurück zu bringen, sondern badete immer im Sande fort, bis wir endlich die Haut von unsern Schenckeln dergestalt abziehen konten, als ob dieselbe mit siedenden Wasser verbrandt wäre. Ja, wir konten bey Tags-Zeit auf dem Sande, wegen grosser Hitze, weder stehend noch liegend, die gering-[488]ste Rast noch Ruhe geniessen, bis wir endlich, nachdem wir wohl gezehlet, daß es seit unserer Abreise schon 12. mahl Nacht worden, und die Sonne darauf wieder hervor gekommen war, in diesem Sand-Meere auf eine kleine so genannte Insul geriethen, die uns nicht allein ein halb verwelcktes grünes Gras, sondern auch eine hell- und klare Wasser-Quelle vor Augen stellete, als mit welchem letztern uns am allermeisten gedienet war, weilen der Durst fast noch unerträglicher, als der Hunger werden wolte; ja ich muß es nur bekennen, daß wir zu dreyen verschiedenen mahlen, ehe wir gäntzlich verschmachten wolten, eine jede ihr eigenes Wasser aus einer bey uns habenden güldenen Schaale getruncken. Wir hielten auf dieser kleinen Insul, nach meiner Rechnung, über zwey mahl 24. Stunden Rast, labten uns aus der Quelle, und zogen hernach die dicksten Gras-Stauden aus der Erde, bissen die Wurtzeln mit gröstem Appetite davon ab, und fülleten damit unsere beyden hungrigen Magen, legten uns hierauf bey eintreten der Nacht zur Ruhe, und schlieffen bis zu Aufgang der Sonnen dergestalt vergnügt und unbesorgt, als ob wir uns in einem fürstlichen Zimmer und in den allerschönsten Betten befänden, auch von einer getreuen Wache wohl verwahret würden.

Da wir nur solcher Gestalt wohl ausgeruhet, und uns recht erquickt und gelabet hatten, brachten wir noch einen halben Tag zu, um die besten Wurtzeln und grünen Stauden, die uns wegen ihrer Unschädlichkeit wohl bekannt waren, auszuziehen, und dieselben in Vorsorge wegen des etwa künfftig her-[489]annahenden Hungers zu verwahren. Auch fülleten wir jede von den zwey ledigen Flaschen, worinnen vor der Zeit Wein gewesen war, vorjetzo mit Wasser, aus der schönen klaren Quelle, begaben uns also mit diesem Proviant von neuen auf die Reise nach dem Gebürge zu.

Vier gantzer Tage musten wir noch im Sande baden, ehe unsere Füsse ein vestes Land finden konten, und mittlerweile kam uns unser Proviant an Kräutern, Wurtzeln und Wasser recht herrlich wohl zu statten, indem wir sonsten wegen der fast unerträglichen Hitze ohnfehlbar hätten verschmachten müssen. So bald wir aber am Abende des 4ten Tages ein vestes Land gefunden, erblickten wir auch auf einer Berges-Höhe ein hellbrennendes Feuer: weßwegen wir, der uns gemachten Beschreibung nach, dieses Werck nicht etwa vor ein Heydnisches Feuer, sondern als die Einsiedlerey des frommen Einsiedlers Urbani einbildeten, und in Gedancken vorstelleten; welche letztern uns denn, wie wir hernach erfahren, auch nicht betrogen hatten; Allein es war uns der grossen Mattigkeit wegen gantz unmöglich, die

Höhe des Berges, auf welchem das Feuer noch immerfort brandte, zu erklettern, weßwegen wir denn an der Mitte desselben liegen blieben, in einen tieffen Schlaf verfielen, und nicht ehe, als durch den Anblick der aufgehenden Sonne ermuntert wurden. Demnach kletterten wir beyde matte und ermüdete Personen mit Händen und Füssen den Berg vollends hinauf, sahen das angemachte Feuer annoch brennen, fanden aber in der Clause oder Hütte weder Hund, [490] noch Menschen, bis wir um die Clause herum giengen, und einen Mann mit einem grossen weissen Barte (der ihm fast bis an die Gürtel-Stätte reichte) antraffen, welcher beschäfftigt war, mit einer Schauffel und Hacke ein tieffes Grab in die Erde zu machen.

Wir beteten zu GOtt, creutzigten und segneten uns alle beyde, giengen hierauf gantz dreuste auf den alten Greiß zu, und fragten ihn: warum er es sich so sauer werden liesse, ein solches tieffes Loch in die Erde zu graben, indem wir wohl sähen, daß er sehr bey solcher Arbeit schwitzte, dieser Berg aber vielleicht wohl zu hoch sey, um etwa einen Brunnen zum Wasser-Schöpffen darauf, einzugraben.

Hierauf öffnete der alte Greiß seinen Mund, und sagte zu mir: *Liebe Schwester in Christo, dem Welt-Heylande, erzeige mir den Gefallen, und wische mir den Schweiß von meinem Angesichte ab, sodann will ich ferner mit euch reden, weiln ich wohl weiß, daß deine Gefertin die Printzeßin* Mirzamanda *von* Candahar, *und du ihre Pflege-Mutter bist.*

Ich erstaunete ziemlicher Massen über die Worte dieses Mannes, jedoch, da er den Nahmen Christi nur einmahl genennet, hielt ich ihn dennoch vor keinen Heyden oder Anbeter des Feuers und anderer Götzen; machte mir derowegen kein Gewissen, ihm den Schweiß aus seinem Angesichte mit einem reinen weissen Tüchlein abzuwischen; Mirzamanda aber gieng inzwischen etwas auf die Seite, kam jedoch bald wieder zurück, da sich denn [491] der Greiß auf eine grüne Grase-Banck niederließ, und also zu uns redete: »Ihr glaubt, meine lieben Kinder! daß ich etwa einen Brunnen graben will, um jederzeit frisches Wasser zu haben, allein dieses fehlet mir nicht, weiln etwa nur 20. bis 30. Schritte hinter dieser meiner Clause das allervortrefflichste Wasser aus einem kieselharten Felsen mir entgegen gesprungen kömmt. Ich will euch aber dieses sagen, daß das Loch, welches ich seit gestern und heute ausgegraben, mein Grab bedeuten soll. Meinen Geferten habe ich bereits vor einem halben Jahre begraben, weiln derselbe eines natürlichen und sanfften Todes gestorben war; Mir aber hat der Himmel wissen lassen, daß ich durch die Hände einer verfolgten Christlichen Printzeßin entweder beerdigt werden, oder dieselbe aus diesem Reiche in die Christenheit schaffen solte. Nun habe ich euch allen beyden schon seit etlichen Tagen daher mit sonderbarem Verlangen entgegen gesehen: denn ich weiß alle eure Umstände und Geschichte, welche mir in meinem grossen Spiegel gezeigt worden, so offt ich denselben vor mich gesetzt. Mittlerweile aber, da ich eure beschwerliche Reise gesehen, hat mir der Himmel offenbaret, daß ich zwar mein Grab machen, jedoch binnen Jahres-Frist noch nicht sterben, sondern nach Verlauff einiger Zeit mit euch eine Wallfahrt nach der Insul Ceylon, zu dem Grabe Adams, als unsers allerersten Vaters, thun soll, allda werden wir sodann ein Holländisches Schiff antreffen, dessen Patron auf Befehl einer höhern Macht uns einnehmen, und in die Christenheit führen wird, (denn ihr könnet [492] mir sicher glauben, daß ich ein so genannter natürlicher Sohn eines grossen Europæischen Printzen bin, nachdem aber dieser mein Vater gestorben, bin ich vor nunmehro 112. Jahren durch seine hinterlassenen Erben aus meinem Vaterlande vertrieben worden, und habe mich wunderlicher Weise in der Welt herum getummelt, so wohl zu Lande, als zu Wasser. Endlich nach vielen ausgestandenen Drangsalen und Gefährlichkeiten ließ mich als einen Römisch-Catholischen Christen gelüsten, den Franciscaner-Münchs-Orden anzunehmen, da es denn nachhero mein Schicksal dergestalt gefüget, daß ich, nebst noch 2. andern meiner Mit-Brüder in dieses Königreich Persien gerathen, allwo wir unsern äusersten Fleiß anwendeten, die Heyden zu dem wahren GOtte der Christen zubekehren, hergegen von der Abgötterey und sonderlich von der Anbetung des Feuers abwendig zu machen; allein, da die Heyden dieses unser Vorhaben vernahmen thaten sie uns allen dreyen nicht allein die gröste Schmach und Schande, sondern auch zum öfftern sehr

viele Marter an, und endlich wurde unser dritter Mann
von den Heyden gar zu Tode geschlagen; weßwegen wir
armen erschrockenen zwey übrig gebliebenen Brüder
uns eiligst auf die Flucht begaben, um, sonderlich bey
damahligen schweren Kriegs-Zeiten, ihren Händen zu
entrinnen, da uns denn der Himmel auf dieses Gebürge
führete, welches, ob es gleich von aussen sehr fürchterlich, wüste und wilde zu seyn scheinet, jedennoch von
innen gantz angenehm und lustig ist. Derowegen baueten wir beyde geschwor-[493]ne Brüder sogleich eine
Clause auf diese Stätte, unter welcher aber 4. in Stein
gearbeitete Keller befindlich sind, und lebten in den ersten Jahren sehr schlecht und elend, nemlich von blosen Kräutern, Wurtzeln und wilden unschmackhafften
Früchten, worbey uns die vortreffliche Wasser-Quelle
sehr wohl zu statten kam; nach der Zeit aber haben sich
aus einigen, in dem jenseitigen Groß-Mogulschen Gebie-
te gelegenen kleinen Städten und Dörffern immerzu
Leute bey uns eingefunden, weiln wir alle beyde die Gaben hatten, zu weissagen, Krancke gesund zu machen,
auch dann und wann einige besondere Wunder zu thun.
Also sind wir nachhero von diesen Leuten nicht allein mit
guten Speisen und Geträncken versorgt, sondern auch
mit allerhand Arten von Geschencken fast überhäufft
worden, bis endlich, wie ich schon gemeldet, mein Mit-
Bruder ohngefehr vor einem halben Jahre gestorben,
und von mir begraben ist. Nunmehro habe ich einen
stumm und taub gebohrnen Mann zu meiner Bedienung,

welcher mich wöchentlich 2. oder 3. mahl besucht, und zusiehet, ob ich auch noch lebe. Dieser bringet mir alles zu, was ich zur höchsten Nothdurfft brauche, und ohngeachtet er taub und stumm ist, so verstehet er doch an den Zeichen, so ich ihm gebe, alles auf das allergenaueste, was ich von ihm haben will, als wovon ihr die Proben sehen sollet, denn er wird heute, oder längstens Morgen gewiß kommen, und mir frischen Proviant bringen.«

Nachdem der alte Greiß diese seine Rede vollendet, nöthigte er uns beyde mit ihm in seine Clau-[494]se zu kommen, und als wir ihm gefolgt, Mirzamanda aber etwas bekümmert und traurig aussahe, sprach er zu derselben: »Ich weiß es, Printzeßin, daß ihr vor jetzto um eures Vaters wegen bekümmert und traurig seyd; allein sorget vor ihn nicht, denn ich will euch gleich zeigen, daß er noch wohl, gesund und lustig lebt.«

Hierauf stieg er hinunter in einen Keller, und brachte ein grosses, rundes, klar und hell geschliffenes-Glas herauf, welches über 2. Spannen hoch, in der Mitte aber über 3. Finger dicke war. Dieses Glas setzte er vor Mirzamanden auf den Tisch nieder, hieng ein weisses Tuch an die gegen über stehende Wand, schrieb der Printzeßin Nahmen und etliche Characters mit Kreite vor derselben auf den Tisch, da wir denn mit gröster Verwunderung sahen, wie sich auf dem weissen Tuche der Fürst von Candahar mit der offt genannten Fräulein von N. auf einem Jagd-Wagen sitzend, dergestalt ordentlich zeigten, als ob beyde mit einem Mahler-Pinsel abgeschildert wären. Dergleichen Proben machte er auf Verlangen der Mirzamanda noch einige, that auch weiter nichts mehr bey der gantzen Sache, als daß er dann und wann die Characters und Zeichen mit der Kreite veränderte. Endlich, da wir diese Lust über 2. Stunden gehabt, sprach er: »Nun, meine Kinder! will ich euch meinen taub und stumm gebohrnen Aufwärter vorstellen, gebt wohl Achtung darauf, ob derselbe nicht, ehe es Morgen Mittag wird, in eben der Gestalt, als ihr ihn jetzo sehen werdet, vor euren Augen erscheinen soll, denn ich will noch 3. Characters mehr darzu machen, damit er mir nicht über die Mittags-Stunde aussen [495] bleiben darff. Habt Acht! ob mein *Frantz* nicht kommen, und mich besorgen wird, denn ich habe ihn, ohngeachtet er taub und stumm ist, dennoch dem heiligen *Francisco* zu Ehren getaufft, ihm auch durch Zeichen sehr viele christliche Lehren und Einbildungen vom Christenthume beygebracht, und also ist dieser mein getreuer *Frantz* kein Heyde, sondern ein guter Christ.«

Wie nun Mirzamanda und ich durch die grosse Crystalle sahen, daß sich an der weissen Wand ein Mann zeigte, welcher einen ziemlich grossen Korb auf dem Rücken trug, über welchen auch ein langer Queer-Sack gelegt war, und er auser dem noch in der einen Hand einen ledernen Schlauch, in der andern aber ein Fisch-Netz hatte, worinnen sich lebendige Fische und Krebse befanden, so wurden wir über diesen Mann, der ein graues Kleid und einen schönen Persianischen Huth auf seinem Hauptem blicken ließ, fast zum hertzlichen Lachen bewogen.

Da nun Urbanus dieses gewahr wurde, fieng er, als ein gantz freundlicher Mann, den sein silberfarbener Bart gantz und gar nicht verstellete, indem die hochrothen Wangen sehr fein darunter hervor schimmerten, selbsten mit zu lachen an, und sagte: *Sehet, meine lieben Schwestern! dieses ist die Gestalt meines Frantzens, in welcher er sich Morgen bey guter Zeit darstellen wird. Ihr aber werdet diesen Abend bey einer Flasche Wein mit kalter Küche mit mir vorlieb nehmen müssen, weilen ich heute keine warmen Speisen habe kochen können.*

Ohne ferneres Reden stieg er abermahls auf ei-[496]ner andern Treppe in die Tieffe hinunter, und brachte nach und nach das schönste Brat-Werck von allerley Fleisch und Fischen, anbey Citronen, Capern, Limonien und andere eingemachte Sachen an statt des Zugemüses und Salats herauf, hiernächst 4. solche vortreffliche Cocos-Nüsse, dergleichen ich von Grösse Zeit meines Lebens nie gesehen habe, und woran wir beyde uns ungemein labten. Urbanus bezeigte sein Vergnügen auf vielerley Art, da er sahe, daß wir uns seine Tractamenten so wohl schmecken liessen, langete derowegen 3. Flaschen von dem allerangenehmsten Palmen-Sect herbey, und nöthigte uns jederzeit auf das allerhefftigste, ihm Bescheid im Trincken zu thun. Wir führeten uns aber hierbey sehr behutsam auf, weiln uns dieser Wein etwas stärcker, als andere geringere Weine zu seyn, vorkommen wolte. Wie wir uns aber mit Speisen und Geträncken genugsam gesättiget hatten, räumete Urbanus selbsten alles vom Tische ab, brachte hergegen das Bild des gecreutzigten Heylandes nebst noch mehr als 12. bis 16. andern Bildern, die alle wie kleine Statuen von lautern Golde gegossen waren, setzte diese Statuen alle nach ihrer Ordnung auf den Tisch, fiel nieder auf die Knie, und verrichtete sein christliches Tisch- und Abend-Gebet in Persianischer Sprache. Da wir nun höreten und verstunden, daß er lauter heilige, andächtige und christliche Worte vorbrachte, liessen wir uns gleichfalls neben ihn auf die Knie nieder, und beteten zu GOtt, eine jede nach ihres Hertzens-Andacht und Anliegen. Nach Verlauff etwa einer guten Stunde richtete sich Urbanus und auch wir [497] beyden wieder in die Höhe, er aber sagte: »Nun, meine Schwestern! will ich euch ein Stück meines Lebens-Wandels erzehlen.«

Er that dieses, und weiln weder die Prinzeßin, noch ich, so gar besondere Lust zum Schlaffe hatten: als höreten wir ihm mit Vergnügen zu, indem er, so zu sagen, rechte Wunder-Geschichte vorbrachte, bis der Tag fast anzubrechen schien, denn weiln er uns etliche Persianische Decken und Polster aufgebreitet hatte, so schlieffen wir bey ihm weit ruhiger als auf der Sand-Insul.

Kaum war die Sonne aufgegangen, da Urbanus, wie wir mit unsern noch halb schläffrigen Augen gewahr wurden, alle seine güldenen Bilder um den gecreutzigten

Heyland herum setzte, sich mit dem heiligen Creutze vielmahl segnete, und hernach sein Morgen-Gebet kniend verrichtete, dergleichen auch wir beyde nach unserer Art und Andacht zugleich mit thaten. Als dieses geschehen, gieng Urbanus zur Clause hinaus, blieb über eine gute Stunde lang aussen, und brachte endlich einen ziemlich grossen Kessel voll gekochten Caffee nebst einem Huthe Zucker unter seinem Arme herein getragen. Wir genossen ein vieles von diesem edlen Geträncke, und zwar mit grösstem Appetite, aus güldenen Schalen, worauf er uns ein anderes starckes Geträncke darreichte, um das Caffee-Wasser, seinem Sagen nach, damit nieder zu schlagen, welches er selbsten erstlich etliche mahl credentzete. Nachdem wir nun auch von diesem etwas zu uns genommen, ging Urbanus an sein Schau-Fenster, rief Mirzaman-[498]den und mich, und sagte zu uns: »Gucket mir zur Liebe doch alle beyde hinaus, ob ihr etwa die Person besser mit euren jungen, als ich mit meinen alten Augen erkennen möchtet, welche auf meine Clause daher zugegangen kömmt!« Als wir nun beyderseits hinaus guckten, sahen wir gleich, daß es der *Frantz* in Leibs- und Lebens-Grösse, auch in allen Stücken so beschaffen war, wie er sich gestern im Kleinen an der weissen Wand dargestellet hatte. Derowegen rieffen die Prinzeßin und ich fast zu gleicher Zeit: ***Lieber Vater, diese Person ist ohnfehlbar euer Frantz.*** »Ja, er ist es,« (gab Urbanus zur Antwort) »aber lasset ihn näher kommen.« Wenige Minuten hernach kam also der

Frantz, welchen Urbanus erstlich in die untersten Keller führete, allwo er seine Sachen abpacken, und ihm von allen Dingen durch Zeichen seinen Bericht abstatten muste. Wir sahen dieses alles wohl mit an, konten aber aus ihrer beyder Zeichen-Sprache nicht das geringste verstehen, wurden jedoch gewahr, daß *Frantz* in seinem Korbe das beste und schönste Fleisch von allerley Art, nebst Fischen, Krebsen und noch viel mehreren Lebens-Mitteln mitbrachte, auch jegliches an gehörigen Ort und Stelle zu schaffen wuste.

Demnach hatten wir folgendes Abends eine recht Fürstliche Mahlzeit zu verzehren. Nach deren Einnehmung verrichtete Urbanus abermahl seinen Gottesdienst, und erzehlete hernach der Prinzeßin und mir noch ein Stück von seinem Lebens-Lauffe, welches alles ich dergestalt in mein Gedächt-[499]nis gefasset, daß ich es ihm, so zu sagen, von Punct zu Puncte nach erzehlen wolte, wenn es anders die Zeit litte.

Andern Tages meldete uns Urbanus, daß er seinen *Frantz* nochmahls fortgeschickt, und dieser würde erstlich in 6. Tagen zurück kommen; mittlerweile aber, da er eine abermahlige himmlische Offenbahrung gehabt, wolten wir uns zu unserer Reise nach der Insul Ceylon geschickt machen, indem wir, laut der himmlischen Offenbahrung, wenige Zeit zu versäumen hätten, wenn wir unser Glück daselbst machen, und auf einem christlichen Schiffe nach Europa oder in die Christenheit wolten gebracht werden. Wir bezeigten uns willig und bereit darzu, musten ihm aber alle Tage fleißig kochen, sieden und braten helffen, welche Arbeit wir denn mit Lust verrichteten, indem hiermit etwas Guts in unsere ausgehungerte Magen kam, auch die vortrefflichsten Weine, dergleichen *Frantz* einen gantzen Korb voll Flaschen mit gebracht hatte, unsere Glieder erqvickten.

Solchergestalt liessen wir es uns bey diesem Einsiedler, der gewisser maassen besser, als mancher grosser Fürst lebte, ungemein wohl gefallen, indem wir gut Essen und Trincken hatten, auch uns keiner besondern Gefahr besorgen durfften, anbey einer stillen Gemüths-Ruhe genossen, und zwar zu Besänfftigung der Angst und Quaal, die wir beyderseits seit einiger Zeit ausgestanden hatten.

Frantz kam am Abende des 6ten Tages fast noch stärcker, als vormahls, recht wie ein Esel [500] beladen, wieder zurücke, und brachte auser den vielen Lebens-Mitteln 2. gantz neue Pilgrims-Kleider mit, nemlich eins vor sich und eins vor Urbanum. Hierauf führete uns Urbanus bey Nachts-Zeit in seine unterirrdischen Gewölber, da wir denn einen erstaunlichen Vorrath von allerhand schönen Sachen, nebst vielen güldenen und silbernen Geschirren, auch eine ziemliche Menge Diamanten und Kleynodien antraffen, welche letztern er mir und der Prinzeßin darreichte, um dieselben, so wie er selbsten that, in unsere Pilgrims-Kleider einzunähen.

Wie nun dieses geschehen, und unsere Kleider, in welchen ohne dem viel dergleichen Zeug schon stack, ziemlich beschweret worden, musten wir beyde ihm die güldenen und silbernen Geschirre so wohl, als das Uberbleibsel von Kostbarkeiten und andern theuren Sachen, ingleichen das gemüntzte Gold- und Silber-Geld bis an sein gemachtes Grab tragen helffen; welches alles von ihm in das Grab geworffen, und dasselbe mit unserer Beyhülffe, zugescharret, und der Erden gleich gemacht wurde.

Als dieses vollbracht, gieng er dreymahl um den Platz des zugescharreten Grabes im Creyse herum, murmelte viele Worte und Sprüche her, die wir nicht verstehen konten, mit dem spitzigen Stabe aber, den er in der Hand hatte, zeichnete er 9. Characters oder Buchstaben, die uns unbekannt waren, in die Erde, sprung hernach viele mahl auf dem zugescharreten Grabe herum, und bath uns, daß wir dergleichen thun solten, worinnen wir ihm denn auch Folge leisteten, also recht tapffer [501] auf dem Grabe herum sprungen. Hierauf befahl er uns, noch etwas zu verrichten, welches ich aus Schamhaftigkeit eben nicht melden will; Allein wir erfülleten auch in diesem Stücke seinen Willen, worauf er uns denn zurück in seine Clause führete, und nachdem wir unser Nacht-Gebet ordentlicher Weise zu GOtt verrichtet, sich dieser Worte vernehmen ließ: »Nun habe ich mit eurer Beyhülffe einen solchen Talisman gemacht, den mir gewiß kein Heydnischer Wahrsager, Zeichen-Deuter, Schatz-Gräber, oder, er sey auch, wer er nur immer sey, auflösen wird, und wenn er gleich die 3. obersten höllischen Geister zu seiner Beyhülffe anruffte: denn der Kasten, worinn die Kleynodien, wie auch die güldenen und silbernen Münzen befindlich, ist mit dem wahrhafften Siegel des allerweisesten Königes Salomonis versiegelt, als vor welchen alle bösen Geister erzittern, und sich schleunig zurück begeben müssen. Es soll aber, (sprach er ferner) dieser Schatz, welcher, wie ihr gesehen habt, eines ziemlich starcken Werthes ist, vor euch Prinzeßin Mirzamanda verwahrt und aufgehoben seyn, weiln ich den Heyden diese Kostbarkeiten (worunter sich kein Stäublein ungerechtes, sondern alles auf redliche Art und Weise erworbenen Guts befindet) durchaus nicht gönnen will: Wenn ihr denselben nicht braucht, so bin ich damit sehr wohl zufrieden, denn ich lese an eurer Stirne geschrieben, daß ihr längstens binnen 2. oder 3. Jahren auf dieser Welt euren vollkommenen Glücks- und Ruhe-Stand fin-[502]den werdet. Nehmet hin aus meiner Hand diesen Schlüssel, welchen ihr auf das aller behutsamste zu verwahren habt, so bald dieser Schlüssel von euch, oder von einem durch euch Abgeordneten, nur auf das Grab gelegt wird, soll sich solches von selbsten aufthun, und alle Kostbarkeiten in die Höhe heben.

Nach Endigung dieser Worte überreichte er Mirzamanden ein ungemein kostbares goldenes mit Diamanten, Rubinen und andern raren Edelgesteinen versetztes, sehr sauber ausgearbeitetes Crucifix, welches gantz bequemlich auf der Brust zu tragen war, wickelte dasselbe in ein Stücke Pergament, auf welches er vorhero noch verschiedene Characters und Buchstaben mahlete, hüllete solches alles in weisses Wachs ein, und sagte nur noch dieses: Hier habt ihr, was ihr haben sollet, und was euch auf dießmahl von der Güte des Himmels beschehret ist.«

Demnach küssete Mirzamanda unserm Wohlthäter die Hand, welches sie denn ihrem hohen Stande ohnbeschadet, zumahlen in Betrachtung der grossen ererbten Schätze, gantz wohl thun konte. Immittelst war der getreue *Frantz* von allem dem, was vorgegangen war, gantz und gar nichts inne worden, und da wir nachhero Urbanum fragten: wo denn sein *Frantz* hingekommen wäre, weilen wir denselben nicht sähen? so gab er uns zur Antwort: bekümmert euch nur um nichts! denn *Frantz* wird zu rechter Zeit nebst 2. mit Lebens-Mitteln beladenen Maul-Thieren bey uns erschei-[503]nen, inzwischen machet euch nur dergestalt fertig zur Reise, daß wir nicht muthwilliger Weise die edle Zeit versäumen, um an gehörigen Ort und Stelle zu kommen.

Wir leisteten ihm Gehorsam, und da *Frantz* am dritten Tage mit zweyen wohl beladenen Maul-Thieren erschien, wurden die Sachen in gröster Geschwindigkeit umgepackt, und wir reiseten also, gleich bey Aufgange der Sonne, aus der Clause heraus, nemlich Urbanus, Mirzamanda, ich und *Frantz*, welcher die 2. starck bepackten Maul-Thiere leitete.

Unsere Strasse nahmen wir durch das Groß-Mogulsche Gebiethe, nach dem äusersten Hafen zu, in welchem wir vielleicht ein Schiff anzutreffen verhofften, das nach

Ceylon überseegelte, oder wenn alle Stricke rissen, ein solches Schiff vor Geld miethen könten: denn wir hatten ja alle 3. so viel Kleynodien und Edelsteine bey uns, daß wir noch wohl ein eigenes Schiff hätten davon bezahlen können.

Unterdessen kamen wir, nach einer 2. monathlichen Reise zu Fuß, welche jedoch, da wir nach unserm Vergnügen reiseten, und die Tage-Reisen indem dieselben nach Belieben eingerichtet wurden, uns gar nicht beschwerlich fielen, endlich glücklich in der Stadt und dem Hafen Cambaja an. Wie wir nun unterwegs von niemanden den geringsten gefährlichen Anstoß gehabt, indem alle die, so uns begegneten, und gefragt: wo wir hin wolten? zur Antwort bekamen; daß wir heilige Pilger wären, und das Grab A-[504]dams auf der Insul Ceylon besuchen wolten; uns in Friede und Freundschafft fortwandern liessen, auch nicht einmahl unsere Maul-Thiere antasteten, so waren wir desto freudiger. Hierbey bemerckten wir, daß alle Einwohner dieses Landes vor den alten graubärtigen Urbanum eine gantz besondere Hochachtung bezeigten; ob er sich nun dieselbe durch seine Künste und Wissenschafften zu Wege gebracht, oder ob es ordentlicher und natürlicher Weise zugegangen, davon kan ich eben so genau nicht Rede und Antwort geben. Unterdessen brachte uns der graue ansehnliche Bart vor dieses mahl glücklich durch, indem er bis in Cambaja hinein beständig vor uns hergieng.

In jetztgedachtem Cambaja traffen wir gleich in der

ersten Herberge einen Mann an, der fast eben einen so langen Bart trug, als unser Urbanus. So bald nun dieser Mann unsern Urbanum kaum erblickt, kam er also gleich auf ihn zugegangen, umarmete und küssete ihn. Darauf giengen beyde hinaus in den Garten spatzieren herum, und unterredeten sich wohl 2. gute Stunden gantz alleine mit einander. Endlich kam unser Urbanus wieder zu uns, ließ eine gute Mahlzeit vor uns zubereiten, nach deren Genuß er die Prinzeßin und mich auch in den Garten führete, und dieses sagte: »Meine Schwestern! es ist dieser Mann, von dem ihr gesehen, daß er mich gehertzet und geküsset hat, zwar ein Jude; aber glaubt mir dieses: ob er gleich ein Jude, mit dem ich schon seit etlichen 30. bis 40. Jahren gehan-[505]delt und zu schaffen gehabt, er dennoch, ohngeachtet er nicht unseres christlichen Glaubens, ein uns von GOtt zugeschickter heiliger Engel ist, der uns glücklich auf die Insul Ceylon und noch weiter befördern wird.«

Dem Urbano glaubten wir alles, was er uns vorsagte, und traueten seiner fernern Vorsorge, worinnen wir uns auch nicht im geringsten betrogen fanden: Denn eben dieser Jude, welchem Urbanus vielleicht etliche kostbare Kleinodien mochte zugesteckt haben; verschaffte uns allen, von dem Calif oder obersten Befehlshaber Frey-Pässe, so daß wir, nachdem wir uns noch etliche Wochen in Cambaja aufgehalten, ohngehindert auf einem Mogulschen Schiffe, in Begleitung des Juden, nach der Insul Ceylon abseegeln konten.

Wir hatten eine rechte vergnügte Fahrt, und traffen daselbst viele christliche Schiffe an, weilen aber Urbanus auf dieser Insul viele seiner Glaubens-Brüder antraff, so ließ er sich mit deren Beyhülffe auf das alleräuserste angelegen seyn, die daselbstigen Heyden zum christlichen Glauben zu bereden; Sie waren auch anfänglich sehr glücklich, indem sich über 80. Heydnische Familien zum christlichen Glauben wendeten; Allein, die Sache kam bald heraus, derowegen wurden die Christen aufs grimmigste verfolgt, und deren mehr als 100. getödtet, worbey denn unser lieber Urbanus sein so hoch gebrachtes liebes Leben auch mit einbüssen muste. Mirzamanda so wohl, als ich haben seinen jämmerlichen Tod mit bittern Thränen bewei-[506]net, jedoch eine höhere Gewalt regierete des alten Juden Hertze dergestalt, daß er uns auch dasiges Orts nicht allein den kräfftigsten Schutz verschaffte, sondern auch Mirzamanden, mich, den *Frantz* und den Löwen, als welcher Letztere zu unser allergrösten Verwunderung und Erstaunen, nachdem er, wie wir nicht anders vermuthen konten, sein Behältnis in Candahar durchbrochen, die Spur bis zu des Urbani Clause glücklich gefunden, (wobey wir nichts bedauerten, als daß er sich nicht eher bey uns eingestellet, da wir von des Arab-Ogli Jägern gefangen, und ferner auf dessen Schloß gebracht worden, da denn gewiß ein starckes Blutvergiessen und Zerreissung unserer Feinde würde entstanden seyn) auf ein Holländisches Schiff verdunge. Der Jude bekam dabey eine nicht geringe Anzahl von Kleyn-

odien und andern Edelgesteinen in seinen Juden-Beutel.
Ehe wir noch zu Schiffe giengen, kam das Weibes-Stück
Hadscha, welche vor Mirzamanden einen Fußfall that,
und dieselbe mit Thränen bath, sie mit sich zu führen. Ob
nun schon Mirzamanda wuste, daß Hadscha eine Heydin,
Anbetherin des Feuers und anderer Götzen war, so ließ
sie sich durch ihre demüthige Stellung doch dahin bewegen, daß sie dieses Mensch, welches ihr von Jugend
auf, sonsten in andern Stücken viele getreue Dienste gethan, mit sich zu nehmen beschloß, und dieserwegen dem
Schiffs-Patrone einen schönen Diamantenen Ring gab, in
Hoffnung, dieses liederliche Weibes-Stücke mit der Zeit
und Gelegenheit zum christlichen Glauben [507] zu bringen; Allein, wir fanden bald bey ihr, daß sie die allerwenigste Lust zum Christenthume hatte, um so viel desto mehr dauerte uns aber, daß der gute *Frantz,* welcher
doch viele Merckmahle, ein Christ zu seyn, von sich gab,
elendiglich an der See-Kranckheit sterben muste, weßwegen er, nachdem wir seinen Pilger-Habit ihm ausgezo-
gen und zu uns genommen, (als welcher mit Kleynodien
und Edelgesteinen ziemlicher Maassen beschweret war)
sein Begräbnis in der See finden muste. Uns aber trieb
nachhero ein stürmender Würbel-Wind immer aus einer
Ecke in die andere, und schlug uns um viele kleine Insuln
lincks und rechts herum, wir konten aber niemahls zu
Lande kommen, blieben hergegen zum öfftern auf Sand-
Bäncken sitzen, und stiessen nicht selten an verborgene
Klippen, bis wir endlich, nachdem wir viele Wochen

herum geschwärmet, an einer unbekannten Insul, die, wie ich nunmehro weiß, Klein-Felsenburg genennet wird, mit Schiff und Geschirre zu scheitern giengen, da denn, weil es schon finster war, fast der meiste Theil unserer Mannschafft ersoffe; Mirzamanda aber, ich und die Hadscha waren doch so glücklich, das Ufer zu erlangen, ohngeachtet uns die Kleider dieses mahl sehr beschwerlich fielen: denn wir hatten der Hadscha des *Frantzens* Pilger-Kleid angezogen, welches eben so schwer war, als die unserigen. Jedoch nachdem wir nur erstlich einen grünen Platz gefunden, auch die Vorsorge des Himmels uns eine ziemliche Menge von Lebens-Mitteln aus dem zerscheiterten Schiffe zufüh-[508]rete, so beschlossen wir gleich, der See nicht weiter zu trauen, und wenn auch das Schiff schon ausgebessert würde, sondern viel lieber an diesem schönen Orte von Kräutern, Wurtzeln und allerley Baum-Früchten uns so lange zu ernähren, bis der Himmel sich unserer erbarmte, und Gelegenheit zu einem bessern Zustande an die Hand gäbe.

Der Himmel hat uns nicht fallen lassen, denn wir fanden unvermutheter Weise die Felsen-Schlufft, durch welche wir alle 3. benebst dem Löwen auf Händen und Füssen hinauf krochen, weiter habe ich vorjetzo nichts zu sagen, denn die Herrn Felsenburger wissen ausser dem schon besser, wie? wann? wo? und welcher Gestalt sie uns angetroffen haben.

Dieses eintzige aber will ich nur noch melden, daß der ehrliche Jude Rabbi Moses, wie er sich nennete, mit seinem silberfarbenen ansehnlichen Barte, auch so wohl wie andere ohnbärtige zugleich mit ersauffen muste. Es gieng so wohl Mirzamanden, als mir sein Unglück sehr nahe, weilen er uns auf der Reise viele Gefälligkeiten erwiesen, sonderlich aber auf der Insul Ceylon, denn er führete uns, weil wir des Urban Reden nach, eine grosse Begierde bezeugten, des Adams Grab zu sehen, (welche Glückseligkeit aber der gute Urbanus nicht erleben können) an dem Fusse eines Berges welcher in der Landschafft Matura liegt. Hieselbst fanden wir ein in einem Felsen gehauenes Begräbnis, und in selbigem einen Leichen-Stein, auf welchem diese Characters, oder unbekannten Buchstaben, zu sehen, wie mir denn der Jude die-[509]selben mit gröstem Fleiß vermittelst einer Reiß-Feder, sehr geschicklich abgezeichnet hat, und wovor ich ihm zur Gegengefälligkeit ein kleines Geschencke gab. Dessen Zeichnung ist also diese:

Wir giengen also mit dem Abrisse dieser 25. Characters und unbekannten Buchstaben so wohl zu allen Christlichen, als Heydnischen Gelehrten, und bothen ihnen Geschencke an, um unsere Begierden mit Auslegung derselben zu stillen, allein, unter allen, die sich damahls von beyderley Art annoch auf dieser Insul aufhielten, befand sich keiner, der uns in diesem Stücke vergnügen wollen; sondern sie bekannten alle einmüthig, daß die Bedeutung derselben bis auf diesen Tag nicht hätte können erforschet werden. Unterdessen sagen die Einwohner dieser Insul vor gewiß: daß der erste erschaffene Mensch Adam in diesem Begräbnisse begraben läge. Der Stein ist 14. Fuß lang, 5. Fuß breit u. anderthalb Elle dicke, sehr glatt und dergestalt gläntzend, als ob er polirt wäre. Zur Seiten dieses Begräbnisses siehet man 5. steiner-[510]ne Pfeiler. An dem Haupt-Ende des Leichen-Steins stehet ein anderer aufgerichteter Stein, jedoch nicht so schön und fein, sondern etwas gröber und sandiger, als der, den ich schon beschrieben, sein Ansehen ist recht unvergleichlich zu nennen, indem er von allerley Arten der Farben, durchwachsen und recht bewundernswürdig geflammet, so wie manche Sorten von Marmor-Steinen sich zu finden pflegen. Dieses Steins Grösse, Dicke und Breite trifft mit des erst gemeldten in allen Stücken überein. Es ist aber derselbe Stein ohne Gemählde, Zierrathen, Characters, oder Buchstaben, und stehet von dem ersten 6. Fuß ab. Demnach ist der gantze Inbegriff von dieser Grab-Städte 36. Fuß.

Hinter diesem Steine stehet eine in Stein gehauene Lampe mit einer brennenden Materie, ohne, daß weiter etwas darf hinein gethan werden, doch scheinet der Docht jederzeit, als ob er voller Oel wäre. Etwa 4. oder 5. deutscher Meilen von dar liegt noch ein sehr hoher spitziger Berg, der dem Ansehen nach einem spitzigen Thurme gleichet, auf dessen Gipffel ist eine kleine Ebene, und auf selbigem Platze siehet man eine Fußstapffe, deren Länge anderthalb Fuß. Die Einwohner sagen hierbey, es solle Adam seinen Fuß auf dieser Stelle eingedruckt haben; jedoch eben diese Einwohner sind in diesem Stücke nicht einerley Glaubens, weilen einige wollen, es sey einer von ihren Heydnischen Priestern, Bourdau genannt, von ihren Verfahren zum Könige über sie erwählet worden; und gemeldter Bourdau wäre [511] gewohnt gewesen, sein Gebet auf diesem Berge zu verrichten, worauf er eines Tages lebendig gen Himmel gefahren, oder von den Göttern hinauf gezogen worden. Bey solcher Aufziehung nun habe er diese Fußstapffen zu seinem Angedencken zurück gelassen. Der Christen Glaube bey dieser Geschichte ist aber gantz anders beschaffen, als welche davor halten, und aus alten Uhrkunden versichern wollen: es habe der Teuffel diesen Bourdau, als einen Ertz-verfluchten Götzen-Knecht, leibhafftiger Weise gehohlet, und von der allerhöchsten Felsen-Klippe herunter gestürtzt, da denn seine Cameraden, nemlich die andern Götzen-Knechte und Priester, gar leicht eine solche Fußstapffen einarbeiten, nachhero aber dem einfältigen Volcke vorschwatzen können, als ob Bourdau lebendig gen Himmel gefahren wäre, und dieses Wahrzeichen zurück gelassen hätte, denn die Ceylonier sind, meines Erachtens, ein sehr tummes Volck, sonderlich aber in Glaubens-Sachen.

Unterdessen aber sind sie doch von ihren Götzen-Priestern noch ferner in so weit verführet und verblendet worden, daß sie gewiß glauben: dieser gen Himmel gefahrne Bourdau wolle und könne auch ihre Seelen in den Himmel nach sich ziehen, und dieselben zur ewigen Seligkeit bringen. Ja! sie beten ihn mit der grösten Andacht an, und halten diesen Teufels-Braten recht vor ihren Halb-Gott; wie denn ihm zu Ehren alljährlich, nach der Christen Zeit-Rechnung, den 9. Tag des Monats Aprilis ein grosses Fest, mit dem sie zugleich ihr neues Jahr anfangen, angestellet wird, [512] welches Fest Mirzamanda und ich etliche Tage lang in gröster Stille und Behutsamkeit mit abgewartet haben.

Es finden sich bey diesem Feste unter andern Arten von Heyden auch viele Mohren zusammen, welche alle den gen Himmel gefahrnen König Bourdau anbeten, und ihm ihre Opffer bringen. Sonsten aber wird dieser Berg die Adams-Pagua genennet, und ist unter demselben eine grosse fürchterliche Höhle, worinnen sich ihrem Vorgeben nach, noch viele Heiligthümer befinden sollen; es wird aber kein Fremder leichtlich in diese Höhle gelassen, wenn er nicht einen sehr guten Freund unter den Götzen-Priestern zu seinem Führer hat, welche Pfaffen sich aber durch wenige Gold-Stücke gar bald erkauffen lassen, alle belachenswürdige Geheimnisse zu zeigen, welche in der Höhle befindlich sind.

Sonsten muß ich noch dieses vorbringen, wie ich zwar die Persianer vor sehr grobe Heyden und Abgötter erkenne; allein es werden dieselben von den Einwohnern der Insul Ceylon noch um ein vieles übertroffen, indem, wie ich davor halte, dieselben von ihren Götzen-Priestern gewaltig verblendet, vielleicht auch wohl gar bezaubert sind. Denn sie glauben endlich wohl, daß ein GOtt seyn müsse, der Himmel und Erden erschaffen hätte, auch den Menschen auf der Welt viel Gutes angedeyhen liesse; diesen aber anzubeten, wollen sie sich nicht die geringste Mühe geben. Im Gegentheil beten sie den Teufel täglich an, und sagen, daß, wenn sie diesen, von dem alles Böse käme, [513] nicht allezeit demüthig entgegen giengen, würde er sie insgesammt bald vertilgen und umbringen. Und dieses ist der Glaube dieser verblendeten, bethörten und vielleicht bezauberten Menschen, weßwegen Mirzamanda und ich dem allmächtigen GOtt auf den Knien danckten, als uns die Zeit unserer Abfahrt von dem Juden angekündiget wurde.

Hiermit aber will ich, (redete die Anna noch weiter) vor dieses mahl den Bericht von dem bisherigen Lebens-Lauffe meiner Prinzeßin und meines selbst eigenen beschliessen, indem ich doch die Haupt-Sachen vorgebracht, die andern Neben-Dinge aber, worinnen sich noch viele Merckwürdigkeiten befinden, benebst der

Erzehlung des Persianischen schweren Krieges, werde bis auf eine andere Zeit versparen, weilen doch mir so wohl, als meiner Prinzeßin das Glück angebothen worden, daß wir bis zu fernerer Verfügung des Himmels auf dieser glückseeligen Insul Groß-Felsenburg bleiben, und in sicherer Ruhe leben solten. Wir dancken demnach, da wir bey so vielen frommen, gutthätigen, lieben Leuten, so zu sagen, den Himmel auf Erden gefunden, der gnädigen Vorsorge des Allerhöchsten, und wünschen weiter nichts mehr, als daß wir nur noch eine eintzige Reise auf das Mogulisch-Persische Sand-Gebürge thun möchten, um des Urbani Grab zu eröffnen, die darinnen befindlichen Schätze heraus zu nehmen, und dieselben anhero zu bringen. Unterdessen muß ich doch glauben, daß Urbanus, ohngeachtet er mit vielen verborgenen Künsten und [514] Wissenschafften umgegangen, auch dieselben jederzeit bis an sein unglückseliges Ende glücklich durchgeführet, ein besonders guter Christ und heiliger Mann gewesen seyn müsse, weilen sein Seegen und seine Propheceyung solcher gestalt wider unser Hoffen und Vermuthen, ja nach unserer Hertzen Wünschen, so glücklich gewürckt und eingetroffen hat.

Mir Eberhard Julio wurde von den Geistlichen und Aeltesten anbefohlen, der Prinzeßin Mirzamanda, die wir nunmehro aber auf unserer gantzen Insul blos *Prinzeßin Christiana* nennen, dieses zu melden: wie sie sich weder um den Mogul, noch um den zukünfftigen Schach in Persien gantz und gar nichts mehr zu bekümmern hätten, und die Gedancken wegen ihrer verborgenen Schätze nur aus dem Sinne schlagen solten, weilen wir dergleichen Plunder im grösten Uberflusse besässen; unterdessen könte doch mit der Zeit wohl Rath darzu werden, dieselben mit guter Manier abzuhohlen. Mittlerweilen aber solten sie alle beyde in sicherer Gemüths-Ruhe so lange bey uns bleiben, auch vor nichts sorgen, bis uns der Himmel insgesammt verderbte, welches doch nicht zu hoffen stünde, wenn wir als fromme Christen ihm vertraueten, und fleißig beteten. Wie ich nun diese aus der Frau Anna Holländischem Munde gethane Geschichts-Erzehlung, so zu sagen, vom Munde aus, in deutsche Ubersetzung gebracht, beruhigten sich alle beyde dergestalt, daß wir alle insgesammt sonderlich unsere Freude über ihren andächtigen Gottesdienst und frommen, stillen, [515] christlichen Lebens-Wandel haben musten. Ja, ich glaube, (jedoch dieses anheute noch im Vertrauen gesprochen) daß unser Regente, Albertus Julius II. dem der Tod vor etlichen Wochen seine liebwertheste Ehegemahlin geraubt hat, vielleicht aus dieser schönen Prinzeßin, dem Beyspiel des Königs David zu Folge, eine Abisag von Sunem machen werde, wovon im 1. Capitel des 1. Buchs von den Königen gleich zu Anfange desselben im 1. 2. 3. und 4. Versicul ein mehreres zu lesen ist. Unterdessen, wenn es ja dahin kommen solte, so weiß ich gewiß, daß auf der gantzen Insul sich keine lebendige Seele finden wird, die hierwider etwas einzuwenden hätte, weilen der Prinzeßin Christiana holdseelige und liebreiche Aufführung, derselben die Gunst und Gewogenheit auch so gar der kleinesten Kinder zu Wege gebracht. Mit dem Regenten aber kan sie bereits dergestalt vertraulich und schmeichelhafft umgehen, daß er sich seinen alten grauen Bart von niemanden lieber auskämmen und zu rechte machen läst, als von der Christiana, die ihm dieses am allerbesten zu Dancke machen kan, und es auch recht mit Lust thut.

Von unsern Haupt-Geschichten aber noch ferner etwas zu melden, so ist zu wissen, daß wir um selbige Zeit in jeder Pflantzstadt eine kleine neue Kirche, wie auch ein Schul-Hauß vor die Jugend zu erbauen den Anfang machten. Demnach wurden auch die hierzu behörigen Priester ordinirt, und die Schul-Diener wohl bestellet, und zwar alle von unsern eingebohrnen Felsenburgern, welches in Wahrheit Leute sind, die man-[516]chen Europæischen so genannten Geistlichen oder Theologis, was Glauben, Lehre und Leben anbelanget, keiner Haare breit nachgeben, sondern vielmehr vielen die Spitze biethen sollen, ohngeachtet sie niemahls auf eine so genannte Universität gekommen, sondern nur von unsern 3. Geistlichen, hernach auch von uns andern in diesen und jenen Künsten und Wissenschafften, sonderlich aber in allerley Sprachen unterrichtet worden; Allein, hierbey habe ich hauptsächlich bemerckt, was ein unermüdeter Fleiß in Lesung guter Bücher, und über dieses alles die Gabe des heiligen Geistes würcken und ausrichten kan. Unterdessen ist unsere Haupt-Kirche auf dem Platze unter der Alberts-Burg, wie ihr mein lieber Capitain Horn sehet, annoch in ihren vorigen Ehren und Würden, ja noch in weit besserm Stande, als ihr dieselbe vor eurer Abreise gesehen, und es wird der Gottesdienst so wohl Sonn- als Fest-Tags, nach wie vor, darinnen gehalten, auch jederzeit das Signal mit einem Carthaunen-Schusse und Läutung der Glocken gegeben, da sich denn ein jedes nach seinem Belieben einstellen kan. Denen Krancken, Müden und Matten aber wird gar nicht verarget, wenn sie zu Hause bleiben, und den Gottesdienst in ihrer Pflantzstädts-Kirche abwarten.

Hierbey muß ich gedencken, daß ich nunmehro unsere Pflantzstädte, mit gröstem Rechte, Städte nennen kan: denn ihr, mein lieber Bruder Horn! habet dieselben nur noch als kleine Dörffer verlassen; aber gebt euch einmahl die Mühe, die-[517]selben nunmehro recht genau zu betrachten, so werdet ihr mir Beyfall geben, daß es lauter schöne Städte sind, indem sich die Einwohner derselben, binnen eurer Abwesenheit, die Auferbauung der saubersten und bequemlichsten Häuser auf das allerfleißigste so wohl bey Tage, als bey Nachts-Zeit dergestalt angelegen seyn lassen, daß wir zum öfftern die gröste Mühe gehabt, sie davon zu verhinden, um den Feld- Wein- und Garten-Bau solcher gestalt nicht in Vergessenheit gestellet zu sehen.

Jedoch unsere lieben Brüder, Schwestern und Freunde liessen sich, als recht vernünfftige Leute, dergestalt weisen, daß auch hieran nichts versäumet wurde; weßwegen denn auch der allmächtige GOtt so barmhertzig und gnädig war, daß er uns ein solches fruchtbares Jahr beschehrete, dergleichen unsere Vorfahren, seit dem GOtt selbst den Grund-Stein zu dieser Insul geleget, und ihnen ihren Aufenthalt darauf vergönnet, so lange als sie auf selbiger gelebt, noch niemahls gehabt. Wie wir denn solches aus den Jahr-Büchern, Zeit-Rechnungen und andern alten Uhrkunden, die sich so wohl von dem alten Don Cyrillo, als vom Alberto Julio I. herschreiben, wohl beobachten können.

Kurtz: ich will mit wenig Worten nur so viel sagen, daß der allmächtige GOTT in diesem Jahre so wohl bey dem Feld- als Wein- und Garten-Baue, *ein Hundert in etliche Tausend verwandelte,* dergestalt, daß wir recht darüber erstauneten, weilen wir nicht wusten, wo wir mit [518] unserm Seegen überall hin solten, und dieserwegen noch verschiedene Vorraths-Häuser aufbauen, auch noch viele Keller eingraben musten, um den kostbaren Wein, dergleichen wir auf dieser Insul noch niemahls gehabt, nicht verderben zu lassen; bey welcher Gelegenheit denn die Faßbinder, deren so genannte Innung sich bereits starck vermehret, ein ziemlich Stückgen Arbeit bekamen.

Mittlerweile, da alles, was sich auf der Insul nur regen konte, vom Grösten bis zum Kleinesten, mit der allerfleißigsten Arbeit beschäfftiget war, beredeten Mons. Plager, Litzberg, Cramer und ich, nebst andern guten Freunden uns unter einander, die Fahrten nach der Insul Klein-Felsenburg aufs neue fortzusetzen, um zu sehen, was unsere daselbst zurück gelassenen Brüder benebst den Portugiesen vor gut Garn spönnen.

Demnach traten wir diese Fahrten wöchentlich 2. bis 3. mahl an, brachten den dasigen allezeit die besten Lebens-Mittel mit, und traffen dieselben jedes mahl lustig und aufgeräumt, auch in der schönsten Ordnung an, indem sie von Zeit zu Zeit dermasen überflüßig zugeführt bekommen hatten, daß sie weder über Mangel, Noth, noch Hunger klagen konten. Vincentius schien vor Freuden gantz auser sich selbst zu seyn, als er uns zum ersten mahle wieder erblickte, ja, er wuste seine Hochachtung gegen uns nicht gnugsam an den Tag zu legen, dergleichen seine Cameraden auch thaten. Wie wir sie nun mit starckem Geträncke, so wohl von allerley Weinen, als andern Sorten, recht ungemein gelabet hatten, sie uns herge-[519]gen viele niedliche Speisen vorgesetzt, die wir mit dem grösten Appetite zu uns genommen, so führeten sie uns alle insgesammt heraus auf den Platz, und zeigten uns ihre Stücken-Arbeit, welche in etliche 150. Silber- und Goldhältigen Ertz-Stuffen bestund, da denn manche der grösten Stuffen über die 20. bis 30. Centner am Gewichte zu schätzen war, worbey uns denn jammerte, daß wir dieselben nachmahls zerschlagen, und in kleinere Stücken bringen solten, weilen aber des Zeuges in der Menge da war, so machten wir uns auch daraus nicht eben allzu viel.

Wir wurden aber weiter geführet, und uns gezeiget, daß die Portugiesen mit Beyhülffe unserer Felsenburger

2. grosse und 3. etwas kleinere wohl ausgearbeitete Fahrzeuge verfertiget, an welchen nichts fehlete, als hie und da ein und anderes eiserne Beschläge, ohngeachtet alles mit blossem Holtz- und Pflöcker-Werck dergestalt bevestiget war, daß man fast keine eiserne Beschläge dabey vonnöthen hatte, mithin diese Fahrzeuge vor rechte Kunst- und Meister-Stücke bey den Seefahrern erkennen muste. Hierbey aber bekam ich gegen die Portugiesen einen üblen Verdacht, konte auch denenselben nicht verbergen, sondern sagte ihnen frey in die Angesichter, daß dieses vielleicht die Fahrzeuge seyn würden, mit welchen sie bey guter Gelegenheit von hier abseegeln und uns verrathen wolten. Aber es jammerte und gereuete mich bald, daß ich mein Hertz so geschwinde gegen sie offenbaret hatte: denn sie fielen, nachdem sie sich nur etliche Minuten lang mit einander unterredet [520] hatten, sogleich auf ihre Knie vor uns nieder, da denn Vincentius das Wort führete, und also redete: »Meine Herren! ohngeachtet alles vorhergegangenen verspüren wir doch, daß ihr uns vor Schelme, Diebe und Verräther erkennet, da wir doch die allerredlichsten Leute von der Welt sind, so lieber als eure Knechte, ja, so zu sagen, Sclaven sterben wollen, ehe wir gegen unsere Wohlthäter eine neue Verrätherey anzustifften gesinnet wären. Weil ihr uns demnach nicht trauet, so schiesset uns alle 5. lieber auf die Köpfe, oder in die Hertzen, damit ihr von euren Sorgen, wir 5. aber von allem Mißvergnügen, welches uns etwa noch künfftig zustossen könte, entlediget seyn.«

Indem nun alle 5. ihre blossen Köpffe darzeigten, auch so gar die Kleider von den Ober-Leibern abrissen, kam mir ein solches Grauen an, daß ich fast in Ohnmacht gesuncken wäre; allein, weil ich an der gantzen Sache die meiste Schuld zu haben sehr wohl erkannte, und meine Ubereilung in Worten mir zu Gemüthe zog, so hub ich erstlich den Vincentium, hernach seine andern Cameraden von der Erden auf, umarmete und küssete einen jeden, mit der Bedeutung, daß sie mir meine Reden, die ich theils aus Schertz, theils aus Ubereilung ausgesprochen, nicht gleich so übel hätten aufnehmen sollen. Worauf denn der Friede und das Vertrauen zwischen uns beyden Theilen binnen einer Stunde hergestellet wurde, zumahlen, da die Portugiesen, ohngefordert, ihre Hände gen Himmel huben, und der heiligen Drey-[521]faltigkeit, nebst allen Heiligen und Engeln GOttes, einen leiblichen Eyd zuschwuren: daß sie es treu, redlich und aufrichtig mit uns Felsenburgern meyneten, auch weder Verrätherey, Betrug, noch Dieberey im Sinne hätten. Demnach wurde von uns allen hoch geschmauset, und binnen 3. Tagen alle mühsame Arbeit bey Seite gesetzt, hergegen lebten wir in gröster Vertraulichkeit, lustig und guter Dinge. Als aber dieses Freuden-Fest vorbey war, gieng ein jeder wieder an seine beliebige Arbeit, nemlich in die Stein- und Ertz-Brüche, oder noch mehr Bau-Holtz zuzurichten, dessen wir doch schon eine gewaltige Menge antraffen, uns also fast halb zu Tode verwunderten, wie diese Hand voll Männer, in so weniger Zeit dergleichen sauere und schwere Arbeit verrichten können. Allein, es war dieses Schuld daran, daß sie nicht gezwungener Weise, sondern blos nach eigenem Gefallen arbeiten durfften, auch dabey sich rechtschaffen etwas zu Gute thun, und ihres Leibes mit den besten Speisen und Geträncken pflegen und warten konten.

Nachhero schickten wir beständig, fast immer über den 3ten, oder 4ten Tag zwey, auch wohl 3. Boote mit voller Ladung, die in Gold- und Silber-haltigen Ertz-Stuffen, auch vielen Stücken des allersaubersten Bau-Holtzes, zur Rarität der Arbeit wegen, bestunde, nach der grossen Insul, worgegen uns unsere Leute jederzeit bey ihrer Zurückkunfft die besten Lebens-Mittel, und alles dasjenige, was wir sonsten nothdürfftig brauchten, mitbrachten. [522]

Mittlerweile, da Mons. Plager dem Vincentio sein Vorhaben eröfnet, wie er nemlich gesonnen wäre, auf dieser kleinen Insul ein tüchtiges Schmeltz- und Hütten-Werck anzulegen, um die Mineralien und Metallen zu Gute zu bringen; so machte sich Vincentius eine ungemeine Freude darüber, und sagte, daß, wenn er nur von Zeit zu Zeit 20. starcke Männer zu seinen Gehülfen bekäme, er dieses Werck binnen Zeit von 2. Monaten in vollkommenen Stand bringen wolte; weiln sich nicht nur unter seinen Cameraden ihrer 2. befänden, die um das Schmeltz- und Hütten-Wesen guten Bescheid wüsten, sondern er auch höret und spürete, daß einige unter den Felsenburgern hiervon schon sehr starck unterrichtet wären. Unterdessen brachte er in Vorschlag, daß sich zu dieser gantzen Sache kein beqvemerer und besserer Ort fände, als der unter den O.-Berge befindliche so genannte Heyden-Tempel und dessen rund herum liegende Gegend. Demnach besuchten wir diesen Tempel nachmahls mit ihm, und höreten mit gröster Verwunderung dessen deutlichere Erklärung und Anweisung an. Mons. Plager ergötzte sich vor uns allen andern auf das allermeiste darüber, und sprach mit lauter Stimme: Ja, Don Vincent hat in allen Stücken vollkommen Recht, wir müssen ihm gehorsamen und Folge leisten, wenn wir anders unser vorhabendes Werck zu glücklichem Stande bringen wollen.

Wenn ihr den Glauben habt, mein Herr! (versetzte hierauf Vincentius) so sollet ihr nach und nach grössere Wunder-Dinge sehen. Hierauf machte er eine und andere Proben mit seinen bey sich haben-[523]den Wünschel-Ruthen, ingleichen mit dem Kunst-Stabe, überließ auch einem und andern die Freyheit verschiedene Proben damit zu machen, worüber wir denn alle vor Verwunderung fast aus uns selbst gesetzt wurden; da wir nemlich sahen, daß diese Dinger so sonderbare Würckungen thaten.

Wie dieses Vincentius merckte, sagte er: Meine Herrn! ihr verwundert euch zwar über diese kleinen Begebenheiten, allein sie finden ihre Stelle bloß in der magia naturali, denn ihr sehet und höret, daß ich weder Characters mache, noch den Nahmen des Dreyeinigen GOttes unnützlich führe, am allerwenigsten aber eine Geister Beschwerung darbey vonnöthen habe; derowegen halte ich davor, daß einem jeden guten Christen, der mit seinem GOtt wohl stehet, es eine gantz wohl erlaubte Sache sey, dergleichen Proben zu machen, denn *die Erde ist des HErrn und was darinnen ist &c.*

Nachdem wir dergleichen nachdenckliche und christliche Reden von dem Vincentio vernommen, wurde von uns also gleich beschlossen, seinem Rath und Angeben in allen Stücken zu folgen, und keinen Tag zu verabsäumen, den Hütten-Bau anzufangen, weßwegen denn nicht allein Mons. Plager die Geschicktesten und Klügsten von seinen Gehülfen auf diese kleine Insul herüber zu kommen verschrieb; sondern wir andern besonnen uns ebenfalls auf die tüchtigsten Männer, welche sich zu diesem Bauwercke wohl etwa am besten schicken möchten, um gleichfalls mit herüber zu kommen. Da sich nun diese, und zwar in noch stärckerer Anzahl, als wir verlangt, eingefunden hatten, wurde der Bau in GOt-[524]tes Nahmen angefangen, und noch, ehe 2. Monathe völlig verlauffen, alles zu unserer grösten Freude und Vergnügen in vollkommenesten Stande gesehen. Zu diesem neuen Wercke nun, welches in der That recht ergötzend war, fanden sich binnen kurtzer Zeit ungemein viele Liebhaber und Mitarbeiter ein, ja, wenn wir allen hätten den Willen lassen wollen, so wäre ihnen darbey der Feld- Wein- und Garten-Bau, wie auch ihr gantzes Haus-Wesen zum Eckel worden; Allein man muste solcher Gestalt auf andere Mittel bedacht seyn, die meisten hiervon abzulencken, da wir von Gold, Silber, Kupfer und andern

Metallen und Mineralien keine Speise nehmen konten. Jedoch blieben immer von Zeit zu Zeit, abwechselnd, 20. bis 30. Hütten-Leute bey dem Vincentio, und brachten in weniger Zeit eine ansehnliche Ausbeute zum Vorscheine, welches unsere Aeltesten kaum glauben wolten; da aber dieses Ding so gut gieng, wurden nachhero auf der Insul Groß-Felsenburg auch 2. dergleichen Schmeltz-Hütten gebauet, u. zwar die eine in Roberts- und die andere in Jacobs-Raum, welche eine Zeit daher ebenfalls unsäglich kostbare Ausbeute gebracht.

Allein unsere Schmeltzhütten-Lust ist den allermeisten unter uns schon vergangen. Es ist zwar eine ungemein schöne Augenweyde, wenn man so viele Gold- Silber- Kupfer- Zinn- Bley-Scheiben &c. nebst andern Mineralien vor sich liegen siehet, denn wir haben benebst Mons. Plagern und Mons. Litzbergen noch verschiedene sehr geschickte Marck-Scheider unter uns, allein, worzu dienet uns dieses alles weiter, als, wie schon gesagt, nur zur blos-[525]sen Augenweyde, und daß wir die Wunder GOttes dabey betrachten; dieses aber können wir bey so vielen 1000. Blumen, Weinstöcken, Garten- und Feld-Früchten ebenfalls weit geruhiger thun, und ohne besonderen Schweiß und Mühe die Wunder GOttes daran bemercken. Denn da wir insgesammt bis diese Stunde noch nicht gesonnen sind, mit fremden Nationen einen ordentlichen Handel, Wandel und Verkehr aufzurichten, so hilfft uns ja alles Metall, Perlen und anderes kostbares Zeug gäntz und gar nichts.

Das aber ist unsere Freude und Vergnügen:

1.) Daß unser GOttes- Kirchen- und Schul-Dienst, so wohl als das Haus-Wesen auf das allervernünftigste und christlichste bestellet und eingerichtet ist.

2.) Daß der allmächtige GOtt unsern Feld- Wein- und Garten-Bau jederzeit sehr reichlich, ja öffters fast überflüßig segnet.

3.) Daß uns GOtt von der Hand unserer Feinde errettet, und seine Flügel über uns gebreitet, weßwegen denn von den Obern beliebt worden, daß wir hinführo nebst unsern Nachkommen jedesmahl um die Zeit des Jahrs, so lange als die Belagerung gewähret, mit mäßigem Fasten und desto fleißigern Beten zubringen wollen.

4.) Daß uns GOtt in dem grausamen Erdbeben nach seiner Gnade alle lebendig erhalten, so daß auch kein Hund oder anderes Stück Vieh dabey verunglückt ist, weßwegen denn auch alle Jahre auf diesen Tag noch ein besonderer grosser Buß- Bet- und Fast-Tag angestellet worden. [526]

5.) Daß GOtt das Wild in den Wäldern, ingleichen die wilden Ziegen, hauptsächlich aber die aus Europa angekommenen Thiere von allerhand Arten, so wohl vierfüßige als geflügelte, dergestalt wohl gedeyhen lässet, daß wir uns darüber verwundern müssen, wie sich denn binnen etlichen Jahren daher alles gar gewaltig vermehret hat: Denn ihr werdet wohl schwerlich einen Haus-Wirth finden, der nicht seine Ställe über und über voll mit Rind- Schaaf- und Schweine-Viehe hätte. Von

Flügel-Werck, als Türckischen- und Europæischen Haus-Hühnern, Schwanen, Gänsen, Endten, Tauben und dergleichen zahmen Flügelwerck will ich nicht einmahl etwas sagen: denn dasselbe hat sich dergestalt erstaunlich vermehrt, daß die meisten ihr Glück und Ruhe nicht erkennen können, sondern sich, ohngeachtet sie volles Futter haben, aus blossem Frevel zu Feldflüchtern machen. Aus den Gänsen werden wilde Gänse, und die Endten muß man sehr wohl hüten, wenn sie nicht durch die Wasser-Fälle in See gehen sollen. Eben also verhält es sich mit dem Rind- und Schweine-Vieh: denn man darf denselben nur eine scheele Mine machen, so laufft es gleich darvon, und sucht seine vermeyntliche Besserung in der Wildniß, weßwegen unser Thier-Garten bey Simons-Raum dergestalt voll angelauffen ist, daß wir fast alle Woche ertödtete Thiere darinnen finden, die von ihrem stärckern Gegentheil ermordet worden, welche denn von den Einwohnern, sobald diese solches gewahr werden, in den Ausfluß der kleinen See geschmissen werden. [527] Die Pferde, Esel und Cameele, deren letztern Gattung wir nach eurer Zeit 3. Stück bekommen, nemlich, 1. Männlein und 2. Weiblein, haben sich zu unsrer Lust und Nutzen auch schon unvergleichlich vermehret, demnach fehlet uns weiter nichts, als ein Paar Elephanten, wovon wir gern Zucht haben möchten, der Löwe, den die Prinzeßin Christiana mit sich gebracht, wird seines gleichen vermuthlich schon in dem Roberts-Raumer ungeheuer dicken Walde gefunden haben; wie wir denn gantz genau angemerckt, daß sich in diesem Walde nicht allein Löwen, sondern auch Leoparden, Tieger-Thiere, Bären und andere reissende Thiere aufhalten; welche wir aber lieber vertilgen, als zugeben wollen, daß sie sich vermehren möchten, es sey denn, daß sich einige zu unserer Lust so gewöhnen liessen, wie die Prinzeßin Christiana ihren Löwen gewöhnet hat, welches denn, wie ich glaube, durch Vorsicht, Geschicklichkeit und Kunst eine gantz natürliche Sache seyn kan, und ohne alle Zauberey zugehen wird. Das Affen-Geschlecht haben wir bey nahe gantz und gar vertilget, bis auf einige, die uns als Knechte und Mägde dienen, und sich ziemlich getreu und redlich aufführen; jedoch spüren wir, daß sich dennoch einige dieses Affen-Geschlechts in den wilden Wäldern, und sonderlich bey den Cocos-Bäumen aufhalten, welche aber Vogelfrey gemacht sind, so daß sie von einem jeden, der sie antrifft, auf die Köpffe geschossen werden, indem sie uns allzu vielen [528] Schaden an den Feld- und Baum-Früchten thun.

Nun solte ich zwar, mein werthester Herr Bruder und Capitain Horn! eine ausführliche Beschreibung von unsern Künstlern und Handwercks-Leuten machen; da ich aber nicht zweifele, ihr werdet dieselben nicht verschmähen, sondern einem jeden die besondere Ehre geben, ihn in seiner Behausung und Werckstätte selbst zu besuchen, als möchte dieses wohl überflüßig seyn. Derowegen will nur so viel sagen: daß ihr bey einem jeden alles weit verbesserter finden werdet, als ihr denselben verlassen habt. Unsere Buchdruckerey gehet recht galant, mit 6. Pressen und darzu gehörigen Leuten, indem nicht allein die Herrn Geistlichen, sondern auch einige andere unter uns, vornemlich der Jugend zum Besten, von Zeit zu Zeit viele gute Bücher und kleine Tractätlein darinnen drucken lassen, worüber sich denn, zumahlen, da alles umsonst ausgetheilet wird, so wohl die Alten, als die Jungen erfreuen. Man hat dieserwegen vor rathsam befunden, noch eine neue Pappier Mühle anzurichten, welche so wohl, als die erste in sehr gutem Stande ist, nur dieses ist der eintzige Possen hierbey, daß es dann und wann an Lumpen fehlen will. Nächst derselben sind hie, und da noch 6. bis 8. neue Mahl- oder Geträyde-Mühlen erbauet worden, um einen und andern Einwohnern die müßigen und sauern Wege zu ersparen. Bey andern Handwercks-Leuten, die ihr alle wohl kennet, werdet ihr einen solchen Vorrath von ihren gemachten Waaren antreffen, worüber ihr vermuthlich erstaunen müsset; wie diese Leute bey ihrer sauern Haus- und [529] Feld-Arbeit in denen abgebrochenen Stunden ein so vieles zu Wege bringen können; eben als wenn sie sich gemüßiget sähen, mit ihren Waaren, so wie die Handwercks-Leute in Deutschland und anderer Orten, zu Marckte zu ziehen. Jedoch dieser Vorrath ist sehr gut, indem wir gesonnen sind, von jeder Art unsern Europæischen Freunden und Brüdern etwas zuzuschicken, welche sich aus diesen Kleinigkeiten doch wohl eine Rarität machen, und einiges Vergnügen darüber empfinden werden.

Der Capitain *Horn* sagte also: Ich habe vor dieses mahl genung gehöret, mein werthester Bruder und Freund! allein ich werde mir ausbitten, gleich morgendes Tages, und zwar gewisser Ursachen wegen, in Begleitung meines Bruders, die Pflantzstädte zu durchstreichen, und sonderlich die Künstler und Handwercker zu besuchen.

Wie ihm nun dieses so gleich von dem Regenten frey gestellet wurde, liessen wir der Beqvemlichkeit wegen, alsobald etliche mit Hirschen bespannete leichte Wagen herbey rücken, und fiengen in Alberts-Raum an, Herrn Cramern zu besuchen, den wir in gutem Vergnügen antraffen, und ihn derowegen vollends recht lustig machten. Er bewirthete uns, obgleich unsere Compagnie ziemlich starck war, recht herrlich, bewegte uns auch dahin, über Nacht bey ihm zu bleiben, und Morgens früh seine angelegte Pferde- und Esels-Stuterey benebst seinen andern Anstalten wegen der Vieh-Zucht, in Augenschein zu nehmen. Wir fanden deßfalls alles solchergestalt klug und künstlich eingerichtet, daß sich die beyden Capitains *Horn* nicht gnugsam dar-[530]über verwundern konten, denn er hatte in einem ziemlich weitläufftigen Bezirck, an Pferden, Eseln, Maul-Thieren, Rind-Vieh und dergleichen alles in eine solche Ordnung gebracht, daß von jeder Art, Jung und Alt ein jedes sein besonderes Behältnis hatte.

Von dar reiseten wir nach Davids-Raum, und traffen unsern lieben Bruder Töpffer eben in der Arbeit an, daß er mit seinen Gehülffen auf einmahl 4. Töpfer-Oefen geheitzt und angezündet hatte. Wir wolten ihn nicht verschmähen, weiln er uns nach der Felsenburgischen Art aufs beste bewirthete, liessen uns also auch bewegen, eine Nacht bey ihm zu bleiben, da denn früh Morgens unsere fernere Reise, auf Stephans- Jacobs- und Johannis-Raum zugieng, auf welcher Reise denn den jungen Capitain *Horn* nichts mehr ergötzte, als die unterwegs angetroffene Glas-Hütte, in welcher wir uns 2. Tage aufhielten; hernach unsern Weg um die grosse See herum weiter auf Christophs- Roberts- Christians- und Simons-Raum fortsetzten, mithin also nach Verlauf 14. Tagen, da wir das gantze Land durchstrichen, wieder glüklich auf der Alberts-Burg anlangten, und vielerley gute und böse Begebenheiten, aber auch viele besondere Curiositæten in Erfahrung gebracht hatten.

Nachdem nun diese Reise geschehen war, regte sich Capitain *Horn* Sen. in geheim am ersten, mit der Bitte: daß wir seinen Bruder, so bald als es nur immer möglich, wieder fortschaffen solten, worauf er denn ohne fernern Anstand mit seiner auf hiesiger Insul verlobten Braut Hochzeit ma-[531]chen wolle. Da wir nun merckten, daß dieses sein harter Ernst wäre, so wurden sogleich Anstalten darzu gemacht, und dem jüngern Capitain *Horn* so wohl, als seinen Leuten angekündiget, daß sie sich zur Rück-Reise fertig machen möchten. Es gieng dieses dem jüngern Capitain *Horn* sehr nahe, indem ihm, nachdem er unsere Lebens-Art und gantzes Wesen betrachtet, vielleicht gereuen mochte, daß er seinem

Protestantischen Glauben abgeschworen, und hergegen die Römisch-Catholische Religion erwehlet hatte, wie er denn gegen seinen ältern Bruder sich nicht undeutlich erkläret, daß er wieder umsatteln und zurücke kehren wolte. Da aber dieses der ältere Capitain *Horn* mit unsern Herren Geistlichen wohl überlegte, fiel endlich der Schluß da hinaus, daß man mit diesem wanckenden Rohre in solchem Stücke nichts weiter zu thun haben wolte; sondern man solle ihm nur so viel beybringen, daß er bey seinem neuerwehlten wahren christlichen Glauben bleiben, fromm und gottesfürchtig leben, niemanden muthwilliger Weise beleidigen möchte, und sich dergestalt der ewigen Seeligkeit versichern könte; Wir aber wolten ihm eine honorable mit vielen Reichthümern begleitete Abfertigung geben, jedoch hinführo nichts weiter mit ihm zu thun haben.

Wie dieses der Capitain *Horn* Jun. hörete, so war es nicht anders, als ob er von einem Schlag-Flusse gerühret würde, da aber der Capitain Wolfgang denselben in ein besonderes Zimmer führete, ihm zum Geschenck 3. Centner Gold, 6. Centner Silber, 12. Centner Kupffer-Platten, ingleichen [532] ein ziemliches Maas voll Perlen, nebst einigen kostbaren Kleynodien, vor seine unsertwegen gehabte Mühe, anwiese und darreichte, setzte sich dieser gute Mensch in eine weit bessere Verfassung, und machte etwas freundlichere Geberden, zumahlen, da ihm sein älterer Bruder seinen gantzen Antheil von allem dem, was auf dem Schiffe befindlich, es möchte Nahmen haben, wie es wolte, erb- und eigenthümlich schenckte; als vor welche Freygebigkeit der Capitain *Horn* Jun. dennoch so höflich war, seinem ältern Bruder die Hand zu küssen. Dieser aber dargegen umarmete und küssete ihn etliche mahl auf den Mund, ließ auch dabey viele heisse Thränen aus seinen Augen fallen, welches alle Umstehenden wohl bemerckten. Anbey redete er diese Worte: »Mein Bruder! reiset glücklich, und bleibt gesegnet hier zeitlich und dort ewiglich.«

Horn Jun. antwortete hierauf: »Mein Bruder! ich habe mich in vielen Stücken, die euch wohl bekannt sind, sonderlich in einem eintzigen Stücke, welches, wie ihr wohl wisset, eure Person allein angetroffen, auf das schändlichste gegen euch vergangen und versündiget; darum vergebt mir, wo ihr anders wollet, daß ich, es sey hier oder da, frölich sterben soll, meine gegen euch begangene Sünden in Gegenwart dieser redlichen Zeugen, auf dieser Stelle.« *Horn* Sen. versetzte hierauf: »Mein Bruder! das weiß ich wohl, daß ihr euch in vielen Stücken an GOtt versündiget habt, was aber das Meinige anbelanget, so sind euch alle eure gegen mich begangenen Fehler und Ubereilungen so wohl aus christlicher, als brüderlicher Liebe, [533] schon längstens vergeben und vergessen; ich will meines Theils auch wünschen, nimmermehr wieder daran zu gedencken. Ihr seyd ein Mann, der, so zu sagen, 3. Hertzen im Leibe hat, das weiß ich gewiß, indem ich euch auf der schärffsten Probe gehabt, und dieselben mit meinen eigenen Augen gesehen habe. Bewahret nur aber eure Seele in Zukunfft besser, als bishero, und seyd nicht wie ein wanckendes Rohr, (*sonderlich in Glaubens-Sachen*) welches der Wind hin und her wehet. Unterdessen weil eure Abreise ohne dem so gar allzu eilig nicht vonnöthen, so habt ihr die Erlaubnis von dem Regenten und allen andern Befehlshabern, euch noch so lange allhier zu verweilen, bis ich mit meiner verlobten Braut Hochzeit gehalten habe, als woraus ich mir ein gantz besonderes Vergnügen schöpffen, euch, wenn dieses vorbey, dem Schutze des Allerhöchsten befehlen, nachhero aber eine glückliche Reise wünschen werde.«

Alle Anwesende wurden insgesammt zugleich mit recht wehmüthig gemacht, als wir das Hertzbrechende Beginnen dieser zweyen Brüder noch fernerweit mit anhöreten, und sahen, welches denn nicht allein in blossen Worten bestund, sondern sie umarmeten, hertzeten und küsseten sich dergestalt freund-brüderlich, als ob sie Zeit ihres Lebens einander nicht gesprochen oder gesehen hätten, auch wohl vielleicht niemahls wieder zusammen kommen möchten.

Hierauf wurden die allerersinnlichsten Anstalten zu des Capitain *Horns* Sen. Hochzeit-Feste gemacht, welches auf Befehl der Obern vor dißmahl [534] als ein besonderes Fest 6. Tage lang von den Insulanern in allen Pflantzstädten mit zu feyren angeordnet war. Dabey aber blieb es noch nicht, sondern es wurden alle unsere Carthaunen, Canonen und Feuer-Mörser auf

den Berg um die Alberts-Burg herum gesetzt, bis auf
2. Carthaunen, 6. Canonen und drey Feuer-Mörser, die
wir nach der Insul Klein-Felsenburg hinüber führeten,
um, daß unsere dasigen Freunde und Brüder bey dem
Gesundheit-Trincken damit antworten könten. Hierbey
bekamen sie auch 300. Stück gefüllete Bomben, ingleichen unzehlige Stücken von Raqueten, Schwärmern,
Feuer-Kugeln u. andern Zeuge; Unsere Feld-Wachten
auf den Höhen aber wurden zu derselben Zeit an theils
Orten verdoppelt, auch mehreres Geschütz und Gewehr
hinauf zu ihnen gebracht, worbey an Pulver, Bley und
andern Dingen gar kein Mangel zu spüren war, indem
wir uns gewisser Ursachen wegen, eben damahls einer neuen Verrätherey zu besorgen, einige Merckmahle
hatten.

Wie nun aber der zum Hochzeit-Feste des Capitain
Horns Sen. bestimmte Tag anbrach, wurden sogleich alle
Carthaunen und Canonen, so viel deren nur auf der Alberts-Burg, so wohl als auf den Gebürgen befindlich waren, abgefeuert, worauf uns denn allemahl nicht allein
von der Insul Klein-Felsenburg, sondern auch von des
Capitain *Horns* Schiffen, welche noch beständig zwischen den Sand-Bäncken vor Anker lagen, richtige Rede
und Antwort gegeben wurde. Ich gebrauchte mich vorhero der List, den jungen Capitain *Horn*, als den ich
sehr lieb gewonnen, und zwar um gantz besonderer [535]
Ursachen wegen, wieder herüber auf unsere grosse Insul zu führen, jedoch alles ohne Wissen und Willen seines

Bruders, in gantz anderer Felsenburgischer Kleidung, um nur die Copulation seines Bruders nebst andern Solennitäten mit anzusehen.

Mithin wurde der liebe Capitain *Horn* Sen. zum ersten mahle mit seiner verlobten Braut Johanna Margaretha, Andreä Robert Julii Tochter in Roberts-Raum, die mit meiner Ehe-Frau Geschwister-Kind ist, von Hrn. Mag. Schmeltzern, als unserm so genannten Bischoffe, nach verrichteten Gottesdienste ordentlicher Weise copuliret, oder, wie man es auf deutsch heisset, zusammen gegeben. Ich will von den Texten und Compositionen der Kirchen-Musique, die vor und nach der Copulation gemacht wurde, um alle Weitläuftigkeit zu vermeiden, vorietzo gar nichts melden, weilen bekannt, daß sich sonderlich in Deutschland weit bessere Poëten und Componisten befinden, die uns arme einfältige Felsenburger, wenn ich die Partituren zugleich mit übersendete, vielleicht nur auslachen möchten.

Zum Trau-Sermon hatte sich Herr Mag. Schmeltzer Sen. den 80. Psalm Davids, als den Grund seiner Rede erwehlet, absonderlich wuste er den 10ten Versicul: *Du hast vor ihm die Bahne gebrochen, und hast ihn lassen einwurtzeln, daß er das Land erfüllet hat &c.* ungemein artig auf die beyden Capitains *Wolfgang* und *Horn,* zu appliciren. Weßwegen denn der alte Capitain *Wolffgang* viele Freuden-Thränen fallen ließ, nachhero aber, als wir ihn darum [536] befragten: warum er geweinet hätte? gab er zur Antwort: Ihr wisset alle insgesammt, Alt und

Jung, daß ich ein Mann bin, der kein Weiber- vielweniger Hasen-Hertz im Leibe, sich auch, ohne eitlen Ruhm zu melden, bey den Felsenburgern ziemlicher maaßen wohl verdient gemacht hat. Die Thränen, welche ich unter den beweglichen Vorstellungen des Herrn Mag. Schmeltzers fallen lassen, sind keine Crocodills-Thränen, sondern hertzliche Freuden-Thränen, weil ich an dem Glücke und der Ehre, die dem Capitain *Horn* heute begegnet und noch ferner begegnen wird, den allergrösten Theil zu nehmen einige Ursache habe. Mein Wunsch ist also dieser: *GOtt segne die Felsenburger! den* Capitain *Horn nebst seiner Ehegenoßin und mich benebst den Meinigen! so sind wir alle gesegnet, und ich bin der vergnügteste Mensch auf dieser Welt, so lange als mir GOtt noch mein Leben fristet.*

Nachdem nun solchergestalt der GOttesdienst geendiget, und das Te Deum laudamus, unter Trompeten- und Paucken-Schall, auch bey gewissen Absätzen, gewöhnlicher maassen, die Stücken gelöset worden; so giengen wir alle insgesamt recht ungemein vergnügt aus dem GOttes-Hause, nach der Alberts-Burg zu, musten uns aber dabey verwundern, daß die Kinder die Wege überall mit grünem Grase und den schönsten Blumen bestreuet, auch einem jeden vorbeygehenden einen schönen Blumen-Straus darreichten; ja ich glaube, daß dazumahl kein Kind, das nur lauffen können, zurück geblieben ist. Auf der Alberts-Burg war nicht al-[537]lein die Braut-Tafel, sondern auch in andern Zimmern verschiedene

Tafeln gesetzt, über dieses auf der ordentlichen Speise-Stelle vollauf angerichtet; allein das Volck verlief sich wider Vermuthen unter dem Abblasen der Chorale: *Nun dancket alle GOtt &c. Ein veste Burg ist unser GOtt &c.* und *Es woll uns GOtt genädig seyn &c.* worbey denn die Carthaunen und Canonen zu vielen mahlen abgefeuret wurden, und worauf so wohl die Klein-Felsenburger, als das auf des Capitain *Horns* Schiffen befindliche Commando zu antworten nichts schuldig blieben, die denn auch insgesammt vollauf besorget waren.

Unterdessen war es ein artiger Streich, daß der Prinzeßin Christiana Löwe, sich seit einiger Zeit gäntzlich verlohren hatte, und auf der gantzen Insul, wie fleißig wir auch nachsuchen liessen, nicht anzutreffen war; Doch endlich sahen wir aus den Fenstern von der Alberts-Burg, wie er mit einer artigen jungen Löwin, die er sich ohnfehlbar aus dem Roberts-Raumer Forste gehohlet, über die Christians-Raumer-Brücke mit langsamen Schritten herüber spatzieret kam. Nun waren wir zwar wohl gewohnt worden, daß dieser Löwe dann und wann etliche Tage aussen geblieben, und nicht in seine Behausung gekommen war: denn wir hatten ihm zwischen den Palmen-Bäumen gegen Alberts Raum zu, ein eigenes 12. Ellen hohes, auch nach Proportion der Weite geräumliches höltzernes Hauß bauen lassen, und zwar von dem allerstärcksten und vestesten Holtze und Bolen, wie denn auch auf 50. Schritt herum alles mit starcken Pallisa-[538]den umpflantzt war. In dieses Gehäuse und dessen Umzirck führete also der Löwe seine Gemahlin, mit der er vielleicht schon vor einiger Zeit mochte Beylager gehalten haben. Wir liessen ihnen Heu und Stroh hinein werffen, und wurden gewahr, daß sich alle beyde recht beqveme Lagerstädten davon zu rechte machten; auch liessen wir in den Vorhof viele alte und junge wilde Ziegen, Schweine, junge Rehe und dergleichen 4.füßige Thiere zu ihnen hinein lauffen, so wohl auch Türckische Hähne, Hühner, Pfauen und anderes Flügel-Werck. Allein die Löwen konten sich mit denenselben allen ungemein wohl vertragen, und beleidigten auch das allerkleineste Stück nicht mit einer scheelen Mine, sondern sie waren zufrieden mit ihrer Speise, die ihnen alle Morgen zugeworffen wurde: diese bestund in etlichen Kleyen-Brodten, hiernächst in vielen Stücken von verdorbenen, eingesaltzenen, oder geräucherten Fleischwerck und Fischen. Anbey trugen ihnen die Einwohner alltäglich gantze Lasten von den besten Garten-Kräutern, Früchten und Wurtzeln zu, woran sich beyde Löwen, dem Ansehen nach, fast noch mehr labten, als an den trockenen Speisen. Vor das Geträncke hatten wir nicht Ursach zu sorgen, indem in dem Löwen-Revier 3. frische Brunn-Quellen anzutreffen waren, woraus sie ihren Durst nach eigenem Belieben löschen konten. Etliche Tage hernach aber trug sich eine besonders artige Begebenheit zu: denn weiln ein recht grosser Indianischer Puter-Hahn mit seinem allzu öfftern Kaudern sich gar allzu sehr mausig machte, der Löwin dieses Geschrey aber vielleicht zuwider seyn mochte; [539] so riß sie den Hahn uhrplötzlich in viele Stücken, ließ aber dieselben auf dem freyen Platze liegen, und leckte nicht einmahl einen Tropffen Blut davon auf, geschweige denn, daß sie einen Bissen seines Fleisches verschlungen hätte. Dem alten Löwen hingegen mochte diese Mordthat mißfallen, weßwegen er seine Gemahlin mit dem Pfoten dergestalt abstraffte, daß alle Zuschauer darüber zum hertzlichen Lachen bewogen wurden. Man muste sich aber über da demüthige Bezeugen der Löwin so wohl, als über das behutsame Verfahren des alten Löwen, welches er im Zuschlagen brauchte, gantz ungemein verwundern.

Hierauf bemerckten wir, daß die Löwin beständig seitwärts gieng, und ihrem Gemahl immerzu scheele Minen machte; nicht, wie sonst gewöhnlich, an seiner Seite speisete, auch nicht einmahl aus einer Quelle mit ihm tranck, sondern sich immer eine besondere Quelle suchte.

Dieses unter den beyden Löwen entstandene Mißvergnügen währete viele Tage; Jedoch die Prinzeßin Christiana war so behertzt, daß sie die beyden Löwen in ihrer Wohnung und Revier besuchte. Wie nun bey derselben kein Wiederrathen verfangen wolte, (um sich diesen grimmigen und reissenden Thieren nicht entgegen zu stellen) so stunden vielen unter uns die Haare zu Berge, da wir dieselbe in den Vorhoff des Löwen-Hauses eintreten sahen; Allein der alte Löwe kam ihr sogleich entgegen gelauffen, warff sich zu ihren Füssen, küssete ihr die Hände, weltzerte sich aus Freuden zu vielen mahlen auf dem Platze herum, ja! er [540] war so verwegen, sich auf die Hinter-Pfoten zu setzen, mit den Vorder-Pfoten aber die Prinzeßin auf das allerfreundlichste zu umarmen, und ihr das Angesicht zu belecken.

Kaum hatte die Löwin dergleichen Complimente gesehen, als sie dieselben auf eben die Art und Weise recht poßierlich und liebreich nachmachte, worüber allen Zuschauern ein Grauen und Schrecken ankam; allein, nachdem sich die Prinzeßin in dem Gehäuse und Vorhofe über 2. Stunden lang mit beyden Löwen ergötzt, der schönen jungen Löwin aber etliche Stücke Confect zur Speise dargereicht (als welches dieselbe mit besonderm Appetite zu sich nahm) so kam unsere Prinzeßin Christiana vergnügt und unbeschädiget zurück auf die Burg.

Nachdem auf diese besondere Begebenheit etwa 6. oder 8. Wochen verflossen, höreten wir in einer stockfinstern Nacht ein entsetzliches Brüllen beyder Löwen, welches fast bis zum Aufgange der Sonne immer abwechselnd fort währete. Die Beherztesten unter uns giengen mit Ober- und Unter-Gewehr hin, um zu erfahren, ob etwa eine Verrätherey unter Handen, oder was den Löwen allen beyden sonsten zugestossen wäre; allein wir höreten weiter nichts, als in dem Löwen-Hause ein Winseln und Wehklagen mit untermischten Brüllen, weßwegen wir denn auf die Gedancken geriethen, daß diese beyden Ehe-Gatten, die vielleicht nicht recht mit einander zufrieden seyn möchten, sich wohl etwa gar umbringen wolten, mithin uns denn nicht weiter um sie

[541] bekümmerten, sondern ihnen ihre Sache zu eigener Ausmachung überliessen.

Es befand sich aber diese gantze Sache weit anders, als wir uns dieselbe eingebildet hatten: denn da die Prinzeßin Christiana gleich, nachdem sie gefrühstückt hatte, sich in das Löwen-Hauß begab, traf sie darinnen 3. neugebohrne junge Löwen, nemlich 1. Männlein und 2. Fräulein darinnen an, die mit sich umgehen liessen, so, wie man sonsten mit jungen Hunden und Katzen umzugehen pflegt. Wie wir nun auch über diese Vermehrung der Thiere zum Theil eine gantz besondere Freude empfanden, als wurden den alten so wohl, wie den jungen Löwen die besten Lecker-Speisen zugebracht, worbey wir dieses bemerckten, daß ihnen der Wein besser zu Halse gieng, als das klare Quell-Wasser. Es sind die kleinen Löwgen rechte Liebens-würdige Thiere, wir aber sind dennoch gesonnen, so bald als sie der Mutter-Milch entbehren können, dieselben auf die Insul Klein-Felsenburg hinüber zu schaffen, allwo sie sich denn zugleich auf eine Zeitlang ferner vermehren können, zumahlen, da es uns eine kleine Mühe kostet, solche Thiere nach unserm Gefallen zu vertilgen.

Nunmehro aber, mein werthester Freund und Bruder, Herr Capitain Horn! werde ich hoffentlich, als euer aufrichtiger Eberhard Julius, nach eurem Begehren, euch das, was seit eurem Wegseyn hauptsächliches vorgegangen, getreulich zu erzehlen, ein ziemliches Genüge geleistet haben: denn die Kleinigkeiten werden euch nach und nach schon von unserm **Frauenzimmer** berichtet werden, [542] deren einige, ein weit besseres Gedächtnis, als ich haben.

Wie nun Capitain Horn vor dießmahl mit mir vollkommen zufrieden war, und sich vielfältig gegen mich bedanckt hatte, so thaten wir erstlich noch einige Reisen nach Klein-Felsenburg hinüber, nahmen jedesmahl viele Metallen und Mineralien mit zurück, hatten auch das Schiffs-Volck in vollkommene Ordnung und Verfassung zur Rück-Reise nach Europa gebracht; da denn ein jeder vom Grösten bis zum Kleinesten, dergestalt reichlich mit Gold, Silber und Kleider-Werck beschenckt wurde, daß alle insgesammt ihr vollkommenes Vergnügen darüber bezeugten, absonderlich aber die 5. Portugiesen, welche alles gedoppelt und 3. fach bekamen, indem sie sich unter einander beredet, die Rück-Reise nach ihrem Vaterlande mit dem Capitain *Horn* Jun. auch mit anzutreten, woran wir ihnen denn eben nicht verhinderlich seyn wolten, sondern vielmehr gantz gerne sahen, daß wir sie mit guter Art loß wurden, jedoch schwuren sie uns bey dem Abschiednehmen, ohne unser Verlangen, ein jeder einen leiblichen Eyd, unserer allezeit im besten zu gedencken, und weder hie, noch da etwas auszuplaudern, welches etwa zu unserm Schaden und Nachtheil gereichen könte.

Demnach wurde des Capitain *Horns* Jun. Schiff mit Reiß, Rosinen und andern Lebens-Mitteln, (die Kostbarkeiten und Felsenburgischen Raritäten ausgenommen) dergestalt voll geladen, so, daß es kein Wunder gewesen, wenn dasselbe so gleich auf der Stelle versuncken wäre; ja, ich glaube sicher [543] und gewiß, daß um selbige Zeit schwerlich ein reicherer Schiffs-Capitain weit und breit auf der offenbaren See anzutreffen gewesen, als unser Capitain *Horn* Jun. indem der allermeiste Theil der Ladung sein Eigenthum ist, so daß er damit schalten und walten kan, wie er nur immer will, jedoch haben wir alle das Vertrauen zu seiner Redlichkeit, daß er nicht allein diesen meinen 4ten Theil des Berichts von den Felsenburgischen Geschichten, sondern auch alle ihm anvertraute Briefe und Geschencke, an gehörige Orte bestellen wird.

Es gieng demnach derselbe um die bestimmte Zeit, da sich ein geneigter Wind vor seine Seegel erhub, ohne fernern Aufenthalt mit allem seinen Volcke in vollen Vergnügen zu Schiffe; jedoch war der letzte Abschied des Capitain *Horns* Jun. den er nicht allein bey seinem Bruder, sondern auch dem Regenten, Aeltesten und Vorstehern der Gemeinden, kurtz, von allen Insulanern nahm, dergestalt zärtlich und beweglich anzusehen, daß sich weder Alte noch Junge der Thränen enthalten konten, deren denn auf beyden Theilen viele 1000. vergossen wurden.

Er fuhr mit Aufgang der Sonne ab, derowegen ist unser Wunsch und Gebet zu GOtt, daß ihm derselbe die Glücks-Sonne in seinem gantzen Leben nicht wolle untergehen lassen. Auf unsern Höhen liessen sich Paucken, Trompeten und allerhand andere musicalische Instrumente hören, worbey denn aus denen Canonen immer eine scharffe Ladung nach der andern gegeben, auch etliche Bomben in die See gespielet wurden; worauf er wie wir wohl [544] vernehmen konten, bis zur Mitternachts-Stunde beständig antwortete, endlich aber war von dem Schiffe bey anbrechendem Tage nichts weiter zu sehen, weßwegen wir alle, ihm und seinen bey sich habenden Leuten, nochmahls unter Abfeurung der Canonen Glück auf die Reise wünscheten, und ein jeder von uns sich nach seiner Wohnung verfügte.

So viel ist es, meine werthesten Freunde und Leser, als ich, Gisander, aus des Herrn Eberhard Julii Manuscript zusammen stoppeln können, welches nicht allein sehr zergliedert, sondern über dieß dessen Schreib-Art ziemlich verweset ist; ob das See-Wasser, oder Lufft daran Schuld, kan ich nicht sagen; unterdessen haben wir doch noch das Meiste und Beste von dem Verfolge der Felsenburgischen Geschichts-Beschreibung überkommen. Ich vor meine Person habe das Glück und die Ehre gehabt, den Herrn Capitain *Horn* Jun. nicht allein in Hamburg, bey Herrn H. W. W. sondern nachhero auch in Amsterdam bey dem Herrn G. v. B. als unsern allervertrautesten Correspondenten anzutreffen, und von ihm noch viele Betrachtens-würdige Begebenheiten erfahren, welche ihm aber nach zu erzehlen, meine Schrifft vielleicht allzu weitläufftig machen würde.

Wiewohlen ich nun denselben mit guten Winde von Amsterdam aus abseegeln gesehen, so kan ich doch nicht vor gewiß sagen, ob er seinen Cours zu seiner Braut auf die Insul St. Jago, oder in sein Vaterland, oder wohl gar wieder zurück auf die Insul Groß-Felsenburg genommen, weilen ich aus seinen Reden niemahls recht klug [545] werden können, da er in vielen Stücken sehr heimlich war. Unterdessen da er mir doch viele wichtige Sachen, und sonderlich verschiedene Scripturen hinterlassen, mit der Vollmacht, daß ich Ordre-mäßig, mich damit verhalten, die Schrifften aber immerhin, so viel deren auch wären, oder noch eingehen solten, erbrechen und eröffnen möchte; so will ich meinen geehrtesten Lesern und Gönnern aus einem von gelehrter Hand erhaltenen, an die Herrn Felsenburger addressirten Briefe, als eine Zugabe dieses 4ten Theils der See-Fahrer, so viel seiten meiner verantwortlich ist, und man auf beyden Seiten nicht verstösset, mittheilen, in Hoffnung, daß die allermeisten Leser sonderlich an Erklärung, der unbekannten Characteren, welche im 3ten Theile pag. 297. anzutreffen sind, ein besonderes Vergnügen finden werden. Den übrigen Rest des Briefes zu publiciren, trägt man des besondern Inhalts wegen Bedencken, bis auf des Regenten und derer Aeltesten fernerweitige Ordre. Demnach lautet die Aufschrifft des Briefes an die Felsenburger also:

Dem Ehrwürdigen Alt-Vater, Hrn. *Alberto Julio II. Regenten auf der Insul zu Groß-Felsenburg; ingleichen den Theuersten und Vorstehern der Pflantzstädte; Nicht weniger auch denen übrigen Senatoribus und*

*Räthen des Felsenburgischen Regierungs-Collegii;
Wie auch der sämmtlichen auserwehlten Heerde
JEsu CHristi [546] mit ihren würdigen und sorgfältigen Seelen-Hirten:*

*Meinen allerseits Hochgeehrtesten und Geehrtesten
Herrn Gönnern, unbekannten guten Freunden und
in CHristo hertzlich geliebten Brüdern*

Groß Felsenburg.

NB. Die Erklärung der Characteren aber, zeiget sich von Wort zu Wort folgender maassen:

- - - - - Vorjetzo habe ich euch, aus eiferigen Triebe, denen gottseligen Felsenburgern mit meinen wenigen Wissenschafften zu dienen, eine besondere, vermuthlich nicht unangenehme Nachricht zu vermelden.

Es wird euch annoch erinnerlich seyn, daß bey der merckwürdigen Entdeckung derer Heydnischen Antiquitäten auf Klein-Felsenburg, auch zugleich unterschiedliche Urnen gefunden worden, deren Deckel mit Characteribus bezeichnet gewesen, und den Inhalt dererselben in Europa zu erfahren gesucht. Die übrigen Characteres sind mir nicht zu Gesichte kommen, unterstehe mich auch nicht, solche zu erklären, weilen mit stechonagraphischen Figuren mich zu bemühen, niemals meine Sache gewesen. Weilen aber dieses chymische Figuren sind, und solche mit der alten heydnischen Götter-Historie überein kommen, deren Scribenten mehrentheils hermetische Philoso-[547]phi gewesen; Ich aber mich auch rühmen kan, in Chymicis und Alchymicis viele Geheimnisse der Natur durch GOttes Gnade und meinen unermüdeten Fleiß entdecket zu haben, die etwa denen lieben Felsenburgern zu besserer Etabilirung ihrer Wirthschafft dereinst mittheilen könte: Als habe auch dieser Characteren wegen einen Versuch gethan.

Zuförderst erwegte mit allem Fleiß, was der liebe Herr Mag. Schmeltzer für Gedancken darüber gehabt, und befand, daß er allerdings die Sache wohl errathen: Denn die Characteres stellen weiter nicht anders vor, als ihre sämtlichen Götter. Sonne und Mond waren bereits von Herrn Mag. Schmeltzern entdecket, was aber die andern Figuren für Götter vorstellen solten, konte ich noch zur Zeit nicht wissen.

Endlich zehlete ich die Characteres, so waren derselben dreyzehen. Dadurch hatte ich nun den völligen Schlüssel erlanget. Es fiel mit sogleich ein, daß dieses die im Tempel gefundenen Götter seyn müsten. Und es traf richtig ein.

Um nun eigentlich aus denen Figuren dieser Götter ihre besonderen Eigenschafften ausfindig zu machen; so setzte ich erst zum Grunde meiner Untersuchung vor aus, daß der Heydnische Götzendienst nichts anders gewesen, als ein purer Naturalismus, und haben sie durch ihren Gott lediglich die Natur verstanden. [548]

Die erste Figur stund mitten im Tempel auf einem runden Altar, und war eine runde goldene Sonnen-Kugel, statt derer Strahlen aber lauter köstliche Diamanten und andere blitzende Edelgesteine sich allenthalben zeigten, und bey denen angebrannten Fackeln lauter feurige Strahlen hervor schossen, absonderlich, wenn vermittelst des künstlichen Uhrwercks diese Kugel ihren Sonnenartigen Lauff und Betragung circa Centrum mit ungemeiner Geschwindigkeit verrichtete. Dieses Bild stellete nun vor, die aus der Sonnen als dem männlichen Principio des allgemeinen chaotischen Saamens ausfliesende erste männliche Saamens-Krafft der alles hervor bringenden und fruchtbar machenden Natur. Diese alles hervor bringende Natur ist nun, recht deutlich zu sagen, der allgemeine Archæus und Weltgeist, oder Saamens-Krafft, daraus alle Dinge entstanden, und aus dreyen Principiis bestehet, nemlich Sol, Luna und Mercurius, oder nach theosophischer Art zu reden, Feuer, Licht und Geist, oder wie der theosophische Jünger Johannes 1. Joh. 5, v. 8. diese drey Principia auf Erden nennet, Geist, das ist Feuer, Wasser, das ist Licht, und Blut, das ist Geist. Johannes nennet aber dieses letzte Principium Blut, weilen, wenn dieses gedoppelte mercurialische männliche und weibliche Principium im grossen philosophischen Wercke mit einander vereiniget, und solchen wiedergebährenden Samen in einen lebendigen göldischen Leib einführet, sie mit einander vereiniget, coaguliret und figi-[549]ret, so wird daraus eine blutroth-ölichte Tinctur oder der Lapis philosophorum.

Das andere Bild war das Bild des Mondens, und stund oben ex opposito des Eingangs dieses ist bekannt, denn es wird die Diana genennet. Sie ist eine Jägerin, die den brünstigen Hirschen begierig nachsetzet, das ist, sie als das weibliche Saamens-Principium hungert gewaltig nach dem männlichen feurigen Saamens-Principio aus der Sonne, unter dem Bilde eines brünstigen und brennenden Hirsches vorgestellet. Gleichwie nun der männliche Saame, welcher aus der Sonnen durch ihre schnelle Bewegung in lauter feurigen, brennenden, hitzigen, nitrosischen Saamens-Kräfften ausstrahlet, und solche über die gantze Welt ausstreuet, auch lauter Leben und Activitäten ist; die Welt aber vielmehr verbrennen müste, als daß sie solte erhalten werden können; So muste ein Gegentheiliges, ohne alle Activität seyendes kaltes, feuchtes, salinisches, weibliches Saamens-Principium, aus den aus dem Monde ausfliessenden weiblichen Saamen darzu kommen, das die Hitze des männlichen Saamens temperirte. Denn der männliche Saame, der wegen Ermangelung eines frischen erquickenden Wassers immer in einem hitzigen, feurigen Triebe ist, suchet seine grosse Hitze in dem weiblichen wässerichten Saamen des Mondes zu temperiren. Dannenhero attrahiret er begierig seine Feuchtigkeit. Hergegen sucht der kalte und wässerichte [550] weibliche Saamen, aus Mangel des

Feuers, die hitzigen männlichen Saamens-Kräffte aus der Sonne an sich zu ziehen. Daraus, nemlich aus dieser Vermischung derer zwey feindseligen Principien, entstehet eine leibliche fermentirende Wärme, durch welche die doppelte Saamens-Krafft, aus Wasser und Geist bestehend, in eine Activität gebracht wird. Dadurch hernach diejenige Creatur, darinnen dieser Geist sich erhitzet, und zur fermentirenden Activität aufgebracht wird, in eine Fermentation, zuletzt aber in eine völlige Putrefaction sich auflöset, seine erste Form verliehret, und die drey Principia des Saamens in die Freyheit setzt, eine neue Creatur aus sich hervor zu bringen. Also bestehet denn der Saame aller Dinge in einem männlichen und weiblichen, oder sulphurischen und salinischen Saamen, und heisset mit einem Wort Nitrum und Sal oder Geist und Wasser. Aus dieser beyden Principiis wird alles gebohren im Reiche der Natur und Gnaden. Denn auch da wird der neue Mensch wiedergebohren aus Wasser und Geist Joh. 3. nemlich aus der geistlichen Feuers-Krafft des Vaters, und aus der geistlich-wässerigen Lichts-Krafft des Sohnes. Daher auch der Sohn der Weibs-Saame genennet wird, und nicht anders als von einem Triebe ohne Zuthuung des Mannes konte gebohren werden. Wir sehen auch hieraus, wie die Schönheit und Lieblichkeit aller Creatur lediglich in einer gleichen Vermischung zweyer widerwärtigen Dinge, als Licht und Finsternis, Feuer [551] und Wasser, bitter, scharff, herbe und süsse, temperirend und lieblich bestehet.

Der dritte Götze mag wohl die für alle ihre Creaturen sorgende und wachende Natur seyn, welches der Nacht-Eulen-Kopff mit einem Auge bedeutet. Denn ein Auge siehet viel schärffer als zweye. Bald hätte ich das beste an dieser hieroglyphischen Figur vergessen. Denn dieses Auge stund im Centro eines dreyeckigten Eulen-Kopffs, welcher dreyeckigte Kopff die drey Principia philosophica der Natur anzeigt. Ist also der Verstand dieser: Die wachsame Natur schicket unendliche Ausflüsse einer unermüdeten Sorgfalt und Hülffe denen nothleidenden Creaturen zu. Weilen aber dieses auch gleichsam zwischen denen dreyen Principiis eingeschlossen ist, so giebt dieses zu verstehen, daß alle drey Principia gleichsam die Quellen sind, daraus solche Ausflüsse hergeleitet, und in dem eintzigen Auge der wachsamen Natur gleichsam concentriret werden. Daß es aber ein Eulen-Kopff ist, deutet abermahl die Wachsamkeit an, indem dieser Vogel eben deßwegen der Minerva geheiliget ist, weil er des Nachts so munter ist, welches sich zum Nachtstudieren überaus wohl schicket. Es hat gleichsam der Archæus ein allsehendes Auge in seinem Hause. Er ist wie ein geschickter Haußwirth, der hinten und forn ist, und alsobald siehet, was fehlet, damit dasselbe wieder ersetzet werde; Also auch der Archæus, der ist alsobald bey allen nothlei-[552]denden Gliedern mit seiner Hülffe da. Hat das Haupt Schmertzen, so stopffet er die Quelle, indem er die übrigen Speisen auf das geschwindeste aus dem Magen auszuführen sucht, die

da eine Jährung im Magen intendiret, mithin schon zu
dunsten angefangen. Da denn diese Dünste nach dem
Kopffe steigen, und eben die Schmertzen causiren. Welche aber sobald aufhören, so bald die im Magen fermentirende materia peccans abgeführet ist. Man sehe nur
zum Exempel das sorgfältige Verhalten des Archæi,
wenn allerley Unreinigkeiten in seine Werckstatt kommen, sonderlich wenn der Magen mit Galle überladen
wird. Weil nun diese Galle alle sein gutes Ferment im Magen verderbt; um die Stärcke des Archæi aber dadurch
seine meisten kräfftigsten Würckungen im menschlichen
Leibe eine feurige Hitze befördert (wie denn die Hitze
ohne dem dem menschlichen Leibe convenable) also weiß
er sich auch damit am allerbesten wider seinen eindringenden Feind zu defendiren. Denn die Unreinigkeiten, so
im Magen entstehen, sind ein dickes, irrdisches, schleimiges Wesen, welches capable ist, alle fermentirende
Hitze im Magen zu tilgen. Daher wir auch sehen, wenn
solche dicke irrdische Unreinigkeiten im Magen überhand nehmen, dem Menschen über den gantzen Leib
ein Schauer herfähret. Daraus denn der Mensch zu urtheilen pflegt, daß er ein kaltes Fieber bekomme. Daß
aber diese kalte Schauern sich bey dem Menschen äusern, kommt daher, weil der Archæus, so bald er [553]
seine Werckstatt verunruhiget sieht, alsobald verdrossen wird, sein Amt nicht mehr verrichtet, und dem
nothleidenden Gliede die nöthige Hülffe nicht mehr
zuschicket, so nimmt freylich die febrilische Kälte über-

hand. Das Schaudern aber entstehet von dem schwachen Widerstande des Archæi. So bald aber der Archæus sich ein wenig erhohlet, gehet er seinem Feinde entgegen, und suchet dadurch ihn auszutreiben, wenn er die gantze menschliche Machine in Hitze und Brand stecket. Darum folgt gemeiniglich auf die Kälte eine Hitze. Hält nun die Hitze länger an, als die Kälte, so ists ein Anzeichen, daß der Archæus noch starck genug sey, seinen Feind zu überstehen. Woferne aber die Hitze abnimmt, so ists ein Zeichen, daß der Archæus aus seiner Herberge bald Abschied nehmen werde. Die Kranckheit ist zwar so gewaltig nicht mehr, daher unverständige Medici meynen, der Patiente bekomme Ruhe; Aber eben daraus erkennet ein kluger Medicus, daß die Kranckheit zum Ende gelanget. Je empfindlicher die Hitze oder der Brand der Krancken ist, je stärcker kan man sie zu seyn urtheilen. Und destomehr ist auch Hoffnung zur Genesung. Weil man daraus siehet, daß der Archæus seine Sorge und Wachsamkeit für den menschlichen Cörper noch nicht abgeleget. Denn diese feurige Wuth rühret vom Archæo des Lebens her, wenn er in Harnisch gebracht worden entweder von einer ungefehren den ersten Schaden verursachenden Materie, oder von einem vermeynten Anzeigen, daß der Sitz des [554] Lebens, oder sonst ein naher mit demselben sympathisirenden Theile, entweder durch einen bößartigen Dampff oder Dunst, oder durch einige traurige Gemüths-Bewegungen Noth leide, welche durch ihre tyrannischen Eindrückungen den Sitz des Lebens als seinen eigenthümlichen uhrsprünglichen Wohnplatz beunruhiget, maassen, die Seele und das Leben uhrsprünglich an einerley Orte ihren Sitz haben. Der lebendige Archæus ist gleichsam der Vulcanus im Menschen, der die Wärme des Lebens seine gantze Lebens-Zeit über erwecket und erhält, und der bey guten gesunden Tagen in guter Ordnung und vernünfftig handelt; hergegen, wenn er in Unordnung gebracht worden, gleichsam rasend wird.

Der vierdte Götze ist ein ergrimmter Mensch, der etwas mit einer Keule zerschlagen will. Und dieses stellet nunmehro den rasenden Archæum κατ' ἐξοχὴν vor, oder die den Mißbrauch der Creaturen rächende Natur. Diese Eigenschafft des Archæi erweckt allerdings das unordentliche Leben eines Menschen, der mit Fressen und Sauffen und allerley Wollüsten in sich hinein stürmet, auch durch allerley Affecten, Sorge, Furcht, Bekümmernis, dem Archæo eine widrige Empfindung eindrücket. Und weil er durch diese Empfindung meldet, daß sein Sitz und Wohnplatz nicht im Stande ist, diese belästigende Idee zu ertragen; So wird er gewaltig erbittert, setzt wegen dieses entweder wahrhafftigen, oder durch die Ideen cau-[555]sirten vermeyntlichen und eingebildeten Ubels alles in Feuer und Brand, und verursacht einen erbärmlichen Zustand, der von sich selbst wesentlich ist. Denn das Sprichwort ist wahr: nemo læditur, nisi a se ipso.

Das fünffte Bild ist ein Mensch mit einem Hunde-Kopffe, und zeigt an die das einschleichende Verderben der Creatur stets bewachende Natur. Wie ein Hund das Hauß bewahret und billet, wenn ein Dieb einbrechen will; Also ist der Archæus stets wachsam, daß bey Imbibirung der Nahrung nichts unreines oder überflüßiges in die Creatur eingeführet werde. Denn dieses wird sie alsobald in der Fermentation von dem guten und reinen Chylo abscheiden, und durch allerley Ausgänge der Excretion, als per sudorem urinam, sedes ausführen. Ja, wenn der Mensch selbst durch überflüßige Geniessung der Speisen und Geträncke die Werckstatt des Archæi verunreiniget; So wird der Archæus in seinen Grimm aufgebracht, verläst seine ordentliche Würckung, und das Bellen dieses wütenden Hundes kan man ja äuserlich wohl mercken aus der entstehenden grossen Hitze, item aus allerhand gefährlichen Symptomatibus, als Ohnmachten, Hertz-Klopffen, äuserlich gifftigen Geschwüren u. s. w.

Das sechste Bild ist die Figur eines aufgerichteten sitzenden Ochsens. Gleichwie nun der Ochse arbeitsam ist; also wird dadurch die für [556] ihre Creaturen stets sorgende und arbeitende Natur angezeiget. Welches aus dem vorhergehenden gnugsam zu ersehen, daß wir also nicht nöthig haben, uns hierbey länger aufzuhalten.

Das siebende Bild ist der Neptunus, wessen Character auf dem Steine durch die dreyzinckigte Gabel angedeutet wird. Da nun der Neptunus ein Gott des Wassers ist; so stellet dieses Bild vor die für den Uberfluß, Reinigkeit und Gesundheit des Wassers sorgende Natur. Keine eintzige Creatur kan das Wasser entbehren, denn hierinnen ist verborgen ein balsamisches Lebens-Saltz, ein männlicher und weiblicher Saame, daraus alle Dinge ihre Speise des Lebens nehmen. Und wo dieses Saltz nicht darinnen ist, so wird auch die beste Speise tumm, todt, und unfruchtbar. Wie CHristus selbst sagt, Matth. 5, v. 13. Wo das Saltz tumm wird, nemlich, das balsamische Lebens-Saltz, Nitrum und Sal, womit soll man saltzen? Es ist hinfort zu nichts nütze, denn daß man es hinaus schütte, und lasse es die Leute zertreten. Insgemein ist in einer grosen Quantität Wassers, die wir trincken, gar ein klein weniges Lebens-Saltz befindlich. Welches man sehen kan, wenn man das putreficirte Wasser abrauchen, und im Keller zu Crystallen anschiessen läst, so wird man finden, daß das männliche Saltz das Nitrum sich in Crystallen in die Höhe begeben; auf dem Boden aber lieget ein braunes Saltz, welches, wenn es wohl ausgeglüet, solvi-[557]ret, filtriret und coaguliret, seine schöne Weisse wie ein gemeines Saltz zeiget. Und das ist der weibliche Theil unserer gesaltzenen LebensSpeise. Weil nun also der meiste Theil Wasser ist, so die Natur nicht annimmt, sondern wieder von sich läst; So sehen wir ja durch dieses Scheiden des Wassers von dem balsamischen Geiste, wie immer die sorgfältige Natur bekümmert ist, daß ein gnugsamer Vorrath Wassers da sey für alle Creaturen.

Also der balsamische himmlische Lebens-Geist aus der Sonne ist sehr feurig, und hat das wenigste Wasser, doch seine beständige Agitation, macht doch endlich diesen feurigen Samens-Geist etwas dicker und schwerer, daß er sich herab sencket in die Region der Lufft, und dieses, was sich aus dem Himmel mit der Lufft vereiniget, ist ein Excrement, und heist ein subtiles Wasser. Diese Lufft nun scheidet sich wieder von ihrem überflüßigen Wasser, und schicket es dem dicken Wasser zu, da es denn im Regen, Schnee, Schlossen u. s. f. bald in die See fället, als den grossen Schatz-Kasten des Wassers, bald von denen Animalien in denen Speisen genossen wird, die Animalien scheiden wieder ihr überflüßiges Wasser ab, und schicken es der Erden zu, davon sich denn alle Kräuter, Bäume und Gewächse ernähren. Das übrige Wasser gehet ad centrum terræ und ernähret und bringet zur Vollkommenheit alle Mineralien und Metallen. Wie wenig nun der balsamische Lebens-Geist aus diesem Wasser in die Metalle zu ihrer Erhaltung eingeht, können wir leicht sehen aus der grossen [558] Menge des Wassers, die die Natur in denen Bergen von denen Metallen abscheidet. Man sehe nur an, was für eine unzehlige Menge Wasser und Quellen aus denen Bergen hervor kommt, daß, wenn man alle Berge in der Welt zusammen rechnen wolte, man zu zehlen aufhören müste. Daraus genugsam zu sehen ist, wie sorgfältig die Natur für einen hinlänglichen Wasser-Vorrath jederzeit gewesen und auch noch sey.

Das achte Bild stellet vor die den männlichen Saamen zur Vollkommenheit bringende Natur. Um der Ursache willen hat dieses Bild allerley besondere hieroglyphische Figuren. Das männliche Glied unten am Bilde deutet auf die feurige und brünstige Begierde des allgemeinen Archæi oder Welt-Geistes, Creaturen zu produciren; der Löwen-Kopff mit denen Krallen stellet vor dieses doppelten chaotischen Saamens-Geistes alles zerfressende, corrumpirende und per Fermentationem & Putrefactionem zerstöhrende Natur. Denn es muß allezeit bey einer neuen Geburt eine Zerstöhrung und Putrefaction vorher gehen. Man muß erst das alte Hauß einreissen, allen Schutt und faul Holtz weg schaffen, und alsdenn sind die noch guten wesentlichen Theile des Hauses, welche der Schutt gefangen hielte, daß sie nicht konten zu einem neuen Bau gebraucht werden, von diesen Banden loß. Diese wesentlichen Theile nun sind das gute Holtz und Steine, welche man nun ohne Mühe nehmen, und zum neuen Hause [559] anwenden kan. Der Unter-Leib dieses Bildes hat gerade über der männlichen Schaam eine Frosch-Gestalt. Der Frosch bestehet aus einem wässerigen weiblichen Element, und bedeutet also den weiblichen Saamen, der unter der männlichen Ruthe eben mangelt, die denn dadurch sich verhindert siehet, etwas vollkommenes für sich selbst zu produciren. Von diesem weiblichen Saamens-Principio wird hernach unten noch weiter gehandelt werden. Dieser männliche Saame hat seinen Ursprung, wie wir oben gemeldet, aus der Sonne, die solche feurige Saamens-Krafft durch eine stete Bewegung circa Centrum ausstrahlet, und in die gantze Welt ausstreuet. Und werden diese Saamens-Kräffte der Himmel genennet. Dieses ist nun ein grosses Meer, mit unzehlig viel solchen feurigen lebendig-machenden, alles erhitzenden Particulis angefüllet. Weil sie nun das allersubtilste Feuer sind, so sind sie auch das allerkräftigste, beweglichste Leben, fangen durch solche Bewegung an, sich unter einander zu erhitzen, kommen darüber in Fermentation, und ihre subtilen Lebens-Geister werden dadurch dicke gemacht, und fallen wegen ihrer Schwere herab in die Lufft-Region, als den andern Theil des männlichen Saamens. Hier hat nun dieser Luft-Saame, nachdem er duch den täglichen Zufluß aus dem Himmel immer feuriger wird, alsdenn Hitze genug, in dieser Region sich von neuen in die Agitation bringen zu lassen. Daraus endlich eine Fermentation und Verdickung entstehet, daß er in einem Nebel, Dunst und Dampff, zuletzt in einem [560] Thau herab sincket, und in procinctu stehet, sich in die Frosch-Gestalt des weiblichen Saamens-Principii, nemlich des Wassers, vermittelst eines Regen, Schnees, u. s. w. herab zu stürzen: Davon beym weiblichen Saamens-Principio ein mehreres wird zu melden seyn.

Das neundte Bild ist die bekannte Ceres, welches vorstellet die alle hervorgebrachten Creaturen mit einer lieblichen Gestalt, Schönheit, Geruch und Geschmack auszierende Natur. Diese Auszierung giebt nun allein der männliche Saame, als in dessen Feuer die rechte wahrhafftige sulphurische Tinctur ist, die allen Creaturen einen lieblichen Geruch, Geschmack und Farbe giebt, nachdem der weibliche Saamen in einem Subjecto stärcker als im andern. Dannenhero riechen, schmecken und blühen die aromatischen Sonnen-Kräuter viel kräfftiger, als die flüchtig-hitzigen und temperirten gewesen, und diese noch kräfftiger, als die wässerigen, ja diese haben nicht einmahl einen Geruch. Wir können demnach daraus erkennen, warum der Lapis philosophorum alle andern Dinge an Geschmack, Geruch, schöner Farbe und mächtiger Krafft übertrifft, nemlich weil das weibliche Principium durch die starcke Fixation gantz in sein Innerstes hinein gekehret, mithin diese Tinctur durch und durch nichts anders ist als der lauterste und subtilste astralische, der durch vielfältiges imbibiren und kochen in die allerhöchste Plusquamperfection gebracht, und [561] nun ein fixes, feuerbeständiges, durchsichtiges, crystallinisches Rubin-Glas, roth wie Blut, süsse wie Zucker, und wohlriechender als Ambra, mithin zu einer höchst vollkommensten Medicin auf Metallen bereitet worden.   NB. Hier mag Herr Plager diese und mehr Passagen wohl attendiren. Sie klingen gantz gewiß philosophischer, als die Discourse seines Eliä Artissä und übrigen Gran-Goldmachers-Professorum ihre subtilen Weißheits-Lehren. Er bitte aber GOtt, daß mir eine Gelegenheit, Zeit und Musse von ihm geschenckt werde;

so habe nicht in Abrede, als ein Gast mich eine Zeitlang in dem angenehmen Felsenburg aufzuhalten. Da er denn andere Dinge sehen soll, die er gewiß sein Lebe-Tage zu sehen die Gnade nicht gehabt. Ich muß hertzlich lachen über die seltsame Auslegung des Spruchs Hiobs, und sie haben sich damit bey dem wahren Eliä Artissä verrathen, daß Herr Plager und sein Præceptor nicht viel gewust. Gantz gewiß hatte der Mann damahls Willens, Herrn Plagern etwas zu offenbahren; Weil er aber zur Unzeit mit seinem Anagrammate heraus ruckte, so hielte er hinterm Berge, und wurde darüber gantz roth. Ohne Zweifel deutet diese Röthe bey dem Manne eine Bestürtzung an, daß es leicht hätte geschehen können, sich durch unzeitige Offenbahrung an GOtt zu versündigen. Will er ja etwas tüchtiges in diesem Anagrammate thun, so muß er vielmehr auf den ♁ und ☉ anagrammatisiren, [562] der aber nicht das gemeine ☉ und ♁ ist, sondern ein regenerirtes philosophisches ☉ und ♁, welches aber nicht ehe kan zur Regeneration gebracht werden, als bis das gemeine ☉ und ♁, so er zu erst in die Hände nehmen muß, auf eine philosophische Weise, in seine erste materiam remotam gebracht ist, da es denn zwar mineralisch, aber doch ad regnum minerale noch nicht specificiret ist. Kurtz: es ist eine ♁sche Gur, darzu muß ☉ und ♁ gemacht werden. Kennet er die, so ist er auf dem rechten Wege. Hier habe ich viel offenbaret, er dancke GOtt dafür, bete fleißig und studiere. Doch wieder ad rem.

Das zehende Bild stellet einen Affen vor, in seiner gewöhnlichen sitzenden Natur. Wie nun dieses Thier überaus dienstfertig ist, auch alles nachthut, was man ihm vormacht; also zeiget dieses Bild an die dienstfertige und der nothleidenden Creatur zu Hülffe kommende Natur. Wenn der Mensch eine Wunde hat, so sammlet der Archæus alsobald allerley balsamische Lebens-Kräffte aus sich selbst zusammen, und bringt sie an den verwundeten Ort, ja er schickt auch einen stärckern Brand und Hitze dahin, um diesen Ort wider alle gefährlichen Zufälle zu defendiren, und die Heilung dadurch desto mehr zu befördern. Wenn ferner der Mensch durch üble Diæt viel Unreinigkeiten in die reine Werckstatt des Archæi eingeführt, oder wenn auch nur durch die hefftigen Affecten des Menschen [563] eine Idee eines scheinenden Wiederwärtigen und Bösen dem Archæo imprimiret wird, so wird er, wie oben gemeldet, wütend und voller Grimm, und ruiniret seine gantze Werckstatt, setzt sie in Feuer und Brand, und richtet daselbst einen recht erbärmlichen Zustand an. Wenn man aber diesem erzürnten Affen nur einen schönen Apffel vorwirfft, das ist, wenn man ihm eine wohl ausgekochte fix und feuerbeständige Quint-essenz vorhält und zu kosten giebt, so schmecket er just diejenige Speise, die mit ihm einerley Natur ist, und womit er auch seine krancke Creaturen speiset und stärcket. Dadurch wird er nun nicht nur begütiget, sondern auch noch dazu gantz lustig und munter gemacht, daß er wieder seine Arbeit in seiner Werckstatt anfängt, und alle Unreinigkeit per locos excretionis ausführet. So dienstfertig ist die gütige Natur, ob wir sie gleich erzürnet. Und gleichwie wir den Apffel diesem erzürnten Affen vorgeworffen, und ihn dadurch wieder besänftiget; also thut er solches uns gleich nach, und wirfft eben diesen Apffel, nemlich die balsamische Tinctur, dem krancken Gliede wieder vor, daß es dadurch gestärckt und gesund werde.

NB. Hier, bey der angezeigten Weise, wie ein Hermeticus die Kranckheiten zu curiren pflegt, da er nemlich nicht selbst der Medicus sein will, denn das ist die Natur, und nach derselben GOtt, sondern der Medicus ist nur ein Diener der Natur, und wenn die Natur oder der Archæus in seiner Werck-[564]statt in Unordnung kommen, und sich nicht helffen kan, so reicht der Minister naturæ alsobald derselben diejenige Artzeney, womit sie sonst gleichfalls ihre krancken Patienten zu curiren pfleget. Dadurch wird der Archæus auf einmal gestärcket, daß er hernach schon selbst im Stande ist, seinen Patienten zu Hülffe zu kommen. Aber ich muß hertzlich lachen über die Medicos mechanicos, die, ob gleich GOtt spricht: Ich bin der Herr dein Artzt, dennoch par tout selbst der Artzt seyn wollen. Und weil sie der Natur ihre Art zu curiren nicht wissen, sondern meynen, der Archæus treibe das Böse hinaus per Mechanismum, wie man mit dem Besem eine Stube auskehrt. Da mag man denn billig fragen, wie wird sie sich aber dieser bösen

Schein-Ideen entledigen, die sie sich per Impression gemacht? Was braucht man da für einen Besem dazu? Eine Magen-Bürste ist gewiß hierzu zu grob, und allzu mechanisch. Ach! in der Natur treiben keine mechanische Gewichte von grosser Schwere die Kranckheit aus; sondern in der Natur bewegt nur eine kleine subtile Lichtes-Krafft das wiederwärtige Böse viel stärcker, als das schwerste Pondus in der Mathematique. Ich habe vorhin gesagt, die Sonne strahle lauter solche Lichts-Kräffte aus. Und weil sie sich denn circa centrum ab occidente versus orientem bewegt, so bewegen sich denn auch alle ihre Lichts-Kräfte mit dahin. Weil nun alle schweren Cörper, als unsere Erde und andere Planeten in diesen solarischen Lichts-Kräfften gleichsam [565] schwimmen, eben wie eine Kugel in der See; so folgt nothwendig, daß, weil alle Lichts-Kräfte sich per circulum ab occidente versus orientem drehen, alsdenn auch unsere Erde und dergleichen mehr par Compagnie eben den Weg mit fort müssen. Thut dieses der grosse Welt-Archæus die Sonne, warum soll es denn nicht auch unser Archæus thun können in unserer kleinen Machine? So curiren wir denn weit glücklicher und gewisser durch eine Medicin, die mit unzählig tausend Radiis sulphureosolaribus angefüllet ist. Davon auch nur den Stein in Spiritum Vini geweicht, daß ihm so gar auch am Gewichte nichts abgehet, bloß durch seine einstrahlende geistliche Krafft den Spiritum Vini medicinisch machet. Nun wieder zur Sache.

Das eilfte Bild ist das weibliche Saamens-Principium, und zeiget an die den männlichen mit dem weiblichen Saamen vereinigende und solche mit einer lebendigen Saamens-Kraft des männlichen Principii prægnirende Natur. Das zeigt unten die Signatur des weiblichen Gliedes gegen die Signatur des männlichen Gliedes, die uns genungsam anzeigt, wie begierig der kalte weibliche Saame nach dem feurigen männlichen Saamen seinen Mund aufthut, um solchen in sich als in einer Matricem einzuschliessen. Welches gleichfals so zu mercken da die Diana sich gleichsam in eine solche Positur leget, als wolte sie auf den brünstigen Hirsch des feurigen männlichen Saamens mit höchster Begierde zuflie-[566]gen. Welches gleichfals anzeigt, wie begierig die weibliche allgemeine Saamens-Quelle des Mondes nach der feurigen allgemeinen Saamens Quelle der Sonne sich bezeigt, also daß der Mond alle diese solarische, feurige Influentien attrahiret, in ihre Natur verwandelt, und nach und nach selbst gantz feurig wird, und geschickt ist, eine neue Creatur hervor zu bringen, nemlich den allgemeinen chaotischen Saamen im Waßer, Nitrum und Sal, gleichwie nun der männliche Saame eine corrumpirende Krafft hat, indem er alles verbrennt und austrocknet; also hat auch der weibliche Saame eine corrumpirende Krafft, indem er durch ihre überflüßige Aquosität alles faulend machet. Diese corrumpirende Krafft wird an dem Bilde im Tempel angezeigt dadurch, daß dieser Götze ein Kind verschlingt. Was ich nun esse, das verwandele ich in meine

Natur. Wenn nun eine Sache mit allzu vielen wässerigen Principiis imprægniret wird, so faults und wird zu lauter Wasser. Man probire es mit einem eingesaltzenen Fleische, stelle das Fleisch also, daß das Saltz-Wasser davon ablauffen, und die Lufft dazu kommen kan. Man werffe Saltz darauf, so viel man will, weil es ein wässeriges Saltz ist, so muß es doch verfaulen. Weil nun dieser weibliche mit dem männlichen imprægnirte Saame gleichwohl immer nach mehrern dergleichen hungert; so werden dadurch die Lebens-Geister im Saamen zu einer Activität und Leben aufgewecket, fangen an zu wachsen und aufzuschwellen, daß sich endlich zuletzt [567] der Saame zu einer dicken, ölichten, incluosen Saamens-Gur zeitiget. Und das ist materia prima remota, woraus alle Creaturen durch beständige Imbibition einer neuen Saamens-Gur endlich zur Vollkommenheit kommen. Welches auch ein Haupt-Pünctgen in der hermetischen Philosophie ist. Gewiß diese Heyden in Klein-Felsenburg müssen grosse erfahrne Philosophi gewesen seyn. Diese durch vielfältige Imbibition causirte wachsende Krafft wird an dem Bilde vorgestellet unter dem Nabel mit 6. Zitzen, dadurch die Natur ihre Kinder gleichsam als an vielen Brüsten reichlich säuget, und damit ihren Wachsthum befördert. Dieser weibliche Saame wird aber nun also mit dem männlichen vereiniget: Es ist nemlich bekannt, daß diese beyden Saamen gegen einander sehr hungrig sind. Dannenhero ziehet immer eines das andere begierig an sich. Wenn demnach Thau, Nebel, Dampf und

Dunst in der untern warmen und schon dickern Region der Luft noch mehr fermentiret wird, so verdickt er sich endlich, und fället in Regen, Schlossen, Schnee u. s. w. herab, theils in die grosse Welt-See, als die grosse Vorraths-Kammer alles Wassers, theils auf die Erde, dadurch alles wächst und fruchtbar wird, auch unzehlige Vegetabilien kommen, die Animalia hergegen auch ihre Nahrung davon nehmen. Das übrige gehet ad centrum terræ. Daraus es wieder als ein corrosivischer Central-Dunst in die Höhe steiget, sich immer ie mehr und mehr verdicket, und in Mineralia & Metalla [568] zeitiget. Das übrige Wasser aber, das die Natur in den Bergen abscheidet, bricht an denenselben in Seen und Flüssen in grosser Menge aus, davon etliche gantz süsse sind, andere durch saltzige Gebürge streichen, und zu Saltz-Quellen werden, noch andere durch vitriolische, alaunische, martialische, venerische Gänge gehen, daraus unterschiedliche Sauer-Brunnen, warme Bäder u. s. f. zu Tage ausgehen.

Das zwölfte Bild ist der Mercurius. Dieses ist nebst der Sonne und Mond das dritte Saamens-Principium, kommt aber in der philosophischen Arbeit nicht zum Vorschein. Denn der Philosophus hat beständig nur zwey Principia in Händen, nemlich Sonne und Mond, männlichen und weiblichen Saamen, Sulphur und Saltz, Feuer und Licht, Acidum und Alcali; In beyden aber ist das dritte verborgen, als sein Geist und Leben, das nicht wohl ohne gäntzliche Destruction des Saamens von einander geschieden werden kan. In dem männlichen Saamen ist es ein hitziger, feuriger, brennender und treibender Geist; in dem weiblichen Saamen ist es ein wässericht-saltzigter, gelinder und temperirter Geist. Wenn nun diese beyden Geister in denen beyden Principiis mit einander vereiniget werden, so heists Mercurius duplicatus, so führen sie ihren vereinigten Saamen desto kräftiger in die unvollkommene Metallen ein, verwandeln sie in ihre Natur, nemlich in einen sulphurischen [569] Saltz-Leib, und jemehr dieser sulphurische Saltz-Stein mit neuem Mercurio duplicato wieder aufgelöst, coagulirt und figiret, auch zur höchsten Glasigkeit und durchsichtig-crystallinischen Rubin-Röthe figiret wird, also daß es zu einer plusquamperfecten Figität und Maturität gebracht wird; Je höher es nachgehends andere unvollkommene Metallen in das schönste Gold tingiret. Dieser Geist ist doppelt, darum hat auch der Mercurius gedoppelte Flügel, und am Stabe eine gedoppelte Schlange. Wie auch hier der Stab Mercurii durch gedoppelte Queer-Striche solches anzeiget.

Das dreyzehende ist eine gekrümmte Schlange, die mit dem Schwantze auf einer Kugel stehet. Wie nun eine Schlange durch die kleineste Ritzen durchschlupfen kan; also stellet dieses Bild vor die die kleinesten, verborgensten Winckel der Creaturen durchsuchende und von aller Unreinigkeit befreyende Natur. Gleichwie nun der

Archæus durchaus nichts in seiner Werckstatt dultet; also empfindet er nun alsobald den geringsten Schnitt oder andere kleine Læsiones an denen Gliedern, schickt sogleich eine genungsame balsamische Hitze zu Heilung dieses Gliedes dahin. Welches aus der grossen Feurigkeit und Hitze, wie auch aus der rothen Gestalt des verwundeten Theils gnugsam zu sehen, daß da hier mehr und überflüßiges Blut schon abgeführet worden, als sonst wäre nöthig gewesen. Dieses wäre nun, meine Hochgeehrteste Herrn, was ich euch aus wohlmeinenden Hertzen eröffnen wollen. [570]

Nun erlaubet mir auch zu sagen - - - - &c. Indem ich Gisander nun verhoffe, es werden die Herrn Felsenburger mit der mir aufgetragenen Ausarbeitung ihrer Geschichts-Beschreibung, die ich in meinen Nebenstunden mit vielem Vergnügen bestmöglichst verrichtet, zufrieden seyn; so dancke ihnen allen vor das reichliche Honorarium, welches sie mir ihrer besondern Generosite nach angedeyen lassen. Meine deutschen Lands-Leute werden mir vermuthlich dasselbige gönnen, weilen gewiß weiß, daß viele derselben sehr begierig sind, die Felsenburgischen Geschichte zu lesen; da aber vieler Umstände und Ursachen wegen wohl dieserhalb so bald nichts weiter zu Marckte gebracht werden dürffte, so mache nun mit gröstem Plaisir des vierdten und letzten Theils
ENDE.

Anhang
einiger
Verlags-Bücher.

Sammlung auserlesener Reden, welche als Kern-Proben und gute Exempel der deutschen Beredsamkeit dienen. Zweyter Theil, veränderte und vermehrtere Auflage. 8. 1743.

Der edlen Jägerey kurtzer, doch gründli-[571]cher Begriff, nebst Anhange von der Fischerey. 8. 1742.

Historische Nachricht von der Käyserlichen und des Heil. Röm. Reichs Freyen Stadt Nordhausen. 4. 1740.

Philosophisches Licht und Schatten, oder Unterricht de Prima Materia Lapidis Philosophorum, worinne klar aus eigener Erfahrung gelehret und gezeiget wird, 1.) welche Objecta man hierbey zu vermeiden, 2.) welches Subjectum man zu eligiren, wie die prima materia, und endlich Lapidis Philosophorum hieraus zu præpariren, zu multipliciren &c. 8.

Pleiades Philosophicæ Rosianæ, oder Philosophisches Sieben-Gestirn der Rosen-Creutzer, bestehend in sieben sehr geheimen und vortrefflichen Processen das Universal betreffend &c. deme D. J. W. grosser Universal-Process beygefüget. 8.

Philosophischer Haupt-Schlüssel über F. Basilii Valentini seine 12. Chymische Schlüssel, worinne 1.) die Paraheln expliciret werden, 2.) gelehret wird, wie a) nach dem alten langen Wege aus dem gemeinen Golde, und dann b) nach dem kurtzen Wege aus dem Philosophischen Golde der Lapis Philosophorum zu præpariren &c. 8.

Stangens *Herrn Volckmar* schrifftmässige Gedancken vom Separatismo, worinnen er bestehe, woher er entstehe, wie man denselben im gemeinen Wesen anzusehen, und wie solchem abzuhelffen. Wobey der so genannten unschuldigen Wahrheiten 9. und 10. Unterredung wiederleget, und die Kinder-Tauffe vertheidiget wird. 8. 1741.

Das ernstliche Verlangen GOttes auch nach der grössesten Sünder Bekehrung und Seeligkeit, in dem merckwürdigen Leben einer gewissen Edlen Person Privat-Standes in Engeland &c. abgefasset 8. 1739.